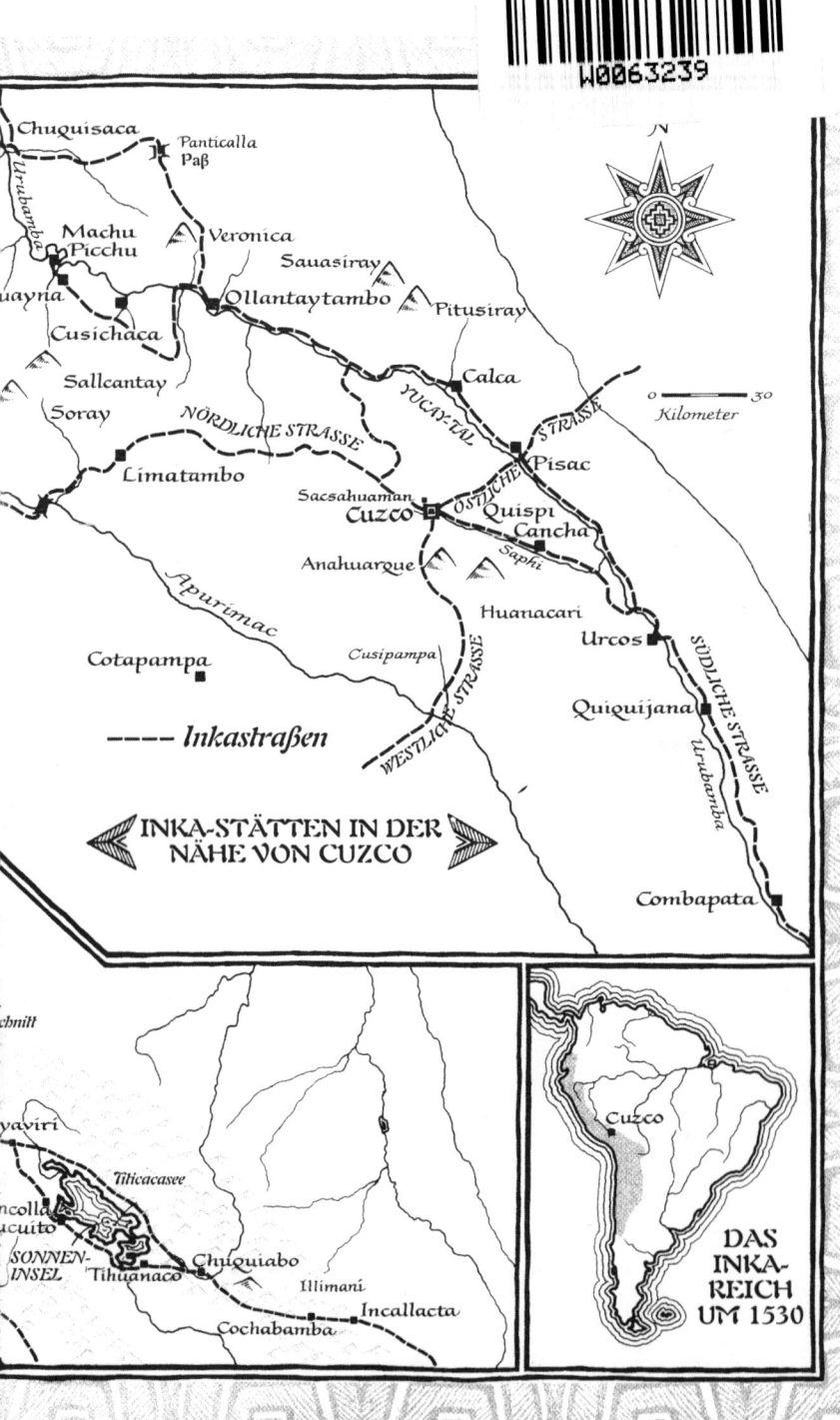

Chuquisaca

Panticalla
Paß

Machu
Picchu

Veronica

Sauasiray

uayna

Ollantaytambo

Pitusiray

Cusichaca

Calca

Sallcantay

YUCAY-TAL

Soray

NÖRDLICHE STRASSE

STRASSE

Limatambo

Pisac

Sacsahuaman

Cuzco

Quispi
Cancha

OSTLICHE

0   30
Kilometer

Anahuarque

Saphi

Huanacari

Apurimac

Cusipampa

Urcos

Cotapampa

WESTLICHE STRASSE

Quiquijana

SÜDLICHE STRASSE

Urubamba

---- Inkastraßen

INKA-STÄTTEN IN DER
NÄHE VON CUZCO

Combapata

chnitt

yaviri

Titicacasee

ncolla

ucuito

Chiquiabo

**SONNEN-
INSEL**

Tihuanaco

Illimani

Incallacta

Cochabamba

Cuzco

DAS
INKA-
REICH
UM 1530

Peters · DER INKA

Daniel Peters

DER INKA

Aus dem Englischen von
Heinz Tophinke und Ursula Wulfekamp
Kollektiv Druck-Reif, München

Roman

Diederichs

Die Originalausgabe erschien unter dem Titel *The Incas*
bei Random House, New York

© Daniel J. Peters 1991

Die Deutsche Bibliothek – CIP-Einheitsaufnahme
Peters, Daniel:
Der Inka; Roman / Daniel Peters. Aus dem Engl. von
Heinz Tophinke und Ursula Wulfekamp. – München:
Diederichs, 1995
Einheitssacht.: The Incas <dt.>
ISBN 3-424-00762-5

© der deutschsprachigen Ausgabe Eugen Diederichs Verlag,
München 1995
Alle Rechte vorbehalten

Lektorat: Matthias Wolf
Umschlaggestaltung: Zembsch' Werkstatt, München
Produktion: Tillmann Roeder, München
Satz: Uhl + Massopust, Aalen
Druck und Bindung: Clausen & Bosse, Leck
Papier: Holzfrei, chlorfrei, geglättet
Werkdruck, Schleipen
Printed in Germany

ISBN 3-424-00762-5

Inhalt

KAPITEL 1
Pachacuti: Die Umkehr der Welt (1511)
9

KAPITEL 2
Pusaqcona: Führer
36

KAPITEL 3
Huari Runa: Ein altes Volk (1512)
51

KAPITEL 4
Ichuri: Der Grasmann (1512)
73

KAPITEL 5
Inti Raimi: Das hohe Fest der Sonne (1512)
91

KAPITEL 6
Capac Raimi: Das königliche Fest der Sonne
(sechs Monate später, 1512)
113

KAPITEL 7
Lloqsina Puñuy: Abschiedsträume (1513)
144

KAPITEL 8
Chinchaysuyo: Das Luchs-Haus (1513)
176

KAPITEL 9
Hampi Camayoqcona: Heiler (1514)
203

KAPITEL 10
Huanacauri Huasi: Das Regenbogen-Haus (1514)
232

KAPITEL 11
Yuncas: Das Heiße Land
247

KAPITEL 12
Auqa Auqa Pacha: Kriegszeiten (1516)
316

KAPITEL 13
Yahuarcocha: Der See aus Blut (1520)
359

KAPITEL 14
Manay, Mañay: Was man gewähren, worum man bitten muß
(1522)
420

KAPITEL 15
Huaman Runacona: Die Falken (1523)
468

KAPITEL 16
Pahuac Oncoy: Die rasende Krankheit (1525)
521

KAPITEL 17
Yuraq Huarmicona: Die Weißen Frauen (1525)
558

KAPITEL 18
Khuyaq Masicona: Kameraden (1526)
608

KAPITEL 19
Topa Cusi Hualpa: Huascar (1528)
672

KAPITEL 20
Cachacona: Botschafter (1529)
723

KAPITEL 21

Sinchicona Pacha: Die Zeit der Kriegsherren (1530)

766

KAPITEL 22

Pachacuti: Die Umkehr der Welt (1532)

819

Epilog

900

Dank

903

Glossare

904

Für Gary

KAPITEL 1

Pachacuti: Die Umkehr der Welt (1511)

An diesem Tag verließ Huayna Capac, der elfte Sapa Inca und Alleinherrscher über die Vier Himmelsrichtungen, die Heilige Stadt Cuzco. Er hatte aus allen Teilen seines Reiches ein über hunderttausend Mann starkes Heer zusammengerufen, mit dem er gegen die Quito und die Carangui ziehen wollte, denn sie hatten die Grenzgarnisonen der Inka nördlich von Tumibamba zerstört. Es war der erste große Feldzug des jungen Herrschers, und er führte seinen gesamten Hofstaat sowie die meisten seiner Frauen mit sich; dazu die höchsten Verwaltungsbeamten samt ihren Familien und viele Handwerker, Steinmetze und Baumeister. Monatelang hatte sich Cuzco fieberhaft auf dieses Ereignis vorbereitet, und nun endlich stand der große Exodus der Inka unmittelbar bevor.

In Kürze würden auf dem großen Platz, dem Haucaypata, die vornehmsten Inkakrieger Aufstellung nehmen, die Alte Garde mit ihren prächtigen, fransengesäumten Schilden, Standarten und den schweren, in der Sonne glitzernden goldenen Ohrpflöcken. Die anderen Inka königlichen Geblüts würden auf den Terrassen vor den Palästen der früheren Herrscher aufmarschieren – die Krieger aus Ober-Cuzco auf der Nordseite des Platzes, jene aus Unter-Cuzco auf der Südseite. Die Träger vom Stamm der Rucana würden die mit Gold und kostbaren Federn geschmückte und mit fein gewebten Gazevorhängen verhangene Sänfte des Sapa Inca auf dem Platz bereitstellen, um ihn und seine Gemahlin, die Coya, später nach Tumibamba zu bringen. Am Ende ihrer Gebete und Opfer würden die Sonnenpriester sich um das heilige Napa scharen, das makellos weiße Lama, welches die Prozession aus Cuzco hinausgeleitete. Als erste würden schließlich Männer in dem blauen Gewand der Palastdiener von der nordwestlichen Ecke des Haucaypata aufbrechen, um die Straße nach Norden, auf der der Sapa Inca reiste, mit Grasbesen zu kehren. Zum angemessenen Zeitpunkt würde dann Huayna Capac selbst, der Alleinige Herr, der Hüter der Sonne, seinen Palast, den Amarucancha, verlassen und auf das riesige steinerne Podest im Zentrum des Platzes zuschreiten ...

Von all dem konnte Cusi Auqui nichts sehen, denn das Haus des Lernens hatte keine Öffnungen in seinen dicken Mauern, und die Knaben mußten mit dem Rücken zur Tür sitzen. Auch die Schritte der vielen Menschen in ihren Sandalen konnte er kaum vernehmen, weil die monotonen Rezitationen der Knaben alle Geräusche von draußen übertönten. Sie sangen im Einklang und ließen dabei die Finger über die Knoten der Quipus gleiten, die am Boden vor ihnen ausgebreitet lagen. Sogar wenn er sich die Szene auf dem Platz vorstellte, unterbrach Cusi sein Singen nicht. Doch er wußte, daß es nicht richtig war, die Gedanken schweifen zu lassen, wenn im Gesang die Legende von Viracochas Reise in Erinnerung gerufen wurde. Oft genug hatten ihn seine Lehrer ermahnt, konzentriert und mit ganzem Herzen bei der Sache zu bleiben, auch wenn er sich die Worte sehr leicht einprägen konnte. Denn das Erinnern war nicht nur seine persönliche Gabe, sondern auch eine Art Gebet, das für das Wohl Cuzcos und der Inka notwendig war.

Doch schon einen Vers später ließ Cusi den Blick seitwärts zu seinem Freund Rimachi streifen. Rimachi war ein Cañari aus Tumibamba, und sein Vater, der der Königlichen Leibwache angehörte, begleitete den Sapa Inca auf dem großen Zug nach Norden. Auch der größte Teil von Rimachis Familie verließ Cuzco, doch er selbst mußte, ebenso wie Cusi, hierbleiben. Mit gerunzelter Stirn beugte er sich angestrengt über seine Schnüre und versuchte, die Gedanken nicht abweichen zu lassen, so daß Cusi wieder schuldbewußt seine Aufmerksamkeit auf die Rezitation lenkte. Doch auch ihrer gemeinsamen Freunde zu seiner Rechten war er gewahr: Uritu, der wie immer mit seinen Schnüren kämpfte, und Tomay, dessen auf den Lehrer gerichteter Blick seine innere Hingabe verriet. Beide waren Söhne von Provinzhäuptlingen und daran gewöhnt, von ihren Familien getrennt zu sein; deshalb berührte sie der Auszug der Inka nicht so sehr wie Cusi und Rimachi.

Endlich glitten Cusis Finger über den letzten Knoten, und dabei hob sich seine Stimme zusammen mit denen der anderen Knaben wie von selbst. Sie waren bei den letzten Strophen der Legende angekommen: Viracocha und die beiden Helfer, die er aus sich selbst erschaffen hatte, waren von Titicaca durch das ganze Land bis weit in den Norden gereist. Der eine war die Küste Mama Cochas, des Großen Wassers, entlang gewandert, der andere durch die zerklüfteten Dschungelgebiete östlich der Anden, während Viracocha selbst auf der Hochebene zwischen den Bergketten gegangen war. Überall hatten sie die Menschen aus ihren Höhlen geholt, ihnen gegeben, was sie zum Leben brauchten, und gezeigt, wie sie leben sollten. Und nun würde Viracocha sich über das Wasser nach Norden zurückziehen und seine Schöpfung sich selbst überlassen. Cusi stimmte mit ganzem Herzen in den letzten Vers mit ein:

Keinen konnte er mehr rufen,
Niemanden beseelen, nicht mehr Beistand leisten;
Alle Menschen standen auf der Erde,
Ein jeder an dem Ort seiner Geburt;
Nun wollte er sie verlassen,
Nun zurückkehren
Zu Mama Cocha,
Den großen schäumenden Wassern,
Aus denen er kam:
Ticci Viracocha Pachayachachic,
Der die Erde kennt,
Ticci Viracocha Pachayachachic,
Der alles bewegt.

Am Ende des Gesangs setzten die Knaben sich auf und richteten den Blick auf den grauhaarigen alten Mann vor ihnen. Doch der Lehrer blieb stumm und gab auch kein Zeichen zur Beendigung des Unterrichts. Er weiß genau, wem von uns ein Abschied bevorsteht, dachte Cusi und zwang sich dabei, nicht zu Rimachi hinüberzublicken. Vom ersten Tag im Haus des Lernens an hatten die Erzieher versucht, den Knaben dies beizubringen: Die Geduld und die Haltung eines Inka, der niemals eine Gefühlsregung zeigte. Natürlich hatte der Lehrer die Legende von Viracochas Abschied absichtlich gewählt, um die Gefühle der Knaben auf die Probe zu stellen – zumindest jener, deren Familien die Stadt verließen.

»Ihr könnt gehen – aber ordentlich, wie es sich geziemt«, sagte er endlich. Diese Ermahnung veranlaßte jedoch die meisten, noch einen Augenblick still zu verharren und erst dann ihre Quipus zusammenzurollen und aufzustehen. Draußen in der engen, gepflasterten Gasse vor der Schule warteten Uritu und Tomay auf Cusi und Rimachi. Auf der Straße drängten sich Krieger, Beamte und vielerlei Träger, von denen manche vollbepackte Lamas mitführten.

»Kommst du später zum Haucaypata?« fragte Cusi Rimachi, als sich die vier vor dem Eingang zum Haus des Lernens aneinanderdrängten. Rimachi rückte sein aus Weidenruten geflochtenes Kopfband zurecht und nickte.

»Aber nicht an die übliche Stelle. Mein Vater ist bei der Sänfte des Sapa Inca, deshalb stehe ich heute hinten mit den Familien der Leibwache.«

»Dann treffe ich dich, wenn alles vorbei ist«, versprach Cusi und wandte sich fragend an Uritu und Tomay. Uritu zuckte nur die Achseln und schüttelte den Kopf, Tomay aber mußte erst seinen

Ärger hinunterschlucken, bevor er sprechen konnte. Als Cusi die geröteten Wangen des Freundes bemerkte, bedauerte er seine Frage.

»Ich muß Cuzco sofort verlassen«, sagte Tomay gepreßt. Einen Augenblick lang herrschte peinliches Schweigen. Tomay war ein Colla aus Hatuncolla, und die Colla hatten sich zu oft gegen die Inka erhoben; nie mehr würden sie ihr volles Vertrauen genießen. Nur tausend von ihnen durften sich gleichzeitig in Cuzco aufhalten, was bedeutete, daß an einem so bedeutenden Tag wie diesem einige die Stadt verlassen mußten, bevor weitere für die Abschiedsfeiern sie betreten durften.

»Ich gehe mit dir bis zur Straßenecke«, schlug Rimachi plötzlich vor, beendete damit die unangenehme Gesprächspause und begleitete Tomay die Straße hinunter. Cusi und Uritu wandten sich ostwärts; wegen der vielen Menschen und der Nähe des heiligen Zentrums der Stadt gingen sie gemessenen Schrittes und ohne Eile. Sie sprachen nicht über die Schande, die Tomay seines Volkes wegen ertragen mußte, denn dies war Gesetz und durfte nicht in Zweifel gezogen werden. Von allen vieren war Cusi der einzige Inka königlichen Geblüts; nur er durfte sich ohne jegliche Einschränkungen in Cuzco aufhalten.

»Ab morgen wohnst du bei deinem Onkel?« fragte Uritu ihn, während sie die Straße hinuntergingen.

»Er hat mir das Zimmer gegeben, in dem früher sein ältester Sohn wohnte. Er hat mich schon immer mehr wie einen Sohn als wie einen Neffen behandelt«, antwortete Cusi begeistert.

»Dann wohnst du auch näher bei meinem Vater und mußt mich öfter besuchen kommen.«

»Und du mußt zu uns kommen und mit mir und Lloque Yupanqui essen«, sagte Cusi zerstreut. Sie waren mittlerweile an einer breiten Straße angekommen, der Choque Chaca, die den Tullu-Fluß bedeckte. In der Mitte der Straße gaben Öffnungen den Blick auf das darunter fließende Wasser frei.

»Du willst jetzt sicher bei deiner Familie sein«, warf Uritu plötzlich ein. »Allein kannst du schneller gehen.«

Cusi lächelte dankbar für das Verständnis seines Freundes. Uritu war ein Campa aus der östlichen Reichsprovinz, und ihm war es nicht erlaubt, durch die Straßen von Cuzco zu rennen. Einem Inkajungen wie ihm aber würde man solch respektloses Verhalten an einem so bedeutenden Tag wohl nachsehen.

»Die Campa halten nichts von Abschiedsszenen, stimmt's?« fragte Cusi und blickte auf die dünnen Linien, die über Uritus Wangen tätowiert waren, und die von seinem ledernen Stirnband hängenden blaugrünen Federn. Ernst und mit der ihm eigenen Offenheit antwortete Uritu:

»Nein. Wir glauben, daß man dabei etwas von der Seele des scheidenden Menschen bei sich behält und ihn dadurch schwächt.«

»Aber es macht einen stark, wenn man sich an die Gesichter derer erinnert, die einen lieben. Und weniger einsam.«

»Wir vergessen den scheidenden Menschen nicht. Aber wir behalten ihn lieber so im Gedächtnis, wie er war, als er noch bei uns war, nicht wie einen, der uns verlassen hat.« Bei diesen Worten hob Uritu als Geste der Entschuldigung für sein Beharren die Hände, doch Cusi lachte nur und rempelte ihn freundschaftlich an.

»Dann werde ich mich nicht verabschieden. Aber wir sehen uns morgen«, versprach er. Uritu nickte nur teilnahmslos, als sei er bereits allein und von Cusis Weggehen nicht berührt.

Im Laufschritt eilte Cusi die Straße hinunter, indem er sich seinen Weg durch die Menschenmenge bahnte. Dann bog er in die steile, enge Straße Hatun Rumiyoc ein, die wie eine riesige Treppe in terrassierten Segmenten den Hügel hinaufführte. Sie war gesäumt von den Anwesen der Inka königlichen Geblüts, und in jedem offenen Eingang sah er Träger, Lamas und Diener, die sich in den Höfen zwischen Bergen von Bündeln und Gepäck zu schaffen machten. Morgen, wenn alle diese Leute abgereist waren, würde Cuzco leer scheinen.

Auch seine Eltern, sein Bruder, seine Schwester und die meisten seiner Onkel und Vettern würden morgen nicht mehr hier sein. Cusi wußte, daß er sie alle sehr vermissen würde, vor allem seine Mutter und seine Schwester, aber wenigstens hatte er noch Freunde hier und seinen Onkel Lloque Yupanqui, der sogar mehr zu seiner Erziehung beigetragen hatte als sein Vater. Und bald, wenn er die Mannesweihe und seine Ausbildung zum Krieger absolviert hatte, würde er sogar Lloque Yupanquis Familie angehören. Bis dahin würden die Inka vielleicht schon auf dem Weg zurück nach Cuzco sein, um einen schnell errungenen Sieg über die Quito und die Carangui zu feiern. Jedenfalls wollte er seiner Familie zeigen, daß er sich nicht darüber grämte, allein zurückgelassen zu werden.

Das Anwesen seiner Familie lag fast auf dem Gipfel des Hügels. Dort angekommen, trat er durch den hohen, trapezförmigen Eingang in den ummauerten Hof. Darin standen vier Steinhäuser, jedes mit einem eigenem Eingang und mit dicken, gelbgrauen Lagen Ichugras gedeckt. Am gegenüberliegenden Ende stand ein nach allen Seiten hin offener, mit einer Plane überdachter Bau, der als Küche und Lagerschuppen diente. Darin erkannte Cusi den obersten Dienstboten der Familie, der einer Gruppe von Trägern soeben Anweisungen erteilte.

Er wollte gerade auf das Haus seiner Mutter zugehen, als seine Schwester Quinti Ocllo aus der mit einem Vorhang versehenen Türöffnung trat und ihm bedeutete stehenzubleiben. Sie trug bereits ihren Reiseumhang über den Schultern, und um das Gehen zu erleichtern, hatte sie ihr Kleid in der Taille mit einem Gürtel zusammengerafft. Cusi lächelte, als er sie erblickte, doch Quinti schüttelte den Kopf und gab ihm zu verstehen, daß zur Freude nicht der rechte Zeitpunkt sei. Sie war drei Jahre älter als er und ein ganzes Stück größer, so daß er aufblicken mußte, um ihr in die Augen zu sehen.

»Vater will mit dir sprechen«, zischte sie mit unterdrückter Nervosität in der Stimme.

»Ist er zornig auf mich?« fragte Cusi überrascht.

»Er ist auf alle zornig. Er hat heute erfahen, daß er als Micho der Provinz nach Tumibamba kommt, nicht als Gouverneur, wie er es wollte.«

»Deshalb sollte er nicht auf *mich* zornig sein.«

»Außerdem hat er gehört, daß Lloque Yupanqui zu einem von Huayna Capacs Königlichen Ratgebern ernannt wurde und nun doch mit uns nach Norden reist. Er mußte also auch einen anderen Vormund für dich finden.«

»Lloque geht auch weg?« murmelte Cusi bestürzt. Doch dann kam ihm sein Tonfall kindisch vor, und er fügte forsch hinzu: »Aber Mutter wird sich freuen, ihren Bruder mit dabei zu haben.«

Wieder schüttelte Quinti den Kopf, dieses Mal mit mehr Nachdruck.

»Sie hat keinen Hehl aus ihrer Freude gemacht, ebensowenig wie Vater aus seinem Ärger. Paß gut auf, Cusi. Laß dich von seinen Worten nicht verletzen.«

»Ich komme nachher zu dir und Mutter«, antwortete Cusi und schritt tapfer auf das Haus seines Vaters zu. Ohne zu zögern, trat er durch die offene Tür ein. Der einzige Raum wurde durch zwei Fenster am Ende und zwei weitere rechts und links des Eingangs erhellt; die Helme, Schilde und Tücher seines Vaters, die sonst an den Wänden hingen, waren nun abgenommen und ließen das Zimmer schmucklos und kahl erscheinen.

Apu Poma stand neben einer der Nischen in der Rückwand des Hauses und unterhielt sich mit Cusis älterem Bruder Amaru. Die beiden großgewachsenen Männer waren in Tuniken und Lendenschurze aus feinem Cumbi-Tuch gekleidet; Knie und Fußgelenke hatten sie mit roten, gefransten Bändern umwickelt. Cusi verneigte sich ehrerbietig vor ihnen, doch sein Bruder, der bald mit den anderen Inkakriegern nach Norden aufbrechen würde, überraschte ihn, indem er ihm freundschaftlich den Arm um die Schulter legte. Apu Poma verurteilte diese liebevolle Geste jedoch scharf.

»Laß ihn! Er ist ohnehin viel zu sehr verhätschelt und verwöhnt!« meinte er barsch.

Amaru gehorchte augenblicklich und trat einen Schritt von Cusi weg, der sich dadurch klein und hilflos vorkam. Apu Poma tauchte einen silbernen Spatel in den hölzernen geschnitzten Behälter in seiner Hand und schob sich damit etwas graue Kalkasche in den Mund; ein dicker Klumpen Kokablätter beulte seine Wange unförmig aus. Immer wenn er verärgert war, kaute er Koka, und es schien seine Ungeduld jedesmal zu steigern, weshalb Cusi dachte, die Koka würde seinen Ärger zusätzlich anfachen.

»Lloque Yupanqui hat sich von seiner Verantwortung als dein Vormund losgesagt«, begann Apu Poma plötzlich. »Ich habe fast den ganzen Vormittag lang nach einem Ersatz für ihn gesucht. Es war nicht einfach, jemanden zu finden, der bereit ist, einen Jungen deines Alters und deiner Größe zu fördern. Du bist jetzt vierzehn Jahre alt, und es ist nur noch ein Jahr, bis deine Initiationsgruppe am Huarachicoy teilnimmt. Wie sollte ich einem Mann klarmachen, daß du an den Riten teilnehmen kannst, obwohl du noch so klein und schwach bist?«

»Ich bin im letzten Jahr eine halbe Handbreit gewachsen«, verteidigte sich Cusi, »und ich bin der schnellste Läufer in unserer Gruppe, schneller sogar als Tomay und die anderen Jungen von der Hochebene.«

Apu Poma rieb sich das Kinn, als würde er überlegen, mit welchem Lob er das soeben Gehörte bedenken sollte. Doch plötzlich schoß sein Arm nach vorn, und seine flache Hand traf Cusi mit voller Wucht auf der Brust, so daß er zu Boden fiel.

»Und wozu ist deine Schnelligkeit jetzt gut?« herrschte Apu Poma ihn an. »Möchtest du als erster beim Feind sein, nur damit du als erster umgebracht wirst? Steh auf!«

Zitternd vor Schreck kam Cusi wieder auf die Beine. Amaru war mit erhobenem Arm vorgetreten, als wollte er eingreifen, doch Apu Poma winkte ihn mit strenger Miene zurück.

»Du hältst dich aus dieser Unterhaltung heraus, oder du kannst gleich gehen«, knurrte Apu Poma, und an Cusi gewandt fuhr er fort: »Ich habe mit einigen deiner Lehrer gesprochen. Sie sind der Ansicht, daß du bei den Kampfübungen zu wenig Willen zeigst, den Gegner zu bezwingen. Sie sagen, du seist unreif und mehr daran interessiert, die Freundschaft mit den anderen Knaben zu erhalten als deinen eigenen Wert zu erweisen.«

»Unreif?« fragte Cusi ungläubig; er konnte sich nicht erinnern, dergleichen jemals von den Kriegern gehört zu haben. »Sumac Mallqui hat gesagt, ich sei unreif?«

»Es ist gleichgültig, wer das gesagt hat. Ich sehe es doch selbst. Du *forderst* keinen Respekt, wie es ein Inka sollte – und auch muß. Du versuchst, dich einzuschmeicheln und beliebt zu machen – wie eine Frau.«

Cusi war zu verblüfft, um eine Antwort zu finden. Wie konnten die Krieger derart verächtlich von ihm denken, ohne es ihn wissen zu lassen? Oder wie konnte es ihm entgangen sein, wenn sie es taten?

»Du tust so, als ob du von all dem nichts wüßtest«, bemerkte Apu Poma verächtlich. »Aber dadurch wurde die Aufgabe, einen Vormund für dich zu finden, nur noch schwieriger – einen, der dich von deinen Verblendungen befreit. In meiner Verzweiflung sah ich mich gezwungen, Otoronco Achachi um diesen Gefallen zu bitten. Er hat sich dazu bereit erklärt.«

Cusi versuchte, seine bange Vorahnung nicht zu zeigen. Otoronco Achachi war ein Onkel seines Vaters und sein berühmtester Verwandter, der Eroberer des Ostviertels. Er hatte ihn erst ein einziges Mal gesehen und erinnerte sich noch an ein zernarbtes Gesicht und an einen Becher, der aus einem menschlichen Schädel gefertigt und mit Edelsteinen besetzt war. Er hatte nicht gewußt, daß sein Vater dem berühmten Otoronco Achachi so nahe stand und ihn um solch einen Gefallen bitten konnte.

»Das ist eine große Ehre«, flüsterte Cusi.

»Vielleicht verhilft es dir zu Wachstum und Reife«, meinte Apu Poma. »Denn wenn du bis zu den Riten im nächsten Jahr nicht groß genug bist, werden dich die Lehrer auf meine Anweisung hin noch ein Jahr länger im Haus des Lernens behalten. Es hat keinen Sinn, ein Scheitern zu riskieren; die Schande wäre zu groß. Otoronco Achachi wird beurteilen, ob du bis dahin bereit bist.«

Cusi fühlte sich, als sei er soeben ein zweites Mal zu Boden geworfen worden, doch diesmal versagte ihm die Stimme nicht.

»Aber dann wäre ich nicht mehr mit meinen Initiationsbrüdern zusammen! Wir haben drei Jahre lang alles gemeinsam gemacht, und wir sollen unser Leben lang Freunde und Verbündete bleiben. Unter den Jungen, die nach uns kommen, habe ich keine solchen Freunde.«

»Ein Inka, der Respekt fordern kann, braucht keine Freunde«, entgegnete sein Vater. »Er kann gehen, wohin er geschickt wird, und wenn es sein muß, auch alleine leben. Aber wenn du unbedingt

Freunde brauchst, dann ist es besser, du suchst sie dir bei Huascar und seinen Brüdern als unter den Söhnen unzivilisierter Chunchos und verräterischer Collas.«

Apu Poma hatte Cusis Freunde schon öfter und auf ähnliche Art und Weise herabgesetzt, doch dieser Vorschlag war völlig sinnlos. Huascar war der Thronerbe des Sapa Inca, und er hatte außer seinen Brüdern überhaupt keine Freunde. Seine Leibwache ließ niemanden an ihn heran. Außerdem würde Cusi die Freundschaft von Uritu, Rimachi und Tomay niemals gegen die eines anderen eintauschen, und wäre er auch von noch so hohem Rang. Wenn sein Vater das nicht verstehen konnte, hatte es keinen Zweck, darüber mit ihm zu diskutieren. Cusi konnte sich also nur bemühen, größer und stärker zu werden, damit Otoronco Achachi ihn für die Riten bereit erachtete.

»Ich habe Eure Worte vernommen und werde sie mir zu Herzen nehmen«, antwortete er entschlossen. »Darf ich jetzt zu Mama Cori und Quinti Ocllo gehen?«

»Nein«, erwiderte Apu Poma hart. »Wenn du jemals ein Mann werden willst, dann müssen solche Bindungen jetzt ebenfalls ein Ende haben. Du wirst sie erst wiedersehen, wenn du die Ohrpflöcke eines Inkakriegers trägst.«

Cusi stand da wie vom Donner gerührt. Er sollte die Abreise seiner Mutter einfach nicht zur Kenntnis nehmen? Wo sollte er sich verstecken, um nicht gesehen zu werden?

»Ich verstehe nicht, was ich tun soll ...« stieß er verwirrt hervor.

»Du wirst direkt von diesem Zimmer aus zu der Huaca gehen, der du als Kind geweiht wurdest. Dort bringst du ein Opfer dar und bittest um die Kraft und Stärke eines Mannes, damit du nach Tumibamba gehen und deine Mutter wiedersehen kannst. Ich habe den Wachen an der Brücke bereits Bescheid geben lassen, du kannst also ungehindert aus der Stadt hinaus.«

»Aber die Feierlichkeiten zum Abschied werden vorbei sein, bevor ich wieder zurück bin«, erwiderte Cusi tonlos. »Dann seid ihr alle weg!«

»Ein Inka wird oft von jenen getrennt, die er liebt, und meistens ganz unerwartet«, meinte Apu Poma trocken. Er holte einen kleinen Wollbeutel aus der Mauernische hervor und fuhr fort: »Auch deine Mutter ist der Meinung, daß dies das Beste für dich ist. Sie gibt dir diese Kokablätter als Opfer für die Huaca.«

Cusi nahm den Beutel und sah seinen Vater unverwandt an. Zum ersten Mal in seinem Leben konnte er ihm keinen Glauben schenken. Niemals hätte seine Mutter zugestimmt, daß dies das Beste für

17

ihn sei; niemals hätte sie ihm verboten, Abschied von ihr zu nehmen, nicht einmal als Bestrafung.

»Geh jetzt«, sagte Apu Poma, »du brauchst auch meine Gesellschaft nicht mehr.«

Abrupt machte Cusi kehrt und verließ das Zimmer. Er hatte noch nie einen Befehl mißachtet, wenigstens nicht absichtlich. Aber er hatte auch noch nie einen erhalten, der ihm so grausam und ungerecht erschien. Es konnte Jahre dauern, bis er seine Mutter wiedersehen würde. Wenn ihm nur noch ein Blick, eine Geste des Abschieds erlaubt wäre, an die er sich später erinnern könnte!

Hinter sich hörte er Amarus Stimme, dann seinen Vater, wie sie laut und zornig aufeinander einredeten. Das ist alles falsch, dachte er nur – dies durfte einfach kein Tag für harte Worte sein, schon gar nicht zwischen Vater und Sohn …

Widerstrebend lenkte er seine Schritte auf den Ausgang zu. Wie oft hatte man ihm gesagt, ein Mann, der niemandem gehorche, sei ein Wilder, dazu verdammt, sein Leben in Unwissenheit und Verwirrung zu fristen, ohne Kenntnis seines Platzes und seiner Stellung in der Welt! Aber genau so fühlte er sich in diesem Augenblick, obwohl er gegen niemanden ungehorsam gewesen war.

Doch selbst in dieser Verwirrung befahl ihm sein Gefühl zu gehorchen, und deshalb ging er weiter, setzte einen Fuß vor den anderen und ließ das Anwesen seines Vaters hinter sich, ohne noch einmal zurückzublicken.

Erst als er den terrassierten Hügel ganz erstiegen hatte, sah sich Cusi um, und auch dann nur, weil der Brauch es forderte. Denn der flache, felsige Kamm, auf dem er nun stand, war eine Huaca, ein heiliger Ort: Es war der letzte Punkt, von dem aus man das heilige Zentrum von Cuzco sehen konnte. Bei einer der rußgeschwärzten Stellen am Boden, an denen Opfer dargebracht worden waren, hockte er sich nieder, hielt die Handflächen unter die Lippen und blies Küsse auf Topa Cuzco, das Erhabene Cuzco, das Zentrum der Vier Himmelsrichtungen und die mächtigste aller Huacas. Im Westen hatte er den Hügel von Sacsahuaman im Blickfeld, der fast den ganzen Haucaypata verdeckte; auf dem sichtbaren kleinen Teil des Platzes drängten sich zahllose Menschen. Huayna Capacs Palast, den Amarucancha mit seinen vielen Strohdächern, konnte man vollständig sehen, und daneben die hohen Steinmauern, die das Haus der Erwählten Frauen umschlossen. Weiter südlich, auf einem Felsen über dem Saphi-Fluß, war der Coricancha zu sehen, der Goldene Tempel, welcher die Bildnisse von Inti, Viracocha, Illapa und den anderen hohen Göttern der Inka beherbergte.

Als Cusi seine Huldigung beendet hatte, blieb er noch eine Weile in der Hocke und sah hinunter auf das bunte Muster der terrassierten Anbauflächen, zwischen denen wie Silberfäden die Bewässerungskanäle glitzerten. Mittlerweile war seine Familie wahrscheinlich mit dem Packen fertig und hatte sich auf den Haucaypata begeben. Amaru stand wohl mit den anderen Kriegern bei dem großen Podium, seine Eltern und Quinti vor dem Condorcancha, zusammen mit den anderen Mitgliedern des Iñaca-Haushalts. Und bestimmt war auch Rimachi dort, bei den Cañari-Familien der Königlichen Leibwache. Am Ende der Zeremonien würde er sicher nach ihm suchen und sich fragen, wo er sei. Er würde nie auf den Gedanken kommen, daß Cusi wie ihr Freund Tomay verbannt worden war; so etwas konnte man sich für einen Inka königlichen Geblüts einfach nicht vorstellen.

Ein letztes Mal entbot er seiner Mutter eine Mocha – den ehrerbietigen Gruß, bei dem man sich Haare aus den Augenbrauen riß und in Richtung des verehrten Menschen oder Objekts blies. Dann wandte er sich um und kletterte über den Bergkamm den Steilhang hinauf, auf das gewellte, baumlose Grasland, das zu schroff abfiel, um terrassiert und bewässert zu werden. Hier oben konnte er sich gehenlassen, einfach losrennen und versuchen, die bitteren Gedanken, die ihn verfolgten, hinter sich zu lassen. Niemals würde er Apu Poma verzeihen, was er ihm angetan hatte; nein, eines Tages wollte er es ihm mit gleicher Münze heimzahlen.

Bald befand er sich zwischen den Lama- und Alpakaherden, die in dieser Höhe weideten. Jedesmal, wenn er in die Nähe der zotteligen Tiere mit ihren langen Hälsen kam, schnaubten und spuckten sie ärgerlich, und bald tauchten auch die Hirtenjungen mit ihren schlanken Gerten auf. Sie kannten Cusi alle, denn hier kam er oft her, und sobald sie ihn sahen, warfen sie ihre Ruten beiseite und rannten ein Stück mit ihm um die Wette.

Oben am Grat angelangt, kam er keuchend und taumelnd zum Stehen. Er konnte selbst nicht glauben, wie lange er nun, angetrieben von wilder Wut, gerannt war. Noch nie hatte er solch heftige Gefühle verspürt; sie erschreckten und beschämten ihn gleichzeitig. Ein Inka bewahrte in jeder Situation die Ruhe und erlag nie seinem Zorn. Wenn Cusi die Hirtenjungen beim Wettrennen voller Zorn ausstechen wollte, zeigte er damit nur die Unreife, die sein Vater ihm vorwarf.

Aber niemand, der sah, wie er geradewegs den Berg hinaufrannte, hätte seine Ausdauer in Frage stellen können, und so geschickt, wie er war, konnte ihn auch kein Feind so leicht schlagen, wie sein Vater gemeint hatte. Cusi Huaman, »mein fröhlicher Falke« – so pflegte seine Mutter ihn zu nennen, wenn er zu ihr lief. Sie hatte ihn als erste zum Rennen angehalten, als er noch klein und sehr kränklich war. Immer wieder war sie lachend und mit ausgebreiteten Armen vor ihm weggelaufen, damit er sie einholte. So hatte sie ihm die Stärke gegeben, am Leben zu bleiben, trotz seiner zu frühen Geburt, an der sie beinahe beide gestorben wären. Cusi war Mama Coris letztes Kind, und sie hatte ihn mit einer Hingabe erzogen, wie sie Amaru und Quinti nicht gekannt hatten. Apu Poma war bei Cusis Geburt als Garnisonskommandant in Copiapo gewesen; er sah seinen Sohn zum erstenmal, als dieser schon fast fünf Jahre alt war, weil Mama Cori sich geweigert hatte, mit einem so kränklichen Kind die lange, mühselige Reise in den Süden zu unternehmen.

Und deswegen hat er mich von Anfang an gehaßt, dachte Cusi bitter. Doch dann faßte er sich und versuchte, seinen Ärger zu vergessen. Zwischen ihm und der Huaca befand sich jetzt nur mehr ein kleiner, grasbewachsener Buckel, und es ziemte sich nicht, den heiligen Ort mit Groll im Herzen zu betreten. Schon der Gedanke, vor dem steinernen Mal zu stehen, besänftigte seine Gefühle und erinnerte ihn daran, wie oft seine Mutter ihn hierher gebracht hatte. Plötzlich dachte er, daß es wahrscheinlich tatsächlich Mama Cori gewesen war, die geraten hatte, er solle zu der Huaca gehen, sobald Apu Poma entschieden hatte, ihn wegzuschicken. Sie wußte, daß er ihre Gegenwart dort am stärksten würde fühlen können. Er wußte noch gut, wie demütig sie vor der Huaca immer gewesen war und sich ganz der Macht hingegeben hatte, die ihr Kind gerettet hatte. Hier fühlte er sich immer geborgen und angenommen und so dankbar wie seine Mutter, daß er am Leben war.

Er hielt den Atem an in Vorfreude auf den ersten Anblick der Huaca: der gezackte Stein in Form einer Speerspitze, der aus der nackten Erde aufragte; der Blitz Illapas, des Donnergottes, erstarrt zu grauem Fels. Doch was er dann sah, ließ ihn unvermittelt innehalten und die Luft überrascht wieder ausstoßen: Um die Huaca herum standen Menschen – Leute, die mit Sicherheit keine Inka waren. Als sie Cusi kommen sahen, liefen sie auseinander und verschwanden hinter einer Anhöhe. Instinktiv versuchte Cusi, sie zu zählen, denn wer immer diese Männer sein mochten, sie gehörten nicht hierher, und er würde sie den Ältesten des Vicaquirao-Haushalts melden müssen, der für diese Huaca die Verantwortung trug. Doch dann sah er, daß noch ein Mann mit dem Rücken zu ihm gewandt vor dem Stein kauerte; er saß unbeweglich da und schien Cusis Kommen nicht zu bemerken.

Der Mann machte keine Anstalten zu fliehen, als Cusi den Hang herunterkam. Der Junge war erstaunt darüber, daß so unwürdige Menschen es wagten, die Huaca mit ihrer Gegenwart zu entweihen, aber gleichzeitig machte ihn diese Kühnheit auch argwöhnisch. Menschen, die ein Gesetz übertraten, konnten ebensogut jede beliebige andere Vorschrift mißachten, selbst auf einem so heiligen Boden wie diesem. Schon konnte Cusi die Aura des Andersseins, die Huaca, fühlen, welche von dem gezackten Steinmal ausging, und als er die kreisförmige Senke aus festgestampfter Erde betrat, schien eine ungewöhnliche, bewegungslose Stille um ihn herum aufzukommen. Der kauernde Mann – er war sehr alt, wie Cusi jetzt erkennen konnte – hatte sich nicht gerührt und in keiner Weise zu erkennen gegeben, ob er Cusis Kommen bemerkte oder nicht. Auf einem geschwärzten Flecken vor dem Stein brannte ein kleines Feuer aus Gras und Lamadung, und daneben lagen die Opfergaben der Geflohenen: kleine Kartoffeln und Tuchfetzen, irdene Becher mit Akha, getrocknete Blumensträuße und Bündel aus Kräutern, kleine Haufen aus dunklem Chuñomehl.

Cusi griff nach seiner eigenen Opfergabe und bemerkte dabei, daß seine Hände schweißnaß waren. Zu viele Überraschungen und unerklärliche Dinge waren ihm heute schon begegnet. Er blieb einige Schritte vor dem Mann stehen, dessen langes, weißgraues Haar lose auf die hängenden Schultern fiel. Seine einfache, braune Tunika und der Lendenschurz waren aus grobem, ungewaschenem Webtuch, wie es die Bewohner der Hochebenen gerne trugen. Er saß noch immer unbewegt, und Cusi wollte nicht die Stille unterbrechen, die nur sein eigener Atem zu stören schien. Doch plötzlich hob der Mann die Arme zum Himmel und warf den Kopf in den Nacken, als wolle er die Huaca ansprechen, die sich wie ein riesiger grauer, himmelwärts gerichteter Finger hinter ihm erhob.

»Welche Botschaft bringst du?« fragte er mit tiefer, feierlicher Stimme. Einen Augenblick später erhob er sich langsam und wandte sich Cusi zu, so daß dieser das faltige Gesicht des Alten sehen konnte. Es war über Wangen und Augen zu den Schläfen hin schwarz bemalt; die Augen lagen tief in den Höhlen und wirkten stumpf wie angelaufenes, mattes Silber. Er ist blind, erkannte Cusi. Der alte Mann war klein, kaum größer als er selbst. Trotzdem waren Cusis Hände immer noch feucht, und das Herz pochte ihm bis zum Halse.

»Welche Botschaft bringst du?« wiederholte der Alte und hob wieder die Arme. Jetzt verstand Cusi, daß die Frage an ihn gerichtet war. Der Atem des Mannes roch stark nach Akha, und plötzlich fühlte Cusi, wie die Wut wieder in ihm hochstieg, und er erinnerte sich an die Worte seines Vaters, ein Inka habe Respekt zu verlangen.

»Ich habe keine Botschaft außer der, daß du nicht hierher gehörst!«
herrschte er den Alten an und wünschte, er hätte in solch einem
eiskalten Ton mit seinem Vater gesprochen. »Ich werde dein Eindringen den zuständigen Behörden melden müssen.«

Das Gesicht des Mannes verriet Unschlüssigkeit, seine Augen
wanderten himmelwärts.

»Ihr habt mir einen Jungen geschickt«, murmelte er und ließ die
Arme sinken. Dann starrte er unverwandt auf Cusi und stieß hervor:
»Also mußt du der Kleine Läufer sein – derjenige, den seine Mutter
hierher brachte!«

Überrascht zuckte Cusi zurück; er konnte gerade noch die Frage
unterdrücken, woher der Mann dies wußte.

»Ich bin Cusi Auqui, der Sohn von Apu Poma Inca von den Capac
Ayllu Inca. Und ich sage dir noch einmal, daß du diesen Ort verlassen
mußt. Du hättest mit den anderen fliehen sollen.«

Der alte Mann verschränkte die Arme vor der Brust. »Sie sind nicht
geflohen, Cusi Auqui«, erwiderte er. »Ich habe sie weggeschickt.«

Er verstummte und hielt den blinden Blick starr auf Cusi gerichtet.
Obwohl Cusi wußte, daß dies unmöglich war, hatte er das Gefühl,
genau betrachtet zu werden. Er trat lautlos einen Schritt zur Seite; der
Alte rührte sich zunächst nicht, doch einen Augenblick später wandte
er Cusi wieder den ganzen Körper zu.

»Ich habe dich nie sehen können«, sagte er schließlich, »und ich
kannte deinen Namen nicht, bis du ihn mir nanntest. Aber ich habe
deine Gegenwart oft gefühlt, nachdem du hier warst. Du und deine
Mutter, ihr beide habt an diesem Ort immer eine freundliche Atmosphäre hinterlassen. Ich hatte nicht erwartet, daß deine Stimme so
hart und zornig sein würde.«

Die milde Rüge traf Cusi mitten ins Herz. Er hatte anders gesprochen als sonst, und auch nicht in der ehrerbietigen Art und Weise, die
seine Mutter hier von ihm erwartet hätte. Der alte Mann neigte den
Kopf zur Seite und fuhr in demselben nachdenklichen Ton fort:

»Wo ist deine Mutter jetzt, Cusi Auqui? Hast du sie verloren? Ist es
das, was dich so zornig macht?«

»Ja!« platzte Cusi heraus und ließ mit einem tiefen Seufzer jeglichen Gedanken an seine Autorität als Inka fahren. »Sie geht mit dem
Rest der Familie nach Tumibamba.«

»Und du mußt zurückbleiben?«

»Ich muß mich auf das Huarachicoy vorbereiten.«

»Aber wie willst du ohne die Anleitung deiner Eltern ein Mann
werden?«

»Der Onkel meines Vaters hat sich bereiterklärt, mein Vormund zu sein«, antwortete Cusi zögernd. »Er ist der berühmte Kriegshäuptling Otoronco Achachi.«

Der alte Mann schob die Lippen nach vorne; dieser Name schien ihn nicht zu beeindrucken.

»Sag mir: Läßt auch der Sapa Inca seine Söhne zurück?« wollte er wissen.

»Ein paar«, gestand Cusi ein. »Huascar, der Thronerbe, ist noch jünger als ich; er muß hierbleiben. Aber welches Recht hast du, mir Fragen zu stellen?«

»Ich muß in Erfahrung bringen, warum du mir gesandt wurdest. Sag mir: Was hast du mitgebracht?«

»Kokablätter als Opfergabe, die mir meine Mutter gegeben hat. Und einen Quipu, den ich im Haus des Lernens angefertigt habe.«

Der alte Mann horchte auf. »Was besagt dieser Quipu?« fragte er. Cusi seufzte; offenbar hielt ihn der Alte immer noch für einen Boten.

»Es ist eine Haravi, eine gesungene Geschichte«, erklärte er. »Sie berichtet von Viracocha, dem Schöpfer; von seiner Reise durch Tahuantinsuyu, das Reich des Inca, auf der er die Menschen erweckte. Und von seinem Weggehen über das Große Wasser im Norden.«

»Und was ist mit Viracochas Rückkehr?« fiel der Alte ein. »Wo ist davon berichtet?«

»Ich weiß nicht, was du meinst. Es gibt keine Legende über Viracochas Rückkehr.«

»Es gab eine«, versicherte ihm der alte Mann. »Es gab eine. Und nun ist auch der Sapa Inca nach Norden gezogen und hat seinen Sohn hiergelassen, der jetzt ohne Vater zum Mann werden muß. Du hast mir eine Botschaft von großer Kraft gebracht, Cusi Auqui. Kannst du ihre Bedeutung verstehen?«

»Ich habe dir schon einmal gesagt, daß ich kein Bote bin«, entgegnete Cusi verwirrt. »Mein Vater hat mich hierhergeschickt, und den Quipu habe ich nur aus Gedankenlosigkeit mitgebracht.«

»Du hast zu dieser Huaca eine starke Verbindung. Warum solltest du also nicht ihr Bote sein? Du bist gekommen, als ich die Huaca um ein Zeichen bat, eine Botschaft. Es ist kein Zufall, daß du mit dieser Knotenschnur kamst. Und auch nicht, daß du zornig bist, weil du deine Mutter vermißt.«

Cusis Blick fiel auf den gezackten Stein vor ihm, an den er sich bis in die Tage seiner frühen Kindheit zurückerinnern konnte – länger als an seinen Vater. Vielleicht sprach der alte Mann die Wahrheit. Es gab keine vernünftige Erklärung dafür, weshalb er jetzt hier war und nicht auf dem Haucaypata wie die anderen Inka.

»Ich weiß nicht mehr, was richtig und was falsch ist«, murmelte er und sah in die blinden Augen des Alten. »Ich weiß nicht einmal deinen Namen.«

»Ich heiße Raurau Illa. Auch ich bin dieser Huaca geweiht. Das kannst du denen sagen, die du als dafür zuständig bezeichnest. Aber zuerst muß ich dir noch etwas geben.«

Der alte Mann griff in die gewebte Tasche unter seinem Arm und hielt die Hand dann Cusi entgegen. Cusi wußte, daß er von diesem Mann nichts annehmen sollte, nicht zuletzt auch deshalb, weil er keine Gegengabe bei sich hatte, wie es der Brauch verlangte. Und doch streckte er seine Hand offen der dargebotenen entgegen. Als sie sich berührten, legte Raurau Illa sanft einen rosafarbenen Quarz auf Cusis Handfläche. Er war kaum länger als sein kleiner Finger und in der Mitte gezackt, wie eine Schlange oder ein Blitz. Die Enden waren etwas rauh, die Mitte aber stark poliert, so daß sie den Blick ins Innere des Kristalls freigab. Als Cusi den Stein mit den Fingern umschloß, schien er sehr schnell die Wärme der Hand aufzunehmen; gleichzeitig verzog sich Raurau Illas Mund zu einem breiten Grinsen.

»Er enthält die Hitze von Illapas Blitz«, erklärte er. »Du mußt ihn behalten als dein Huaoqui, deinen Schutzgeist. Er wird dir Kraft geben, so lange du lebst, und deinen Geist auf der Erde verweilen lassen, wenn dein Atem erstorben ist.«

»Aber ich bin zu jung, um einen Schutzgeist zu haben«, entgegnete Cusi erschrocken und öffnete die Hand wieder. »Dazu brauche ich eine Erlaubnis, und es muß eine Zermonie stattfinden ...«

»Vor vielen Jahren wurde mir gesagt, eines Tages würde ich wissen, wem ich diesen Stein geben soll. Dieser Tag ist gekommen«, antwortete Raurau Illa schlicht.

»Aber ich kann ihn nicht annehmen!«

»Du hast ihn bereits angenommen«, erwiderte er. »Du hast keine Möglichkeit, ihn wieder loszuwerden, ohne alles, was dein ist, in Gefahr zu bringen. Du solltest es gar nicht erst versuchen.«

Cusi starrte auf den Stein in seiner Hand und dachte, daß es ganz einfach wäre, ihn Raurau Illa vor die Füße zu werfen. Der alte Mann hatte ihn überlistet. Sein Vater hätte ein solches Vorgehen als Bestechung betrachtet und abgelehnt. Doch im nächsten Augenblick umschlossen Cusis Finger den Kristall von neuem, und er spürte dessen Wärme auf der Hand. Er streckte den anderen Arm aus und hielt Raurau Illa den Quipu entgegen.

»Hier. Dann mußt du dies annehmen«, sagte er mit plötzlicher Entschlossenheit und schob das Bündel Schnüre in Rauraus tastende Hand. Wieder lächelte der alte Mann, und Cusi durchströmte dabei eine große Welle der Dankbarkeit.

»Vielleicht wirst du mir die Geschichte eines Tages vorsingen«, sagte Raurau Illa erfreut, während er die Schnüre durch die Finger gleiten ließ. »Ich muß jetzt gehen. Bitte kümmere dich um meine Opfergaben ebenso wie um die deinen. Ich habe dazu nicht die Kraft.«

»Das werde ich«, versprach Cusi. Daraufhin wandte sich der alte Mann zu der Huaca und entbot eine Mocha, indem er Küsse über das Bündel in seinen Händen blies. Danach trat er langsam, den Blick auf den Horizont geheftet, aus dem Kreis gestampfter Erde und stieg den Hügel hinauf, wo ihn nach einer Weile seine Begleiter in Empfang nahmen. Während er beobachtete, wie sie allmählich hinter dem Grat verschwanden, rollte Cusi den polierten Stein in den Fingern hin und her; es fühlte sich an, als gehöre er in seine Hand.

Dann stand er allein vor der Huaca, und die Gedanken jagten wild und unfaßbar durch seinen Kopf. Ihm war, als sei die ganze Welt aus den Fugen geraten; alles, was einmal gewohnt, bekannt und vertrauenswürdig gewesen war, schien plötzlich von ihm genommen. Er hatte Lloque Yupanqui als Vormund verloren und dafür Otoronco Achachi bekommen, einen Menschen, den er nur dem Namen nach kannte. Sein Vater hatte ihn geschlagen und gedroht, ihn nicht mehr zu seinen Freunden zu lassen; und dann hatte er ihn auch noch grausam von seiner Mutter getrennt. Dann war er hierhergekommen, nur um einen Eindringling vorzufinden, einen Blinden, der Cusis Kommen als eine Botschaft der Götter betrachtete; und schließlich hatte er einen Schutzgeist angenommen, den er gar nicht besitzen durfte, und einen Quipu weggegeben, den er nicht hätte weggeben dürfen. Cusi wünschte, er könne weglaufen, aber es gab keine Möglichkeit, den Folgen des Geschehenen zu entfliehen. Der Inca war nach Norden gezogen und hatte seine Söhne zurückgelassen, so daß sie ohne Vater zu Männern heranwachsen mußten; ebenso hatte ihn sein Vater verlassen. Das war die »Botschaft« des alten Mannes gewesen. Aber was hatte er mit dem Gerede über Viracochas Rückkehr gemeint? Natürlich würde der Sapa Inca zurückkommen, sobald sich die Quito und Carangui seiner Herrschaft fügten. Der Sapa Inca kam immer nach Cuzco zurück, um seine Siege zu feiern; er würde nicht über das Große Wasser verschwinden, wie Viracocha es der Legende nach getan hatte.

Ebensowenig konnte Cusi von hier weggehen, ohne sein Versprechen einzuhalten. Den steinernen Finger fest umklammert, hockte er vor dem schwelenden Feuer und streute mit der anderen seine Kokablätter und die Gaben Raurau Illas und seiner Begleiter in die Glut. Laßt mich wieder mit meiner Mutter zusammen sein, betete er dabei wortlos, und zusammen mit dem Rauch stiegen seine Hoffnungen in die unendliche Weite des Himmel auf.

Suta, Provinz Chachapoyas

Misa war gerade dabei, mit ihrer Mutter Akha zu machen, als einer ihrer kleinen Vettern hereingerannt kam und lauthals verkündete, der Micho würde kommen. Sie spuckte den zerkauten Mais in den Akhabottich und half ihrer Mutter, den schweren Holzdeckel darauf zu wuchten. Über den Bottich hinweg sahen sie sich fragend an.

»Der Micho war schon öfter hier«, meinte ihre Mutter achselzukkend. »Doch komm, Casca wird wollen, daß alle mit ihm bereitstehen. Der Inca braucht nicht zu glauben, er hätte uns überrascht, selbst wenn es stimmt.«

Sie gingen auf den Hof hinaus, wo sich allmählich auch der Rest der Familie einfand. Die erste Frau hatte bereits Cascas Stuhl auf den schattigen Eßplatz zwischen den Häusern gestellt und sich mit der zweiten Frau links davon gesetzt; Misa und ihre Mutter gesellten sich zu ihnen. Casca trat aus dem Haus in Begleitung des ältesten Sohnes, der ihm geblieben war, und zweier Neffen, die ihn gerade besuchten. Nachdem er Platz genommen hatte, setzten sich die jungen Männer zu seiner Rechten.

Misa fragte sich, wo ihre beiden jüngeren Brüder seien, und kam zu dem Schluß, daß sie wohl die übrigen Mitglieder des Klans benachrichtigten. Ihr Vater legte Wert darauf, bei jedem Besuch, der vom Inca kam, so viele Zeugen wie möglich um sich zu scharen; allzu groß war die Familie ohnehin nicht mehr. Wenige Minuten später betraten die ersten Krieger das Anwesen. Sie kamen paarweise in den Hof herein, mit fransengesäumten Schilden und Speeren mit metallenen Spitzen. Alle waren Mitmacs, Fremde, die der Inca nach dem Krieg in Suta angesiedelt hatte. Zwanzig von ihnen traten vor dem Micho in den Hof, dann erst folgte dieser selbst, zusammen mit Pias, dem Oberhäuptling des Dorfes, und einem Inka niedrigeren Standes mit silbernen Ohrpflöcken. Nach ihnen strömten noch mehr Krieger herein, so daß der Hof schließlich fast voll war. Die Frauen um Misa herum erschauderten in böser Vorahnung. Dies war eine ungewöhnliche Demonstration der Macht, vor allem, weil es in letzter Zeit keine Konflikte zwischen Casca und dem Inca gegeben hatte.

Bei diesem Gedanken erkannte Misa plötzlich den Inka mit den silbernen Ohrpflöcken und fühlte, wie sie augenblicklich erbleichte. Es war der Beamte, der die Erwählten Frauen aussuchte, der Mann, den ihr Vater den Tochterdieb nannte. Misas Mutter legte beschwichtigend eine Hand auf den Arm ihrer Tochter. Als die drei Männer vor Casca standen, erhob sich dieser voller Zorn. Er sprach in Quechua, der Sprache der Inka, und wandte sich in barschem Ton an den Micho, ohne die übliche Etikette zu beachten.

»Was soll das? Warum kommst du hierher mit einer ganzen Armee von Kriegern? Wir haben Frieden mit dem Inca, oder etwa nicht?«

Der Micho war ein kleiner, dunkelhäutiger Mann namens Condor Tupac. Seine Tunika schmückten rote Sterne, und in den Ohren trug er die großen, goldenen Ohrpflöcke eines Inka königlichen Geblüts. Als Zeichen seines Amtes führte er einen bemalten Stab mit sich. Während der letzten vier Jahre war Condor Tupac Vizegouverneur der Provinz gewesen, doch nun sprach er zu Casca, als seien sie sich vollkommen fremd.

»Es gibt keinen Frieden für jene, die das Gesetz des Inca mißachten!« stieß er hervor.

»Und welches Gesetz habe ich übertreten?« fragte Casca in scharfem Ton.

»Die Kriegsgesänge deines Klans sind seit vielen Jahren durch ein Dekret des Sapa Inca verboten. Trotzdem hast du sie bei deinem letzten Fest laut gesungen. Wir haben dafür viele Zeugen!«

Casca nahm wieder auf seinem Stuhl Platz, breitete die Hände aus und blickte ungläubig um sich. Inzwischen hatten sich auch Misas Brüder und zwei ihrer Onkel zur Familie hinzugesellt; entlang der Hofmauern waren junge Männer der anderen Klans aufgetaucht, und von den Ästen der Bäume draußen verfolgten Knaben die Szene. Misa bemerkte, daß ihr Vater wartete, bis sich möglichst viele Zuhörer versammelt hatten; dann erhob er sich zu voller Größe, zeigte auf den Mann mit den silbernen Ohrpflöcken und polterte: »Wenn ihr gekommen seid, um mit mir über mein Singen zu sprechen, warum habt ihr dann den mitgebracht, der die Erwählten Frauen aussucht?«

Der Micho ignorierte Cascas Frage und den erhobenen Finger. »Ich bin gekommen, um dich der Übertretung eines Verbots des Inca anzuklagen«, verkündete er statt dessen. »Leugnest du ab, was gegen dich vorgebracht wurde?«

»Du hast es sehr eilig damit, mich anzuklagen, Condor Tupac«, entgegnete Casca. »Ich habe in Cuzco gelernt, daß der Inca niemals überstürzte Urteile fällt, ohne sämtliche Beteiligten anzuhören. Warum also verletzt du deine eigenen Gesetze – nur um mich anzuklagen? Kann es sein, daß du etwas willst, das mir gehört?«

»Willst du deinen Verbrechen auch noch das der Respektlosigkeit hinzufügen?« warnte der Micho. »Ich frage dich zum letzten Mal: Leugnest du die Vorwürfe gegen dich?«

»Und ich frage *dich*«, konterte Casca, »wenn du nicht schon ein Urteil gefällt hast – warum hast du dann den Frauenerwähler mitgebracht?«

Die jungen Männern, die sich an den Mauern aufgestellt hatten, begannen unruhig zu murren. Die Krieger schlossen ihre Reihen dichter und musterten aufmerksam die empörten Zuschauer, und der Micho hob seinen Amtsstab und wartete, bis wieder Ruhe eintrat.

»Da du dich nicht verteidigen willst, muß ich annehmen, daß du schuldig bist«, erklärte er sodann mit lauter Stimme über die Zwischenrufe hinweg, die ihn zu unterbrechen drohten. »Als Strafe widerrufe ich hiermit deine Befreiung von der Abgabe Erwählter Frauen!«

Eine weiche Frucht flog am Kopf des Micho vorbei und zerplatzte vor den Füßen des Mannes mit den silbernen Ohrpflöcken, der erschreckt einen Satz nach hinten machte. Die Krieger duckten sich sofort hinter ihre Schilde und richteten die Speere drohend auf die jungen Männer, die sie umstanden.

»Versuche nicht, deine Leute gegen mich aufzuwiegeln, Casca«, schrie der Micho zornig, »sie werden sonst nur verletzt!«

»Du bist es, der sie aufwiegelt, Micho. Jedes Jahr haben sie gehört, wie ich bei dem Fest, mit dem wir die Entstehung unseres Volkes feiern, die Kriegsgesänge sang. Es ist immer gegen das Gesetz gewesen, aber der Micho war jedes Jahr klug genug, sich nicht in einen Brauch einzumischen, der uns so viel bedeutet. Auch du selbst hast es vier Jahre lang nicht getan. Aber heute willst du mich deswegen zum Verbrecher abstempeln, nur damit du meine Tochter stehlen kannst!«

Der Micho hatte sich wieder gefaßt, doch er gab seinen Soldaten kein Zeichen der Entwarnung und überging Cascas Anschuldigung. Statt dessen fuhr er unbeirrt fort: »Der Gouverneur hat angeordnet, die Einhaltung seines Verbots strikt zu befolgen. Du mußt dem Frauenerwähler alle geeigneten Töchter deiner Nebenfrauen vorführen!«

Mit geballten Fäusten ging Casca einen Schritt auf ihn zu.

»Ist das deine Art, dem Sapa Inca zu dienen?« fragte er wutentbrannt. »Willst du das Haus der Erwählten Frauen mit Mädchen füllen, die du den Eltern unrechtmäßig weggenommen hast?«

Der Micho hielt seinen Amtsstab steif vor die Brust und schien durch Casca hindurchzublicken.

»Wir wollen das Mädchen namens Micay sehen«, sagte er unbewegt.

Casca trat noch einen Schritt vor. »Bisher haben wir in Frieden miteinander gelebt, Condor Tupac«, knurrte er so bedrohlich, daß die Krieger in seiner Nähe ihre Speere noch fester packten. »Mache mich nicht für den Rest deines Lebens zu deinem Feind!«

»Gib das Mädchen heraus«, erwiderte der Micho entschieden und richtete das Symbol seiner Macht gebieterisch auf Cascas Brust. Dieser ergriff den bemalten Stab blitzschnell und schleuderte ihn so heftig zu Boden, daß er zerbrach.

»Hör mir zu, Inca!« brüllte er mit solcher Kraft, daß alle Umstehenden zusammenzuckten. Der Micho erholte sich als erster und hob beschwichtigend die Hände, um seine Krieger vom Angriff abzuhalten. Zum erstenmal blickte er Casca geradewegs in die Augen. »Rede. Aber diese Beleidigung meiner Autorität wird dich teuer zu stehen kommen.«

»Wie soll ich dich bezahlen«, fragte Casca mit lauter Stimme, »wenn du mir das letzte genommen hast, das für mich von Wert ist? Vier meiner Söhne hast du schon in deine Armeen eingezogen, und zwei von ihnen sind weit von hier gestorben. Meine Töchter hast du mit Männern verheiratet, die ich nicht kenne, und die Weber und Handwerker meines Klans hast du nach Cuzco verschleppt, damit sie dort für dich arbeiten. Nun willst du mir sogar das Gedenken an meine Ahnen wegnehmen, und dein Verbot soll als Entschuldigung dafür herhalten, daß du meine letzte Tochter raubst. Ich kann nicht glauben, daß der Sapa Inca mir so viel wegnehmen muß, da ihm doch ein ganzes Reich gehört. Und ich glaube nicht, daß der Gouverneur und du ihm ehrenhaft dient, wenn ihr meine Tochter entführt. Überlege dir, was du tust, Condor Tupac. Es könnte dir bis an dein Lebensende leid tun!«

Mit diesen Worten drehte Casca sich um, ging zu seinem Stuhl zurück und ließ sich mit einem lauten Seufzer darauf nieder.

»Ich habe dir gesagt, daß ich auf Anordnung des Gouverneurs hier bin«, erwiderte der Micho. »Es steht mir nicht zu, sein Gebot abzuändern.« Er wandte sich den Frauen zu. »Komm her, Micay«, rief er und winkte.

Misa blickte fragend zu ihrer Mutter auf, als sie ihren Namen in Quechua hörte. Diese versuchte noch, die Tränen zurückzuhalten, und schlang fest die Arme um ihre Tochter, doch als Cascas erste und zweite Frau weinend hinzutraten, begann auch sie zu schluchzen. Misa war zu verstört, um zu weinen; sie trat einen Schritt zurück, nickte ihren Brüdern zu und ging dann zu ihrem Vater. Der Inka winkte den Mann mit den silbernen Ohrpflöcken nach vorne. »Eignet sie sich als Erwählte Frau?« fragte er trocken.

»Sie ist älter als die anderen«, antwortete der Frauenerwähler bedächtig. »Aber – ja ... in Caxamarca wird man sich über sie freuen.« Der Micho bedeutete Misa näherzutreten.

»Du mußt sie herausgeben, Casca. Sie gehört nun dem Sapa Inca, Huayna Capac, dem Alleinherrscher über die Vier Himmelsrichtungen.«

Der Frauenerwähler und die Mitmac-Krieger verneigten sich, als der Name genannt wurde, doch Misa drehte sich um und blickte auf ihren Vater, der ungerührt schien; nie würde er dem Abgesandten des Inca gestatten, seinen Schmerz zu sehen. Er redete mit Misa in Chacha, ihrer Muttersprache.

»Du bist nun bald eine Frau, meine Tochter. Vielleicht schon in einem Jahr hätte ich dich einem Chachapoyas zur Frau geben können.«

Misa nickte nur. »Jetzt muß ich froh sein, daß du stark bist und für dich selbst sorgen kannst«, fuhr Casca fort, und Bitterkeit verfinsterte seine Stimme. »Aber ich werde nie vergessen, daß du mir gegen meinen Willen genommen wurdest, und ich werde niemals den Männern verzeihen, die das getan haben.«

»Komm, Micay«, wiederholte der Micho. Mit gesenktem Blick ging Misa zu ihm. Ihre Mutter und die anderen Frauen stimmten als Ausdruck der Trauer ein hohes Trillern an. Männer, die zum Klan gehörten, umringten die Klagenden und führten sie aus dem Hof hinaus.

»Ich komme wieder, um mit dir abzurechnen, Casca«, drohte der Micho beim Gehen, und als Misa durch das Hoftor schritt, hörte sie gerade noch, wie ihr Vater antwortete: »Dann bring alle deine Krieger mit, Micho! Diebe sind hier nicht sicher ...«

Misa, die nun Micay hieß, wußte bald nicht mehr, wieviele Tage sie mit ihren Gefährtinnen schon unterwegs war. Zusammen mit zwölf anderen Mädchen, die der Micho aus mehreren Dörfern mitgenommen hatte, zog sie nach Westen, quer durch die Provinz Chachapoyas. Man hatte die Mädchen aufgrund ihrer Schönheit ausgewählt, und sie waren, abgesehen von Micay, erst zwischen fünf und neun Jahre alt. Micay war etwa dreizehn, und so weit sie es aufgrund von Kleidung und Sprache beurteilen konnte die einzige, die aus einer adeligen Familie stammte. Mehr aus diesem Grund als wegen ihres Alters verhielten sich die anderen ihr gegenüber sehr schüchtern.

Die Mädchen mußten hintereinander gehen, flankiert von bewaffneten Aufsehern, denen nicht erlaubt war, mit ihnen zu sprechen. Die Regenzeit hatte begonnen, und die Felder trugen ein frisches Grün, doch für Micay sah die Landschaft trostlos und öde aus. Nur die Beschwerlichkeit der Reise brachte ihr etwas Ablenkung von ihrem Seelenschmerz. Auf heiße, tropische Täler folgten immer wieder steile Aufstiege in große Höhen und über kalte Bergpässe, wo die dünne Luft Kopfschmerzen, Schwindel und Soroche verursachte, die Höhenkrankheit. Der Frauenerwähler gönnte ihnen Pausen, so oft es ging, und in den Rasthäusern entlang des Weges bekamen die Mädchen warme Mahlzeiten und Kokatee, doch sie hatten nicht viel Appetit und wurden zunehmend müde und apathisch.

Schließlich überquerten sie den letzten Paß und sahen tief unter sich endlich Caxamarca liegen, eine große Stadt, die sich weit in eine Felsschlucht hinaufzog und sich talwärts zwischen schneebedeckten Gipfeln auf einer Ebene ausdehnte. Nur wenige der Mädchen hatten eine ungefähre Vorstellung davon, was sie im Haus der Erwählten Frauen erwartete, aber trotzdem freuten sich alle über das nahende Ende der anstrengenden Reise.

Nachdem sie bereits einige Zeit durch die Stadt gegangen waren, kamen sie zu einer hoch aufragenden, graubraunen Mauer aus großen, exakt zugeschnittenen Steinen, die ohne Mörtel aneinandergefügt waren. Die Aufseher hielten an; an der Spitze der Karawane begann der Frauenerwähler, die Mädchen einzeln zu sich zu rufen und dazu einer großen, älteren Frau in schwarzem Kleid und Umhang Erklärungen zu geben. Micay bemerkte, daß er sich dieser Frau gegenüber sehr ehrerbietig verhielt.

Sie war die letzte, die der Frau vorgestellt und von ihr begutachtet wurde. »Ihr Name ist Micay, meine Mutter«, begann der Frauenerwähler, »sie kommt aus Suta, im Osten der Provinz Chachapoyas. Ihr Vater hat den Rang eines Häuptlings, aber er ist ein Rebell und wollte sein Amt nicht unter unserer Herrschaft ausüben. Er will sich nicht fügen und hat sich schon mehrer Male mit dem Micho angelegt. Erst kürzlich wurde seine Befreiung von der Abgabe Erwählter Frauen aufgehoben, deshalb mußte er mir diese Tochter überlassen.«

Die Frau betrachtete Micay wohlwollend, als versuchte sie ihr mit einem Blick zu verstehen zu geben, daß Micay für den Ruf ihres Vaters nicht zu tadeln sei.

»Du bist älter als die meisten anderen Mädchen, die zu uns kommen, meine Tochter«, sagte sie dann. »Wie gut sprichst du die Hochsprache?«

Es überraschte Micay, direkt angesprochen zu werden. »Ich habe schon sehr früh Quechua gelernt«, antwortete sie, »von einer Frau aus Caxamarca.«

»Und was hat dein Vater dir beigebracht? Hat er dich gelehrt, die Gesetze der Inka zu mißachten?«

Diese Frage war Micay schon öfter und meist in weniger freundlichem Ton gestellt worden, weshalb sie davor weder zurückschrak noch versuchte, ihr auszuweichen.

»Mein Vater mußte nach dem Krieg nach Cuzco, um alle Gesetze und Bräuche der Inka zu erlernen; erst dann durfte er nach Suta zurückkehren. Man hat ihn einen Rebellen genannt, weil er erwartet, daß der Inca sich seinem Ruf entsprechend verhält, nämlich gütig und großmütig. Statt dessen hat der Micho mich meinem Vater gestohlen, ohne ihn anzuhören. Ich gehöre nicht hierher, Mutter.«

Die Frau zog verwundert die Augenbrauen hoch und warf dann dem Frauenerwähler einen wütenden Blick zu, so daß er sich erschreckt wegdrehte. Dann sah sie nachdenklich auf Micay.

»Vielleicht hast du auch nicht nach Suta gehört, zu einem Vater, der sich seiner eigenen Macht verweigert. Vielleicht ist dir ein nützlicheres Leben bestimmt. Wenn du lange genug hier gewesen bist, Tochter, dann wirst du verstehen, was es heißt, eine Erwählte Frau zu sein. Und genau das wirst du hier bei uns lernen. Wir tun unsere Arbeit mit großer Geduld und Hingabe. Wir werden dich bereit machen, damit du der Aufgabe, die der Sapa Inca dir bestimmt, würdig bist.«

Micay senkte resigniert den Blick und verbeugte sich vor der Frau, und der Frauenerwähler überreichte mit einer ähnlichen Verneigung einen Quipu.

»Du bist aus deiner Verantwortung entlassen«, wandte sie sich an ihn. »Aber du mußt dem Micho mitteilen, daß er dein Amt erniedrigt – und damit auch unsere Arbeit –, wenn Mädchen ihrem Vater zur Strafe weggenommen werden. Erinnere ihn daran.«

Sie nahm Micay bei der Hand und führte sie über die breite Türschwelle am Eingang. Eine starke Holztür schloß sich hinter ihnen und entzog sie den Blicken der Außenwelt. Dann traten sie auf einen Hof, der im Schatten hoher Steinmauern lag. Micay bemerkte, daß die stummen Gestalten, die den Platz umringten, andere Mädchen waren, alle in die gleichen dunklen, bodenlangen Gewänder gekleidet. Sie verbeugten sich gleichzeitig zu einem stummen Gruß.

»Deine Schwestern heißen dich willkommen, Micay«, sagte die Frau. »Sie wollen dir mitteilen, daß es eine große Ehre ist, eine der Erwählten Frauen des Sapa Inca zu sein.«

Diese Begrüßungsgeste rührte Micay auf seltsame Weise an; sie fühlte einen Schauer den Rücken hinunterlaufen. Die schwarzgekleidete Frau sah zu ihr hinab.

»Ich bin die Oberin der Mamaconas, der Frauen, die dich hier unterweisen werden. Du kannst mich Mamanchic nennen. Jetzt sage mir: Hat deine Regelblutung schon begonnen?«

»Nein, Mamanchic.«

Die Mamacona sah zu den anderen Mädchen hinüber und winkte eine der jungen Frauen zu sich. Als sie näherkam, sah Micay, daß ihr Gesicht entsetzlich entstellt war.

»Cahua, das ist Micay«, erklärte die Mamanchic. »Führe sie auf das Zimmer, das du bei deiner Ankunft bekamst. Dort liegt Kleidung für sie bereit. Zeige ihr, wie sie sich richtig anzieht.«

Micay sah die Mamanchic an, um festzustellen, ob sie die entstellte junge Frau als eine Art Bestrafung ausgewählt hatte. Doch die Oberin wirkte mild und gelassen und zeigte kein Anzeichen von Rachsucht oder Groll. Daraufhin verneigte sich Micay und ließ sich, wenn auch mit gebührendem Abstand, von dem älteren Mädchen den Weg weisen.

»Du brauchst dich nicht vor mir zu fürchten, ich habe keine ansteckende Krankheit«, begann Cahua nach einer Weile, als sie zwischen zwei Gebäuden hindurchgingen, doch wegen ihres entstellten Gesichts waren die Worte so undeutlich, daß sie den Satz zweimal wiederholen mußte, bevor Micay ihn verstehen konnte.

»Ich hatte die Uta«, fuhr sie langsam fort und versuchte dabei von Micays Gesicht abzulesen, ob diese sie verstanden hatte. »Aber ich habe sie überlebt. Es besteht keine Gefahr für dich.«

Micay schämte sich etwas für ihre Abneigung gegen das Mädchen. Sie hatte von der Uta gehört, jener Krankheit, die die Gesichter ihrer Opfer entstellt und gewöhnlich mit dem Tod endete. Bei den Völkern, die nahe an den Küsten der Großen Mutter Wasser lebten, kam dieses Gebrechen öfter vor.

Sie betraten ein rauchiges Vorzimmer, an dessen Rückwand eine große Kohlenpfanne stand, und gingen dann einen dunklen Korridor entlang, der auf beiden Seiten von Zimmern gesäumt war. Vor einer der offenen Türen blieb Cahua stehen und bedeutete Micay einzutreten. Der Raum war nicht mehr als etwa sechs Schritte lang und breit, und wäre die Decke nicht ziemlich hoch gewesen, so hätte man sich darin fühlen können wie in einer Grabkammer. In den beiden Seitenwänden befand sich je ein kleines Fenster, aber es gab keines nach draußen. Dennoch war es hier etwas heller als im Korridor; Micay konnte in einer Ecke ein aufgerolltes Lamafell erkennen, und in der Mitte des nackten Steinfußbodens lag ein Stapel Kleidungsstücke.

»Hier wirst du schlafen«, unterrichtete Cahua sie, »und das sind die Kleider, die du tragen wirst. Deine eigenen mußt du mir geben.«

Micay zögerte, dieser Aufforderung Folge zu leisten. Sie befühlte ihre Halskette aus Muscheln und betrachtete den rotgelb gestreiften Stoff ihres Kleides, den sie mit ihrer Mutter selbst gewebt hatte. Im Vergleich dazu schienen die Kleider auf dem Boden grau wie Steine. »Hast du mich verstanden?« fragte Cahua. »Die Mamacona sollte sich nicht wiederholen müssen. Als erstes nimmst du das große Tuch«, fuhr sie fort, nachdem Cahua Kleid und Schmuck abgelegt hatte. »Es heißt Anacu. Halte eine Ecke über die linke Schulter und schlinge es unter dem rechten Arm durch. Halt still, ich zeige es dir …«

Mit einer Kupfernadel steckte Cahua das lange, dunkelblaue Tuch an der Schulter zusammen, und um Micays Taille schlang sie einen weißen Gürtel mit einem blauen Streifen in der Mitte, den sie als Chumpi bezeichnete. Dazu bekam Micay einen ebenfalls blauen, kurzen Umhang, der vor der Brust von einer zierlichen Silberfibel zusammengehalten wurde.

Am Ende blickte sie Cahua gleichgültig an, zu müde, um sich von deren Gesicht noch abgestoßen zu fühlen. Mit diesen schweren Tüchern angetan kam sie sich vor wie eine Nonne. Sie wehrte sich auch nicht, als Cahua hinter sie trat und begann, die Bänder aus ihrem Haar zu entflechten.

»Wenn ich es gekämmt habe, ist es wieder ganz glatt«, tröstete Cahua sie. »Und ich werde dir zeigen, wie man es richtig scheitelt. Du hast sehr schönes Haar, Micay. Es ist so schwarz im Vergleich zu deiner hellen Haut. Die Männer von Cuzco lieben solche Frauen, weißt du.«

»Ich mache mir nichts aus den Männern von Cuzco«, entgegnete Micay niedergeschlagen.

»Du wirst bald anders darüber denken«, versicherte ihr Cahua und begann, sie mit einem Schildpattkamm zu frisieren.

»Nein. Sag mir nicht, was ich tun werde. So gut kennst du mich nicht.« Micay begann zu weinen; plötzlich brachen die lange zurückgehaltenen Tränen mit solcher Heftigkeit hervor, daß ihr ganzer Körper erbebte. Sie schluchzte so sehr, daß sie meinte, zerreißen zu müssen, und ohne es zu bemerken, warf sie sich voller Verzweiflung in Cahuas Arme.

Allmählich gelang es Cahua, Micay zu beruhigen, und sie löste sich vorsichtig aus deren Umarmung. »Ich würde dich gerne kennenlernen, Micay«, sagte sie leise, »– und deine Freundin hier werden.«

Micay blickte auf. »Ist das erlaubt?« fragte sie ungläubig.

Cahuas unförmiger Mund zog sich zusammen. »Dies ist kein Gefängnis. Wenn du es willst, wirst du das bald merken. Ein Mädchen, das so schön ist wie du, hat hier viele Möglichkeiten. Am Anfang meint man, es sei unerträglich. Aber eines Tages spürst du, daß du erfüllt bist und genau weißt, was du zu tun hast. Daran erkennst du, daß du eine Erwählte Frau geworden bist, eine Frau, wie sie der Inca, der Sohn der Sonne, schätzt.«

Micay hatte fast alles verstanden, was Cahua gesagt hatte, doch die Bedeutung dieser Worte lag für sie im Dunkel. Sie wollte auch gar nichts mehr verstehen. Das Mädchen namens Misa war tot; die Klagen seiner Mutter konnten diese dicken Mauern nicht durchdringen. Als Cahua Micays Haare fertig gekämmt hatte, fielen sie ihr lang und gerade über den Rücken. Cahua stand auf und nickte ihr zu, und Micay folgte ihr hinaus auf den dunklen Flur, um ihren Platz zwischen denen einzunehmen, die im Haus der Erwählten Frauen lebten.

KAPITEL 2

Pusaqcona: Führer

Cuzco

Die Terrassenstadt Patallacta war einer der liebsten Aufenthaltsorte des neunten Sapa Inca Pachacuti gewesen. Ihre Häuser, Gärten und Gebäude für zeremonielle Zwecke zogen sich in breiten Terrassen einen Hügel im Nordwesten des zentralen Platzes von Cuzco hinauf. Die Stützmauern der Terrassen wurden von schmaleren Terrassen getragen, die ein Zickzackmuster von Rampen zwischen den einzelnen Ebenen bildeten. Wo immer möglich, hatte man die Terrassen mit schattenspendenden Bäumen, Cantut-Büschen und blühenden Ranken bepflanzt, die durch Kanäle bewässert wurden. Dieser Bezirk gehörte nun dem Iñaca-Haushalt, der Pachacutis Besitz geerbt hatte und ihm auch nach dem Tod noch aufwartete.

Als Cusi am Tag nach der Abreise seiner Familie in der Patallacta ankam, wurde er im Gästequartier auf der niedersten Ebene untergebracht. Man sagte ihm, daß Otoronco Achachi sehr beschäftigt sei, Cusi aber bald zu einem Gespräch bitten würde. In der Zwischenzeit solle er hier schlafen und seine Mahlzeiten einnehmen. Der Gästebezirk wurde von drei Yanacona-Frauen betreut, lebenslänglichen Gefolgsleuten, die Cusi mit großer Ehrfurcht behandelten, als wäre es ein Privileg, einem Verwandten Otoronco Achachis zu dienen. Otoronco war einer von Pachacutis Söhnen, ein hochrangiges Mitglied des Iñaca-Haushalts und ein berühmter Kriegsherr. Man hatte ihn seiner Aufgaben in den Provinzen enthoben, um über das Ostviertel zu herrschen – ein Reichsgebiet, an dessen Eroberung er einst selbst beteiligt gewesen war. Nun sollte er die Regierungsgewalt über den gesamten Landesteil haben und einer der vier Herren sein, die dem Regenten Auqui Topa Inca beratend zur Seite standen.

Cusi verstand, daß sein Vormund angesichts dieser Aufgaben ihn nicht sofort empfangen konnte, und versuchte, geduldig zu warten. Das fiel ihm allerdings nicht leicht, denn er war der einzige Besucher im Gästequartier, und die Dienerinnen waren zwar überaus eilfertig, doch sie standen in der Hierarchie weit unter ihm und boten ihm wenig Unterhaltung. Außerdem belasteten ihn seine Geheimnisse, so daß er sich selbst in der Gesellschaft seiner Initiationsbrüder einsam fühlte. Bislang hatte Cusi niemandem von der Begegnung mit Raurau Illa bei der Huaca erzählt und auch nichts unternommen, um den fehlenden Quipu zu ersetzen. Aber je länger er das hinausschob, desto mehr würde sein Schweigen wie absichtliche Täuschung und das Fehlen des Quipu wie ein vorsätzlicher Betrug wirken.

Wenn Otoronco ihn sofort nach seiner Ankunft zu sich gerufen hätte, dann hätte Cusi ihm zweifellos davon erzählt. Er wäre sogar froh darüber gewesen, Otoronco alles zu beichten und ihn um Rat zu fragen. Aber sein Großvater schien ihn völlig vergessen zu haben. Nach einem Monat wurde Cusi bewußt, daß es mittlerweile zu spät war, um irgend jemandem zu erzählen, was bei der Huaca geschehen war. Heimlich sammelte er Material für einen neuen Quipu. Der Ersatz, den er für die verschenkte Schnur bastelte, sah wesentlich unbeholfener aus als die ursprüngliche; jedem der Lehrer wäre sofort aufgefallen, daß die Schnüre ungleich lang waren und daß rote und blaue Fäden fehlten. Aber Cusi kam zu dem Schluß, für ein Lied, das er ohnehin schon auswendig kannte, würde das genügen, und er versteckte den Quipu unter den anderen Gegenständen in seiner Ecke im Haus des Lernens.

Als immer mehr Tage ins Land zogen und Cusi nicht zu Otoronco Achachi gerufen wurde, reifte in ihm die Überzeugung, daß diese Vernachlässigung seinen eigenen Betrug rechtfertigte. Wie Raurau Illa gesagt hatte, war er ein vaterloser Junge, also mußte er nun auf eigene Faust zum Mann heranwachsen.

Doch eines Tages befahl Aranyac, der für Cusis Gruppe verantwortliche Lehrer, daß die Besitztümer der Jungen untersucht werden sollten, und dabei wurde Cusis improvisierter Quipu entdeckt. Er zitierte Cusi sofort zu sich und hielt ihm schweigend die Schnur entgegen.

»Ich habe den richtigen Quipu irgendwo oben auf der Ebene verloren«, log Cusi.

»Und warum hast du den Verlust nicht gemeldet?« herrschte Aranyac ihn an.

»Ich ... ich habe nicht gedacht. Ich habe mich so sehr über mich selbst geärgert, als ich ihn verlor«, stammelte Cusi.

»Das glaube ich dir nicht, Cusi Auqui«, sagte Aranyac förmlich und sichtlich enttäuscht. »Aber vielleicht hilft es deinem Gedächtnis nach, eines der Zimmer zu reinigen, in denen unsere Schnüre aufbewahrt werden.«

Cusi nickte. Jede Strafe war ihm lieber als der vorwurfsvolle Blick seines Lehrers. Und als ob Aranyac dies wüßte, starrte er den Jungen noch einige Sekunden länger an.

Caxamarca

Da Micay von allen drei Gemahlinnen ihres Vaters erzogen worden war, fielen ihr die praktischen Dinge bei der Ausbildung zur Erwählten Frau leicht. Auch die Aussprache ihres Quechua wurde immer besser, und sie konnte sich die vielen Lieder und Gebete gut merken. Anfangs fand sie es schwer, selbst beim Zuhören und Vortragen ihre Hände nicht ruhen zu lassen, aber schon bald konnte sie die Spindel aus dem Augenwinkel heraus beobachten und dem Gefühl nach bedienen und ihre Aufmerksamkeit ganz auf die Stimmen der Mamacona lenken.

Mehr Schwierigkeiten bereitete es ihr, richtig zu gehen – sich weder zu hastig noch zu langsam in einer geraden Linie fortzubewegen, den Kopf ruhig zu halten und die Augen dabei leicht zu senken. Denn sie hatte die Gewohnheit, in den Himmel hinaufzublicken und lange im Licht der Sonne zu verweilen. Für Cahua und die Mamacona war so etwas eine Nachlässigkeit, die sie als »Träumerei« abtaten. Jedesmal, wenn Micay nicht völlig in ihrer Tätigkeit aufging, »träumte« sie. Eines Tages, als sie im Innenhof saß und webte, blickte sie auf, als ein Schwarm Rotfinken auf dem Dach zu singen begann. Doch dann bemerkte sie, daß sie als Einzige den Kopf gehoben hatte und die Mama der Gruppe ihr einen vorwurfsvollen Blick zuwarf.

Cahua hingegen war sehr geduldig. Jeden Abend suchte sie Micay in ihrem Zimmer auf, beantwortete alle ihre Fragen und besprach ihre Vergehen des vergangenen Tages mit ihr. Dabei massierte sie Micays Nacken und Schultern und kämmte ihr die Haare. Hinterher war Micay immer zuversichtlich, und dann konnte sie sich selbst über kleine Fortschritte freuen.

Im Kreis ihrer Schwestern allerdings fühlte sie sich wie ein Mitmac, eine Außenseiterin, auch wenn sie dieselbe Kleidung trug und die gleiche Arbeit verrichtete. Der einzige Unterschied zwischen ihr und den restlichen Mädchen bestand darin, daß sie sich ihrer eigenen Person bewußt war. Die übrigen Mädchen schienen keine anderen Verhaltensweisen zu kennen, keine Eigenarten, keine Launen, keine Erinnerungen. Manchmal hatte Micay das Gefühl, als wären die anderen keine Mädchen wie sie, als hätte sie überhaupt nichts mit ihnen gemein.

»Ich weiß nicht, wie sie es schaffen«, klagte sie. »Vielleicht habe ich zu lange draußen gelebt, aber für mich ist es unmöglich, nichts zu sehen, zu riechen oder zu hören.«

»Aber genau das tust du, wenn du dich auf etwas wirklich konzentrierst«, wandte Cahua ein. »Wenn du webst oder eine andere Arbeit machst, die dir Spaß bereitet. Dann fällt es dir gar nicht schwer, dich nicht ablenken zu lassen. Zu träumen fängst du nur an, wenn eine Tätigkeit langweilig oder mühsam ist.«

»Das ist doch natürlich«, verteidigte sich Micay. »Deswegen verrichten die Frauen ihre Pflichten doch gemeinsam. In Gesellschaft vergeht die Zeit schneller.«

»Du mußt endlich aufhören, sinnlose Vergleiche anzustellen. Von einer Erwählten Frau wird mehr erwartet. Du sprichst, als hätten die Mädchen nur einen Trick gelernt, um Erwählte Frauen zu werden, aber es geht um viel, viel mehr. Es ist eine ganz andere Lebensweise, und sie wird dir nützen, wo immer du hingehst. Sie wird dir helfen, die Verantwortung zu übernehmen, die auf dich zukommt, wenn der Sapa Inca dir deinen Platz zuweist.«

»Aber ich weiß doch nicht, wo das sein wird«, protestierte Micay.

»Das ist gleichgültig«, entgegnete Cahua überzeugt. »Wenn du wirklich bereit bist, von uns zu gehen, wirst du dich in jeder Situation auf dich selbst verlassen können.«

Die nächsten zwei Abende blieb Micay allein; Cahua wollte ihr Zeit geben, über das Gesagte nachzudenken. Aber Micay konnte ihre Gedanken nicht sammeln; sie hörte Stimmen aus dem benachbarten Zimmer, und als sie den Kopf zum Fenster hinausstreckte, erkannte sie ein älteres Mädchen namens Yutu.

»Cahua ist zur Abwechslung gar nicht bei dir«, sagte Yutu in einem Quechua, das ihre Herkunft nicht verriet.

»Sie wollte mir Zeit zum Nachdenken geben.«

»Durch Nachdenken wirst du nicht zu einer Erwählten Frau. Aber du wirst sowieso nicht lange genug hier bleiben, um eine Erwählte Frau zu werden.«

»Woher weißt du das?« fragte Micay überrascht. Zuerst zögerte Yutu, aber dann antwortete sie in einem Ton, der klang, als sei die Erklärung offensichtlich.

»Du stammst aus einer edlen Familie, du siehst sehr hübsch aus, und du hast eine helle Haut, wie ich. Sicher werden wir beide genommen.«

»Wohin genommen?«

»Der Sapa Inca wird uns erwählen. Ich werde vermutlich einem seiner Hauptleute als Ehefrau gegeben, oder einem Häuptling, aber dafür bist du noch nicht alt genug. Wenn du Glück hast, wirst du zu einer der Frauen an seinem Hof kommen, der Gemahlin eines Inkas, um ihr zu dienen oder ihren Kindern Gesellschaft zu leisten.«

Die Gewißheit des älteren Mädchens verblüffte und verwirrte Micay; diese Möglichkeit hatte Cahua nie erwähnt.

»Und wann soll das passieren?«

»In zwei oder drei Monaten, wenn der Sapa Inca nach Caxamarca kommt. Wegen seiner vielen Begleiter kann er nur sehr langsam reisen. Er wird viele von uns mitnehmen.«

»Und du glaubst, daß er *mich* nehmen wird?«

Yutu seufzte geduldig, als würde ihr erst jetzt das volle Ausmaß von Micays Unkenntnis bewußt. »Vor vier Jahren kam Huayna Capac zweimal durch Caxamarca, aber jedes Mal war er in Begleitung seiner Armee. Deshalb nahm er nur die älteren Mädchen, die er an seine Krieger verheiraten konnte. Sonst wäre ich damals schon fortgekommen, denn die Chachapoyas-Nustas wählte er als erste. Aber dieses Mal bringt er all seine Gemahlinnen und Frauen mit, und er wird ihnen seine Gunst erweisen wollen. Also gibt es auch Aufgaben für jüngere Mädchen.«

»Freust du dich darauf, dieses Haus zu verlassen?« fragte Micay neugierig.

Wieder seufzte Yutu. »Ich bin schon sehr lange hier, und ich habe immer gewußt, daß ich diesen Ort eines Tages verlassen würde. Ich möchte nicht wie Cahua hierbleiben und zu den Frauen der Sonne gehören.«

Auch das hatte Micay noch nie gehört. Alle Mamacona waren Frauen der Sonne, wenn auch die meisten Mitglieder des Ordens abgeschieden in einem eigenen Bezirk hinter dem Haus der Erwählten Frauen lebten. Es waren heilige Frauen, die Inti völlig ergeben waren und ihm mit Gebeten, Fasten und Reinheit dienten.

»Wir brauchen nicht durch das Fenster miteinander zu reden. Komm doch in mein Zimmer«, forderte Yutu Micay auf.

Dieses Angebot überraschte Micay – sie hatte geglaubt, Besuche untereinander seien verboten. Als sie auf den Gang schlüpfte und die wenigen Schritte zur Tür ihrer Nachbarin ging, war sie von Neugier erfüllt, aber auch von einem vagen Gefühl, Cahua zu hintergehen.

Cuzco

An diesem Tag war der Krieger Sumac Mallqui für die Gruppe verantwortlich. Als Cusi auf dem Feld eintraf, hatten die anderen Jungen bereits zu ringen begonnen. Sumac hatte einen mächtigen Brustkorb und lange, muskulöse Arme – er konnte zupacken, daß kein Junge es vergaß, der ihn am eigenen Leib zu spüren bekommen hatte. Ein einziges Mal hatte er Cusi bislang gemaßregelt und ihn dabei wie einen Sack Federn hochgestemmt und durchgeschüttelt. Nicht zuletzt deshalb war Cusi noch nie zu spät zum Unterricht erschienen und erwartete heute einen ähnlichen Empfang wie damals.

Aber Sumac Mallqui warf ihm lediglich einen mißbilligenden Blick zu. »Wärm dich auf«, befahl er barsch. »Wenn du fertig bist, wirst du ringen.«

Als Cusi nach einiger Zeit in den Kreis der Jungen zurückkehrte, hielt der Krieger im Drill inne und starrte Cusi schweigend an. Dann klatschte er in die Hände und rief: »Tomay! Zeige Cusi, wie die Colla ringen!«

Sofort sprang Tomay vor. Einen Augenblick umkreisten sich die beiden, bevor sie angriffen und einander packten, zerrten und schoben und sich dann mit einem Ruck wieder befreiten. Cusi machte einen Scheinangriff auf einer Seite, woraufhin Tomay den ganzen Körper wandte, um Cusi nicht die Flanke zuzudrehen. Cusi wiederholte die Finte zur anderen Seite und beugte sich vor, um Tomays Beine zu packen. Aber Tomay ließ sich nicht täuschen; er wich der Attacke aus, ergriff Cusi hinten an der Tunika und schleuderte ihn zu Boden.

Kaum hatte er sich wieder erhoben, umtänzelten die Freunde sich wieder und versuchten, die Reaktion des anderen mit Täuschungsmanövern zu testen. Schließlich konnte Cusi seinen Gegner kurz am Oberarm packen, aber wieder hatte er Tomays Gewandtheit unterschätzt und wurde von ihm auf den Rücken geworfen.

»Du könntest Tomay auch ein bißchen zum Schwitzen bringen«, meinte Sumac Mallqui sarkastisch. Die anderen Jungen quittierten diese Bemerkungen mit Hohngelächter. Cusi atmete zischend durch die zusammengebissenen Zähne ein; sein Gesicht war schamrot. Er wußte, daß der Krieger recht hatte – er sollte gegen Tomay seine Schnelligkeit einsetzen. Aber sein Wissen gab ihm nicht die Kraft, dies auch in die Tat umzusetzen. Es schien, als sei Tomay auf jede Finte vorbereitet und würde seine Stellung schon entsprechend verändern, bevor Cusi sich auch nur bewegt hatte. Voll Ungeduld griff Cusi überraschend nach Tomays Taille, aber Tomay sprang sofort zurück und drückte Cusis gebeugten Kopf nach unten, bis er mit dem Gesicht im Gras lag.

Öfter als dreimal brauchte gewöhnlich niemand zu Boden zu gehen, und sogar Sumac Mallqui mußte zugeben, daß Cusi heute hoffnungslos war. Es schien sinnlos, einen derart ungleichen Kampf fortzusetzen. Aber dann hörte Cusi Sumacs Stimme im barschen Befehlston: »Bleib nicht liegen wie ein Stück Lamadung! Steh auf, du Faulpelz, und stell dich deinem Feind!«

Taumelnd erhob sich Cusi. Er sah gerade noch, wie Sumac Mallquis langer Arm auf ihn zusauste, und erwartete, daß der Krieger ihn zu Boden schlagen würde, wie sein Vater. Mit aller Kraft fegte er den Arm beiseite, und auf Sumac Mallquis Gesicht breitete sich Überraschung aus.

»Cusi!« rief Tomay entsetzt und versuchte, seinen Freund zurückzuhalten, doch Cusi schob ihn mit beiden Händen beiseite. Noch während Tomay zurückstolperte, sprang Cusi hoch und griff seinen unvorbereiteten Freund an. Er hieb ihm aufs Kinn, stieß seine Schulter in Tomays Brustbein und schleuderte ihn mit solcher Gewalt zu Boden, daß Tomay rückwärts durch die Luft flog und auf dem Rücken aufprallte.

»Bist du verrückt geworden?« schrie Sumac Mallqui wütend. »Du hättest ihn schwer verletzen können!«

Wortlos starrte Cusi seinen Lehrer an, der ihn packte und so fest schüttelte, daß Cusis Kopf hin und her flog und er sich in die Zunge biß. Der Krieger deutete auf den Hügel.

»Lauf bis zum Gipfel, und zwar rückwärts! Und wenn du auch nur einmal stehenbleibst, läufst du zweimal!«

Mit einem letzten Rütteln lockerte Sumac Mallqui seinen Griff. Cusi drehte sich um und lief so schnell er konnte rückwärts den Berg hinauf. Schon bald stolperte er über einen Stein und fiel auf den Rücken, rappelte sich aber sofort wieder auf und lief wie blind weiter. Er hoffte, er würde über eine Klippe stürzen oder in ein Loch fallen und darin verschwinden.

Als er später zerschunden in seinem Zimmer lag, fiel ihm Raurau Illas Frage ein, wie er ohne die Anleitung seiner Eltern ein Mann werden wolle. Seine Antwort war Cusi schon damals unzureichend erschienen, jetzt aber fand er sie vollends sinnlos. Er war der Junge geworden, dem jeder Verachtung und Mißtrauen entgegenbrachte, den niemand zum Mann machen wollte.

Ein Räuspern vor der Tür schreckte ihn aus seinen Gedanken. »Ja?«, sagte er. Eine ihm unbekannte Stimme antwortete respektvoll: »Der Herr Otoronco Achachi wünscht Euch zu empfangen, Herr.«

Natürlich, dachte Cusi mißmutig, er will mich auch noch bestrafen. Mühsam unterdrückte er ein Stöhnen, erhob sich und folgte dem Diener über den Innenhof. Draußen auf der Straße bogen sie nach rechts ab und stiegen über eine breite Treppe zur nächsten Terrasse hinauf. Zweifellos hatte Otoronco sich eine Wohnstatt gewählt, die seinem Rang und seiner engen Verwandtschaft zu Pachacuti entsprach, dem großen Ahn, dessen unbeatmeter Körper nun ganz oben auf dem Hügel aufbewahrt wurde. So weit war Cusi noch nie hinaufgekommen, aber auch jetzt hatte er kaum Gelegenheit, seine Umgebung zu betrachten, denn er hatte Mühe, mit dem Diener Schritt zu halten. Dennoch bemerkte er, daß sie durch Gärten schritten, die nach duftenden Bäumen, süßen Orchideen und feuchter Erde rochen, und vorbei an Teichen, in denen sich das Sternenlicht spiegelte.

Schließlich gelangten sie zu einer Einfriedung, die die ganze östliche Hälfte der Terrasse umfaßte. Eine hohe, trapezförmige Tür führte in einen Hof von kaum fünf Metern Breite; an beiden Seiten und am Ende erhob sich jeweils ein Steingebäude. Licht drang durch die offene Tür und erleuchtete die Treppe, die zu ihr hinaufführte. Der Diener bedeutete Cusi einzutreten, verbeugte sich und entfernte sich schweigend.

Cusi blieb kurz stehen, um sich zu sammeln – hatte er überhaupt die Kraft, noch mehr scharfe Worte zu ertragen? Es gab Balladen, in denen der wütende Zorn Otoronco Achachis besungen wurde. Er hatte seinen Namen »Großvater Jaguar« erhalten, weil er sich in den dichten Dschungeln des Ostviertels durch ungewöhnliche Tapferkeit ausgezeichnet hatte. Er war der Bruder von Cusis Großvater väterlicherseits, und deswegen durfte Cusi ihn eigentlich »Großvater« nennen, doch da er ihn kaum kannte, würde er auf dieses Vorrecht wohl verzichten. Es ist besser, ich spreche ihn mit »Herr« an, dachte er, während er sich zwang, die Treppe hinaufzugehen und die Schwelle zu übertreten.

Das Zimmer war erleuchtet mit Binsen, deren Köpfe in Talg getaucht und entzündet worden waren. Sie standen in Tongefäßen und warfen ein rauchiges, gelbes Licht auf die steinernen Gegenstände, die Waffen, Tierhäute und Tücher, die die Wände und Nischen schmückten. Otoronco Achachi schritt, vor sich hin murmelnd, auf und ab; in der Hand hielt er einen bemalten Trinkbecher. Er war ein großer, kräftig gebauter Mann, über dessen breite Schultern sich der gelbschwarze Stoff seiner Tunika spannte. Sein kurzes, schwarzes Haar war noch kaum ergraut; es wurde von einem rotschwarzen Stirnband mit den silbernen Insignien des Iñaca-Haushalts zurückgehalten. Der Krieg war nicht spurlos an Otoronco vorübergegangen, und er wirkte noch immer so einschüchternd, wie Cusi ihn in Erinnerung hatte.

»Du bist Cusi Auqui?« herrschte er ihn an. »Der Sohn Apu Pomas?«
»Ja, Herr.«

»Du siehst aus, als hättest du einen Zweikampf mit einem Kaktus verloren.« Er trat näher an den Jungen heran, so daß Cusi seine blutunterlaufenen Augen und die Schaumbläschen an seinen Lippen erkennen konnte. »Aber du siehst nicht aus, als würdest du deine Lehrer anlügen oder deine Initiationsbrüder verletzen.«

Ergeben, ohne ein Wort zu sagen, wartete Cusi darauf, geschüttelt oder geschlagen zu werden. Otoronco nahm einen Schluck aus dem Becher.

»Zuerst sucht Aranyac mich auf, um mit mir zu sprechen, dann kommt Sumac Mallqui. Sie erzählen mir von einem Jungen, der plötzlich nachlässig, hinterhältig und gewalttätig geworden sei. Ich konnte nicht glauben, daß sie damit den Sohn Apu Pomas meinten.«

»Ich kann keine Entschuldigung für mein Verhalten anführen«, sagte Cusi leise, noch immer darauf gefaßt, gleich geschlagen zu werden. Doch statt dessen trat Otoronco zurück und zog die Hälfte seiner zerteilten Augenbraue in die Höhe.

»Ich will keine Entschuldigung hören, sondern eine Erklärung. Sieh mich an, Cusi. Vielleicht weißt du, daß ich viele Jahre lang Topa Inca als persönlichem Inspektor des Sapa Inca diente. Ich war der Tocoyricoc, der Allsehende. Du hast Aranyac erzählt, du hättest deinen Quipu verloren. Erzähle *mir*, daß du ihn verloren hast.«

Otoroncos bewegungslose, rotgeränderte Augen starrten ihn mit solcher Intensität an, daß Cusi schützend eine Hand auf seine Brust legte. Ihm war, als würden alle Geheimnisse in seinem Herzen darauf drängen, freigelassen zu werden wie gefangene Vögel in einem Käfig und sich diesem unerschütterlichen Blick preiszugeben. Mit einer gewissen Erleichterung gab Cusi diesem Gefühl nach.

»Ich habe ihn nicht verloren«, gestand er. »Ich habe ihn verschenkt.«

»Also hast du Aranyac doch belogen. Wem hast du die Schnur gegeben?«

»Einem Mann … einem Mann, der bei der Huaca opferte, der Huaca, der ich geweiht bin.«

»Was war das für ein Mann?«

»Ein Gemeiner«, erwiderte Cusi ausweichend. »Er behauptete, Illapa hätte mich ihm als Boten geschickt.«

»Und du hast ihn nicht gemeldet«, stellte Otoronco nüchtern fest. »Was hat er dir gegeben?«

Cusis Zögern ließ die furchteinflößenden Augen wieder aufflakkern. »Etwas, das er meinen Schutzgeist nannte. Ich weiß, daß ich zu jung bin, um einen zu haben«, erklärte Cusi hastig, »aber ich habe ihn trotzdem behalten.«

»Du hast ihn behalten. Als Gegenleistung für dein Schweigen.«

»Nein! Er ist mein Schutzgeist. Ihr müßt mir glauben, Herr. Es war nicht meine Absicht, ihn anzunehmen. Aber dann konnte ich ihn nicht wieder hergeben.«

Otoronco streckte seine große Hand aus. »Gib ihn mir.«

Cusis Hände zitterten, und sein Herz schlug so fest, daß er kaum atmen konnte. Er blickte auf Otoroncos ausgestreckte Hand und stellte sich vor, wie sie seine Kehle umklammerte. Aber er konnte, er wollte sich nicht vorstellen, daß diese Hand seinen Stein umfaßte. »Nein, Herr«, hörte er sich sagen. »Ich muß ihn immer bei mir tragen.«

Otoroncos Hand ballte sich zur Faust, so groß wie Cusis Kopf, und seine Augen verengten sich gefährlich. Doch dann warf er plötzlich den Kopf zurück und lachte, ein überraschend angenehmes Lachen, spontan und anerkennend.

»Dann mußt du ihn behalten!« stimmte er zu. Der Nachdruck, mit dem er das sagte, verriet zum ersten Mal, daß er betrunken war. »Aber du kannst unmöglich Apu Pomas Sohn sein. *Er* hätte mir nie etwas verwehrt. Er hat nie verstanden, daß man manche Dinge nicht der Gewalt anderer überlassen darf. Zumindest hat dein Vater nicht deine natürlichen Instinkte zerstört. Haßt du ihn sehr?«

»Er ist mein Vater«, wandte Cusi zögernd ein. Es entsetzte ihn, daß er seinen eigenen Vater kritisieren sollte. Otoronco schnaubte verächtlich. »Mach dich nicht jünger, als du bist. Mein Vater ließ seinen Vater aus einem stinkenden Toiletteneimer trinken, und meine Söhne würde das gleiche mit mir tun, wenn sie den Mut dazu hätten. Niemand kann einen mehr hassen als sein eigen Fleisch und Blut. Außerdem setzt dein Vater dich herab und verbreitet Lügen über dich.«

»Lügen?« wiederholte Cusi.

Otoronco ließ von einer Dienerin zwei Kelche mit Akha füllen. »Auf Inti, unseren Vater«, sagte er und reichte Cusi einen Becher. Erst dann kehrte er zu seinem Thema zurück. »Ich mag deinen Vater nicht, auch wenn er recht mutig ist. Ich versuche, nicht zu oft mit ihm zu sprechen, damit er mich nicht um Gefälligkeiten bittet. Mit dir helfe ich ihm nur, weil ich ihm nicht den Posten in Tumibamba verschaffen konnte, den er wollte. Das war einfacher, als ihm zu sagen, daß er sich meines Erachtens nicht zum Micho eignet.«

»Was hat er Euch von mir erzählt?« fragte Cusi.

Otoronco warf ihm ein böses Lächeln zu. »Er sagte, du wärst klein und unterwürfig, aber offenbar stimmt das nur zum Teil. Und er meinte, die Krieger hielten sehr wenig von deinem Charakter und deiner körperlichen Tüchtigkeit, und das stimmt überhaupt nicht. Sumac Mallqui hält sogar sehr viel von dir. Oder zumindest hat er das, bis du anfingst, dich wie ein Wilder aufzuführen.«

»Also sagte er nicht, daß ich unreif bin?«

»Nicht zu mir«, lachte Otoronco. »Und er sagt mir die Wahrheit. Schließlich hatte er den Mut, mich zu rügen, weil ich mich nicht um dich gekümmert habe. Das gleiche hat Aranyac getan. Es ist nicht erfreulich, von Männern, die unter einem stehen, an seine Pflichten erinnert zu werden.«

Cusi erschauderte bei dem Gedanken, daß sein Vater ihn bewußt angelogen und ihn aufgrund dieser Lüge auch noch bestraft hatte. Otoronco verzog das Gesicht und leckte sich die Lippen.

»Ich habe den Großteil meines Lebens fern von Cuzco verbracht. Das haben zuerst mein Vater und später meine Brüder veranlaßt. Sie dachten, mein Ruf sei zu groß und ihre eigene Macht zu unsicher; deswegen schickten sie mich als Gouverneur und als Inspektor in die Provinzen. Jetzt wurde ich hierher zurückbeordert, und Huayna Capac hat alle Inka nach Norden mitgenommen. Deshalb muß ich meine Zeit in der Gesellschaft alter Männer, Fremder und Dienstboten verbringen und ihnen zuhören, wie sie ihre Schnüre zählen und mir versichern, alles sei in Ordnung in Orten, die sie nie gesehen haben. Sie umschleichen mich auf Zehenspitzen, verbeugen sich dreimal, bevor sie zu sprechen wagen, und würden mir sofort ihren Schutzgeist oder was ich sonst von ihnen verlange übergeben. Dieses Amt ist eine Aufgabe für einen Mann, dessen Muskeln und Herz Ruhe brauchen.«

Abrupt stand Otoronco auf und betrachtete die Gegenstände in den Nischen. Dann kehrte er mit einer Streitaxt in der Hand zurück. »Als ich mit Topa Inca nach Collasuyo ging, um die rebellischen Colla zu bestrafen, habe ich diese Axt mitgenommen. Der Holm ist leicht, aber stark und handlich, und der Kopf ist schwer genug, um Rebellen den Schädel einzuschlagen. Es ist eine gute Waffe für jemanden, der flink und beweglich ist – und wie Sumac Mallqui sagt, bist du genau das.«

Rasch stand Cusi auf. Otoronco hielt ihm die Streitaxt hin, so daß Cusi ihren Kopf sehen konnte – ein sternförmiger schwarzer Stein mit sechs stumpfen Spitzen und einem Loch in der Mitte, in dem der hölzerne Holm steckte.

»Am besten ist es, damit auf den Feind zuzulaufen«, riet Otoronco und legte die Waffe in Cusis Hand. »Sie gehört dir. Behandle sie wie deinen Schutzgeist. Überlasse sie niemandem kampflos.«

Ehrfürchtig umfaßte Cusi die Axt, und obwohl ihr Gewicht ihn fast nach vorne überfallen ließ, empfand er sie doch nicht als Last. Dies war wirklich ein außerordentliches Geschenk – nicht einfach eine Waffe, sondern eine, die der große Otoronco Achachi selbst in der Schlacht geführt hatte.

»Ich fühle mich geehrt, Großvater«, flüsterte Cusi. Ein Gefühl von Dankbarkeit durchströmte ihn. Otoronco verzog das Gesicht.

»Du wirst sie immer bei dir tragen, wenn du in der Patallacta bist und wenn du mir alle drei Tage im Palast deine Aufwartung machst.« Cusi nickte unbeholfen und bemühte sich, nicht das Gleichgewicht zu verlieren. Die Axt war wesentlich schwerer, als er anfangs geglaubt hatte. Plötzlich verstand er den Sinn dieses Geschenks: Sie sollte eine Last sein, die stärken würde. »Sage den Dienstboten, sie sollen dir ein Zimmer geben, das die Morgensonne bekommt«, befahl Otoronco. »Und sie sollen deine Sache holen. Du wohnst ab jetzt hier, und du wirst das Fleisch der Lamas essen, die wir Inti opfern. Außerdem sollst du an den Feierlichkeiten des Iñaca-Haushalts teilnehmen und alle Dienste verrichten, um die du gebeten wirst.«

Cusi machte eine leichte Verbeugung. »Vielen Dank für Eure Freundlichkeit, Großvater.«

»Freundlichkeit kenne ich nicht«, schnaubte Otoronco, ließ sich auf seinen Stuhl fallen und bedeutete Cusi mit einer Handbewegung, das Zimmer zu verlassen.

Caxamarca

Der Regen, der auf das dichte Strohdach niederging, klang wie tiefe, gedämpfte Trommeln, die die Sinne einschläfern. Ganz anders, dachte Micay traurig, als das helle Stakkato, mit dem der Regen auf die dünnen Palmdächer der Chachapoyas-Häuser prasselte.

»Micay, habe ich zu leise gesprochen?«

Eine Hand legte sich sanft auf ihre bloße Schulter. Micays Augen waren geöffnet, aber sie hatte weder gesehen, wie die anderen Mädchen gingen, noch daß Yutu zu ihr getreten war.

»Es tut mir leid, Yutu. Ich habe dem Regen gelauscht.«

Yutu lachte leise und streichelte Micay am Hals. »Hat er dir etwas gesagt, das du noch nie gehört hast?« fragte sie amüsiert.

»Wer weiß«, murmelte Micay. »So heftig hat es noch nie geregnet. Meistens hört man es drinnen gar nicht.«

Yutu schwieg und wechselte dann höflich das Thema.

»Ich habe dich gefragt, warum Cahua dich nicht mehr besucht.«

Micay antwortete erst einige Augenblicke später. »Wir hatten eine Auseinandersetzung, und ich habe ihr etwas Verletzendes gesagt. »

»Über ihr Gesicht?«

»Ja. Dabei wollte ich es gar nicht.«

»Du solltest dich bei ihr entschuldigen, Micay. Es ist nicht richtig, jemandem wehzutun und nicht zu versuchen, die Wunde zu heilen. Es vergiftet dein eigenes Leben und das deiner Mitmenschen.«

»Es tut mir leid, daß ich sie verletzt habe«, gestand Micay. »Aber sie läßt mich nicht mein Leben leben.«

»Cahua ist sehr streng in ihren Überzeugungen«, räumte Yutu ein. »Aber du solltest dich wirklich entschuldigen. Du weißt doch, daß Cahua dir nichts Böses will.«

»Sie will eine Erwählte Frau aus mir machen«, sagte Micay tonlos. Sie war sich selbst nicht sicher, ob sie das wollte. Dann drückte sie Yutus Hand, stand auf und entfernte sich im Dunkeln.

Cahuas Zimmer hatte ein Fenster zum Innenhof, und dort traf Micay sie an.

»Darf ich hereinkommen?« fragte sie. »Ich habe gerade den Unterricht über Schönheit und Schminken verlassen.« Cahua starrte sie schweigend an. Erst nach einiger Zeit sagte sie: »Und was willst du von mir?«

Micay schüttelte den Kopf. »Ich bin gekommen, um mich zu entschuldigen. Ich möchte deine Freundschaft nicht verlieren, Cahua.«

»Du hast der Mamanchic gesagt, daß du etwas von mir lernen möchtest. Ist das die Wahrheit, oder war das nur ein Vorwand, um mich zu besuchen?«

Cahuas unnachgiebiger Ton ließ Micay frösteln; es bedrückte sie, daß die Freundin möglicherweise nicht bereit war, ihr zu verzeihen. Langsam sagte sie: »Irgendwie wußte ich, daß es mir nicht helfen würde, etwas über Schönheit zu erfahren. Ich würde mich nicht weniger verloren fühlen, wenn mein Gesicht anders aussähe. Yutu und die anderen Mädchen sind sehr nett zu mir, aber sie wissen ebenso wie ich, daß ich nicht zu ihnen gehöre. Ich dachte ... daß du die einzige bist, die mir sagen kann, was ich sonst sein soll.«

Ihre Stimme erstickte, und sie faßte sich mit der Hand an den Mund, um ein Schluchzen zu ersticken. Im Zimmer war es dunkel geworden, aber durch das Fenster drang ein blasses Licht. Mondlicht, wurde Micay undeutlich klar.

»Ich habe meine Schönheit in meinem ersten Jahr hier verloren«, begann Cahua streng. »Eines Tages war auf meiner Lippe eine eitrige Wunde, und sie wurde ständig größer. Dann bildete sich eine zweite in der Nase, und da wußten wir, daß es die Uta war und daß mein Gesicht immer entstellt sein würde. Ich wollte sterben, aber die Mamanchic ließ es nicht zu. Sie blieb bei mir und betete zu Inti und Viracocha und Mama Quilla. Sie gab mir Kokablätter, um die Schmerzen zu lindern. Ich konnte das Essen nicht riechen, das sie mir aufdrängte, und wenn ich es aß, schmeckte es wie Blut.«

Micay schauderte bei der Beschreibung und wurde sich wieder der Farbe und des Puders auf ihrem Gesicht bewußt.

»Nach mir bekam ein anderes Mädchen die Uta«, fuhr Cahua fort. »Sie hieß Inquil. Ich wollte ihr während ihrer Krankheit eine Freundin sein, aber sie konnte es nicht ertragen, mich anzusehen. Mein Gesicht verriet ihr, wie sie selbst aussehen würde. Es war ihr gleichgültig, daß meine Wunden zu heilen begannen und daß ich wahrscheinlich überleben würde. Das war alles, was ich zu jener Zeit wollte – leben. Es war ein Geschenk, keine Schmerzen mehr zu haben. Das versuchte ich Inquil zu sagen.«

Cahua hielt inne, um Atem zu holen. Ihre Stimme hatte die Schärfe verloren und war in einen eigenen Rhythmus verfallen.

»Eines Morgens in aller Frühe verließ Inquil unser Zimmer und ging in den großen Bankettsaal. Sie zog sich aus und faltete ihre Kleider ordentlich zusammen, wie wir es gelernt haben. Dann kletterte sie in die Dachsparren hinauf und stürzte sich zu Tode.«

Zögernd machte Micay einen Schritt in das Zimmer. »Das hast du mir nie erzählt.«

»Ich hätte es dir erzählt, aber du wolltest meinen Zuspruch auch nicht hören. Du siehst keine Notwendigkeit, dich zu verändern, und deswegen leugnest du ab, daß ich dir etwas Nützliches sagen kann. Das tut am meisten weh, Micay. Du gehst davon aus, daß mein Leben keinen Zweck hat außer dem, der Welt mein Gesicht zu entziehen.«

»Du mußt mir verzeihen, Cahua«, bat Micay und trat einen weiteren Schritt vor. Mit tränenerstickter Stimme sprach Cahua weiter.

»Ich habe Inquil nie vergeben. Wenn ich, gezeichnet und häßlich wie ich bin, mein Leben für kostbar halten kann, dann sollten andere ihre Leben doch auch achten. Das wollte ich dir verständlich machen, Micay. Ich mußte deine Gedanken abwenden von dem, was du verloren zu haben glaubst, und dich davon überzeugen, daß du erwählt und nicht gestohlen wurdest. Sonst wirst du immer zurückblicken und vielleicht nie die Möglichkeiten sehen, die vor dir liegen.«

»Ich versuche ja, nicht in der Vergangenheit zu leben, doch sie klebt an mir fest«, stimmte Micay zu. »Aber du weißt auch, daß ich von hier weg möchte. Sage mir, was ich tun muß, um dich zu überzeugen, daß ich dazu bereit bin. Der Sapa Inca kommt erst in einem Monat. Was kann ich tun, um seiner würdig zu sein?«

Cahua schwieg einen Augenblick. Dann bedeutete sie Micay, sich neben sie ans Fenster zu stellen, und blickte in den Nachthimmel hinauf. Micay folgte ihrem Beispiel und blinzelte in den hell strahlenden Mond, der rund am Himmel stand.

»Mama Quilla«, flüsterte Cahua. »Mutter Mond. Als ich sehr krank

war, hat die Mamanchic mich oft hinausgetragen, um mich im Mondlicht zu baden. Sie sagte, ich solle zu Mama Quilla beten und mir
vorstellen, ich wäre so hell, wunderbar kühl und vollkommen wie sie.
Denn selbst wenn der Mond nur eine Sichel ist, ist er doch vollkommen in seiner Beständigkeit. So mußt du sein: ruhig, hingebungsvoll,
ein Licht für deine Mitmenschen.«

»Das werde ich sein«, versprach Micay und gab sich ganz dem
Mondlicht hin . »Ich werde mich von nichts ablenken lassen.«

»Du mußt deine Erinnerungen hinter dir lassen und das Leben
annehmen, das dir gegeben wurde. Du mußt es mit ganzem Herzen
annehmen und ihm nicht zu entfliehen versuchen, wie dein Vater. Du
darfst nur an das Geschenk denken, das dir gegeben wurde, und nicht
an das, was dir genommen wurde.«

»Ich werde nicht zurückblicken«, sagte Micay leise. »Ich werde das
Leben, das für mich erwählt wurde, annehmen.«

Cahua berührte sanft ihre Wange und bedeutete ihr dann, sich
neben sie vor das Fenster zu knien.

»So wie Mama Quilla die Gefährtin Intis ist, so sind wir die Erwählten Frauen von Intis Sohn, dem Sapa Inca. Laß uns deshalb mit einem
Gebet an Inti beginnen, denn es ist *seine* Welt, die du betreten wirst,
sobald du dazu bereit bist ...«

KAPITEL 3

Huari Runa: Ein altes Volk (1512)

Cuzco

Nachdem Cusi und zwei weitere Männer ihren Teil der Geschichte vorgetragen hatten, stimmten drei Alte zum plötzlich einsetzenden, dunklen Dröhnen einer Trommel ihr Lied an. Es erzählte von der Schlacht, in der Inca Yupanqui den Namen erwarb, unter dem man für alle Zeit seiner gedenken würde:

Pachacuti, Pachacuti,
Der die Erde erzittern läßt,
Der die Welt erschafft,
Erhabenster Inca, Sohn der Sonne.

Cusi und seine Kameraden traten zurück und setzten sich zu den anderen Männern. Die Gesänge dauerten an; die folgenden Balladen schilderten Pachacutis erfolgreiche Verteidigung Cuzcos gegen die übermächtige Armee der Chanca-Krieger. Man klopfte Cusi aufmunternd auf die Schultern, und einer der Alten nickte ihm beifällig zu. Er hatte nur wenig Gelegenheit gehabt, die Melodie zu lernen, und zudem die vorherige Nacht kaum geschlafen, da er sich die Verse im Geiste immer wieder vorgesagt hatte. Auch gegessen hatte er während der letzten drei Tage fast nichts, weil er zusammen mit den anderen Sängern für diese Zeremonie gefastet hatte. Nun genoß er das berauschende Gefühl, bestärkt und akzeptiert zu sein. Heute abend würde er nicht viel Akha brauchen, um betrunken zu werden.

Cusi war froh, daß Otoronco Achachi ihn als Sänger der alten Überlieferungen vorgeschlagen hatte, nachdem so viele dieser Posten durch den großen Zug der Inka nach Norden vakant geworden waren. Es gab nicht einmal mehr genügend Mitglieder des Iñaca-Haushalts in der Stadt, um den engen Hof der Illapa Cancha zu füllen – die Melodien hallten von den kahlen Steinwänden wider, und das Echo schien dissonant über der Sängergruppe zu schweben. Doch Cusi empfand es als aufregend, bei dieser Zeremonie dabeizusein, in welcher der Taten des größten Inca gedacht wurde, eines Mannes, dessen Vorrang selbst im Tode noch anerkannt wurde.

Unweit von Cusi stand die überdachte Sänfte, auf der Pachacuti in den Hof getragen worden war. Der geschrumpfte, mumifizierte Leichnam saß aufrecht unter dem mit Federn gesäumten Baldachin, eingewickelt in mehrere Lagen kostbaren Cumbi-Tuchs; nur der Kopf, der gleichsam auf einer farbenfrohen Pyramide aus Wolle thronte, war zu sehen. Das fleischlose Gesicht war von einer papierenen Haut überzogen, und Kreise aus Blattgold glühten aus den tiefen Augenhöhlen. Sogar weiße Haarsträhnen konnte Cusi erkennen, die noch an der Kopfhaut und über einer tiefen Furche am rechtem Ohr hingen – eine Narbe, die der Herrscher dereinst beim Mordversuch eines Cuyo davongetragen hatte. Hinter der Mumie saß eine Frau mit einer goldenen Maske und verjagte mit einem edelsteinbesetzten Wedel die Fliegen von Pachacutis Gesicht.

Nie zuvor war Cusi einer der königlichen Mumien so nahe gewesen, und er konnte ihre Huaca fühlen, die unerklärliche Macht, die von ihr ausging. Fasziniert starrte er auf das bleiche, unbewegte Gesicht Pachacutis, des Mannes, der auf die Welt um Cuzco geblickt und erklärt hatte, alles gehöre ihm. Mein Urgroßvater, dachte er ehrfurchtsvoll und legte die Hand auf den steinernen Schutzgeist, den er in eine kleine Tasche an seinem Hüftband eingenäht hatte. Dieser Stein, so hatte Raurau Illa gesagt, enthielt Illapas Blitz. Und Pachacutis Schutzgeist war eine doppelköpfige goldene Schlange namens Inti Illapa. Vielleicht verknüpfte ihn mit dem großen Ahn also mehr als nur Bande des Blutes.

Es freute ihn auch, daß er seine Zugehörigkeit zu diesem Kreis nicht dem Einfluß seines Vaters verdankte. Apu Poma gehörte zwar dem Iñaca-Haushalt an, doch er hatte sich darin weder hervorgetan noch sich bemüht, seinen Sohn jenen Mitgliedern vorzustellen, die Cusi noch nicht kannten. Deshalb war Cusi besser als der Enkel Otoronco Achachis bekannt, und als solcher blieb ihm fast keine Tür in der Patallacta verschlossen. Erst kürzlich hatte er den Entschluß gefaßt, sich nicht mehr als vaterlos zu betrachten, sondern als einen Sohn, der sich von seinem Vater losgesagt hatte.

Der Rhythmus der Trommel wurde schneller und kündigte die letzte Strophe des Liedes an, bei der alle mit einstimmten. Jedes Kind kannte die Worte, doch als Cusi sich gemeinsam mit den anderen in den Farben Rot und Schwarz gekleideten Mitgliedern des Iñaca-Haushalts, den Blutsverwandten Pachacutis, erhob, hatte er das Gefühl, die Worte zum ersten Mal zu singen:

Pachacuti, Pachacuti,
Sohn der Sonne, Stütze der Welt,
Unser aller Vater…

Sobald seine Freunde den Hof betraten, merkte Cusi, daß er sich zu große Hoffnungen gemacht hatte. Zwar trugen sie ihre schönsten Tuniken und ihren prächtigsten Kopfschmuck und brachten Geschenke mit, doch keiner von ihnen lächelte oder zeigte sonst ein Zeichen der Freude, und sie verbeugten sich vor ihm, als seien sie dazu verpflichtet. Tomays Blick verriet keine Bereitschaft zu schnellem Verzeihen, und Uritu und Rimachi waren offensichtlich ähnlich unversöhnlich. Das große Selbstvertrauen, mit dem Cusi dieses Treffen arrangiert hatte, schwand augenblicklich, und plötzlich erschien ihm die Streitaxt in seinen Händen nur noch wie ein Symbol seiner edlen Abkunft, mit dem er die Freunde noch mehr vor den Kopf stoßen würde. Er fühlte Verlegenheit in sich aufsteigen, aber auch Ärger, denn er hatte sich sehr gewünscht, sein Glück mit den Freunden teilen zu können, bevor er ihnen von seinen Schwierigkeiten erzählte.

»Kommt mit«, forderte er sie brüsk auf und führte sie durch den Hintereingang seines Wohnhauses hinaus und eine kleine Stiege hinunter. Dort hatten zwei Dienerinnen auf dem Boden ein Tuch ausgebreitet und darauf Schüsseln mit verschiedenen Speisen bereitgestellt.

»Ihr könnt gehen«, wandte sich Cusi an sie. »Wir nehmen uns selbst, wenn wir soweit sind.«

Die Frauen verbeugten sich erstaunt und verschwanden. Cusi bat seine Freunde, auf den gemauerten Bänken entlang der Stützwand Platz zu nehmen, und legte die Streitaxt beiseite.

»Ich hatte gehofft, wir könnten feiern«, begann er. »Die letzten Monate waren sehr schwer für mich. Aranyac hat erst vor zwei Tagen damit aufgehört, mich zu bestrafen.«

Die Freunde blickten ihn mit vorsichtiger Zurückhaltung an, als warteten sie darauf, daß er weitersprechen würde. Cusi biß die Zähne zusammen, bevor er fortfuhr.

»Er bestrafte mich, weil er meint, ich hätte ihn angelogen. Das stimmt auch, aber ich hatte keine andere Wahl. Ich wollte euch davon nichts erzählen, weil ich niemanden zum Komplizen meines Vergehens machen wollte.«

Teilnahmsloses Schweigen strafte ihn für sein mangelndes Vertrauen. Tomay verschränkte die Arme vor der Brust und sah Cusi vorwurfsvoll an.

»Ich weiß, daß ich dich verletzt habe, Tomay«, sagte Cusi leise. »Verzeih mir. Ich war euch allen ein schlechter Freund.«

Tomay nickte widerwillig, doch Uritu und Rimachi seufzten auf und warfen sich einen erleichterten Blick zu. Auf ein letztes Wort wollte Tomay jedoch nicht verzichten.

»Wir dachten schon, mit deinem Umzug in die Patallacta hättest du deine Freunde aufgegeben.«

»Genug, Tomay«, warnte ihn Rimachi, doch Cusi winkte ab.

»Nein, es ist schon in Ordnung. Wenn ihr alles über meine Sünden wissen wollt, werde ich es euch erzählen. Vielleicht versteht ihr dann, warum *ich* es war, der sich verlassen fühlte. Aber laßt uns doch essen, während wir miteinander sprechen…«

Nach seiner Entschuldigung fiel es Cusi nicht mehr schwer, seinen Freunden alles zu beichten. Er endete seine betrübliche Erzählung mit der erfreulichen Geschichte, wie es dazu gekommen war, daß Otoronco ihn aufgenommen und ihm die Streitaxt zum Geschenk gemacht hatte.

Uritu stellte ihm eine Frage, die ihn überraschte. »Hast du den blinden Mann wieder getroffen?«

»Ich war seither nur einmal bei der Huaca«, räumte Cusi ein, »und habe keine Spur von ihm gefunden.«

»Es ist ein Glück, daß du ihn nicht vertreiben konntest. Man muß zu Fremden an einem heiligen Ort immer freundlich sein.«

»Ja«, murmelte Cusi in Erinnerung daran, wie grob er anfangs zu Raurau Illa gewesen war. Uritu besaß die Demut eines Bewohners der großen Wälder – einer Welt, die von unsichtbaren Geschöpfen belebt war, von Jaguaren und Schlangen und den Geistern der Toten. Er konnte Raurau Illa nicht als einen gewöhnlichen Sterblichen betrachten, den man einfach verjagte und den Behörden meldete.

»Es ist auch ein Glück, daß du ein Inka bist«, meinte Tomay. »Wenn Aranyac glauben würde, einer von uns hätte ihn belogen, würde er dafür sorgen, daß der Betreffende bei den Grasmännern beichten müßte.«

»Ich hätte auch die Grasmänner angelogen«, sagte Cusi ohne zu zögern. Die drei starrten ihn ungläubig an.

»Niemand belügt die Grasmänner«, widersprach Tomay. »Sie sind zu klug und erkennen jede Unwahrheit sofort. Ich weiß es, denn ich muß jedesmal zu ihnen, wenn ich nach Cuzco zurückkomme. Und schließlich hast du ja auch Otoronco Achachi nicht belogen.«

»Ich habe mich geweigert, ihm meinen Schutzgeist zu geben«, konterte Cusi, »und er war schrecklicher, als ein Grasmann je sein könnte.«

»Die Grasmänner…«

»Schluß damit«, unterbrach Rimachi und schob sich zwischen Cusi und Tomay. »Du hast deine Entschuldigung bekommen, Tomay. Und du, Cusi – ich glaube nicht, daß du mit deinen Lügen prahlen möchtest.«

Als spöttische Belohnung für die Beendigung ihres Streits warf er jedem der beiden eine kleine Kartoffel zu. Dann wandte er sich mit einem schlauen und gleichzeitig angriffslustigen Blick an Cusi.

»Du meinst also ... daß Aranyac beschlossen hat, deine Lüge zu vergessen?«

Cusi zuckte die Achseln.

»Es ist erst zwei Tage her«, meinte er. »Er könnte mir morgen befehlen, alles wieder von vorne zu putzen. Aber ich glaube, er weiß, daß ich ihm nichts sagen werde. Er hat mir nicht verziehen, falls du das meinst.«

»Genau das meine ich«, entgegnete Rimachi. »Kannst du seinen Unwillen wirklich ignorieren?«

»Ich kann damit leben – jedenfalls besser als ohne meinen Schutzgeist. Ich sage es ihm später einmal, wenn mir nichts mehr geschehen kann.«

»Bis dahin will er vielleicht gar nichts mehr von dir hören.«

»Dann muß ich eben mit seinem Unwillen leben«, insistierte Cusi. »Es gibt einige Dinge, die man nicht der Autorität anderer ausliefert.«

»Ich denke nicht, daß wir in diesem Punkt eine Wahl haben«, gab Rimachi zu bedenken. »Aber wir haben auch nicht die Protektion eines Otoronco Achachi.«

»Ich muß mit jeder Protektion vorlieb nehmen, die ich finden kann. Schließlich habe ich keinen Vater mehr, der mich ...«

»Aber du hast einen Schutzgeist«, unterbrach ihn Uritu zuversichtlich.

»Ja, und meine Initiationsbrüder. Meine Freunde. Sie würde ich ebensowenig aufgeben.«

Sie verfielen einen Augenblick in Schweigen, berührt vom Ernst dieser Worte. Aber schon im nächsten Moment warf Rimachi mit einer kleinen Kartoffel nach Cusi.

»Dann laß uns nicht links liegen«, meinte er schnippisch und brachte Uritu damit zum Lachen. Sogar Tomay grinste und duckte sich, als Cusi die Kartoffel auf Rimachi zurückwarf, und schließlich lachten sie alle vier aus vollem Halse, so daß sie Otoroncos plötzliches Auftauchen erst bemerkten, als er sie ansprach.

»Hat der Tanz ohne mich begonnen?«

Hastig sprangen die Jungen auf und starrten den berühmten Krieger an. Otoronco kam die Stufen herab, gekleidet in eine Tunika in den Farben Schwarz und Rot, auf der Brust einen goldenen Sonnenschild und unter dem Arm einen gestreiften Kokabeutel. Ohne ein

Wort der Begrüßung inspizierte er Cusis Freunde und betrachtete genau deren Gesichter, Kopfschmuck und Kleidung. Vor Uritu machte er halt.

»Du bist ein Campa. Von wo?«

»Mein Vater ist der Oberhäuptling der Campa von Vitcos, Herr. Sein Name ist Ozcollo.«

»Ich kenne diesen Namen. Wie heißt du?«

»Uritu, Herr.«

Otoronco trat noch näher und sah auf die tätowierten Linien auf Uritus Wangen.

»Du bist bereits initiiert und in deinen Stamm aufgenommen, Uritu«, bemerkte er. »Du hast sehr gut stillgehalten, als du tätowiert wurdest.«

»Ich war zu müde, um mich zu bewegen«, meinte Uritu bescheiden, und Otoronco lachte anerkennend. Dann wanderte sein Blick zu Rimachi und blieb an dessen einfachem, aus Weiden geflochtenem Stirnband hängen.

»Ich war noch nie in den Ländern der Cañari. Wie heißt die Heimat deines Vaters?«

»Tumibamba, Herr. Mein Vater ist Choque Chinchay, ein Hauptmann der Königlichen Leibwache. Er ist mit Huayna Capac nach Norden gezogen.«

»Mit all den anderen Inka«, brummte Otoronco betrübt. »Werden sie je wieder zurückkommen? Wie ich gehört habe, ist Tumibamba sehr schön.«

»Das stimmt, Herr«, versicherte ihm Rimachi, »aber es gibt keinen Ort auf Erden, der sich mit dem Heiligen Cuzco vergleichen ließe. Die Söhne Intis werden immer wieder hierher zurückkehren.«

»Vielleicht«, meinte Otoronco. Rimachis Antwort schien ihn zu beeindrucken. »Wie heißt du, mein Sohn?« fragte er.

»Rimachi.«

»Du bist ein gewandter Redner, Rimachi; du hättest gute Chancen am Hof des Sapa Inca. Laß dich nicht dazu überreden, solange du noch jung bist und kämpfen kannst.«

Rimachi verneigte sich, während Otoronco vor Tomay trat. Es folgte ein langes Schweigen, in dem Tomay reglos dastand, den Blick fest auf Otoronco Achachi geheftet.

»Ein Colla«, sagte dieser endlich nachdenklich, wobei er interessiert das Strickmuster von Tomays Mütze betrachtete. »Irgendwo aus der Gegend des Sees, würde ich raten.«

»Aus Hatuncolla, Herr. Ich bin Tomay Huaraca, der Sohn von Ancoayllu, dem Häuptling von Ober-Hatuncolla.«

»Du brauchst nicht so steif dazustehen«, beschwichtigte ihn Otoronco. »Ich verachte die Colla nicht, wie so manch anderer meines Volkes. Die Colla haben mir das Leben gerettet. Wenn sie nicht rebelliert hätten, wäre ich wohl irgendwo in den Dschungeln des Ostviertels umgekommen. Ich vermute, das ist es, was Topa Inca wollte, als er mich dorthin beorderte. Aber ohne mich und meine Krieger konnte er die aufständischen Colla nicht bezwingen.«

Tomay blickte angespannt, und sein Gesichtsausdruck verriet Verwunderung, so, als könne er seinen Ohren nicht trauen.

»Alles, was ich von einem Colla verlange«, fuhr Otoronco fort, »ist, daß er *für* uns ebenso beherzt kämpft, wie seine Vorfahren gegen uns kämpften. Kann ich das von dir erwarten, Tomay Huaraca?«

»Ich werde bis zum letzten Blutstropfen für die Inka kämpfen«, versprach Tomay und verbeugte sich, um seinen Worten Nachdruck zu verleihen. Ein flüchtiges Lächeln umspielte Otoroncos Lippen, und er nickte Tomay zu, um sich dann Cusi zuzuwenden.

»Du brauchst deine Streitaxt nicht zum Tanz mitzunehmen«, begann er etwas schroff, »ich habe gehört, daß Ayar Inca, der Vater deiner Mutter, dort sein wird, und er würde das wohl nicht sehr gerne sehen.« Er schnaubte, als hielte er dieses Zugeständnis an Anstand und Sitte zwar für notwendig, aber lächerlich. »Ihr seid alle meine Gäste beim Tanz, falls jemand euch fragen sollte, was ihr dort wollt. Aber paßt mit den Inka-Nustas etwas auf, vor allem du« – dies war an Rimachi gerichtet – »mit deiner gewinnenden Art. Die Mädchen könnten sich für euch interessieren, aber ihre Väter wären damit höchstwahrscheinlich nicht einverstanden. Die Dienstmädchen bereiten euch vielleicht mehr Freude und weniger Kummer.«

Die drei Jungen verneigten sich ehrerbietig.

»Gut, dann sehen wir uns also später beim Tanz, um auf euren Erfolg als Krieger zu trinken!«

Mit diesen fast wie ein Befehl klingenden Worten machte Otoronco kehrt und ging ins Haus zurück. Die Jungen starrten einander stumm an, als würden sie immer noch dem großen Krieger nachlauschen. Als erster fand Cusi die Sprache wieder: »*Jetzt* können wir mit dem Feiern beginnen!«

Caxamarca

Zusammen mit Yutu und drei weiteren Mädchen saß Micay um einen großen Akhabottich und kaute eingeweichten Mais und Mollebeeren. Der Mais erforderte keine Konzentration, man mußte nur aufpassen, daß man die Körner nicht schluckte; die dicken, roten Beeren jedoch verlangten einiges Geschick: Nur ihre süße Haut wurde abgenagt und landete im Bottich, während das saure Fruchtfleisch zuerst unter die Zunge geschoben und dann in eine extra Schüssel ausgespuckt wurde. Durch das Kauen fermentierte das Gemisch sehr schnell; in zwei Tagen würde das Akha scharf und stark sein, gerade richtig für den Sapa Inca und seinen Hofstaat. Schon seit fünf Tagen war Caxamarca wegen der Ankunft des großen Herrschers voller Lärm und Aufregung, obwohl er erst vor zwei Tagen zum Klang von Trommeln und Muschelhörnern in die Stadt eingezogen war; seither gab es selbst im Haus der Erwählten Frauen keinen Moment der Ruhe mehr.

Micay war eines der wenigen Mädchen, die während dieser Tage nicht wegen Unaufmerksamkeit zurechtgewiesen wurden. Während des letzten Monats hatte sie eine Veränderung durchlebt, die sie nicht für möglich gehalten hatte. Sie war zu der Überzeugung gelangt, daß sie selbst auf etwas hinarbeiten mußte, anstatt wie früher auf eine Entscheidung anderer über ihr Schicksal zu warten. Schon allein dadurch war es ihr leichter geworden, sich auf eine Tätigkeit zu konzentrieren, nur an den jetzigen Augenblick zu denken und nicht dauernd zu wünschen, sie könne die Zeit zurückdrehen oder schneller vergehen lassen. Immer wenn ihre Gedanken abzuschweifen drohten, betete sie zu Mama Quilla, um ihre innere Ruhe wiederzufinden und ihr Denken zügeln zu können. Nach wie vor hörte sie den Regen und roch den Wind, doch derlei Beobachtungen lenkten sie nur noch ab, wenn sie es wollte.

Außerdem war ihr klarer geworden, worauf sie hinarbeitete. Zwar wußte sie auch jetzt nicht, wann ihr gestattet würde, das Haus der Erwählten Frauen zu verlassen, doch sie war entschlossen, daß ihr nächster Lebensabschnitt von ihr selbst bestimmt sein würde. Sie wollte ihr neues Leben unbelastet beginnen, ohne Erinnerungen, die es zu beschwichtigen galt, oder Vergleiche, denen sie standhalten mußte. Mit der Auflehnung ihres Vaters gegen den Inca, die sie ihr früheres Leben gekostet und hierhergebracht hatte, wollte sie Schluß machen; das lag nun schon weit hinter ihr. Aus demselben Grund mußte auch ihr Aufenthalt im Haus der Erwählten Frauen zu einem Ende kommen – dies hier war lediglich ein Durchgangsort zwischen ihrem alten und neuen Leben, ein Ort, den sie verlassen mußte.

Sie wollte die ihr bestimmten Tage als Erwählte Frau hinter sich bringen und die Zeit gleichsam aufbrauchen, so wie der Mond auf seiner monatlichen Reise immer wieder von der Dunkelheit aufgebraucht wird. Wenn sie ihn ganz in sich aufgenommen haben würde, wenn sein unhörbarer Rhythmus ganz zu dem ihrigen geworden war, dann würde sie verändert und für ein neues Leben bereit sein – für *ihr* Leben.

Cuzco

Nachdem Cusi und seine Freunde mit Otoronco angestoßen hatten, blickten sie sich in der Menge um. Viele Gäste standen herum und hielten ihre mit Akha gefüllten Becher in der Hand, andere hatten es sich auf dicken, gewebten Matten bequem gemacht. Cusi fiel auf, daß die meisten Leute um Ayar Inca das Dunkelblau des Vicaquirao-Haushalts trugen, aber auch eine ganze Reihe rotgekleideter Iñaca-Mitglieder waren auf dem Fest, was die engen Bande zwischen diesen beiden Klans nur hervorhob. Der Vicaquirao-Haushalt war jener von Inca Roca, dem sechsten Sapa Inca und Urgroßvater Pachacutis, der sich diesem Ahn besonders verbunden gefühlt hatte. Nicht anders erging es Cusi, denn schon als Baby hatten seine Mutter und Lloque Yupanqui ihn immer zu den Zeremonien und Festen der Vicaquirao-sippe mitgenommen. Aus diesem Grunde wurde er hier immer wieder freundlich gegrüßt, während er sich langsam durch die Menge zu seinem Großvater vorarbeitete.

Ayar Inca war nur wenig älter als Otoronco, aber er war bereits ganz ergraut, und er besaß auch nicht dessen rastlose, immer fordernde Energie. Statt dessen hatte er die ruhigen Augen und die Gelassenheit eines Mannes, der einst einer von Topa Incas Königlichen Erinnerern und später einer der Lehrer im Haus des Lernens gewesen war. Möglicherweise war er sogar der gelehrteste Mensch, den Cusi kannte. Abgesehen von der geraden Nase und dem entschlossenen Kinn konnte Cusi an ihm nur wenige Züge seiner Mutter entdecken – außer, wenn er wie jetzt lächelte.

»Ich grüße dich, mein Sohn«, begann er und legte anerkennend die Hände auf Cusis Schultern. »Du bist mächtig gewachsen seit unserer letzten Begegnung.«

Cusi lachte und überlegte kurz, wie lange es wohl her sein mochte, seit Ayar das letzte Mal von seinem Landsitz im Yucay-Tal nach Cuzco gekommen war.

»Otoronco Achachi hat mir viel Fleisch zu essen gegeben und mir aufgetragen, immer eine Streitaxt mit herumzuschleppen«, lachte er. »Ist Großmutter nicht mit dabei?«

»Sie ist leider nicht so wohlauf, daß sie reisen könnte«, erklärte Ayar traurig, doch gleich darauf blickte er ungeduldig über Cusis Schultern und verlangte: »Komm, du mußt mich mit deinen Kameraden bekanntmachen! Willkommen, meine Söhne...«

Cusi stellte nacheinander seine Freunde vor, immer wieder unterbrochen von Ayar, der jedem von ihnen Fragen stellte und sich für die Herkunft der Jungen interessierte. Danach rief er einige seiner unmittelbaren Verwandten zu sich und stellte sie Tomay, Rimachi und Uritu vor. Dabei wiederholte er nicht nur Cusis Worte, sondern führte sie so weitschweifig aus, als sei *er* es gewesen, der die Jungen eingeladen hatte. Staunend bemerkte Cusi, daß Ayar seine Freunde Leuten vorstellte, die entweder deren Eltern kannten oder in der Heimat eines von ihnen gedient hatten, so daß die drei bald in Gespräche verwickelt waren. Dann nahm er seinen Enkel auf ein Wort zur Seite.

»Ihr seid sehr nett zu meinen Freunden«, bemerkte Cusi dankbar.

Ayar zuckte nur die Achseln. »Man sollte immer für das Wohlergehen seiner Gäste sorgen«, meinte er. »Aber sage mir, hast du von deiner Familie gehört?«

»Ich kann nur darauf vertrauen, daß sie sicher mit den anderen in Caxamarca eingetroffen sind. Habt Ihr eine Nachricht von Lloque Yupanqui?«

Ayar schüttelte den Kopf. Dann zupfte er Cusi an seiner Tunika.

»Ich war überrascht, dich in Rot zu sehen. Lloque und ich hatten gehofft, du würdest dich für den Vicaquirao-Haushalt entscheiden, wenn du alt genug bist, selbst zu wählen.«

»Bis dahin ist es noch ein ganzes Jahr«, versicherte Cusi ihn. »Aber ich wohne jetzt in der Patallacta, und deshalb konnte ich nicht nein sagen, als Otoronco mich als Balladensänger vorschlug.«

»Nein, natürlich nicht«, stimmte Ayar zu. »Es wird dir auch nicht schaden, gute Beziehungen zu den Iñaca zu haben. Ist er dir ein guter Vormund?«

»Otoronco ist gütig zu mir«, antwortete Cusi bedächtig, »und sehr ehrlich. Er behandelt mich wie ein Mitglied seines Regiments.«

»Zweifellos tut er das«, entgegnete Ayar mit einem gequälten Lachen. »Er ist wie ein Kriegsherr der alten Zeit, einer jener Kriegshäuptlinge, die nur mit der Gewalt ihrer Waffen regierten. Sicher übt er einen ganz anderen Einfluß auf dich aus, als Lloque es getan hätte. Wie kommst du im Haus des Lernens voran?«

»Gut, wie immer«, murmelte Cusi leicht gekränkt; Ayars versteckter Hinweis auf Otoroncos Unzulänglichkeit als Vormund mißfiel ihm.

»Nur gut?« meinte dieser und fuhr fort: »Du solltest deine Lehrer wirklich zu beeindrucken suchen. Du mußt alle deine Talente entwik-

keln, Cusi; ein Inka muß viel mehr sein als nur ein Krieger, wenn er
seinem Volk richtig dienen will.«

Solche Worte waren Cusi bekannt; oft hatten seine Mutter und
Lloque Yupanqui mit derlei Bemerkungen versucht, den Einfluß
seines Vaters zu mindern, dessen Ansichten über die Qualitäten eines
Inka sehr viel enger gefaßt waren als ihre eigenen. Es gefiel ihm nicht,
nun bei Ayar dieselbe Haltung gegenüber Otoronco Achachi feststellen zu müssen – dem Menschen, der mehr als alle anderen dazu
beigetragen hatte, daß Cusi sich als Inka fühlte.

»Ich muß zuerst ein Krieger werden, Großvater«, sagte er kühl,
»erst danach kann ich über andere Dinge entscheiden. Und dabei
kann mir niemand besser helfen als Otoronco Achachi.«

Ayar lenkte ein. »Der Tanz beginnt, ich will dich nicht mehr
aufhalten«, meinte er, ohne seine Enttäuschung zu verbergen. »Aber
du solltest nicht vergessen, daß es auch möglich ist, mehrere Vorbilder zu haben. Otoronco ist ein beeindruckender Mann, aber da du
weder seinen Rang noch seinen Ruf hast, wäre es nicht sehr klug von
dir, ihm allzusehr nacheifern zu wollen.«

»Ich nehme mir Eure Worte zu Herzen«, erwiderte Cusi beschwichtigend und verneigte sich tief. Doch als er zu seinen Freunden zurückging, dachte er, daß er lieber ein Kriegsherr wäre als ein
weiser alter Mann, dessen Muskeln und Herz Ruhe brauchten. Und
sicherlich bedeutete ihm das Lob Otoronco Achachis mehr als das
seiner Lehrer. Dieser Gedanke beschwingte ihn, und er merkte
plötzlich, daß er kräftigen Durst bekommen hatte. Er ließ sich seinen
Becher bis zum Rand mit starkem, schäumendem Akha füllen und
machte sich auf zum Tanz.

Als die Reihe der Knaben kehrtmachte, freute sich Cusi darauf, bald
wieder an ihr vorbeizutanzen. Ihr Name war Tocto Oxica, und sie war
die Tochter des Sapa Inca; Cusi war ihr schon einmal auf einem
Vicaquirao-Fest vorgestellt worden. Er hatte nicht erwartet, daß sie
sich an ihn erinnern würde, aber seit Beginn des Tanzes sah sie so oft
es ging zu ihm herüber. Am Anfang fand er ihre strahlenden Augen
und den forschen Blick geradezu beunruhigend; nie konnte er zu ihr
hinübersehen, ohne bereits von ihr angestarrt zu werden.

Aber das war vor vielen Tänzen gewesen. Sobald er seine Scheu
überwunden und ihren Blick erwidert hatte, erschien sie ihm nicht
mehr so einschüchternd. Seither betrachtete sie ihn auch weniger
prüfend, ließ die Augen öfter abschweifen, um sie dann wieder wie
zufällig auf Cusi zu richten, wenn sie gerade aneinander vorbeitanz-
ten. Sie reichte ihm gerade bis zur Schulter, und sie hatte glänzendes,

schwarzes Haar, das ihr bis zur Taille über den Rücken fiel. Aber trotz ihrer geringen Körpergröße war sie kein kleines Mädchen mehr. Ihr dunkelblaues Kleid schmiegte sich an die Rundungen ihrer Hüften und Brüste, und auf dem Hinterkopf trug sie eine Nañaca, das kleine Tuch, das sie als Nusta auswies.

Bald darauf legten die Musikanten eine Pause ein. Die Tänzer blieben noch einen Augenblick erschöpft und keuchend stehen, bevor sie sich zerstreuten. Cusi beobachtete, wie Tocto auf zwei ältere, in das hellblaue Gewand der Palastbediensteten gekleidete Frauen zuging, die auf sie zu warten schienen. Er dachte bei sich, daß es keine gewöhnliche Nusta war, doch dann sagte er sich, schließlich war sie es gewesen, die damit angefangen hatte, ihn immer wieder anzublicken, und außerdem war sie auch noch älter als er.

Rimachi tauchte neben ihm auf, hielt ihm einen Becher mit Akha hin und warf ihm einen langen, vielsagenden Blick zu. Cusi trank wortlos und reichte den Becher an Tomay weiter, der sich in diesem Augenblick zu ihnen gesellte.

»Weißt du, wen du dir da als Tanzpartnerin ausgesucht hast?« fragte Rimachi endlich. Cusi zuckte die Achseln.

»Ja.«

»Dann weißt du auch, daß sie eine von Huayna Capacs Töchtern ist?«

»Die Tochter des Sapa Inca?« fiel Tomay ein. »Von der Coya?«

»Ja«, antwortete Rimachi, den Blick fest auf Cusi gerichtet, »sie ist Huascars Schwester.«

»Huascar hat viele Schwestern«, sagte Cusi im Versuch, sich unbeeindruckt zu geben.

»Ja, und er wird sie alle heiraten, sobald er der Sapa Inca wird.«

»Huascar ist jünger als wir«, bemerkte Cusi verächtlich, »und auch sein Vater ist noch jung. Es sind noch viele Jahre, bis Huayna Capac bereit ist, den königlichen Fransensaum abzugeben.«

»Das mag sein«, räumte Rimachi ein. »Aber wenn Huascar auch jung ist, er ist bekannt dafür, daß er seine Vorrechte eifersüchtig hütet. Und eines Tages wird er die Macht über unser aller Leben haben.«

»Ich würde ebenfalls nicht riskieren, ihn zu beleidigen«, meinte Tomay, »nicht einmal, wenn ich ein Inka königlichen Geblüts wäre.«

»Aber ich habe doch nur mit ihr getanzt!« protestierte Cusi.

»Ich würde sagen, du hast *für* sie getanzt«, konterte Rimachi und nahm Tomay den Becher aus der Hand.

»Ganz unschuldig hat es nicht gerade ausgesehen, Cusi«, fügte Tomay hinzu.

Cusi wurde ärgerlich. »Ach, laßt mich in Ruhe!« murrte er, machte kehrt und ging zur Tanzfläche zurück. Die Musik hatte wieder eingesetzt; ein langsamer Trommelrhythmus und eine tremolierende Flöte kündigten einen Paartanz an, einen Werbungstanz, an dem nur junge Männer und Frauen im heiratsfähigen Alter teilnehmen durften. Cusi hatte zwar die Schritte von seiner Schwester gelernt, aber noch nie öffentlich getanzt, und das gedachte er auch jetzt nicht zu tun. Enttäuscht wandte er sich vom Tanz ab und ging zu seinen Freunden zurück.

»Damit bin ich ja wohl gerettet«, meinte er mißmutig. »Sollen wir nachsehen, wo Uritu steckt?«

»Er ist draußen im Garten«, berichtete Tomay und ging voran. Cusi warf noch einen Blick zu dem Pfeiler hinüber, wo er Tocto Oxica zuletzt gesehen hatte, doch die vielen Zuschauer um die Tanzfläche versperrten ihm die Sicht. Es hatten sich erst drei Paare eingefunden, und deshalb verlängerten die Musikanten ihre Aufforderung zum Tanz. Und plötzlich sah Cusi Tocto Oxica wieder, dicht gefolgt von den beiden Dienerinnen, die heftig auf sie einredeten und offenbar versuchten, sie von etwas abzuhalten. Sobald Tocto ihn erblickte, hörte sie jedoch nicht mehr auf die Frauen; ohne zu zögern kam sie Cusis leichter Verbeugung als Einladung zum Tanz nach.

»Ich fühle mich geehrt, Tocto Oxica«, flüsterte er. So nahe, mit ihren warmen Händen auf seinem Arm, erschien sie ihm viel älter, viel wirklicher und auch wieder etwas einschüchternd. Ihre Augen waren so dunkel, daß Pupille und Iris ineinander übergingen, und ihre Lider hatte sie dick und schwarz umrandet, damit die Augen noch größer wirkten. Der Puder auf ihren Wangen hob ihre feinen Gesichtszüge hervor. Cusi starrte sie verzückt an, bis sie schließlich zu lachen begann.

»Auch ich fühle mich geehrt, Cusi Auqui«, antwortete sie vergnügt mit einer kehligen, überraschend tiefen Stimme. Bevor sie jedoch weitersprechen konnten, setzte die Musik ein, und die Tänzer vor ihnen begannen sich zu bewegen. Cusi achtete darauf, keine zu großen Schritte zu machen, doch Tocto tanzte wunderbar und ließ sich leicht von ihm führen.

Die Zuschauer bildeten einen Kreis um die tanzenden Paare; einige von ihnen sangen zu der Musik oder wiegten sich im Takt, manche lächelten auch über die Tänzer und machten Bemerkungen über jene, die sie kannten. Nach einiger Zeit waren Cusis und Toctos Bewegungen perfekt aufeinander abgestimmt, so daß er nicht mehr auf seine Füße achten mußte; er hatte den Blick Toctos Gesicht zugewandt, die ihn mit strahlenden Augen ansah. Das war die richtige

Art, diesen Tanz zu tanzen, hatte seine Schwester damals erzählt, aber zu diesem Zeitpunkt hatte er sie nicht verstanden. Jetzt jedoch wußte er, was es bedeutete: nur hier sein zu wollen und an keinem anderen Ort der Welt; Tocto anzusehen und von ihr angesehen zu werden und durch den Rhythmus zu spüren, daß sie mehr verband als nur ihre Arme.

Am Ende des Tanzes wurden die Paare von den Zuschauern beklatscht und umjubelt. Cusi war heiß geworden, er keuchte und schwitzte, aber trotzdem tat es ihm leid, daß es vorüber war und Tocto seine Arme loslassen mußte. Dieses Mal ließ er sie jedoch nicht wieder weggehen.

»Darf ich Euch begleiten?« fragte er atemlos. Sie nickte nur, und vorbei an ihren Dienerinnen, die Tocto vorwurfsvolle Blicke zuwarfen, suchten sie sich ihren Weg durch die Menge ins Freie. Im rosafarbenen, verblassenden Abendlicht erreichten sie den Rand der Terrasse hinter der Tanzfläche. Der frische Geruch von Laubbäumen umfing sie, und der Lärm des Tanzes schien hier bereits weit weg zu sein. Cusi seufzte unwillkürlich, und Tocto lachte leise, während sie langsam eine Rampe in die tieferliegenden Gärten hinunterspazierten.

»Es ist wunderschön«, sagte sie, als wollte sie einer unausgesprochenen Bemerkung Cusis zustimmen. Es drängte ihn zu sagen, daß *sie* wunderschön war, doch plötzlich fühlte er sich viel zu jung, um so etwas auszusprechen – um ihr überhaupt etwas zu sagen. Tocto blickte ihn von der Seite an in dem Versuch, sein Zögern zu verstehen.

»Bist du plötzlich schüchtern geworden, Cusi? Jetzt, nachdem wir zusammen getanzt haben?«

»Ich habe den Paartanz noch nie getanzt – außer mit meiner Schwester«, erklärte Cusi unbeholfen, um seine Scheu zu überwinden.

Sie hatten den Schatten der Bäume erreicht. »Ich kenne deine Schwester gut«, erzählte Tocto, »genauso wie deine Mutter und deinen Onkel. Ich dachte, ich würde auch dich kennen, weil ich dich schon öfter auf den Vicaquirao-Festen gesehen habe. Aber heute sahst du verändert aus; du kamst mir vor wie ein Unbekannter, aber auch wie jemand, den ich kennen sollte.«

Sie traten aus dem Schatten der Bäume auf eine kleine Lichtung hinaus, und Tocto führte ihn zu einer steinernen Bank inmitten von Cantut-Büschen mit prächtigen roten, trompetenförmigen Blüten. Sie setzte sich, schlug die Beine übereinander und bedeckte sie mit ihrem langen blauen Kleid. Cusi stand verlegen da; er hatte bemerkt, daß die beiden Dienerinnen ihnen gefolgt waren und sie nun aus einiger Entfernung beobachteten. Er kauerte vor ihr nieder, blickte ihr direkt in die Augen und fragte sich, was sie wohl an ihm faszinierte.

»Eigentlich wollte ich gar nicht auf dieses Fest gehen«, begann Tocto leise. »Die anderen aus meiner Familie hatten sich entschlossen, nicht zu kommen. Aber irgend etwas sagte mir, ich solle hingehen und sehen, wen ich treffen würde. Du warst der erste, der mir auffiel, als ich in die Halle kam – wegen der Iñaca-Farben, die du trägst. Du hast mit Otoronco Achachi Akha getrunken, und deine Freunde waren alle keine Inka.«

»Es sind meine Initiationsbrüder«, erklärte Cusi. »Otoronco ist mein Vormund, weil meine Eltern weg sind. Seinetwegen trage ich die Farben Rot und Schwarz.«

Tocto nickte. »Dann weißt du ja, warum du mir so verändert vorkamst. Und dann hast du mich angesehen und mit mir getanzt.«

Cusi schluckte und sah kurz zur Seite. »Meine Freunde nannten mich einen Dummkopf deswegen«, räumte er ein, »aber ich wollte nicht auf sie hören. Ich wollte einfach nur mit Euch tanzen.«

Tocto lächelte schmerzlich berührt. »Hast du Angst, einen Fehler gemacht zu haben?« fragte sie dann.

»Ich weiß es nicht, Herrin«, gab er zu. »Ich bin froh, mit Euch getanzt zu haben. Aber vielleicht sollte ich wissen ... was mir erlaubt ist – mit Euch.«

Zum erstenmal wandte Tocto den Blick von ihm ab. Sie atmete tief durch; in ihren Augen spiegelte sich Sehnsucht wider.

»Du weißt, wer ich bin. Ich bin zwar nicht die älteste Tochter meiner Mutter, aber ich mußte mit Huascar hierbleiben. Er tut jetzt schon so, als würde ich ihm gehören. Aber ich werde nie seine Frau, Cusi, *niemals*. Wenn ich mich nicht irgendwie von ihm befreien kann, werde ich zu den Frauen der Sonne gehen.«

Die Bestimmtheit, mit der Tocto diese Worte sprach, und die Einsamkeit, die sie empfinden mußte, ließen Cusi einen Augenblick schweigen. »Aber welche andere Möglichkeit habt Ihr denn?« fragte er dann leise und versuchte, dabei etwas ermutigend zu klingen.

Wieder lächelte Tocto schmerzlich berührt. »Ich weiß es nicht«, sagte sie. »Ich kann nur hoffen und träumen. Mein Vater fühlt sich zu Menschen hingezogen, die anders sind, Menschen mit Huaca. Das ist einer der Gründe, weshalb er deinen Onkel Lloque Yupanqui zum Erinnerer ernannt hat. Er weiß, daß Lloque der Zwillingsbruder deiner Mutter ist.«

»Das war dabei wichtig für ihn?« entfuhr es Cusi.

»Natürlich. Viele Menschen haben ein hervorragendes Gedächtnis, aber nur wenige haben ein Zwillingsgeschwister. Es ist ja auch gut und richtig, daß jeder, der dem Sapa Inca dient, einzigartig und besonders ist. Und mein Vater ist großzügig mit Leuten, die ihm Macht und Glück bringen; er gibt ihnen große Geschenke. Vielleicht sogar eine seiner Töchter...«

Cusi sog heftig die Luft ein. »Das ist Euer Traum?« fragte er verwundert.

»Das ist alles, was ich habe, Cusi«, erwiderte sie und breitete ihre Hände aus. »Sonst werde ich Huascar gegeben, gleichgültig, wie lange es dauert. Ich will aber nicht warten, bis ich alt bin und er endlich stirbt oder der Sapa Inca wird. Ich will nicht verschwenden, was ich im Herzen trage.«

Cusi erhob sich; ein Schauder durchfuhr ihn. Er fühlte sich schwach und irgendwie aus dem Gleichgewicht, trotzdem aber eigenartig selbstbeherrscht. Er beugte sich zu Tocto hinab, um ihr beim Aufstehen zu helfen. Durch das Dämmerlicht blickte sie zu ihm auf; immer noch stand ihr die Bitte im Gesicht, die Cusi eben hatte erschaudern lassen.

»Ihr habt meine Frage nicht beantwortet«, sagte er mit belegter Stimme. »Ihr habt mir nicht gesagt, wie nahe ich Euch treten darf.«

Sie hielt seine Hände fest und trat so dicht an ihn heran, daß er den feinen Orchideenduft in ihrem Haar riechen konnte. »Du darfst alles – und nichts«, flüsterte sie. »Es kommt nur auf deinen Mut an und darauf, was das Schicksal uns gewährt.«

»Ihr habt meine Zusage«, raunte Cusi, und plötzlich verspürte er den Wunsch, sie zu berühren und an sich zu drücken. Mittlerweile war es völlig dunkel geworden, und die beiden Dienerinnen kümmerten ihn nicht mehr. Doch in diesem Augenblick trat Tocto einen Schritt zurück und legte eine Hand auf seine Brust. Sie sah ihn an mit einem Lächeln, das weder Schmerz noch Bitte ausdrückte.

»Du mußt jetzt zu deinen Freunden zurückgehen«, murmelte sie. »Ich sorge dafür, daß du in den Vicaquirao-Haushalt eingeladen wirst, wenn es für uns sicher ist. Bis dahin werde ich dich in meinem Herzen bewahren, Cusi Auqui.«

Cusi verneigte sich stumm und ging über die kleine Lichtung zurück. In seinem Herzen, dort, wo sie ihm die Hand auf die Brust gelegt hatte, fühlte er ein Brennen. Während er durch die Bäume und die Rampe hinauflief, fragte er sich, woher ein Mann wußte, ob er Huaca hatte...

Caxamarca

In einem leichten Bogen nach unten erstreckte sich die Seilbrücke vor ihr über die Schlucht. Sie hatte solche Brücken schon oft überquert und dabei noch nie daran gedacht, daß sie abstürzen könnte. Beherzt griff sie nach dem Geländer und tat den ersten Schritt.

Doch beim zweiten Schritt fing der Boden plötzlich an, sich heftig zu bewegen, und ihr Fuß trat ins Leere. Sie fiel auf die Knie, wurde aber mit dem nächsten, starken Schlingern auf den Rücken geworfen und verlor dabei den Halt am Geländer. Alles um sie herum schaukelte nun, als wäre die Brücke auf einmal lebendig, und je mehr sie kämpfte, um sich wieder in die Gewalt zu bekommen, desto heftiger wurden die Bewegungen. Das Geländer schien sich immer weiter von ihren Händen zu entfernen, ihre Finger griffen in die Luft, unter ihr klaffte gähnend der Abgrund. Eisige Furcht ließ sie erschauern, ihr wurde schwindlig, sie mußte die Augen schließen.

Dann stand sie wieder aufrecht, die Hände um das Geländer geklammert und voll Angst vor der kleinsten Bewegung. Es war ihr Blick, der die Brücke zum Schwanken zu bringen schien; deshalb richtete sie ihn nach oben und sah in diesem Augenblick den großen Kondor über sie hinwegsegeln. Er flog so tief, daß sie glaubte, der Schatten seiner Schwingen würde ihren Kopf berühren, und sie meinte den Wind zu spüren, den der riesige Vogel verursachte. Seine Federn glänzten schiefergrau bis auf die weiße Halskrause um seinen nackten, runzligen Kopf, der im Vergleich zu dem enormen Schnabel lächerlich klein wirkte. Für einen Moment blickte sie in das Auge des Kondors, doch dieser kurze Augenblick gab ihr das sichere Gefühl, daß er sie kannte und von ihr gesehen werden wollte.

Sie beobachtete ihn, wie er auf seinen gewaltigen Schwingen das Tal hinuntersegelte. Dazu kam ihr das Lied vom Großen Kondor in Erinnerung, dem höchsten Gott der Chachapoyas, der von seiner Heimat in den Bergen hinabgeflogen war, das Land mit einem Flügelschlag gerodet und so einen Ort für die erste Wohnstatt der Menschen geschaffen hatte. Der Kondor war nun schon weit weg, doch in dem blauen Spalt Himmel zwischen diesem und dem jenseitigen Tal konnte sie ihn noch immer deutlich erkennen. Die Berge drängten von beiden Seiten herein; ihre Gipfel waren in hohen, weißen Wolken verborgen, welche das Licht der Sonne in Streifen zerteilten, die von Wasserfällen und Bergbächen reflektiert wurden und die Wälder in ein leuchtendes Grün tauchten. Ihr Blick schweifte unendlich weit, als würde sie mit dem Kondor fliegen; es war ein herrliches Panorama, das bis ans Ende der Erde zu reichen schien.

Dann wurde ihr bewußt, daß sie jetzt furchtlos über die Brücke schritt; daß sie lief, ohne es eigentlich zu wollen, und den Blick immer noch von ihrem Weg abgewandt hatte. Sie konnte es nicht ertragen, den Kondor aus den Augen zu verlieren, der zwischen Licht und Schatten hin und her segelte, irgendwie aber immer sichtbar blieb. Ihre Gliedmaßen schienen sich wie von selbst mit völliger Sicherheit zu bewegen und die Brücke kaum zum Schwanken zu bringen. Immer noch war ihr Blick nach oben auf den Kondor gerichtet, doch plötzlich überwältigte sie Angst, so blind über die Brücke zu laufen, und sie mußte nach unten schauen. In diesem Augenblick begann der Boden unter ihren Füßen zu schwanken und drohte, sie beim nächsten Schritt abstürzen zu lassen.

Sie zwang sich, nach oben zu sehen, und fand den Kondor wieder, ein kleiner schwarzer Strich am fernen Himmel. Die Brücke wurde wieder fest; sie fühlte, daß sie ausschreiten konnte, und diesmal sträubte sie sich nicht dagegen. Es war ein seltsames Gefühl zu gehen, ohne auf den Weg zu sehen, doch es war besser, als die Brücke noch einmal zum Schwanken zu bringen.

Dann erreichte sie festen Boden und stellte plötzlich fest, daß sie den Kondor nicht mehr sah; er hatte sich in den dunklen Schluchten der Berge verloren. Einen Augenblick verspürte sie große Trauer, doch dieses Gefühl schwand so schnell, daß sie gleich darauf nicht mehr wußte, weshalb sie traurig gewesen war. Verwirrt setzte sie sich und versuchte nicht einmal mehr, sich zu erinnern ...

Micay erwachte im ersten Dämmerlicht, zusammengerollt auf ihrem Lamafell; die Hand unter ihrem Körper war taub. Während die Bilder ihres Traumes noch deutlich vor ihr standen, war ihr erster Gedanke, daß sie das Haus der Erwählten Frauen bald verlassen würde. Der Traum war so lebhaft und so voller Bedeutung gewesen – alles, was ihr Leben hier nicht war. Er konnte nur ein Omen sein, ein Zeichen dafür, daß der Sapa Inca sie erwählen und von hier wegbringen würde.

Den Mädchen war nur ein kurzer Blick auf Huayna Capac gewährt, bevor er das Haus betrat, denn man führte ihn sofort zu den Frauen der Sonne, den Priesterinnen, die zurückgezogen im hinteren Teil der Anlage lebten. Sie waren Inti geweiht, dem sie mit Gebeten, Fasten und Keuschheit dienten, und Huayna Capac kam zu ihnen in seiner Eigenschaft als der erste Sohn Intis und der höchste seiner Priester.

Doch bevor die Mamanchic ihm den Weg wies, stand er einen Augenblick lang im Hof, wo sich die Mädchen zu seiner Begrüßung versammelt hatten. Er war ein kleiner, gedrungener Mann mit riesigen goldenen Ohrpflöcken, auf dessen Gesicht nicht einmal die Andeutung eines Lächelns lag. Seine Augen waren vom Mascapaycha verdeckt, dem Fransensaum mit bunten Quasten, der von seinem Stirnband herabhing und den nur der Sapa Inca tragen durfte. Sein Umhang und seine Tunika waren aus feinstem, in einem vielfarbigen, komplexen Muster gewebten Cumbi-Tuch; dazu trug er einen Lendenschurz mit verbreitertem Vorderteil und Kniebänder, die mit goldenen Fäden und grünen Federbüscheln verziert waren.

Als der Sapa Inca den Hof verlassen hatte, wanderte Micays Blick zu einer zweiten Gruppe von Ankömmlingen, die nun auf die Rückkehr des Herrschers wartete. Es waren ausschließlich Frauen – etwa vierzig an der Zahl –, und sie waren ebenso farbenprächtig gekleidet wie der Sapa Inca. Die Sonne brach sich in ihren Gold- und Silbergeschmeiden und verlieh ihren Frisuren einen herrlichen Glanz; manche hatten ihr Haar überdies blau oder purpurrot getönt. Aber anders als Micay und ihre Mitschülerinnen, die still und regungslos dastanden, unterhielten sie sich angeregt und zeigten dabei gelegentlich auf das eine oder andere Mädchen. Sie suchen sich ihre Dienerinnen und Gesellschafterinnen aus, dachte Micay und fragte sich, ob sie wohl eine von ihnen sein würde.

Dann wurde Micays Aufmerksamkeit vom Erscheinen Cahuas abgelenkt. Sie betrat zusammen mit drei weiteren jungen Frauen, die ebenfalls den Sonnenfrauen versprochen waren, den Hof, um den Gästen aus einem großen Krug Akha zu servieren; ihre Begleiterinnen trugen die dazugehörigen Becher. Micay betrachtete sie voller Bewunderung – sie wußte, daß Cahua unter der Maske der Ruhe, die sie ausstrahlte, sehr nervös war.

Plötzlich war eine aufdringliche und übertrieben dienstfertige Stimme vernehmbar: »Nein. Das geht nicht. Das ist unmöglich!« Eine der vornehmen Frauen war an die Mamacona herangetreten, die die Akha-Trägerinnen in den Hof geführt hatten, und deutete heftig auf Cahua.

»Die Mamanchic hat sie ausgewählt, Herrin«, erwiderte die Mamacona und versuchte, die peinliche Situation mit ehrerbietigen Gesten zu überspielen.

»Das spielt keine Rolle«, beharrte die Dame, »sie ist ein Affront für das Auge und nicht geeignet, dem Sapa Inca zu dienen!«

Die Mamacona blickte betreten und hilflos zu Boden, und es folgte ein unangenehmer Augenblick der Stille. Micay sah als einzige, daß Cahua das schwere Gefäß nicht mehr lange würde halten können; ihr Arm zitterte, und der Krug drohte ihr zu entgleiten. Kurzentschlossen trat Micay vor und kam der Freundin zu Hilfe. Cahua starrte sie verblüfft an und überließ ihr wortlos den Krug.

»Die«, sagte die Frau, »die da ist hübsch genug. Sie soll den Krug tragen.«

Micay blickte in das ausdruckslose Gesicht der Mamacona und dann auf die herrisch wirkende Frau, die sie tatsächlich anlächelte. Ihre vollen Lippen waren dunkelrot angemalt, und eine Kette aus leuchtend grünen Steinen hing um ihren Hals, die mit jedem Atemzug herrlich glitzerte. Doch alles, was Micay in diesem Moment wahrnehmen konnte, war die Grausamkeit dieser Frau, die sie abscheulich wirken ließ.

»Nein, Herrin«, entgegnete Micay entschlossen, »ich bin sogar noch weniger geeignet. Keine von uns ist geeignet, wenn Cahua es nicht ist.«

Zorn flammte in den Augen der Frau auf. »Wollt Ihr dastehen und zusehen, wie dieses Kind mich beleidigt?« herrschte sie die Mamacona an. »Ich bin die Vierte Gemahlin!«

Die Wut der Frau ängstigte Micay sehr, doch sie blieb standhaft. Ruhig übergab sie den Krug der Mamacona und verbeugte sich vor der edlen Dame.

»Es tut mir leid, daß wir Ihr Mißfallen erregt haben, Herrin. Wir werden uns augenblicklich zurückziehen.« Mit diesen Worten nahm sie Cahua bei der Hand und führte sie vom Hof, in einen dunklen, leeren Korridor, wo niemand sie hören konnte, falls sie weinen wollten.

Micay saß auf einer Mauer und hielt Cahua in den Armen, die heftig schluchzte und wie ein verwundetes Tier stöhnte. Als sie nach einiger Zeit aufblickte, sah sie drei Frauen sich nähern, und tippte Cahua auf die Hand, um sie darauf aufmerksam zu machen. Zwei der Frauen trugen herrliche Kleider, die ältere außerdem die lange, goldene Fibel der Inkafrauen. Die dritte war in die dunkle Robe der Mamacona gekleidet; es war diejenige, die zuvor versäumt hatte, Cahua zu verteidigen. Dann löste sie sich von den beiden anderen und kam allein näher. Als Micay und Cahua aufstanden, schlug sie beschämt die Augen nieder.

»Diese beiden Frauen möchten gerne mit Micay sprechen«, erklärte sie. »Sie gehören zum Hofstaat des Sapa Inca.«

Unwillkürlich nahmen sich Micay und Cahua bei der Hand. »Ich besuche dich noch, bevor du gehst«, versprach Cahua und drückte der Freundin ermutigend die Hand. Micay nickte nur stumm, um die Fassung nicht zu verlieren. Dann führte die Mamacona Cahua zu den beiden Frauen hinüber. Micay beobachtete, wie die ältere von ihnen etwas zu Cahua sagte, das diese veranlaßte, sich tief zu verbeugen, als sei ihr ein Kompliment oder eine Entschuldigung ausgesprochen worden. Sie spürte sofort, daß sie die beiden mochte, doch sie hielt dieses Gefühl ebenso zurück wie ihre wachsende Aufregung.

Dann kamen die beiden Frauen auf sie zu, und schon aus einiger Entfernung konnte sie erkennen, daß es sich um Mutter und Tochter handelte. Sie hatten dieselbe kupferfarbene Haut, die um Augen und Backenknochen noch dunkler wurde, und dieselbe gerade, an Wurzel und Spitze etwas abgeflachte Nase. Die Tochter war etwa drei oder vier Jahre älter als Micay und ebenso groß wie die Mutter, aber zierlicher und noch sehr mädchenhaft. Beide trugen wunderschöne, in verschiedenen Blautönen leuchtende Kleider, in denen sie mühelos über die Pflastersteine zu schweben schienen. Micay war sicher, noch nie elegantere Frauen gesehen zu haben.

»Ich bin Mama Cori«, begann die ältere von ihnen und erwiderte Micays Verbeugung mit einer graziösen Neigung des Kopfes, »und das ist meine Tochter Quinti Ocllo.«

»Ich fühle mich geehrt, Herrin. Mein Name ist Micay.«

Sie bemerkte, wie Quinti Ocllo bei der Nennung von Micays Namen erstaunt auf ihre Mutter blickte, als würde er ihr etwas bedeuten. Oder vielleicht ist es mein schlechtes Quechua, dachte sie dann und versuchte sich zu konzentrieren, damit ihr die Feinheiten des Cuzco-Dialekts der Frau nicht entgingen.

»Der Sapa Inca hat uns erlaubt, eine junge Frau auszuwählen, die uns nach Tumibamba begleitet. Sie soll meiner Tochter eine Gefährtin sein und zu unserem Haushalt gehören. Quinti hat darum gebeten, dich zu wählen.«

»Du bist Mama Huarcay gegenüber sehr beherzt aufgetreten«, erklärte Quinti, »und hast dich bewundernswert für deine Freundin eingesetzt.«

Micay senkte den Blick, obwohl sie spürte, daß die Mutter diese Bewunderung nicht teilte. »Wenn du mit uns kommst«, sagte Mama Cori, »wirst du Mama Huarcay sicherlich noch oft begegnen. Du dürftest sie allerdings nicht noch einmal beleidigen.«

»Es ging mir nicht darum, sie zu beleidigen, Herrin«, erwiderte Micay. »Ich hätte jede andere Aufforderung befolgt. Aber ich konnte nicht zur Demütigung meiner Schwester beitragen.«

Mama Cori zeigte sich von dieser Rechtfertigung unbeeindruckt; Micay glaubte, eine leichte Skepsis bei ihr zu spüren.

»Du darfst ihr in Zukunft nichts mehr abschlagen«, sagte Mama Cori in gutgemeintem, aber auch mahnendem Ton. »Meine Tochter

und ich werden für dein Benehmen und deine Ausbildung verantwortlich sein.«

»Ausbildung?« fragte Micay verwundert. Sie hatte bisher nur von
einer Ausbildung für die Krieger der Inka gehört, nicht aber für deren
Frauen.

»Wir dienen am Hof Huayna Capacs«, erklärte Quinti. »Du mußt
lernen, wie man sich dort benimmt. Aber ich bin sicher, daß du das
schnell begreifen wirst.«

»Ich will es versuchen, Herrin«, murmelte Micay ergeben. Also bin
ich auserwählt und werde diesen Ort wirklich verlassen, fuhr es ihr
durch den Kopf.

»Wenn du möchtest, kannst du jetzt gleich mit uns gehen«, schlug
Mama Cori vor, »aber wenn es dir lieber ist, lassen wir morgen nach
dir schicken.«

Micay brauchte einen Moment, um zu begreifen, daß sie tatsächlich eine Wahl hatte. Doch dann betrachtete sie die nackten Mauern,
die den Hof umgaben, und damit war ihr Entschluß gefaßt.

»Ich werde sofort mit Euch gehen, Herrin. Nur von Cahua und
meinen Freundinnen möchte ich mich noch kurz verabschieden.«

»Natürlich. Komm, wir gehen mit dir zur Mamanchic.«

Sie nahmen Micay in die Mitte, und Quinti umfaßte wie zur Begrüßung leicht ihren Ellbogen. Micay hob den Saum ihres Kleides und
versuchte, den gleitenden Gang ihrer Begleiterinnen nachzuahmen;
sie hatte das Gefühl, zwischen ihnen zu schweben, getragen von dem
sanften Lufthauch, den ihre langen Röcke hervorriefen. Den Blick
direkt nach vorne gerichtet, widerstand sie dem Drang, auf ihre Füße
hinabzusehen.

KAPITEL 4

Ichuri: Der Grasmann (1512)

Cuzco

Am ersten der drei Tage, die Cusi allein in den Bergen verbringen mußte, suchte er keine Nahrung, sondern sammelte nur Steine für seine Schleuder, Feuerholz und andere zum Überleben wichtige Dinge. Am zweiten Tag hatte er trotz der guten Vorbereitung bei der Jagd zunächst kein Glück. Bis zum späten Nachmittag war er lediglich auf eine Vizcacha gestoßen, die er aber ebenso verfehlte wie einige Mäuse und Vögel. Alles, war er bei seiner Pirsch auftreiben konnte, waren eine Handvoll wilder Kartoffeln und eine kleine Schlange, die er überrascht hatte, als sie sich auf einem Felsen sonnte. Dafür wäre es nicht nötig gewesen, stundenlang Schlingen zu bauen. Ebensogut hätte er Fallen aufstellen können, wie Uritu es machen wollte, und auch Kaninchen hätte er verfolgen können, wie Tomay es erzählt hatte. Cusi fragte sich, wie es seinen Freunden wohl erging und ob sie mit ihren Methoden erfolgreicher waren als er.

In diesem Moment sah er aus dem Augenwinkel, daß sich etwas bewegte. Er blieb wie angewurzelt stehen und gewahrte einen rotbraunen Vogel, der sich ins Gras duckte – einen der kleinen, rebhuhnartigen Yutus, die auf der Hochebene lebten. Mit einer einzigen Bewegung duckte er sich und schleuderte gleichzeitig einen Stein, der kurz vor dem Yutu aufschlug, am Boden abprallte und den Vogel dann mit einem hörbaren Schlag in der Seite traf, wobei eine Wolke von Federn aufwirbelte. Im nächsten Augenblick rannte Cusi mit ein paar langen Sätzen auf das Tier zu, packte es an den Beinen, bevor es fliehen konnte, und drehte ihm sofort den Hals um. Er stieß einen Freudenschrei aus und wollte gerade einen Siegestanz beginnen, als in unmittelbarer Nähe ein zweiter Yutu sein Versteck verließ und auf eine Felsengruppe in einiger Entfernung zulief. Cusi sprintete sofort hinterher, doch gerade als er nach der Beute greifen wollte, schwang sich der Vogel in die Luft – und prallte im nächsten Augenblick mit solcher Wucht gegen einen großen Findling, daß er sofort tot war. Das kann nur eine Gabe der Götter sein, dachte Cusi, verzichtete auf einen Siegestanz und sandte statt dessen ein kleines Dankgebet zum Himmel.

Als er wieder seinen Rastplatz erreichte, blieb ihm gerade noch genügend Zeit, ein Feuer zu machen, seine Beute zuzubereiten und heißhungrig hinunterzuschlingen, bevor es dunkel zu werden begann. Schwarzgraue Wolken beschleunigten das Hereinbrechen der Dämmerung und schoben sich vor den Mond und die Sterne. Cusi erinnerte sich an eine Höhle, an der er gestern beim Sammeln vorbeigekommen war; sie konnte ihm als Schutz dienen, falls es zu regnen begann. Er las die übriggeblieben Kartoffeln auf, steckte sie zusammen mit den am Vortag gefertigten einfachen Steinklingen, seiner Schleuder und den dazugehörigen Steinen in seinen Umhang und machte sich auf den Weg. Gerade als die ersten Tropfen fielen und fernes Donnergrollen vernehmbar wurde, trat er durch den engen Eingang der Höhle. Er lachte und beglückwünschte sich zu seiner klugen Voraussicht und dazu, daß er diesen Unterschlupf entdeckt hatte. Die Höhle war zu groß, um Tieren als Bau zu dienen, und niemand hatte sie als letzte Ruhestätte für einen Toten gewählt. Auch war sie nur rund zehn Fuß tief, und es gab nur eine Stelle, gleich hinter dem Eingang, wo er aufrecht stehen konnte.

Er breitete den Umhang auf dem Boden aus, setzte sich darauf und beobachtete den über der Ebene einsetzenden Nieselregen. Der Himmel hatte sich mittlerweile ganz zugezogen und versprach einen längeren Sturm; die Gipfel in der Ferne waren längst in Wolken und Dunkel verschwunden. So verstrich der Abend, und je länger der Regen andauerte, desto mehr wurde Cusi bewußt, daß sein Vorhaben so klug nicht gewesen war: Er hatte nicht daran gedacht, in die Höhle auch Brennholz und Gras zu schaffen; und es war unmöglich, in den Felsboden eine Kuhle zum Schlafen zu graben. Andererseits schien es ihm zu riskant, in der Dunkelheit nach draußen in den Regen zu gehen – seine Kleidung würde nicht mehr trocknen, und die Nacht versprach in dieser Höhe zumindest kühl zu werden. Er saß also in der Falle und konnte nur warten, bis Inti entschied, sich am nächsten Morgen wieder zu zeigen.

Einen Tag und eine ganze Nacht mit Regen hatte er nicht eingeplant, und darüber ärgerte er sich, bis ihm wieder einfiel, daß es ja der Sinn dieser Prüfung war, mit unerwarteten Situationen fertig zu werden. Ein Krieger konnte nie wissen, wann er von seinen Kameraden abgeschnitten wurde oder von den Lastenkarawanen und Vorratshäusern, aus denen die Kämpfer normalerweise versorgt wurden. Er mußte einfach zäh und findig sein und schnell neue Pläne machen können, wenn die alten sich als Fehlschläge erwiesen.

Dies war für die Jungen die erste Prüfung am Beginn des letzten Jahres ihrer Ausbildung zum Krieger, und Sumac Mallqui zufolge waren an dieser Hürde schon häufig Kandidaten gescheitert. Manche froren so sehr oder erschöpften sich derart, daß sie vorzeitig aufgaben; andere kamen in solch schlechter Verfassung zurück, daß sie mit Sicherheit gestorben wären, wenn sie noch ein paar weitere Tage in der Wildnis hätten verbringen müssen. Sie waren dann nicht imstande, den Gewaltmarsch durchzustehen, der sich unmittelbar an diese drei Tage anschloß.

Je mehr Cusi gegen die nächtliche Kälte ankämpfen mußte, desto wahrscheinlicher erschien ihm sein Scheitern bei dieser Prüfung. Auch verspürte er trotz der beiden Yutus, die er gegessen hatte, schon wieder Hunger. Er begann, an der Stelle, wo die Höhle hoch genug war, im Kreis herumzulaufen und sich Körper und Gliedmaßen warmzuklopfen, und dabei sagte er sich immer wieder, die Nacht könne nicht mehr lange dauern. Zwischendurch kam ihm in den Sinn, daß Apu Poma mit der Behauptung, er sei zu schwach, vielleicht doch recht hatte. Und wenn er dann noch an die Lüge dachte, die er Aranyac erzählt hatte, erschauerte er und glaubte, es sei nur recht und billig, wenn er das Huarachicoy nicht bestehen würde. Schließlich gesellte sich zu seinem Mißmut auch noch das Gefühl, man könnte ihm seinen Schutzgeist ebenso gewaltsam wegnehmen, wie man ihn von seiner Mutter getrennt hatte. Und damit würde er auch Tocto verlieren, denn ohne den Schutzgeist konnte er nicht für sich in Anspruch nehmen, ein besonderer Mensch zu sein – und ob er dann überhaupt noch den Mut haben würde, sich ihr zu nähern …

»Nein!« schrie er auf und wirbelte herum, als wollte er eine Streitaxt auf einen unsichtbaren, von allen Seiten angreifenden Gegner schleudern. Er stieß mit der Zehe an einen Schleuderstein, hob ihn auf und warf ihn mit aller Kraft hinaus in den rauschenden Regen. Dann tastete er nach den anderen Steinen, schleuderte sie einen nach dem andern hinaus in die Nacht und stand am Ende keuchend da, bereit, für seinen Trotz die Strafe der Götter entgegenzunehmen.

Der erste Blitz kam völlig überraschend, und danach krachte ein solch lauter Donner, daß Cusi erschrocken einen Satz rückwärts machte und den Kopf an der Decke der Höhle anschlug. Es folgten zwei weitere Blitze; hell aufflammende Fingerzeige, die über den Himmel zu greifen schienen, ohne die Erde zu berühren.

»*Illapa*«, rief Cusi bewegt, tastete nach dem Stein in seinem Hüftband, riß schnell die Naht auf und holte seinen Schutzgeist heraus. Er ist ein Teil von Illapas Blitz, fuhr es ihm durch den Kopf, als er die gezackte Form fühlte. Im Licht des nächsten Blitzes sah er deutlich die Maserung im Innern des Kristalls und hatte den Eindruck, als würde die Helligkeit des Blitzes noch einen Augenblick lang darin nachglühen. Er umschloß den Stein fest mit der Faust und trat in den Eingang der Höhle, um den Sturm zu begrüßen, der nun geradewegs auf ihn zukam.

Der Schutzgeist wärmte sich in der Hand rasch; Cusi hielt ihn zum Himmel empor, lauschte auf das Krachen des Donners und beobachtete die Blitze, die in immer kürzerer Folge die Nacht zerschnitten. Er hatte das Gefühl, als würde er das heilige Feuer regelrecht anziehen. Der Sturm tobte jetzt direkt über ihm; er sah nur noch Streifen und Kugeln aus Licht, kleine Sonnen, die im Augenblick ihres Entstehens dröhnend zerbarsten. Mit einem letzten und entsetzlich lauten Schlag schlug eine Feuerkugel in unmittelbarer Nähe der Höhle ein; Sand und Erde prasselten auf Cusi nieder, und er wich zu Tode erschreckt zurück.

Dann prasselte der Regen noch stärker hernieder. Atemlos, zitternd vor Aufregung, kauerte Cusi in der Höhle. Allmählich spürte er seine Empfindungen zurückkehren und bemerkte, daß in seinem Gesicht und an seiner Kleidung Schmutz klebte. Steinsplitter hatten ihm die Haut zerschnitten, und sein Hinterkopf dröhnte, wo er sich an der Höhlendecke angeschlagen hatte. Beglückt wurde ihm bewußt, daß er noch am Leben war, und er warf seinen Umhang fort und begann einen Freudentanz aufzuführen. Er umklammerte seinen Schutzgeist, schlug sich damit auf die Brust, und auf einmal glaubte er alles, was Raurau Illa ihm gesagt hatte; er trommelte sich die Worte des alten Mannes ins Herz, um nie mehr an ihm zu zweifeln. Von nun an, gelobte Cusi im stillen, wollte er Illapas ergebener Diener sein und ein williger und treuer Bote. Und das Wissen, daß dieser Stein nur ihm gehörte, würde ihn stark und einzigartig machen, denn der Blitz war zu seinem Bruder geworden.

Huancabamba

Aufgrund von Quintis Erzählungen über Huancabamba hatte Micay geglaubt, es sei eine Stadt oder zumindest ein großes Dorf. Doch es war ganz anders; es war weniger ein richtiger Ort als vielmehr eine stark vergrößerte Version der Rasthäuser entlang der Königsstraße, in denen sie während ihrer Reise übernachtet hatten. Man hatte die Ansiedlung ohne Schutz und offenbar aus dem Nichts auf einer windgepeitschten Ebene westlich des Huancabamba-Flusses aufgebaut; sie war lediglich von einer doppelten Reihe Lagerhäuser und einigen großen Pferchen für Lamas und Alpakas umgeben. Alle Häuser waren einstöckig und drängten sich um einen einzigen Platz; es sah aus, als wären sie alle zur gleichen Zeit vom gleichen Baumeister errichtet worden. Die Hälfte der Wohngebäude stand völlig leer, als die Inka eintrafen; die Räumlichkeiten waren sauber und wiesen keinerlei Spuren einer permanenten Benutzung auf.

»Wer wohnt hier?« wollte Micay von Quinti wissen, als sie ihr Gepäck in dem ihnen zugewiesenen Zimmer abstellten. Quinti reichte die Frage an Apu Poma weiter, der hinter dem roten Vorhang beschäftigt war, welcher den Raum in zwei Hälften teilte.

»Der Gouverneur der Provinz residiert natürlich hier«, erklärte er in seinem gewohnt ernsten Ton und kam auf die Seite der Mädchen herüber, »und dazu der Micho und eine Handvoll seiner Untergebenen mit ihren Familien und Bediensteten. Dann die Priester und Mamacona im Haus der Sonne und die Mitmacs, die wir hier angesiedelt haben. Soviel ich weiß, leben hier Colla und Lupaca aus Collasuyo, der Südostprovinz, Rucana aus Contisuyo im Osten sowie Palta und Cañari aus dem Norden des Reichs. Die Mitmacs unterstützen den Gouverneur bei der Verwaltung und stellen Krieger, die zur Einhaltung unserer Gesetze gebraucht werden.«

Micay zögerte einzugestehen, daß ihre Frage trotz dieser eingehenden Erklärung im Grunde nicht beantwortet war.

»Aber – gibt es hier keine Menschen, die nicht von anderswo hierhergebracht wurden?« fragte sie schüchtern nach.

»Ach so, du meinst die Huanca!« rief Apu Poma mit einem breiten Grinsen. »Nun, sie haben ihre Dörfer auf der anderen Seite des Flusses, in den Tälern, die nach Osten hin offen sind. Da ist es wärmer. Dort sind auch die Felder und Terrassen, die Inti und dem Sapa Inca gehören.«

»Ich habe nicht daran gedacht, daß du noch nie an einem Ort wie diesem warst«, fiel Quinti entschuldigend ein. »Solche Stützpunkte stehen überall entlang den Königsstraßen, wo es keine Stadt gibt. Sie wurden nicht für die ansässige Bevölkerung gebaut, sondern für die regierenden Inka und für die Besuche des Sapa Inca.«

»Und für seine Armeen, wenn sie an seiner Statt kommen«, ergänzte Apu Poma. »Dieses Mal trifft beides zu, und es werden sogar noch mehr hungrige Esser zu füttern sein, wenn ab morgen die Häuptlinge eintreffen. Nur gut, daß die königlichen Vorratshäuser alle voll sind!«

»Du bist hier nicht der Micho, Vater«, scherzte Quinti, »du mußt sie nicht alle füttern.«

»In Tumibamba wird es noch schlimmer werden«, meinte dieser darauf verdrossen und zog sich wieder auf die andere Seite des Vorhangs zurück.

Am nächsten Tag formierte sich der Zug der Inka noch einmal, um Huayna Capacs Sänfte in einer Zeremonie zum zentralen Platz zu geleiten. Dazu erschienen die Inka ohne Dienerschaft und Träger, und anstelle der staubigen Reisekleider trugen alle ihre schönste Festtagsgarderobe. Die Prozession bewegte sich von Osten auf den Platz zu, passierte zwei monumentale Tore und zwängte sich dann durch eine enge, von zwei Hallen gesäumte Straße; hier würde am Abend ein großes Fest stattfinden. In der Mitte des zentralen Platzes erhob sich eine steinerne Empore, ein massives, mehr als sieben Meter hohes Podium, auf dem zwei aus Stein gemeißelte Throne standen. Unmittelbar um die Empore war ein Korridor freigehalten, und daran schlossen sich die Reihen der Krieger mit ihren Schilden, Waffen und Bannern an. Nach außen waren die Soldaten durch einen zweiten offenen Gang von den Zuschauern getrennt, die dicht gedrängt den ganzen Platz umstanden.

Es sind Tausende, dachte Micay. Nie zuvor hatte sie so viele Menschen an einem Ort versammelt gesehen. Angeführt vom heiligen Napa und von der Sänfte des Herrschers umrundete die Prozession einmal den ganzen Platz. Da Micay zum Gefolge des Sapa Inca gehörte, konnte sie die ehrerbietigen Gesichter der Zuschauer beobachten, und ihr wurde klar, daß der große Platz wirklich nur für diese Menschen erbaut worden war: Hier sollten sie die ganze Macht und Glorie ihres Herrschers erfahren und bewundern.

Nachdem Huayna Capac und die Coya Rahua Ocllo ihre Plätze auf der Empore eingenommen hatten, wurden Gebete an Inti gesprochen und Begrüßungsreden gehalten. Micay konnte von ihrem Platz aus keinen der Redner sehen und nur raten, um wen es sich jeweils handelte. Huayna Capac erkannte sie, weil er die Menge als »meine Kinder« ansprach und sagte, ihre Treue und Ergebenheit bereite ihm Freude und ehre seinen Vater Inti. Seine Rede war die kürzeste und jene, die mit der größten Aufmerksamkeit verfolgt wurde.

Am eindrucksvollsten empfand Micay jedoch das Ende der Zeremonie. Es wurde eingeleitet von einer Pause, in der absolute Stille herrschte; dann war von der Empore ein Klopfen zu hören, woraufhin alle gespannt nach oben blickten. Huayna Capac stand am Rand des Podiums, geschmückt mit dem königlichen Fransensaum; auf seiner Brust glänzte ein goldener Schild. Ein Diener reichte ihm eine Streitaxt, deren sternförmiger Kopf ebenfalls ganz aus Gold bestand. Der Herrscher hielt die Waffe mit beiden Händen hoch, und als sie so gleichsam über den Köpfen der Menge schwebte, reckten die Soldaten ihr Kriegsgerät zum Himmel und riefen dreimal Huayna Capacs Namen, daß das Echo mächtig von den umgebenden Gebäuden

widerhallte. Micay war fassungslos vor Staunen; Schauer der Ehrfurcht jagten ihr über den Rücken, während sich Huayna Capac nun
auch den Menschen auf den drei anderen Seiten der Empore präsentierte und der donnernde Ruf insgesamt neunmal wiederholt wurde.
Als sie danach den Platz verließ, mußte sie sich daran erinnern, daß
dies ihre Beschützer waren und nicht ihre Feinde.

Am späteren Abend, als das Fest bereits voll im Gange war, sah
Micay zum erstenmal den Königlichen Erinnerer Lloque Yupanqui,
Mama Coris Zwillingsbruder. Quinti hatte ihr viel darüber erzählt,
wie nahe sich die beiden standen – daß sie sogar über große Entfernungen hinweg die Gefühle des anderen erahnen konnten. Und doch
hatte dieser Mann äußerlich keinerlei Ähnlichkeit mit Mama Cori. Er
war nicht nur um einiges größer, sondern auch viel schlanker; seine
Nase krümmte sich ziemlich stark nach unten, die Augen lagen tief in
den Höhlen, und seine Lider hatten eine dicke Falte, die ihm ein
etwas schläfriges Aussehen verlieh. Seine Stimme klang eigenartig,
dabei aber mild und vertrauenerweckend.

Lloque Yupanqui war aus den königlichen Gebäuden gekommen,
um Mama Cori mitzuteilen, daß die Coya sie vor dem Empfang ihrer
Gäste unter vier Augen sprechen wolle. Daraufhin entschuldigten sie
sich beide überschwenglich bei dem Huanca-Häuptling und seiner
Frau, die für die Wohnung von Apu Pomas Familie zuständig waren.

»Meine Tochter bleibt so lange bei euch«, beschwichtigte Mama
Cori die Huanca, wobei sie Quinti kurz ansah und nickte. Micay blieb
mit Quinti zurück. Eine Zeitlang bemühte sich Quinti höflich, ein
Gespräch mit dem Häuptling und seinen Angehörigen in Gang zu
bringen, doch alle Neuigkeiten aus Cuzco hatten sich bereits herum-
gesprochen, und auch Themen wie das Wetter, die Ernte oder die
Herden waren längst erschöpft. Zudem fiel es den Gästen nicht
gerade leicht, Quechua zu sprechen, so daß Quinti Fragen häufig
wiederholen oder bei Antworten nachhaken mußte. Micay verstand
die Huanca oft schneller als Quinti, doch sie wagte nicht, in das
Gespräch einzugreifen, um die Gäste nicht zu beleidigen.

Nach einiger Zeit fiel Micay ein Mann mit Ohrpflöcken auf, der
sich durch die vielen Menschen einen Weg auf Quinti und sie zu
bahnte. Die Ähnlichkeit war mehr als verblüffend; dies konnte nur
Amaru, Quintis älterer Bruder, sein. Er sah so gut aus, wie Quinti ihn
geschildert hatte – ein markantes Kinn, breite, sinnliche Lippen und
kühne, offene Augen. Als er vor ihr stand, musterte er sie von oben bis
unten und neigte dann mit einem Lächeln den Kopf zur Seite. Seine
unverblümte Begutachtung trieb Micay die Schamröte ins Gesicht,
und sie senkte betroffen den Blick. Als sie wieder aufsah, stand er bei

Quinti, die vor Überraschung etwas Akha verschüttete. Ohne die Gastgeber zu begrüßen, nahm Amaru seine Schwester am Arm.

»Was stehst du hier herum?« fragte er sie so laut, daß jeder es hören konnte, »es ist jemand da, der dich sehen möchte.«

»Ich kann aber nicht weg«, wandte Quinti ein, »wir haben Gäste.«

»Wer ist diese Hübsche?« fragte Amaru und sah dabei lächelnd auf Micay, die sofort wieder den Blick senkte.

»Das ist Micay, meine Gefährtin. Mein Bruder, Amaru Inca.«

»Bring sie mit«, forderte Amaru seine Schwester auf, während Micay sich vor ihm verbeugte.

»Das geht nicht«, entgegnete Quinti ängstlich, »Mutter kommt bald zurück.«

Amaru schnalzte etwas verächtlich mit der Zunge. »Ach, und ich habe Quilaco Yupanqui gesagt, ich würde mit dir zurückkommen...«

Bei diesem Namen schien Quinti plötzlich ein Stück zu wachsen. Sie wandte sich zu ihren Gästen um. »Bitte entschuldigt mich...«, begann sie, doch der Häuptling verbeugte sich bereits vor ihr und bedeutete ihr zu gehen.

Sie bat Micay hierzubleiben und verschwand mit Amaru, der ihren Becher an sich nahm und im Gehen austrank. Micay war zu verblüfft, um etwas sagen zu können, und starrte nur den beiden nach. Dann wandte sie sich wieder den Huancas zu.

»Sie muß jemanden treffen«, versuchte sie zu erklären, doch der Häuptling unterbrach sie mit einer Geste und meinte beschwichtigend: »Es ist besser, wenn sie geht. Vielleicht sagt man ihr etwas, das ihr Vergnügen bereitet, etwas, das wir ihr nicht sagen können.«

Es folgte ein betretenes Schweigen, das jedoch plötzlich ein Ende fand, als Mama Cori mit ihrem Gefolge zurückkam. Sie blickte lächelnd in die Runde und kam dann direkt auf Micay zu.

»Wo ist Quinti Ocllo?« fragte sie.

»Sie ist mit ihrem Bruder weggegangen, Herrin.«

»Amaru war hier? Hast du nicht versucht, sie aufzuhalten?«

»Ich konnte nicht...« setzte Micay zur Erklärung an.

»Niemand sollte sie an ihre Pflichten erinnern müssen«, unterbrach Mama Cori sie. »Aber deine Pflicht als ihre Gefährtin ist es, sie an die ihren zu erinnern, wenn sie sie vergißt, Micay.«

»Ja, Herrin.«

»Dann geh und suche sie. Sag ihr, sie soll auf ihr Zimmer gehen und dort bleiben, bis ich mit ihr gesprochen habe. Ich werde mich um unsere Gäste kümmern.«

Micay verbeugte sich ehrerbietig und verneigte sich zum Abschied vor den Huanca. Beim Weggehen wunderte sie sich über Quintis

Ungehorsam. Und wie sollte sie selbst sich wohl verhalten, wenn Quinti achtlos ihre Pflichten versäumte? Sie daran zu erinnern, hätte nichts genützt, denn schließlich hatte Quinti ihre Pflicht nicht vergessen, sondern schlichtweg ignoriert. Dann kam ihr in den Sinn, daß Quinti und Amaru vielleicht an einen ihr völlig unbekannten Ort gegangen waren. Dann würde sie die beiden nie finden. Bei diesem Gedanken erschrak sie und mußte sich zwingen, ihre innere Ruhe zu bewahren. Hier sind keine Erwählten Frauen außer mir, sagte sie sich.

Cuzco

Cusis Freunde richteten sich gerade auf ein längeres Warten im Hof ein, und deshalb waren sie um so überraschter, als sie ihn so bald schon wieder aus Aranyacs Zimmer kommen sahen. Er hatte ihnen gesagt, er wolle alles beichten, und sie wußten, daß das nicht gerade wenig war. Doch nun lief er mit zusammengepreßten Lippen an ihnen vorbei und geradewegs auf das Tor zu. Sie sprangen auf und setzten ihm nach. Uritu, der Cusi als einziger geraten hatte, alles zu erzählen, fragte als erster: »Hast du es ihm gesagt, Cusi? So schnell?«

»Er wollte gar nichts hören. Er meinte, es würde ihn nicht interessieren, weshalb ich gelogen habe, nur *daß* ich es tat.«

»Aber es war dir *bestimmt*, dorthin zu gehen«, insistierte Uritu. »Konntest du ihm nicht einmal davon erzählen?«

Cusi schüttelte verdrossen den Kopf.

»Ich habe dich gewarnt«, betonte Rimachi, als sie durch das Tor gingen und auf die enge Straße einbogen. »Was ist diesmal deine Strafe?«

»Ich muß einem der Grasmänner beichten.«

Die drei schienen gleichzeitig die Luft anzuhalten.

»Ich würde zwar nicht sagen, daß ich dich gewarnt habe«, begann Tomay etwas verlegen, »denn ich hätte nie gedacht, daß ein Inka königlichen Geblüts gezwungen werden kann, dorthin zu gehen. Bist du sicher, daß Aranyac die Macht dazu hat?«

»Ich könnte darum bitten, daß alle Lehrer angehört werden«, antwortete Cusi achselzuckend, »oder ich könnte Otoronco Achachi ersuchen, sich einzuschalten. Aber ich werde weder das eine noch das andere tun.«

»Sie werden dich natürlich beobachten«, gab Rimachi zu bedenken. »Niemand wird wissen, was du dem Grasmann erzählt hast, aber alle werden erfahren, daß du gezwungen wurdest, zu ihm zu gehen.«

»Es sei denn, du versuchst, ihm die Wahrheit zu verschweigen«, warf Tomay ein. »Dann darf er deinen Vorgesetzten mitteilen, was du getan hast.«

»Ich werde ihm alles beichten«, sagte Cusi entschlossen. »Ich muß diese Lüge loswerden, damit ich Illapa mit offenem Herzen gegenübertreten kann.«

Als Pachacuti vor gut sechzig Jahren das heilige Zentrum von Cuzco neu erbaute, ließ er sich dabei von der Vorstellung eines großen Berglöwen leiten. Der Kopf des Pumas war die Festung Sacsahuaman mit ihren gezackten, an ein Raubtiergebiß erinnernden Schutzwällen, und den Körper bildete das Land zwischen den beiden Flüssen Tullu und Saphi, die von den Bergen oberhalb der Festung herunterkamen. Innerhalb dieses langen, spitz zulaufenden Dreiecks befanden sich die Heiligtümer der Inka-Götter, das Haus der Erwählten Frauen, das Haus des Lernens und die Paläste des Sapa Inca und seiner Vorgänger. Alle diese Gebäude waren um den Haucaypata gruppiert, den riesigen, offenen Platz, der das Herz von Cuzco bildete. Die Stelle, an der die beiden Flüsse zum Huatanay zusammenflossen, hieß Pumapchupan, der Pumaschwanz.

Hier endete auch der heilige Boden Cuzcos, und es begann das südliche Reichsviertel. Als Cusi unweit des Zusammenflusses auf das rechte Ufer hinüberwechselte, verspürte er ein starkes Gefühl des Abschiednehmens, denn nun verließ er den schützenden Bereich eines Privilegs, das für ihn ein Geburtsrecht war. Nur von Fremden und Gemeinen wurde verlangt, daß sie den Grasmännern ihre Verbrechen bekundeten; die Inka königlichen Geblüts hatten immer das Recht gehabt, diesbezüglich nur dem eigenen Herzen verpflichtet zu sein. Dieses Vorrecht war Cusi nun von Aranyac entrissen worden; damit war er – zumindest vorübergehend – kein Inka mehr.

Nach der Brücke verlief der Weg unterhalb eines kleinen Felsvorsprungs hangabwärts und wurde erst kurz vor dem Fluß wieder eben. Der Boden war unbewachsen und mit Steinen übersät; lediglich etwas Unkraut hier und da ließ erkennen, daß es die Zeit der Reife war. Plötzlich schien Cusi alles öde und kalt, und er sah zum Himmel, um zu prüfen, ob sich die Sonne hinter Wolken versteckt hatte. Doch zwei hoch über ihm kreisende Geier ließen ihn den Blick schnell wieder senken; sie erinnerten ihn daran, wie nahe er hier dem Gefängnis war, das Sanca Cancha genannt wurde, Ort des Abgrunds. Cusi mußte eine schwarze Hütte mit einem Eulenflügel über dem Eingang finden; deshalb wandte er seine Aufmerksamkeit auf die schäbigen Hütten und Schuppen, die das Flußufer säumten.

Sie war kaum höher als er groß war, gebaut aus Stein und Erde, die offenbar im Feuer geschwärzt worden war. Der Eulenflügel über der mit einem Tuch verhängten Türöffnung winkte gleich einer zerfetzten Hand in der vom Fluß herüberwehenden Brise. Einen Augenblick lang hielt Cusi inne und dachte über die Entscheidung nach, die ihn hierhergeführt hatte. Sie war aus dem Bedürfnis heraus entstanden, seinem Gelübde an Illapa gemäß zu handeln und seine Wesensverwandtschaft mit dem Gott des Blitzes all jenen darzulegen, die ihm vielleicht helfen konnten, ihre Bedeutung und die daraus resultierenden Konsequenzen zu verstehen. Zweimal war er bei der Huaca gewesen, um Raurau Illa zu suchen, hatte aber keine Spur von ihm gefunden. Er hatte auch daran gedacht, zu den Ältesten des Vicaquirao-Haushalts zu gehen, die für die Huaca zuständig waren, doch sie würden mit Sicherheit erst seine Lehrer zu Rate ziehen, bevor sie ihn zu ihren Zeremonien zuließen. Also hatte er beschlossen, Aranyac gleich selbst aufzusuchen, in der Hoffnung, die Geschichte von seinem Erlebnis auf dem Berg könne dazu beitragen, sein Benehmen zu rechtfertigen und Aranyacs Zorn über die Lüge mildern. Mit Hilfe seiner Freunde und insbesondere Tocto Oxicas, die ihm am meisten von allen geraten hatte zu gestehen, hatte er sich seine Erklärung sorgsam zurechtgelegt. Dadurch war er zu der Überzeugung gelangt, daß er nunmehr bereit war, sein Recht auf sein Geheimnis zu behaupten, anstatt es der Autorität anderer zu unterwerfen.

Auf eines hatte Cusi sich jedoch nicht vorbereitet – daß man seine Erklärung schlichtweg abweisen und ihn hierher schicken würde. Er klemmte das schwarze Tuch, das er auf Aranyacs Anweisung als Geschenk mitbrachte, unter den Arm, und bückte sich nach einem der Bündel Ichu-Gras, die neben dem niedrigen Eingang aufgeschichtet lagen. Dann sprach er ein stummes Gebet zu Illapa, schob den Vorhang beiseite und kroch auf Händen und Knien ins Dunkel der Hütte hinein.

Er kam nicht weit, denn etwas, das sich wie ein Felsblock anfühlte, versperrte ihm den Weg. Es war zu dunkel, um irgend etwas zu erkennen, doch Cusi spürte, daß das Dach sehr niedrig war, und so kauerte er sich auf den Boden. Die Luft war stickig, und es stank nach Schweiß und Tabakrauch. Dann hörte er ein kratzendes Geräusch, und plötzlich traf ihn ein greller Lichtstrahl, der offenbar von einer Ritze in der Rückwand kam und genau auf sein Gesicht zielte. Cusi blinzelte verwirrt und versuchte, zur Seite auszuweichen, doch in diesem Augenblick gebot eine strenge Stimme: »Bleib, wo du bist!«

Jetzt tauchte neben der Mauerritze ein glühendrotes Stück Kohle auf, und im nächsten Moment senkte sich eine Wolke aus Tabakrauch über ihn. Cusi hustete und rieb sich die tränenden Augen.

»Wer bist du?« herrschte die Stimme ihn an.

»Ich bin Cusi Auqui … der Sohn von Apu Poma Inca. Mein Lehrer Aranyac hat mich hierhergeschickt.«

Ein Grunzen war zu hören, in dem, ebenso wie in der Stimme, abgrundtiefe Verachtung mitschwang. Dann öffnete sich eine zweite Ritze in der Wand, und ein schwächerer Lichtstrahl fiel auf den quaderförmigen Felsen, an den Cusi zuvor gestoßen war.

»Leg die Hände auf den Stein«, befahl die Stimme, »und sage mir, welche Verbrechen du begangen hast!«

Cusi ließ das Tuch und das Grasbündel zu Boden gleiten und legte die Handflächen auf den Stein. Er war eisigkalt.

»Ich habe meine Lehrer belogen«, begann er. Augenblicklich sauste ein Stock auf Cusis Hände nieder, so daß er vor Schmerz und Entsetzen zurückzuckte. Er erschrak so sehr, daß ihm der Atem stockte und er zu keuchen begann.

»Welche Lüge hast du dir zuschulden kommen lassen?«

»Ich – ich habe ihnen gesagt, ich hätte einen Quipu verloren, den ich in Wirklichkeit weggegeben habe.«

Wieder traf ihn der Stock mit voller Wucht auf die Fingerkuppen. Der Schlag verursachte ein Brennen, das Cusi mehr verwirrte als schmerzte.

»Was noch?«

Cusi erkannte, daß er auch hier nicht nach Erklärungen gefragt wurde, sondern nur Geständnisse abliefern sollte, und daß es wohl das beste war, sich so kurz wie möglich zu fassen.

»Ich habe ohne Wissen meiner Lehrer von einem Fremden einen Schutzgeist angenommen.«

Der nächste Hieb ging nieder, und diesmal fuhr Cusi nach einer kleinen Pause fort, ohne eine weitere Frage abzuwarten.

»Ich habe den Fremden auch nicht gemeldet, obwohl ich ihn auf heiligem Boden antraf.«

Der erwartete Schlag blieb aus, doch Cusi zuckte trotzdem unwillkürlich zusammen; die verkrampfte Bewegung verursachte fast denselben Schmerz, wie wenn er tatsächlich getroffen worden wäre. Er faßte sich und berichtete das letzte der Vergehen, deretwegen er gekommen war.

»All das habe ich meinen Lehrern verschwiegen, obwohl sie mich bestraften und mir befahlen, die Wahrheit zu sagen.«

Ein erneuter Stockhieb traf ihn auf die Handgelenke. Cusi akzeptierte ihn mit seltsamer Befriedigung – als empfinge er nun für sein falsches Tun die richtige Belohnung.

»Was noch?« forderte die Stimme voller Ungeduld. Als Cusi zögerte, ging der Stock sofort wieder auf seine brennenden Finger nieder. »Wem bist du sonst noch respektlos begegnet? Deinem Vater?«

»Ja, aber …«

Mit einem Mal prasselten schwere Schläge auf seine Hände bis hinauf zu den Armen, wo sich augenblicklich schmerzhafte Striemen bildeten. Cusi biß mit aller Macht die Zähne zusammen, um nicht laut aufzuschreien.

»Antworte! Du bist für deine Vergehen verantwortlich, niemand sonst! Noch einmal: Hast du dich deinem Vater gegenüber respektlos gezeigt?«

»Ja«, preßte Cusi hervor und zog in Erwartung des nächsten Hiebs angstvoll den Kopf zwischen die Schultern.

»Welche Frauen hast du mit deinen Händen oder in Gedanken beschmutzt?«

Cusi mußte sofort an Tocto denken, doch erst nach einem erneuten Schlag war er bereit zuzugeben, daß er etwas getan hatte, was ihrer Ehre abträglich sein konnte.

»Nur eine«, räumte er zögernd ein und empfing dafür sofort den nächsten Hieb. Seine Arme zitterten, und die Hände schmerzten so sehr, als hätte man ihm die Haut abgezogen.

»Ist diese Frau für dich tabu? Ist sie eine Schwester oder eine Erwählte Frau oder eine, die dir im Rang nicht zusteht? Oder gehört sie einem andern?«

»Ja – sie gehört einem anderen«, keuchte Cusi, und wieder ging der Stock auf seine Finger nieder.

»Das ist Diebstahl! Wem gehört sie?«

»Sie ist die Schwester Huascars.«

»Das ist ein Verbrechen gegen die Person des Sapa Inca!« polterte die Stimme, und wieder hagelten Schläge auf Cusis Hände und Arme. Er fuhr vor Schmerz und Schrecken zusammen und mußte sich zwingen, die Hände nicht zurückzuziehen. Aber plötzlich spürte er, wie die Schmerzen ihn rasend machten; ihm wurde bewußt, daß er vor Wut kochte, daß hier all seine Selbstachtung aus ihm herausgeprügelt wurde, und er empfand nur noch den Wunsch, sich an seinem unsichtbaren Gegner zu rächen. Doch die Stimme fuhr ungerührt fort.

»Wem hast du etwas mißgönnt?«

»Niemandem!« platzte Cusi heraus; vor Zorn war er nicht mehr imstande, einen Gedanken zu fassen, und seine ohnmächtige Wut wurde durch einen erneuten Hieb für sein Leugnen noch verstärkt.

»Du vergißt Huascar!« wies die Stimme ihn zurecht.

»Gut, dann eben Huascar!«

»Und wen würdest du gern töten?«

»Dich!« keuchte Cusi aus tiefstem Herzen. Ein seltsamer, heiserer Laut kam aus dem Dunkel; ein Lachen, dachte Cusi verwirrt.

»Natürlich. Ich bin befleckt mit deinen Verbrechen. Du haßt mich, weil deine Geheimnisse so verabscheuungswürdig sind!«

Plötzlich wurde der Stock vorsichtig zwischen Cusis Hände auf den Stein gelegt. »Nimm ihn mit und werfe ihn in den Fluß, damit deine Übel weit fort von Cuzco getragen werden. Dann spucke den Rest deines Hasses auf das Grasbündel und werfe es ebenfalls ins Wasser. Zuletzt wasche dir Gesicht und Hände und verlasse dann augenblicklich diesen Ort!«

Langsam ergriff Cusi den schlanken Stock; er war hohl und hatte hart verwachsene Ringe. Dann legte er das schwarze Tuch auf den Stein.

»Das habe ich mitgebracht«, stöhnte er.

Eine unsichtbare Hand zog das Tuch ins Dunkel. »Damit bin ich zufrieden. Möchtest du mir danken, bevor du gehst?«

»Nein!« preßte Cusi hervor.

Wieder war das seltsame Lachen vernehmbar.

»Dann geh, und sei in all deinen Reden so aufrichtig wie bei dieser Antwort!«

Nachdem Cusi getan hatte, was ihm in der Hütte aufgetragen worden war, machte er sich bedrückt auf den Weg zurück nach Cuzco, zu den Privilegien und der Verantwortung eines Inka. Nun würde er sich in Aranyacs Gegenwart nicht mehr wie ein Verbrecher fühlen müssen, und ab sofort konnte er Illapa geloben, was er wollte, ohne fürchten zu müssen, daß seine Ehrlichkeit in Zweifel gezogen wurde. Er war von allen Vergehen losgesprochen, und vermutlich sollte er jetzt ein Gefühl der Dankbarkeit oder wenigstens der Erleichterung verspüren. Doch abgesehen von den brennenden Schmerzen in Händen und Armen konnte er nur an eines denken: die Unschuld, die ihm zusammen mit seiner Schuld geraubt worden war. Er war immer von der unerschütterlichen Güte der Inka überzeugt gewesen, die ihren Untertanen stets mehr gaben, als sie ihnen nahmen. Doch daran konnte er jetzt nicht mehr glauben; nie mehr würde er bloße Willfährigkeit mit Bewunderung gleichsetzen oder gar erwarten, allein schon deswegen geliebt zu werden, weil er ein Inka war.

Cusipampa

Die drei Frauen saßen in der Mitte des Raums beisammen, spannen Alpakawolle und unterhielten sich leise. Die Sonne stand bereits im Westen, und draußen vor der offenen Tür war es still und fast menschenleer, denn die meisten Angehörigen des Hofstaats waren mit Huayna Capac auf einen ausgedehnten Jagdausflug in die Berge gezogen. Auch Quinti hatte daran teilnehmen wollen, aber sie bemühte sich noch immer, die Gunst ihrer Mutter wiederzugewinnen, und Mama Cori hatte einen zwingenden Grund für sie – und Micay – gefunden, zu Hause zu bleiben: Die Frauen waren damit beschäftigt, Cusis Kleidung herzustellen, die er bei seiner Initiation tragen würde. Und da diese Garderobe nach Cuzco gebracht werden mußte, was mindestens zwei Monate dauerte, hatte Mama Cori beschlossen, daß sich diese Aufgabe nicht mehr länger aufschieben ließ.

Fast alle Farben und Muster waren traditionell vorgegeben, und ebenso forderte der Brauch, daß bestimmte Stücke nur von der Mutter und der älteren Schwester des Initianten gewebt wurden; andere konnten die nächsten Verwandten gemeinsam herstellen. Micay kannte Cusi nicht persönlich, und man hatte ihr auch noch nicht viel von ihm erzählt, weshalb sie ihn nicht als ihr nahestehend bezeichnet hätte. Doch Mama Cori war von Anfang an davon ausgegangen, daß sie bei dieser Arbeit voll beteiligt sein und sogar einige Stücke von Bedeutung weben sollte – ein Hüftband und Teile für zwei Tuniken. Micay betrachtete dies weniger als eine lästige Pflicht, sondern vielmehr als ein Zeichen dafür, daß sie mittlerweile ganz in die Familie aufgenommen worden war.

In einer Gesprächspause holte Quinti zum Größenvergleich die Stücke hervor, die Amaru bei seiner Initiation vor einigen Jahren getragen hatte. »Die Riten sind in knapp sechs Monaten«, begann sie und runzelte die Stirn. »Bis dahin könnte Cusi noch ein ganzes Stück wachsen. Vielleicht reicht die halbe Größe dann gar nicht mehr aus.«

»Amaru war sehr groß für sein Alter«, erwiderte Mama Cori. »Er war einer der Größten seiner Initiationsgruppe. Cusi ist einer der Kleinsten.«

»Mein Bruder wurde zu früh geboren«, erklärte Quinti ihrer Gefährtin. »Er war winzig als Baby, und sehr schwach.«

»Die Hebammen glaubten, er würde nicht überleben«, fügte Mama Cori hinzu, »aber dasselbe hatten sie auch bei *meinem* Bruder gedacht. Er wurde nach mir geboren und hatte anfangs Probleme mit dem Atmen. Cusi haben wir deshalb besonders gut gepflegt und viel für ihn gebetet, bis er stark und gesund wurde.«

»Ihr habt ihn gepflegt, Mutter«, korrigierte Quinti. »Amaru und ich waren zu klein, um Euch zu helfen, und Vater war als Garnisonskommandant in Copiapo.«

»Ich habe nur getan, was meine Mutter für Lloque getan hatte. Und Lloque war mir damals eine große Hilfe. Er und die Vicaquirao-Priester verbrachten viele Nächte im Gebet für Cusi.«

»Aber *Ihr* habt ihn durchgebracht«, insistierte Quinti. »Ich weiß noch gut, wie Ihr ihn in Eurem Kleid herumgetragen habt, ganz nah an Eurem Herzen, und wie sehr Ihr Euch immer um die richtigen Gaben für seine Huaca bemüht habt. Ich war damals schon eifersüchtig, aber Ihr habt es immer wie einen heiligen Auftrag hingestellt.«

Mama Cori drehte beiläufig ihre Spindel. »Die Götter und die Huaca waren mir wohl gesonnen«, meinte sie nur. »Machen wir die Tunika ein bißchen größer, nur um sicher zu gehen. Er soll sich schließlich bei seiner Initiation frei bewegen können.«

Quinti nickte, doch anstatt ihre Spindel wieder aufzunehmen, legte sie die Hände in den Schoß und blickte ihre Mutter fragend an. »Wir wollten doch damals zu Vater nach Copiapo – warum sind wir eigentlich nicht hingegangen?«

»Cusi war für eine solche Reise nicht kräftig genug. Das hast du damals sicher gewußt, Quinti.«

»Ja, aber ich dachte immer, wir würden gehen, sobald Cusi bei Kräften war. Er war ja nicht lange schwächlich. Als er drei Jahre alt war, konnte er schon so gut rennen, daß nur Amaru ihn noch fangen konnte.«

»Weißt du, wie lange eine Reise nach Copiapo dauert? Es ist fast so weit von Cuzco wie Tumibamba, und dazwischen liegt die große Atacama-Wüste. Ich habe Cusi nicht gesundgepflegt, um ihn dann einem solchen Risiko auszusetzen.«

Diese Erklärung schien Quinti zunächst zufriedenzustellen, aber dann fragte sie doch noch einmal nach: »Glaubt Ihr ... es wäre anders, wenn wir nach Copiapo gegangen wären?«

Mama Cori warf Micay einen Blick zu, der ihr unmißverständlich klarmachte, wie wenig sie wirklich zur Familie gehörte. »Es« konnte sich nur auf Mama Coris Ehe mit Apu Poma beziehen, die im wesentlichen in einem gemeinsam empfundenen Pflichtgefühl zu bestehen schien, aus dem eine gezwungene Höflichkeit resultierte, aber kaum echte Zuneigung. Quinti hatte diesbezüglich Anspielungen fallenlassen, ohne jemals direkt darüber zu sprechen. Aber Micay wußte, wie innig Mama Coris Verhältnis mit Lloque Yupanqui war und konnte daraus ersehen, wie reserviert sie sich gegenüber ihrem Mann verhielt. Jetzt senkte Micay unterwürfig den Blick und fragte sich, ob

Mama Cori sie bitten würde hinauszugehen. Doch diese wandte sich direkt an Quinti, ohne Micay zu beachten.

»Nein, es wäre nicht anders«, sagte sie entschieden und räusperte sich. »In Copiapo wäre es uns schlecht gegangen«, fügte sie dann hinzu.

Quinti wollte nicht lockerlassen: »Aber wäre es für Cusi anders?« hakte sie nach.

Mama Coris Gesicht ließ Schmerz erkennen. »Vielleicht«, räumte sie ein, »aber das werden wir nie wissen. Es war jedenfalls nicht meine Absicht, daß er zwischen uns kommen sollte.«

»Ich hoffe, daß es ihm gut geht, Mutter«, sagte Quinti mit plötzlicher Leidenschaft und streichelte ihre Mutter mit einer tröstenden Geste am Knie.

»Das hoffe ich auch. Sicherlich weiß er, daß wir an ihn denken, wenn er diese Kleider bekommt.«

Micay hatte das Gefühl, nach diesen Worten vor einem noch größeren Rätsel zu stehen als bisher. Mutter und Tochter teilten ein Wissen, das sie offenbar nicht aussprechen wollten, etwas über dieses kränkliche Kind und seinen abwesenden Vater, aber sie konnte sich nicht vorstellen, worum es sich dabei handelte. Nun, wenigstens war sie nicht gebeten worden, den Raum zu verlassen; das schien ihr im Augenblick bedeutsamer als das ihr unbekannte tatsächliche Problem. Sie hatte die Geduld einer Erwählten Frau und konnte auf Erklärungen warten.

Still nahmen sie ihre Arbeit wieder auf. Als das Licht von draußen allmählich schwächer wurde, ließ Mama Cori etwas zu essen und einige Fackeln bringen. Micay ging hinaus und betrachtete die Berge in der Ferne, an deren Flanken langsam die Schatten in die Höhe krochen. Cusipampa, dachte sie, die fröhliche Ebene. Sie waren jetzt nicht mehr weit von Tumibamba entfernt, wo sie endlich wieder ein richtiges Zuhause haben würden: die Wohnung des Micho im Mollecancha, dem Palast, der gerade für Huayna Capac gebaut wurde. Die Aussicht, in einem Palast zu wohnen, war für Micay fast unvorstellbar; mit Wehmut mußte sie dabei daran denken, wie sehr Cahua sie hatte drängen müssen, bis sie ihr jetziges Leben akzeptierte.

Gerade als sie wieder in das Zimmer zurückkehren wollte, betrat Apu Poma den Hof. Seine Kleidung war blutverschmiert, und er sah abgespannt aus, aber sobald er Micay erblickte, lächelte er.

»Seid gegrüßt, Herr«, rief sie ihm zu. »Die Jagd muß erfolgreich gewesen sein.«

»Mehr als das! Ich habe zwei Rehe und ein Vikunja getötet! Wir haben es geschoren, und der Sapa Inca hat mir diese Wolle zum

Geschenk gemacht. Vielleicht könnt ihr sie in den Initiationskleidern für Cusi verarbeiten.«

Er reichte ihr ein Bündel voll feinster rotbrauner Wolle.

»Ich habe nie etwas derart Weiches gefühlt, Herr«, murmelte Micay atemlos. »Es wird Euren Sohn ehren.«

»Biete die Wolle meiner Gemahlin an«, forderte Apu Poma sie auf und blickte in das Zimmer, in dem Mama Cori und Quinti saßen. »Geh und frag sie«, drängte er, als Micay zögerte.

Gehorsam ging sie zu Mama Cori, die sie mit kaltem Gesichtsausdruck empfing. Warum sollte sie ein derart wunderbares Geschenk ablehnen?

»Es ist Vikunjawolle, Herrin«, erklärte Micay. »Ein Geschenk des Sapa Inca. Euer Mann bittet uns, sie für Cusis Kleider zu verwenden.«

Mama Cori warf nicht einen einzigen Blick auf den Beutel.

»Sag ihm, daß er bereits seinen Beitrag zum Erwachsenwerden seines Sohnes geleistet hat«, befahl sie knapp. »Mehr wäre übertrieben und auch scheinheilig.«

»Aber Herrin«, wandte Micay flehentlich ein. »Wir könnten schöne Gewänder daraus weben...«

»Du solltest in dieser Sache nicht Partei ergreifen«, warnte Mama Cori mit eisiger Stimme. »Richte ihm nur aus, was ich dir aufgetragen habe.«

Da auch Quinti nicht auf Micays flehentlichen Blick reagierte, kehrte sie zu Apu Poma zurück, der versteinert dastand. Sie wollte ihm etwas Tröstliches sagen, konnte aber nichts hervorbringen, und so hielt sie ihm nur schweigend den Beutel hin. Er riß ihn ihr so heftig aus der Hand, daß sie zu Boden fiel und einen stechenden Schmerz im Handgelenk verspürte, aber es gelang ihr, die Zähne zusammenzubeißen und nicht laut aufzuschreien.

Als sie den Kopf wieder heben konnte, sah sie überall auf dem Boden feine rotbraune Wollhaare liegen. Benommen schoß ihr durch den Kopf, daß Apu Poma den Beutel auf seine Frau geworfen, sie aber verfehlt hatte. Doch weder Mama Cori noch Apu Poma waren mehr zu sehen.

KAPITEL 5

Inti Raimi: Das hohe Fest der Sonne (1512)

Tumibamba

Das Haus, in dem Quinti und Micay lebten, war das kleinste im Anwesen des Micho, aber es gefiel den beiden vom ersten Augenblick an. Das langgestreckte Zimmer hatte vier Fenster – je eines rechts und links der Tür und eines an jedem Ende –, so daß es selbst an verhangenen Tagen hell war. Außerdem lag es relativ abgelegen neben dem Badehaus auf der schmalsten der drei Terrassen, auf denen die Wohnanlage errichtet worden war. Auf der größeren Terrasse darüber standen das Haus von Mama Cori, ein Zelthaus ohne Wände, das als Küche und Eßsaal diente, sowie das Domizil Apu Pomas. Eine Ebene tiefer befanden sich zwei identische Häuser, je eines für Gäste und für Apu Pomas Söhne, wenn sie sich in Tumibamba aufhielten.

Micay betrachtete das Zimmer und überlegte, wie sie und Quinti es einrichten sollten. Bis jetzt lagen nur einige Läufer und Lamafelle verstreut auf dem Boden; die Wände waren noch kahl, und die Nischen dienten als Stauraum. In den Ecken stapelten sich Bündel, die noch nicht ausgepackt worden waren, und von den Dachbalken hingen Taschen herunter, die sonst im Wege gestanden hätten.

Das Durcheinander beleidigte Micays Sinn für Ordnung, den sie sich im Haus der Erwählten Frauen angeeignet hatte, doch in ihrem gegenwärtigen Zustand war es ihr nicht gestattet, derlei Arbeiten zu verrichten, und vorher hatte sie keine Zeit gehabt. Gleich nach der Ankunft in Tumibamba hatten Micay und Quinti für Mama Cori gearbeitet und zuerst das Haus des Micho, dann das ihre eingerichtet, denn in beiden sollten offizielle Empfänge stattfinden. Kaum hatten sie diese Aufgaben beendet, war es an der Zeit, das Inti Raimi-Fest vorzubereiten, und das bedeutete, die Unterkünfte für die Gäste herzurichten. Dann waren die Besucher eingetroffen, und als das Inti Raimi vor zwei Tagen begonnen hatte, mußte jede persönliche Arbeit eingestellt werden. Die Inkas wollten ein letztes Mal ihre Macht und Großzügigkeit zur Schau stellen, sich noch einmal an Feierlichkeiten, Gelagen und Tänzen erfreuen, bevor die Krieger nach Norden gegen die Quito zogen.

Micay hatte die ersten zwei Tage der Feierlichkeiten verfolgt, bevor sie sich zurückziehen mußte, und bedauerte es nicht, die folgenden vier zu versäumen. Die Inka waren müde und beunruhigt, und das machte sich bei den Feierlichkeiten und Prozessionen bemerkbar, die von unerklärlichen Unterbrechungen gestört wurden. Micay hatte nicht das Gefühl, etwas Großartiges zu verpassen, sondern genoß die Ruhe.

Als am Tor zum Anwesen Aufruhr entstand, blickte sie auf und sah keine zwanzig Meter von sich entfernt einige Männer stehen. Amaru war gekommen; in seiner orangeroten Tunika hob er sich deutlich von Apu Pomas grün gekleideten Untergebenen ab. Er blickte in Micays Richtung und nickte geistesabwesend, während einer der Posten am Eingang auf ihn einredete und zur oberen Terrasse deutete, als wollte er ihn auffordern, seinen Vater zu besuchen. Abrupt beendete Amaru das Gespräch und kam über den gepflasterten Weg zwischen den kahlen Beeten geschlendert, in denen später Blumen blühen sollten.

Micay verließ ihren Platz neben der Tür und setzte sich auf eine Binsenmatte vor der hinteren Zimmerwand. Plötzlich verstärkte sich das Zittern in ihrem Bauch, das sie den ganzen Tag über verspürt hatte, aber es fühlte sich mehr nach Aufregung als nach Schmerzen an. Sie bezweifelte, daß die Männer am Eingang Amaru über ihren Zustand aufgeklärt hatten; und selbst wenn, hätte er sich dadurch kaum von seinem Vorhaben abhalten lassen. Wenn er mit ihr reden wollte, würde er nicht aus Gründen des Anstands darauf verzichten.

Amaru trat über die Türschwelle und ließ seinen Blick nachlässig durch das Zimmer schweifen, bevor er Micay ansprach. »Man hat mir gesagt, daß meine Schwester mittags mit Quilaco weggegangen ist. Wohin hat sie ihn mitgenommen? Hoffentlich nicht zum Hof.«

»Ich glaube, sie wollten am Fluß spazierengehen«, erklärte Micay. »Ganz in der Nähe der Stelle, wo Ihr an der Brücke arbeitet.«

Er betrat das Zimmer und betrachtete sie neugierig. »Und sie haben dich alleine hiergelassen? Was wollten sie im hellen Tageslicht denn unternehmen?«

Peinlich berührt senkte Micay die Augen. »Herr, vor zwei Tagen hat meine Blutung begonnen. Ihr solltet nicht mit mir sprechen, während ich abgesondert leben muß.«

»Ich faste nicht«, widersprach er leichthin und nahm auf einem der Läufer ihr gegenüber Platz. Er warf ihr ein Lächeln zu, das gleichzeitig anerkennend und auffordernd wirkte. »Du bist also endlich eine Nusta, Micay. Vielleicht kann ich jetzt ernstlich ans Heiraten denken.«

Micay war diese Art Neckerei von Amaru zwar mittlerweile gewohnt, aber sie schämte sich doch noch ein wenig und senkte den Blick. Als sie wieder aufsah, konterte sie: »Eure Mutter wäre sicher sehr glücklich darüber. Ihrer Ansicht nach vergeudet Ihr Euer Leben mit sinnlosem Getändel.«

»Meine Mutter hat zu allem eine Meinung. Was denkst du, Micay? Soll ich mein Herz einer Nusta schenken, bevor wir in den Krieg ziehen, damit sie sich um mich grämen kann?«

»Es steht mir nicht zu, Euch zu raten. Ebenso würde ich niemals Mama Coris Urteil kritisieren. Doch alle Leute wundern sich, warum Ihr es mit keiner der Nustas ernst meint.«

»Tatsächlich?« sagte Amaru gleichgültig. »Die meisten tun nur so, als wäre es ihnen mit irgend etwas ernst. Sie heiraten, weil es ihnen erlaubt ist und weil sie glauben, es tun zu sollen. Erst später finden sie vielleicht heraus, was ihnen wirklich wichtig ist.«

»Ist das denn falsch?«

Amaru blickte sie direkt an, so daß Micay das Gefühl hatte, eine naive Frage gestellt zu haben. »Du lebst mit meinen Eltern. Was glaubst du denn, was sie voneinander gelernt haben?«

»Entsetzliche Sachen. Wut und Widerspruch.«

»Das ist eine ernsthafte Antwort«, sagte Amaru anerkennend. »Vielleicht sollte ich dich wirklich heiraten, Micay.«

»Ihr solltet mich jetzt alleine lassen«, sagte sie ausweichend, aber er machte keinerlei Anstalten zu gehen.

»Was hältst du von Quilaco als Ehemann für Quinti?« fragte er.

Micay zögerte. Quinti hatte ihr diese Frage nie gestellt. »Er sieht sehr gut aus, und die Coya ist ihm zugetan. Und Quinti . . .«

». . . vergeht vor Liebe«, ergänzte Amaru verächtlich. Micay warf ihm einen kritischen Blick zu; sie hatte plötzlich das Gefühl, Quinti in Schutz nehmen zu müssen.

»Sollte sie ihm denn nicht vertrauen?«

»Doch.« Amaru zuckte mit den Schultern. »Sie ist in guten Händen. Er ist nicht so wie ich.«

Micay öffnete den Mund, sagte aber nichts, woraufhin Amaru breit grinsen mußte. »Warum verschluckst du denn die Frage, die dir auf der Zunge liegt? Ich meine damit nur, daß Quilaco bewundert und geachtet werden will, und deswegen wird er tun, was die Coya, seine Befehlshaber und seine Frau von ihm erwarten.«

»Und Ihr, Herr?«

Amaru lächelte über ihre Kühnheit und erwiderte nachdenklich: »Ich weiß, daß ich mutig bin. Ich weiß, daß ich kämpfen und Dinge bauen und andere Männer befehligen kann. Ich weiß, daß ich für

Frauen attraktiv bin. Ist es wirklich notwendig, das noch anderen Menschen zu beweisen? Alles, was sie von mir wollen, ist mein Gehorsam oder meine Anerkennung. Ich gehorche mir selbst, und ich schätze die, die es verdienen.«

»Ich verstehe«, murmelte Micay. Es verwunderte sie, daß er so offen zu ihr sprach.

»Wirklich? Ach, jetzt wirst du mich nie heiraten«, antwortete er mit gespielter Enttäuschung. »Vielleicht wäre dir mein Bruder Cusi lieber. Er ist etwa dein Alter, und er ist auch nicht wie ich. Aber du darfst meine Mutter nie ahnen lassen, daß du Absichten auf ihren Sohn hast.«

»Ich habe Absichten auf niemanden«, widersprach Micay hitzig.

Amaru lachte. »Keine Nusta bleibt lange unschuldig, vor allem nicht, wenn sie so hübsch ist wie du.« Er griff nach ihrer Hand, und als sie sie ihm verweigerte, lachte er wieder und stand auf. »Wenn Quilaco wiederkommt, richte ihm aus, daß ich bei Ninan Cuyochi bin. Wenn er sich von meiner Schwester trennen kann, soll er dorthin kommen und mit uns trinken.«

»Ich kann nicht mit Quilaco sprechen«, wandte Micay ein.

»Dann soll Quinti es ihm sagen.« Verächtlich fügte er hinzu: »Und wenn es dir hilft, kannst du ihr erzählen, daß ich mich dir aufgedrängt habe. Meine Schwester kennt mich; sie wird dir glauben.«

Einen Augenblick starrten sie sich schweigend an. Dann sagte Amaru mir sanfter Stimme: »Aber ich glaube, du wirst ihr einfach ausrichten, worum ich dich gebeten habe. Du bist mir wohl ähnlicher, als du weißt.«

Micay war zu überrascht, um zu antworten.

»Vielleicht mußt du so sein«, fuhr Amaru fort und zuckte die Achseln. »Aber du verstehst mich auf eine Weise, die anderen nicht möglich ist. Du leugnest nicht, was du hörst, und mißverstehst es auch nicht. Und jetzt lasse ich dich alleine, damit du dir überlegen kannst, warum das der Wahrheit entspricht.«

Damit wandte er sich um und verließ das Zimmer. Micay blieb schweigend sitzen und versuchte, ihre Fragen abzuschütteln. Immer wieder gelang es Amaru, sie durcheinanderzubringen, und er schien das auch noch als Schmeichelei zu betrachten. Das Zittern und der stechende Schmerz im Bauch kehrten plötzlich wieder. Sie versuchte zu leugnen, daß sie Amaru ähnlich war – ein Gedanke, der einen Moment wie das Natürlichste der Welt erschien und dann wieder völlig unsinnig. Denn um mit Gewißheit sagen zu können, daß sie ihm nicht ähnlich war, mußte sie wissen, *wem* sie ähnlich war. Wenn sie an all die Menschen in ihrem Leben dachte, hatte sie das Gefühl, keinem von ihnen zu gleichen. Sie lehnte sich zurück, faltete die Hände über den Bauch und atmete tief durch, um die aufsteigende Angst zu unterdrücken.

»Ich bin eine Nusta«, sagte sie laut. Das Echo ihrer Worte hallte von den kahlen Wänden wider – es klang mehr wie eine Frage als eine Feststellung.

Cuzco

Das Gartenhaus des Sapa Inca erhob sich am westlichen Rand des Rimac Pampa direkt über einem dunkelbraunen Felshügel. In den Stein waren zwei Sitze gehauen, und der restliche Felsen war mit kunstvoll gemeißelten Griffen, Nischen, Furchen und Leisten verziert.

Auf den Sitzen, die üblicherweise dem Sapa Inca und seiner Coya vorbehalten waren, saßen Auqui Topa Inca und Huascar, die im Namen von Huayna Capac die Inti Raimi-Geschenke entgegennahmen. Alle Häuptlinge, die sich heute präsentierten, stammten aus dem Ostviertel und wurden zuerst von Otoronco Achachi begrüßt, dem Gebieter über dieses Viertel. Die Chuncho betraten das riesige Zelt nacheinander, gekleidet in lange Baumwolltuniken. Ihre Gesichter waren bemalt und tätowiert, ihr Kopfputz mit bunten Federn verziert; dazu trugen sie Blasrohre und große Bogen aus Chontaholz. Unter den Männern waren Campa, Machiguenga, Piro und Masco, Menschen aus dem zerklüfteten Wolkenwald an den Osthängen der Anden, aber auch Dschungelbewohner vom Amaru-Fluß sowie einige Anführer umherziehender Chiriguano-Gruppen und eine Abordnung der Moxo in Tuniken aus Jaguarfellen.

Die meisten von ihnen verbeugten sich vor Otoronco mit einer Ehrfurcht, die eigentlich nur dem Regenten und dem Thronerben gebührte, und sprachen ihn schlicht mit »Großvater« an. Barfuß traten sie vor ihn hin, zitternd in der trockenen Luft von Cuzco. Jeder von ihnen trug eine symbolische Last auf dem Rücken, als ob sie vor dem Sapa Inca erschienen. Otoronco hieß sie mit einigen Worten in ihrer jeweiligen Sprache willkommen, bot ihnen gemahlene und mit Asche vermischte Koka an und erkundigte sich nach dem Befinden der Stämme. Cusi, der den Empfang von seinem Platz auf der rechten Seite des Felsens verfolgte, fand es wunderbar, wie Otoronco mit den Männern umging. Sein Onkel hatte eigens für den Anlaß einen Gürtel aus Jaguarfell und ein Halsband aus dem Gefieder winziger grüner Vögel angelegt.

Auqui Topa Inca hingegen wirkte eher steif. Er begrüßte jede

Delegation von Häuptlingen mit einer kaum variierten Rede und dankte ihnen im Namen Huayna Capacs für ihre Loyalität und ihre Geschenke. Aber er versuchte nicht, mit ihnen ins Gespräch zu kommen, sondern überließ es Otoronco, den persönlichen Kontakt herzustellen. Neben Auqui Topa Inca, auf dem Platz der Coya, saß der zwölfjährige Huascar. Seine Füße berührten kaum den Boden. Er fügte der Begrüßung des Regenten einige Worte hinzu und bat gelegentlich darum, das eine oder andere Geschenk eines Häuptlings näher betrachten zu dürfen.

Zweck dieser Empfänge war nicht nur, daß die Häuptlinge dem Sapa Inca ihre Ergebenheit bezeugten, sondern vor allem der Austausch von Geschenken. Gesetzlich waren die Häuptlinge lediglich dazu verpflichtet, an den Inti Raimi-Feierlichkeiten teilzunehmen; sie schuldeten dem Sapa Inca keine weiteren Abgaben als die im vergangenen Jahr geleistete Arbeit und die gewebten Stoffe, die die Angehörigen ihrer Stämme hergestellt hatten. Doch zum Zeichen ihrer Liebe zum Herrscher brachten sie auch Gaben mit, die den Wohlstand ihres Volkes bewiesen. Dafür wurden sie vom Sapa Inca reichlich belohnt.

Rund um den Felsen kauerten die Buchhalter mit ihren Bündeln farbiger Quipus, auf denen sie jeden Austausch festhielten. Als Otoroncos Helfer griff Cusi wo immer nötig ein und stellte vor allem sicher, daß der Kokabeutel seines Großonkels nie leer wurde. Cusi war sich der großen Ehre bewußt, an dieser Zeremonie teilnehmen zu dürfen, und bemühte sich, unauffällig und gleichzeitig aufmerksam zu sein.

Die rasch wachsende Ansammlung von Geschenken faszinierte ihn. Da gab es Beutel mit Goldstaub aus den Bergbächen, Bündel von Federn, Schlangenhäuten und Jaguarfellen sowie Ballen duftender Kokablätter. Viele Häuptlinge hatten auch lebende Tiere mitgebracht, Affen und Vögel und Lebewesen aller Größen und Farben; einige von ihnen reckten die Hälse durch die Gitter ihrer Käfige, während andere gefesselt auf der Erde lagen. Sie waren umgeben von Körben voller Fische, Frösche und lebender Wasserschildkröten, Stapeln von Krokodilhäuten und einer unendlichen Vielfalt bemalter Kürbisse, die Medikamente, Pflanzenfarben, Tabak und berauschende Drogen enthielten. Die weniger wohlhabenden Häuptlinge überreichten Ballen von Palmtuch, Körbe mit Ananas und süßem Maniok, Ketten aus Tierzähnen und gelatineartige Klumpen von Fischeiern und Insektenlarven.

Huascar teilte Cusis Begeisterung für die Geschenke, und je länger der Tag währte, desto größer wurde der Stapel an Gaben, die er sich persönlich ausgesucht und um seinen Sitz gehäuft hatte. Über der gebogenen Rückenlehne lag ein prachtvolles Jaguarfell mitsamt Kopf, und in der Nische unter Huascars Ellbogen stand ein Bambuskäfig, der einen grünblauen Papagei beherbergte; von einem Knauf an der Seite des Sitzes hing ein Gürtel aus gepunkteter Schlangenhaut, und dagegen lehnte ein langer schwarzer Bogen aus Chontaholz.

Als die nächste Gruppe von Häuptlingen in das Zelt gerufen wurde, gab Otoronco Cusi ein Zeichen, mehr Koka zu bringen, und er rannte los, um schnell einen Beutel mit gemahlener Koka und Asche zu füllen; diese Mischung konnte ohne zusätzlichen Kalk gekaut werden. Gerade als Cusi den leeren Beutel wegtragen wollte, hielt Otoronco ihn zurück und deutete auf die Männer, die soeben das Zelt betraten.

»Ich glaube, du kennst diese Leute.«

Am Morgen hatte Cusi sich darauf gefreut, vielleicht Uritus Vater und die anderen Campa aus Vitcos zu sehen, doch seitdem hatte er nicht mehr an sie gedacht. Ozcollo ging einige Schritte vor seiner Abordnung; in einer Hand hielt er einen bemalten Stab, den ein Büschel Papageienfedern krönte. Er war ein schlanker Mann, kleiner als in Cusis Erinnerung. Uritu, der direkt hinter ihm kam, schien fast ebenso groß. Er hatte Kleidung und Schmuck dem Stil der Inka angepaßt, im Gegensatz zu Ozcollo, der unter seinem gefiederten Kopfputz lange Haare trug und eine ungegürtete Tunika anhatte, die bis fast zu den Knöcheln reichte. Über seine Stirn und die tätowierten Wangen waren leuchtendrote Streifen gemalt, und er war mit gefiederten Lippen- und Ohrenpflöcken geschmückt.

In dem singenden Quechua, das seine Herkunft als Campa verriet, sagte Ozcollo: »Seid gegrüßt, edler Herr. Es ist eine Ehre und eine Freude für mich, vor Euch zu stehen.«

Ozcollo und die Männer hinter ihm verbeugten sich einträchtig, und Otoronco nahm ihre Huldigung mit einem kurzen Kopfnicken entgegen. Dann tauschten die beiden Männer Koka aus, tauchten die Finger in den Beutel des anderen und ließen beim Kauen schmatzende Geräusche der Anerkennung laut werden.

»Ihr kennt meinen Enkel Cusi Auqui?« fragte Otoronco beiläufig. Ozcollos Augen leuchteten liebevoll auf, so daß Cusi vor Freude rot wurde.

»Aber sicher, Herr. Ich sehe ihn jedes Jahr zu Inti Raimi. Er ist meinem Sohn ein guter Freund.«

»Ich kenne Euren Sohn. Sei gegrüßt, Uritu«, rief Otoronco, woraufhin dieser sich ein zweites Mal verbeugte, und fuhr fort: »Kommt, ich möchte Euch dem Regenten und dem Thronerben vorstellen.«

Nebeneinander schritten Otoronco und Ozcollo zum Felsen, und

Cusi ging neben Uritu, der ihn mit einem Lächeln begrüßte. Auqui Topa Inca hielt seine übliche kurze Rede in Quechua, die so schnell war, daß Ozcollo ihr vermutlich nicht folgen konnte, aber seine Erwiderung ließ nicht auf sich warten.

Auch Huascar sagte einige Worte, aber er klang sehr müde. Dann brachten Ozcollos Begleiter ihre Geschenke: Beutel mit Gold und Bündel leuchtendfarbener Federn, eine glänzend polierte Trommel aus dem Panzer einer Schildkröte, einige bemalte Kürbisrasseln und einen Umhang, der aus blauschimmernden Kolibrifedern gefertigt war. Ozcollo erklärte eilfertig, woher die Gaben stammten, und gelegentlich übersetzte Otoronco einige Worte, denn dem Regenten bereitete es Schwierigkeiten, Ozcollos Quechua zu verstehen. Huascar hatte einen Arm auf die Lehne und das Kinn auf die Hand gestützt. Er hat kein Recht, seine Gleichgültigkeit so offen zu zeigen, dachte Cusi wütend, und sich wie ein müdes kleines Kind zu benehmen, wo er doch alle Inka repräsentiert.

»Und hier ist ein letztes Geschenk, Herr«, schloß Ozcollo und blickte Huascar direkt an. Ohne sich umzusehen, machte er eine Handbewegung über seinen gefiederten Kopf hinweg, und es traten vier Männer hervor. Sie trugen zwei Stangen auf den Schultern, zwischen denen ein nasses Tuch herabhing. Als die Träger ihre Last ablegten und das Tuch ausbreiteten, kam ein Berg bläulich schimmernden Schnees zum Vorschein. Alle Augen waren jetzt auf Ozcollo gerichtet, der einen Moment schwieg, um die Spannung zu steigern. Dann bedeutete er den Männern, das Eis zu entfernen. Als sie damit fertig waren und sich aus ihrer kauernden Haltung erhoben, gaben sie den Blick frei auf zwei schmelzende Schneehaufen, die einen riesigen grauschwarzen Fisch umgaben.

Rufe des Staunens und der Überraschung wurden laut. Sogar die sonst durch nichts zu erschütternden Buchhalter drängten sich nach vorne, um den Fisch näher zu betrachten. Huascar sprang von seinem Sitz auf, hockte sich vor das Maul mit den Barten und starrte das Ungetüm an, als erwarte er, es atmen zu sehen.

»Lebt er noch?« fragte er ängstlich.

Ozcollo konnte ein dröhnendes Lachen nicht unterdrücken. »Als wir den ersten hohen Bergpaß erreichten, schlug sein Herz noch. Vielleicht wußte er, daß er von den Inka gegessen werden würde, und ist vor Glück gestorben.«

Ozcollo und seine Begleiter strahlten, als Gelächter das Zelt erfüllte; auch der Regent stimmte ein, nachdem Otoronco die Bemerkung übersetzt hatte. Huascar ging die Länge des Fisches ab – dreizehn seiner kleinen Schritte vom Maul bis zur Schwanzflosse –, und dann wurde das Ungetüm fortgetragen. Nach einer kurzen Beratung mit dem Regenten flüsterte Otoronco Cusi zu: »Sag den Leuten, sie sollen den Fisch sofort in die Palastküche bringen.«

Als Cusi die Träger einholte, fand er Huascar bei ihnen, der gerade einen Finger in die Seite des Fisches drückte. Fasziniert wanderten seine Augen die Länge des schuppigen Tieres auf und ab. »Das Fleisch ist fest«, sagte er laut, offenbar zu sich selbst. Als er schließlich den Kopf hob, schien er völlig überrascht, Cusi vor sich zu sehen.

»Du – wer bist du?«

»Ich bin Cusi Auqui, Herr, der Enkel Otoronco Achachis«, antwortete Cusi und verbeugte sich. Es kam ihm merkwürdig vor, einen nicht nur kleineren, sondern auch jüngeren Knaben mit »Herr« anzureden.

»Du bist also derjenige, der beim Grasmann war«, sagte Huascar und betrachtete Cusi plötzlich mit Interesse. »Warum?«

»Mein Lehrer hat mich zu ihm geschickt.«

»Und weswegen?«

»Das ist ein Geheimnis, Herr«, erwiderte Cusi steif.

»Es muß etwas Schlimmes gewesen sein«, sagte Huascar und warf einen neugierigen Blick auf Cusis Hände. »Ich habe gehört, daß du gepeitscht worden bist.«

»Ich wurde gereinigt.«

Huascar schnaubte, schien Cusis Zurückhaltung aber zu akzeptieren. Otoroncos Stimme drang zu ihnen herüber, und Huascars Augen wanderten kurz in seine Richtung, aber dann blickte er wieder auf Cusi und warf den Kopf gereizt zurück.

»Sie können ohne mich weitermachen. Es ist so leicht, diese Chuncho zu erfreuen. Sie halten jedes Metall für wertvoll, wenn es die Form eines Werkzeugs hat. Man braucht ihnen nur ein paar Äxte, einige Kartoffeln und etwas Gesichtsfarbe zu geben, und sie sind zufrieden.«

Cusi rang nach Luft, rief sich aber streng in Erinnerung, daß dieser arrogante, dumme Junge der Thronerbe war. Trotzdem spürte Huascar Cusis Verachtung, denn unter dem gelben Fransensaum verengten sich seine Augen, und er deutete mit dem Kinn auf sein Gegenüber.

»Das ist die reine Wahrheit.«

»Sie sind glücklich über jedes Geschenk aus den Händen des Sapa Inca«, erwiderte Cusi beherrscht. »Aber sie wissen auch, was sie brauchen. In ihrer Gegend können sie kein Metall herstellen, keine Kartoffeln ernten und kein Zinnober abbauen. Deswegen gibt Oto-

ronco Achachi ihnen diese Dinge. Er kennt die Menschen des Ostviertels und weiß, wie er ihnen einen Freude bereiten kann.«

Huascar blinzelte erstaunt, als hätte Cusi eine Rede in einer fremden Sprache gehalten. »Es gefällt mir nicht, wenn mich jemand
zurechtweist – insbesondere nicht ein Junge, der vom Grasmann
geschlagen wurde.«

»Ich wollte nicht anmaßend sein, Herr. Aber ich muß die Wahrheit
achten. Ich kenne die Campa, und ich weiß, daß sie unseren Respekt
verdienen. Es sind die Leute, die für Euch diesen großen Fisch über
die Berge getragen haben.«

»Ja«, stimmte Huascar zögernd zu und blickte auf den eisigen,
dunklen Fischleib zwischen ihnen. »Es ist ein würdiges Geschenk.«

Er kreuzte die Arme vor der Brust und starrte auf den Fisch, als ob
die Anordnung der Flossen und Schuppen eine Botschaft enthielte.
Oder vielleicht will er seine Verlegenheit überspielen, dachte Cusi
und setzte ein ausdrucksloses Gesicht auf. Dann hob Huascar langsam den Kopf und blickte Cusi schließlich direkt an.

»Ich vergebe dir«, beschloß er, zog einen Schmollmund und nickte
ernsthaft. »Es ist Inti Raimi, eine Zeit, unsere Großzügigkeit unter
Beweis zu stellen. Deshalb ist dir vergeben. Du darfst jetzt gehen.«

Cusi verbeugte sich und ging schnell davon, bevor Huascar es sich
anders überlegte und nicht mehr wie der Thronerbe, sondern wieder
wie ein kleiner Junge redete. Von Anfang an hatte er nicht die
Aufmerksamkeit Huascars auf sich lenken wollen und würde sich in
acht nehmen, es in Zukunft nicht wieder zu tun. Jetzt konnte er
verstehen, warum Tocto ihren Bruder so sehr verachtete. Huascar
war unwissend, ließ sich aber nicht belehren; er spottete über Dinge,
die er nicht verstand, weil er nicht wußte, daß es seine Aufgabe war,
sie zu verstehen. Er war ein Kind, dem man zu oft gesagt hatte, daß
ihm die Welt gehörte.

Tumibamba

Um das Ende ihres abgeschiedenen Daseins zu zelebrieren, ging
Quinti mit Micay auf der höchsten Terrasse des Mollecancha spazieren, so daß sie die frische Brise, das Rauschen des Flusses unter ihnen
und die wunderschöne Aussicht auf die Felder und Berge im Osten
genießen konnte. Beim Gehen erzählte Quinti, welchen Leuten Micay bei den verschiedenen Festlichkeiten des heutigen Tages begegnen würde, und nannte vor allem diejenigen, die beim Empfang
Chuqui Huipas, der ältesten Tochter der Coya, anwesend sein wür-

den. Micay prägte sich die Namen, Titel und Verwandtschaften zwischen den Haushalten ein, damit sie genau wußte, wer welche Beziehung zu Mama Cori hatte. Diese Art der Vorbereitung war den beiden Mädchen mittlerweile zur Gewohnheit geworden.

Als Micay Antwort auf alle Fragen und genügend frische Luft bekommen hatte, gingen sie zu dem Fest, das auf den darunterliegenden Terrassen stattfand. Quinti dachte jetzt nur noch an Quilaco Yupanqui, und Micay konnte sie gut verstehen. Immerhin war Quilaco außer Amaru der einzige Inka, den Micay wirklich attraktiv fand.

Schließlich fanden sie ihn, wie er mit einem Becher in der Hand am Fuß einer Treppe stand und sich mit zwei Frauen unterhielt. Als Micay und Quinti feststellten, daß die ältere der beiden Mama Huarcay war, die Vierte Frau, war es bereits zu spät, sich zurückzuziehen.

»Soll ich dich alleine lassen?« flüsterte Micay. Quinti schüttelte heftig den Kopf und deutete mit dem Kinn auf die Nusta, die neben Mama Huarcay stand. »Das ist Cori Cuillor, die zweite Tochter eines der Kriegshäuptlinge von Huayna Capac. Mama Huarcay setzt sich für sie ein.«

Quilaco begrüßte die beiden mit einem Lächeln, und gemeinsam verbeugten sie sich vor Mama Huarcay.

»Herrin«, sagte Quinti respektvoll und nickte Cori Cuillor scheinbar freundlich zu.

»Quinti Ocllo«, sagte Mama Huarcay gedehnt. »Das Vergnügen deiner Gesellschaft habe ich schon länger nicht mehr gehabt. Wie gefällt dir euer neues Quartier in Tumibamba?«

»Es ist sehr ansprechend, Herrin.«

»Und deine Eltern? Wie geht es Mama Cori und deinem Vater« – sie suchte nach dem Namen, »Lloque – ?«

»Lloque Yupanqui ist der Bruder meiner Mutter« erwiderte Quinti ungerührt. »Sicher erinnert Ihr Euch an meinen Vater Apu Poma, den Micho der Provinz Cañar.«

»Natürlich, der Micho. Zweifellos ist er sehr beschäftigt, und muß sich um unsere Gäste und ähnliche Dinge kümmern.« Dann blickte Mama Huarcay auf Quilaco und nickte kurz ihrer Begleiterin zu. »Coris Vater ist ebenfalls beschäftigt, wie ihr sicher wißt.«

»Ich werde unter ihm mit den Kriegern von Ober-Cuzco dienen«, erklärte Quilaco stolz und verbeugte sich vor der jungen Frau, die rasch die Augen senkte und sich ebenfalls verneigte. Micay hatte den Eindruck, daß Cori Cuillor trotz des hohen Rangs ihres Vaters Mama Huarcays Ehrgeiz nicht gerecht werden würde. Sie spürte, wie sich Quinti neben ihr ein wenig entspannte und sich von Mama Huarcays Schachzügen nicht beeindrucken ließ.

»Und wen hast du da bei dir?« fragte Mama Huarcay plötzlich und blickte Micay direkt an. Anscheinend konnte sie sich nicht an sie erinnern, aber Micay fand, daß auch Mama Huarcay völlig verändert aussah. Sie erschien ihr weniger boshaft als vielmehr gerissen, und dieser Zug verlieh ihr eine seltsame Schönheit, die ihren verhangenen Augen und der einschmeichelnden Stimme entsprach.

»Das ist meine Gefährtin, die Chachapoyas-Nusta Micay«, erklärte Quinti. »Wir haben sie in Caxamarca in unsere Familie aufgenommen.«

»Ach«, rief Mama Huarcay; sie erinnert sich also doch, stellte Micay fest. Aber was die Vierte Gemahlin dachte, war nicht zu erkennen. Sie blickte auf Micays Stirnband.

»Wie ich sehe, bist du erst kürzlich eine Nusta geworden. Wenn dein Rang entsprechend hoch ist, wirst du am nächsten Quicuchicoy teilnehmen.«

»Ihr Rang ist hoch genug, Herrin«, versicherte Quinti. Möglicherweise sagte sie das etwas zu forsch, denn Mama Huarcay warf ihr ein verächtliches Lächeln zu.

»Dann freue ich mich, sie in der Gruppe willkommen zu heißen. Ich bin dafür verantwortlich, die Nustas für die Zeremonie vorzubereiten.«

»Aber die Hohepriesterin wird sich ebenfalls an der Ausbildung beteiligen, nicht wahr?« erkundigte sich Quinti, während Micay nach Fassung rang – diese Neuigkeit traf sie völlig unvorbereitet.

»Erst wenn Rahua Ocllo eine neue wählen kann«, antwortete Mama Huarcay abschätzig. »Die augenblickliche Titelinhaberin will nur widerwillig gehen. Zum Schluß muß ich möglicherweise alle Mädchen ausbilden.«

Quinti quittierte diese Übertreibung mit einem verständnisvollen Nicken und gab Micay aus den Augenwinkeln ein Zeichen, etwas zu sagen. Micay beugte den Kopf und bemühte sich, beim Sprechen ihre Gefühle nicht zu verraten. »Ich fühle mich geehrt, von Euch zu lernen, Herrin.«

»Ich erwarte, daß du noch vieles lernst, bevor du zu mir kommst«, erklärte Mama Huarcay frei heraus. »Das Quicuchicoy verleiht den Mädchen, die daran teilnehmen, hohes Ansehen – selbst den Töchtern von Fremden. Wir müssen gewiß sein, daß sie es wert sind.«

»Ich bin mir sicher, daß Ihr in Eurem Urteil großzügig und unvoreingenommen sein werdet«, warf Quinti ein. Sie klang erstaunlich sachlich, als würde sie ihre Worte tatsächlich ernst meinen. Ihr Ton schien Quilaco aus seiner Träumerei zu reißen.

»Die Mädchen könnten nicht besser aufgehoben sein«, meinte er und trank Mama Huarcay mit einer Aufrichtigkeit zu, die Micay fast lächeln ließ. Er ist wirklich völlig anders als Amaru, dachte sie; Amaru hätte diesen Wortwechsel nie für bedeutungsloses Geplänkel gehalten. Quinti faßte sich an die Lippen und berührte Quilaco dann leicht am Arm, als wäre ihr soeben etwas eingefallen.

»Wir sollten jetzt besser zum Anwesen der Coya gehen. Ich habe Chuqui Huipa versprochen, daß wir sie vor dem Fest besuchen.«

»Entschuldigt uns«, sagte Quilaco zu den beiden Frauen. Nachdem sich alle verbeugt hatten, bahnten sich die drei jungen Leute einen Weg durch die Menge. Quinti ließ Quilaco vorangehen und flüsterte Micay dann zu: »Du wirst sie gut zu nehmen wissen, davon bin ich überzeugt.«

Als Micay und Quinti zum Anwesen des Micho zurückkamen, war es schon spät, und beide waren müde. Aus dem Dunkel trat eine Gestalt auf sie zu.

»Verzeiht, Herrinnen. Ich bin Acapana, der Untergebene des Micho. Er bat mich, die Nusta Micay zu ihm zu führen. Ich werde Euch begleiten, Herrin«, fügte er freundlich hinzu, und Micay folgte ihm die Stufen zur oberen Terasse hinauf. Acapana war ein hochgewachsener Mann in Quintis Alter, ein Inka königlichen Geblüts. Aufgrund einer Fußverletzung konnte er kein Krieger werden, aber wegen seiner hohen Herkunft und seiner Intelligenz war er schon in jungen Jahren zum Leiter des persönlichen Stabs von Apu Poma ernannt worden. Micay war aufgefallen, daß er ihr jedesmal zulächelte, wenn sie sich zufällig begegneten.

Als sie schließlich den Eingang zu Apu Pomas Haus erreichten, verbeugte sich Acapana ehrerbietig vor ihr und ließ sie das Zimmer betreten, in dem Apu Poma mit gekreuzten Beinen auf einem Lamafell saß. Er sah abgespannt, aber hellwach aus.

»Meine Tochter bleibt lange mit dir aus«, sagte er mit tiefer Stimme. Sein Blick streifte sie; einen Augenblick lang hatte Micay den Eindruck, er würde sie wütend anstarren. Doch dann wurde ihr bewußt, daß er lediglich Mut schöpfte.

»Ich habe mit dir über den Vorfall in Cusipampa nicht gesprochen«, sagte er schließlich, »obwohl ich weiß, daß ich mich bei dir entschuldigen muß. Ich habe mich in meinem Ärger hinreißen lassen, und du hättest jedes Recht zu glauben, was meine Frau über mich sagt. Aber ich möchte dich bitten, mir zu glauben, daß ich dir nicht wehtun wollte.«

Micay ließ sich Zeit mit ihrer Antwort, denn sie spürte, daß eine rasche Erwiderung ihn nicht zufriedenstellen würde. »Das habe ich von Anfang an getan, Herr. Ich weiß, daß Euer Ärger nicht mich betraf.«

»Ich danke dir für dein Verständnis, meine Tochter. Der Rest meiner Familie bringt wenig davon für mich auf. Vermutlich hat man dir erzählt, daß ich grausam zu Cusi war. Dabei wollte ich lediglich die Zeit wettmachen, die ich nicht mit ihm verbringen konnte, als er klein war. Vielleicht haßt er mich dafür, aber es macht ihn stärker.«

Micay wußte, daß sie darauf nichts erwidern durfte. Apu Poma spielte mit dem Kokabeutel und dem Kalkaschenbehälter, die neben ihm auf den Boden standen, und nickte selbstvergessen. Dann griff er in einen größeren Beutel und zog einen farbprächtigen Stoffballen hervor.

»Das ist für dich, meine Tochter. Ein Inti Raimi-Geschenk.« Langsam breitete Apu Poma einen gestreiften Umhang aus, der in allen Farben des Sonnenaufgangs glühte – ein üppiges Zinnober, das zuerst in ein kräftiges Rot überging, dann in ein helleres Orange und schließlich in ein warmes Goldgelb. Schwankend stand Apu Poma auf und legte Micay den Umhang um die Schultern. Sie roch die Baumwolle und das Alpakahaar, aus denen er gewebt war, und fühlte sich von den leuchtenden Farben erwärmt.

Dann holte Apu Poma aus dem Kokabeutel etwas metallisch Glitzerndes hervor – eine lange Fibel aus gehämmertem Weißgold, dessen Ende die Form eines Pelikans mit langem Schnabel hatte. Vorsichtig stach Apu Poma die goldene Nadel durch das dick gewebte Tuch.

»Du hast die Nadel einer Erwählten Frau lange genug getragen. Jetzt kannst du deinen Platz neben den anderen Nustas einnehmen.«

Bewundernd fuhr Micay mit dem Finger um den geschliffenen Rand des Pelikans. »Ihr seid zu großzügig, Herr«, murmelte sie dankbar.

»Du bist die einzige, die das sagt, meine Tochter«, lächelte Apu Poma bedauernd und setzte sich wieder. »Jetzt solltest du zu Bett gehen. Und laß dir von niemandem sagen, daß du meine Geschenke nicht behalten darfst.«

»Nein, Herr«, antwortete Micay gehorsam. Als sie sich zum Gehen wandte, hielt er sie mit den Worten zurück: »Was ist aus meinem anderen Geschenk geworden? Der Vikunjawolle?«

Bestürzt sah Micay ihn an. Seit ihrer Ankunft in Tumibamba hatte sie nicht mehr daran gedacht. »Sie ist noch in meinem Besitz, Herr. Möchtet Ihr sie zurückhaben?«

»Nein«, sagte Apu Poma und runzelte die Stirn. »Aber da die Wolle vom Sapa Inca stammt, sollte man sorgsam mit ihr umgehen. Du hast meine Erlaubnis, damit zu machen, was du für richtig hältst.«

Micay verbeugte sich und entschwand durch die Tür.

Cuzco

Ungeduldig trat Cusi durch das Haupttor der Patallacta. In einer Hand hielt er eine Flöte, die er Tocto schenken wollte, falls er sie finden würde. Heute war der vorletzte Abend des Inti Raimi, und er konnte nur hoffen, daß er sie beim Vicaquirao-Tanz sehen würde.

Kaum hatte er einige Schritte gemacht, als ein seltsames Gefühl ihn überkam. Hatte er etwas vergessen? Verwirrt blickte er die Straße hinunter, in der es langsam dunkel wurde, obwohl der Berggrat im Osten noch in der Sonne erstrahlte. Da sah er einen Jungen und einen alten Mann an der Außenmauer der Patallacta lehnen und stellte erschrocken fest, daß es sich um Raurau Illa und einen Begleiter handelte.

Sofort ging er zu ihnen hinüber. Zuerst nickte er dem Jungen zu, der ihn lediglich mit aufgerissenen Augen anstarrte und keine Anstalten machte, Raurau Illa auf den Ankömmling aufmerksam zu machen. Cusi wußte nicht, wie er den alten Mann ansprechen sollte, und räusperte sich verlegen, woraufhin Raurau Illa den Kopf hob. In seiner gestreiften Tunika und ohne die Gesichtsbemalung sah er achtbarer aus als damals bei der Huaca. Schließlich brachte Cusi das Erstaunen und die Erleichterung, die er empfand, zum Ausdruck.

»Großvater ... ich bin es, Cusi Auqui.«

Der alte Mann wandte den Kopf und nickte. »Ja, deine Stimme hat sich verändert, Cusi Auqui. Sie kommt jetzt aus der Tiefe. Das ist gut.«

»Wie hast du mich gefunden?«

»Ich habe mich an den Namen deines Vormunds erinnert und gefragt, wo er wohnt. Wie hast du mich gefunden?«

»Ich, hmm ...« stotterte Cusi und blickte auf die Flöte in seiner Hand. »Ich bin stehengeblieben, weil ich dachte, ich hätte etwas vergessen. Vielleicht wurde ich gerufen ...«

»Vielleicht«, meinte Raurau Illa. »Vielleicht wollte dein Schutzgeist, daß du mich findest. Hast du ihn bei dir?«

»Ja«, bestätigte Cusi und faßte unwillkürlich an sein Hüftband.

»Was trägst du sonst bei dir?«

»Eine Flöte. Ich möchte sie jemandem schenken.«

»Wem?«

»Einer Nusta.«

»Ah,« rief Raurau Illa, und einen Moment lang bedeckten seine Lider die blinden Augen. »Und jetzt erzähle mir, wie Illapa zu dir gekommen ist.«

»Woher weißt du davon?«

»Ich habe es geträumt. Aber viele der Hirtenjungen haben das Unwetter gesehen«, fügte Raurau Illa hinzu und deutete auf den Knaben neben sich. »Alco hat es gesehen. Und wir wußten, daß die jungen Inkakrieger dort in den Bergen waren, wo es tobte. Wie nah ist es dir gekommen, Cusi?«

»Es war direkt über mir. Ich war in einer Höhle, und der Blitz schlug ganz in meiner Nähe ein, so daß Steine und Erde auf mich geschleudert wurden.«

»Aber du hast es hervorgerufen«, wies Raurau Illa ihn milde zurecht.

»Ich...« Plötzlich fiel Cusi wieder ein, wie er die Steine für seine Schleuder in die Dunkelheit geworfen hatte. »Wahrscheinlich«, murmelte er versonnen.

Raurau Illa nickte. »Wie ist der Blitz auf dich zugekommen? Wie sah er aus? Ist er über den Himmel oder zur Erde herunter gefahren?«

»Über den Himmel«, erinnerte sich Cusi. »Bis auf den letzten, der in meiner Nähe einschlug. Der schien direkt in die Erde zu fahren.«

»Verstehst du die Bedeutung davon? Das ist der weibliche Blitz, der zur Erde, zu Pachamama, zurückkehren möchte. Du mußt mir mehr von dieser Nusta erzählen.«

»Sie ist die Tochter des Sapa Inca«, gestand Cusi. »Mußt du mich derart verhören, Großvater? Seitdem ich dich das letzte Mal gesehen habe, wurde ich sehr oft verhört, vor allem wegen des Quipu, den ich dir gab. Schließlich mußte ich dem Grasmann beichten.«

»Und du hast zweifellos viel gelernt.«

»Ich bin viel bestraft worden. Ich wollte oft mit dir reden, aber bei der Huaca konnte ich dich nie finden.«

»In Zukunft gehe daran vorbei zu der Hirtenhütte auf dem nächsten Berggrat. Wenn du dort ein Feuer anmachst, kommt Alco dich holen.«

»Warum hast du mir das nicht früher gesagt?« fuhr Cusi ihn an. Er war verärgert, daß seine Beichte beim Grasmann so leichthin abgetan wurde.

»Ich mußte sicher sein, daß ich mich nicht in dir getäuscht hatte.«

»Du meinst, daß ich dich nicht melde.«

»Ich habe dir doch gesagt, daß du mich melden kannst. Glaubst du, daß ich jetzt als Eindringling nach Cuzco gekommen bin? Ich bin hier wegen des Villcacona, der Befragung der Huacas. Ich bin einer derjenigen, die für die Huaca sprechen, an die wir beide gebunden sind. Ich bin Gast der Ältesten des Vicaquirao-Haushalts.«

Einen Augenblick lang ließ Cusi den Kopf hängen und kam sich sehr dumm vor. Er erinnerte sich an seine Überraschung, als er dem Grasmann beichtete, einen Eindringling nicht gemeldet zu haben, und deswegen nicht geschlagen wurde.

»Bist du dir jetzt meiner sicher?« fragte er leise.

»Ja. Du hast den Schutzgeist zu einem Teil deiner selbst gemacht, das fühle ich. Und auch wenn du deine Wichtigtuerei noch nicht abgelegt hast, so ahnst du mittlerweile zumindest, welchen Preis sie hat. Du hast sogar gelernt, mich respektvoll zu begrüßen.«

In Rauraus Stimme lag Toleranz, und Cusi hatte das Gefühl, daß ihm vergeben worden war, daß seine Fehler als notwendig und unvermeidlich akzeptiert wurden.

»Ich habe dich noch nicht gefragt, Großvater«, sagte er demütig, »ob du und Alco etwas zu essen oder zu trinken möchtet.«

»Du mußt zu deiner Nusta gehen«, befahl Raurau Illa ihm abrupt. »Sie ist wichtig für dich. Vielleicht auch gefährlich.«

Ängstlich sah Cusi ihn an. »Ich hoffe, sie beim Tanz des Vicaquirao-Haushalts zu sehen. Willst du mit mir zur Cora Cora gehen? Bist du auch zum Tanz eingeladen?«

»Du solltest meine Achtbarkeit auch nicht überschätzen«, wies der Alte ihn mit einem bitteren Lächeln zurecht. »Es ist besser, wenn wir nicht zusammen gesehen werden. Hast du den Vicaquirao-Priestern erzählt, daß du mich kennst?«

»Ich wollte ihnen alles sagen, damit sie mir einen Rat geben. Aber nachdem ich beim Grasmann war, haben sie mich derart mißtrauisch behandelt, daß ich gar nichts sagte.«

»Das ist besser so. Jemand, der den Blitz auf sich ziehen kann, braucht keinen Rat. Er braucht nur Mut und den Willen zu verstehen. Und das lernst du allmählich, gegen deinen Willen.«

»Aber wann werde ich dich wiedersehen? Es gibt so vieles, das ich dich fragen möchte.«

»Du wirst mich sehen, wenn es für dich nötig und wenn die Zeit reif ist. Jetzt geh mit deiner Flöte zu der Frau, der dein Herz gehört.«

Widerwillig verbeugte sich Cusi. »Kannst du mir sagen, ob die Prophezeiung der Huaca gut war?«

»Auf die Fragen, die der Hohepriester mir stellte, hatte ich nur positive Antworten«, sagte Raurau Illa unschuldig und neigte den Kopf zur Seite.

»Und was ist mit den Fragen, die er nicht stellte?«

»Oh, das ist eine andere Sache«, gab der alte Mann zu. »Ich höre immer nur Seufzen und Stöhnen, geflüsterte Erwähnungen von vaterlosen Söhnen, von Viracochas und von einem Cuzco, dessen Herz leer ist. Ich weiß nicht, auf welche Fragen dieses Flüstern antwortet. Vielleicht wirst du mir eines Tages helfen, das herauszufinden.«

»Die Fragen können nicht erfreulich sein.«

»Dann müssen wir diese Dinge vor allen anderen wissen«, sagte Raurau Illa mit Nachdruck. »Lebewohl, Cusi Auqui. Geh im Wissen, daß Illapa deine Schritte begleitet. Folge deinem eigenen Ratschluß, und beschwöre den Blitz nicht leichtfertig herauf…«

Es war schon dunkel, als Cusi schließlich die Cora Cora erreichte, die Palastanlage, die dem Vicaquirao-Haushalt gehörte. Der Tanz fand auf dem Platz und in den Gärten statt, die einen berühmten Brunnen umgaben, ein rechteckiges Steinbassin, in dem man baden konnte.

Cusi erwähnte den Namen seines Großvaters, um die Wachen am Tor zu passieren. Aber dann vermied er bewußt alle Orte, an denen er Ayar Inca antreffen konnte, denn er hatte keine Einladung zum Tanz und wollte so unauffällig wie möglich nach Tocto suchen. Vorsichtig umrundete er den Platz und blieb schließlich im Schatten neben dem großen Zelthaus stehen, von wo er zu dem Brunnen sehen konnte. Er wußte nicht, wie lange er dort stand, aber es kam ihm vor, als sei der Mond höher gestiegen und die Luft kälter geworden. Schließlich ließ er den Blick ein letztes Mal über den Platz schweifen, und dann zog er den Umhang enger um sich und machte sich in den Gärten auf die Suche. Dort endlich fand er Tocto; sie stand neben dem Brunnen und sprach mit einer älteren Frau, die ebenso klein war wie sie selbst. Worüber sie redeten, konnte er nicht sagen, aber das Gespräch war offenbar sehr intensiv.

Dann verbeugte sich Tocto vor der Frau, die ihre Hände ergriff und einen Augenblick lang festhielt. Cusi überlegte, welchen Pfad Tocto wohl nehmen würde, und eilte im Schatten davon. Fackeln erhellten den Weg durch wuchernde Pflanzen zu einer Lichtung, die völlig leer und bis auf das Mondlicht unbeleuchtet war. Dort wartete er im Schein des Mondes.

Er stand so lange da, daß er glaubte, Tocto hätte einen anderen Weg gewählt. Als sie endlich doch erschien, war er schon nicht mehr auf sie gefaßt. Er sagte kein Wort, doch sie stieß einen kleinen Schrei aus, als sie ihn sah, und wandte sich zu ihren Begleiterinnen, um sie mit einer heftigen Handbewegung fortzuschicken. Im Mondlicht konnte er die Konturen ihres Gesichts erkennen, umrahmt von schwarzem Haar, das ebenso glänzte wie ihre Augen.

»Woher wußtest du, daß du heute abend hierherkommen solltest?« flüsterte sie.

Cusi ließ sich einen Moment Zeit, ihre heisere Stimme in sich aufzunehmen, bevor er antwortete. »Inti Raimi ist fast vorbei. Ich habe gelobt, mit dir zu sprechen, bevor das Fest vorüber ist.«

»Das sieht dir ähnlich«, sagte Tocto und sah ihn mit wehmütiger Zärtlichkeit an. »Du hast also nicht gewußt, daß es ungefährlich für uns ist, uns zu treffen?«

»Ich habe nie verstanden, warum es gefährlich sein sollte. Andererseits kann es nie völlig ungefährlich sein.«

»Ich war mir sicher, daß mein Bruder uns in Verdacht hatte. Bald nachdem bekannt wurde, daß du beim Grasmann gewesen warst, erkundigte er sich bei mir nach dir. Ich rede nur selten mit ihm, Cusi, deswegen hatte ich das Gefühl, daß sein Interesse mehr als beiläufig war.«

»Ich habe ihn vor einigen Tagen getroffen. Er war immer noch interessiert an mir, aber dich hat er nicht erwähnt.«

»Ich weiß. Ich hatte unrecht«, gestand Tocto. »Ich habe gerade von einer Frau aus Huascars Haushalt erfahren, daß du ihn getroffen hast. Er erzählte ihr, du seist sehr seltsam und geheimnisvoll und hättest eine unnatürliche Vorliebe für Fremde.«

Cusi lachte bitter auf, doch dann besann er sich. »Ich will nicht über deinen Bruder reden«, sagte er und griff nach der Flöte, die in seinem Hüftband steckte. »Ich bin gekommen, um dir das zu geben.«

Tocto nahm die Flöte zärtlich an sich und sah Cusi fragend an.

»Sie enthält alle meine Hoffnungen und Ängste, die ich im Herzen trug, während ich darauf wartete, dich wiederzusehen«, erklärte er.

»Welche Angst?«

»Daß ich dich nie wiedersehen würde. Daß du das Interesse an mir verloren oder beschlossen hättest, meine Beichte beim Grasmann hätte mich zu etwas Besonderem gemacht, und zwar auf eine Art, die du nicht gutheißt. Andere verachten mich, weil ich mich reinigen ließ.«

»Aber im Gegensatz zu mir wissen sie nicht, warum du zu ihm gegangen bist.« Sie streckte eine Hand nach der seinen aus und hielt sie ins helle Mondlicht.

»Als ich davon hörte, war ich stolz auf dich, aber auch besorgt, daß du deswegen bitter werden könntest. Wurdest du wegen *mir* geschlagen?«

»Zum Teil«, gestand Cusi mit gepreßter Stimme. »Ich wurde wegen all meiner Geheimnisse geschlagen. Vielleicht bin ich dadurch auch bitter geworden, aber nicht dir gegenüber.«

Tocto nickte, umklammerte seine Hand und blickte zu ihm auf. »Mir bedeutest du deswegen noch viel mehr«, flüsterte sie und schmiegte den Kopf an seine Brust. Cusi legte den Arm um sie, drückte sie an sich und vergrub seine Nase in ihren Haaren. Er hatte das Gefühl, sich nie mehr von hier fortbewegen zu wollen.

»Heute habe ich Raurau Illa gesehen«, murmelte er und bedauerte seine Worte sofort, denn sie entzog sich ihm und sah ihn an. »Auf dem Weg hierher habe ich ihn gefunden – oder er hat mich gefunden. Er erzählte mir, daß der Blitz, der mich beinahe erschlagen hätte, ein weiblicher Blitz war. Daraus schloß er, daß du für mich sehr wichtig bist, vielleicht aber auch gefährlich.«

»Noch ein Zeichen dafür, daß du jemand Besonderes bist«, erklärte Tocto feierlich. »Du darfst nie befürchten, daß ich dich verlasse, Cusi. *Du* wirst derjenige sein, der mich eines Tages verlassen muß.«

Cusi schluckte schwer. Er wußte, daß sie die Wahrheit sagte und ihm nicht mißtraute. »Ich werde es nicht wollen«, brachte er hervor. »Ich glaube, ich wurde vom Blitz getroffen, lange bevor ich in die Berge ging.«

Plötzlich ergriff Tocto seine Hand. »Gestattet dir dein Gelübde, mehr zu tun, als nur mit mir zu sprechen?« fragte sie und zog ihn durch ein von Mondlicht erhelltes Gärtchen von Molle-Bäumen in eine dunkle Passage.

»Mein Gelübde ist erfüllt worden«, sagte Cusi mit seltsam heftiger Stimme. Er legte die Hände auf ihre Schultern und folgte ihr rasch in die Dunkelheit.

Tumibamba

Der Tag, den man für den Abmarsch der Krieger gewählt hatte, war grau und wolkenverhangen. Ein leichter, kalter Regen fiel wie ein Schleier vom trüben Himmel. Die letzten fünf Tage seit dem Ende von Inti Raimi waren sonnig und trocken gewesen, aber heute würde Inti kaum sein Gesicht zeigen. Das wird den Streitereien nur noch mehr Nahrung geben, dachte Micay, als sie neben Quinti auf der oberen Terrasse des Mollecancha stand und beobachtete, wie sich die Krieger auf der Ebene im Osten versammelten. Die Verzögerung beim Aufbruch war auf Uneinigkeiten zwischen den Priestern und Wahrsagern Huayna Capacs zurückzuführen, die ihm halfen, die Vorzeichen und Ereignisse der Zukunft zu erkennen. Auch die Heiligtümer an der Küste in Pacatnamu, Rimac und Pachacamac waren befragt worden, und obwohl alle Postläufer rasch mit der Antwort zurückgekehrt waren, hatte es weitere Unstimmigkeiten gegeben, bis man sich darauf einigte, daß dies der günstigste Tag sei, um den Feldzug gegen die Quito und Carangui zu beginnen.

Die Reihen der Krieger erstreckten sich von Norden nach Süden, so weit das Auge reichte. Dahinter, in den Vorbergen im Osten, standen riesige Herden von Lamas, beladen mit den Vorräten und zusätzlichen Waffen der Armee. Es war eine weitaus größere Ansammlung als bei jeder Zeremonie, die Micay bislang gesehen hatte.

»Dein Vater sagte, daß heute fünfzigtausend Männer abmarschieren«, sagte Micay zu Quinti. »Und in zehn Tagen sollen noch einmal so viele folgen. Einer solchen Übermacht können die Quito und Carangui bestimmt nicht lange standhalten.«

Quinti nickte geistesabwesend und antwortete nicht, sondern blickte auf einen Punkt in der Ferne. Micay wußte, daß es sinnlos war, ihre Aufmerksamkeit erregen zu wollen. Die langen Feierlichkeiten des Inti Raimi hatten Quinti sehr mitgenommen, denn sie focht ihren eigenen, inneren Kampf. Die Verzögerungen beim Abmarsch der Krieger machten sie gereizt; sie konnte sich nicht entspannen, solange Quilaco noch in der Stadt war, sie ihn aber nicht sehen durfte, weil er fastete.

Wieder ließ Micay den Blick über das riesige Heer schweifen. Irgendwo dort draußen waren Amaru und Quilaco an der Spitze ihrer Regimenter mit fremden Kriegern und Häuptlingen. Quilaco war sicherlich voll Stolz wegen seiner Position, während Amaru wohl scheinbare Gleichgültigkeit demonstrieren würde. Micay fragte sich, welche Einstellung wohl gefährlicher war, welche übertrieben mutige Taten begünstigte, und dachte daran, wie sie für beide Männer Opfer dargebracht hatte.

Plötzlich fragte Quinti: »Warum stehen die Krieger im Regen herum und frieren? Warum marschieren sie nicht los?«

»Wahrscheinlich warten sie auf den Sapa Inca. Dein Vater sagte, daß Huayna Capac sie aus Tumibamba hinausführen will.«

»Ja, und dann kehrt er zurück, und das Heer muß ohne ihn weitermarschieren«, ärgerte sich Quinti. »Der Krieg würde viel schneller zu Ende gehen, wenn er selbst die Männer anführen würde.«

Micay hatte den gleichen Gedanken gehabt, aber Quinti war die Erste, die ihn äußerte. »Dein Vater sagte, daß die Boten aus Cuzco allmählich mit den Ergebnissen der Inti Raimi-Buchhaltung eintreffen. Der Sapa Inca muß sich auch um die anderen Angelegenheiten des Reichs kümmern.«

»Erzähl mir nicht, was Vater gesagt hat«, antwortete Quinti gelang-weilt. »Er hat mit diesem Krieg nichts zu tun; er ist froh, daß die Krieger längere Zeit nicht in der Stadt sein werden. Amaru sagte, die Kriegshäuptlinge würden mehr miteinander wetteifern, wenn der Sapa Inca nicht dabei ist, und das behindert ihren Vormarsch.«

»Aber wer könnte sich einer solchen Übermacht widersetzen?« fragte Micay. Quinti seufzte und ließ die Schultern hängen. »Nie-mand, hoffe ich.«

In diesem Augenblick erschien die rosenfarbene Sänfte des Sapa Inca am südlichen Ende der Ebene; sie wurde hoch über den Köpfen der begleitenden Krieger getragen und bahnte sich mühsam einen Weg durch die gedrängt stehenden Regimenter. In unmittelbarer Nähe der Sänfte marschierten die Cañari, doch die übrigen Begleiter waren allesamt Mitglieder der Alten Garde, dem altgedienten Elite-corps der Inka. Während der Sapa Inca zwischen die Regimenter durchgetragen wurde, erscholl ein ohrenbetäubender Lärm; die Krie-ger schlugen mit ihren Speeren auf die Schilde und vollführten einen Tanz. Micay hörte, wie Huayna Capacs Name gerufen wurde, aber es war nur einer von vielen Rufen, und nicht immer der herzlichste. Langsam bewegte sich die Sänfte nach Norden zu und war schließlich nicht mehr zu sehen. Dann brachen eines nach dem anderen die Regimenter auf, und ihre Kriegsschreie wurden allmählich zu mono-tonen Gesängen, die sich zu einem bedrohlichen Grollen zu vereinen schienen.

»Der Krieg hat begonnen«, murmelte Quinti traurig.

Micay stützte sie. »Er kommt wieder, Quinti«, sagte sie. »Wahr-scheinlich sehr bald.« Aber im Stillen fragte sie sich, ob man diesen Tag auch in einigen Jahren noch für verheißungsvoll halten würde.

KAPITEL 6

Capac Raimi:
Das königliche Fest der Sonne
(sechs Monate später, 1512)

Cuzco

Es war der siebte Tag des Huarachicoy; sieben Tage Wettkämpfe und Züchtigungen lagen hinter Cusi, sieben kalte Nächte im Regen auf hartem Boden. Morgen würden er und die anderen Jungen ihr Fasten beenden und zum ersten Mal, seitdem die Riten begonnen hatten, wieder unter einem Dach schlafen. Vielleicht hatte Sumac Mallqui recht, daß er sich gegen seine Wut sperrte, aber sie war trotzdem in ihm, eine ständige Gereiztheit, hervorgerufen durch Hunger, Strapazen und endlose Schikanen. Alles, was sich ihm in den Weg stellte, ärgerte ihn, und die Aussicht auf Bequemlichkeit und Komfort bedeutete ihm nichts mehr.

Er ließ seine Tunika zu Boden gleiten und kniete sich neben den Bach, um vom eisigen Wasser zu trinken. Bis auf das Rennen den Berg Anahuarque hinab war der Wettbewerb zwischen den Initiationsbrüdern seit zwei Tagen vorüber. Sumac Mallqui hatte sie ständig aufgestachelt, die fremden Jungen gegen die Inka und dann die Inka gegeneinander aufgehetzt, und die Kämpfe waren entsprechend bitter und heftig gewesen. Beim Springen war Cusi Erster geworden, Dritter mit der Schleuder, und in Anbetracht seiner Größe hatte er sich beim Kampf mit Schild und Kriegskeule gut geschlagen. Weniger Erfolg hatte er mit den Waffen gehabt, für die man Größe und Kraft brauchte – Bogen, Bola und Speer –, und war bereits in den ersten Runden ausgeschieden. Zum Schluß hatte das Ringen stattgefunden, wobei die Jungen je nach Größe und Gewicht in verschiedene Gruppen aufgeteilt wurden.

Cusi beugte sich über das Wasser, um sich zu waschen, und fühlte den heftigen Schmerz in seinem linken Oberschenkel. Er hatte sich glücklich geschätzt, beim Ringen in die Endrunde zu kommen, nachdem Mayca Tomay ausgeschaltet hatte; wahrscheinlich wäre er auch mit dem zweiten Platz zufrieden gewesen, denn er wußte, daß er der Favorit beim Rennen war. Aber dann hatte Mayca ihn am Arm herumgewirbelt und ihm mit voller Wucht ein Knie in den Oberschenkel gerammt. Das hatte ihm zwar eine Verwarnung von Sumac

Mallqui eingetragen, aber gleichzeitig behauptete der Krieger, der Stoß sei keine Absicht gewesen, und brach den Wettkampf deshalb nicht ab. Schmerzbetäubt hatte Cusi in Maycas unbekümmertes Gesicht gestarrt und erkannt, daß Mayca sowohl beim Ringen als auch beim Rennen Erster werden wollte und es ihm gleichgültig war, wie er zu diesem Sieg kam. In diesem Augenblick wurde Mayca zum Inbegriff all dessen, was Cusi haßte, zum Symbol jeder Verletzung und jeder Ungerechtigkeit, die er je erfahren hatte. Er erinnerte sich, wie der Arm seines Vaters ihn zu Boden gestreckt hatte, wie der Stock des Grasmannes in der Dunkelheit auf ihn niedergesaust war, und stürzte sich auf Mayca mit einem leidenschaftlichen Haß, den kein normaler Feind in ihm hervorrufen konnte.

Mit den Händen schöpfte er sich kaltes Wasser über den Körper, stand dann auf und schüttelte die Tropfen wieder ab. Schon wenige Sekunden später war er wieder trocken und spürte bald, wie die Hitze ihm zusetzte. Er band sich seine Schleuder um die Stirn und legte sich die Tunika zum Schutz vor die heiße Sonne um Kopf und Schultern. In sechzehn Tagen würde er mit seinen Brüdern den Eintritt ins Mannesalter feiern, am gleichen Tag, an dem auch Inti seine Reife als Apu Inti, Herr der Sonne, erreichte. Und acht Tage hatte Cusi noch Zeit, seine Wunden zu heilen und sich auf das Rennen vorzubereiten. Ärgerlich massierte er den schmerzenden Muskel am Oberschenkel. Was er jetzt brauchte, waren Geduld, Sanftheit und die Demut, um körperliche und seelische Vollkommenheit zu beten. Doch genau diese Eigenschaften hatte er vor Tagen ablegen müssen und konnte nicht hoffen, sie jetzt schnell wiederzuerlangen. Müssen wir wirklich solche Männer werden? fragte er sich wütend. Haßerfüllte Männer, die ihre Brüder verletzen? Damit griff er nach seiner Kriegskeule und hinkte davon.

Tumibamba

Als Micay die steilen Treppen zu den Verwaltungsgebäuden hinabstieg, wunderte sie sich, wie Lloque Yupanqui sich inmitten des Capac Raimi Zeit für ein Gespräch mit ihr nehmen konnte. Sie freute sich, daß er ihre Besorgnis um Quinti so ernst nahm und mit ihr über deren herbe Kritik am Sapa Inca reden wollte. Immerhin hatte Quinti sich auf einem Fest darüber beschwert, daß Huayna Capac seine Krieger tatenlos im Feld herumstehen lasse, ihnen nicht zu kämpfen erlaube und keine richtige Strategie für diesen Feldzug entwickelt habe.

Unten angekommen, stellte Micay überrascht fest, daß der Vorhof zum Anwesen des Königlichen Erinnerers leer war und Lloque Yupanqui allein, ohne den üblichen Quipu in der Hand, in seinem Zimmer saß. Er lächelte Micay unter seinen schweren Augenlidern zu und bedeutete ihr, ihm gegenüber Platz zu nehmen. Nach dem hektischen Treiben draußen auf den Straßen, in denen sich die Menschen zu den Capac Raimi-Feierlichkeiten drängten, erschien ihr die Stille fast unheimlich.

»Heute ist alles anders«, begann Lloque Yupanqui. »Es ist möglich, daß Huayna Capac das Huarachicoy in Quito abhalten wird, wenn sein Palast dort rechtzeitig fertiggestellt wird.«

Die Quito hatten sich kurz vor dem Beginn des Capac Raimi ergeben und damit der fünfmonatigen Belagerung ihrer Hauptstadt durch die Inkakrieger ein Ende gesetzt; zu einer gewaltsamen Eroberung hatte Huayna Capac ihnen nie die Erlaubnis gegeben. Eine der Bedingungen zur Annahme der Kapitulation war, daß die Quito für den Sapa Inca in ihrer Hauptstadt einen prachtvollen Palast errichteten. Allerdings erschien es wenig wahrscheinlich, daß die Bauten bereits im nächsten Jahr fertig sein würden, und nun stand der Feldzug gegen die Carangui unmittelbar bevor.

»Ich hoffe, Eure Arbeit hier wird nicht umsonst gewesen sein«, sagte Micay mitfühlend.

Lloque zuckte die Achseln. »Ich glaube, er wird es sich noch anders überlegen. Wir werden nur Zeit verloren haben. Ich wollte mich heute lieber von allem fernhalten und nicht an den Zeremonien teilnehmen.«

Micay nickte respektvoll. Lloque Yupanqui war kein Mann, der seinem Ärger oder seiner Mißbilligung lautstark Ausdruck verlieh, und seine scheinbare Untätigkeit heute war für seine Verhältnisse ein heftiger Protest gegen Huayna Capac.

»Ich glaube, ich habe eine Lösung für Quintis Probleme gefunden«, fuhr er fort. »Die Hohepriesterin hat einen Vorschlag gemacht.«

»Die *jetzige* Hohepriesterin, Herr?« fragte Micay ungläubig. »Die Frau, die sich gegen die Coya gestellt hat?«

»Sie heißt Chimpu Ocllo, wie du sicher weißt. Ich mußte andere Dinge mit ihr besprechen, und mir wurde bald klar, wie sie es geschafft hat, ihre Position beizubehalten. Sie ist die hiesige Mamanchic, und sie ist zu heilig, um abgesetzt zu werden, nur weil Rahua Ocllo hier in Tumibamba die gleiche Macht wie in Cuzco haben möchte.«

Micay blinzelte verblüfft. Bislang hatte sie von ihren beiden Lehrerinnen nur abschätzige Bemerkungen über Chimpu Ocllo gehört, und deswegen überraschte es sie um so mehr, daß Lloque mit derart ruhiger Bestimmtheit über deren Heiligkeit sprach.

»Was hat sie denn für Quinti vorgeschlagen?« erkundigte sie sich.

»Sie wird veranlasst, daß Quinti in einem der Außenbezirke von Tumibamba Frauen und Kinder in Quechua unterrichtet.«

»Und Quinti hat eingewilligt?« fragte Micay mit Erstaunen in der Stimme.

»Sie sagte, daß du überrascht sein würdest. Aber sie möchte so weit wie möglich vom Hof entfernt sein, und sie braucht eine Aufgabe, die sie von dem Warten auf Quilaco Yupanqui ablenkt. Vielleicht ändert sie ihre Meinung, wenn sie eine Zeitlang jeden Tag eine Schar Cañari-Kinder um sich hat, und entschuldigt sich dann bei Hof. Oder vielleicht geht sie in ihrer Arbeit ganz auf und lernt, Geduld und Zurückhaltung zu üben, so daß sie jederzeit zurückkehren kann.«

»Mama Cori wird sich über diese Lösung nicht freuen«, wandte Micay ein. »Sie steht in dieser Auseinandersetzung eindeutig auf der Seite Rahua Ocllos.«

Diese Bedenken Micays schienen Lloque nicht zu beunruhigen. »Ich werde mit meiner Schwester sprechen, sobald alles in die Wege geleitet ist«, antwortete er. »Wegen ihrer Stellung am Hof ist es Mama Cori unmöglich zuzugeben, daß Quintis Kritik gerechtfertigt sein könnte. Aber es steht außer Frage, daß die Krieger zu lange im Feld bleiben mußten, ohne kämpfen zu dürfen. Jeder weiß, daß es zu Disziplinschwierigkeiten unter den Männern gekommen ist und daß die Kriegshäuptlinge verwirrt waren, weil sie auf Befehle aus Tumibamba warten mußten. Man kann nicht behaupten, daß Huayna Capac sich mit ganzem Herzen auf diesen Feldzug einließ, der gewiß nicht als Triumph in die Geschichte eingehen wird.«

Lloque hielt inne und hob nachdenklich einen langen, knochigen Finger hoch. »Aber … mehrere Berater Huayna Capas haben sich schon bald nach Beginn des Feldzugs über diese Dinge beschwert, und sie wurden ihres Amtes enthoben. Und zwei der Kriegshäuptlinge klagten, die Quito würden nicht mit der Härte behandelt, die Rebellen verdienen. Natürlich hatten sie recht, aber jetzt befehligen sie Garnisonen irgendwo im Dschungel des Ostviertels.«

Seine Stimme hatte ihre sonstige Milde verloren, doch sein kantiges Gesicht wirkte noch ebenso ruhig und gefaßt wie zu Beginn. Offenbar empfand er weder die Wut noch die Abscheu, die Quinti dazu gebracht hatten, sich zu vergessen.

»Dann hat Quinti ja Glück gehabt«, meinte Micay. »Sie konnte sich ihren Verbannungsort wenigstens selbst aussuchen.«

»Es hätte schlimmer kommen können«, stimmte Lloque zu, »angesichts dessen, was sie sagte und zu wem. Man macht sich nicht gerade beliebt, wenn man auf einem Fest des Sapa Inca dessen Mut und

Weisheit in Frage stellt.« Er neigte den Kopf zur Seite und wechselte das Thema. »Und du, Tochter – deine Zeit mit Mama Huarcay geht dem Ende entgegen, und du bist nicht verbittert. Ganz im Gegenteil, du hast sogar noch die Kraft, dich mit Quintis Problemen zu befassen. Mama Cori war sehr besorgt, daß Mama Huarcay deine Ausbildung zu einer harten Prüfung für dich machen würde.«

»Anfangs war es schwer«, räumte Micay ein, »weil ich für jeden kleinsten Fehler bestraft wurde. Aber Mama Cori hatte mich gut darauf vorbereitet, und deshalb war ich nicht überrascht. Und jetzt, da unsere Ausbildung zu Ende geht, kritisiert Mama Huarcay alle Nustas viel weniger. Ich glaube, sie wünscht, sie wäre freundlicher zu uns gewesen, damit wir sie in besserer Erinnerung behalten.«

Lloque betrachtete sie nachdenklich, aber dann sagte er nur: »Möge Mama Quilla, Mutter Mond, dich leiten in den Prüfungen, die dir bevorstehen, und dich davor bewahren, in die Irre zu gehen. Laß *sie* deine Lehrerin sein, Micay, vor allen anderen, die du hast.«

Ohne Farbe oder Puder wirkte das Gesicht, das Micay im Spiegel sah, wesentlich jünger als sonst. Kritisch begutachtete sie Umhang und Kleid, die sie gewählt hatte. Beide waren hellgrau mit dunkelblauem Rand und sehr schlicht, so daß sie wunderbar zu dem ungeschminkten Gesicht paßten. Micay konnte sich nicht erinnern, wann sie diese Gewänder zum letzten Mal getragen hatte – auf jeden Fall nicht, seit ihre Ausbildung bei Mama Huarcay begonnen hatte. Mama Cori und Apu Poma legten Wert darauf, daß sie sich kleidete, wie es einem Mitglied ihres Haushalts geziemte, und deshalb waren die alten Gewänder in Vergessenheit geraten.

Micay gefiel die unauffällige Strenge, die den Kontrast zwischen ihrer bronzefarbenen Haut und den glänzend schwarzen Haaren noch betonte. Vielleicht sollte sie sich immer so schlicht kleiden, und nicht nur Quinti zuliebe. Sie hoffte, daß Quinti sich freuen und nicht denken würde, Micay würde sie aus Mißachtung nachahmen.

Seitdem Quinti ihre Stellung als Lehrerin angetreten hatte, hatten sie und Micay sich nur sehr selten gesehen. Quinti stand jeden Tag vor Morgengrauen auf und machte sich auf den langen Weg zum Nord-viertel von Tumibamba, und wenn Micay abends von den Feierlich-keiten, bei denen sie gedient hatte, zurückkehrte, schlief ihre Freun-din meist schon. Deswegen hatten die beiden keine Gelegenheit gehabt, über die vielen Veränderungen zu sprechen, die in der Zwi-schenzeit stattgefunden hatten. Erst Tage waren vergangen, seitdem Quinti zu arbeiten begonnen hatte, rief Micay sich in Erinnerung, nicht Monate.

Sie zog ein letztes Mal den breiten blauen Gürtel zurecht und verließ dann das Haus. Draußen spürte sie die wohlige Wärme des Tages. Am Stand der Sonne erkannte sie, daß ihr noch ein wenig Zeit blieb, bis sie Quinti treffen sollte – vielleicht genug, um herauszufinden, ob Acapana sie in ihrer neuen, schlichten Kleidung schön fand, oder ob er sie vielleicht nicht wiedererkennen würde. Sie blickte zum Tor, konnte ihn aber nicht an seinem gewohnten Platz sehen. Das war seltsam, denn Apu Poma verrichtete Geschäfte in seinem Haus auf der oberen Terrasse und erhielt genügend Besucher, um die zwei grüngekleideten Männer am Tor vollauf beschäftigt zu halten.

Dann sah sie ihn links auf einer Bank vor der Terrassenmauer sitzen, den Kopf in die Hände vergraben. Erst als Micays Schatten auf ihn fiel, blickte er auf, ließ jedoch kein Zeichen der Überraschung oder Bewunderung erkennen, wie sie gehofft hatte. Deshalb wandte sich Micay wieder zum Gehen, doch da stand Acapana rasch auf, hinkte auf sie zu und streckte ihr entschuldigend die Hände entgegen.

»Verzeiht mir, Micay, ich war unaufmerksam.«

Sie sah ihn an und merkte, daß er sie noch immer nicht richtig wahrnahm; seine Aufmerksamkeit war mehr nach innen gerichtet. Er schien unfähig, die Veränderung in ihrem Äußeren zu sehen, ganz zu schweigen davon, darauf zu reagieren. Es dauerte einen weiteren Moment, bis er sich ihrer Gegenwart voll bewußt wurde.

»Ich – ich habe gerade daran gedacht«, erklärte er, »daß morgen der fünfzehnte Tag ist.«

Erst nach kurzem Überlegen verstand Micay die Bedeutung dieses Datums und warum Acapana so niedergeschlagen war. »Das Huarachicoy«, murmelte sie.

Acapana nickte düster, ohne aufzublicken. »Die Initiationsbrüder laufen in Cuzco um die Wette den Berg Anahuarque hinunter.«

Während des Rennens vor vier Jahren, bei seiner eigenen Initiation, hatte Acapana seinen Fuß verletzt, als er vom Pfad abgedrängt wurde und acht Meter tief auf einen Felsvorsprung hinabstürzte. Trotzdem hatte er das Rennen noch beendet und seine Männlichkeit damit unter Beweis gestellt – um den Preis eines Fußes, der nie mehr heilen würde. Er hatte das Recht errungen, die goldenen Ohrpflöcke der Inka zu tragen, konnte aber niemals der Krieger sein, den sie auszeichnen sollten.

»Aber vergeßt nicht, welchen Mut Ihr an jenem Tag gezeigt habt«, ermunterte Micay ihn.

Acapana blickte sie zweifelnd an. »Heute weiß ich nicht, ob es wirklich Mut war oder nur Ungeduld und Stolz. Ich hätte liegenbleiben und warten können, bis die Heiler kamen. Vielleicht wären die

Knochen dann richtig zusammengewachsen, und dann hätte ich im darauffolgenden Jahr noch einmal an den Riten teilnehmen können. Aber nein, ich mußte mich aufraffen und meinen Initiationsbrüdern folgen. Der Gedanke zurückzubleiben war schlimmer als die Schmerzen im Fuß. Jetzt sind sie alle in Quito, und bald marschieren sie gegen die Carangui, während ich hiersitze.«

»Eure Aufgaben hier sind auch wichtig«, erinnerte Micay ihn. »Der Micho ist auf Euch angewiesen.«

»Mir wäre es lieber, mein Kommandeur und die Krieger unter mir wären auf mich angewiesen.«

Micay fand, daß Acapana sich allzu sehr seiner Niedergeschlagenheit hingab. Schließlich war *sie* jetzt bei ihm; das sollte ihm ein Trost sein.

»Warum hängt Ihr so sehr der Vergangenheit nach?« fragte sie, »wenn Ihr sie doch nicht ändern könnt? Ihr entwürdigt das Leben, das Euch gegeben wurde, indem Ihr nach dem verlangt, das Euch Eurer Meinung nach genommen wurde.«

Sogar in ihren eigenen Ohren klangen diese Worte hart und anmaßend. Dabei hatte sie ihm keine Vorwürfe machen, sondern ihn nur etwas trösten wollen. Eine Entschuldigung lag ihr auf der Zunge, aber sie sprach sie nicht aus.

»Ich danke Euch für den Rat, Herrin«, erwiderte er spitz. »Wenn Ihr gestattet, verlasse ich Euch jetzt und kehre zu meinen Aufgaben zurück.«

Micay war über ihr Verhalten derart bestürzt, daß sie ihn wortlos gehen ließ. Sie blickte an sich hinab und kam sich in ihrem schlichten Kleid ungeschickt und hausbacken vor. Aber nun war es zu spät, sich für das Treffen mit Quinti noch umzuziehen.

Quinti wartete auf der Terrasse über dem Fluß, von der aus sie sechs Monate zuvor den Abzug des Heeres verfolgt hatten. Jetzt wuchsen dort unten üppige Feldfrüchte, deren dichte, hohe Blätter die Bewässerungskanäle und Steinwälle überwucherten, die die Fläche in Hunderte von Feldern unterteilten. Neben leuchtendgrünem Mais gediehen Kürbisse und Bohnen mit ihren dunkleren, breiten Blättern, und die Stiele der Quinoa verfärbten sich bereits zu ihrem typischen Rot. Zwischen dieser Schachbrettlandschaft zog sich die Königsstraße wie ein breiter, ockerfarbener Streifen hin, der die Ebene von Nord nach Süd durchschnitt.

»Bald gehen wir auf die Felder«, sagte Micay und stellte sich neben Quinti an das Geländer. Aus den Augenwinkel musterte Quinti ihr Gesicht und ihre Kleidung. »Und in die Berge, wie ich gehört habe«, sagte sie.

»Wir haben sehr wenig gehört. Niemand weiß, welche Pläne die Hohepriesterin für uns hat.«

»Nur, weil niemand sie fragen will. Sie macht kein Geheimnis aus dem, was sie glaubt oder was sie tun will. Nach meiner Mutter und Mama Huarcay wirst du sie erfrischend finden.«

Micay sah ihre Freundin neugierig an. Unter dem hellbraunen Kopfputz wirkte ihr Gesicht streng, weil sie während des monatelangen Wartens viel Gewicht verloren hatte. Aber sie sah nicht mehr verhärmt aus, und ihr Blick war nicht mehr so traurig.

»Die Stelle als Lehrerin, die sie dir gegeben hat, scheint dir zu gefallen«, bemerkte Micay. »Du siehst gut aus.«

»Obwohl ich zu dünn bin? Und gekleidet wie eine Mamacona?« spottete Quinti. Wieder blickte sie auf Micays Gewand. »Oder eher wie eine Erwählte Frau? Meine Mutter hat dich als Vorbild für mich hingestellt.«

Verblüfft blinzelte Micay sie an.

»Früher hast du Leuten wie Mama Huarcay Widerworte gegeben«, fuhr Quinti fort, »und bist ihr beim Reden nicht höflich ausgewichen. Aber vielleicht hast du das schon vergessen.«

»Ich verstehe nicht, was du meinst«, antwortete Micay verwirrt. »Habe ich etwas verkehrt gemacht?«

»Nein. Du bist eine perfekte Nusta. Die ganze Familie ist stolz auf dich, vor allem meine Mutter. Sie glaubt, daß du am Hof eine großartige Zukunft hast. Vielleicht bist du schon zu sehr eine Inka geworden.«

Abrupt wandte Quinti sich ab und ging auf die Brücke zu, die den Fluß überspannte. Micay folgte ihr gedemütigt; die Beschuldigung verwirrte sie. *Zu sehr* eine Inka? Was sollte das heißen? Sie stieg die Treppen zur nächsten Terrasse hinauf und betrat die Brücke hinter ihrer Freundin.

»Weißt du, daß diese Brücke nur für die Cañari gebaut wurde, die im Palast arbeiten?« fragte sie. Micay konnte nur nicken. »Sie ist so stabil, daß sie selbst im heftigsten Wind kaum schwankt. Und sieh«, fuhr sie fort und deutete mit dem Kinn auf zwei Felsen, die die Strömung am Fuß des Pfeilers zerteilten, »sie haben sogar die Gewalt des Flusses gezähmt.«

»Die Inka sind gute Baumeister«, murmelte Micay. Sie hatte das Gefühl, als würde sie auf eine Probe gestellt. Der Anblick des rauschenden Wassers unter ihr ließ sie vom Geländer zurückweichen.

»Ja«, erzählte Quinti weiter, »für viele der Häuptlinge bauen sie auch Steinhäuser. Das beeindruckt die einfachen Leute, die hier vorbeigehen müssen, wenn sie auf die Felder des Inca arbeiten oder sich Wasser holen gehen. Aber in Cuenca, wo ich unterrichte, ist es manchmal fast unmöglich, irgendwohin zu gehen, weil die Straßen bei heftigem Regen oft überflutet sind.«

Diese letzte Bemerkung war eindeutig eine Herausforderung, aber Micay wußte nicht, wie sie darauf reagieren sollte. Schließlich fragte sie: »Hast du deinem Vater davon erzählt?«

Quinti lachte ungläubig auf. »Denkst du wirklich, daß er nichts davon weiß? Es ist die Pflicht des Micho, solche Dinge zu wissen. Aber er kann Huayna Capac nicht auf seinen Palast warten lassen, nur um einige Abflußkanäle im Nordviertel von Tumibamba zu graben. Der Mollecancha muß fertig werden, damit Huayna Capac sich daran erfreuen kann, bevor er nach Quito abreist.«

»Er ist der Sapa Inca…«

»…›Der Beschützer der Armen, dessen Großmut seinem Mut in nichts nachsteht‹«, zitierte Quinti spöttisch. »So großmütig, daß er es sich leisten kann, seine Krieger fünf Monate lang tatenlos im Feld stehen zu lassen, während er zu dem Entschluß kommt, den Quito ihren Aufstand zu verzeihen. So mutig, daß er keinen Angriff auf ihre Stadt zuläßt, damit er sie unzerstört einnehmen kann.«

Micay widerstand dem Verlangen, sich die Ohren zuzuhalten. Genauso hatte Quinti ihre beleidigenden Worte auf dem Fest geäußert, aber mittlerweile war ihr Unmut in bittere Gewißheit umgeschlagen. Micay fühlte sich noch immer verletzt, daß Quinti sie ausgelacht hatte, und beschloß, das Thema zu wechseln.

»Was wirst du tun, wenn Quilaco zurückkommt?«

Quintis angespanntes Gesicht wurde defensiv. »Ich werde ihn sehen, was sonst?«

»Er wird erwarten, daß du ihn zum Hof der Coya begleitest.«

»Ich werde zuerst alleine mit ihm reden und ihm alles erklären.«

»Und wenn er dich nicht versteht?« drängte Micay. »Wenn er verlangt, daß du mit dem Unterrichten aufhörst und deinen Platz am Hof wieder einnimmst?«

»Jetzt *klingst* du sogar schon wie meine Mutter«, sagte Quinti verächtlich.

»Du wirst ihn an eine andere Nusta verlieren, Quinti. Ich kann nicht glauben, daß *er* dir nichts mehr bedeutet. Wegen ihm bist du doch überhaupt erst wütend geworden.«

Als Quinti antwortete, klang ihr Stimme leise und angespannt, als steckten ihr die Worte wie ein Kloß im Hals. »Als er abmarschierte, habe ich wie eine Witwe um ihn getrauert. Doch ich war darauf gefaßt, wie jede Inka-Gemahlin. Aber als er nach vielen Monaten noch immer nicht zurück war, habe ich erkannt, daß er ohnehin nur zurückkehren wird, um wieder fortzugehen. Es gibt kein Ende bei einem Krieg, der so halbherzig geführt wird. Vielleicht kommt er auch bei einer Schlacht ums Leben. Mir ist klar geworden, daß man nicht davon ausgehen kann, sein ganzes Leben mit den Menschen zu teilen, die einem am Herzen liegen. Und das Leben, das einem selbst gehört, sollte man nicht mit Warten vertun. Das verstehst du sicherlich.«

Micay runzelte bei dieser Anspielung die Stirn, aber dann fielen ihr Cahua und alle anderen Menschen ein, die ihr genommen worden waren. Ungeduldig schüttelte sie den Kopf.

»Ich denke lieber an das, was ich habe, als an das, was verloren ist.«

»Genau«, erwiderte Quinti grimmig. »Deswegen schätzen meine Mutter und Lloque Yupanqui dich so. Du willst auch nicht darüber nachdenken, was andere aufgegeben haben, um dir das zu geben, was du hast. Du wirst lernen, genauso selbstsüchtig zu sein wie ich es war.«

Plötzlich fiel Micay Acapana ein und wie sie ihn dafür büßen ließ, daß er sie mißachtet hatte. Aber Quintis Versuch, sie zu beschämen, mißfiel ihr zu sehr, als daß sie bereit war, ihre eigene Schuld zuzugeben. Deshalb antwortete sie scharf: »Ich habe hart gearbeitet, um eine Nusta zu werden und mir die Achtung der Menschen zu verdienen, die über mir stehen. Lloque Yupanqui sagte zu mir, ich könnte stolz auf das sein, was ich erreicht habe. Und du meinst, ich soll das Gegenteil glauben?«

»Du kannst glauben, was du magst«, sagte Quinti kurz angebunden. »Sogar das, was dir über die Inka beigebracht wird. Ich werde dich nicht mehr mit der Wahrheit belästigen.«

Quinti drehte sich um und ging zurück, aber dieses Mal folgte Micay ihr nicht. Sie zitterte und hatte plötzlich Angst davor, alleine hier stehenzubleiben, als könnte sie jeden Augenblick das Gleichgewicht verlieren. Erst als Quinti über die Terrassenstufen verschwunden war, gab Micay ihrer Angst nach und ging langsam zurück, aber sehr bald verfiel sie in einen Laufschritt. Ihr langes Kleid wehte ihr um die Knöchel und verfing sich zwischen den Knien, so daß sie stolperte und der Boden der Brücke unter ihrem Gewicht zu schwanken begann. Ihr Magen krampfte sich vor Angst zusammen, aber sie richtete sich wieder auf und taumelte weiter, bis sie endlich festen Grund unter den Füßen hatte. Sie atmete aus und keuchte laut; damit ließ ihre Angst nach, und schwitzend und zitternd wunderte sie sich darüber, wie sie so plötzlich die Selbstbeherrschung hatte verlieren können. Dann faßte sie sich und ging, ohne einen Blick hinter sich zu werfen.

Cuzco

Cusis Augen waren schon längere Zeit geöffnet, bevor ihm bewußt wurde, daß er wach war. Er dachte an das Bündel mit seinen Initiationskleidern, das ein Langstreckenträger ihm in der Patallacta überreicht hatte. »Ein Geschenk von Eurer Mutter und Euren Schwestern«, hatte der Mann erklärt, und Cusi hatte ihn verbessert und gesagt, er habe nur eine Schwester. Doch der Träger wiederholte, ihm sei ausdrücklich »Schwestern« aufgetragen worden, und Cusi möge ihm bitte glauben, da die Nachricht ebenso Teil seiner Verantwortung sei wie die Kleider selbst.

Im schwachen Licht der ersten Morgendämmerung hielt er sich das Hüftband nah vor die Augen, um die Farben besser zu erkennen. Der schwarze Streifen war dicht gewebt, aber nur drei Finger breit und an beiden Seiten mit Rot, der Farbe des Iñaca-Haushalts, eingefaßt. Das zentrale Motiv bestand aus einer Reihe gezackter Striche in Vicaquirao-Blau – Blitze vor einem schwarzen Himmel. Doch wenn er die Augen zusammenkniff, trat das Schwarz in den Vordergrund und wurde zu kräftigeren Pfeilen, die blau gesäumt waren, und diese Pfeile erinnerten ihn verblüffend an seine Huaca.

Dieses Hüftband hatte ihn schließlich davon überzeugt, dem Träger Glauben zu schenken. Denn das Bündel enthielt andere Gegenstände, die der Tradition entsprechend nur seine Mutter oder Quinti gewebt haben konnten. Außerdem war auch die Webart des Bandes völlig anders. Und seine Angehörigen hätten nie Iñaca-Rot verwendet, denn sie kannten Cusi nur in Zusammenhang mit den Vicaquirao. Auch Tomay sagte, daß das Band von einer anderen Person gewebt worden war, und meinte, das Schwarz sei so weich und glänzend, daß es sich nur um Vikunjawolle handeln könnte. Doch das half Cusi nicht, die Identität der geheimnisvollen Weberin festzustellen; er wußte nur, daß sie bedeutend genug war, um Vikunjawolle als königliches Geschenk zu erhalten. Cusi konnte sich nicht vorstellen, wer ihm das Band geschickt haben könnte; niemand kannte ihn gut genug, um die Formen und Farben seines Lebens so verblüffend genau einzufangen.

Er stand auf, legte seine neuen Initiationskleider an und ging, um sich zu waschen. Seinen Schutzgeist verbarg er im dichten Gewebe des Hüftbandes. Er konnte nur noch an das bevorstehende Rennen denken und fühlte, wie sich sein Magen verkrampfte. Seine Beine waren bereit, und er würde so schnell wie eh und je laufen können. Aber der Pfad den Berg hinab war schmal und tückisch, und ein langsamerer Läufer könnte ihn behindern und vielleicht sogar verletzen.

Auf dem Weg zurück ins Schlafquartier fing Ayar Inca ihn ab. Er sprach Cusi mit größerer Förmlichkeit an als sonst, womit er nicht nur die Bedeutung dieses Anlasses hervorhob, sondern auch die Entfernung, die zwischen ihnen entstanden war. »Ich habe dir bereits gesagt, ein Inka braucht mehr als nur Mut und Wildheit. Apu Inti verkörpert Weisheit und die Fülle der Erfahrung, und in dieser Hinsicht ist er eng mit Viracocha verbunden, dem Erzeuger, dem Begründer allen Wissens und aller Tradition. Viracocha«, wiederholte er feierlich, »der den Menschen beibrachte, wie sie leben sollen und was recht ist.«

»Ich werde vor dem Rennen noch zu ihm beten, Großvater«, versprach Cusi.

»Gut. Ich habe aber auch schon in deinem Namen zu ihm gebetet.« Ayar hielt inne und betrachtete seinen Enkel nachdenklich. »Für dein Alter ist deine Verbindung mit Illapa sehr eng.«

»Der Gott hat mich angezogen. Und Ihr wißt, daß ich seiner Huaca geweiht bin.«

»Du hast erst vor kurzem darum gebeten, an den Vicaquirao-Zeremonien teilnehmen zu dürfen. Deine Hingabe kommt überraschend, vor allem auch, weil du sie nicht erklären willst.«

»Ich konnte sie mir selbst nicht erklären«, gestand Cusi. »Und in meiner Verwirrung bin ich geheimnisvoll geworden. Deswegen hat Aranyac mich auch zum Grasmann geschickt.«

»Und deswegen glaubtest du, niemand anderem eine Erklärung zu schulden?«

»Nicht denen, die mir mißtrauisch begegnet sind, auch nachdem ich gereinigt worden war«, sagte Cusi mit Nachdruck. »Aber vielleicht war es falsch von mir zu glauben, daß Ihr mich auf die gleiche Art behandeln würdet wie die Vicaquirao-Priester.«

Ayar runzelte die Stirn, doch dann nickte er zustimmend. »Vielleicht hätte ich das getan. Auf jeden Fall hätte ich eine Erklärung verlangt, wie ein Junge deines Alters glaubt, die Absichten des mächtigen Illapa beurteilen zu können.«

»Das war nicht mein eigener Entschluß«, erwiderte Cusi. »Ich bekam diesen Rat von einem Mann, der für die Huaca spricht. Er heißt Raurau Illa.«

Erstaunen breitete sich auf Ayars Gesicht aus. »Das hättest du den Vicaquirao-Ältesten melden sollen.«

»Es gibt Dinge, die man nicht dem Urteil anderer überlassen darf«, erklärte Cusi und streckte Ayar die offenen Handflächen entgegen zum Zeichen, daß er damit keine Mißachtung zum Ausdruck bringen wollte.

»Das klingt wie ein Rat von Otoronco Achachi.«

»Das ist wahr, Herr, aber ich habe mir den Rat zu Herzen genommen, und ich muß Euch bitten, meine Entscheidung zu respektieren. Ich weiß nicht, wie die Vicaquirao-Ältesten zu Raurau Illa stehen, aber ich bin ihm verbunden.«

Ayar faßte sich ans Kinn und blickte Cusi nachdenklich an. Ein wehmütiges Lächeln überflog sein Gesicht. »Ja, so dachte ich, müßte mein Enkel zu mir sprechen, wenn er ein Mann ist. Ich würde aber auch von ihm erwarten, daß er in Zukunft zu mir kommt, wenn er von Zweifeln geplagt ist.«

»Das werde ich tun, Großvater«, versprach Cusi.

»Gut.« Mit zusammengekniffenen Augen sah Ayar in den Morgenhimmel und blickte dann erwartungsvoll zu Cusi. »Nachdem ich dich befragt habe, kannst du mich jetzt alles fragen, was du wissen möchtest. So will es die Tradition.«

Cusi dachte sofort an das Ergebnis des Rennens, aber darüber würde sein Großvater ihm nichts sagen können. Deshalb fragte er: »Gibt es wirklich eine Legende, derzufolge Viracocha zurückkehrt?«

Zuerst wirkte Ayar verblüfft, faßte sich aber schnell. »Ja, es gibt eine solche Legende. Sie besagt, daß Viracocha versprach, eines Tages zurückzukehren, um über das Land zu herrschen, das er geschaffen hat.«

»Warum«, erkundigte sich Cusi vorsichtig, »haben wir im Haus des Lernens nichts davon erfahren?«

»Es gab immer Zweifel, ob diese Legende tatsächlich stimmt. Außerdem beunruhigen derlei Geschichten die Menschen und führen dazu, daß unechte Propheten auftreten. Solche Dinge überläßt man am besten den Priestern und Ältesten.«

Cusi nickte respektvoll, dachte aber an Raurau Illas Worte, daß sie beide genau diese Art Wissen vor allen anderen erfahren mußten. »Ich danke Euch für Eure Offenheit, Großvater. Jetzt muß ich gehen und beten.«

»Ich will dich nicht länger aufhalten. Aber du sollst wissen, daß am Ende des Rennens eine bestimmte Vicaquirao-Nusta auf dich wartet. Sie bat darum, dir anstelle deiner Schwester Akha reichen zu dürfen.«

Seit dem Beginn der Riten hatte Cusi keine Frau gesehen und sich bemüht, nicht allzu oft an Tocto zu denken. Er fühlte, wie seine Wangen unter Ayars wissendem Blick heiß wurden und versuchte, direkt wie ein Mann zu antworten. »Und Ihr habt Eure Zustimmung gegeben, Herr?«

»Meine Genehmigung«, verbesserte Ayar ihn sanft. »Du wirst noch lernen, daß der wahre Mut darin liegt, mit den schmerzlichen Dingen, die wir im Herzen tragen, zu leben. Ich glaube, daß Tocto Oxica dir helfen kann, diesen Mut zu lernen, und deswegen möchte ich nicht zwischen euch stehen, wie andere es tun.«

Die Botschaft, die diese scheinbar nachsichtigen Worte enthielten, ernüchterte Cusi. Er verbeugte sich tief und umfaßte die Schultern mit den Händen zum Zeichen dafür, daß er das Gesagte zu Herzen nehmen würde.

»Lauf gut, mein Sohn«, sagte Ayar zum Abschied. »Lauf mit Verstand, und laß dich von Apu Inti den Berg hinableiten.«

Sumac Mallqui ließ die Jungen in einer Reihe antreten – die langsamsten in der Mitte, die schnellsten am Rand. Cusi betrachtete es als Auszeichnung, am äußersten rechten Rand aufgestellt zu werden. Vor den Wettkämpfern zog sich der Pfad quer durch eine flache, grasbewachsene Senke; darauf folgte eine Art Felstor, das gerade breit genug war, daß drei Jungen nebeneinander passieren konnten. Wie der Weg dahinter verlief, war nicht auszumachen.

Jetzt bestieg Sumac Mallqui einen hohen Felsen, wandte sich den Jungen zu und hob die Arme über den Kopf. »Dies ist eure letzte Prüfung«, schrie über den Wind hinweg. »Bald werden wir wissen, wer der schnellste der neuen Ohrpflockträger ist. Sobald ich die Arme fallenlasse, lauft ihr los. Mögen die Götter mit euch sein!«

Einen Moment hielt der Krieger inne, dann schlug er mit den Armen heftig nach unten. »LOS!«

Cusi stürmte davon und erreichte sein volles Tempo schon nach wenigen Schritten. Seine Augen suchten den Boden nach Steinen und Löchern ab. Sobald er links von sich eine Lücke bemerkte, lief er in diese Richtung und überholte dabei Tomay und zwei andere Jungen, mußte aber abrupt wieder die Richtung wechseln, um nicht mit anderen Läufern zusammenzuprallen. Ohne die Geschwindigkeit zu verringern, übersprang er einen Graben und nahm dann eine weitere Gelegenheit wahr, mehr in die Mitte zu gelangen, wo Sutic gerade vorpreschte. Jetzt hatte Cusi den richtigen Winkel, um das Felsentor zu passieren.

Als er aufblickte, sah er, daß Sutic und Mayca vor den anderen Seite an Seite liefen und versuchten, ihm den Weg zur Öffnung abzuschneiden. Plötzlich kam Cusi die Passage durch den Felsen sehr gefährlich vor. Er hörte Tomay hinter sich aufschreien und wußte, daß er langsamer werden mußte, um nicht unmittelbar vor dem Felsentor mit Sutic zusammenzustoßen. Aber plötzlich drängte sich Rimachi in die Lücke zwischen Sutic und Cusi, so daß Sutic erstaunt einen Satz zur Seite machte. Cusi sah seine Chance und schoß an

Sutic vorbei durch die Öffnung zwischen den Felsen. Hinter ihm warf sich Sutic Rimachi in den Weg, und die beiden fielen in einem Knäuel zu Boden.

Dann spurtete Cusi den Pfad hinab, der fünfzehn Fuß steil bergab ging, bevor er scharf nach rechts abbog. Mayca erreichte die Kehre vor ihm und lief eng am Berg, so daß Cusi ihn leicht hätte überholen können, wenn er es gewollt hätte. Doch er mußte sich noch von der Anstrengung erholen, die es ihn gekostet hatte, durch das Tor zu kommen, und überdies war der äußere Wegrand von gefährlich stacheligen Kakteen gesäumt.

Eine scharfe Linksbiegung zwang die Läufer, ihr Tempo abrupt zu drosseln. Nach der Kurve warf Cusi einen Blick über die Schulter. Als er sah, daß Tomay hinter ihm lief, freute er sich, daß sein Freund gut durch das Gewühl vor dem Felsentor gekommen war. Hinter Tomay liefen in einiger Entfernung nur noch zwei andere. Wenn ich gewinne, dachte Cusi, dann verdanke ich das Rimachi. Auf dem Zickzack-Pfad den Berg hinab ließ er Mayca das Tempo bestimmen, denn auf der Ebene würde er ihn leicht überholen können und mußte dann nur noch Tomay besiegen.

Eine Zeitlang liefen sie zu dritt hintereinander, bis Tomay nicht mehr der Versuchung widerstehen konnte, eine Kehre abzukürzen. Es folgte ein lautes Krachen, Staub wirbelte auf, aber bald darauf sah Cusi, daß Tomay weit vor ihm und Mayca rannte; allerdings war sein Rücken mit blutgetränktem Staub bedeckt. Mayca zog das Tempo an, Cusi folgte ihm, und gemeinsam bedrängten sie Tomay. In der nächsten Kurve wollte Mayca Tomay auf der Außenseite überholen und zum Sturz bringen, aber Cusi stieß einen Warnruf aus, und alle drei überwanden die Kehre taumelnd, aber unbeschadet. Dann stolperte Mayca über einen Stein und stürzte. Cusi konnte ihm nicht mehr ausweichen und versuchte, über ihn hinwegzuspringen, doch Mayca packte Cusi am Bein, so daß er krachend auf der Hüfte am Boden landete. Sein Kopf dröhnte, er konnte nicht mehr atmen, und ein stechender Schmerz fuhr ihm durch das Handgelenk. Ein Fußtritt dicht neben seinem Gesicht riß ihn aus seiner Benommenheit, und er rappelte sich auf. Er dachte, es sei Mayca, der da an ihm vorbeilief, aber beim Aufstehen sah er, daß es sich um Titu und einen anderen Jungen handelte. Mayca und Tomay waren nicht mehr in Sicht.

Cusi verfiel in einen langsamen Trott, um seine geschundene Hüfte zu schonen, und preßte sein verletztes Handgelenk mit der anderen Hand gegen den Bauch. Er war benommen vom Sturz, zwang sich aber weiterzulaufen und die beiden Läufer vor sich nicht aus den Augen zu verlieren. Nach einer Weile fragte er sich, ob wohl noch mehr als die zwei Jungen ihn überholt hatten, und dieser Gedanke spornte ihn wieder an. Er beschleunigte sein Tempo und schob das verletzte Handgelenk unter das Hüftband. Es sah unbeholfen aus und es war schmerzhaft, in halb gekrümmter Position zu laufen, aber nicht unmöglich. Cusi dachte nicht mehr daran, das Rennen zu gewinnen; er wollte nur noch versuchen, nicht allzu weit abgeschlagen zu werden.

Jetzt konzentrierte er sich ausschließlich auf das Laufen und verfiel in ein Tempo, bei dem er keine Energie verschwendete oder Risiken einging, um die Tücken des Pfads zu überwinden. Die zwei Jungen vor ihm hatten ihn nicht abgehängt, aber Mayca und Tomay waren nirgends zu sehen, und Cusi zweifelte, daß er ihnen vor Ende des Rennens noch einmal begegnen würde.

In der letzten Kehre sah er, daß Titu und der andere Junge vor ihm auf einem breiten, gut erkennbaren Weg quer über eine steinige Ebene liefen, der schließlich hinter einem Berg verschwand. Am Straßenrand graste eine weiße Alpakaherde, und daneben standen einige Hirtenjungen mit dem schwarzen Stirnband der Sora. Cusi verlangsamte seinen Schritt, als er ihnen näherkam, und sah, daß neben ihnen ein Bewässerungskanal floß. Überrascht schreckten die Jungen zur Seite, als Cusi sich neben das kalte Wasser kniete, um zu trinken und sein verletztes Handgelenk zu baden. Als er wieder aufstand, spürte er, wie steif seine Hüfte war. Er trocknete sich mit der Tunika das Gesicht und bemerkte, daß er blutete. Dann humpelte er zur Straße zurück; dabei nahm er sein Stirnband ab und wickelte es sich fest um das schmerzende Handgelenk. Die Hirtenknaben starrten ihn schweigend an. Cusi blickte auf den Berg Anahuarque zurück und wandte sich an die Jungen. »Wie viele sind vor mir?« fragte er. Der Größte von ihnen streckte vier Finger in die Luft. Cusi erinnerte sich an die Hirtenjungen, die er beim Lauf den Berg hinauf überholt hatte, bevor er Raurau Illa begegnet war. Vielleicht war es ein Zeichen.

Abrupt sagte er: »Die Sora können alles tragen. Sie tragen die Sänfte des Sapa Inca.«

Die Jungen nickten vorsichtig. »Und wie tragen sie Schmerz?« fragte Cusi einen Augenblick später. Der größte Junge lächelte leicht und deutete auf Cusis verbundenes Handgelenk. »Genau so. Wie ein Bündel, das jemand anderem gehört.«

Cusi sah, wie die anderen Jungen grinsten, bevor ihm bewußt wurde, daß er selbst lächelte.

»Das werde ich auch machen«, rief er den Jungen zu, winkte mit seinem unverletzten Arm und machte sich wieder auf den Weg. Er würde das Rennen beenden und Fünfter werden, vor all den anderen, die hinter ihm waren.

Er lief, bis er die Straße des Westviertels erreichte. Noch außerhalb von Cuzco kam er an dem Jungen vorbei, der mit Titu gelaufen war; er badete einen Fuß in einem Bewässerungskanal und rief Cusi zu: »Nicht mehr weit!«

Die unerwartete Aufmunterung spornte Cusi an, aber er zwang sich, sein Tempo nicht zu steigern. Es war besser, Vierter als Fünfter zu werden – Mayca, Tomay und Titu würde er ohnehin nie einholen können.

Als er schließlich das Wachhaus passierte und zum Cusipata, dem riesigen Platz neben dem Haucaypata kam, sah er jemanden langsam in der Mitte der Straße gehen. Zu seiner Überraschung war es nicht Titu, sondern Mayca, der stöhnend seinen Oberschenkel umklammerte. So muß ich ausgesehen haben, nachdem Mayca mir beim Ringen das Knie in den Oberschenkel gerammt hat, dachte Cusi. Er widerstand der Versuchung, Mayca mit einem Schlag zu Boden zu strecken, sondern lief langsam neben ihm her, bis Mayca ihn mit schmerzverzerrtem Gesicht anblickte. Sein überraschter Ausdruck verwandelte sich schnell in Hoffnung, und er keuchte: »Beeil dich! Hol sie ein! Der Colla darf nicht Erster werden!«

Haß wallte in Cusi auf; am liebsten hätte er den anderen angespuckt, aber sein Mund war zu trocken. »Besser er als du!« stieß er ächzend hervor und lief die Stufen zum Cusipata hinauf. Auf dem Platz drängten sich Krieger, die Cusi mit Jubelrufen begrüßten. »Lauf, Inka!« schrieen sie. »Du bist ihnen auf den Fersen!«

Cusi konnte sich nicht vorstellen, wie das möglich sein sollte, fühlte aber erneute Kraft in den Beinen. Hoffnung keimte in ihm auf, daß er das Rennen doch noch gewinnen könnte. Als er den Platz hinter sich gelassen hatte und auf der Saphi-Straße lief, sah er Tomay und Titu vor sich. Sie trotteten in einem quälend langsamen Tempo nebeneinander her. Die Straße stieg jetzt am Fuß der Festung Sacsahuaman stärker an, doch Cusi behielt seine Geschwindigkeit bei; er wollte die beiden überholen, ehe der steile Aufstieg zu der Bastion begann.

Doch bevor er seine Mitkämpfer erreichte, hielten sie an, um an einem Brunnen zu trinken. Cusi fühlte sich kurz versucht, an ihnen vorbeizulaufen und oben zu trinken, aber als er ihre müden Gesichter sah, verlangsamte er seinen Schritt und blieb neben ihnen stehen. Sie waren beide ebenso mitgenommen und aufgeschürft wie er, und keiner von ihnen zeigte die mindeste Absicht, loszustürmen, um seine Führungsposition zu verteidigen. Cusi hockte sich neben sie und trank ebenfalls.

»Von hinten überholt uns keiner«, sagte er, als sie aufstanden und sich dem Pfad zuwandten. Titus rechter Fuß war offenbar verletzt, und eines von Tomays Augen war zugeschwollen.

»Mayca hat alles drangesetzt, uns fertigzumachen«, murmelte er, als sie zu dritt den Pfad hinauftrotteten. Unter ihnen lag Cuzco, und sie sahen die Krieger, die sich auf dem Cusipata drängten. Je höher die drei Jungen kamen, desto langsamer gingen sie, und schließlich fiel Titu hinter ihnen zurück und winkte ihnen mit einer Hand zu.

»Wir verdanken dieses Rennen Rimachi«, sagte Cusi, als Tomay und er oben aus einem Teich tranken. Sein Freund nickte ihm zustimmend zu. »Lauf gut, Inka«, sagte Tomay knapp, und schon rannten sie über die Grasfläche vor der Festung. Keiner von ihnen trieb das Tempo voran; sie wußten, daß noch ein beschwerlicher Aufstieg vor ihnen lag, und sie wollten ihre Kraftreserven für das Rennen um den Paradeplatz zur Ziellinie aufsparen. Cusi wußte nicht, ob er noch einmal schneller werden könnte, aber er war froh, bis hierher durchgehalten zu haben, und die Möglichkeit eines Siegs erschien ihm immer noch wie ein unverhofftes Geschenk.

Als der lange, kurvenreiche Aufstieg entlang der Festungsmauer begann, wurde der Pfad immer schmaler, so daß sie eng nebeneinander laufen mußten. Links von Cusi fiel der Weg steil in eine Schlucht, deshalb versuchte er nicht, sich an Tomay vorbei nach vorn zu drängen, auch wenn er seinem Freund vertraute. Das ist der letzte Berg, den du heute hinaufgehst, sagte er sich, und biß die Zähne zusammen, um gegen die Schmerzen anzukämpfen.

Rufe von oben ließen ihn den Kopf heben. Sie hatten die Steigung fast geschafft; auf der Mauer standen Zuschauer, die ihnen mit ihren Umhängen zuwinkten. Zusammen legten Tomay und Cusi die letzten Meter bis zur Bergkuppe zurück und wurden von brausendem Jubel empfangen. Der Beifall schien sie einen Augenblick zu tragen; und dann veranlaßte er Tomay, einen Freudenschrei auszustoßen und voranzupreschen.

Cusi stürmte ihm nach. Die Geräusche verschwammen, und er war sich nur noch des Läufers vor sich bewußt. Er versuchte, Tomay zu überholen, doch der stechende Schmerz in der Hüfte ließ es nicht zu. Cusi konnte sein Tempo nicht mehr steigern und wußte nicht einmal, ob er diese Geschwindigkeit bis zum Ende würde beibehalten können. Der Wind schien ihm ins Gesicht zu peitschen, ohne in seinen Mund zu dringen, so daß ihm die Lungen brannten. Langsam, aber merklich zog Tomay an. Jetzt wird der Colla doch Erster, dachte Cusi. Aber dann fiel Tomay wieder zurück, und Cusi glaubte, sie würden gemeinsam durch die Ziellinie gehen, wie Brüder. Sie liefen im Gleichschritt nebeneinander, und Cusi überließ sich dem Rhythmus mit einer Art Erleichterung. Er hörte auf zu denken und verwendete all seine Kraft nur noch darauf, das Ziel zu erreichen.

Plötzlich ragten über ihm Gestalten auf, und Cusi hörte ihre Rufe über das Dröhnen in den Ohren hinweg. Aus den Augenwinkeln sah er, wie Tomay den Kopf hob und die Brust nach vorne warf, um aus seinem Körper noch etwas mehr Tempo herauszupressen und über die Kreidelinie im Gras zu schießen. Die Veränderung im Rhythmus verwirrte Cusi, und enttäuscht bemühte er sich, seine letzten Reserven zu mobilisieren. Aber es gelang ihm nicht. Er war etwas langsamer geworden und fand sich gerade mit seiner Niederlage ab, als Tomay stolperte und drei Meter vor der Ziellinie ins Gras fiel.

Instinktiv wich Cusi ihm aus, und der Schwung trug ihn an Tomay vorbei über die Linie, so daß weißer Staub aufwirbelte, als er abrupt stehenblieb. Noch als er keuchend nach Luft rang, war er von Menschen umringt, die ihm auf den Rücken klopften und unverständliche Worte riefen. Er richtete sich auf und wollte sich umdrehen, aber Otoronco Achachi versperrte ihm den Weg und trieb ihn mit beiden Händen voran.

»Lauf weiter!« bellte er. »Hol dir den Preis, bevor du dich ausruhst!«

Benommen und atemlos taumelte Cusi vorwärts. Die Terrassen am Hang waren mit gesichtslosen Menschen besetzt; eine Kulisse, die wie ein Kopfschmuck für den doppelten Steinthron im Felsen am Fuß des Hügels wirkte. Huascar und der Regent, dachte Cusi nebelhaft, doch im nächsten Moment richtete sich seine Aufmerksamkeit auf die kleinen weißen Statuen, die vor dem Thron auf dem Boden standen. Sie waren in ordentlichen Reihen in Form einer Pyramide angeordnet, und Cusi bückte sich, um die oberste zu greifen: eine Skulptur des Huaman, des Bergfalken, des schnellsten aller Lebewesen. Vorsichtig legte er sie sich in den Arm und fühlte ihre rauhe Oberfläche auf der Haut – sie war aus Salz gemeißelt. Jetzt erst wurde ihm bewußt, daß er das Rennen gewonnen hatte.

Einen Augenblick später trat Tomay vor und nahm die Figur des Guanako an sich, des flinken, wilden Verwandten des Lama. Ohne Cusi anzusehen, stellte er sich neben ihn und blickte zu Auqui Topa Inca und Huascar, die die Plätze des Sapa Inca und der Coya auf dem Steinthron eingenommen hatten. Der Regent hielt in der Hand einen langen bemalten Stab mit dem Mascapaycha, dem königlichen Fransensaum, an der Spitze. Als er mit dem Stab auf die beiden Jungen zeigte, verbeugten sie sich.

»Im Namen des Sapa Inca«, verkündete er, »spreche ich euch Anerkennung aus, meine Söhne. Ihr habt den Mut und die Kraft bewiesen, für die die Inka bekannt sind, und ihr habt uns ein denkwürdiges Rennen geliefert. Ein Rennen, wie es dem Capac Raimi gebührt!« Mit einer ungewöhnlich lebhaften Geste schlug sich der Regent flach auf die Brust. »Man wird Huayna Capac in Tumibamba davon berichten, und eure Namen werden in den Vier Vierteln in aller Munde sein. Ich salutiere dir, Cusi Huaman, und dir, Tomay Guanaco!«

Auqui Topa Inca hob den Stab über den Kopf und schüttelte ihn, woraufhin der Hügel hinter ihm in Jubeln und Pfeifen ausbrach. Darauf antwortete ein ähnlicher Tumult von den Mauern der Festung auf der anderen Seite des Paradeplatzes. Cusi fühlte, wie seine Haut zu prickeln begann, als der Lärm ihn umtoste und immer wieder sein Name gerufen wurde. Er blickte zu Tomay, dessen runde Wangen rot gefleckt waren – ob vor Stolz, Enttäuschung oder Erschöpfung, wußte Cusi nicht zusagen. Er konnte nicht erkennen, was in seinem Freund vorging, denn dessen ihm zugewandtes Auge war zugeschwollen. Aber offenbar war Tomay nicht damit zufrieden gewesen, den Sieg zu teilen; er hatte gegen Ende des Rennens mehr Ehrgeiz gehabt, oder ein größeres Bedürfnis, sich zu beweisen. Er hatte alles riskiert, um zu gewinnen, und dabei mehr als Cusi die einem Inka abverlangte Willenskraft gezeigt.

Als die Menge wieder ruhig geworden war, überreichte der Regent seinen Stab einem Bediensteten und bedeutete dem Thronerben zu sprechen. Huascar schien gewachsen zu sein, seitdem Cusi ihn das letzte Mal gesehen hatte, aber in dem riesigen Steinthron wirkte er immer noch klein. Sein Augen lagen verborgen im Schatten des gelben Fransensaums, den er um die Stirn trug.

»Apu Inti war dir heute hold«, sagte er zu Cusi. »Der Colla war vor dir, bis er stolperte.«

»Das ist wahr, Herr«, stimmte Cusi zu und blickte wieder zu Tomay. »Ich dachte, ich sei geschlagen.«

»Doch der Gott griff auf deiner Seite ein«, verkündete Huascar triumphierend und beugte sich vor. Dann lehnte er sich wieder zurück und sagte belehrend zu Tomay: »Du siehst, Colla, was es bedeutet, ein Sohn Intis zu sein. Er läßt es niemals zu, daß seine Kinder besiegt werden.«

Cusi war stolz, daß sein Freund diese prahlerische Aussage keiner Antwort würdigte. Aufrecht standen sie nebeneinander, während Huascar das Schweigen peinlich lange aufrechterhielt. Schließlich sagte der Regent:

»Ihr seid müde, meine Söhne. Begrüßt eure Schwestern und erfrischt euch mit dem Akha, das sie für euch bereitet haben.«

Die Menge neben dem Thron teilte sich, und zwei Nustas mit Trinkgefäßen und Krügen voll Akha traten vor. Fast gleichzeitig sprachen Tomays Schwester und Tocto die Worte: »Sei gegrüßt, Bruder Inka. Du bist weit gelaufen, und du bist gut gelaufen. Bitte nehme von mir das Akha entgegen für die Ehre, die du deiner Familie bereitet hast.«

Erst nach einigen Augenblicken konnte Cusi mit seiner gesunden Hand nach dem Holzbecher greifen, den Tocto ihm reichte. Er hätte sie am liebsten nur angesehen und konnte sich kaum der Worte entsinnen, die er sagen mußte.

»Ich danke dir, Schwester«, brachte er schließlich hervor, und Tomay wiederholte die Worte. Der Becher fühlte sich schrecklich schwer an, und Cusis Arm zitterte vor Erschöpfung. Nachdem die Gefäße gefüllt worden waren, wandte sich Cusi nach Westen und erhob den Becher in einem Salut an Inti. »Auf unseren Vater«, sagte er und goß einige Tropfen auf den Boden. Dann prostete er dem Regenten und den Thronfolger zu, bevor er den Becher an die Lippen setzte und die kühle, beinahe geschmacklose Flüssigkeit durch seine trockene Kehle rinnen ließ. Er schloß die Augen und trank im Stillen auf die Sora-Hirtenjungen und auf Rimachi. Als er den Becher sinken ließ, sah er Toctos flinke, dunkle Augen auf sich ruhen und mußte lächeln. Plötzlich fühlte er sich betrunken und unfähig, etwas zu sagen. Titu kam zu seiner Rettung; er hatte soeben die Ziellinie überschritten und trat jetzt vor, um seinen Preis entgegenzunehmen. Fast hätte Cusi vergessen, sich vor dem Thron zu verneigen, bevor er sich von Tocto wegführen ließ.

»Habe ich etwas vergessen?« flüsterte er ihr benommen ins Ohr.

»Du hast vergessen, wie ein Bruder seine Schwester anblicken soll«, antwortete Tocto offenbar glücklich. »Aber heute wird niemand etwas an dir aussetzen, Cusi Huaman.«

»»Cusi Huaman««, wiederholte er. »So hat meine Mutter mich immer genannt, als ich klein und schwächlich war.«

»Vielleicht hat sie den heutigen Tag vorhergesehen«, meinte Tocto. »Den Tag, an dem alle erkennen würden, daß du auserwählt bist.«

Bevor er antworten konnte, war er von Menschen umringt, die ihn beglückwünschen wollten. »Jetzt darf ich nicht noch mehr von deinem Ruhm für mich in Anspruch nehmen«, flüsterte Tocto und füllte ihm den Becher. »Ich sehe dich später beim Tanz.« Cusi empfand das überwältigende Bedürfnis, sie bei sich zu behalten, aber sie warf ihm einen warnenden Blick zu. Also zwang er sich, auf die Menschen um sich herum einzugehen, ohne sie ahnen zu lassen, daß sein Herz Tocto durch die Menge folgte. Als er unter den Vicaquirao-Ältesten auch

Ayar Inca erkannte und sich erinnerte, was sein Großvater über Tocto gesagt hatte, wurde er sich seiner Einsamkeit noch mehr bewußt. Wie ein Bündel, das jemand anderem gehört, dachte Cusi. Mit ernstem Nicken nahm er die Komplimente entgegen, mit denen man ihn überhäufte, und versuchte, innerlich den Ruhm anzunehmen, den die Götter ihm allein geschenkt hatten.

Tumibamba

Zum Abschluß ihrer Ausbildung unternahmen die Nustas eine Pilger-fahrt zu Heiligtümern und Huacas, die unter der Obhut von Frauen standen und in größerer Entfernung lagen. Die Route hatte die Hohepriesterin Chimpu Ocllo vorgegeben, doch sie selbst begleitete die Mädchen nicht, sondern delegierte zwei Mamacona, die beide Cañari waren. Diese Führerinnen gingen schweigend, mit raschen Schritten, vor den Mädchen nach Osten in die Berge und hielten nur gelegentlich an, damit alle trinken konnten. Die erste Nacht ver-brachten sie in einem Rasthaus auf der Ebene, umgeben von Kartof-felfeldern und Herden von Lamas und Alpakas. Am zweiten Abend erreichten sie das Luchs-Haus, ein großzügiges Anwesen an einem Berghang, das dem Kult von Mama Quilla gehörte. Die Mädchen bekamen zu essen und durften sich baden, aber keine der dort ansässigen Mamacona erschien, um sie zu begrüßen oder ihnen die Heiligtümer in der Umgebung des Hauses zu zeigen.

Bevor die Gruppe am nächsten Morgen wieder aufbrach, erhielten die Mädchen zusätzlich zu ihren Opfergaben noch zwei Decken zu tragen. Empört frage eine der Nustas, eine Lieblingsschülerin Mama Huarcays: »Warum müssen wir all diese Orte besuchen?«

»Weil sie heilig sind«, sagte die Mama mit derart entschiedener Stimme, daß keines der Mädchen noch aufzubegehren wagte.

Dem Beispiel der Mamacona folgend, griff Micay nach ihrem schweren Bündel und ging ihnen nach. Sie spürte, wie die anderen Nustas ihr mißbilligende Blicke zuwarfen, aber das war ihr gleichgül-tig. Schließlich, so sagte sie sich, hatten die anderen sie die ganze Zeit über ausgeschlossen, und deshalb würde sie sich auch jetzt nicht von deren Meinung leiten lassen. Weil sie heilig sind, wiederholte sie flüsternd, als sie mit vorsichtigen Schritten den rauschenden Bach überquerte, im Wissen, daß sie nicht schweren Herzens auf das zugehen sollte, was vor ihr lag.

In den folgenden Tagen führten die Mamacona ihre Schützlinge in Schluchten, in die kaum ein Sonnenstrahl drang, und auf karge

Hochebenen, über die der Wind hinwegfegte. Sie kamen zu heißen Quellen, in deren Schwefeldämpfen üppige Farne gediehen, und sie beteten auf windgepeitschten Felsen unter den Augen von Frauen mit wettergegerbter Haut und neugierigen Augen – Frauen, die weder Quechua noch Cañar sprachen. Sie sahen Wasserfälle, vor denen das Sonnenlicht einen Regenbogen bildete, und einen Berg, der grollte und Rauch ausspie. In der dünnen Höhenluft hatte Micay lebhafte Träume voll Vögel und Tiere, in denen sie auf schmalen Pfaden wanderte. Einmal begegnete sie im Traum ihrer Mutter, die sie in Chacha anredete und ihr noch eine Decke gab, um warm zu bleiben. Und Micay fühlte sich tatsächlich gewärmt, aber dann wachte sie ängstlich und atemlos auf und konnte ihre Umgebung nicht erkennen. Außerdem wußte sie nicht mehr, was ihre Mutter im Traum zu ihr gesagt hatte.

Bald danach sah sie einen Kondor, der zwischen den Berggipfeln schwebte, und dabei fiel ihr der Traum ein, den sie im Haus der Erwählten Frauen gehabt hatte. Sie erinnerte sich, wie die Brücke unter ihr geschwankt und wie der Kondor sie erkannt hatte, als er an ihr vorüberflog. Doch dieser kreiste nur gemächlich über die Schlucht, die die Mädchen auf einem schmalen, steilen Pfad verließen. Ich bin nicht die Person aus dem Traum, dachte Micay, zumindest nicht hier. Aber sie verstand die Angst, die sie auf der Brücke in Tumibamba befallen hatte, dort, wo Quinti gemeint hatte, sie sei selbstsüchtig geworden und würde ihre Vergangenheit vergessen. Jetzt kehrte ihre Vergangenheit im Traum wieder, und ihr wurde bewußt, daß sie tatsächlich blind geworden war und sich nur darauf konzentriert hatte, eine Nusta zu werden.

Am achten Tag verließen die Mädchen unter der Obhut der Mamacona die Berge und kehrten zu demselben Rasthaus zurück, in dem sie die erste Nacht verbracht hatten. Dieses Mal fand ein kurze Zeremonie statt. Monotone Gebete wurden für Mama Quilla gesungen, die die Zeit des Pflanzens und der Ernte beschützte, aber auch für Pachamama, die die Erde fruchtbar machte, und für Axomama, deren Geist unter der Erde lebte und die Knollenfrüchte wachsen ließ. Die älteren Frauen schütteten ein wenig Akha auf den Boden und reichten dann die vollen Becher feierlich an die jüngeren weiter. Danach nahm jede Frau eine Hacke zur Hand und häufte Erde um die jungen Pflanzen. Beim Arbeiten sangen sie Lieder in Quechua, die Micay zwar verstand, die sie aber nicht so tief berührten wie die unbeschreiblichen Klagen einiger der Huaca-Hüterinnen.

Am folgenden Tag stieg die Gruppe ins Tal ab, und die Nustas gingen zum Schrein von Mama Huaco auf einer der äußeren Terrassen des Mollecancha. Mama Huaco wurde als Erste Coya verehrt, die Gemahlin von Manco Capac und gleichzeitig die Frau, die den Inka gezeigt hatte, wie man im Hochtal von Cuzco Mais anbaut. Sie galt als Verkörperung von Pachamama, und ihr Kult war klein und exklusiv, angeführt von Frauen aus den Haushalten in Unter-Cuzco und mehreren Nebenfrauen Huayna Capacs, einschließlich Mama Huarcay.

Nach einiger Zeit erschien Mama Huarcay im Hof, um alle Nustas förmlich zu begrüßen. Dann rief sie die Namen der Mädchen, die ihr ins Heiligtum folgen sollten; dabei handelte es sich um ihre Lieblingsschülerinnen sowie jene, die mit Mitgliedern des Kults verwandt waren. Kurz darauf wurden die Mädchen von den angesehenen Familien aus Ober-Cuzco hereingebeten, die sich dem Kult zwar sicher nicht anschließen würden, aber wegen ihrer hohen Herkunft gefragt werden mußten. Nachdem eine Priesterin die restlichen Inkamädchen königlichen Geblüts zu sich in das Heiligtum gerufen hatte, standen nur noch Micay und die restlichen Mädchen anderer Volksstämme da – all diejenigen, die den Mamacona auf der beschwerlichen Fußreise ohne zu klagen gefolgt waren.

Bald entluden sich die drohenden Regenwolken am Himmel, und bis Mama Huarcay sich schließlich wieder zeigte, hingen Micays Haare ihr in tropfenden Strähnen vom Kopf, und ihr Umhang war durchnäßt. Mama Huarcay starrte schweigend auf die Nustas, ohne den Regen wahrnehmen zu wollen. Dann rief sie nach Micay und bedeutete ihr näherzutreten.

»Du und die anderen, ihr könnt unter dem Dach vor der Tür warten«, sagte sie brüsk. »Wir brauchen noch einige Zeit.«

»Ja, Herrin«, murmelte Micay gehorsam, zögerte dann aber, um weitere Anweisungen abzuwarten.

Die verhangenen Augen Mama Huarcays blitzten ungeduldig auf. »Was gibt es?«

»Nichts, Herrin.«

»Sprich, Chachapoyas-Mädchen. Willst du dich beschweren?«

»Nein, Herrin. Ich frage mich nur, warum wir heute hierhergebracht wurden.«

»Es ist eine Ehre für dich, dem Schrein unserer Mutter so nahe zu sein«, schalt Mama Huarcay. »Denkst du, du verdienst mehr?«

»Es steht mir nicht an, darüber zu urteilen«, erwiderte Micay und schlug die Augen nieder. Als Ehre konnte sie das Warten im Regen nicht empfinden.

»Nein, es steht dir nicht an«, wiederholte Mama Huarcay mit

Nachdruck. »Im Augenblick bist du meiner Geduld nicht würdig. Geh zurück zu den anderen.« Und mit diesen Worten zog sie sich wieder hinter den Vorhang zurück.

Am letzten Tag vor dem offiziellen Beginn des Quicuchicoy wurden die Nustas in kleinen Gruppen zum Schrein von Mama Quilla gebracht, der Herrin des Mondes und höchsten Göttin. Mama Quillas Haus lag innerhalb des Coricancha, des Goldenen Tempels von Inti.

Micay ging barfuß, und ihre Arme waren beladen mit Tuch, das sie selbst gewebt hatte und als Opfergabe darbringen wollte. Die vier anderen Mädchen, Töchter von Cañari-Häuptlingen, verteilten sich im Raum und schienen unsichtbar zu werden, sobald Micays Blick auf die silberne Mondscheibe fiel. Plötzlich hatte sie das Gefühl, wieder im Haus der Erwählten Frauen zu sein, gemeinsam mit Cahua aus dem Fenster zu sehen und Mama Quilla um körperliche und geistige Vollkommenheit zu bitten. Als sie eine Stimme hörte und unter dem silbernen Abbild eine Frau sitzen sah, stiegen ihr Tränen in die Augen.

»Setzt euch, meine Töchter«, wiederholte die Frau, und Micay ließ sich auf dem Boden nieder. Ihr Bedürfnis zu weinen war mit einem Mal verschwunden.

»Ich bin die Hohepriesterin Chimpu Ocllo«, begann die grauhaarige Frau mit den markanten Gesichtszügen. »Im Namen Mama Quillas heiße ich euch im Haus des Mondes willkommen.«

Die Nustas verbeugten sich über den Opfergaben, die auf ihrem Schoß lagen.

»Bald werdet ihr zu fasten beginnen, und dann werden die Gemahlinnen euch aufsuchen, um eure Fertigkeiten zu beurteilen und euer Wissen um die Traditionen der Inka zu prüfen. Ich bin mir sicher, daß ihr alle für würdig befunden werdet, den Titel ›Nusta‹ zu tragen.«

Sie hielt inne und betrachtete jedes einzelne der Mädchen, als wolle sie sich ihre Gesichter einprägen. Micay spürte, wie ihre Wangen glühten, und hatte das Gefühl, daß sie hier wirklich geehrt wurde.

»Bald darauf«, fuhr die Hohepriesterin fort, »werdet ihr Ehemänner finden, einen eigenen Haushalt gründen und euren Dienst im Kult der Götter antreten. Seid immer sauber und tugendhaft, meine Töchter, und freundlich gegenüber den Armen und Benachteiligten. Ihr seid ein Vorbild für alle Frauen im ganzen Reich, und ihr müßt euch stets demütig und gerecht verhalten, im Wissen, daß ihr die Töchter Mama Quillas seid.«

Wieder verbeugten sich die Nustas. Als Micay sich aufrichtete, sah sie mehrere Mamacona, die den anderen Mädchen ihre Opfergaben

abnahmen – und sie sah, daß die Hohepriesterin ihre Hände ausstreckte, um Micays Gaben selbst in Empfang zu nehmen. Zart fuhr
Chimpu Ocllo mit dem Finger über das gewebte Tuch, bevor sie es
auf den Schoß legte und die Gaben der anderen Mädchen betrachtete, die die Mamacona ihr brachten. Sie prüfte jedes Tuch einzeln,
lobte die Webkunst und dankte dem jeweiligen Mädchen. Dann
wurden die vier Cañari-Mädchen hinausgeführt, so daß Micay alleine
mit der Hohenpriesterin sitzenblieb.

»Du webst wie eine Erwählte Frau, Micay, obwohl du nur kurze
Zeit im Haus der Erwählten Frauen warst.« Sie lächelte über Micays
unverhülltes Erstaunen. »Aber die Chachapoyas sind für ihre Webkunst berühmt.«

»Ihr habt Euch nach mir erkundigt, Herrin?«

»Sonst erfährt man nichts, nicht wahr? Die Schwestern erzählten
mir von den Mädchen, die ihnen bereitwillig folgten und den Huacas
die richtige Ehrfurcht entgegenbrachten. Von dir berichteten sie am
meisten. Hattest du in den Bergen eine Vision, Micay? Bist du zu
einem heiligen Leben berufen?«

Micay war der Gedanke nicht gekommen, daß man ihr Verhalten
auf diese Weise deuten könnte, und war unsicher, wie sie antworten
sollte. Sie fühlte sich geschmeichelt von Chimpu Ocllos Aufmerksamkeit und wollte sie nicht enttäuschen, wußte aber auch, daß sie die
Wahrheit sagen mußte.

»Ich hatte Träume, Herrin, aber keine Visionen. Und ich habe mich
nie zum Leben der Mamacona hingezogen gefühlt. Ich war glücklich,
das Haus der Erwählten Frauen sobald wie möglich verlassen zu
können.«

»Und jetzt bist du unglücklich?«

Micay blickte zum Bild des Mondes. »Im Haus der Erwählten
Frauen habe ich zu Mama Quilla gebetet, und ich hatte das Gefühl,
als habe sie mir ihren Segen und ihren Schutz gegeben. Aber jetzt …
habe ich diese Gewißheit verloren.«

»Das passiert vielen Frauen, die hierher kommen«, antwortete
Chimpu Ocllo freimütig. »In den meisten Fällen werden sie dadurch
arrogant und ehrgeizig. Sicher wurde dir gesagt, daß ich Schwierigkeiten bereite und provinziell bin; vermutlich ist das eines der wenigen
Dinge, bei denen Mama Cori und Mama Huarcay einer Meinung
sind.« Chimpu Ocllos Lippen verzogen sich zu einem leisen Lächeln.
»Ich möchte, daß du nach dem Quicuchicoy von mir Unterweisung
erhältst.«

Micay holte tief Luft. »Unterweisung, Herrin?«

»Im Kult der Mama Quilla. Zweifellos hast du gehört, daß nur Inka königlichen Geblüts Mitglieder werden können. Aber hier folgen wir dieser Tradition nicht. Unsere Mutter nimmt alle auf, die sie wirklich erkennen und ihr dienen wollen. Sie nahm mich auf, als ich eine Fremde hier war. Ich halte immer die Augen offen nach jenen, die bereitwillig zu ihr kommen und nach einer Antwort auf ihre Zweifel suchen.«

»Ich fühle mich geehrt, Herrin«, erwiderte Micay mit heiserer Stimme.

»Ja, und du fragst dich, was Mama Cori und die anderen am Hof der Coya denken werden. Aber wenn du dich in den Bergen nicht um die Meinung der anderen gekümmert hast, warum solltest du es jetzt tun? Weiche nicht ab von dem, was du weißt, Micay. Deine Zweifel und Ängste bedeuten nicht, daß du Mama Quillas Liebe und Schutz verloren hast. Und jetzt darfst du mich verlassen, aber halte dich bereit, denn ich werde nach dir schicken.«

Als Micay ihre dreitägige Fastenzeit begann, machte Mama Cori sich daran, den Gürtel und das Stirnband zu weben, die Micay bei der abschließenden Quicuchicoy-Zeremonie tragen würde. In diesen Tagen erhielt Micay Besuch von den Gemahlinnen, die ihr Wissen prüften. Micay konnte selbst die schwierigen Fragen, die die Abgeordneten Mama Huarcays ihr stellten, zur allgemeinen Zufriedenheit beantworten. Trotzdem ermüdeten sie diese Sitzungen, und deswegen fiel ihr erst am Abend des zweiten Tages auf, daß Mama Cori kein Wort mit ihr gesprochen hatte und sie vermutlich absichtlich ignorierte.

Doch an diesem Abend seufzte sie laut auf, schlüpfte aus dem Haltegurt ihres Webstuhls und betrachtete Micay forschend. Sie traut mir nicht mehr, schoß es Micay durch den Kopf, und sie fühlte, wie sie bei diesem Gedanken schwach wurde.

»Sag mir«, begann Mama Cori langsam, »wirst du auch als Nusta in diesem Haus bleiben?«

»Aber natürlich, Herrin«, antwortete Micay. »Wohin sollte ich sonst gehen?«

»Mama Huarcay hat dir keinen Platz bei sich angeboten?«

»Nein, Herrin. Warum sollte sie?«

»Weil sie vor einiger Zeit diesbezügliche Andeutungen machte.«

»Mama Huarcay deutet vieles an«, meinte Micay geduldig, »aber nur, um mich zu reizen. Ihre Beweise von Zuneigung mir gegenüber waren zu selten, als daß man ihnen Glauben schenken könnte.«

»Die Hohepriesterin ist in ihrer Zuneigung entschlossener. Wie du möglicherweise bereits weißt.«

Micay seufzte und breitete hilflos die Arme aus. »Ich habe auf eine Gelegenheit gewartet, um Euch davon zu erzählen, Herrin…«

»Die Hohepriesterin hat dich auserwählt«, unterbrach Mama Cori. »Du bist die einzige Nusta, der sie ein Gespräch unter vier Augen gewährt hat, und du hattest nicht das Gefühl, mir das sofort sagen zu müssen?«

»Ich war mir nicht sicher, ob Ihr das gutheißen würdet«, erwiderte Micay und bereute diese lahme Entschuldigung sofort.

»Und weil ich es nicht gutheißen könnte«, ergänzte Mama Cori mit kalter Stimme, »wolltest du mir gar nichts davon erzählen? Komm, Micay, diese Stadt ist klein und hat viele Augen. Deine Geheimnisse haben wenig Wert, kosten dich aber viel an Vertrauen.«

Micay senkte den Blick; ihre Augen hatten sich mit Tränen gefüllt. »Für mich waren es keine Geheimnisse, Herrin. Und ich denke, daß Ihr mir nie vertraut habt.«

Diese Aussage überraschte Mama Cori, und ihr langes Zögern machte beiden Frauen bewußt, daß sie stimmte.

»Ich brauche sehr lange, um jemandem zu vertrauen. Ich habe immer vermutet, daß deine trotzige Haltung gegenüber Mama Huarcay nicht so unschuldig war, wie du vorgabst. In Cusipampa hast du versucht, dich zwischen meinen Mann und mich zu stellen. Dann hast die Vikunjawolle für Cusis Hüftband verwendet. Dachtest du, das würde mir nicht auffallen?«

»Apu Poma hat sie mir gegeben«, murmelte Micay zu ihrer Verteidigung. »Einen Teil gab ich den Frauen der Sonne, und aus dem Rest machte ich mein Geschenk für Cusi. Es schien mir nicht richtig, sein Geschenk nicht so schön wie möglich zu machen.«

»Aber es schien dir richtig, meinen Wünschen zuwider zu handeln«, schnaubte Mama Cori. »Wunderst du dich, daß ich da deinem Urteil mißtraue? Anfangs hielt ich dich für klug und ehrgeizig, bemüht, deine Stellung zu verbessern. Deswegen wolltest du dich bei meinem Mann und Mama Huarcay und meinem Bruder Lloque einschmeicheln. Aber jetzt erkenne ich, daß du mehr wie Quinti bist. Du folgst nur deinen eigenen Wünschen.«

Mama Cori hielt inne, und Micay fragte sich, womit sie als nächstes beschuldigt würde.

»Und wo ist Quinti jetzt?« fuhr Mama Cori fort. »Warum ist sie nicht gekommen, um deine Sandalen zu knüpfen, wie eine Schwester es sollte? Jetzt siehst du, was passiert, wenn man nur seinen eigenen Wünschen folgt: Diejenigen, die einem am ähnlichsten sind, sind die letzten, die dir zu Hilfe kommen. Du bist alleine auf der Welt, und das verdienst du auch!« Nach diesem Ausbruch schöpfte Mama Cori tief

Luft und sagte dann gefaßter: »Aber ich habe meine Verantwortung nicht vergessen, dich zu leiten und zu schützen, auch wenn du meinen Rat in den Wind schlägst. Ich werde alles in meiner Macht Stehende tun, um dir zu helfen, und ich kann nicht schweigend zusehen, daß du deine Zukunft zerstörst, wie Quinti es getan hat.«

Ein Geräusch ließ Mama Cori auffahren, und als sie und Micay sich umdrehten, stand Quinti hinter ihnen.

»Mutter, sie versucht, Euch zu sagen, daß sie niemanden braucht, der auf sie aufpaßt und ihr hilft, auch Euch nicht.«

»Und warum siehst du uns aus der Dunkelheit zu?« fragte Mama Cori wütend. Quinti setzte sich neben Micay und legte ihr ein kleines Bündel in den Schoß. »Ich habe sie nicht alleine gemacht«, erklärte sie. »Als die Frauen, denen ich Quechua beibringe, hörten, daß ich Sandalen für eine Erwählte Frau, für eine Schwester des berühmten Cusi Huaman mache, wollten sie mithelfen.«

Sprachlos blickte Micay sie an und spielte mit den weichen Hanfsandalen. Quinti lächelte ihr kurz zu und sah dann erwartungsvoll zu ihrer Mutter.

»Was bringt dich wieder zu uns?« fragte Mama Cori nach einer kleinen Pause.

»Die Hohepriesterin hat mich gerufen. Sie hat mich daran erinnert, daß meine Familie mich braucht. Und wie Ihr wißt, kann sie ungemein überzeugend sein.«

»Diese Meinung teilt nicht jeder«, sagte Mama Cori kühl. »Mit jungen und sehr alten Menschen hat sie offenbar am meisten Erfolg.«

Quinti schien fast amüsiert, als sie Micay einen Blick aus den Augenwinkeln zuwarf. »Wir sind alt genug, um ›Nustas‹ genannt zu werden. Vielleicht hat sie Erfolg, weil sie freundlich und aufrichtig ist und Rang und Prestige ihr nichts bedeuten.«

»Vielleicht bedeuten sie ihr mehr, als du meinst. Ist es ein Zufall, daß sie euch beide aufgenommen hat? Sie weiß, wie nahe ich der Coya stehe.«

»Vermutlich würde sie Euch und die Coya auch gerne aufnehmen«, sagte Quinti nachsichtig. »Ich bin nicht gekommen, Mutter, um mit Euch zu streiten, sondern um während der Fastentage bei Micay zu sitzen und in der Zeremonie meinen Platz einzunehmen.«

»Und dann verläßt du uns wieder?«

Quinti begegnete dem Blick ihrer Mutter mit einer ernsthaften Überzeugung, die Micay nicht an ihr kannte. Sie bat nicht um Billigung, wollte aber offensichtlich, daß Mama Cori sie verstand.

»Ich werde weiter unterrichten, aber nicht jeden Tag. Die Hohepriesterin hat mich überzeugt, daß ich *alle* meine Verpflichtungen erfüllen muß.«

Mama Cori wandte ihre Aufmerksamkeit Micay zu. »Und was hat Chimpu Ocllo dir versprochen?«

»Sie sagte, sie würde nach mir schicken, Herrin, um mich im Kult der Mama Quilla zu unterweisen.«

Mama Cori schnalzte abschätzig mit der Zunge und schüttelte den Kopf. »Also soll ich mit euch beiden zum Hof gehen, damit ihr Chimpu Ocllo verteidigen könnt. Ich kann mir nichts besseres vorstellen, um meine Beliebtheit zu steigern.«

Quinti wandte ein: »Aber Eure Töchter könnten sich auch bei Chimpu Ocllo für Euch verwenden.«

Mama Cori lächelte gequält. »Das heißt, du schlägst ein Bündnis vor? Müssen wir Gefangene austauschen, oder genügen Worte, um unser Abkommen zu besiegeln?«

»Worte genügen«, sagte Quinti mit Nachdruck und ignorierte den sarkastischen Ton ihrer Mutter. »Ihr habt mein Wort, daß ich Euch nicht bewußt in Verlegenheit bringen werde. Aber Ihr müßt mir zugestehen, Erklärungen und Entschuldigungen anzubringen, wie ich es für richtig befinde.«

Nach kurzem Schweigen nickte Mama Cori abrupt. »Das würde ich von dir erwarten.« Mit einem Blick auf Micay fuhr sie fort: »Ich werde keinerlei Rechtfertigung für eine von euch abgeben und nicht mehr Loyalität an den Tag legen als ihr. Ihr seid erwachsene Frauen. Sucht euch eure eigenen Vorbilder und betet darum, daß ihr nicht getäuscht werdet.«

Langsam erhob sie sich, raffte ihren Rock zusammen und verließ den Raum. Micay drückte die Sandalen gegen ihren leeren Magen. Quinti schien mit dem Abkommen sehr zufrieden.

»Vielleicht können wir jetzt wirkliche Schwestern sein«, schlug Quinti vor. »Wenn du mir vergeben hast, was ich zu dir gesagt habe.«

»Das scheint so lange her«, sagte Micay hilflos. »Es ist so viel passiert, das ich nicht verstehe.«

»Das kommt noch«, beschwichtigte Quinti. »Bei diesen Riten lernst du vielleicht nichts, aber sie machen dich zu einer Nusta, und dann kannst du von der Hohenpriesterin lernen.«

»Ich dachte, nach dem Quicuchicoy würde ich alles wissen, was es zu wissen gibt«, murmelte Micay so wehmütig, daß Quinti lachen mußte.

»Das ist erst der Anfang. Aber von jetzt an lernen wir zusammen. Komm, singen wir dein Fastenlied, das an Mama Quilla.«

»Unsere Mutter«, intonierte Micay, und Quinti stimmte ein. Das

Feuer flackerte, und auf einmal wurde Micay bewußt, wie lange sie schon hier saß und wie müde sie war. Plötzlich kam es ihr vor, als würde die Reise mit den Mamacona erst jetzt zu Ende gehen. Aber es war keine Anstrengung zu singen, sondern eine Erleichterung, und Micays und Quintis Stimmen erfüllten den Raum mit einem warmen, beruhigenden Klang.

KAPITEL 7

Lloqsina Puñuy: Abschiedsträume (1513)

Cuzco

Cusi träumte, daß Tocto rückwärts vor ihm herging, ihn an den Händen entlangzog und drängte, schneller zu gehen. Offenbar ärgerte sie sich über ihn, aber um ihn herum wurde es immer dunkler und kälter, und er sehnte sich nach der wohligen Wärme zurück, die er hinter sich ließ. Dann verblaßte das Bild, und ihm wurde bewußt, daß er träumte und daß Tocto versuchte, ihn aus seinem bleiernen Schlaf wachzurütteln. Er hörte, wie eine Stimme seinen Namen rief, und dann wurde er so fest am Ohrläppchen gezogen, daß er vor Schmerz schlagartig aufwachte. Mit der Hand faßte er sich ans Ohr, das noch wund war vom Gewicht des neuen, größeren Pflocks, den er vor kurzem bekommen hatte.

»Ich wußte mir nicht anders zu helfen«, sagte Tocto entschuldigend, »du wolltest einfach nicht aufwachen. Dein Freund Rimachi ist hier.«

Cusi setzte sich mühsam auf und suchte seine Kleider zusammen. Dann bemerkte er, daß der Vorhang vor der Tür zurückgezogen war und ein Mann mit einer Fackel draußen wartete. Aus der Ferne war das heisere Bellen eines Muschelhorns zu hören.

»Das muß eine Botschaft aus Tumibamba sein«, meinte Cusi und warf Tocto einen Blick zu. Die Tunika, die er sich über den Kopf zog, roch nach ihr, und zwischen seinen Beinen fühlte es sich klebrig an, als er das Lendentuch zwischen die Beine band. Er sah sie noch einmal an.

»Ein Sieg kann es nicht sein«, sagte er und deutete mit dem Kopf zur Tür, »sonst würden sie schreien.«

»Der Mann wartet«, erinnerte Tocto ihn sanft.

Auf den Knien rutschte er zu ihr hinüber, nahm ihre Hände, die sie ihm entgegenstreckte, und küßte ihr die Finger. Tocto lächelte, aber in ihren Augen standen Tränen. Cusi schluckte, bevor er sprach.

»In zwei Tagen sehen wir uns hier wieder«, versprach er. »Schicke eine von deinen Frauen zu Richamis Vetter, falls etwas dazwischenkommt.«

Tocto nickte, schien seinen Worten aber wenig Glauben zu schenken. »Ich möchte dich wenigstens noch einmal sehen, bevor du weggehst«, flüsterte sie. Als er widersprechen wollte, schüttelte sie nur heftig den Kopf. Cusi wandte sich zum Gehen, sah aber noch die Tränen, die ihr über die Wangen liefen. Dann war er zur Tür hinaus, und der Bote führte ihn durch die Cora Cora zu der Stelle, wo Rimachi wartete. Rimachis Atem ging schnell; er schien ernst und gleichzeitig aufgeregt.

»Man hat uns zum Anwesen der Falken beordert«, berichtete er, und die beiden machten sich sofort auf den Weg. »Wir haben aus Tumibamba erfahren, daß die Vorhut von Huayna Capacs Armee mitten in der Nacht von den Carangui aus dem Hinterhalt überfallen worden ist. Zehntausend sind ums Leben gekommen und noch viel mehr wurden verletzt, zum Großteil Colla. Jetzt halten die Carangui die Festung in Cayambi, und die Inka mußten sich in die Umgebung von Quito zurückziehen.«

Ungläubig schüttelte Cusi den Kopf. »Wie konnte das passieren? Uns wurde gesagt, die Colla hätten darauf bestanden, die Vorhut zu bilden. Haben sie keine Wachen aufgestellt?«

»Vielleicht sind sie leichtsinnig geworden.« Rimachi zuckte die Schultern. »Oder vielleicht sind die Carangui stärker, als wir dachten.«

Schweigend gingen die beiden Freunde weiter. Cusi überlegte, daß Huayna Capac sicher zusätzliche Krieger angefordert hatte, um die Gefallenen zu ersetzen, und sein Wunsch würde bestimmt sobald wie möglich erfüllt werden. Erst jetzt wurde ihm bewußt, wie dumm sein Versprechen gegenüber Tocto gewesen war, und er wünschte sich, er wäre noch bei ihr geblieben und hätte sie in den Arm genommen, anstatt davonzueilen.

»Dann marschieren wir bald nach Norden«, sagte er mehr zu sich selbst als zu Rimachi, doch dieser schüttelte zur Bestätigung die Fackel in seinen Händen so heftig, daß die Funken flogen.

Tumibamba

Micay sprach gerade mit Acapana, als Amaru durch das Tor trat. Er war allein, aber durch seine imposante Erscheinung wurde sofort jedermann auf ihn aufmerksam. Seine Ohrpflöcke und der runde Sonnenschild auf seiner Brust glitzerten golden, und die blauen Federbänder um Knie und Unterarme ließen seine Muskeln noch kräftiger wirken. Sobald er Micay sah, ging er an Acapana vorbei, ohne ihn eines Blickes zu würdigen, hob sie zur Begrüßung in die Luft und drückte sie fest an sich – eine Umarmung, die kraftvoll, aber auch etwas anzüglich war. Micay fühlte, wie sie vor Freude und Verlegenheit rot anlief, und sah kurz zu Acapana hinüber. Er war zwar fast so groß wie Amaru, schien aber durch dessen Ausstrahlung völlig in den Hintergrund gedrängt zu werden. Amaru folgte Micays Augen und betrachtete Acapana mit seiner grünen Tunika und den kleinen goldenen Ohrpflöcken. Acapana hielt der Musterung ruhig stand.

»Der oberste Diener vom Stab des Micho«, sagte Amaru schließlich und nickte. »Wie heißt Ihr?«

»Acapana, Herr.«

»Den Namen werde ich nicht vergessen«, versprach Amaru, und Acapana verbeugte sich. Dann wandte Amaru sich wieder Micay zu und musterte sie ebenso direkt wie Acapana, aber jetzt lächelte er.

»Du bist in meiner Abwesenheit erwachsen geworden.«

»Ja, Herr, Ihr wart über ein Jahr fort.«

»Ich weiß genau, wie lange es war«, versicherte Amaru. Er deutete mit dem Kinn auf die obere Terrasse. »Gibt es im Haus meiner Mutter Akha? Ich möchte etwas trinken.«

»Lloque Yupanqui ist bei ihr. Natürlich gibt es Akha. Sie erwartet Euch seit zwei Tagen.«

»Das ist nicht lange. Komm, bring mich zu ihr. Du kannst mir den Becher füllen und mir zeigen, was du im Quicuchicoy gelernt hast.«

Damit ergriff er Micays Arm und führte sie davon, hielt aber kurz inne, um einen Blick über die Schulter zurückzuwerfen und Acapana zum Abschied zuzunicken. Während sie die Stufen hinaufstiegen, sagte Micay lächelnd zu ihm: »Ich danke Euch, Herr.«

Einen Augenblick tat Amaru überrascht, aber dann zuckte er die breiten Schultern. »Es ist allzu leicht, im Anwesen meines Vaters unhöflich zu sein. Ich möchte den Dienst derjenigen, die für ihn arbeiten müssen, nicht unnötig erschweren.«

Vor dem Haus Apu Pomas stand schweigend eine große Gruppe von Männern. Ihren düsteren Gesichtern war anzusehen, welch schwere Niederlage die Inka hatten hinnehmen müssen.

Als die Männer Amaru erkannten, verbeugten sie sich, legten die Hände zum Zeichen der Achtung und Ehrerbietung vor den Mund und wichen beiseite, damit er ungehindert zum Haus des Micho gehen konnte. Aber Amaru steuerte Micay einfach nach links um die Gruppe der Männer herum. Plötzlich hatte sein Gesicht einen konzentrierten Ausdruck angenommen, was ihn älter und weniger anziehend erscheinen ließ. Micay konnte nicht sagen, ob er sich aus Stolz so verhielt, aus Unhöflichkeit oder aus dem Unbehagen heraus, inmitten der Niederlage einen persönlichen Sieg errungen zu haben – er war nicht nur einer der wenigen Überlebenden aus der Schlacht gegen die

Carangui, sondern hatte sich dabei auch noch ausgezeichnet. Es war sein Verdienst, daß die Krieger sich aus dem Hinterhalt freikämpfen und einen geordneten Rückzug antreten konnten. Am Anfang, als er durch das Tor getreten ist, hat er unverändert gewirkt, dachte Micay. Er hatte ihr keine Möglichkeit gegeben, darüber nachzudenken, was er auf dem Schlachtfeld erlebt haben mußte, aber zweifellos waren die große Gefahr und die vielen Toten nicht spurlos an ihm vorübergegangen.

Bevor sie Mama Coris Haus erreichten, hielt Amaru inne und fragte stirnrunzelnd: »Wo ist Quinti?«

»In Cuenca, im Nordviertel von Tumibamba. Sie lehrt die Cañari Quechua.«

Ungläubig schüttelte Amaru den Kopf, als habe er nicht richtig gehört. »Ist der Hof wirklich derart langweilig geworden?«

Micay lächelte. »Ihr seid lange fortgewesen, Herr. Wir sind immer noch mit Eurer Mutter am Hof, aber mittlerweile dienen wir auch der Hohenpriesterin Chimpu Ocllo.«

Nach kurzem Überlegen schüttelte Amaru ein zweites Mal den Kopf. »Ich glaube nicht, daß ich das alles verstehen möchte«, sagte er. »Ich werde sowieso bald wieder aus Tumibamba weggehen. Ich möchte mich nur davon überzeugen, daß meine Mutter nicht vom Rest der Familie verlassen wurde.«

»Wir sind für sie da, Herr, und Lloque Yupanqui besucht sie häufig.«

»Natürlich«, murmelte Amaru und blickte zum Hauseingang seiner Mutter. Dann wandte er sich wieder Micay zu. »Sicher kommt Cusi bald mit seinen Initiationsbrüdern nach Tumibamba. Wir haben im Feld von ihm gehört. Vielleicht weißt du, daß es meine Mutter war, die ihm das Laufen beibrachte.«

Micay nickte respektvoll. Amarus unverkennbare Zuneigung zu seinem jüngeren Bruder rührte sie. »Wenn Ihr Euch um die Gefühle Eurer Mutter sorgt«, sagte sie sanft, »sollte ich Euch warnen. Sie weiß, daß Ihr seit zwei Tagen in der Stadt seid.«

Amara verzog das Gesicht. »Wahrscheinlich ist es besser, wenn sie sich über mich ärgert«, sagte er und führte Micay zum Hauseingang.

Wie üblich waren Mama Cori und Lloque Yupanqui allein in ein Gespräch vertieft, aber sie erhoben sich sofort, um Amaru zu begrüßen und zu umarmen. Micay holte Becher und einen Krug mit Akha und wartete, bis sich alle gesetzt hatten. Dann füllte sie zwei Becher und stellte sie vor Lloque, damit er auf seinen Neffen anstoßen konnte. Feierlich erhob Lloque beide Kelche und reichte Amaru den in seiner Rechten.

»Sei gegrüßt, Huaminca, großer Krieger. Du hast viel Mut gegen die Carangui bewiesen und das Leben deiner Kameraden gerettet. Selbst in der Niederlage muß man dir Ehre erweisen. Die die Taten von Huayna Capacs Herrschaft aufzeichnen, werden deinen Namen nicht unerwähnt lassen.«

Amaru nahm den dargebotenen Becher, und beide Männer schütteten für Inti ein paar Tropfen Akha auf den Boden, bevor sie tranken. Amaru leerte den Inhalt in einem Zug und ließ sich von Micay sofort nachfüllen. Dann schenkte sie auch Mama Cori etwas Akha ein, doch diese nahm nur einen kleinen Schluck.

»Erzähle mir, mein Sohn«, begann sie. »Wie schwer ist Quilaco verwundet?«

»Er hat eine Verletzung am Bein und einen gebrochenen Arm, aber beides wird heilen. Wahrscheinlich kann er in ein paar Monaten wieder kämpfen.«

»Warst du während des Angriffs bei ihm?« fragte Lloque in seiner sanften, farblosen Stimme.

»In der Nähe. Wir haben zusammen mit allen Kriegern, die wir um uns sammeln und bewaffnen konnten, den Rückzug angetreten. Wir mußten den ganzen Weg um unser Leben kämpfen; deswegen war es nicht schwierig, mutig zu sein.«

»Und trotzdem bist du nicht verwundet. Du hast nicht einmal einen Kratzer abbekommen!« staunte Mama Cori und betrachtete ihren Sohn genau. Amaru nahm einen großen Schluck Akha, bevor er seine Mutter freudlos anlächelte. »Ich war zu betrunken, um verletzt zu werden.«

»Und ich bin zu alt, um verspottet zu werden«, gab Mama Cori freundlich zurück. Amarus Lächeln wurde noch härter und aufgesetzter. »Ich spotte nicht. Wir hatten die Carangui tagelang verfolgt und unterwegs ihre Dörfer in Brand gesteckt. Aber sie wollten uns nicht auf freiem Feld gegenübertreten. Schließlich mußten wir anhalten und warten, bis die Nachhut uns einholte; wir waren ihnen um Tage voraus. In der Zeit haben wir uns Akha gebraut, und dann wurden Kriegslieder gesungen, Sprüche geklopft und Hohnreden gehalten. Als die Carangui angriffen, waren die meisten von uns betrunken.«

Schweigen folgte seiner Erzählung. Amaru hielt Micay seinen Becher zum Nachschenken hin, und dann ging sie in die Ecke, um den Krug aufzufüllen. Als sie zurückkam, sagte Lloque: »... im Bericht der Kriegshäuptlinge nicht erwähnt. Sie führten den Überfall darauf zurück, daß die Colla es nicht erwarten konnten, auf den Feind zu treffen.«

»Sie konnten es auch nicht erwarten, ihre Inka-Kameraden beim

148

Trinken auszustechen«, erwiderte Amaru. »Deswegen sind so viele von ihnen umgekommen. Glaubt Ihr, daß diese Geschichte auch in die Balladen über die Taten von Huayna Capacs Herrschaft eingehen wird?«

Lloque richtete sich auf und neigte den Kopf zur Seite, als wollte er anhand von Amarus Tonfall herausfinden, ob er verhöhnt und sein Trinkspruch respektlos nachgeäfft werde. Amaru sah ihn ausdruckslos an, schien aber eine Antwort zu erwarten.

»Was auch immer geschehen ist«, sagte Lloque betont, »es ist eine Schande, wenn so viele Krieger grundlos ums Leben kommen. Deswegen werden unsere Lieder Trauer, Klagen und Warnungen für die Zukunft enthalten. Möchtest du, daß wir die Toten der Lächerlichkeit preisgeben?«

»Nein«, antwortete Amaru rasch. »Ich möchte nur, daß man diese Niederlage nicht als Sieg in Erinnerung behält. Ihr habt mich beruhigt, Onkel.«

»Warum mußt du diese Geschichten erzählen?« fragte Mama Cori scharf. »Möchtest du deine eigenen Leistungen schmälern?«

»Ich habe nichts geleistet. Ein Rückzug ist kein Erfolg.«

»Diese Bescheidenheit ist unnatürlich«, sagte Mama Cori gereizt. Lloque griff ein, um einen Streit zu verhindern. »Wie lange bleibst du bei uns, mein Sohn, bevor du nach Quito zurückkehrst?«

»Weniger als einen Monat. Aber ich gehe nicht nach Quito zurück.«

Amaru trank einen Schluck Akha und blickte seine Mutter über den Rand des Bechers an in der Erwartung, sie würde ihn fragen, wohin er gehen wolle. Aber Mama Cori schien es vor Ärger oder Überraschung die Sprache verschlagen zu haben. Schließlich bedeutete Lloque Amaru, sich zu erklären.

»Ich gehe mit Sinchi Roca an die Küste, um ihm zu helfen, die Straßen und Gebäude zwischen Tumibamba und Pachacamac zu inspizieren.«

»Das ist eine lange Reise«, wandte Lloque ein. »Du wirst viele Monate fort sein.«

»Wir rechnen damit, allein in Chan Chan mehrere Monate zu verbringen.«

Lloque blickte auf seine Schwester, aber Mama Cori schwieg.

»Sinchi Roca ist ein ehrenwerter Mann«, sagte Lloque, »und du kannst von der Verbindung mit ihm nur profitieren. Aber ich brauche dir wohl nicht zu sagen, daß es in Chan Chan keinen Krieg gibt. Du wirst deinen jetzigen Rang beibehalten, während Quilaco und die anderen jungen Hauptleute zu Ehren gelangen und befördert werden.«

Amaru zuckte die Achseln, als wollte er sagen, daß er von Ehre genug hatte.

»Du solltest auch an deine Gesundheit denken«, fuhr Lloque fort. »Du bist noch nie im Heißen Land gewesen. Dort ist es immer warm, und die Luft ist schwer zu atmen; manchmal ist sie feucht und stinkt nach Fisch, dann wieder ist sie so trocken und heiß wie in der Wüste. Als wir gegen die Chimu kämpften, mußten unsere Männer alle drei Monate ausgetauscht und in die Berge zurückgeschickt werden, sonst wären sie an der Hitze und der schlechten Luft gestorben.«

»Wie Ihr sagt, wir gehen nicht zum Kämpfen nach Chan Chan«, erwiderte Amaru leichthin. »Sinchi Roca hat mich bereits über die Unannehmlichkeiten und Gefahren aufgeklärt. Aber sie sind unbedeutend im Vergleich zu dem, was ich lernen und sehen werde. Mein Kommandeur hat mir bereits Urlaub gegeben.«

»Dann kann ich dir nur gute Gesundheit wünschen«, schloß Lloque und warf Mama Cori einen warnenden Blick zu. Aber sie ignorierte ihren Bruder und reagierte scharf und unbesonnen.

»Ich frage mich nur, wann du endlich wie ein Mann handeln und dir eine Frau suchen wirst, um eine Familie zu gründen! Spricht Sinchi Roca mit dir nur über Straßen und Gebäude?«

»Er ist wie ein Vater zu mir. Aber er ist zu klug, um mir seine Töchter aufzudrängen.«

»Ein wunderbarer Vater!« rief Mama Cori ironisch und wies Lloques beschwichtigende Geste zurück. »Glaubt er, sie dir nicht anvertrauen zu können? Oder hält er dich für unreif?«

»Ich muß jetzt gehen«, sagte Amaru leise und verbeugte sich vor seiner Mutter und seinem Onkel. Mama Cori wandte das Gesicht ab und blickte nicht auf, als Amaru sich erhob, aber Micay sah, daß ihr eine Träne über die Wange lief. Lloque bedeutete Amaru wortlos zu gehen und gab dann Micay ein Zeichen, dem jungen Mann zu folgen. Vor dem Haus holte sie ihn ein; in der Hand hielt sie noch immer den Krug mit Akha. Amaru griff danach und hob ihn an die Lippen.

»Warum habt Ihr sie herausgefordert?« fragte Micay leise. In ihren Augen lag Mißbilligung. »Deswegen wird sie Euch nicht weniger vermissen.«

Amaru setzte den Krug ab und wischte sich den Mund. »Vielleicht doch.«

»Aber möchtet Ihr wirklich, daß sie Euch so in Erinnerung behält?«

»Am liebsten wäre mir, wenn mich niemand in Erinnerung behält«, antwortete er tonlos. »Ich möchte von allen vergessen werden, die es als ihre Aufgabe ansehen, meinen Charakter zu formen und meine Zukunft zu gestalten.«

»Nicht alle wollen Euch beirren…«

»Ich kann mich selbst beirren«, verkündete Amaru. Er klang etwas betrunken. Dann reichte er ihr den Krug und wandte sich zum Gehen, drehte sich aber noch einmal um. »Wenn mein Bruder Cusi kommt, sag ihm, daß ich stolz bin auf den Mann, der er immer schon war. Er wird verstehen, was ich damit meine.«

Plötzlich befiel Micay ein Unbehagen, und sie hatte das Gefühl, ihn zurückhalten zu müssen. »Ihr klingt, als wolltet Ihr nicht zurückkehren, Herr. Was hofft Ihr, in Chan Chan zu finden?«

»Ich weiß es nicht. Was immer ich hier oder in Cuzco nicht gefunden habe. Was immer es noch gibt, das ich finden kann.«

»Vielleicht findet Ihr, womit Euch wirklich ernst ist«, schlug Micay kühn vor. »Das habt Ihr zu mir gesagt, bevor Ihr damals abgereist seid.«

»Ich weiß«, sagte Amaru und warf ihr ein Lächeln zu, das ihr Unbehagen ein wenig beschwichtigte. »Ich habe dir damals auch gesagt, daß du mich besser verstehst als alle anderen.« Er berührte sie zart an der Wange. »Aber du solltest auf jemanden hören, der vertrauenswürdiger ist als ich, wenn du eine solche Person finden kannst.«

»Die Hohepriesterin hat *mich* gefunden«, gestand Micay.

Amaru lächelte. »Ich weiß, so etwas kann vorkommen«, sagte er. Dann zuckte er die Schultern und neigte den Kopf zum Abschied. »Wahrscheinlich sehe ich dich noch einmal, bevor ich die Stadt verlasse. Vergiß nicht meine Nachricht an Cusi.«

Micay nickte gehorsam und wiederholte die Botschaft leise. Es schien ihr klar, was diese Worte bedeuteten, viel klarer als alles, was Amaru über sich selbst gesagt hatte. Aber die Stelle, wo er ihre Wange berührt hatte, brannte, ihr Herz schlug heftig, und ihre Hände waren feucht und kraftlos. Warum hatte er immer diese Wirkung auf sie? Wie schaffte er es, daß sie sich immer wieder um ihn sorgte, wo er sich selbst so wenig um sich zu sorgen schien?

Cuzco

Eine Frau, deren Haare wie ein Quipu geknotet waren, enthüllte gerade ihre Brüste vor ihm und wollte ihn in ein dunkles Zimmer locken, als er von kraftvollen Händen gepackt und aus seinem Traum gerissen wurde. Otoronco blies ihm seinen Akha-schweren Atem ins Gesicht.

»Wach auf! Was ist mit dir los? Bist du betrunken?«

»Ich habe geschlafen«, brachte Cusi hervor.

Otoronco ließ ihn los und taumelte zurück; es hatte den Anschein, als sei er selbst sehr betrunken. »Wo ist deine Streitaxt? Nimm sie mit!«

Otoronco schlurfte aus dem Zimmer, und Cusi griff nach seiner Streitaxt und ging ihm nach. Es war fast Vollmond, und der Hof war in ein kaltes, bläuliches Licht getaucht. Zum ersten Mal seit zehn Tagen – seitdem er den Abmarschbefehl bekommen hatte – bemerkte Cusi den Mond, und er betete im Stillen zu Mama Quilla, während er Otoronco in den Schatten folgte.

»Die Inka sind klein geworden«, brummte Otoronco, als er auf die Stufen zur nächsthöheren Terrasse zusteuerte. »Klein und vernünftig. Sie schrecken vor allem zurück, was sie für unmöglich halten.«

Cusi fragte sich, wohin sein Großvater ihn führte. Auf der nächsten Terrasse befanden sich die Räume der Iñaca-Ältesten und Priester, und darüber lag nur noch der Illapa Cancha, wo Pachacuti aufbewahrt wurde.

»Sie haben Angst davor, die Wahrheit zu sagen«, fuhr Otoronco wütend fort. »Vor allem, wenn sie glauben, daß ihre Vorgesetzten es nicht hören wollen. Sie würden nie etwas sagen, das kühn oder überraschend sein könnte. Ach! Jemand könnte ihnen vorwerfen, sie hätten Mut und visionäre Kraft!«

Als sie die Terrasse erreichten, ging Otoronco über einen kleinen Platz auf die schmale Treppe zu, die zum Illapa Cancha führte. Plötzlich wurde Cusi sich der späten Stunde, Otoroncos Trunkenheit und der Streitaxt in seiner Hand bewußt.

»Herr – wohin gehen wir?«

Otoronco wandte sich um. »Zu meinem Vater. Zu einem richtigen Inka.«

Cusis Hand, die die Axt umklammerte, wurde feucht, und er war mit einem Schlag hellwach. Oben an der Treppe stand ein Priester Wache. Er verbeugte sich tief vor Otoronco, richtete sich aber empört auf, als er die Waffe in Cusis Hand sah.

»Herr! Das ist verboten!«

»Ich kenne die Vorschriften«, wies Otoronco ihn zurecht. »Das ist mein Enkel Cusi Huaman. In zehn Tagen zieht er nach Norden in die Schlacht gegen die Carangui. Seine Waffe wird ihn dorthin begleiten, genauso wie jetzt.«

Der Priester trat beiseite, aber gleich darauf wollten zwei andere ihnen den Zutritt zum Anwesen selbst verwehren. »Heute nacht werdet ihr mir nicht im Weg stehen«, herrschte Otoronco sie an. Er schien auf die beiden so bedrohlich zu wirken, daß er nicht einmal eine Hand erheben mußte, um sie zum Nachgeben zu bewegen.

Dann war von innen eine heisere, zitternde Stimme zu vernehmen: »Laßt sie eintreten.«

Sofort wichen die Männer beiseite und ließen Otoronco und Cusi den winzigen, von hohen Mauern umgebenen Hof betreten, der vom Mondlicht erfüllt war. Mit fünf großen Schritten erreichte Otoronco das offene Gebäude und bückte sich, um unter das niedrige Dach hineinzugehen. Cusi folgte ihm widerstrebend. Erst nach einer Weile konnte er in der Dunkelheit Formen ausmachen. Als erstes bemerkte er ein kegelförmiges Bündel auf einer niedrigen Plattform. Kaum war ihm bewußt geworden, daß es sich um Pachacutis Mumie handelte, als dahinter ein blasses, rundes Gesicht auftauchte. Eine Maske, dachte Cusi und bemühte sich, nicht die Fassung zu verlieren. Er fühlte die beunruhigende Ausstrahlung der Huacas, die er nicht sehen konnte; sein Magen verkrampfte sich, und er biß unwillkürlich die Zähne zusammen. Dann erklang wieder die hohle, müde Stimme, die von irgendwoher zwischen der Maske und den Umrissen von Pachacutis geschrumpftem Kopf zu kommen schien.

»Otoronco Achachi, warum suchst du uns in Wut auf?«

»Wir müssen einen Krieg führen!« brach es aus Otoronco hervor. »Aber wir haben keine Männer mit dem Mut oder dem Willen, ihn zu führen! Zehntausend sind tot, im Schlaf ermordet, und ich muß hierbleiben und noch mehr Männer losschicken, damit sie niedergemetzelt werden. Es heißt, als Huayna Capac von dem Hinterhalt hörte, habe er nur gelacht und gesagt, Männer seien die Nahrung des Kriegs.«

»Der Inca lacht immer über Niederlagen.«

»Und dann will er Rache üben«, verkündete Otoronco. »Er sitzt nicht im Palast und wartet auf Verstärkung.«

Die Maske sank tiefer und schwebte über dem Kopf Pachacutis, als würde sie ein Ohr an seinen Mund legen.

»Nein«, sagte die Stimme schließlich. »Das tut er nicht.«

Otoronco brummte und ließ die Hände sinken, mit denen er um sich gefuchtelt hatte.

»Mein Herz ist nicht alt und müde und ruhig«, sagte er leise. »Muß ich wirklich hierbleiben, Vater, bis nur noch die alten Männer übrig sind und ich mit den Letzten aufgerufen werde?«

Die Maske schwebte nach oben, bis sie wie ein blasser Mond über der Mumie hing.

»Außerhalb von Cuzco kann ich mich nicht für dich einsetzen.«

»Niemand will sich für mich einsetzen! Alle sagen, es sei unmöglich. Sie sagen, Huayna Capac wolle nichts davon hören, die anderen Kriegshäuptlinge würden aufbegehren ...«

»Wer ist dieser andere, der mit einer Waffe zu mir kommt?« fuhr die Stimme dazwischen, so daß Cusi ein Schauer über den Rücken lief. Er hatte dem Gespräch mit großer Verwunderung gelauscht und fragte sich, wer hinter der Maske steckte, wessen Stimme er hörte. Er fühlte, wie sich Otoronco ihm zuwandte, als sei ihm sein Begleiter soeben wieder eingefallen.

»Das ist Cusi Huaman, der Sohn Apu Pomas und Enkel meines Bruders Sinchi Huaman. Wie sein Großvater hat er seinen Namen im Huarachicoy-Rennen bekommen.«

Die Stimme ließ ein Summen vernehmen; die Maske näherte sich Cusi für einige Augenblicke und zog sich dann wieder zurück.

»Und die Waffe?«

»Er trägt sie seit einem Jahr, um stark zu werden. Jetzt wird er sie gegen die Carangui tragen.«

»*Er* soll sich für dich verwenden«, beschloß die Stimme. »Tritt näher, Cusi Huaman, und zeige mir deine Waffe.«

Es kostete Cusi große Willenskraft, seine Beine zu bewegen, und er hatte das Gefühl, durch Sand zu waten, als er nähertrat und die Hände mit der Waffe ausstreckte. Seine Arme zitterten, aber nicht vor Erschöpfung, sondern vor Angst. Die Maske tanzte vor ihm auf und ab, und dann wurde ihm die Axt so plötzlich aus der Hand genommen, daß er zurücktaumelte. Gleichzeitig erkannte er, daß lange, schwarze Haare die Maske umrahmten, und diese Haare gehörten einer Frau. Dann wurde ihm die schwere Axt abrupt wieder in die Hände gelegt.

»Erringe Ruhm damit«, befahl die Stimme, die wie keine ihm bekannte Frauenstimme klang. »Erringe Ruhm, aber vergiß nicht diejenigen, die vor dir kamen. Ich habe gesprochen.«

Damit verschwand die Maske im Dunkeln. Cusi und Otoronco verneigten sich und verließen das Gebäude. Cusi fühlte sich plötzlich von unendlicher Lebenslust erfüllt, und er packte die Axt am Holm und schwang sie in der Luft umher. Otoronco versuchte, sie zu ergreifen, aber Cusi schüttelte den Kopf und wich zurück. Ein Lächeln breitete sich auf dem Gesicht seines Großvaters aus. »Gut so. Jetzt gehört sie dir«, sagte er.

Otoronco saß auf einer Steinbank in dem vom Mondlicht erfüllten Hof und kaute Koka, während Cusi mit seiner Streitaxt Schein-kämpfe mit seinem Schatten ausfocht, um seiner Rastlosigkeit Herr zu werden. Schließlich legte er die Waffe schweißgebadet beiseite, hüllte sich in eine Decke und trank einen Becher Akha. Schweigend schritt er auf und ab und hielt dann plötzlich vor Otoronco inne.

»Großvater«, begann er kläglich, aber Otoronco hielt eine Hand hoch, um ihn zum Schweigen zu bringen.

»Frag nicht mich, was du tun sollst. Das mußt du selbst entscheiden. Und ich bitte dich auch nicht, mir Ruhm zu versprechen. Niemand kann wissen, was die Götter für einen bereithalten. Aber wenn Huayna Capac dir seine Gunst erweisen sollte, mußt du ihn bitten, mich wieder kämpfen zu lassen. Du mußt ihn davon überzeugen, daß ich keine Bedrohung für seine Autorität darstelle und daß ich im Feld nützlich sein kann.«

»Ich bin davon überzeugt, daß das stimmt, Herr ...«

»Aber?« unterbrach Otoronco mit blitzenden Augen. »Willst du wieder klein werden, Cusi, wie dein Vater?« Cusi richtete sich auf und zog die Decke fester um sich.

»Ihr habt mir geholfen, ein Mann zu werden, Großvater. Wenn ich zu Ruhm komme, dann nur Euretwegen.«

»Aber?« wiederholte Otoronco barsch. »Sag mir nicht, daß du nicht Huayna Capacs Unmut auf dich ziehen willst.«

»Nein, Herr«, widersprach Cusi und holte tief Luft. »Aber es gibt etwas anderes, um das ich Huayna Capac zuerst bitten muß.«

Otoronco lehnte sich zurück, als ob er ihn aus größerer Entfernung betrachten wollte. »Und was ist das?«

»Die Hand seiner Tochter.«

Otoronco sperrte den Mund auf, doch im nächsten Augenblick mußte er so heftig lachen, daß er seinen Kokaballen ausspucken mußte. Er schüttelte den Kopf und ließ seine Hand mit einem Klatschen auf die steinerne Armlehne fallen. »Da sitze ich hier und mißtraue deiner Bereitschaft, um das Unmögliche zu bitten, während du etwas viel Gewagteres im Sinn hast. Vergib mir, daß ich an dir gezweifelt habe, Cusi Huaman. Kann ich mich dann darauf verlassen, daß du dich für mich verwendest, nachdem er dir seine Tochter verweigert hat? Im Vergleich dazu mag ihm mein Ansinnen als eine Nichtigkeit erscheinen.«

»Das verspreche ich Euch«, willigte Cusi ein. Dann fragte er leise: »Seid Ihr sicher, daß er meine Bitte ausschlagen wird?«

Otoronco zuckte vielsagend die Schultern. »Ich bin mir über nichts sicher, vor allem, was dich betrifft. Vielleicht bist du ein Bruder des Blitzes, ein Liebling Illapas. Die Götter vermögen alles. Also bitte um das, was du willst, oder nimm es dir. Flehe nicht um Gefälligkeiten.«

»Ja, Herr«, sagte Cusi und verbeugte sich. Dann fügte er, den Rat befolgend, hinzu: »Ich möchte Eure Erlaubnis, den Mann zu besuchen, der mir meinen Schutzgeist gegeben hat.«

»Geh!« lachte Otoronco. »Noch etwas? Nein? Willst du dich allein um das Mädchen bemühen? Gut. Dann setz dich her. Es gibt eine Geschichte, die ich nur wenigen Leuten erzählt habe. Sie handelt von der Vision, die Pachacuti auf der Ebene hatte, in der Nacht, bevor er gegen die Chanca kämpfen mußte. Wenn ich fertig bin, verstehst du vielleicht, warum ich es für die Pflicht eines Inka halte, *immer* das Unmögliche zu versuchen...«

Tumibamba

Quilaco saß im Garten des kleinen Adobe-Hauses, das die Coya ihm geschenkt hatte. Sobald er Micay durch das Tor eintreten sah, vergaß er seine Verletzungen und sprang auf. Aber als er erkannte, daß Micay ohne Begleitung kam, zog ein Ausdruck der Enttäuschung über sein Gesicht, und seine Begrüßung hatte etwas Dringliches.

»Ich freue mich, dich zu sehen, Micay. Hast du eine Nachricht von Quinti?«

»Ja, Herr«, antwortete sie und hielt dann inne, als wolle sie sich sammeln. »Sie hat mich gebeten, Euch ihr Bedauern auszudrücken, Herr. Sie hat das Gefühl, Euch nicht mehr besuchen zu können, denn sie meint, das würde nur zu weiteren Mißverständnissen führen.«

Quilaco wandte sich rasch ab, drehte sich dann aber wieder um. Sein Gesicht war reglos, bis auf ein Zittern um das Kinn. »Nun gut. Du kannst ihr sagen, daß ich ihren Entschluß bedauere.«

»Ja, Herr«, sagte Micay mit einer Verbeugung und trat von ihm zurück.

»Micay.«

»Ja, Herr?« fragte sie und versuchte, eher überrascht als erleichtert zu klingen. Quilacos Gesicht verkrampfte sich etwas, als er ihr bedeutete, sich neben ihn auf die Bank zu setzen.

»Du mußt mir erzählen, was mit ihr passiert ist.«

Langsam nahm Micay am anderen Ende der Bank Platz. Sie zögerte, denn sie wollte nicht den Eindruck erwecken, als hätte sie ihre Antwort allzu gut vorbereitet.

»Sie hat das Gefühl, daß Ihr bereits von anderen informiert wurdet. Und daß Ihr ihnen Glauben schenkt.«

»Das wollte ich nicht«, betonte Quilaco. »Ich war schockiert, diese Dinge von anderen erfahren zu müssen. Warum hat sie mir bei ihrem ersten Besuch nicht erzählt, *warum* sie unterrichtet? Warum hat sie mir nicht gesagt, daß sie sich Chimpu Ocllo angeschlossen hat?«

»Ihr wart noch schwach und hattet Schmerzen, Herr«, erklärte Micay. »Sie wollte Euch nicht belasten.«

Quilaco sah sie ärgerlich an. »Sie wußte auch nicht, was sie für mich empfindet. Das habe ich ihr angesehen. Und ich konnte es verstehen, schließlich waren wir länger als ein Jahr getrennt. Aber als sie das zweite Mal kam, hat sie die Dinge nicht geleugnet, die ich über sie gehört hatte. Sie hat versucht, sich zu *verteidigen*.«

»Und Ihr habt ihr nicht zugehört«, wandte Micay ein.

»Ich konnte nicht glauben, was sie sagte! Sie hat kein Bedauern gezeigt, diese Dinge über den Sapa Inca gesagt zu haben. Anscheinend hat sie geglaubt, es wäre eine dumme, aber notwendige Erfahrung gewesen. Und dann hat sie mich allen Ernstes gefragt, ob ich damit zufrieden war, wie der Feldzug geführt wurde.«

»Ihr habt ihr keine Antwort gegeben«, wies Micay ihn zurecht und gab damit die Rolle der unbeteiligten Botin auf.

Quilacos Gesicht wurde wieder hart. »Ich habe es nicht nötig, dumme Meinungen von mir zu geben. Warum bist du wirklich hier, Micay? Steckt Chimpu Ocllo dahinter?«

»Natürlich hat sie Quinti geraten, Herr. Genauso wie die Coya und Mama Huarcay Euch geraten haben.«

»Die Coya hat mich wegen meiner Mutter in ihr Herz geschlossen. Ich kann ihren Rat nicht in den Wind schlagen.«

»Hat sie Euch geraten, Quinti zu verschmähen?«

»Nein«, antwortete Quilaco schnell. »Es hat sich auch nichts an ihrer Zuneigung zu Mama Cori verändert. Aber ich kann dir sagen, daß sie nichts für Chimpu Ocllo übrighat. In Cuzco war immer die Coya die Vorsteherin des Kults von Mama Quilla.«

»Verzeiht, Herr, aber wir sind nicht in Cuzco. Und wir sind auch in keinem Dorf, das die Inka erst gestern erobert haben.«

»Offenbar hast du Chimpu Ocllos Argumente gut einstudiert«, sagte Quilaco verächtlich. »Hat man dich hierher geschickt, um mich damit zu provozieren?«

»Nein, Herr. Ich wurde geschickt, um herauszufinden, ob Ihr das, was Ihr wißt, ebenso tapfer verteidigt, wie Ihr in der Schlacht Euer Leben riskiert. Oder ob Ihr nur das glauben könnt, was der Hof glaubt.«

Wütend stand Quilaco auf. »Was glaubst du über diesen Krieg zu wissen, was der Hof nicht weiß?« fragte er barsch.

»Wir wissen, daß viele der Krieger betrunken waren, als die Carangui angriffen«, sagte Micay. Quilaco wurde blaß, und sein Ärger verrauchte schlagartig. Einen Moment starrte er sie an, dann wandte er sich um und ging unbeholfen zum Rand des Teiches; seine Schlinge und der Verband um seinen Oberschenkel behinderten ihn. Als er zu Micay zurückhumpelte, stand sie auf und ging ihm entgegen.

»Quinti verlangt viel von mir«, sagte er mit heiserer Stimme.

»Sie hat das Gefühl, viel geben zu können, Herr. Deswegen ging sie auch das Risiko ein, mich hierherzuschicken. Sie weiß, daß sie Euch verlieren könnte, aber sie würde noch viel mehr verlieren, wenn sie ihre Ansichten verleugnen würde, nur um Euch zu beschwichtigen. Sie möchte das, was in ihrem Herzen ist, nicht verbergen, sondern mit Euch teilen.«

Quilaco betrachtete sie schweigend. Micay ahnte, daß er sich hatte überzeugen lassen, spürte aber auch seine Ablehnung ihr gegenüber. Ihr wurde bewußt, daß sie die einzige Zeugin seines Meinungsumschwungs war und daß er ihr das in gewisser Weise übelnahm.

»Ich habe dich verstanden«, meinte er schließlich. »Sag Quinti, daß ich sie bald im Anwesen des Micho besuchen werde.«

Micay verbeugte sich und ging. Sie hatte das Gefühl, sich gut für Quinti eingesetzt zu haben, obwohl sie gar nicht versucht hatte, das, was Quinti und die Hohepriesterin ihr gesagt hatten, in bessere Worte zu fassen. Vielleicht würde Quilaco im Lauf der Zeit erkennen, daß sie ihn nicht mit List zu dieser Meinungsänderung hatte bewegen wollen. Vielleicht würde er seinen Meinungsumschwung sogar als mutige Tat sehen. Oder, dachte Micay traurig, vielleicht bin ich wieder einmal zwischen Mann und Frau getreten – noch bevor die Hochzeit stattgefunden hat.

An diesem Tag bat Chimpu Ocllo nur Micay, sie auf einem ihrer üblichen Spaziergänge durch Tumibamba zu begleiten. Micay folgte ihr schweigend und bemühte sich, nicht zu zeigen, wie stolz sie wegen dieser Gunstbezeugung war. Sie war froh, ihre bequemen Sandalen zu tragen, denn Chimpu Ocllo schritt wie immer forsch aus. Die Hohepriesterin nannte alle Berge beim Namen und erklärte, es sei kein Zufall, daß die Straßen von Tumibamba alle auf diese Apus, die »Großen Herren«, zuführten. Die Pfade, die die Klans im ersten Dorf Tumibamba voneinander getrennt hatten, waren nach den Bergen ausgerichtet worden, damit die Herren der Erde herabblicken und die dort lebenden Menschen segnen konnten.

»Der Verlauf der Wege wurde nie verändert«, erzählte sie Micay. »Außer dort, wo die Inka Land für den großen Platz und für den Mollecancha brauchten.«

Verwundert stellte Micay fest, daß Chimpu Ocllo sie eine schmale Gasse entlangführte und ihr Tempo verlangsamt hatte. Schließlich traten sie auf einen kleinen Platz, auf dem sich Cañari-Frauen versammelt hatten. »Weißt du, was das ist?« fragte die Hohepriesterin und zog ihre Begleiterin zu der Gruppe. Etwa die Hälfte der Frauen saß auf der bloßen Erde. Vor ihnen waren Tücher mit Bergen von Obst und Gemüse ausgebreitet: Avocados, Papayas und Mangos, verschiedene Kartoffelsorten, große, hellgrüne Kürbisse und Uchu-Pfefferschoten in leuchtendem Grün, Orange und Rot. Es waren vor allem die Farben und Formen, die Erinnerungen in Micay wachriefen, und sie war erstaunt, als ihr das Wort einfiel: »Es ist ein Markt.«

Chimpu lachte leise über ihre Verwunderung und bedeutete ihr zuzusehen. Micay hatte beinahe vergessen, wie Feilschen vor sich ging. Im Haus der Erwählten Frauen gab es kein Handeln, und die Inka erhielten alles, was sie brauchten, aus den königlichen Lagerhäusern. Die Frauen saßen oder hockten sich gegenüber und vergrößerten schweigend ihren jeweiligen Berg – Kartoffeln auf dem einen, Pfefferschoten auf dem anderen Tuch –, bis beide Seiten mit dem Handel zufrieden waren und die Waren austauschten. Fasziniert sah Micay zu und merkte, daß alte Bilder in ihr aufstiegen.

Erst nach einiger Zeit wurde ihr bewußt, daß Chimpu Ocllo sich auf Cañar mit einigen der Frauen unterhielt und diese der Hohepriesterin alle etwas geben wollten: eine Ananas, ein paar Bananen, einen Strang aufgefädelter Pfefferschoten. Chimpu bewunderte alle Gaben, nahm aber nur zwei Avocados an. Eine davon gab sie Micay. Dann verabschiedete sie sich von den Marktfrauen.

Auf dem Heimweg fiel Micay plötzlich ein, wie ihre Mutter ihr einmal als kleinem Mädchen eine Avocado gegeben hatte...

»Woran erinnerst du dich?« fragte Chimpu abrupt. Micay blinzelte und sah sich um, bevor sie auf die Avocado deutete. »Einmal, als ich noch ganz klein war, habe ich versucht, durch die Schale in eine Avocado zu beißen. Das schmeckte so bitter!«

»Das war in...«

»In Suta«, sagte Micay automatisch und hielt dann verwirrt inne. Das letzte Mal, als Chimpu sie gefragt hatte, wo sie geboren wurde, konnte sie sich nicht erinnern.

»Siehst du, du weißt viel mehr, als du glaubst.«

»Im Haus der Erwählten Frauen mußte ich das alles vergessen. Und jetzt sehe ich keinen Sinn darin, mich zu erinnern.«

»Wirklich nicht? Und was ist mit deinem Traum? Dein Körper ging über die Brücke, aber dein Geist folgte dem Kondor, dem Symbol deines Volkes.«

»Die Inka sind mein Volk.«

»Jetzt ja. Aber du warst kein kleines Kind, als du weggeführt wurdest. Ein Teil deines Lebens ist verloren, und deswegen leidest du. Die Inka glauben, sie könnten überall leben, wenn nur die Menschen dort Quechua sprechen und die Städte hohe Mauern wie in Cuzco haben. Aber man kann nur dann unbeschadet an vielen Orten leben, wenn man in sich ruht.«

»Ich habe mich immer darum bemüht, in mir zu ruhen«, wandte Micay ein.

Die Coya Pacsa lächelte. »Ich weiß. Deswegen mußt du versuchen, dich zu erinnern, selbst wenn es weh tut. Du mußt auf deine Träume achten, denn im Traum flüstern die Götter und die Huacas uns Dinge ein. Hör auf das, was sie dir sagen.«

Micay nickte ernsthaft und erschrak, als Chimpu ihre Avocado in die Luft warf und wieder auffing. Dann lachte sie und deutete auf die Frucht in Micays Hand. »Wenn sie reif ist, schäle sie sorgsam. Nur das Innere ist schmackhaft.«

Cuzco

Cusi erreichte die Hirtenhütte erst am Spätnachmittag. Mit dem schweren Bündel auf dem Rücken war er langsamer als sonst vorangekommen; zudem hatte er länger als geplant bei der Huaca verweilt. Aber es tat ihm nicht leid; er freute sich immer noch über die Gabe, die er bei der Huaca gelassen hatte – ein Geschenk, das ihn aus der Vergangenheit entließ und ein Opfer für die Zukunft war.

Er verbarg seine Überraschung, Raurau Illas jungen Gehilfen in der Hütte warten zu sehen, und lächelte ihm freundlich zu.

»Sei gegrüßt, Alco. Ich möchte Raurau Illa besuchen.«

»Ihr werdet erwartet«, sagte der Junge brüsk. Sein breites Colla-Gesicht zeigte keine Andeutung von Lächeln.

»Hat er gewußt, daß ich heute komme?« fragte Cusi, als sie mit raschen Schritten die Ebene überquerten.

»Er hat schon vor Tagen gewußt, daß Ihr kommt. Ich habe gewartet.«

»Ich mußte wichtige Dinge erledigen«, setzte Cusi an und fragte sich, warum er sich vor dem Jungen rechtfertigte. Wollte Alco bewußt verächtlich klingen, oder war er nur in der Gegenwart eines Inka nervös? »Es tut mir leid, wenn du warten mußtest«, fügte Cusi beschwichtigend hinzu. »Raurau Illa hat bestimmt bedeutsamere Aufgaben für seinen Gehilfen.«

»Ich bin nicht sein Gehilfe«, gab Alco gereizt zurück. »Ich bin sein Nachfolger.« Damit erhöhte er sein Tempo und ließ Cusi zurück.

Jetzt war Alcos Widerwille unverkennbar. Cusi fragte sich, welche

Art Bedrohung er für diesen Jungen darstellte. Und was bedeute ich für Raurau Illa? dachte er. Aber er konnte es nicht zulassen, daß Alco so unhöflich vorauslief.

»Und ich bin sein Gast«, sagte er mit lauter Stimme und bemerkte, daß der Junge sein Tempo verringerte. »Ich habe Geschenke für Raurau Illa und seine Leute mitgebracht. Und du wirst sie für mich tragen.« Also Cusi Alco eingeholt hatte, ließ er sein schweres Bündel in dessen Arme fallen. Der Junge brach unter dem Gewicht beinahe zusammen, schulterte die Last aber wortlos. Mit leeren Händen ging Cusi neben ihm her. Er hatte keine Waffe mitgenommen, denn hier, in der Umgebung von Cuzco, hatte er nicht erwartet, auf Feinde zu stoßen. Doch offenbar hatte er bereits einen gefunden und konnte nur hoffen, daß andere Feinde hier ebenso klein sein würden wie Alco.

Die zehn Häuser, aus denen das Dorf bestand, lagen gedrängt auf hohem, felsigem Grund, auf dem weder Vieh weiden noch Kartoffeln oder Quinoa angebaut werden konnten. Sie waren aus Steinen gebaut, die mit Mörtel zusammengefügt worden waren, und die dicken Strohdächer waren vom rauhen Wetter der Hochebene ausgeblichen und zerfetzt. Jedes Haus war von einem kleinen, ummauerten Hof umgeben, der gelegentlich den Familienlamas als Pferch diente.

Alco führte ihn zum Eingang eines Anwesens, das nicht größer oder vornehmer war als die anderen, und öffnete ein Holzgatter, hinter dem sich drei weiße Lamas drängten. Dann betrat er durch eine niedrige Tür ein Haus ohne Fenster, in dem es sehr dunkel war und nach Rauch, Wolle, Lamafett und Menschen roch. Cusi folgte Alco ins Innere und hielt die Luft an. Zu seiner Linken kauerte eine Frau im Schein eines Lehmofens; vor ihm an der rückwärtigen Wand saßen drei Männer auf einer niedrigen gemauerten Bank. Alco legte Cusis Bündel vor ihnen ab und hockte sich neben die Plattform. Als Cusi den mittleren der drei Männer als Raurau Illa erkannte, ließ er sich auf die Fersen vor ihm nieder.

»Sei gegrüßt, Großvater«, sagte er respektvoll und war überrascht, als der Mann zu Raurau Illas Rechten antwortete; er sprach jedoch nicht Cusi, an, sondern Raurau.

»Er ist gekommen, wie du gesagt hast. Wir haben es vorausgesehen.«

Cusi sah Raurau Illas leeren, silbernen Blick und wurde sich bewußt, daß er ihn fixierte.

»Alco«, sagte der alte Mann, »erzähl mir, wie Cusi Auqui sich verändert hat, seitdem du ihn das letzte Mal gesehen hast.«

Der Junge schien zu erstarren und antwortete dann, ohne einen Blick auf Cusi zu werfen: »Er ist größer und kräftiger als früher, und er hat die Ohrpflöcke eines Inka. Er trägt ein rotschwarzes Stirnband und eine Tunika aus gutem Tuch. Außerdem hat er einen Kokabeutel, den er früher nicht gehabt hat. Offenbar ist er wohlhabend geworden und daran gewöhnt, daß Diener für ihn arbeiten. Als er in der Hütte ankam, sah er sehr selbstzufrieden aus.«

Cusi wollte lächeln über die Mischung aus Verächtlichkeit und widerwilligem Respekt, mit der die Alco seine Beschreibung abgab, unterdrückte das Verlangen aber, weil es herablassend wirken konnte.

»Was hat er mitgebracht?« wollte Raurau wissen.

»Ein schweres Bündel mit Geschenken, für Euch und unser Volk, sagte er.«

»Was hast du uns mitgebracht, Cusi?« fragte Raurau abrupt. Cusi knotete die Ecken der großen Decke auf, die seine Gaben enthielt, und breitete sie aus, so daß das Licht von der Tür auf sie fiel. »Ich habe Umhänge und Lendenschurze und andere Kleidungsstücke mitgebracht«, erklärte Cusi und legte einige der Stücke in Rauraus Hände. »Dazu ein paar Sandalen und vier Becher. Das sind Preise, die ich beim Rennen gewonnen habe. Außerdem habe ich einen neuen Namen gewonnen: Cusi Huaman.«

»Zeig mir die Becher«, forderte Raurau ihn auf und reichte die Kleidungsstücke in seiner Hand an die Männer neben sich weiter. Sie befühlten den Stoff und summten mit offensichtlicher Befriedigung. Cusi griff nach den vier Holzbechern. Zwei waren in der Form eines Pumakopfes geschnitzt und hatten ein zähnefletschendes Gesicht in leuchtend schwarzen und roten Tönen aufgemalt. Der dritte Becher war mit einem feinen Reliefmuster verziert, das Luchsköpfe darstellte, und der vierte zeigte Berge unter einem Streifen von Himmelssymbolen, die mit Illapa in Zusammenhang standen. Dieses Gefäß reichte er Raurau.

»Bei diesem mußte ich an dich denken, Großvater«, erklärte er.

Raurau tastete den Becher und die geschnitzten Verzierungen mit den Fingern ab. Dann lächelte er leicht und stellte das Gefäß vor sich hin, womit er es offenbar für sich beanspruchte. »Ja«, sagte er kurz und streckte die Hände aus. Cusi gab ihm die Pumabecher, und Raurau überreichte sie den Männern zu seiner Linken und Rechten, die sich feierlich vor Cusi verbeugten. Den letzten Becher betastete Raurau so lange, daß Cusi dachte, Rauraus Finger könnten die feinen Schnitzereien vielleicht nicht erkennen. »Das sind Luchsköpfe«, erklärte er.

Raurau lachte kurz auf. »Ja. Und du bist doch hierhergekommen, um mir zu sagen, daß du nach Norden ziehst, ins Chinchaysuyo, das Luchsviertel?«

»In sieben Tage muß ich fort.«

»Das heißt, wer diesen Becher bekommt, muß bei jedem Schluck, den er daraus trinkt, an dich im Norden denken. Vielleicht solltest du entscheiden, wer die Last deiner Erinnerung tragen soll.« Mit diesen Worten reichte er das Gefäß an Cusi zurück, der ihn verblüfft ansah. Er kannte niemand anderen hier im Dorf; er wußte nicht einmal die Namen die Männer, die die anderen Becher bekommen hatten. Aber dann wurde ihm klar, was der Alte von ihm erwartete. Er drehte sich auf den Fersen um und streckte den Becher Alco entgegen.

»Dann sollst du ihn haben, als der Nachfolger. Wir können gemeinsam Akha trinken, wenn ich nach Cuzco zurückkomme, um unseren Sieg über die Carangui zu feiern.«

Alco nahm den Becher mit einem leichten Kopfnicken und einem wachsamen Blick entgegen.

»Du kannst uns noch einen Gefallen tun«, sagte Raurau unvermittelt. Cusi hatte das Gefühl, daß der alte Mann seine Großzügigkeit ein wenig überanspruche, und fragte sich, für wie reich er gehalten werde. »Und welchen, Großvater?«, sagte er dann.

»Vor kurzem wurde ein junger Mann aus unserem Dorf von den Inka mitgenommen, als Hirte für die Packlamas, die nach Norden ziehen. Er heißt Urcon und ist Alcos älterer Bruder. Wirst du ihm deinen Schutz geben?«

»Ich habe mich als Krieger noch nicht bewährt«, wandte Cusi ein, »und ich muß dahin gehen, wohin ich geschickt werde. Aber wenn wir in Tumibamba ankommen, werde ich nach Urcon Ausschau halten und alles tun, um ihm zu helfen.«

»Mehr verlange ich nicht«, erwiderte Raurau. »Sag: Wie lange kannst du bei uns bleiben?«

»Nur heute abend. Morgen mittag muß ich wieder zurück sein.«

»Dann sollten wir jetzt reden«, entschied Raurau und nickte seinen Gefährten zu. »Kommt später zurück, meine Freunde, und dann fülle ich eure Becher mit Akha.«

Die Männer murmelten Cusi zum Abschied Worte des Danks zu, und Alco ging ebenfalls nach einem kaum hörbaren Abschiedsgruß. Die Frau, die am Herd Kartoffeln kochte, kauerte immer noch dort, und in einer Ecke des Zimmers spielten ein paar Kinder, doch deren Gegenwart störte Raurau offenbar nicht.

»Hast du Koka dabei?« fragte er abrupt und überraschte Cusi mit einer weiteren Forderung. Pflichtschuldig öffnete er den Beutel und reichte ihn Raurau.

»Sie ist schon gemahlen und mit Asche vermischt«, erklärte er, »nach Art der Chuncho.«

Raurau füllte sich eine Wange mit Koka, bevor er den Beutel zurückgab. Cusi hätte gerne auch welche gegen seine Kopfschmerzen genommen, wußte aber nicht, ob er kauen und gleichzeitig reden konnte. Er hörte, wie Raurau lautstark schmatzte, und mußte sich streng ins Gedächtnis rufen, daß dieser Mann ihm seinen Schutzgeist und das Wissen um seine besondere Beziehung zu Illapa geschenkt und somit ein Recht auf seine Großzügigkeit hatte.

»Sicher hast du das Gefühl, daß dir vieles genommen und wenig gegeben wurde«, sagte Raurau schließlich. »Aber ich nehme an, du bist nur wegen einer Sache hergekommen. Wahrscheinlich willst du deine Zukunft erfahren.«

»Kannst du sie mir sagen?«

»Einen Teil kann ich dir sagen, wenn du es hören willst. Aber zuvor mußt du mir alles erzählen, was dir widerfahren ist, Cusi Huaman. Komm, setz dich näher zu mir. Ich muß den Mann kennen, dem diese Zukunft gehört. Ich muß wissen, ob er bereit ist, sie anzunehmen...«

»Das ist nicht ungewöhnlich«, erklärte Raurau, als Cusi seine Erzählung beendet hatte und abschließend den bleiernen Schlaf erwähnte, in den er jetzt immer fiel. »Dein Geist denkt ans Sterben. Er bereitet sich vor. Das passiert oft mit jungen Kriegern, die vor ihrer ersten Schlacht stehen.«

»Aber es passiert nicht, wenn ich bei den Kriegern bin. Nur wenn ich neben Tocto schlafe.«

»Dann hängst du am meisten am Leben, und dadurch wird der Tod besonders übermächtig. Er wird noch verlockender erscheinen, wenn du sie verlassen hast, und vielleicht hast du dann das Gefühl, daß dir nichts mehr etwas bedeutet. Vielleicht wirst du tollkühn und wagemutig werden und willst dein Leben wegwerfen. Aber du darfst diesem Gefühl nicht nachgeben, Cusi«, mahnte Raurau, »auch nicht, um deine Kameraden zu beeindrucken. Du mußt deinen Geist bereithalten, denn du wirst dem Tod viel früher begegnen als du erwartest.«

Cusi atmete tief ein und versuchte, diesen plötzlichen Wechsel von Rat zu Prophezeiung in sich aufzunehmen. Offensichtlich war Raurau zu dem Schluß gekommen, daß er bereit war, seine Zukunft zu erfahren.

»Wird das passieren, bevor ich nach Tumibamba komme?«

»Ich weiß nicht, wo Tumibamba ist. Ich kann dir nur sagen, daß die Gefahr überraschend kommen wird.«

»Werde ich ihr mutig entgegentreten?«

»Du wirst ihr mit deinem ganzen Sein entgegentreten, und wenn sie vorüber ist, wirst du nicht mehr der Gleiche sein. Du wirst überleben, aber du wirst in Dunkelheit fortgetragen werden, und die Gesichter, die du siehst, sind die Gesichter von Fremden.«

»Das heißt, ich werde gefangengenommen?« fragte Cusi tonlos.

»Ich weiß es nicht. Mehr konnte ich nicht sehen. Darüber hinaus weiß ich nur, daß du viele Jahre fort sein wirst, und daß du eines Tages zu diesem Dorf zurückkommen wirst. Und du wirst in Not kommen.«

Cusi runzelte die Stirn. Jetzt begriff er, warum Raurau wollte, daß er eine Verbindung mit Alco herstellte. Aber die Vorstellung, daß er *hierher* kommen würde, und in *Not*, verdrängte jedes Gefühl von Dankbarkeit, das er möglicherweise verspürte. Es war ein trübsinniges Ende zu einer düsteren und ominösen Prophezeiung. Er hatte erwartet, von Herausforderungen und Prüfungen zu hören, hatte auch auf Triumph und Leistung und möglicherweise sogar Ruhm gehofft. Statt dessen war ihm nur gesagt worden, daß er überleben würde, und dazu hatte er noch vage und beängstigende Andeutungen von Blindheit oder Gefangenschaft erhalten. Er hatte das Gefühl, daß ihm seine Großzügigkeit schlecht gedankt und sein Lebenswille nicht bestärkt, sondern geschmälert wurde.

»Ich kann dir noch mehr sagen«, fügte Raurau hinzu, »aber nicht jetzt. Zuerst müssen wir essen und trinken. Vor allem trinken. Du hast keine Enthaltsamkeit gelobt?«

»Es ist mir eine Ehre, mit dir zu trinken«, murmelte Cusi matt. Die Vorstellung, betrunken zu sein, erschien ihm überaus verlockend. Er schloß die Augen und hoffte, daß der Blinde seine Verzweiflung erahnen würde. Statt dessen rief Raurau lediglich der Frau am Herd zu, es sei Zeit, dem Gast etwas zu essen zu geben.

Später saß Cusi am Rand von Rauraus Mauerbank, allein in der Mitte eines mit Menschen dicht gedrängten Zimmers, und war betrunken auf eine Art, die er noch nie erlebt hatte. Nach dem Essen hatte Raurau einen Beutel mit braunem Pulver hervorgeholt und gesagt, es sei aus den Samen des Vilcabaumes. Er erklärte, es würde Cusis Sinne besser schärfen als Koka. Mit einem Röhrchen hatte er ein wenig von dem Pulver in Cusis Nase geblasen, und daraufhin loderte in seinem Kopf ein Feuer auf, das ihn blind machte und ihm die Tränen in die Augen trieb. Aber als er wieder sehen konnte, schien das Zimmer wesentlich heller zu sein, und er konnte Raurau mühelos erkennen. Auch sein Gehör war besser geworden, und die Geräusche, die er hören wollte, schienen den Lärm im Hintergrund zu übertönen. Das half ihm sehr, die Dorfbewohner in dem gedrängten Zimmer zu verstehen, denn diejenigen, die es überhaupt wagten, ihn anzureden, sprachen sehr leise und wandten dabei schüchtern den Kopf zur Seite. Cusi verstand zwar nicht alles, was sie ihm sagten, aber doch genug, um sich keine Blöße zu geben.

Das Akha hatte seine Angst vor einer peinlichen Blöße weichen lassen, seine Geistesgegenwart aber gesteigert, so daß er sich seiner Umgebung besser bewußt war, auch wenn er seinen Körper nicht mehr wahrnahm. Es war sehr warm im Zimmer geworden, und mittlerweile saß er wie die anderen auch nur noch in Lendenschurz und Stirnband da.

Direkt vor ihm war die Landkarte, die er auf den Boden gemacht hatte. Rohe Wolle deutete Berge an, Steine kennzeichneten die Städte, und die Königsstraße, der er folgen würde, hatte er mit Quinoastengeln dargestellt. Mit großen Augen hatten die Besucher zugehört, als er die Entfernungen zwischen den einzelnen Städten erklärte und erzählte, welche Menschen dort lebten. Während er diese Landkarte erstellte, schwand seine Verzweiflung; er war selbst gebannt von der Größe der Welt, die er beschrieb. Auch wurde ihm bewußt, daß Rauraus Vision begrenzt war, nicht aber seine, Cusis, Zukunft. Die Gefahren, die der Alte vorhergesagt hatte, währten vielleicht nur einige Tage seins Lebens, aber Raurau hatte ihm viele Jahre prophezeit, bis er hierher zurückkehren würde. Und jeder Becher Akha, den Cusi leerte, steigerte seine Zuversicht.

Ein Stupser brachte einen seiner Ohrpflöcke zum Schwingen, und aus dem Augenwinkel sah er einen kleinen Jungen, der fasziniert die glänzenden goldenen Zylinder in Cusis Ohrläppchen betrachtete. Eingen Augenblick hielten alle den Atem und warteten ab, wie Cusi reagieren würde. Als er das Kind anlächelte, lachten die anderen leise auf, und da wußte Cusi, daß er sich mit dieser Reaktion ein Ansehen erworben hatte, das ihm die Ohrpflöcke nicht verleihen konnten.

Cusi drehte den Kopf zu dem Jungen um, so daß die Ohrpflöcke tanzten und der Kleine begeistert krähte. Er war vielleicht zwei Jahre alt und völlig nackt, und sein Gesichtchen war noch rund und sein Bauch weich. Sobald die Besucher zu singen begannen, fing der Junge an zu tanzen und geriet dabei auf die Landkarte. Mit einem Schritt ließ er das Gras, das die Mutter Wasser darstellte, durch die Luft wirbeln, und mit dem nächsten Fußtritt stieß er die Hafenstadt Tumbez in die Wollberge. Er kicherte, und Cusi grinste ihm ermunternd zu. Ihm gefiel die Vorstellung, daß das Kind über die Welt tanzte und sich ihrer Größe und ihrer Gefahren nicht bewußt war.

In diesem Augenblick trat Alco durch die niedrige Tür. Erst als Cusi erkannte, daß er im Arm den Huaman trug, blickte er auf. Doch

Alco ging an ihm vorbei und direkt zu Raurau; offenbar wollte er ihm die Statue zeigen. Der kleine Junge war über Caxamarca hinwegge-tanzt und richtete gerade eine große Verwüstung im Land der Cha-chapoyas an. Cusi sah, daß Raurau einen Finger mit Speichel be-netzte, an der Statue rieb und dann ableckte.

»Cusi«, fragte er dann, »hast du das bei der Huaca gelassen?«

»Ja ... ich wollte meinen Ruhm Illapa geben.«

»Jetzt ist er dir nachgeflogen«, bemerkte Raurau belustigt und fuhr fort: »Was sollen wir damit tun? Begraben? Draußen auf der Ebene lassen, damit er im Regen schmilzt?«

Cusi sah, wie der kleine Junge zu Raurau hinaufkletterte und den weißen Falken begehrlich betrachtete. »Benutzt ihn«, sagte er spon-tan. »Teilt ihn unter den Anwesenden auf.«

»Huaman cachi«, sagte Raurau leise und reichte die Statue Alco. »Sieh zu, daß jeder etwas von dem Falkensalz bekommt.«

Alco trug die Statue in die Mitte des Zimmers, gefolgt von dem kleinen Jungen. Dann hielt er das Abbild hoch über den Kopf, damit alles es bewundern konnten.

»Huaman cachi«, wiederholte er und stellte die Statue auf den Boden. Der kleine Junge griff sofort danach, aber Alco fegte ihn unwirsch beiseite und nahm einen länglichen Stein zur Hand. Als Cusi sah, wie Alco mit rachsüchtig blitzenden Augen die Statue zerschmettern wollte, erstarrte er. Er wollte laut aufschreien, er-kannte aber, daß seine Reue zu spät kam.

Schon holte Alco mit dem Stein aus, als plötzlich der kleine Junge vorsprang, den Falken packte und so schnell er konnte auf Cusi zustapfte. Die Leute lachten auf, denn Alcos Schlag ging ins Leere, doch den Kleinen verwirrte das Gelächter so sehr, daß er das Gleich-gewicht verlor und mit der Statue in den Armen der Länge nach hinzufallen drohte.

Ohne zu wissen, was er tat, machte Cusi einen Satz nach vorne und fing den Jungen auf. Der Kleine lachte noch immer und überreichte ihm den Falken bereitwillig. Alle starrten mit offenem Mund auf Cusi; seine Reaktion hatte sie ebenso überrascht wie ihn selbst. Dann lächelte er dem Kleinen zu und freute sich darüber, die Statue noch einmal in der Hand zu halten. Er dachte daran, wie feierlich er sie der Huaca dargeboten hatte, und erkannte, daß er vorsichtiger mit ihr hätte umgehen sollen. Ruhm war zu selten, um sorglos damit umzuge-hen.

»Vielen Dank, Kleiner«, sagte er. »Aber diese Statue gehört allen.« Er ging zu Alco und stellte sie ihm vor die Füße. »Der Falke ist wieder zu mir zurückgeflogen«, sagte er. »Vielleicht war ich noch nicht ganz bereit, ihn aufzugeben. Vorhin habe ich ihn Illapa geschenkt; jetzt gebe ich ihn dir. Verteile ihn sorgsam.«

Dann trat er zurück, streichelte dem kleinen Jungen über den Kopf und ging an Alco vorbei zur Tür; die Menschen wichen zurück, um ihn durchzulassen. Der Kleine folgte ihm, bis seine Mutter ihn in die Arme schloß, und alleine trat Cusi durch die niedrige Tür in die Dunkelheit hinaus. Hinter sich hörte er einen gedämpften Schlag und dann aufgeregte Schreie, aber er blickte nicht um. Es war genug, seinen Ruhm verschenkt zu haben; er brauchte nicht mitanzusehen, wie er in Hunderte kleiner Scherben zerschmettert wurde.

Mitten in der Nacht schreckte Cusi aus dem Halbschlaf hoch, weil er aus seiner sitzenden Position langsam zu Boden glitt. Es gelang ihm, sich wieder aufzusetzen, aber durch die Anstrengung drehte sich ihm der Kopf, sein Magen schien abzusacken, und er fühlte ein Würgen im Hals. Mit beiden Armen gegen die Wand gestützt, richtete er sich auf und torkelte auf die Tür zu. Der Boden unter ihm schwankte, aber er zwang sich, weiterzugehen und in die kalte Nacht hinauszutreten. Nach dem Rauch im Haus roch die Luft draußen frisch und köstlich, und er atmete tief ein, bevor er taumelnd in eine Ecke des Hofs lief.

Er mußte sich heftig übergeben, doch er empfand es als befreiend und befriedigend, obwohl er sich dazu eine ganze Weile auf die kalte Erde knien mußte. Er hatte einfach zu viel in sich aufgenommen. Ohne das Akha im Magen begann er plötzlich zu frieren, aber es tat gut, daß der Boden unter seinen Füßen wieder stillstand. Er ließ Kopf und Schultern hängen, und die Spannung, die er gefühlt hatte, seitdem er Alco begegnet war, wich von ihm.

Dann hörte er hinter sich schlurfende Schritte, wandte sich aber nicht um. Vielleicht mußte sich jemand anderer ebenfalls übergeben. Doch plötzlich zerriß ein lautes Rasseln direkt hinter ihm die Stille, so daß er überrascht auf die Seite rollte. Er kniete sich auf und erkannte Raurau, der vor ihm einen Tanz aufführte und dazu heftig zwei Kürbisrasseln schüttelte. Der Alte hatte die Augen geschlossen und bewegte die Instrumente direkt vor Cusis Gesicht. Nach einer Weile hörte er auf und ließ die Arme sinken. Als er erneut begann, schlug er einen langsamen, gemessenen Rhythmus und sang dazu mit heiserer, monotoner Stimme:

> Die Erde wird dich nicht halten, Cusi Huaman,
> Die Erde wird dich nicht halten.
> Wie ein Falke wirst du dich in die Höhe schwingen
> Und herabstürzen wie Illapas Blitz.

In deinem Himmel fliegen Kondore, Cusi Huaman,
In deinem Himmel fliegen Kondore.
Einer flattert zu Boden;
Einer beobachtet unermüdlich,
Mit Augen, die die Dunkelheit durchbohren.

Raurau wiederholte beide Strophen und beendete seinen Auftritt dann ebenso abrupt, wie er ihn begonnen hatte. Er wandte sich um und ging langsam ins Haus zurück; beim Gehen bewegte er leise die Rasseln. Mühsam erhob sich Cusi und blickte in den Nachthimmel. Er legte eine Hand auf seinen Schutzgeist im Hüftband und fragte sich, ob der Kondor ihn auch jetzt beobachtete.

Plötzlich erschien Alco vor ihm mit einer Decke in der Hand, gefolgt von den drei Lamas, deren weiße Köpfe auf den langen Hälsen anmutig auf und ab wippten. Er warf einen vielsagenden Blick auf Cusis Hand, die noch immer auf seiner Hüfte lag, und zuckte zusammen, als Cusi sie plötzlich hob. Um seine Überraschung zu verbergen, streckte er ihm die Decke entgegen.

»Euch ist kalt.«

Cusi zitterte in der Kälte, griff aber nicht nach der Decke, sondern sagte: »Der Stein gehört mir, Alco. Es ist sinnlos, ihn mir zu neiden.«

Alco runzelte die Stirn und drückte die Decke wieder an sich.

»Sobald es hell wird, gehe ich«, fuhr Cusi fort. »Ich werde viele Jahre nicht wiederkommen. Das hat Raurau Illa mir gesagt. Er möchte, daß wir Freunde werden.«

»Mir hat er das nicht gesagt.«

»Vielleicht wollte er, daß du das selbst feststellst«, erwiderte Cusi. »Er mußte mir erst beibringen, Fremden gegenüber nicht unhöflich zu sein.«

»Und Ihr meint, Ihr hättet es gelernt?« fragte Alco mit derart unverhohlener Verachtung, daß Cusi ihn nur anstarrte. Er sah, daß der Junge fast ebenso heftig zitterte wie er selbst, aber vermutlich nicht vor Kälte.

»Ich habe viel von Raurau Illa gelernt, und ich würde seinem Wunsch gerne entsprechen. Wenn ich Urcon finde, möchte ich ihm sagen können, daß sein Bruder mein Freund ist.«

»Sagt ihm, was Ihr wollt«, stieß Alco hervor. »Aber tut nicht so, als sei meine Freundschaft Euch wichtig.«

»Du kannst nicht wissen, was mir wichtig ist«, begann Cusi, aber Alco unterbrach ihn und stampfte mit einem Fuß so heftig auf, daß die Lamas scheuten und Spuckgeräusche machten.

»*Ihr* seid Euch wichtig! Ihr wollt, daß wir Euch dienen und Euch dankbar sind und Euch fühlen lassen, wie wichtig Ihr seid. Ihr wollt, daß wir glauben, daß Euch die ganze Welt gehört und Ihr uns beschenken könnt mit den Dingen, die Ihr nicht braucht. Warum sollte jemand wie Ihr je meine Freundschaft brauchen?«

»Vielleicht ist es unsere Art, um das Unmögliche zu bitten«, murmelte Cusi resigniert und seufzte auf. »Raurau hat nicht zugelassen, daß ich in meiner Dummheit verharre, aber ich weiß nicht, wie ich deine Meinung ändern kann. Behalte deine Decke und deine Freundschaft für dich. Und wenn ich wiederkomme, behandle mich wie jeden anderen Fremden. Mehr erwarte ich nicht von dir.«

»Ich werde Euch den Becher zurückgeben«, sagte Alco steif, als Cusi sich anschickte zu gehen. Aber Cusi schüttelte nur den Kopf und sagte: »Er war ein Geschenk. Wenn du ihn nicht benützen willst, laß ihn leer.«

Ihm war kalt, und während er auf Raurau Illas Haus zuging, das im Mondlicht deutlich zu sehen war, fühlte er sich selbst leer. Jetzt sehnte er sich nur nach Dunkelheit, Schlaf und der Wärme seines Umhangs. Im Augenblick hatte er genug davon, in die Zukunft zu blicken.

Tumibamba

Acapana hatte gerade seinen Dienst angetreten, als die Hohepriesterin mittags vor dem Domizil des Micho erschien. Noch bevor seine Gehilfen sie begrüßen konnten, schritt sie an ihnen vorbei und ließ ihren Blick über das Anwesen schweifen, als wolle sie sich selbst zurechtfinden. Sie wirkte so dringlich, daß Acapana auf die üblichen Höflichkeiten verzichtete.

»Wie kann ich Euch helfen, Mamanchic?«

»Wo ist Micay?«, fragte Chimpu Ocllo besorgt. »Hast du sie heute schon gesehen?«

»Ich bin soeben erst gekommen ...«

»Bring mich zu ihrer Schlafstelle. Schnell!«

Acapana führte sie zu dem Pfad, der zu Micays und Quintis Haus ging, und mußte beinahe laufen, um mit ihr Schritt zu halten. In der Tür hielt sie inne und blickte auf den Boden. Über ihre Schulter hinweg konnte Acapana zerwühlte Decken erkennen; erst nach einigen Augenblicken sah er einen bloßen Fuß, der unten herausragte. Die Hohepriesterin atmete scharf ein und fiel neben dem Bett auf die Knie. Wie erstarrt blieb Acapana vor der Tür stehen.

»Micay!« rief Chimpu Ocllo und zog die Decke weg, unter der ein

Schopf schwarzer, glänzender Haare zum Vorschein kam. »Meine Tochter!«

Der Schopf bewegte sich, und es zeigte sich ein Gesicht, das ebenso faltig war wie das Bettzeug. Micays geschwollene Augen öffneten sich und füllten sich sofort mit Tränen, und sie warf ihre Arme um Chimpu Ocllo und stieß einen qualvollen Schrei aus, wie das Blöken eines sterbenden Lamas. Acapana lief ein Schauer über den Rücken. Die Hohepriesterin hielt Micay fest im Arm, streichelte sie über das Haar und murmelte beschwichtigende Worte, während sie ihr eine Decke um die bloßen Schultern legte.

»Ist sie krank, Herrin?« fragte Acapana schließlich, als Micays Tränen versiegt waren. Er sah, wie Micay den Kopf von Chimpu Ocllos Schulter hob und ihn mit einem Auge betrachtete – ein Auge, das angstvoll aufgerissen war und sich sofort wieder verbarg.

»Nein«, beruhigte Chimpu ihn. »Es geht schon wieder. Sieh zu, daß ein Diener uns etwas zu essen und Akha bringt und niemand uns stört.«

Verwundert verließ Acapana das Haus. Wenn Micay nichts fehlte, warum waren dann der alten Frau Tränen in den Augen gestanden? Er hatte das Gefühl, fehl am Platz zu sein.

Der Teich war ein rechteckiges Becken, das man in den Fels geschlagen hatte. Von der Wasseroberfläche stiegen Schwefeldämpfe auf und wirbelten in die Höhe. Schweigend saßen sich Micay und Chimpu Ocllo in dem kinnhohen, warmen Wasser gegenüber. Schließlich fragte die Hohepriesterin: »Kannst du mir jetzt davon erzählen?«

Micay nickte vorsichtig und sagte nach einiger Zeit: »Ich habe geträumt, ich wäre ein Mitmac.«

»Einen ähnlichen Traum hast du mir schon einmal erzählt.«

»Es war der gleiche Traum. Ich war mit meiner Mutter, und wir sahen uns das Haus an, das der Inka uns gegeben hatte. Meine Haare waren geflochten, und wir sprachen Chacha. Wir wußten nicht, was wir tun sollten, weil das Haus völlig leer war und wir nichts hatten, um es auszustatten. Dann bemerkte ich, daß ganz viele Cañari durch die Fenster hereinschauten. Ihre Gesichter waren voller Haß und Mißtrauen, weil sie wußten, daß wir hier waren, um ihnen nachzuspionieren. Ich drehte mich um und wollte es meiner Mutter sagen, aber sie war nicht da, und da bekam ich so viel Angst, daß ich aufwachte.«

»Es ist wirklich der gleiche Traum«, stimmte Chimpu zu. »Warum nimmt er dich diesmal so sehr mit?«

»Weil ich mich diesmal erinnert habe. Zuerst sind mir die Mitmacs eingefallen, die mich von meinem Vater weggeholt haben. Dann habe ich mich an alles andere erinnert.« Beim Reden stiegen ihr wieder die Tränen in die Augen, und sie schüttelte abwehrend den Kopf.

»Sag mir, Tochter«, dränge Chimpu. »Was tut so weh an deinen Erinnerungen?«

Micay hob die Arme aus dem Wasser und ließ sie klatschend wieder herabfallen. »Der Micho wollte nicht hören! Es war ihm egal, ob er mich dem Gesetz nach mitnehmen durfte oder nicht. Mein Vater hat mit ihm gestritten und hat sogar seinen Stab zerbrochen, um ihn zum Zuhören zu zwingen. Aber der Micho hatte seine Mitmacs mit ihren Speeren dabei und den Mann, der die Erwählten Frauen aussucht. Er hat mich meinem Vater *gestohlen* und mich nach Caxamarca gebracht. Mein Vater hat geschworen, er würde nie vergessen, wie ich ihm gestohlen wurde. Aber ich habe ihn nach ein paar Monaten vergessen. Ich habe alles vergessen, bis heute.«

»Du hattest keine andere Wahl«, tröstete Chimpu. »Du darfst nicht glauben, daß du ihn verraten hast. Das macht deinen Schmerz nur schlimmer.«

»Es ist schrecklich«, stöhnte Micay. »Schlimmer als damals, als ich aus den Bergen zurückkam. Ich war wach, aber ich wollte nicht wach sein. Ich wollte nicht atmen, nicht fühlen, nicht denken.«

»Als ich dich sah, hatte ich Angst, du hättest dir etwas angetan«, gestand Chimpu.

Seufzend sagte Micay: »Ich habe Cahua versprochen, daß ich das nie tun würde. Sie war es, die mir beigebracht hat, nicht zu träumen.«

Chimpu stand auf, ging zu Micay hinüber und streckte die Arme aus, um ihr aufzuhelfen. Die kühle Luft auf der nassen Haut verschlug Micay den Atem, aber Chimpu hüllte sie sofort in dicke Tücher und trocknete ihr mit einem weiteren Tuch die Haare.

»Ihr solltet Euch selbst abtrocknen, Herrin«, murmelte Micay. Es machte sie verlegen, von der Hohenpriesterin umsorgt zu werden. Aber Chimpu lachte nur und schlug klatschend auf ihre knochige Hüfte.

»Diese Haut ist zu alt, um noch etwas zu fühlen«, scherzte sie. »Aber du bist jetzt sehr verletzlich. Dein Schmerz wird vergehen, und es wird eine Zeit kommen, in der deine Erinnerungen dich nicht mehr im Herzen bluten lassen.«

Micay senkte die Augen und kämpfte mit den Tränen, die ihr Elend verrieten. Sie konnte sich nicht vorstellen, daß diese Qual je vergehen würde. Chimpu legte mitfühlend ihre Hand auf Micays Schulter.

»Komm, jetzt ziehen wir uns an, und du bleibst bei mir, bis du wieder zu Kräften gekommen bist. Schließlich bin ich diejenige, die dich wieder zum Träumen gebracht hat, und ich lasse dich mit deinen Erinnerungen nicht alleine, Tochter. Eine solche Inka will ich nicht sein.«

Cuzco

Die niederen Terrassen der Patallacta unter ihm lagen bereits im Schatten, und die tiefe Sonne ließ die Strohdächer wie schieres Metall glitzern. Mein letzter Sonnenuntergang in Cuzco, dachte Cusi wehmütig, zumindest für viele Jahre. Er saß vor der rückwärtigen Tür seines Zimmers in Otoroncos Anwesen und nahm Bilder in sich auf, die er auf seine lange Reise mitnehmen wollte.

Ein Geräusch ließ ihn auffahren. Es war Tocto, die durch den Vorhang der Vordertür trat und lächelnd auf ihn zuging. Er hätte sie am liebsten sofort in die Arme geschlossen, aber bei ihrem Anblick fühlte er sich zu schwach, um sich zu bewegen. Tocto blieb stehen inmitten der Dinge, die er für die Reise auf den Boden ausgebreitet hatte, hockte sich nieder und fuhr mit den Fingern über die harte, polierte Oberfläche seines Schildes und hölzernen Helms. Die Streitaxt lag abseits auf einer Matte. Tocto streckte eine Hand nach der Waffe aus, zog sie dann aber zurück und blickte kurz zu Cusi, der sie erwartungsvoll anstarrte.

Mit einem Sprung war sie bei ihm, nahm seinen Kopf zwischen die Hände und küßte ihn aufs Gesicht. Er wollte sie umarmen, aber sie wich zurück und lachte.

»Wie konntest du den Tanz so schnell verlassen?« fragte Cusi erstaunt.

»Otoronco Achachi hat mich hergebracht. Er hat mit mir getanzt und mir die wunderbarsten Dinge über dich erzählt. Dann hat er gefragt, warum du nicht selbst gekommen bist, um mich zu holen.«

»Die ganze Nacht hätte ich nicht gewartet«, gestand Cusi. »Wie lange kannst du bleiben?«

»Bis du weggehst. Jetzt macht es nichts mehr, wenn man mich vermißt.«

Gemeinsam blickten sie auf die Stadt in der untergehenden Sonne. »Es ist so still«, murmelte Cusi. »Man kann sich gar nicht vorstellen, daß die Säle und Hütten mit Kriegern gefüllt sind. Aber später wird es bestimmt laut werden.«

»Nicht hier«, flüsterte Tocto vielsagend, löste ihren Kopfputz und schüttelte ihr langes, schwarzes Haar. »Laß uns still zusammensein, bevor wir reden. Ich möchte deinen Atem hören...«

Er streckte die Arme nach ihr aus, und dieses Mal entzog sie sich ihm nicht. Gemeinsam gingen sie zu seiner Schlafmatte und den weichen Decken, die ihn nicht auf die Reise begleiten würden.

Später lagen sie inmitten der Decken im Schein des Feuers, das Cusi in der dreibeinigen Pfanne entzündet hatte. Selbst beim Reden berührten sie sich immer wieder und drückten ihre Körper eng aneinander.

»Ich hatte Angst, daß du traurig sein würdest«, sagte Cusi, »oder ärgerlich, weil ich nicht mehr riskiert habe, um dich zu sehen.«

»Du hättest nichts tun können«, beschwichtigte sie ihn. »Huascar hat niemanden von uns in Ruhe gelassen. Ihm wird langsam klar, daß er sich einen Namen machen muß, und er hält diesen Krieg für seine große Chance. Immer wenn ich bei ihm war, habe ich versucht, ihn auf eine bestimmte Idee zu bringen, und ich glaube, es ist mir geglückt. Jetzt redet er ständig davon, als wäre es seine eigene Idee.« Tocto lachte und war sichtlich stolz auf ihre Leistung. »Zuerst habe ich ihm gesagt, daß der Krieg sehr lange dauern könnte und daß seine Macht hier in Cuzco nicht wachsen wird. Dann habe ich ihn daran erinnert, daß Ninan Cuyochi und Atahualpa und unsere anderen Halbbrüder mit Vater im Norden sind und sich auf dem Schlachtfeld beweisen. Dann war es nicht mehr schwierig, ihn davon zu überzeugen, daß er tapfer ist und seinen Mut unter Beweis stellen will. Und deswegen wird er darum bitten, nach dem Huarachicoy auch nach Norden zu gehen.«

»Und du kannst ihn begleiten«, sagte Cusi und blickte sie bewundernd an. »Das war klug von dir. Und vermutlich notwendig«, fügte er finster hinzu. »Mir wurde gesagt, daß ich viele Jahre lang nicht hierher zurückkommen werde.«

Tocto stützte sich auf den Ellbogen auf; ihre Augen verfärbten sich dunkel. »Du mußt mir alles erzählen, auch von Pachacuti. Otoronco hat damit angegeben, wie er dich schließlich dazu gebracht hat, dich den Iñaca anzuschließen, aber dann überlegte er es sich doch anders. Plötzlich war er beinahe nüchtern und sagte nur, du wärst in diesen Dingen von Natur aus geschickter als er.«

»Geschickt!« rief Cusi aus und schüttelte den Kopf, als er an seine Angst und Verwirrung dachte.

»Otoronco sagte auch, daß wir beide das Gleiche von dir wollen. Was hat er damit gemeint?«

»Das Unmögliche«, murmelte Cusi und seufzte. »Das muß ich dir auch noch erklären.«

Das Singen von draußen war schon lange verstummt. Cusi hatte Holz auf das Feuer nachgelegt und dafür seine von vielen Gesten begleitete Erzählung von den Geschehnissen in Rauraus Haus unterbrochen. Er wiederholte die Zukunftsvision des Alten, schüttelte die Fäuste und zischte, um das Geräusch von Rauraus Rasseln nachzuahmen. Dann legte er sich neben Tocto; sein Atem ging heftig, und seine Anstrengungen hatten ihn erregt. Tocto legte ihm die Hand auf die Brust und schwang ein Bein über seine Hüfte, so daß sie rittlings auf ihm lag.

»Ich bin der Kondor, der dich aus der Ferne bewacht«, erklärte sie mit glänzenden Augen. Sie breitete die Arme wie Flügel über Cusi, die Finger wie Schwungfedern gespreizt, und fuhr dann mit den Händen zwischen ihre Beine, um Cusi zu fassen und zu führen. Er fühlte, wie er sich ihr entgegenreckte und in ihrer feuchten Wärme versank. Sie beugte sich über ihn, ihre Brustwarzen streichelten seine Brust, und er seufzte lustvoll.

»Bleib in mir«, flüsterte sie. »Bleib bis zum Schluß in mir; vielleicht ist es unser letztes Mal.«

Schreck durchfuhr Cusi, und er erinnerte sich daran, wie vorsichtig sie sonst gewesen waren. Aber Tocto wiegte sich vorwärts und rückwärts auf ihm, küßte ihn auf den Mund und ließ ihn alle Angst vor einem Skandal vergessen. Er schlang ihr die Arme um den Rücken und wiegte sich in ihrem Rythmus. Als es in seinen Lenden aufwallte, hielt er die Woge zurück, so lange er konnte, bis ihm jeder Widerstand unmöglich wurde und er sich ganz der Lust hingab.

Unter den Decken zusammengekauert beteten sie und fühlten sich trotz ihrer Nacktheit heilig. Sie weinten, umklammerten sich und liebten sich unter Tränen noch einmal. Tocto drängte ihn zu schlafen, denn vor ihm lag ein langer Marsch, und für einige Zeit gab Cusi vor zu dösen. Aber er fühlte, wie sie ihn aufmerksam beobachtete, wie ihre Hand seine Stirn streichelte, und schließlich öffnete er die Augen, um sie anzusehen. Tocto murmelte protestierende Worte, aber Cusi lächelte nur und schüttelte den Kopf. Er wollte jetzt nicht schlafen; er wollte sie nicht verlassen, um zu träumen. Er konnte ihre Gesichtszüge, das Glitzern ihrer Augen kaum ausmachen, und doch war sie ihm näher als seine eigene Haut. *Dies* sollte der Traum sein, den er aus Cuzco mitnahm. Und nur an diesen Traum wollte er sich erinnern, wenn er das nächste Mal aufwachte, weit weg von hier.

KAPITEL 8

Chinchaysuyo: Das Luchs-Haus (1513)

Provinz Chachapoyas

Das Land der Chachapoyas war kühler und gebirgiger als das Gebiet um Caxamarquilla, das Cusi und Rimachi nun hinter sich ließen; und sie marschierten jetzt auch mehr durch einen Hochland-Nebelwald als durch richtigen Dschungel. Doch in den Tälern herrschte die gleiche ermüdende Hitze, die Flüsse leuchteten hier ebenso grün, die meisten Vögel schillerten genauso bunt, und auch hier wurde man von lästigen Insekten zerstochen. Vor allem aber gab es hier einen Feind, der sie mit einem Hagel von Pfeilen und Steinen empfangen hatte, und darauf war eine schreiende Meute bemalter, waffenstrotzender Männer gefolgt.

Die unerfahrenen Krieger, die aus Caxamarca ausgezogen waren und den Marañon-Fluß überquert hatten, um Berichten über Unruhen unter den Chachapoyas nachzugehen, mußten bald feststellen, daß sie mitten in eine großangelegte, gewalttätige Rebellion hineinmarschiert waren. Cusi und Rimachi gehörten zu den wenigen, die keine ernsthaften Verwundungen erhalten hatten, aber ganz unverletzt waren auch sie nicht davongekommen. Man hatte sie zusammen als Kuriere ausgesucht – Cusi, weil er für seine Schnelligkeit bekannt war, und Rimachi, weil er einen Angriff notfalls auch allein aufhalten konnte. Er sollte in einem solchen Fall Cusi den Rücken lang genug freihalten, damit dieser entkommen und eine Meldung nach Tumibamba bringen konnte. So lautete jedenfalls ihre Order.

Während sie einen Bergkamm entlanggingen, setzte ein warmer Nieselregen ein, der Kleider und Gepäck durchnäßte und unangenehm schwer machte. Am liebsten hätte Cusi einiges einfach liegengelassen, doch er verwarf diesen gefährlichen Gedanken schnell wieder – später, im kalten Hochland, würde er um jedes einzelne Stück froh sein. Raurau Illa hatte ihn gewarnt, daß er dem Tod früher als erwartet begegnen würde, und deswegen war Cusi besser als die meisten seiner Kameraden für die hinter ihnen liegenden Gefahren gewappnet gewesen. Er konnte es sich nicht leisten, gerade jetzt unvorsichtig zu werden, zumal man ihm befohlen hatte, ohne seine schwere Streitaxt zu marschieren. Wenn sie erst einmal das Gebiet der Chachapoyas verlassen und die Königsstraße erreicht hatten, würde er sich überlegen, wie er seine Habe am besten trocknen und das Vorankommen einfacher gestalten sollte. Dann konnte er sich vielleicht auch darüber Gedanken machen, ob der Anblick des Todes auf dem Schlachtfeld ihn so verändert hatte, wie Raurau Illa es vorhergesagt hatte, oder ob er nur anders geworden war wie jeder Krieger, der ein Gemetzel überlebte.

Es war allerdings höchst gefährlich, solche Grübeleien anzustellen. Ihr Kommandant hatte ihnen zwölf Tage Zeit gegeben, um Tumibamba zu erreichen; Fehler oder Verzögerungen waren dabei nicht eingeplant. Cusi lenkte seine Aufmerksamkeit wieder auf den naßglatten, felsigen Weg und die gelegentlichen Geräusche aus dem Wald, die das stetige Geschwirr der Insekten und die Chöre der Frösche unterbrachen. Bedachtsam setzte er einen Fuß vor den anderen, wie es ein erfahrener Krieger tut, dem sein Leben lieb ist.

Sie brauchten drei Tage, um die Berge zu überqueren, und erlebten dabei keine Zwischenfälle. Nur ein paarmal hörten sie Menschen nahen und versteckten sich. Als sie schließlich die Ebene erreichten und in der Ferne die Königsstraße vor sich liegen sahen, stießen sie beide einen Freudenschrei aus und begannen zu rennen. Für einen Augenblick waren sie wieder Jungen, die sich über den frischen Wind im Gesicht und die offene Landschaft freuen konnten, wo ihnen keine Bäume die Sicht versperrten oder Lianen sie zum Stolpern brachten.

Sobald sie auf der Königsstraße standen, kam ihnen der Ernst ihrer Mission wieder zu Bewußtsein, und sie sahen sich um, ob sie niemanden auf sich aufmerksam gemacht hatten. Schließlich hatte ihr Kommandeur sie mit einem geheimen Auftrag auf den gefährlichen Weg über die Berge geschickt. Sicherer und schneller wäre es gewesen, die Meldung nach Caxamarca zu bringen und sie von dort durch die Postläufer nach Tumibamba übermitteln zu lassen. Doch Colla Topa war es zu riskant erschienen, die Nachricht über den Aufstand der Chachapoyas von einem Ende des Chinchaysuyo zum anderen auszuposaunen, vor allem da sich erst vor kurzem die Kunde vom Sieg der Carangui in der entgegengesetzten Richtung entlang dieser Straße verbreitet hatte. Den Postläufern wollte er seine Botschaft nach Ablauf der zwölf Tage anvertrauen, doch er hoffte, daß bis dahin bereits Verstärkung zu ihm unterwegs sein würde.

Cusi und Rimachi schlugen die Richtung nach Norden ein. Obwohl sie sich beide nur zu gern über ihre ersten Erfahrungen als Krieger ausgetauscht hätten – im Feindgebiet war es unmöglich gewesen, sich ausführlich zu unterhalten –, vermieden sie es auch jetzt, darüber zu sprechen. Der Grund dafür waren in erster Linie die Postläufer, die in festen Abständen an der Straße stationiert waren. Gewöhnlich saßen sie vor ihren Steinhütten, einsatzbereit mit ihren weißen Federn auf den Schultern und der Muscheltrompete an einer Schnur um den Hals. Cusi hatte sich diesen Männern schon immer irgendwie verbunden gefühlt; sie mußten schnell sein und ein sehr gutes Gedächtnis haben, denn es galt, eine zugerufene Botschaft am Ende eines Laufs wortwörtlich wiederzugeben. Sie konnten in weniger als sechs Tagen eine Nachricht von Cuzco nach Tumibamba bringen, ohne daß auch nur ein Wort verlorenging.

Die Läufer an diesem Straßenabschnitt waren Huanca, die der Stamm im Rahmen seiner Arbeitsverpflichtungen zu stellen hatte und die eigens in Cuzco für diesen Dienst ausgebildet worden waren. Cusi hatte ein etwas schlechtes Gewissen, als er sie passierte, denn schließlich war er ja nur hier, weil sein Kommandeur diesen Leuten mißtraute. Gleichzeitig spürte er, wie genau sie Rimachi und ihn musterten; sie wußten, daß ein Inka in so schäbiger Aufmachung wie sie nur aus einem Kampfgeschehen kommen konnte. Und sicherlich war auch trotz Colla Topas Vorsichtsmaßnahmen einiges über die »Unruhen« in Chachapoyas durchgesickert.

»Sie wissen bestimmt von dem Aufstand«, begann Cusi, als sie weit genug von den Läufern entfernt waren.

»Wahrscheinlich«, stimmte Rimachi zu, »immerhin haben wir beide schon fast zwei Monate dort gekämpft. Es ist nicht leicht, einen Krieg vor den Nachbarn zu verbergen.«

»Dann können wir nur hoffen, daß wir nach Tumibamba kommen, bevor irgend jemand sonst zu rebellieren anfängt.«

Rimachi schwieg einen Augenblick und suchte den Horizont ab. »Wenn es stimmt, was die Gefangenen erzählen, dann wurden die Chachapoyas nicht zum Aufstand verleitet, sondern dazu provoziert«, sagte er dann grübelnd.

Cusi blickte auf. »So etwas habe ich auch gehört«, pflichtete er bei, »aber Colla Topa hat in seiner Nachricht nichts dergleichen erwähnt.«

»Er ist ein Kriegshäuptling und kein Verwaltungsbeamter. Ihm ist es egal, wie es anfing, ihn interessiert nur, wie er es beenden kann.«

»Aber interessiert es dich?« fragte Cusi neugierig. Rimachi blickte ihn lange an und zeigte dann auf seine Ohrpflöcke aus Gold und Silber.

»Ich bin jetzt ein Inka nach Stand. Ich habe Männer getötet, die mich umbringen wollten, und das ist keine Sache, die ich grundlos mitmache – oder aus einem schlechten Grund. Dieser Gouverneur hat seinen Tod seiner eigenen Dummheit zu verdanken. Es ist nur schade, daß die Chachapoyas nicht wieder nach Hause gingen, nachdem sie ihn getötet hatten.«

»Sie haben aber auch viele in der Garnison umgebracht«, fügte Cusi hinzu, »und zweihundert von den Männern, die mit uns kamen. Und sie haben die königlichen Lagerhäuser niedergebrannt und die Herden des Inca abgeschlachtet.«

»Wofür sie bestraft werden müssen«, sagte Rimachi fast ärgerlich. »Das sollte jeder weiteren ›Versuchung‹ dann ein Ende setzen.«

Diese Einstellung seines Freundes erstaunte Cusi. Rimachi klingt wie Otoronco, dachte er, und den hat er doch immer als unbesonnen und fast schon gefährlich kritisiert.

»Es hat dich also verändert«, murmelte er. »Das Kämpfen, meine ich.«

»Wie hätte es denn anders kommen können?« fragte Rimachi etwas barsch, fügte aber dann halblaut hinzu: »Du weißt nicht ... Ich habe dir nicht erzählt ...«

»Ich weiß«, versicherte ihm Cusi düster. »Ich sehe die Gesichter immer noch vor mir.«

»Die Augen zumindest ...«

Wieder kamen sie auf eine Station von Postläufern zu und beendeten deshalb das Gespräch. Als sie mit den beiden Männern auf gleicher Höhe waren, sprach Cusi den einen unvermittelt an: »Sei gegrüßt, Kurier. Was gibt es Neues aus Chachapoyas?«

»Es wird gekämpft«, antwortete der Mann nach kurzem Zögern, »aber die Truppen aus Cuzco sind dabei, es zu beenden.«

»Gut«, erklärte Cusi im Weitergehen. Nach einer Weile tauschten er und Rimachi Blicke aus.

»Du hättest ihn fragen sollen, ob seine Leute zur Rebellion verleitet wurden«, meinte Rimachi, und beide mußten herzhaft lachen.

»Wir haben unser Leben völlig umsonst riskiert«, fügte Cusi dann kläglich hinzu, doch Rimachi wiedersprach: »Nein, nicht ganz. Schließlich bekommen wir so ein paar Tage Urlaub in Tumibamba. Das war von Anfang an *mein* Grund, mich für diesen Auftrag als Freiwilliger zu melden.«

»Dann laß uns ein bißchen schneller gehen«, schlug Cusi vor, »damit sich unser Risiko wenigstens in *dieser* Hinsicht lohnt!«

Tumibamba

Nach langem Warten gab Mama Cori ihre Hoffnung auf und bedeutete ihrem Gatten, die Hochzeit bekanntzugeben. Apu Poma trat vor das Zelthaus und bat die Anwesenden um Aufmerksamkeit, während Quinti und Quilaco sich zu seiner Rechten aufstellten. Micay reichte dem Hausherrn zwei Becher mit Akha. Er schien mit seiner Rolle überaus zufrieden und nahm offenbar gar nicht wahr, daß in der Schar der Gäste eine wichtige Persönlichkeit fehlte: Die Coya war der Einladung nicht gefolgt.

Apu Poma trank auf das Wohl seines künftigen Schwiegersohns, lobte dessen Führung im Kampf gegen die Quito und Carangui und verhieß ihm einen steilen Aufstieg in der Armee. Daraufhin stieß Quilaco auf Apu Pomas Wohl an und ergriff das Wort im Namen seines Vaters, der aufgrund seiner Amtsgeschäfte als Gouverneur der Provinz Chincha nicht hatte kommen können. Dann schloß Apu Poma seine Ankündigung ab mit einer Einladung an alle, noch zum anschließenden Umtrunk und Tanz zu bleiben. Während er sprach, kam ein plötzlicher Wind auf, und vereinzelte Regentropfen gingen auf die Gäste nieder. Apu Poma lachte und bekräftigte seine Einladung, doch die Menge begann sich in Erwartung eines stärker einsetzenden Regens bereits aufzulösen; viele drängten schon zum Ausgang des Anwesens. Bald scharten sich fast nur noch Quilacos Kampfgefährten um das Paar, um Glückwünsche auszusprechen. Als mit einer weiteren Bö der Regen zunahm, bedeutete Lloque Yupanqui den verbliebenen Anwesenden, sich im Zelthaus unterzustellen. Chimpu Ocllo nutzte diese Geste, um Mama Cori für ein Gespräch beiseite zu nehmen, und Micay verließ den Hof mit Lloque.

»Sie ist eine starke Frau, die Mamanchic«, begann er. »Sie hat meine Schwester für sich eingenommen, auch wenn Cori es nicht zugeben will.« Er schien eher beeindruckt als aufgebracht, obwohl ihm natürlich bewußt war, welchen Preis Mama Cori dafür hatte bezahlen müssen – den Verlust der Sympathie Rahua Ocllos, der Coya.

»Rahua Ocllo hat Huayna Capac oft gebeten, die Hohepriesterin abzusetzen«, fuhr er nach einer Pause unvermittelt fort.

Micay sah erstaunt zu Lloque auf. »Hat er sich geweigert?« fragte sie etwas ungläubig.

»Weißt du, Huayna Capac mißt Omen und Zeichen sehr viel Bedeutung bei, vor allem den Prophezeiungen der Huacas. Er weiß, daß Chimpu Ocllo ihre Kraft und ihre Macht von den Huacas dieser Region bezieht, und daß die Cañari sie als heilig betrachten. Darum wird er sich hüten, in derartige Angelegenheiten einzugreifen, nur um seiner Frau einen Gefallen zu tun.«

Micay war Lloque für die Ernsthaftigkeit dieser Antwort dankbar. »Gibt es irgendwelche Neuigkeiten aus Chachapoyas?« erkundigte sie sich dann.

Lloque sah sie verwundert an; erst einen Augenblick später schien er den Grund für diese Frage zu verstehen. »Nichts, seit die Truppen aus Cuzco hingeschickt wurden. Wahrscheinlich haben sie die Provinz mittlerweile befriedet.«

Vor ihrem geistigen Auge sah Micay, wie Krieger mit goldenen Ohrpflöcken sich entlang der Mauern ihres elterlichen Anwesens aufstellten, während der Micho mit seinem Amtsstab drohte, ihrem Vater etwas wegzunehmen. Sie tröstete sich mit dem Gedanken, daß ihre Brüder noch nicht alt genug waren, um zum Kriegsdienst eingezogen zu werden, und Schwestern, die der Frauenerwähler, der Tochterdieb, hätte stehlen können, hatte sie keine mehr.

»Daran habe ich fast nicht mehr gedacht«, unterbrach Lloque ihre Gedanken. »Ich war schon ganz der Meinung, du seist eine richtige Inka-Nusta.«

Micay sah kurz zu ihm auf und erkannte, daß diese Bemerkung als Kompliment gemeint war. In der Tat war es genau das Kompliment, auf das sie früher mehr Wert gelegt hatte als auf jedes andere – bis sie Chimpu kennenlernte und von ihr an die Werte ihrer Vergangenheit erinnert wurde.

»Ihr seid sehr liebenswürdig, Herr«, erwiderte sie vorsichtig, »aber ich bin eine Chachapoyas-Nusta. Es ist wichtig für mich, das nicht zu vergessen. Als ich meine Familie verlassen mußte, war ich kein kleines Kind mehr. Ich habe Gefühle und Erinnerungen mitgenommen, und eine Wesensart, die zu einem anderen Lebensstil gehörte. Im Haus der Erwählten Frauen sollte ich das zwar alles vergessen, aber ich war dort nicht sehr lang. Ich habe mir das Leben der Inka angeeignet, aber das half mir nicht, alles zu verstehen, was in meinem Innern war.«

Lloque nickte verständnisvoll und gleichzeitig erstaunt und schob sie weiter unter das Zeltdach. Micay hoffte, er würde ihr nicht noch mehr Fragen stellen; sie wollte ihm nicht sagen müssen, daß sie sich mittlerweile als Mitmac innerhalb der Familie betrachtete, als eine Außenseiterin, die man geholt hatte, um mit den Inka zusammenzuleben, die aber trotzdem immer in gewisser Weise ausgeschlossen blieb.

»Ich hoffe, du wirst mich trotzdem auch in Zukunft noch ›Onkel‹ nennen«, sagte Lloque. Überrascht und gerührt von der Schüchternheit, die aus dieser Bitte sprach, sprudelte sie mit einem Lächeln hervor: »Aber ja, Onkel, das ist für mich ein Vorrecht, das ich sehr schätze!«

»Dann laß uns jetzt einmal versuchen zu retten, was von diesem Fest noch zu retten ist«, schlug er erleichtert vor. Sie trennten sich, um wieder ihren jeweiligen Verpflichtungen gegenüber der Familie nachzugehen.

»Tumibamba«, verkündete Rimachi, als sie die Ebene erreichten, und dieses Mal hatte Cusi das Gefühl, daß es stimmte. Rimachi hatte den Namen der Stadt unterwegs oft vor sich hingemurmelt, um gegen die Müdigkeit anzukämpfen, doch jetzt klang es wie ein Bittgebet an das umliegende, in Dunkelheit und Regen gehüllte Land.

»Sind wir da?« fragte Cusi. Es war unmöglich, weiter als ein paar Schritte zu sehen.

»Beinahe. Wir müßten jetzt bald am ersten Wachposten vorbei- kommen.«

Vor sechs Tagen waren sie von der Provinzhauptstadt Huanca- bamba aufgebrochen. Dort hatten sie den Gouverneur verständigt, und seither liefen sie fast ohne Unterbrechung – bei ebener oder abschüssiger Straße oft im Dauerlauf; auf Bergpässen mußten sie dafür meist mit gebeugten Oberkörpern gegen den Wind ankämpfen. Tag und Nacht, durch Unwetter und eisige Stürme, hatten sie sich ständig angetrieben und dabei immer miteinander geredet, um die Müdigkeit zu verscheuchen. Irgendwann hatten sie sich überhaupt nicht mehr darum gekümmert, ob die verdutzten Postläufer etwas mitbekamen oder nicht.

In den Nischen des Wachhauses, das sie passierten, brannten zwei Fackeln. Der Posten fuhr überrascht auf, als er sie wahrnahm, und versperrte ihnen sofort mit vorgehaltenem Speer den Weg. Im näch- sten Augenblick waren drei weitere Cañari-Krieger zur Stelle.

»Wir haben eine Nachricht für den Sapa Inca«, herrschte Cusi die Soldaten an, »bringt uns sofort zu ihm!«

Zwei Krieger führten sie an drei weiteren Wachposten vorbei und brachten sie dann zu einem jungen Cañari-Hauptmann, der sie an- schließend durch die Außenbezirke der Stadt eskortierte. Nach eini- ger Zeit bogen sie auf eine breite Straße ein, die auf einer Seite von einer endlos scheinenden Adobemauer flankiert wurde. »Was ist das für ein Grundstück?« fragte Rimachi den Führer. »Ihr wart wohl ziemlich lange weg«, meinte er lachend. »Das ist der Mollecancha, der Palast von Huayna Capac. Der größte Teil davon wurde gebaut, seit er hier wohnt.«

Cusi und Rimachi sahen sich an; ihnen fielen sofort Otoroncos Schmähreden ein, aber sie schwiegen, denn der Hauptmann schien stolz darauf zu sein, daß der Sapa Inca jetzt hier residierte. Am Palasttor empfing sie ein alter Mann in der hellblauen Tunika der königlichen Bediensteten, der sie nach einer kurzen Befragung an einen Jungen weiterreichte und diesem befahl, sie zum Kriegshäuptling Michi zu bringen. Also nicht zu Huayna Capac selbst, dachte Cusi, als sie dem Jungen durch das Labyrinth von Straßen und Wegen folgten, das die Gebäude, Gärten und Wohnkomplexe innerhalb der Palastanlage miteinander verband. Im Grunde war er darüber mehr erleichtert als enttäuscht. Es war seine Pflicht, Colla Topas Botschaft schnell hierherzubringen, und nicht, sich über die Anfänge des Aufstands Gedanken zu machen.

Über die vielen Treppen von einer Terrasse hinauf zur nächsten fühlte er die lange verdrängten Schmerzen in Beinen, Hüften und Rücken wieder aufbrechen. Nach einer Weile erreichten sie das Tor einer großen Wohnanlage. Die Wachen hier waren je zur Hälfte altgediente Inka-Krieger und Cañari der Königlichen Garde. Der Inka-Hauptmann hörte sich Cusis kurze Erklärung an und zögerte dann, als hoffte er, Cusi würde weitersprechen. Als dieser keine Anstalten dazu machte, führte er die beiden zu einem kleinen Haus im Innern des Anwesens. Der einzige Raum war gut geheizt und hell erleuchtet. Auf dem Boden saßen mehrere Krieger beim Essen, und der Hauptmann verwies Cusi und Rimachi an einen würdevollen Mann mit funkelnden, schwarzen Augen und einem goldenen Sonnenschild auf der Brust. Sie warteten, bis der Kriegshäuptling ihnen bedeutete zu reden.

»Wir haben eine Nachricht für den Sapa Inca«, erklärte Cusi dann, »von Colla Topa, dem Kommandeur der Krieger von Ober-Cuzco.«

»Der Sapa Inca ist bei der Dritten Gemahlin und kann nicht gestört werden. Ihr könnt eure Nachricht mir mitteilen.«

»Die Provinz Chachapoyas ist in Aufruhr«, begann Cusi. Die Männer, die sich bis dahin nicht bei ihrem Mahl hatten stören lassen, horchten mit einem Mal auf. Alle Augen und Ohren waren auf Cusi gerichtet, der nun seine ganze Botschaft vortrug. Als er geendigt hatte, blickte der Kriegshäuptling auf Rimachi, der aber nur zustimmend nickte. Sofort wandte sich Michi an einen seiner Untergebenen: »Ruf die Boten. Wir müssen den Hohenpriester, den Gouverneur und den Micho verständigen, und die Regimentskommandeure. Schnell!«

Der Mann eilte aus dem Zimmer. Jetzt erst fragte Michi nach Cusis und Rimachis Namen.

»Aha, der berühmte Läufer«, sagte er zu Cusi. »Wie schnell haben dich deine Beine von Caxamarquilla hierher getragen?«

»In zehn Tagen, Herr«, antwortete Cusi und blickte Rimachi voller Stolz von der Seite an.

»Das habt ihr gut gemacht«, lobte Michi und nickte beiden zu. »Ich werde mich dafür einsetzen, daß euch die Ehre zuteil wird, uns nach Chachapoyas zu führen, sobald die Truppen abmarschbereit sind. Und da du der Sohn des Micho bist, Cusi Huaman, möchtest du ihm deine Botschaft vielleicht persönlich übermitteln.«

Cusi verneigte sich ehrerbietig. »Das werde ich tun, Herr«, antwortete er.

»Ich zeige ihm den Weg zur Wohnung des Micho«, erklang jetzt eine vertraute Stimme von hinten. Rimachis Vater Choque Chinchay trat hinzu und legte eine Hand auf Rimachis Schulter. »Willkommen zu Hause, mein Sohn. Willkommen, Cusi.«

Cusi begrüßte Choque Chinchay, doch dieser hörte gar nicht darauf. Die Blicke zwischen ihm und Rimachi glichen einer festen Umarmung; sie schlossen alle anderen Anwesenden aus. Cusi beneidete seinen Freund, und mit einem Mal verstand er, weshalb Rimachi so überzeugend hatte argumentieren können.

»Kümmere dich um sie, Choque«, sagte Michi, »und sieh zu, daß sie sich gut ausruhen können. Ich lasse sie holen, sobald es Zeit zum Abmarsch ist.«

Alle geladenen Gäste hatten das Fest bereits verlassen, als aus dem Dunkel plötzlich Acapana auf die im Zelthaus versammelte Familie zutrat, gefolgt von einem Mann, der mit einem Speer bewaffnet war und seinen Umhang zum Schutz gegen den Regen über den Kopf gezogen hatte.

»Ein Bote des Kriegshäuptlings Michi«, kündete Acapana an und bedeutete dem Ankömmling näherzutreten. Mama Cori fuhr erschreckt auf, noch bevor der Besucher den Umhang abgenommen hatte und im Licht erkennbar wurde.

»Cusi!« rief Quinti überrascht. Das Haar des jungen Mannes klebte an seinem Stirnband und der um den Kopf geschlungenen Schleuder, und er wirkte verhärmt und hager, doch die Gesichtszüge waren unverkennbar. Er blickte auf Apu Poma und begann dann, in formellem Ton zu sprechen.

»Ich habe eine Nachricht für den Micho. Sie kommt von Colla Topa, dem Kommandeur der Truppen von Ober-Cuzco.«

»Sprich, Krieger«, erwiderte Apu Poma ebenso förmlich und überspielte damit seine Überraschung.

»Die Provinz Chachapoyas ist in Aufruhr. Die Rebellen haben den Gouverneur getötet und die Felder Intis und des Inca zertrampelt. Sie haben die königlichen Lagerhäuser geplündert, Bewässerungskanäle zerstört und die königlichen Herden geschlachtet. Wir kamen den Resten der Garnison zu Hilfe, und wir haben die Stadt Caxamarquilla während des letzten Monats gehalten. Es ist uns jedoch nur mit erheblichen Verlusten gelungen, über die Stadt hinaus vorzudringen. Colla Topa hat den Sapa Inca gebeten, zusätzliche Truppen zu entsenden, um die vollständige Kontrolle über die Provinz wiederherzustellen und die Anführer der Rebellen zur Rechenschaft ziehen zu können.«

»Wie stark ist der Gegner zahlenmäßig?«

»Das wissen wir nicht. Wir rückten mit fünfzigtausend Mann an und waren in jeder Schlacht zahlenmäßig unterlegen.«

Apu Poma stand auf. »Ich muß gehen«, entschuldigte er sich mit einer flüchtigen Verbeugung. Er blickte auf Cusi und zögerte kurz, doch dieser machte keine Anstalten, sich von der Stelle zu bewegen. Apu Poma nickte unsicher und verließ zusammen mit Acapana das Zelthaus.

Es folgte ein langer Moment des Schweigens. Dann ließ Cusi Gepäck, Umhang, Speer und Schleuder zu Boden sinken und sah seine Mutter an. Langsam zog ein breites, herzliches Lächeln über sein Gesicht. Micay war von der Nachricht entsetzt; sie konnte den Überbringer nur wie aus weiter Ferne wahrnehmen. Aber sie erinnerte sich, daß Amaru ihr gesagt hatte, sein Bruder sei ganz anders als er, und dieses erste Lächeln schien das voll zu bestätigen.

»Ich habe darum gebetet, Euch wiedersehen zu dürfen«, unterbrach Cusi das Schweigen. »Die Huaca hat mich beschützt, und die Chachapoyas haben mich sogar früher als erwartet hierhergebracht.«

Mama Cori stand auf, ihren Sohn zu umarmen, und Lloque und Quinti folgten ihrem Beispiel. Quilaco hielt sich abseits; er wartete darauf, vorgestellt zu werden, und Micay spürte, wie er sie anstarrte. Sie wandte sich von ihm ab und stand auf, um trockene Kleidung zu holen und den Bediensteten Bescheid zu geben, daß sie etwas zu essen und Akha servieren sollten.

Auf dem Weg zu Mama Coris Haus quer über den Platz spürte sie den Regen nicht. Die Chachapoyas – ihr Volk – hatte rebelliert. Das bedeutete mehr als nur aufgebrachtes Schreien, Auflehnung gegen die Autorität und das Zerbrechen von Stäben; Blut war geflossen, Inkablut; es würde also unweigerlich zu Vergeltungsmaßnahmen kommen. Sie erinnerte sich daran, wie ihr Vater vor vielen Jahren die Waffen unter dem Boden des Webzimmers vergraben hatte. Alle

Kinder, die alt genug waren, um diese Handlung zu verstehen, mußten dabei zusehen, und ihr Vater sagte ihnen, die Waffen seien hier für den Fall, daß sie wieder einmal gegen die Inka kämpfen müßten. Sie sah die beiseite gerückten Webstühle deutlich vor sich, die ausgehobene Erde und das Loch, so groß, daß ein ausgewachsener Mann darin Platz gefunden hätte.

Als sie mit einer Tunika und einer Decke über dem Arm zum Zelthaus zurückkam, stand Cusi bei der Kohlenpfanne und wärmte sich die Hände. Er hatte seine nasse Tunika ausgezogen, und auf seiner Brust waren einige dunkle Blutergüsse zu erkennen; außerdem trug er einen Schulterverband. Zwischen Lloque und Quilaco stehend sah er sehr klein aus – gut proportioniert, aber kaum größer als Micay selbst. Gerade als sie auf ihn zugehen wollte, bemerkte sie sein schwarzes Hüftband, und der plötzlich in ihr aufwallende Stolz darüber steigerte ihre Verwirrung noch mehr. Sie gab die Tunika und die Decke Quinti, die sie ihrem Bruder überreichte.

Dann servierte ein Diener das Essen – Maiskuchen, Eintopf und etwas gebratene Ente –, und Cusi stürzte sich darauf, als hätte er seit Tagen gehungert. Mama Cori schien damit zufrieden zu sein, ihren Sohn die ganze Zeit nur zu betrachten, und überließ Lloque das Wort, der etwas bedrückt wirkte, seit Cusi seine Nachricht bekanntgegeben hatte. »Erzähle mir, was du über diesen Aufstand weißt«, forderte er seinen Neffen schließlich auf. »Wir haben nur Berichte über Unruhen gehört.«

»Deshalb wurden wir von Caxamarca aus dorthin beordert. Aber wir hatten kaum den Marañon überquert, da waren wir schon am Kämpfen, und es nahm kein Ende mehr. Rimachi und ich mußten in der Dunkelheit aufbrechen.«

»Ihr werdet bei Tage zurückkehren«, rief Quilaco dazwischen und hob seinen Becher. »Und zwar mit einer Armee im Rücken!«

Unbeeindruckt von diesem Einwurf fuhr Cusi mit seinem Bericht fort.

»Die gefangenen Chachapoyas erzählten uns, daß das Ganze in den Dörfern im Osten begann; dort gab es Proteste gegen die Art und Weise, wie die Soldatenwerber des Gouverneurs Krieger rekrutierten. Daraufhin erschien der Gouverneur persönlich mit dem Großteil der Männer aus der Garnison, um dafür Sorge zu tragen, daß seine Anordnungen befolgt würden. Es heißt, er ließ mehrere Männer hinrichten, die ihre Söhne nicht herausgeben wollten, und das ist wohl der Grund für den Aufstand. Der Gouverneur versuchte, ihn niederzuschlagen und wollte dann nach Caxamarquilla zurück. Aber die Nachricht über die Hinrichtungen eilte ihm voraus, es kam zu einem weiteren Aufstand, und er und alle seine Männer wurden getötet.«

»Rebellen behaupten immer, in Notwehr zu handeln«, kommentierte Quilaco mit dem Ton des erfahrenen Kämpfers, der einen Novizen einweist. »Besonders unschuldig werden sie, sobald man sie gefangengenommen hat.«

»Rimachi hat gesehen, wie einer der Gefangenen gefoltert wurde«, entgegnete Cusi darauf etwas verärgert. »Der Mann bat um Nachsicht, aber er widerrief nicht, was er erzählt hatte.«

Es entstand ein peinliches Schweigen. Schließlich zupfte Quinti Quilaco am Ärmel und sagte: »Er ist müde, Quilaco. Laß ihn einfach zu Ende erzählen.«

»Ja«, stimmte Loque zu. »Wer sind die Anführer? Versuchte keiner der Häuptlinge, sie zurückzuhalten?«

»Die es versuchten, wurden entweder umgebracht oder abgesetzt. Der Anführer der Revolte in Caxamarquilla war selbst ein Häuptling. Er legte sich den Namen Uscovilca zu, um uns zu verspotten, nach der Kriegshuaca der Chanca. Und im Osten ist der Anführer ein alter Kriegshäuptling namens Casca, wie ich gehört habe.«

Micay erstarrte, als der Name ihres Vaters fiel. Schlagartig wurden alte Erinnerungen in ihr aufgerüttelt; sie sah, wie er mit seinen vernarbten Beinen vor ihr auf dem Stuhl saß, umgeben von Frauen und Kindern, und dem Inca ohne Furcht und Scham gegenübertrat.

»Die werden noch um Vergebung winseln«, warf Quilaco haßerfüllt ein. »Aber für Verräter gibt es keine Gnade. Wir werden ihre Häute mit Gras ausstopfen und Trommeln daraus machen, und Becher aus ihren Schädeln...«

Mittlerweile war offensichtlich, wie betrunken er war, doch Micay konnte nicht umhin zu glauben, daß diese Bemerkungen auch an sie gerichtet waren. Solange ich noch laufen kann, werde ich mich von ihm nicht aus der Familie verdrängen lassen, dachte sie im stillen.

»Die Chachapoyas waren schon immer aufsässige Wilde«, fuhr Quilaco fort, als Micay aufstand, um sich aus seiner unmittelbaren Nähe zu entfernen. Mama Cori blickte ihr nach, und Micay bemerkte, daß Cusi sie jetzt zum erstenmal richtig wahrnahm – ein plötzliches Erkennen ließ ihn erbleichen. Unvermittelt blieb sie stehen und wandte sich über den Kreis der Sitzenden hinweg an Quilaco.

»Ihr müßt alles, was Ihr über Rebellen wißt, von den Quito gelernt haben, nachdem es so wenig ist«, brauste sie auf.

»Micay!« mahnte Mama Cori. Doch Quilaco hob die Hand und bedeutete ihr, nicht zu unterbrechen. »Laßt sie reden«, meinte er mit einem breiten Grinsen.

»Ich werde reden«, sagte Micay mit Nachdruck, »obwohl ich weiß, daß Ihr nicht zuhört. Denn von dieser Sorte Inka seid Ihr – Ihr zieht es vor, zu verurteilen und zu strafen und von Euren eigenen Verbrechen nichts zu wissen. Inka wie Ihr regieren die Chachapoyas nun schon länger als ich lebe. Wenn wir Wilde sind, dann haben wir es von Euch gelernt!«

»Du verteidigst also diese Verräter und Feiglinge?« fragte Quilaco aufgebracht und stand langsam auf. Auch Lloque erhob sich, wobei er eine Hand nach Micay ausstreckte.

»Wenn Ihr zugehört hättet, dann wüßtet Ihr, daß sie sich selbst verteidigen können. Das einzige, was Ihr ihnen noch nehmen könnt, ist das nackte Leben, aber dafür müßt Ihr Euer eigenes riskieren!«

Alle außer Cusi waren aufgesprungen. Mama Cori trat als erste zwischen die Kontrahenten, um den Streit zu beenden.

»Jetzt ist es genug!« herrschte sie Micay an. »Ich bin sehr enttäuscht von dir, Micay. Geh auf dein Zimmer!«

Micay verbeugte sich flüchtig. Dann verließ sie stolz das Zelthaus und ging hinaus in die Dunkelheit und den Regen.

Cusi versuchte, seine innere Ruhe wiederzufinden, während die anderen zu ihren Plätzen zurückkehrten. Er hatte dieses Gesicht – zumindest dieses schwarze Haar und die helle Haut – schon einmal gesehen, und auch diese wilden, eisigen Augen. Er hatte einen Mann getötet, der viel größer gewesen war als er, und dessen bleiches, unbemaltes Gesicht hatte genauso unheimlich gewirkt wie jene mit Kriegsbemalung. Der Mann war im Glauben an den Vorteil seiner Körpergröße gestorben, und danach war auch sein Gesicht bemalt gewesen – mit Blut.

Quinti flüsterte wütend auf Quilaco ein, der sich soeben seinen Becher nachfüllen ließ. Auch Cusi trank jetzt etwas Akha und spürte fast augenblicklich die Wirkung. Er setzte den Becher ab und erwiderte den Blick seiner Mutter.

»Sie heißt Micay, das hast du ja gehört«, begann Mama Cori. »Quinti und ich haben sie im Haus der Erwählten Frauen in Caxamarca als Gefährtin für Quinti mitgenommen.«

Cusi sah zu seiner Schwester hinüber, die sich flehentlich zu ihm hinüberbeugte.

»Sie war in letzter Zeit sehr empfindlich, besonders was ihre Herkunft anbelangt. Die Nachricht muß sie sehr getroffen haben«, sagte Quinti.

»Das ist keine Entschuldigung für Treulosigkeit und mangelnden Respekt«, murrte Quilaco. »Sie hat jeden Inka beleidigt!«

»Du mußt ihr vergeben, Quilaco«, drängte Quinti. »Sie ist für mich wie eine Schwester!«

»Ich will sie nicht in meinem Haus haben«, entgegnete er.

»Aber ich in meinem!« fuhr Lloque jetzt schneidend dazwischen, und alle horchten überrascht auf. »Sie ist eine Chachapoyas-Nusta, und sie hat keinen Grund, sich wegen ihrer Herkunft oder ihres Benehmens zu schämen. Sie hat mit dir gesprochen, wie du es verdient hast!«

»Was sie gesagt hat, ist *Verrat*!« schrie Quilaco fassungslos über diese Zurechtweisung.

»Sie hat dir die Wahrheit über dich gesagt«, beharrte Lloque. »Du hast dich heute abend ungehörig benommen, mein Sohn. Ich bedaure, daß ich dich nicht schon früher gerügt habe.«

Wut loderte in Quilacos Augen auf; er schien fast im Begriff, Lloques Alter und Rang zu vergessen. Dann sah er Quinti von der Seite an, stand auf und schickte sich schwankend an zu gehen.

»Da ich Euch so viel Mißvergnügen bereite, Herr, werde ich mich aus Eurer Gesellschaft entfernen!« Er verbeugte sich kurz vor Lloque und wandte sich dann Mama Cori zu. »Die Hochzeit wird verschoben werden müssen, Herrin, bis ich aus Chachapoyas zurück bin. Ich werde mit Apu Poma sprechen, sobald meine Pflichten es erlauben.«

»Natürlich«, seufzte Mama Cori resigniert und nickte. Quilaco grinste Quinti noch einmal zu und drehte sich dann zu Cusi um. »Wir sehen uns auf dem Marsch, Cusi Huaman – willkommen in Tumibamba!« sagte er brüsk und ging.

Cusi nickte ihm nachdenklich zu, als Quilaco das Zelthaus verließ. Das ist ja in der Tat ein seltsamer Empfang, dachte er und hob seinen Becher mit Akha an die Lippen. Dabei blickte er auf die düsteren Gesichter seiner Mutter und seines Onkels und wunderte sich über Mama Coris Willfährigkeit und Lloques energische Verteidigung des Chachapoyas-Mädchens. Noch fassungsloser war er, als Quinti aufsah und weder Tränen noch sonst ein Zeichen des Ärgers zeigte, obwohl ihr zukünftiger Mann so gedemütigt worden war. In einem Zug leerte er seinen Becher; ihm schien, als seien Dinge im Anzug, die er bei weitem noch nicht ergründen konnte.

Am Tag, an dem das Heer nach Süden in Richtung Chachapoyas aufbrach, waren vom frühen Morgen an in der ganzen Stadt Trommeln und Kriegsgesänge zu hören. Anders als beim Abmarsch gegen die Quito schien warm die Sonne, und die Sänfte des Sapa Inca zog den Kriegern voran: Huayna Capac hatte beschlossen, seine Truppen persönlich gegen die Rebellen zu führen. Micay fragte sich, ob man ihrem Volk überhaupt die Möglichkeit einer Kapitulation einräumen würde. Sie hatte von aufständischen Stämmen gehört, die nur noch in der Erinnerung existierten – Beispiele für die Unbarmherzigkeit der Inka. Die Dörfer und Heiligtümer dieser Völker waren zerstört worden, auf ihrem Land hatte man Mitmacs angesiedelt und die wenigen Überlebenden zu Sklaven gemacht.

Micay schauderte bei diesem Gedanken. Sie hatte versucht zu beten, doch sie konnte von Mama Quilla keine Niederlage der Söhne Intis erbitten – nicht, wenn Chimpu Ocllo selbst an den Zeremonien zum Abmarsch des Heeres teilnahm und für einen Sieg der Inka betete. Micay fühlte sich dadurch noch mehr wie ein Mitmac, von ihrer Heimat abgeschnitten und in ihrem jetzigen Leben isoliert.

Das Anwesen war bis auf zwei Wachen am Eingang menschenleer; alle waren gegangen, um Cusi Huamans Abmarsch beizuwohnen. Micay hatte Apu Pomas jüngeren Sohn nicht mehr zu Gesicht bekommen, da sie seit seiner Ankunft ihr Haus nicht mehr hatte verlassen dürfen. Er und sein Cañari-Freund führten jetzt die verdienten Krieger in den ersten Reihen des Heeres an als Belohnung dafür, daß sie die Nachricht von der Rebellion überbracht hatten. Quinti hatte Micay noch versichert, daß Cusi sich nicht über ihren Zornesausbruch geärgert und mit Respekt von den Chachapoyas gesprochen hatte. Aber Micays lebhaftester Eindruck von ihm war der, als er sie zum erstenmal wahrgenommen hatte: Cusi hatte sie angestarrt, als wäre vor ihm ein Toter wiederauferstanden, und dieser Blick machte ihr klar, daß er Chachapoyas getötet hatte. Es bedeutete also kaum einen Unterschied, daß er nicht reagierte wie Quilaco. Und er marschierte zurück, um noch mehr umzubringen. Er war ein Inka; er hatte es im Blut.

Jetzt erst fiel ihr auf, daß einer der beiden Männer am Tor Acapana war. Gleich darauf kam er angehumpelt und setzte sich ohne eine Spur seiner sonstigen Zurückhaltung neben sie.

»Ihr habt mit Quilaco Yupanqui einen Streit gehabt«, begann er.

»Das stimmt.«

»Er war sehr zornig, als er ging; das habe ich bemerkt. Und er ist nicht zurückgekommen.«

»Er ist mit den anderen Inka losgezogen, um Chachapoyas umzubringen.« Micay versuchte, ihn zu schockieren. Er wollte sie mit seinen Worten zu etwas verleiten, und das gefiel ihr nicht. Acapana zögerte kurz und fuhr dann fort.

»Es heißt, daß nun keine Hochzeit stattfindet.«

»Es gibt Gründe für Zweifel. Vielleicht solltet Ihr Apu Poma fragen.«

Acapana ignorierte diesen Vorschlag. »Ich nehme an, Ihr werdet Euch der Hohenpriesterin anschließen«, mutmaßte er statt dessen vorsichtig.

»Weshalb glaubt Ihr das?« fragte Micay schroff.

»Quinti Ocllo und Mama Cori müssen sehr verärgert über Euch sein... Deshalb denke ich mir, seht Ihr in der Hohenpriesterin vielleicht einen Schutz.«

»Ich stehe unter ihrem Schutz«, versicherte Micay, »aber die Familie hat mich nicht verworfen. Es war Lloque Yupanqui, der Quilaco im Zorn wegschickte, und Quinti ist sogar froh, von ihrer Einwilligung zur Heirat entbunden zu sein. Ihr wißt zu wenig über diese Familie, Acapana, um Mutmaßungen anzustellen.«

Acapana stand abrupt auf und wandte sich zum Gehen, zögerte jedoch noch einmal und fragte: »Ihr werdet also bleiben?«

»Wollt Ihr, daß ich gehe?« fragte Micay zurück.

Acapana unterdrückte seine Wut. »Ihr wißt zu wenig über mich, Micay, wenn Ihr so etwas fragen könnt!« preßte er hervor. »Aber Ihr wollt mich auch gar nicht verstehen.«

»Wie soll ich Euch verstehen«, konterte Micay und stand auf, »wenn Ihr nie offen mit mir redet? Selbst heute, wo Ihr mich ohne Umschweife angesprochen habt, sagt Ihr mir nicht, was Ihr wirklich meint.«

Er wendete den Blick ab und biß sich auf die Lippen, doch plötzlich sprudelten die lange zurückgehaltenen Worte aus ihm heraus. »Ich bin gekommen, um Euch zu sagen, daß Ihr Euch nicht allein zu fühlen braucht. Ich bin gekommen, um Euch zu sagen, daß es einen Inka gibt, der Euch nie hinauswerfen wird, wenn Ihr Euch dafür entscheidet, in sein Haus zu kommen.«

»Ihr wollt mich also vor Schande bewahren«, argwöhnte Micay. »Und aus diesem Grund habt Ihr jetzt so freimütig mit mir gesprochen.«

Acapana seufzte. Dann blickte er ihr direkt in die Augen und sagte leise: »Ich kann es Euch nie recht machen, Micay. Dabei würde ich das so gerne tun – immer noch.«

Nun mußte Micay verlegen zur Seite blicken. »Ich weiß nicht, was in meinem Herzen ist. Mein Leben hat sich so oft verändert, und mit jeder neuen Veränderung weiß ich noch weniger, wohin ich gehöre; ich fühle nur, wie allein ich bin. Und es gibt niemanden, der mir dabei helfen könnte.«

»Viele Männer würden es gerne versuchen«, erwiderte Acapana. »Vielleicht könnten wir uns besser verstehen, wenn ich nicht auch einer von ihnen wäre.«

»Vielleicht«, wiederholte Micay zögernd. »Aber ich kann mich nur selbst retten.«

»Das werdet Ihr«, sagte Acapana vertrauensvoll. »Aber vergeßt nicht, daß ich Euch gerne helfe, wenn Ihr jemanden braucht.«

Der Lärm aus der Ferne schwoll plötzlich stark an und erstarb im nächsten Augenblick ganz.

»Sie marschieren ab«, murmelte Acapana und starrte in die Richtung, aus der das Getöse gekommen war. Micay setzte sich wieder und blickte in den wolkenlosen Himmel. Im Herzen hing sie an ihren Erinnerungen an Chachapoyas und fürchtete, sie könnten sich in der trockenen, klaren Luft von Tumibamba verflüchtigen.

Neben den zwanzigtausend Kriegern, die ihn aus Tumibamba hinausbegleiteten, nahm Huayna Capac hundert Diener zu seiner persönlichen Verfügung mit und dazu die gleiche Anzahl Sora und Rucana als Sänftenträger; Verpflegung, Kleidung und Amtsinsignien des Herrschers transportierte eine Karawane Lamas. Zurück ließ er alle seine Frauen sowie die meisten Berater und Wahrsager. Er rückte schnell und ohne vermeidbare Verzögerungen vor, um der Welt seinen Unwillen deutlich kundzutun. Unter seinen Kriegern herrschte Hochstimmung, denn diesmal würden sie nicht nur drohen wie beim Feldzug gegen die Quito, sondern kämpfen und zeigen, daß die Söhne Intis immer noch zu fürchten waren.

Zwei Tagesmärsche südlich der Provinzhauptstadt Huancabamba, unweit der Stelle, wo Cusi und Rimachi aus den Bergen gekommen waren, wurden die beiden jungen Männer zu Michi und Casca gerufen, den Kriegshäuptlingen, die die Kolonne gemeinsam kommandierten. Michi erklärte ihnen, der Sapa Inca habe seinen Söhnen Ninan Cuyochi und Atahualpa gestattet, mit einer kleinen Vorhut auf der Route nach Caxamarquilla vorauszumarschieren, die Cusi und Rimachi als Botschafter genommen hatten. Cusi und Ninan Cuyochi sollten mit hundert Kriegern der von Rimachi angeführten Truppe unter Atahualpas Kommando einen halben Tagesmarsch vorauseilen.

»Es wird gefährlich sein«, warnte Michi, doch Cusi und Rimachi grinsten sich nur gegenseitig an und verbeugten sich dann ehrerbietig.

Auch Yasca, ein Mann mit herben Gesichtszügen und einem gefürchteten Ruf, gab ihnen eine Warnung mit auf den Weg: »Ihr habt in diesem Krieg bereits gekämpft und kennt euren Gegner. Laßt euch also nicht von eurem Ehrgeiz in eine Falle locken.«

Ninan Cuyochi begrüßte Cusi mit einem bloßen Nicken, während Atahualpa Rimachi freundschaftlich auf die Schulter klopfte.

»Wir sehen uns in Caxamarquilla wieder«, rief Atahualpa seinem Bruder zu und verschwand mit Rimachi. Wieder nickte Ninan nur stumm und bedeutete dann Cusi, ihm in die entgegengesetzte Richtung zu folgen, zu den Zelten des Regiments von Ober-Cuzco. Cusi war schon einmal mit Ninan zusammengekommen und hatte ihn damals als kühl und unnahbar empfunden. Ninan war das einzige Kind von Huayna Capacs erster Coya, und es hieß, er sei der Liebling des Sapa Inca, obwohl er als Thronerbe übergangen worden war. Zwar war er einige Jahre älter als Cusi, doch sein versonnenes Wesen ließ ihn nicht reifer wirken und wies ihn auf den ersten Blick auch nicht als einen befähigten Führer aus.

Doch als sie unter dem Vordach von Ninans Zelt Platz genommen hatten und zu beratschlagen begannen, erkannte Cusi schnell, daß das, was er für Unnahbarkeit gehalten hatte, in Wirklichkeit Schüchternheit war. Außerdem hatte sich Ninan offenbar weniger Gedanken gemacht, wie er seinen Späher begrüßen sollte, als vielmehr darüber, welcher Auftrag vor ihnen lag. So hatte er sich alles gemerkt, was ihm über die Route berichtet worden war, und sich auch schon erste Vorsichtsmaßnahmen gegen Überraschungsangriffe überlegt. Diese besprach er nun mit Cusi und prüfte gleichzeitig dessen Kompetenz für das Kommando über die Kundschafter. Cusis Vertrauen in Ninan wurde auch dadurch bestärkt, daß dieser beim Gespräch immer Blickkontakt mit ihm hielt. Am Ende der Diskussion war deshalb er es, der lächelte.

»Ich weiß nicht, weshalb ich als Euer Pfadfinder ausgewählt wurde«, sagte er Ninan, »aber ich schätze mich dafür glücklich. Ihr gebt mir das Vertrauen, daß ich meine Initiationsbrüder wiedersehen werde.«

»Ich habe dich selbst ausgewählt«, erklärte Ninan. »Dein Bruder Amaru ist ein Freund und Krieger, den ich bewundere. Ich wünschte, er könnte mit uns gehen.«

»Ich wünschte, ich hätte ihn getroffen«, erwiderte Cusi etwas wehmütig. »Ich weiß noch immer nicht, warum er nach Chan Chan gegangen ist.«

»Er ist ein ruheloser Mensch, und Dinge wie Rang oder Ruf bedeuten ihm nichts. Beim Rückzug vor den Carangui hat er heldenhaft gekämpft und oft für andere sein Leben aufs Spiel gesetzt. Viele, die ihn sahen, sagten, er habe gekämpft, als wollte er sterben. Vielleicht ist es das Beste für ihn, wenn er sich eine Weile in einer friedlichen Gegend aufhält.«

Cusi nickte zustimmend, doch er fragte sich, ob sich Amaru seit ihrem letzten Zusammensein so verändert hatte, oder ob er selbst damals einfach noch zu jung gewesen war, um die Ruhelosigkeit seines Bruders wahrzunehmen. Dann erinnerte er sich an Raurau Illas Prophezeiung, daß auch er, Cusi, durch die Konfrontation mit dem Tod eine Veränderung erfahren würde.

»In Caxamarquilla wird es nicht friedlich zugehen«, versicherte er seinem jungen Kommandeur.

»Deshalb gehen wir hin«, antwortete dieser mit einem dünnen Lächeln. »Hol dir vom Nachschubverwalter alles, was du brauchst; und sag ihm, du bräuchtest die Kleidung eines Kundschafters. Dann bereite dich vor wie ein Krieger. Bei Tagesanbruch marschieren wir ab.«

Sieben Tage nach der Ankunft Ninan Cuyochis und Atahualpas in Caxamarquilla wurde Huayna Capac zum Dröhnen der Trommeln und dem Klang der Muscheltrompeten in die Stadt getragen. Er ließ sich jedoch kaum Zeit, seine Söhne zu begrüßen, sondern befahl sofort einen massiven Angriff auf die Truppen der Chachapoyas, die den Ort von drei Seiten umlagerten. Sie hielten ihre Stellungen zwei Tage lang, mußten sich dann aber vor der Übermacht des Gegners in die Berge zurückziehen.

Die Verluste auf beiden Seiten waren erheblich, doch der größere Teil des Chachapoyas-Heeres konnte über den Paß am Ende des Tales fliehen. Huayna Capac sparte bei der Inspektion seiner Truppen nicht an Lob für seine Kriegshäuptlinge und Kommandeure, und bei dieser Gelegenheit erfuhr er auch von der nahegelegenen kleinen Festung, in die sich einige Chachapoyas zurückgezogen hatten.

Sie schien uneinnehmbar zu sein. Der schmale Fels, auf dem sie errichtet war, ragte so steil zum Himmel, daß sie nur mit Seilen oder Leitern zu erreichen war. Eigentlich hätte man sie ignorieren oder die Besetzer allmählich aushungern können. Doch Huayna Capac war entschlossen, keinen Feind lebend zurückzulassen, und deshalb rief er Ninan und Atahualpa zu sich.

»Nehmt eure Männer«, begann er, »und entzündet ein Feuer, das die ganze Provinz Chachapoyas sehen soll. Laßt alle wissen, daß der Inca Berge abträgt, um jene zu bestrafen, die sich gegen mich erheben!«

Cusi war nach der Ankunft in Caxamarquilla unter Ninan Cuyochis Kommando geblieben und hatte hier Rimachi, Tomay und Uritu wiedergetroffen. Begierig schlossen sie sich alle der Kolonne an, die unter Führung Atahualpas und Ninans auf den Felsvorsprung zumarschierte. Die beiden Brüder hatten ihre Truppen in den zurückliegenden Gefechten hervorragend befehligt, und die Einnahme der Festung war ihnen nun gewissermaßen als Belohnung übertragen worden. Hier konnten sie sich einmal mehr beweisen und gleichzeitig der Welt zeigen, daß es nichts gab, was den Inka Einhalt gebieten konnte.

Aber trotz der großen Begeisterung in den Reihen der Krieger kam die Attacke nur langsam voran. Ein einziger schmaler Pfad wand sich an der Seite des Felsens in die Höhe, doch die Feinde brauchten nur von oben Steine herabzuwerfen, um jeden, der sich näherte, in den sicheren Tod zu schicken. Ninan und Atahualpa sandten Kundschafter auf die umliegenden Höhen, um andere Möglichkeiten für einen Zugang zu erkunden, und dabei entdeckte Uritu einen winzigen zweiten Pfad. Er schien jedoch eher für Vikunjas zu sein als für Menschen und führte einen nackten Felsvorsprung entlang, der hinter der Festung jäh abfiel.

Ninan ließ nach Freiwilligen fragen, die nicht zu groß und sehr geschmeidig sein sollten. Er wollte sechs Männer aussuchen, die tapfer genug waren, um über den Felsvorsprung zu klettern und die Festung von hinten anzugreifen. Sie wurde von kaum mehr als zwanzig Chachapoyas gehalten; sechs Leute hatten also eine reelle Chance, wenn sie überraschend angriffen.

Als Cusi von Ninans Vorhaben erfuhr, war ihm sofort klar, daß dies die Herausforderung war, von der Raurau Illa gesprochen hatte. Einen Augenblick lang krampfte sich sein Magen zusammen, und er mußte den Atem heftig ausstoßen. Er wußte, daß er sich als Freiwilliger melden würde – daß er es *mußte*. Doch dann schoß ihm durch den Kopf, daß dies auch die Gelegenheit sein würde, Ruhm zu erlangen und seine Huaca zu prüfen, indem er das Unmögliche versuchte, wie Otoronco es ihm gesagt hatte. Er war überwältigt und konnte keine Worte finden, als plötzlich Tomay neben ihm auftauchte.

»Ich gehe. Um einen Verräter des Inca zu töten, klettere ich jeden Felsen hinauf.«

»Ich auch«, kündigte eine zweite Stimme an. Cusi drehte sich um und erblickte Mayca, der ihn jedoch nicht beachtete.

»Ich gehe auch«, stieß Cusi hervor. Der hinzutretende Hauptmann sah ihn prüfend an, als wollte er Cusi fragen, ob er es sich gut überlegt habe. Cusi nickte beipflichtend, um zu verdeutlichen, daß er sich im klaren darüber war, worauf er sich einließ.

»Das reicht«, sagte der Hauptmann. »Die anderen drei stehen schon fest. Euer Führer wird ein Mann namens Condor Tupac sein.«

Wieder spürte Cusi, wie sich sein Magen zusammenzog. Die Kondore in Rauraus Lied fielen ihm ein. *Einer flattert zu Boden. Einer beobachtet unermüdlich, Mit Augen, die die Dunkelheit durchbohren.* Welcher dieser zwei würde er sein – oder war er vielleicht keiner von ihnen? Ein eisiger Schauer jagte ihm über den Rücken. Was immer ihm bevorstand, er mußte es mit seinem ganzen Sein annehmen und durfte nicht darauf vertrauen, daß Prophezeiungen ihn retteten.

Am Sammelpunkt stellte Cusi erfreut fest, daß er die beiden anderen Freiwilligen kannte. Der eine war ein Kundschafter namens Paucar, der ihm schon früher einige Geheimnisse seiner Kunst beigebracht hatte; der andere hieß Huañu und war ein junger Colla-Krieger, den Tomay vorgeschlagen hatte.

Condor Tupac war ein kleiner, dunkelhäutiger, sehr stämmiger Mann und mindestens fünfzehn Jahre älter als seine fünf Kameraden. Er trug die Ohrpflöcke eines Inka königlichen Geblüts und stellte sich als Micho dieser Provinz vor. Offenbar bemerkte er die Überraschung der Fünf darüber, daß ein Mann seines Rangs und Alters einem solchen Kommando angehörte.

»Ich habe diesen Barbaren noch etwas heimzuzahlen«, erklärte er ihnen wütend. »Sie haben alles zerstört, was wir hier aufgebaut haben; alles, was wir ihnen zu geben versuchten. Sie verdienen, vom Erdboden getilgt zu werden! Ich werde die Festung als erster betreten und sie als erster in Brand setzen!«

»Dann mache ich den zweiten!« rief Mayca und erntete dafür einen beifälligen Blick von Condor Tupac. Es entstand eine kurze Pause; dann sagte Paucar, der älteste und erfahrenste unter ihnen: »Wir sollten beten, daß wir alle zusammen oben ankommen.« Diese Worte lösten in Cusi eine plötzliche Zuneigung für Paucar aus, und von diesem unerwarteten Gefühl überwältigt, senkte er den Blick. Zusammen mit einem solchen Mann war er bereit, dem Tod ins Auge sehen, ebenso wie mit Tomay und Huañu.

Sie begannen den Aufstieg am Nachmittag, als der Felsen bereits im Schatten lag, gleichzeitig aber noch genügend Helligkeit für gute Sichtverhältnisse herrschte. Zur Tarnung im dunklen Fels hatten sie die Ohrpflöcke abgenommen, die Gesichter mit Asche bestrichen und graue Tuniken angezogen. Als Bewaffnung trug jeder ein flaches Bronzemesser im Hüftband; die Schleudern hatten sie sich um den Kopf geschlungen.

Condor Tupac ging voran, gefolgt von Mayca, Cusi, Tomay, Huañu und Paucar. Sie hatten sich gegenseitig versprochen, daß im Falle eines Sturzes keiner nach seinem Nachbarn greifen und ihn dadurch mit in den Tod reißen würde. Deshalb wollten sie auch einigen Abstand voneinander halten und sich erst wieder zusammenschließen, wenn alle oben angekommen waren. Außerdem durften sie nicht sprechen, denn das von den Felswänden vielfach reflektierte Echo verstärkte jeden Ton.

Nach den ersten Kehren wurde der Pfad noch enger und steiler. Sie bemerkten, daß er stellenweise von Menschenhand in den Fels gehauen worden war, denn an den schwierigsten Abschnitten fanden sich gemeißelte Griffe für die Finger. Gelegentlich konnten sie sich nur seitwärts mit dem Gesicht zur Wand entlangtasten. Cusi mußte immer wieder stehenbleiben und hinter Mayca und Condor Tupac warten, die muskulöser waren als er und schwerer zu kämpfen hatten, um nicht das Gleichgewicht zu verlieren. In diesen Momenten konzentrierte er all seine Gedanken auf seinen Schutzgeist. Einmal sah er aus dem Augenwinkel unter sich einen Falken vorbeifliegen und hätte sich davon fast ablenken lassen; er schwankte, und im nächsten Moment brach ihm der Angstschweiß aus allen Poren. Doch er schaffte es, so lange still stehenzubleiben, bis er sich wieder gefaßt hatte und weiterhangeln konnte.

Doch in dieser kleinen Pause war der Abstand zu seinen beiden Vordermännern zu groß geworden, und hinter sich hörte er bereits, daß Tomay ihn einholte. Cusi unterdrückte das Bedürfnis, sich zu beeilen, und tastete sich mit den Händen und bloßen Füßen vorsichtig weiter. Vor ihm tauchte ein Felsüberhang auf, der ihn zwang, in die Knie zu gehen und den Kopf zwischen die Schultern zu nehmen, soweit das ohne den Verlust der Balance möglich war. In dieser gekrümmten Haltung konnte er Tomay neben sich sehen, der hier noch mehr Schwierigkeiten hatte, weil er ein wenig größer war als Cusi; er mußte ganz in die Hocke gehen und all seine Kraft aufwenden, um sich mit den Fingern am Stein festzukrallen. Plötzlich bröckelte unmittelbar neben Cusi der Fels unter Tomays Hand ab, sie hing in der Luft und griff ins Leere. Ohne zu denken packte Cusi zu und drückte sie fest an die Felswand.

Tomay seufzte und murmelte erleichtert einen Dank; seine weit aufgerissenen Augen verrieten noch blankes Entsetzen. Langsam ertastete er sich einen anderen Halt, Cusi zog seine Hand zurück, und beide arbeiteten sich weiter vorwärts, bis sie den Überhang passiert hatten. Dahinter öffnete sich eine Stelle, an der zwei Männer Seite an Seite stehen konnten – ein kleines Plateau gut zwanzig Fuß unterhalb des Felsgipfels. Hier kauerten die sechs Männer nieder, rasteten und blickten vorsichtig über den Rand in den Abgrund: Mehrere hundert Fuß unter ihnen breitete sich ein herrlicher Baldachin von Baumkronen aus.

Als sie wieder bei Kräften waren, überprüfte ein jeder Kleidung und Waffen, und dann kletterten sie weiter, froh darüber, daß sich der Rest des Aufstiegs wenigstens in aufrechter Haltung bewältigen ließ. Mittlerweile hörten sie von der anderen Seite der Festung Kampfeslärm herüberdringen. Die Sonne, der Gesegnete Inti, würde ihnen beistehen und die Verteidiger blenden. Wenn sie, von rückwärts und aus dem Schatten kommend, zuschlagen konnten, würden die Chachapoyas nicht in der Lage sein, sich zu halten, und der kleinen Inka-Schar war der Sieg fast gewiß.

Die beiden Männer an der Spitze hielten an, und an ihnen vorbeiblickend erkannte Cusi die letzte Hürde: Auf einer Strecke von etwa zwanzig Fuß verengte sich der Pfad noch einmal beträchtlich und endete dann abrupt knapp vier Fuß vor einem Absatz, von dem aus man offenbar direkt in die Festung gelangen konnte. Sie mußten sich also noch einmal seitwärts vorantasten und dann aus dem Stand über die Tiefe hinweg auf den Absatz zu springen versuchen – und konnten dabei nur hoffen, daß niemand hinter der Mauer stand, die den Absatz abschirmte.

Condor Tupac tastete sich bis zum Ende des Pfads auf dem Felsvorsprung weiter, diesmal mit dem Rücken zur Wand, damit er am Ende des Weges ein Bein nach vorne schwingen und mit einem Sprung über den Abgrund setzen konnte. Sein Blick war auf den leeren Absatz vor ihm geheftet, die Arme hatte er seitlich ausgestreckt, und seine Finger suchten nach einem Halt in der Wand hinter ihm. Mayca folgte in derselben Art und Weise, und hinter ihm schob Cusi sich vorwärts und versuchte, seine Gedanken nicht vorauseilen zu lassen zu dem Augenblick, in dem er springen mußte. Er fühlte, wie der Wind an seiner Tunika zerrte; schon eine kleine Bö würde genügen, einen richtig berechneten Sprung zum Satz in den Tod werden zu lassen. Der Gefechtslärm war jetzt sehr laut und überdeckte die Geräusche losgetretener Steine und das heftige Atmen der Männer. Die nackten Zehen immer wieder fest in den kantigen Fels gekrallt, während die Hände zwischen Moos und abbröckelnden Geröll nach Halt suchten, schaffte Cusi noch zwei Schritte. Dann berührte seine Hand die Maycas, und er blieb stehen. Einen Moment später spürte er auf der anderen Seite Tomays Finger auf den seinen.

Es folgte ein langer Augenblick, in dem Condor Tupac Mut schöpfte und ein letztes Gebet an Inti richtete. Cusi flehte zu Illapa, zu seinem Schutzgeist, seiner Huaca und zum Geist von Pachacuti; zu allen Mächten, auf deren Hilfe er vertraute. Dann hörte er einen plötzlichen Schrei und sah, wie Condor Tupac ein Bein nach vorne schwang, auf den Absatz zusprang und dabei mit den Armen fuchtelte, um die Balance zu halten. Er schien in der Luft zu hängen wie zuvor Tomays Hand; doch als er auf den Absatz aufsetzen wollte, trat ein Mann mit Federn und Kriegsbemalung hinter der Mauer vor und stieß ihn mit einem Speer in den Abgrund, noch bevor er richtig Fuß fassen konnte. Mayca reagierte augenblicklich; er schob sich weiter auf dem Felsenpfad vor und setzte sofort zum Sprung an in der Hoffnung, den Absatz zu erreichen, bevor der Chachapoyas-Krieger den Speer erneut zum Stoß hochreißen konnte. Doch er schob sich nicht weit genug bis ans Ende des Pfades heran, sprang zu früh und zu kurz und berührte den Absatz nur mit einem Fuß, bevor er in die Tiefe stürzte und sein Todesschrei tausendfach vom nackten Fels widerhallte.

Instinktiv hatte sich Cusi weiter vorgeschoben, doch kurz vor dem Ende des Felsvorsprungs blieb er wie angewurzelt stehen, weil ein Speer ihn nur knapp verfehlte. Das Gesicht des Chachapoya war grell rot und weiß bemalt; einen Augenblick lang starrte er mit wild funkelnden Augen herüber. Dann bemerkte er, wie Cusi sich krampfhaft an der Felswand festhielt, und ein breites, weißes Grinsen spaltete die rote Bemalung um seinen Mund. Er trat einen Schritt zurück, begann, in seiner Sprache zu reden, und forderte Cusi gestikulierend auf zu springen.

Cusi sah auf die letzten Zentimeter des Felsvorsprungs hinab, auf dem er stand, und dann in die Leere, die ihn von dem gegenüberliegenden Absatz trennte. Er war oft schon weiter gesprungen, aber noch nie über einen Abgrund hinweg, der den sicheren Tod verhieß – falls der Speer des Chachapoya ihn wirklich verfehlen sollte. Seine Kehle schnürte sich zu, kalter Schweiß bedeckte seinen ganzen Körper. »Spring, Inka!« höhnte der Chachapoya; er sprach jetzt in schlechtem Quechua. »Zeig mir wie du fällst, du Sohn der Sonne!«

Cusi spürte Tomay und die beiden anderen hinter sich und erkannte, daß es jetzt, da sie entdeckt waren, keine Möglichkeit eines Rückzuges mehr gab. Sie würden sichere Ziele für Geschosse von oben abgeben; außerdem war nicht daran zu denken, diesen Pfad in der Dunkelheit zurückzugehen. Er war jetzt der Anführer, und es war seine Pflicht, sich dem Speer entgegenzuwerfen und den Kameraden hinter ihm eine Chance einzuräumen. Noch einmal blickte er auf den Felsvorsprung hinab, rechnete sich den kurzen Schritt aus, den er bis zum Ende machen mußte, und dann den langen Satz auf die andere Seite. Aber alle Kraft war aus seinen Beinen gewichen, und seine Finger wollten ihren verzweifelten Halt an der Felswand nicht aufgeben.

»Dann laß dich einfach fallen!« spottete der Krieger. »Ich werde mir doch den Speer nicht mit dem Blut eines Feiglings besudeln!«

Plötzlich spürte Cusi etwas Warmes an den Beinen und bemerkte, daß er sich naß gemacht hatte. Er wußte nicht, weshalb er sich nicht einfach fallenließ und seiner Schande ein Ende bereitete; nur, daß er gegenüber der Scham und seinem Haß auf den höhnenden Chachapoya gleich teilnahmslos war. Er fühlte beides, aber keines von beiden konnte ihn bewegen. Er erinnerte sich an Raurau Illas Prophezeiung, daß er überleben und in dessen Dorf zurückkehren würde; aber ohne die Kraft, wieder Mut im Herzen zu schöpfen, erschien ihm das vollkommen bedeutungslos. Er dachte an Otoroncos Geschichte von Pachacuti, dessen verrückte Wut ihm dazu verholfen hatte, der sicheren Niederlage zu entgehen. Aber Cusi war nicht wütend, und er hatte den Verstand nicht verloren. Er sah alles viel zu klar: die weite, formlose Leere unter sich, den Felsvorsprung und den Absatz, die wachsame Haltung des Mannes mit dem Speer. Er sah den Tod überall und konnte sich nicht überwinden, ihm ins Auge zu schauen...

Auf einmal spürte er Steine zwischen den Fingern, und seine rechte Hand löste sich vom Felsen; im selben Augenblick spannten sich alle seine Muskeln an durch den Schrecken über das verlorene Gleichgewicht. Er drehte sich auf den Zehen und versuchte, den Körper zurück an die Wand zu drücken, doch sie bot keinen Raum – er würde an den Fels schlagen und dann abstürzen. Ein Schrei der Verweigerung brach aus ihm hervor; er tat den letzten möglichen Schritt, schwang wie wild die Arme hoch und sprang, erstaunt über die plötzliche Kraft in seinen Beinen, die ihn auf den Wachposten zu katapultierte, so daß dieser nur noch verblüfft einen Schritt nach hinten machen konnte. Im Sprung schleuderte Cusi die Steine auf das bemalte Gesicht, aber er verfehlte es weit. Dann fiel er auf den Mann und fühlte einen schneidenden Schmerz durch die Rippen fahren, gerade bevor seine Schulter in die Brust des Bemalten krachte und seine Knie und Ellbogen auf dem harten Boden aufschlugen. Einen Augenblick lang konnte er nicht atmen, und vor seinen Augen schwammen rote Flecken; er meinte, seinen Körper immer noch fliegen zu spüren.

Als nächstes bemerkte er, daß seine Wange auf den staubigen Absatz gepreßt war und sein Mund verzweifelt nach Luft schnappte. Behutsame Hände drehten ihn um und setzten ihn auf; dadurch wurde das Atmen leichter. Tomay, Huañu und Paucar kauerten um ihn. Tomays Klinge war blutverschmiert, und von dem Wachposten war nichts zu sehen.

»Kannst du dich bewegen?« fragte Paucar leise. Cusi nickte und ließ sich auf die Beine helfen. Tomay zog hastig seine Tunika aus und drückte sie auf Cusis Seite, damit dieser das Blut nicht sah. Cusi spürte, wie seine Finger durch den Stoff naß wurden, doch er konnte noch keinen Schmerz fühlen; das Atmen kostete ihn zuviel Anstrengung. Paucar nahm den Speer, der dem Wachposten gehört hatte, und bedeutete den beiden anderen, Cusi beim Gehen zu stützen.

»Die nächste Waffe gehört dir«, sagte er im Ton größten Respekts, und Tomay und Huañu murmelten zustimmend. Cusi ließ sich helfen, doch er fragte sich, warum sie ihn nicht einfach zurückließen, da er ja keine Waffe führen konnte. Und wieso sprachen sie so respektvoll mit ihm? Hatten sie nicht gesehen, welch irrsinnige Angst er gehabt hatte? Er war gelähmt gewesen vor Entsetzen, und nur die Furcht abzustürzen hatte ihn schließlich bewogen zu springen – Furcht und die losen Steine in seiner Hand, an denen er sich hatte festhalten wollen.

Der Schmerz überwältigte ihn, während er im Schatten eines Lagerschuppens an einer Mauer lehnte und auf die anderen wartete, die die Hütte nach Waffen durchsuchten. Von der anderen Seite der Hütte drangen laute Rufe und die Geräusche aufschlagender Steine und Pfeile herüber, doch der Schmerz betäubte ihm die Sinne. Seine Knie und Ellbogen fühlten sich an, als hätten Steinhämmer sie zertrümmert, und jeder Atemzug schien ihm den Brustkorb zu zerreißen. Mit einem Stöhnen sank er langsam zu Boden und preßte mit letzter Kraft die blutdurchtränkte Tunika an die Seite seines Körpers, die er nur noch wie ein glühendes Feuer empfand. In diesem Augenblick tauchte Tomay neben ihm auf, bewaffnet mit einem Speer und einer Streitaxt.

»Wir haben die Hütte in Brand gesteckt!« berichtete er aufgeregt. »Jetzt bringen wir die um, die zum Löschen kommen.«

»Ich kann nicht kämpfen«, stieß Cusi hervor.

»Du hast genug getan. Du hast große Huaca, Cusi Huaman.« Tomay legte die Streitaxt neben ihn und ergriff Cusis Hand. »Was du getan hast, hätte ich nicht gekonnt. Du hast uns alle gerettet.«

Damit verschwand er. Allmählich begann um Cusi herum Rauch aufzuwirbeln. Er hustete und tastete nach seinem Schutzgeist. Auf einmal erinnerte er sich daran, was er gespürt hatte, als er sprang, dieses verzweifelte Gefühl, keine Wahl zu haben, nichts bestimmen zu können, und dieser wilde, ungestüme Zorn darüber, daß er nichts anderes mit seinem Leben tun konnte als es wegzuwerfen. Er hatte nicht versucht, irgend jemanden zu retten außer sich selbst. Sein letzter Gedanke war Tocto gewesen, die allein in Cuzco saß und wartete, aber nie mehr von ihm hören würde…

Später spürte er, daß er getragen wurde; um ihn waren viele Menschen und ein flackerndes gelbes Licht; Hände berührten ihn, sein Gesicht und die trockenen Lippen wurden mit einem nassen Tuch abgetupft. Er lag auf dem Rücken und war mit starken Seilen über Brust und Beine auf einer Trage festgebunden. Als nächstes registrierte er die Gesichter, die sich über ihn beugten, doch er erkannte nur Ninan Cuyochi und fürchtete plötzlich, der einzige Überlebende seiner Gruppe zu sein.

»Tomay...«

»Tomay hat uns erzählt, was du getan hast«, versicherte ihm Ninan. »Du mußt jetzt still liegenbleiben, damit wir dich zu den Heilern hinunterlassen können; sie warten unten. Deine Wunde muß geschlossen werden, sonst verlierst du dein ganzes Blut.«

Cusi schloß die Augen, erleichtert darüber, daß die anderen am Leben waren und erzählen konnten, was er getan hatte. Es war ihm lieber, wenn er nicht selbst darüber reden mußte. Er fühlte, wie man ihn wegtrug und kurz darauf mit ruckartigen Bewegungen, die ihm rasende Schmerzen im Brustkorb bereiteten, durch die Luft nach unten abließ. Als die Seile gelöst wurden und die Heiler begannen, den provisorischen Verband abzunehmen, war er noch bei Bewußtsein, doch dann überwältigten ihn die Schmerzen, und er glitt in dunkle Empfindungslosigkeit und Leere.

KAPITEL 9

Hampi Camayoqcona: Heiler (1514)

Tumibamba

Man brachte Cusi auf einer überdachten Trage nach Tumibamba zurück, die an den Seiten mit Vorhängen versehen war und von sechs Sora-Trägern des Sapa Inca transportiert wurde. Die Männer trugen die Sänfte direkt zum Anwesen des Micho, wo die Familie und sämtliche Bediensteten die Kolonne im Hof erwarteten. Eine Ehrengarde aus vier Kriegern in farbenprächtigen Tuniken führte den Zug an; unter ihnen erkannte Micay Ninan Cuyochi, den Sohn der ersten Gemahlin, der bei Mama Huarcay großes Ansehen genoß. Der Sänfte folgte eine Gruppe von acht oder zehn Männern, deren seltsames Äußeres Apu Poma bei seiner Begrüßung Ninan Cuyochis stutzen ließ. Sie hatten langes Haar, trugen Tierfelle auf dem Kopf und fremd aussehende Tuniken. Dazu waren sie mit Ketten aus Tierkrallen und -zähnen geschmückt und mit Kokabeuteln ausgestattet, auf denen Federn aufgenäht waren. Sie rochen alle nach Kräutern und Rauch und schienen außer sich selbst und der Trage nichts wahrzunehmen. Einige von ihnen schüttelten Kürbisrasseln und sangen dazu mit leiser Stimme.

»Huayna Capacs Heiler«, flüsterte Quinti ihrer Freundin ins Ohr und sah zu Mama Cori hinüber, deren angespanntes Gesicht sich beim Anblick der Männer noch mehr verhärtete.

Apu Poma führte die Ankömmlinge auf die untere Terrasse, wo das Gästehaus, in dem Cusi zuletzt gewohnt hatte, in ein Krankenzimmer umgewandelt worden war. Die Träger setzten ihre Last vor dem Haus ab und schoben auf Anordnung Ninan Cuyochis die Vorhänge über das Dach. Die Heiler versuchten sofort, sich heranzudrängen, doch Apu Poma hielt sie mit ausgestreckten Armen zurück und bedeutete Mama Cori, an die Bahre zu treten. Quinti und Micay folgten ihr.

Cusi war nur mit einem Lendenschurz bekleidet und mit Lederriemen über Brust, Taille und Oberschenkel an die Trage gebunden. Sein Gesicht war totenbleich; er sah mager und verhärmt aus, die Augen lagen tief in den Höhlen, die Lippen waren blau und aufgesprungen. Er hatte sich auf seine unverletzte Seite gerollt, so daß die bandagierten Rippen oben lagen und der blutgetränkte Verband zu sehen war. An den Knien und Armen hatte er dunkle Schürfwunden, und an den Stellen, wo die Lederriemen einschnitten, waren Blutergüsse entstanden. Jeden seiner Atemzüge begleitete ein gräßliches Stöhnen, und beim Ausatmen verzog er vor Schmerzen das Gesicht.

»Wasser!« befahl Mama Cori sofort. Doch als Micay der Aufforderung nachkommen wollte, versperrten zwei der Heiler ihr den Weg. Ein dritter wandte sich auf der anderen Seite der Sänfte an Apu Poma.

»Herr, er kann nicht hier bleiben«, begann er und deutete auf das Gästehaus. »Wir haben hier nicht genug Platz. Wir müssen ihn zum Anwesen der Coya bringen.«

»Wir müssen diese Riemen entfernen!« schrie Mama Cori und blickte entsetzt um sich. »Tomay, hilf mir. Nimm dein Messer!«

Ein Krieger, der an seiner Strickmütze und dem breiten Gesicht sofort als Colla zu erkennen war, kniete mit einem sichelförmigen Messer an der Sänfte nieder.

»Herr, wir können hier nicht bleiben«, wiederholte der Heiler drängend, »es ist das Beste, wenn wir ihn gleich mitnehmen.«

Der Krieger, den Mama Cori Tomay genannt hatte, sah mit zusammengekniffenen Augen zu Apu Poma auf; er wartete nur darauf, den ersten Riemen zerschneiden zu dürfen. Apu Poma räusperte sich.

»Er ist mein Sohn. Er bleibt hier!« sagte er dann mit ungewöhnlichem Nachdruck.

Tomays Messer durchtrennte mit einem kratzenden Geräusch den ersten Riemen. Cusi stöhnte und bewegte die Beine, so gut er konnte. Ein zweiter Krieger, ebenfalls ein Colla, bahnte sich mit einer Schüssel Wasser einen Weg zwischen den Heilern hindurch, überreichte sie Mama Cori und kauerte sich neben die Trage nieder. Mama Cori tauchte die Finger ins Wasser und benetzte Cusis Lippen.

»Wo können wir dann bleiben?« fragte der Heiler widerwillig Apu Poma. Mama Cori antwortete ihm, ohne aufzublicken. »Ihr könnt gehen. Wir brauchen Euch nicht!«

»Der Sapa Inca hat angeordnet, daß wir uns um ihn kümmern«, protestierte der Mann. »Wir müssen ...«

»Ich werde ihn heilen!« unterbrach ihn Mama Cori heftig. »Seht, in welchem Zustand Ihr ihn zu mir gebracht habt! Habt Ihr auch nur einmal daran gedacht, ihm zu essen und zu trinken zu geben? Er hätte überhaupt nicht transportiert werden dürfen. Ich wäre überall hingegangen, um ihn zu pflegen!«

»Das war nicht unsere Entscheidung, Herrin«, erklärte der Heiler und breitete in einer unschuldigen Geste die Arme aus. »Wir haben alles für ihn getan, was wir konnten...«

In diesem Augenblick erhob sich Tomay mit dem Messer in der Hand und trat auf den Mann zu.

»Ihr habt euch lange genug um ihn gekümmert. Ihr habt an ihm herumgedrückt und eure Zaubersprüche gesprochen und ihn sogar ausgefragt, während er schlief. Geht jetzt, bevor ich euch verjage!«

»Tomay!« mahnte Ninan Cuyochi und trat zwischen die beiden. Dann wandte er sich unwirsch an den Heiler. »Ich entbinde dich von deiner Pflicht, Titu«, sagte er knapp.

»Herr, der Sapa Inca wird äußerst...«

»Geht!« befahl Apu Poma in eisigem Ton. »Geht, oder ich werde Eure Fahrlässigkeit und Überheblichkeit melden!«

Die Heiler machten augenblicklich kehrt und verschwanden. Apu Poma befahl den Trägern, die Überdachung der Sänfte zu entfernen und Cusi auf der Bahre ins Haus zu tragen. Tomay, der andere Colla und ein dritter Krieger – ebenfalls ein kleinwüchsiger, drahtiger Mann, der aber die Ohrpflöcke eines Inka trug – hoben Cusi sanft auf das vorbereitete Lager aus Matten und Lamafellen und traten dann zurück, um die Frauen vorzulassen. Micay kniete nieder und hielt die Wasserschüssel für Quinti, die Cusis Lippen benetzte, während Mama Cori mit einem Obsidianmesser die Verbände aufschnitt.

»Er blutet noch immer«, sagte sie.

»Ich mache einen Breiumschlag«, bot der dritte Krieger an und ging zu der Matte hinüber, auf der Mama Cori ihre Heilmittel ausgebreitet hatte. »Ich bin Paucar, Herrin, vom Aucayhaylli-Haushalt. Ich war mit Cusi auf dem Felsen.«

»Ich auch«, fügte der zweite Colla in stark akzentuiertem Quechua hinzu. »Ich bin Huañu aus Hatuncolla, Herrin.«

»Wir sind euch sehr dankbar«, murmelte Mama Cori und betupfte die offene Wunde sacht mit einem nassen Tuch.

»Mein Vater wartet am großen Platz auf uns«, erinnerte Ninan Cuyochi die Krieger. »Er will, daß die Helden, die die Festung stürmten, mit ihm auf dem Podium stehen.«

Paucar nickte, machte jedoch keine Anstalten aufzubrechen, sondern beobachtete, wie Mama Cori einen Brei aus grünen Blättern auf Cusis klaffende Wunde auftrug. Bei der ersten Berührung mußte er husten und vor Schmerzen stöhnen. Mama Cori verstrich die Masse langsam und sehr sorgfältig, und allmählich entspannten sich Cusis Gesichtszüge.

»Die Kokablätter betäuben den Schmerz«, sagte Paucar zufrieden.

Tomay setzte sich neben Cusis Kopf und half Quinti, Cusis Oberkörper anzuheben, damit Mama Cori und Micay ihn mit Baumwollstreifen verbinden konnten. Danach legten Quinti und Tomay noch einen Augenblick eine Hand auf Cusis Schultern, als ob sie seinen schwergehenden Atem beruhigen wollten. Nach einer Weile ließ sein Stöhnen nach, und nun erst standen Paucar und Huañu auf, um sich Ninan Cuyochi anzuschließen. Tomay blieb am Bett sitzen.

»Geht nur«, sagte er zu den Kameraden und sah kurz auf. »Ich bleibe hier. Ich könnte unseren Ruhm gar nicht erleben und mich darüber freuen, wenn es ihn nicht gäbe. Ohne ihn kann ich nicht feiern.«

Nachdem Apu Poma die beiden Krieger hinausbegleitet hatte, setzte er sich an das Fußende von Cusis Bett. Er blickte zu Tomay und wollte etwas sagen, überlegte es sich dann aber anders und wartete, daß Mama Cori ihr Schweigen beendete. Sie hatte die Hände in den Schoß gelegt und betrachtete ihren Sohn, als müßte sie erst eine Entscheidung treffen, bevor sie ihn wieder berührte. Jetzt bemerkte Micay zum ersten Mal das von ihr gewebte Hüftband um seine Lenden; es war jedoch so blutdurchtränkt, daß man es kaum erkennen konnte.

»Wir müssen ihn füttern«, sagte Mama Cori abrupt. »Es muß immer jemand bei ihm sein, damit er jedesmal, wenn er aufwacht, so viel zu essen und Wasser bekommt, wie er zu sich nehmen kann. Seine Wunde wird heilen, aber er ist schwach, weil er so viel Blut verloren hat und diese Heiler ihn nicht gepflegt haben. Wir müssen ihm die Kraft zu überleben geben.« Sie sah Tomay an und rang verzweifelt die Hände. »Warum haben sie ihm nichts zu essen gegeben?«

Tomay blickte zu Boden, als würde er sich schämen.

»Am Anfang kümmerten sich die Heiler unseres Regiments um ihn; sie haben die Blutung gestoppt und die Wunde zugenäht. Diese anderen stießen auf dem Rückmarsch in Huancabamba zu uns; der Sapa Inca hatte sie dorthin beordert. Am nächsten Abend ging ich, um nach Cusi zu sehen; da saßen sie alle um ihn herum und wedelten mit Federbüschen und berührten ihn mit Steinen und Wurzeln und ihren Fingern. Der große, der Titu Atauchi heißt, beugte sich über ihn und wiederholte Dinge, die Cusi gesagt haben muß, als er schlief, denn er war nicht wach. Bei dieser Gelegenheit konnte ich noch einschreiten« – nun blickte er auf, und seine Stimme wurde heiser und eiskalt, »aber dann durfte auf Befehl des Sapa Inca plötzlich keiner mehr von uns Cusi sehen. Gerüchteweise haben wir gehört, der Sapa Inca selbst hätte ihn ein paarmal besucht.«

Mama Cori blickte auf Apu Poma.

»Lloque hat recht gehabt. Er sagte, Huayna Capac wollte Cusi um sich haben, solange die Kraft seines Heldentums noch lebendig sein würde. Lloque erkannte das an der Art der Nachrichten, die wir erhielten; darin war nicht nur von Mut und Tapferkeit die Rede. Huayna Capac beansprucht einfach jeden für sich, von dem er glaubt, er besäße Huaca.«

»Aber was hat er *getan*, Tomay?« fragte jetzt ungeduldig Apu Poma.

»Alles, was wir wissen ist, daß er auf einen Felsen stieg und einen Angriff auf eine Festung anführte, und dabei erhielt er diese Wunde. Ihr seid alle Helden; aber was hat er gemacht, das ihr nicht getan habt?«

Tomay seufzte tief und zuckte die Achseln.

»Er ist geflogen, Herr. Er sprang von einem Felsvorsprung, der nicht breiter war als Euer Fuß; er schwang sich in die Luft wie ein Falke und warf sich auf den Krieger, der uns überrascht hatte. Der Mann war mit einem Speer bewaffnet, und zwei von uns hatte er damit bereits in den Tod geschickt. Ich erwartete nur noch, auf dieselbe Weise zu sterben, und wollte es möglichst schnell hinter mich bringen. Ich konnte es kaum aushalten, als Cusi dastand und wartete; er gab vor, Angst zu haben, aber er wartete nur, bis der Krieger selbstgefällig und damit unvorsichtig wurde. Ich dachte, ich würde hundertmal abstürzen, und ich wäre beinahe wirklich gefallen, als Cusi plötzlich aufschrie und sprang. Er ist wie ein Stein auf den Chachapoyas zugeflogen, so daß der Mann ohnmächtig zu Boden fiel – zum Glück für mich, denn meine Beine waren so schwach, daß ich kaum springen konnte.« Er machte eine Pause und schüttelte voll Ehrfurcht den Kopf. »Ich sehe es noch genau vor mir, und trotzdem kann ich es nicht glauben.«

In dem Schweigen, das Tomays Erzählung folgte, sahen alle auf Cusi hinab und lauschten seinem schweren Atem. Mama Cori beugte sich über ihn und sprenkelte einige Tropfen Wasser auf seine Lippen. Plötzlich bewegten sich seine Lider, und seine Zunge kam kurz zum Vorschein.

»Er hat sich nicht aufgegeben«, verkündete Mama Cori, »und wir dürfen es auch nicht tun.« Sie warf einen langen Blick auf Quinti und Micay und fragte dann: »Wollt ihr mir helfen, ihn zu pflegen? Eine von uns muß immer bei ihm sein, Tag und Nacht, bis er wieder bei Kräften ist.«

Micay und Quinti nickten ohne zu zögern.

»Wenn ich nicht bei ihm wache«, sagte Quinti, »dann bete ich für ihn im Haus des Mondes.«

»Ich würde mich auch gerne beteiligen, Herrin«, warf Tomay ein, »solange ich in Tumibamba bin.«

»Ich will auch bei ihm sitzen«, sagte darauf Apu Poma in ruhigem Ton. Mama Cori blickte ihn scharf an.

»Du kannst nicht deine sämtlichen Verpflichtungen hierherbringen. Wenn er nicht gerade ißt, braucht er Ruhe.«

»Acapana kann für mich einspringen. Das hier ist wichtiger als meine Verpflichtungen.«

»Also gut«, lenkte Mama Cori ein. Dann beugte sie sich über Cusi und flüsterte: »Wir sind alle für dich da, mein Sohn. Wir werden dich nicht noch einmal verlassen, das verspreche ich dir. Wir werden bei dir sein, solange du uns brauchst.«

Irgendwie hatte er seinen Atem verloren, vielleicht weggegeben, und sicher war das der Grund, weshalb der Grasmann ihn so geschlagen hatte, und nun lief das Blut an seinen Armen hinab auf das vergilbte Grasbündel und von dort in den Fluß, färbte das Wasser rot und befleckte alles mit seinen Untaten. Zufrieden überließ er sich dem Wasser und wurde von ihm fortgetragen, hinaus aus Cuzco und in die Dunkelheit, wo er wieder das Gefühl zu fallen verspürte, endlos und ganz allein ...

Einmal wachte er auf und merkte, daß er gefesselt war und sich nicht rühren konnte; aber trotzdem bewegte er sich durch die vom Schlurfen und Scharren vieler Füße erfüllte Dunkelheit. Er erkannte, daß er gefangen war, und als sich die Gesichter seiner Häscher drohend und höhnend über ihn beugten, verbarg er sich in dem Dunkel hinter seinen Augen und ertrug stumm die Qualen, die sie ihm zufügten. Nicht einmal der gehässig dreinschauende Schädel des Todes, der neben ihm auftauchte, konnte ihn bewegen, seine Kameraden zu verraten oder um seine Freilassung zu betteln. Er fiel noch tiefer in das Dunkel, weit weg von ihnen, und dachte, lieber würde er verhungern als seine Feinde um etwas bitten.

Als das Licht kam, war es flüssig und grell, und am Anfang verblüffte es ihn, doch dann wußte er, daß er unter Wasser war. Die ihn gefangengenommen hatten, sprachen mit entstellten und widerhallenden Stimmen von oben zu ihm herab, und er blickte verächtlich zu ihnen auf und fragte sich, weshalb sie nicht verstehen konnten, daß es ihm unter Wasser nicht möglich war zu sprechen. Das Wasser drückte schwer auf ihn, und die dauernde Bewegung war sehr ermüdend, ebenso wie das ständige Ringen nach dem immer wieder entgleitenden Atem und die nicht enden wollenden Träume vom Fallen. Sein fruchtloses Bemühen erzürnte den Grasmann noch mehr, so daß er ihm den Stock wie ein Messer auf die Brust setzte und ihm befahl, entweder zu antworten oder zu sterben.

Aber Cusi hatte keine Antworten, und auch keine Kraft mehr, um Antworten zu geben. Während er dalag und auf den Tod wartete, sah er das Gesicht des Grasmanns aus dem Dunkel auftauchen, ein eingefallenes, runzliges Gesicht mit papierner Haut und goldenen Kreisen anstelle der Augen. Cusi fühlte ein plötzliches Bedauern, das so vergänglich war wie seine Kraft, ein Bedauern darüber, daß dieses Geheimnis mit ihm sterben und niemand je erfahren würde, was er nun wußte: Der Grasmann war Pachacuti...

Es war später Abend, als Tomay mit Rimachi und Uritu erschien, um nach Cusi zu sehen. Micay wachte mit einer alten Dienerin, die sich zwar diskret in eine Ecke zurückzog, aber nicht daran dachte, eine Nusta mit drei jungen Kriegern allein zu lassen.

Jeder der drei betrachtete Cusi lange, bevor sie sich setzten. Uritu und Rimachi hatten Bündel mitgebracht und stellten sie vor sich auf dem Boden ab.

»Wie geht es ihm?« fragte Rimachi.

»Er ist sehr schwach«, erwiderte Micay. »Er ist schon erschöpft, wenn er nur ein paar Schluck Wasser nimmt. Aber heute morgen hat Mama Cori es zum erstenmal geschafft, ihm etwas Brühe einzuflößen.«

Rimachi nickte, und alle schwiegen. Doch der Grund dafür war weniger Cusis Zustand als vielmehr Micay. Vor allem Uritu schien sich in ihrer Gegenwart unbehaglich zu fühlen, aber Micay konnte nicht ergründen, ob es daran lag, daß sie ihnen offenbar gefiel, oder ob es der Umstand war, daß ihr Freund von einer Chachapoyas gepflegt wurde. Mißfallen darüber glaubte sie zumindest von Uritus Seite zu verspüren.

»Was habt Ihr mitgebracht?« fragte sie in Ermangelung eines unverfänglichen Gesprächsthemas etwas unhöflich.

Rimachis Gesichtszüge erhellten sich, und begeistert schnürte er sein Bündel auf. »Wir haben Cusis Sachen mitgebracht«, kommentierte er dazu und zog aus einem Stapel eine Tunika heraus, deren bunte Farben trotz des spärlichen Lichts der Fackeln gut erkennbar waren. »Dies sind die Geschenke des Sapa Inca, als Belohnung für Cusis Tapferkeit«, erklärte er freudig.

»Sie ist wunderschön«, murmelte Micay.

»Uritu hat seine persönliche Habe«, fuhr Rimachi fort. Doch der Campa hatte noch keine Anstalten gemacht, das zweite Bündel zu öffnen.

»Komm, sie ist eine Tochter des Hauses«, forderte Rimachi ihn deshalb auf.

»Cusi hat mir das nicht gegeben, damit ich es zur Schau stelle«, entgegnete Uritu. Rimachi seufzte und entschuldigte sich mit erhobenen Händen bei Micay. Doch bevor er etwas sagen konnte, wandte sich plötzlich Tomay an Micay.

»Habt Ihr beim Weben von Cusis Initiationskleidung mitgeholfen?« fragte er in einem Ton, als habe er gerade etwas herausgefunden.

Verwirrt von Uritus offensichtlichem Mißtrauen starrte Micay auf Tomay und nickte nur. Tomay lächelte.

»Der Träger, der sie nach Cuzco brachte, bestand Cusi gegenüber darauf, daß sie von seiner Mutter und ›seinen Schwestern‹ seien«, erklärte er. »Cusi wußte natürlich nicht, was das bedeuten sollte. Er zeigte mir ein Hüftband, das sich von den anderen unterschied – das da, glaube ich«, und dabei zeigte er mit dem Kinn auf das blutige Hüftband, das Cusi trug. »Es war aus Vikunjawolle.«

»Das habe ich gewebt«, gestand Micay. »Ich suchte Lloque Yupanqui auf, und er zeigte mir, welche Farben und Symbole ich verwenden sollte.«

»Woher hattet Ihr die Vikunjawolle?« fragte Tomay neugierig.

Die Erinnerung ließ Micay aufseufzen. »Von Apu Poma. Und er hatte sie vom Sapa Inca bekommen. Aber es war meine Entscheidung, sie zu verwenden. Mama Cori wollte sie nicht annehmen.«

»Habt Ihr gewußt, wie Cusi zu seinem Vater steht?« fragte Rimachi vorsichtig nach einem Augenblick unangenehmen Schweigens.

»Bei dieser Gelegenheit habe ich erfahren, was Apu Poma getan hat. Aber ich dachte, nur aus diesem Grund sollte Cusi ein so schönes Geschenk nicht vorenthalten werden. Ich glaubte, es zu *meinem* Geschenk machen zu können.«

»Es war ihm das liebste«, sagte jetzt Uritu und sah Micay zum erstenmal in die Augen. Micay begegnete seinem Blick und spürte, daß er sich Cusi auf eine andere Weise verbunden fühlte als Rimachi und Tomay. Er öffnete das Bündel vor sich, holte eine Streitaxt heraus und legte sie vorsichtig neben Cusi.

»Das war ein Geschenk von seinem Großvater, dem Herrn Otoronco Achachi«, sagte er stolz. »Pachacuti hat sie persönlich gesegnet.«

Micay nickte verwirrt. »Ich habe gehört, seine Großväter seien Sinchi Huaman und Ayar Inca«, wandte sie höflich ein.

»Otoronco Achachi ist der Bruder von Sinchi Huaman«, erklärte Rimachi. »Er war Cusis Vormund in Cuzco.«

»Auch dies ist ein Geschenk des Herrn«, fuhr Uritu fort und legte einen fransengeschmückten Kokabeutel neben die Axt. »Er kaut seine Koka wie die Campa, mit Asche von Palmenblättern zerrieben.« Dann holte Uritu noch einen runden Schild in den Farben Rot und Schwarz aus dem Bündel, und zuletzt einen einfach geschnitzten, unbemalten Trinkbecher.

»Ein Geschenk von dem blinden Mann«, schmunzelte Rimachi und zuckte dabei die Achseln, ohne Micays fragenden Blick zu bemerken. In diesem Augenblick hustete Cusi und bewegte den Kopf. Alle Aufmerksamkeit wandte sich sofort ihm zu.

Micay nickte Tomay und Uritu zu. Die beiden richteten Cusi vorsichtig auf und hielten ihn, und sie setzte ihm eine Schale mit Wasser an die Lippen. Er konnte gut schlucken, deshalb versuchte Micay, ihm auch etwas von der bereitstehenden warmen Brühe aus Lamafleisch einzuflößen. Tomay und Uritu strahlten vor Freude über Cusis offenkundigen Appetit, und Uritu juchzte vor Freude in seiner typischen Campa-Art.

Plötzlich mußte Cusi husten; er drehte den Kopf etwas zur Seite, öffnete die Augen und sah Micay.

»Tocto«, flüsterte er kaum hörbar. Dann schloß er erschöpft wieder die Augen. Micay bedeutete Tomay und Uritu, ihn vorsichtig hinzulegen, und betete im stillen zu Mama Quilla, daß sie ihm nicht zu viel eingeflößt hatte. Aber schon ein wenig später ließ Cusis Gesichtsausdruck erkennen, daß er eingeschlafen war.

»Hat er schon öfter gesprochen?« fragte Rimachi leise, nachdem sie sich alle wieder gesetzt hatten. Micay begegnete seinem Blick; er ließ mehr Bewunderung erkennen als Wißbegier und verriet, daß Rimachi hauptsächlich deswegen fragte, weil er in Micays Augen schauen wollte. Doch er bewahrte eine gewisse Zurückhaltung; anscheinend wollte er ihr in Gegenwart von Tomay und Uritu nicht zu offenkundig den Hof machen.

»Bisher hat er nur im Schlaf gesprochen«, antwortete Micay, und an alle gewandt fragte sie: »Wißt Ihr, was ›Tocto‹ bedeutet?«

Es entstand eine Pause, dann fing Rimachi auf einmal an zu lachen.

»Es bedeutet, daß er gesund wird«, meinte er. »Wenn er von ihr träumt, schläft er sicher gut.«

»Ah, es ist ein Name«, murmelte Micay. Sie bemerkte, daß Tomay und Uritu wieder ernst geworden waren, als sei auch dies ein Thema, das besser nicht zur Sprache kam. Doch Tomay fühlte sich zu einer Erklärung verpflichtet.

»Ihr Name ist Tocto Oxica. Sie ist eine Tochter des Sapa Inca von der Coya.«

Eine verbotene Frau, dachte Micay. Doch sie kannte den Hof gut genug und dachte sich dabei nichts weiter. »Gibt es auch jemanden mit dem Namen Ichuri?« fragte sie statt dessen. Doch die drei sahen sich nur stumm an.

»Bitte entschuldigt meine Neugier. Ihr seid seine Freunde, und es ist Euer Recht, seine Geheimnisse zu bewahren. Ihr solltet Euch allerdings darauf vorbereiten, daß Mama Cori dieselben Fragen stellen wird.«

Sie tauschten noch einmal einen Blick untereinander aus, und dann nickten sie sich gegenseitig zu und standen auf.

»Wir werden wiederkommen, Herrin, wenn wir dürfen«, sagte Rimachi. »Eure Gesellschaft war uns ein großes Vergnügen.«

»Es war gut für Cusi, daß Ihr da wart«, antwortete Micay und verbeugte sich. Sie gab vor, Rimachis Blick nicht zu sehen, den er ihr beim Hinausgehen über die Schulter zuwarf.

Dann setzte sie sich neben den Stapel mit Huayna Capacs Geschenken, den Beweisen für Cusis Ruhm. Die Tochter des Sapa Inca, dachte Micay, und ein Ichuri, und ein mysteriöser Blinder. Sogar ich habe für dich gebetet, ich, die nicht für mich selbst und mein Volk beten konnte. Du bist für zu viele zu bedeutend, Cusi Huaman, sagte sie sich und ging zu ihm hinüber, um seinem Atem zu lauschen.

Er öffnete die Augen und sah Gesichter über sich, und er hörte klar und deutlich, wie jemand seinen Namen sprach. Die Gesichter waren so vertraut, daß er sie nur betrachten wollte, denn er fürchtete, beim Sprechen seine ganze Kraft zu verbrauchen. Aber er erkannte, daß sie sich sorgten und fragten, ob er wirklich wach sei.

»Mutter«, brachte er heraus, aber seine Stimme klang trocken und heiser. »Onkel«, flüsterte er dann, als er merkte, daß der erste Versuch ihm noch Kraft gelassen hatte.

»Ja, Cusi, ja«, antwortete Mama Cori. Sie lächelte, und Tränen liefen ihr über die Wangen.

»Du bist wieder bei uns.« Mehr konnte auch Lloque zunächst nicht sagen.

»Wie ... lange?« hauchte Cusi.

»Zehn Tage, seit du hier bist«, antwortete Mama Cori. »Ich weiß nicht sicher, wie lange, seit du verwundet wurdest.«

Verwundet. Ja, er erinnerte sich an den Speer, das Blut. Aber war er auch gefallen? Er spürte viele schmerzende Stellen neben dem großen, beständigen Brennen in seiner Seite. Cusi blinzelte, verwirrt durch Erinnerungen, denen er nicht mehr vertrauen konnte, obwohl sie ihm doch wie tatsächliche Ereignisse vorkamen.

»War ich gefangen?« fragte er laut und sah die Überraschung auf ihren Gesichtern.

Lloque lachte leise. »Nein, mein Sohn. Dein Heldenmut hat deinen Kameraden ermöglicht, die Festung zu stürmen und den Chachapoyas ein Feuerzeichen zu setzen. Sie ergaben sich bald darauf dem Sapa Inca.«

»Die Festung«, murmelte Cusi. Plötzlich erinnerte er sich an zuviele Dinge auf einmal. Eine große Verwirrung überkam ihn, und er mußte die Augen schließen. Er fühlte eine kühle Hand an seiner Stirn und hörte die beschwichtigende Stimme seiner Mutter.

»Versuche zu schlafen, mein Sohn. Du bist noch schwach.«

Schwach vor Angst, dachte er. Dieses eine Bild konnte er nicht aus der Erinnerung streichen – er sah sich an die Felswand gedrückt, seine Gliedmaßen so unnütz wie auch jetzt. Er wollte sich winden vor Scham, doch schon der bloße Wunsch jagte ihm ein Stechen durch die Brust. Er rang nach Luft; der schlimmste Schmerz ließ schnell wieder nach, und es blieb ihm sogar noch genügend Kraft, die Augen zu öffnen und zu sprechen, falls er es wollte. Allein das Wissen um diese Möglichkeit bestärkte ihn schon sehr; es zeigte ihm, daß seine Heilung voranschritt, daß er wieder aufwachen würde. Deshalb zog er es vor zu schlafen und nicht zu reden, Fragen und Erinnerungen auf später zu verschieben und wieder in die vertraute Wirrnis seiner Träume einzutauchen.

Quinti wachte mit Lloque Yupanqui, als Micay mit einer Schüssel Maisbrei hereinkam, um sie abzulösen. Sie stand auf und wollte gerade gehen, doch dann beugte sie sich noch einmal über Cusi.

»Du bist wach, mein Bruder«, sagte sie aufgeregt und bedeutete Micay, Wasser und Essen zu bringen. Zusammen lehnten sie Cusi mit dem Oberkörper an die Wand und stützten ihn mit Matten und Decken. Quinti flößte ihm Wasser ein und fütterte ihn mit etwas Maisbrei.

Nach dem fünften Löffel verharrte er eine Weile mit geschlossenen Augen. »Sag mir, Onkel«, begann er dann angestrengt, »wie ging der Krieg zu Ende?«

Lloque zog erstaunt die Augenbrauen hoch, nickte und begann, aus dem Gedächtnis zu rezitieren. Er sprach dabei im regelmäßigen Rhythmus des Königlichen Erinnerers.

»Es wird gesagt, daß die Chachapoyas, als sie den Rauch der brennenden Festung gewahr wurden, ihre Reihen aufzulösen begannen und in die Berge flohen. Huayna Capac führte seine Krieger über den Paß und war im Begriff, sie den Rebellen nachzuschicken, doch da kam eine Abordnung Chachapoyas-Frauen auf ihn zu und bat ihn um Gnade. Eine weißhaarige Frau, einst eine Gemahlin von Topa Inca, sprach für sie, und es wird gesagt, daß sie den Sapa Inca kühn anredete, mit Feuer in der Stimme und ohne Furcht.«

Während Lloque Cusi die ganze Geschichte von Huayna Capacs Begnadigung des Volkes der Chachapoyas erzählte, ließ er einen imaginären Quipu durch die Finger gleiten, und zeitweilig unterbrach er sich, um sich zu vergewissern, ob Cusi noch die Kraft hatte, ihm zuzuhören. In einer solchen Pause fragte Cusi: »Was wird ... über mich gesagt?«

Die Frage überraschte Lloque zunächst, doch dann lächelte er stolz und antwortete ohne den formalen Ton, in dem er zuvor gesprochen hatte.

»Es wird erzählt, daß du und fünf andere Freiwillige auf einen hohen Felsen stiegen, um die Festung von hinten anzugreifen. Allein für diesen Mut gebührt dir bereits Ehre. Deine Kameraden waren der Kundschafter Paucar, Mayca Yupanqui, Tomay Guanaco, der Colla Huañu und der Micho von Chachapoyas, Condor Tupac.«

Micay konnte den Schrei des Wiedererkennens und der Überraschung nicht unterdrücken, der ihr aus der Kehle fuhr. Der Name war in den Versionen, die sie bisher gehört hatte, nicht aufgetaucht, und er schien wie ein Echo oder eine Stimme aus einem Traum in ihr widerzuhallen. Sie sah, wie sich Cusis Augen weiteten und sie fixierten, und sie senkte beschämt den Blick. Nach einer Pause, die ihr unendlich lang vorkam, fuhr Lloque fort.

»Condor Tupac führte euch hinauf, und oben verengte sich der Pfad zu einem Felsvorsprung, von dem man über einen Abgrund setzen mußte. Condor Tupac sprang als erster, doch er wurde von einem Chachapoyas-Wachposten überrascht, der sich hinter einer Mauer versteckt hatte. Dieser tötete ihn, ebenso wie Mayca Yupanqui. Wir beklagen den Tod dieser beiden tapferen Krieger. Als nächster warst du an der Reihe, Cusi Huaman, und du warst jetzt der Anführer. Du hast deine Kräfte gesammelt und gewartet, bis der Wachposten leichtsinnig wurde. Dann, so heißt es, hast du Illapa angerufen und mit einem riesigen Satz den Abgrund überwunden. Aus der Luft warfst du einen Stein, den du zuvor aus der Felswand gebrochen hattest, und du stürztest dich auf den Wachposten wie ein hungriger Puma oder ein herabstoßender Falke. Er hat dich zwar verwundet, aber du hast ihn trotzdem überwältigt, so daß deine Kameraden nach dir die Verteidiger der Festung angreifen konnten. Sie sind es, die uns erzählten, was du getan hast; sie sprechen immer noch mit Ehrfurcht und Staunen davon und ehren deine Huaca, die ihnen das Leben rettete. Man wird sich an deine Tat erinnern als jene, die den Krieg gegen die Chachapoyas beendete.«

»Du bist ein großer Held, mein Bruder«, fügte Quinti leise hinzu. »Der Sapa Inca erkundigt sich täglich nach deinem Befinden, und aus Cuzco und vielen anderen Orten sind Botschaften eingetroffen, die dich preisen.«

Cusi seufzte, und seine Augenlider senkten sich. Er sprach stockend, als würden ihm die Worte entgleiten.

»Ich... habe... Ruhm errungen.«

Quinti zögerte; sie wußte nicht, ob dies eine Frage oder eine Feststellung war. Cusi hielt offenbar verwirrt die Augen geschlossen.

»Ja, großen Ruhm«, bestätigte sie. »Im ganzen Reich kennt man deinen Namen. Was immer du dir wünschst, wird dir gehören.«

»Aber... ich hätte sterben sollen«, stieß Cusi hervor.

»Er ist sehr durcheinander und kann seine große Tat noch nicht begreifen«, erläuterte Lloque den beiden Mädchen, die ihn nach dieser Bemerkung Cusis fragend anstarrten. Quinti gab sich mit dieser Erklärung zufrieden und ging, und Micay nahm neben Cusi Platz. Sie spürte, daß Lloque sie beobachtete, und als sie aufsah, bemerkte sie, daß ihm ihre Reaktion bei der Nennung von Condor Tupacs Namen nicht entgangen war.

»Du kanntest den Namen des Micho«, stellte er fest.

»Ja. Er hat mich meinem Vater weggenommen.«

»Ah. Freut es dich, daß er tot ist?«

Micay wußte nicht, was sie wirklich fühlte. »Viele andere haben durch ihn gelitten. Ich kann es nicht bedauern, daß er umgekommen ist.«

»Vielleicht ist ihm Gerechtigkeit widerfahren«, sagte Lloque in einem Ton des Zweifels. »Ist dir damit irgendwie gedient, meine Tochter?«

»Ich weiß es nicht. Ich weiß noch nicht, ob mein Vater am Leben ist.«

»Ich werde mich nach ihm erkundigen«, versprach Lloque und wandte sich zum Gehen. »Die Pflicht ruft mich. Es wird sicher bald jemand kommen und dir Gesellschaft leisten.«

»Das Alleinsein stört mich nicht«, versicherte sie ihm und verbeugte sich. Als sie wieder aufsah, stand er im Eingang und blickte zu ihr zurück.

»Die Rebellion ist vorüber, Micay«, erinnerte er sie sanft. »Du mußt nun lernen, wieder ans Leben zu denken.«

Cusi wachte nachts auf, weil er urinieren mußte, und war erstaunt, seinen Vater allein bei sich sitzen zu sehen. Doch Apu Poma half ihm geschickt auf, als hätte er die Erfahrung eines Krankenpflegers, und ebenso selbstverständlich band er ihm den Lendenschurz auf und hielt für ihn den Flaschenkürbis.

»Möchtest du wieder schlafen?« fragte er, als er den Kürbis beiseite gelegt hatte. Cusi war noch immer so schwach, daß er fast willentlich jederzeit einschlafen konnte. Er hatte das in Gegenwart seines Vaters auch schon einige Male gemacht. Doch jetzt bemerkte er trotz der Dunkelheit, daß seinem Vater sehr daran gelegen war, mit ihm zu sprechen.

»Nein«, sagte er deshalb. »Ich möchte ein bißchen mit Euch zusammensitzen.«

»Ich danke dir«, seufzte Apu Poma erleichtert. »Sicher weißt du, daß ich schon seit einiger Zeit mit dir sprechen wollte, schon bevor du wieder weggingst.«

»Ja.«

»Ich wollte dir damals sagen, daß ich dich ganz falsch eingeschätzt hatte und dir nicht den Respekt zollte, den du verdienst. Das ist jetzt noch mehr der Fall als früher, und ich kann dich deshalb nur bitten, mir mein Fehlurteil zu verzeihen.«

»Du hast mich belogen und ohne Grund geschlagen.«

Apu Poma blickte schuldbewußt auf seine Hände hinab. »Ich schäme mich für das, was ich gesagt und getan habe. Damals glaubte ich, ich hätte es zu deinem eigenen Besten getan, aber auch das war eine Lüge. Ich war wütend und enttäuscht und deshalb grausam. Es war falsch von mir, dich von deiner Mutter wegzuschicken.«

Cusi erinnerte sich, wie er mit Rimachi auf dem Marsch nach Tumibamba darüber gesprochen hatte, daß Apu Poma niemals zugeben würde, etwas falsch gemacht zu haben; daß er versuchen würde, Cusis Vergebung ebenso einzufordern wie er ihm Respekt abverlangte. Cusi seinerseits hatte sich geschworen, keine Entschuldigung seines Vaters zu akzeptieren und jeden derartigen Versuch Apu Pomas zurückzuweisen. Aber nun schürzte er nur teilnahmslos die Lippen; er entsann sich seiner Argumente, doch der Zorn von damals war verflogen.

»Es macht nichts. Es war mir bestimmt, an diesem Tag zur Huaca zu gehen.«

Apu Poma blickte auf, seine Stimme war heiser und zögerlich, als er sprach. »Dann willst du mir also vergeben?«

Es machte für Cusi keinen Unterschied mehr, aber dennoch hielt etwas ihn davon ab, einfach zuzustimmen. Er erinnerte sich an die

Frage, die er sich in jenen ersten einsamen Tagen immer wieder gestellt hatte, als Aranyac ihn täglich strafte und Otoronco Achachi vergessen zu haben schien, daß es ihn gab.

»Warum hast du mich immer gehaßt?« fragte er seinen Vater jetzt, mehr neugierig als anklagend. Apu Poma schwieg lange.

»Als du geboren wurdest, war ich in Copiapo«, begann er endlich. »Es war deinetwegen, daß Cori die Familie nicht nachziehen lassen wollte. Oder jedenfalls sagte sie das. Sie hatte andere Gründe, weshalb sie in Cuzco bleiben wollte.«

Cusi fühlte seine Kräfte schwinden, doch er spürte, daß sein Vater noch nicht alles gesagt hatte und zwang sich, weiter zuzuhören.

»Ich nahm mir in Copiapo eine andere Frau«, fuhr Apu Poma abrupt fort, »eine Lapaca. Als ich dann wieder nach Cuzco beordert wurde, blieb auch sie schwanger zurück. Es war ebenfalls ein Sohn. Später wollten die beiden mir folgen, aber während der Reise kamen sie bei einem Erdrutsch ums Leben. Ich habe bis heute keinem Menschen davon erzählt.«

Es war vollkommen still im Zimmer. Cusi spürte, wie ihm die Gedanken entglitten und seine Aufnahmefähigkeit schwand. Ohne daß er etwas zu sagen brauchte, bettete sein Vater ihn zum Schlafen.

»Schlafe«, hörte er ihn murmeln. »Das ist jetzt alles vorbei. Es ist alles wie ein böser Traum...«

Als Ninan Cuyochi und Titu Atauchi ins Zimmer traten, saß Cusi im Schneidersitz mit dem Rücken zur Wand. Obwohl es angenehm warm war, trug er eine der Tuniken, die er geschenkt bekommen hatte, sowie seine Ohrpflöcke; sein Kokabeutel hing vor der Wunde unter den linken Arm . Die beiden Männer nahmen zu seiner Rechten Platz, gegenüber von Mama Cori.

»Herrin«, sagte Ninan Cuyochi zur Begrüßung zu Mama Cori und wandte sich dann Cusi zu. »Mein Freund... es erleichtert mich sehr zu sehen, daß sich dein Befinden erheblich gebessert hat. Wir alle haben für deine Genesung immer wieder gebetet und Opfer gebracht.«

Cusi sah Ninan geradewegs in die Augen; er mußte mit den Gefühlen kämpfen, die der Anblick Titu Atauchis in ihm weckte. Er hatte den Mann sofort erkannt, obwohl er geglaubt hatte, ihn nur in seinen Träumen gesehen zu haben: Dies war das Gesicht, umgeben von einem grauen Pelz und einem Kranz scharfer Zähne, das ihn aus dem Dunkel gehässig angestarrt hatte, das Gesicht seines Häschers und Folterknechts. Dem Angstschauer, der ihm anfänglich über den Rücken lief, folgte ein geradezu unerträgliches Gefühl von Abscheu und Widerwillen.

Aber Cusi nahm auch die Kraft dieses Heilers wahr, eine Macht, die in sein Bewußtsein eindrang, obwohl er versuchte, sich ihr zu widersetzen. Er unterdrückte das Verlangen, nach seinem Schutzgeist zu tasten, obwohl er irgendwie sicher war, daß Titu Atauchi bereits davon wußte. Instinktiv beschloß er, mit diesem Menschen nie allein zu sein und ihm keine Schwäche zu zeigen.

»Ich danke Euch für Eure Anteilnahme«, erwiderte er Ninan. »Meine Familie und meine Freunde haben mich unermüdlich umsorgt, ich hatte also gar keine andere Wahl, als gesund zu werden.«

»Mein Vater schickt uns, um festzustellen, ob du schon genügend bei Kräften bist, um den Sapa Inca zu empfangen.«

»Es wäre mir eine Ehre«, sagte Cusi. »Aber es überrascht mich auch – eher wäre es doch angebracht, daß ich ihn aufsuche, sobald mein Zustand es erlaubt.«

»Er möchte dich besuchen, bevor die Armee nach Norden zieht«, erklärte Ninan. »Huayna Capac wird uns persönlich nach Quito führen.«

Cusi nickte anerkennend und schloß dann einen Moment die Augen, um sich zu sammeln und nachzufühlen, ob Titus Ausstrahlung immer noch so stark auf ihn wirkte. Sie war in der Tat ungebrochen. Er öffnete die Augen wieder, fixierte Titu Atauchi und fragte schroff: »Und warum seid Ihr gekommen?«

»Ich möchte Euch untersuchen, Herr«, antwortete Titu mit einer höflichen Verbeugung, »und mich vergewissern, daß Eure Wunde...«

»Nein«, unterbrach ihn Cusi brüsk. »Dazu besteht keine Veranlassung. Ich bin kräftig genug.«

»Mein Vater hat uns die Verantwortung übertragen«, unterrichtete ihn Ninan, aber auch ihm schnitt Cusi das Wort ab.

»Niemand kann die Verantwortung dafür übernehmen, daß ich am Leben bin. Nicht einmal ich selbst. Sagt dem Sapa Inca, daß ihm mein Haus jederzeit offensteht.«

»Gut«, räumte Ninan ein. Doch Titu schien damit nicht einverstanden; er kniff die Augen zusammen und preßte die Lippen aufeinander. Der Kranz aus Zähnen um seine Stirn zitterte, als er sprach.

»Dann muß ich Euch auf Euer Gespräch vorbereiten«, insistierte er. »Zweifellos wird der Sapa Inca Euch Fragen stellen... vor allem über Eure Vergangenheit.« Er blickte auf Ninan und Mama Cori. »Vielleicht ist es besser, wenn wir diese Diskussion unter uns führen.«

»Auch dazu besteht kein Anlaß. Welche Fragen?«

»Bitte, überlegt, Herr. Als Ihr von uns gepflegt wurdet, habt Ihr uns im Traum vieles gesagt. Manches davon würdet Ihr vielleicht gern für Euch behalten.«

»Ich werde draußen warten«, erbot sich Ninan, aber Cusi schüttelte den Kopf. »Wenn ich diese Dinge Euch nicht vorenthalten konnte«, sagte er zu Titu, »warum sollte ich sie dann meiner Mutter und meinem Kommandeur verschweigen?«

»Herr«, seufzte der Heiler und breitete mit einer gequälten Geste die Arme aus, »wir haben uns bereits von Cuzco bestätigen lassen, was Ihr uns erzählt habt. Wir wissen beispielsweise von Eurem Besuch in Pumapchupan...«

»Beim Grasmann«, unterbrach ihn Cusi in schneidendem Ton. »Ich bin bereit, mit dem Sapa Inca darüber zu sprechen, wenn er es will. Was noch?«

Titu zögerte einen Augenblick, und daran erkannte Cusi, daß sein Gefühl ihn nicht getrogen hatte. Offensichtlich hatte der Heiler damit gerechnet, mit ihm allein sein zu können – zweifelsohne in der Absicht, Cusis Geheimnisse als Mittel zu benutzen, um ihn zu einem positiven Bericht über seine Behandlung durch die Heiler zu bewegen. Das werde ich auf keinen Fall tun, dachte Cusi, und plötzlich wurde ihm bewußt, daß er unter seiner Tunika heftig zu schwitzen begonnen hatte. Er fühlte sich erleichtert, als Titu schließlich resignierend die Achseln zuckte und sagte: »Wie ich sehe, seid Ihr nicht gewillt, meinen Rat anzunehmen...«

»Nicht zu dem, wovon Ihr mich im Schlaf reden hörtet«, fiel Cusi ihm ins Wort, entschlossen, dieses Thema zu beenden, bevor er doch noch das eine Geheimnis preisgab, das er für sich behalten wollte. »Aber vielleicht möchte der Sapa Inca von einigen der Bilder hören, die mir in den Kopf kamen, während man mich hierher brachte. Soll ich ihm erzählen, daß ich mir sicher war, ein Gefangener zu sein und gefoltert zu werden? Soll ich ihm sagen, daß sich der Tod auf meiner Trage befand und daß ich überzeugt war, meine Folterer hätten ihn zu mir bestellt, um mich zum Sprechen zu bringen? Oder vielleicht möchte er wissen, wen ich als den ersten Folterknecht erkannte!«

Cusi hatte die Stimme unwillkürlich angehoben, und der Schweiß stand ihm auf der Stirn, doch Titu schien es überhaupt nicht zu bemerken. Sein Gesicht war fahl und grau geworden wie der Pelz darum herum, und er hielt die Hände vor den Bauch, als hätte er einen Messerstich bekommen.

»Geht«, sagte Cusi knapp. »Seht zu, daß Ihr eine Entschuldigung dafür findet, weshalb Ihr den Sapa Inca nicht begleiten könnt, wenn er mich besucht. Ich möchte Euch nicht wiedersehen.«

Titu stand abrupt auf und ging hinaus, und zwar so rasch, daß Cusi einen Augenblick schwindlig wurde und er Ninans Gesicht nur noch verschwommen wahrnahm.

»Du hast Fieber, Cusi«, murmelte Ninan besorgt. »Ich glaube nicht, daß mein Vater allzubald kommen wird«, wandte er sich dann an Mama Cori. »Gebt mir Bescheid, wenn Ihr denkt, der Besuch sollte verschoben werden.« Mit dieser Bemerkung verließ auch er das Zimmer.

Cusi sah ihm schweigend nach. Dann half ihm seine Mutter, die naßgeschwitzte Tunika auszuziehen und ihn in eine Decke zu wikkeln. Er fühlte sich ausgelaugt. Mama Cori nahm sein Stirnband ab und trocknete sein Gesicht mit einem Tuch.

»Ihr müßt mich gesundpflegen«, sagte er. Sie setzte sich zurück und musterte ihn genau.

»Dieser Besuch hat dich völlig überanstrengt«, seufzte sie. »Ich glaube nicht, daß du mit dem Sapa Inca reden solltest, solange dein Verstand von einem Fieber getrübt ist. Titu Atauchi ist ein Mann mit großer Macht, und du hast ihn kühn und sehr verwegen angegriffen.«

»Ich habe seine Macht gespürt«, seufzte Cusi. »Deshalb habe ich versucht, ihn loszuwerden, bevor ich mich nicht mehr dagegen zur Wehr setzen konnte.«

Er fühlte, wie seine Kräfte nachließen und das Bedürfnis zu schlafen ihn überwältigte. »Der Grasmann ist Pachacuti«, murmelte er noch, und damit schlief er ein.

Als Micay aus Cusis Haus in die grelle Sonne hinaustrat, war Apu Poma gerade im Begriff hineinzugehen.

»Paucars Medizin hat das Fieber gedrückt«, berichtete sie, »aber es ist noch nicht weg. Er wird schwächer und hat Schwierigkeiten, Essen und Wasser zu behalten.«

Apu Poma nickte und runzelte die Stirn. »Ist Cori noch bei ihm?«

»Wir waren die ganze Nacht auf. Jetzt ist Lloque Yupanqui bei ihr; er versucht, sie zum Schlafen zu überreden.«

»Jetzt müssen wir wieder Nachtwachen halten«, sagte Apu Poma traurig. »Es war leicht zu vergessen, wie schwach er noch ist, sobald er sich aufsetzen und mit uns reden konnte.«

»Er war immerhin stark genug, den Heiler des Sapa Inca wegzuschicken«, gab Micay zu bedenken.

»Richtig«, erwiderte Apu Poma und versuchte ein Lächeln. »Nein, ich werde ihn nicht noch einmal unterschätzen. Aber ich glaube, ich sollte Lloque helfen, meine Frau dazu bringen, daß sie sich ausruht. Sonst wird sie auch noch krank.«

Micay verbeugte sich. Sie dachte an die Tage zurück, als Apu Poma Lloques Namen nicht aussprechen konnte, ohne dabei das Gesicht zu einer Grimasse zu verziehen, und nie freiwillig ein Zimmer betreten hätte, in dem sich sein Schwager und seine Frau allein aufhielten. So gesehen hatten diese Nachtwachen doch schon einige Wunden geheilt.

»Hast du etwas von Acapana gehört?« fragte Apu Poma dann.

»Lloque sagte, daß er zum Micho von Chachapoyas ernannt werden soll – ich konnte es kaum glauben. Er ist noch so jung!«

»Aber er ist tüchtig und vertrauenswürdig. Es tut mir leid, ihn zu verlieren, doch diese Chance hat er sich wirklich verdient.«

Damit nickte er ihr zu und verschwand durch die Tür. Micay ging die Treppe zur mittleren Terrasse hinauf. Oben sah sie zwei Männer auf sich zukommen; der kleinere trug eine Strickmütze, hatte das unverkennbare, breite Gesicht eines Colla und war gekleidet wie ein einfacher Hirte. Der größere wirkte erheblich älter und schleppte mehrere Taschen und Bündel mit sich.

»Herrin, ich weiß nicht, was ich tun soll«, redete der Colla sie ganz unbefangen an. Dazu lächelte er mit der Unschuld eines Kindes, das noch nicht gelernt hat, andere zu hintergehen. »Mein Großvater hat mir aufgetragen, Cusi Huaman zu besuchen, aber jedesmal, wenn ich herkomme, schickt man mich wieder fort.«

»Es werden viele wieder weggeschickt«, sagte Micay freundlich. »Es geht ihm wirklich nicht gut genug, um Besucher zu empfangen.«

»Deswegen habe ich Hanp'atu mitgebracht. Er ist ein Callawaya. Mein Großvater, Raurau Illa, ist ein Freund von Cusi Huaman. Er hat mir eine Nachricht geschickt, daß ich ihn besuchen soll. Mein Name ist Urcon, Herrin. Werdet Ihr mich zu Cusi Huaman bringen?«

»Ich glaube nicht, daß ich das kann, aber ich werde eine Nachricht von Euch überbringen. Woher kennt Euer Großvater Cusi?«

»Sie sind derselben Huaca geweiht. Cusi kam eines Tages, als mein Großvater um ein Zeichen von Illapa betete.«

Micay war sich nicht sicher, ob sie richtig verstanden hatte. In der Stimme des jungen Mannes schwang eine große Ehrfurcht mit, aber er konnte auch nur von einem Treffen auf der Straße erzählt haben.

»Kennt Cusi *Euch*?« fragte sie nach.

»Nein, Herrin. Wir anderen gingen damals weg. Aber später, als ich schon von Zuhause weg war, versprach Cusi Huaman meinem Großvater, daß er sich in Tumibamba für mich einsetzen würde.«

»Ich bin sicher, daß er das tun wird, sobald er dazu in der Lage ist. Ich werde ihn daran erinnern, daß Ihr in der Stadt seid.«

»Aber Hanp'atu kann ihn gesund machen!« versicherte Urcon mit einem breiten Lächeln. »Die Callawaya sind die berühmtesten Heiler in allen Vier Vierteln.«

»Aber ich denke nicht…« begann Micay, doch in diesem Augenblick sah sie Tomay und Huañu durch das Tor kommen. Sie winkte die beiden zu sich und erklärte die Situation. Sobald Tomay hörte, daß einer der beiden ein Callawaya war, hellten sich seine Gesichtszüge auf, und er schien sofort bereit, dem Mann Respekt entgegenzubringen.

»Ich habe gesucht, aber man sagte mir, es seien keine Callawaya in der Stadt«, sagte er. »Wie lange seid Ihr schon hier?«

»Er ist erst vor ein paar Tagen angekommen, Herr«, erklärte Urcon, und der große Mann nickte ernst, »mit einem Zug von Langstreckenträgern aus Cuzco. Er hat seine Medizin mitgebracht und eine Botschaft für mich von meinem Großvater.«

»Und wer ist dein Großvater?«

»Sein Name ist Raurau Illa, Herr.«

»Ist er blind?«

»Ja, Herr. Illapas Blitz nahm ihm vor vielen Jahren das Augenlicht.«

Tomay atmete tief durch und wandte sich Micay zu. »Wir müssen sie zu Cusi bringen«, sagte er. Das Blut war ihm in die Wangen gestiegen, und sein Blick verriet feste Entschlossenheit.

»Ich wollte das nicht selbst entscheiden«, meinte Micay skeptisch. »Mama Cori ist gerade bei ihm, und sie ist müde und gereizt. Gestern hat sie den Mann weggeschickt, den Uritu gebracht hatte, weil sie seinen Geruch nicht mochte.«

»Ich weiß. Aber für diese beiden bin ich bereit, ihren Zorn auf mich zu ziehen.«

»Gut. Er ist *Euer* Initiationsbruder.«

»Ja«, antwortete Tomay knapp, gab Huañu und den beiden Männern ein Zeichen, ihm zu folgen, und führte sie zur Treppe.

Schlaf umhüllte ihn wie ein dicker Nebel, doch dann hörte er neben sich eine ärgerliche Stimme und fuhr zusammen, weil er an den Grasmann denken mußte. Er sah den Stock niedersausen und schreckte zurück, und dadurch wachte er wieder auf. Es schienen viele Leute im Zimmer zu sein, die wild durcheinander redeten, aber schließlich hörte er deutlich seinen Onkel.

»Es hilft dir nichts, wenn du laut wirst, Tomay«, mahnte er. »Du mußt die Wünsche meiner Schwester respektieren.«

»Aber Ihr habt uns gebeten, eine Medizin gegen das Fieber zu finden, Herrin«, protestierte Tomay. »Niemand weiß mehr über diese Dinge als die Callawaya!«

»Das mag sein«, hielt Mama Cori unwirsch dagegen, »aber ich habe euch nicht gebeten, Fremde hierherzubringen. *Ich* kenne weder diesen Mann noch seinen Großvater.«

»Cusi kennt ihn«, beharrte Tomay, und jetzt schaffte es Cusi, die Augen zu öffnen. »Cusi!« rief Tomay drängend und beugte sich über ihn. »Ich habe dir einen Callaway-Heiler gebracht. Und den Enkel von Raurau Illa.«

»Urcon?« fragte Cusi überraschend laut.

Alle horchten auf. Dann trat ein Mann neben Tomay und blickte mit einem breiten Lächeln zu Cusi hinab.

»Ich bin zu Euch gekommen, Cusi Huaman, da Ihr nicht zu mir kommen konntet.« Er bemerkte, wie schwach Cusi war. »Aber Ihr müßt Euch von Hanp'atu behandeln lassen. Er ist sehr erfahren und hat Medizin aus allen Vierteln des Reichs.«

»Kommt näher«, murmelte Cusi, und an seine Mutter gewandt, sagte er: »Bitte ... Ihr habt getan, was Ihr konntet ...«

Mama Cori nickte widerstrebend und trat zurück. Tomay und Urcon setzten ihn auf, und ein großer Mann mit einem flachen, ausdruckslosen Gesicht begann, Bündel und Taschen zu öffnen und den Inhalt neben dem Bett auszubreiten. Cusi betrachtete Urcon, der immer noch lächelte; er konnte nur wenig Ähnlichkeit mit Raurau Illa und Alco feststellen – keinen von beiden hatte er jemals lächeln gesehen.

»Wo ist Euer Schutzgeist?« fragte Urcon. »Ihr solltet ihn bei Euch haben.«

Der Heiler nickte zustimmend, während er mit einem Obsidianmesser Cusis Verband aufschnitt. Cusi strich über sein Hüftband.

»Er ist hier«, versicherte er, und Urcons Gesicht verzog sich zu einem glücklichen Grinsen. Cusi war erstaunt, um wieviel besser er sich in der Gegenwart dieses Mannes fühlte.

»Du bist ganz anders als Alco«, sagte er lächelnd.

Urcon nickte und zuckte mit den Schultern. »Er wollte schon immer so sein wie Großvater. Er ist aufgewachsen mit dem Wunsch, alt und weise zu sein.«

»Und du?«

»Ich kann es erwarten, alt zu werden«, meinte Urcon, »und ich muß mich nicht zur Weisheit zwingen. Ich bin ein Hirte; ich zähle meine Tiere und versorge sie gut.«

»Reicht dir das?«

Bei dieser Frage schien Urcon zum erstenmal gehemmt zu werden. Er warf Tomay einen scheuen Blick zu.

»Vielleicht eines Tages eine Frau, und ein bißchen Land, um ein Haus zu bauen.«

Cusi konnte nur nicken, denn mittlerweile hatte der Heiler die Wunde ganz offengelegt. Sie begann heftig zu jucken, und ein pochender Schmerz breitete sich im ganzen Körper aus. Er beobachtete den Callawaya, wie er aus Lamafett, einem grauen Pulver und verschiedenen aromatischen Kräutern eine Paste herstellte. Dann betrachtete der Heiler noch einmal Cusis Seite und blickte auf.

»Ich brauche etwas Akha, zur Hälfte mit Wasser verdünnt«, befahl er kurz.

Schon beim bloßen Gedanken an Akha wurde Cusi übel. Es wurde noch schlimmer, als Micay sich neben Urcon setzte und Hanp'atu einen Becher reichte. Der Heiler verrührte etwas Pulver darin und gab ihn Micay zurück.

»Bitte – wenn Ihr ihm helfen würdet, das zu trinken, Herrin, während ich die Salbe auftrage.« Dann blickte er auf Tomay und Urcon und fuhr fort: »Es wird am Anfang brennen, deswegen müßt Ihr ihn festhalten, vor allem seine Hände.«

Die beiden Männer ergriffen Cusis Arme, und Micay begann, ihm das Getränk einzuflößen; es schmeckte aber gar nicht wie Akha, sondern sauer. Cusi spürte, wie Finger seine Wunde betasteten, doch mit einem Mal wurde dieses unangenehme Gefühl überlagert von einem Brennen, das sich wie züngelnde Flammen über den ganzen Oberkörper zu ziehen schien. Cusi versuchte dem Schmerz auszuweichen, doch die Hände an seinen Armen hielten ihn fest; er konnte nur hilflos stöhnen und stellte sich plötzlich vor, die Flüssigkeit, die ihm eingeflößt wurde, könnte das Feuer von innen löschen.

»Das ist genug«, hörte er den Heiler sagen, und der Becher vor seinem Gesicht verschwand. Aber das Brennen wollte nicht aufhören, es raubte ihm jeden Gedanken und alle Hoffnung. Seine letzte Empfindung war eine Hand, die seine eigene auf die gezackte Gestalt seines Schutzgeistes drückte.

Cusi wachte auf, und neben ihm saß nicht der Callawaya, sondern Rimachi. Immer wieder hatte er davon geträumt, wie er und Rimachi sich im Schneesturm über einen Gebirgspaß kämpften. In einem dieser Träume hatte der Freund ihn getragen; doch Cusi wußte, daß dies nicht in Wirklichkeit geschehen war. Die Klarheit dieses Gedankens machte ihm bewußt, daß er kein Fieber mehr hatte. Er drehte den Kopf zur Seite und sah Micay und Uritu; Mama Cori, Apu Poma und Urcon waren verschwunden.

»Wo sind sie alle?« fragte er und wunderte sich über seine heisere Stimme. Sein Körper fühlte sich leicht und leer an.

»Ihr habt fast zwei Tage lang geschlafen«, erwiderte Micay sanft. »Letzte Nacht ist das Fieber zurückgegangen, und daraufhin haben sich Eure Eltern endlich schlafen gelegt.«

Rimachi und Uritu setzten Cusi auf, und Micay begann, ihm Wasser und danach Fleischbrühe einzuflößen. Er zitterte vor Schwäche, spürte aber keine Schmerzen und das Essen schmeckte ihm.

»Ich träumte, wir seien in den Bergen«, wandte er sich an Rimachi. »Weit oben, im Schnee.«

»Daran kann ich mich nur zu gut erinnern«, lachte dieser. »Aber schau, hier ist dein Schnee.«

Mit einem breiten Lächeln nahm Uritu einige Decken von einem Haufen nahe der Wand, und glitzerndes weißes Eis kam zum Vorschein.

»Euer Vater hat seine Leute in die Berge geschickt, um dieses Eis zu holen«, erklärte Micay, »damit wir Euch kühlen konnten, sobald das Fieber anstieg.«

Cusi lächelte. »Gebt mir noch einmal zu essen«, bat er dann. »Ich habe zu lange geschlafen, und von meinen Träumen werde ich nicht satt.«

Cusi saß allein im Zimmer und hörte Geräusche von draußen, die ihm sagten, daß der Sapa Inca angekommen war. Er stieg wohl gerade von seiner Sänfte, um Apu Poma und die Familie zu begrüßen, und alle würden sich verbeugen, die Mocha entbieten und Verehrung und Dankbarkeit für den Besuch des Herrschers zum Ausdruck bringen. Cusi spürte im Magen, wie seine Nervosität wuchs, und legte eine Hand auf seinen Schutzgeist.

Nach einiger Zeit betrat ein untersetzter Mann mit einem breiten, ernsten Gesicht und einer kunstvollen Kopfbedeckung das Zimmer. Cusi erkannte ihn; es war Topa Yupanqui, der Hohepriester Intis.

»Der Sapa Inca Huayna Capac, der Sohn der Sonne, beehrt dich mit seinem Besuch, Cusi Huaman«, begann Topa Yupanqui und trat ·näher. »Inti Viracocha möge dir in seiner Gegenwart Herz und Zunge leiten.«

Cusi verbeugte sich, so gut er konnte. Der Priester blickte mit einem Ausdruck von Skepsis auf ihn, und allmählich meinte Cusi eine Ausstrahlung ähnlich jener von Titu Atauchi zu spüren – allerdings besaß dieser Mann ungleich mehr Kraft; seine Persönlichkeit war mit dem arroganten, verschlagenen Charakter des Heilers nicht vergleichbar. Cusi sah ihn unverwandt an; er wollte zeigen, daß er nichts zu verbergen hatte und keine Angst empfand. Nach einem langen Augenblick entspannte sich der Ausdruck des Hohenpriesters, er nickte Cusi zu und ging hinaus.

Kurz darauf traten zwei Männer in dem blauen Gewand der Palastbediensteten ein. Der eine brachte zwei Kelche aus Pumaschädeln, der andere einen dreibeinigen, geschnitzten Hocker mit Gold- und Perlmutteinlagen. Sie stellten die Gegenstände ab und verließen den Raum, und als nächster erschien Ninan Cuyochi mit einer Streitaxt, deren sternförmiger Kopf ganz aus Gold bestand – das heilige Champi, das der Sapa Inca in der Schlacht mit sich führte. Er bückte sich und legte die Waffe auf Cusis Bett.

»Sei bereit, mein Freund. Er kommt«, sagte er in einem Ton, der vor Ernst beinahe gequält wirkte, und ließ Cusi wieder allein.

Nun erschien die Gestalt des Herrschers in der Tür – Gold glitzerte an Armen und Ohren, an der Stirn prangte der dicke, farbenprächtige Fransensaum, und Cusi neigte sofort den Kopf und begann, die Mocha zu entbieten, indem er Haare aus seinen Augenbrauen ausriß und von den Fingerspitzen in Richtung des Sapa Inca blies. Nachdem Huayna Capac auf dem Hocker Platz genommen hatte, herrschte einen Augenblick lang Stille. Cusi wartete und wunderte sich, daß er keine Ausstrahlung fühlte.

»Erhebe deinen Blick und sieh mich an, Cusi Huaman, denn du stehst hoch in der Gunst Intis und seines Sohnes Huayna Capac.«

Cusi neigte sich noch etwas tiefer und sah dann auf, wobei er den Blick langsam von den federgeschmückten Kniebändern zu der bunt gemusterten Tunika wandern ließ, und weiter bis zu dem kräftigen, gutaussehenden, aber hochmütig erhobenen Gesicht, auf dessen Wangen die riesigen goldenen Ohrpflöcke reflektiert wurden. Huayna Capac hatte die Hände in die Hüften gestemmt, so daß seine kräftigen, von keiner Narbe entstellten Arme und die mit goldenen Bändern geschmückten Muskeln voll zur Geltung kamen. Er schien Stärke und Vitalität auszustrahlen.

Cusi konnte ihn nur sprachlos anstarren. Aber dann bemerkte er, daß er diesen Mann nicht *fühlen* konnte, zumindest nicht in der Art, wie er Titu Atauchi und den Hohenpriester gefühlt hatte. Er hat keine Huaca, schoß es ihm durch den Kopf, und zum erstenmal glaubte er, selbst Huaca zu besitzen.

»Wir sind uns bereits begegnet«, sprach Huayna Capac ihn an, »aber bei dieser Gelegenheit konntest du mich nicht erkennen. Du sprachst mit mir aus einem Traum heraus und sagtest, du hättest nichts mehr zu gestehen. Zweifellos dachtest du, ich sei der Grasmann.«

»Das ist richtig, Herr«, antwortete Cusi schlicht. »Ich gab ihm all meine Geheimnisse preis, damit ich dem Tod mit einem reinen Herzen gegenübertreten konnnte.«

Huayna Capacs flinke Augen – es waren ganz die Augen Toctos – hatten sich gespannt auf Cusi geheftet, um seine Reaktion auf die

Erwähnung des Grasmanns zu testen, doch nun wurden sie weit vor Bewunderung, und der Blick des Herrschers verlor jeglichen Argwohn.

»Du bist ihm nicht nur gegenübergetreten – du hast dich ihm widersetzt! Verzeih mir meine Neugier bezüglich deiner Vergangenheit, Cusi. Sag mir, wie ich dich für deine Tat belohnen kann.«

Als Cusi zögerte, fuhr Huayna Capac fort, als hätte er eine bescheidene Antwort erwartet.

»Natürlich gebe ich dir Land und ein Anwesen, entweder hier oder in den Bergen oder in Quito, und dazu Diener zum Bestellen der Felder und zum Hüten deiner Herden. Aber das reicht nicht annähernd aus für einen Untertan, der mir so hervorragend gedient hat, wie du es getan hast. Sprich, Cusi. Möchtest du Mitglied der Alten Garde werden und sie in die Schlacht führen? Du bist zwar jung, aber du hast dir diese Ehre verdient.«

»Ich möchte zu den Kundschaftern gehen, Herr, sobald ich stark genug bin.«

»Du sollst ihr Kommandeur werden! Was noch? Gibt es eine Nusta, die du heiraten möchtest? Ich werde dafür sorgen, daß sie für dich reserviert wird, bis du alt genug bist.«

»Ja, Herr, es gibt eine solche Nusta...«

»Wie heißt sie? Du sollst sie bekommen, selbst wenn sie einem anderen versprochen ist!«

»Es ist Tocto Oxica, Herr«, sagte Cusi leise. »Eure Tochter.«

Huayna Capac saß mit offenem Mund da, und die Hände fielen ihm klatschend auf die Schenkel. Cusi spürte, wie ihm das Blut ins Gesicht schoß, und zwang sich, ruhig zu bleiben. Ohne mit der Wimper zu zucken beobachtete er, wie Huayna Capacs Staunen sich in heftigen Ärger verwandelte und seine Gesichtszüge sich verzerrten.

»Das stimmt also auch«, sagte er schließlich. »Wie kannst du es wagen, mich überhaupt danach zu fragen, Cusi? Du weißt, daß das unmöglich ist!«

»Das war mein Sprung vom Felsen auch«, erwiderte Cusi. »Aber Pachacuti selbst hat mir beigebracht, daß ein Inka immer das Unmögliche versuchen muß.«

In Huayna Capacs Augen standen gleichzeitig Wut und Staunen; er fixierte Cusi – nicht, als wollte er ihn ansehen, sondern vielmehr ihn sich einverleiben. Cusi hielt den Atem an und versuchte, seine ganze Kraft, all seine Huaca, die man ihm nachsagte, zur Geltung zu bringen. Aber alles, was er schaffte, war lediglich, daß der Herrscher seinen Blick mit einem zornigen Brummen von ihm abwandte.

»Gut – du hast den Versuch unternommen«, sagte Huayna Capac

mit unerbittlicher Stimme. »Ich gebe dir eine Nusta aus dem Haus der Erwählten Frauen, wenn du das willst, Cusi Huaman, aber eine Tochter der Coya wirst du nicht bekommen.«

Cusi ließ Kopf und Schultern sinken. Er hatte nie geglaubt, diese Verweigerung einmal tatsächlich hören zu müssen, obwohl alle ihm gesagt hatten, sie sei unabwendbar. Nach einer Weile schlug Huayna Capac einen versöhnlicheren Ton an.

»Du hast großen Mut, mein Sohn, und ich kann nicht erwarten, daß du ihn nur auf dem Schlachtfeld unter Beweis stellst. Ich werde deshalb vergessen, daß du überhaupt daran denken konntest, meine Tochter zu heiraten. Sag mir, was ich dir statt dessen schenken kann.«

Cusi zuckte die Schultern und legte die Hände in den Schoß; er sah sich außerstande, einen Gedanken zu fassen. Bewegt von diesem Ausdruck der Hilflosigkeit, klatschte Huayna Capac in die Hände und verlangte Akha.

»Erfrische dich, Cusi«, forderte er ihn auf, als Micay mit einem Krug hereinkam. Er hielt ihr die beiden Kelche hin und betrachtete sie bewundernd, während sie einschenkte.

»Bleib, meine Tochter«, sagte er dann. »Du bist nicht erst kürzlich nach Tumibamba gekommen, nicht wahr?«

»Nein, Herr«, antwortete Micay leise und senkte den Blick. »Ich bin seit mehr als zwei Jahren hier.«

»Warst du schon einmal in den Bergen? Ja? Kennst du zufällig ein Anwesen, das Regenbogen-Haus genannt wird?«

Micay holte tief Luft, als würde der Name sie erschrecken.

»Ja, Herr. Es ist in der Nähe des Luchs-Hauses, das zum Kult von Mama Quilla gehört.«

»Du kennst es tatsächlich«, stellte Huayna Capac mit einem zufriedenen Lächeln fest. »Glaubst du nicht auch, daß es ein ausgezeichneter Ort für Cusi wäre, wo er sich erholen und wieder zu Kräften kommen könnte?«

Micay sah überrascht auf Cusi, als hätte sie in diesem Moment etwas erkannt. Ihr Blick verblüffte ihn, denn er schien ihn in etwas miteinzuschließen, von dem er nichts wußte.

»Ausgezeichnet, Herr«, pflichtete sie Huayna Capac bei. »Es hat eine wunderschöne Aussicht über das Tal und einen Wasserfall, über dem immer ein Regenbogen liegt.«

»Er ist eine Huaca, die zum Kult von Huanacauri gehört«, belehrte der Herrscher sie. »Sehr passend für einen Mann, der mit so großem Mut gesegnet ist. Es gehört dir, Cusi. Trinken wir auf deine Tapferkeit, die dir einen solch schönen Preis bescherte.« Er erhob die Kelche und schüttete von jedem etwas Akha auf den Boden. »Auf Inti, unseren Vater…«

Auf ein Nicken Huayna Capacs nahm Micay einen der beiden Kelche und reichte ihn Cusi. »Auf Inti«, erwiderte er, nahm einen Schluck und beobachtete Micay, wie sie das Gefäß des Herrschers erneut füllte. Sie warf einen neugierigen Blick auf die goldene Axt, der Cusi bewußtmachte, daß Huayna Capac das heilige Champi mitgebracht hatte, damit er, Cusi, es mit seinen ruhmreichen und gesegneten Händen berühre. Und plötzlich fiel ihm auch das Versprechen ein, das er Otoronco gegeben hatte.

»Ich danke Euch, Herr«, sagte er und blickte wieder auf Huayna Capac. »Es gibt in der Tat etwas, worum ich Euch bitten möchte, wenn ich darf.«

»Das ist besser. Sprich!«

»In Cuzco gibt es einen Krieger, der gerne am Feldzug gegen die Carangui teilnehmen möchte. Er ist alt, aber er hat seine Kraft noch nicht verloren.«

»Wer ist dieser Krieger?« fragte Huayna Capac. Seine Großmut war einer vorsichtigen Achtsamkeit gewichen. Cusi lächelte, um anzudeuten, daß er ihn nicht noch einmal verärgern wollte.

»Es ist mein Großvater Otoronco Achachi. Er ersucht Euch nicht um dasselbe Kommando, das er früher hatte, Herr; er würde dienen, wo immer seine Fähigkeiten eingesetzt werden könnten.«

»Vielleicht sollte ich ihn nach Norden holen«, erwog Huayna Capac wie beiläufig, »bevor er die ganzen Reichtümer des Ostviertels jenen zurückgibt, die dort leben. Aber es wäre gar nicht leicht, einen Platz für ihn zu finden, unabhängig davon, welchen Posten *er* akzeptieren würde. Welcher Kriegshäuptling oder welcher Kommandeur würde es schon gern sehen, wenn unter ihm eine Legende dient?«

»Ich weiß es nicht, Herr«, räumte Cusi ein. »Ich habe nur versprochen, mich bei Euch für ihn einzusetzen, falls ich dazu Gelegenheit bekommen sollte.«

»Ich werde dein Versprechen einlösen, obgleich ich mir erst überlegen muß, welche Aufgabe für einen Mann seines Rangs und Namens passend wäre. Bist du damit zufrieden?«

Cusi verneigte sich ehrerbietig; er wußte, daß er bereits zuviel erbeten hatte. Huayna Capac setzte seinen Kelch ab.

»Dann lege deine Hände auf das heilige Champi, damit dein Geist die Inka nach Quito begleiten möge«, sagte er feierlich.

Mit einer betonten Bewegung, die der Herrscher anzuerkennen schien, legte Cusi zuerst beide Hände auf seinen Schutzgeist und umfaßte dann mit beiden Händen den Holm der goldenen Streitaxt.

»Auf daß Ihr die Carangui besiegen möget, Herr«, sagte er mit angespannter Stimme, »und ihre Länder Euch untertan macht.«

»Inti will es so«, erklärte Huayna Capac und erhob sich. Cusi lehnte sich wieder zurück und beobachtete, wie der Herrscher die schwere Waffe mit einer behenden Bewegung an sich nahm; es schien für ihn keinerlei Anstrengung zu bedeuten.

»*Dies* bekommen Rebellen und Verräter zu spüren!« rief er und zerteilte die Luft mit schnellen Streichen. Mit einem verwegenen Grinsen blickte er zu Cusi hinab und sagte dann selbstbewußt: »Du mußt dich mir anschließen, wenn du dich erholt hast, Cusi Huaman. Ich zähle dich zu denen, die meine Stütze und die Stärke meines Arms bilden.«

»Es ist mir eine Ehre, Euch zu dienen, Herr«, antwortete Cusi, verneigte sich und entbot eine Mocha, um die Aufrichtigkeit seiner Worte und seine Ehrerbietung zu unterstreichen. Huayna Capac dankte ihm seine Treue mit einem freundlichen, beinahe väterlichen Lächeln. Dann warf er einen letzten bewundernden Blick auf Micay, die ebenfalls eine Mocha entbot, und verließ stolz und froh mit der Streitaxt in der Faust das Zimmer. Cusi atmete auf und starrte auf seine Hände. Es war vorbei. Er hatte seinen Ruhm und seine Huaca eingesetzt, aber es war nicht genug gewesen. Er würde nie wieder die Nähe Toctos erleben dürfen.

Er blickte nicht auf, als die Bediensteten hereinkamen, um den Hocker und den Kelch abzuholen, den der Sapa Inca benutzt hatte. Als sie gegangen waren, sah er Micay an, die offenbar noch im Begriff war, sich das Geschehene zu vergegenwärtigen.

»Ihr habt Euch wunderbar verhalten, Herrin«, sagte er.

»Ich war nicht darauf gefaßt, daß er mit mir sprechen würde«, gestand sie. »Schon, daß ich ihn bedienen sollte, war eine große Überraschung für mich.«

»Bestimmt«, pflichtete er ermattet bei, »aber jetzt ist es vorbei.«

»Er war sehr großzügig«, ermutigte ihn Micay, »das Regenbogen-Haus ist wirklich ein herrliches Anwesen.«

»Das glaube ich. Es ist nicht das, was ich erbeten habe, aber das wollte er mir nicht gewähren.« Er blickte auf den Kelch, den er als Geschenk bekommen hatte. »Bitte nehmt ihn mit. Ich will nicht mehr über seine Großmut nachdenken müssen.«

»Aber es ist ein großes Geschenk. Ich werde ihn für Euch aufbewahren.«

»Nein«, widersprach Cusi kraftlos. »Er erinnert mich nur an das, was ich verloren habe.«

»Vielleicht wollt Ihr ihn Tomay schenken, Herr. Er war es, der

Urcon und den Callawaya zu Euch brachte. Und er würde ein Geschenk von Euch sehr schätzen.«

Er sah sie überrascht an. »Kennt Ihr Tomay so gut?«

»Wir haben zusammen bei Euch gewacht, und ich habe ihn beobachtet. Es ist schwer für ihn, so tief in Eurer Schuld zu stehen.«

»Er schuldet mir nichts«, erwiderte Cusi. »Ich habe nur versucht, mich zu retten; und ich hatte Angst. Das kann ich ihm jetzt sagen.«

Micay schwieg, betroffen von der Ehrlichkeit dieser Aussage. Doch dann schüttelte sie den Kopf.

»Er wird Euch nicht glauben. Auch er hatte auf dem Felsen Angst, und dadurch nahm seine Ehrerbietigkeit Euch gegenüber sogar noch zu. Wenn Ihr jetzt leugnet, was er über Euch gesagt hat, macht Ihr es nur noch schwerer für ihn.«

»Dann kann ich es überhaupt niemandem sagen«, meinte Cusi resigniert.

Micay nickte. »Tomay ist nicht der einzige, der an Euren Mut glauben möchte. Ich denke, das könnt Ihr nicht ändern, auch wenn Ihr es wolltet.«

Cusi wußte, daß sie recht hatte. Er erinnerte sich an Huaman Cachi, den Salzfalken, der ihm in Raurau Illas Dorf nachgeflogen war – er bedeutete den Ruhm, dem Cusi nicht entfliehen konnte.

»Manches lerne ich nur schwer«, seufzte er. »Bitte gebt den Becher Tomay. Und sagt ihm, daß er mir das Leben gerettet hat, und daß ich ihm dankbar bin.«

»Das werde ich«, antwortete Micay und ging mit dem Becher in der Hand hinaus. Das Rascheln ihres Kleides erinnerte Cusi an Tocto, und dabei bekam er einen Kloß in den Hals. Eigentlich wollte er Micay noch sagen, daß er auch ihr danken wollte – daß sie sehr großmütig war. Aber er befürchtete, weinen zu müssen, wenn er sprach, und wollte nicht, daß sie glaubte, er sei wieder in Selbstmitleid verfallen.

Cusi legte sich hin und schloß die Augen, doch seine Gedanken ließen ihm keine Ruhe. Er sah Toctos Gesicht vor sich, das ihn aus dunklen Augen traurig anblickte. Ich habe dich verloren, sagte er ihr in stummer Verzweiflung, und Tränen quollen unter seinen Lidern hervor, doch sie ließen ihr Bild in seinem Herzen ungetrübt.

KAPITEL 10

Huanacauri Huasi:
Das Regenbogen-Haus (1514)

Als Micay das Anwesen verließ, um Cusi zu suchen und ihm die Nachricht mitzuteilen, die der Bote soeben Mama Cori überbracht hatte, fiel ihr ein, daß sie seit Huayna Capacs Besuch vor fast vier Monaten nicht mehr mit ihm allein gewesen war. Das war von seiner Seite aus sicher nicht beabsichtigt gewesen, denn er hatte einfach zu viele Besucher empfangen müssen, und seine restliche Zeit war ausgefüllt mit dem Trainieren seiner geschwächten Muskeln. Andererseits hatte sie sich ihm auch nicht aufdrängen wollen oder gar beabsichtigt, sich in die riesige Besucherschar einzureihen, die den berühmten Cusi Huaman zu sehen begehrte. Sie fragte sich allerdings, ob er außer ihr noch jemand anderem von seiner großen Angst auf dem Felsen erzählt hatte; sie hatte ihm geraten, es als Geheimnis für sich zu behalten. Und sie fragte sich, ob es ihm leid tat, es ihr mitgeteilt zu haben.

»Herrin«, sagte er überrascht, als er sie bemerkte. Micay verbeugte sich.

»Es ist eine Nachricht aus Tumibamba eingetroffen«, begann sie. »Sinchi Roca ist mit seinen Leuten von der Küste zurückgekommen, aber Amaru ist nicht dabei. Euer Vater kommt zum Regenbogen-Haus, um uns mitzuteilen, was er erfahren hat.«

»Ist ihm etwas zugestoßen?« fragte Cusi. »Oder ist er krank geworden?«

»Soweit wir wissen, nicht. Offenbar hat er sich dafür entschieden, in Chan Chan zu bleiben.«

Cusi runzelte die Stirn, als könne er die Botschaft nicht verstehen. Dann sah er auf und deutete mit dem Kinn auf das andere Ende der Steinplatte. »Wollt Ihr ein wenig bei mir bleiben?«

Micay setzte sich auf den von der Sonne erwärmten Stein; dies war einer ihrer Lieblingsplätze, und sie freute sich, daß sie Cusi gerade hier gefunden hatte. Im Westen hing die Sonne, ein riesiger, orangerot glühender Ball, zwischen zwei steil aufragenden Bergflanken über dem Tal. Der Gipfel schräg gegenüber war in goldbraunes Licht getaucht; darunter erstreckten sich bereits weite Schattenfelder. In der Nähe ragten knorrige Bäume, spitzblättrige Kakteen und große Grasbüschel vereinzelt über die Linie eines kleinen, nackten Grats hinaus; im vollen Strahl der Abendsonne sah es aus, als stünden sie in Flammen. Micay hatte das Gefühl, wie damals in ihrem Traum in eine unendlich weite Ferne sehen zu können, und fühlte sich mit einem Mal froh und zufrieden.

»Ihr lächelt«, sagte Cusi leise.

»Es ist so schön hier«, erwiderte sie, ohne den Blick von der sinkenden Sonne abzuwenden. »Als ich im Luchs-Haus war, bin ich öfter hierhergekommen, um den Sonnenuntergang zu beobachten.«

»Ah – deshalb habt Ihr vom Regenbogen-Haus gewußt, als der Sapa Inca Euch danach fragte. Was hat Euch hierhergezogen?«

Die Luft vor ihren Augen schien mit Gold durchwirkt, und vom Fluß stieg Nebel auf wie ein grauer Rauch, der die untersten Terrassen einhüllte. Durch die Stille des Tals schallte der schrille Ruf eines Hirtenjungen.

»Ich wollte allein sein«, antwortete sie nach einer Weile. »Ich hatte beim Kult nichts zu tun, deshalb konnte ich viel herumlaufen und die Gegend erkunden. Die Bediensteten freuten sich über jeden Besucher und störten mich nicht, wenn ich hier oder unten am Wasserfall saß.«

»Habt Ihr gewußt, daß der Wasserfall eine Huaca von Huanacauri ist?«

»Nein, nicht bis es der Sapa Inca sagte. Ich fühlte mich dort einfach friedfertig. Es ist dort nicht still, aber das Wasser ist auch nie so laut, daß es stört.« Nach einer Pause fügte sie hinzu: »Könnt Ihr Euch denn mittlerweile darüber freuen, daß das Regenbogen-Haus nun Euch gehört?«

»Tut es das?« fragte Cusi zweifelnd. »In Cuzco würde ich bis zu meiner Heirat nicht einmal ein kleines Haus besitzen.«

»Aber dies ist nicht Cuzco«, stellte sie fest, »und Ihr seid nicht der einzige Krieger mit einem eigenen Anwesen. Paucar hat eines in Tumibamba, und Tomay ist eines in Quito versprochen.«

»Huayna Capac hat es mir als Trost gegeben für das, was er mir vorenthielt. Wenn ich es annehme – bin ich dann wirklich getröstet? Kann ich dann einfach vergessen, was ich eigentlich wollte?«

Diese Worte waren gar nicht an sie gerichtet; während er sprach, ging Cusis Blick in die Ferne. Erst nach einem langen Augenblick des Schweigens wandte er sich wieder Micay zu.

»Ihr lächelt schon wieder«, sagte er überrascht, und auch Micay wurde es erst jetzt bewußt.

»*Habt* Ihr sie denn vergessen, Herr?« fragte sie vorsichtig, um ihm nicht das Gefühl zu geben, sie würde ihn verspotten. »Ich kann nicht sehen, was die Frage, ob Ihr dieses herrliche Anwesen akzeptieren sollt oder nicht, mit Euren Erinnerungen zu tun hat. Und ich sehe auch keinen Trost darin, es nicht anzunehmen.«

Die Stirn düster in Falten gelegt, starrte Cusi sie lange an. Seine Augen flackerten und verrieten, daß er angestrengt nachdachte.

»Ich habe sie nicht vergessen«, sagte er endlich mit tonloser Stimme. Er blickte über ihre Schulter ins Tal hinaus, an dessen Ende die Sonne allmählich im Nebel versank. Vor dem tiefen Blau des Abendhimmels bildeten die Berge eine dunkelbraune Silhouette. Ein Paar Truthahngeier drehte in der Ferne seine Kreise vor einem Gipfel im leuchtenden Abendrot.

»Geier«, murmelte Cusi. »Nur Geier.«

»Keine Falken?« wagte Micay anzudeuten.

»Keine Kondore«, korrigierte er. »Was ist?« fragte er dann und blickte ihr in die Augen.

»Nichts«, erwiderte Micay – zu schnell, denn sie war etwas nervös geworden. »Ich habe auch an Kondore gedacht...«

»Jetzt gerade? Wieso?«

»Ich habe von ihnen geträumt. Der Kondor war der erste Gott meines Volkes.«

»Der Chachapoyas«, sagte Cusi nachdenklich. Einen Augenblick später leuchteten seine Augen auf. »Condor Tupac... der vor mir abstürzte. Warum denke ich, daß Ihr ihn gekannt habt? *Habt* Ihr ihn gekannt, Micay? Was habt Ihr geträumt?«

Er schien wie elektrisiert durch ein plötzliches Verstehen von Zusammenhängen und einer damit erwachten Wißbegierde. Micay schüttelte heftig den Kopf und stand auf.

»Ich muß zurückgehen...«

»Wartet«, bat Cusi und erhob sich ebenfalls, mußte dabei aber mit Schwierigkeiten kämpfen. Er stöhnte vor Schmerz und hielt sich die Hände an die Seite. Besorgt blieb Micay stehen und drehte sich zu ihm um.

»Es ist nichts«, murmelte er jedoch. »Bitte geht... Verzeiht, ich bin Euch zu nahegetreten.«

Micay war zu verwirrt, um weiter mit ihm zu sprechen. Sie stieg allein den Pfad hinab und achtete im schwindenden Licht des Tages sorgsam auf ihren Weg.

Das Zelthaus auf der mittleren Terrasse hatte ein Giebeldach und auf jeder Seite ein Fenster; nach Westen hin war es ganz offen. Im Innern hatten die Diener nach Cusis Anweisung einen Kreis aus Schilfmatten ausgelegt, doch es erschien immer unwahrscheinlicher, daß er mit seinen Gästen den Sonnenuntergang würde beobachten können. Die

Wolken hatten sich im Laufe des Tages immer stärker zusammengezogen, und es war merklich kühler geworden.

Cusi sah sich die Matten und die vor jedem der sechs Sitzplätze angeordneten Löffel, Schalen und Becher an. Seine Mutter hatte die Nischen in der Rückwand mit bunten Bändern dekoriert und Geschenke aufgestellt, die Cusi während seiner Genesung erhalten hatte. Schon gestern hatte er ihre Kunstfertigkeit bei solchen Arbeiten bewundert, und diese geschmückte Wand war auch einer der Gründe, weshalb er diesen Ort für das Fest gewählt hatte. Vor einem der Geschenke blieb er stehen, denn es war ihm die ganze Zeit nicht mehr aus dem Kopf gegangen: ein Büschel grüner Papageienfedern, das jetzt hinter kleinen, aus Stein gemeißelten Lamas, Fröschen und Maiskolben in einer Nische aufgefächert war.

Cusi betrachtete die Federn; sie riefen eine Erinnerung in ihm wach, die ihm einen Schauer über den Rücken jagte und bei der ihn ein seltsames, wohliges Grauen überkam. Den Überbringer sah er noch deutlich vor sich: Es war ein Shuara-Zauberer in einem Umhang aus Jaguarfell, einem durch die Oberlippe gesteckten Federschmuck und zwei am Hüftband befestigten Schrumpfköpfen. Seine Persönlichkeit – seine Huaca – war so stark gewesen, daß Cusi am liebsten aus dem Zimmer gegangen wäre, doch der Zauberer vereitelte dieses Vorhaben einfach durch die Kraft seines Blicks. Sein Name war Kirupasa, und es stellte sich heraus, daß er sehr freundlich war. Aber Cusi hatte sich hilflos wie ein kleines Kind gefühlt, solange der Mann bei ihm im Zimmer gewesen war.

»Unwissenheit bedeutet für jene, die fühlen, keine Sicherheit«, murmelte Cusi jetzt; Kirupasa hatte das zu ihm gesagt, als er auf eine Einladung, den Zauberer in seinem Dorf zu besuchen, eine ausweichende Antwort gegeben hatte. Jetzt dachte er, daß der Mann recht gehabt hatte, ihn zu tadeln, aber gleichzeitig entschloß er sich, die Federn nicht zu berühren. Er durfte nur nicht vergessen, daß die Zeiten, in denen er Dingen ausweichen konnte, nun der Vergangenheit angehörten. Mit diesem Gedanken machte er kehrt und ging zurück, um seine Gäste zu erwarten.

Das Fest begann ohne Quinti; sie hatte Cusi bereits vorgewarnt, daß sie unter Umständen nicht rechtzeitig vom Luchs-Haus herüberkommen konnte. Deshalb war die Matte neben Micay frei; links davon hatten Mama Cori und Apu Poma Platz genommen. Urcon saß zwischen Micay und Cusi, gab sich aber große Mühe, in dieser Gesellschaft so unauffällig wie möglich zu wirken, so daß praktisch noch eine Lücke neben Micay entstand. Cusi sprach mit seinen Eltern und sah hin und wieder einmal zu ihr herüber, um seiner Rolle als Gastgeber gerecht zu werden. Er vermittelte ihr damit das sichere Gefühl, sie nicht zu übersehen, und gab ihr gleichzeitig zu verstehen, daß er ihr heute auf keinen Fall zu nahe treten würde.

Ebensowenig beabsichtigte er, seine Eltern auszufragen, doch sie machten es ihm nicht gerade leicht. Mama Cori hatte ihre Zurückgezogenheit erst auf diese Einladung hin aufgegeben, aber sie blieb dennoch sehr verschlossen. Apu Poma wirkte bei seiner Ankunft ziemlich gedankenverloren; später schien er sich über die Einsilbigkeit seiner Frau zu ärgern und reagierte darauf seinerseits wortkarg und gekränkt. Keiner von beiden wußte zu Cusis ausführlichem Bericht über seine Inspektion des Regenbogen-Hauses viel zu sagen, und Apu Poma wollte sehr darum gebeten werden, das Wenige, was er über die Vorgänge am Hof in Quito und die Armee zu berichten hatte, von sich zu geben.

Das Essen war ausgezeichnet, aber selbst dieser Umstand wurde kaum einer Bemerkung gewürdigt. Micay beobachtete, wie Cusi allmählich der Gesprächsstoff ausging, und sie fragte sich, wie er sich dieses Fest wohl vorgestellt hatte. Er hatte ja wohl kaum annehmen können, daß Amarus Verbleiben in Chan Chan als ein Grund zum Feiern betrachtet würde, schon gar nicht nach Mama Coris erster Reaktion. Cusi mußte doch ahnen, daß irgend etwas nicht stimmte, es sei denn, er glaubte zu sehr an seinen Bruder, um jemals an ihm zu zweifeln. Micay mußte plötzlich an die Nachricht denken, die sie Cusi von Amaru übermitteln sollte. Vielleicht war Cusi ebenso stolz auf den Mann, für den er Amaru hielt. Rimachi hatte einmal etwas verächtlich zu ihr gesagt, Cusi sei in vieler Hinsicht naiv und erwarte zu viel Ehrlichkeit. Aber er hatte ihr auch gesagt, Cusi würde Prophezeiungen, unsichtbare Mächte und andere Dinge anziehen, die man am besten Priestern und Zauberern überlassen solle...

Cusi sah Micay an und schien darauf zu warten, daß außer ihm noch jemand anderem das vollkommene Schweigen in der Runde auffiel. Als sie ihm mitfühlend zunickte, lächelte er traurig, doch diese Geste wirkte weder naiv noch geheimnisvoll, sondern eher so, als hätte er gewußt, daß es zu einer solchen Situation kommen würde. Dann stand er auf und ging zu der mit Holz gefüllten Mulde vor dem Zelthaus. Einer der Diener brachte ihm eine Fackel.

»Wir haben die Kälte lange genug ertragen«, erklärte er und setzte den Holzstoß in Brand. Bald stieg Rauch auf, Reisig begann zu prasseln, Scheite knackten, und wenig später schlugen die Flammen so hoch, daß Cusi beiseitetreten mußte. Er kam zu seinen Gästen zurück und lächelte, als er bemerkte, daß sie ihn beobachtet hatten.

»Wir haben uns auch lange genug angeschwiegen«, munterte er sie auf. »Kommt, Vater, Ihr habt mit Sinchi Roca gesprochen. Erzählt uns, warum Amaru sich dafür entschieden hat, in Chan Chan zu bleiben.«

Apu Poma räusperte sich und nickte resigniert. »Der leitende Beamte für die Bauarbeiten in der Provinz Chimor mußte abgelöst werden, und Amaru stellte sich freiwillig für diesen Posten zur Verfügung. Sinchi Roca versuchte, ihn davon abzubringen, sah sich dann aber gezwungen, ihn zu ernennen – er war der einzige Inka mit entsprechendem Rang und ausreichender Kompetenz, der bei den Chimu bleiben wollte.«

»Wie lange wird er bleiben?«

»So lange er will«, antwortete Apu Poma mit einem ärgerlichen Achselzucken. »Es gibt schon wenig genug Baumeister für all die Projekte, die Huayna Capac hier und in Quito verwirklichen will, und in den Heißen Ländern will eigentlich niemand freiwillig Dienst tun. Er könnte höchstens zur Armee zurückgerufen werden, aber das wird in nächster Zeit wohl kaum passieren.«

Cusi nickte nachdenklich und winkte den Dienern, Akha zu servieren. Er stand mit dem Rücken zum Feuer, prostete seinem Vater in der traditionellen Weise zu und hieß ihn zum zweitenmal im Regenbogen-Haus willkommen. Micay fiel auf, daß er den einfachen, unbemalten Becher benutzte, den der blinde Mann ihm geschenkt hatte, Urcons Großvater.

»Möchtet Ihr den Rest der Geschichte nicht auch noch erzählen?« fragte Cusi. »Ich meine, Sinchi Roca hatte doch sicher eine Ahnung, *weshalb* Amaru es vorzog zu bleiben.«

»Richtig«, räumte Apu Poma widerwillig ein. »Aber was er mir erzählte, ist nicht sehr erbaulich. Ich möchte darüber nur ungern reden.«

»Vielleicht können wir Euch helfen, das alles besser zu ertragen«, schlug Cusi vor. Micay hörte darin eine feste Entschlossenheit, das Gespräch dieses Mal nicht wieder abreißen zu lassen. Apu Poma leerte seinen Becher und ließ sich nachschenken.

»Das meiste, was ich weiß, sind nur Gerüchte und Spekulationen. Einiges ist allerdings sehr beschämend.«

»Ich weiß gut, was Schande ist«, meinte Cusi und setzte ein hartes Lächeln auf. »Aber Schande kann man ertragen.«

»Rede, Apu«, meldete sich Mama Cori jetzt zu Wort. »Wäre Amaru hier, er würde nicht zögern, uns alles zu sagen, *vor allem nicht*, wenn es beschämend oder enttäuschend für uns wäre.«

Apu Poma schürzte widerwillig die Lippen; er reckte sich und ächzte, bevor er endlich zu sprechen begann. »Es heißt, er sei ein Gefangener der Chimu geworden – ein freiwilliger Gefangener. Er kleidet und gibt sich wie sie und spricht mit ihnen sogar in Mochica anstatt in Quechua. Er meidet die anderen Inka und verbringt seine freie Zeit mit den jungen Adeligen vom Hof des Großen Chimu oder mit den Freudenmädchen. Und wenn er überhaupt bei einem Fest des Gouverneurs erscheint, dann betrinkt er sich sinnlos und verbirgt es noch nicht einmal.«

Apu Poma blickte verloren auf die Matten vor ihm und schüttelte dann heftig den Kopf, so daß seine Ohrpflöcke im Schein des Feuers blitzten.

»Ist das alles?« fragte Cusi. Apu Poma sah schweigend zu ihm auf. Dann fixierte er kurz Mama Cori und sprach weiter mit einem Zorn in der Stimme, als wollte er sie beide für ihre Neugier bestrafen.

»Nein, es gibt noch mehr ... und Schlimmeres! Eines Nachts wurde er von Wachposten aufgefunden, nackt und berauscht von irgend etwas, das stärker ist als Akha, wie er singend und mit sich selbst redend in die Wasser Mama Cochas hinauslief. Vier Männer mußten ihn herausziehen, sonst hätte er sich wohl ertränkt, und dabei brach er einem von ihnen den Kiefer. Das ist eine Tatsache. Was gerüchteweise über ihn bekannt wurde, ist noch abscheulicher – Geschichten über Zauberer und Rebellen und Riten, die der Inca verboten hat; Geschichten über Tänze mit Knaben, die sich die Gesichter anmalen und sich wie Frauen kleiden. Reicht dir das?« schrie er Cusi zum Schluß an.

Cusi stand aufrecht da und nahm einen Schluck aus seinem Becher. Er runzelte angestrengt die Stirn, zeigte aber kein Anzeichen von Schock oder Enttäuschung. Micay mußte an Dinge denken, die Amaru ihr über sich erzählt hatte, und auch sie war nicht überrascht, wenngleich sie bezweifelte, daß er derlei jemals Cusi gegenüber erwähnt hatte. Mein Bruder ist anders als ich, hatte er behauptet.

Sie blickte fasziniert auf Cusi, gespannt darauf, was er als nächstes sagen würde, und sah, wie sich seine Augen kühn weiteten und das Licht des Feuers reflektierten. Dann trat er vor und wandte sich zur allgemeinen Überraschung an Urcon.

»Mein Freund, was würdest du tun, wenn dir solche Dinge über *deinen* Bruder zu Ohren kämen?« fragte er und wartete dann geduldig auf eine Antwort. Urcon war zwar dafür bekannt, daß er gerne lachte, doch beim Erteilen von Ratschlägen hielt er sich zurück.

»Alco würde nie das Dorf verlassen wollen«, erklärte er schließlich. »Aber wenn er gegangen wäre und nicht ich, und ich käme zu der Überzeugung, daß er von seinem Weg abgekommen ist, dann würde ich ihn suchen und nach Hause bringen.«

»Natürlich«, sagte Cusi knapp und setzte sich wieder auf seinen Platz. »Wann schickt Ihr das nächste Mal Leute nach Chan Chan?« fragte er seinen Vater.

»Die Hälfte der Krieger des Gouverneurs wird in zwei Monaten ausgetauscht«, antwortete Apu Poma. »Aber woran denkst du? Nein, ich könnte dir nicht erlauben, seinetwegen deine Laufbahn zu ruinieren.«

»Es kostet mich nicht meine Laufbahn, wenn ich die Krieger dorthin führe. Ich werde Amaru zurückholen.«

»Und wenn er sich weigert? Du würdest allein mit der Hin- und Rückreise Monate vergeuden, die du mit deinen Kameraden im Norden verbringen könntest.«

»Es wird noch Monate dauern, bis die Muskeln an meiner Seite wieder voll ausgeheilt sind«, erwiderte Cusi. »Hanp'atu hat mir das gesagt, und ich merke es jedesmal, wenn ich tief durchatme oder versuche, etwas Schweres zu heben. Bis es so weit ist, kann ich ohnehin nichts anderes tun als zu laufen, und es ist besser, wenn ich ein Ziel und eine Aufgabe habe.«

»Cusi, bitte«, warf Mama Cori ein. »Ich weiß, du wirst mich noch früh genug verlassen. Aber ich bitte dich, wirf nicht für Amaru dein Leben fort. Zu viele Inka sind in den Heißen Ländern umgekommen!«

Cusi hielt sich den Becher an die Lippen, ohne zu trinken; er starrte nur über den Rand hinweg auf seine Mutter. Aus Micays Blickwinkel wirkte er plötzlich eingeschüchtert, berührt von Mama Coris flehentlichem Appell. Doch einen Augenblick später weiteten sich seine Augen wie zuvor; er setzte den Becher ab, und dahinter kam ein breites Lächeln zum Vorschein.

»Dann schaut nicht von ferne zu«, schlug er Mama Cori vor, »sondern geht mit mir. Auch Quinti und Micay könnten mitkommen, und Urcon könnte die Lasttierkarawane übernehmen. Auf diese Weise hätten wir die Möglichkeit, aufeinander aufzupassen.«

In diesem Augenblick brach mit einem Poltern das Feuer in sich zusammen, und ein Funkenregen stob zum Himmel, der alle außer Cusi aufschrecken ließ. Micay fühlte, wie dieser geradezu tollkühne Vorschlag sofort ihr Herz höher schlagen ließ. Und er hatte auch *sie* dazu eingeladen! Sie mußte unwillkürlich lächeln und verbarg das Gesicht sofort hinter ihrem Becher, damit Mama Cori sie nicht sah.

»Das ist ein höchst unbesonnener Vorschlag«, kommentierte diese schließlich. »Wir werden ihn nicht einmal in Erwägung ziehen. Das ist unmöglich.«

»Man muß das Unmögliche *immer* in Erwägung ziehen«, konterte

Cusi und schaute auf, denn gerade trat Quinti ein. Sie verbeugte sich vor ihren Eltern und wandte sich dann atemlos an Cusi.

»Verzeih mir, Bruder«, begann sie, »ich wurde im Luchs-Haus aufgehalten.« Sie setzte sich und blickte in die Runde. »Es stimmt also tatsächlich? Amaru ist nicht aus Chan Chan zurückgekommen?«

»Allem Anschein nach hat er beschlossen, dort zu bleiben und ein Chimu zu werden«, sagte Mama Cori mit unverhohlenem Abscheu. »Und nun schlägt Cusi vor, daß wir alle dorthin gehen und ihn zurückholen.«

»Das ist edel von dir, mein Bruder«, meinte Quinti lächelnd. Sie stützte nachdenklich das Kinn in die Hände. »Aber ich fürchte, daß ich im Augenblick nicht wegkönnte, weil ich gerade dabei bin, im Kult von Mama Quilla einen Platz für mich zu finden.« Sie blickte auf Micay und Mama Cori und fuhr fort: »Aber das sollte euch ja nicht hindern zu gehen. Was sollte Euch denn schon davon abhalten, Mutter? Hier habt Ihr Eure Arbeit getan, und Tumibamba ist leer, seit Lloque und der ganze Hofstaat in Quito sind.«

»Es ist nett von dir, daß du mich daran erinnerst, wie nutzlos ich bin«, entgegnete Mama Cori trocken.

»Mir wärt Ihr außerordentlich nützlich«, mischte sich Cusi ein. »Schließlich könnte Amaru nicht uns beide zurückweisen.«

»Micay sollte auch mitgehen, wenn sie möchte«, schlug Quinti vor. »Sie kennt Amaru und kann gut mit ihm reden.«

Micay konnte sich nicht schon wieder hinter ihrem Becher verstekken, deshalb erwiderte sie Mama Coris durchdringenden Blick, der kühl und argwöhnisch über sie hinwegstreifte.

»Vielleicht wäre es besser für sie, wenn sie ihn nicht kennen würde«, meinte Mama Cori. »Außerdem hat sie gerade erst ihre Ausbildung bei Chimpu Ocllos Heilerinnen begonnen. Es könnte sein, daß sie das nicht gleich wieder abbrechen möchte.«

»Hanp'atu würde wahrscheinlich auch gern mitgehen«, warf Cusi schnell ein und blickte in Erwartung einer Bestätigung auf Urcon. »Er könnte ihr Heilmethoden beibringen, die nur die Callawaya kennen.«

Mama Coris Augen lagen immer noch auf Micay. »Aber sie möchte vielleicht auch in Tumibamba sein, wenn Rimachi und die anderen Krieger vom Kampf nach Hause kommen.«

Diese Andeutung frappierte Micay so sehr, daß sie nicht sofort darauf reagieren konnte, aber sie bemerkte den kurzen Anflug von Betroffenheit, der über Cusis Gesicht huschte. Dann spürte sie, wie sich ihre Wangen röteten; zunächst aus Schuld, dann jedoch aus Zorn. Mama Cori hatte nie mit ihr über Rimachi oder sonst einen möglichen Freier gesprochen. Sie machte diese Andeutung nur, um Cusis Vorschlag zu hintertreiben und Amaru zu bestrafen, anstatt seine Rettung zu versuchen. Aber bevor Micay wußte, was sie sagen sollte, meldete sich Apu Poma zu Wort.

»Frage sie nicht nach ihrer Entscheidung, Cori, solange du dich nicht selbst entschieden hast. Amaru ist ein erwachsener Mann, aber er ist auch unser Sohn. Wir sollten ihn nicht leichten Herzens aufgeben.«

»Du bist kaum der Richtige, um so zu sprechen!« begehrte Mama Cori auf.

Apu Poma warf den Kopf in den Nacken. »Ich bin genau der Richtige, um so zu sprechen«, erwiderte er kühl. »Und wenn du nicht mit Cusi gehen willst, werde ich selbst einen Weg finden, mit ihm zu reisen. Auch wenn ich dafür meinen Posten aufgeben muß.«

Mama Cori starrte ihn ungläubig an und sah dann zu Cusi auf. »Du scheinst alle mit deiner Kühnheit angesteckt zu haben, mein Sohn. Bist du dir sicher, daß du deine um so vieles vorsichtigere Mutter als Reisegefährtin haben möchtest?«

»Ihr wart die erste Person, die ich gefragt habe«, erinnerte Cusi sie.

»Dann muß ich den Vorschlag annehmen. Hast auch du dich entschieden, Micay?«

»Ich habe viele Dinge über Chan Chan gehört«, antwortete Micay, wohl wissend, daß Mama Cori bekannt war, von wem sie diese Dinge gehört hatte. »Wenn ich willkommen bin, würde ich sie gerne mit eigenen Augen sehen.«

»Aber natürlich«, erwiderte Mama Cori. Cusi klatschte in die Hände, um mehr Akha anzufordern, und deshalb fiel ihm die fehlende Überzeugungskraft hinter der Einwilligung seiner Mutter nicht auf.

»Trinken wir auf unsere Reise«, schlug er vor und blickte mit erhobenem Becher in die Runde. Quinti lachte und teilte seine gute Stimmung, die ihn nur für einen kurzen Moment zu verlassen schien, als er Micays Blick erwiderte.

»Bringt ihn zurück«, sagte Apu Poma kurz angebunden, »und kommt auch ihr alle heil wieder!«

Die Sonne stand noch hoch, als Cusi und Micay sich von Quinti und den Mamacona im Luchs-Haus verabschiedeten und begannen, den gestuften Pfad über die Terrassen zum Fluß hinunterzusteigen. Von unten winkten sie den Zurückgebliebenen noch einmal zu, und dann wandte Cusi seine Aufmerksamkeit auf die Seilbrücke und verfolgte mit dem Blick den weiteren Weg, der sich in Serpentinen auf der anderen Seite wieder den terrassierten Hang hinaufwand. Dies war die direkteste Verbindung zwischen dem Luchs-Haus und dem Regenbogen-Haus, und der Aufstieg war nicht sonderlich schwer; sie würden nicht einmal zu rasten brauchen. Aber eigentlich wollte er gar nicht, daß sie schon bald zu Hause ankamen.

»Als Ihr damals hier wart«, fragte er Micay, »welchen Weg seid Ihr da am liebsten gegangen?«

Micay schien kurz zu überlegen, dann lächelte sie und deutete mit dem Kinn auf einen engen Pfad, der neben dem Flußlauf tiefer ins Tal hinab führte. »Wir können auch diesen Weg zum Regenbogen-Haus nehmen«, sagte sie. »Aber man muß etwas klettern. Damals wollte ich allein sein; ich suchte mir Wege, wo niemand mir gern folgte.«

»Ein bißchen Klettern würde mir guttun«, antwortete Cusi, doch dann schluckte er. »Ich meine ... falls es Euch nichts ausmacht, mit mir allein zu sein.«

»Nein«, erwiderte sie zurückhaltend und bückte sich, um ihre Sandalen fester zu schnüren.

Während Cusi hinter ihr herschritt, fiel ihm zum erstenmal Micays Anmut und ihre graziöse Art sich zu bewegen auf. Sie war fast so groß wie er, aber viel schlanker, und trug eine rote Nañaca, unter der ihr dickes, schwarz glänzendes Haar hervorquoll. Am Rücken verdeckte es ihren schönen, in leuchtenden Farben des Sonnenuntergangs gehaltenen Umhang. Ihr Kleid war gelbbraun mit einem dünnen roten Streifen, der breite Gürtel dazu ebenso rot wie die Kopfbedeckung. Je länger Cusi sie beobachtete, desto mehr spürte er Erregung und Angst in sich aufsteigen, und er mußte an Rimachi denken.

Sie erreichten eine Stelle, an der drei große, flache Steine eine Möglichkeit andeuteten, den Bach zu überqueren. »Hier ist die beste Gelegenheit, ans andere Ufer zu kommen«, erklärte Micay. »Es ist gar nicht so schwierig, wie es aussieht.«

Sie ging voraus, vorsichtig ihre Füße auf die unter dem Wasser verborgenen Steine setzend, und bald merkte Cusi, daß seine anfängliche Skepsis unberechtigt war.

»Ihr würdet einen guten Kundschafter abgeben, Herrin«, meinte er anerkennend.

»Ich habe meinen Weg oft genug allein finden müssen«, antwortete sie mit einem wehmütigen Lächeln und schritt ihm voran den Hang hinauf.

Während Micay unermüdlich schien, spürte Cusi nach einiger Zeit seine Wunde und wußte, daß er bald eine Rast brauchen würde. Als sie an eine Stelle kamen, wo er sitzen und sich an den Hang lehnen konnte, hielt er an. »Herrin«, bat er, »ich muß eine kleine Pause einlegen.«

»Verzeiht«, antwortete Micay und setzte sich neben ihn. »Ich habe nicht mehr daran gedacht.«

»Es wird gleich wieder gehen«, versicherte er mit einem etwas gezwungenen Lächeln. »Ihr könnt gut ausschreiten, Micay. Besser als mancher Krieger.«

»Ich war in Gedanken schon an einem Ort, den ich gern besuche«, erklärte sie.

»Es tut mir leid, daß ich Euch aufhalte.« Cusi versuchte aufzustehen, doch Micay legte eine Hand auf seine Schulter.

»Wir müssen uns nicht eilen. Als Ihr vorgeschlagen habt, einen anderen Weg zu nehmen, habe ich vermutet, daß Ihr vielleicht nicht nur mit mir *gehen* wolltet.«

»Stimmt«, gab Cusi zu. »Wir haben seit dem Fest noch keine Gelegenheit gehabt, miteinander zu reden.«

»Ich weiß, und es gibt etwas, das ich Euch sagen muß.«

Cusi hörte den entschuldigenden Unterton und wußte, was nun kommen würde. Er starrte in ihr gelassen wirkendes Gesicht und merkte, wie sich sein Magen in Erwartung der Enttäuschung bereits zusammenzog, so daß er sich anfühlte wie ein Stein.

»Es ist eine Nachricht, die mir Amaru schon vor langer Zeit für Euch gab, noch bevor er an die Küste ging.«

Cusi blickte verwirrt auf; er erwartete immer noch, daß Rimachis Name fiel.

»Amaru?« wiederholte er irritiert. »Was hat *er* Euch denn gesagt?«

»Er trug mir auf, Euch zu sagen, daß er stolz ist auf den Mann, der Ihr schon immer wart. Er sagte, Ihr würdet verstehen, wie das gemeint ist.«

Cusi war so durcheinander, daß er erst einmal überhaupt nichts verstand. Doch allmählich begann er ihre Worte zu begreifen und erinnerte sich an die letzte Begegnung mit seinem Bruder. Er dachte daran, wie Amaru den Arm um ihn gelegt hatte, wie er versucht hatte einzugreifen, und wie er im Streit mit Apu Poma laut wurde, nachdem Cusi bereits weggegangen war. Und wenn er sich noch so sehr verändert hatte – er war auf Cusis Seite geblieben. Diese Nachricht bewies es.

»Ich verstehe«, antwortete er Micay, »und ich danke Euch dafür, daß Ihr mir das sagt. Es gibt mir sogar noch mehr Gewißheit, daß ich das Richtige tue.«

»Ich hätte es Euch schon früher sagen sollen, aber es ergab sich nie eine Gelegenheit.«

»Es hilft mir mehr, daß ich es jetzt erfahre«, versicherte Cusi. Er lächelte und schüttelte den Kopf bei dem Gedanken daran, was er zu hören erwartet hatte. »Als Ihr sagtet, Ihr hättet mir etwas mitzuteilen, habe ich befürchtet, Ihr hättet es Euch mit der Reise nach Chan Chan anders überlegt.«

Micay sah ihn fragend an. »Gibt es einen Grund, weshalb ich das sollte?«

»Nein«, beschwichtigte Cusi hastig, »überhaupt nicht. Ich möchte sehr gerne, daß Ihr mit uns kommt. Es ist nur – was meine Mutter sagte ... über Rimachi.«

»Sie hat von einer Entscheidung gesprochen, die ich nicht getroffen habe.«

»Ich weiß, daß er Euch bewundert«, fuhr Cusi fort, »aber ich wußte nicht, wie ernst es ihm ist. Mein Vater scheint überzeugt zu sein, daß Ihr Rimachi heiraten werdet; er glaubt, Rimachi ist der Grund, weshalb Ihr nicht mit Acapana nach Chachapoyas zurückgegangen seid.«

»Das stimmt nicht«, erklärte Micay unumwunden. »Ich habe nie mit Acapana über eine Rückkehr nach Chachapoyas geredet, und ich habe nie mit Rimachi über eine Heirat gesprochen.«

»Und Amaru?« fragte Cusi.

Dieses Mal zögerte sie und mied seinen Blick. »Amaru hat immer alle Nustas aufgezogen«, sagte sie dann.

»Aber Euch hat er sich anvertraut.«

»Manchmal. Er sagte einmal zu mir, ich würde ihn besser verstehen als alle anderen, weil ich ihm so ähnlich bin. Und er sagte, ich solle Euch heiraten, weil Ihr anders seid.«

»Ich habe Euch verärgert«, räumte Cusi ein, und sie bestätigte seine Befürchtung, indem sie abrupt aufstand und weiterging. Er folgte ihr langsam, wegen seiner Verwundung darauf bedacht, sich nicht zu überanstrengen. Als er um die nächste Kehre bog, konnte er den letzten steil ansteigenden Abschnitt des Weges bis hinauf zum Grat überblicken. Ein Stück vor ihm schritt Micay mit gesenktem Kopf kräftig aus; sie sah nicht den Felsen, der weiter aufwärts den Weg blockierte. Aber gerade als Cusi ihr eine Warnung zurufen wollte, bemerkte sie das Hindernis doch noch und blieb stehen, bis er sie eingeholt hatte.

Der Stein war mannshoch und hatte eine Geröllawine mit sich gerissen, die es unmöglich machte, ihn einfach zu umgehen; sie kamen beide zu der Überzeugung, daß sie bei diesem Versuch nicht genügend Halt finden und den Steilhang hinabstürzen würden. Die einzige Alternative war, über den Felsblock zu klettern, denn die Sonne stand bereits zu tief, um zurückzugehen und den Weg zu nehmen, den sie gekommen waren.

»Ich glaube, wir könnten auch den Bach nicht in der Dunkelheit überqueren«, gab Cusi zu bedenken. »Aber wir könnten uns eine andere Stelle suchen oder einen Unterstand bauen und...«

»Oder wir können einfach über diesen Felsen klettern und weitergehen.« Micay hatte seinen Wunsch erkannt, und die Schamröte war ihr sofort ins Gesicht gestiegen. »Glaubt Ihr, daß er stabil liegt?« fragte sie.

»Wenn wir vorsichtig sind, wird es gehen. Aber ich werde es als erster versuchen, Herrin; wenn er zu rutschen anfängt, kann ich abspringen.«

Cusi zog die Sandalen aus und warf sie über den Felsen. Dann nahm er etwas Anlauf, rannte die Geröllhalde an der Seite des Blocks hinauf und kam oben zum Stehen. Doch in diesem Augenblick begann der Fels zu schwanken; an allen Seiten rieselten Erde und Steine den Hang hinab. Cusi ging in die Knie und breitete die Arme aus, um das Gleichgewicht zu halten, merkte aber dann, daß sich das Geräusch der rollenden Steine bereits verflüchtigte und der Fels zur Ruhe gekommen war. Er atmete auf und schlitterte dann vorsichtig auf Händen und Füßen die andere Seite der Geröllawine hinunter, bis er weit genug war, um mit einem Satz in der Nähe seiner Sandalen auf festem Boden zu landen.

Cusi griff an sein Hüftband, fühlte seinen Schutzgeist und sprach lautlos ein kurzes Gebet an Illapa, das sowohl einen Dank für seine gelungene Überwindung des Hindernisses darstellte als auch eine Bitte, Micays möge bald unbeschadet an seiner Seite stehen. Er stellte sich am Fuß der Geröllhalde in Position, um sie eventuell auffangen zu können, falls sie stürzte. »Ihr müßt schnell laufen«, rief er ihr zu, »und dürft oben nicht zögern!«

Micay warf ihren Umhang, die Sandalen und ihre Fibel zu einem Bündel verschnürt zu ihm hinüber. Cusi wartete, bis er von der anderen Seite das Geräusch von Geröll und Steinen hörte. Doch es brach kurz darauf ab, es entstand eine Stille, die er sich nicht erklären konnte. Dann gingen wieder Steine zu Tal. Cusi wußte nicht, was geschah, aber er wagte auch nicht zu rufen aus Angst, er könne Micay zu sehr erschrecken. Immer wieder hörte er auf der anderen Seite des Felsens für kurze Zeit Erde und Geröll in die Tiefe gehen; aber gerade, als ihm bange wurde und seine Brust sich zusammenzuschnüren begann, tauchte oben auf dem Felsen Micays Kopf auf. Langsam und bedächtig arbeitete sie sich weiter hoch und saß schließlich lächelnd, aber auch etwas erschöpft auf dem Stein. Cusi beobachtete sie angespannt; am liebsten hätte er ihr zugerufen, sie solle sich nicht so viel Zeit lassen. Doch dann wurde ihm klar, daß sie nach einer anderen Methode als er vorging: Während er das Hindernis im Sturm genommen hatte, versuchte sie, es vorsichtig und mit Bedacht zu überwinden. Und so, wie sie langsam Schritt für Schritt auf den Felsen hinaufgeklettert war, ließ sie sich auch jetzt beim Heruntersteigen Zeit und überlegte sich jede kleinste Bewegung, bevor sie sie ausführte.

Micays Augen glänzten, und sie atmete heftig, als sie den letzten Schritt auf dem trügerischen Geröll hinter sich gebracht hatte. Cusi war erleichtert und fühlte sich ihr gleichzeitig näher als je zuvor.

»Ihr wart großartig, Herrin«, sagte er ihr mit einem strahlenden Lächeln.

»Ich habe mich gut gehalten«, erwiderte sie erfreut und sah über Cusis Schulter auf die Geröllhalde. »Ich habe jeden Schritt gesehen, bevor ich ihn tat.«

»Und jeder hat gestimmt«, fügte er hinzu und erkannte in diesem Augenblick, daß sie sich mit dieser Tat etwas bewiesen hatte. Er gab Micay ihr Bündel, doch sie beachtete es kaum, sondern überblickte intensiv den ganzen Hang, als wollte sie jede Einzelheit davon in Erinnerung behalten. Schließlich sah sie verträumt auf Cusi.

»Gehen wir weiter?«

»Ich folge Euch, wohin Ihr wollt, Herrin«, antwortete er und verneigte sich vor ihr. Sie lächelte so wie damals, als sie den Sonnenuntergang beobachteten – ein Lächeln, das für niemand anderen gedacht war –, und begann, langsam den Pfad hinaufzusteigen. Ihre Füße waren nackt, und das Kleid hatte sie noch vom Klettern bis über die Knie aufgerollt. Cusi mußte an den Wunsch denken, der in ihm aufgestiegen war, bevor sie vorgeschlagen hatte, über den Felsen zu klettern. Aber er fühlte kein Bedauern über das, was statt dessen gekommen war. Auf diese Weise hatte er ihr tiefer ins Herz blicken können, und sie war für ihn dadurch noch anziehender geworden. Mit ihren Sandalen in der Hand schritt er hinter ihr her und machte sich keinerlei Gedanken mehr über Rimachi oder Acapana oder Amaru. Er hatte das Gefühl, so würde er hinter ihr hergehen können, solange sie es wollte. Die Reise nach Chan Chan konnte ihm plötzlich gar nicht lange genug dauern.

Kapitel 11

Yuncas: Das Heiße Land

Die Königsstraße

Zwei Tage lang waren sie von Tumibamba aus in Richtung Süden gegangen, hatten sich dann nach Westen gewendet und waren der Straße gefolgt, die über die Berge zur Küste führte. Sie war sehr bald zu einem schmalen, steilen Pfad geworden, der sich an schneebedeckten Gipfeln vorbeiwand, über hohe, kalte Bergpässe, an eisigen Bergbächen entlang und durch tiefe Schluchten.

Doch endlich machte das Wort die Runde, daß sie nur noch diesen einen Paß zu überwinden hatten, und als Micay hochblickte, sah sie den weiten, blauen Himmel über sich, den weder Wolken noch Berggipfel verbargen. Die Gruppe kam in der dünnen Luft nur mühsam voran, und Micay konnte Mama Coris pfeifenden Atem hören, die sich vor ihr den Berg hinaufquälte. Schließlich sah Micay die Paßhöhe vor sich, wo Cusi bereits auf die anderen wartete. In einer Hand hielt er einen großen Stein, und neben ihm stand Acunta, ihr Chimu-Führer.

»Ruht Euch aus, Mutter, und seht Euch um«, sagte Cusi, als Mama Cori schließlich die Höhe erreichte, und deutete nach Westen. Seine Mutter ließ sich von ihm stützen, und Cusi benutzte ihre Unaufmerksamkeit, um Micay zuzulächeln. Mit dem Kinn deutete er auf das weite Tal unter ihm, und einen Moment später konnte auch Micay den phantastischen Ausblick genießen.

»Mama Cocha«, verkündete Cusi feierlich. Das Land, das sich am Fuß der Berge erstreckte, war leicht hügelig und leuchtend grün, durchzogen von langsam dahinschlängelnden Flüssen. In der Ferne brach das Grün abrupt ab, und jenseits davon erstreckte sich nur Blau, als ob der Himmel herabgestiegen wäre und das Land verschluckt hätte. Micay fühlte Cusis Aufregung, seine fast ehrerbietige Freude, mit der er alles begrüßte, das ihm fremd und wunderbar erschien.

»Es ist so grün«, staunte Mama Cori. »Aber im Hochland hat der Regen noch gar nicht richtig begonnen.«

Fragend wandte sich Cusi an Acunta, ihren etwa fünfzigjährigen Führer, der aufgrund seiner dünnen Lippen und der langen, geraden Nase stets zurückhaltend wirkte. Micay war immer erstaunt, wie mühelos und bestimmt er sprach, wenn man ihn um seine Meinung bat.

»Mama Cocha fließt in verschiedene Richtungen. Manchmal ist sie warm, dann wieder kalt. Dieses Jahr hat sie ihre warmen Wasser südlich bis nach Tumbez geführt, und mit ihnen kommt der Regen. Sonst ist das Tal vom Tumbez so trocken wie die Täler weiter im Süden, und ohne Bewässerung könnte nichts gedeihen.«

Micay bemerkte, wie respektvoll Cusi dem Chimu zuhörte. Anfangs war er unschlüssig gewesen, ob sie einen Führer brauchten, denn die Königsstraße war gut markiert, und da Cusi als persönlicher Stellvertreter des Sapa Inca unterwegs war, konnte er überall mit einer freundlichen Aufnahme rechnen. Aber allmählich waren er und der Führer sich ein wenig nähergekommen, und Cusi erzählte Micay, daß er beschlossen habe, sich die Freundschaft des Chimu und sein Wissen über die Küste zunutze zu machen. Nach Micays Ansicht war es jedoch Acunta, der sich um Cusis Freundschaft bemüht hatte; allerdings hatte er ihm nicht geschmeichelt und sich auch nicht aufgedrängt, sondern würdevoll Abstand gewahrt, bis er schließlich Cusis Neugier erregt hatte. Genau auf diese Art hätte auch Micay versucht, Cusis Aufmerksamkeit auf sich zu lenken, wenn das nötig gewesen wäre.

»Dann laßt uns jetzt hinuntergehen«, schlug Cusi vor und schritt voran, wobei er seinen Stein gegen die Brust drückte und mit der anderen Hand seine Mutter stützte. Acunta trat beiseite und bedeute Micay mit einem Kopfnicken, ihm voranzugehen. Bei dieser Geste funkelten seine silbernen Ohrpflöcke gleißend im Sonnenlicht.

Während Micay Mama Cori den Pfad hinab folgte, spürte sie deutlich Acuntas Präsenz hinter sich. Eigentlich konnte sie nichts Schlechtes über ihn sagen, und sie wußte, daß seine Erklärungen Cusi nicht schaden würden, selbst wenn sie gelogen waren. Andererseits konnte sie seine Augen nicht deuten, und wieder fiel ihr Rimachis Bemerkung ein, daß Cusi in vieler Hinsicht zu naiv war und von anderen Menschen nichts als Ehrlichkeit erwartete. Deshalb beschloß sie, Acunta genau zu beobachten – diesen Mann, der behauptete, Amaru nicht zu kennen, und der aus heiterem Himmel aufgetaucht war und sich als Führer für die Reise empfohlen hatte. Zumindest bezeugten seine kraftvollen, drahtigen Beine, daß er gut marschieren konnte und vermutlich all die Orte, von denen er sprach, tatsächlich gesehen hatte. Aber auch sie konnte gut ausschreiten und würde ihre Augen auf dem Weg nach Chan Chan stets offenhalten.

Die Luft in Tumbez, im Heißen Land an der Küste, war drückend feucht. Obwohl es Abend und damit kühler wurde, sehnte sich Micay nach einem erfrischenden Bad. Aber es schien sinnlos, noch weiter auf Cusi zu warten. Er war hier genauso berühmt wie in Tumibamba und bemühte sich noch mehr als sonst, alle Häuptlinge zufriedenzustellen, die ihn sprechen wollten. Seufzend griff sie nach ihrem Mantel und wollte gerade gehen, als Urcon, der die Lamas im Pferch versorgte, sich umdrehte und jemandem zulächelte. Es war Cusi, der auf sie zukam. Sobald er Micay und Urcon sah, juchzte er in der Art der Campa und legte den restlichen Weg im Laufschritt zurück. Am Zaun angekommen, setzte er seinen Stein befriedigt auf einem Pfahl ab und hängte seinen Kokabeutel darüber. Die bunte Tunika klebte ihm am Körper, als wäre er im strömenden Regen gewesen. Mit einem angestrengten Stöhnen zog er sie sich über den Kopf, und dabei wurde die blendendweiße Narbe an seiner Seite sichtbar. Er warf die feuchte Tunika über den Zaun und atmete erleichtert auf.

»Ich habe mir versprochen«, erklärte er, »daß ich zum Ufer von Mama Cocha gehen und in ihrem Wasser baden würde, sobald all die Begrüßungen vorbei sind. Kommt ihr mit?«

»Jetzt? Aber das Fest…«

»Es soll nicht weit sein. Wir sind rechtzeitig für das Fest wieder zurück. Kommt. Sandalen brauchen wir nicht.«

»Wir können doch nicht barfuß durch Tumbez laufen«, wandte Micay halbherzig ein, band aber gleichzeitig ihre Sandalen auf. Cusi nahm sein Stirnband ab und hängte es gleichfalls über den Pfosten.

»Mama Cocha können wir barfuß besuchen«, versicherte er und klang dabei ebenso tollkühn wie bestimmt. Plötzlich streckte er ihr die Hände entgegen. »Bitte, komm mit. Ich habe mich heute den ganzen Tag an das Protokoll gehalten. Ich habe es verdient, mir etwas Gutes zu tun, und du auch.«

Micay nickte, ergriff seine Hände und ließ sich von seiner Begeisterung mitreißen, obwohl sie wußte, daß Mama Cori *sie* dafür verantwortlich machen würde, wenn es zu einem Skandal kam. Cusi schenkte ihr ein breites Lächeln, drückte ihre Finger und zog sie an sich, als wollte er sie umarmen. Im letzten Augenblick nahm er davon Abstand, aber an seinen Augen konnte sie erkennen, wie gerne er es getan hätte.

Als sie die Straße erreichten, gingen sie nach Westen auf die untergehende Sonne zu. Sie erregten sofort großes Aufsehen, wohl deshalb, weil Cusi seine goldenen Ohrpflöcke nicht entfernt hatte, die ohne die üblichen Insignien noch auffälliger leuchteten. Viele Menschen blieben stehen, um der kleinen Gruppe nachzuschauen, und einige kleine Jungen folgten ihnen in gebührendem Abstand. Micay konnte sich kaum vorstellen, was sie von einem Inkakrieger dachten, der nur im Lendentuch bekleidet durch ihre Straßen ging, begleitet von einem Hirten und einer Nusta mit bloßen Füßen.

Cusi schien die Aufregung, die sie verursachten, nicht zu bemerken, aber dann fing er den Blick eines Jungen auf und verkündete ihm mit feierlichem Ernst: »Wir gehen zu Mama Cocha.« Der Junge nickte heftig und rief seinen Freunden zu: »Mama Cocha! Mama Cocha!« Jetzt verneigten sich die meisten Zuschauer vor dem jungen Inka, diesem Sohn Intis, der Mama Cocha in so großer Bescheidenheit aufsuchte. Micay stellte fest, daß sie mittlerweile fast feierlich ausschritten, und ihr wurde klar, daß dieses unbekümmerte Abenteuer in den Erzählungen der Menschen zu einer Art persönlicher Wallfahrt werden würde, die den Bewohnern von Tumbez Ehre erweisen sollte – und den Ruf Cusi Huamans noch mehren würde. Sie warf ihm einen fragenden Blick zu, und er zuckte die Achseln, als hätte er ihren Gedanken erraten.

»Das habe ich nicht geplant«, sagte er. »Ich habe nur gewußt, daß sie Mama Cocha sehr achten.«

»Deine Mutter wird es trotzdem skandalös finden.«

»Aber sie wird auch sehen, wie sehr unsere Gastgeber sich darüber freuen. Den ganzen Nachmittag haben sie mir erzählt, daß ich die großen, wogenden Wasser sehen muß. Jetzt wissen sie, wie gut ich ihnen zugehört habe.«

»Du bist gar nicht so naiv, wie manche Leute glauben«, antwortete Micay geheimnisvoll. Cusi lachte auf, fragte aber nicht, wen sie damit meinte.

Zu ihrer Rechten teilte sich der Fluß in mehrere Arme, die mäandernd über den Strand flossen. Das Wasser schimmerte rot in der tiefstehenden Sonne, und durch das blendende Licht schossen Hunderte von Wasservögeln. Der Wind wehte flußaufwärts; er war feucht und roch nach Fisch.

Dann hatten sie Sand unter den Füßen, und vor sich sahen sie die Weite des goldenen Wassers, das sich unendlich nach Norden, Süden und Westen erstreckte. Es kräuselte sich zu kunstvollen Mustern, während es zum Ufer eilte, schwoll zu schäumenden Kronen an, die donnernd in sich zusammenfielen, auf das Land zurollten und dann in die nächste Welle zurückflossen. Die Drei schritten nicht mehr gemessen aus, sondern sprangen über den mit Muscheln bedeckten Sand. Cusi stemmte die Ellbogen beim Laufen gegen die Seite, Urcon rannte mit zurückgeworfenem Kopf und offenem Mund, und Micay hatte ihr Kleid hochgerafft und lief, wie keine Nusta jemals laufen sollte, aus reinem Vergnügen. Der Sand wurde hart, dann naß, und sie stürmten den sanften Abhang zum tosenden Wasser so schnell hinunter, daß sie nicht mehr rechtzeitig abbremsen konnten. Cusi juchzte, und Micay lachte wild, als sie durch das heranrollende Wasser stürzten.

Unwillkürlich wich Micay vor der lärmenden Woge zurück, und der Boden wurde ihr unter den Füßen weggerissen, so daß ihr Kleid sich wie ein Zelt aufblähte und das Wasser ihr zwischen die Beine floß; nach dem ersten Schrecken war es erstaunlich warm und sanft. Dann landeten ihre Füße wieder auf dem weichen Sand, im gleichen Augenblick, als Cusi sich kopfüber in eine Welle stürzte, die ihn ergriff, wie Treibgut umherwirbelte und dann wieder ans Ufer warf. Micay watete durch das knietiefe Wasser zu ihm und stemmte sich gegen eine Woge, die sich an ihren Schenkeln brach und Gesicht und Haare mit Gischt übersprühte. Als sie ihn erreichte, kauerte er auf den Knien, lachte und spuckte und wischte sich das Wasser aus dem Gesicht. Er drehte sich zur Seite, damit die nächste Welle einfach über ihn hinwegspülen konnte, und stand dann auf.

»Jetzt können wir sagen, daß wir uns Mama Cocha gegeben haben«, sagte er grinsend und schrie fast, um die Brandung zu übertönen.

»Ja, und sie hat dich zurückgeworfen«, lachte Micay, und Cusi rollte mit den Augen und nickte zustimmend. Als sie sich nach Urcon umsahen, entdeckten sie ihn weiter unten am Strand; er saß im Schneidersitz da, ließ sich das Wasser ruhig in den Schoß fließen und blickte lächelnd über die die unendliche Weite hinaus. Die Sonne war am Untergehen und schien ihr Licht mit sich zu nehmen, so daß die Luft klar und plötzlich farblos war. Micay sah das tiefe Grünblau des Wassers und bemerkte zum ersten Mal die winzigen grauen Strandläufer, die vor dem Wellensaum herumtrippelten, und die Möwen, die weiter draußen auf gebogenen Flügeln über dem Wasser schwebten. Sanft entfernte Cusi etwas Tang aus ihrem Haar und berührte dabei ihren Hals und ihre bloße Schulter.

»Ich habe lange gebraucht, um dich zu sehen, Micay. Dafür sehe ich jetzt keine andere mehr.«

»Nicht einmal Tocto Oxica?« fragte Micay.

Cusi schwieg einen Augenblick und atmete langsam ein. Dann schüttelte er den Kopf. »Nur in der Erinnerung. Ich trauere nicht mehr um das, was mir versagt wurde.«

»Bin ich also ein Trostpreis?«

»Viel mehr als das«, sagte er mit Nachdruck. Dann deutete er auf sein Hüftband. »Sogar als ich in Cuzco war und nicht einmal wußte, daß es dich gibt, bist du schon in mein Leben getreten. Tomay sagte mir, daß du das für mich gewebt hast, und Hanp'atu hat mir erzählt, daß du ihn zu mir geführt hast, damit er mich heilt. Es hat viele Zeichen gegeben, seitdem ich sie sehen kann, und alle sagen mir, daß du diejenige bist, von der Raurau Illa mir gesungen hat: Der Kondor, der unermüdlich wacht, mit Augen, die die Dunkelheit durchbohren.«

Micay erinnerte sich an ihren eigenen Traum und zitterte. Der Gedanke, Gegenstand einer Prophezeiung zu sein, die vor langer Zeit ein blinder Mann weit weg von Chachapoyas und Tumibamba geäußert hatte, beunruhigte sie. Dennoch konnte sie den Kondor sehen, wie er das Tal entlang flog, und sie wußte, daß Wachsamkeit eine ihrer grundlegendsten Eigenschaften war; sie hatte sie zuerst im Haus der Erwählten Frauen gelernt und dann bei den Inka weiter ausgebildet.

»Ich habe mich so fern gefühlt, so einsam«, murmelte sie und fühlte, wie Cusi ihr seine Hände auf die Schultern legte und sie an sich zog. Als ihre nassen Körper sich berührten, erschauderte sie, und er hielt kurz inne, bevor er seine Finger fest gegen ihren Rücken preßte und sie dann leicht zitternd an sich drückte. Ihre Körper schmolzen wie von selbst aneinander, und jetzt merkte Micay, daß Rimachi immer zu groß für sie gewesen war; nie hatten sie so perfekt zusammengepaßt, nie das Gefühl gehabt, sich nicht mehr voneinander lösen zu wollen. Sie merkte kaum, wie das warme Wasser ihre Füße umspülte, wie es dunkel wurde und der Wind ihren nassen Rücken trocknete. Ihre Wange ruhte an Cusis, und sie konnte spüren, wie er Worte formte, bevor er sprach.

»Urcon kommt«, murmelte er enttäuscht. »Es ist dunkel.«

Widerstrebend entließ er sie aus seiner Umarmung, hielt sie aber fest, als sie vor Schwindel taumelte. Sein Gesicht war undeutlich, bis auf die Zähne, die weiß in seinem Lächeln strahlten.

»Ich werde auch über dich wachen«, versprach er. »Von jetzt an wirst du nie wieder einsam sein.«

Urcon hatte in einiger Entfernung angehalten, und als Cusi ihm zunickte, machte er sich wortlos auf den Weg. Cusi und Micay folgten ihm, und dabei ergriff er ihre Hand und hielt sie fest. Diese Geste erwärmte ihr das Herz und überzeugte sie davon, daß sie nicht träumte. Sie warf einen Blick zurück und sah die Wellen, die an den Strand rollten, und die weißen Schaumkronen, die in der Dunkelheit schimmerten, bevor sie am Ufer erloschen. Zärtlich drückte sie Cusis Finger und vertraute seinem Versprechen, so weit ihr wachsames Herz es gestattete. Dann sprach sie still ein Dankgebet an Mama Cocha dafür, daß sie ihn wieder zu ihr an Land geworfen hatte.

Piura

Der Sonnentempel, den der Inca erbaut hatte, lag hoch über der nördlichen Talflanke und blickte auf den größeren der zwei Flüsse herab, die das Tal bewässerten. Beim Aufstieg zu dem Tempel hatte Micay seine imposante Lage bewundert, doch als sie und Mama Cori ihn wieder verließen, fiel ihr mehr seine Abgeschiedenheit auf, seine Ferne zu allen Feldern und Häusern. Während ihres Aufenthalts dort war niemand gekommen, um die Mamacona zu besuchen – ein weiterer Beweis für Micays Vermutung, daß die Küstenstämme vor allem Mama Cocha verehrten und die Mondmutter, die das Volk der Chimu Si nannte. Die Menschen von Piura betrachteten Intis Tempel durchaus als ein Heiligtum und bearbeiteten auch die Felder, die zu seinem Kult gehörten, aber sie erwiesen ihm nicht mehr als die notwendige Achtung.

Nach einem kurzen Stück Weg hielt Mama Cori neben einer Mauer aus unbehauenen Steinen an und stieß einen Seufzer aus, der in Micays Ohren beinahe wie ein Stöhnen klang. Micay war nicht überrascht, denn sie hatte gefühlt, wie die ältere Frau den zweiten Teil der Audienz hindurch ihre Ungeduld nur mit Mühe gezügelt hatte. Sie war zwar freundlich gewesen, brachte aber kein wirkliches Mitgefühl für die Einsamkeit der Mamacona auf, ebensowenig wie für ihren Wunsch, von Tumibamba mehr Unterstützung zu bekommen. Mama Cori hatte sich verhalten, als seien ihre Anwesenheit und die Geschenke, die sie mitbrachte, Unterstützung genug.

»Wahrscheinlich fragst du dich, warum ich darum bat, die Stellvertreterin der Coya zu sein«, sagte Mama Cori, »wenn ich nicht mehr die Geduld besitze, diese Aufgaben zu erfüllen.«

»Ich hatte angenommen, daß Ihr eine Versöhnung mit Rahua Ocllo sucht, Herrin, und eine Möglichkeit, Eure Position am Hof wiederzuerlangen.«

»Das hätte ich beides auch ohne diese Anstrengung haben können«, antwortete Mama Cori ärgerlich und deutete mit dem Kinn auf den Tempel hinter ihnen. »Dies ist für sie nur ein Grund mehr, mir wieder ihre Gunst zu gewähren.«

»Dann wollt Ihr wohl mehr von ihr«, vermutete Micay.

Mama Cori lächelte ihr kühl zu, als sei diese Annahme taktlos, aber genau das, was sie von Micay erwartete. »Vielleicht. Aber ich tat es vorwiegend, um mich vor Amarus Ruf zu schützen. Ich wollte nicht einfach als eine Mutter eintreffen, die nur ihren abtrünnigen Sohn retten will – als eine Person, die man mit einer Mißachtung strafen kann, die im Grunde ihm gilt.«

Micay nickte schweigend und verstand, daß Mama Cori endlich beschlossen hatte, mit ihr zu reden, nachdem sie zwanzig Tage lang die gleiche Unterkunft geteilt und lediglich über praktische Dinge gesprochen hatten. Zweifellos tat sie das nur, weil Cusi immer mehr Zeit mit Micay verbrachte. Micay ermahnte sich, vorsichtig zu sein, denn sie wußte, daß Mama Cori viel mehr Macht besaß, als Cusi wahrhaben wollte.

»Außerdem wird es nützlich sein«, fuhr die ältere Frau fort, »wenn wir Druck ausüben müssen, um Amaru aus der Gefangenschaft zu befreien. Der Gouverneur wird nicht nur auf Cusi, sondern auch auf mich hören müssen. Und wenn wir Amaru wieder nach Tumibamba oder Quito zurückbringen, wird die Gunst der Coya uns helfen, eine passende Frau für ihn zu finden.«

Micay öffnete den Mund, schwieg aber. Es hatte keinen Sinn hinzuzufügen, daß es Amaru auch nicht schaden würde, der Bruder Cusi Huamans zu sein. Die ältere Frau könnte das als Hohn auffassen, und Micay war sicher, daß Mama Cori früher oder später mit Cusi selbst reden würde.

»Ich habe auch noch nicht alle Hoffnungen für Quinti aufgegeben«, erklärte Mama Cori und sah Micay herausfordernd an. »Sie fühlt sich zu den Mamacona hingezogen, aber sie hat in der Vergangenheit oft genug ihre Pläne geändert, und dies immer ohne Vorankündigung. Sie könnte vom Beten genug bekommen.« Mama Cori brach ab, und ihr Blick wurde streng, fast drohend. »Und dann ist da noch mein Jüngster, mein Fröhlicher Falke. Ich bin froh, daß Huayna Capac nach Norden zog, bevor Cusi den Hof aufsuchen konnte. Er hätte sich am Ende den Kopf verdrehen lassen und sich eine Frau suchen können, die nicht seiner Abkunft oder seinem Rang entspricht.«

Micay nickte ergeben. Es war zwecklos, ihre Eignung zur Ehefrau zu verteidigen.

»Und du, meine Tochter. Offenbar war dir Acapana nicht gut genug. Ich hätte gedacht, daß Rimachi deinen Ehrgeiz befriedigen würde. Er ist zwar kein Inka, aber er wird es als Krieger zu etwas bringen, und du wärst immer eng mit dem Hof und der Hohenpriesterin verbunden. Ich bin überrascht – und das wird er auch sein –, wie leicht du seine Zuneigung verschmähst.«

»Junge Herzen sind unbeständig«, sagte Micay ruhig und wiederholte damit einen Satz, den sie im Haus der Erwählten Frauen gehört hatte. »Ich habe Rimachi nichts versprochen.«

»Er denkt vielleicht anders darüber. Zumindest würde er wohl erwarten, daß du dich nicht seinem engsten Freund, seinem Bruder, an den Hals wirfst. Bestimmt wird er Cusi die Schuld daran zuschieben, und dann ist ihre Freundschaft zerstört. Das wäre ein wunderbares Hochzeitsgeschenk!«

Micay blickte sie ruhig an und fühlte sich erleichtert, endlich offen angegriffen zu werden. »Ich habe mich nie jemandem an den Hals geworfen«, entgegnete sie kühl.

»Wie immer hast du es natürlich hinterlistig getan. Ich habe doch gesehen, wie du dich bei ihm eingeschmeichelt hast, genauso wie bei Amaru. Früher dachte ich, daß du hinter Amaru her seist, aber jetzt wird mir klar, daß auch er dir nicht gut genug ist. Du bist erst zufrieden, wenn du Cusis Leben ruiniert hast.«

»Ihr habt Euch oft in mir getäuscht, Herrin«, erwiderte Micay kalt, »aber Ihr könntet nicht mehr unrecht haben als jetzt.«

»Dieses lächerliche Umwerben muß ein Ende haben! Du mußt sehen, daß es unmöglich ist, Micay...« Mama Cori brach ab und rang nach Luft. Ihr Gesicht war aschgrau. »Hör mir zu, Micay. Tu nicht etwas, das du den Rest deines Lebens bereuen wirst. Ich werde eine gute Heirat für dich arrangieren, mit Rimachi oder jemand anderem. Du wirst eigenes Land haben und Bedienstete, und du wirst die erste Gemahlin sein. Ich verspreche dir, daß ich dafür sorgen werde. Und du wirst immer hoch in meiner Achtung und meiner Gunst stehen...«

Micay wandte sich ab und blickte über das Tal, ohne etwas wahrzunehmen. Sie fühlte sich den Tränen nahe, wußte aber nicht, ob aus Wut oder Trauer.

»Um in Eurer Gunst zu stehen,« sagte sie dann langsam, »muß ich also akzeptieren, daß ich Eures Sohnes nicht würdig bin.« Sie wartete, bis Mama Cori widerwillig nickte, und fuhr dann fort: »Dann müßte ich auch akzeptieren, daß alle Frauen, von denen ich gelernt und die meine Persönlichkeit gebildet haben, gescheitert sind – vor allem Ihr selbst. Aber das stimmt nicht«, betonte sie, als Mama Cori sie unterbrechen wollte. »Das wißt Ihr selbst. Sonst hättet Ihr zuerst mit Cusi gesprochen und versucht, ihn davon zu überzeugen, daß ich unwürdig bin.«

»Ich werde mit ihm sprechen, wenn die Zeit reif ist.«

»Er weiß, daß Ihr mir nicht traut. Aber er wird dennoch erwarten, daß Ihr die Wahrheit sagt.«

»Ich hätte wissen sollen, daß du dich mir widersetzen würdest«, sagte Mama Cori verächtlich. Dann drängte sie sich an Micay vorbei und setzte ihren Weg fort, wandte sich aber noch einmal um. »Er ist mein Sohn, Micay. Du wirst ihn nie haben. Nie!«

Wir werden einander haben, dachte Micay trotzig, sprach die Worte aber nicht aus. Die Botschaft, die sie enthielten, war zu kostbar, um sie jemand anderem anzuvertrauen.

Südlich von Piura begann die Sechurawüste, ein riesiges Sandmeer, in dem es weder Wasser gab noch Schutz vor den Stürmen, die die Ebene in Sandwolken einhüllten. Die Königsstraße führte im großen Bogen nach Osten um diese Öde herum, wodurch die Reise um einige Tage länger wurde. Aber hier war die Landschaft abwechslungsreicher, und sie begegneten mehr Menschen und sahen andere Tiere als nur Eidechsen und Geier. Der feuchte Morgennebel staute sich vor den flachen Hügeln und ließ Pflanzen gedeihen. Immer wieder kamen sie an Herden von Lamas und Alpakas vorbei, die von den Bergen zu den frischen grünen Weiden heruntergetrieben worden waren.

»Der Regen ist gekommen«, erklärte Acunta, »wahrscheinlich zum ersten Mal seit Jahren. Aber die Wüste ist immer bereit, sich in ein Blütenmeer zu verwandeln.«

Cusi gab der Gruppe ein Zeichen, daß sie hier eine Rast einlegen würden, und die Leute ließen sich sofort auf der nächsten Wiese nieder. »Vergeßt nicht zu trinken«, ermahnte Cusi die Krieger, »wir sind immer noch von der Wüste umgeben.«

Nachdem alle einen Rastplatz gefunden hatten, setzte sich auch Cusi ins Gras und freute sich über das frische Grün. Seinen Stein legte er neben sich. Er beobachtete, wie Micay und Hanp'atu sich gegenseitig Blüten und Pflanzen zeigten und miteinander redeten.

Acunta hockte sich neben ihn und wollte ihm die Karte zeigen, doch Cusi winkte ärgerlich ab. »Ich habe die Karte gestern abend studiert, und ich habe nicht vergessen, was du mir erklärt hast.«

»Ich habe Euch beleidigt, Herr«, sagte er leise.

»Ich bin jung für den Rang, den ich einnehme«, entgegnete Cusi. »Deswegen muß ich lernen von denen, die unter mir stehen – auch von dir. Aber du hättest mir nicht die Kleidung eines Chimu anbieten dürfen, nicht einmal, als ich so sehr unter der Hitze litt. Es ist zu früh, um deinem Volk diese Ehre zu erweisen, und das wußtest du.«

»Es war voreilig«, räumte Acunta ein. »Aber Ihr habt in allen Orten, durch die wir gekommen sind, den Völkern großen Respekt entgegengebracht; ich wollte nur, daß Ihr meinem Volk die gleiche Achtung erweist. Verzeiht.«

»Bin ich damit großzügiger als mein Bruder?« erkundigte sich Cusi abrupt. Seine Frage überraschte Acunta, aber er blickte nicht zu Boden und versuchte auch nicht, Unverständnis zu mimen.

»Vielleicht. Ich bin Eurem Bruder nur einmal begegnet.«

»Früher hast du geleugnet, ihn zu kennen.«

»Mir wurde aufgetragen, das zu sagen. Aber mir wurde auch befohlen, die Wahrheit zu sagen, wenn Ihr mißtrauisch werdet. Es ist nicht meine Aufgabe, Euch heimlich auszuspionieren.«

»Was ist dann deine Aufgabe?«

»Euch als Führer zu dienen und nach Möglichkeit in die Sitten der Chimu einzuweisen. Und zu sehen, ob ihr ein Mann der Vernunft oder ein Mann der Gewalt seid. Ich werde berichten, daß Ihr beides seid.«

»Wem berichten?« wollte Cusi wissen.

»Männern, die Eurem Bruder nahestehen. Ich wurde mit seiner Genehmigung zu Euch geschickt.«

»Das beantwortet nicht meine Frage. Welche Männer sind das? Was haben sie mit meinem Bruder zu tun?«

»Das darf ich Euch nicht sagen, Herr. Euer Bruder selbst hat mir das befohlen. Er sagte, Ihr sollt Eure Fragen ihm selbst stellen. Er erwartet Euch in Chan Chan.«

»Warum in Chan Chan?« beharrte Cusi. »Du hast mir selbst erzählt, daß der Hof des Großen Chimu in Chiquitoy ist. Warum ist er nicht dort?«

»Er beaufsichtigt als Bauleiter Arbeiten im Chimor-Tal«, erklärte Acunta.

Cusi atmete tief durch, erkannte aber, daß es sinnlos war, den Mann mit weiteren Fragen zu bedrängen. »Offenbar hältst du dich an das Gebot meines Bruders«, sagte er barsch. »Aber du mußt mir versichern, daß ich dich in Zukunft nicht dazu anhalten muß, die Wahrheit zu sagen.«

Acunta lächelte sarkastisch. »Ich möchte mir kein zweites Mal eine Blöße geben müssen. Es ist nicht mein Wunsch, Euch hinters Licht zu führen.«

Das Leche-Tal

Seit dem frühen Morgen, als Cusi und seine Begleiter Urcon, Micay und Hanp'atu unter der Führung Acuntas vom Rasthaus an der Königsstraße aufgebrochen waren, lag ihnen ihr Ziel beständig vor Augen: Ein zerklüfteter, erdbrauner Hügel, der inmitten der mit Baumwolle, Erdnüssen, Kürbissen und Bohnen bepflanzten Felder aufragte. Schließlich ging der schmale Pfad in eine Erdrampe über, die steil zu einem Plateau hinaufführte. Dort oben befand sich das Heiligtum Huaca Urcco.

Doch den Reisenden stellten sich fünf Chimu-Priester in den Weg, die weder auf Acuntas Begrüßung reagierten, noch sich von Cusis Ohrpflöcken beeindruckt zeigten. Auch nachdem Acunta mit ihnen gesprochen hatte, verweigerten sie den Ankömmlingen Zutritt zum

Tempel. »Sie sagen, der Stellvertreter des Sapa Inca wäre in einer Sänfte hergetragen worden«, erklärte der Führer. »Aber sie sind bereit, dem Hohenpriester Eure Gaben in Eurem Namen zu überreichen.«

»Sag ihnen«, befahl Cusi ihm mit strenger Stimme und blickte dabei direkt auf die Priester, »daß wir den weiten Weg von Tumibamba bis hierher ohne ihre Hilfe zurückgelegt haben. Sag ihnen, daß wir auch die Kraft haben, mit unseren Geschenken von diesem Ort wegzugehen, wenn sie uns nicht mit dem gleichen Respekt begegnen, den wir ihnen erweisen.«

Doch noch bevor Acunta diese Botschaft übersetzen konnte, trat einer der Priester vor Cusi hin, richtete sich zu voller Größe auf, streckte die Brust vor und funkelte ihn wütend an. Micay zuckte unwillkürlich zurück, aber Cusi nahm eine Angriffshaltung ein, die den Priester erstarren ließ. Zwar hatte sich Cusi kaum bewegt, aber er hielt die Arme kampfbereit, und Micay hatte das Gefühl, er könnte sein Gegenüber im nächsten Augenblick erwürgen. Seine Pose wirkte so drohend, daß der Priester seinen Widerstand aufgab. Dann wandte er sich an Micay und fragte mit scharfer Stimme: »Warum bist du gekommen? Dies ist kein Ort für Frauen!«

»Weil er heilig ist«, erklärte sie ihm ohne zu zögern. Und als Cusi ihm einen Blick zuwarf, verbeugte er sich rasch, wenn auch widerwillig. »Ich führe euch zum Hohenpriester«, sagte er und begann, die Erdrampe zu besteigen.

Micay fühlte, wie Cusi sie am Arm stützte, aber sie scheute sich, ihn anzusehen aus Angst, in das Gesicht zu blicken, das er dem Priester gezeigt hatte. Als sie es doch wagte, sah sie den Cusi, den sie kannte und dessen Augen warm leuchteten.

»Weil er heilig ist«, wiederholte er leise und nickte dabei wehmütig.

Der Hohepriester Nofan-Nech war über achtzig Jahre alt und schien eigentlich zu gebrechlich, um den prachtvollen Kopfschmuck zu tragen, der sich in den Farben des Sonnenaufgangs über seinem weißen Haar erhob. Anfangs zeigte er wenig Interesse an den Besuchern, doch gerade als sie sich zum Gehen wandten, um die Stätte zu besichtigen, rief er sie zurück.

»Du hast schöne Geschenke gebracht«, sagte er und deutete auf die Bündel, die Cusi vor ihn hingelegt hatte. »Aber du hast sie nicht im Namen des Sapa Inca überreicht.«

»Nein, Herr«, erwiderte Cusi. »Es sind Geschenke von mir und meinen Begleitern.«

»Du mußt ein bedeutender Mann sein, oder der Sohn eines solchen.«

»Wie ich Euren Begleitern gesagt habe«, erklärte Cusi und fixierte dabei den Priester, der sich ihm in den Weg gestellt hatte, »führe ich als Stellvertreter des Sapa Inca eine Gruppe nach Chan Chan. Viele dieser Geschenke wurden mir in Tumbez, in Piura und in Motupa überreicht, wo ich offizielle Besuche machte.«

»Aber dies ist kein offizieller Besuch«, konstatierte der Hohepriester. »Haben die Häuptlinge in Motupe und Apurle dir vorgeschlagen, hierher zu kommen?«

»Nein, Herr. Sie erwähnten diesen heiligen Ort mir gegenüber, aber ich hatte schon durch Acunta von ihm gehört.« Dabei deutete er mit dem Kopf auf seinen Führer.

»Und keiner der Häuptlinge hat sich angeboten, dich hierherzuführen?«

»Nein, Herr.«

Nofan-Nech blickte auf die Priester, die ihn umgaben, und sagte eher betrübt als wütend: »Wir können vom Inca nicht erwarten, daß er uns Ehre erweist, wenn unsere eigenen Leute es nicht tun.« An Cusi gewandt fuhr er fort: »Verzeih unsere mangelnde Höflichkeit, mein Sohn. Wir können uns alle an Zeiten erinnern, in denen du nicht aus freien Stücken hierhergekommen wärst. Der Sapa Inca hätte dich zu uns geschickt, und alle Häuptlinge hätten dich begleiten wollen. Doch viele Jahre sind vergangen, seitdem Topa Inca uns besuchte, und wir haben noch nicht gelernt, uns dankbar zu zeigen gegenüber denen, die uns freiwillig und aus Neugier aufsuchen. Nun sag mir, was du hier sehen und erfahren möchtest.«

»Ich möchte alles sehen, was Ihr mir zeigen könnt«, antwortete Cusi demütig. »Ich würde gerne mehr über die Chimu und ihre Götter wissen.«

Nofan-Nech führte sie persönlich durch die Ruinen, und als sich die kleine Gruppe schließlich auf den Rückweg zum Rasthaus aufmachte, stand die Sonne schon tief am Himmel. Obwohl sie wußten, daß die Dunkelheit bald hereinbrechen würde, widerstrebte es ihnen, schneller auszuschreiten. Schweigend gingen sie hintereinander durch die Felder, die nach frischem Grün dufteten, und ließen die Erzählungen und Erklärungen des Hohenpriesters in sich nachwirken. Micay wußte, daß sie Huaca Urcco in ihren Träumen wiederbesuchen würde; schon jetzt brauchte sie nur die Augen zu schließen, um die Stufenmuster, die ondulierenden Wellenlinien und geometrischen Figuren in ihren leuchtenden Farben vor sich zu sehen.

Als Cusi sich zu ihr umdrehte, sah sie seine blutunterlaufenen Augen und sein verwirrtes Gesicht. Er hatte den Erzählungen des alten Mannes mit größter Aufmerksamkeit gelauscht – die lange Geschichte der Mochica, die Königreiche, die nach dem Niedergang der Mochica im Lambayeque-Tal entstanden waren, die Chimu, die als Letzte gekommen waren und die gesamte Küste bis zur Ankunft der Inka beherrscht hatten. Nofan-Nechs Gedächtnis reichte tausend Jahre zurück; er berichtete von Männern, die vor Jahrhunderten gestorben waren, als seien sie seine Großväter. Micay hatte schon früh den Faden verloren und sich darauf konzentriert, sich seine Beschreibungen der Götter und ihrer Legenden zu merken. Aber Cusi hatte sich ganz auf den Hohenpriester konzentriert und nicht die Möglichkeit gehabt, auch nur eine Minute allein durch die Ruinen zu wandern. Plötzlich fragte sie sich, welche Eindrücke er wohl von diesem Ort mitnahm.

»An was wirst du dich am meisten erinnern?« fragte sie ihn.

»An die Pyramiden«, antwortete er. »Ich war enttäuscht, wie verfallen sie sind; man kann sie nicht einmal mehr besteigen. Ich hätte sie mir gerne vorgestellt, wie sie zur Zeit der Mochica aussahen, aber dazu sind sie zu stark verwittert. Doch dann hat Nofan-Nech mich in die Mitte des Platzes geführt, der auf drei Seiten von den Pyramiden umschlossen ist und wo der Heilige Berg alles überragt, so daß ich nur noch einen kleinen Streifen vom Himmel sehen konnte. Und dort vergaß ich alles, was außerhalb ist: die Ebene, die Gebirge, das Große Wasser. Ich hatte das Gefühl, im Mittelpunkt der Erde zu stehen. Und als er aufhörte zu reden, war eine solche Stille... die Kraft ist selbst nach all diesen Jahren noch da. Und dann hat es mich nicht mehr gestört, daß die Pyramiden nur mehr Ruinen sind.«

Urcon hatte diesem Gespräch zugehört, und als Cusi schwieg, begann er: »Ich werde immer an eine tote Stadt denken, an Häuser ohne Dächer und leere Zimmer, in denen Schwalben ihre Nester bauen. An die Berge von Sand in den Straßen und wie unsere Fußtritte auf dem Pflaster widerhallten. Und ich werde nie das Gefühl vergessen, von Toten umgeben zu sein, wie Schatten, wenn keine Sonne da ist.«

»Dann hat es dir also nicht gefallen«, meinte Cusi und klang überrascht, aber auch enttäuscht.

Urcon zuckte mit den Schultern. »Ich wollte es mir nicht allzu genau anschauen«, räumte er ein. »Aber ich habe genug gesehen, um meinen Kindern und Enkeln davon zu erzählen, wenn sie es mir glauben.«

Dann lächelte er Cusi zu, und beide lachten auf, denn darin zumindest waren sie sich einig – es war schwer, den Ort als etwas Reales zu sehen.

»Und du, Micay?« fragte Cusi.

Ohne zu zögern antwortete sie:»Die Wandmalereien gehen mir nicht aus dem Sinn, vor allem diejenigen um den Platz. Es ist unglaublich, daß die Farben immer noch so stark und die Bilder der Götter so klar sind. Eines, das kaum verblichen und nur wenig beschädigt war, zeigte den Falkenmann, ein Wesen mit einem Menschenkörper und einem Falkenkopf, und seine Ohrpflöcke waren Schlangenköpfe. Über und unter ihm waren Wellen, und er stand auf einem Floß...«

»... und kämpfte gegen den Krebsgott«, unterbrach Cusi.»Seine Streitaxt sah aus wie meine.« Dann blickte er nach vorne, um sich zu vergewissern, daß Acunta und Hanp'atu außer Hörweite waren.

»Findet ihr nicht, daß sie seltsame Dinge glauben?« fragte er und klang dabei eher verwundert als abschätzig.»Die Sonne verehren sie nur wenig, obwohl sie so beständig ist, daß jedes Jahr zwei Ernten eingeholt werden können. Dafür beten Männer und Frauen gemeinsam den Mond an, sogar die Krieger. Und dann glauben sie, daß Si unter den Großen Wassern wohnt, nicht am Himmel. Überhaupt wohnen die meisten ihrer Götter im Wasser oder in den Bergen, und nicht am Himmel.«

»Der Himmel hier verändert sich nie«, erklärte Urcon.

»Ihr Wasser bekommen sie aus den Flüssen, die von den Bergen herabfließen«, fügte Micay hinzu.»Und Mama Cocha gibt ihnen Nahrung und Muscheln. Sie brauchen nicht um Regen zu beten oder zu befürchten, daß Frost oder Hagel ihre Ernten vernichtet.«

»Sie haben aber Angst vor dem Regen«, wandte Cusi ein.»Nofan-Nech hat mir erzählt, daß er in seinem ganzen Leben nur dreimal Regen gesehen hat – aber das führte jedesmal zu riesigen Überschwemmungen, die die Kanäle und Felder und Gebäude zerstörten. In Lambayeque wurde ein Herrscher einmal von seinem Volk geopfert, weil er den Regen nicht beenden konnte.«

Urcon ließ ein Geräusch der Verwunderung vernehmen, aber Micay meinte:»Uns kommt ihr Glaube vielleicht fremd vor, aber sie haben diese Überzeugungen schon unendlich lange. Viel länger, denke ich, als es Inka und Chachapoyas gibt.«

»Das ist wahr«, stimmte Cusi zu.»Als ich Nofan-Nech zuhörte, habe ich oft gedacht, daß unser Volk sehr jung ist und daß wir erst seit kurzer Zeit so groß sind. Ich habe versucht, mir auszumalen, wie es wäre, wenn Cuzco so verlassen wäre und nur einige Priester dort wohnen würden. Aber ich konnte es mir nicht vorstellen. Vielleicht bringt es Unglück, sich solche Dinge auszudenken.«

Das letzte Tageslicht war verblaßt, aber der Pfad zwischen den

Feldern war noch deutlich zu erkennen. Micay spürte, wie müde ihre Beine waren, gab dem Gefühl aber nicht nach.

»Du hast dem Hohenpriester versprochen wiederzukommen«, sagte sie.

Cusi nickte. »Auf dem Rückweg werde ich unsere ganze Gruppe hierherbringen und Nofan-Nech den Respekt erwiesen, der ihm gebührt.«

»Und dem Priester, der sich uns in den Weg stellte?«

Nach kurzem Schweigen erwiderte Cusi: »Als wir gingen, hat er sich bei mir entschuldigt. Ich hätte ihn nicht bedrohen sollen, aber ich hatte keine Zeit zu überlegen.«

»Wie hast du ihn denn bedroht? Ich habe es *gefühlt*, aber im Grunde hast du ihn nur angesehen.«

»Huaca«, murmelte Urcon, aber Cusi ließ sich mit seiner Antwort Zeit. »Das kann ich dir nicht genau erklären«, gestand er schließlich. »Es ist eine Kraft, die ich habe, seitdem ich … zurückgekommen bin. Zuerst habe ich sie bei anderen Männern wahrgenommen, bei Titu Atauchi, dem Heiler, beim Hohenpriester und bei einigen der Zauberer, die mich besuchen kamen. Es ist ihre Ausstrahlung. Meist habe ich sie nur zu meiner Verteidigung eingesetzt, aber zuweilen habe ich sie auch mißbraucht, wie eine Waffe, die zu groß für mich ist. Allerdings möchte ich nicht mehr so unachtsam damit umgehen. Ich sollte diese Kraft besser kontrollieren können.«

»Ist das der Grund, warum du Orte wie Sican und Huaca Urcco aufsuchst?« fragte Micay.

»Ja, weil sie heilig sind«, stimmte Cusi zu. »Vielleicht kann ich dort lernen, was ich wissen muß. Ein Shuara-Zauberer sagte mir, daß Unwissenheit für Menschen, die fühlen, keine Sicherheit bedeutet.«

Als Cusi schwieg, räusperte sich Urcon und sagte dann: »Die anderen sind uns weit voraus. Ich gehe zu ihnen und sage, daß sie warten sollen. Es ist nicht gut, wenn wir in der Dunkelheit getrennt sind.« Damit schlüpfte er an Cusi und Micay vorbei.

»Bei solchen Gesprächen wird ihm unbehaglich«, erklärte Cusi. »Ihm ist es lieber, Dinge, die er nicht versteht, einfach hinzunehmen. Ist dir auch unbehaglich dabei?«

»Ein bißchen«, gestand Micay. »Aber ich möchte solche Dinge verstehen, wenn es möglich ist. Dann kann ich dir sagen, wann du deine Macht auf mich ausübst.«

Cusi lachte und faßte sie am Arm. »Du hast mehr Macht über mich als alle anderen«, versicherte er ihr. »Ein Zauberer könnte mich nicht stärker in seinen Bann ziehen als du es getan hast.«

»Das würde ich gerne glauben können«, erwiderte Micay und

drückte seinen Arm. »Aber es gibt andere Menschen, die Macht über dich haben. Deine Mutter zum Beispiel...«

»Du wolltest nicht, daß ich mit ihr rede, und sie ist nicht von selbst auf mich zugegangen. Aber ich werde nicht zulassen, daß sie zwischen uns tritt, Micay. Das verspreche ich dir. Diese Macht wird sie nie haben.«

Sie hörten Stimmen, und Cusi zog Micay kurz an sich und drückte ihr die Lippen auf die Wange, bevor er sie losließ. »Weil es heilig ist«, flüsterte er.

Die Königsstraße führte die Reisenden durch das weite Lambayeque-Tal zu den Ansiedlungen Cinto und Collique, wo Cusi von den Chimu-Häuptlingen zu vielen Heiligtümern geführt wurde. Eine der Stätten beeindruckte ihn besonders: ein von Menschenhand errichteter Berg, den Regen und Wind im Verlauf der Jahrhunderte stark verwittert hatten und dessen heilige Gebäude dem Verfall preisgegeben waren. Hier gab es keine Priester, die Cusi erklären konnten, wer diese riesige Huaca angelegt hatte, und warum. Nichts ist so groß, daß es nicht der Vergessenheit anheimfallen kann, dachte Cusi, und diese Vorstellung verstörte ihn; sie gab ihm das Gefühl, nicht mehr so jung zu sein, und sein Ruhm und seine Bedeutung erschienen ihm plötzlich weniger bedeutsam.

Nach vier Tagen ermüdender Fußmärsche erreichten sie Farfan, das Verwaltungszentrum der Inka inmitten des üppigen Jequetepeque-Tals. Hier machten sich die Anstrengungen der Reise, die endlosen Feste mit den Häuptlingen und die heimlichen Nächte mit Micay schließlich bemerkbar: Am Morgen wachte Cusi mit schwachen, schmerzenden Gliedern auf und konnte sich kaum mehr bewegen. Danach schlief er wieder ein, bis einer seiner Männer nach ihm sah, und selbst dann blieb er nur lange genug wach, um zu erklären, er wolle sein Zimmer nicht verlassen und auch nicht gestört werden. Wieder verfiel er in einen unruhigen Schlaf und träumte, er liege mit Micay auf einem Floß, bewacht vom Falkenmann, und tauche in die strudelnde, grenzenlose Tiefe der Großen Wasser ein...

Als er wieder aufwachte, sah er seine Mutter vor ihm auf dem Boden sitzen.

»Ich hatte nicht gedacht, daß ich schon so bald wieder über dich wachen müßte«, sagte sie vorwurfsvoll.

»Ihr hättet Euch nicht zu sorgen brauchen, Mutter«, erwiderte Cusi und setzte sich auf. Er fühlte, daß er wieder ganz bei Kräften war. »Ich habe mir einfach zuviel abverlangt. Und in Zukunft werde ich besser auf mich achtgeben«, fügte er hinzu im Wunsch, sie zu beschwichtigen.

»Hoffentlich. Ich habe doch gesehen, wie du dich unnötig überanstrengt hast. Und es hat mich gewundert, warum du neben deinen Pflichten als Stellvertreter des Sapa Inca auch noch wie ein kleiner Junge allen möglichen Abenteuern hinterherlaufen mußtest.«

Bei dieser Anspielung fühlte Cusi Ärger in sich aufsteigen, und er erinnerte sich an all die heftigen Auseinandersetzungen, die er in den letzten Tagen im Geist mit seiner Mutter geführt hatte. Auch das hatte an seinen Kräften gezehrt.

»Wenn mein Verhalten Euch derart gestört hat«, meinte er, »hättet Ihr vielleicht schon früher mit mir reden sollen.«

»Vielleicht habe ich darauf gewartet, daß du zu mir kommst«, erwiderte sie. »Aber mein Rat schien dich nicht zu interessieren.«

»Das hat Euch allerdings nicht daran gehindert, ihn ungebeten Micay zu geben.«

»Meine Worte waren nur für ihre Ohren bestimmt«, antwortete Mama Cori scharf. »Sie hätte dir nicht davon erzählen dürfen.«

»Warum nicht? Ihr habt doch behauptet, in meinem Namen zu sprechen. Ihr habt Micay Angebote und Drohungen gemacht und über eine Heirat gesprochen, noch bevor ich es selbst getan hatte. Sollte ich das ignorieren und Euch mein Leben nach Euren Vorstellungen einrichten lassen?«

Mama Cori funkelte ihn wütend ihn an, als habe er ihr einen Schlag ins Gesicht versetzt. Dann wandte sie sich ab und sagte mit leiser, harter Stimme: »Vielleicht waren es nicht *meine* Worte, die du gehört hast, aber offenbar willst du ihnen Glauben schenken. Das sollte mich nicht überraschen, denn ich kenne dich nicht mehr. Ich kannte den Sohn, der in Tumibamba zu mir zurückkam. Er war zu einem Mann herangewachsen, aber er hatte noch das gleiche Lächeln und die gleichen freundlichen Augen. Aber von Chachapoyas kehrte ein anderer zu mir zurück, ein kalter, zurückweisender Mensch, der noch in seinen dunklen Träumen gefangen schien. Und dort lebt er immer noch und bestraft alle, die ihn so lieben, wie er einmal war...«

Tränen strömten ihr über die Wangen, und Cusi fühlte, wie es ihm eng um die Brust wurde und er weder atmen noch sprechen konnte. Er hatte das Gefühl, als würde sie ihn verlassen und ihm einen Vorwurf daraus machen, daß er sich verändert hatte, als hätte er es ihr zum Trotz getan. Als würde er sich nicht nach dem zurücksehnen, was er in Chachapoyas auf dem Felsen verloren hatte; als befürchtete er nicht, seine neue Kraft würde in der Tat bedeuten, daß ihm etwas Menschliches fehlte und sein Herz leer sei! Seine Augen füllten sich mit Tränen.

»Als ich aus der Dunkelheit erwachte, war ich in einer Welt voll fremder Menschen«, begann er mit erstickter Stimme. »Ihr könnt nicht wissen, wie einsam ich war, trotz meiner Freunde und meiner Familie. Aber ich habe genug um mich getrauert«, erklärte er, und seine Wut ließ ihn lauter sprechen. »Und ich lasse nicht zu, daß Ihr um mich trauert. Ich bin nicht jemand, den Ihr verloren habt.«

Noch immer weigerte sich Mama Cori, ihn anzusehen, und stand schweigend auf. Cusis Ärger wurde augenblicklich zu Schmerz, und er streckte ihr bittend die Hände entgegen. So darf es nicht enden, dachte er verzagt.

Aber sie murmelte nur: »Ich habe alle schon vor langer Zeit verloren.« Damit verließ sie das Zimmer. Stöhnend ließ Cusi sich auf seine Matte sinken und schloß verzweifelt die Augen. So wütend er auf seine Mutter auch gewesen war, hatte er doch immer geglaubt, daß sie sich letztlich versöhnen würden. Aber vielleicht war er tatsächlich so kalt und herzlos geworden, wie sie sagte; vielleicht war er nie wirklich in die Welt der Lebenden zurückgekehrt. Es war unerträglich zu glauben – zu wissen –, daß seine Mutter ihn verstoßen hatte. Ächzend hüllte er sich in seine Decken, aber der tröstliche Schlaf wollte nicht kommen. All seine Gedanken erschienen ihm unerträglich. Dann lag er keuchend da und versuchte, den Mut zu finden, um den quälenden Tumult in seinem Herzen zu ertragen.

Nach einem prachtvollen Sonnenuntergang war rasch eine ungewöhnlich klare Nacht hereingebrochen. Zwischen den Wolken blinzelten Sterne hervor, und die Luft war warm und weich. Micay und Cusi breiteten ihre Decken zwischen den Dünen aus und legten sich Arm in Arm nebeneinander. Sie hatten schon öfter lange Abende so verbracht, sich voll Aufregung und Freude berührt, sich zärtliche Worte zugeflüstert und dabei gelernt, mit den Lippen und Fingern, aber auch mit dem Herzen zu lieben. Ihre Liebkosungen waren immer intimer geworden und viel erregender als alles, was Micay mit Rimachi erlebt hatte. Doch auch für Cusi war diese Erfahrung neu, und keine Erinnerungen an Tocto stiegen in ihm auf.

Aber an diesem Abend lagen sie schweigend und eher bedrückt als sehnsüchtig nebeneinander. Cusi versuchte halbherzig, die Kupferfibel zu lösen, die Micays Kleid an der Schulter zusammenhielt, gab dann aber auf, blieb reglos auf dem Rücken liegen und blickte zum Himmel hinauf. Morgen würden sie Chiquitoy erreichen, wo ihre offiziellen Pflichten sie wieder ganz in Anspruch nehmen würden, und Cusi würde mit seiner inoffiziellen Aufgabe beginnen, Amaru aus seiner Gefangenschaft zu befreien. Nach dem wenigen zu schließen, das Acunta preisgegeben hatte, würde sich diese Aufgabe schwieriger als erwartet gestalten und möglicherweise auch Gefahren mit sich bringen. Micay hatte das Gefühl, *jetzt* mit ihm sprechen zu müssen; sie mußte ihn einfach dazu bringen, ihr zuzuhören, bevor er sich völlig seinem Zweifel und seinen bösen Ahnungen hingab.

Nach einiger Zeit erschienen die Dünen wie in ein silbriges Licht getaucht, und ohne aufzublicken wußte sie, daß Mama Quilla über den Bergen im Osten aufgegangen war. Micay dachte an Cahua und das Haus der Erwählten Frauen in Caxamarca, und plötzlich wußte sie, wie sie Cusi zum Zuhören bewegen konnte.

»Als der Micho von Chachapoyas, Condor Tupac, mich meinem Vater stahl, hieß ich Misa. Aber noch bevor ich zum Haus der Erwählten Frauen kam, hatte ich sogar meinen Namen verloren.«

Cusi legte sich auf die Seite, um sie anzusehen. »Misa«, wiederholte er leise. »Erzähl mir, was mit ihr passiert ist.«

Micay hatte noch mit niemandem über das Haus der Erwählten Frauen gesprochen, und selbst Cusi hatte sie nie danach gefragt. Aber jetzt erzählte sie ihm alles, angefangen mit dem Erscheinen Condor Tupacs und seiner Krieger im Anwesen ihres Vaters. Sie berichtete, daß sie wie ein erbeutetes Lama nach Caxamarca gebracht und ihr dort alles genommen wurde, was Misa gehört hatte. Sie erzählte von ihrer Einsamkeit und Verzweiflung, ihrem Kampf, mit dem »Träumen« aufzuhören, und davon, wie Cahua, Yutu und die Mamanchic sie beeinflußt hatten, damit sie das Leben, das für sie erwählt worden war, annähme. Dann wiederholte sie Cahuas Geschichte über Inquil, die sich in den Tod stürzte, als die Uta ihre Schönheit raubte. Dabei mußte sie weinen, und Cusi seufzte und legte tröstend seine Hände auf die ihren. Schließlich kam sie zu ihrem Traum von der Brücke und dem Kondor und beschrieb alles ganz genau, weil sie wußte, daß Cusi jede Einzelheit hören wollte. Zum Schluß erzählte sie, nun schon mit heiserer Stimme, von ihrer Auseinandersetzung mit Mama Huarcay wegen Cahua und dem anschließenden Gespräch mit Quinti und Mama Cori, das dazu führte, daß sie das Haus der Erwählten Frauen verließ.

Als sie geendet hatte, berührte Cusi zart ihre Wange. »Misa gibt es also nicht mehr, und Micay lebt an ihrer Statt weiter«, sagte er leise. »Ich bin selbstsüchtig genug, mich darüber zu freuen, auch wenn es mir weh tut zu wissen, wie sehr du leiden mußtest. Ich würde gerne glauben, daß du erwählt wurdest, damit du zu mir kommen konntest, aber Condor Tupac war kein Mann, der etwas für andere Menschen tun wollte.«

»Hast du gesehen, wie er starb?«

»Ich habe gesehen, wie er fiel. Er war unser Anführer, aber keiner von uns wollte ihn sich zum Beispiel nehmen. Der Krieg, den dein

Vater heraufbeschwor, hatte ihn zerstört, und er wollte nur noch Rache üben. Deswegen ist er gestorben. Sein Tod kam zu spät, um Misa zu helfen, aber zumindest hat er für sein Verhalten bezahlt.«

»Mein Vater hat sich nie ergeben«, sagte Micay nach längerem Schweigen. »Angeblich ist er in das Land der Shuara geflohen. Ich weiß nicht, ob meine Mutter bei ihm ist.«

»Könnte er zur Rückkehr überredet werden?«

»Acapana hat versprochen, es zu versuchen«, erklärte Micay zweifelnd. »Er hat mich gefragt, was er meinem Vater sagen sollte, aber ich wußte es nicht. Warum sollte mein Vater jetzt plötzlich den Versprechungen des Sapa Inca Glauben schenken, wenn sie früher immer gebrochen wurden? Und wer bin ich, ihn dazu zu überreden? Er würde mich nicht mehr erkennen und die jetzige Micay nur als einen weiteren Beweis dafür ansehen, daß der Diebstahl des Inca erfolgreich war. Für ihn wäre ich immer noch verloren. Ich habe Acapana gebeten, mich nicht zu erwähnen, außer wenn mein Vater nach mir fragt.«

Cusi setzte sich auf und nahm ihre kalten Finger zwischen seine warmen Hände. »Bei den Shuara gibt es einen Mann, der viel Macht und Einfluß hat. Ich werde Acapana eine Botschaft schicken, daß er meinen Namen verwenden soll. Dann wird er deinen Vater auf jeden Fall finden.« Nach einer Pause fuhr er fort: »Jetzt kann ich verstehen, warum du nicht nach Chachapoyas zurückgehen wolltest. Du kannst nicht mehr seine Tochter sein, genausowenig wie ich der Sohn sein kann, den meine Mutter von früher kennt.« Wieder hielt er inne und schluckte schwer. Dann sagte er: »Aber da du dich entschieden hast, bei uns zu bleiben, könntest du dich vielleicht dazu entscheiden, meine Frau zu werden.«

Micay wich ein wenig zurück, entzog ihm aber nicht die Hände. »Noch vor einer Minute«, sagte sie vorsichtig, »fühlte ich, wie deine Mutter zwischen uns lag. Ist sie wirklich weg, oder habe ich dich von deinem Schmerz nur abgelenkt?«

»Sie ist nicht weg«, räumte Cusi ein, »ebensowenig wie der Schmerz. Aber kann ich nicht auch so mutig sein wie du? Ich habe meine Mutter schon einmal verloren und trotzdem weitergelebt. Ich werde meinen Schmerz tragen wie die Sora: wie ein Bündel, das jemand anderem gehört.«

Er legte sich neben sie, so daß ihre Gesichter sich berührten. Micay fühlte, daß er ganz bei ihr war, warm und aufrichtig und aufmerksam. »Wir sind noch zu jung, um zu heiraten«, murmelte sie.

Cusis Zähne leuchteten aus seinem dunklen Gesicht. »Vielleicht müssen wir auf die Zeremonie noch warten, aber wir könnten unsere

Verbindung ankündigen. Huayna Capac würde das für mich tun, ohne jemand anderen zu befragen. Ich werde ihn darum bitten, wenn wir zurück sind.«

»Werde ich die erste Gemahlin sein?« fragte Micay und legte ihre Handflächen flach gegen die seinen. Cusi lächelte, aber als er antwortete, sprach er mit feierlicher Überzeugung. »Die einzige Gemahlin, Micay... Die, deren Platz keine andere einnehmen kann.«

Diese Versicherung ließ ihre Wachsamkeit schwinden, und sie überließ sich seiner Umarmung. Cusi preßte sich gegen sie, küßte sie auf die Lippen und den Hals, während seine Hände ihren Rücken und ihre langen Haare streichelten. Stück um Stück fiel ihre Kleidung von ihnen ab, bis nur noch Haut sie trennte. Dann lag Cusi auf ihr, blickte ihr in die Augen und drang vorsichtig in sie ein. Als Micay vor Schmerz aufstöhnte, zog er sich zurück, um einen Augenblick später wieder in sie zu sinken. Sie schlang die Arme um seinen harten, knochigen Rücken, und er stöhnte und bewegte sich sanft auf und ab, so daß er ihren Schmerz mit neuer, ungeahnter Lust überlagerte. Micay öffnete die Augen, sah kurz das silbrige Mondlicht auf dem gewellten Rücken der Dünen und hörte das Murmeln Mama Cochas in der Ferne. Dann gab sie sich ganz ihrem Verlangen hin, und sie hielten sich umklammert und vergaßen die ganze Welt um sich herum.

Chiquitoy

Die Königsstraße führte direkt auf den großen, offenen Platz im Zentrum von Chiquitoy. Am Fuß der gestuften Empore an der Ostseite des Platzes hieß der Gouverneur der Provinz Chimor, Mayta Yupanqui, Cusi und seine Gruppe förmlich willkommen. Cusi dankte ihm und sah dann zu, wie die Menschen, die er von Tumibamba hierhergeführt hatte, ihn verließen. Vor dem Abmarsch hoben seine Krieger ihre Schilde und Speere über den Kopf und riefen laut Cusis Namen. Dieser Salut erwärmte ihm das Herz, und er wußte, daß er sich ihre Achtung erworben hatte – die erste Pflicht eines Befehlshabers.

Schließlich blieb Cusi allein mit seiner Mutter, Micay und Acunta zurück. Urcon und Hanp'atu waren mit den Packlamas zum Pferch gegangen und würden später wiederkehren. »Ich muß Euch nun dem Gouverneur überlassen«, erklärte Acunta. »Aber zweifellos werden wir uns in Chan Chan wiedersehen.«

»Da Amaru dort ist, werde ich bald dorthin gehen«, antwortete Cusi.

Mit einem belustigten Blick auf den Stein in Cusis Hand fragte der Führer: »Werdet Ihr bewaffnet sein?«

»Vielleicht. Bin ich dort nicht von Freunden umgeben?«

»Das werdet Ihr selbst entscheiden müssen. Sie werden wissen, daß man Euch nicht leicht täuschen kann.«

»Adieu, Acunta. Sag meinem Bruder, er soll mich erwarten.«

»Das werde ich, Cusi Huaman«, versprach Acunta und verbeugte sich. »Ich wünsche Euch einen schönen Aufenthalt«, sagte er dann und fügte im Flüsterton hinzu, so daß nur Cusi die Verachtung in seiner Stimme hören konnte: »Hier in der *Hauptstadt* von Chimor...«

Nachdem man ihnen ihre Quartiere gezeigt hatte, erboten sich der Gouverneur und sein Micho Topa Roca, Cusi durch Chiquitoy zu führen. Er willigte ein im Glauben, der Rundgang sei eine Ausrede, um mit ihm über Amaru zu sprechen. Doch sehr bald schon mußte er feststellen, daß keiner der beiden Männer die Absicht hatte, irgend etwas Ernsthaftes zu besprechen. Ganz im Gegenteil, sie behandelten ihn mit einer Art ironischer Schmeichelei, die Cusi verärgerte.

Auf der Ostflanke des Platzes standen Gebäude, die eindeutig von den Chimu errichtet worden waren. Die Mauern trugen eine endlose Reihe von Friesen in leuchtenden Rot-, Gelb-, Blau- und Grüntönen, die Pumas, Pelikane, Libellen und Fische darstellten, umgeben von geometrischen Figuren und den Symbolen von Mond und Sternen. Keine der Darstellungen war so beeindruckend und auffallend wie die in Huaca Urcco, doch die unaufhörliche Abfolge bunter Muster war ansprechend und ließ die einfachen Adobe-Häuser der Inka auf der anderen Seite des Platzes sehr schlicht und streng wirken.

Während Cusi die Reliefs betrachtete, bemühte er sich, seines Ärgers Herr zu werden. Der Gouverneur versuchte auf eine joviale Art, ihm das Gefühl zu geben, er sei klein und unbedeutend – genau wie der Priester in Huaca Urcco. Am liebsten wäre Cusi auf ihn losgegangen, beließ es jedoch bei dem Gedanken, daß er schon stärkere Männer getötet hatte. Aber dann fiel ihm plötzlich ein, daß er mit genau dieser Haltung den Priester eingeschüchtert hatte. Als der Mann damals Cusi ins Gesicht blickte, hatte er wohl genau dieses Bild gesehen: einen Menschen, der den Tod erlebt und hervorgerufen hatte – und ihn erneut hervorrufen konnte.

»Das ist die Westseite vom Anwesen des Großen Chimu«, erklärte der Micho und deutete auf das längste Mauerstück. »Gemäß der Tradition der Chimu liegt der Eingang im Norden.«

Cusi nickte geistesabwesend. Es erschütterte ihn, die Quelle seiner Macht erahnt zu haben, und daß er kurz davor gestanden hatte, sie wieder zu mißbrauchen. So unangenehm der Gouverneur auch sein mochte, war er doch nicht sein Feind, und er wollte ihn sich auch nicht zum Gegner machen. Die Leute in Amarus Umgebung konnten gefährlich sein, und Cusi hatte keine eigenen Krieger bei sich. Also atmete er tief durch und beschloß, es gäbe bessere Möglichkeiten, diesem Mann zu beweisen, daß er kein kleiner Junge war. Er wartete, bis Mayta Yupanqui und Topa Roca einige Fuß vor ihm hergingen, und dann hob er seinen Stein in Schulterhöhe und ließ ihn auf die harte Erde fallen. Der Aufprall hallte dröhnend über den Platz und ließ seine beiden Begleiter mit einem Satz herumfahren.

»Verzeiht«, sagte Cusi ruhig und bemühte sich, seine Heiterkeit zu unterdrücken. »Mein Arm ist wohl müde geworden.«

Der Atem des Gouverneurs ging in kurzen, heftigen Zügen, aber Topa Roca faßte sich rasch wieder und betrachtete Cusi mit einer Mischung aus Neugier und Ärger. Cusi nahm seinen Stein wieder an sich und blickte die Männer erwartungsvoll an. »Vielleicht könnt Ihr mir von meinem Bruder berichten, bevor wir weitergehen«, forderte er sie auf.

»Amaru?« erwiderte Mayta Yupanqui verwundert. »Was gibt es über ihn zu berichten? Er arbeitet in Chan Chan.«

»Woran arbeitet er?« fragte Cusi direkt. »Habt Ihr ihn dorthin geschickt?«

»Er beaufsichtigt den Wiederaufbau von einem der großen Kanäle im Chimor-Tal«, erklärte Topa Roca. »Es ist sein eigenes Projekt, obwohl er sich natürlich mit dem Gouverneur abgesprochen hat.«

»Ja, er hat meine Genehmigung«, fiel Mayta Yupanqui ein, »und meinen Segen. Es ist erfreulich zu sehen, wieviel Energie und Ehrgeiz er hat.«

»In Tumibamba haben wir andere Dinge über ihn gehört – über sein Verhalten«, fuhr Cusi dazwischen.

»Ach ja, es tat Sinchi Roca leid, ihn hier zurücklassen zu müssen«, erinnerte sich der Gouverneur. »Und ich gebe zu, daß ich mir ebenfalls Sorgen über ihn machte. Ich hatte deswegen ein ernsthaftes Gespräch mit ihm. Aber alles, was er brauchte, war eine Aufgabe, die seine Talente herausforderte, und die hat er jetzt gefunden. Als ich ihn das letzte Mal sah, war er klarsichtig und ruhig.«

Nun wurde Mayta Yupanqui wieder gesprächig und salbungsvoll. Cusi glaubte ihm zwar kein Wort, beschloß aber, keine Einwände zu erheben.

»In welcher Gesellschaft verkehrt er?« fragte er statt dessen.

»Zum Großteil sind es junge Chimu«, erwiderte der Gouverneur, dem diese Vorstellung offenbar kein Unbehagen bereitete. »An erster

Stelle ist es Ancocoyuch, der Sohn des Großen Chimu. Die anderen sind alle königlicher Abkunft, jüngere Söhne, die keine eigenen Ländereien besitzen. Seitdem das Reich des Großen Chimu von uns verwaltet wird, gibt es weniger Stellen für sie. Amaru hat uns einen großen Gefallen erwiesen, indem er ihnen Arbeit gab. Ich sagte ihm, ein Inka würde seinem Geblüt und seiner Ausbildung nur dann gerecht, wenn er die Führung anderer Männer übernimmt, und er scheint sich meine Worte zu Herzen genommen zu haben.«

»Ich bin mir sicher, daß Ihr einen sehr guten Einfluß auf ihn ausübt«, antwortete Cusi mit ausdrucksloser Stimme. »Trotzdem möchte ich so bald wie möglich nach Chan Chan reisen.«

»Aber Ihr seid doch gerade erst angekommen!« rief Mayta Yupanqui protestierend. »Wir haben Feste geplant, einen Tanz, und Treffen mit Angehörigen vom Hof des Großen Chimu... alle mit Rang und Namen haben um eine Audienz mit dem Stellvertreter des Sapa Inca ersucht. Man erwartet, daß Ihr...«

»Ich kenne meine Pflichten«, unterbrach ihn Cusi. »Und ich werde sie erfüllen. Wenn ich dem Sapa Inca Bericht erstatte, wird er mich sicher nicht bitten, ihm die Feste zu beschreiben, die für mich abgehalten wurden. Er wird sich viel mehr für den Wiederaufbau eines großen Kanals interessieren und für die Ländereien, die in seinem Namen wiederhergestellt werden.«

Auf diese barsche Antwort hin runzelte der Gouverneur zuerst einmal die Stirn, aber dann wurde ihm bewußt, daß er damit in der Gunst des Herrschers steigen konnte, und ein wissendes Lächeln zog über sein rundes Gesicht. Cusi hatte vermutet, daß dem Mann diese Aussicht zusagen würde. »Wenn es so ist, werde ich zusehen, daß Ihr hier so bald wie möglich von Euren Pflichten befreit werdet«, versprach er und fügte nach einer Pause hinzu: »Vielleicht möchtet Ihr, daß Topa Roca Euch begleitet?«

»Das ist nicht nötig«, erwiderte Cusi und nickte dem Micho respektvoll zu. »Aber vielleicht kann er mir mehr über das Projekt erzählen, bevor ich nach Chan Chan gehe.«

»Er steht zu Eurer Verfügung«, gewährte Mayta Yupanqui großmütig. »Sollen wir nun unseren Gang fortsetzen?«

»Ich denke, ich habe genug gesehen«, lehnte Cusi ab. »Ich möchte vor dem Fest heute abend noch ruhen.«

»Wie Ihr wünscht«, antwortete der Gouverneur und führte ihn zurück. »Aber wir müssen uns später noch einmal unterhalten. Ihr seid ein bemerkenswerter junger Mann.«

»Das mußte ich sein«, murmelte Cusi.

Der ältere Mann lächelte. »Vielleicht könnt Ihr mir erklären, warum Ihr stets diesen Stein mit Euch herumträgt?« fragte er belustigt.

Cusi zuckte die Schultern und lachte innerlich beim Gedanken an den Satz, den der Gouverneur gemacht hatte. »Er ermüdet meinen Arm«, sagte er nur, und über Topa Rocas ernstes Gesicht huschte zum ersten Mal ein Lächeln.

Zu viert verließen sie Chiquitoy im frühen Morgengrauen. Es lag noch Nebel über der Stadt, und Micay mußte an den Aufbruch nach Huaca Urcco denken, nur daß heute Acunta nicht bei ihnen war. Sie reisten ohne Träger und Ehrengarde, obwohl man ihnen beides angeboten hatte. Doch Cusi wollte als Bruder in Chan Chan eintreffen, nicht als Stellvertreter des Inca. Die Aussicht auf die Reise erregte ihn; er war sichtlich nervös und bedrückt, als sie die Stadttore hinter sich ließen. Micay hatte ihn in den letzten Tagen kaum allein gesehen, und so wußte sie nicht, was er in Erfahrung gebracht hatte und was in ihm vorging. Mama Cori hatte sich nicht von ihm verabschiedet, ebensowenig wie von Micay.

Erst als sie eine Rast einlegten, brach Cusi sein Schweigen. Aber die Stimme, mit der er zu seinen drei Reisegefährten sprach, war die eines Kriegers, der seinen Untergebenen etwas erklärte. »Am Spätnachmittag werden wir in Chan Chan sein«, setzte er an. »Mittlerweile wißt ihr sicher, daß es keine Ruinenstadt ist, in der nur alte Priester leben. Mein Bruder ist dort, und der Micho hat mich gewarnt, daß einige der Männer in seiner Umgebung von zweifelhaftem Charakter sind. Auch der Große Chimu ist mißtrauisch, obwohl sein eigener Sohn Ancocoyuch eine führende Persönlichkeit dort ist. Beide befürchten, daß in Chan Chan mehr als nur ein Kanal gebaut wird, obwohl sie das nicht offen eingestehen. Der Gouverneur hat seine Genehmigung zu diesen Arbeiten erteilt, aber da keine Inka daran beteiligt sind, hat er weder Cuzco noch Tumibamba davon in Kenntnis gesetzt. Wenn er das getan hätte, dann wäre jemandem vielleicht die Bedeutung des Moro-Kanals aufgegangen. Ihr dürft nicht vergessen«, fuhr er fort, »daß der Krieg gegen die Chimu fast zehn Jahre dauerte und beide Seiten im Verlauf dieser Zeit viele Krieger verloren. Topa Inca mußte drei Heere einsetzen. Die Chimu wehrten sich tapfer und kapitulierten erst, als die Inka ihre Kanäle zerstörten, so daß sie ihre Felder nicht mehr bestellen konnten. Als letzter wurde der Moro-Kanal durchtrennt, der das Land um Chan Chan mit Wasser vom Chicama-Fluß versorgte. Das ist der Kanal, den Amaru jetzt wiederherstellt.«

»Der Krieg ist doch schon lange vorüber«, warf Hanp'atu ein.

Cusi nickte zustimmend. »Seit fast fünfzig Jahren. Kurz nach dem Ende des Krieges wurde der Kanal repariert. Aber vor etwa dreißig Jahren wurde er wieder zerstört, um den Großen Chimu zu zwingen, mit seinem Hof nach Chiquitoy umzusiedeln. Der jetzige Große Chimu, Huaman Chumu, erinnert sich noch heute voll Bitterkeit an diesen Umzug. Chan Chan ist seine Heilige Stadt.«

»Die Chimu-Hirten konnten nicht glauben, daß wir dorthin gehen«, berichtete Urcon. »Sie sagen, die Stadt sei seit vielen Jahren verlassen, und nur Männer königlichen Geblüts könnten sie zu Zeremonien aufsuchen.«

»Das war auch so«, erklärte Cusi, »bis Amaru und seine Freunde sich dort niederließen. Ich vermute, sie wollen nicht nur einen Kanal und einige Felder wiederherstellen, sondern die ganze Stadt neu aufbauen.«

»Selbst wenn das wirklich ihre Absicht sein sollte«, wandte Micay ein, »dann wäre das doch nichts Böses. Wenn du aus Cuzco vertrieben wärst, würdest du nicht auch versuchen zurückzukehren?«

»Natürlich«, stimmte Cusi zu. »Und dann würde ich ein Heer aufstellen und diejenigen, die mich vertrieben haben, zur Stadt hinausjagen.«

»Daran sieht man, daß du ein Inka bist«, sagte Micay scharf. »Du weißt nicht, was es bedeutet, erobert zu werden. Vielleicht wollen die Chimu nur friedlich ihre Felder bestellen und in der Nähe ihrer Ahnen leben.«

»Vielleicht«, räumte Cusi ein. »Genau das möchte ich herausfinden. Und ich werde dabei eure Hilfe brauchen«, fuhr er an seine drei Weggefährten gerichtet fort. »Ich möchte, daß ihr mir solche Fragen stellt und mir sagt, was ihr fühlt und denkt. Ihr müßt meine Kameraden sein und acht geben, wenn ich nicht da bin. Ich besuche zwar meinen Bruder, aber die Männer in seiner Umgebung werden nur daran denken, was ich dem Sapa Inca alles berichten könnte. Ob sie nun unschuldig sind oder nicht – sie werden mich als Bedrohung ihrer Interessen sehen.«

»Aber du kommst im Namen des Sapa Inca«, gab Urcon zu bedenken. »Wenn dir etwas zustößt, kommt es zum Krieg.«

»Ich erwarte keinen offenen Angriff«, antwortete Cusi. »Ich denke eher an einen ›Unfall‹, an einen Stoß eine dunkle Treppe hinunter oder ein Pulver in einem Getränk.«

»Solche Sachen gibt es in Chan Chan«, bestätigte Hanp'atu. »Sie betreiben schwungvollen Handel mit den Medizinmännern in Chiquitoy.«

»Davon mußt du mir erzählen«, forderte Cusi ihn auf. Damit griff er nach seinem Stein und seinem Bündel. Beim Gehen berichtete Hanp'atu von Pilzen und Kakteentrieben und ihrer Wirkung, und Micay lauschte gebannt. Sie spürte große Zuneigung zu Cusi in sich aufsteigen, die Zuneigung einer Kameradin, nicht die einer Geliebten. Erstaunlicherweise erfüllte sie dieses Gefühl mit fast ebenso großer Befriedigung.

Chan Chan

Auf der kargen Ebene im Norden von Chan Chan kamen sie an mehreren großen Huacas vorbei, und nach einiger Zeit kam die Stadt selbst in Sicht. Die leuchtenden Farben ihrer Gemäuer schillerten sogar aus dieser Entfernung durch die Hitzewellen hindurch, die von der Königsstraße aufstiegen. Über die Mauern ragten Pyramiden empor, und am Horizont sahen sie die steilen Berge, die den Südrand des Chimor-Tals bildeten. Das Tal selbst lag hinter der riesigen Stadt verborgen; im Vergleich zu ihr wirkte Chiquitoy wie ein Dorf. Ein starker Wind fegte Sandwolken über den Boden, und am Himmel kreisten Geier.

Schließlich kamen sie an ein großes Holztor, das die Straße überspannte und mit fauchenden Pumaköpfen verziert war. Es war nicht bewacht, und auch die umstehenden Gebäude schienen menschenleer. Die Königsstraße endete hier offenbar und verlor sich in einem Wirrwarr von Gassen, und die Stille war so groß, daß sie sogar den Wind zu verschlucken schien. Doch plötzlich erklang ein Muschelhorn, und das ängstliche Blöken eines Lamas war zu hören.

»Jemand ist hier«, murmelte Cusi. »Die Frage ist nur, wie sollen wir diesen jemand finden?«

In diesem Augenblick tauchte aus einem der Gäßchen eine Gestalt auf. Bei näherem Hinsehen erkannte Micay, daß es sich um einen jungen Mann handelte. Er trug einen weißen Kopfschmuck sowie eine lange, lose Tunika und war so schlank wie ein Mädchen und ebenso anmutig. Als er vor ihnen stand, verneigte er sich und sagte in schwer verständlichem Quechua: »Willkommen, Cusi Huaman. Ich bin Fempellec. Ich werde Euch zu Eurem Bruder führen.«

»Sei gegrüßt, Fempellec«, erwiderte Cusi, wobei er sein Staunen nicht verbergen konnte. Viele Frauen hätten Fempellec um sein Gesicht beneidet – es war zart und schmal, und unter der glatten, weichen Haut schienen keine Knochen zu liegen. Seine Augen glänzten schwarz, und die Wimpern waren lang und dicht. Wie Mama Huarcays, dachte Micay, als sie ihn musterte. Er schien überrascht über ihre Anwesenheit, und noch erstaunter über die Gegenwart Urcons und Hanp'atus.

»Ihr müßt müde und durstig sein«, sagte er mit einer weiteren Verbeugung und bedeutete ihnen, ihm zu folgen. Als er sich zum Gehen wandte, blies der Wind seine Tunika gegen seinen Körper, und Micay erkannte, daß er kein Lendentuch trug. Cusi warf ihr einen verblüfften Blick zu, den sie nur mit einem fragenden Achselzucken erwidern konnte.

Sie gingen in eine Gasse hinein, auf der zu beiden Seiten hohe Mauern aufragten, und dazu überhängende Dächer, die das Licht aussperrten. Der Pfad wand sich nach rechts und links an zahllosen Häusern oder Handwerksbetrieben vorbei, die dicht an dicht gedrängt standen, ohne einen Plan erkennen zu lassen. Die Gebäude waren unzerstört, aber es drang kein Lebenszeichen aus ihnen, und die Vorhänge vor den wenigen Eingängen waren völlig verstaubt. Micay verlor schon bald die Orientierung und fand sich in dem Labyrinth nicht mehr zurecht; sie dachte, Fempellec wolle sie alle absichtlich verwirren, und sehnte sich nach einem Platz oder einem öffentlichen Garten, der ihr einen freien Blick auf den Himmel gewähren würde. Wer sind diese Leute, fragte sie sich, die offenbar nicht den Wunsch haben, nach oben und über sich selbst hinaus zu sehen?

Nachdem sie an einigen leeren Pferchen vorbeigekommen waren, begann eine schier endlose, mindestens fünfzehn Fuß hohe Mauer, die über und über mit bunten Reliefs verziert war und die Straße in tiefen Schatten tauchte. Als endlich das Ende der Mauer erreicht war, bogen sie durch den Eingang zu einem Anwesen, doch schon nach wenigen Schritten stießen sie auf eine weitere Wand und verließen die Anlage offenbar wieder. Fempellec führte seine Schützlinge durch Flure, in denen es so kühl und dunkel war wie in einer Höhle, über kleine Höfe, in denen unbeteiligt wirkende Menschen kauerten, vorbei an Lagerräumen, Rampen hinauf und durch enge Gassen, bis sie endlich einen etwas größeren Hof erreichten. Am auffälligsten war ein großes, U-förmiges Zelthaus, das in der Mitte des freien Platzes stand. Fempellec ging hinein, und einen Augenblick später trat Amaru heraus und breitete die Arme zum Gruß aus.

»Cusi!« rief er und umarmte seinen Bruder so heftig, daß dieser sich auf die Zehenspitzen stellen mußte. Cusi lachte, und Amaru ließ ihn los, hielt ihn in Armeslänge von sich und musterte ihn.

»Ich brauche dir wohl nicht zu sagen, wie groß du geworden bist. Aber offenbar bist du auch wieder ganz bei Kräften.«

»Fast«, stimmte Cusi zu und machte sich daran, seine Begleiter vorzustellen. Aber Amaru hatte Micay bereits gesehen und begrüßte sie mit einem Lächeln.

»Ich habe meine Mutter erwartet, und statt dessen sehe ich meine Lieblings-Nusta. Habe ich Euch so gefehlt, Micay, oder seid Ihr an Mama Coris Statt gekommen?«

»Weder – noch«, antwortete Micay und freute sich über die Necke-rei. »Ich bin mit Cusi hier.«

»Wir werden heiraten«, erklärte Cusi. Amaru zog die Augenbrauen hoch und betrachtete die beiden nachdenklich. Dann nickte er und lächelte bedächtig. »Das habe ich Euch einmal vorgeschlagen, Micay. Wißt Ihr noch?« fragte er. »Also kann ich jetzt auch keinen Einspruch erheben. Aber nun verstehe ich, warum unsere Mutter nicht bei euch ist. Etwas derart Selbstverständliches würde sie nie billigen.« Amaru begleitete diese Bemerkung mit einer wegwerfenden Geste und wandte den Blick dann auf Urcon und Hanp'atu. »Und wer sind deine zwei Freunde?«

Cusi stellte Urcon als den Enkel seines »Wohltäters« in Cuzco vor, eine Bezeichnung, die Amaru erneut staunend die Augenbrauen heben ließ. Aber Urcons schüchternes Lächeln schien ihm zu gefal-len, und er sprach den jungen Hirten mit außerordentlich sanfter Stimme an. Dann erzählte Cusi, was Hanp'atu für ihn getan hatte, und Amaru verbeugte sich vor dem Heiler.

»Ich bin dir dankbar, daß du meinen Bruder gerettet hast, Hanp'atu. Sei willkommen. Hier gibt es viele Männer, die gerne mit dir Handel treiben werden für die Dinge, die du mitbringst.«

»Deswegen trage ich sie bei mir«, gab Hanp'atu freundlich zurück. In diesem Augenblick traten Fempellec und eine ältere Dienerin aus dem Zelthaus. Sie brachten Sitzmatten, Wasser und frisches Obst, und Amaru drängte seine Gäste, Platz zu nehmen. Micay nahm das Angebot dankbar an und griff nach dem feuchten Tuch, das die Dienerin ihr reichte. Sie drückte es gegen ihre Augen, die vom heißen Flugsand der Wüste brannten.

»Hier gibt es keine Bäder«, erklärte Amaru, »aber im Hof nebenan ist ein großes Becken zum Waschen.«

»Wird es Wasser für Bäder geben, wenn der Moro-Kanal fertig ist?« fragte Cusi.

Amaru lachte. »Acunta hat mir erzählt, daß du eine Vorliebe für direkte Fragen hast, Cusi. Ich verspreche dir, sie werden alle beant-wortet, aber hat das nicht etwas Zeit? Erfrische dich doch erst und erfreue dich meiner Gastfreundschaft. Das ist etwas, was ich von den Chimu gelernt habe.«

Micay nahm das Tuch von den Augen und sah Amaru an. Die

Veränderung, die er durchgemacht hatte, war frappant. Er schien keineswegs verlebt; ganz im Gegenteil, er wirkte schlanker und anziehender als je zuvor. Aber sein Blick war in die Ferne gerichtet, und er strahlte eine Art lässige Gleichgültigkeit aus, die nichts mit seiner früheren Rastlosigkeit gemein hatte. Er vermittelte vielmehr das Gefühl, als könnte ihn nichts mehr überraschen.

Fempellec stellte eine Schale mit Früchten vor Micay hin, und Amaru forderte sie auf, davon zu kosten. »Auch wenn der Große Chimu euch sicher bestens bewirtet hat«, räumte er ein. »Er verfügt über einige hervorragende Köche.«

»Wir wurden am Hof sehr gut versorgt«, stimmte Micay zu.

»Wenn nur der Gouverneur von ihm lernen würde«, sagte Amaru und lächelte Fempellec kurz zu, der sich neben ihn gesetzt hatte.

»Mayta Yupanqui ist der Ansicht, daß du von ihm gelernt hast«, warf Cusi ein. »Deswegen ist er nicht mißtrauisch, was deine Arbeit hier betrifft. Allerdings ist er der einzige in Chiquitoy, der kein Mißtrauen hegt.«

Amaru verzog das Gesicht. »Er hat die Gabe, Sorgen auf die leichte Schulter zu nehmen – seine einzige Gabe. Aber vergeude deine Kraft nicht, um von ihm zu sprechen. Du bist heute weit gereist und brauchst dich nicht unnötig zu ermüden.«

»Ich bin nicht müde«, erwiderte Cusi brüsk. »Und ich bin nicht so weit gereist, nur um über Gelage zu reden. Ich finde Offenheit erfrischend.«

Cusis plötzliche Gereiztheit überraschte Micay. Noch mehr aber verwunderte es sie, daß Amaru ihn nicht zurechtwies oder zumindest ärgerlich wurde. Er sagte nur enttäuscht, aber mit gleichmäßiger Stimme: »Du bist ungeduldig, Bruder. Das ist ein Fehler vieler Inka, und ich hatte ihn auch einmal. Was ist es, das du so dringend wissen mußt?«

»Ich möchte wissen, warum du hiergeblieben bist.«

»Wohin sollte ich deiner Meinung nach gehen?«

»Im Norden ist Krieg. Meine Initiationsbrüder kämpfen dort, genauso wie deine.«

»Ancocoyuch ist einer meiner Initiationsbrüder, und er ist auch hier.«

»Ich dachte, daß ich den Namen kenne«, sagte Cusi, »aber ich wußte nicht, daß du ihm nahestandst. In Cuzco war er eher als Tänzer denn als Krieger bekannt.«

»Das hast du zweifellos von mir gehört«, meinte Amaru wehmütig. »In Cuzco habe ich vieles verachtet. Das ist ein weiterer Fehler der Inka.«

»Ich kann dir andere Fehler nennen, wenn du möchtest«, gab Cusi zurück. »Aber das ändert weder dein noch mein Blut. Und wie Otoronco Achachi kann ich nie vergessen, wie wenige es von uns gibt.«

»Die Carangui denken zweifellos, daß es zu viele gibt«, antwortete Amaru und warf Micay ein bitteres Lächeln zu. »Ebenso wie einst die Chachapoyas, nicht wahr, Herrin?«

»Die Chachapoyas wurden provoziert«, wandte Cusi böse ein, »und ich bin nur darauf stolz, daß ich zum Ende des Krieges beigetragen habe. Aber die Carangui sind echte Feinde. Sie haben unsere Garnisonen abgeschlachtet und die Abgesandten ermordet, die mit Friedensangeboten zu ihnen kamen.«

»Das haben die Quito auch, und ihnen wurde sofort verziehen, als sie das übergaben, was Huayna Capac wollte. Versuche nicht, mir oder dir einreden zu wollen, dieser Krieg sei gerecht. Er dient nur einem Zweck, und das ist Huayna Capacs Trachten, neue Länder zu erobern. Du hast ihn sicher kennengelernt, Cusi. Ist er ein besserer Mensch als wir? Ist er so gottähnlich, daß wir jeder seiner Launen nachgeben sollten? Oder ist er nur ein Mensch, der immer so viel gehabt hat, daß er nicht erkennen kann, wann er genug hat?«

Micay hatte von Amaru schon früher ähnliche Äußerungen gehört, aber nie hatte er sie mit so wenig Leidenschaft und Ablehnung vorgetragen. Es hatte den Anschein, als kümmere es ihn im Grunde nicht, was für ein Mensch Huayna Capac war.

»Ich bin verpflichtet, dem Sapa Inca zu dienen«, entgegnete Cusi trotzig. »Aber damit endet mein Pflichtgefühl nicht. Ich bin auch Huanacauri und Illapa verpflichtet und dem Andenken unserer Ahnen. All dies sagt mir, daß ich bei meinen Kameraden sein und die Inka rächen sollte, die ihr Leben gelassen haben.«

»Dann brauchst du dir nicht selbst Gedanken zu machen oder ein eigenes Urteil zu bilden«, erwiderte Amaru, doch dann mischte Fempellec sich ein, indem er beschwörend seine langen, anmutigen Hände ausstreckte.

»Gibt es denn kein Pflichtgefühl zwischen Brüdern?« fragte er bekümmert. »Sind sie nicht verpflichtet, sich zu lieben und zu verstehen? Sagt mir, wenn ich unrecht habe, denn ich habe keine eigenen Brüder.«

Cusi und Amaru sahen sich bestürzt an und blickten dann beschämt zu Boden. Nach einiger Zeit legte Amaru eine Hand auf Fempellecs Schulter und sagte: »Nein, du hast nicht unrecht, mein Freund. Du weißt, wie sehr ich mich darauf gefreut habe, meinen Bruder nach all diesen Jahren wiederzusehen.« Er hielt inne, um die andere Hand um

Cusis Finger zu schließen. »Du bist der einzige Mensch, den ich hier als Besucher empfangen wollte, Cusi, und ich möchte dich nicht wie einen normalen Gast behandeln. Ich möchte dir sagen, wie dankbar ich dir bin, daß du gekommen bist, auch wenn du mich vor mir selbst retten willst.«

Cusi hob den Kopf und blickte auf Amaru, auf Fempellec und auch auf die Hand auf Fempellecs Schulter. Sein Gesicht war ausdruckslos, aber seine Stimme klang bewegt.

»Ich bin gekommen, weil ich den Gerüchten nicht glauben wollte, die ich über dich gehört habe. Ich wollte mich selbst überzeugen und dir helfen, wenn du Hilfe brauchst. Wenn ich ungeduldig bin, dann nur, weil ich lange darauf gewartet habe zu hören, was du mir zu sagen hast.«

Amaru lächelte und nickte heftig, als ob Cusis Antwort ihn ermutige. Er drückte ihm die Hand. »Ich bin mir sicher, daß wir uns noch verstehen werden. Aber die Antwort auf deine Frage ist nicht einfach, und es gibt Dinge, die man besser zeigen als erklären kann. Du mußt geduldig sein und mein Leben mit mir teilen, bevor du ein Urteil fällst.«

Vorsichtig entzog Cusi Amaru die Hand und griff nach seinem Stein. Dabei blickte er zuerst zu Micay, dann zu Urcon und Hanp'atu. Schließlich sah er wieder auf Amaru und nickte. »Wenn meine Kameraden Geduld haben können, dann kann ich es auch. Wir sind alle hergekommen, um Chan Chan zu sehen.«

»Und das werdet ihr«, versprach Amaru und strahlte seine Gäste an, als sei die Sache damit entschieden.

Nach zehn Tagen hatte Cusi den Eindruck, die meisten Aspekte vom Leben seines Bruders in Chan Chan kennengelernt zu haben. Er hatte die Baustellen in den versunkenen Gärten besichtigt, die den Arbeitern ihre Nahrung lieferten, und auch die Kanäle, die später einmal größere Landflächen bewässern sollten. Außerdem hatte er zwei der großen Paläste besucht, die den ehemaligen Großen Chimu gehört hatten, und war öfter mit Amarus Freunden und Mitarbeitern zusammengesessen. Und zwei Nächte lang hatte er mit Amaru getrunken und geredet. In einigen Tagen würde er überdies an einem der Neumondfeste teilnehmen; er hatte gehört, daß die Chimu bei diesen Feierlichkeiten ihre vielgerühmte Gastfreundschaft besonders großzügig gewährten.

Im Verlauf dieser Tage hatte er auch den Grund erfahren, warum Amaru und die anderen hier arbeiteten. Nach Ancocoyuchs Plan sollte das brachliegende Land als Geschenk für den Sapa Inca und den Großen Chimu wieder urbar gemacht werden. Ancocoyuch hatte Cusi selbst gestanden, er träume davon, als Großer Chimu wieder die Zeremonien zur Ahnenverehrung in Chan Chan abzuhalten, eine Pflicht, die sein Vater vernachlässigte. Cusis Vermutung, er wolle vielleicht mitsamt seinem Hofstaat nach Chan Chan zurückziehen, hatte er jedoch mit einem herzlichen Lachen zurückgewiesen.

Doch all das erklärte keineswegs Amarus Interesse an dem Projekt. Warum sollte er jahrelang ohne Dank harte Arbeit leisten, die wenig Lohn versprach und sehr wohl scheitern konnte? Und trotz der vielen Gespräche wich Amaru Cusis Fragen aus. Er sprach nur vage von eindrücklichen Erfahrungen, die er in Chan Chan und im Heiligtum von Pachacamac gemacht hatte und die ihn angeblich von seiner Eitelkeit und seinem Ehrgeiz befreit hatten, so daß er sein Leben jetzt anders sehe. Aber er weigerte sich, Näheres darüber zu sagen; er behauptete, ihm fehlten die Worte dafür, und er wolle diese Erlebnisse nicht zerreden. Als er dies erklärte, hatte Cusi zum ersten Mal das Gefühl, daß Amaru ihm die Wahrheit sagte.

Um einen Tag ohne Amaru und Fempellec zu verbringen, bat Cusi darum, die großen Huacas von Mama Cocha und Mutter Mond besichtigen zu dürfen, die auf der anderen Seite des Chimor-Flusses südlich von Chan Chan lagen. Ein junger Chimu namens Pongmassa, den Amaru zur Verfügung stellte, führte Cusi und Micay durch die Baumwollfelder in der Flußniederung auf die riesigen Tempelpyramiden zu. Wie künstliche Berge ragten sie über die Wüste und die windgepeitschten Dünen auf, und bei ihrem Anblick erfaßte Cusi plötzlich die Gewißheit, daß die Nachkommen ihrer Erbauer sich niemals damit zufriedengeben würden, nur einfache Landwirte zu sein. Darüber konnte auch Ancocoyuchs Lachen nicht hinwegtäuschen.

Ich habe alles gesehen, dachte Cusi, aber ich verstehe nichts. Oder habe ich nur gesehen, was Amaru mich sehen lassen wollte? Als Pongmassa sie von den Huacas zurück nach Chan Chan geleitete, erinnerte sich Cusi beim Anblick des grünen Chimor-Tals an einen Vorschlag, den Topa Roca gemacht hatte. Deswegen befahl er dem jungen Mann, ihn zu dem Beamten zu bringen, der für die Felder und Herden des Sapa Inca verantwortlich war. Pongmassa sträubte sich anfangs, wußte sich aber gegen Cusis Autorität nicht durchzusetzen.

Auf halber Höhe des Tals trafen sie in dem kleinen Verwaltungszentrum der Inka ein. Der Beamte fühlte sich von Cusis Besuch geschmeichelt, wollte dem Stellvertreter des Sapa Inca aber vor allem von seinen Schwierigkeiten berichten. Ohne eigenes Verschulden, so erklärte er, würde seine Abgabe dieses Jahr wesentlich kleiner als sonst ausfallen. Die Geburtsrate der Lamas sei ungewöhnlich niedrig, viele Tiere seien von Krankheit hinweggerafft oder von Pumas erbeutet worden, und durch unglückselige Unfälle hätte eine Reihe junger Männer und Frauen ihr Leben verloren, darunter viele Handwerker und Weber. Außerdem hätte der Gouverneur um zusätzliche Arbeiter für Chan Chan gebeten, und deswegen könnten die Familien nicht so viel wie sonst abführen.

Cusi bemühte sich, dem Mann zu versichern, daß er nicht für Dinge bestraft würde, die außerhalb seiner Macht stünden. Das war nicht leicht, denn der Beamte war extrem besorgt, und Cusi drängte es, allein zu sein und nachdenken zu können – er hatte das Gefühl, endlich zu verstehen, was hier vor sich ging. Doch bevor er sich zum Gehen wandte, stellte er dem Verwalter geistesgegenwärtig noch eine Frage: »Haben die Lamas und Alpakas dieses Jahr weniger Zwillinge geworfen?«

»Woher wißt Ihr das?« sagte der Mann erstaunt. »Das ist der Hauptgrund, warum die Herden nicht größer geworden sind.«

»Ich habe das Gleiche anderswo beobachtet«, erklärte Cusi unbewegt, ohne seine Aufregung zu verraten, und verabschiedete sich.

Sobald sie wieder auf der Straße waren und Pongmassa in sicherer Entfernung vor ihnen ging, fragte er Micay: »Was hältst du davon, was der Beamte erzählt hat?«

Sie lachte kurz auf. »Entweder hat er entsetzliches Pech«, mutmaßte sie, »oder er sitzt ein paar sehr klugen Dieben auf. Diebe, die Tiere und Menschen stehlen. Dabei glauben die Chimu doch, daß die Mondgöttin Si nachts über ihren Besitz wacht.«

»Diese Diebe sind so klug, daß sie sogar Si überlisten«, stimmte Cusi zu. »Aber weißt du noch, wie du mir erzähltest, du hättest gesehen, wie einer der Postläufer mit Ancocoyuch sprach?«

»Urcon hat es auch gesehen. Wir waren beide erstaunt, daß der Bote so lange stehenblieb. Fempellec war dabei, und er sagte, von dem Boten würden sie die neuesten Nachrichten aus Chiquitoy und Tumibamba erfahren.«

»Vielleicht empfangen sie nicht nur Botschaften, sondern schicken selbst welche«, meinte Cusi, und Micays Augen weiteten sich.

»Die Forderungen des Gouverneurs«, flüsterte sie.

Cusi nickte grimmig. »Mayta Yupanqui erzählte mir, an diesem Projekt würden keine Arbeiter des Inca beschäftigt, und so weit er Bescheid weiß, ist das sicher richtig. Ein noch besserer Weg, um Arbeiter zu stehlen, wäre, sie vom Aufseher als tot oder vermißt melden zu lassen, denn dann werden sie ganz aus den Arbeitslisten gestrichen. Dann sind sie weg – wie ein Lama, das in eine Pumahöhle geschleppt wird.«

»Was war das mit den Zwillingen?« fragte Micay neugierig.

Cusi lächelte sie an. Ihm gefiel ihr Wunsch, alles zu verstehen. »Das ist Urcon aufgefallen. Weißt du noch, wie er uns erzählte, daß er ein Lama blöken hörte und nachsehen ging? Und daß er dann einen Pferch voll kleiner Lamas fand?«

»Er sagte, das blökende Lama sei zu früh entwöhnt worden«, erinnerte sich Micay.

»Und als Urcon sich die ganze Herde ansah, war er verwundert, daß keine zwei sich gleich sahen, obwohl in einer Herde dieser Größe mehrere Zwillingspaare sein sollten.«

»Das heißt, eins wird gestohlen und eins zurückgelassen«, schloß Micay. »Und der Inka-Beamte denkt, er sei vom Pech verfolgt, schöpft aber keinen Verdacht.«

»Genau«, stimmte Cusi zu. Dann mußten sie ihre Unterhaltung beenden, weil Pongmassa vor ihnen stand. Sie hatten den Stadtrand erreicht, und von diesem Punkt aus konnte Cusi den Rauch sehen, der an mehreren Stellen über die Mauern aufstieg – mehr, als er erwartet hätte. Aber er wußte, sobald er wieder in der Stadt war, würde er sich nicht mehr zurechtfinden und nichts über die vielen Feuerstellen herausfinden können. Deshalb bat er Pongmassa, sie zum nächsten Brunnen zu führen, damit sie Wasser trinken konnten. Widerwillig ging der junge Mann mit ihnen zu einem alten Anwesen, das von hohen Mauern umstanden war. In einem der Innenhöfe war ein Brunnen, aus dem er Cusi und Micay Wasser schöpfte; dann zog er sich in den Schatten zurück.

»Hier sind mehr Menschen, als wir gesehen haben«, sagte Cusi, als sie tranken. »Das hätte mir schon früher auffallen sollen. In den versunkenen Gärten wächst weitaus mehr, als Amaru und seine Leute essen können – und warum sollte er einen Überschuß produzieren wollen? Außerdem sind zu viele seiner Freunde körperlich gar nicht dazu in der Lage, die Arbeit zu verrichten, die sie angeblich machen. Du hast selbst gesagt, sie wären wie Höflinge und würden dich nicht so begierig betrachten wie Männer, die keine Frauen haben. Also wo sind die Frauen?«

»Vielleicht mußten sie für die Dauer deines Aufenthalts wegziehen«, schlug Micay vor.

»Aber es wäre doch sicherer, die Arbeiter hier zu verstecken, als sie umzusiedeln«, wandte Cusi ein. »In dieser Stadt könnte man ein ganzes Heer verstecken.«

»Aber wo willst du suchen?«

Cusi breitete hilflos die Hände aus. »Ich weiß es nicht. Ich kann nicht durch die Mauern sehen, und zwischen ihnen würde ich mich nie zurechtfinden…« Er wurde sich bewußt, daß er aus kleinen Verdachtsmomenten eine ganze Verschwörungsgeschichte zurechtgelegt hatte.

»Aber vielleicht könntest du über sie hinwegsehen«, sagte Micay plötzlich. Cusi blickte erstaunt auf und verstand ihren Vorschlag erst, als sie mit dem Kopf auf das nächste Dach deutete. Es war zwar zerfallen, sah aber stabil genug aus, um sein Gewicht zu tragen.

»Ich weiß nicht, wieviel ich von da oben sehen kann«, meinte Cusi zweifelnd. »Aber es hilft nichts. Stell dich so hin, daß du mich und gleichzeitig die Sonne sehen kannst, und merke dir, in welche Richtung ich zeige.«

Er schlenderte langsam auf das Dach zu, um nicht Pongmassas Aufmerksamkeit zu erregen, rannte dann aber plötzlich los und sprang mit einem riesigen Satz auf das mit Erde und Sand bedeckte Vordach. Pongmassa schrie eine Warnung, aber Cusi achtete nicht auf ihn, sondern schob sich vorsichtig vorwärts, bis er das hohe Dach erreichte. Dann sprang er wieder, und unter seinem Aufprall erzitterte das ganze Gebäude, aber es hielt stand. Unter Aufbietung aller Kräfte zog er sich die Mauer hinauf, und als er schließlich oben saß, mußte er kurz innehalten und Atem schöpfen. Zum ersten Mal schmerzte ihn seine Seite, und erst nach einiger Zeit konnte er wieder aufstehen. Er versuchte, sich zu orientieren. In dem Anwesen nördlich des Palasts von Minchancaman, des letzten unabhängigen Chimu-Herrschers, befand sich Amarus Quartier, und in dieser Richtung sah Cusi mehrere Rauchfahnen aufsteigen. Weiter nordöstlich war eine einzige Rauchwolke zu erkennen, vermutlich von der Baustelle am Kanal. Etwas westlich davon lagen die versunkenen Gärten, und der dort wallende Rauch war ebenfalls unverdächtig.

Aber dann drehte sich Cusi noch weiter nach Westen und fand, wonach er suchte: Fast direkt vor der untergehenden Sonne stiegen kleinere Rauchfahnen aus mehreren Feuerstellen auf. Das sind mehr als nur Kochfeuer, dachte er. Ganz in der Nähe lag eine Pyramide, die er noch nie gesehen hatte und die ihm auf keiner der Führungen gezeigt worden war. Ein Blick auf Micay sagte ihm, daß sie ihn beobachtete, und so streckte er beide Arme aus, legte die Fingerspitzen aneinander und deutete mit diesem Pfeil in die Richtung, aus der der Rauch kam.

Vorsichtig kehrte er in den Hof zurück. Micay warf ihm einen triumphierenden Blick zu, aber Pongmassa starrte ihn an, als sei er verrückt geworden.

»Ich will zum Großen Wasser gehen«, befahl Cusi und zeigte mit dem Kinn auf die Sonne. »Zu Inti. Da ist eine Pyramide, die ich noch nicht gesehen habe.«

»Das ist nicht erlaubt!« widersprach der Chimu bestürzt.

Cusi unterbrach ihn scharf. »Du bist mein Führer, und dahin will ich gehen. Tu, was ich dir sage.«

Als Pongmassa sich widersetzen wollte, funkelte Cusi ihn wütend an. All seine dunklen Erinnerungen an Verletzung und Tod lagen in diesem Blick, aber auch die Freude, wieder gelaufen und gesprungen zu sein. Der junge Mann schreckte zurück und wandte sich wortlos um, um sie in die gewünschte Richtung zu führen. Cusi folgte ihm wie betäubt und mußte sich von Micay stützen lassen. Als er sie wieder ansehen konnte, lag in ihren Augen kein Triumph mehr, sondern Sorge, und sie schüttelte den Kopf, als er sprechen wollte. Es ist die einzige Waffe, die ich habe, sagte er zu sich, und das anstrengende Laufen hat diese Kraft noch verstärkt.

Schließlich erreichten sie einen Kreuzweg am Rand eines riesigen Anwesens, das sich weit nach Süden und Westen erstreckte. Die hohen Gemäuer waren alt und verfallen, und die Farbe blätterte ab. Mißmutig deutete der Chimu auf die Spitze der Pyramide, die die Mauern am Südende überragte.

»Gut«, sagte Cusi geistesabwesend. Er blickte in die Richtung, in die Micay deutete und wo Rauch aufstieg. »Wir gehen hier entlang«, rief er Pongmassa zu und wandte sich mit Micay zum Gehen.

Der junge Mann stellte sich ihnen in den Weg und machte abwehrende Gesten. »Nein, Herr, bitte ... es ist gefährlich!«

»Warum leben hier dann Menschen?« herrschte Cusi ihn an. Er sah keinen Sinn mehr darin, seinen Verdacht zu verheimlichen. Pongmassa öffnete den Mund, sagte aber nichts und ließ seine flehentlich erhobenen Hände sinken. Dann trat er beiseite, um Cusi und Micay vorangehen zu lassen. Sie folgten der Straße, in der sie den Rauch nun schon riechen konnten. Schließlich bogen sie um eine Ecke und gelangten in ein Anwesen mit vielen kleinen Häusern. Cusi ging vorsichtig voran und ließ sich jetzt von den Stimmen leiten, die von irgendwoher kamen. Gerade als sie ein zweites Anwesen betraten, sah Cusi eine huschende Bewegung im Schatten und blieb regungslos stehen. Aber dann lachte er auf und ging weiter, womit er ein kleines Tier aus seinem Versteck scheuchte.

»Ein Meerschweinchen«, sagte er, und Micay nahm dies als ein weiteres Anzeichen dafür, daß tatsächlich Menschen hier lebten, denn Meerschweinchen waren keine Tiere der Wildnis. Dann drangen ihnen Geräusche ans Ohr, die unverkennbar darauf schließen

ließen, was hier vor sich ging: das beständige helle Klopfen eines Steinhammers auf Metall, das gedämpften Schaben einer Holzraspel, das Klacken von Webstühlen. Auch der Geruch des Holzfeuers wurde immer stärker, und als Cusi aus dem nächsten dunklen Gang trat, sah er zwei Chimu-Frauen, die neben einer Feuerstelle hockten. Mit geübten Bewegungen warfen sie Erde auf das Feuer, und Cusi erkannte, daß es Töpferinnen waren; Acunta hatte ihm erklärt, wie die Chimu ihre glänzenden schwarzen Tonwaren herstellten.

Als die Frauen von ihrer Arbeit aufblickten und Cusi und Micay wahrnahmen, zuckten sie erschreckt zusammen. Sie schienen zu entsetzt, um ein Wort hervorzubringen. Cusi führte Micay an ihnen vorbei und sagte nur: »Kümmert euch um euer Feuer.« Dann tauchte ein Kind auf – das erste Kind, das sie in Chan Chan sahen –, aber es rannte sofort wieder davon.

Im nächsten Hof trafen sie auf eine ganze Menschengruppe. Schweigend standen die Leute mit Werkzeug in den Händen da; ihre Gesichter und Arme waren mit Ruß und Farbe befleckt, und an ihrer Kleidung hingen Wollfäden und Holzspäne.

Hinter Cusi redeten Pongmassa und ein Mann leise aufeinander ein. Cusi blieb abwartend stehen. Nun, da er hier war und den Beweis für seine Vermutungen vor sich hatte, wußte er nichts zu sagen. Schließlich trat der Führer zu ihm und verneigte sich.

»Die Leute möchten wissen, ob der Inka gekommen ist, um sie zu bestrafen.«

Cusi blickte in die Gesichter um sich und erkannte darin Angst, aber auch Ehrerbietung. Sie wußten offenbar, daß sie nicht hierher gehörten, aber andererseits hatten sie sich hier ein Leben geschaffen – ein Leben, das er mit einigen mißbilligenden Worten zerstören konnte.

»Wurden sie gegen ihren Willen hergebracht?« fragte er. Außer Pongmassa schüttelten auch einige andere den Kopf. »Nein, Herr. So haben ihre Großväter gelebt, und deren Großväter vor ihnen. Sie wollen hier leben.«

Aber wer hat ihnen die Möglichkeit dazu gegeben? dachte Cusi, behielt seinen Gedanken aber für sich. Sie würden nicht diejenigen sein, die für dieses Vergehen bezahlen mußten. Er sah zu Micay, die ihn mit wachsamer Erwartung beobachtete, nicht wie eine Kameradin oder eine Geliebte, sondern wie ein Inka. Das ernüchterte ihn ein wenig, ließ ihn aber auch an seine Verantwortung gegenüber diesen Leuten denken, die hier in Sicherheit gelebt hatten, bis er angefangen hatte, nach Beweisen zu suchen.

»Sag ihnen«, forderte er Pongmassa auf, »daß ich der Stellvertreter des Sapa Inca bin, nicht sein Sprecher. Es liegt nicht in meiner Macht, zu bestrafen oder zu vergeben. Aber sage ihnen auch, ich werde mich dafür einsetzen, daß sie weiterhin wie ihre Großväter hier leben können.«

Mehrere Leute verneigten sich dankbar, noch bevor Pongmassa die Botschaft übersetzt hatte, und als einer von ihnen Cusi zulächelte, winkte er den Mann zu sich und fragte leise:»Sag mir, mein Freund, hat Ancocoyuch seine Frauen hier in der Nähe? Ich meine die Frauen, die nicht arbeiten...«

Der Mann grinste wissend und deutete mit dem Kinn.»Hinter dem Minchancaman-Palast«, erwiderte er in unbeholfenem Quechua. »Und auch Jungen, hübsche Jungen. Aber die Wachen lassen niemanden nahekommen.«

Cusi nahm dankend die Verbeugungen entgegen, ergriff Micays Arm und sagte dann lächelnd:»Dorthin brauche ich nicht zu gehen.« Der Mann warf einen Blick auf Micay und lachte dann verständnisvoll.

»Wohin zu gehen?« fragte Pongmassa, aber Cusi schüttelte nur den Kopf.

»Zu einem weiteren Ort, an dem ich nicht erwartet werde«, sagte er und verneigte sich zum Abschied vor den Menschen im Hof.»Komm, bring uns zu unserem Quartier zurück. Für heute haben wir genug gesehen.«

Von ihrem Platz in der Tür des Gästequartiers aus sah Micay, wie Cusi um die Ecke des Zelthauses bog und auf sie zuging. Er trug seinen Stein lässig in einer Hand, doch das verminderte nicht seine Autorität. Seine goldenen Ohrpflöcke und das silberne Abzeichen seines Haushalts auf dem Stirnband glänzten frisch poliert, und er trug eine prachtvolle Tunika aus hellgelber Vikunjawolle, die mit roter Litze abgesetzt war, und dazu Armbänder aus scharlachfarbenen Federn. Unter seinem Arm steckte sein gefranster Kokabeutel. Er ging davon aus, daß er der einzige Inka auf dem Fest sein würde, und wollte nicht für einen Pilger oder einen gemeinen Soldaten gehalten werden.

Doch sein Gesichtsausdruck war grimmig und kummervoll, und Micay vermutete, daß es Amaru wieder gelungen war, seinem Bruder auszuweichen. Cusi hockte sich vor sie auf den Boden und legte den Stein ab, aber Micay zögerte, ihm die Hände entgegenzustrecken, denn ihre kalten Finger würden ihm ihre Angst verraten. Aber Cusi verzog nur mitfühlend das Gesicht, als er ihre klammen Hände umfaßte, konnte jedoch keine tröstenden Worte vorbringen.

»Wollte er dich nicht anhören?« fragte sie.

Cusi zuckte die Achseln. »Er war nicht da. Er hat uns durch einen Boten ausrichten lassen, daß er aufgehalten wurde und uns beim Fest sehen wird. Urcon und Hanp'atu warten mit dem Boten auf mich, damit er uns hinbringen kann.«

»Es ist nicht zu spät, um wegzugehen«, schlug Micay halbherzig vor. »Wir könnten uns vom Boten mit einer Ausrede bei dem Fest entschuldigen lassen und uns unbemerkt davonmachen. Sie werden nicht die Feier verlassen, um uns zu verfolgen.«

»Wenn der Name des Inca mich auf dem Fest nicht schützt, wird er mir auch unterwegs nicht helfen. Und wenn ich zur Flucht gezwungen werde, muß ich mit Soldaten wiederkommen und die bestrafen, die mich zum Gehen zwangen. Dann wird die ganze Arbeit hier vernichtet.«

»Vielleicht wird sie sowieso vernichtet, wenn der Sapa Inca von den Diebstählen erfährt.«

»Ich weiß«, räumte Cusi ein. »Aber wenn ich derjenige bin, wegen dem es dazu kommen kann, dann darf ich jetzt nicht fliehen, ohne überhaupt bedroht worden zu sein. Ich bin der einzige, der diese Sache friedlich beilegen kann, sofern das überhaupt möglich ist. Ich bin es den Leuten schuldig, das zu versuchen, und Amaru auch.«

Micay hatte gewußt, daß sie ihn nicht würde umstimmen können, aber sie wußte auch, daß es ihm half, seine Beweggründe laut auszusprechen. Sie zog ihre Hände zurück und streichelte seine Wange.

»Sei tapfer, mein Geliebter, aber komm zurück.«

Cusi versuchte ein Lächeln. »Ich würde mich wohler fühlen, wenn du mitkommen könntest, und sicherer.«

»Ich mich auch«, gestand sie, »aber ich gehöre aus verschiedenen Gründen nicht auf dieses Fest. Hier wird mich niemand belästigen. Und wenn sie es doch tun«, fügte sie hinzu und zog eine lange Bronzenadel aus ihrem Gürtel, »kann ich mich damit verteidigen.«

»Vertrau niemandem«, warnte Cusi. »Wenn ich dir eine Botschaft zukommen lasse, dann nur durch Urcon oder Hanp'atu.«

Micay nickte und steckte die Nadel in den Gürtel zurück. Dann griff sie mit beiden Händen nach seinem Stein und hielt ihn Cusi hin.

»Nimm deine Waffe mit. Und zögere nicht, deine anderen Waffen einzusetzen oder zu laufen«, riet sie ihm.

Cusi küßte sie auf die Stirn und sagte dann ernst: »Mir ist nicht bestimmt, hier zu sterben, und jetzt habe ich dich, für die zu leben sich lohnt. Wach über mich, Micay. Ich komme zurück.«

Damit ging er, doch schon nach wenigen Schritten blickte er über die Schultern zu ihr zurück und ließ sie nicht aus den Augen, bis er um die Ecke des Zelthauses bog und verschwand.

Micay zitterte und hüllte sich fester in ihren Umhang. Die Sonne war noch nicht untergangen, und es wurde erst langsam kühler, doch ihr Körper war kalt. Vor zwei Tagen, als der Mond schwarz war, hatte ihre Monatsblutung begonnen, und sie hatte ihren Zustand nicht geheim gehalten, obwohl sie deswegen nun nicht an dem Fest teilnehmen konnte. Von einem Fest Mama Quillas wäre sie in diesem Zustand nicht ausgeschlossen worden, aber die Priester Sis waren Männer, die vor weiblichem Blut zurückschreckten. Doch Micay war froh, nicht zum Fest gehen zu müssen. Hanp'atu hatte ihr und Cusi von den vielen Kräutern und Pulvern erzählt, die den Gästen neben den Speisen und dem Akha gereicht würden, um ihnen Visionen zu geben. Unter solchen Umständen konnte sie Cusi ohnehin keine Hilfe sein.

Das Rot des Sonnenuntergangs verblaßte, und schon waren die Trommeln vom Festplatz zu hören – dort, wo Amaru und die Chimu auf Cusi warteten, um ihn in ihre Mitte aufzunehmen, im Wissen, daß er ihre Verbrechen kannte. Cusi hatte gehofft, Amarus Standpunkt bereits zu kennen, wenn er sich dort zeigte, aber sein Bruder hatte ihm keine Gelegenheit zu einem Gespräch gegeben und sich auch nicht zu ihrem Ausflug mit Pongmassa geäußert. Es war ein schuldbewußtes Schweigen, das Cusi beinahe dazu getrieben hätte, seinen Bruder zu verlassen und nach Chiquitoy aufzubrechen.

Rund fünfzig Menschen drängten sich im Vorhof zur Pyramide von Minchancaman, der ein Vielfaches dieser Zahl fassen konnte. In der Mitte des Platzes stand Cusi ganz allein. Ein Priester hatte ihn hierhergeführt, nachdem man ihn am Tor von Urcon und Hanp'atu getrennt hatte. Ihnen war der Zutritt verweigert worden, weil sie nicht königlichen Geblüts waren, und angesichts der feierlichen Stimmung wagte Cusi nicht, sich gegen dieses Verbot aufzulehnen. Nun stand er also auf dem Platz, und niemand wollte sich zu ihm gesellen.

Im letzten Tageslicht beobachtete er, wie die Chimu königlichen Geblüts die gemauerte Rampe hinaufstiegen, die sich an der Nordflanke der Pyramide hinaufwand. Ein Feuer brannte oben auf der Plattform, die sich allmählich mit Priestern in langen Roben und Adeligen in farbenfrohen Tuniken füllte. Cusi fragte sich, ob Amaru sich wohl unter ihnen befand, oder ob auch er von dieser Ehre ausgeschlossen wurde. Bei den Chimu lief alles strikt nach Rangordnung ab, sogar der Zugang zum Himmel über ihnen.

Sobald die Nacht hereinbrach und die helle Sichel des aufgehenden Mondes sich im Osten zeigte, begannen die Gebete und Gesänge, begleitet von Trommeln, Flöten und Muschelhörnern. Geleitet wurde die Zeremonie von einem Priester, dessen schwarze Robe vorne eine silberne Sichel zierte; über seinen langen, weißen Haaren trug er einen schwarzen Chimu-Kopfschmuck. Mit ausdrucksvollen Gesten sprach er zu den festlich gekleideten Menschen unter sich. Die klare, bezwingende Stimme drang bis zu ihm herunter, aber das einzige Wort, das Cusi verstehen konnte, war der Name Si. Das ist vermutlich Naymlap, dachte Cusi. Hanp'atu hatte gehört, daß er ein mächtiger Zauberer und Heiler war, der aus der Priesterschaft in Chiquitoy verbannt worden war und jahrelang in der Wüste und den Bergen nach Visionen gesucht hatte. Cusi konnte selbst aus dieser Entfernung seine Ausstrahlung fühlen, und er fragte sich, ob er es vor Ende der Nacht mit Naymlap würde aufnehmen müssen. Er wußte nicht, wen oder was er erwarten sollte, denn Amaru hatte ihm keinen Hinweis gegeben.

Dann wanderten seine Gedanken zu den Verbrechen der Chimu. Vielleicht wird Amaru eine Erklärung für sie anführen, überlegte er und fühlte dabei, wie er vor Wut hart und kalt wurde. Wenn er mit den Beweisen, die er aufgedeckt hatte, von Chan Chan geflohen wäre, hätte er sich vielleicht für die Handwerker und ihre Familien einsetzen können, aber niemals für Amaru. Denn sein Bruder hatte dem Verrat tatenlos zugesehen und verdiente deshalb eine ebenso harte Strafe wie die Verräter selbst. Cusi war hier geblieben, um ihn vor dem sicheren Tod zu bewahren, und doch hatte er keinen Grund zu glauben, daß Amaru zu seiner Verteidigung auch nur einen Finger krümmen würde. Noch hatte sein Bruder kein einziges hilfreiches oder vertrauenswürdiges Wort geäußert.

Für kurze Zeit versank Cusi so sehr in seine Gedanken, daß er die Augen schloß, und als er sie wieder öffnete, sah er Männer mit einer hoch über den Kopf gehaltenen Fackel in einer Reihe die Pyramide herabsteigen. Die Menschen in seiner Umgebung wichen zurück, um Diener vorbeizulassen, die Riedmatten und Körbe voller Blumen in den Hof brachten. Cusi bewegte sich nicht vom Fleck; niemand kam auf ihn zu, und niemand versperrte ihm die Sicht auf das Ende der Rampe, das die ersten Fackelträger soeben erreichten. In diesem Augenblick erschien Amaru. Zuerst bemerkte Cusi allerdings Fempellec, denn Amaru trug Chimugewänder und war auf den ersten Blick von den anderen Gästen nicht zu unterscheiden. Fempellec jedoch hatte seine Lippen rot bemalt, die Augen schwarz umrandet und sich in eine lange, durchsichtige Tunika gehüllt, die eng an seinem schlanken Körper anlag, so daß es unmöglich war, ihn nicht von den anderen zu unterscheiden.

Lächelnd trat Amaru auf Cusi zu, gefolgt von Fempellec und fünf oder sechs anderen Männern, unter denen Cusi Pongmassa und Acunta erkannte. »Sei gegrüßt, Bruder«, begann Amaru.

Cusi unterbrach ihn mit einer heftigen Kopfbewegung. »Wir müssen reden, Amaru. Ich werde die Antwort bekommen, wegen der ich gekommen bin, oder ich gehe sofort.«

»Aber wir haben unser Fasten noch nicht beendet! Es ist unhöflich...«

»Ich kenne keine Höflichkeit gegenüber Leuten, die mich hintergehen wollen. Wenn du mich jetzt zurückweist, haben wir das letzte Mal miteinander gesprochen.«

Bevor Amaru antworten konnte, trat Pongmassa angriffslustig vor. Cusi spürte augenblicklich die Wut in sich aufsteigen, und er umklammerte fest seinen Stein. Im Geiste sah er bereits vor sich, wie er den Stein auf Pongmassas Stirn schleuderte. Aber Fempellec atmete erschrocken auf, und Amaru stellte sich vor Pongmassa und streckte Cusi beschwichtigend die Handflächen entgegen. Betroffen nickte er.

»Also komm, dann laß uns reden. Wir haben einen Ort vorbereitet...«

Fempellec griff nach einer Fackel und führte die kleine Gruppe zum Hof hinaus. Cusi folgte, ohne zu sehen, wer noch mitkam. Noch immer war er bereit, jemanden niederzuschlagen – jeden, der seinem Gefühl von Bedrohung menschliche Gestalt verlieh. Er schritt rasch aus, so daß Fempellec in einen Laufschritt verfallen mußte, und stampfte beim Gehen gelegentlich auf, um einen Teil der tödlichen Energie, die durch seinen Körper tobte, abzulassen.

Schließlich kamen sie in einen Hof, in dem an einer Wand eine niedrige Bank stand. Fempellec steckte die Fackel in einen Halter nahe dem Eingang, und da erkannte Cusi, daß auf dem Boden Matten ausgebreitet sowie Becher und anderes Geschirr aufgestellt worden waren. Er ging an Fempellec vorbei zur Mitte des Hofs und atmete tief durch, bis er wieder ruhig und sein Kopf klar war. Als er sich umdrehte, standen Amaru und Fempellec wenige Schritte hinter ihm.

»Allein, Amaru«, befahl Cusi. Fempellec senkte den Blick und wandte sich zum Gehen. Es hatte den Anschein, als wollte Amaru ihn zurückhalten, aber dann er ließ seinen Freund wortlos gehen. Verärgert blickte er Cusi an.

»Du hast keinen Grund, *ihm* mit Ablehnung zu begegnen.«

»Ich weiß nicht, wer er ist und welchen Platz er in deinem Leben einnimmt. Vielleicht möchte ich es auch gar nicht wissen.«

»Vielleicht hast du Angst davor«, sagte Amaru, und Cusi schnaubte verächtlich. Dann griff er nach einem Bronzeröhrchen, das auf einer

Matte am Boden lag. Es war hohl, etwa einen Fuß lang und hatte an einem Ende eine aufgeworfene Lippe. Cusi legte seinen Stein nieder, griff in die Kokatasche und zog den kleinen Lederbeutel hervor, den Raurau Illa ihm vor langer Zeit gegeben hatte.

»Dann erzähl mir doch davon«, forderte er seinen Bruder auf und reichte ihm den Beutel mit dem Rohr.

Der Ärger auf Amarus Gesicht wich einem Ausdruck verblüffter Neugier. Er hockte sich Cusi gegenüber auf den Boden und öffnete den Beutel, steckte einen Finger in das graue Pulver und leckte es ab. Der bittere Geschmack ließ ihn das Gesicht verziehen, und er sah Cusi mit einem sarkastischen Lächeln an.

»Damit habe ich das Vertrauen der Chimu errungen. Im Gegensatz zu den Inka und ihren Spionen hatte ich keine Angst davor, ein Röhrchen Vilca oder eine Schüssel Huacacachu zu probieren. Ich hatte keine Angst vor dem, was ich im Land der Visionen sehen oder sagen könnte.«

»Von diesem Pulver bekommen wir keine Visionen, aber vielleicht wird es uns helfen, einander zuzuhören. Bevor es zu spät ist.«

Amaru zuckte skeptisch die Schultern und machte sich an dem Beutel zu schaffen. Vorsichtig schüttete er etwas Pulver in die aufgeworfene Lippe des Röhrchens. Dann hielt er dieses Ende Cusi hin, der es an seine Nase führte, und Amaru blies fest in die andere Öffnung. Als das Feuer in Cusis Kopf erloschen war und die Augen ihm nicht mehr tränten, nahm er Beutel und Röhrchen an sich und wiederholte den Vorgang bei Amaru. Danach hockten sich beide bequem hin und starrten sich an, während die Droge zu wirken begann. Cusi fühlte die gleiche klare Sinneswahrnehmung wie damals im Hochland, und ein starkes Vertrauen erfüllte ihn. Aber er konnte noch immer nicht den Gesichtsausdruck seines Bruders enträtseln. Amaru wirkte erstaunlich ruhig, obwohl seine Augen funkelten.

Nach einiger Zeit fragte er Cusi schließlich: »Was glaubst du, dem Gouverneur berichten zu müssen?«

Cusi überdachte die Frage genau – als ob er dem Gouverneur etwas verheimlichen könnte! »Alles«, erwiderte er dann knapp. »Und der Sapa Inca wird durch vertrauenswürdige Boten ebenfalls davon erfahren.«

»Aber was willst du sagen? Was hast du denn gesehen? Einige Handwerker und ihre Familien...«

»... die ihren Klans gestohlen und unter falschen Angaben aus den Arbeitslisten gestrichen wurden.«

»Aber du hast versprochen, diese Leute zu verteidigen«, wandte Amaru ein. »Möchtest du sie verraten?«

»Für sie werde ich mich einsetzen, aber nicht für jene, die sie dorthinbrachten. Und auch nicht für diejenigen, die Lamas und Alpakas von den königlichen Herden und Arbeiter aus dem Chiquitoy-Tal gestohlen haben. Das ist nicht nur Diebstahl, sondern auch Verrat, ebenso wie die Tatsache, daß Postläufer falsche Nachrichten übermittelt haben.«

»Das stimmt, aber welche Beweise kannst du dafür anführen?«

»Ein königlicher Inspektor würde die Beweise finden, wenn nicht schon die Inspektoren des Gouverneurs vor ihm«, erklärte Cusi. »Der Diebstahl von Arbeitern wäre sowieso bald entdeckt worden. Das mußtest du doch wissen, Amaru. Ein derart kühnes Verbrechen kann man nicht lange verheimlichen.«

»Einige Männer hier sind sehr ungeduldig«, gab Amaru zu bedenken. »Sie besprechen sich nicht mit mir, bevor sie etwas tun. Und diese Männer denken auch, daß du und deine Begleiter diesen Ort nicht lebend verlassen sollten.«

Cusi atmete langsam durch und spürte, wie trocken sein Mund war und wie rasch sein Herz schlug.

»Dann sind sie ungeduldige Narren«, erwiderte er heftig. »Glauben sie wirklich, sie könnten den Stellvertreter des Sapa Inca ungestraft töten? Sie würden das mit ihrem Leben und dem ihrer Nachkommen bezahlen.«

»Sie glauben, daß der Krieg im Norden Huayna Capacs ganze Aufmerksamkeit beansprucht«, erklärte Amaru. »In der Vergangenheit hat er mit seiner Rache oft lange gezögert. Vielleicht vergibt er ihnen sogar, wie den Quito.«

»Den Tod von Cusi Huaman verzeiht er nicht. Und wenn irgend etwas hier meine Rückkehr verhindert, würde unsere Mutter selbst die Truppen gegen Chan Chan führen. Niemand in Chiquitoy würde glauben, daß wir alle vier durch ein Unglück umkamen.«

Amaru hob beschwichtigend die Hand. »Mich brauchst du nicht zu überzeugen. Aber ich muß dich warnen. Du wirst niemandem hier klar machen können, daß du ungefährlich bist, wenn du mit ihnen sprichst wie mit mir. Es wäre besser, wenn du einsehen würdest, daß du in einer schwachen Position bist, und dich weniger trotzig verhieltest – auch wenn du Cusi Huaman heißt. Wegen deines Versprechens den Handwerkern gegenüber gibt es hier viele, die dich in Frieden ziehen lassen würden. Aber du müßtest schwören, nichts zu sagen, was ihr Leben gefährden könnte.«

»Das wäre besser?« wiederholte Cusi ungläubig. »Verrat zu ignorieren ist das gleiche, wie ihn selbst zu begehen. Oder hast du hier in Chan Chan alles vergessen?«

»Du hast keinen Verrat gesehen«, beschwichtigte Amaru ihn. »Das kannst du aufrichtigen Herzens behaupten. Und das ist auch die einzige Möglichkeit, die du hast, Cusi. Wenn dir dein Leben und das von Micay und deinen Freunden lieb ist, mußt du Stillschweigen schwören.«

Cusi setzte sich auf die Knie und griff nach seinem Stein, aber als er sprach, war seine Stimme ruhig. »Nein.«

»Nein? Dann...«

»Was dann, mein Bruder? Wirst du zusehen, wie wir umgebracht werden?«

»Die Wahl liegt bei dir, nicht bei mir.«

Cusi erhob sich und starrte seinen Bruder an. »Du hast wirklich alles vergessen, wenn du mit meinem Blut an deinen Händen leben kannst. Aber dazu wird es nicht kommen, Amaru. Mir ist nicht bestimmt, hier zu sterben, und ich lasse nicht zu, daß du uns beide zu Verrätern machst. Wir müssen einen anderen Weg finden.«

»Es gibt keinen anderen Weg«, antwortete Amaru müde.

»Dann müssen wir uns einen ausdenken«, fuhr Cusi ihn an und blickte verzweifelt um sich, als fände er damit einem Ausweg. Dann fielen seine Augen auf den Beutel zu seinen Füßen. Er brauchte jetzt eine von Rauraus Visionen, um ihn zu leiten. Oder eine eigene Vision. Er sah zu Amaru hinüber. »Du hattest keine Angst, mit den Chimu in das Land der Visionen zu gehen. Würdest du mit deinem Bruder dorthin gehen?«

Amaru schwieg erstaunt und stand dann ebenfalls auf. »Dort sind wir hilflos«, gab er zu bedenken.

»Du sagst, daß ich hier sowieso hilflos bin. Wir müssen herausfinden, ob das stimmt.«

Amaru starrte ihn noch einen Moment an und nickte dann ruhig, aber sein Gesicht verriet Aufregung. »Dann mache dich bereit«, sagte er und ging zur Tür. »Ich hole das Huacacachu, und wir gehen gemeinsam.«

Da man Micay eine Portion vom Festessen versprochen hatte, war sie nicht überrascht, als plötzlich Fempellec und zwei Diener auftauchten. Einer von ihnen trug Riedmatten und eine Fackel, der andere einen großen Korb; Fempellec hatte ein bemaltes Trinkgefäß in der Hand.

»Seid gegrüßt, Herrin«, sagte er in seinem zischenden Quechua und verneigte sich. Dann gab er den Dienern in raschem Mochica Anweisungen, wie sie die Speisen und Blumen aus dem Korb ausbreiten sollten. Das Essen war in vielen kleinen Schalen angerichtet und hätte für mehrere Leute genügt. Für Micay war bereits der Anblick der vielfarbigen, duftenden Gerichte ein Genuß.

Als alles zu Fempellecs Zufriedenheit in einem perfekten, von Blumen umringten Halbkreis angeordnet war, zogen die Diener sich zurück. Fempellec jedoch blieb stehen und betrachtete kritisch das Arrangement. Seine schwarzen Haare hingen ihm um das weiche, sinnliche Gesicht, das er verführerisch geschminkt hatte, und seine Tunika war so durchsichtig, daß Micay die dunklen Brustwarzen und seine Geschlechtsteile erkennen konnte, die ihn eher als einen Jungen denn einen Mann ausgaben.

»Möchtest du mit mir essen, Fempellec?« forderte sie ihn auf. »Ich würde mich über deine Gesellschaft freuen.«

Er blinzelte überrascht, als hätte er ihre Gegenwart vergessen, und sie bemerkte, daß seine Augen glasig glänzten, als hätte er zuviel Akha getrunken. Langsam ließ er sich ihr gegenüber nieder und forderte sie mit einer Geste auf zu essen.

»Ihr seid freundlich, Herrin. Probiert doch von der Ente, ich habe selbst gesehen, wie sie vom Spieß genommen wurde.«

Micay folgte seinem Rat und kostete das Fleisch; unter der knusprigen Haut war es zart und saftig. Dann aß sie von einem Gericht mit Muscheln, Tomaten und Uchu-Pfefferschoten, ein köstliches Fischfilet mit würziger Erdnußsauce und einen süßen Bohnenbrei, der mit Avocadoscheiben garniert war. Das Essen war so köstlich, daß sie beinahe ihre Sorge um Cusi und ihre Wachsamkeit gegenüber Fempellec vergaß.

»Ich sollte dich nicht vom Fest fernhalten«, entschuldigte sie sich. »Obwohl man es von hier gut hören kann.«

»Ich höre es genau«, sagte Fempellec düster. »Ich habe alles gehört, was sie gesagt haben. Ebenso wie die anderen, die ich mit Reden ablenken wollte. Jetzt ist alles verloren.«

Eine böse Vorahnung erfüllte Micay, und sie schob ihr Essen beiseite. »Ich verstehe dich nicht«, sagte sie.

Fempellec nickte. »Man kann es nicht verstehen. Ich habe nichts getan, weswegen er mich hassen sollte. Niemand hier hat ihn beleidigt oder schlecht behandelt. Und trotzdem würde er alles zerstören, um mir Amaru wegzunehmen.«

»Cusi«, stieß Micay hervor.

Wieder nickte Fempellec. »Er ist verrückt ... er will keine Vernunft annehmen, nicht einmal, um sein eigenes Leben zu retten. In ihm steckt soviel Gewalttätigkeit! Er hätte Pongmassa und dann auch noch mich umgebracht.«

»Gab es einen Kampf?«

»Amaru hat sich dazwischengestellt, aber in Cusis Augen stand der Tod, das habe ich gesehen. Als ich ihn in den Hof führte, hat er mich gezwungen zu rennen und wie ein wildes Tier mit den Füßen aufgestampft. Er jagt einem Angst ein.«

»Er ist ein Krieger«, beschwichtigte Micay ihn in der Hoffnung, er würde sich etwas verständlicher ausdrücken. »Und weil er kleiner ist als die meisten Männer, reagiert er sehr heftig auf jede Bedrohung.«

»Ich kenne Männer, die ihre Leidenschaft nicht von ihrer Wut unterscheiden können«, fuhr Fempellec fort. »Amaru war so, als ich ihn kennenlernte ... als er sich noch schämte wegen der Gefühle, die ich in ihm wachrief. Zuerst hat er mich benützt und mich dann verächtlich hinausgeworfen; er hat gedroht, er würde mich umbringen, wenn ich wiederkäme. Aber ich bin jedesmal zu ihm zurückgegangen, und ich war immer noch da, als seine Wut und seine Scham vorüber waren.«

»Ich sehe, wie sanft er sich dir gegenüber verhält. Und genauso ist Cusi mit mir.«

»Warum hat er das dann getan?« stieß Fempellec hervor. »Wenn er sich schon nicht selbst retten will, warum muß er dann Amaru mit hineinziehen? Ich kenne Amaru doch. Er liebt Cusi, und wenn sie aus dem Land der Visionen zurückkommen, wird er sich ihm noch enger verbunden fühlen. Und dann wird er mit Cusi fortgehen oder mit ihm sterben.«

»Was ist passiert?« fragte Micay entsetzt. »Warum sind sie in das Land der Visionen gegangen?«

»Um einen Ausweg zu finden, sagte Cusi.« Fempellec breitete hilflos die Arme aus, und ein schwarze Träne rann ihm über das Gesicht und fiel auf seine Tunika. »Aber es ist zu spät. Pongmassa und die anderen standen mit mir vor dem Hof. Jetzt würden sie keinem Versprechen von Cusi mehr Glauben schenken, auch wenn er aus einer Vision heraus spricht. Und Amaru wird versuchen, sie daran zu hindern, und dann werden sie auch ihn umbringen müssen.«

Micay ließ ihre Serviette fallen und stand zitternd vor Angst auf. Kurz dachte sie an Cusis Warnung, aber Fempellec war nicht als Bote zu ihr gekommen, und sie glaubte nicht, daß seine Verzweiflung gespielt war; dazu war er zu betrunken. Immer noch weinend hob er seinen Kürbis an die Lippen, aber sie nahm ihn ihm aus der Hand, bevor er einen Schluck nehmen konnte.

»Dann müssen wir ihnen helfen«, sagte sie heftig und warf das Gefäß zu Boden. »Wenn Amaru gehen muß, kommst du mit uns nach Tumibamba.«

»Ihr wollt nur Cusi helfen«, gab Fempellec zurück und sah betroffen an ihr vorbei. »Ich weiß, was die Inka von mir denken würden. Das hat mir Amaru selbst gesagt. Er würde mich nie mitnehmen, um bei ihnen zu leben.«

Micay beugte sich vor, packte seine Schultern und zwang ihn, ihrem Blick zu begegnen. Einen Augenblick wünschte sie, Cusis erschreckende Ausstrahlung zu besitzen, damit Fempellec ihr einfach gehorchen *mußte*. Aber in seinen Augen lag nur Angst, und deshalb sprach Micay mit einer sanften Dringlichkeit auf ihn ein, die ihre Verzweiflung nicht verriet.

»Wir werden ihn dazu bringen, daß er dich mitnimmt, Fempellec. Aber zuerst müssen wir den Mut haben, ihn zu retten. Das wird ihn an dich binden, genauso wie er an Cusi gebunden ist. Wie ich an Cusi gebunden bin.«

Fempellec stöhnte und hing matt in ihren Armen. Aber dann stand er mit einem lauten Seufzen auf und murmelte: »Ihr seid nur eine Frau, und ich...«

Micay nahm eine Hand von seiner Schulter und strich ihm damit über sein tränenüberströmtes Gesicht, so daß die verlaufene Schminke schwarze Linien bildete.

»Jetzt hast du eine richtige Kriegsbemalung«, sagte sie und führte ihn davon. »Und nun müssen wir gehen, um die Menschen zu beschützen, die wir lieben.«

Nach dem gleißenden Licht der Wüste war die Dunkelheit des Korridors wie Balsam für seine Augen, aber er glühte noch immer, und sein Mund brannte vor Trockenheit. Libellen, die blau und gelb in der Finsternis leuchteten, verfolgten ihn schwirrend mit einem bedrohlichen Summen, als lauerten sie wie Geier darauf, daß er hinfiel. Er war vor dem schwarzen Mann ohne Gesicht geflohen, dem Mann mit dem blutüberströmten Stock, und hatte sich unterwegs vor Feinden verstecken müssen. Da war eine Frau... sie gab ihm Wasser zu trinken und preßte sich gegen ihn, sie war nackt und erregte ihn mit öligen Fingern, umschloß ihn mit ihrem Mund und sog alles aus ihm heraus...

Angst stieg in ihm auf, und das Summen der Libellen wurde lauter. Dann zerrte etwas an seiner Hüfte, und er bemerkte etwas neben sich. Ohne den Kopf zu wenden – denn er wußte instinktiv, daß er das nicht tun durfte –, begriff er, daß es sein Schutzgeist war. Er war groß und ruhig und fühlte sich kühl auf Cusis brennender Haut an. Auf schwachen Beinen ging Cusi über einen Platz, der sich vor ihm auftat, und fühlte seinen Schutzgeist neben sich schweben, als wären sie an der Hüfte miteinander verbunden. Mittlerweile waren die Libellen verschwunden. Er torkelte über den Korridor, hielt aber inne, als er eine Stimme hörte. Er blickte in einen weiteren Hof und sah einen Jungen, der sieben oder acht Jahre zählen mochte. Der Junge öffnete den Mund, um zu sprechen, aber es war Amarus Stimme, die herauskam.

»Du bist wieder da. Bleib hier und hör mir zu. *Hör zu*, Cusi. Das ist passiert, bevor du geboren wurdest. Bevor irgend jemand wußte, daß du geboren werden würdest. Vater war im Krieg, und Mutter ging mit uns zu Lloque Yupanqui, dessen erste Gemahlin gerade gestorben war. Wir sollten bei ihm leben.«

Hinter dem Jungen sah Cusi die Steinhäuser im Anwesen seines Onkels; schattenhafte Gestalten bewegten sich im Zelthaus auf der oberen Terrasse.

»Dann kehrte Vater zurück. Er trug die Abzeichen eines Kommandeurs, und wir zogen mit ihm zu unserem eigenen Haus zurück. Aber bald darauf erhielt er den Befehl, eine Garnison in Copiapo zu befehligen. Er wollte uns alle mitnehmen, aber Mutter weigerte sich. Sie sagte, die Stellung sei unter seiner Würde. Außerdem war es so weit weg von Cuzco, und sie wollte ihre Kinder nicht unter Wilden großziehen. Sie war wütend, weil er nicht seinen Einfluß benutzen wollte, um eine andere Stelle zu bekommen.«

»Genau die Art Inka ist er«, hörte Cusi sich sagen.

Der Junge sah ihn verärgert an. »Die Art, die tut, was befohlen wird«, sagte Amarus Stimme, »und der von seiner Frau das gleiche erwartet. Zuerst flehte er sie an, dann schrie er sie an, und am Ende hat er sie geschlagen. Ich habe das nicht gesehen, aber ich erinnere mich noch an den blauen Fleck auf Mutters Wange.«

»Er hat mich geschlagen«, erzählte Cusi und versuchte sich durch die Tür davonzustehlen, als er Apu Poma auf den Jungen zukommen sah. Aber sein Schutzgeist ließ ihn innehalten, und mit Amarus nächsten Worten verschwand Apu Poma wieder.

»Ja, und ich versuche dir zu erklären warum. Hör zu. Mutter ging mit uns wieder zu Lloque zurück, und wir blieben dort, bis Vater nach Copiapo abgereist war. Ich habe ihn sechs Jahre lang nicht gesehen. Lloque war wie ein Vater zu mir, und zu dir auch, als du geboren wurdest. Zu früh, sagten die Wehmütter, die zurückrechneten, wieviel Zeit seit Vaters Besuch in Cuzco vergangen war. Vater hat wohl da oben in Copiapo auch nachgerechnet und festgestellt, daß die Zeit verdächtig kurz war. Er konnte ja nicht sehen, wie klein und schwach du warst. Warum sollte er also glauben, daß du wirklich zu früh zur Welt gekommen warst? Er war immer schon eifersüchtig auf Lloque gewesen.«

Im Zelthaus gab es Aufruhr, aber Cusi konnte nicht sehen, was es war. Vor Verwirrung wurde er schläfrig, aber gleichzeitig fühlte er, wie sein Schutzgeist ihn von der Tür wegdrängte. Der Junge und die Stimme wurden immer unklarer.

»Hör zu … jetzt bist du derjenige, der sich versteckt. Ich erzähle dir, warum er dich immer so schlecht behandelt hat. In seinem Innersten hat er immer daran gezweifelt, daß du sein Sohn bist. Cusi! Ich sage nicht, daß das stimmt … ich weiß es nicht, aber … sie sind Zwillinge. Warte, Cusi, es gibt noch mehr …«

Es ging ihm besser, als er sich wieder bewegte, den dunklen Korridor entlang, weg von der beunruhigenden Stimme. Sein Schutzgeist neben ihm murmelte etwas, das unverständlich leise war. Zuerst klang es tröstlich, aber dann bekam es einen warnenden Ton und ließ seine ganze Angst wieder hochkommen. Entsetzt blieb er stehen – jemand stand vor ihm. Ein beißender Geruch von Holzrauch und schmutziger Wolle drang ihm in die Nase.

»Welche Botschaft bringst du?« fragte eine ihm vertraute Stimme. »Warum hast du mich gerufen?«

»Großvater«, stieß Cusi erleichtert hervor, und dann sah er das faltige Gesicht mit dem schwarzen Streifen über den geschlossenen, blinden Augen. Vor Erleichterung wollte er weinen, aber seine Augen waren zu trocken, um Tränen hervorzubringen.

»Welche Botschaft bringst du?« wiederholte Raurau Illa barsch.

»Ich brauche Hilfe, Großvater. Ich bin verloren, umzingelt von Feinden …«

»Es gibt nur einen Feind«, sagte der Alte unbarmherzig, »der Eine, der das Pacha Puchucay bringt, das Ende unserer Welt. Wenn Bruder gegen Bruder kämpft, wer soll da noch auf Zeichen achten? Wenn Väter ihre Söhne aufgeben, wer soll dann das Land ihrer Geburt beschützen? Wir dürfen unsere Kräfte nicht vergeuden … du mußt hier Frieden schließen.«

»Aber sie wollen mich töten!« schrie Cusi.

»Bist du nicht ein Bruder des Blitzes? Vertraue dem, der bei dir ist, und schlage schnell zu. Aber wenn die Gefahr vorüber ist, mußt du ihnen vergeben. Du mußt ihnen die Gnade der wahrhaft Starken zeigen. Du mußt ihnen helfen, in Ordnung zu bringen, was fehlgetan wurde.«

Plötzlich tobte Lärm um ihn – wütende Stimmen, die in einer unbekannten Sprache schrien –, und das Dunkel um ihn nahm immer mehr zu, so daß er Raurau Illas Gesicht nicht mehr sehen konnte. Er fühlte, wie Gefahr ihn umwogte wie ein beißender Wind.

»Großvater! Ich kann nicht sehen!«

»Du wirst sehen, mein Sohn, und dann mußt du mit all deiner Schnelligkeit handeln. Nimm diese Augen und sehe, Cusi; nimm die Augen, die Illapa mir genommen hat!«

Zwei glühende Augen erschienen in der Dunkelheit. Sie waren groß und gelb und hatten schwarze Pupillen, die sich immer weiter ausdehnten, bis nur noch winzige Goldsicheln sie umgaben. Sie schwebten auf ihn zu, und er ließ sich vorwärtsziehen…

Als er erwachte, saß er mit dem Rücken an eine Wand gelehnt, und sein Kopf ruhte auf den Armen, mit denen er seine angezogenen Knie umfaßte. Sein Körper war glühend heiß, seine Kehle brannte vor Trockenheit, und zum ersten Mal erinnerte er sich an die Schale mit Huacacachu, die er getrunken hatte. Da wußte er, daß er durch das Land der Visionen gereist war, nicht durch die Wüste, wie er geglaubt hatte. Er öffnete die Augen und sah den gepflasterten Boden unter sich und seinen Stein zwischen den Füßen. Sie verschwammen nicht vor ihm, und ihr Anblick tat seinen Augen nicht weh.

Dann sah er einen Körper neben sich liegen, einen Körper, der immer wieder zuckend zusammenfuhr und leise stöhnte. Amaru, hörte oder dachte er. Als nächstes wurde ihm deutlich die Präsenz seines Schutzgeists bewußt – Illapa hatte ihn nicht verlassen. Ich höre dich, brüderlicher Schutzgeist, dachte er, und erinnerte sich an die Gefahr und an die Notwendigkeit zuzuschlagen. Er hob den Kopf und sah, daß ein Kreis von Männern ihn umzingelte; sie standen reglos da und starrten ihn an. Direkt ihm gegenüber hatten sich zwei vor die anderen gedrängt; sie hielten kurze Speere in den Händen, die auf ihn gerichtet waren. Einer der beiden war Pongmassa, und an dem aufgeregten Ausdruck ihrer Gesichter konnte er erkennen, daß sie diejenigen waren, die ihn töten sollten.

Er nahm den Stein in die Hand und stand mühsam auf, fiel aber rückwärts gegen die Wand, als ein Schwindel ihn erfaßte. Die Droge pulsierte wie ein Gift durch seine Adern, und vor Übelkeit mußte er sich mit seiner freien Hand an der Wand abstützen und wäre gefallen, wenn nicht sein Schutzgeist ihn gehalten hätte. Dann war das Schwindelgefühl vorüber, und er konnte sich aufrechthalten, obwohl er unentwegt zitterte und seine Muskeln unkontrolliert zuckten.

Als er wieder auf seine Feinde blickte, sah er, daß Pongmassa und der andere sich aus dem Kreis gelöst hatten und langsam mit erhobenen Speeren auf ihn zukamen. Cusi trat von der Wand zurück, aber er zitterte so stark, daß er die beiden kaum im Blick behalten konnte. Pongmassa verhöhnte ihn und senkte als Geste der Verachtung seinen Speer. Wütend richtete Cusi sich auf, aber das bewirkte nur, daß er noch stärker zitterte. Plötzlich spürte er, wie ihn zwei Arme von hinten umfaßten und er völlig ruhig wurde. Seine Angreifer hielten ebenfalls inne und tauschten unsichere Blicke aus. *Der Stein ist für Pongmassa*, hörte Cusi. *Wenn er sich wieder bewegt, schlag zu!* Pongmassa ächzte und machte einen Schritt nach vorne, und sofort fühlte Cusi, wie sein Schutzgeist ihn losließ. *Schlag zu!* Er wirbelte vorwärts und schleuderte den Stein mit aller Macht auf Pongmassas entsetztes Gesicht. Doch der Stein landete mit einem krachenden Geräusch auf Pongmassas Rippen, und die Umstehenden schrien erschrocken auf. Pongmassa fiel zu Boden, und Cusi stieß einen Laut aus, den nur er hören konnte. Im nächsten Augenblick sprang er auf den anderen Mann zu, der zurückwich und mit seinem Speer wild um sich fuchtelte. Cusi landete zu weit von ihm entfernt und machte einen Scheinangriff nach rechts, sprang aber wieder nach links, während der Mann mit seinem Speer zustieß, so daß er Cusi verfehlte und fast das Gleichgewicht verlor.

Laß ihn nicht nahekommen, hörte Cusi, *aber laß ihm keine Ruhe. Du brauchst ihn nicht zu töten.* Cusi konnte nicht anders, er mußte sich ständig in Bewegung halten; die frenetische Energie der Droge trieb ihn voran, so daß er sich beinahe tänzelnd dem Mann mit dem Speer näherte. Er stürmte nach vorn und zog sich geduckt wieder zurück, dann noch einmal, und ließ den Mann mit seiner Waffe wütend ins Leere stoßen. Aber schon war Cusi wieder vor ihm, tauchte zur Seite, stob herum und verwirrte seinen Gegner, der sich von Cusis Rage mehr und mehr zum Leichtsinn verleiten ließ. Plötzlich schlüpfte Cusi an ihm vorbei und versetzte ihm einen heftigen Schlag auf die Schläfe, so daß sein Kopfschmuck durch die Luft flog. Der Mann blieb torkelnd stehen und wirbelte wutschnaubend herum, aber Cusi stand bereits hinter ihm und trat ihm in die Kniekehlen, so daß er zu Boden fiel. Noch bevor er sich wieder aufgerappelt hatte, stieß Cusi ihm in den Rücken und schlug ihm ins Gesicht.

Dann trieb Cusi seinen Feind quer über den Hof, bis der Mann wankte und stolperte; die Schläge und Fußtritte sollten ihn mehr demütigen als verletzen. »Hilflos!«, knurrte Cusi. »Jetzt weißt du wie es ist, wirklich hilflos zu sein!« Der Mann griff ihn noch zweimal an, und beide Male stellte Cusi ihm ein Bein und ließ ihn flach aufs Gesicht fallen. Schließlich war der Mann zu erschöpft und zu atemlos, um sich noch zu bewegen; er stand nur noch da und hielt sich einen Arm schützend vor sein blutverschmiertes Gesicht, in der anderen Hand den Speer, dessen Spitze abgebrochen war. Auch Cusi rang nach Luft, aber er konnte seinen rachsüchtigen, manischen Tanz nicht beenden – nicht solange es noch eine Zielscheibe für seine Wut gab. Der Mann taumelte und wäre gleich zu Boden gefallen, wenn nicht Amaru plötzlich hinzugesprungen wäre.

»Cusi!« gellte er und hob den Mann in den Luft, trug ihn fünf Schritte weit und schleuderte ihn Kopf voran an die gegenüberliegende Wand. Dann ließ er sich auf den Rücken des Mannes fallen, verfluchte ihn schreiend und hämmerte mit den Fäusten auf ihn ein, als wäre der Mann bei Bewußtsein und würde sich zur Wehr setzen. Mehrere Zuschauer wollten ihn zurückhalten, aber Amaru ging auch auf sie los und beschimpfte sie als Feiglinge und Mörder. Cusi hatte aufgehört zu kämpfen, ohne es zu merken; seine Muskeln waren noch immer stark gespannt, und bevor er zu seinem Bruder eilen konnte, trat Acunta vor ihn und hielt ihm seine Handflächen bittend entgegen.

»Hört auf, Cusi. Es ist vorbei.«

Vorbei. Erst dieses Wort schien seinem Körper bewußt zu machen, was er getan und was es ihn gekostet hatte. Auf einmal tat ihm alles weh, seine Lungen bekamen nicht genügend Luft, und als er langsam in die Knie sank, fühlte er, wie der Rest seiner wütenden Energie aus seinem Körper wich. Amaru kämpfte noch mit den Männern um sich, aber Cusi sah, daß sie nicht bewaffnet waren und nicht versuchten, ihn zu verletzen, obwohl er mehrere von ihnen verwundet hatte. Er wollte seinem Bruder zurufen aufzuhören, doch sein Atem ging zu heftig und seine Kehle war zu trocken, als daß er hätte sprechen können. Acunta versuchte, Amaru über die Köpfe der Eingreifenden hinweg zur Vernunft zu bringen, aber Amaru war so sehr in Rage, daß Worte ihn nicht erreichten. Er beschützt mich, dachte Cusi, als er hörte, wie Amaru seinen Namen schrie.

Plötzlich waren erschreckte Rufe zu hören, und Cusi sah einen Ball aus Feuer in den Hof fliegen. Nein, es war eine Fackel, die jemand wie eine Keule vor sich herschwang. Es war Fempellec, bemalt wie ein wilder Krieger, der gellende Schreie ausstieß und sich auf die Männer um Amaru stürzte. Acunta wollte ihm den Weg versperren, und Fempellec versuchte, die Fackel mit aller Kraft an Acuntas Kopf zu schleudern. Doch dieser duckte sich, und sie flog in weitem Bogen über den Hof und schlug an die Wand, so daß ein Schauer von Funken und brennenden Holzsplittern auf die Umstehenden niederging.

Mit einem Mal wurde es still, und Cusi sah, daß Acunta Fempellec umklammerte und Amaru still dastand und sich verwirrt blinzelnd umsah. Cusi war überrascht, plötzlich Arme um sich zu spüren, denn er hatte die Anwesenheit seines Schutzgeists nicht mehr gefühlt. Aber es war Micay. Mit weit aufgerissenen braunen Augen starrte sie ihn prüfend und ungläubig an, und dann brach sie in Tränen aus und zog ihn an sich. Cusi fühlte die vertraute Weichheit, den süßen Duft ihrer Haut, und ließ sich in ihre Arme sinken. Endlich wußte er, daß er in Sicherheit war. *Wache über mich*, murmelte er stimmlos, und dann verließ ihn das Bewußtsein.

»Er hat Fieber«, sagte Micay zu Hanp'atu, als sie Cusi vorsichtig auf den Boden legten. Irgendwann im Verlauf der Nacht hatte er seine Tunika verloren, und seine nackte Haut war glühend heiß, aber trocken. Seine aufgesprungenen Lippen und das verzerrte Gesicht ließen ihn aussehen, als sei er tagelang durch die Wüste geirrt, und sein Atem ging schwer.

»Das ist die Huacacachu«, erklärte der Heiler. »Wir müssen ihn aufwecken und ihm etwas zu trinken geben.«

Hanp'atus Worte hallten in der plötzlichen Stille des Hofs wider, und Micay blickte auf und merkte, daß sie noch ihre Fibel in der Hand hielt. Sie war rot vom Blut des Wachpostens, der sie vom Hof hatte fernhalten wollen, während sie hörte, wie Amaru Cusis Namen schrie. Fempellec hatte die Tunika des zweiten Wächters in Brand gesteckt, und daraufhin waren die anderen Leuten erschreckt zurückgewichen.

Jetzt kam vom entfernten Ende des Hofs, wo er sich vermutlich die ganze Zeit aufgehalten hatte, ein hochgewachsener, weißhaariger Priester auf sie zu. Er war ganz in Schwarz gekleidet und trug eine silberne Sichel, die auf seine Brust herabhing.

»Naymlap«, flüsterte Hanp'atu Micay zu, als der Priester innehielt, um Amaru etwas zuzuflüstern. Dieser saß mit dem Kopf in den Händen vergraben da, und Fempellec hatte ihm die Arme um die Schultern gelegt. Dann kam der Priester in Begleitung Acuntas zu Cusi herüber, und der Führer stellte ihn als Naymlap vor, den Hohenpriester der Göttin Si. Micay und Hanp'atu verbeugten sich ehrerbietig, aber der Priester schien es nicht zu bemerken. Er starrte nur auf Cusi hinab und musterte ihn mit herablassender Faszination.

»Bring ihn wieder zu sich«, befahl er Hanp'atu. »Wir müssen hören, was er uns zu sagen hat.«

»Herr...«, setzte Hanp'atu an. Aber Micay gebot ihm mit einer Geste zu schweigen und stand auf, um dem Priester gegenüberzutreten. Naymlap starrte sie vernichtend an, und Acunta gab ihr ein warnendes Zeichen, aber Micay ließ sich von keinem der Männer einschüchtern. Nach allem, was sie in den vergangenen Stunden durchgestanden hatte – was sie empfunden hatte, als sie Amaru Cusis Namen schreien hörte –, fürchtete sie sich vor nichts mehr.

»Ihr seid doch ein großer Heiler, Herr. Sicherlich könnt Ihr sehen, daß er jetzt nicht mit Euch sprechen kann. Er muß sich ausruhen.«

»Ein gewöhnlicher Mensch, ja«, sagte der Priester hoheitsvoll.

»Aber er brachte vom Land der Visionen große Energie zurück. Wir müssen wissen, was er dort gesehen hat. Wenn er schläft, könnte er es vergessen.«

»Dann soll er es vergessen!« fauchte Micay. »Warum sollte er Euch etwas sagen? Habt Ihr nicht etwa zugesehen, wie sie versuchten, ihn zu töten?«

Naymlap runzelte die Stirn; die Frage schien ihn mehr zu überraschen als zu beleidigen. »Natürlich habe ich zugesehen. Er hat gedroht, uns alle als Dieber und Verräter zu melden, und er gab damit an, es sei ihm nicht bestimmt, hier zu sterben. Es war unsere Pflicht, ihn zu prüfen und zu töten, falls er seinen Behauptungen nicht gerecht würde.«

»Also habt Ihr ihm Huacacachu gegeben und einen Mörder auf ihn angesetzt«, folgerte Micay. »Oder waren es zwei?«

»Es waren zwei«, stimmte der Priester zu. »Du kannst sehen, wo sie liegen. Sie konnten ihm nicht nahekommen.«

»Und jetzt werdet Ihr ihm nicht nahekommen«, warnte Micay. Der Priester blickte auf Micays Hand, und jetzt erst wurde ihr bewußt, daß sie die blutige Nadel auf ihn gerichtet hatte.

»Bist auch du ein Krieger, meine Tochter? Würdest du mein Herz damit durchbohren?«

»Wenn Ihr ihm Schaden zufügen wolltet, dann ja«, sagte Micay entschlossen. Mit einem Nicken auf Hanp'atu erklärte sie: »Wir sind Heiler, und wir werden bestimmen, wann er kräftig genug ist, um mit Euch zu sprechen.«

Naymlap starrte auf Cusi hinunter, der im Schlaf unruhig stöhnte und ächzte. Der Priester seufzte und nickte resigniert. »Jetzt wird niemand ihm Schaden zufügen. Niemand würde glauben, ihm überhaupt etwas anhaben zu können. Steck deine Waffe weg«, forderte er Micay auf, »und heile ihn. Hilf ihm, sich zu erinnern, wenn er wach wird, und laß nach mir schicken, wenn er bereit ist.« Dann wandte er sich zum Gehen.

»Bring uns Wasser und eine Sänfte«, befahl sie Acunta, der sich verneigte und den Auftrag weitergab. Micay kniete sich wieder neben Cusi, legte ihm ihre kühle Hand auf die Stirn und begann ihre Wache.

Als Cusi eineinhalb Tage später wieder ganz zu sich kam, sah Micay auf den ersten Blick, daß niemand ihn ermuntern müßte, sich zu erinnern. Er lächelte Micay, Hanp'atu und Urcon matt zu, zog sich dann aber in sich selbst zurück und überließ sich ihrer Pflege. Die drei wuschen ihn, massierten seine verkrampften Muskeln und tauchten seine geschwollenen Hände und Beine in kaltes Wasser. Dann flößten sie ihm warmen Kokatee ein, fütterten ihn mit süßem Maisbrei und achteten darauf, ihn so wenig wie möglich in seinen Gedanken zu stören. Eine Weile schluckte er unbeteiligt, aber schließlich überwältigte der Hunger seine Erinnerungen, und er erwachte aus seiner Träumerei und bedeutete, er wolle etwas Herzhafteres essen.

Sobald er satt war, wollte er sprechen, aber Micay legte ihm einen Finger auf die Lippen und ließ ihn noch eine Zeitlang stumm dasitzen und mehr Kokatee trinken. Er gehorchte mit erstaunlicher Geduld und blickte seine drei Kameraden nachdenklich an, als würde ihr Anblick ihm helfen, seine Gedanken zu ordnen. Micay war erstaunt, wie ruhig er wirkte nach dem langen Schlaf, der oft von unruhigen Träumen gestört worden war. Schließlich nickte er und bat sie mit einem Blick um Erlaubnis zu sprechen. Sie gewährte sie ihm mit einem Lächeln.

»Ich bin wieder da«, sagte er heiser, »und wir sind noch zusammen. Ich bin euch dankbar, meine Freunde.«

»Wir haben nichts getan«, wandte Micay ein. Urcon ließ den Kopf hängen. Er machte sich Vorwürfe, weil er auf dem Fest gewesen war und sich nicht an Cusis Rettung beteiligt hatte.

»Aber ihr hättet etwas getan, wenn ihr gebraucht worden wärt«, erklärte Cusi. »Und jetzt brauche ich euch, denn mir wurde gezeigt, was wir tun müssen – von deinem Großvater, Urcon.«

Die drei blickten auf, aber bevor Cusi fortfahren konnte, verdunkelte eine Gestalt die Morgensonne, die durch die Tür hereinschien. Cusi sah auf und winkte.

»Komm herein, Acunta.«

Zögernd trat der Führer vor, verbeugte sich und nahm Cusi gegenüber am Boden Platz. Dann machte er sich daran, das mitgebrachte Bündel auszupacken. Es bestand aus Cusis Tunika, und darin eingewickelt waren sein Stirnband, die Armbänder und der Kokabeutel sowie ein schlankes Röhrchen aus Bronze, das Micay nicht kannte.

»Diese Dinge gehören Euch, Herr.«

Cusi nickte, griff nach dem Stirnband und legte es an. »Und dann soll ich Euch eine Nachricht übermitteln«, fügte Acunta hinzu. »Der Micho Topa Roca und die Stellvertreterin der Coya, Mama Cori, haben Chiquitoy verlassen und werden am Spätnachmittag hier eintreffen. Sie bringen fünfzig Krieger mit sich.«

Dieser verspätete Rettungsversuch schien Cusi nachdenklich zu stimmen. Er blickte zur Tür und versuchte, die Tageszeit zu bestimmen; dann sagte er entschlossen zu Acunta: »Wenn man sie zu ihrem Quartier geführt hat und sie sich erfrischt haben, sollen meine Mutter und Topa Roca zu Amarus Zelthaus gebracht werden. Amaru soll sich dort einfinden, und euer Hohepriester ... Naymlap. Ist er noch in der Stadt?«

»Er wartet darauf, mit Euch zu sprechen, Herr«, erklärte Acunta gepreßt und warf Micay aus den Augenwinkeln einen Blick zu. »Aber vielleicht möchte er jetzt die Stadt verlassen.«

»Niemand soll Chan Chan verlassen«, ordnete Cusi an. »Sag ihm, er soll sich dort einstellen, wenn er nicht den Zorn und die Strafe des Inca auf sich und sein ganzes Volk ziehen möchte. Sag ihm, daß ich diese Sache friedlich und ohne Strafe beilegen möchte. Aber ich werde niemanden verschonen, der nicht den Mut hat, hierzubleiben und mir gegenüberzutreten.«

Acunta neigte den Kopf, als zweifle er, richtig gehört zu haben. »Und was ist mit denen, die Euch angegriffen haben?«

»Sie sind wohl nicht in der Lage zu fliehen«, sagte Cusi mit einem finsteren Lächeln. »Sie sollen als Beispiel gelten für alle, die ihre Hand gegen den Inca erheben wollen.«

»Ich werde Eure Botschaft ausrichten«, versprach Acunta. »Möchtet Ihr, daß auch Ancocoyuch anwesend ist?«

Cusi verzog das Gesicht und leckte sich die Lippen, als habe er einen schlechten Geschmack im Mund. »War er dabei – im Hof?«

»Nein, Herr.«

»Aber er hat davon gewußt? Er hat seine Zustimmung dazu gegeben?«

Acunta nickte schweigend.

»Dann will ich ihn jetzt nicht sehen«, beschloß Cusi. Er sah fragend auf seine Freunde. »Sollte noch jemand dabeisein?«

»Fempellec«, sagte Micay. Cusi blickte skeptisch, aber dann zuckte er die Schultern. »Also gut, Fempellec. Und du, Acunta.«

Der Führer nickte überrascht, verbeugte sich ehrerbietig und verließ das Zimmer. Micay stieß ein Seufzen aus. Sie hatte das Gefühl, zerplatzen zu müssen wegen all der Fragen, die in ihr aufstiegen. Cusi stieß ein heiseres Lachen aus.

»Sprich – aber sag mir nicht, daß es unmöglich ist.«

»Aber ohne jede Strafe?« fragte Micay ungläubig. »Wenn der Micho und deine Mutter hier sind? Du kannst doch nicht so tun, als wären all diese Leute unschuldig, und andererseits hast du auch nicht die Autorität, sie von ihren Verbrechen freizusprechen.«

»Sie sind schuldig«, räumte Cusi ein, »und meine Vergebung würde nichts bedeuten. Aber es würde zuviel kosten, sie zu bestrafen. Im Norden wird Krieg geführt, und vielleicht gibt es anderswo noch größere Bedrohungen. Wir müssen diese Sache friedlich beilegen, so daß wir keine Garnison hierher zu schicken brauchen, sobald wir fort sind. Wir müssen das Unrecht, das hier getan wurde, wiedergutmachen und zusehen, daß es nicht wiederholt werden kann.«

Die ruhige Überzeugung, mit der Cusi diesen Vorschlag aussprach, erinnerte Micay daran, wie er bei seinem Fest im Regenbogen-Haus die Ereignisse in die Hand genommen hatte, das Fest, das sie alle hierhergebracht hatte. Aber jetzt übernahm er die Kontrolle über etwas wesentlich Bedeutsameres; er sprach für den Inca, doch mit seiner eigenen Stimme.

»Die Chimu werden sich dir fügen«, warf Urcon ein. »Ich habe mich umgehört, und alle wissen, was du getan hast. Für sie *bist* du der Inca.«

»Keine Strafe«, wiederholte Hanp'atu leise. »Das heißt, du wirst ihnen gestatten hierzubleiben?«

»Einigen von ihnen. Wir müssen entscheiden, wer unter welchen Bedingungen bleiben darf. Was wäre ihnen gegenüber gerecht und gleichzeitig annehmbar für den Gouverneur und den Sapa Inca?«

Er breitete die Hände aus zum Zeichen, daß er die Frage an seine Kameraden übergab, und griff nach seinem Kokabecher. In Micays Kopf wirbelten viele Fragen herum – insbesondere, wie er Mama Cori und Topa Roca dazu bringen wollte, seinem Rat zu folgen –, aber ihr wurde bewußt, daß sie damit jetzt nur Worte verschwenden und seine Stimme überanstrengen würde, die er brauchte, um die beiden zu überzeugen. *Wir* müssen entscheiden, dachte sie. Nehmen wir einfach an – wie Cusi es tut –, daß wir zu viert tatsächlich die Macht haben. Damit kam ihr die Aufgabe plötzlich nicht mehr so unmöglich vor.

»Laß *uns* jetzt reden«, schlug sie Cusi vor, und Urcon und Hanp'atu stimmten aufgeregt mit heftigem Nicken zu. »Vielleicht sollten wir zuerst an die Opfer dieser Verbrechen denken, und daran, wo der Diebstahl zuerst offensichtlich wurde. Ich denke an den Beamten im Chimor-Tal... den Mann, der so vom Pech verfolgt wurde.«

»Sein Pech könnte sich in Glück verwandeln«, fügte Hanp'atu hinzu. »Die geborgten Arbeiter könnten plötzlich zurückkehren und als Dank Gaben mitbringen von jenen, an die sie ausgeborgt waren.«

»Diese Geschenke könnten auf eigenen Füßen gehen«, sagte Urcon und lächelte über seinen eigenen Scherz, »und die königlichen Herden vergrößern.«

»Auch an den Sapa Inca könnten Geschenke gehen, an den Gouverneur und den Großen Chimu«, warf Micay ein. »Schönes Kunsthandwerk im traditionellen Stil der Chimu aus der Heiligen Stadt Chan Chan.«

Cusi lächelte seinen Freunden über den Rand seines Bechers

hinweg zu und bedeutete ihnen fortzufahren. Gemeinsam begannen sie, einen Plan auszuarbeiten, einen gerechten und annehmbaren Plan, der ihnen gestatten würde, ein friedliches Chan Chan zu verlassen.

Als Cusi und seine Kameraden eintrafen, saßen die anderen bereits paarweise vor dem Zelthaus: Topa Roca und Mama Cori gegenüber von Acunta und Naymlap, dazwischen Amaru und Fempellec ein Stück hinter ihm. Sie warteten schweigend, obwohl die halbleeren Akhabecher vor ihnen bewiesen, daß Amaru die üblichen Worte zur Begrüßung bereits gesprochen hatte. Sobald Cusi in die Mitte des Kreises trat, empfand er die Spannung zwischen den Anwesenden körperlich, und er fühlte, wie sie sich um ihn aufstaute, als er seine Mutter mit einer Verneigung begrüßte. Er bemerkte ihre Erleichterung darüber, daß er wohlauf war, und ließ sich mit seinen Willkommensworten Zeit, damit sie erkennen konnte, wie sorgfältig er sich als Stellvertreter des Sapa Inca gekleidet hatte.

Topa Roca war allerdings zu mißtrauisch, um sich von Cusis Gewändern beeindrucken zu lassen, und blickte immer wieder zu Naymlap, der offenbar die Quelle seiner Beunruhigung darstellte. Cusi nickte Amaru und Acunta kurz zu, die ihn beide mit großer, wachsamer Neugier betrachteten, und dann stellte er sich dem Priester vor, dessen Ausstrahlung er die ganze Zeit fühlte.

»Wir haben uns gesehen, Priester Naymlap, aber wir sind uns noch nicht begegnet. Ich bin Cusi Huaman. Die Chachapoyas-Nusta Micay kennt Ihr wohl bereits.«

»Eure Beschützerin...«

»In der Tat. Und dies sind meine Freunde Urcon und Hanp'atu. Ich freue mich, daß Ihr meiner Aufforderung Folge geleistet habt.«

»Ich habe Eurem Wort vertraut, als ich hierher kam«, erwiderte Naymlap. Obwohl er sehr bedrückt war, strahlte er eine ungeheure Kraft aus. Cusi konnte mit keiner ähnlichen Energie darauf reagieren, aber er empfand auch nicht den Wunsch dazu. Das Huacacachu hatte ihm zumindest vorübergehend seine Wut und Gewalttätigkeit genommen, und er fühlte sich wie sein Schutzgeist: kühl, ruhig und gelassen.

»Ihr habt mein Wort geprüft«, meinte er nachsichtig. »Seid Ihr mir nun nicht Euer Vertrauen schuldig?«

Der Priester schürzte die Lippen, sagte aber nichts, und Cusi verbeugte sich höflich und setzte sich neben Micay; schräg hinter ihnen nahmen Urcon und Hanp'atu Platz. Amaru saß seinem Bruder direkt gegenüber, und Cusi bemerkte, daß er sein Stirnband und die goldenen Ohrpflöcke angelegt hatte. Fempellec trug die Haare im Nacken zusammengebunden und hatte eine dunkle Tunika angelegt, die ihn weniger zart und mädchenhaft wirken ließ. Bestimmt hat Micay ihm das geraten, dachte Cusi, konzentrierte sich dann aber auf das, was er sagen wollte. Er brauchte nicht um Aufmerksamkeit zu bitten; alle warteten auf sein Wort.

»Mir wurden viele Erklärungen für das gegeben, was hier vor sich geht. In Chiquitoy hat man mir erzählt, daß das Land im Namen des Sapa Inca wieder urbar gemacht wird und daß einige junge Chimu-Adelige nützliche Arbeit verrichten. Bei meiner Ankunft hier berichtete mir Ancocoyuch von einem Plan, die Zeremonien zur Verehrung der Chimu-Vorfahren wiederzubeleben. Noch später... traf ich einige Handwerker, die hierhergekommen waren, um nach der Sitte ihrer Großväter zu leben und zu arbeiten.« Cusi hielt inne und ließ seinen Blick über die Zuhörer schweifen. »Ich habe festgestellt, daß das hier in Angriff genommene Projekt all diesen Zwecken dient, aber auch einigen anderen, die nicht so unschuldig sind. Es ist eine gefährliche Situation, die den fünfzigjährigen Frieden zwischen den Chimu und dem Inca bedroht. Ich habe Euch hierhergerufen, weil ich diese Situation lösen möchte, und dafür brauche ich Eure Unterstützung.«

»Was sind diese...«, unterbrach Topa Roca, aber Cusi wehrte seinen Einspruch mit einer Handbewegung ab.

»Laßt mich ausreden, Herr. Ich bin mir meines Rangs und der Grenzen meiner Macht bewußt. Aber ich habe mein Leben und das meiner Gefährten aufs Spiel gesetzt, um die Wahrheit zu entdecken. Nun beanspruche ich für mich das Recht, so zu handeln, wie es mir am besten scheint. Ihr könnt meine Entscheidungen mit dem Gouverneur besprechen, wenn Ihr wollt, aber hört zuerst meinem Vorschlag zu.«

»Ich bin bereit zuzuhören«, versicherte Topa Roca. »Aber wer vertritt in diesem Kreis die Chimu? Ich sehe einen Führer und einen Mann, der sein Ansehen und seine Stellung bei der Chimu-Priesterschaft verloren hat. Wo ist Ancocoyuch?«

Einen Augenblick saß Cusi schweigend da. Die Feindseligkeit, die zwischen dem Priester und dem Micho gärte, berührte ihn nicht, und er war nicht bereit, sich zwischen sie zu stellen.

»Ancocoyuch kehrt nach Chiquitoy zurück«, verkündete er. »Zusammen mit allen, die ihm eng verbunden sind. Nach Chan Chan darf er nur zu zeremoniellen Zwecken zurückkommen. Diejenigen, die hier bleiben, unterliegen der Fürsorge und den Anweisungen ihres Hohenpriesters Naymlap, und ihre Leitung übernimmt der neue Häuptling. Ich werde den Gouverneur bitten, Acunta diese Stellung zu übertragen.«

Naymlap richtete sich auf und funkelte Cusi wütend an. »Ihr nehmt Euch das Recht heraus, mich zum Hohenpriester zu ernennen?« Cusi schüttelte den Kopf. »Damit erkenne ich lediglich die Stellung an, die Ihr hier bereits einnehmt. Warum solltet Ihr Euch dagegen wehren?«

Der Priester seufzte und warf Topa Roca einen skeptischen Blick zu. Als er wieder zu Cusi sah, spielte ein wissendes Lächeln um seine Lippen. »Ich könnte die Stellung annehmen«, räumte er ein, »wenn sie Bedeutung mit sich bringt.«

»Das ist unmöglich«, wandte Topa Roca ein. »Der Große Chimu und seine Priester wären außer sich. Sie haben oft darum gebeten, Chan Chan wieder besiedeln zu dürfen, und der Sapa Inca hat dieses Ersuchen stets abgelehnt.«

»Sie dürfen Chan Chan betreten, aber nur, um ihre Götter anzubeten und das Andenken ihrer Ahnen zu ehren. Es wird kein Ort sein, an dem der Große Chimu oder sein Nachfolger einen Hof errichten und eine Rebellion beginnen könnte. Chan Chan wird eine Heilige Stadt sein, wie Pachacamac oder Huaca Urcco, und ihre Hohenpriester werden die Verantwortung dafür tragen, daß nichts ihre Heiligkeit gefährdet.«

Cusi beobachtete, wie den beiden Männern die Bedeutung seiner Erklärung aufging und sie verstanden, daß er versuchte, einen Gegensatz zwischen Chiquitoy und Chan Chan herzustellen und gleichzeitig beiden Städten gewisse Beschränkungen auferlegte. Sie starrten einander wachsam an und vergaßen Cusis Anwesenheit, während jeder für sich die Vor- und Nachteile dieses Plans sorgsam abwägte. Amaru nahm die Gelegenheit wahr, das Wort zu ergreifen.

»Wer darf sonst noch in dieser Heiligen Stadt bleiben?« fragte er.

In Gedanken daran, was Cusis Kameraden ihm vorgeschlagen hatten, begann er: »Nur diejenigen, die notwendig sind, um die Stadt vor dem Verfall zu bewahren. Genügend Arbeiter, um die versunkenen Gärten zu pflegen, die Straßen und die Gebäude instandzuhalten. Sie können Ehen mit den hier lebenden Frauen eingehen. Die Handwerker, die hier sind, dürfen ebenfalls bleiben, aber nur unter einer Bedingung: Ihre Arbeit muß ihren Göttern und ihren Ahnen dienen, nicht der Bereicherung ihrer Führer. Mit einem Teil der Dinge, die sie herstellen, können sie neues Material eintauschen, und ein Teil wird an den Inca und an Inti gehen müssen. Mit dem Rest sollen die Priester unterstützt werden, die die Huacas in anderen Teilen der Provinz hüten.«

»Du sprichst nur von den versunkenen Gärten«, wandte Amaru ein. »Was ist mit den restlichen Projekten?«

»Die Arbeit am Moro-Kanal muß eingestellt werden«, sagte Cusi. »Vielleicht könnte man den kleinen Kanal im Osten beenden, damit es Wasser für Bäder und zur Reinigung gibt. Aber das ist alles. Die Arbeiter, die aus dem Chimor-Tal ›geborgt‹ wurden, müssen nach Hause geschickt werden, mit Geschenken zur Wiedergutmachung für ihre Klans. Und der dortige Inka-Beamte sollte eine große Lama- und Alpakaherde bekommen, um sein Wohlwollen zurückzugewinnen.«

Cusi hatte diese Worte ebenso an Acunta und Naymlap gerichtet wie an seinen Bruder, und während sie alle – selbst Amaru – die Notwendigkeit dieser Entschlüsse widerstrebend anerkannten, erhob sich Topa Roca und trug lautstark Einwände vor.

»Cusi, halt! Wenn ich Euch recht verstehe, sprecht Ihr von Verbrechen, die zu vergeben Ihr nicht die Macht habt.«

»Versteht mich nicht vorschnell, Herr«, warnte Cusi. »Ich werde Euch alles erzählen, was hier getan wurde, damit Ihr Sorge tragen könnt, daß es sich nicht wiederholt. Ihr könnt Beamte herschicken, soviel Euch notwendig erscheint, und Ihr werdet hier regelmäßig selbst nach dem Rechten sehen. Der Häuptling wird dafür verantwortlich sein, Euch eine genaue Buchführung vorzulegen, und er wird Euch Belege für seine Listen zeigen. Ihr solltet auch nähere Kontakte zu dem Beamten im Chimor-Tal unterhalten.«

»Ich habe Euer Recht zu vergeben in Zweifel gezogen«, widersprach Topa Roca steif, »und nicht danach gefragt, was Ihr für meine Pflichten haltet.«

Cusi spürte, wie sich unter seiner Ruhe ein Gefühl des Zorns regte, und er wußte, daß sein Ärger nicht für immer verschwunden war. Er unterdrückte die Empfindung, aber seine Stimme wurde hart.

»Wenn wir für diese Verbrechen um Vergebung ersuchen, müssen wir erklären, daß sie unter den wachsamen Augen des Gouverneurs und des Micho begangen wurden. Ist das Euer Wunsch? Möchtet Ihr Mayta Yupanqui nicht lieber erklären, daß die Gefahr gebannt und der Frieden bewahrt wurde? Ich werde dem Sapa Inca das gleiche berichten müssen, und vermutlich wird er es vorziehen, eine solche Erklärung zu hören als die Forderung nach einem königlichen Inspektor und Richtern und Kriegern, die Bestrafungen ausführen.«

Topa Roca verzog das Gesicht und schluckte schwer.

»Solche Großmut kann leicht als Aufforderung zu Gesetzesübertretungen mißverstanden werden«, murmelte er.

Nun wandte sich Cusi an Naymlap. »Nicht, wenn eine größere

Bedrohung sie rechtfertigt. Es gibt nur einen Feind, unser aller Feind – derjenige, der das Pacha Puchucay bringt, das Ende unserer Welt. Wißt Ihr davon, Herr?«

»Ich habe davon gehört«, antwortete der Priester mit einer unbestimmten Geste, »von denen, die die Inka Viracocha nennen ... die am Rand der Welt leben und warten ...«

»Dann möchte ich Euch fragen, wie ich im Land der Visionen gefragt wurde: Wenn Bruder gegen Bruder kämpft, wer soll da noch auf Zeichen achten? Wenn Väter ihre Söhne aufgeben, wer soll dann das Land ihrer Geburt beschützen? Wir dürfen unsere Kräfte nicht vergeuden. Zwischen uns muß Frieden herrschen.«

»Ich höre Eure Worte«, sagte Naymlap respektvoll. »Doch möglicherweise betreffen solche Fragen nur die Inka. Wir hüten nicht mehr das Land unserer Geburt – nur unsere heiligen Stätten.«

»Sie sind ein Teil unserer Kraft«, versicherte Cusi ihm, und der Priester nickte und verstummte. Cusi atmete heftig aus, blickte sich im Kreis um und überlegte, ob er auch nichts vergessen hatte. Aber er hatte alles gesagt, was er zu sagen hatte. Die vier Männer blickten beiseite und dachten darüber nach, was dieser Plan für jeden von ihnen bedeutete. Die einzige Person, die nicht gesprochen hatte, war seine Mutter, und er wußte, daß er sie öffentlich anerkennen mußte. Wenn sie seine Machtbefugnis in Frage stellte, oder schlimmer noch, wenn sie ihn vor diesen Leuten tadelte, würde Topa Roca vermutlich Einspruch erheben, und der ganze Plan würde scheitern. Cusi hoffte, daß Mama Cori gemerkt hatte, wie sein Plan auch Amaru vor Strafe verschonte, aber er konnte ihren Gesichtsausdruck nicht deuten und war sich nicht sicher, wie sie handeln würde. Sie hatte ihn als tot beklagt, und jetzt konnte sie ihn mit einem ärgerlichen Wort begraben. Aber er durfte nicht so tun, als sei sie nicht anwesend.

»Ihr habt nicht gesprochen, Mutter«, begann er. »Welcher Meinung ist die Stellvertreterin der Coya?«

Diese Worte rissen die Männer aus ihren Gedanken, und sie richteten nun respektvoll ihre Aufmerksamkeit auf Mama Cori. Sie verneigte den Kopf vor ihnen, sprach dann aber Cusi an:

»Du hast Verantwortungen übernommen, die deinen Rang bei weitem überschreiten«, antwortete sie offen. »Aber vielleicht verlangt diese Zeit solche Kühnheit von jenen, die dem Sapa Inca dienen. Er kämpft in einem Krieg und braucht keinen zweiten.« Sie hielt inne und blickte ihre Zuhörer reihum an, die ihr gebannt lauschten. »Mein Vater, Ayar Inca, brachte mir bei, daß Gesetze bindend sind und für alle gelten – aber auch, daß kein Gesetz je wichtiger sein darf als die Menschen und Besitztümer, die es schützt. Wenn dieser Plan annehmbar ist für die, die mit ihm leben werden, und auch für die, die ihn umsetzen müssen, dann wird er auch annehmbar sein für jene, die in Tumibamba und Cuzco davon erfahren werden. Wenn du möchtest, kann ich als weitere Zeugin für das Abkommen dienen.«

Topa Roca und die beiden Chimu verbeugten sich vor ihr. Cusi starrte sie einen Augenblick sprachlos an, bevor auch er sich verneigte. Sie hatte mit einer Stimme gesprochen, die aus seiner Vergangenheit zu kommen schien und ihn daran erinnerte, wie überzeugend sie reden konnte. Er wußte, daß Topa Roca jetzt keinen Einspruch erheben würde, und tatsächlich schlug der Micho nun Naymlap und Acunta vor, sie sollten sich zu dritt zusammensetzen und den Plan gemeinsam besprechen. Der Priester stimmte dem Vorschlag mit Begeisterung zu, und daraufhin verabschiedeten sich die drei Männer und gingen.

Stille kehrte in den Hof ein, und Cusi wandte sich zu Micay um, die ihn mit einem Lächeln und einer Umarmung belohnte. Urcon schlug ihm anerkennend auf die Schulter, und sogar der sonst eher mürrische Hanp'atu schien sich über den Erfolg des Plans zu freuen. Dienerinnen servierten ihnen Becher mit Akha, und sie tranken durstig, ohne förmliche Trinksprüche anzubringen.

»Nun, meine Söhne«, unterbrach Mama Cori das Schweigen, »kehrt ihr jetzt mit mir nach Tumibamba zurück?«

Cusi und Amaru senkten den Blick. Sie sahen sich einen Moment lang an, dann lächelte Amaru trocken und zuckte die Schultern.

»Mein Bruder hat mir keine Wahl gelassen. Ich habe keine Arbeit mehr hier.«

»Du könntest in Chiquitoy bleiben«, schlug Mama Cori vor. »Der Gouverneur ist dir sehr zugetan.«

Amaru lachte freudlos und sah zu Cusi hinüber. »Nein, ich werde respektieren, was mein Bruder für mich getan hat. Auch in dieser Hinsicht hat er mir keine Wahl gelassen. Er wollte mich nicht aufgeben, und er würde auch nicht zulassen, daß ich ihn aufgebe. Vielleicht wird es ihm eines Tages leidtun. Aber jetzt bin ich sein brüderlicher Inka, wenn er das möchte.«

»Und du, mein Sohn?« wandte Mama Cori sich an Cusi. Zuerst wunderte er sich über ihre Frage, aber dann wurde ihm klar, daß er davon ausgegangen war, er und seine Mutter hätten sich unausgesprochen versöhnt, einfach weil sie ihn so tatkräftig unterstützt hatte. Aber vielleicht hatte sie das nur als Stellvertreterin der Coya getan, nicht als liebende Mutter.

»Ich habe immer angenommen, daß wir gemeinsam zurückkehren würden«, begann er vorsichtig. »Ob Ihr auf der Reise mit mir sprechen würdet, war eine andere Frage. Vor wenigen Augenblicken habt Ihr *für* mich gesprochen, und ich hatte das Gefühl, die Stimme einer Person zu hören, die ich kenne.«

»Jemand, der fort war?« fragte Mama Cori nach. »Wie du in der Dunkelheit deiner Verwundung fort warst?«

Cusi mußte lächeln; er kannte die subtile Art seiner Mutter und wußte, daß er ein größeres Eingeständnis ihres Unrechts von ihr nicht hören würde.

»Ich bin zurückgekommen«, sagte er.

»Ich auch«, versicherte sie ihm und blickte zu Amaru hinüber. »Als deine Mutter, nicht als deine Richterin.«

Amaru schürzte die Lippen und nickte, beeindruckt von ihrem Versprechen. Um ihre Worte zu prüfen, sagte Cusi: »Dann solltet Ihr wissen, Mutter, daß ich den Sapa Inca um Erlaubnis bitten werde, Micay zu heiraten.«

Mama Cori starrte Micay lange an, offenbar ohne Groll, und Cusi wurde bewußt, daß die beiden eine eigene Geschichte verband, die nichts mit ihm zu tun hatte.

»Ich bin nicht überrascht«, sagte sie schließlich, »und ich werde die Entscheidung des Sapa Inca akzeptieren. Du bist jung für eine Heirat, aber du stehst in seiner Gunst.«

Cusi beschloß, sie nicht zu fragen, ob er auch in ihrer Gunst stehe; er wußte, daß er die Grenze ihres Stolzes respektieren mußte. Der gleiche Gedanke spiegelte sich auch in Micays Augen wider, obwohl sie sich offensichtlich darüber freute, daß er für sie gesprochen hatte. Dann warf sie einen deutlichen Blick in Fempellecs Richtung und erinnerte Cusi damit an den Teil ihrer Vereinbarung, den er bislang vergessen hatte. Also wandte er sich an seinen Bruder: »Ich nehme an, daß du deinen Lehrling mit dir nehmen wirst. Er muß noch vieles lernen, um ein Baumeister zu werden.«

Einen Augenblick lang blieb Amaru reglos sitzen. Offenbar hatten Micay und Fempellec beschlossen, ihn ohne Vorbereitung und unter den Augen von Mama Cori zu prüfen. Er faßte nach einem seiner Ohrpflöcke und wandte sich dann langsam zu Fempellec um.

»Möchtest du das?« fragte er mit ehrlicher Verwirrung. »Du hast noch nie im Hochland gelebt, und ich werde nicht da sein, sondern im Krieg kämpfen, zumindest eine Zeitlang. Ich werde dich nicht unterweisen können.«

»Ich habe hier keine Familie, Herr«, erwiderte Fempellec, als hätten sie dieses Problem noch nie besprochen. »Ich würde auf Euch warten und versuchen, von anderen zu lernen.«

Amaru zuckte die Achseln und sagte schließlich: »Ich bin es dir schuldig, dir diese Möglichkeit zu geben.« Mit einem Blick auf Cusi fuhr er fort: »Hast du denn noch Platz für einen weiteren Mann in deiner Gruppe?«

»Ja«, antwortete er nur und war überrascht zu sehen, daß Fempellec aufstand und mit einem schweren Gegenstand gegen den Bauch gepreßt langsam auf ihn zukam. Er verbeugte sich, hockte sich vor Micay und Cusi und legte seine Last nieder – es war Cusis Stein. Fempellec lächelte Micay zu und zog aus dem Saum seiner Tunika eine Bronzefibel, die er ihr wie einen Preis entgegenstreckte.

»Eure Waffe, Herrin«, sagte er stolz. »Ich habe sie für Euch poliert.«

»Sie leuchtet wie eine Fackel«, antwortete Micay und nahm sie ihm aus der Hand. »Sie wird mich immer an die Nacht erinnern, in der wir beide Krieger waren.«

Etwas weniger zuversichtlich griff Fempellec nach dem Stein und reichte ihn Cusi. Seine Augen weiteten sich entsetzt, als dieser den Kopf schüttelte und ihm den schweren Gegenstand nicht abnahm.

»Der gehört jetzt dir, Fempellec«, erklärte er. »Trage ihn nach Tumibamba, damit du stark und kräftig wirst. Du wirst viel Kraft brauchen, um unter den Inka zu leben.«

Erschrocken und zweifelnd drückte Fempellec den Stein an seine Brust, und Cusi wurde klar, daß er mit dieser strengen Form der Ermutigung nicht vertraut war. Er hatte keinen Vormund wie Otoronco Achachi gehabt. Lächelnd erklärte Cusi: »Mein Großonkel gab mir ein ähnliches Geschenk, als alle mich für klein und schwächlich hielten. Es ist eine Last, die du zu deinem eigenen Nutzen trägst.«

Fempellec schien nach wie vor verwirrt, aber Cusis Lächeln beruhigte ihn offenbar ein wenig. Er verbeugte sich ungeschickt und schleppte den Stein zu seinem Platz hinter Amaru zurück.

»Ihr müßt Hunger haben«, verkündete Amaru abrupt und winkte den Dienerinnen. »Gestattet mir, euch etwas zu essen anzubieten.«

Die Sonne war hinter den Mauern verschwunden, und die Dunkelheit brach rasch herein. Als Cusi seinen Becher leertrank, sah er eine Schwalbe durch den Hof jagen. Er fühlte sich halb betrunken und etwas wehmütig, als würde ihm die Lösung, die er mit so großen Schwierigkeiten durchgesetzt hatte, innerlich widerstreben.

»Du hast nie meine Frage beantwortet«, sagte er zu Amaru; seine Stimme kam ihm dabei selbst verträumt vor. »Warum du hier geblieben bist.«

Amaru musterte ihn skeptisch. »Ich habe es versucht, als wir im Land der Visionen waren. Es hat etwas mit dir zu tun. Aber du bist vor mir geflohen; du hattest eigene Visionen, denen du folgen mußtest.«

Cusi runzelte die Stirn, denn mit einemmal befiel ihn ein unbehagliches Gefühl. »In meiner Erinnerung sind Lücken...«

»Das passiert immer, wenn man Huacacachu trinkt«, erklärte Amaru. »Meistens sind es die unerfreulichen Dinge, an die man sich nicht erinnern kann«, fügte er mit einem raschen Blick auf Mama Cori hinzu. »Aber sie kommen später zurück.«

Eine deutliche Warnung lag in Amarus Worten und Blicken, und quälende Erinnerungsfetzen sagten Cusi, daß er über dieses Thema nicht vor seiner Mutter sprechen sollte. Amaru sah ihn erwartungsvoll an, aber Cusi nickte nur.

»Dann sprechen wir später davon.«

»Ich werde es dich nicht vergessen lassen«, versprach Amaru. »Aber jetzt bestehe ich darauf, daß ihr meine Gastfreundschaft annehmt, solange ich sie noch gewähren kann.«

Cusi hob seinen leeren Becher. »Dann laßt uns trinken. Auf die Heilige Stadt Chan Chan.«

»Auf Chan Chan«, wiederholte Amaru leise, und dann sahen sie sich in der Abenddämmerung an und warteten, daß ihre Becher gefüllt würden.

KAPITEL 12

Auqa Auqa Pacha: Kriegszeiten (1516)

Quito

Die Sonne stand an einem wolkenlosen Himmel, aber in den von hohen Mauern umgebenen Hof vermochte ihre Wärme nicht vorzudringen. Cusi hatte zwar gehört, das Klima im Tal sei immer mild, doch die Stadt lag am Hang eines Vulkans auf einem Plateau, und in dieser Höhe machte sich der Unterschied zwischen Sonnen- und Schattenlage deutlich bemerkbar. Er wickelte sich den Umhang fester um die Schultern, fror aber immer noch wegen der eisigen Kälte des gepflasterten Bodens unter seinen nackten Füßen. Er hatte nicht damit gerechnet, so lange warten zu müssen.

Viele Kriegshäuptlinge, Beamte und Boten aus allen Teilen des Reichs standen im Hof herum, und Cusi sagte sich, daß die Anliegen dieser Leute wahrscheinlich Vorrang vor den Nachrichten aus der friedlichen Provinz Chimor hatten, selbst wenn sie von Cusi Huaman übermittelt wurden. Andererseits war ihm eine persönliche Audienz beim Sapa Inca in Aussicht gestellt worden, eine Ehre, die wohl nur wenigen dieser Männer zuteil werden würde. Und um die Erlaubnis für die Heirat mit Micay einzuholen, lohnte es sich, noch eine Weile mit kalten Füßen und knurrendem Magen auszuharren.

Am Abend zuvor waren Cusi und Amaru in Quito eingetroffen, allerdings so spät, daß sie keine Gelegenheit mehr gehabt hatten, sich nach ihren Freunden und Kameraden zu erkundigen. Der Bote hatte Cusi gleich nach Tagesanbruch abgeholt, so daß er das grüne Tal unterhalb der Stadt und den riesigen Vulkan mit seinen zwei Kratern noch gar nicht richtig zu sehen bekommen hatte.

Gerade als Cusi versuchen wollte, die Cañari-Wachen am Hauseingang daran zu erinnern, daß er immer noch wartete, erschien der Kriegshäuptling Yasca im Hof. Sobald er Cusi bemerkte, kam er auf ihn zu.

»Ich habe schon gehört, daß du wieder hier bist«, begrüßte er ihn in seiner kurz angebundenen Art. »Bist du kampfbereit?«

»Morgen breche ich auf, um mich Paucar und Tomay und den anderen Kundschaftern anzuschließen – oder sind sie etwa auch in der Stadt und nicht an der Front?«

»Nein«, erwiderte Yasca lachend, »sie bewachen die Festung für uns. Und schikanieren wohl auch die Carangui ein bißchen. Die anderen Kundschafter nennen deinen Freund, den Colla, übrigens Guanako, weil er so ein schneller und wilder Kämpfer ist. Erwartest du, eine Audienz zu bekommen?« fragte Yasca dann mit einem Blick auf Cusis bloße Füße und sein Bündel.

»Man hat mir gesagt, ich würde vielleicht vorgelassen«, antwortete Cusi etwas zögernd. »Weil ich als Stellvertreter des Inca in Chimor war und darüber noch keinen Bericht abgegeben habe.«

»Es kann sein, daß du lange warten mußt«, meinte Yasca, und dabei schien ein plötzlicher Ärger in ihm aufzuflammen, der sich aber offensichtlich nicht gegen Cusi richtete. Er wandte sich zum Gehen, machte aber noch einmal kehrt und fragte: »Du kommst doch gerade aus Tumibamba, nicht wahr?«

»Ja, Herr.«

»Hast du etwas von meiner dritten Gemahlin gehört? Sie ist eine Chachapoyas, wie die Nusta im Haus deines Vaters.«

»Ich habe Eure Gemahlin Quespi gesehen, als sie Micay besuchte. Und Euren kleinen Sohn auch.«

»Meinen hellhäutigen Sohn!« schnaubte Yasca. »Sieht er mir ähnlich?«

»Er ist groß und kräftig, und beide sind wohlauf. Ich soll Euch Grüße von ihnen bestellen.«

Der Kriegshäuptling nickte nur, peinlich berührt von der Dankbarkeit und Freude, die bei diesen Worten in seine Augen traten. Dann blickte er sich im Hof um, und seine Miene verfinsterte sich.

»Laß dich hier nicht vergrämen«, meinte er dann im Gehen, »du wärst nicht der erste Inka, den er nicht empfangen will.«

Cusi verbeugte sich und sah ihm nach. Warum sollte Huayna Capac mich nicht empfangen wollen? dachte er bei sich. Die Nachrichten vom Kriegsgeschehen, die er in Tumibamba gehört hatte, waren alle positiv gewesen. Die Carangui hatten sich nach schweren Gefechten in ihre Festung im Mira-Tal zurückziehen müssen und konnten nichts mehr tun als warten, bis das Heer der Inka die Vorbereitungen für den Generalangriff beendet hatte und zum letzten, vernichtenden Schlag ausholte. Huayna Capac hatte allen Grund, sich über den Kriegsverlauf zu freuen.

Noch einmal versuchte Cusi, die Wachen um Einlaß zu bitten, doch in diesem Moment erschien Choque Chinchay an der Tür und winkte ihn hinein.

»Willkommen, Cusi Huaman«, begrüßte er ihn, »du scheinst deine Reise zu den Yunca gut überstanden zu haben.«

»Ich bin wieder gesund und kampfbereit«, erwiderte Cusi. »Aber
bevor ich morgen aufbreche, muß ich noch meinen Bericht abgeben.
Ich habe Botschaften vom Gouverneur.«

»Huayna Capacs Stellvertreter aus dem Nördlichen Reichsviertel
wird deinen Bericht anhören und dafür Sorge tragen, daß er dem Sapa
Inca und dem Statthalter in Cuzco übermittelt wird«, erklärte Choque
Chinchay.

»Das heißt, ich bekomme keine Audienz?«

»Ich weiß es nicht. Mir wurde nichts davon gesagt, aber ich kann
nachfragen. Es ist allerdings zweifelhaft, Cusi, und du wirst auf jeden
Fall noch länger warten müssen.«

Choque Chinchay nahm ihn am Arm und führte ihn zu einem alten
Mann, der an einer Seitenwand auf einer Bank saß. »Rimachi ist hier
in Quito«, fuhr er im Gehen fort, »er wird sich freuen, von dir zu hören
– und von deiner Familie.«

Cusi schluckte; diese Bemerkung rief ein deutliches Schuldgefühl
in ihm wach. Doch bevor er sich dazu äußern konnte, waren sie bei
dem alten Mann angelangt, und Choque entfernte sich wortlos.

Cusi schilderte dem Stellvertreter des Sapa Inca kurz die Situation
in Chan Chan und die Beschlüsse, die er zusammen mit dem Gouverneur und dem Micho zur Lösung des Problems gefaßt hatte. »Wir
waren uns einig darin, zum jetzigen Zeitpunkt auf eine Bestrafung zu
verzichten«, schloß er, »denn dazu wären zusätzliche Truppen notwendig gewesen.«

»Es war klug von Euch, die Sache friedlich beizulegen«, sagte der
alte Mann anerkennend. »Einer Forderung nach Truppen wäre derzeit nicht stattgegeben worden.«

»Aber was wäre gewesen, wenn es zu einem Aufstand gekommen
wäre?« fragte Cusi erstaunt nach. »Wenn Beamte des Inca ums Leben
gekommen wären?«

»Davon war in Eurem Bericht nicht die Rede.«

»Aber es hätte so kommen können. Wir hatten Glück, daß wir
gerade zum richtigen Zeitpunkt eintrafen. Doch wir verließen uns
natürlich auch darauf, daß die, die uns nach Chimor sandten, uns im
Notfall nicht einfach unserem Schicksal überlassen würden.«

»Ihr habt Euch richtig verhalten, wie ich bereits gesagt habe«,
beschwichtigte der Mann ihn und stand auf. »Ich bin sicher, daß Euch
für Eure Bemühungen Lob zuteil werden wird.«

»Lob«, murmelte Cusi ungläubig, als der Stellvertreter des Sapa
Inca gegangen war. Also war sein ganzer Einsatz in Chan Chan
umsonst gewesen. Nachdenklich setzte er sich auf die Bank. Die
anscheinende Gleichgültigkeit des Mannes war ihm unbegreiflich;

andererseits schien sie ihm aber auch Huayna Capacs Haltung widerzuspiegeln. Daß er heute keine Audienz mehr bekommen würde, stand nun fest; fraglich war nur, wie lange er noch warten mußte, bis man ihn tatsächlich abweisen würde. Er sah sich in dem zweiten Hof um, der vor ihm lag. Die meisten, die hier warteten, waren hochrangige Cañari oder Boten; einen Inka königlichen Geblüts konnte er überhaupt nicht entdecken. Auch der von einem Vorhang verhüllte innere Eingang wurde von Cañari der königlichen Leibwache bewacht, und Cusi fragte sich, ob alle Inka durch Männer aus Tumibamba ersetzt worden waren. Sicher, Huayna Capac war in dieser Stadt geboren worden, und er hatte die Cañari schon immer geschätzt. Aber die Inka waren nun einmal das Herz der Armee, und man konnte sie nicht einfach aus allen Positionen verdrängen.

Über sein Grübeln vergaß Cusi, den Eingang im Auge zu behalten, und bemerkte Titu Atauchi erst, als dieser bereits vor ihm stand. Der Heiler trug seinen Fellkopfschmuck, die Kette aus Zähnen und auf der Brust ein fächerförmiges Gebinde aus grünen Papageienfedern. Cusi blickte auf, machte jedoch keine Anstalten aufzustehen.

»Aha ... der Held ist wieder da«, höhnte Titu und setzte ein hämisches Grinsen auf. »Es hat lange genug gedauert, bis Ihr gesund wurdet.«

Cusi grinste ebenso unfreundlich zurück. »Ihr seid wohl kaum der Richtige, um das zu beurteilen«, meinte er sarkastisch.

»Und Ihr, Herr? Habt Ihr lange hier warten müssen? Vielleicht möchtet Ihr, daß ich Euch beim Sapa Inca melde ... Ihr wollt doch sicher wieder um die Hand einer seiner Töchter anhalten!«

Cusi kam der Gedanke, daß seine Vorladung von Titu Atauchi selbst gekommen sein könnte – oder vielleicht hatte Titu Huayna Capac veranlaßt, ihn herzubestellen, und dann dafür gesorgt, daß der Sapa Inca die Vorladung vergaß. Aber es spielte keine Rolle, wie es wirklich geschehen war; allein die Tatsache, daß dieser Mann Einfluß auf den Sohn der Sonne ausüben konnte, war für jeden Inka eine Beleidigung.

»Schert Euch fort!« sagte Cusi schroff. »An Euch werde ich denken, wenn ich das nächste Mal töten muß. Euer Gesicht wird es sein, das ich unter meiner Streitaxt sehen werde!«

Einen Augenblick lang stand Titu Atauchi verblüfft da, doch Cusi würdigte ihn keines Blicks mehr, und so ging er ohne ein weiteres Wort davon. Cusi blieb ruhig sitzen, wie ein Wachposten seiner Umgebung bewußt, aber ohne seinen bohrenden Hunger und seine Rastlosigkeit zu spüren. Er war ein Inka und ein Krieger; er wußte, was es bedeutete zu warten.

Es dauerte allerdings nicht lange, bis ihm Micay in den Sinn kam. Oft war er in den Nächten seit dem Aufbruch von Tumibamba wach gelegen und hatte sich gewünscht, sie neben sich zu spüren, mit ihr zu sprechen und sich ihr anvertrauen zu können. Hanp'atu war schon vor langer Zeit mit einer Karawane nach Caxamarca gezogen, und vor kurzem hatte Urcon die Herden begleitet, die für den Nachschub-transport eingesetzt wurden. So sehr er den Fortgang der beiden auch bedauerte – wirklich unersetzlich war für ihn nur Micay. Selbst seine Gespräche mit Amaru, der so offen redete, wie er es in Chan Chan versprochen hatte, erschienen ihm nicht wirklich abgeschlossen, weil er sie hinterher nicht mit Micay diskutieren konnte.

Seit Amaru gesagt hatte, ihr Vater würde argwöhnen, daß Cusis wirklicher Vater vielleicht Lloque Yupanqui sei, dachte Cusi immer wieder über diese Möglichkeit nach. Amaru hatte Apu Poma im Land der Visionen mit einer Maske ohne Augenschlitze gesehen – die »Maske der Pflicht« hatte er sie genannt; eine Maske, die ihren Träger blind machte für das, was er im Herzen trug, blind auch für die Wut und Eifersucht, die ihn veranlaßt hatten, Cusi an jenem Tag des Abschieds in Cuzco so übel zu behandeln. Dies war auch der Tag gewesen, an dem Amaru seinen Glauben an die Erhabenheit des Inca verloren und begonnen hatte, sich einen anderen Lebenssinn zu suchen. Und das hatte ihn letztlich nach Chan Chan geführt...

In diesem Augenblick traten Choque Chinchay und Lloque Yupan-qui aus der Tür. Cusi stand auf, um seinen Onkel zu begrüßen, der freudig, aber mit einem Kopfschütteln auf ihn zukam.

»Cusi, mein Sohn... Ich fürchte, es ist ein Irrtum vorgefallen. Es gibt nur wenig Hoffnung...«

»Ich weiß, ich weiß«, unterbrach ihn Cusi. »Ich glaube allerdings nicht, daß es sich um einen Irrtum handelt.«

Lloque akzeptierte Cusis herausfordernden Tonfall, ohne mit der Wimper zu zucken, und versuchte auch nicht, die Anschuldigung seines Neffen zurückzuweisen.

»Der Sapa Inca ist ein ungeduldiger Mensch«, erklärte er statt dessen. »Er hatte erwartet, schneller gegen die Carangui vorgehen zu können, und er hat ihren hartnäckigen Widerstand als mangelnden Einsatz von seiten seiner Kommandeure mißverstanden.«

»Aber er war hier und konnte sich von allem, was vor sich ging, selbst ein Bild machen«, hielt Cusi dagegen.

»Eben dies ist ein Teil des Problems«, erwiderte Lloque leise, »das wirst du noch selbst sehen. Aber komm«, fügte er aufmunternd hinzu und zeigte auf die Bank, »willst du dich mit mir setzen und mir von deiner Familie und deinem Besuch an der Küste erzählen?«

»Das könnte sehr lange dauern«, warnte Cusi. Plötzlich schien ihm die so vertraute Freude des Zusammenseins mit seinem Onkel seltsam, ja beinahe unnatürlich. Wenn er nun doch nicht sein Onkel war, sondern sein Vater...

»Ich habe Zeit«, sagte Lloque, aber dann bemerkte er Cusis befremdeten Blick. »Oder – habe *ich* etwas getan, das dich beleidigt, mein Sohn?«

»Nein«, lenkte Cusi schnell ein und verwarf innerlich Amarus Worte. »Nein, Onkel, das könntet Ihr gar nicht. Wenn Ihr zuhören wollt, werde ich Euch alles erzählen.«

Lloque lachte auf, setzte sich auf die Bank und bedeutete Cusi zu beginnen. Bis in den späten Nachmittag hinein saßen sie zusammen, und Cusi erzählte ihm alles, was er in Chan Chan erfahren und erlebt hatte; viel mehr, als er dem Sapa Inca berichtet hätte, denn seinem Onkel gegenüber war es nicht notwendig, Amarus Rolle in Chimor auszuklammern oder die Tatsache, daß sein eigenes Leben bedroht gewesen war. Auch von seinen Gefühlen für Micay und dem Streit mit Mama Cori berichtete Cusi ausführlich, ebenso von seiner Reise ins Land der Visionen und davon, welche Hilfe ihm sein Schutzgeist geleistet hatte, als er um das nackte Leben kämpfen mußte.

Am Ende lehnte er sich zurück und ließ seinen Onkel über das Gehörte nachsinnen. Das Unbehagen, das er am Anfang ihrer Begegnung verspürt hatte, war völlig verflogen, und er merkte, daß genau *dies* der Bericht war, den er wirklich erstatten wollte. Nun hatte er das befriedigende Gefühl, etwas vollendet zu haben – ein Gefühl, das ihm die Unterredung mit dem Stellvertreter des Sapa Inca nicht vermittelt hatte und das ihm auch eine Audienz bei Huayna Capac nicht hätte geben können. Er betrachtete Lloque und fühlte sich ihm sehr nah, aber gleichzeitig stellte er fest, daß er diesem hageren Mann mit den milden Augen eigentlich überhaupt nicht ähnelte. Amaru mußte sich einfach irren; Cusi konnte nicht glauben, daß Lloque ihr wahres Verwandtschaftsverhältnis über all die Jahre hätte verleugnen können.

»Wir haben keine Gelegenheit gehabt, so ausführlich miteinander zu reden, seit du in den Norden gekommen bist«, sagte Lloque schließlich. »Damals in Cuzco warst du noch ganz mit den Problemen eines Knaben befaßt. Jetzt sprichst du mit mir über Visionen, Schutzgeister und das Ende unserer Welt. Ich bin tief gerührt davon, wie sehr du gereift und was für ein Mann du geworden bist.«

Cusi senkte den Blick; die für seinen Onkel ungewöhnliche Bewegtheit, die dessen Stimme verriet, ging ihm zu Herzen.

»Der Sapa Inca muß diese Dinge erfahren«, fuhr Lloque fort. »Und auch, wie gut und mit welch hervorragendem Mut du ihm gedient hast.

Ich werde ihm davon berichten, sobald er seinem eigenen Volk wieder mehr gewogen ist. Das kann Tage oder auch noch Monate dauern, aber du weißt, daß ich so etwas nicht vergesse.«

Cusi nickte, doch plötzlich fiel ihm ein, daß Micay in Gesellschaft seiner Mutter in Tumibamba ausharren mußte. Mama Cori hatte gesagt, was ihn und Micay betreffe, werde sie sich nur einem Wort des Sapa Inca beugen. Er hatte nicht mit dem Fall gerechnet, keine Entscheidung Huayna Capacs übermitteln zu können.

»Ich erwarte keine Belohnung«, sagte er deshalb zu Lloque, »aber ich hatte auf die Erlaubnis gehofft, Micay zu heiraten.«

»Ah!« rief Lloque leise und lächelte. Doch dann verfinsterte sich seine Miene, und er schüttelte den Kopf. »Ich würde nur zu gerne für dich fragen, mein Sohn, aber Huayna Capac ist bei seiner vierten Gemahlin, und du weißt ja Bescheid über die Feindseligkeit zwischen Mama Huarcay und Micay. Sie würde alles unternehmen, um eure Heirat zu verhindern, wenn sie davon erführe.«

»Aber ich habe Micay und meiner Mutter gesagt, daß ich die Erlaubnis erbitten würde. Sie erwarten eine Antwort von mir.«

»Ich werde sie informieren«, versprach Lloque. »Ich gehe bald für einige Zeit nach Tumibamba zurück, und dann kann ich ihnen alles erklären. Sind sie schon in das Anwesen des Gouverneurs eingezogen?«

»Meine Mutter hat mit dem Einrichten begonnen«, antwortete Cusi. »Micay und Quinti gehen ihr zur Hand, wenn ihre Ausbildung zu Heilerinnen ihnen Zeit läßt. Sie kommen vielleicht in einigen Monaten nach Quito, um Verwundete zu pflegen.«

»Und dein Vater? Ist er zufriedener, seit er den Titel hat, der ihm zusteht?«

Cusi neigte den Kopf; für einen Moment meinte er, in dieser Frage einen Anflug von Sarkasmus zu hören. Lloque hatte auf Apu Pomas Feindseligkeit noch nie mit Erbitterung reagiert, obwohl dies nur allzu verständlich gewesen wäre.

»Er zeigt seine Befriedigung nicht der Öffentlichkeit«, antwortete Cusi vorsichtig. »Aber er freut sich darüber.«

»Weiß er, welche Rolle du dabei gespielt hast?«

»Ihr meint, weil ich dem Sapa Inca Otoronco Achachis Bitte vortrug? Ich wußte nicht, daß Huayna Capac ihn zum königlichen Inspektor ernennen und meinem Vater dafür den Posten des Statthalters über das Ostviertel geben würde. Und er verdient den Titel wirklich. Im Vergleich zum Gouverneur von Chimor...«

»Natürlich«, unterbrach Lloque ihn sanft. »Aber ich glaube, du willst sagen, daß er nichts davon weiß.«

Cusi seufzte. »Es ist jetzt besser zwischen uns, aber ich kann mit ihm immer noch nicht so reden wie mit Euch.«

»Ich konnte mehr Zeit mit dir verbringen«, wandte Lloque ein, »und außerdem sind wir der gleichen Huaca geweiht. Ich habe sogar diesen blinden Mann kennengelernt, von dem du gesprochen hast. Es muß eine gewaltige Vision gewesen sein, die ihn dich in Chan Chan hat sehen lassen, und auch seine Botschaft an dich war wohl sehr bedeutsam. Du mußt sie im Gedächtnis bewahren und über ihre Bedeutung nachdenken.«

»Ich werde nicht vergessen, was mir anvertraut wurde«, versprach Cusi.

»Dann solltest du auch hier nicht mehr deine Zeit vergeuden. Geh zu deinem Bruder und deinen anderen Kameraden und mach dich auf zum Kampf. Ich werde bezeugen, daß du deiner Vorladung Folge geleistet hast, falls jemand fragen sollte.«

Cusi stand auf und reichte Lloque sein Bündel. »Dies sind Geschenke der Handwerker, denen ich erlaubt habe, in Chan Chan zu bleiben. Vielleicht könnt Ihr sie bei Gelegenheit dem Sapa Inca überreichen.«

Lloque nahm das Bündel in Empfang und erhob sich ebenfalls. »Lebewohl, mein Sohn. Besuche mich, wenn du vom Feld zurückkommst, dann erzähle ich dir von Micay und deiner Familie. Bis dahin möge Illapa dich leiten und beschützen.«

»Lebt wohl, Onkel«, erwiderte Cusi. Irgendwie empfand er die Bezeichnung als richtig und doch auch unzulänglich. Vielleicht war die Vermutung seines Vaters gar nicht falsch, selbst wenn sie in der Sache nicht zutraf. Vielleicht war Lloque sein Vater in einem anderen, einem geistigen Sinn. Cusi blickte ihn noch einmal an, und dann machte er sich auf den Weg. Er war zufrieden mit dem, was er fühlte – wenn auch nicht mit dem, was er wußte. Barfuß, mit leeren Händen und frei von allen Verpflichtungen passierte er die Cañari-Wachen, um sich auf die Suche nach Amaru zu begeben und sich mit ihm auf den Krieg vorzubereiten.

Tumibamba

Die Wolkendecke wurde immer dichter, und in Erwartung des bald einsetzenden Regens begannen Micay, Quinti Ocllo und die Mamacona, die im Hof liegenden Verwundeten ins Haus zu tragen. Micay lachte und scherzte mit den Patienten; anders als die meisten von ihnen empfand sie weder Mitleid für sie noch Ekel vor ihren zum Teil schlimmen Verletzungen, und sie verstand es, die Angst, die das Schicksal dieser Menschen in ihr auslöste, gut zu verbergen. Die Verletzten erinnerten sie immer wieder an die Prophezeiung des blinden Mannes, daß Cusi einst in Not in sein Dorf zurückkommen würde – was dieser manchmal als ein Versprechen dafür zu mißverstehen schien, daß er im Augenblick unverwundbar sei. Offenbar konnte er sich nicht vorstellen, daß es ihm ebenso ergehen könnte wie vielen der Krieger hier, die für den Rest ihres Lebens behindert sein würden.

Gedanken an Cusi ließen sie unweigerlich auch an Quito denken. Wahrscheinlich würde sie dorthin geschickt werden, sobald ihre Hilfe bei der Ausbildung von Quinti, Quespi und einigen anderen Heilerinnen nicht mehr vonnöten war. Daß sie selbst nicht mehr als Neuling betrachtet wurde, bewies, wie gründlich sie bei Hanp'atu gelernt hatte und wie schnell und mühelos es ihr gelungen war, sich auch die geistige und spirituelle Einstellung einer Heilerin anzueignen.

Als die Verletzten alle im Haus waren, ging Micay noch einmal in den Hof zu Quinti, die mit ausdruckslosem Gesicht vor dem Zelthaus stand.

»Für heute haben wir getan, was wir tun konnten«, sagte sie. »Vielleicht sollten wir ins Anwesen des Gouverneurs zurückgehen, bevor es anfängt zu regnen. Außerdem wartet deine Mutter auf uns.«

»Ich bleibe noch hier, um für die Sterbenden zu beten«, erwiderte Quinti in einem abfälligen Tonfall. »Aber du kannst gerne gehen.«

Gerade als Micay das Tor erreichte, setzte der Regen ein, und in diesem Augenblick kam auch Mama Cori zum Eingang, begleitet von drei jungen Nustas, die vor kurzem ihrer Obhut anvertraut worden waren. Alle vier trugen elegante Kleider, waren sorgfältig geschminkt und hatten zum Schutz vor der Witterung lange Umhänge mit Kapuzen angezogen.

»Wir gehen zur Coya«, erklärte Mama Cori. »Wenn du möchtest, kannst du gerne mitkommen.«

»Ich danke Euch, Herrin«, antwortete Micay, »aber ich war den ganzen Tag bei den Verwundeten, und ich muß mich unbedingt reinigen.«

Mama Cori nickte. »Vielleicht könntest du auch nach Amarus Schützling sehen«, meinte sie. »Auch sein letzter Lehrherr hat ihm aufgekündigt. Das war nun schon der dritte Versuch; wenn wir nicht bald eine nützliche Tätigkeit für ihn finden, müssen wir ihn wohl nach Chan Chan zurückschicken.«

»Ich werde gleich mit ihm reden«, versprach Micay hastig und ging quer über den Hof zum Gästehaus, wo Fempellec wohnte. Obwohl es relativ warm war, fand sie ihn in eine dicke Decke gewickelt mit angezogenen Knien auf einer Matte sitzen. Er schien eher mürrisch zu sein als sich über sein Schicksal zu beunruhigen. In einer Nische bemerkte Micay den Stein, den Cusi ihm gegeben hatte, der aber den größten Teil des Weges nach Tumibamba auf dem Rücken eines Lamas transportiert worden war.

»Mama Cori hat mir von deiner Entlassung erzählt«, begann sie. »Wir müssen eine neue Arbeit für dich finden.«

»Was denn?« fragte Fempellec gereizt. »Du hast doch gewußt, daß ich hier niemandem etwas vormachen würde.«

»Die Frage ist, wie du als Diener…«

»Ich werde nie ein gewöhnlicher Diener sein«, unterbrach er sie schroff.

»Nein, natürlich nicht«, beschwichtigte sie ihn. »Aber andererseits habe ich das Mahl, das du mir in Chan Chan serviert hast, nie vergessen. Du hast es verstanden, ein kleines Fest daraus zu machen, obwohl du betrunken warst und es dir gar nicht gut ging.«

»Na und? Ich habe schon seit meiner Kindheit auf Festen serviert. Aber den Inka kommt es ja nur darauf an, sich die Bäuche vollzuschlagen und sich dann zu betrinken und anzugeben.«

Micay lächelte verständnisvoll. »Das war vielleicht in Chiquitoy der Fall, aber in der Mollecancha ist das anders. Du weißt zum Beispiel auch nicht, daß der frühere Gouverneur einen Diener hatte, der ausschließlich für Feste und Tänze zuständig war. Er schätzte den Mann so sehr, daß er ihn sogar mit nach Cuzco nahm.«

Fempellec blickte auf. »Und warum erzählst du mir das?«

»Ich möchte dir damit sagen, daß Apu Poma bisher keinen solchen Mitarbeiter hat. Und daß dies jemand sein müßte, der mit den Bediensteten umgehen kann… und jemand, der klug genug ist, es sowohl Mama Cori als auch Apu Poma recht zu machen.«

Fempellec zuckte die Achseln. »Mit den Bediensteten habe ich keine Probleme. Und Amarus Mutter kenne ich gut genug, um zu wissen, was sie will.«

»Und Apu Poma?« hakte Micay nach.

»Er sieht mich an, als ob er nur zu gut wüßte, was ich bin«, antwortete Fempellec kalt. »Er vermittelt mir das Gefühl, daß ich nie etwas tun kann, was er gutheißen würde.«

»Ich habe dir schon in Chan Chan gesagt, daß es für niemanden leicht ist, bei den Inka zu leben. Man muß sich viel Mühe geben, um ihre Achtung zu erringen.«

»Wie soll ich das machen mit einem Mann, der schon meinen bloßen Anblick haßt?« fragte er unwirsch.

Micay hörte das versteckte Interesse hinter seinem Ärger und lächelte. »Du arbeitest für ihn, ohne dich zu zeigen. Die Bediensteten kochen die meisten Mahlzeiten des Gouverneurs, ohne beaufsichtigt zu werden. Du könntest sie davon überzeugen, daß sie dich ein spezielles Gericht zubereiten lassen. Apu Poma bräuchte davon nichts zu erfahren – es sei denn, er wäre so beeindruckt, daß er nachfragen würde.«

Fempellec schwieg einen Augenblick und überlegte. »Aber was, wenn er nicht beeindruckt ist?« wandte er ein. »Er ist schließlich ein Inka, und er war nie in Chan Chan.«

»Dann versuchst du es noch einmal.«

»Du bist wie er«, sagte er kopfschüttelnd.

»Wie wer?«

»Wie Cusi. Nur bist du freundlicher. Du gibst mir keine Steine zum Tragen.«

»Du hast es schwer genug«, lachte sie und ging.

Micay saß mit Quespi im Hof und zeigte ihr, wie man Wurzeln zu einer Wundpaste zerrieb. Die junge Chachapoyas war sehr geschickt, und Micay sparte nicht mit Lob. Wenn nur alle neuen Heilerinnen so hingebungsvoll arbeiten würden, dachte sie. In diesem Augenblick trat Chimpu Ocllo in den Hof und winkte sie zu sich.

»Micay, bitte sage mir frei und offen, was deiner Meinung nach mit Quinti geschehen ist.«

Die Hohepriesterin war überraschend direkt, so daß Micay einen Augenblick zögerte. »Es schien ihr gut zu gehen, bevor wir zur Küste gingen«, begann sie dann, »und sie glaubte, eine Mamacona werden zu können. Seit Ihr ihr diese Ehre verweigert habt, ist sie verbittert und enttäuscht.«

»Sie verdient diese Ehre nicht. Aber bist du wirklich sicher, daß es ihr zuvor besser ging? Hatte sie sich nicht einfach nur in ihren Träumereien verloren? Sprich, Micay. Es kann sein, daß ich dich bald nicht mehr in meiner Nähe habe.«

»Nun ... ich glaube, daß sie wieder vergessen hat, wer sie ist und was sie will, Mutter. Ich denke, sie weiß nicht, was es bedeutet, eine Mamacona zu werden. Sie folgt einfach nur ihrem Herzen, wie sie es immer getan hat.«

»Natürlich – nur ist sie mittlerweile schon etwas älter«, wandte Chimpu ein. »Ich habe es Mama Cori schon gesagt: Ihr Wunsch allein reicht nicht aus, sie muß auch die notwendige Disziplin aufbringen. Quinti wußte, daß meine Aufforderung, Heilerin zu werden, eine Art Prüfung war.«

»Das habe ich ihr auch gesagt«, fügte Micay hinzu.

»Und nun geht es ihr so schlecht, daß sie ihr Zimmer nicht mehr verläßt, wie ich höre. Ich möchte, daß du zu ihr gehst, meine Tochter, und versuchst, ihr zu helfen. Habe Geduld mit ihr und paß auf, daß sie sich nichts antut.«

»Ich werde mich wie eine Schwester um sie kümmern«, versprach Micay.

Chimpu nickte und sah sie nachdenklich an. »Kannst du dir vorstellen, daß Mama Cori bei mir war und mich bat, Quintis Bitte nachzukommen und sie bei den Mamacona aufzunehmen?«

»Das ist wirklich kaum zu glauben«, antwortete Micay.

»Im Grunde befürwortet sie es natürlich ebensowenig wie ich. Aber sie fühlt sich verpflichtet, den Wunsch ihrer Tochter zu unterstützen.«

»Wie ich Euch bereits gesagt habe, meine Mutter – ich kann mir die Veränderung, die Mama Cori in Chan Chan durchmachte, nicht erklären. Aber sie ist seither zu allen viel freundlicher und mit ihrem Urteil sehr viel zurückhaltender geworden.«

»Ich denke, sie hat endlich die Erwartungen aufgegeben, die sie von Cuzco mitbrachte«, meinte Chimpu zufrieden. »Sie hat wohl akzeptiert, daß sie weder ihr eigenes Leben noch das ihrer Kinder von Anfang bis Ende planen kann.«

»Vielleicht, Herrin. Aber so richtig glauben werde ich das wohl erst können, wenn Cusi und ich verheiratet sind.«

Chimpu seufzte. »Ja, vielleicht ist es besser, nicht gleich zu meinen, daß so plötzliche Veränderungen auch tiefgreifend und von Dauer sind. Sie hat mir auch Versöhnungsangebote der Coya übermittelt, aber sie hätten freundlicher ausfallen können. Jetzt, da sie erwartet, daß der Hof bald nach Quito umzieht, kann Rahua Ocllo natürlich großzügig Anerkennung spenden. Sie versteht nicht, daß Anerkennung nur von Wert ist, wenn sie ohne Bedingungen gegeben wird.«

»Dann müssen wir also beide noch auf die Aussöhnung warten, die wir uns wünschen«, schloß Micay.

Chimpu Ocllo lächelte gequält. »Das müssen wir. Geh jetzt zu Quinti, meine Tochter. Die Kämpfe im Norden haben wieder begonnen; es kann also sein, daß du bald nach Quito gehen mußt.«

Als Micay die steile Treppe zu dem Haus hinaufstieg, das sie sich in der Privatresidenz des Gouverneurs mit Quinti teilte, entdeckte sie auf einer der unteren Terrassen Fempellec und einige Bedienstete. Sie waren mit den Vorbereitungen für das Fest beschäftigt, das stattfinden sollte, sobald Lloque Yupanqui aus Quito eintraf. Möglicherweise war diese Feier auch Fempellecs Feuerprobe – seine bisherige Arbeit hatte großen Anklang gefunden, aber kein Fest war so bedeutend gewesen wie dieses.

Der Vorhang vor Quintis Zimmer war zurückgezogen, und im einfallenden Licht sah Micay sie in der Mitte des Raumes auf einer Matte sitzen; sie war grotesk bemalt und hielt einen Spiegel in der Hand. Micay versuchte, ihren Schrecken zu verbergen.

»Fempellec hat das für mich gemacht«, erklärte Quinti abrupt und ohne ein Wort der Begrüßung. »Ich habe ihn gebeten, mich so anzumalen. So habe ich mich im Traum gesehen.«

Micay wußte nicht, was sie sagen sollte. »Ich sah mich auf einem Fest«, fuhr Quinti nach einer Weile fort, »mein Gesicht war bemalt wie jetzt, aber offenbar wußte ich es nicht. Ich ging lächelnd durch die Menge und erwartete, daß sich alle vor mir verbeugten, und bemerkte die Verachtung der Menschen nicht. Meine Augen waren offen, aber ich schien trotzdem zu schlafen. Dann wachte ich auf und war auf alle wütend und schimpfte sie wie kleine Kinder. Aber sie sahen mich nur an, als ob ich verrückt geworden sei.«

Micay mußte mit sich kämpfen, um ihre Bestürzung und ihr Mitleid nicht allzu deutlich zu zeigen. Der Traum drückte auf unerträglich harte Weise aus, wie Quinti derzeit von ihrer Umgebung wahrgenommen wurde; er war von einer geradezu schmerzvollen Ehrlichkeit, wenn auch fast bis zur Entstellung überzeichnet.

»Und so bin ich gewesen«, schloß Quinti, »entweder eine übertrieben gefühlvolle Närrin oder schlichtweg verrückt. Du brauchst es gar nicht zu leugnen, Micay. Du hast doch selbst genug davon mitgekriegt und weißt, wie nutzlos es ist.«

Micay zwang sich, ruhig zu bleiben; schon allein die Tatsache, daß Quinti nicht weinte, empfand sie als ein gutes Zeichen.

»Wieso sind Träume für Cusi und dich etwas, das euch hilft und euch den Weg weist, während ich immer nur das Gefühl habe, daß sie mich verspotten?« fragte Quinti unvermittelt.

»Ich habe meine Träume lange nicht verstanden«, erwiderte Micay etwas verwirrt. »Und ich hatte sie vergessen.«

»Aber sie kamen zu dir zurück, und sie haben dir geholfen – wie Cusi sein Schutzgeist. Ich habe keine Visionen und keine Huaca. Die Hohepriesterin hat mich zu Recht abgewiesen.«

»Niemand hat dich abgewiesen«, entgegnete Micay, »und es erwartet auch niemand von dir, Visionen oder innere Kräfte zu besitzen. Um eine Mamacona zu werden, ist das nicht notwendig. Aber du mußt dein Leben Mama Quilla schenken, ohne irgendeine Gegenleistung zu erwarten.«

Quinti schwieg und schien einen Moment lang ganz in sich gekehrt. Dann schüttelte sie den Kopf und blickte resigniert auf Micay. »Nein, so tapfer und selbstlos bin ich nicht. Ich will wissen, daß mein Leben etwas zählt. Ich will es *sehen* und *spüren*.«

»Dann würdest du als Mamacona nicht glücklich werden.«

»Nein«, stimmte Quinti zu. Sie stand auf, ging zur Tür und sah hinaus. Micay wartete eine Weile und stellte sich dann neben sie.

»Wann kommt Lloque Yupanqui?« wollte Quinti wissen.

»Erst am späten Nachmittag. Du kannst dich noch ein bißchen ausruhen, und danach haben wir noch genügend Zeit zu baden und dein Traumgesicht abzuwaschen.«

Mama Cori hatte darauf bestanden, daß das Willkommensfest für Lloque nur im Kreis der Familie stattfinden sollte, und deshalb hatte Fempellec ein Gerüst gebaut, das an eine kleine Gartenlaube erinnerte. Die Rückseite bildete die dicht mit Sträuchern bewachsene Stützmauer der hinteren Terrasse, und als Seitenwände hatte er Farne, Palmwedel und große Topfpflanzen arrangiert. Darin hatte er verschiedene Orchideen, Lilien und Gebirgsblumen eingeflochten, die das satte Grün mit leuchtenden Farbtupfern verzierten. Kurz vor Lloques Ankunft war er mit dieser Arbeit fertiggeworden und dann sofort in die Küche verschwunden.

Zu Beginn der Feier schickte Fempellec für jeden der fünf Gäste eine Dienerin. Jede trug ein Servierbrett, das mit einem leichten Tuch abgedeckt war, und jede hatte eine weiße Lilie in ihr Haar gebunden. Sie bewegten sich fast im Einklang, als sie ihre Tabletts vor den Gästen abstellten und in einer gleichzeitigen Geste die Tücher abnahmen. Sofort stieg von jedem Tablett ein herrlicher Duft auf. Ebenso gekonnt entfernten sich die Frauen dann wieder. Die Gäste waren beim Anblick der wundervoll arrangierten Speisen beinahe sprachlos vor Staunen – das Essen versprach nicht nur eine Gaumenfreude zu werden, es war auch ein Vergnügen für Auge und Nase.

Lloque Yupanqui probierte jedes Gericht und lobte das Mahl in überschwenglichen Tönen. Seit er Cuzco verlassen habe, beteuerte er, habe er nicht mehr so hervorragend gegessen.

Mama Cori blickte kurz zu ihrem Mann; dann schüttelte sie den Kopf, verwundert über die ungewöhnlichen Komplimente aus dem Mund ihres Bruders.

»Ich habe dazu gar nichts beigetragen«, gestand sie mit einem Lächeln. »Amaru hat aus Chan Chan einen jungen Chimu mitgebracht, der sich in unserer Küche einen verdienten Platz erworben hat.«

»Der Mann ist Gold wert«, sagte Lloque begeistert zu Apu Poma. »Ihr müßt aufpassen, daß der Sapa Inca nichts von ihm erfährt, denn sonst seid Ihr ihn sofort los!«

»Ich beabsichtige, ihn zu meinem Küchenchef zu machen«, verkündete Apu Poma und nickte dazu, als hätte er genau dies schon immer vorgehabt. Tatsächlich war es das erste Mal, daß er Fempellecs neue Rolle überhaupt würdigte.

»Wenn Huayna Capac jemanden hätte, der seine Feste so hervorragend organisieren könnte, stünden die Dinge in Quito vielleicht nicht mehr ganz so schlecht«, mutmaßte Lloque mit düsterer Miene.

Dieser Bemerkung folgte ein erstauntes Schweigen. Apu Poma beugte sich auf seinem Hocker vor; er vermittelte plötzlich nicht mehr den Eindruck eines entspannten Gastgebers, sondern den eines Mannes, der konzentriert seines hohen Amtes waltete. Er bedeutete Lloque fortzufahren, woraufhin dieser in eindringlichen Worten die Kluft beschrieb, die sich zwischen Huayna Capac und den Inka aufgetan hatte. Alle lauschten mit zunehmender Verwunderung, ja Fassungslosigkeit, und als Micay nach einer Weile zu Quinti hinübersah, glaubte sie zu bemerken, daß sie beide den gleichen Gedanken hatten: Es würde keine Ankündigung einer Heirat geben.

»Was kann er nur wollen?« fragte Apu Poma ungläubig, als Lloque geendet hatte. »Die anderen Festungen wurden schnell eingenommen, obwohl der Gegner stark war.«

Lloque zuckte die Achseln. »Ich vermute – aber das ist wirklich nur eine Vermutung –, daß er einen Sieg will wie damals in Chachapoyas. Er möchte, daß der Feind vor ihm zusammenbricht und dann auf Knien um Gnade fleht.« Lloque unterbrach sich und schüttelte bedauernd den Kopf. »Aber die Carangui kämpfen selbst dann noch, wenn sie zum Rückzug gezwungen werden. Sie werden ihm keinen solchen Sieg bescheren.«

»Du sprichst, als würdest du sein Vertrauen nicht mehr genießen«, stellte Mama Cori fest. »Heißt das, er hat sich auch von seinen Königlichen Erinnerern abgekapselt?«

»Von allen«, bestätigte Lloque. »Die meiste Zeit verbringt er mit seinen Frauen und seinen Wahrsagern und Priestern, und mit einigen Kriegshäuptlingen von anderen Stämmen. Nicht einmal seinen eigenen Stellvertreter für die Provinz Chimor wollte er empfangen.«

»Du hast Cusi gesehen?« fragte Mama Cori begierig, und Micay sah interessiert auf.

»Ja. Er war unter dem Vorwand an den Hof gerufen worden, eine Audienz zu bekommen – ich fürchte, das war ein übler Trick von Titu Atauchi. Aber dadurch hatte ich Gelegenheit, mit ihm zu sprechen.

Er schien wohlauf und guter Dinge und läßt euch alle grüßen.«
Lloque blickte zu Micay und lächelte. »Besonders dich, meine Tochter. Er sagte, er wolle die Erlaubnis für eure Heirat erbitten. Da dies im Moment aber nicht möglich ist, habe ich ihm versprochen, sein Anliegen dem Sapa Inca vorzutragen, sobald die Umstände dafür günstiger sind.«

Micay verneigte sich dankbar und erleichtert. Wenigstens hatte Cusi es versucht, und Lloque würde sich noch einmal dafür einsetzen. Das war für Mama Cori sicherlich eine eindeutige Botschaft.

»Ich hoffe, auch ihr seid mit dieser Verbindung einverstanden«, fuhr Lloque an Apu Poma und Mama Cori gewandt fort. »Ich habe Cusis Wunsch zu meinem eigenen Anliegen gemacht, weil ich das Gefühl habe, daß er weiß, was er will, und weil ich die Frau, für die er sich entschieden hat, sehr schätze.«

»Ich habe Cusi meinen Segen bereits gegeben«, erklärte Apu Poma. »Und ich freue mich, wenn Micay in unserer Familie bleibt. Sie ist uns immer eine gute Tochter gewesen.«

Micays Wangen glühten. Sie blickte zu Boden, konnte aber nicht umhin, noch kurz zu Mama Cori hinüberzusehen. Deren Miene verriet nichts; es war kein Widerstand darin zu erkennen, aber auch kein Einverständnis.

»Hoffen wir, daß Huayna Capac seinem Volk bald wieder wohlgesonnen ist«, sagte sie ruhig, »damit dieser Krieg schnell zu Ende geht und wir wieder an Hochzeiten und ähnliches denken können.«

Einen Augenblick lang starrte Lloque sie an, als würde er auf weitere Erklärungen warten. Als sie schwieg, seufzte er laut und ließ das Thema fallen. Mit einem ermutigenden Nicken wandte er sich dann Quinti zu.

»Ich will nicht vergessen, meine Tochter, daß ich auch für dich Grüße von einem Krieger zu bestellen habe. Von einem Mann, der mich in Quito aufsuchte, um sich für sein ungehöriges Benehmen in der Vergangenheit zu entschuldigen.«

»Quilaco?« platzte Quinti heraus und sah zu Micay. Quilaco war in einigen ihrer Träume der letzten Zeit vorgekommen, allerdings nicht in einer Art und Weise, die ihr oder Micay irgendwie bedeutungsvoll erschienen war.

»Er hofft, daß du ihn nicht vollkommen vergessen hast«, fuhr Lloque fort. »Und daß du ihm eines Tages verzeihst. Es war ihm sehr wichtig, daß seine Entschuldigung akzeptiert wurde, bevor er in die Schlacht zog, und ich bin von seiner Aufrichtigkeit überzeugt.«

»Das wäre ich vielleicht auch«, murmelte Quinti, doch ihr Ton verriet große Ungewißheit. Micay bemerkte, daß Mama Coris Ausdruck unverändert nichtssagend blieb. Cori braucht ebenso viel Zeit, um Hoffnung fassen zu können wie um nachzugeben, dachte sie. Vielleicht gesteht sie sich jetzt überhaupt keine Erwartungen mehr zu.

»Nun«, meinte Apu Poma verlegen und erinnerte sich wieder an seine Pflichten als Gastgeber, »laßt uns essen, solange die Speisen noch warm sind. Auch das Akha wartet.«

Micay beobachtete Quinti beim Essen; zum ersten Mal seit Tagen hatte sie offenkundig Appetit. Doch Micay blieb skeptisch. Quinti hatte schon einmal versucht, in Quilaco einen Sinn für ihr Leben zu finden, aber das hatte ihr nicht genügt. Micay ihrerseits dachte daran, daß sie bald nach Quito gehen würde, und dort konnte ihr Mama Coris Eigensinn nichts anhaben. Sie nahm sich eine Kartoffel und aß mit Genuß. Wahrscheinlich würde sie solch wunderbare Gerichte schon bald entbehren müssen.

Das Mira-Tal

Im Osten hellte sich der Himmel zwischen den schneebedeckten Gipfeln auf, und aus dem dunklen Talgrund stiegen weiße Nebelschwaden auf. Eng aneinandergekauert und in Decken gehüllt, saßen Cusi und Tomay auf ihrem Aussichtsposten. Seit einem Monat waren sie nun schon wieder zusammen im Feld, und in dieser Zeit hatten sie es endlich geschafft, ihre alte Rivalität zu begraben. Angesichts der sehr realen Gefahren hier im Land der Carangui war es ihnen plötzlich kindisch erschienen, sich ständig gegenseitig übertrumpfen zu wollen, auch wenn es nur freundschaftlich gemeint war. Cusi hatte sich schließlich überwinden können, mit Tomay offen über seine Todesangst auf dem Felsen in Chachapoyas zu sprechen, und dieser hatte es im Gegenzug geschafft, die Eifersucht und Abneigung zuzugeben, die er im Schatten von Cusis Heldenhaftigkeit verspürt hatte.

Doch erst jetzt konnte Cusi dem Freund von seiner Liebe zu Micay erzählen und ihn fragen, wie Rimachi wohl reagieren würde, wenn er davon erfuhr. Cusi hatte es vermieden, Rimachi während der kurzen Zeit, die sie beide in Quito gewesen waren, zu treffen – ein bißchen Feigheit war in diesem Punkt wohl das Beste, hatte er sich gesagt.

»Ich habe ihn getroffen ... dreimal, seit wir in die Schlacht gezogen sind«, erinnerte sich Tomay. »Er ist noch größer und stärker geworden, als er früher war, und genießt hohes Ansehen bei Atahualpa und Challcochima und den anderen jungen Kommandeuren.« Die gestrickte Mütze tief in die Stirn gezogen, blickte Tomay Cusi direkt ins

Gesicht.« »Und jedesmal, wenn wir uns trafen, sprach er von Micay – genau wie du, nur mit noch mehr Sehnsucht.«

»Aber er hat sie doch nur ganz kurz gekannt. Sie haben nie von einer Heirat gesprochen.«

»Das hält ihn nicht ab, davon zu träumen«, wandte Tomay ein. »Wir sind jetzt schon seit mehr als einem Jahr hier draußen, Cusi. Das bedeutet viele durchwachte Nächte und Lager auf der kalten Erde. Was hat ein Krieger da schon außer Erinnerungen und Träumen?«

Cusi schwieg. Es würde nicht leicht werden, Rimachis Überzeugung, daß er ihn verraten habe, zu zerstreuen.

»An was denkst du, während du auf die Schlacht wartest?« fragte er Tomay.

»Ich habe keine Frau«, meinte dieser mit einem Achselzucken, »und ich muß schon überlegen, wenn ich mich nur an mein altes Zuhause erinnern will. Aber dafür kenne ich mein zukünftiges Zuhause bereits.«

»Wo ist es?«

»Östlich von Quito, in den Vorbergen auf der anderen Seite des Tals. Es sind nur ein paar Häuser und einige Kartoffeläcker, aber viel Weidefläche und eine Familie von Gefolgsleuten, um die Herden zu versorgen.«

»War das dein Geschenk vom Sapa Inca?«

»Zuerst hat er mir ein Anwesen in Quito angeboten, in der Nähe des Palastes. Aber der ist ja noch nicht einmal gebaut, und deshalb habe ich mich dafür entschieden.«

»Das Guanako-Haus«, murmelte Cusi.

Tomay grinste. »So werde ich es nennen, sobald ich dort wohnen kann.« Er zeigte mit dem Kinn auf die Festung unter ihnen. »Sobald wir diese Mauern in Schutt und Asche gelegt und unsere Nordgrenze gesichert haben.«

Der Nebel war verschwunden, und die dunklen, gewundenen Wehrmauern der Carangui waren nun deutlich erkennbar; sie sahen aus wie ein riesiges Seil, das sich in gleichförmigen Wicklungen die Paßhöhe hinauf wand. Cusi und Tomay hatten versucht, von hier oben zu sehen, ob der Feind über Nacht Truppen bewegt hatte. Die Quipus, welche über die Anzahl feindlicher Krieger auf jeder Ebene des Carangui-Schutzwalls Auskunft gaben, hatten sie bereits ins Lager zurückgeschickt. Allerdings glaubten sie nicht, daß dieser Bericht – oder irgendein anderer – den Angriffsplan des Sapa Inca gravierend beeinflussen würde. Der Herrscher wollte der Erstürmung jeder feindlichen Bastion persönlich beiwohnen, aber er hatte noch nie zuvor als Kriegshäuptling im Feld gestanden und hielt es nicht einmal für notwendig, seine Sänfte zu verlassen und sich Seite an Seite mit seinen Kriegern zu stellen. Aus diesem Grunde mußten die Elitekämpfer der Alten Garde ständig um ihn bleiben und ihm als Leibwache dienen, anstatt die Attacken anzuführen. Noch dazu hatte Huayna Capac darauf bestanden, nur Frontalangriffe ausführen zu lassen und Manöver zu vermeiden, die er nicht mit eigenen Augen beobachten konnte. Er war der Sohn Intis, und er glaubte, seine bloße Gegenwart müsse die Inka inspirieren, jedes Hindernis zu überwinden.

Schon seit Tagen griff sein Heer immer wieder die erste, unterste Verteidigungslinie der Carangui an. Die Inka hatten die Mauer an einigen Stellen mit riesigen Rammböcken durchbrochen, doch der Feind hielt sich tapfer, und Huayna Capac wollte keine List zulassen – er befahl seinen Truppen, die Mauer auf ganzer Linie zu stürmen, unabhängig davon, was die Carangui unternahmen.

Nachdem die Angreifer in den letzten zwei Tagen zum Schein Zeichen der Ermüdung an den Tag gelegt hatten, war für heute ein Angriff auf voller Front angeordnet worden. Aus diesem Grunde waren Cusi und Tomay auf ihrem Aussichtsposten. Sie gingen davon aus, daß die unterste Mauer im Verlauf des Tages gestürmt würde, und wollten beobachten, wie die Carangui darauf reagierten – mit Rückzug oder Verstärkung ihrer Truppen –, und wie sie ihre Krieger von einer Ebene zur nächsthöheren verlegen wollten. Daraus erhofften sich die beiden Kundschafter wertvolle Informationen für den weiteren Gefechtsverlauf. Deshalb warteten sie geduldig, wohl wissend, daß es nicht mehr allzu lange dauern konnte, bis die ersten Schlachtrufe an ihre Ohren dringen würden.

Erst gegen Mittag konnten die Inka und ihre Verbündeten die erste Mauer überwinden. Mit Leitern und Seilen erstürmten sie die Brüstung und zwangen die Carangui erstmals zum Nahkampf. Erschütterndes Kriegsgeschrei und das ständige harte Aufeinanderprallen von Metall und Stein hallte von den Felsen wider, und Wolken aus Staub und Rauch verhüllten die Szene. Cusi und Tomay saßen auf ihren Posten und versuchten, mit ihren Decken die sengende Sonne abzuhalten. Von hier oben wirkten die Kämpfenden wie Ameisen, und es war unmöglich festzustellen, welche Seite gerade die Oberhand hatte. Weit in der Ferne konnten sie die rautenförmige, gold-rote Sänfte des Sapa Inca sehen, die auf den Schultern der Träger das Schlachtgetümmel überragte. Darum herum war ein heftiges Schieben und Drängen erkennbar, und dann bewegte sie sich – zuerst vorwärts, dann wieder zurück. Offenbar hatte Huayna Capac beschlossen, dem Kampf aus nächster Nähe beizuwohnen.

Die beiden Kundschafter wandten ihre Aufmerksamkeit der Festung unterhalb ihres Ausblicks zu. Sie bemerkten, daß von den oberen Ebenen immer mehr feindliche Krieger mit Helmen, bemalten Schilden und Streitäxten auf die zweite und dritte Stufe drängten, obwohl sie dort gar nicht direkt ins Kampfgeschehen eingreifen konnten. Cusi und Tomay wunderten sich über den Sinn dieser Maßnahme.

Nach einiger Zeit tönten über den Kampfeslärm hinweg plötzlich schrille Signale aus Knochenpfeifen, und daraufhin stellten die neu hinzugekommenen Carangui-Krieger ihre Kriegstänze und -gesänge ein und marschierten in langen Ketten auf das jeweils nächstgelegene Ende der Mauern zu. Dort verschwanden sie einer nach dem andern in Hütten, die Cusi für Vorratsspeicher gehalten hatte, und schienen nicht wieder aufzutauchen.

»Tunnels!« riefen er und Tomay plötzlich wie aus einem Munde, und sie erinnerten sich an die unterirdischen Gänge unterhalb der Festung Sacsahuaman in Cuzco, die sie im Verlauf ihrer Initiationsriten kennengelernt hatten. Tomay stand sofort auf und signalisierte Paucar, der unterhalb ihrer Stellung auf Posten stand, daß der Feind zum Gegenangriff überging. Das Zeichen dafür waren Schläge mit der flachen Hand auf den Unterarm.

»Er war gerade dabei, das Feuer zu machen«, sagte er dann zu Cusi. »Also hat er es wohl selbst schon bemerkt.«

Mehr und mehr Carangui-Krieger verschwanden in den getarnten Tunneleingängen; zweifellos würden sie bald eine oder zwei Ebenen tiefer wieder auftauchen und die Inka in den Flanken angreifen. Aber schon sah Cusi linker Hand die schwarzen Schwaden von Paucars Signalfeuer aufsteigen; einen Augenblick später wurden ähnliche Rauchzeichen auf dem Berg jenseits der Festung sichtbar, und dann griffen auch die Beobachtungsposten weiter im Süden die Signale auf und wiederholten sie. Cusi blickte in diese Richtung und gewahrte die Sänfte des Sapa Inca. Wie ein langes, rotes Boot schien sie auf einem See nicht unterscheidbarer Körper zu schwimmen. Mit kleinen Unterbrechungen bewegte sie sich von der Carangui-Festung weg.

»Geht zurück!« murmelte Tomay gepreßt, während er gebannt die Szene beobachtete. Aber ihr Warnsignal war zu spät gekommen. Sie verfolgten, wie die kämpfenden Inka auf beiden Seiten vom Feind bedrängt wurden; zwei farbenprächtigen Wogen gleich drängten die Carangui auf Huayna Capacs Sänfte zu, wo sie sich trafen. Es entstand ein großer Tumult; das rote Boot begann zu schlingern, und plötzlich entschwand es aus der Sicht.

Cusi und Tomay waren vor Erregung aufgesprungen und unfähig, einen Ton herauszubringen. Voller Verzweiflung starrten sie einander an; sie konnten nicht glauben, was sie gesehen hatten. Der Sapa Inca war von seiner Sänfte gestoßen worden, vielleicht tot oder verwundet ... es war unvorstellbar.

»Wir müssen gehen«, stieß Tomay endlich hervor. »Wir müssen uns dem Rückzug anschließen, sonst werden wir noch abgeschnitten.«

Cusi nickte. Zorn schnürte ihm die Kehle zu, aber gleichzeitig zitterten ihm die Knie. Er hob seine Decke auf, faltete sie sorgfältig zusammen und legte sie auf den Platz, wo er gesessen hatte. Dann sprach er in Gedanken ein kurzes Gebet zu Illapa. Tomay nickte und folgte seinem Beispiel. Anschließend machten sie sich wortlos auf den Weg. Die Decken ließen sie zurück, als Zeichen dafür, daß sie wieder hierherkommen wollten.

Tumibamba

Micay sah Rimachi schon bald, nachdem das Heer mit dem Rückzug begonnen hatte. Massen von Verwundeten wurden ins Anwesen der Hohenpriesterin gebracht, und die Heilerinnen waren bis zur Erschöpfung im Einsatz. Als Micay gerade einen Mann versorgte, spürte sie auf einmal, daß sie beobachtet wurde. Sie blickte auf, und Rimachi saß nur etwa zehn Fuß von ihr entfernt an einen Pfosten gelehnt. Er hatte an beiden Armen Bandagen und eine Narbe auf der rechten Wange, aber er war sauber gekleidet, und anders als die vielen Männer um ihn herum schien er stark und gesund zu sein.

Er grüßte sie nicht, und sein Ausdruck verriet Micay sofort, daß er Bescheid wußte. Sie konnte sich nicht daran erinnern, wann ein Mann sie zum letztenmal so kalt und abweisend angesehen hatte; es gab ihr ein Gefühl, als würde ihr Herz zusammenschrumpfen.

Als sie wieder von ihrer Arbeit aufblickte, war Rimachi verschwunden, und sie seufzte auf, enttäuscht und gleichzeitig erleichtert, daß er nicht darauf bestanden hatte, mit ihr zu sprechen. Vor einiger Zeit hatte sie seine Mutter aufgesucht, um ihr zu ersparen, daß sie es von anderer Seite erfuhr, und obwohl das Treffen nicht sehr angenehm für Micay verlaufen war, hatten sich die beiden Frauen mit gegenseitiger Achtung verabschiedet. Micay wußte nicht, woher Rimachi Bescheid erhalten hatte, aber jedenfalls schien er nicht gewillt, Cusis Verrat zu verzeihen. Und er hatte auch nicht den Eindruck vermittelt, als ob er bereit sein würde zu vergessen.

Ein paar Tage später tauchte Uritu auf. Er war unverletzt und fragte nach Cusi und Tomay, da die beiden sich im Verlauf des

Rückzugs nicht bei ihrem Regiment gemeldet hatten. Von den Verwundeten hatte niemand Micay Auskunft über Cusi geben können, abgesehen von dem Hinweis, daß Kundschafter sich auf eigene Faust durchzuschlagen hatten, wenn eine Schlacht verloren war.

»Sie kommen ganz sicher«, sagte Uritu bestimmt. »Die Carangui erwischen sie niemals.«

Uritu war selbst in dem riesigen Gefolge des Sapa Inca gewesen, dem außer Kriegern auch Priester, Berater, Diener und einige Hundert zusätzliche Sänftenträger angehört hatten. Die Männer waren von Anfang an zu eng zusammengedrängt gewesen, damit alle Huayna Capacs Befehle verstehen konnten, und je näher sie dem unmittelbaren Kampfgeschehen gekommen waren, desto schlimmer war es geworden. Als die Rauchzeichen, die den Gegenangriff verkündeten, zum erstenmal zu sehen waren, so erzählte Uritu, wäre noch Zeit gewesen, die Sänfte in Sicherheit zu bringen. Aber es wurden zu viele Kommandos auf einmal ausgegeben, und das verwirrte die Träger, und sie gerieten in Panik. Außerdem entstand unter den Kriegern ein immer größeres Gedränge, so daß die Sänfte bereits ins Wanken geriet, bevor die Carangui zuschlugen.

Da die Campa in diesem Tumult ihre langen Bogen nicht effektiv einsetzen konnten, zogen sie sich auf höhergelegene Positionen zurück, um den Rückzug zu decken. Uritu erzählte, wie Huayna Capac mit dreckverschmiertem Gesicht und verschmutzter Kleidung, die goldene Streitaxt in der Hand, zu Fuß den Hang heraufgelaufen kam. Er lehnte alle Angebote, ihm zu helfen, ab und verfluchte jeden, der sich ihm nähern wollte. Als er den Hügelkamm erreicht hatte, ging er einfach weiter, ohne auch nur einen Blick auf seine verzweifelt kämpfende Alte Garde zurückzuwerfen.

»Viele Männer der Alte Garde haben bei dem Versuch, die Carangui zurückzuhalten, ihr Leben gelassen, aber er blieb nicht einmal da, um den Kriegern Mut zu machen.« Uritu berührte einen seiner goldenen und silbernen Ohrpflöcke und ließ einen traurigen Juchzer vernehmen. »Ich wünschte, ich hätte rechtzeitig wegschauen können.«

»Er macht die Inka für die Niederlage verantwortlich«, sagte Micay, »insbesondere die Alte Garde und die Kundschafter. Deshalb hat er angeordnet, daß keine der sonstigen Ehrungen stattfinden.«

Uritu nickte. »Er hat sogar unsere monatlichen Rationen an Verpflegung und Kleidung gekürzt. Als ob Hunger uns unseren Stolz wiedergeben könnte.«

Uritu blieb noch eine Weile, und Micay erzählte ihm von Chan Chan und wie sie und Cusi sich im Verlauf der Reise nähergekommen waren. Dann berichtete sie ihm von Cusis Versuch, bei Huayna Capac die Erlaubnis für ihre Heirat zu erbitten, und daß Rimachi diese Nachricht offenbar mit großem Zorn aufnahm.

»Der Kondor, der beobachtet«, murmelte Uritu, was Micay als Zustimmung verstand. »Ich werde versuchen, mit Rimachi zu reden. Er muß doch wissen, daß Cusi das nicht getan hat, um ihn zu verletzen.«

Uritu mußte zurück zu seinem Regiment, das gleich vor der Stadt lagerte, aber er kam an jedem der folgenden Tage vorbei, um die neu eingetroffenen Verwundeten zu befragen und Micay beim Warten auf Cusi Gesellschaft zu leisten. Auch Amaru, der beim Angriff auf die Festung nur leicht verwundet worden war, stattete ihr einige Male einen Besuch ab. Er freute sich diebisch darüber, daß Huayna Capac von seiner Sänfte gefallen war. Seinen Zorn über die Niederlage und die Besorgnis um Cusi verbarg er hinter Spott und Scherzen. So verging fast ein Monat; die Nordgrenze war nun schon seit über einer Woche sicher. Die Zahl der eintreffenden Verwundeten verringerte sich zusehends, und eines Tages, als Micay und Uritu gerade dabei waren, Schienen anzufertigen, sah er plötzlich auf und sagte: »Sie sind da.«

Am Eingang des Anwesens hatten sich einige Leute eingefunden. Micay suchte die Gruppe nach goldenen Ohrpflöcken ab; einen schrecklichen Augenblick lang dachte sie, der Mann auf der behelfsmäßigen Trage sei Cusi. Doch dann nahm er den Arm vom Gesicht, und sie erkannte Paucar. Die Männer sahen aus, als kämen sie geradewegs aus einer Schlacht. Dann gewahrte sie Tomay und endlich Cusi, der vortrat, um die Hohepriesterin zu begrüßen. Er war über und über schmutzig und sah völlig heruntergekommen aus; anstelle des Stirnbands trug er seine Schleuder um den Kopf gewickelt, sein Baumwollpanzer war blutdurchtränkt und zerrissen, und die Sohlen seiner Sandalen bestanden nur mehr aus Fetzen. Aber offenbar war er unverletzt und hatte keine Schmerzen. Micay mußte sich beherrschen, um nicht vor Freude zu weinen.

Sie war kaum aufgestanden, als er bereits vor ihr stand. Seine weißen Zähne leuchteten aus dem schmutzverschmierten Gesicht, und er lachte, schlang die Arme um ihre Taille und preßte sie fest an sich. Er stank nach Blut, Schweiß und Rauch, und der wattierte Panzer war wie ein störendes Kissen zwischen ihnen. Micay weinte an seiner Schulter, während er immer wieder ihren Namen flüsterte und ihr über das lange Haar strich.

»Ich mache dich ganz schmutzig«, flüsterte er endlich, ließ sie los und begrüßte Uritu; Micay hieß Tomay und Huañu willkommen.

»Die Mamanchic hat gesagt, daß ich die Schiene gut angelegt habe«, brüstete sich Tomay. »Das nächste Mal wird Paucar schon wieder mit uns marschieren.«

»Er hat sich den Fuß gebrochen«, erklärte Cusi. »Deshalb haben wir so lang für den Rückweg gebraucht. Die Carangui haben uns bis tief in die Berge hinein verfolgt, und wir mußten uns oft verstecken.« Er machte eine Pause, und seine Miene verhärtete sich. »Und als wir nach Quito kamen, wollten sie uns nicht einmal Träger zur Verfügung stellen, deshalb mußten wir ihn selbst den ganzen Weg tragen.«

»Wie Deserteure haben sie uns behandelt«, fügte Tomay verbittert hinzu. »Auf Befehl des Sapa Inca!«

»Es geht allen Ohrpflöcken gleich«, sagte Uritu. »Ausgenommen seine Söhne und Brüder natürlich.«

»Aber ihr seid wieder da«, warf Micay aufseufzend ein. »Das ist doch das wichtigste!«

»Ja, wir sind zurück«, murmelte Cusi. »Was ist mit Amaru?«

»Es geht ihm gut. Er war gestern hier.«

»Und Rimachi?« Tomay richtete die Frage an Uritu, der daraufhin Cusi ansah und nickte.

»Rimachi ist auch in der Stadt. Aber ich glaube kaum, daß du ihn treffen möchtest, Cusi.«

»Ich mußte es seiner Mutter erzählen«, schaltete sich Micay ein. »Dann kam er eines Nachmittags hierher und starrte mich nur an, ohne ein Wort zu sagen. Er weiß Bescheid, und er zeigt sich unversöhnlich.«

Cusi seufzte und legte ihr tröstend einen Arm um die Schultern. Die andere Hand streckte er in einer Geste der Entschuldigung Uritu und Tomay entgegen.

»Ich muß auch euch um Verzeihung bitten«, sagte er. »daß ihr euch zwischen Brüdern entscheiden müßt. Das habe ich nicht gewollt.«

»Uritu und ich gehen später zu ihm«, schlug Tomay vor. »Vielleicht können wir seinem Zorn wenigstens die Spitze nehmen.«

»Dafür bin ich euch dankbar.« Mit einer Geste bezog Cusi Huañu in die Gruppe mit ein. »Kommt, gehen wir zum Anwesen des Gouverneurs. Er wird uns nicht ein Bad und ein gutes Essen vorenthalten. Er weist uns nicht ab, nur weil wir Inka sind.«

Cusi fühlte, wie Micay von hinten die Arme um ihn schlang. »Versprich mir«, flüsterte sie und drückte sich an ihn, »daß du mich nicht berührst, bis ich es dir sage.«

»Werde ich jetzt bestraft?« fragte er mit einem leisen Lachen.

»Nein, du wirst verwöhnt.«

»Ah … dann verspreche ich es gern.«

Sie löste ihre Umarmung, und er bemerkte, wie sie den Saum seiner Tunika nach oben schob, hinauf bis über die Schultern, so daß er sie nur noch über den Kopf zu ziehen brauchte. Nun spürte er warm und weich ihre Brüste an seinem Rücken; ihre Hände umfaßten seine Hüften, glitten nach unten und schlüpften in seinen Lendenschurz.

»Denk an dein Versprechen«, ermahnte sie ihn sanft, als sie seine beginnende Erektion fühlte und sein Atem heftiger wurde. Sie massierte ihn mit beiden Händen und öffnete nebenbei sein Hüftband, bis der Lendenschurz zu Boden fiel. Dann bugsierte sie ihn sacht zum Bett, ohne ihn loszulassen. Ein fahles Mondlicht sickerte durch die Belüftungsröhren herein und fiel auf den Dampf, der noch von unten aus dem Bad aufstieg. Cusi hatte das Gefühl zu träumen; wirklich waren nur die zarten Hände, die ihn liebkosten.

Sie zog ihn auf das Bett, und jetzt erst konnte er ihr Gesicht sehen, undeutlich in der Dunkelheit, während sie sich auf ihn kniete und die Hände über seine Schenkel und weiter hinauf bis zu den Schultern wandern ließ und ihre Brustwarzen dabei sanft seinen Oberkörper streichelten. Sein Mund öffnete sich; er lächelte, hilflos dem Zittern und Beben seiner Muskeln unter ihren Fingern und Lippen ausgeliefert. Überall küßte und berührte sie ihn, und ihr langes, schwarzes Haar fiel weich über ihre Schultern und strich leicht wie Federn über seine Haut. Er seufzte und stöhnte vor Verlangen; sein Rücken wölbte sich nach oben und seine Hände zuckten, so sehr sehnte er sich danach, sie zu umfassen und zu sich herabzuziehen.

Dann kniete sie sich über ihn, nahm lächelnd seine Hand und rieb ihren Unterleib dagegen, so daß er an den Fingern die Feuchtigkeit zwischen ihren Lenden spürte. Cusi stieß ein tiefes, langgezogenes Stöhnen aus, und nun ließ sie seine Hand los und setzte sich mit einer schnellen Bewegung rittlings auf ihn. Dann führte sie ihn in sich ein, ließ sich langsam tiefer sinken und warf dabei mit einem kaum hörbaren Schrei den Kopf nach hinten.

»Jetzt darfst du mich anfassen«, flüsterte sie, beugte sich nach vorne und schmiegte ihr Gesicht an das seine. Cusis Arme schlangen sich wie von selbst um ihren Rücken; sie küßte ihn und begann sich zu bewegen und versetzte ihn in eine nie gekannte Verzückung, in der alles um ihn verschwamm, bis er nichts mehr erkennen konnte und nur noch fühlte, wie die Lust seinen ganzen Körper durchströmte wie eine riesige, unwiderstehliche Woge, die sich brach und brach und endlich mit einem unvorstellbaren Bersten in sich zusammenfiel.

Eng ineinander verschlungen lagen sie auf dem Bett und vergaßen die Zeit und alles um sich herum, bis sich ihr Atem allmählich beruhigte. Dann löste sich Micay aus seiner Umarmung und legte sich neben ihn.

»Noch vor ein paar Nächten hätte ich solche Verlockungen nicht ertragen können«, murmelte er noch immer fassungslos.

Micay lachte leise. »Ich habe damit gewartet, bis ich mir sicher war, daß dein Herz nicht aussetzt.«

»Ich bin mir nicht sicher, ob das nicht passiert ist. Wo hast du das bloß gelernt?«

Sie zögerte einen Augenblick und sah ihn mit großen Augen an. »Von Fempellec«, sagte sie dann. »An dem Abend, als er zum Küchenchef ernannt wurde, betrank er sich sehr und gab zum besten, auf welche Weise er außerdem noch unterhalten könne. Ich habe ihm zugehört, weil ich nicht wollte, daß er noch anderen Leuten davon erzählt.«

»Du hast gut zugehört«, sagte Cusi erfreut. »Amaru hat mir auf dem Weg nach Quito von seinen Erlebnissen in den Freudenhäusern an der Küste erzählt. Darüber, wie vielfältig man Lust und Freude an seinem Körper empfinden kann, oder am Körper eines anderen – Dinge, von denen man uns sagte, sie seien falsch, unnatürlich und abstoßend. Er hat mich nicht ganz und gar davon überzeugt, daß die Inka diese Dinge nur aus Furcht und Unwissenheit verschmähen, und weil der Sapa Inca nicht will, daß sie von ihren Pflichten abgelenkt werden. Aber er hat mir gezeigt...«

»Wie schön sie sind?« unterbrach ihn Micay scherzend. Cusi schüttelte störrisch den Kopf, mußte aber dennoch lächeln.

»Das hast du mir gezeigt, besser als er oder Fempellec es je gekonnt hätten. Nein, er hat mir gezeigt, daß es ihm nicht geschadet oder ihn schwach und feige gemacht hat, wie man uns sagte. Obwohl ... es ihm auf eine andere Art schaden könnte – wenn jemand die Laute hören würde, die manchmal spät nachts aus ihrem Haus zu hören sind.«

»Sind sie anders als die, die du eben gemacht hast?« fragte Micay mit spöttischer Unschuld. Er zog sie an sich und drückte sie fest, konnte aber ihr Lachen nicht ersticken.

»Willst du auch versuchen, einen Inka zu verderben?« fragte er lachend.

Micay überraschte ihn mit einer ernsten Antwort. »Ich habe vor, ein Kind von ihm zu bekommen, auch wenn ich ihn vielleicht nicht heiraten kann. Die Hebammen sagten, der Mond würde günstig für mich stehen.«

»Das wäre schön«, antwortete Cusi nach einer gedankenvollen Pause. Er lehnte sich zurück und sah ihr in die Augen. »Und wir *werden* heiraten, sobald Huayna Capac wieder zur Vernunft gekommen ist. Das kann schon bald sein, denn die Ohrpflöcke haben seine Verachtung lange genug geduldet. Wir treffen uns morgen abend außerhalb der Stadt.«

»Davon hast du mir gar nichts erzählt«, wunderte sich Micay.

»Ich habe es selbst erst heute abend erfahren. Und es soll auch niemand wissen, vor allem mein Vater nicht.«

»Aber was könnt ihr tun? Ihr habt geschworen, ihm zu dienen und zu gehorchen.«

»Und er hat geschworen, uns zu respektieren und unser Führer zu sein, aber statt dessen dürfen wir ihn nicht einmal sehen. Es gibt mittlerweile Krieger, die sagen, wir sollten mit Huanacauri nach Cuzco zurückmarschieren.«

»Wird es dazu kommen?«

»Ich hoffe nicht. Das würde das Ende des Inkareichs bedeuten... wenn Bruder gegen Bruder kämpft, und Väter ihre Söhne aufgeben. Das wäre die Katastrophe, vor der Raurau Illa gewarnt hat – die Vergeudung unserer Kraft und Stärke. So weit dürfen wir es nicht kommen lassen.«

»Huayna Capac auch nicht«, erwiderte Micay entschlossen. »Er kann diesen Krieg nicht ohne euch gewinnen.«

»Hoffen wir, daß er sich noch rechtzeitig daran erinnert.« Er strich ihr die Haare aus der Stirn und legte die Hand auf ihre Wange. »Ich möchte nicht mehr von dir fort, bis ich wieder ins Feld muß.«

»Mir wäre es am liebsten, wenn du nie mehr weggehen müßtest...«

Cusi stützte sich auf einem Arm ab und beugte sich über sie. Micay nahm seinen Kopf zwischen ihre Hände, und er küßte ihre Handflächen, richtete sich weiter auf und kniete sich neben sie. »Der Mond steht noch immer richtig«, flüsterte er lächelnd und preßte ihre Hände sanft neben ihren Körper. »Jetzt mußt du *mir* versprechen...«

Die Inka-Krieger versammelten sich nach Einbruch der Dunkelheit auf einem frisch abgeernteten Maisfeld am gegenüberliegenden Ufer des Tumibamba. Ohne sich darum zu kümmern, ob sie von den in der Umgebung lagernden feindlichen Truppen bemerkt würden, entzündeten sie mehrere Feuer aus liegengebliebenen Hülsen und Stengeln. Das Treffen war zwar so geheim wie möglich gehalten worden, damit nicht ein plötzlicher Befehl des Sapa Inca es verhindern würde, doch einmal begonnen, ließ sich eine Versammlung von dreitausend Männern nicht mehr verbergen. Falls seine Spione Huayna Capac nicht ohnehin bereits unterrichtet hatten, würde er die Nachricht wahrscheinlich während des Festes erhalten, das er für die Cañari

342

und Quito gab und von dem er die Inka demonstrativ ausgeschlossen hatte.

Als Cusi, Tomay und Amaru eintrafen, herrschte eine Atmosphäre, die der eines Festes auch nicht annähernd gleichkam. Normalerweise versammelten sich die Inka nur höchst selten aus einem anderen Grund als dem, Zeremonien und Feiern abzuhalten, und bei solchen Anlässen waren sie in der Regel in Rang und Haushaltszugehörigkeit getrennt. An diesem Abend jedoch war davon nichts zu bemerken; es standen sogar Kriegshäuptlinge mit völlig unerfahrenen Rekruten zusammen, und obwohl sie alle Blutsverwandte, Initiationsbrüder und Waffenbrüder waren, begrüßten sie sich heute mit besonderem Respekt und betonten dadurch ihre Zusammengehörigkeit als Inka. Cusi war bewegt; er erinnerte sich daran, daß Otoronco Achachi einst gesagt hatte, sie dürften nie vergessen, wie wenige Inka es eigentlich gab.

Auch Cusis einstiger Lehrer Sumac Mallqui, der nun ein hohes Kommando innehatte, war gekommen und stellte seinem berühmt gewordenen Schützling einige der jungen Kommandeure vor, die sich in den letzten Schlachten hervorgetan hatten: Männer wir Challcochima, Quizquiz, Tomarimay und Ucumari, die trotz der Behinderung durch die Anwesenheit des Sapa Inca bei den Schlachten heldenhaft gekämpft hatten. Sie hatten alle von Cusi gehört, aber wegen seiner langen Genesungszeit noch keine Gelegenheit gehabt, ihn persönlich kennenzulernen. Für sie war sein Erscheinen auf dieser Versammlung ein deutliches Zeichen dafür, daß selbst die von Huayna Capac am meisten geschätzten Krieger ihm nicht mehr ergeben waren. Mehrmals baten sie Cusi, sich ihren Regimentern anzuschließen und versicherten ihm, daß keiner der Feldkommandeure die letzte Niederlage den Kundschaftern zuschrieb.

Auffallenderweise fehlten in der Gruppe der jungen Kommandeure Ninan Cuyochi und Atahualpa. Aber sie konnten es sich ebensowenig wie die anderen königlichen Söhne und Brüder leisten, eventuell in den Verdacht zu geraten, sich widerrechtlich den königlichen Fransensaum aneignen zu wollen. Gerüchteweise war jedoch zu hören, Atahualpa habe dem Treffen seinen Segen gegeben, und Ninan Cuyochi habe trotz seiner großen Verehrung für seinen Vater zugesagt, sich den Beschlüssen der Krieger nicht entgegenzustellen. Cusi war sich im klaren darüber, daß Ninan Cuyochi ein sehr bedachter und kluger Mann war, und deshalb erachtete er dessen Ehrenwort als äußerst bedeutsam.

Die Krieger bildeten einen riesigen Halbkreis um das große Feuer in der Mitte. Cusi fand mit Tomay und Amaru einen Platz, von dem

Michi, Yasca und die beiden anderen Kriegshäuptlinge direkt in ihrem Blickfeld lagen. Als Michi nach vorne trat, um zu sprechen, erschien plötzlich der Mond über den Bergen im Osten. Sein blasses Licht ergoß sich über die Versammlung und ließ die vielen tausend goldenen und silbernen Ohrpflöcke funkeln. Auch für uns steht der Mond also günstig, dachte Cusi, und er konnte spüren, daß die Männer um ihn herum ähnlich fühlten. Michi sah zum Himmel auf und hob dann flehend die Arme.

»Mama Quilla, Mutter der Inka!« rief er. »Schau herab auf deine Söhne und gewähre ihnen deinen Rat und deine Gnade. Sie haben die Verachtung und Strafe nicht verdient, die ihnen angetan wurden!«

Ein Murren wurde in der Menge laut, das sowohl ehrerbietig als auch herausfordernd klang. Cusi blickte zum fast vollen Mond hinauf; er dachte an seine kurze Begegnung mit der Hohenpriesterin und daran, wie sehr diese Frau andere Menschen in ihren Bann zog. Diese Art von Kraft war es, die Huayna Capac fehlte. Der Herrscher nannte sich zwar Hüter der Sonne, aber er besaß keine Huaca.

»Meine Brüder«, fuhr Michi fort, als wieder Ruhe eingetreten war, »zuerst muß ich noch einmal klarstellen, was ihr ohnehin alle wißt: Es war nicht die Schuld der Inka, daß wir diese Schlacht verloren; es ist auch nicht den Kundschaftern oder der Alten Garde zuzuschreiben, daß Huayna Capac von seiner Sänfte gestoßen wurde und Schande erdulden mußte. Wir alle wissen, es waren nicht die Krieger, die ihre Pflichten verabsäumten!«

Lauthals brachen die Männer in Beifallsrufe aus und reckten die Fäuste in die Luft; ihre Schreie schallten durch das ganze Tal und brachen sich an den Mauern der Stadt.

»Außerdem muß ich euch mitteilen«, fuhr Michi fort, »daß wir vier heute zum Hohenpriester bestellt wurden. Er versicherte uns im Namen Huayna Capacs, daß wir nach wie vor das Wohlwollen des Sapa Inca genießen und die Belohnungen und Anerkennungen, die uns zustehen, erhalten werden. Aber der Sohn der Sonne gewährte uns keine Audienz, und er gab uns auch keine Zusage, daß er euch, unseren Brüdern und Blutsverwandten, wieder seine Gunst gewähren will. Damit werden wir uns auf keinen Fall abfinden, und deshalb sind wir hier!«

Einige der jüngeren Anwesenden begrüßten diese Demonstration von Loyalität lautstark, doch ihre vereinzelten Rufe erstarben in dem mächtigen Summen, das die altgedienten Krieger als Zeichen ihres Respekts und ihrer Zustimmung vernehmen ließen. Für sie war es selbstverständlich, daß die Loyalität der Kriegshäuptlinge von alters her in erster Linie ihren Männern galt und nicht dem Sapa Inca.

»Dies ist unser Plan«, verkündete Michi. »Bei Tagesanbruch finden wir uns marschbereit auf dem Platz vor dem Coricancha ein. Dann fordern wir die Statue von Huanacauri, der unser Schutzherr und die Stärke unserer Waffen ist. Wenn Huayna Capac sich weigert, uns den Respekt und den Dank zu erweisen, den er uns schuldet, marschieren wir mit der Huaca zurück nach Cuzco. Soll er alleine kämpfen, wenn er glaubt, daß wir nichts wert sind!«

Wie auf Kommando sprangen die Männer auf, stießen beifällige Rufe aus und schrien Huanacauris Namen so laut, daß Huayna Capac es in der Stadt hören mußte. Cusi blickte sich um und bemerkte, daß Amaru ihn freudestrahlend angrinste, während Tomay etwas zu zweifeln schien.

»Jetzt bin ich wirklich froh, daß du mich zurückgeholt hast«, rief Amaru über den Lärm hinweg. »Etwas wie dies hier hätte ich auf keinen Fall versäumen wollen!«

Allmählich löste sich die Versammlung auf. Nach einiger Zeit trat ein Mann mit dunkler Haut und einer markanten Hakennase zu ihnen und begrüßte Amaru wie einen guten alten Freund. Cusi wußte, daß er dieses Gesicht schon einmal gesehen hatte, aber er konnte sich an nichts weiter erinnern, bis der Krieger sich vorstellte.

»Ich bin Quilaco Yupanqui«, sagte er mit überraschender Bescheidenheit, als erwarte er gar nicht, wiedererkannt zu werden. »Yasca hat mich geschickt, Cusi Huaman, um Euch zu sagen, daß Ihr einer von acht Männern seid, die als Ehrenwache für Huanacauri ausgewählt wurden.«

»Aber ich war doch nur kurze Zeit im Feld«, protestierte Cusi. »Es gibt andere, die diese Ehre viel mehr verdienen als ich.«

»Das mag sein, aber nur wenige sind dem Sapa Inca so gut bekannt. Ich wurde ebenfalls ausgewählt, weil ich der Coya nahestehe. Die Kriegshäuptlinge wollen, daß er erkennt, wieviel Einfluß und Loyalität er verloren hat.«

»Wenn es so ist, fühle ich mich geehrt«, antwortete Cusi.

»Wir werden also vielleicht schon morgen zusammen marschieren«, fuhr Quilaco in feierlichem Ton fort, »deshalb möchte ich Euch bitten, mir zu verzeihen, daß ich mich am Abend Eurer Ankunft aus Chachapoyas so schlecht benommen habe. Ich habe Eure Schwester, Euren Onkel und die Nusta Micay beleidigt. Das tut mir sehr leid.«

»Aber das ist doch schon lange her. Ich habe deswegen keinen Groll gegen Euch gehegt«, versicherte ihm Cusi. »Und ein Anlaß wie dieser macht uns ohnehin zu Brüdern, die sich alles verzeihen.«

»Ich danke Euch«, sagte Quilaco und verneigte sich tief. Dann nickte er Tomay zu, klopfte Amaru auf die Schulter und verschwand in der Menge. Cusi sah ihm nach und suchte gleichzeitig nach den Gesichtern der beiden Freunde, die nicht zu dem Treffen erschienen waren.

»Was hat er denn gemeint?« fragte Amaru verwirrt. »Und wieso hat er Quinti nicht geheiratet? Das war doch schon vereinbart worden, noch bevor ich an die Küste ging.«

»Ich erzähle es dir später«, versprach Cusi und wandte sich dann an Tomay: »Warum haben wir Uritu und Rimachi nicht gesehen?«

»Das war unser Plan«, sagte Tomay knapp. »Es hat damit zu tun, daß es nicht immer einfach ist zu verzeihen.«

»Nicht einmal heute abend?«

»Vor allem nicht heute abend«, versicherte ihm Tomay. »Wir konnten nicht riskieren, daß es hier zu einer Auseinandersetzung kommt. Du wirst dieses Risiko zu einem anderen Zeitpunkt selbst auf dich nehmen müssen.«

»Nun gut, ich kann warten«, meinte Cusi. »Holen wir jetzt unsere Waffen, damit wir für unsere Auseinandersetzung mit dem Sapa Inca gerüstet sind.«

Als sich das erste rosafarbene Licht Intis über Tumibamba ausbreitete, standen seine Söhne bereits auf dem großen Platz im Herzen der Stadt, geschmückt mit den Halsketten, Armbändern und Sonnenschilden, die sie für vergangene Heldentaten erhalten hatten. Davon abgesehen aber waren sie marschbereit; die Krieger trugen ihre Helme, Schilde und Umhänge in Bündeln auf den Rücken geschnürt, und ihre Waffen hielten sie in den Händen. So standen sie grimmig und bewegungslos da, mit dem Rücken zum Coricancha, dem Tempel der Sonne, und den Blick auf den Haupteingang des Mollecancha auf der gegenüberliegenden Seite des Platzes gerichtet. Eine schwere, brütende Stille lag auf der Szene – die Stille willentlich zurückgehaltener Kraft.

Cusi hatte sich seit dem Huarachicoy-Rennen nicht mehr so gefühlt wie in diesen bangen Minuten des Wartens. Damals war nur sein eigenes Leben auf dem Spiel gestanden, heute aber ging es um die Zukunft aller Inka. Er stand mit Quilaco Yupanqui und den anderen Männern der Ehrengarde – Sumac Mallqui, Challcochima, Ucumari und drei Mitgliedern der Alten Garde – in der ersten Reihe. Vor ihnen auf dem Boden lag die reich mit Federn, Gold, Silber und Abalonemuscheln geschmückte Sänfte, auf welcher die Huaca Huanacauris von Cuzco hergetragen worden war. Heute würden sie den Gott des Krieges der Arroganz Huayna Capacs entreißen, und vielleicht würde er sie fortführen von dieser Schlacht, zurück nach Cuzco.

Cusi bemerkte, wie auf der linken Seite des Platzes einige Frauen, darunter die Hohepriesterin, Micay und Quinti, auf den Coricancha zugingen. Er fragte sich, ob Chimpu Ocllo bei dem, was nun vor sich ging, eingreifen würde – zumindest war sie die einzige Person, die intervenieren konnte, falls keine Seite Kompromißbereitschaft zeigte. Außer ihr gab es niemanden mehr, der Anspruch auf Unparteilichkeit erheben konnte.

Plötzlich erhob sich ein Gemurmel, und im nächsten Augenblick erschien die Sänfte des Sapa Inca neben der Empore. Er hätte zu Fuß kommen sollen, dachte Cusi spontan und spürte, wie eine Welle des Unmuts durch die versammelten Krieger ging. Vor der Sänfte schritten einige Priester und Ratgeber, unter denen Cusi Lloque Yupanqui und seinen Vater erkannte, und sie war eskortiert von einem großen Kontingent der königlichen Cañari-Leibwache. Cusi war noch nie auf die Idee gekommen, daß Huayna Capac gegen sein eigenes Volk Gewalt einsetzen könnte, und dieser Gedanke schockierte ihn.

Auf der anderen Seite der Empore hielt die Prozession an. Der Hohepriester stieg hinauf und blickte stumm auf die Krieger. Dann begann er unvermittelt, sie im Namen des Sapa Inca zu begrüßen, und fragte, warum sie sich unaufgefordert hier versammelt hätten. Die vier Kriegshäuptlinge, die sich vor den Truppen aufgereiht hatten, starrten ihn wortlos an. Er wiederholte seine Frage, erhielt aber auch diesmal keine Antwort; erst nachdem er ein drittes Mal gefragt hatte, antwortete Michi ihm nach einer langen Pause.

»Wir sind hier, weil wir diese Stadt verlassen müssen. Wir werden vertrieben vom Hunger und von der Respektlosigkeit und Verachtung dessen, der uns wie seine eigenen Söhne lieben sollte. Wir können nicht mehr zulassen, daß wir solchermaßen mißhandelt werden.«

Während der Hohepriester sprachlos auf die Männer hinabstarrte, drehten Michi und seine Kollegen sich um. Die Krieger öffneten eine Gasse, und die Kriegshäuptlinge gingen auf den Coricancha zu, gefolgt von der Ehrengarde mit Huanacauris Sänfte. Michi schritt den Männern die lange Treppe hinauf voran und in den heiligen, Inti geweihten Bezirk hinein. Darin stand ein von einem breiten, goldenen Band umgebenes Haus, vor dem sich ihnen ein Priester entgegenstellte. Michi blieb erst unmittelbar vor ihm stehen und sah ihn dann unverwandt an.

»Er gehört uns, nicht Euch!« fuhr er den Mann an. Sofort trat der Priester zur Seite und ließ die Kriegshäuptlinge in das Heiligtum eintreten. Cusi bemerkte, daß alle Blicke auf ihm ruhten, und begann vor Erregung zu keuchen. Nun erst wurde ihm die volle Tragweite dessen bewußt, woran er hier beteiligt war: Sie verstießen gegen jedes

Protokoll und jedes Verbot; sie übten Verrat mit jedem Schritt, den sie taten. Vielleicht würde man später an sie denken als diejenigen, die den Inca gestürzt hatten …

Michi trat mit einem der anderen Kriegshäuptlinge aus dem Heiligtum heraus, das Gesicht verzerrt vor Anstrengung vom Tragen der schweren Huaca. Huanacauri war ein großer, brauner Stein, dessen Gestalt in etwa der eines sitzenden Mannes ähnelte. Uralte Symbole und Bilder von Falken und fauchenden Pumas waren in seine verwitterte Oberfläche eingemeißelt. Cusi legte seine Streitaxt zu Boden, um eine Mocha zu entbieten, während die beiden Kriegshäuptlinge die Statue vorsichtig auf der Sänfte absetzten.

Dann bewegte sich die Prozession langsam zurück über den Hof. Als sie die Sänfte durch den trapezförmigen Eingang trugen, wurde sie von einem lauten Ruf der Krieger begrüßt, die sich umgedreht hatten und nun mit dem Blick zum Tempel standen. Mit einem Mal stieg in Cusi die Gewißheit auf, daß das, was sie hier taten, richtig und notwendig war. Es konnte kein Verrat sein, die Ehre der Inka zu verteidigen; das war hier ebenso ihre heilige Pflicht wie auf dem Schlachtfeld. Manche Dinge durfte man nicht dem Urteil anderer überlassen.

Sie setzten die Sänfte vor der Empore ab. Kurz darauf erschien zur allgemeinen Überraschung Huayna Capac zu Fuß mit nur einigen Priestern und Ratgebern. Über seiner vielfarbigen Tunika trug er einen herrlichen, gefiederten Umhang, und Gold glänzte auf seiner Brust, an seinen Handgelenken und Kniebändern. Er stellte sich mit verschränkten Armen vor die Kriegshäuptlinge und sah sie grimmig an. Cusi wollte sich unwillkürlich verneigen, doch das Beispiel der nur schweigend dastehenden Kriegshäuptlinge belehrte ihn im letzten Moment eines besseren.

»Komm, Michi«, begann Huayna Capac endlich, und in seiner Stimme lag unterdrückte Wut, »sag mir, was hier vor sich geht. Sag mir, weshalb du dich für so einen Akt des Widerstands und der Respektlosigkeit hergibst!«

»Ihr habt uns dazu getrieben«, erwiderte dieser unumwunden. »Wir sind hergekommen, um für Inti, Illapa und Huanacauri zu kämpfen, so wie es unsere Vorväter getan haben. Ihr aber habt unser Vertrauen mißbraucht und unsere Treue mit Verachtung bestraft. Wir haben keinen Führer mehr, und deshalb ergreifen wir Besitz von dem, dessen Kriegsgeist die Kämpfer der Inka immer geleitet hat.«

»Ich bin mir ganz sicher, daß du dich irrst«, entgegnete Huayna Capac nach einer Weile unvermittelt und drängte die vier Kriegshäuptlinge zum Gehen. Vor den Reihen der Krieger schritten die

Männer auf und ab und diskutierten heftig. Die Krieger in den vorderen Reihen hörten ihre Häuptlinge Klagen vortragen, die bis zum Feldzug gegen die Quito zurückreichten, und sie wurden Zeugen der Niederlagen und Enttäuschungen, die Huayna Capac erwähnte. Dazwischen wurde immer wieder der Wunsch nach Verständigung laut, ohne daß es allerdings dazu kam.

Endlich blieben die Männer stehen. »Ich muß mich mit meinen Priestern beraten und mit jenen, die für die Götter und die Huacas sprechen«, verkündete Huayna Capac.

Michi blickte auf Yasca und die beiden anderen Kriegshäuptlinge. »Wir bleiben hier«, sagte er. Huayna Capac wandte sich um und ging, ohne darauf zu warten, ob jemand sich vor ihm verbeugte.

Während Chimpu Ocllo unter der silbernen Scheibe des Mondes betete, beobachteten Micay und Quinti das Geschehen auf dem Platz. Daß Huayna Capac blieb, um mit den Kriegshäuptlingen zu verhandeln, obwohl niemand vor ihm das Haupt gebeugt hatte, erschien ihnen ein vielversprechendes Zeichen; offenbar hatte er seine schwache Position erkannt. Aber als er wieder verschwand, fragte sich Micay, wieviel Geduld die Krieger wohl noch aufbringen würden.

»Meine Töchter, kommt und setzt euch zu mir«, sagte Chimpu Ocllo plötzlich von hinten. »Ich möchte mit euch sprechen, bevor die Coya kommt.«

Micay fiel die große Kraft und Ruhe auf, die die Hohepriesterin nach dem Gebet ausstrahlte. Sie wandte sich zunächst an Quinti.

»Quilaco Yupanqui hat sich mit keiner anderen Nusta verbunden, seit ihr nicht mehr zusammen seid«, begann Chimpu Ocllo. »Außerdem war es ihm ein wichtiges Anliegen, sich bei deinem Onkel und deinem Bruder zu entschuldigen. Wenn er sich also wirklich sehr zu seinem Vorteil verändert hat, würdest du dann einwilligen, ihn zu heiraten?«

»Micay erinnert mich immer wieder daran, daß ich Quilaco nicht als Lösung meiner Probleme betrachten sollte«, erwiderte Quinti verwirrt. »Und ich weiß, daß sie damit recht hat. Aber was schlagt Ihr mir vor, Herrin?«

»Die Coya muß bald zu mir kommen«, stellte Chimpu mit ruhiger Gelassenheit fest. »Sie wird mich bitten, mit den Kriegern zu sprechen. Sie weiß, daß ich das tun werde, aber sie weiß auch, daß sie mir nun doch die Achtung bezeigen muß, die mir gebührt, auch wenn es ihr schwerfällt. Es wird ihr nicht leichtfallen zu geben, was ich fordere, aber sie wird es mir geben. Sobald wir uns geeinigt haben, wird ein Vermittler vonnöten sein, und dazu möchte ich gerne dich vorschlagen, meine Tochter. Ich möchte als Geste des gegenseitigen Vertrauens empfehlen, daß du einem Mann gegeben wirst, der ihr nahesteht – sofern du und Quilaco euch damit einverstanden erklären könnt.«

»Aber – ich würde in der Nähe des Hofes leben, wenn ich Quilaco heiraten würde. Wem müßte ich dann gehorchen?« fragte Quinti vorsichtig.

»Du würdest ganz wie deine Mutter das tun, was du für richtig hältst. Rahua Ocllo würde dich auch Mama Coris wegen willkommen heißen. Aber wie gesagt, zuerst mußt du mit Quilaco einig werden.«

»Ich hatte geplant, mit ihm zu sprechen«, räumte Quinti ein.

»Achte darauf, daß er dir gebührenden Respekt entgegenbringt«, riet ihr Chimpu. »Du mußt ihm verständlich machen, daß du eigene Verantwortlichkeiten hast.«

Quinti nickte stumm, und es entstand eine Pause. Dann wandte sich die Hohepriesterin abrupt an Micay. »Hast du Pläne, den Kriegern zu folgen?«

Micay konnte nur zustimmend den Blick senken; die Frage ließ in ihr ein Gefühl der Treulosigkeit gegenüber der Mamanchic entstehen. »Das war klug von dir«, sagte Chimpu jedoch zu Micays Überraschung. »Aber solche Pläne wirst du nicht brauchen. Geht nun hinaus und begrüßt die Coya. Ich muß mich umziehen und darauf vorbereiten, zu meinen Söhnen zu sprechen.«

Die Krieger verneigten sich ehrerbietig, als die Bildnisse der Götter in Begleitung der Priester, die für sie sprachen, auf den Platz getragen wurden. Doch als sie sich wieder aufrichteten, sahen sie, daß die Prozession nicht von Inti oder Illapa angeführt wurde, sondern von Mama Ocllo, der Ersten Mutter der Inca. Ihr Bildnis war eine sitzende, in goldene Tücher gehüllte Frau mit einer Totenmaske aus Gold anstelle des Antlitzes – die Mumie von Huayna Capacs Mutter, wie Cusi wußte. Ihre Sprecherin war eine große Cañari-Frau, deren weißgrau-melliertes Haar über das Gesicht fiel, als sei sie in Trauer. Unweit von Cusi blieb sie stehen und wandte sich mit hoch erhobenen Armen den Kriegern zu. Ihre Stimme klang gebrochen und verriet Schmerz und Fassungslosigkeit.

»Es kann nicht sein, meine Söhne. Weshalb seid ihr hier? Ihr könnt nicht die Gelübde brechen, die euch an euren Herrn binden. Ihr könnt nicht wollen, daß das Andenken eurer Vorväter Schande erleiden muß. Wohin wollt ihr gehen ohne einen, der euch führt? Wer wird die Frauen und Kinder beschützen, wenn ihr nicht mehr da seid?«

Nach einem anfänglichen Gefühl der Scham spürte Cusi sowohl in sich als auch bei den anderen Männern Zorn aufsteigen. Er konnte zwar die Präsenz dieser Frau fühlen, aber nicht ihr Gesicht sehen. Ihr Cañari-Akzent schien sich noch zu verstärken, während sie weiterredete und ihnen vorwarf, sie würden alles verraten, was ihren Vorfahren heilig gewesen war. Wie konnnte der Sapa Inca glauben, er könne seine Krieger von einer Frau beschimpfen lassen? Und nicht einmal eine Inka, sondern eine Cañari! Cusi fragte sich, ob Huayna Capac wohl die Bedeutung seines eigenen Tuns verstand. Mußte er sie sogar jetzt daran erinnern, wie weit er sich von seinen Kriegern entfernt hatte und statt dessen den Cañari den Vorzug gab?

Was die Sprecher der anderen Götter von sich gaben, unterschied sich nur wenig von den Vorhaltungen der Cañari, und deshalb wurden die Krieger zunehmend verdrossener. Mittlerweile war es Nachmittag geworden, und sie waren müde, hungrig und unzufrieden. Bald würde es ihnen verlockender erscheinen, nach Cuzco zu marschieren, als hier noch länger herumzustehen. Den ganzen Vormittag über war die Sonne immer wieder von Wolken verhüllt worden, und nun verschwand Intis Antlitz völlig hinter einer dunklen Decke, so daß sich die Luft abkühlte und der Himmel tiefer herabsank – ein Zeichen, daß die Himmelsgötter ihnen wohlgesonnen waren.

Plötzlich hörte Cusi, daß sich hinter ihm etwas bewegte. Die Krieger bildeten eine Gasse und verneigten sich. Durch ihre Mitte schritt langsam, mit erhobenen Händen, die Hohepriesterin. Sie blickte abwechselnd nach links und rechts und grüßte die Männer, die sie passierte. An ihren Handgelenken und um den Hals trug sie silbernen Schmuck, und die Silberfäden in ihrem langen, grauen Kleid glitzerten im trüben Licht der verhangenen Sonne. Vier weißhaarige Mamacona folgten ihr, von denen jede ein bemaltes Tongefäß trug. Als die Frauen Huanacauri erreichten, grüßten sie ihn mit einer tiefen Verbeugung.

»Ich muß euch nicht fragen, warum ihr hier seid, meine Söhne«, begann Chimpu Ocllo. In ihrer Stimme lagen weder Bitte noch Tadel, sondern Überzeugungskraft und Entschlossenheit. »Ihr habt euch im Lichte Mama Quillas versammelt, und sie hat eure Gebete um Schutz und Führung erhört. Sie hat auch die Klagen vernommen, die ihr heute habt laut werden lassen, und sie hat die Würde und den Respekt gesehen, die ihr selbst im Widerstand noch wahrt. Immer hat sie mit Stolz und Wohlwollen auf euch herabgeblickt, denn ihr seid ihre Söhne. Und mit derselben Liebe schaut sie auch heute auf euch.«

Die Kriegshäuptlinge und die Männer hinter ihnen verneigten sich in einer spontanen Geste.

»Was hier geschieht, ist sehr ernst«, fuhr Chimpu fort. »Wir kennen für diesen Vorfall kein Beispiel und auch keine Riten, die uns helfen könnten, damit fertigzuwerden. Man kann diese Situation nicht ungeschehen machen, und man darf sie nicht ignorieren, und doch ist sie zu gravierend, um lediglich mit einer Entschuldigung oder einer Geste des Verzeihens beigelegt zu werden. Möglicherweise können wir nichts anderes tun als zu warten, daß diese Wunde von selbst wieder heilt. Dies ist die Hoffnung, mit der ich hierherkomme, meine Söhne – lassen wir diese Wunde heilen; lassen wir die Inka wieder zueinander finden.«

»Was verlangt Ihr von uns, Mamanchic?« fragte Michi heiser.

»Mir wurde versichert, daß Huayna Capac Versöhnung wünscht. Er möchte ein Fest für euch veranstalten und euch eure Ehre und eure Privilegien wiedergeben. Und er will sich mit euch über die künftige Kriegführung beraten. Ist dies nicht euer größtes Anliegen? Ich bitte euch, euren Groll beiseitezulegen, meine Söhne, und dieses Angebot anzunehmen. Und ich spreche diese Bitte nicht um seinetwillen aus, sondern im Namen aller Inka und all jener, die von den Inka regiert werden. Ich bitte euch im Namen Mama Quillas, die euch immer schätzen und nie vergessen wird.«

Die Krieger um Cusi hatten ihre Waffen gesenkt; einige konnten die Tränen nicht zurückhalten. Die Hohepriesterin winkte die vier Mamacona zu sich.

»Ich werde nun gehen, um euch Zeit zum Überlegen zu lassen«, sagte sie dann zu den Kriegshäuptlingen. »Ich weiß, dieses lange Warten war sehr hart, deshalb habe ich euch Wasser vom heiligen Brunnen im Coricancha mitgebracht. Möge es euch erfrischen und helfen, eine weise Entscheidung zu treffen.«

Die Mamacona überreichten die Krüge den Kriegshäuptlingen, die sich mit einer Verbeugung bedankten. Michi tauchte zwei Finger in seinen Krug und benetzte seine Lippen, bevor er Chimpu Ocllo antwortete.

»Ich bin sicher, daß Ihr uns die einzige Möglichkeit zu handeln aufgezeigt habt, Mamanchic.«

Die Hohepriesterin hob segnend ihre Hand über die Krieger und schritt dann mit den Mamacona durch die Menge zurück zum Tempel. Die Krüge wurden von Mann zu Mann weitergereicht, aber noch bevor Cusi einen Schluck nehmen konnte, gab Michi den Befehl, Huanacauri in das Heiligtum zurückzutragen. Er schickte Yasca und einen anderen Kriegshäuptling voraus. Cusi sah, daß Tränen über das wettergegerbte Antlitz des Mannes liefen.

»Sie hat große Huaca«, murmelte er Yasca zu, und dieser lächelte zustimmend. »Sie hat einen großen Sieg errungen«, sagte er leise, »obwohl sie niemanden geschlagen hat …«

Am Abend nahm Huayna Capac persönlich an dem großen Fest im Anwesen der Coya teil. In einer abgeteilten Sektion des großen Platzes empfing er seine Krieger auf einem mit Jaguarfell bezogenen Hocker und mit einem goldenen Kelch in der Hand. Er gab weder Erklärungen ab, noch entschuldigte er sich bei den Männern, sondern trank ihnen zu, als habe er nie ihre Loyalität und ihren Mut angezweifelt – als habe die letzte Schlacht gegen die Carangui nicht mit einer Niederlage geendet, sondern mit einem Sieg. Auch die Geschenke, die er verteilte, waren Siegern würdig: Land, Herden und Häuser; Rechte auf Wasser, Wälder, Steinbrüche und Leistungen spezialisierter Arbeiter sowie Dienstpersonal; aber auch herkömmliche Gaben wie Kokablätter, gutes Tuch und Goldschmuck. Eine Menge Diener und Buchhalter umgaben ihn, um die Einzelheiten seiner großzügigen Schenkungen aufzuzeichnen.

Viele der jüngeren Männer wünschten sich Frauen, wie auch Cusi, und der Sapa Inca kam ihren Bitten ausnahmslos nach und beschenkte sie mit Mädchen aus dem Haus der Erwählten Frauen und aus seinem eigenen Haushalt; oder er versprach, seinen Einfluß bei den Eltern erwünschter Nustas geltend zu machen. Cusi begrüßte er mit dem üblichen Trinkspruch, doch während er sich dessen Gesuch anhörte, ruhte sein Blick unablässig auf Micay. Seine ernste Miene entspannte sich zusehends, bis er schließlich lächelte, was ihn jugendlich und großmütig erscheinen ließ.

»Ich erinnere mich sehr gut an diese Nusta«, sagte er. »Fast so, als wäre sie eine meiner eigenen Töchter. Willst du sie als deine erste oder zweite Gemahlin?«

»Meine erste«, antwortete Cusi stolz. »Als die, deren Platz keine andere einnehmen kann.«

»Dann sei es«, erklärte Huayna Capac. »Dein Vater und dein Onkel haben mir bereits versichert, daß gegen eure Verbindung keine Einwände bestehen, und auch ich kann keine feststellen. Ihr könnt die Zeremonien abhalten, wann immer deine Pflichten es dir erlauben; ich werde meine Köche anweisen, Gerichte für euer Hochzeitsfest zuzubereiten.«

Er nahm ihren Dank mit einem kurzen Nicken entgegen und lehnte sich dann lächelnd zurück, als wolle er sie noch nicht gehen lassen.

»Nun, da meine anderen Töchter vor dir sicher sind«, sagte er freundlich, »was kann ich dir noch anbieten, Cusi? Ich habe gehört, was du in Chan Chan für mich vollbracht hast, und würde dich gerne dafür belohnen.«

»Ich habe Belohnung genug bekommen, Herr«, antwortete Cusi. »Durch die Reise nach Chimor habe ich meine Kräfte wiedergewonnen, und Ihr habt mir bereits das Regenbogen-Haus gegeben und nun die Frau, die ich liebe. Was könnte ich mehr wollen?«

»Wie steht es mit dir, meine Tochter? Du bist jetzt die Herrin des Regenbogen-Hauses. Vielleicht möchtest du noch ein paar Diener oder einige Frauen zu deiner Gesellschaft, wenn dein Gemahl in der Schlacht ist?«

»Ich danke Euch, Herr«, erwiderte Micay, »aber ich habe auch eine Aufgabe. Ich bin Heilerin im Kult von Mama Quilla.«

Huayna Capacs Blick verriet Staunen. »Die Hohepriesterin ist eine große Heilerin«, sagte er anerkennend und zeigte dann mit dem Kinn auf Cusi. »Ich habe gehört, daß du sie heute sehr kühn angeblickt hast und sie dich zur Verbeugung zwingen mußte.«

»Das war nicht Kühnheit, Herr, und sie hat mich auch nicht gezwungen, mich zu verbeugen. Sie wußte, daß ich mich im Herzen tief vor ihr verneigte.«

Für einen Augenblick schienen Huayna Capacs Gesichtszüge gleichzeitig von Schmerz und Neid geprägt. Er wandte sich um und winkte einen Diener heran.

»Sieh zu, daß Cusi einen Korb frischer Kokablätter und ein paar Ledersandalen bekommt. Und für dich, meine Tochter«, fuhr er fort und gab einem weiteren Diener ein Zeichen, »hübsche Chimu-Perlen und eine Fibel für den Tag, an dem du Mama Micay wirst. Sie wurden mir von meinem Stellvertreter in Chimor übersandt.«

Micay nahm das Bündel in Empfang, und dann erhob Huayna Capac seinen Kelch, um das Ende der Audienz anzudeuten. Micay und Cusi verbeugten sich, entboten eine Mocha und gingen rückwärts hinaus. Im Schatten am Rand des von Fackeln erleuchteten Platzes fielen sie sich in die Arme.

»Wir haben es geschafft, Micay«, flüsterte er ihr ins Ohr. »Jetzt kann niemand mehr zwischen uns kommen.«

Sie traten ins Licht der Fackeln hinaus und öffneten das Bündel. Die auf einer Schnur aufgereihten Perlen waren winzig klein; das dunkle Scharlachrot von Mullu-Muscheln wechselte ab mit hellen, rosafarbenen Korallen, und in jede Perle war auf zwei Seiten das Wellensymbol Mama Cochas eingraviert. Die goldene Nadel war fast einen Fuß lang, und ihr stumpfes Ende in der Form eines Chimu-Kopfschmucks symbolisierte den Sonnenaufgang.

»Diese Dinge sind in Chan Chan hergestellt worden«, sagte Cusi, als er Micay die Perlenkette anlegte. »Von den Handwerkern, die wir bei unserem Gang durch die Stadt entdeckt haben!«

»Damit wird deine Großmut ihnen gegenüber belohnt«, murmelte Micay versonnen, während sie auf die Kette und die Fibel in ihrer Hand hinabsah. Verloren in ihre Erinnerungen bemerkten sie beide Rimachi nicht, bis er, flankiert von Tomay und Uritu, unmittelbar vor ihnen stand.

»Nun – Bruder. Hast du endlich alles, was du haben wolltest?«

»Alles, bis auf deine Freundschaft – Bruder.«

»Ah, die fehlt dir noch. Aber das ist ja nichts Großartiges. Vielleicht möchtest du, daß ich sie dir beschaffe? Ich habe dir doch schon öfter den Weg freigemacht, nicht wahr? Hinter meinen Rücken bist du verdammt schnell!«

»Falls du dich auf das Huarachicoy-Rennen beziehst«, antwortete Cusi ruhig, »– ja, das habe ich dir zu verdanken.«

»Aber das war dir noch nicht genug, habe ich recht? Du konntest es kaum erwarten, bis ich weg war und du auf meinem Vertrauen herumtrampeln und mir wegnehmen konntest, was ich mehr begehrte als alles andere!«

»Wir wollten dich nicht verletzen, Rimachi«, warf Micay ein. Doch er ignorierte sie und blickte auf Cusi hinab, dessen Miene sich langsam verhärtete.

»Du bist zu klein für mich, als daß ich dir den ersten Schlag versetzen würde«, sagte Rimachi verächtlich. »Ich werde dir wieder meinen Rücken zuwenden – vielleicht gibt dir das den Mut, deine wahren Gefühle zu zeigen. Komm, diese Art von Verrat kennst du doch am besten . . .«

»Nicht hier«, sagte Tomay bestimmt und versuchte, Rimachi zurückzuhalten. Doch dieser schüttelte ihn ab, drehte sich schnell um, schob seine Tunika bis über die Hüften hinauf und zeigte seine Blöße. Cusi wollte auf Rimachi zugehen, aber Uritu trat dazwischen und schüttelte den Kopf, obwohl Cusi die Hände hob, um seine friedliche Absicht zu demonstrieren. Plötzlich war Amaru zu vernehmen, und seine Stimme verriet, wie betrunken er war, als er sich in gespieltem Unglauben an Rimachi wandte.

»Was ist denn das, Rimachi? Du zeigst mir den Hintern, um mich zu begrüßen, und dann schaust du mich auch noch so finster an! Hast du dich so über mich geärgert?«

»Das hat nicht dir gegolten«, erwiderte Rimachi knapp.

»Dann wohl meinem Bruder? Ich helfe ihm gerne, dir diese Beleidigung zurückzuzahlen.«

»Halte dich aus dieser Sache heraus, Amaru.«

»Ha, aber du glaubst, du könntest mir Befehle erteilen! Ihr Cañari seid einfach von zuvielen königlichen Gunstbezeugungen verdorben! Euch muß man wieder einmal auf euren Platz verweisen!«

»Ich dachte, dein Platz ist in Chan Chan«, höhnte Rimachi zurück, »bei den Yunca-Weibern!«

Tomay und Uritu reagierten als erste, als die beiden mit erhobenen Fäusten aufeinander losgingen. Sie versuchten, sich zwischen sie zu werfen. Dabei bekam Tomay einen Fausthieb, der ihn zu Boden sandte; aber noch im Sturz packte er Rimachi am Bein, wodurch dieser auf Amaru fiel und von ihm einen Ellbogenstoß ans Kinn versetzt bekam, daß sein geflochtenes Stirnband im Staub landete. Uritu stieß Amaru zurück und drängte sich zwischen die beiden, so daß Cusi seinen Bruder von hinten umklammern und festhalten konnte. Dadurch bekam Rimachi einen Arm frei; er traf Cusi am Hinterkopf, aber dann gelang es Cusi, Amaru und sich selbst aus Rimachis Reichweite zu schleppen.

Nun trat Micay zwischen die beiden Kontrahenten und hielt ihre goldene Fibel hoch wie eine Waffe. Amaru fuchtelte wild mit den Armen über Cusis Kopf, doch plötzlich schrie er erschrocken auf – Micay hatte ihm einen Stich in den Arm verpaßt, und im nächsten Augenblick hielt sie die Nadel drohend vor Rimachis Bauch.

»Hört sofort auf!« befahl sie. Rimachi starrte sie verdutzt an.

»Diesen Streit hast du nicht nur mit Cusi, sondern auch mit mir. Aber auf diese Weise wirst du ihn nicht beilegen!« Verächtlich fuhr sie dann an alle gerichtet fort« »Seht euch an, da rauft ihr auf der Straße wie kleine Jungen! Wart ihr nicht heute bei den Männern auf dem Platz dabei?«

Rimachi und Amaru wandten sich ab und senkten die Fäuste, so daß Cusi und Uritu die beiden loslassen konnten. Keuchend standen sie da mit zerrauften Haaren und zerschlissener Kleidung, und jetzt erst bemerkten sie, daß es auf dem Platz still geworden war und alle Augen auf ihnen ruhten. Als sich die Zuschauer schließlich abwandten, kniete Uritu neben Tomay nieder, der immer noch auf dem Boden lag und sich den Kopf hielt. Rimachi hob sein Stirnband auf und beobachtete Micay, die das Blut von ihrer Fibel mit einem Tuch abwischte und es dann Amaru überreichte, damit er den blutenden Stich in seinem Unteram bedecken konnte.

»Ihr habt die richtige Waffe gewählt«, preßte Rimachi hervor. »Dagegen kann ich mich nicht wehren. Vielleicht hätte ich mich einfach darauf werfen sollen.«

Micays Wangen röteten sich. »Vergib uns, Rimachi«, bat sie. »Laß uns wieder Freunde sein.«

»Wir wollten dich nicht hintergehen«, fügte Cusi hinzu. »Das mußt du uns einfach glauben. Wir ... wir sind füreinander bestimmt.«

»Wie kommst du denn darauf?« brauste Rimachi auf. Augenblicklich kehrte sein Zorn zurück. »Das hat wohl mit deiner berühmten Huaca zu tun? Deine Huaca, die dir einfach alles gibt – und dann kannst du auch noch jedesmal behaupten, daß du ja nichts dafür kannst. Das kommt dir natürlich sehr gelegen, aber mich brauchst du nicht zu bitten, dir deine Unschuld zu glauben! Und an Eure Unschuld glaube ich ebensowenig, Herrin«, fuhr er an Micay gewandt fort. »Ihr wißt, wie die Inka sind, und Ihr wißt auch, welche Hoffnungen Ihr in mir geweckt hattet. Verzeiht Euch selbst, wenn Ihr es könnt! Ich kann nicht so leicht vergessen wie Ihr.«

Er drehte sich um und ging. Uritu half Tomay auf die Beine; Micay sammelte sich, so gut sie konnte, und untersuchte dann die Beule an seinem Kopf. Sie riet Uritu, für den Freund einen in kaltes Wasser getauchten Lappen zu besorgen.

»Ich weiß, wo ich etwas Eis bekommen kann«, meinte Uritu und verschwand mit Tomay. Cusi, Micay und Amaru setzten sich auf eine der steinernen Bänke am Rand des Platzes.

»Was ist mit dir los?« fragte Cusi seinen Bruder, während Micay versuchte, Amarus Arm zu verbinden. »So betrunken, wie du bist, hätte Rimachi dich fertigmachen können.«

»Ich kämpfe gut, wenn ich getrunken habe«, entgegnete Amaru. »Außerdem war er mindestens so angetrunken wie ich.«

»Aber das war nicht dein Streit. Das hast du gewußt.«

»Ich wußte, daß es dir nicht passen würde, wenn ich mich einmische, aber ich wollte es. Ich mußte einfach auf irgend jemanden einschlagen, und er hat sich angeboten.« Er zog den Arm von Micay zurück und gestikulierte mit beiden Händen. »Hast du deine Audienz bei Huayna Capac gehabt? Hast du ihm artig zugehört, als er auf deinen Mut trank und dir Geschenke anbot für eine Schlacht, die wir verloren haben?«

»Ja«, antwortete Cusiu entschlossen. »Das gehört zu der Heilung, von der Chimpu Ocllo gesprochen hat.«

»Heilung!« prustete Amaru. »Das ist, ihm Respekt vorzugaukeln, und sonst nichts. Ich mußte mich besaufen, um das zu überstehen.«

»Was hat er dir angeboten?«

»Ein Anwesen in Quito, falls wir diesen Krieg je gewinnen. Und als ich vorgab, dankbar zu sein, schenkte er mir noch eine Gemahlin.«

Cusi richtete sich auf und sah Micay an; er war sprachlos.

»Eine Nusta?« fragte sie.

»Eine Erwählte Frau. Ein Quito-Mädchen, das er bei der Kapitulation erhalten hat. Sie ist erst zwölf oder so und lernt gerade, richtig Quechua zu sprechen. Die Mamacona behalten sie im Haus der Erwählten Frauen, bis sie alt genug ist, um zu heiraten.«

»Hat sie denn keinen Namen?« erkundigte sich Micay in scharfem Ton.

Amaru nickte schuldbewußt. »Sie heißt Parihuana. Ich habe sie nur kurz gesehen. Sie ist dünn, aber ganz hübsch, und sie hat schreckliche Angst vor Männern.«

»Das ist doch verständlich. Du mußt nett zu ihr sein.«

»Ich habe kein Interesse, ihr weh zu tun, Micay. Aber ich habe auch gar nicht um sie gebeten. Mutter muß das getan haben, über die Coya – das ist wohl ihre Art, mich langsam wieder respektierlich zu machen.«

»Hast du versucht, das Angebot abzulehnen?« fragte Cusi.

Amaru verzog das Gesicht und schüttelte den Kopf. »Nein. Ich war zu betrunken, um mir eine plausible Ausrede auszudenken, und ... es gibt einfach keine gute Ausrede. Ich weiß doch, was über mich geredet wird. Vielleicht war ich sogar ein bißchen erleichtert, daß sie noch *keine* Nusta ist.« Wieder schüttelte er den Kopf. »Obwohl ich daran zweifle, daß das für Fempellec einen Unterschied macht.«

»Er weiß, daß es unvermeidlich ist«, erklärte Micay. »Aber du mußt auch zu ihm freundlich sein und es ihm sagen, bevor er es von jemand anderem erfährt – zum Beispiel von Mama Cori.«

Amaru blickte sie bestürzt an und stand auf. »Du hast recht. Ich gehe sofort zu ihm.« Er machte sich auf den Weg, kehrte dann aber noch einmal um und legte lächelnd eine Hand auf Cusis Schulter. »Fast hätte ich es vergessen – habt ihr eure Erlaubnis zu heiraten?«

Micay zeigte auf die goldene Fibel, und Amaru lachte und legte die Hand auf den Verband an seinem Arm.

»Ich habe sie gespürt. Hoffen wir, daß sie für dich weniger schmerzhaft wird, Bruder. Du hast dir einen Krieger als Frau ausgesucht.«

»Einen Kameraden«, korrigierte Cusi.

Amaru lachte noch einmal und klopfte ihm auf die Schulter. »Irgend jemand muß ja schließlich heiraten wollen«, meinte er achselzuckend. Dann verschwand er in der Dunkelheit und ließ Cusi und Micay über das gemeinsame Leben nachdenken, das ihnen endlich gewährt worden war.

KAPITEL 13

Yahuarcocha: Der See aus Blut (1520)

Das Regenbogen-Haus

Obwohl es mitten in der Nacht war und Micay versucht hatte, nicht zu schreien, hörte Mama Cori, daß sie in den Wehen lag und kam, um zu helfen. Sie legte gerade etwas Holz auf die Kohlenpfanne, um den Raum etwas wärmer und heller zu machen, als Micay das Baby gebar. Es war bleich und blutleer und kaum größer als ihre Hand, mit einem länglichen Kopf, in dem Augen und Mund nur andeutungsweise zu erkennen waren. Lediglich die kleinen Hände und Füße waren bereits vollständig ausgeformt; Micay zählte unwillkürlich die winzigen Fingerchen und Zehen. Mama Cori durchtrennte die Nabelschnur, und Micay legte das Kind auf die weichen Tücher, die sie bereitgehalten hatte, seit sie spürte, daß es sich nicht mehr bewegte. Sie warf einen letzten Blick darauf, konnte aber nicht sehen, ob es ein Mädchen oder ein Junge geworden wäre. Doch das erleichterte sie eher und machte es weniger schwer, die Tücher über dem kleinen Leichnam zusammenzuschlagen.

Mama Cori half ihr, die Nachgeburt auszustoßen. Dann holte sie ein Dienstmädchen, und gemeinsam wuschen sie Micay mit warmem Wasser. Sie hatte nur wenig Blut verloren und auch keine starken Wehen gehabt. Trotzdem fühlte sie sich erschöpft und kraftlos, mit eigenartigen Schmerzen in Oberschenkeln und Unterleib und einem leichten Brennen in der Scheide.

»Ich habe auf diese Art zwei Kinder verloren«, versuchte Mama Cori sie zu trösten, als die Dienerin fort war. Sie brühte über der Kohlenpfanne Kokatee auf. »Eines vor Amaru und eines nach Quinti. Und ich habe geglaubt, daß ich auch Cusi verlieren würde.«

»Ich habe so lange darauf gewartet«, murmelte Micay. »Und als es dann da war, merkte ich es sofort. Genauso wie ich es wußte, als es in mir starb...«

»Ich weiß, wie dir zumute ist, Micay. Ich weiß noch gut, wie ich mir selbst die Schuld gab und mir alles ins Gedächtnis rief, was ich vielleicht verkehrt gemacht hatte. Aber ich hatte nichts Falsches getan, ebensowenig wie du, Micay. Es ist der Wille der Götter.«

»Vielleicht hätte ich in Quito bleiben sollen...«

»Ach, Unsinn. Dort hättest du nicht einmal eine Wehmutter gehabt.« Mama Cori gab ihr eine Tasse dampfenden Tee. »Hör auf mich, Micay. Ich kenne deinen Schmerz. Du mußt ihn nicht durch grundlose Selbstvorwürfe noch schlimmer machen.«

Der Kokatee schmeckte modrig, aber seine Wärme war wohltuend. Micay betrachtete Mama Cori und bemerkte die Falten in ihrem Gesicht und die grauen Haarsträhnen. Durch Quinti war Mama Cori nun schon zum ersten Mal Großmutter geworden.

»Ihr seid so freundlich zu mir, Herrin«, sagte sie. »Dabei müßt Ihr doch spätestens jetzt denken, daß Ihr mit Eurer Meinung über unsere Ehe recht behalten habt. Cusi sollte eine Frau haben, die seine Kinder austragen kann.«

»Du bist ja noch jung«, erwiderte Mama Cori, und nach einer kurzen Pause fügte sie hinzu: »Nein, Micay, heute weiß ich, daß es falsch war, mich gegen eure Heirat zu stellen. Ich werde jedesmal daran erinnert, wenn ich ihn zu dir zurückkommen sehe. Ich sehe, wie der Zorn und der Schmerz ihn verlassen, sobald er bei dir ist, und wie er durch dich wieder zu einem ganzen Menschen wird. Du bist der Grund dafür, daß er all diese zermürbenden Erfahrungen und Niederlagen unverletzt überstanden hat.«

Micay blickte überrascht auf. »Aber ich habe ihn doch kaum zu Gesicht bekommen. Es ist seine Huaca; und Tomay, der ihm den Rücken freihält.«

»Aber du bist ein Teil seiner Huaca«, beharrte Mama Cori, »selbst dann, wenn er das nur glauben sollte. Ich möchte, daß mein Sohn diesen Krieg überlebt, Micay. Ich möchte, daß wir alle nach Cuzco zurückgehen können. Und ich werde die Enkelkinder, die du mir schenkst, in Ehren halten, aber ich bin nicht ungeduldig, und ich will deinen Wert nicht an den Nachkommen messen, die du uns schenkst. Kein Kind könnte Cusi so viel bedeuten wie du.«

Micay hielt sich die warme Tasse an den Bauch. Zum ersten Mal, seit das Kind in ihr gestorben war, fühlte sie ein Verlangen zu weinen, und sie reagierte ärgerlich darauf.

»Das habt Ihr noch nie zu mir gesagt, auch nach unserer Hochzeit nicht. Ich habe nie aufgehört zu befürchten, daß Ihr für Cusi noch eine zweite Heirat arrangieren würdet.«

»Und ich habe nicht geglaubt, daß ich das so direkt sagen müßte«, gestand Mama Cori. Micays Ärger überraschte sie. »Ich dachte, ich hätte schon in Chan Chan klar gemacht, daß ich Cusis Entscheidungen nicht mehr in Frage stellen und auch nicht mehr versuchen würde, mich in sein Leben einzumischen. Habe ich dich seither nicht wie eine Tochter behandelt?«

»Doch«, räumte Micay ein, und nun begann sie zu weinen, obwohl sie es gar nicht wollte. »Aber Ihr habt uns Euren Segen nicht gegeben – erst, als es nicht mehr von Belang war.«

»Es ist doch nie von Belang gewesen. Als ich damals in Chiquitoy allein war, erkannte ich eines ganz deutlich: daß ich auf meine Kinder keinen Einfluß mehr hatte, und daß sie sich nur noch weiter von mir entfernen würden, wenn ich mich verhielt, als ob ich noch Macht über sie hätte. Das zu akzeptieren, fiel mir nicht leicht, auch wenn ich gar keine andere Wahl hatte. Es tut mir leid, Micay«, sagte sie sanft. »Ich glaubte, es sei genug für dich zu wissen, daß du gewonnen hattest.«

»Gewonnen!« wiederholte Micay ungläubig. Durch den Schleier ihrer Tränen blickte sie auf das Bündel neben sich. Mama Cori nahm ihr die Tasse aus den zitternden Händen und half ihr, sich hinzulegen.

»Verzeih mir, meine Tochter. Ich sollte dich trösten und habe dich nur noch mehr gegrämt. Ruh dich jetzt aus, damit du wieder zu Kräften kommst.«

»Ich habe keine Kraft mehr«, jammerte Micay. »Ich bin leer…«

»Das geht vorüber«, versicherte Mama Cori. »Du wirst dich bald wieder besser fühlen. Das mußt du mir glauben, Micay. Du mußt wieder gesund werden, denn Cusi braucht dich. Und ich dich auch.«

Mama Cori legte ihr die Hand auf die Augen und zwang Micay sanft, sie zu schließen.

»Still jetzt, keine Fragen mehr. Schlafe. Ich setze mich neben dich und wache, damit deine Träume nicht gestört werden. Schlaf, mein Kind… Ich bin hier bei dir.«

Durch das Dunkel hinter Micays Lidern bewegten sich schnelle, silberne Figuren, doch die Hand auf ihren Augen besänftigte sie, und eine Decke legte sich weich über ihre Schultern. Dann war es, als ob eine Schnur zerriß, und sie trieb abwärts und fühlte, wie schwerer Schlaf sie umhüllte wie ein dickes, dunkles Tuch.

Quito

»Cusi Huaman und Tomay Guanaco«, teilte Cusi der Palastwache mit, und beide hielten ihre Waffen nach vorn, um sie an die beiden Cañari-Krieger auszuhändigen. »Kommandeure der Kundschafter von Ober-Cuzco, Regiment von Ninan Cuyochi. Wir wurden vom Sapa Inca herbeordert.«

»Ihr werdet erwartet, meine Herren«, antwortete der ranghöhere der beiden Krieger. Er verbeugte sich und winkte sie durch, ohne ihnen ihre Waffen abzunehmen.

»Das soll wohl ein Vertrauensbeweis sein«, mutmaßte Tomay, als sie auf den Innenhof zugingen.

»Jedenfalls eine deutliche Veränderung im Vergleich zum letztenmal, als ich hier war«, antwortete Cusi.

Auch die zweite Wache passierten sie, ohne die Waffen abgeben zu müssen. Der Innenhof war voller Krieger mit goldenen Ohrpflöcken, die alle den Rang eines Kommandeurs oder höher hatten; nur die Kriegshäuptlinge fehlten offenbar. Viele der ihm vertrauten Gesichter hatte Cusi seit der großen Versammlung der Krieger auf dem Platz in Tumibamba nicht mehr gesehen.

Einer der wenigen Anwesenden ohne Waffen war Amaru. Sie trafen ihn auf Krücken gestützt, als er sich gerade mit Quilaco Yupanqui unterhielt.

»Ich suche Uritu und Rimachi«, sagte Tomay.

»Gut, ich bleibe hier«, antwortete Cusi und wandte sich seinem Bruder und seinem Schwager zu.

»Dein Arm ist wieder heil, aber was macht das Bein?« fragte er Amaru mit einem Blick auf dessen geschienten Oberschenkel.

»Es braucht eben seine Zeit«, meinte dieser mit einem Achselzukken. »Und seit Micay weg ist, habe ich niemanden mehr, der mich ausschimpft, wenn ich nicht ein bißchen darauf aufpasse.«

»Gibt es Neuigkeiten aus Tumibamba?« wandte sich Cusi an Quilaco.

Er schüttelte den Kopf. »Nur, daß das Inti Raimi gut verlaufen ist.«

Cusi seufzte. Von Kriegsriten abgesehen war die letzte Zeremonie, an der er teilgenommen hatte, seine eigene Hochzeit vor drei Jahren gewesen. Und jetzt, wo er es endlich geschafft hatte, nach Quito zurückzukommen, war Micay fort.

»Was soll das hier?« fragte er ungeduldig und deutete mit seiner Streitaxt auf die Menge im Hof. »Wann ist Huayna Capac nach Norden gekommen? Das letzte, was wir gehört hatten, war, daß er sich zurückgezogen hat, während neue Truppen angemustert wurden.«

»Die Musterung ist noch nicht beendet«, berichtete Quilaco. »Aber als er von seiner Abgeschiedenheit genug hatte, kam er direkt hierher – zu Fuß. Jetzt ist er drinnen und berät sich mit den Kriegshäuptlingen.«

»Ist er zornig?« fragte Cusi.

»Nein, eher im Gegenteil«, erwiderte Quilaco und warf einen Blick auf Amaru, der auf seinen Krücken gebeugt dastand und ungläubig den Kopf schüttelte.

»Vor ein paar Tagen hat er mich besucht«, erzählte er Cusi. »Allein.«

»Was wollte er denn?«

»Anscheinend gar nichts. Er hat weder über den Krieg gesprochen noch über meine Verwundung oder die letzte Niederlage. Wir redeten nur über das Modell für mein Anwesen und meine Arbeit an der Küste. Am meisten interessiert war er an meinem Besuch in Pachacamac. Ich vermute, er hatte zuvor Vilca genommen.«

»Und dann ging er einfach wieder?«

»Ja. Er versuchte nicht, mich zu rekrutieren, und hat mir auch keine Geschenke angeboten.« Amaru blickte auf Quilaco und lachte. »Und ich hatte mich bei ihm beschwert, daß ich Arbeiter für mein Haus brauche!«

Cusi hatte sich schon lange seine Meinung über Huayna Capac gebildet und ging deshalb nicht auf die Erzählung seines Bruders ein; ebenso wie Tomay bedauerte er Huayna Capacs Abwesenheit auf dem Schlachtfeld schon lange nicht mehr. Statt dessen blickte er sich nach Tomay um, doch in diesem Augenblick kam am anderen Ende des Hofes Bewegung in die Menge; die Krieger drängten weiter in Richtung auf den Palast. Amaru bedeutete Quilaco voranzugehen; er wollte noch allein mit Cusi sprechen.

»Etwas anderes... Fempellec ist hier.«

»Wie ist das möglich? Ist Vater in den Norden gekommen?«

»Nein, Fempellec ist aus dem Dienst des Gouverneurs ausgeschieden. Er richtet jetzt die Feste für die Vierte Gemahlin aus, und die kam mit dem Sapa Inca hierher.«

»Mama Huarcay?« fragte Cusi verwundert. »Sie ist seit langem mit unserer Mutter verfeindet, und sie haßt Micay.«

»Was kümmert mich das Gekeife am Hof?« wehrte Amaru ab. »Wir sind hier in Quito, und das war die einzige Möglichkeit für ihn hierherzukommen. Gönnst du mir vielleicht nicht ein bißchen Spaß, solange ich auf Genesungsurlaub bin?«

Cusi runzelte die Stirn. »Ich war anscheinend zu lange im Feld«, sagte er entschuldigend. »Ich weiß schon gar nicht mehr, was Spaß eigentlich ist. Aber sag mir«, fuhr er fort, »ist dein Bein endlich auf dem Weg der Besserung?«

»Micay meint, es sieht ganz gut aus. Die Schiene kommt bald weg. Weißt du, ich habe zu viele Kameraden verloren, um mich deswegen unglücklich zu schätzen«, meinte er, während sie auf den Palast zugingen. »Ich bin froh, daß ich am Leben bin und mich noch ein wenig amüsieren kann.«

Cusi mußte an all die Kameraden denken, die beim Angriff auf die Festung gefallen waren. Paucar hatte auf dem Schlachtfeld eine böse Kopfverletzung erlitten, und Huañu beim Rückzug sein Leben verloren. Dabei waren sie dem Sieg über die Carangui schon so nahe gewesen; nur die fünfte und letzte Mauer hätten sie noch durchbrechen müssen. Aber dann war Auqui Toma von einem Felsen erschlagen worden, und plötzlich hatten die Inka keinen Anführer mehr. Diese Gelegenheit nützte der Carangui-Kriegshäuptling Pinta sofort zum Gegenangriff. Auqui Toma war einer von Huayna Capacs Brüdern gewesen, aber auch ein wahrer Kriegsherr.

Im nächsten Innenhof wartete Tomay, und dort trafen sie auch auf Uritu und Rimachi, der Cusi einen flüchtigen, aber respektvollen Gruß zunickte. Langsam bewegten sie sich mit der Menge auf das Zentrum des Hofes zu, wo die anderen Kommandeure versammelt waren. Die Männer standen im Halbkreis um einen Baldachin, unter dem sich die Inka-Kriegshäuptlinge niedergelassen hatten: Michi, Yasca und Colla Topa, dazu ihre Kollegen aus Unter-Cuzco, und in der Mitte Sumac Mallqui, Ninan Cuyochi und Atahualpa. Erst als Cusi und seine Begleiter einen Platz an einem Ende des Halbkreises gefunden hatten, bemerkten sie, daß sich auch Huayna Capac selbst bei den im Zentrum sitzenden Männern befand.

Der Herrscher stand auf, trat vor den Baldachin und erhob eine Hand, deren Daumen und Zeigefinger sich berührten – das königliche Zeichen, Aufmerksamkeit zu fordern.

»Ich grüße euch, meine Söhne«, begann er mit einem breiten Lächeln und ließ den Blick über seine Zuhörer schweifen. »Ihr habt während meiner Abwesenheit hervorragend gekämpft, wenngleich euch kein Sieg vergönnt war. Ich weiß euren tapferen Einsatz zu schätzen und bin gekommen, um mit euch zu kämpfen. Ich will den Platz meines Bruders einnehmen und seinen Tod rächen.«

Beifälliges Gemurmel wurde laut, auch Cusi war berührt von der festen Überzeugung, die Huayna Capacs Worte erkennen ließen. Der Herrscher machte eine weit ausholende Geste, die den ganzen Himmel einzubeziehen schien. »Während des Inti Raimi wurden in Cuzco die Huacas befragt. Ich habe ihre Antworten erhalten, zusammen mit denen der Sprecher in Pachacamac, Rimac und Pacatnamu. Ich habe Inti, Illapa und die Geister meiner Ahnen angerufen, und ich war allein im Land der Visionen.« Er machte eine Pause und atmete tief durch. »Überall, von allen Seiten, wurde mir gesagt, daß ich hierherkommen soll, um mich persönlich und mit all meiner Kraft für meine Ehre einzusetzen. Ich habe diese Aufgabe zu lange anderen überlassen.«

Die Stille, die diesem Eingeständnis folgte, war überwältigend; es schien, als hätten alle gleichzeitig aufgehört zu atmen.

»Ich habe gesehen, wie wir diesen Krieg gewinnen werden«, fuhr

Huayna Capac fort. »Ich habe den Kriegshäuptlingen meine Pläne mitgeteilt und ihre Zustimmung erhalten. Sobald die Regimenter vollzählig sind, werden wir wieder nach Norden marschieren. Ich ziehe mit euch, und es wird weder Nachlässigkeiten noch unangebrachte Eile geben. Viele der Männer, die aus Cuzco zu uns stoßen, sind so jung, daß ihre Ohrpflöcke sie noch schmerzen. Deshalb müssen wir etwas Zurückhaltung üben, bis sie fähig sind, sich zu bewähren. Aber dann überrennen wir den Feind, und ich werde Pintas Kopf auf meinem Speer nach Tumibamba zurücktragen!«

Die Krieger murmelten anerkennend. Huayna Capac ging zu einem Ende des Halbkreises und begann, die Reihen der Männer abzuschreiten, mit den Kriegern zu sprechen und manche beim Namen zu nennen. Cusi beobachtete ihn staunend. Dies war nicht mehr der arrogante Mann, der vor vier Jahren selbstgefällig vor ihnen auf dem Platz in Tumibamba gestanden hatte. Nun sprach er wie einer, der bereit war zu kämpfen, und Cusi glaubte ihm, trotz der Tatsache, daß Huayna Capac noch nie in einer Schlacht sein Leben aufs Spiel gesetzt hatte. Sogar sein Gang hatte sich verändert; plötzlich schien er die Tatkraft eines wesentlich jüngeren Mannes zu besitzen.

Vor Quizquiz, einem verdienten, von zahlreichen Schlachten gezeichneten Kommandeur, der als ein unerschrockener Führer bekannt war und großes Ansehen besaß, blieb Huayna Capac stehen.

»Nun, mein Sohn«, begann er, »du hast diesen Pinta sicher schon gesehen?«

»Das habe ich. Er ist immer dabei, immer auf der Mauer, und immer da, wo das Gefecht am heftigsten tobt. Und er ist jedes Mal ganz in Rot gekleidet – wie eine Flamme. Er bringt seine Männer dazu, wie wilde Tiere zu kämpfen.«

»Ich habe ein paar gefangene Carangui-Krieger als Boten zu ihm gesandt. Ich schickte ihm Waffen und einen Schild und forderte ihn auf, aus seiner Festung herauszukommen und gegen mich anzutreten.«

Quizquiz schüttelte bedächtig den Kopf, so daß seine goldenen Ohrpflöcke hin und her schaukelten.

»Das wird er nicht tun – er kommt nur, wenn wir ihn mit Gewalt herausholen.«

»Doch – das wird er«, versicherte ihm Huayna Capac. Dann trat er zurück und wandte sich an alle Versammelten. »Ich habe ihm auch ausrichten lassen, was ich nun euch sage – daß die Gefangenen, die ich zu ihm sandte, die letzten waren, die wir am Leben gelassen haben. Zeigt gegenüber einem Carangui, der sich ergibt, keine Gnade. Verschont immer nur einen, macht ihn zum Zeugen des

Todes seiner Kameraden und schickt ihn dann mit meiner Botschaft zurück zu seinem Kriegsherrn. Laßt Pinta wissen, daß der Inca kommt, um ihn zu vernichten!«

Er stieß die letzten Worte mit eiserner Schärfe hervor, so daß sie hart an den Mauern des Hofes widerhallten. Quizquiz' Augen weiteten sich; dann verzog sich sein Mund zu einem Lächeln, und er hob seinen Speer zum Salut. Die Männer schlossen sich dieser Geste spontan an, und Huayna Capac nickte daraufhin anerkennend.

»Eßt nun, meine Söhne, und laßt euch das Akha schmecken. Ich lade euch ein und halte mich für eure Fragen und Vorschläge bereit.«

Mit diesen Worten ging er zurück unter den Baldachin. »Vielleicht haben wir tatsächlich einen neuen Kriegsherrn«, sagte Cusi.

Amaru grinste. »Vielleicht möchtest du ihm von *deinen* Visionen erzählen«, meinte er spöttisch.

Cusi zuckte die Achseln. Er war sich nicht sicher, wie weit er dieser Verwandlung Huayna Capacs trauen sollte – vor allem im Hinblick auf dessen Visionen. Auf dem Schlachtfeld hatte er oft über seine eigenen Bilder im Land der Visionen nachgedacht, aber er hatte schon lange mit niemandem mehr darüber gesprochen. Er betrachtete diese Dinge als etwas sehr Persönliches, wie seinen Schutzgeist – in der Tat waren sie ein Teil seines Schutzes, und deshalb zog er es vor, sie für sich zu behalten.

Nach einiger Zeit wurde Cusi zusammen mit Tomay aufgerufen. Unter dem Baldachin saß Huayna Capac, flankiert von Ninan Cuyochi und Atahualpa; der Mascapaycha hing hinter ihm an einer Standarte. Es war das erste Mal, daß Cusi den Herrscher ohne den königlichen Fransensaum sah. Sein Blick bei der Begrüßung wirkte dadurch sehr eindringlich und prüfend, und das blieb er auch, nachdem Huayna Capac Platz genommen und Ninan Cuyochi das Wort erteilt hatte.

»Du hast berichtet, daß die Carangui die Ernte beendet haben«, begann Ninan, »und daß sie gut ausgefallen ist.«

»Die Krieger waren auf den Feldern«, antwortete Cusi, »einige standen Wache, die anderen halfen mit. Jetzt sind sie alle wieder in der Festung und setzen die Reparaturarbeiten an den Mauern fort.«

Ninan nickte. »Wir werden rechtzeitig bereit sein, um eine nochmalige Ernte zu verhindern. Aber mein Vater möchte gerne wissen, ob nicht eine kleine Schar von Männern bei der schon eingefahrenen Ernte ein bißchen Schaden anrichten könnte.«

Cusi und Tomay blickten einander an. Dann bedeutete Cusi seinem Freund zu sprechen, denn er spürte, wie die bloße Anwesenheit Huayna Capacs ihn aufwühlte und Ärger in ihm aufsteigen ließ.

»Ein paar kleine Gruppen in verschiedenen Gegenden wären am

effektivsten«, schlug Tomay vor. »Wir wissen, wo sie ihre Lagerhäuser und Trockenhöfe haben. Mit den richtigen Leuten könnten wir alles anstecken und verschwinden, noch bevor sie merken, daß wir da waren.«

»Ihr müßtet ganz auf euch allein gestellt vorgehen«, warnte Ninan. »Es würde Monate dauern, bis wir nahe genug wären, um euch Schutz zu geben. Mit Sicherheit würden sie schon lange vorher Jagd auf euch machen.«

»Das haben sie schon öfter getan«, meinte Tomay. »Mit ein paar Bogenschützen und schnellen Läufern könnten wir sie ihre Vorräte teuer bezahlen lassen.«

»Nicht nur die Erntevorräte«, warf Atahualpa ein, »auch ihre Herden und Häuser. Zerstört alles, was ihr könnt; verbreitet Angst und Schrecken. Gebt ihnen einen Vorgeschmack dessen, was sie erwartet!«

»Überhaupt keine Gefangenen?« fragte Tomay und wandte den Blick dabei von Atahualpa, der für seine Wildheit bekannt war, zu Huayna Capac.

Der Herrscher nickte entschlossen. »Verschont niemanden. Sucht euch die Männer aus, die ihr braucht. Jeder, der zurückkommt, erhält zwanzig Tage frei.«

»Die werden wir uns verdienen, Herr«, versicherte Tomay und verbeugte sich zusammen mit Cusi. Huayna Capac stand plötzlich auf und streckte Cusi die Hände entgegen.

»Kann ich mir deine Waffe ansehen, Sohn?«

Cusi nickte gehorsam, doch im nächsten Augenblick durchfuhr ihn ein Gefühl des Widerstrebens, das ihn mit halb ausgestreckten Armen innehalten ließ.

»Ich habe sie von Otoronco Achachi bekommen«, erklärte er hastig. »Pachacuti persönlich hat sie gesegnet.«

»Dann verstehe ich, warum du so sehr an ihr hängst«, antwortete Huayna Capac geduldig, hielt jedoch die Hände weiterhin ausgestreckt. »Aber es wird ihr nicht schaden, wenn ich sie berühre.«

»Verzeiht«, murmelte Cusi und legte ihm die Streitaxt in die Hände. Huayna Capac betrachtete genau den Schaft und den sternförmigen Kopf, an denen die Spuren harten Einsatzes zu erkennen waren.

»Sie ist leicht«, meinte er dann, »aber sie liegt sehr gut in der Hand.« Er gab sie Cusi zurück und sah ihm dabei fest in die Augen. »Du weißt, daß ich Otoronco Achachi zum Gouverneur von Chachapoyas ernannt habe?«

»Das habe ich gehört«, antwortete Cusi.

»Ich brauche dort jetzt einen starken Mann. Hier haben wir genügend gute Leute. Wenn die Zeit für den Großangriff reif ist, möchte ich dich bei mir haben, Cusi.«

»Das ehrt mich, Herr«, erwiderte Cusi und fuhr nach einem kurzen Zögern fort: »Herr ... darf auch Tomay Guanaco dabeisein? Wir beide erhalten uns schon lange gegenseitig am Leben.«

Huayna Capac lachte. »Aber natürlich. Wir werden an diesem Tag unsere ganze Schnelligkeit und Geschicklichkeit brauchen. Wie gesagt, das habe ich *gesehen*.«

Ein leiser Triumph schwang in diesen Worten mit, doch der fest auf Cusi ruhende Blick des Herrschers ließ keine Erwartung erkennen, daß dieser beeindruckt sein sollte; vielmehr schien Huayna Capac mehr zu suchen als bloße Zustimmung – vielleicht ein gemeinsames Wissen. Auch die ungeduldige Spannung, von der Amaru gesprochen hatte, lag in diesem Blick, und eine glühende Faszination, die ihm eine besondere Eindringlichkeit verlieh. Im Vergleich dazu fühlte sich Cusi alt und erschöpft.

»Auch du hast Dinge gesehen«, sagte Huayna Capac dann. »Aber du gibst sie offenbar nur ungern preis – wie deine Waffe.«

Cusi konnte nur zustimmend nicken. »Ich habe von einem Feind erfahren, der größer ist als die Carangui und den wir noch nicht erkennen können. Aber es ist nicht möglich, in die Zukunft zu sehen, solange die Carangui uns den Blick versperren.«

Huayna Capac lächelte wehmütig.

»Das ist zweifellos eine kluge Haltung. Wir werden also später darüber reden, wenn der Weg frei ist. Geht nun zurück zum Fest, meine Söhne. Wenn die Zeit gekommen ist, diesen Krieg zu beenden, werde ich euch rufen lassen.«

Sie verbeugten sich und gingen rückwärts hinaus. Bevor sie sich den Gästen anschlossen, die dem Akha schon kräftig zugesprochen hatten und in entsprechend fröhlicher Stimmung waren, blieben sie jedoch noch einmal stehen.

»Was denkst du – kann man ihm glauben?« wollte Tomay wissen.

»Ich würde es gerne glauben. Was die Dinge anbelangt, die er gesehen hat, könnte er sich irren, aber was er sagt, ist sicher nicht reines Wunschdenken«, räumte Cusi ein. »Glaubst du ihm denn?«

»Er redet wie ein Kriegsherr ... aber ich werde ihm eher glauben können, wenn er mit uns im Feld steht und kämpft.« Tomay machte eine Pause und ließ den Blick über die Menge schweifen. »Wen sollen wir mitnehmen?« fragte er dann.

»Uritu natürlich, wenn sein Rücken verheilt ist. Und seine beiden Vettern.«

»Was ist mit Rimachi? Er ist gut mit der Speerschleuder. Und wenn wir fliehen müssen, kann er uns allein den Rücken decken.«

»Meinst du, er würde mit mir gehen?«

»Er wird mit *uns* gehen«, entgegnete Tomay bestimmt. »Wir vier haben seit Chachapoyas nicht mehr gemeinsam gekämpft. So eine Chance kriegen wir vielleicht nie wieder.«

»Dann packen wir sie beim Schopf«, stimmte Cusi zu. »Damit wir wenigstens noch einmal alle zusammen sind…«

Die Berge

Der Pfad war schmal und schmiegte sich eng an den Steilhang, hoch über dem Fluß, der sich weit unten durch die Schlucht zwängte. Micay und Parihuana hatten gerade die Hälfte der langen Steigung hinter sich, als der Regen einsetzte. Sie zogen die Sandalen aus und ihre Umhänge über die Köpfe und marschierten weiter in der Hoffnung, bald eine Höhle oder sonst einen Unterstand zu finden. Schließlich blieben sie für eine kurze Rast unter einem überhängenden Felsen stehen, der jedoch keinen Schutz vor dem kalten, peitschenden Wind bot. Micays Umhang war vollgesogen und schwer, und sie fühlte die eisige Nässe in ihr Haar und durch ihre Kleidung dringen. Parihuana zitterte am ganzen Körper, ihr Gesicht war bleich und verzerrt vor Anstrengung und Kälte.

Micay nahm ihr das in Leder eingeschlagene Bündel ab, das sie auf dem Rücken trug. Es war ziemlich unwahrscheinlich, daß sie die Huaca noch vor Einbruch der Dunkelheit erreichen würden, und auch mit einer Hütte war in dieser Höhe nicht zu rechnen. Mama Cori würde es ihr sicher nie verzeihen, wenn Parihuana jetzt krank würde. »Gehen wir«, drängte sie deshalb. »Vielleicht finden wir weiter oben eine Höhle.«

Parihuana nickte teilnahmslos. Micay gab ihr ein Zeichen vorauszugehen, denn sie mußte erst noch das zusätzliche Bündel zu den anderen dazuschnüren. Der Regen erschwerte das Vorankommen sehr, und außerdem befürchtete sie, daß der Weg von Erdrutschen verschüttet werden konnte. Als sie gerade um eine felsige, naßglatte Kehre bogen, stieß Parihuana plötzlich einen entsetzten Schrei aus und blieb wie angewurzelt stehen. Micay erschrak und prallte auf sie, so daß sie beide fast umfielen.

Dann sah sie den Puma, der sprungbereit auf dem Pfad kauerte. Er fauchte, und Parihuana schrie noch einmal in panischer Angst auf. Ohne zu überlegen, ließ Micay eines der Bündel über ihren Arm vom

Rücken gleiten und schleuderte es mit aller Kraft über Parihuanas Kopf hinweg. Es landete kurz vor der Raubkatze auf dem Boden und rollte dann den Berg hinab. Der Puma erschrak; mit einem Satz sprang er hoch und verschwand blitzschnell den Steilhang hinauf.

Parihuana wandte sich zu Micay um; sie wollte etwas sagen, konnte aber nur ein hohes Quietschen hervorbringen, das sie beide zum Lachen brachte.

»Keine Gefahr mehr«, murmelte Micay etwas benommen. Sie fielen sich erleichtert in die Arme.

»Ich wäre fast über ihn gestolpert, Micay... ich konnte nur noch schreien.«

»Aber dadurch hast du ihn verscheucht. Mit dem Bündel habe ich ihn ja nicht getroffen.« Sie blickte den Steilhang hinab, konnte es aber nirgendwo entdecken. »Das war der Rest von unseren Vorräten«, bemerkte sie.

Parihuana ermutigte sie mit einem Lächeln. »Aber so weit haben wir ja nicht mehr, nicht wahr? Die Pachamama hat sicher etwas zu essen für uns.«

Micay zwang sich zu einem Lächeln. Parihuana glaubte, sie würden von Macas, der Frau, die die Huaca betreute, etwas zu essen bekommen. Micay hatte ihr noch nicht viel von Macas erzählt. Sie würde ihr sehr bald alles von dieser Frau berichten müssen, was sie wußte – aber nicht gerade jetzt, wo sie sich freuten, mit dem Leben davongekommen zu sein.

»Komm, gehen wir weiter«, sagte sie ausweichend. »Wenn wir laufen, wird uns wärmer...«

Bald danach hörte der Regen auf, und wenig später stießen sie auf eine Höhle, in der sie übernachten konnten. Micay stellte fest, daß Hirten hier Schutz für sich und ihre Herden gesucht hatten; sie fanden getrocknetes Gras, Holz und Lamadung. Damit konnten sie ein Feuer machen, sich aufwärmen und ihre Kleider trocknen. Bis zum Einbruch der Dunkelheit waren sie beschäftigt mit dem Bau der Feuerstelle und einfacher Gestelle, auf denen sie ihre nassen Umhänge ausbreiten konnten, und fanden kaum Zeit, miteinander zu reden. Als es dann dunkel war und sie sich ans Feuer setzten, schlief Parihuana sofort ein. Damit mußte Micay das Vorhaben aufgeben, ihr den Grund für diese Unternehmung und alles, was sie selbst über Macas wußte, zu erzählen. Auch sie schlief sehr bald.

Mitten in der Nacht weckte sie ihr knurrender Magen. Sie setzte sich auf, blickte durch die Öffnung der Höhle in die sternenklare, kühle Nacht hinaus und ließ sich dabei ihre Lage durch den Kopf gehen. In ihren Bündeln hatten sie zwar noch Lebensmittel, doch sie waren ebenso wie die Stoffballen, die sie mit sich führten, als Gaben für die Hüterin der Huaca bestimmt. Als Verpflegung kamen sie nur in Frage, um sie vor dem Verhungern zu bewahren. In dieser Lage befanden sie sich jetzt noch nicht, doch wenn sie auf dem Rückweg nichts Eßbares fanden, konnte diese Situation schnell eintreten. Die Hohepriesterin hatte Micay gewarnt, daß auf Macas' Gastfreundschaft kein Verlaß war. Ohne Gaben würden sie von ihr gar nicht erst empfangen werden; aber auch wenn sie Macas beschenkten, war es durchaus möglich, daß diese ihnen nichts zu essen anbieten würde. Aus diesem Grund hatte Micay zusätzlichen Proviant mitgebracht – der aber nun durch den Puma verlorengegangen war.

Mit einem Mal erkannte sie die gefährliche Lage, in der sie sich befanden. »Wir müssen umkehren«, sagte sie laut.

»Warum, Herrin?« fragte Parihuana.

Micay fuhr erschreckt zusammen. »Du bist ja wach«, murmelte sie.

»Ich wurde im Traum von etwas angefallen«, erklärte das Mädchen. »Dann konnte ich nicht mehr einschlafen, und vorhin habe ich gehört, wie Ihr aufgestanden seid.«

Micay fachte das Feuer an, und nun setzte sich auch Parihuana auf und kauerte sich neben sie.

»Warum müssen wir umkehren, Herrin?« fragte sie noch einmal.

Im Schein des Feuers betrachtete Micay sie lange, und obwohl die junge Frau ihren Blick zuerst nicht erwiderte, schien sie jetzt viel weniger schüchtern zu sein als noch zu Beginn ihrer Reise vor zwei Tagen.

»Das ist das erste Mal, daß du mir eine Frage stellst«, sagte Micay. »Und nach der Begegnung mit dem Puma hast du dich endlich einmal ein bißchen vergessen und mich ›Micay‹ genannt. Es geht also vielleicht doch.«

»Ich verstehe nicht, Herrin.«

»Ja, und deshalb mußt du Fragen stellen. Bisher wolltest du noch nicht einmal wissen, weshalb wir diese mühevolle Reise überhaupt auf uns nehmen. Anscheinend hast du gar nicht bemerkt, daß ich dir eine Wahl gelassen habe.«

»Aber Ihr habt doch gesagt, ich soll Euch begleiten«, protestierte Parihuana. »Und daß die Hüterin der Huaca die Sprache der Quito spricht.«

»Sie heißt Macas, und sie spricht auch Quechua, allerdings nur ungern. Oft sagt sie überhaupt nichts. Die Hohepriesterin hat mir gesagt, Macas hätte seit über einem Monat niemand mehr in ihre Nähe gelassen.«

»Dann ... warum gehen wir dann zu ihr?«

»Ich habe meinen Grund, weshalb ich zu dieser Huaca will. Und dich habe ich mitgenommen, um dir einen kleinen Schock zu versetzen… damit du dich nicht immer nur wie eine Erwählte Frau benimmst.«

Das Mädchen starrte sie sprachlos vor Staunen an.

»Hat dir noch niemand erzählt, daß ich auch einmal eine Erwählte Frau war?« fragte Micay. »Nun, offenbar hat Mama Cori mir auch das zu erklären überlassen. Ich war dreizehn, als ich aus meinem Zuhause weggenommen wurde, aber ich blieb nicht sehr lange im Haus der Erwählten Frauen. Ich war wie du – schüchtern, zurückhaltend und unfähig, eigene Entscheidungen zu treffen. Man brachte mir bei, das Leben, das mir geboten wurde, zu akzeptieren; nicht aber, wie ich es begreifen konnte. Auch die Initiationsriten haben mir dabei nicht geholfen. Aber durch sie bin ich in diese Berge gekommen, und hier habe ich angefangen zu verstehen.«

Parihuana runzelte angestrengt die Stirn. »Mama Cori hat mir gesagt, ich sollte etwas forscher sein. Ist es das, was Ihr meint?«

»Was ich meine, geht noch viel tiefer. Du mußt dich für dich selbst verantwortlich fühlen und für alles, was mit dir geschieht. Man hat dich zu den Inka gebracht, und du mußt mit ihnen leben – aber du mußt dir in dieser Gesellschaft deinen eigenen Platz suchen.«

»Aber die Inka ehren die Erwählten Frauen. Und ich werde doch die Frau von Amaru Inca? Was sagt Ihr mir, Micay? Ihr macht mir angst…«

»Dies ist nicht die Zeit für höfliche Floskeln«, meinte Micay entschuldigend. »Ich werde ziemlich bald nach Quito zurückgehen, und dann gibt es niemanden mehr, der dir beibringt, was du wissen mußt. Hör zu, Parihuana. Wir hätten heute beide durch den Puma sterben oder verwundet werden können. Dann fanden wir diese Höhle und konnten uns sogar ein Feuer machen. Wir haben große Gefahren und ebenso großes Glück miteinander geteilt, und das sollte unser gegenseitiges Vertrauen bestärken.«

Parihuana wirkte sehr verwirrt. »Das, was ich wissen muß… was sind das für Dinge?« fragte sie ängstlich.

Micay seufzte. »Du mußt wissen, was für ein Mann Amaru ist und weshalb du ihn heiraten sollst. Du mußt wissen, was das unter Umständen für dich bedeuten kann. Ich erkläre dir alles, so gut es mir möglich ist, aber du mußt bei allem, was du nicht verstehst, fragen. Das ist das erste, was du lernen mußt: daß du das Recht hast, Fragen zu stellen und selbst zu entscheiden, was du für richtig hältst.«

Parihuana starrte sie mit entschlossener Kühnheit an, doch ihre Lippen zitterten. »Kehren wir um?« stieß sie schließlich hervor.

Micay nickte. »Wir haben keine andere Wahl. Wenn wir weitergehen, müssen wir Macas die Lebensmittel überlassen, die wir für sie
mitgebracht haben. Wir können aber nicht davon ausgehen, daß wir
von ihr etwas zu essen bekommen oder daß sie uns Proviant für den
Rückweg mitgibt. Es kann sein, daß sie uns gar nicht empfängt.
Deshalb ist es besser, wir gehen zurück und riskieren nicht, unterwegs
zu hungern.«

»Wenn Ihr allein wärt... würdet Ihr dann weitergehen?«

»Vielleicht. Weißt du, ich bin jetzt fünf Jahre verheiratet und habe
noch immer kein Kind. Ich kenne diese Huaca von meinem ersten
Aufenthalt in den Bergen und habe mich entschlossen, hier zur
Erdmutter zu beten.«

»Was würdet Ihr essen«, fragte Parihuana schnell, »wenn Ihr allein
wärt?«

»Nun, Wurzeln und Pflanzen... damit könnte ich schon auskommen, wenn Macas mir nichts geben würde.«

»Dann kann ich auch damit auskommen«, entschied Parihuana.

»Möchtest du dieses Risiko wirklich auf dich nehmen?«

Parihuana nickte vorsichtig. »Ich bin noch nie einem Puma begegnet, und ich habe auch noch nie in einer Höhle übernachtet. Wenn
wir umkehren... dann werden wir nie wissen, was uns bei der Huaca
geschehen wäre.«

»Aber Mama Cori würde mir nie verzeihen, wenn ich dich krank
oder verletzt zurückbrächte«, wandte Micay ein.

»Vielleicht bin ich ja forscher, wenn ich zurückkomme«, meinte
Parihuana.

Micay mußte lächeln. »Dessen bin ich mir sicher. Gut, dann laß uns
jetzt versuchen zu schlafen.«

Parihuana legte noch ein Stück Holz nach, bevor sie sich in ihre
Decke wickelte. »Ich glaube, ich kann nicht mehr schlafen, Herrin«,
sagte sie nach einer Weile.

»Ich weiß«, erwiderte Micay und schob ihren Kopf neben Parihuanas. »Schließ einfach die Augen, höre mir nur zu und frage jetzt
nichts. Ich erzähle dir von der Familie, in die du gekommen bist. In
die ich selbst vor vielen Jahren gekommen bin, als Erwählte Frau,
genau wie du, und wie ich versuchte, so zu sein, wie es von mir
erwartet wurde – und mich dabei selbst verlor...«

Beim Aufstieg am nächsten Morgen wunderte sich Micay, wie gut sie
sich an alles erinnern konnte. Sie ließen ihre Umhänge und Bündel bis
auf die Gaben für Macas in der Höhle zurück – derselben, in der sie
damals mit den anderen Nustas übernachtet hatte.

Unterwegs trafen sie ab und zu auf Stellen, an denen heißes, schwefelhaltiges Wasser dampfend aus der Erde sprudelte. Der Pfad endete am Fuß einer breiten Steinzunge, die über die Schlucht hinausragte. Rechter Hand befand sich die Höhle der Huaca, auf der linken Seite sahen sie Macas stehen, die ihnen den Rücken zuwandte. Ihr wild zerzaustes, langes Haar war inzwischen schlohweiß geworden, und sie trug ein gürtelloses, braunes Kleid, das sogar von fern äußerst schäbig wirkte.

Plötzlich drehte sie sich um und kam auf Micay und Parihuana zugestolpert. Beim Gehen ruderte sie mit den Armen; ihr fast zahnloses Gesicht war zu einem häßlichen Grinsen verzerrt, und der Blick ihres freien, nicht von Haarsträhnen verhüllten Auges flackerte wirr. Micays Müdigkeit und die Anstrengung des Aufstiegs wichen augenblicklich einer großen Furcht, und sie mußte sich zusammennehmen, um stehenzubleiben und mit gebeugtem Kopf ihr Geschenkbündel anzubieten. Macas riß es ihr aus der Hand und trat dann sofort zurück, als fürchtete sie, Micay würde es wiederhaben wollen. Dann ergriff sie mit einer schnellen Bewegung auch Parihuanas Gaben, drückte sie an die Brust und verschwand ohne ein Wort in Richtung auf die Höhle.

Micay atmete tief durch und fragte sich, ob das wohl schon das Ende ihres Besuches war. Doch einen Augenblick später kam Macas zurück. Sie postierte sich vor ihnen auf und deutete auf Micays goldene Fibel, das Geschenk des Sapa Inca.

»Inkafrau ... gib mir«, stieß sie in Quechua hervor.

Ohne zu zögern gehorchte Micay. Doch dann forderte Macas auch Micays Umhang in den Farben des Sonnnenaufgangs, ihren liebsten, den Apu Poma ihr zum Geschenk gemacht hatte. Aber sie hatte keine Wahl, und schließlich mußte sie auch noch Gürtel und Kopftuch abgeben. Macas ließ alles hinter sich zu Boden gleiten und verlangte anschließend dieselben Kleidungsstücke von Parihuana, die sie als »kleines Mädchen« anredete. Je länger Micay sie beobachtete, desto mehr wuchs in ihr die Überzeugung, daß diese Frau viel stärker geistig zerrüttet war, als Chimpu Ocllo befürchtet hatte – sie war verrückt, dem Wahnsinn und der geistigen Umnachtung anheimgefallen.

Nachdem Macas auch Parihuanas Garderobe hinter sich aufgehäuft hatte, lachte sie abstoßend und leckte sich gierig die Lippen. Dann deutete sie auf die Kupfernadel, die Micays Kleid an der Schulter zusammenhielt, und gab ihr und Parihuana mit gebieterischen Gesten zu verstehen, daß sie sich beide ganz ausziehen sollten. Micay seufzte und schüttelte den Kopf.

»Bitte fordert das nicht von uns, Herrin. Wir kommen als Pilgerinnen und verdienen nicht, gedemütigt zu werden.«

Wütend warf Macas die Arme in die Luft und stieß einen schrillen Schrei aus, der Parihuana entsetzt zusammenfahren ließ. Mit drohend erhobener Faust trat sie einen Schritt auf Micay zu.

»Wir überbringen Euch Grüße der Hohenpriesterin Chimpu Ocllo«, sagte diese mit erhobener Stimme unerschrocken. Doch als Macas ein erneutes Kreischen von sich gab, stand sie ebenso wie Parihuana nur starr und reglos da, von lähmender Angst befallen. Im nächsten Augenblick versetzte die Verrückte ihr einen mächtigen Schlag ins Gesicht, so daß Micay das Gleichgewicht verlor und zu Boden fiel.

»Lauf!« stieß sie hervor, ohne es selbst richtig wahrzunehmen, und gleichzeitig rollte sie sich aus Macas' Reichweite, um einem Fußtritt zu entgehen. Gerade als sie es schaffte, sich wieder aufzurappeln, hörte sie hinter sich Parihuanas hohe, bebende Stimme, die Macas in Quito befahl aufzuhören. Sie blickte sich um; das Mädchen stand aufrecht da und hielt einen großen Stein in der Hand. Macas wollte sich auf Parihuana stürzen, doch diese schleuderte den Stein mit aller Kraft, aber er flog am Kopf der Verrückten vorbei. Erschrocken hielt die Alte inne und warf den Kopf in den Nacken, so daß ihre Haare das Gesicht nicht mehr verdeckten und ein Auge sichtbar wurde, das vollständig weiß war. Im nächsten Moment sank sie rückwärts zu Boden und blieb mit unkontrollierten Zuckungen liegen.

Es dauerte eine Zeitlang, bis Micay sich faßte und erkannte, daß Macas einen Anfall hatte, wie ihn manchmal auch Krieger bekamen, die schwere Kopfverletzungen erlitten hatten. Sie kniete neben Macas nieder und hielt ihren Kopf, damit sie ihn nicht gegen den Boden schlagen und sich verletzen konnte. Parihuana strich ihr die weißen Strähnen aus dem Gesicht.

»Ich wollte ihr doch nicht wehtun!« jammerte das Mädchen fassungslos und schluchzte.

»Du hast sie auch gar nicht getroffen«, versicherte ihr Micay. »Sie ist krank.«

Macas stöhnte; die Zuckungen hörten auf, ihr Körper erschlaffte, und Schaum trat vor ihren Mund.

»Sie kann uns nichts mehr antun«, murmelte Micay.

»Ich weiß«, flüsterte Parihuana mit erstickter Stimme. »Ich weiß noch...«

»Woran erinnert dich das?« fragte Micay.

»Mein Onkel... er hatte das auch einmal. Er wollte auch niemandem etwas antun.«

»Es ist gut, wenn du dich daran erinnern kannst«, tröstete Micay sie. »Das bedeutet, dein Leben von früher kommt zu dir zurück. Laß es kommen... nimm es an.«

Etwas später trugen sie Macas zum Eingang der Höhle, wo sie die Ohnmächtige auf ihre Umhänge betteten. Die Luft aus dem dunklen, rückwärtigen Teil der Höhle war warm und feucht und roch nach Schwefel. Von weit hinten war ein Zischen vernehmbar; Schwefeldämpfe traten dort aus dem Gestein aus. Micay wußte von Chimpu Ocllo, daß sich dort auch ein Tümpel mit frischem Wasser befand, von dessen Grund aus dem Herzen Pachamamas kochendheißes, schwefelhaltiges Wasser an die Oberfläche stieg. Bei ihrem Besuch als Nustas war ihnen nicht gestattet worden, den rückwärtigen Teil der Höhle zu betreten; damals hatten sie lediglich die lebenspendenden Dämpfe einatmen dürfen, die von der Huaca aufstiegen.

Auch jetzt atmete Micay sie tief ein, während sie wartete und sich fragte, ob sie und Parihuana aufbrechen sollten, noch bevor Macas wieder zu sich kam. Aber vielleicht würde ihre Aggressivität ja dann verflogen sein. Für alle Fälle hatte sie Parihuana eingeschärft, beim leisesten Anzeichen einer Gewalttätigkeit von Macas sofort zu fliehen. Doch als die alte Frau schließlich die Augen aufschlug, war der wilde Zorn in ihrem Blick verloschen. Sie hielt sich den Kopf, als habe sie Schmerzen, und erkannte ihre beiden Besucherinnen nicht.

»Seid ihr gekommen, um in den Wassern unserer Mutter zu baden?« murmelte sie schwach.

»Wenn Ihr uns für wert befindet, Herrin«, antwortete Micay vorsichtig. »Wir sind aus Tumibamba. Ich bin Mama Micay, und das ist Parihuana.«

Macas setzte sich mühsam auf und musterte sie beide genau. »Ihr seid keine Inka«, stellte sie knapp fest, »und auch keine Schwestern.«

»Ich bin eine Chachapoyas und Parihuana eine Quito. Mein Mann ist ein Inka, Parihuana ist seinem Bruder versprochen.«

»Warum seid ihr hergekommen? Bist du unfruchtbar?« wandte sich Macas an Micay.

»Ich habe vor zwei Monaten ein Kind verloren. Es war das erste in fünf Jahren.«

»Und du?« fragte sie Parihuana, die sofort schüchtern die Augen niederschlug. Dann sprach Macas in Quito zu ihr. Dadurch entspannte sie sich etwas, und in ihrer Antwort konnte Micay die Quechua-Worte »Erwählte Frau« verstehen.

Macas nickte; dann schloß sie die Augen und legte einen Zeigefinger an die Stirn.

»Möchtet Ihr einen Schluck Wasser, Herrin?« fragte Micay.

»Nein... Wir müssen gleich baden«, erwiderte Macas. »Pachamama wird mich heilen. Sie war zornig, furchtbar zornig, aber jetzt hat sie sich beruhigt. Sie wird uns mit Frieden erfüllen.«

Macas begann, den Knoten zu öffnen, der ihr Kleid an der Schulter zusammenhielt, und bedeutete Micay und Parihuana, sich ebenfalls zu entkleiden. Ihre Oberarme und die schlaffen Brüste wiesen blutige Schrammen auf, die sie sich offenbar selbst zugefügt hatte.

Micay und Parihuana halfen ihr auf. Das Mädchen zögerte und öffnete sein Kleid erst, nachdem Micay das ihre bereits abgestreift hatte und ihm einen ermutigenden Blick zuwarf. Dann führte Macas sie wortlos in den hinteren Teil der Höhle. Micays Schritte wurden mit der zunehmenden Dunkelheit immer zaghafter, bis Macas schließlich ihre Hand ergriff und Micay ihrerseits Parihuanas Hand nahm. Der glatte Felsboden unter ihren nackten Füßen fiel immer steiler ab und wurde zusehends wärmer; die Luft war stickig und legte sich wie ein feuchtes, warmes Tuch auf Haut und Haare. An unsichtbaren Wänden brach sich das Echo fallender Tropfen, und das Zischen austretenden Dampfes schwoll an und erfüllte den ganzen Raum, von dessen Größe Micay sich keine Vorstellung machen konnte. Sie setzte vorsichtig einen Fuß vor den anderen und wagte kaum zu atmen vor Angst, sie könne trotz Macas' Führung bei jedem Schritt in die Tiefe stürzen.

Plötzlich hörte sie unmittelbar vor sich ein plätscherndes Geräusch, und im nächsten Augenblick stand sie bis zu den Knöcheln in heißem Wasser. Entsetzt schrie sie auf, das Echo hallte gespenstisch wider, und Parihuana drückte erschreckt ihre Hand und zog sie nach hinten. Doch im selben Moment umklammerte Macas ihr anderes Handgelenk und zog sie und Parihuana mit einem kräftigen Ruck nach vorne. Micay verlor das Gleichgewicht; sie fiel vornüber und landete in warmem Wasser, das ihr bis an die Hüften reichte. Jetzt lockerte Macas ihren Griff und tastete sich mit beiden Händen an Micays Armen bis zu ihren Schultern hoch. Dann drückte sie Micay an ihre Brust und schob ihr vorsichtig ein Knie zwischen die Schenkel.

»Komm, kleine Mutter«, sprach Macas ihr direkt ins Ohr, um das laute Zischen der Dämpfe zu übertönen, »komm ... öffne dich mir. Laß mich dich berühren und mit Leben erfüllen. Laß mich dich berühren, kleine Mutter ...«

Der Druck ihrer Finger auf Micays Schultern war sanft, aber unnachgiebig; Micay fügte sich und ging in die Hocke. Die Haut an ihrem Bauch und an der Innenseite ihrer Schenkel juckte und kribbelte von dem heißen Schwefelwasser, das bis über ihre Brüste reichte. Jetzt erst nahm Macas die Hände von Micays Schultern und tastete nach Parihuana. Micay konnte kaum atmen; sie meinte, von den laut austretenden Dämpfen und den vielen, nicht mehr unterscheidbaren Geräuschen und Echos betäubt zu werden, und hatte das Gefühl, gleich in Ohnmacht zu fallen. Da hörte sie plötzlich durch das Getöse ein Zischen, das wie ein hastig ausgestoßenes Wort klang: »Zwillinge!«

»Ja?« schrie sie hilflos und fuhr mit einem Ruck in die Höhe in der Hoffnung, noch mehr zu erfahren. Sie drohte vornüber zu fallen, doch Macas ergriff ihren Arm und schob sie in die Richtung, aus der sie gekommen waren.

»Geh!« sagte sie mit einer Stimme, die ganz anders war als jene, die Micay zuvor gehört zu haben meinte. Micay watete aus dem Wasser, und sobald sie trockenen Boden unter den Füßen spürte, konnte sie auch das Licht am Eingang der Höhle sehen. Schwach und auf wackligen Beinen tastete sie sich darauf zu; von dem heißen Wasser schien ihr ganzer Körper zu pulsieren, als ob sie starkes Fieber hätte. Als sie die Öffnung der Höhle erreichte, lag die Landschaft draußen im sanften, goldenen Licht der Nachmittagssonne. Die Schönheit dieses Anblicks rührte sie zu Tränen; sie fühlte sich erfüllt von Dank dafür, wieder an der Oberfläche von Mutter Erde angekommen zu sein.

Dann kamen Macas und Parihuana triefend und eng umschlungen aus dem Dunkel zurück. Micay konnte nicht erkennen, wer dabei wen stützte, bis sie neben ihr standen und Macas abrupt Parihuana losließ. Micay konnte das Mädchen gerade noch am Arm fassen, um zu verhindern, daß es auf dem felsigen Boden aufschlug.

»Warum bist du aufgestanden?« fragte Macas sie mit einem mißbilligenden Stirnrunzeln. »Ich hatte dir nicht gesagt, daß du das tun solltest.«

»Ich – ich dachte, ich hätte eine Stimme gehört.«

Macas' Miene hellte sich auf. »Was hast du gehört?« fragte sie freundlicher.

»Nur ein Wort: Zwillinge.«

»Dann bist du also diejenige«, sagte Macas und nickte beifällig. »Kein Wunder, daß du kamst, während ich schlief … während Pachamama friedfertig war. So wird es sein; unsere Mutter hat gesprochen. Wenn eines der Kinder ein Mädchen ist, oder beide, dann mußt du es Pachamama und dieser Huaca weihen.«

»Ich werde es hierherbringen, damit Ihr es segnen könnt, meine Mutter«, versprach Micay mit einer tiefen Verbeugung. Als sie wieder aufsah, hatte sich Macas bereits bei den Gabenbündeln niedergekauert. Parihuana kniff Micay in den Arm und lächelte erleichtert, als hätte sie soeben etwas noch Erschreckenderes durchgestanden als die Begegnung mit einem Puma.

»Hier«, sagte Macas und hielt die Tücher hoch, die sie ihr als Gaben mitgebracht hatten. »Trocknet euch!« Dann spielte sie wie ein Kind zufrieden mit den anderen Geschenken – getrockneten Pfefferschoten und Säckchen mit Mais, Quinoa und Salz. Micay und Parihuana tauschten einen Blick aus, rieben sich hastig trocken und schlüpften schnell in ihre Kleider.

Nach einer Weile stand Macas auf, wickelte sich ein Tuch um die Hüften und bot ihnen wortlos etwas getrocknetes, in Streifen geschnittenes Fleisch und kleine Kartoffeln an. Sie aßen schweigend, bis Macas plötzlich die Kartoffeln, die sie in der Hand hielt, zu Boden fallen ließ und bewegungslos vor sich auf die Erde starrte. Als sie endlich zu reden anfing, sprach sie in Quito.

»Sie sagt, wir müssen jetzt gehen«, übersetzte Parihuana flüsternd. »Sie ist müde.«

Sie standen leise auf, und nach einem verstohlenen Blick auf Macas, die nichts mehr wahrzunehmen schien, nahmen sie auch ihre Gürtel und Fibeln an sich. Das Essen wickelte Micay schnell in ihr Kopftuch, während Parihuana die Tücher zum Trocknen ausbreitete. Macas kauerte teilnahmslos auf der Erde, bewegte den Oberkörper rhythmisch vor und zurück, und dabei fiel ihr das weiße Haar wieder wie ein Schleier vor das Gesicht. Micay ahnte, daß sie erneut in die Umnachtung ging, daß die Verrückte zurückkam, die sie mit Schreien und Schlägen empfangen hatte.

Sie drückte Parihuana das Proviantbündel in die Hand und bedeutete ihr stumm, die Höhle zu verlassen. Macas fing an, leise vor sich hinzumurmeln. Im Gedanken an die Frau, die sie zuvor »kleine Mutter« genannt und ihr Zwillinge versprochen hatte, faßte Micay noch einmal Mut. Sie ging zu Macas und legte ihr vorsichtig ihren Umhang um die Schultern. Macas erstarrte, und sofort spürte Micay wieder Furcht in sich aufsteigen.

»Wir danken Euch, Mutter«, sagte sie heiser. Die Antwort war lediglich ein tiefes Stöhnen, bei dem Macas gequält den Kopf zur Seite neigte. Beim Gehen wünschte Micay, sie hätte den Mut und die Kraft, diese Frau zu behandeln und sie von der Gewalttätigkeit, mit der sie sich and andere bedrohte, zu heilen. Als sie sich nach einigen Schritten umwandte, saß Macas immer noch unbeweglich da; nur einen Zipfel des Umhangs hatte sie in die Hand genommen.

Sie holte Parihuana ein, und zusammen stiegen sie schnell den Berg hinab. Nach einiger Zeit hörten sie einen markerschütternden Schrei von Macas, ein langgezogenes Heulen, das Schmerz und Zorn verriet. Es hallte schauerlich von den Felsen wider; Vögel stoben auf und flatterten hastig in die Höhe. Micay und Parihuana sahen einander bedrückt an, doch sie blickten nicht zurück. Sie hatten alles gesehen, was ihnen hier zu sehen bestimmt war.

Das Mira-Tal

Seit einem knappen Monat waren sie fast ständig auf der Flucht, vor allem, seit der viele Regen sie in größere Höhen getrieben hatte und die Carangui-Patrouillen ihnen dicht auf den Fersen waren. Davor hatten sie im ganzen Tal Angst und Schrecken verbreitet, waren nachts aufgetaucht, hatten alles in Brand gesteckt und jeden getötet, der ihren Weg kreuzte. Am Anfang hatten sie sich dabei hauptsächlich an die Trupps gehalten, von denen sie gejagt wurden. Sie lösten Erdrutsche aus, die die Feinde verschütteten, und lockten sie auf steilen Hochgebirgspfaden in tödliche Hinterhalte. Aber schon bald setzten die Verfolger ihnen von allen Seiten zu, und es wurden so viele, daß sie sich immer öfter verstecken mußten, anstatt gegen sie zu kämpfen. Ihren ersten Mann hatten sie vor zehn Tagen verloren, als sie selbst in eine Falle geraten waren; dabei fiel einer ihrer drei jungen Späher einem gut geschleuderten Wurfspeer zum Opfer. Die anderen konnten sich freikämpfen, doch wenig später beschlossen sie, daß es nun Zeit zum Rückzug sei.

Inzwischen waren sie nur mehr sieben Mann; sobald sie nicht mehr in unmittelbarer Gefahr waren, hatten sie die beiden anderen Kundschafter mit Plänen für einen letzten Hinterhalt zu Ninan Cuyochi und den vorrückenden Inkatruppen vorausgeschickt. Dann hatten sie versucht, die verfolgenden Carangui auf sich zu locken und möglichst in ihrer Nähe zu halten, was sich als unerwartet schwierig erwies, da die Zahl der Feinde ständig zunahm. Bald bekamen sie das Gefühl, das ganze Tal sei hinter ihnen her. Am Ende war ihre Flucht mehr zu einem verzweifelten Akt geworden als zu einer vorsätzlichen Tat.

Cusi kauerte sich unter einen überhängenden Felsen und wrang seinen durchnäßten Umhang aus. Neben ihm lag Rimachi auf der Erde, und Uritu lehnte am Felsen und kaute Koka, um seine Rückenschmerzen zu betäuben. In einiger Entfernung saßen seine beiden Vettern und hielten Wache, und ein Stück den Pfad hinab hatte sich Sutic versteckt, um eventuelle Ankömmlinge aus dem Tal abzupassen und zu melden. Sie warteten auf Tomay, der nach einer Möglichkeit suchte, wie sie weitermarschieren konnten – falls es eine solche noch gab.

»Du sagst, diese Schlucht ist zwei Tagesmärsche von hier?« fragte Rimachi zweifelnd und stützte sich auf einen Ellbogen.

»Wenn wir nicht kehrtmachen oder einen anderen Weg finden müssen«, räumte Cusi ein. »Aber auch dann haben wir es vielleicht noch nicht geschafft. Wenn die Kundschafter nicht durchgekommen sind, oder wenn die Truppen nicht rechtzeitig aufbrechen konnten ...«

»Sie sind bestimmt da«, unterbrach ihn Rimachi. »Du machst dir einfach zu viele Gedanken, Cusi. Du solltest lernen, mehr deiner Huaca zu vertrauen, wie wir auch.«

Cusi wurde ärgerlich. »Das wäre der schnellste Weg zum Leichtsinn. Einen Mann haben wir schon verloren!«

»Einen einzigen von zehn! Gemessen an dem Schaden, den wir angerichtet haben, ist das kein hoher Preis. Die Carangui haben seit Monaten keine ruhige Nacht gehabt. Sie hassen uns so, daß sie uns bis nach Quito verfolgen würden, wenn sie es könnten.«

»Sei still, Rimachi«, tadelte Uritu. »Es bringt Unglück, sich zu früh zu brüsten.«

»Aber es ist doch wahr!« beharrte dieser. Er setzte sich auf und sah Cusi an. »Willst du mir vielleicht sagen, daß du nie daran gedacht hast, was du während deiner zwanzig freien Tage in Quito machen wirst?«

»Doch, das habe ich«, antwortete Cusi zögernd. »Aber ich werde mich hüten, nur mehr daran zu denken.«

»Warum denn nicht? Was haben wir denn sonst Schönes, woran wir denken können? Es ist das einzige, was mich davon abhält, mich wie ein gehetztes Tier zu fühlen.«

»Aber es ist sicherer, sich wie ein gehetztes Tier zu fühlen«, wandte Uritu ein.

Rimachi ignorierte ihn. »Erzähl mir doch nicht, daß du nicht die ganze Zeit an Micay gedacht hast«, drängte er Cusi.

»Natürlich habe ich an sie gedacht«, antwortete Cusi. »Du wohl auch?« Rimachis herausfordernder Blick schien die Frage zu provozieren.

Mit einer schnellen Bewegung packte Rimachi ihn am Arm. »Warum sollte ich nicht?« fragte er mit einem hämischen Grinsen. »Jedesmal, wenn es so aussah, als ob du nicht mehr wiederkommen würdest, habe ich daran gedacht, wie ich ihr von deinem Tod berichte. Ich habe mir vorgestellt, wie es wäre, wenn sie den Trost, den ich ihr dann geben könnte, willkommen hieße.« Er verzog das Gesicht zu einer Grimasse und ließ Cusis Arm los. »Aber du bist ja jedesmal zurückgekommen. Und dadurch habe ich gemerkt, daß es stimmt, was Tomay von dir glaubt ... daß deine Huaca dich wie ein Zauber beschützt und dir Glück bringt, obwohl du es nicht einmal willst.

Seitdem kann ich Micay nur noch mit einer Fibel in der Hand sehen, mit der sie mich bedroht.«

Cusi starrte ihn sprachlos an. Bei seinen letzten Worten war Rimachis herausfordernde Miene düster geworden.

»Das letzte Mal, als ich meinen Vater sah«, fuhr er fort, »sagte er mir, Micay sei zur Geburt deines Kindes nach Tumibamba gegangen. Und er sagte mir, ich könnte ewig eifersüchtig sein, aber haben würde ich davon nichts. Und deshalb habe ich mich entschlossen, damit Schluß zu machen. Ich werde mir in meinen freien Tagen in Tumibamba von meiner Mutter eine Heirat arrangieren lassen.«

Uritu juchzte erfreut, als er das hörte, und legte anerkennend eine Hand auf Rimachis Schulter. Cusi zögerte einen Augenblick, dann schloß er sich Uritus Geste an. Rimachi seufzte tief und ließ die breiten Schultern fallen.

Plötzlich schoß ein kleiner Stein an ihnen vorbei, und im nächsten Moment stand Tomay vor ihnen. »Ihr könnt froh sein, daß ich kein Carangui bin«, schimpfte er. »Kommt jetzt, es gibt einen Weg, wenn wir schnell genug sind.«

»Ich hole Sutic und die anderen«, sagte Rimachi hastig, griff nach seinem Umhang und seiner Keule und verschwand im Regen.

Tomay wischte sich das Wasser aus dem Gesicht und sah Cusi und Uritu neugierig an. »Warum seid ihr heute so leichtsinnig?« wollte er wissen.

»Wir haben uns auf unsere freien Tage gefreut«, erklärte Cusi, während er und Uritu sich marschbereit machten.

»Ihr habt was?«

»Wir waren zur Abwechslung einmal Männer und keine Tiere«, meinte Uritu, und zusammen mit Cusi ließ er einen Juchzer vernehmen und schritt voraus.

Quito

Wie aus einem Mund ging ein mächtiger Aufschrei durch die wartende Menschenmenge, als die Krieger unter Führung Ninan Cuyochis und Atahualpas auf den Hauptplatz schritten. Micay erkannte Cusi und seine Kameraden sofort, denn verglichen mit den farbenprächtig herausgeputzten Männern am Anfang der Kolonne wirkten sie wie arme Pilger. Keiner von ihnen trug seine Ohrpflöcke oder sonst ein Rangabzeichen, und ihre Tuniken und Umhänge waren arg mitgenommen und verschmutzt. Auch führte keiner von ihnen erbeutete Carangui-Insignien mit sich, die die anderen Krieger wie Siegestrophäen stolz vor sich hertrugen. Sogar aus der Ferne konnte man erkennen, daß sie müde und schlecht ernährt waren.

Die Kriegshäuptlinge hielten die Kolonne vor dem Platz an, wo der Regent, der Gouverneur und andere Würdenträger versammelt waren. Doch Cusi hatte gerade Micay entdeckt und bahnte sich sofort, ungeachtet aller Etikette und jeden Protokolls, einen Weg zu ihr. Bevor er sie erreichte, verstellte ihm jedoch Lloque Yupanqui den Weg.

»Du zeigst sehr schlechtes Benehmen, mein Sohn«, sagte er freundlich, aber bestimmt.

Cusi wirkte fast bedrohlich in seiner Ungeduld. »Ich habe schon Schlimmeres gemacht«, stieß er hervor. Unwillkürlich trat Lloque einen Schritt zurück; seine Miene verriet Entsetzen, aber Cusi ignorierte ihn einfach. Er wandte sich Micay zu, und die eisige Kälte in seinem Blick schmolz, noch während er seine Arme nach ihr ausstreckte. »Micay…«

»Unser Kind wurde totgeboren«, sagte sie leise. Micay fühlte die Stille, die sich über den ganzen Platz gelegt hatte, und die zahllosen staunenden, aber auch mißbilligenden Blicke, die auf Cusi und sie gerichtet waren. Cusi dagegen stand da wie betäubt; er blinzelte nur, überrascht von seinen eigenen Tränen, die ihm über die hohlen Wangen liefen. Bei diesem Anblick mußte Micay selbst weinen, und sie drückte ihn an sich, um seinen Schmerz dem Gaffen der vielen Neugierigen zu entziehen. Sie war dem Regenten dankbar, als er endlich mit seiner Begrüßungsrede begann und die allgemeine Aufmerksamkeit dadurch von ihnen ablenkte.

»Aber ich war bei der Huaca von Pachamama. Sie hat mir Zwillinge versprochen«, flüsterte sie ihm ins Ohr.

Cusi versteifte sich kurz, doch dann gab er sich ihrer Umarmung hin, schloß sie in seine Arme und ließ nicht mehr los, bis die Reden vorüber waren. Micay fühlte glücklich seinen warmen Atem in ihrem Nacken; aber nach einer Weile mußte sie daran denken, wie er Lloque gegenüber aufgetreten war. Er ist durch den aufreibenden Dienst als Kundschafter richtig verwildert, ging es ihr durch den Kopf. Für Cusi kam dieser Anlaß keinem wunderbaren Sieg gleich, so wie die anderen es empfanden.

Dann beendete der Regent die Reden mit der Ankündigung des Festes, das auf Anordnung des Sapa Inca in zehn Tagen stattfinden sollte. Beifälliges Gejohle erhob sich, und anschließend lösten die Krieger auf ein Zeichen Ninan Cuyochis ihre Reihen auf.

»Du mußt dich bei deinem Onkel entschuldigen«, flüsterte sie Cusi ins Ohr. »Du hast ihn geradezu bedroht.«

Cusi entließ Micay aus seiner Umarmung und starrte sie ungläubig an, nickte aber dann zustimmend und wandte sich Lloque zu.

»Verzeiht mir, Onkel«, sagte er heiser. »Ich konnte nicht ... ich habe nicht gedacht ...«

Lloque blickte ihn an, als hätte er einen Fremden vor sich. Er schien weniger beleidigt als vielmehr schockiert und verstört zu sein. In diesem Augenblick tauchte Amaru aus der Menge auf; er ging nicht mehr an Krücken, sondern behalf sich mit einem Stock.

»Dir wird heute alles verziehen, Bruder«, begann er. »Du hast dieser Stadt einen Grund zum Feiern gegeben – den ersten seit langem.«

Cusi zögerte ein wenig, doch da Lloque reserviert blieb und nichts sagte, wandte er sich an Amaru.

»Ist denn der Krieg so schlecht verlaufen?« fragte er.

»Er ist überhaupt nicht schlecht verlaufen«, antwortete Amaru überrascht. »Die Carangui brechen vor und ziehen sich schnell wieder zurück, wie immer. Sie stellen sich keiner offenen Schlacht. Aber gemessen an der Verwegenheit, mit der sie euch verfolgten, müßt ihr ihnen enorm zugesetzt haben.«

»Das war unsere Aufgabe«, erwiderte Cusi knapp und stellte erleichtert fest, daß seine Initiationsbrüder kamen. Micay sah mit Verwunderung, daß Rimachi sie scheu, wenn auch etwas wehmütig anlächelte.

»Ich glaube, du hast die Ansprachen abgekürzt«, sagte Tomay grinsend zu Cusi. »Aber den Regenten oder den Gouverneur hast du dir heute wohl kaum zum Freund gemacht.«

»Was macht das schon!« schnaubte Amaru verächtlich. »Dafür ist Ninan Cuyochi durch dich zum Lieblingssohn seines Vaters geworden, und er ist der einzige, dem du Rechenschaft schuldig bist.«

»Kommt der Sapa Inca zum Fest?« wollte Tomay wissen.

Amaru verneinte. »Nein, nichts und niemand hat ihn vom Schlachtfeld holen können, nicht einmal das Capac Raimi. Es wird ein Fest ohne den Kriegsherrn werden – er hat keine Zeit.«

»Gehen wir«, drängte Cusi. »Amaru, ist dein Badehaus schon fertig?«

»Es gibt keine Arbeiter«, entschuldigte sich dieser, »aber du kennst doch das Bad hier in der Nähe. Ich habe von Fempellecs Köchen ein kleines Essen herrichten lassen und hoffe, daß ihr alle kommt ... auch Ihr, Onkel.«

Lloque verbeugte sich leicht. »Ich danke dir, mein Sohn. Euren Geschichten möchte ich gerne später lauschen«, fügte er an Cusis Freunde gewandt hinzu, »aber für den Augenblick entschuldigt mich bitte. Ich muß mir Ninan Cuyochis Bericht anhören, solange er sich noch an alle Einzelheiten erinnern kann.« Er streifte Cusi mit einem kurzen, eisigen Blick und sagte dann zu Micay: »Meine Tochter, auch mit dir möchte ich ein andermal sprechen.«

Als er gegangen war, blickte Cusi betreten zu Boden. »Also, gehen wir« beendete Amaru das Schweigen. »Fempellec wird uns nie vergeben, wenn wir seine Köstlichkeiten kalt werden lassen.«

Er hinkte quer über den Platz voraus auf die Straße zu seinem Anwesen. Micay blieb mit Cusi etwas hinter den anderen zurück; sie fühlte, wie betroffen der Wortwechsel mit Lloque ihn gemacht hatte. Als sie ihn darauf ansprechen wollte, schüttelte er sich plötzlich und sah verwundert um sich.

»Meine Frau…« murmelte er und legte einen Arm um sie. In seinen Augen standen Tränen, doch er zwang sich zu einem kleinen Lächeln. Nach einer Weile atmete er erleichtert durch, drückte sie an sich und flüsterte ihr ein einziges Wort ins Ohr: »Zwillinge?«

Nur die Überredungskünste Micays und seiner Freunde hatten Cusi schließlich bewogen, an dem vom Sapa Inca angeordneten Festmahl überhaupt teilzunehmen; um so erstaunter war er, daß er sich gar nicht so unwohl fühlte, wie er zuvor befürchtet hatte. Die für ihn und seine Freunde reservierten Plätze befanden sich nicht weit von der kleinen Empore, die Mama Huarcay am Ende des Hofes hatte errichten lassen. Wegen ihrer Zuneigung für Ninan Cuyochi hatte sie darum gebeten, die Organisation dieses Festes in die Hand nehmen zu dürfen, und jetzt saß Ninan mit ihr, einer Anzahl anderer Frauen und einigen Inka-Würdenträgern auf der Empore. Unter ihnen erkannte Cusi den Gouverneur und den Micho von Quito, den berühmten Architekten Sinchi Roca, den Hohenpriester, seinen Onkel Lloque Yupanqui und Titu Atauchi. Sie lächelten alle freundlich zu den versammelten Kriegern hinab, aber offenbar wollten sie mit den persönlichen Begrüßungen noch warten.

Als die ersten Gerichte aufgetragen wurden, begann Cusi immer deutlicher die Ambivalenz zwischen seiner ablehnenden inneren Haltung zu diesem Fest und der freudigen Erregung zu spüren, die es auch in ihm aufkommen ließ. Fempellec war als Mama Huarcays neuer Küchenchef für das Essen verantwortlich, und schon die ersten Bissen erinnerten Cusi lebhaft an Chan Chan. Er beobachtete Micay, die mit zusammengekniffenen Augen zu der Empore hinaufblickte, als würde sie einen Gegner mustern. Cusi mußte nicht erst hinsehen, um zu wissen, daß Titu Atauchi in derselben Art und Weise auf ihn herabstarrte; er hatte die Ausstrahlung des Mannes von Anfang an gespürt. Wozu sind wir eigentlich hier, fragte er sich, und warum folgen wir den Einladungen solcher Leute?

Er blickte in die Runde, aber seine Brüder quälten offenbar keine derartigen Fragen. Sie konnten sich ganz den gebotenen Genüssen hingeben, obwohl zweifellos auch sie wegen ihrer Taten in den Bergen von bösen Gedanken und Träumen verfolgt wurden. Tomay hatte sich in den letzten Tagen und Nächten mit einer hübschen Dienstbotin im Guanaco-Haus amüsiert, und Rimachi war eigens nach Tumibamba gegangen, um seine Heirat mit einer Tochter des Großhäuptlings zu arrangieren. Vielleicht war das alles, was nötig war – eine wirklich Belohnung –, um leere Gesten wie dieses Fest erträglich zu machen. Der einzige, der seinem Blick begegnete, war Uritu; er schien Cusi mit einer gewissen Erwartungshaltung anzusehen, als sei er sich dessen innerer Unruhe bewußt.

Nach dem Essen wurde Akha ausgeschenkt. Die Gruppe um Cusi wartete, ob nicht jemand von der Empore einen Trinkspruch ausbringen würde. Aber statt dessen wurde Ninan Cuyochi zugeprostet als dem Kommandeur, der für den letzten Hinterhalt verantwortlich war. Die Freunde erhoben ihre Becher in Anerkennung der Gefahren, die sie gemeinsamen überstanden hatten. Trotz des Essens spürte Cusi die Wirkung des Akha enorm; er fühlte sich plötzlich innerlich ungeheuer stark, ja geradezu gefährlich und zu allem fähig, als habe er Vilca genommen. Er blickte Micay an, und dabei kamen ihm seine Augen riesig und wie glühende Bälle vor.

Sie faßte ihn am Arm. »Was ist los?« fragte sie und musterte ihn genau. Cusi hatte den Eindruck, sie sei noch nie verführerischer gewesen, und mit einem Mal war er überzeugt, daß sie bereits mit den versprochenen Zwillingen schwanger war, obwohl er nicht sagen konnte, woher er dies wußte.

»Was siehst du?« fragte er zurück.

»Es ist mehr, was ich *fühle*...«

Cusi nickte. In diesem Augenblick lehnte sich Tomay zu ihm herüber. »Man läßt sich herab, uns zu begrüßen«, meinte er mit einer Mischung aus Ärger und Belustigung.

Sie standen auf und beobachteten, wie Mama Huarcay mit ihrem Gefolge von der Empore herunterkam. Sie schritt einher wie die Coya; ihr blauschwarzes Haar war nach hinten gebunden, und an ihrem Hals und den Handgelenken hingen zahlreiche Geschmeide aus Gold und Perlen. Unter ihrem leichten Umhang trug sie ein kostbares, lilafarbenes Kleid im Stil der Chimu, dessen hauchdünnes Oberteil ihre Brüste durchscheinen ließ und über dem schwarzen Gürtel den Blick auf ihren Bauch freigab.

»Deine Feindin«, murmelte Cusi eigenartig fasziniert Micay zu.

»Aber nicht die deine«, warnte sie ihn. »Du mußt deinen Ruf als unhöfliche Person nicht unbedingt verteidigen, Cusi.«

Mama Huarcay war stehengeblieben, und Ninan stellte ihr gerade Rimachi, Sutic und Uritu vor. Cusi beobachtete, wie sie sich verführerisch zu Sutic vorbeugte, der sichtlich verlegen darauf reagierte. Es hatte den Anschein, als könne sie sogar den an Schmeicheleien gewohnten Rimachi verwirren.

»Sie hat eine starke Ausstrahlung«, bemerkte Cusi.

Micay rümpfte die Nase. »Du meinst wohl, sie wirkt aufregend auf Männer«, entgegnete sie sarkastisch.

»Das auch«, räumte Cusi lächelnd ein. »Aber sie erinnert mich an ihren Gemahl. Beiden ist Einfluß – Macht – lieber als Vertrauen.«

Ninan geleitete Mama Huarcay und ihre Begleiter weiter zu ihnen, und erst jetzt erkannte Cusi Fempellec in dem Gefolge. Er hatte sich das Haar wieder lang wachsen lassen, trug eine enganliegende Tunika und sah gar nicht mehr wie ein linkischer Junge aus, obwohl er nicht so weit gegangen war, Schminke aufzulegen.

Noch einmal beugte sich Tomay zu ihm herüber. »Sieh mal, wen sie dabeihat. Der große Heiler!« flüsterte er Cusi ins Ohr.

Ninan trat vor. »Meine Mutter, zweifellos habt Ihr von den Heldentaten Cusi Huamans und Tomay Guanacos gehört, den Kommandeuren meiner Kundschafter. Keine anderen Krieger schätze ich mehr, und niemand kann so gut wie sie dem nachrückenden Heer den Weg bereiten. Sie sind es, die die Carangui gelehrt haben, schon beim Gedanken an den Inca von Furcht ergriffen zu werden. Und dies ist Mama Micay, Cusis Gemahlin und eine angesehene Heilerin.«

Sie verneigten sich, und anschließend stießen Cusi und Tomay mit Ninan an, der dabei ein anerkennendes Lächeln nicht unterdrücken konnte. Cusi trank langsam, aber trotzdem fühlte er die Wirkung des Akha sofort, und im selben Moment trafen sich sein und Lloques kalter, abweisender Blick. Er beobachtet, wie ich mich benehme, dachte er; er beurteilt meine Höflichkeit und den Respekt, den ich zolle. Aber nicht ihm oder Ninan gegenüber, sondern diesen anderen – einem Mann, von dem er weiß, daß er mein Feind ist, und einer Frau, die ihm als Micays Feindin bekannt ist. Cusi wollte ungläubig den Kopf schütteln. Nein, das war es nicht, wofür er in den Bergen sein Leben aufs Spiel gesetzt, seine Hände mit unschuldigem Blut befleckt und sich von den Carangui hatte hetzen lassen wie ein Tier.

»In der Tat habe ich von dem berühmten Cusi Huaman gehört«, stimmte Mama Huarcay zu und schenkte ihm ein gewinnendes Lächeln, das Micay und Tomay jedoch vollständig ausschloß. »Meine

Freunde in Chimor erzählen, du hättest ganz Chan Chan wieder zum Leben erweckt. Und natürlich hast du Fempellec zu uns gebracht«, fügte sie lachend hinzu, »der uns mit herrlichen Festen wie diesem beglückt. Oder war es dein Bruder?«

Cusi belächelte ihre Anspielungen. Er merkte, daß Titu Atauchis Anwesenheit kein Zufall war; sie sollte ihn warnen.

»Im Grunde«, begann er und wandte sich etwas zur Seite, so daß sie nicht mehr umhin konnte, Micay miteinzubeziehen, »im Grunde war es Micay, die Fempellec nahelegte, daß er vielleicht auch hier leben könnte. Mein Bruder und ich haben ihm lediglich Unterstützung und Schutz geboten.« Er unterbrach sich und sah Fempellec in die Augen. »Er genießt diesen Schutz nach wie vor – falls er ihn je brauchen sollte«, fügte er dann hinzu.

»Das ist höchst unwahrscheinlich«, verkündete Mama Huarcay und legte ihre Hände auf Fempellecs Schultern. »Fempellec ist mir unersetzlich geworden. Wer sonst hätte solche Delikatessen zaubern können aus dem Wenigen, das uns in diesen Zeiten zur Verfügung steht? Seit der Sapa Inca nicht mehr bei uns ist, ist ja wirklich alles knapp geworden!«

Cusi zuckte die Achseln und wandte sich an Tomay. »Dies ist das Fest des Kriegsherrn, nicht wahr?« meinte er lakonisch.

»Ein Fest, für das der Kriegsherr keine Zeit hat«, pflichtete Tomay eindringlich bei und zwang Mama Huarcay damit, auch ihn zu beachten, obwohl er ihr nicht mehr Höflichkeit entgegenbrachte als sie ihm. »Seine Abwesenheit ehrt uns am allermeisten.«

Mama Huarcay schlug ihre dick geschminkten Augen nieder, als sei der Anblick eines Colla eine Beleidigung für sie. Dann wandte sie sich wieder Cusi zu, wobei sie das Kinn hob und sich von der Taille aus nach vorn beugte, um ihr tief ausgeschnittenes, nach Orchideen duftendes Dekolleté zu präsentieren. »Trotzdem mußt du uns helfen, diese Barbaren zu unterwerfen, so schnell es geht, damit er bald wieder zu uns zurückkommen kann«, meinte sie.

Unwillkürlich mußte Cusi grinsen. Er erkannte, daß es keinen Grund gab, einem Menschen Verachtung zu zeigen, dem er von vornherein keinerlei Achtung entgegenbringen konnte.

»Nach allem, was wir ihnen angetan haben, Herrin«, sagte er, »wäre es nur recht und billig, wenn sie uns als Barbaren betrachten würden.«

»Wir haben keine Gefangenen gemacht«, fügte Tomay hinzu, »und den Überlebenden nichts als Not und Elend hinterlassen.«

»Mit Sicherheit nichts, woraus man auch nur ein einigermaßen schmackhaftes Essen zubereiten könnte«, stimmte Cusi zu. Sein anhaltendes Grinsen schien Mama Huarcay zu verunsichern; sie starrte ihn an und konnte offenbar keine Worte finden.

Ninan beendete das peinliche Schweigen. »Es ist wirklich ein harter Kampf, verehrte Mutter«, meinte er, »aber dieses Mal werden wir sie aus ihrer Festung holen und in alle Winde verjagen.«

»Das kann nicht früh genug geschehen«, erklärte Mama Huarcay und warf einen Blick über ihre Schulter auf Titu Atauchi. »Schließlich hat der Sapa Inca noch höhere Pflichten, für die er gebraucht wird.«

»So ist es, Herrin«, bekräftigte Titu und trat neben sie. »Er ist der Hüter der Sonne, der geliebte Sohn Intis. Das Volk braucht den Schutz seiner Heiligkeit.«

»So wie wir die Stärke seines Arms brauchen«, fiel Cusi ein und überraschte den Zauberer damit, daß er ihm zum Gruß den Becher hob. Tomay tat es ihm nach, und seine Bemerkung dabei geriet hart an den Rand des offenen Spotts: »Wir werden im Feld auch Heiler brauchen. Werdet Ihr mit uns nach Norden ziehen, Oberster Heiler?«

Titu Atauchi holte tief Atem und hätte sich wohl am liebsten auf Tomay gestürzt, aber er beherrschte sich und fixierte Cusi, der nur das Kinn gehoben hatte – eine winzige Geste, die genügte, um den Zauberer aus der Fassung zu bringen. Cusi mußte ein Lachen unterdrücken, als alle sahen, wie Titu vor ihren Augen buchstäblich die Luft ausging und er in sich zusammensank.

»Es muß sich ja schließlich jemand um die Riten und Omen kümmern«, sagte Mama Huarcay anstelle des Heilers, doch sie konnte ihren Ärger dabei nicht verbergen.

»Dann werden wir dem Sapa Inca Grüße von Euch bestellen«, sagte Cusi zu Titu. Er verbeugte sich galant vor Mama Huarcay. »Und auch von Euch, Herrin.«

»Möge Inti euch Kraft geben«, erwiderte sie kurz angebunden und schritt majestätisch weiter, ohne Micays und Tomays Verbeugungen zur Kenntnis zu nehmen. Mit einer Mischung aus Verwirrung und Wut blickte Ninan Cuyochi auf Cusi zurück, während Lloque Yupanqui noch nicht einmal den Kopf zum Gruß wandte.

»Das war unbesonnen«, sagte Micay und seufzte tief. »Außerdem habt ihr beide es viel zu sehr genossen.«

Cusi und Tomay sahen sich an und lachten.

»Du etwa nicht?« fragte Cusi.

Sie mußte lächeln. »Na ja, ich habe sie noch selten so um Worte verlegen erlebt«, antwortete Micay. »Sie ist eine andere Art von Falschheit gewohnt.«

»Die Sorte, die sie bei uns versucht hat«, meinte Tomay trocken. Cusi nahm einen Schluck und schüttelte den Kopf.

»Ich frage mich nur«, murmelte er ernst, »warum Ninan und mein Onkel solch unnützen Leuten immer noch Achtung entgegenbringen...«

Zusammen mit Uritu beobachtete Micay später Cusi im Kreis der tanzenden Männer. Er sprang mit ausgestreckten Armen hoch, wirbelte durch die Luft, landete weich auf einem Fuß und nahm dann seinen Platz in der Runde wieder ein. Seine Ausstrahlung und sein Auftreten waren sehr stark, und er schien entdeckt zu haben, daß er diese Kraft nicht nur auf aggressive Art und Weise ausdrücken konnte, sondern auch in ausgelassener Verspieltheit.

Neben ihr drängte sich jemand zwischen den Zuschauern durch. Es war Amaru, der auf die Tänzer starrte, ohne sie aber wirklich wahrzunehmen. Sein Gesichtsausdruck war ernst und gedankenverloren.

»Amaru?« fragte sie. Er nickte nur und führte sie weg von der Menge und der lauten Musik. Seine deprimierte Miene sagte ihr, daß etwas passiert war.

»Weißt du von meinem Besuch in Pachacamac?« begann er.

»Cusi hat mir davon erzählt«, antwortete Micay.

»Ich habe gefastet und war einen ganzen Monat lang enthaltsam, um zum höchsten Heiligtum zugelassen zu werden. Ich fragte die Huaca, ob ich in der Zukunft als Krieger oder als Baumeister dienen sollte. Was ich hörte, klang wie ein Stöhnen aus dem Innern der Erde. Dann sagte der Priester, der für die Huaca sprach, die Zeit der Eroberungen sei vorüber, und aus den kommenden Kriegen würde der Tod als alleiniger Sieger hervorgehen. Er empfahl mir auch, falls ich bauen wolle, sollte ich das weit weg von allen Orten tun, um die die Menschen kämpfen werden.«

Micay nickte respektvoll. »Cusi erzählte, du fandest es sinnlos, dich für etwas zu entscheiden. Deshalb seist du in Chan Chan geblieben.«

»Ja ... bis er kam und mich holte. Jetzt wurde mir gesagt, ich hätte einen Monat, mich zu entscheiden.«

»Was ist dir denn angeboten worden?«

»Es war ein Ultimatum, kein Angebot. Sinchi Roca will, daß ich sein Erster Assistent für den Bau des Palasts hier in Quito werde. Die Kriegshäuptlinge andererseits bestehen darauf, daß ich innerhalb eines Monats so weit bei Kräften bin, daß ich ein Kommando übernehmen und nach Norden marschieren kann. Die wollen mich natürlich alle für meine Vergangenheit bestrafen.«

»Natürlich«, wiederholte Micay, »und für dein jetziges Leben ebenfalls. Du hast es ja auch nicht gerade eilig gehabt mit deinem Bein.«

Einen Augenblick lang starrte Amaru sie wütend an, dann sah er mit einem Seufzer auf sein Bein hinab. »Du warst nicht da, aber Fempellec, und es war leicht, mir vorzugaukeln, daß ich nicht zu einer Entscheidung gezwungen sein würde. Aber ich weiß, noch länger kann ich mich nicht selbst täuschen.« Ihre Blicke trafen sich. »Ich habe mich entschieden, mit meinem Bruder und den anderen Kriegern zu gehen, die damals auf dem Platz standen und mir das Gefühl gaben, daß ich stolz darauf sein kann, ein Inka zu sein. Solange es noch einen Sieg geben kann, der etwas bedeutet, möchte ich kämpfen.«

»Und was willst du von mir?«

»Daß du mir hilfst, schnell wieder einsatzfähig zu werden. Dränge und schimpfe mich, wie du es gemacht hast, bevor du nach Tumibamba zurückgingst.«

Micay schwieg. Sie hatte keinen Zweifel an der Ernsthaftigkeit seines Anliegens, fragte sich aber, wie lange sein Wunsch Bestand haben würde.

»Ich helfe dir, dein Bein ganz auszuheilen«, sagte sie schließlich, »aber es kann länger dauern als einen Monat.«

»Ein Monat wird reichen«, beteuerte Amaru.

»Gut. Aber eins mußt du mir versprechen.«

Amaru streckte einwilligend die Hand aus und nickte. »Ich werde sie heiraten, Micay, sobald der Krieg vorbei ist. Ich weiß, daß ich das tun muß.«

»Das ist nicht genug für Parihuana. Sie ist eine großartige Frau, Amaru, sie ist tapfer, treu und aufmerksam. Und sie verdient einen Mann, der ihr darin nicht nachsteht.«

Amaru lachte gequält auf. »Dann ist es wirklich schade, daß sie mir gegeben wurde«, meinte er.

»Nein«, erwiderte Micay entschieden, »es ist dein Glück! Ich habe ihr von dir und Fempellec erzählt, und sie hat weder geweint noch darum gebeten, wieder ins Haus der Erwählten Frauen zurückgehen zu dürfen. Sie ist bereit, ihren Platz an deiner Seite einzunehmen und dir die Achtung und Hilfe einer Ehefrau zu gewähren.«

»Fempellec ist vielleicht weniger tolerant. Er hat jetzt selbst Rang und Bedeutung und läßt sich nicht mehr so leicht beeinflussen.«

»Wenn er dich liebt – und ich glaube, das tut er –, wird er sich fügen. Du mußt ihm klarmachen, daß dies zu eurem Schutz das Beste ist – für euch alle drei. Andernfalls wird dich die Schande, der du in Chan Chan entgehen konntest, hier mit Sicherheit treffen, und dann wäre das Leben von euch dreien auf jeden Fall ruiniert.«

Amarus Miene verriet, daß er versuchte, sich darüber klar zu werden, was ihm wirklich wichtig war.

»Ich habe keine Macht über Fempellecs Entscheidung«, räumte er ein, »aber ich werde dafür sorgen, daß er mich anhört. Und ich werde Parihuana gut behandeln und versuchen, ihren Erwartungen gerecht zu werden. Reicht dir das, Micay?«

»Für den Moment, ja«, erwiderte sie, und Amaru lächelte zum erstenmal. Er bedeutete ihr, mit ihm zum Fest zurückzugehen.

»Ich danke dir, Micay«, sagte er. »Laß mich dich jetzt davon überzeugen; wenn du anfängst, mich zu schimpfen und zu schlagen, könnte ich es ja wieder vergessen!«

»Überzeugt«, lachte sie. »Für jetzt…«

Cusi war noch außer Atem vom Tanzen, als er seinen Onkel in der Menge entdeckte, wie er gerade auf den Ausgang zusteuerte. Er drückte seinen Becher schnell Micay in die Hand und störte sie dadurch in ihrer Unterhaltung mit Rimachi.

»Tut mir leid«, sagte er, »aber Lloque geht gerade.«

Ohne eine Antwort abzuwarten, lief er ihm hinterher, so schnell sein angetrunkener Zustand es erlaubte.

»Onkel!« brüllte er, als er sah, daß Lloque schon das Tor erreicht hatte. Lloque Yupanqui drehte sich um und wartete. Er schien nicht gerade erfreut über diese Gelegenheit, mit Cusi zu reden.

»Ich sehe Euch vielleicht nicht wieder, bevor ich ins Feld zurückkehre«, sagte Cusi atemlos. »Und ich möchte nicht mit dem Wissen in die Schlacht gehen, daß Ihr mir nicht gut seid.«

»So ist es aber«, antwortete Lloque entschlossen.

»Es tut mir leid, daß ich bei meiner Ankunft so unhöflich war«, begann Cusi. »Ich war nicht…«

»Unhöflich?« unterbrach ihn Lloque entrüstet. »Du hast deine Hand gegen mich erhoben!«

Cusi starrte ihn verdutzt an. Er brauchte eine Sekunde, bis er sich daran erinnern konnte, was Micay ihm von dem besagten Vorfall erzählt hatte.

»Nein, Herr, ich habe nicht die Hand gegen Euch erhoben. Aber ich weiß, daß ich Euch gedroht habe, und dafür möchte ich mich entschuldigen.«

»Dann kannst du also drohen, ohne deine Hand zu erheben«, folgerte Lloque und schüttelte erstaunt den Kopf. »Sollte mich das vielleicht trösten? Ist es das, was du aus deinen Visionen und deiner Suche gelernt hast – wie du deinen Willen anderen aufzwingen kannst?«

»Sicher habe ich in der Vergangenheit Fehler gemacht, aber ich lerne doch auch…«

»Du hast mehr als genug gelernt«, fiel Lloque ihm ins Wort. »Offenbar hast du es, was Arroganz und Einschüchterung betrifft, zur Meisterschaft gebracht. Ich habe gesehen, wie du Mama Huarcay behandelt hast. Wie du lachend sie und Titu Atauchi verspottet und auch noch Tomay ermutigt hast, es dir nachzutun! Das hat mich nicht gerade stolz gemacht, an deiner Erziehung beteiligt gewesen zu sein. Von deiner Mutter und mir hast du solche Dinge nicht gelernt, und von deinen Lehrern in Cuzco ebensowenig!«

Cusi konnte ihn nur mit offenem Mund anstarren, so sehr enttäuschten ihn diese Worte. Nie zuvor hatte sein Onkel ihn derart ungerecht gemaßregelt. Und dies auch noch heute, auf dem Fest – und vor allem wegen eines solchen Grundes...

»Ich habe nach Euch noch viele Lehrmeister gehabt«, erklärte er deprimiert. »Sie haben mir beigebracht, daß es im Wesen der Inka liegt, anderen ihren Willen aufzuzwingen. Diejenigen, die diese Tatsache ableugnen, machen sich nur selbst zum Narren, und sie sind überdies meist die ersten, die ihre Macht mißbrauchen.«

»Welche Arroganz«, murmelte Lloque ungläubig. »Wie kannst du dich zum Richter über dein ganzes Volk aufschwingen? Bist du um so vieles besser und klüger als alle anderen?«

»Ich kann die Inka beurteilen, weil ich selbst einer bin«, erwiderte Cusi störrisch. »In Chan Chan war ich sogar *der* Inca, und das hätte mich fast mein Leben gekostet. Wenn ich es nicht geschafft hätte, den Chimu meinen Willen aufzuzwingen, wäre ich heute nicht hier, um zu hören, wie Ihr mich wegen Leuten wie Mama Huarcay und Titu Atauchi ausschimpft wie einen kleinen Jungen!«

»Ich tadle dich zu deinem Besten. Aber ich habe nicht den Eindruck, daß du hören willst, was ich dir zu sagen habe.«

»Aber auch Ihr wollt mich nicht verstehen. Und Ihr müßt mir glauben, Onkel, ich will mich Euch nicht widersetzen. Ich weiß nicht, wie ich Euch verständlich machen kann, daß die Lektionen von Cuzco weit hinter mir liegen. Wir haben seitdem ganz andere Dinge lernen müssen; sogar auf Huayna Capac trifft das zu. Er hat gelernt, daß man Respekt nur bekommt, wenn man ihn sich verdient. Und ich habe das auch begriffen.«

»Meinen Respekt verdienst du dir mit solchen Überzeugungen jedenfalls nicht«, erwiderte Lloque entschieden. »Für mich ist das nichts weiter als die Entschuldigung für ein Benehmen, das eines Inka unwürdig ist. Lebe wohl, Cusi Huaman.«

Cusi trat ihm trotzig in den Weg und schüttelte den Kopf. »Verabschiedet Euch nicht so von mir, Onkel. Es ist ebenso falsch wie das, was mein Vater tat, als er mich in Cuzco verließ.«

»Verwechsle mich nicht mit deinem Vater!« fuhr Lloque ihn an und wandte sich zum Gehen.

»Da wäre ich nicht der erste«, murmelte Cusi.

Mit einem Ruck blieb Lloque stehen und drehte sich noch einmal um. Sein Mund war zu einem Grinsen verzogen, doch seine Miene verriet offene Empörung. Aber Cusi war so zornig, daß er davor nicht zurückschreckte.

»Was hast du gesagt?« fragte Lloque scharf.

»Ich habe gesagt, daß ich schon einmal von jemand verlassen wurde, der mich wie einen Sohn hätte lieben sollen. Trotzdem bin ich nicht umgekommen. Lebt wohl, Onkel.«

Lloque starrte ihn fassungslos an. Es war ersichtlich, daß er Cusi nicht glauben konnte und daß dessen Zorn ihn gehörig erschreckte. Schließlich drehte er sich ohne ein weiteres Wort um und ging.

Cusis Wut verflog so schnell, wie sie gekommen war, aber plötzlich fühlte er sich müde und betrunken. Für ihn war das Fest damit vorüber, und er ging zurück zu Micay und seinen Freunden, jenen Menschen, die zu ihm hielten und ihn so akzeptierten, wie er war, ohne Fragen zu stellen. Zurück zu denen, die wirklich zählten...

Das Mira-Tal

Es war schon gegen Ende der Trockenzeit, als Huayna Capacs Befehl zum Generalangriff kam. Cusi und Tomay und ihre Späher – deren Zahl beträchtlich gestiegen war – hatten ihren Auftrag beendet. Sie hatten die Berge auf der einen Flanke der Carangui-Hochburg ganz in ihre Gewalt gebracht, den Gegner in seiner Festung eingeschlossen und niemand außerhalb am Leben gelassen – niemand, der eventuell dem Feind helfen oder das Vorgehen der Inka ausspionieren konnte. Außerdem hatten sie den Weg, der vom Seitental der Mira herein-kam, befestigt und für ein Heer passierbar gemacht. Der Sinn dieses Auftrags blieb ihnen verborgen, aber darüber machten sie sich keine Gedanken. Schon während des letzten Feldzugs hatten sie Flanken-attacken durchführen müssen, die dem Gegner allerdings wegen des unwegsamen Geländes und fehlender Deckung weniger geschadet hatten als erhofft. Wie eine große Streitmacht nun mit denselben Problemen fertigwerden sollte, blieb ihnen ein Rätsel.

Sie befanden sich hinter der Frontlinie der Inka, die inzwischen ungefähr so verlief wie einst der äußerste feindliche Festungswall. Dieser war völlig zerstört und die folgenden beiden mehrere Male durchbrochen worden; aber trotzdem kamen die Carangui täglich bis an diese Befestigungen vor und kämpften erbittert, um sie zu halten. Nur die beiden obersten Ebenen der riesigen Verteidigungsanlage waren vollkommen intakt geblieben, und dort drängten sich die Krieger so dicht, daß sie in Schichten schlafen mußten. Das hatten Cusi und Tomay von ihrem versteckten Beobachtungsposten ausgekundschaftet, und jetzt fragten sie sich, ob der Sapa Inca seinen Befehl nicht zu früh erteilt hatte. Nach wie vor kämpften zu viele Carangui mit dem Mut der Verzweiflung, so daß man kaum davon ausgehen konnte, sie sehr bald überrennen zu können.

Als sie den Fuß des Berges erreichten, fanden sie dort nicht das erwartete Colla-Regiment vor, sondern eines, das ausschließlich aus jungen, unerfahrenen Kriegern bestand. Sie wollten sich einen Weg durch die Menge bahnen, aber ehe sie sich versahen, waren sie von drohend auf sie gerichteten Speeren umringt.

»Wer seid ihr, daß ihr glaubt, durch unser Lager spazieren zu können, als ob es eures sei?« ertönte plötzlich eine vertraut klingende kräftige Männerstimme aus dem Hintergrund.

»Amaru?« fragte Cusi, und auf ein unmerkliches Zeichen hin senkten die Jungen ihre Speere und grinsten sich stolz an. Gestützt auf eine lange Lanze kam sein Bruder auf ihn und Tomay zu.

»Der mit der Streitaxt ist der berühmte Cusi Huaman«, erklärte Amaru seinen Leuten, »von dem ich euch schon erzählt habe. Der Colla mit dem Speer ist Tomay Guanaco, ebenfalls ein berühmter Krieger. Die beiden waren in eurem Alter bereits Helden, obwohl sie damals auch nicht größer waren.«

Ehrerbietig verneigten sich die Jungen, und Cusi und Tomay lachten.

»Laßt mich jetzt mit ihnen allein sprechen«, fuhr Amaru fort. »Vielleicht kann ich sie überreden, ein bißchen zu bleiben und mit uns zu essen.«

Die Jungen gingen zu ihren Lagerfeuern zurück. Die Sonne stand bereits tief, und die Berge im Westen warfen lange, gezackte Schatten über das Tal. Die Ebene unterhalb und zu ihrer Linken war mit Lagern übersät, und von der Frontlinie tönte fernes Kampfgeschrei herüber.

»Das war also deine Belohnung dafür, daß du schnell wieder zu Kräften gekommen bist«, sagte Cusi mit einem wehmütigen Lächeln zu Amaru.

Er zuckte gutmütig mit den Schultern. »Sie sind ganz versessen darauf zu lernen«, meinte er, »und glauben alles, was ich ihnen sage.«

»Aber das scheint mir ein seltsamer Übungsplatz zu sein. Was ist mit den Colla geschehen, die zuvor hier waren?«

»Sie wurden hinter den Bergkamm zurückverlegt. Aber wir werden wahrscheinlich nicht an ihrer Stelle eingesetzt. Ich bin informiert worden, wie wir zurückmarschieren sollen, aber es wurde nichts darüber gesagt, daß wir vorrücken sollen.«

»Dann seid ihr nur da, um die Truppenpräsenz zu erhöhen«, folgerte Tomay.

»Was denn sonst?« stimmte Amaru zu. »Wir sind nicht die einzigen, die aus den hinteren Linien nach vorne geschickt wurden. Es sind auch erfahrene Krieger nach hinten beordert worden, um sich versteckt zu halten. Und jetzt hat er nach euch beiden geschickt.«

Cusi und Tomay sahen sich an; sie begannen zu begreifen.

»Ich weiß noch, wie er sagte, daß er unsere Schnelligkeit und Geschicklichkeit brauchen wird«, meinte Tomay nachdenklich. »Und ich erinnere mich an eine Geschichte, die uns Sumac Mallqui vom Krieg gegen die Huanca erzählte, die auch aus ihrer Festung herausgelockt werden mußten.«

»Diesen Trick hat Otoronco auch schon benutzt«, fügte Cusi hinzu. »Er ist so alt, daß ihn mittlerweile bestimmt jeder kennt.«

»Uns allen ist die gleiche Geschichte beigebracht worden«, gab Amaru zu bedenken, »aber die Carangui kennen nur das, was wir ihnen gezeigt haben. Das ist das dritte Mal, daß wir die Festung angegriffen haben; davor sind wir zweimal geflohen. Wenn wir das noch einmal machen würden, denkt ihr nicht, daß sie dann herauskämen, um uns zu verfolgen?«

Cusi dachte an die vielen Krieger hinter den oberen Mauern der Festung, die nichts tun konnten, als auf den Angriff zu warten.

»Ja – sie werden herauskommen. Sie werden uns sicher verfolgen, wenn wir sie davon überzeugen können, daß wir den Mut verloren haben.«

»Dann überzeuge sie«, drängte Amaru. »Denn wenn wir ihre Mauern stürmen müssen, um sie herauszuholen, könnte das dauern, bis diese Jungen hier voll erwachsen sind.«

Cusi lachte und klopfte ihm auf die Schultern. »Du bist voll bei Kräften, Amaru, und du scheinst dich gut mit ihnen zu verstehen. Du möchtest doch dein Kommando sicher nicht schon bald wieder verlieren?«

»Nicht, bevor ich sie in diese Festung hineingeführt habe«, antwortete er grinsend, »und im Triumph zurück nach Tumibamba!«

»Wir bleiben zum Essen da«, schlug Cusi vor, und Tomay nickte zustimmend. »Aber erzähle mir erst, wie es Micay ging, als du sie das letzte Mal sahst.«

Amaru lächelte. »Sie hat immer noch viele Kranke versorgt, aber sie wußte bereits, daß sie euer Kind trägt. Eure Zwillinge, meint sie . . .«

»Es muß jetzt schon bald so weit sein«, murmelte Cusi und sah versonnen in den Nebel hinaus.

»Yascas Chachapoyas-Gemahlin Quespi und die anderen Frauen sind bei ihr«, fuhr Amaru fort. »Sie ist in guten Händen. Aber die Schwangerschaft ist ein weiterer Grund, diesen Krieg möglichst schnell zu beenden; sonst wachsen deine Kinder ohne dich auf.«

»Laßt uns jetzt essen«, schlug Tomay vor. »Der Sapa Inca möchte, daß wir beim großen Finale dabei sind.«

»Söhne ohne Väter«, murmelte Cusi. Dann nickte er Tomay und Amaru zu, und sie gingen zurück zu den Lagerfeuern. Er dachte daran, wo er war und wo er jetzt nicht sein konnte – nicht einmal in Gedanken. Er faßte sich kurz an die Stelle seines Hüftbands, wo sein Schutzgeist gewesen war; vor seinem Aufbruch in Quito hatte er ihn Micay gegeben. Jetzt war er froh darüber, daß er ihn bei ihr gelassen hatte. Damit würde wenigstens etwas von ihm bei der Geburt dabei sein, selbst wenn er zu diesem Zeitpunkt mit seinem ganzen Sein in eine völlig andere Schlacht marschierte.

Quito

Micay saß unter einem wolkenlos blauen Himmel in Amarus Hof und beobachtete die hoch über ihr kreisenden Geier. Sie seufzte laut; am liebsten hätte sie richtig geschrien, um ihrem Unbehagen und ihrer Niedergeschlagenheit Luft zu machen. Aber damit hätte sie nur die alte Frau geweckt, die Lloque ihr geschickt hatte, eine Quito, die kaum Quechua beherrschte und immer schlief, wenn sie nicht eine bestimmte Aufgabe zugewiesen bekam. Sie würde vonnutzen sein, wenn Micays Niederkunft begann, aber das Warten konnte sie ihr nicht verkürzen. Durch die Apathie der Frau fühlte sich Micay nur noch einsamer und lustloser, denn sie selbst konnte keine Arbeit mehr verrichten und das Anwesen nicht verlassen.

Nachdenklich betrachtete sie die riesige Wölbung ihres Bauchs. Es müssen zwei Jungen sein, dachte sie, so wie sie nachts treten und stoßen, wenn ich schlafen möchte. Der körperlichen Lebendigkeit der beiden war sie sich jeden Augenblick bewußt, doch von ihren Seelen oder irgendwelchen Persönlichkeitsmerkmalen konnte sie nichts erahnen, nicht einmal in ihren Träumen. Es erschien ihr ungerecht, daß die beiden so sehr ein Teil ihrer selbst waren und ihr trotzdem fremd blieben, wie Mitmacs, die ihr auf Anordnung eines anderen zugewiesen worden waren.

Ihr Rücken schmerzte, und ihre Beine und Füße waren geschwollen, so daß sie keine Sandalen mehr tragen konnte. Sie widerstand dem Wunsch, schon wieder nach dem Lederbeutel zu greifen, der an einem Riemen um ihren Hals zwischen ihren Brüsten hing. Zu oft hatte sie in den letzten Monaten Cusis Schutzgeist angerufen; die beruhigende Wirkung des Steins und der Bilder, die er ihr vermittelte, hatte bereits nachgelassen. Sie sehnte sich danach, ein bißchen verwöhnt und umsorgt zu werden; aber statt dessen machte sie sich selbst Vorwürfe, weil sie die Reise zurück nach Tumibamba nicht riskiert hatte. Mama Cori, Quinti und Chimpu Ocllo hätten sie niemals so allein und auf sich gestellt gelassen...

Plötzlich wurden Stimmen vernehmbar. Micay blickte überrascht auf, und als sie die durch das Tor tretenden Besucher erkannte, lachte sie vor Freude laut auf, und Tränen schossen ihr in die Augen. Sie wollte die beiden begrüßen, brachte aber im ersten Moment keinen Ton hervor.

»Micay, was ist denn?« fragte Parihuana erschrocken und stürzte auf sie zu. »Hast du Schmerzen? Ist es schon an der Zeit?«

Micay lächelte und schüttelte den Kopf.

»Nein nein, ich freue mich nur so, dich zu sehen. Und dich auch, Urcon!«

Parihuana atmete erleichtert auf, und Urcon lächelte breit, wie damals, als er gekommen war, um den schwerverwundeten Cusi zu heilen.

»Der Gouverneur hat mich mit einer Herde in den Norden geschickt und meinte, ich soll dich besuchen«, sagte er erfreut.

»Und ich habe Mama Cori gebeten, mitkommen zu dürfen«, fügte Parihuana hinzu. »Damit ich dir ein bißchen mit den Zwillingen helfen kann.«

Micay trocknete sich mit dem Saum ihres Umhangs die Tränen. »Ich glaube, Pachamama hat meine Gebete erhört und euch zu mir geschickt. Ich brauche wirklich dringend Freunde.«

»Warum ist denn niemand bei dir?« fragte Parihuana. »In deiner Nachricht hieß es, daß gute Wehmütter hier seien.«

»Das ist schon richtig. Aber sie sind alle Heilerinnen und müssen sich um die Verwundeten kümmern.«

»Also, jetzt bist du nicht mehr allein«, versprach Parihuana und nahm ihr Gepäck vom Rücken. Auch Urcon setzte seine Last ab, öffnete sein Bündel und präsentierte Micay stolz zwei hübsche kleine Kinderwiegen.

»Ein Geschenk der Bediensteten des Regenbogen-Hauses«, erklärte er. »Sie hoffen alle, daß du deine Kinder bald zu ihnen bringst.«

»Ja, ich auch«, antwortete Micay. »Der letzte große Angriff auf die Carangui-Festung kann nicht mehr lange auf sich warten lassen.«

»Hast du etwas von Cusi oder Amaru gehört?« erkundigte sich Parihuana.

Micay zuckte die Achseln. »Vor einiger Zeit erzählte einer der Verwundeten, die Kundschafter hätten die Carangui aus den Bergen vertrieben. Amaru hat das Kommando über ein Regiment Rekruten bekommen, damit ist er bestimmt weit von der Front entfernt. Wir müssen uns später noch über ihn unterhalten.«

»Ich habe Fempellec in Tumibamba getroffen«, berichtete Urcon. »Er ist jetzt ein wichtiger Mann, ein Berater von einer der Coyas.«

»Hast du mit ihm gesprochen?«

»Er sah mich auf der Straße und schickte nach mir. Er hat ein eigenes Haus im Anwesen der Coya, und die Wände sind bemalt wie in Chan Chan. Ich war sehr beeindruckt, aber ich glaube, er vermißt Chimor. Beim Essen hat er über nichts anderes geredet.«

Der Gedanke, daß Fempellec sich Urcon anvertraute, überraschte Micay zunächst, doch dann fiel ihr ein, daß die beiden sich auf dem Rückweg von Chan Chan nach Tumibamba angefreundet hatten. Einen Augenblick lang dachte sie, es könnte sich sogar mehr als eine Freundschaft daraus entwickelt haben, aber Urcon kam ihr so offen und unschuldig vor wie eh und je.

»War Fempellec traurig oder zornig?« fragte sie.

Urcon überlegte eine Weile, bevor er antwortete. »Viele Leute dienen und gehorchen ihm, aber sie sind nicht seine Freunde. Als er betrunken war, machte er sich über sie lustig, sogar über die Coya selbst. Er sagt, sie glaubt ihm einfach alles, und wenn er etwas will, braucht er es nur ein bißchen sehnsüchtig anzuschauen, und schon macht sie es ihm zum Geschenk. Aber er lacht, wenn er solche Dinge erzählt, und scheint keine Dankbarkeit zu empfinden.« Urcon unterbrach sich und schüttelte ungläubig den Kopf. »Den Stein von Cusi benutzt er jetzt, um Erdnüsse aufzuschlagen.«

Micay wollte ihn noch mehr fragen, vor allem, ob Fempellec auf sie zornig sei, aber plötzlich wurde ihr bewußt, daß sie ihren Gästen noch gar nichts angeboten hatte.

»Ich trage euch schnell ein wenig zu essen und zu trinken auf«, sagte sie und lehnte die angebotene Hilfe strikt ab. »Ich bin ja froh, wenn ich einen Grund habe, mich zu bewegen, auch wenn es schwierig ist. Parihuana, im Haus ist eine Frau, die besser Quito spricht als Quechua.«

»Dann weiß ich, daß ich wirklich wieder zurück bin«, erwiderte sie und ging voraus.

»Ich bin nutzlos geworden«, meinte Micay, als sie langsam an Urcons Seite über den Hof ging. »Und ich habe völlig vergessen, daß dies einmal ihr Haus war.«

»Davon hat Parihuana gar nichts erzählt«, sagte Urcon. »Nur, daß sie kommen wollte, um bei dir zu sein und dir zu helfen, so wie du damals ihr geholfen hast.«

»Sie wird mir eine große Hilfe sein. Kannst du auch eine Weile bei uns bleiben?«

Urcon lächelte. »Ich kann hier genauso arbeiten wie in Tumibamba. Der Gouverneur sagte, ich muß erst zurückkommen, wenn es Neuigkeiten über einen Sieg oder über eine Geburt gibt.«

»Auf letzteres mußt du nicht mehr lange warten«, lachte Micay und lehnte sich an ihn. Er roch nach Fett und Lamas, aber sie dankte Pachamama, Apu Poma und ihrem gütigen Schicksal, daß sie ihr solch gute Freunde geschickt hatten.

Das Mira-Tal

Zehn Tage waren vergangen, seit Cusi und Tomay an der Front Bericht erstattet hatten, aber Huayna Capac hatte sie nicht zu sich bestellt, obwohl sie ihn fast täglich sahen. Er hatte sie einfach nur seiner Schwadron eingegliedert, und wenn er mit ihnen sprach, dann lediglich aus diesem Grund und in der knappen Sprache von Kriegern, die einem hohen Risiko ausgesetzt sind. Und das waren sie ständig, denn anders als sein Vorgänger Auqui Toma, der in der Schlacht immer überall gewesen war, überließ Huayna Capac das Befehlen seinen Kriegshäuptlingen und stürzte sich selbst mitten ins Kampfgetümmel. Ganz wie ein Kriegsherr aus alten Tagen ließ er seine Waffen für sich sprechen, und die Botschaft an seine Soldaten war der unerschütterliche Entschluß, Pinta zu vernichten – den in flammendes Rot gekleideten Carangui-Kriegshäuptling, der unentwegt auf den Festungsmauern auf und ab stolzierte und dabei seine obsidianbesetzte Keule schwang wie ein Banner. Der Krieg war zu einer persönlichen Auseinandersetzung zwischen Huayna Capac und ihm geworden.

Für Cusi und Tomay war es ungewohnt, in einer großen Formation zu kämpfen, in der sie ihre geringe Körpergröße nicht mit Schnelligkeit wettmachen konnten, und deshalb hatten sie schon nach wenigen Tagen in der Schwadron viele kleine Wunden. An dem Abend, als der lang erwartete Aufruf des Sapa Inca endlich kam, versorgte Tomay gerade seine Wade, die einen Lanzenstich abbekommen hatte. Cusi zögerte noch, nachdem der Krieger, der die Vorladung überbracht hatte, gegangen war.

»Mich hat er gar nicht rufen lassen«, sagte Tomay ungeduldig.
»Geh. Übermittle ihm meinen Gruß. Versuche herauszufinden, wie lange er uns mit dem Dienst in dieser Schwadron noch strafen will.«

Cusi griff nach seiner Streitaxt, ließ aber alle anderen Waffen liegen. Als er sich seinen Weg zwischen den Lagerfeuern hindurchbahnte, stellte er erneut fest, daß in diesem Regiment nur junge Krieger dienten. Die meisten Angehörigen der Alten Garde hatten anderswo Stellung bezogen, vielleicht bei den Truppen, die hinter der Frontlinie versteckt waren.

Ninan Cuyochi und Atahualpa warteten vor dem Zelt des Sapa Inca. Es war groß und hell erleuchtet, so daß Cusi die Silhouette des Mannes sehen konnte, der darin auf und ab schritt.

»Cusi«, sagte Ninan in warnendem Ton, »halte dich ein bißchen zurück. Es ist momentan nicht ratsam, sich raffiniert oder gar überheblich zu geben. Irgend etwas ist mit ihm...«

»Vilca?« fragte Cusi.

Atahualpa schüttelte den Kopf und deutete auf seine Brust. »Etwas hier drinnen. Du weißt Bescheid über Zeichen und Visionen, Cusi; wenigstens habe ich das gehört. Sieh zu, ob du ihn irgendwie beruhigen kannst.«

Cusi sah ihn unverwandt an, sagte aber nichts; er wollte Atahualpa nicht in dem Glauben bestärken, ein Zauberer zu sein. Atahualpa besaß selbst eine kraftvolle Ausstrahlung, war sich dessen aber nicht bewußt, ähnlich wie es früher bei seinem Vater der Fall gewesen war. Cusi spürte, daß Atahualpa ebenso besorgt war wie Ninan, aber er hatte keine Geduld für Dinge, die er nicht sehen oder in den Griff bekommen konnte.

»Tu was du kannst«, drängte Ninan. »Irgendwann muß er ein bißchen zur Ruhe kommen.«

Cusi betrat das Zelt und registrierte die dicken Decken, die vielen Waffen und Baumwollpanzer, das aus lohfarbenen Vikunjafellen bestehende Ruhelager und den hölzernen, bemalten Schemel, hinter dem der Herrscher auf und ab schritt. Er wartete, bis Huayna Capac stehenblieb, verbeugte sich dann mit der Streitaxt in der einen Hand und entbot mit der anderen eine Mocha.

»Setz dich, Cusi«, sagte Huayna Capac hastig und ließ sich auf den Hocker fallen. Der königliche Fransensaum verbarg seine Augen, aber nicht seine Aufregung. Fast ebenso schnell, wie er Platz genommen hatte, stand er wieder auf, ging zum hinteren Teil des Zelts und hantierte mit einem Gegenstand, den er in einem kleinen hölzernen, innen vergoldeten Kästchen verwahrte. Ein Schutzgeist, vermutete Cusi, aber schon im nächsten Augenblick war der Herrscher damit beschäftigt, sich Koka und Kalkasche in den Mund zu schieben. Den Mascapaycha hängte er an eine Standarte; dann nahm er wieder auf dem Hocker Platz. Obwohl er die Augen zusammenkniff, war sein Blick äußerst durchdringend, und Cusi spürte eine wilde, nicht faßbare Ausstrahlung von ihm ausgehen, die an ihm zu zerren schien wie ein gefangenes Tier an seiner Falle. Aber Cusi fühlte, daß er innerlich ruhig wurde; er spürte, wie die Kraft seines Schutzgeistes in ihm wuchs und ihn gefaßt und gelassen werden ließ.

»Kennst du meinen Plan?« fragte Huayna Capac. »Hast du ihn in einer Vision gesehen?«

»Ich habe nur geraten«, gab Cusi zu. »Ich denke, Ihr wollt einen Rückzug vortäuschen und die Carangui damit in einen Hinterhalt locken.«

»Das hast du einfach erraten? Dann wird Pinta auch daraufkommen.«

»Nein, Herr«, antwortete Cusi. »Pinta war nicht da, wo ich war, und er hat nicht gesehen, was ich gesehen habe. Und es gibt niemanden mehr, der für ihn spionieren könnte. Er *muß* mittlerweile glauben, daß Ihr die Wände schleifen wollt, um seiner habhaft zu werden.«

»Er *muß*«, wiederholte Huayna Capac mit Nachdruck und wippte mit seinem Hocker. »Aber was ist, wenn ich unrecht habe? Bin ich verrückt, daß ich das glaube? Vielleicht wird es nicht so geschehen, wie ich es gesehen habe ... vielleicht müssen wir wirklich fliehen!«

Wieder sprang er auf, doch dieses Mal war Cusi darauf gefaßt und erhob sich ebenfalls, so daß Huayna Capac überrascht davon abließ, wieder in eine Ecke des Zelts zu laufen. Cusi streckte seine Streitaxt weit vor sich, als wollte er sie als Opfer darbringen.

»Herr, ich habe Euch erzählt, daß ich diese Waffe von Otoronco Achachi bekam. Bevor ich Cuzco verließ, nahm er mich mit in das Heiligtum Pachacutis. Pachacutis Sprecher ergriff die Axt und schwang sie so leicht wie einen Grashalm, und er versprach, daß sie mir Ruhm bringen würde.«

Huayna nahm die Waffe entgegen, setzte sich wieder auf den Schemel und legte sie sich auf den Schoß. Cusi hockte sich vor ihn nieder. Er bemerkte eine lange Narbe am Bein des Herrschers, ließ sich davon aber nicht ablenken. Er mußte mit Huayna Capac sprechen, solange er dessen Aufmerksamkeit hatte.

»In derselben Nacht, Herr, erzählte mir Otoronco eine Geschichte, die er von Pachacuti persönlich gehört hatte. Sie handelt von Pachacutis Vision, als er allein über die Ebene wanderte und darauf wartete, daß die Chanca Cuzco überfallen und zerstören würden.«

»Sprich weiter«, forderte Huayna Capac und ergriff ohne es zu merken den Stiel von Cusis Streitaxt.

»Er ging durch die Dunkelheit«, fuhr Cusi fort, »und war blind vor Verzweiflung; er sah keinerlei Hoffnung für sich und die Inka. Er konnte nicht fliehen, wie sein Vater und sein Bruder es getan hatten, aber er erkannte auch keine Möglichkeit, wie er den Sieg erringen oder auch nur mit dem Leben davonkommen konnte. Er fürchtete sich nicht vor dem Tod, aber der Gedanke, derjenige zu sein, der Cuzco verlieren würde, war für ihn unerträglich. Ein schlimmeres Scheitern konnte er sich nicht vorstellen.«

Huayna Capac brummte, als könne er diese Angst nur allzu gut verstehen.

»Als der Gott zu ihm sprach, war es nicht eine Stimme, die er vernahm, sondern wie ein Wind, der in seinem Herzen aufkam und all seine Furcht und seine Zweifel wegblies. Der Gott sagte ihm, wenn er überleben wolle, müsse er einen Ehrgeiz haben, der ebenso groß sei wie seine Verzweiflung angesichts der ausweglosen Lage. Es war nicht genug, nur Cuzco zu verteidigen; er mußte weiter voraus blicken, bis zu der Zeit, in der Cuzco alle Vier Viertel regieren würde. Wenn er erreichen wollte, was seinem Verstand nach unmöglich war, mußte er diesen Verstand mitsamt seiner Begrenztheit verlieren. Er mußte verrückt genug sein, um zu glauben, daß er die ganze Welt aus den Fugen heben und sie sich untertan machen konnte.

Und das tat er, Herr«, fuhr Cusi leise fort, »wie wir aus den Balladen wissen. Er trug den Namen des Inca in jedes Viertel, überallhin, wo man ihn hören konnte, und immer versuchte er, mehr zu erreichen, als gewöhnliche Menschen für möglich halten würden. Er baute Straßen, wo nur Pfade gewesen waren; er legte Feldterrassen an Steilhängen an und leitete Wasser für den Maisanbau um; er vertrieb Hunger und Elend und schenkte den Völkern, die er eroberte, die Weisheit Viracochas und die Stärke Intis. Er machte es jedem Inka zur Pflicht, das Unmögliche zu tun – nicht aus Notwendigkeit, sondern aus freien Stücken.«

Cusi machte eine Pause; er spürte Huayna Capacs Macht und Präsenz voll auf sich wirken. Der Herrscher hatte sich auf seinem Hocker nach vorn gebeugt und fixierte ihn bewegungslos. Cusi atmete tief durch; plötzlich fühlte er jeden Schlag, den er tagsüber im Kampfgeschehen abbekommen hatte. Dies war ermüdender als Kämpfen.

»Wenn Ihr also verrückt seid, Herr«, schloß er, »dann deshalb, weil Ihr es sein müßt. Ihr müßt Euch Eurer Vision ebenso ausliefern, wie Pachacuti es tat.«

Huayna Capac nickte abrupt und richtete sich auf. Seine Aufregung war verflogen; er betrachtete die Streitaxt auf seinen Schenkeln und sah dann auf Cusi, aber in seinem Blick lag keinerlei Dankbarkeit.

»Es wird nicht leicht sein, vor Pinta wegzulaufen«, sagte er in einem eigenartig unbestimmten Ton.

»Es darf nicht wie ein geordneter Rückzug aussehen«, stimmte Cusi zu, »sonst kommen sie uns auf die Schliche und verfolgen uns nicht. Wir werden uns sehr verwundbar machen müssen.«

»Das meine ich nicht. Für *mich* wird es nicht leicht sein. Ich werde mich vor den anderen Inka wie ein Feigling verhalten müssen, und dabei weiß ich genau, wie bereitwillig sie meinen Mut anzweifeln.«

»Nicht mehr«, entgegnete Cusi ohne zu zögern, aber noch im selben Augenblick bereute er seine Worte. Huayna Capacs Augen blitzten auf; mit der Streitaxt in den Händen erhob er sich und bedeutete Cusi, ebenfalls aufzustehen und ihm in die Augen zu sehen. Cusi konnte sein Widerstreben nicht verbergen.

»Nicht mehr!« wiederholte der Herrscher zornig. »Ich habe nicht vergessen, wie du dich gegen mich gestellt hast, Cusi. Keinen einzigen von diesen Männern habe ich vergessen! Aber du – du standest schon in deinen jungen Jahren so hoch in meiner Gunst! Ich konnte es nicht ertragen, dich dort auf dem Platz zu sehen – wie du mir stumm die Stirn botest, statt dich zu verbeugen, und mich anschautest ohne jegliche Sympathie und Achtung. Es war ein Schlag ins Gesicht für mich, denken zu müssen, daß all meine Großmut mir nichts eingebracht hatte als solchen Undank...«

Abrupt legte er die Streitaxt in Cusis Hände.

»Deshalb bist du jetzt hier«, fuhr er fort, »und deshalb habe ich dir erlaubt, so kühn mit mir zu sprechen. Ich wollte mich versichern, daß du wieder auf meiner Seite stehst.« Cusi verbeugte sich stumm; jedes weitere Wort hätte nur den Groll des Herrschers geschürt.

»Ich habe auch Mama Quillas Rolle damals in Tumibamba nicht vergessen«, fuhr Huayna Capac fort. »In drei Tagen, wenn sie wieder voll am Himmel steht, werden wir zum letzten Mal angreifen. Das wird den anderen Kommandeuren soeben mitgeteilt, und die Truppen erfahren es am Abend davor. Und dann wird alles in den Händen der Götter liegen. Geh jetzt«, endete er knapp und nickte. »Du hast mich ermüdet.«

Cusi verneigte sich, entbot eine Mocha und ging rückwärts aus dem Zelt hinaus. Draußen erwartete ihn Ninan Cuyochi.

»Ich habe ihn ermüdet«, berichtete Cusi.

»Verzeih mir, Cusi«, erwiderte Ninan erleichtert, »ich hätte nie an dir zweifeln sollen. Du warst für ihn immer ein besonderer Mensch.«

Ich habe mir seine Aufmerksamkeit errungen, dachte Cusi, und gleichzeitig verstand er, weshalb er sich so erschöpft fühlte und warum Huayna Capac zornig über ihn geworden war. Er konnte seine Persönlichkeit gegenüber dem Sapa Inca ebensowenig verleugnen wie jedem anderen Menschen gegenüber, aber Huayna Capac konnte das jetzt erkennen, wenngleich er sich dieser Art von Manipulation nicht widersetzen konnte. Cusi hatte ihm seine Aufregung genommen, aber er hatte auch Macht über ihn ausgeübt, und dafür konnte der Sapa Inca niemals dankbar sein.

»Es ist schwierig, ihn davon zu überzeugen, daß auch er ab und zu Ruhe braucht«, meinte Ninan. »Du hast uns allen einen großen Dienst erwiesen.«

Cusi nickte und wußte, daß er sich selbst keineswegs einen Dienst erwiesen hatte. Huayna Capac hatte sich zum Kriegsherrn gewandelt, aber er wäre besser der Herrscher geblieben, der er zuvor gewesen war, der Alleinige Herr, der niemandem etwas beweisen mußte. Und er würde sich immer an Cusi erinnern als denjenigen, der ihm eben dies abgesprochen und ihn dadurch veranlaßt hatte, sich zu verändern. Ein besonderer Mensch, in der Tat!

»Ich bin auch müde«, sagte Cusi nur und hob zum Abschied seine Axt.

»Möge Inti Illapa uns den Sieg bringen!« rief Ninan ihm nach.

»Möge Mama Quilla uns bewahren«, flüsterte Cusi. Dann folgte er im Licht des Mondes dem Weg zurück in sein Lager.

Quito

Im Traum sah Micay sich in den Bergen auf einem Felsvorsprung sitzen, der ein tiefes Tal überblickte. Vielleicht war es der Felsen vor Macas' Höhle, denn Nebel und der Geruch von Schwefel lagen in der Luft, aber sie fühlte sich ganz allein und überhaupt nicht bedroht. Dann hörte sie etwas, und als sie sich umdrehte, sah sie einen Hirsch, der wiederkäuend dastand und sie aus sanften, großen Augen anblickte. Micay bewunderte das helle, rostbraune Fell und den glänzenden Samt an seinem Geweih. In diesem Augenblick hörte das Tier mit dem Wiederkäuen auf und begann, zu ihr zu sprechen, allerdings in einer Sprache, die sie nicht verstehen konnte. Sie schüttelte den Kopf, und daraufhin sprach der Hirsch in Quechua weiter und fragte sie, wo Cahua und Sinchi seien.

Sie sind hier, antwortete Micay und wollte sich auf die andere Seite drehen. Aber diese Bewegung löste einen heftigen Schmerz aus, der alles in Rot tauchte. Sie wachte auf und wußte sofort, daß sie niederkam. Hastig rief sie nach Parihuana und sagte ihr, die Wehen hätten begonnen.

Erst später, als die erste Aufregung abgeklungen und die Kontraktionen abgeebbt waren, verstand sie die Botschaft des Traums. Sie saß nackt mit dem Rücken zur Wand, mit Decken abgepolstert und von sauberen Tüchern umgeben. Links und rechts von ihr kauerten Parihuana und Quespi, und auch drei ältere Frauen waren dazugekommen, eine davon eine erfahrene Wehmütter namens Mama Cisa. Micay achtete auf ihren Atem und erzählte den Frauen ihren Traum, und dabei bemerkte sie, wie die Namen ihrer Kinder Bedeutung gewannen.

»Ein Mädchen und ein Junge«, sagte Quespi erfreut und lächelte.

»Das Mädchen für Pachamama«, erinnerte Parihuana Micay und drückte ihr die Hand.

»Und der Junge für Illapa«, fügte Mama Cisa hinzu, wobei sie ihre Hände auf Micays aufgestellte Knie legte und zwischen ihre Beine schaute. »Es war Illapa, der im Traum zu dir sprach. Der Hirsch ist sein Schutztier, und er ist sehr zu Zwillingen hingezogen.«

»Sein Vater ist ein Bruder des Blitzes«, erklärte Micay.

Die Hebamme nickte ernst. »Er wird ein Sohn des Blitzes werden, und du mußt die entsprechenden Rituale für ihn abhalten. Aber das kommt später. Jetzt mußt du dich erst einmal weit öffnen und diese Kindlein in die Welt hinauslassen.«

Komm, kleine Mutter, dachte Micay, und die Kontraktionen setzten von neuem ein, als ob sie sie gerufen hätte. Sie fühlte sich wieder kräftig, gestärkt durch die Gegenwart der Frauen und gewappnet mit der Hilfe Illapas und Pachamamas, der Gottheiten des Himmels und der Erde, sowie der Mondgöttin Mama Quilla, deren wachsames Auge auf den gebärenden Frauen ruhte.

Das Licht des Tages und des Mondes lösten einander ab; irgendwann dazwischen regnete es, und Donnergrollen erfüllte die Luft. Das einzige, was Micay mit Gewißheit wahrnahm, waren die Schmerzen, die das Maß des Erträglichen zu überschreiten schienen, und ihre unendliche Müdigkeit, die nicht mehr vom Schmerz zu unterscheiden war und sie wünschen ließ, ihren Körper verlassen zu können. Die Stimmen um sie herum waren tröstend, dann wieder befehlend, und wurden letztlich zu einer einzigen Aufforderung: *Presse!*

Öffne dich! Sie meinte Macas drohend über sich zu erkennen und fühlte das heiße Wasser zwischen ihren Schenkeln und die Pranken des Pumas, die ihre Haut zerfetzten. Sie schrie auf und öffnete sich und sah vor ihrem geistigen Auge den Geburtskanal, und da erschien zwischen ihren Beinen der erste dunkle, blutige Kopf, den die sicheren Hände der Wehmütter liebevoll in Empfang nahmen.

Cahua, das Mädchen, kam zuerst, aber ihr Bruder ließ nicht lange auf sich warten. Sie schienen mit einer Stimme zu schreien, als die Frauen sie wuschen und sich dabei laut über die Größe und die geraden Gliedmaßen der Neugeborenen austauschten. Aber mit einem Mal verstummten sie, so daß Micay sich heftig vom Griff Quespis und der anderen Frauen, die sie gerade wuschen, befreite.

»Was ist los?« schrie sie heiser. Mama Cisa kam mit einem der Kleinen zu ihr.

»Sie sind beide gesund, und sie haben Eure Hautfarbe«, sagte sie. »Aber sie sind von den Göttern gezeichnet.«

Sie kauerte neben Micay nieder und zeigte ihr ihre kleine Tochter, die sich in den Tüchern wand und das faltige Gesichtchen unbehaglich verzog. Micay sah sofort den kräftigen roten Fleck, der sich auf einer Seite der Kehle zur Brust des Kindes hinzog. Die Zeichnung hob sich deutlich von seiner hellen, leicht kupferfarbenen Haut ab.

»Sie hat noch etwas am Kopf, aber das werden später die Haare verdecken«, fügte Mama Cisa hinzu, »und ein kleines Mal auf der Schulter.«

Damit wickelte sie das Baby wieder in die Tücher und legte es Micay in den Arm.

»Cahua«, murmelte Micay, küßte den schwarzen Haarflaum auf dem Hinterkopf ihrer Tochter und drückte sie sanft an ihre Brust. Das Baby wimmerte ein wenig und bewegte dann nur noch stumm die winzigen Lippen. Mama Cisa brachte Micay ihr zweites Kind.

»Er hat eine ähnliche Zeichnung wie sein Schwesterchen, aber auf dem Rücken«, sagte sie, »und eine am Fuß.«

Sie blickte Micay einen Augenblick lang ernst an. Dann öffnete sie die Tücher, damit Micay das Gesicht des Kindes sehen konnte, und legte es ihr in den Arm. Trotz der Warnung in Mama Cisas Blick hielt Micay den Atem an. Eine blutrote Zeichnung umrandete das linke Auge des Kleinen vollständig und setzte sich in einzelnen Tupfern bis zur Wange und zur Schläfe fort. Als ob er Micays Erschrecken gespürt hätte, begann er zu jammern, und seine Schwester antwortete mit einem neuerlichen Wimmern.

»Sinchi, mein Sohn«, tröstete Micay ihn, und Tränen rannen ihr über die Wangen, während sie ihre beiden Kinder an sich drückte.

»Der Gott hat ihn berührt«, sagte Mama Cisa feierlich. »Du mußt ihn Sinchi Illapa nennen, wenn es für ihn an der Zeit ist, einen Namen zu bekommen.«

»Cusi wird damit einverstanden sein«, warf Quespi ein. »Er wird ein tapferer kleiner Krieger werden.«

Die Neugeborenen waren still geworden, und Micay blickte von einem zum anderen hin und her. Nun waren sie auf der Welt, ihre Kinder, ihre Zwillinge. Schon allein das Gefühl, sie im Arm zu halten, empfand sie als ein Wunder, ein unfaßbares, überwältigendes Geschehen.

»Sie sind wunderschön, Micay«, sagte Parihuana leise.

Micay sah zu ihr auf und versuchte zu lächeln. »Ja«, hauchte sie und beugte sich über ihre Zwillinge, während Mama Cisa und die anderen Frauen leise ein Lied zu Ehren von Mama Quilla anstimmten.

Das Mira-Tal

Bei Tagesanbruch begannen die Trommeln zu dröhnen, und der Inka-Kriegsgott Huanacauri wurde in einer feierlichen Prozession durch die Reihen der Krieger getragen. Sechs Kriegshäuptlinge begleiteten seine mit Stoff behängte Sänfte, und der Sapa Inca selbst schritt mit seiner goldenen Kriegskeule voran. Über seiner Tunika hatte Huayna Capac einen Baumwollpanzer in den Farben des Himmels angelegt, und der bunte Fransensaum des Herrschers war um einen Helm in den Farben Gold und Blau drapiert, den ein Kamm aus weißen Federn schmückte. Die Krieger verneigten sich und entboten die Mocha. Während die Huaca durch ihre Mitte getragen wurde, stimmten sie ein Kampflied an. Alle wußten über den geplanten Rückzug Bescheid, aber sie hatten auch Befehl erhalten, bis zum vereinbarten Signal in voller Stärke anzugreifen. Der Anblick Huanacauris in Begleitung ihres Kriegsherrn sollte die Männer dazu anstacheln, keinerlei Zurückhaltung zu üben.

Die Sänfte näherte sich Cusi und seiner Schwadron, die um eine provisorische, aus Steinen der Carangui-Festung errichtete Empore Aufstellung genommen hatte. Während Huayna Capac hinaufstieg, verbeugten sich die Männer noch einmal und entboten die Mocha. Die Trommeln verstummten, und der Herrscher ließ seinen Blick lange auf seinen Truppen ruhen, so lange, daß die Stille zunehmend bedrohlich und unheilvoll wurde. Dann wandte er sich der feindlichen Festung zu und schwang seine goldene Keule über dem Kopf.

»Pintaaaaa!« brüllte er so laut, daß der Name im ganzen Tal widerhallte. »Pinta, heute wirst du sterben!«

Er reckte die Keule wild dem Feind entgegen, sprang mit einem Satz von der Empore und stürmte auf die Festung zu. Cusi und seine Kameraden rannten, um ihn einzuholen, angetrieben von dem Gebrüll aus Tausenden Kehlen, das von hinten aufbrandete, dem wilden, leidenschaftlichen Aufschrei von Männern, die bereit waren, den Tod zu bringen.

In den letzten Tagen vor diesem Ereignis war die Offensive der Inka bewußt schleppend und zögerlich verlaufen und hatte Planlosigkeit beim Kommando sowie sichtbare Zurückhaltung in den Reihen der Krieger erkennen lassen. Aus diesem Grunde waren die Carangui nicht vorbereitet auf diesen massiven Angriff, so daß ihre Linien auf den ersten beiden Verteidigungsebenen blitzschnell überrannt wurden und die Inka nach kurzer Zeit auch die dritte stürmten. Huayna Capac führte die Attacke mit schier unglaublicher Verwegenheit, die seine eigenen Krieger anspornte und den Feind in Verwirrung stürzte. Ständig drängte er vorwärts und lockte die Carangui, seiner habhaft zu werden, bis sie nicht mehr widerstehen konnten und ihre sicheren Positionen aufgaben. Aber jedesmal schaffte er es im letzten Moment, nicht umzingelt zu werden und wieder zu seinen eigenen Kriegern durchzubrechen.

Als Cusi und Tomay durch ein Loch in einer Mauer schlüpften, sahen sie sofort den blauen Panzer des Sapa Inca und die goldene Kriegskeule, umringt von einigen Carangui. Sumac Mallqui und Quilaco Yupanqui waren als erste an der Seite des Herrschers, hinter Sumac warf sich Tomay in das Schlachtgetümmel, und Cusi kam seinem Schwager zu Hilfe. Von der Seite sprang er zwischen ihn und einen Carangui, der soeben mit dem Speer ausholte, und schlug dem Mann seinen Schild ins Gesicht, so daß dessen Helm zu Boden fiel. Dann teilte er wie wild mit seiner Streitaxt Schläge aus und entging mit Glück einem Speer, der an seinem goldenen Ohrpflock abrutschte.

Doch plötzlich tauchte vor ihm eine wahre Wand von Feinden auf. Er mußte zurückweichen, stolperte und fiel zu Boden, sah aber noch, wie auch Huayna Capac taumelte und über Quilaco stürzte. Cusi rollte seitwärts und versuchte, wenigstens auf die Knie zu kommen, aber er wurde von allen Seiten gestoßen und getreten, und mehrere große Männer fielen auf ihn und begruben ihn unter sich. Panik erfaßte ihn, da sein Gesicht wie von einer eisernen Faust auf die Erde gepreßt wurde, so daß er keine Luft mehr bekam. Mir ist nicht bestimmt, hier zu sterben!, dachte er panisch, als er seinen Schild und die Streitaxt verlor und spürte, wie sich etwas in seine Wade bohrte.

Einige der Leiber auf ihm bewegten sich nicht mehr, aber ein paar Hände griffen nach ihm oder versuchten ihn zu schlagen oder ihm seinen Panzer herunterzureißen. Dann rutschte sein Helm vom Kopf und zerbarst, aber gerade als er alle Hoffnung aufgeben wollte, rutschte der ganze Haufen aus Körpern zur Seite, und plötzlich konnte er wieder atmen. Nach einer Weile rappelte er sich auf, rieb sich den Staub aus den Augen und spuckte Blut.

Da beugte sich eine Gestalt über ihn, und er duckte sich instinktiv, bevor er Tomay erkannte, der ihn mit blutverschmiertem Gesicht angrinste und mit seinem Speer herumfuchtelte.

»Jetzt haben wir sie!« schrie er. »Bist du verletzt?«

Cusi war zu verwirrt, um die Antwort darauf zu wissen. Noch bevor er etwas sagen konnte, trat mit einemmal absolute Stille ein, und dann stand Huayna Capac auf den aufeinandergetürmten Leichen der Gefallenen. Sein Panzer war zerrissen und blutdurchtränkt, sein Helm hing zerbrochen über ein Ohr herab, aber die goldene Kriegskeule lag immer noch in seiner Hand.

»Wer von euch glaubt, mich töten zu können?« höhnte er und warf sich stolz in die Brust. »Ich bin der Inca, und ich werde euch alle niedermetzeln!«

»Komm herunter«, brummte Tomay ärgerlich. Die Carangui starrten auf den Sapa Inca und waren zu verblüfft, um zu reagieren. Nur ein schwer Verwundeter versuchte, sich aufzurichten, aber mit einem schnellen Streich seiner Keule streckte Huayna Capac ihn nieder und signalisierte dann seinen Kriegern, vorzustoßen und die Carangui zurückzuwerfen.

Tomay fand Cusis Streitaxt und besorgte ihm einen Schild und einen Helm, und dann zogen sie sich beide in den Schutz einer Mauer zurück, die nun in der Hand der Inka war. Erstaunt stellte Cusi fest, daß er keine ernsthafte Verletzung erlitten hatte. Nur der Stich in seiner Wade mußte verbunden werden, und deshalb holten sie sich von einem der Wasserträger einen vollen Flaschenkürbis und warteten auf einen der Heiler, die unmittelbar hinter der Frontlinie ständig im Einsatz waren.

Zwei Mitglieder der Alten Garde wurden auf Tragen an ihnen vorbeitransportiert, und kurz darauf der schlaffe Körper Sumac Mallquis, dessen Hände im Staub schleiften.

»Quilaco«, erinnerte sich Cusi plötzlich, aber kaum war er aufgestanden, als er seinen Schwager durch eine Maueröffnung kommen sah, gestützt von einem jungen Krieger und einem Heiler. Um den Kopf und an einem Bein trug er dicke Bandagen, und sein linker Arm war geschient. Mühsam setzte er sich neben Cusi und lehnte sich an die Wand. Cusi hielt ihm den Kürbis an den Mund, damit er trinken konnte. Quilacos Gesicht war so angeschwollen, daß er kaum zu erkennen war; ein Auge war vollständig geschlossen, aber trotzdem brachte er ein schiefes Lächeln zustande.

»Ich habe dich gesehen, Cusi«, keuchte er. »Bevor ich ... begraben wurde.«

Bei der Erinnerung daran unterdrückte Cusi einen Schauer. »Ich habe dich auch gesehen. Aber etwas später dachte ich, ich würde dich nie mehr wiedersehen.«

»Die Carangui wollten nur Huayna Capac. Ich weiß nicht, wie ihm die Flucht gelungen ist.«

Quilaco stöhnte vor Schmerz, als der Heiler die Schiene neu anlegte. Dann halfen Cusi und Tomay ihm auf die Beine, und der junge Krieger stützte ihn wieder.

»Bring ihn gleich nach hinten«, befahl Cusi dem Jungen.

»Jetzt bin ich euch für eine Weile aus dem Weg«, scherzte Quilaco. »Aber gebt auf euch acht; es ist nicht gut zu glauben, man könne nicht umkommen.«

Cusi und Tomay sahen sich an, sagten aber nichts, denn der Heiler kniete soeben nieder, um Cusis Wade mit einer brennenden Tinktur zu behandeln. Cusi blickte Quilaco mit tränenden Augen nach und dachte daran, wie sie zusammen auf dem Platz in Tumibamba gestanden hatten. Auch Sumac Mallqui war damals bei ihnen gewesen. Die ganze Ehrengarde hatte sich diesem Regiment anschließen müssen; Huayna Capac hatte tatsächlich keinen einzigen Mann vergessen.

»Ein Kriegsherr hält sich nicht mit dem Zählen von Gefallenen auf«, sagte Tomay bitter, als der Heiler mit Cusis Wade fertig war. »Vor allem nicht seiner eigenen.«

»Dann laß uns zusammenbleiben«, schlug Cusi vor. »Abseits von denen, die dem Feind die Brust hinhalten.«

»Er ist *immer* schon gefährlich für uns gewesen«, murrte Tomay, als sie auf das Loch in der Mauer zuschritten. »Egal, wo er ist.«

Eine Zeitlang war der Angriff der Inka so heftig, daß es aussah, als könnten sie die zweite Festungsmauer tatsächlich durchbrechen. Aber Pinta dirigierte seine Leute äußerst geschickt; sie warfen alle Leitern der Inka um, kappten sämtliche Seile und ließen einen nahezu ständigen Hagel von Steinen und Pfeilen auf die Angreifer niedergehen. Aus dem Schutz ihrer Barrikaden rannten die Inka weiter gegen die Verteidiger an, doch es gab keine Aussicht auf einen schnellen Sieg mehr, die sie beflügelt hätte, und Huayna Capac vermochte es ebensowenig. Denn obwohl der Angriffsbefehl laufend wiederholt wurde, hatte sich der Kriegsherr selbst seit einiger Zeit nicht mehr blicken lassen.

Cusi kauerte hinter der Barrikade auf der linken Flanke der Inkalinie, blickte skeptisch zur Sonne und dann auf die Männer, die bei ihm saßen. Sie wußten alle, daß es nun eigentlich höchste Zeit war zu fliehen. Wenn der Befehl dazu nicht bald kam, würden sie vom Kampf zu erschöpft sein.

Tomay war gegangen, um das Ende der Frontlinie zu inspizieren und kehrte nach einiger Zeit in Begleitung von Challcochima und Quizquiz zurück.

»Ist der Befehl schon gekommen?« fragte er, als sie sich zu Cusi setzten. Die anderen Krieger horchten erwartungsvoll auf.

»Noch nicht. Er hat sich auch noch nicht wieder gezeigt.«

»Wir verlieren zu viele Leute«, brummte Challcochima ärgerlich. »Und wenn er noch lange wartet, müssen wir in der Dunkelheit fliehen.«

Quizquiz murrte etwas Unverständliches und spuckte auf den Boden. Er sah ebenso erschlagen und übermüdet aus, wie Cusi sich fühlte; nur der Zorn in seinen Augen ließ sein schmales Gesicht noch lebendig wirken. Als der erwartete Bote endlich eintraf und den Befehl verkündete, den Angriff fortzusetzen, sahen sich die vier Kommandeure nur an und ignorierten den Mann einfach. Zögernd wiederholte er seine Nachricht und sah nervös von einem zum andern, aber er erhielt keine Antwort und machte sich verwirrt auf den Rückweg. Cusi beobachtete, wie die entlang der Barrikade aufgereihten Krieger nickten und einander zuriefen, als der Bote an ihnen vorbeiging. Zweifellos dachten sie, daß der Plan des Herrschers endlich in die Tat umgesetzt würde – und vielleicht würde das tatsächlich sehr bald geschehen, wenn auch eher durch Befehlsverweigerung als Gehorsam.

Mit mißbilligender und vorwurfsvoller Miene tauchte jetzt Ninan Cuyochi hinter der Barrikade auf, aber sein Ausdruck veränderte sich, als er seinen Initiationsbruder Challcochima sah und Quizquiz, der ein enger Freund von ihm war. Mit ihnen konnte er nicht so sprechen, wie er es vielleicht mit Cusi und Tomay getan hätte.

»War der Befehl nicht klar?« fragte er Challcochima ruhig.

Der hochgewachsene Krieger zuckte die Achseln. »Durchaus. Aber was unsere Hauptleute sagen, ist nicht weniger klar. Sie wissen, daß ihre Leute nicht so weiterkämpfen und danach auch noch eine schwierige Flucht antreten können.«

»Der Sapa Inca sagt, er weiß, wann es Zeit dafür ist.«

»Wenn er noch mit uns kämpfen würde«, warf Quizquiz ein, »würde er in den Beinen spüren, daß es bereits höchste Zeit ist.«

»Vielleicht möchtest du ihm das selbst sagen«, schlug Ninan vor.
»Hast du es ihm gesagt?«

»Ja, und Atahualpa auch. Jemand anders muß es versuchen –
jemand, auf den er hört.«

Ninan blickte auf Cusi, doch dieser schüttelte stur den Kopf.
»Bitte mich nicht noch einmal, Ninan. Ich stehe nicht so hoch in
seiner Gunst, wie du meinst. Er würde mich später nur offen seinen
Haß spüren lassen, das weiß ich.«

»Wenn wir nicht bald etwas unternehmen, wird das keine Rolle
mehr spielen«, gab Challcochima zu bedenken. »Dann werden wir
hier sterben, oder sie fallen uns in den Rücken, während wir rennen.«

»*Wir* werden uns immer daran erinnern, was du getan hast, und
warum«, meinte Quizquiz ohne Umschweife.

Ninan nickte beifällig. »Ich werde mich mit allen Mittel für dich
einsetzen, die mir zur Verfügung stehen, Cusi.«

Alle starrten auf ihn. Der Angriff mußte *jetzt* zu einem Ende
kommen, oder sie riskierten, ihn überhaupt nicht mehr zu einem
Ende zu bringen. Cusi lachte verzweifelt auf.

»Nun gut, dann erinnert euch an mich und haltet Wort!« rief er,
sprang auf die Beine und duckte sich gleich wieder, als ein Stein an
seinem Kopf vorbeiflog. Dann rannte er, gefolgt von Ninan, die
Frontlinie entlang. Der Kampflärm erfüllte seine Ohren, und er
mußte an den letzten Sturm auf die Mauer denken, bei dem große
Felsbrocken auf ihn niedergegangen waren. Challcochima hatte
recht: Die Gunst Huayna Capacs war das wenigste, was er heute noch
verlieren konnte.

Sie passierten den Kordon von Ohrpflöcken um die Barrikade in
der Mitte der Frontlinie. Huayna Capac hatte gerade ein Mahl eingenommen und trocknete sich die Hände. Er trug einen neuen Helm
und eine saubere Tunika und sah auf den ersten Blick frisch und vital
aus, doch seine Augen wirkten fiebrig; es waren die leeren, blutunterlaufenen Augen eines Menschen, der längst erschöpft war, aber nicht
zur Ruhe kam. Cusi war sich nicht sicher, ob der Sapa Inca ihn
überhaupt erkannte.

Atahualpa stand hinter seinem Vater, aber es war der Kriegshäuptling Rumiñaui, ein älterer Mann mit entstelltem Gesicht und nur
mehr einem Auge, der für den Herrscher sprach.

»Warum habt ihr nicht angegriffen, wie es befohlen wurde? Weshalb kommt ihr statt dessen hierher?«

»Wir müssen wissen, ob wir hier weiterkämpfen oder die Flucht
vortäuschen sollen. Wir können von unseren Männern nicht mehr
beides erwarten.«

»Dann *befehlt* es ihnen!« schnauzte Rumiñaui ihn an. »Es ist der Befehl des Sapa Inca!«

Cusi spürte seinen Zorn aufsteigen, aber er wußte, daß es zwecklos war, mit diesem Mann zu argumentieren. Er wandte sich direkt an Huayna Capac, der das Handtuch hatte fallen lassen, um von einem Diener eine Streitaxt mit goldenem Kopf in Empfang zu nehmen.

»Herr, ich flehe Euch an… die Männer sind erschöpft. Wenn wir fliehen, sollten wir das tun, solange wir noch genug Kraft haben, uns dabei zu verteidigen. Ein weiterer Angriff wäre sinnlos. Laßt uns Eurer Vision folgen, Herr, und die Carangui herauslocken.«

»Hör auf zu jammern«, grollte Rumiñaui und trat auf Cusi zu, den Speer auf dessen Brust gerichtet. Cusi hörte die Worte kaum, aber er spürte sofort die Gefahr und reagierte instinktiv; mit einem blitzschnellen Streich seiner Streitaxt schlug er Rumiñaui die Waffe aus der Hand. Noch ehe dieser sich erholt hatte, packte Atahualpa ihn von hinten, und Ninan hielt Cusi auf dieselbe Weise fest.

»Laßt ihn«, befahl Huayna Capac. Er hatte Cusi erkannt, und seine Augen funkelten vor Haß.

»Er spricht für die Kommandeure, Herr«, sagte Ninan. »Er will sich Euch nicht widersetzen.«

»Er widersetzt sich mir ständig. Laßt ihn los!«

Widerwillig gehorchte Ninan, und Cusi machte sich sofort fluchtbereit. Argwöhnisch beobachtete er, wie Huayna Capac seine Streitaxt in den Händen wog.

»Ich sollte dich töten!« drohte der Herrscher. »Dann wäre ich mir deiner Loyalität ein für alle Mal sicher!«

»Ich bin nicht Euer Feind, Herr«, erwiderte Cusi. Huayna Capacs Drohung war weit realer und greifbarer als Rumiñauis, und Cusi mußte seinen Instinkt unterdrücken, um nicht sofort zuzuschlagen.

»Nein?« brüllte Huayna Capac. Er blickte über die Schulter, und Cusi machte sich auf alles gefaßt, doch als er sich ihm wieder zuwandte, stand plötzlich ein hämisches Grinsen im Gesicht des Herrschers. »Dann habe ich eine hervorragende Verwendung für dich«, verkündete er. »Du wirst mein Feigling sein… mein Verräter. Du wirst mich als erster im Stich lassen und davonlaufen.«

Cusi erkannte, daß er damit gleichzeitig seinen Stolz und seine letzte Gunst bei Huayna Capac einbüßen würde. Aber er sagte sich, daß sein Einsatz sich lohnte; daß er dadurch erreichen würde, was sie alle wollten. Gleichzeitig haßte er Huayna Capac dafür, daß er ihm diese Rolle aufbürdete, und konnte seine Einwilligung nicht in Worte fassen.

Darauf wartete der Herrscher allerdings auch gar nicht. Er erteilte barsch Befehl an Atahualpa und Ninan, bei ihren Männern für Unruhe zu sorgen, damit es aussah, als würden die Krieger einen Aufstand anzetteln.

»Wenn ich mit dem Feigling fertig bin und ihn laufenlasse, schickt die Hälfte eurer Leute hinter ihm her. Und dann gebt den restlichen das Signal!«

Hastig gingen die Kriegshäuptlinge davon, um seinem Befehl nachzukommen. Huayna Capac griff nach Cusis Schild und schleuderte ihn mit einer schnellen Bewegung zur Seite. Als nächstes versuchte er, ihm auch die Streitaxt zu entreißen, doch Cusi schüttelte den Kopf und verbarg sie hinter dem Körper.

»Ich gebe sie weder Euch noch sonst jemandem«, sagte er, doch Huayna Capac grinste nur haßerfüllt. Er bohrte seine Finger in Cusis Baumwollpanzer und hob ihn vom Boden ab.

»Jetzt widersetze dich mir!« grollte er. »Zeig allen deinen Widerstand und dein Aufbegehren. Feigling!«

Er stieß Cusi nach hinten, so daß dieser beinahe das Gleichgewicht verloren hätte. Beschwörend hielt Cusi seine freie Hand hoch.

»Wir können nicht mehr weiterkämpfen!« rief er. »Bitte, Herr, laßt uns fliehen – sofort!«

Huayna Capac gab ihm eine Ohrfeige und stieß ihn noch einmal zurück, und diesmal stolperte Cusi über einen Stein und ging zu Boden. Er war sich der rasch wachsenden Zuschauermenge bewußt, die schreiend und mit erhobenen Armen um sie herumstand.

»Du wirst mir gehorchen, Verräter! Du wirst kämpfen!«

»Nicht mehr!« schrie Cusi bittend und rappelte sich auf. Der Herrscher rempelte ihn an und drohte mit seiner Waffe. Cusi wich zur Seite und holte unwillkürlich mit seiner Streitaxt aus. Huayna Capac hielt inne; in seinem Blick lag wilde Empörung.

»Du erhebst deine Waffe gegen mich? Dann *bist* du der Feind, und ich werde dich töten müssen!«

Wenn du kannst, dachte Cusi wütend. Er spürte, wie seine Bereitschaft zu kämpfen wuchs. Sie hatten sich mittlerweile aus dem Schutz der Barrikade hinausbegeben; Pfeile und Felsbrocken flogen über sie hinweg und landeten im Staub. Ein Stein aus einer Schleuder traf Cusi in die Magengrube, und dieser Schlag brachte ihn wieder zur Vernunft.

»Laßt mich fliehen, Herr«, drängte er. »Laßt uns ein Ende machen!«

»Ich werde mit *dir* ein Ende machen!« entgegnete Huayna Capac und holte mit seiner goldenen Axt aus. Aber er hatte seine Erschöpfung unterschätzt; Cusi wich dem Streich ohne große Mühe aus und schritt zurück, damit er nicht in Versuchung kam, selbst zuzuschlagen. Huayna Capac setzte zu einem zweiten Schlag an, traf aber wieder nicht. Er ächzte erschöpft, und mit einem Mal fragte sich Cusi, ob er sich nicht einfach umdrehen und weglaufen sollte.

»Zauberer!« schrie der Herrscher mit hoch erhobener Waffe. Cusi brachte sich außer Reichweite, bevor Huayna Capac wieder zuschlagen konnte. »Wir sind am Ende, Herr«, sagte er nur spöttisch. »Wenn Ihr mich töten wollt, müßt Ihr mich erst einmal fangen.«

Huayna Capac schwang wild drohend seine Axt, aber bevor er noch einmal angreifen konnte, traf ihn ein Stein am Hinterkopf, und er fiel der Länge nach vornüber. Einen Augenblick lang war alles still, doch dann erhob sich lautes Geschrei; die Carangui hatten entdeckt, daß der Sapa Inca zu Boden gegangen war.

Cusi kniete neben dem Herrscher nieder, und die Krieger, die die Szene verfolgt hatten, schlossen einen engen Kreis um ihn. Huayna Capacs Helm war gesplittert, aber nicht gebrochen, und sein blauer Brustpanzer hob und senkte sich mit seinem Atem. Plötzlich blickte er auf, funkelte Cusi wütend an und musterte die Krieger um ihn herum. Seine Miene ließ erkennen, daß ihm die Situation zunehmend klarer wurde.

»Nein! Ihr kriegt mich nicht!« brüllte er, sprang mit einem Satz auf die Beine und ruderte mit den Armen, daß die Umstehenden zurückwichen. Dann drehte er sich um und blickte mit weit aufgerissenen Augen auf die Festung, als hätte er noch nie etwas Derartiges gesehen. Einen Augenblick später machte er wieder kehrt, stieß Atahualpa aus dem Weg und begann zu rennen. Die verdutzten Krieger öffneten eine Gasse für ihn und stürmten ihm mit erhobenen Schilden nach.

Cusi war schnell aufgestanden und ließ sich jetzt von der Menge mitreißen. Vorbei, dachte er und umklammerte mit beiden Händen seine Streitaxt, aber irgendwie konnte oder wollte er noch gar nicht wahrhaben, daß es wirklich vorbei sein sollte.

Die Krieger waren so erschöpft, daß sie die Verzweiflung ihres Rückzugs gar nicht vortäuschen mußten. Die Carangui hingegen, die nun aus der Festung strömten und den Inka nachsetzten, waren frisch, ausgeruht und besessen von Wut und Rache. Sie trieben die Inka so siegessicher von einer Ebene zur nächsten hinunter, daß sie nicht einmal deren liegengebliebene Verwundete töteten. Pinta persönlich führte sie an; weithin sichtbar schwang er seine Kriegskeule und brüllte Huayna Capacs Namen.

Cusi wußte nicht, wo der Sapa Inca sein mochte, und hatte auch keine Zeit, nach ihm zu sehen. Nur mit großem Glück hatte er die Krieger wiedergefunden, die Tomay, Quizquiz und Challcochima um sich geschart hatten. Sie zogen sich so geordnet wie möglich zurück, wobei sie sich mit der Bekämpfung ihrer Verfolger und dem Abtransport der Verwundeten abwechselten. Die Carangui verfolgten sie unerbittlich und ließen ihnen keine Atempause. Bis sie die weite Grasebene unterhalb der Festung erreicht hatten, war die Hälfte der Fliehenden gefallen, und beim Rest konnte man nicht mehr unterscheiden, wer verwundet und wer noch einsatzfähig war.

Das Grasland ging allmählich in einen langgestreckten Hang über, und dort hielten sie auf halber Höhe, zwischen den Überresten ihres einstigen Lagers, an. Auf der Ebene hinter ihnen waren keine Verstärkungstruppen, und immer noch strömten Carangui-Krieger ungehindert über die geschleiften äußeren Mauern der Festung und sammelten sich unterhalb zu einem letzten Großangriff. Cusi und Quizquiz ordneten ihre restlichen Männer so gut es ging mit den verbliebenen Inka zu einer Schlachtreihe. Dabei stieß Tomay zu ihnen; er hatte Challcochima und andere Verwundete sich selbst überlassen müssen. Plötzlich deutete er mit dem Kinn auf die Festung, und dort sah Cusi dicke schwarze Rauchsäulen aufsteigen. Ein Freudenschrei stieg aus den Reihen der ermatteten Männer auf. Dann war ein Muschelhorn zu hören, und als Cusi über die Schulter blickte, sah er eine riesige Woge von Inka-Kriegern über den Bergrücken kommen, angeführt von Yasca, Colla Topa und der Sänfte mit der Huaca Huanacauris. Die Falle war zugeschnappt.

Die Männer rückten zusammen und bildeten Gassen für ihre Kameraden. Im Laufschritt kamen die Verstärkungstruppen den Hang herunter, passierten ihre erschöpften Kameraden und stürzten sich dann schreiend auf die völlig überraschten Carangui. Ein Kontingent Cañari kam auf die Gasse zugelaufen, wo Cusi und Tomay standen, und plötzlich preschte Rimachi vor und blieb kurz bei ihnen stehen.

»Brüder!« schrie er und winkte seine Leute vorbei, »ihr habt sie herausgelockt, damit wir sie niedermachen können!«

»An die Arbeit«, sagte Tomay knapp, und Cusi nickte nur müde. Rimachi grinste, schwang zum Gruß seine Speerschleuder über den Kopf und rannte dann hinter seinen Männern her. Während mehr und mehr ausgeruhte Inka-Krieger sie passierten, blickte Cusi zur Festung hinauf, von der mittlerweile zahllose goldglitzernde Ohrpflöcke auf Leitern und Seilen herabstiegen, um die Falle von hinten zu schließen. Bald würde die Schlacht zu Ende sein.

Cusi und Tomay lehnten erschöpft Schulter an Schulter und beobachteten, wie sich das Kampfgeschehen auf die östliche Seite des Tals verlagerte, wo ein Sumpf mit einem kleinen See in der Mitte die völlige Einkreisung des Feindes verhinderte. Bevor eine Inka-Kolonne den Sumpf auf der entfernten Seite umgehen konnte, schafften einige Hundert Carangui unter Führung Pintas, von dort in die Berge zu entkommen.

»Lauf«, sagte Tomay und lachte bitter, während sie die Szene verfolgten, »jetzt bist du dran zu rennen!«

Auch Cusi fühlte eine hämische Freude darüber, daß Pinta am Ende doch noch entkam. Er war ein Gegner gewesen, der Achtung verdiente, und nur Huayna Capac würde sich durch seine Flucht betrogen fühlen.

Die Carangui, die nicht mit Pinta fliehen konnten, wurden langsam niedergemetzelt oder in den Sumpf getrieben, wo sie im Wasser umherirrten und um ihr Leben flehten. Als die Inka den Sumpf ganz umstellt hatten, befanden sich darin mehr als tausend Männer. Trotz ihrer Erschöpfung standen Cusi und Tomay auf, um zuzusehen, wie die Sänfte des Sapa Inca bis fast ans Ufer des Sees getragen wurde. Huayna Capac trug keine Gefechtskleidung mehr, sondern eine Tunika aus kostbarem Cumbi-Tuch, den goldenen Sonnenschild auf der Brust und auf der Stirn den königlichen Fransensaum. Die im Schilf gefangenen Carangui verstummten, als er sich erhob und auf sie hinabsah. Dann richtete er den Blick auf die brennende Festung und wandte sich langsam der untergehenden Sonne zu. Er streckte die Arme über den Kopf und sprach laut Intis Namen, und seine Krieger wiederholten diese Anrufung mit Dankbarkeit und ehrfürchtig geneigten Häuptern, so daß die Worte tausendfach im Tal widerhallten.

»Inti Illapa«, murmelte Cusi, riß sich Augenbrauen aus und blies sie von den Fingerspitzen der Sonne entgegen, erfüllt von Dank an die himmlischen Mächte, die ihn diesen Krieg hatten überleben lassen.

Als die Stimmen der Inka verstummt waren, drehte sich Huayna Capac wieder zu den Männern im See um. Er wartete so lange, bis die Stille geradezu unheimlich wurde, und dann hob er die Hand und führte sie mit einer unmißverständlichen, schneidenden Bewegung nach unten. Wie aus einer Kehle brüllten die Carangui auf, ein entsetzlicher Schrei, der erstickt wurde von einer dichten Wolke aus Pfeilen, Steinen und Wurfspeeren, die auf sie niederprasselten. Sie zuckten zusammen und fielen aufeinander, und das Wasser färbte sich mit ihrem Blut. Als die Krieger der Inka mit ihren Steinschleudern und die Bogenschützen endlich aufhörten, wateten junge Krieger ins Wasser, um die Überlebenden zu töten. Huayna Capac betrachtete das grausige Schauspiel, bis kein Carangui mehr am Leben war, der ihn um Gnade hätte bitten können. Dann winkte er seinen Kriegshäuptlingen und ließ sich den Hügel hinauftragen. Cusi und Tomay starrten auf den See. Zahllose Leichen trieben im Wasser, das blutrot in der Abendsonne glitzerte.

»Keine Gefangenen«, sagte Tomay leise. »Nirgendwo.«

Cusi wandte den Blick ab, aber der See aus Blut stand ihm immer noch vor Augen. Er nahm einen Flaschenkürbis, ließ sich das frische Wasser über Gesicht und Haare laufen und spülte Schmutz und verklebtes Blut ab. Kann ein solch tausendfacher Tod jemals weggewaschen werden, dachte er kurz und setzte sich wieder neben Tomay, um auf einen Heiler zu warten, der sich um ihre Wunden kümmerte.

Kapitel 14

Manay, Mañay: Was man gewähren, worum man bitten muß (1522)

Tumibamba

Micay hatte die Zwillinge als Entschuldigung dafür angeführt, warum sie sich nicht stärker an den Vorbereitungen für die Siegesfeierlichkeiten beteiligen konnte, die mittlerweile die meiste Zeit der Bewohner Tumibambas in Anspruch nahmen. Auch heute waren die Kinder der Grund, warum Micay zu Hause blieb; Mama Cori hatte gemeint, sie würden die anderen Frauen zu sehr stören. Sie ihrerseits ging völlig in den Arbeiten auf; bei dieser Gelegenheit wollte sie zusammen mit einigen anderen Gemahlinnen versuchen, Huayna Capac zur Rückkehr der Inka nach Cuzco zu bewegen.

Micay war diese Sehnsucht nach dem Heiligen Cuzco fremd, und wenn jemand sie begleitet hätte, hätte sie schon vor langem mit den Kindern das Regenbogen-Haus aufgesucht. Sie wartete nur auf Cusis Rückkehr und hoffte, er würde genügend Urlaub bekommen, damit sie alle zusammen dorthin gehen konnten. Seit der Geburt von Sinchi und Cahua hatte er die Zwillinge nur zweimal für insgesamt zwanzig Tage gesehen; das letzte Mal vor sechs Monaten. Micay hatte gehört, daß sein Regiment noch immer ohne Pinta nach Quito zurückgekommen war und dort auf die große Prozession des Sapa Inca wartete, die langsam von der neuen Nordgrenze nach Süden unterwegs war.

Zur Abwechslung waren die Zwillinge einmal ruhig. Cahua saß mit dem Rücken an die Mauer gelehnt, die den Teich einfaßte, während Sinchi neben seiner Wiege stand und den Kopf in den Korb steckte. Lächelnd bewunderte Micay ihre Kinder und freute sich, wie schön sie aussahen mit ihren runden, hellhäutigen Gesichtern, die von feinen schwarzen Locken umrandet waren. Fast gleichzeitig blickten die beiden auf und starrten auf das Tor.

»Wer ist da?« fragte Micay, ohne sich umzudrehen. »Euer Großvater?«

Einer der grüngekleideten Bediensteten des Gouverneurs trat vor sie hin und verbeugte sich hastig.

»Herrin, Euer Gatte ist gekommen.«

Micay ließ ihre Spindel fallen, stand auf und wandte sich um. Mit ihren Waffen in der Hand, aber einem Lächeln auf den Gesichtern,

kamen Tomay und Uritu auf sie zu. Dann traten die beiden zur
Seite, so daß sie Cusi sehen konnte, der mit einem dick verbundenen
Fuß auf einer Sänfte lag. Er lächelte ihr zu und zuckte kläglich die
Schultern, während er mit dem Kinn auf seinen Fuß deutete.

»Er hat versucht, schneller als ein Erdrutsch zu sein«, erklärte
Tomay. Cusi sah Sinchi neben der Wiege stehen und bat die Träger,
seine Sänfte in wenigen Fuß Entfernung abzustellen. Ohne Hilfe
glitt er von der Trage, wobei er den verletzten Fuß steif von sich
wegstreckte. Sinchi starrte ihn über die Wiege hinweg an.

»Das ist ja phantastisch, Sinchi«, staunte Cusi. »Du stehst auf zwei
Beinen, um mich zu begrüßen!«

Mit offenem Mund sah Sinchi auf den bandagierten Fuß und
dann wieder auf Cusis Gesicht.

»Erinnerst du dich an mich, mein Sohn?« fragte Cusi. Sinchi
neigte den Kopf zur Seite und nickte so ernsthaft, daß Micay fast
glaubte, er habe die Frage verstanden und erkenne seinen Vater
tatsächlich wieder. Cusi lachte entzückt und gleichzeitig ungläubig.

»Aber du warst doch noch ein Baby, als ich dich das letzte Mal
sah! Du konntest kaum dein Bettchen verlassen!«

Sinchi nickte noch entschlossener und schaukelte die Wiege so
heftig, daß er den Halt verlor und auf den Hintern fiel. Uritu stieß
einen Juchzer aus, und Tomay und Cusi lachten. Micay eilte ihrem
Sohn zu Hilfe; sie befürchtete, durch das Gelächter könnte er sich
gedemütigt fühlen. Aber Sinchi grinste, als hätte er sich nur einen
Scherz erlaubt, und darüber mußten die Männer noch mehr lachen.
Micay hob ihn auf den Arm und trug ihn zu Cusi hinüber, der
mittlerweile Cahua neben dem Teich gesehen hatte.

»Und was ist mit dir, meine Vorsichtige? Du bist genauso wachsam wie deine Mutter.«

»Sie macht alles als erste«, erklärte Micay ihrem Mann und legte
ihm Sinchi in die Arme. Der kleine Junge wurde plötzlich scheu,
entzog sich Cusis Kuß und blickte zu seiner Schwester hinüber.
Cahua sah zu Tomay und Uritu, kroch zu ihrem Vater und setzte sich
neben ihren Bruder auf Cusis Schoß, wobei sie ihm die Knie in den
Unterleib stieß. Cusi zuckte vor Schmerz zusammen, drückte die
beiden aber lachend an sich. Mittlerweile untersuchte Micay die
Schiene an seinem Fuß.

»Es war ein sauberer Bruch«, erklärte Tomay. »Wir brachten ihn
zu den Heilerinnen deines Ordens in Quito. Die alte Frau, die ihn
versorgte, sagte, sie hätte *dir* beigebracht, wie man Knochen
schient.«

»Mama Ticlla«, mutmaßte Micay und nickte zufrieden. »Der

Bruch wird gut heilen.« Dann fing sie Cusis Blick auf. »Es könnte allerdings lange dauern«, fügte sie lächelnd hinzu.

»Ninan Cuyochi weiß, wieviel Urlaub mir zusteht«, versicherte ihr Cusi und schnalzte mit der Zunge, weil Sinchi an seinen Ohrpflöcken zog. »Er hat mir die Sänfte besorgt und mich vorausgeschickt.«

»Und ihr, meine Freunde?« wandte sich Micay an Tomay und Uritu. Tomay schnaubte.

»Wir werden soviel Urlaub nehmen, wie wir bekommen können. Da unsere Füße heil sind, werden wir wahrscheinlich gleich nach den Feierlichkeiten wieder hinter Pinta herjagen müssen.«

»Er ist in das Land der Shuara geflohen«, erklärte Uritu. »In den Dschungel im Tiefland.«

»Sollen doch die Kopfjäger ihn kriegen«, seufzte Tomay müde. »Ich habe es satt, ihm nachzuhetzen.«

In diesem Augenblick trat Mama Cori zu ihnen. Micay war überrascht, daß sie ihre Pflichten auch nur einen Augenblick lang im Stich ließ, um Cusi zu empfangen. Allerdings war sie sehr förmlich, und falls sie seine Verletzung überhaupt bemerkte, äußerte sie sich nicht dazu.

»Sei willkommen, mein Sohn. Willkommen, Tomay Guanaco und Uritu. Ich kann euch nur kurz begrüßen, denn wir müssen noch viele Vorbereitungen treffen, um euren Sieg zu feiern.«

»Das sehe ich«, meinte Cusi mit einem Blick auf das rege Treiben im Hof. »Wir haben gehört, daß die Feier so prächtig werden soll wie in Cuzco.«

»Vielleicht so groß«, räumte Mama Cori ein, »aber nicht so prächtig. Je weiter wir unsere Pläne vorantreiben, desto mehr wird uns bewußt, daß die Feier hier niemals so werden kann wie in Cuzco. Der Haucaypata ist einmalig, und die Gegenwart der vergangenen Sapa Incas und ihrer Haushalte läßt sich durch nichts ersetzen.«

Cusi sah sie neugierig an. »Aber das muß Huayna Capac doch von Anfang klar gewesen sein. Wollt Ihr damit sagen, daß er enttäuscht sein wird?«

»Natürlich wollen wir ihn zufriedenstellen, aber wir erwarten auch, daß ihm bewußt wird, was fehlt. Alles wird ihn an Cuzco erinnern und daran, daß sein Triumph vollständiger wäre, wenn er ihn dort begehen würde.«

Den Zwillingen wurde es langweilig, als ihr Vater ihnen keine Aufmerksamkeit mehr schenkte, und sie glitten von seinem Schoß.

»Aber hier gehört der Triumph ihm allein«, erläuterte Cusi seiner Mutter. »Hier muß er ihn mit niemandem teilen, mit keinen anderen Haushalten.«

Mama Cori zog erstaunt die Augenbrauen hoch. »Sprichst du von dir selbst, mein Sohn? Ich habe gehört, daß du in seiner Achtung gesunken bist.«

Ihr kühler, unbarmherziger Ton veranlaßte Micay, Mama Cori einen Blick zuzuwerfen, und sie bemerkte, daß Cusi so aufrecht dasaß, wie sein Fuß es erlaubte.

»In den offiziellen Berichten über die Schlacht werde ich kaum erwähnt, das stimmt«, räumte er steif ein. »Obwohl ich die ganze Zeit in seiner Nähe war.«

»Näher als alle anderen«, stimmte Tomay zu.

»Aber seinen Dank hast du dir offenbar nicht verdient«, fuhr Mama Cori im gleichen Ton fort. »Bist du dir sicher, daß du mir raten möchtest, wie wir ihn beeinflussen sollen?«

Cusi lachte ungläubig auf. »Verzeiht meine Anmaßung, Mutter. Aber wenn ich ihn dazu bewegen wollte, nach Cuzco zurückzukehren, würde ich ihm von Träumen und Omen einflüstern, von Visionen, in denen er auf dem Haucaypata stand.«

»Was wissen wir von solchen Dingen?« herrschte Mama Cori ihren Sohn an. »Wir sind Gemahlinnen, keine Zauberer. Und auch du, mein Sohn, bist kein Zauberer, selbst wenn du Worte von dir gibst, die die Leute vom Gegenteil überzeugen sollen.«

»Du hast mit Lloque Yupanqui gesprochen«, folgerte Cusi.

»Das stimmt. Ich werde bei eurer Meinungsverschiedenheit nicht Partei ergreifen, das müßt ihr beide selbst klären. Aber ich kann deinen Rat nicht annehmen, weil er weder ehrenhaft noch schicklich ist. Wir möchten den Sapa Inca überzeugen, nicht überlisten. Wir wollen die Erinnerungen in seinem Herzen wieder wecken, und dann werden wir ihm direkt unsere Bitte vortragen. Mehr können wir nicht tun.«

»Dann möchte ich Euch nicht von Eurer Arbeit abhalten«, sagte Cusi mit bemühter Freundlichkeit. Offenbar unbeeindruckt nickte Mama Cori den anderen zu und entfernte sich. In dem darauffolgenden Schweigen bemerkte Micay Staunen im Blick ihrer Tochter über den Wortwechsel zwischen ihrem Vater und ihrer Großmutter. Sinchi wandte ihr sein linkes Auge zu, und Micay bemerkte deutlich – wie immer in der Gegenwart Fremder – die auffällige rote Zeichnung. Sie wußte nicht, inwieweit er selbst sich dieses Mals bewußt war; aber jetzt, während er auf Uritus Oberschenkel stand und sich an dessen Tunika festhielt, starrte er fasziniert auf die feine schwarze Tätowierung auf Uritus Wangen. Bewegt ließ der Krieger zu, daß der Junge seine kleinen Finger an Uritus Mund legte.

»Das sind Zeichen des Muts, Kleiner«, erklärte Uritu, »wie die deinen.«

Plötzlich setzte sich Sinchi auf Uritus Schoß, lehnte den Kopf gegen dessen Brust und schlang seine Arme um ihn, als habe er einen Freund gefunden. Einen Moment schien Uritu verblüfft – das erste Mal, daß Micay Erstaunen auf seinem Gesicht sah –, aber dann drückte er zu Micays Überraschung den Jungen an sich und sang ihm leise ein Lied auf Campa vor.

Cahua kroch zu ihnen hinüber, und Micay ging zu Cusi, umarmte ihn von hinten und flüsterte ihm ins Ohr: »Du hast eine schönere Begrüßung verdient.«

Cusi seufzte und ließ sich gegen ihre Brust fallen. »Ich hätte nicht erwartet, daß ich mich so bald schon wieder verteidigen muß.«

»Du weißt doch, wie gerne sie nach Cuzco zurückkehren möchte«, erinnerte Micay ihn. »Sie hat sich mit Leib und Seele dieser Aufgabe verschrieben, und deswegen muß sie daran glauben, daß Huayna Capac gerecht und ansprechbar ist.«

»Sie wird über ihn ebenso enttäuscht sein wie über mich«, prophezeite Cusi. Dann schwieg er und blickte auf Uritu und die Zwillinge. Der Krieger sang noch immer und sah dabei auf den Jungen, der auf seinem Schoß saß und die Lippen stumm bewegte. Cahua hatte eine Hand auf Uritus Knie gelegt und summte die Melodie mit.

»Das ist meine Begrüßung«, flüsterte Cusi.

Micay legte den Kopf auf seine Schulter und umarmte ihn fest. »Willkommen zu Hause, Cusi Huaman«, sagte sie leise. »Hier wird dich immer ein herzlicher Empfang erwarten.«

»Wir hätten zum Regenbogen-Haus gehen sollen«, sagte Cusi zu sich. Vor kurzem hatte Micay ihn verlassen, und nun saß er im Garten auf der Erde und half den Zwillingen, eine Lehmmauer zu bauen, was sie mit großer Hingabe taten. »Damit hätten wir gefeiert, was das Ende des Krieges für mich wirklich bedeutet.«

Sinchi sammelte gerade Lehm zusammen, aber Cahua, die mit einem Haufen Steinen spielte, hörte ihrem Vater möglicherweise zu.

»Vielleicht habt ihr mein Gedächtnis geerbt«, fuhr er fort. »Vielleicht werdet ihr euch daran erinnern, was ich euch gesagt habe, und so lange daran denken, bis ihr die Bedeutung meiner Worte versteht.«

Cahua schnaufte eifrig und kroch zu einem anderen Stein hinüber. Sinchi beschmierte die Mauer mit nasser Erde.

»Oder vielleicht werdet ihr statt dessen lernen zu vergessen«, meinte Cusi versonnen. »Vielleicht werdet ihre eure Erinnerungen tragen wie ein Bündel, das euch nicht gehört.«

»Cusi«, rief plötzlich jemand hinter ihm. »Was bringst du den Kindern da bei? Die Mauer ist nicht im Lot.«

Cusi erkannte die Stimme sofort, ebenso wie die Zwillinge. Er drehte sich um, um seinen Bruder zu begrüßen, sah aber zu seiner Überraschung auch Otoronco Achachi neben ihm stehen.

»Ich habe den Gouverneur am Tor des Mollecancha getroffen und mich erboten, ihn hierher zu führen«, erklärte Amaru und grinste über Cusis verblüfftes Gesicht. Otoronco zog eine Augenbraue in die Höhe.

»Diese Stellung hat dein Ruhm dir also eingetragen, Cusi Huaman«, spottete er. »Kommandant der Säuglings-Garnison!«

Amaru lachte, sprang auf die Terrasse und setzte sich neben die soeben gebaute Mauer. Die Zwillinge blickten Otoronco scheu an und gingen dann zu Amaru, der sich daran machte, den Schaden zu reparieren, den Sinchi an seinem Bauwerk verursacht hatte. Mühsam stand Cusi auf und ließ sich neben seinem Bruder nieder.

»Großvater… willkommen. Das sind meine Kinder«, sagte er.

»Sie sehen ganz gesund aus«, erwiderte Otoronco ohne Anstalten zu machen, sich zu ihnen auf die Terrasse zu gesellen. In den zehn Jahren seit ihrer letzten Begegnung waren seine Haare grau geworden, sein vernarbtes Gesicht hatte Falten bekommen, und seine Stämmigkeit schien sich ein wenig auf den Bauch verlagert zu haben. Aber sein Blick war scharf und seine Ausstrahlung so stark wie eh und je. Er deutete mit dem Kinn auf Cusis Fuß und fragte: »Ist das der Grund, weshalb ich in den Berichten über den Sieg so wenig von dir gehört habe?«

»Das habe ich mir erst hinterher geholt, als wir Pinta verfolgten«, korrigierte Cusi. »Ich war bei der letzten Schlacht dabei. Es gibt Leute, die das bestätigen können, auch wenn andere sich darüber in Schweigen hüllen.«

»Quilaco schweigt nicht«, bestätigte Amaru. »Er hat mir erzählt, wie du ihn gerettet hast.«

»Es gibt noch andere, aber Huayna Capac gehört nicht zu ihnen. Meine Tage des Ruhms und der Gunst sind wohl vorbei«, meinte Cusi.

»Du hast deine Gunst genutzt«, erklärte Otoronco mit einem verlegenen Grinsen, das seine Dankbarkeit ausdrückte. »Du hast dein Versprechen gehalten.«

»Das war ich Euch schuldig.«

»Andere haben mir mehr geschuldet. Du hast etwas getan, was sie nie gewagt hätten, und das werde ich nicht vergessen, Cusi. Du kannst dir das Leben in Cuzco nicht vorstellen, nachdem ihr alle fort wart. Eine Stadt voll alter Männer, Buchhalter und Frauen, die man nicht berühren durfte! Schlimmer als im Gefängnis…«

425

»Heiliges Cuzco«, murmelte Amaru spöttisch. Otoronco schnaubte, sagte aber nichts.

»Wie war es in Chachapoyas?« fragte Cusi.

»Viel zu ruhig und geordnet, und unter mir ist das Land noch ruhiger geworden. Es hat mir geholfen zu wissen, was du mir über den Callawaya-Heiler ausrichten hast lassen, und mein Micho ist ausgezeichnet, ein Mann deines Vaters. Aber immerhin sind die Menschen dort lebendig; sie tun mehr, als nur mit Quipus zu zählen und Feierlichkeiten vorzubereiten. Aber das solltest du ja wissen«, lachte Otoronco. »Du hast schließlich eine von ihnen geheiratet!«

»Was macht ihr da?« rief Amaru plötzlich, und Cahua und Sinchi kicherten laut los. Sie demolierten systematisch den Mauerabschnitt, den Amaru soeben begradigt hatte, und sein Unmut spornte sie nur dazu an, ihr Zerstörungswerk mit noch größerer Inbrust fortzusetzen. Sinchi warf achtlos einen Klumpen Lehm über die Schulter und verfehlte knapp Otoroncos Kopf.

»Das ist der Grund, warum die Inka alles aus Stein bauen«, murmelte der alte Mann trocken.

»Kümmert sich jemand um Eure Leute?« fragte Cusi Otoronco. Dieser nickte.

»Ich habe nicht viele mitgebracht. Man brauchte mir nicht eigens zu sagen, daß ich meine Ankunft unauffällig gestalten sollte.«

»Mein Vater wird Euch begrüßen, sobald er Zeit hat.«

»Du bist derjenige, den ich sehen wollte«, erklärte Otoronco. »Sogar in Chachapoyas habe ich von dir gehört. Sie haben mir die Stelle hinter der Festung gezeigt, von der du abgesprungen bist. Du mußt mir davon erzählen, später, wenn ich auf deinen Mut trinken kann – deine Huaca.«

»Ich bringe ihn zum Gästehaus«, erbot sich Amaru. Er wischte sich den Staub von den Händen und gab den Kindern zum Abschied einen scherzhaften Stups. »Wir hätten euch auf die Carangui-Festung ansetzen sollen«, sagte er zu ihnen. »Ihr zwei hättet sie spielend demoliert.«

Die Zwillinge kreischten enttäuscht auf und krabbelten dann zu Cusi hinüber. Er öffnete die Arme und nahm sie auf den Schoß.

»Eure Urenkel, Herr«, sagte er. Otoronco schüttelte verwirrt den Kopf.

»Ich habe zu lange gelebt«, brummte er und wandte sich mit Amaru zum Gehen.

Die Ankunft des Sapa Inca wurde von Trommeln und Gesängen angekündigt. Zuerst betrat eine Gruppe von Gefolgsleuten in der blauen Tracht der Palastbediensteten den Platz; wie die Tradition es verlangte, fegten sie den Boden und streuten Blütenblätter auf den Weg, den der Herrscher nehmen würde. Ihnen folgte der Kriegsgott Huanacauri, auf dessen Sänfte sich die Banner und Insignien der besiegten Carangui türmten. Die Huaca selbst war in einen Umhang aus Federn gehüllt. Ein Muschelhorn ertönte, und daraufhin verbeugten sich alle, ob sie nun auf dem Platz standen oder aus der Ferne von Dächern und Mauern zusahen, legten die Finger an die Lippen und entboten die Mocha, als Huayna Capac auf seiner Sänfte hereingetragen wurde, umgeben von der Alten Garde der Inka. Die ihm nachfolgenden Krieger sangen ein Siegeslied, einen tiefen, eintönigen Gesang, der von Rufen und rhythmischem Stampfen begleitet wurde.

Huanacauri wurde direkt zum Coricancha gebracht. Sechs ranghohe Krieger, allesamt Brüder oder Neffen des Herrschers, trugen seine Sänfte die Treppe hinauf. Sie gingen nah an Micay und den anderen Heilerinnen ihres Ordens vorbei; die Frauen hatten sich diesen Ehrenplatz durch ihren Einsatz im Krieg verdient. Huayna Capac verließ seine Sänfte und stieg die Treppe zu Fuß hinauf. Es hatte den Anschein, als bemerke er all die Menschen gar nicht, die sich vor ihm verbeugten. Der königliche Fransensaum verbarg seine Augen, seine goldenen Ohrpflöcke und Armbänder und der Sonnenschild funkelten in der Sonne. Der Hohepriester und die Hohepriesterin erwarteten den Herrscher am Tor zum Coricancha. Gemeinsam standen sie zu dritt einen Augenblick schweigend auf dem Treppenabsatz, bevor sie den Hof betraten.

Mit gesenktem Kopf blickte Micay wieder auf den Platz. Noch immer strömten auf der nach Norden abgehenden Straße Krieger herein und nahmen rasch die Plätze ein, die für sie reserviert waren. Jetzt konnte Micay Cusi nicht mehr ausmachen, der mit Amaru, Quilaco und einigen anderen Verletzten auf sein Regiment gewartet hatte. Das Singen und Trommeln fand erst ein Ende, als Huayna Capac wieder erschien. Gemeinsam mit dem Hohenpriester trat er durch das Tor, Chimpu Ocllo hinter ihnen, und alle Menschen, die auf den Stufen standen, fielen wieder auf die Knie. Huayna Capac erhob beide Arme über den Kopf, und Stille kehrte ein.

»Inti, unser Vater!« rief er und sah zum Himmel hinauf. »Inti Illapa! Inti Viracocha! Der Sieg ist unser!«

Sobald er die Arme sinken ließ, griffen die Krieger die Anrufung auf, fügten auch Huayna Capacs Namen hinzu und schrien immer lauter. Dann stimmten die Zuschauer mit ein, alle Menschen auf dem Platz, auf den Mauern und Dächern, daß die ganze Stadt widerhallte und das Echo förmlich den Himmel zum Erzittern brachte. Als der Sapa Inca die Treppe hinabstieg und an Micay vorbeiging, stand sie auf und rief die Namen Mama Quillas und Illapas. Sie spürte, wie die Worte in ihrer Brust vibrierten, konnte sie aber wegen des unglaublichen Getöses nicht hören. Die Menschen um sie herum verfielen zusehends in eine Art Delirium; sie schwankten, warfen die Köpfe hin und her und kreischten; manche lachten, andere weinten. Micay bemerkte, daß sie selbst unzusammenhängend brüllte und all den Schmerz und die Enttäuschungen der letzten zehn Jahre herausschrie – die vielen Monate des Wartens und der Sorgen, in denen verstümmelte Männer zu ihr gebracht worden waren, die ihr allzu oft unter den Händen wegstarben; die Zeiten, in denen sie mit ansehen mußte, wie Cusi sich im Schlaf wand und stöhnte und den ständigen Tod und die Angst des Krieges nacherlebte. Was bedeutete der Sieg anderes als das Ende all dessen?

Huayna Capac wurde auf seiner Sänfte um die Steinempore getragen und von jedem Regiment salutiert. Micay fragte sich, was wohl Cusi in diesem Augenblick empfand – ob er schweigend auf seinen Krücken dastand oder in die Rufe der anderen einstimmte. Tomay und die anderen Gefährten – die von seinen Heldentaten wußten – würden bei ihm stehen und ihm damit vielleicht das Gefühl vermitteln, daß er stolz darauf sein konnte, diesen Tag zu erleben. Zumindest das konnte Huayna Capac ihm nicht nehmen.

Die Sänfte verschwand hinter der Empore. Gleich würde der Sapa Inca die Plattform besteigen und von der Coya, seiner Schwester und Gemahlin, begrüßt werden. Dann würden Gebete folgen, Opfer und Reden und schließlich die Siegesballaden. Es würde ein langer Tag werden, mit Festen und Tänzen, die noch weitere neun Tage andauern sollten. Geschenke würden überreicht und Ehrungen ausgesprochen werden, die Kulte und Haushalte würden feierliche Zeremonien abhalten, und Familien und Freunde würden weniger feierlich ihr Wiedersehen begehen. Sogar Hochzeiten sollten stattfinden: Rimachis mit Llampu und Amarus mit Parihuana, wenn man dessen Worten Glauben schenken konnte.

Immer noch schrien die Menschen um Micay herum, aber sie fühlte sich davon nicht mehr überwältigt und wollte auch nicht mehr in den Lärm einstimmen. Der Krieg war endlich vorüber, und jetzt konnten sie sich alle daran machen, die Wunden zu heilen und ganz zu genesen. Sie würden sich wieder mit dem Leben beschäftigen, nicht mehr mit dem Tod. Vielleicht kann sogar Cusi sich darüber freuen, dachte sie, wenn erst der Name Huayna Capacs nicht mehr in seinen Ohren widerhallt.

Beim Fest des Sapa Inca erhielten die Kommandeure und Hauptleute, die sich im Krieg hervorgetan hatten, zur Belohnung Purapura – Ketten aus kleinen Goldscheiben, die ihnen um den Hals gehängt wurden. Auf seine Krücken gestützt, nahm Cusi diese Auszeichnung von Ninan Cuyochi entgegen. Dabei flüsterte der Sohn des Sapa Inca ihm zu, niemand verdiene diese Ehre mehr als Cusi. Aber im Gegensatz zu Quilaco, Quizquiz und Challcochima wurde er nicht in den Hof der Coya gerufen, und auch keiner der Kriegshäuptlinge übermittelte ihm die Glückwünsche des Herrschers. Yasca zeichnete lediglich Rimachi und Uritu aus, und Michi überbrachte Tomay das Versprechen des Herrschers, er werde vierzig Alpakas aus den Herden der Carangui erhalten.

»Zumindest färbt es nicht auf sie ab, daß ich in Ungnade gefallen bin«, murmelte Cusi Micay zu, als sie beobachteten, wie Michi und Tomay einander zutranken.

»Yasca hatte auch einige Worte für dich übrig«, erinnerte Micay ihn, und Cusi nickte zustimmend.

»Er stand neben mir auf dem Platz, damals, als wir das Schweigen für uns sprechen ließen. Ich bin damit zufrieden, jetzt zu schweigen.«

»Ich weiß, und ich bin deswegen stolz auf dich. Schweigen ist die einzig mögliche Reaktion auf seine Kleinlichkeit.«

Cusi drückte ihr einen Kuß auf die Wange und wünschte sich, er könnte sie umarmen. In den letzten Tagen war sie ihm mehr als nur eine Kameradin gewesen; sie hatte seinen Klagen und Argumenten mitfühlend und aufmerksam zugehört, ihn aber seine eigenen Schlüsse daraus ziehen lassen. Sie hatte es ihm möglich gemacht, den Verlust seines Ansehens zu akzeptieren und zu erkennen, daß das Verlorene wertlos war.

Als er aufblickte, traten Ninan Cuyochi, Challcochima, Quizquiz und Tomay auf ihn zu. Jeder der ersten drei hielt zwei Becher in den Händen. Ninan brachte einen feierlichen, ernsten Trinkspruch an, eine Wiederholung dessen, was er Cusi zuvor zugeflüstert hatte. Cusi griff mit der rechten Hand nach dem Becher in Ninans Rechter – die Hände ebenbürtiger Männer. Das Akha floß kühl und schaumig seine Kehle hinab, und erst dann schmeckte er den leicht bitteren Geschmack der Mollebeeren. Micay nahm ihm den Becher ab, damit Challcochima ihm einen zweiten reichen konnte. Der hochgewachsene Krieger überlegte kurz und zuckte dann mit den Schultern. Er wollte sich Ninans förmliche Rede nicht zum Beispiel nehmen.

»Wir können den Inhalt der Balladen nicht ändern«, sagte er bedauernd, als er Cusi den Becher hinhielt. »Aber aus *unseren* Geschichten werden wir dich nicht weglassen.«

Cusi nahm einen Schluck, leerte den Becher aber nicht, und schon streckte Quizquiz ihm einen dritten entgegen. Er faßte sich knapp wie immer: »Du hast ihn zur Flucht bewogen. Das vergesse ich nicht.« Nachdem Cusi auch aus diesem Becher getrunken hatte, dankte er ihnen mit einer Stimme, deren Gefaßtheit ihn selbst überraschte. Ihre Anerkennung rührte ihn, aber ihm war bewußt, daß er jetzt auch ohne Lob und Gunstbezeugungen leben konnte.

Die anderen entfernten sich, doch Ninan blieb zurück. Mit einem vielsagenden Blick auf Cusis Becher sagte er: »Du trinkst mit Zurückhaltung.«

»Krücken und Akha vertragen sich schlecht«, antwortete Cusi leichthin. »Ich möchte nicht aufs Gesicht fallen.«

»Einem verbitterten, wütenden Krieger passieren leicht Unfälle«, beharrte Ninan.

»Meint Ihr hier, oder auf dem Feld?«

»Beides.«

»Ich werde nicht vergessen, auf mich aufzupassen und meine Zunge im Zaum zu halten.«

»Aber die Bitterkeit bleibt in dir«, erklärte Ninan traurig. »Sie wird dich vergiften, Cusi, und dich allen anderen gegenüber kalt und hart werden lassen.«

»Nicht allen«, widersprach Cusi. »Nicht gegenüber jenen, die wirklich zählen. Wie Ihr, Herr. Euch würde ich immer ohne zu zögern dienen, mit ganzem Herzen.«

Ninan nahm einen Schluck und sah ihn über den Rand des Bechers an. Sicher fragte er sich, wer für Cusi nicht zählte. Aber er wirkte eher nachdenklich als besorgt.

»Wenn mein Vater – wenn der Hof nach Cuzco zurückgeht, würdest du dann hier bleiben?«

»Das wäre eine Möglichkeit«, räumte Cusi ein. »Habt Ihr Euch entschlossen, hier zu bleiben?«

»In Cuzco gibt es bereits einen Thronerben. Mein Vater würde jemanden hier in Tumibamba brauchen, dem er vertrauen kann.«

Cusi bemühte sich, seine Überraschung zu verbergen. Dies war das erste Mal, daß Ninan so etwas wie persönlichen Ehrgeiz an den Tag legte. Er hatte bisher immer gedacht, Ninan sei zu loyal und gehorsam, um berechnend zu sein.

»Und wenn er nicht zurückgeht?« fragte Cusi.

»Glaubst du das?«

»Auf jeden Fall nicht bald. Es sei denn, die Gemahlinnen stellen sich auch zum Protest auf den Platz.«

Ninan warf ihm eines seiner seltenen, sarkastischen Lächeln zu.

»Vielleicht tun sie es ja. Wir sind zu viele, um alle für immer hier zu bleiben. Aber erwäge die Möglichkeit, daß du einer von ihnen sein könntest. Mehr erwarte ich im Augenblick nicht von dir.«

»Das werde ich tun«, versicherte Cusi, und die beiden Männer tranken sich noch einmal zu. Dann trat Ninan zurück und bedeutete Micay, sich zu ihnen zu gesellen.

»Jetzt überlasse ich euch dem Vergnügen des Festes«, sagte er. »Aber ich muß euch noch kurz mitteilen, daß Otoronco Achachi vorhin mit mir gesprochen hat. Er möchte mir helfen, Pinta zu fangen.«

Cusi lachte über die Kühnheit seines Großvaters; das war ein Mann, der Ninan einiges über Ehrgeiz beibringen konnte. »Er hat Erfahrung mit den Shuara, zumindest mit denen an der Grenze zu Chachapoyas.«

»Aber wie kann ich einen solchen Mann bitten, unter mir zu dienen?« fragte Ninan. »Selbst wenn er behauptet, er sei dazu bereit?«

»Ihr könnt ihm glauben«, riet Cusi. »Er will keinen Ruhm erringen; er möchte nur Gelegenheit haben, noch einmal zu kämpfen. Es wird Euch nicht leid tun.«

»Dann werde ich ihn anfordern. Herrin«, sagte er abschließend zu Micay, nickte ihr höflich zu und wandte sich zum Gehen.

Cahua umklammerte mit der einen Hand die Muschelkette um Micays Hals, mit der anderen die Schulter ihrer Mutter. Sie verfolgte die Zeremonie aufmerksam und lauschte gebannt Micays Erklärungen. Selbst wenn sie nicht alle Wörter verstand, begriff sie doch, daß sie sich auf die Ereignisse bezogen, die sie beobachtete, und hielt still.

»Jetzt gibt dein Onkel Amaru Parihuana ein Paar Sandalen. Schau, er kniet vor ihr, um sie ihr anzuziehen...«

Micay warf einen Blick auf ihren Sohn, der fasziniert auf Urcons Armen saß. Sinchi konnte den ganzen Tag lang still dasitzen, wenn das, was sich vor ihm abspielte, sein Interesse bannte. Er liebte es, Leuten zuzusehen.

»Nun ist sie an der Reihe, ihm Sandalen zu geben... ach, schau, Cahua, er will nicht, daß sie vor ihm hinkniet. Er zieht sich die Sandalen selbst an.«

Die Gäste hinter ihr murmelten beifällig über diese liebevolle Geste Amarus. Cusi warf Micay über Cahuas Kopf hinweg einen überraschten Blick zu. Da Amaru sich so plötzlich zu dieser Hochzeit entschlossen hatte, waren sie beide besorgt gewesen, es könnte eine rein formelle Angelegenheit werden. Aber offenbar hatte Amaru beschlossen, ein wahres Fest daraus zu machen.

»Die Umhänge sind das letzte Geschenk«, flüsterte Micay ihrer Tochter zu. »Schau, sie legen sie sich gegenseitig um die Schultern und versprechen einander, sich zu schützen und zu lieben. Ah, er gibt ihr einen Chimu-Umhang.« Amaru trug selbst eine Chimu-Tunika, ein blaues Baumwollgewand mit einem roten Wellenmuster. Er lächelte entspannt und sah viel jünger als seine dreißig Jahre aus; Micay wußte noch, wie dieses Lächeln sie bezaubert hatte, als sie in Parihuanas Alter gewesen war.

»Und schau, jetzt bindet dein Großvater die Enden ihrer Umhänge zusammen und umfaßt ihre Hände. Es ist fast vorbei… Hör zu, was dein Großvater sagt…«

In seiner Rolle als Gouverneur forderte Apu Poma das Paar auf, sich zu helfen und füreinander da zu sein, ihre Kinder gewissenhaft zu erziehen und sich gegenseitig mit Mut, Weisheit und Großzügigkeit zur Seite zu stehen. Amaru und Parihuana umfaßten beide den Knoten, der ihre Umhänge verband, verbeugten sich dankbar vor Apu Poma und umarmten sich dann als Mann und Frau.

»Jetzt sind sie verheiratet«, erklärte Micay, und Uritu stieß einen Juchzer aus, der das Schweigen brach und alle zum Lachen brachte. Als die Gäste sich um das Brautpaar drängten, wandte sich Micay zu Cusi, der auf seiner Krücke lehnte.

Er deutete auf seinen verletzten Fuß und bat: »Gib ihnen das von mir.« Damit hielt er Micay eine kleine Steinfigur hin, eine Conopa, die dem Haushalt Glück und Wohlstand bringen sollte. Es war ein brauner Frosch mit weißen Wassersymbolen auf dem Rücken, einer der Frösche, die quakend Illapas Regen begrüßen. Micay ließ Cahua die Figur in die Hand nehmen, warnte sie aber: »Es ist ein Geschenk für deinen Onkel und deine Tante. Du mußt es ihnen geben.«

Sie blickte zu Urcon, der ihr ein strahlendes Lächeln zuwarf und mit ihr vortrat; er wußte, daß Sinchi seiner Schwester überall hin folgen wollte. Hinter sich hörte Micay, wie Cusi verwundert murmelte: »Jetzt sind sie verheiratet…«

Die Unterhaltung begann ganz unschuldig, als Apu Poma Rimachi fragte, ob er die Stelle als Hauptmann der Königlichen Leibwache annehmen würde. Rimachi saß neben seiner ihm vor zwei Tagen angetrauten Gemahlin Llampu, einer großen, anmutigen jungen Frau mit olivbrauner Haut und strahlenden, ausdrucksvollen Augen und warf ihr einen liebevollen Blick zu, bevor er antwortete.

»Ich weiß, ich verzichte damit auf einen guten Rang«, erklärte er, »aber wie mein Freund Amaru möchte ich gerne einige Zeit in meinem eigenen Anwesen verbringen. Ich war so lange von Tumibamba fort, und es ist an der Zeit, daß ich meine Eltern zu Großeltern mache.«

Llampu errötete und senkte verlegen lächelnd den Blick. Mama Cori sprach, bevor ihr Mann etwas erwidern konnte.

»Aber du würdest mit dem Sapa Inca nach Cuzco zurückkehren, oder etwa nicht?«

Rimachi zögerte; ihm war bewußt, daß die ganze Gesellschaft bei dieser pointierten Frage aufhorchte.

»Ich kann jederzeit dorthin abkommandiert werden, Herrin«, räumte Rimachi ein, »um Huascars Leibwachen abzulösen. Aber mein Vater versicherte, das sei in absehbarer Zeit recht unwahrscheinlich.«

»Also geht dein Vater davon aus, daß er hierbleiben wird?« fragte Mama Cori nach.

Versöhnlich breitete Rimachi die Hände aus. »Er hat nicht von einem Abschied gesprochen, Herrin. Das hat keiner in der Königlichen Leibwache, zumindest nicht in meiner Gegenwart.«

»Werden euch die Äußerungen des Sapa Inca nicht mitgeteilt? Ich habe gehört, daß er sich über die Enge in den Gästehäusern beschwerte.«

»Davon weiß ich nichts«, erwiderte Rimachi. »Ich habe nur gehört, er sei nicht zufrieden mit einigen der Delegationen, die ihn ehren sollten. Die Puna schickten gar niemanden, und die Huancavelica glaubten offenbar, die üblichen Gesandten würden genügen. Ich vermute, daß beide Stämme demnächst eine Delegation von Kriegern empfangen werden.«

Mama Cori verbarg ihre Enttäuschung, drang aber nicht weiter in ihn. Cusi starrte sie an; er empfand kein Mitleid mit ihr, wollte sich aber auch nicht brüsten. Dann wurde ihm mit einemmal die volle Bedeutung von Rimachis Worten klar, und dazu noch, wie Huayna Capac das Problem lösen würde, auch im Frieden hierzubleiben. Warum hatte er das nicht früher erkannt? Wenn es sich zu schwierig gestaltete, die Krieger hier zu behalten, dann würde er sie anderswo hinschicken. Dafür brauchte er nur einen Vorwand, etwa den, ein Volk bestrafen zu müssen.

Cusi erkannte, daß die anderen Krieger zu dem gleichen Schluß gekommen waren. Am liebsten hätte er seine plötzliche Angst laut geäußert; er wollte allen sagen, daß auch er eine Zeitlang gerne in seinem eigenen Anwesen verbringen wollte. Aber dann sah er zu seiner Mutter und Lloque, die mit ausdruckslosen Gesichtern nebeneinander saßen, und er schwieg; er hatte sie oft genug gewarnt. Sollten sie nun den Lohn für ihren Respekt vor Huayna Capac erhalten.

»Wie Ihr wißt, traf Euer Freund Acapana lange vor mir dort ein«, sagte Otoronco und blickte in den Regen hinaus, der auf den verwaisten Platz niederprasselte. »Er schickte Botschaften aus, in denen er die Amnestie wiederholte und Euren Vater dazu aufrief, sich zu ergeben.«

Micay warf einen Blick zurück in das Zelthaus, wo die Zwillinge mit Quintis zwei Töchtern spielten, und beruhigt lenkte sie ihre ganze Aufmerksamkeit auf Otoronco.

»Hat er eine Antwort erhalten?«

»Eine Reihe der Leute, die mit Casca geflohen waren, kamen aus den Bergen zurück und gingen wieder in ihre Dörfer. Als keiner von ihnen bestraft wurde, kehrten noch mehr zurück, aber Casca war nicht unter ihnen.« Otoronco nahm einen Schluck Akha, bevor er fortfuhr: »Als ich in Caxamarca ankam, wurde ich von dem Callawaya, Cusis Freund, begrüßt. Er wiederholte, was Cusi ihm aufgetragen hatte – wie die Rebellion provoziert worden war und daß man die Chachapoyas freundlich behandeln sollte. Er bat insbesondere darum, daß ich Euren Vater finden und ihm wieder zu Ansehen verhelfen sollte.

Und da Cusi so viel für mich getan hatte«, fügte Otoronco lächelnd hinzu, »war ich durchaus bereit, seinem Urteil zu vertrauen. Deswegen schickte ich Nachrichten und Geschenke zu den letzten Rebellen, die in den Bergen geblieben waren. Dann bereiste ich die Provinz und ging nach Suta, um mich selbst umzuhören. Zwei von Cascas Gemahlinnen waren dort, aber sie wollten mit mir nicht über ihn reden. Die anderen Leute sprachen mit Zuneigung und Bedauern von ihm, weil sie ihn bewunderten, aber nicht erwarteten, daß er zurückkommen würde. Er hat geschworen, daß er sich nie wieder vor dem Sapa Inca verbeugen wird, und die Leute erzählten, er habe bei den Shuara Zuflucht gefunden. Als ich Euren Namen erwähnte, sagten sie, Eure Mutter sei bei ihm.«

»Erinnerten sie sich an mich?« fragte Micay ängstlich.

»Aber ja. Sie nannten Euch Misa. Eine alte Frau wagte sogar, mir zu sagen, daß Ihr zu Unrecht als Erwählte Frau fortgeführt wurdet. Als ich ihnen berichtete, daß Ihr die Gemahlin von Cusi Huaman seid, waren sie sehr beeindruckt.«

»Mein Vater wäre wohl kaum beeindruckt«, murmelte Micay. »Und mehr habt Ihr nicht erfahren?«

»Ich schickte Delegationen zu den Shuara, mit Geschenken für die Häuptlinge und Versicherungen, daß ich mich friedlich verhalten würde. Aber sie sind ein wildes, unabhängiges Volk und sehr mißtrauisch gegenüber allen Fremden, insbesondere den Inka. Entweder hat sich Euer Vater entschlossen, unauffindbar zu bleiben, oder die Shuara wollen nicht, daß er gefunden wird. Sie erlauben unter keinen Umständen, daß jemand ihr Territorium betritt, um nach ihm zu suchen. Mehr kann ich Euch nicht sagen.«

»Ich danke Euch, Großvater«, antwortete Micay. »Ihr habt mehr getan, als irgend jemand von Euch erwarten könnte.«

»Ich möchte noch mehr tun, zumindest für Cusi«, erklärte Otoronco, verfiel aber in Schweigen, als Lloque Yupanqui zu ihnen trat.

»Herr«, sagte er entschuldigend zu Otoronco. »Verzeiht, daß ich Euch störe, aber ich wurde zum Palast gerufen und möchte nicht gehen, ohne Micay vorher eine Nachricht zu übermitteln.«

Otoronco bedeutete ihm zu sprechen, entfernte sich aber nicht. Lloque zögerte kurz, setzte dann aber an: »Die Vicaquirao-Priester haben mit mir über die Rituale gesprochen, um die du für deinen Sohn gebeten hast. Einige von ihnen haben Vorbehalte wegen Cusis Ruf, aber alle sind sich einig darüber, daß Sinchis Zeichnung seine Nähe zu Illapa ausdrückt. Mit meiner Empfehlung werden sie deine Bitte erfüllen.«

Micay verbeugte sich dankbar, aber bevor sie antworten konnte, fuhr Otoronco dazwischen. »Was stimmt denn nicht mit Cusis Ruf? In Chachapoyas ist er ein Held, und seitdem hat er seinen Mut und seine Loyalität sicher noch oft unter Beweis gestellt.«

Lloque nickte höflich. »Sein Mut steht auch nicht in Frage, Herr. Aber es gibt ernsthafte Zweifel an seinem Charakter.«

»Neid«, meinte Otoronco.

»Nein, Herr. Ich fürchte, ich teile diese Zweifel. Ich habe seine Arroganz und Mißachtung miterlebt, und sie grenzen an Verrat. Schlimmer noch – er hat seine Bereitschaft gestanden, andere Männer gegen ihren Willen einzuschüchtern und zu beeinflussen, und zwar mit Mitteln, die mehr einem Zauberer als einem Krieger zustehen.«

Otoronco richtete sich langsam auf, so daß Micay sich plötzlich sehr klein neben ihm fühlte. Sie sah, wie Lloque verwirrt blinzelte. Er war eine halbe Handbreit größer als Otoronco, und doch schien dieser auf ihn hinabzublicken.

»Als ich in Cusis Alter war, zur Zeit Pachacutis, verbeugte sich niemand vor uns, nur deshalb, weil wir Ohrpflöcke trugen. Wir mußten eine unbeugsame Arroganz zur Schau stellen, denn alle, die wir nicht einschüchtern oder sonstwie beeinflussen konnten, mußten wir bekämpfen. Heute haben wir weniger Feinde, aber an Orten, in denen unsere Herrschaft nicht akzeptiert wird, ist es auch jetzt nicht anders.«

»Vielleicht nicht«, stimmte Lloque zu. »Aber Cusi hat diese Arroganz hier und in Quito gezeigt, nicht bei unseren Feinden.«

»Hat er hier etwa keine Feinde?« herrschte Otoronco ihn an. »Was ist denn mit jenen, die ihn schlecht machen und Gerüchte über ihn in die Welt setzen? Und was ist mit denen, die ihm seine Huaca neiden und ihm den Ruhm aberkennen, der ihm zusteht?«

»Er hat sich *mir* gegenüber arrogant verhalten, Herr«, erklärte Lloque. »Und mich zählt Ihr doch sicher nicht zu seinen Feinden?«

Otoronco starrte ihn nur an und sagte so lange nichts, bis sein Schweigen regelrecht beleidigend wirkte und Lloque sich verkrampfte. »Ihr tut mir unrecht, Gouverneur…«

»Ich denke nicht, Königlicher Erinnerer. Seid Ihr nicht einer derjenigen, die die Balladen über die letzte, entscheidende Schlacht verfaßten?«

»Ja, das bin ich.«

»Dann wißt Ihr, daß auch Cusi an vorderster Front neben Huayna Capac an der Angriffsspitze stand. Soviel besagen die Lieder. Aber findet Ihr es nicht seltsam, daß er ansonsten nicht weiter erwähnt wird, während all seine Kameraden und Initiationsbrüder in den Liedern hochgelobt werden? Er blieb unverletzt. Hat er sich vielleicht versteckt? Warum, glaubt Ihr, wurde er aus der Ballade ausgelassen?«

»Ich kann nicht darüber sprechen, wie die Lieder verfaßt werden«, wehrte Lloque ab. »Wie Ihr wohl wißt.«

»Ich habe in der Vergangenheit an derlei Dingen teilgenommen«, erwiderte Otoronco. »Ich weiß, daß viele mutige Männer nicht erwähnt werden können und daß nur die Tapfersten namentlich genannt werden. Aber hat denn niemand nach dem Namen des Kriegers gefragt, der vorgab, mit Huayna Capac zu kämpfen? Der Mann muß doch eine wichtige Rolle dabei gespielt haben, die Carangui aus ihrer Festung zu locken.«

»Das war ein gemeiner Krieger«, sagte Lloque widerstrebend. »Es wurden mehrere Namen genannt, aber niemand war sich sicher. Man ging davon aus, daß er beim Rückzug ums Leben kam.«

Otoronco warf ihm einen strengen Blick zu, als ob er Lloque tatsächlich zu Cusis Feinden zählte.

»Er kam nicht ums Leben, sondern er wurde verstoßen. Und er war ein höchst ungewöhnlicher Krieger, wie Huayna Capac wohl weiß. Und wie sein eigener Onkel sicherlich wissen sollte…«

Lloque blinzelte mehrmals und blieb reglos stehen. Seinem unsteten Blick war anzumerken, daß ihm die Bedeutung von Otoroncos Worten offenbar nach und nach aufging. Er sah Micay an, die nur bestätigend nickte. Plötzlich schien er in sich zusammenzufallen und ließ den Kopf hängen.

»Ich habe Euch vernommen, Herr«, stieß er heiser hervor und wich Otoroncos strengem Blick aus. Dann wandte er sich um und überquerte den regennassen Platz.

»Ich brauche noch etwas zu trinken«, sagte Otoronco und blickte Micay unzufrieden an. »Jemand muß diese Dinge sagen, da Cusi selbst nicht davon reden will.«

»Er kann nicht reden«, erklärte Micay und faßte Otoronco impulsiv am Arm. »Aber niemand hätte sich überzeugender für ihn einsetzen können als Ihr. Er wird Euch dankbar sein, Großvater.«

Der alte Mann schnaubte verächtlich, lächelte aber und führte sie zum Zelthaus zurück.

»Ich sage nur, was wahr ist«, erklärte er grimmig. »Aber ich kann mir nur wenig Gehör verschaffen ...«

Am Ende der Feier verknoteten Amaru und Parihuana wieder die Enden ihrer Umhänge, und dann geleiteten die Angehörigen und Gäste sie singend mit einem Fackelzug zu Apu Pomas Haus. Cusi hinkte auf seiner Krücke neben Micay; es erstaunte ihn immer noch, daß er für seinen Bruder ein Hochzeitslied sang. Vielleicht war es das Chimu-Gewand, das ihn an einen Amaru denken ließ, der an nichts glaubte und niemandem verantwortlich war. Und Parihuana wirkte von hinten so schlank und schmal in den Hüften wie Fempellec. Cusi hätte Micay gerne gefragt, was sie dabei empfand, aber in diesem Augenblick kam die Gruppe vor Apu Pomas Haus zum Stehen. Amaru drehte sich um und sprach zu den Anwesenden. Er dankte seinem Vater für die Leihgabe des Hauses, seiner Mutter für das wunderbare Fest und seiner Familie und den Freunden für die Geschenke und ihre Gesellschaft. Cusi wurde beim Zuhören immer ungeduldiger; er fand die Rede etwas zu traditionell und förmlich. Aber dann hielt Amaru inne, und seine Lippen verzogen sich in der vertrauten, etwas spöttischen Art.

»Viele von euch dachten, sie würden diesen Tag nie erleben«, erklärte er mit freundlicher Offenheit. »Ihr dachtet, ich würde immer alles vermeiden, was gut für mich ist. Ich kann euch für diesen Gedanken keinen Vorwurf machen, aber von nun an könnt ihr euch um andere Dinge sorgen. Ihr könnt euch um das kümmern, womit euch wirklich ernst ist.«

Cusi war der erste, der bei dieser feierlichen Verkündung in Lachen ausbrach. Dann stimmten seine Initiationsbrüder und Quilaco mit ein und schwenkten die Fackeln zum Salut. Einige der älteren

Familienmitglieder schüttelten nur den Kopf. Amaru lächelte zu Parihuana hinunter, und dann verschwanden die beiden durch die Tür. Die Gäste verabschiedeten sich leise und zerstreuten sich. Cusi wollte gerade seinen Initiationsbrüdern über den leeren Platz folgen, als Micay ihn am Arm zurückhielt.

»Die Kinder sind versorgt«, erinnerte sie ihn und schmiegte sich an ihn. »Und wahrscheinlich ist das Badehaus leer…«

Sofort wandte Cusi sich auf der Krücke zu ihr um, lachte und zog sie an sich. Der süße Duft ihres Haares stieg ihm in die Nase.

»Glaubst du, daß sie… daß Amaru…?«

»Wir bleiben nicht hier, um zuzuhören«, schalt Micay und zog ihn in Richtung auf das Badehaus. »Außerdem weiß Parihuana, was sie tun muß, wenn Amaru zögert.«

»Hast du ihr soviel Mut gemacht?« neckte Cusi.

»Ich habe mein bestes getan«, erklärte Micay stolz. »Um ehrlich zu sein, hat Amaru selbst – oh!«

Vor Schreck griff sie so fest nach Cusis Arm, daß er fast das Gleichgewicht verlor. Erst einen Augenblick später erkannte er, wer im Dunkeln vor ihnen stand.

»Fempellec«, stieß er hervor. »Du bist hier willkommen. Du brauchst dich nicht im Schatten zu verbergen.«

Fempellec lachte bitter und trat näher. »Soll ich vor seinem Haus sitzen, wie ein gewisser Junge es damals in Chan Chan getan hat?«

»Du hättest an der Feier teilnehmen können«, rügte Micay sanft. »Du hast gewußt, daß es dazu kommen mußte, Fempellec.«

»Das hat *er* gesagt. Aber ich habe ihn mit ihr gesehen, und ich habe gehört, was er gerade gesagt hat. Er sagte, er wüßte, was gut für ihn ist. Offenbar bin ich nicht gut für ihn.«

Cusi wollte Fempellec gerade zustimmen, als er Micays warnenden Blick fühlte, und so sagte er nichts. Auch die Tatsache, daß Fempellec in Mama Huarcays Diensten stand, hatte nie Micays Verantwortungsgefühl ihm gegenüber versiegen lassen. »Ist er unfreundlich zu dir gewesen?« fragte sie ihn.

Wieder lachte er bitter auf. »Seiner Ansicht nach nicht. Er hat mich eingeladen, ihn – sie *beide* – zu besuchen. Als ob ich an seinem großen Ansehen als Ehrenmann und Gatte teilhaben könnte…«

»Du genießt Ansehen wegen deiner eigenen Leistungen. Warum willst du nicht glauben, daß Amaru dein Freund sein will? Warum willst du nicht annehmen, was er dir geben kann?«

»Selbst wenn er nichts gibt?« höhnte Fempellec. »Das ist es doch, was die Inka immer geben – großspurige Worte und leere Hände. Hände, die nur nehmen können, nicht geben.«

»Du weißt, daß das nicht stimmt«, erwiderte Micay. »Du weißt, daß Amaru kein solcher Inka ist. Er hat sich in Chan Chan verändert. Deswegen hat er an seinem Hochzeitstag ein Chimugewand getragen und seiner Braut auch eines geschenkt. Er hat nichts vergessen von dem, was er von dir gelernt hat. Warum willst du nicht von ihm lernen?«

Fempellec zögerte; er atmete heftig aus und scharrte mit den Füßen im Staub. Micay warf Cusi einen weiteren warnenden Blick zu, und er schwieg trotz seiner Ungeduld. Am liebsten hätte er Fempellec geschüttelt und ihm gesagt, daß er in Chan Chan ein Nichts gewesen war, während er hier eine bedeutende Stellung bekleidete.

»Du weißt immer, mit welchen Worten du mich trösten sollst, Micay«, grollte Fempellec. »Bei dir klingt es immer, als hätte ich einen Grund zu hoffen. Aber wenn ich wieder alleine bin, frage ich mich, warum ich dir geglaubt habe.«

»Du bist nicht der einzige, der alleingelassen wurde«, erinnerte Micay ihn. »In Quito war ich auch alleine, aber du hast mich nie besucht. Du bräuchtest Mama Huarcay ja nicht zu sagen, daß du *mich* besuchen gehst.«

»Ich brauche ihr gar nichts zu sagen«, verkündete Fempellec, und seine Stimme klang nicht mehr jämmerlich. Micay nickte zustimmend.

»Dann freue ich mich auf deinen Besuch.«

Fempellec sah kurz zu Cusi hinüber, als erwarte er einen Einspruch. Dann hob er in einer hilflosen Geste die Hände, nickte Micay zu und verschwand in der Dunkelheit.

»Du bist sehr nett zu ihm«, sagte Cusi. »Vielleicht netter, als er verdient.«

»Mir ist seine Einsamkeit nicht fremd«, erklärte sie leise.

Cusi legte ihr einen Arm um die Schulter und fühlte, wie ihm die Brust eng wurde. »Ich habe dich zu lange alleingelassen. Und ich fürchte, man wird mich wieder fortschicken, wenn mein Fuß geheilt ist.«

Micay erschauderte und zog ihn an sich. »Ich habe gehört, was Rimachi gesagt hat«, flüsterte sie ihm ins Ohr. »Aber wir haben Zeit, um nachzudenken und Pläne zu machen ... Ich lasse dich nicht gehen, bevor du nicht völlig gesund bist.«

Trotz seiner Schmerzen mußte Cusi lächeln. »Vielleicht würde ein Bad mir helfen ...«

»Ein langes, langsames Bad«, stimmte Micay zu und führte ihn davon.

Das Regenbogen-Haus

In Gedanken versunken wählte Cusi den Pfad, der am Heiligtum vorbeiführte, denn dieser Weg war eben und bereitete seinem Fuß keine Schwierigkeiten. Mit gesenktem Kopf schritt er aus und hörte weder die wenigen Geräusche um ihn herum, noch war er sich seiner Umgebung wirklich bewußt. Vor seinem geistigen Auge sah er eine Garnison in einem abgelegenen Teil des Reiches, in einer kalten, öden Gebirgsgegend; eine Kupfermine, ein Dorf mit armseligen Hütten, ohne Straßen oder Mauern, in dem das einzige Steinhaus dem Inka-Kommandanten gehörte. Wo niemand Quechua sprach, außer mit ihm, dem Inka. Er stellte sich vor, wie er zusammen mit Micay und den Zwillingen in Decken gehüllt um ein kärgliches Feuer kauerte, während draußen Mitmac-Krieger das Tor bewachten und ein eisiger Wind über den kargen Bogen fegte. Sie waren zwar zusammen, aber heimatlos, und das konnte schlimmer sein als keinen Vater zu haben.

Plötzlich sah er aus dem Augenwinkel etwas Graues aufblitzen, und dann nahm er ein wütendes Gesicht wahr und Hände, die sich gegen ihn erhoben. Diese Bedrohung ließ ihn sofort in Verteidigungshaltung gehen, und er richtete seinen Stock auf wie einen Speer. Die Angreifer hielten inne, und Cusi wurde bewußt, daß es sich um zwei alte Frauen handelte, die beide das hellgraue Gewand der Mamacona trugen. Seine rasche Reaktion hatte ihnen Angst eingejagt, aber ihre Gesichter zeigten Verärgerung, und als Cusi hinter sie blickte, erkannte er den Grund dafür. Eine dritte Frau stand mit dem Rücken zu ihm vor einem Heiligtum, einer tiefen Nische im Fels. Die Frau war groß, und ihr Gewand schimmerte silbern. Ohne ihr Gesicht zu sehen, wußte Cusi, daß er die Hohepriesterin selbst gestört hatte.

Unverzüglich ließ er seinen Stock sinken und verbeugte sich entschuldigend vor den Mamacona, aber diese Geste besänftigte sie keineswegs. Cusi konnte es ihnen nicht verdenken; schließlich hätte er sie beinahe angegriffen, und das war ihnen sicher bewußt. Als sie auf ihn zutraten, wich er zurück, aber im selben Augenblick erklang die Stimme der Hohenpriesterin.

»Cusi Huaman ... komm näher.«

Die wütenden Gesichter der Mamacona wurden ausdruckslos; sie traten beiseite und ließen ihn auf das Heiligtum zugehen. Chimpu Ocllo war selbst mit gebeugtem Kopf noch größer als er, aber sie strahlte nicht die selbstsichere Ruhe aus, an die er sich von ihrem Auftritt auf dem Platz in Tumibamba erinnerte. Statt dessen fand er sich ganz in ihren Bann geschlagen; sie vermittelte ihm das Gefühl, als ob sie alles wüßte, was er in seinem Herzen trug. Unwillkürlich legte er seine freie Hand auf seinen Schutzgeist und wappnete sich innerlich gegen die Macht der Hohenpriesterin. Als Chimpu Ocllo das bemerkte, seufzte sie leise und nickte. »Du mußt ein Opfer bringen«, befahl sie ihm. »Du mußt Mama Quilla um Vergebung für dein Eindringen bitten.«

Cusi griff nach seinem Beutel und nahm eine Handvoll frischgemahlener Koka, die Uritu ihm vor kurzem gegeben hatte. Für Euch, meine Mutter, betete er still und bat wortlos die Mondmutter um Verzeihung, als er das Pulver in die Nische legte. Dann trat er zurück und entbot mit einer Hand eine Mocha. Sein Gebet beschwichtigte ihn, und er fühlte nicht mehr die drängende Ausstrahlung Chimpu Ocllos. Sie sprach ihr eigenes Gebet zu Ende und bedeutete ihm dann, mit ihr vom Heiligtum zurückzutreten.

»Ich wollte schon seit einiger Zeit mit dir reden, mein Sohn – seitdem du mit Huanacauri auf dem Platz standest und mich so kühn anblicktest. Was hat dich heute zu mir geführt?«

Ihre Stimme klang so erwartungsvoll, daß Cusi zögerte und unwillkürlich an seine erste Begegnung mit Raurau Illa denken mußte, bei der er ebenfalls eine zeremonielle Handlung gestört hatte. Er schluckte und sprach aufrichtig, obwohl er wußte, daß seine Antwort sie nicht zufriedenstellen würde.

»Ich habe nicht aufgepaßt, wohin ich ging, Mamanchic. Ich ließ mich von meiner Verletzung leiten.«

Chimpu Ocllo verbarg ihre verächtliche Skepsis nicht. »Ein Kommandeur der Kundschafter achtet nicht auf seinen Weg? Was könnte deine Aufmerksamkeit derart in Anspruch nehmen?«

»Ich habe an die Zukunft gedacht, Mamanchic, wohin ich geschickt werden könnte, wenn ich geheilt bin.«

»Du bist also rein zufällig hierhergekommen und hast nur an dich gedacht?« fragte die Hohepriesterin ungläubig und warf den Kopf in den Nacken. »Ich soll wohl verspottet werden!«

Cusi erkannte, daß sie nicht *ihm* vorwarf, er würde sie verspotten. Trotzdem fühlte er sich von ihrem Ton herabgesetzt, und als sie ihn wieder anblickte, erschien ihm ihr Drängen noch heftiger als zuvor. Er richtete sich zu voller Größe auf und bemühte sich im Gedenken an seinen Schutzgeist Chimpu Ocllo nicht mit Gewalt, sondern mit überzeugender Ruhe entgegenzutreten.

»Wartet Ihr auf ein Zeichen, Mutter?« fragte er leise. »Eine Botschaft?«

Die Hohepriesterin wich ein wenig zurück und betrachtete ihn respektvoll. »Natürlich, du weißt über solche Dinge Bescheid«, sagte sie dann. »Ich habe gehört, daß du im Land der Visionen warst. Daß du Gefahr für uns gesehen hast.«

»Ich wurde davor gewarnt«, räumte er ein. »Mir wurde von einem Feind erzählt, der größer ist als alle anderen, einem Feind, der das Pacha Puchucay bringen könnte, das Ende unserer Welt. Mein Bruder erhielt in Pachacamac eine ähnliche Warnung.«

»Wer könnte dieser Feind sein?«

»Das weiß ich nicht, meine Mutter. Das wurde mir nicht gezeigt.«

»Und du hast dieses Wissen einfach beiseitegeschoben? Wie konntest du solche Dinge mit dir herumtragen, ohne davon besessen zu sein? Wie konntest du dabei nur an deine eigene Zukunft denken?«

»Ich trage dieses Wissen seit vielen Jahren in mir«, erwiderte Cusi. »Ist es meine Schuld, daß Ihr es erst seit kurzem habt?«

Einen Augenblick starrten sie einander wütend an. Cusi kämpfte darum, seine verlorene Ruhe wiederzufinden, aber er war nicht bereit, der Hohenpriesterin klein beizugeben. Dann blickte Chimpu Ocllo etwas verwundert um sich, und schließlich schüttelte sie den Kopf und sagte: »Entschuldige Cusi, ich habe kein Recht, dich zu schelten. Ich habe diese Gefahr in meinen Träumen gefühlt, aber ich habe ihre Ursache nicht gesehen. Ich sehe unser Volk sterben, aber nicht den Feind, der es bezwingt.«

»Ich wollte Euch nicht trotzen, Mamanchic«, versicherte Cusi. »Mein Wissen ist mir eine Last, aber ich kann es nur schweigend ertragen. Ich habe am Hof keinen Einfluß, wie Ihr sicher wißt, und ich erwarte nicht, über unsere Zukunft zu Rat gezogen zu werden.«

»Als ich dich damals auf dem Platz sah«, sagte Chimpu Ocllo nachdenklich, »hatte ich das Gefühl, du würdest alles für dein Volk tun.«

»Das war Euer Tun, meine Mutter. An dem Tag hattet Ihr große Huaca.«

»Und heute? Nein, du brauchst es mir nicht zu sagen. Ich weiß, daß ich ungeduldig war. Vielleicht ist es eine Botschaft, daß du hierhergekommen bist, ein Zeichen meiner Verzweiflung. Du bist einer der wenigen, der mir die Stirn bieten kann.«

»Ich würde Euch lieber dienen, Mamanchic«, widersprach Cusi. Bei diesen Worten lächelte sie zum ersten Mal, und damit schien die Spannung zu weichen, die zwischen ihnen gestanden hatte.

»Vielleicht kannst du das, mein Sohn. Du mußt mir mehr erzählen von dem, was du weißt, denn ich habe durchaus Einfluß am Hof. Micay hat bereits gesagt, daß sie mich sehen möchte. Komm mit ihr zum Luchs-Haus, und bringt eure Kinder mit.«

»Sie möchte Euren Rat, wie sie Macas begegnen kann«, erklärte Cusi und nahm die Einladung mit einer Verbeugung an.

»Ich werde ihr alles sagen, was ich weiß«, versprach Chimpu. Dann hielt sie segnend eine Hand über ihn. »Jetzt mußt du mich allein lassen. Paß auf, wohin du gehst, Kommandeur der Kundschafter.«

»In Zukunft werde ich mehr achtgeben«, versprach Cusi und verbeugte sich, während sie ihn verließ.

Micay ging zum Anwesen zurück und nahm Sinchi mit; Cusi und Cahua blieben neben dem Wasserfall sitzen, wo Cahua verzückt den Regenbogen bewunderte, während sich Cusi seinen Gedanken hingab. Sinchi hätte es nie in solch stiller Gesellschaft ausgehalten; er wollte immer etwas unternehmen und wäre zweifellos dem Wasserfall näher gekommen, als ihm erlaubt war. Außerdem fand Micay, daß es den Zwillingen nicht schadete, getrennt zu sein, nun, da sie es zuließen. Solange der eine wußte, wo der andere war, konnten sie zumindest tagsüber eine Zeitlang ohne den anderen auskommen.

Nachdem Micay mit den Gefolgsleuten das wenige Gepäck gesichtet hatte, das sie zur Wallfahrt zu Macas mitnehmen konnten, trat Urcon hinzu.

»Herrin –«

»Kameradin«, korrigierte Micay und griff nach dem zylinderförmiger Kopfschmuck, der in einer Ecke des Zimmers lag. Sie setzte ihn Sinchi auf und erklärte: »Diesen Kopfschmuck hat dein Vater von Acunta, dem Häuptling von Chan Chan, bekommen.«

Sinchi umfaßte ihn mit den Händen und blinzelte unter dem Rand zu seiner Mutter und Urcon hinauf. Beide mußten lachen, und darüber freute sich Sinchi derart, daß er im Kreis zu hüpfen begann und hinter dem Kopfschmuck Verstecken spielte. Dann setzte er sich hin, nahm die Kopfbedeckung ab und untersuchte sie eingehend.

»Bist du fertig mit den Herden?« erkundigte sich Micay.

»Heute haben wir Zwillinge bekommen«, verkündete Urcon mit einem breiten Grinsen. »Zwei schwarze Lamas, ein Männchen und ein Weibchen.«

»Ja-ja-ja«, schwatzte Sinchi aufgeregt; dieses Geräusch machte er auch, wenn Illapas Name genannt wurde.

»Können wir sie morgen sehen, wenn wir aufbrechen?« fragte Micay.

Urcon nickte. »Ja, der Pfad führt in der Nähe der Weide vorbei. Sie sind noch zu klein, um sich weit zu entfernen.«

»Morgen sehen wir sie, Sinchi«, versprach Micay, aber der Junge hatte den Kopfschmuck verkehrt aufgesetzt und hörte sie nicht. Sie blickte zu Urcon. »Bist du reisefertig?«

»Ich habe gebetet«, antwortete er schlicht. »Wir dürfen Cusi nicht zu viel zu tragen geben, sonst bereitet ihm sein Fuß wieder Schmerzen.«

»Ich werde einen Teil seines Gepäcks dir geben. Was sagt der Himmel?«

»Im Moment sieht es nicht nach Regen aus«, mutmaßte Urcon, »aber wir werden in nächster Zeit noch welchen bekommen. Der Wind trägt Asche mit sich vom rauchenden Berg, und die Gefolgsleute halten das für ein schlechtes Zeichen.«

»Das habe ich auch gehört. Was meinst du?«

Urcon überdachte die Frage und zuckte dann mit den Schultern. »Ich weiß wenig über rauchende Berge, abgesehen von denen, die ich zwischen Tumibamba und Quito gesehen habe. Du kennst bestimmt auch diese Stelle beim Berg Sangay. Dort liegt die Asche manchmal knöcheltief auf der Königsstraße. Sie verdreckt das Fell der Lamas, und die Luft ist schwer zu atmen, aber mir hat sie nie geschadet.«

Micay lächelte; wie immer machte es ihr Urcons gesunder Menschenverstand leichter. »Ich wurde vor Macas gewarnt, und ehrlich gesagt mache ich mir darüber mehr Sorgen als über alle Omen. Die Hohepriesterin hat zwei Frauen mit Vorräten zu ihr geschickt, und Macas stellte sich ihnen in den Weg und trieb sie mit Steinen fort.«

»Aber wir sind zu dritt, und einer von uns ist Cusi Huaman«, erinnerte Urcon sie. »Er würde nie zulassen, daß sie den Kindern etwas antut.«

»Nein, natürlich nicht«, stimmte Micay zu, aber sie wußte nicht, inwieweit sie Cusi die Verteidigung überlassen sollte. Schließlich war diese Wallfahrt nicht sein Gelübde, und es war durchaus möglich, daß Macas sie, Micay, willkommen heißen, Cusi jedoch wegschicken würde. Aber sie wollte Urcon nicht mit ihren Sorgen belasten. Sie beugte sich vor und nahm Sinchi den Kopfschmuck ab, der kreischend protestierte.

»Du kannst ein andermal wieder Chimu spielen«, tröstete sie ihn und stellte den Kopfschmuck an seinen Platz. »Jetzt gehen wir zu deinem Vater und Cahua. Bald bekommst du etwas zu essen.«

»Mu-mu-mu«, schmollte Sinchi und blickte verlangend auf den Kopfschmuck. Aber gehorsam ergriff er Micays Hand und ging zum Vordereingang des Zelthauses, während Urcon das Feuerholz, mit dem Sinchi gespielt hatte, wieder zum Stapel mit dem Reisegepäck legte. »Cusi hat an alles gedacht«, staunte er.

»An alles, was er voraussehen kann«, stimmte Micay zu. Dann nahm sie Sinchi auf den Arm und drückte ihn so fest an sich, daß er überrascht aufschrie.

Am dritten Tag ihrer Wallfahrt zu Macas bereitete ihnen das Marschieren keine Schwierigkeiten mehr. Sie wußten, wie lange sie die Zwillinge tragen konnten und wann sie die Kinder absetzen und selbst gehen lassen mußten. Dann teilten die Erwachsenen das Gepäck unter sich auf und genossen die kleine Erholung. Die Sonne schien warm, und in der klaren, dünnen Luft konnten sie meilenweit sehen, erblickten Wild, das sich heimlich durch das Gebüsch bewegte, und Guanakos, die in geordneten Reihen über die Grate zogen.

Erst gegen Ende des zweiten Tages tauchte Cusi allmählich aus seinen Gedanken über die Zukunft auf und begann seine Umgebung wahrzunehmen. Plötzlich wurde ihm bewußt, daß er zu einer Entscheidung gekommen war, soweit ihm dies möglich war, und er nichts gewinnen würde, wenn er noch weiter darüber nachgrübelte. Der Sapa Inca würde auf jeden Fall tun, was er wollte, aber hier in den Bergen konnte er Cusi nicht belangen. Allein schon diese Vorstellung bewirkte, daß sein Fuß weniger Probleme bereitete, und die Last auf seinem Rücken schien plötzlich leichter. Nun konnte er wieder mit den Kindern reden, wie Micay es tat; allerdings zeigte er ihnen die Dinge, die einem Kundschafter auffielen, und keine Heilkräuter und eßbaren Pflanzen. Wie immer hörte Cahua aufmerksam zu, während Sinchi alles, was sich bewegte, sofort erspähte und ganz aufgeregt wurde, sobald er ein wildes Tier sah.

Am dritten Nachmittag bemerkte Cusi die Veränderung in Micay. Er bildete gerade das Schlußlicht der Gruppe, und die kleine Cahua döste auf seinem Rücken im Tragetuch. Da fiel ihm plötzlich auf, wie weich Micays Gesichtszüge waren; durch das Fasten zur Vorbereitung ihrer Pilgerschaft schien sie noch klarer und schöner als sonst geworden, und auch das erregte sein Verlangen – nicht nur die Enthaltsamkeit, die sie zusammen mit dem Fasten übten und wegen der sie jede Nacht Rücken an Rücken verbrachten. Micay hatte ihm von der Kraft erzählt, die sie aus diesen Bergen bezog, aber jetzt erlebte er das zum ersten Mal selbst. Er empfand Stolz darauf, gleichzeitig aber auch ein Schuldgefühl, denn ihm wurde bewußt, wie selbstsüchtig er bei seinen Überlegungen gewesen war.

»Deine Mutter besitzt auch Huaca«, flüsterte er Cahua zu. »Sie braucht eine Zukunft, in der auch *ihre* Gaben nicht vergeudet werden.«

Cahua murmelte etwas, und gerade als er sich zu ihr umdrehen wollte, flog ein Schatten über sie hinweg und verdunkelte die Sonne so plötzlich, daß Cusi erschrocken seinen Speer erhob. Dann erkannte er den Kondor; er war so nah über sie hinweggesegelt, daß Cusi die rötlichen Klauen vor dem schwarzem Federkleid und die weißen Flecke auf der Unterseite der breiten Schwingen sehen konnte. Auch Micay starrte hinauf, und über ihr Gesicht zog ein ehrfurchtsvolles Lächeln.

»Das ist der Große Kondor der Chachapoyas«, sagte Cusi zu seiner Tochter. »Er wacht über deine Mutter, genauso, wie sie über uns wacht.«

Auch Urcon war stehengeblieben, und gemeinsam beobachteten sie, wie der riesige schwarze Vogel aus der Schlucht hinausschwebte; zuerst wirkte er unbeholfen, aber dann bekam er Aufwind, stieg mühelos hinauf und verschwand in der gleichen Richtung, in die auch sie gingen. Erst als er hinter einem Grat außer Sichtweite war, drehte sich Micay zu Cusi um.

»Du träumst nicht«, versicherte er ihr. »Er segnet deine Gegenwart hier.«

Micay atmete tief aus und nickte feierlich; dann lockerte sie Sinchis Griff, mit dem er ihre Haare umklammerte, und sie brachen wieder auf.

»Ja, wir müssen bleiben«, sagte Cusi wie zu sich, aber Cahua hörte ihn und machte ein Geräusch, das er als Zustimmung deutete.

Sie erreichten ihr Ziel gegen Mittag des nächsten Tages und rasteten in der unteren Höhle, damit die Kinder ihren Mittagsschlaf beenden konnten. Wolken bedeckten den Himmel, aber noch gab es keine Anzeichen von Regen. Cusi bemerkte, wie angespannt Micay war, als sie die Gaben für Macas aus dem Gepäck holte. Er trat zu ihr und überraschte sie, indem er ihre kalten, zitternden Hände in die seinen nahm.

»Wir sind ehrfurchtsvoll hier erschienen, um ein Gelübde zu erfüllen«, erinnerte er sie. »Wir haben gefastet und uns nicht geliebt, wie es sich gehört; wir bringen wunderbare Geschenke mit. Wenn Macas uns wegschickt, lassen wir die Gaben zurück und gehen. Du brauchst keine Angst zu haben, dich ihr zu nähern, Micay. Es war dir vorbestimmt hierherzukommen, und du hast die Kraft, jede Bedrohung, die von ihr ausgehen sollte, abzuwenden.«

»Du hast sie noch nicht gesehen«, erwiderte Micay und erschauderte in der Erinnerung. »Du weißt nicht, wie stark und gewalttätig sie sein kann.«

»Nein, aber ich habe den Kondor gesehen, und ich kenne deine Fähigkeiten, zu beruhigen und zu heilen. Du mußt an deine Huaca glauben und ihr vertrauen. Sie wird dich schützen.«

Micay blinzelte ihn skeptisch an. »Um mich mache ich mir keine Sorgen«, erklärte sie dann und warf einen Blick auf die Zwillinge.

Cahua war erwacht, lutschte ihren Daumen und sah ihre Eltern verträumt an. Cusi drückte Micays Hände.

»Und vertrau deinem Gefühl. Du hast deine Fibel, die du notfalls als Waffe benützen kannst. Urcon und ich bleiben in der Nähe.«

Sobald beide Kinder wach waren, brachen sie auf. Micay ging mit Cahua auf dem Rücken voran; ihr folgten Cusi mit den Gaben und Urcon mit Sinchi. Die Zwillinge rümpften die Nase, als die Schwefeldämpfe aus den heißen Quellen zu ihnen herüberdrangen, aber offenbar begriffen sie, daß sie an diesem Ort nicht jammern durften. Außerdem ließen sie sich schnell von den bunt leuchtenden Blumen ablenken, die üppig am Wegesrand wuchsen, und von den vielen Vögeln und Schmetterlingen, die sie entdeckten.

Als sie bereits über die Hälfte des Aufstiegs hinter sich hatten und die Vegetation schon kärglicher wurde, sagte Cusi plötzlich leise: »Schau nach links... zwischen den roten Felsen.«

Micay war mit gesenktem Kopf gegangen, und deswegen blickte sie erst auf Cusis Bemerkung hin auf und ließ den Blick über den Abhang schweifen. Da sah sie Macas, die zwischen einigen rot und orange gefleckten Steinen kauerte. Ihr langes, weißes Haar war deutlich zu sehen, auch wenn ihr Umhang mit den Felsen zu verschmelzen schien. *Mein Umhang*, dachte Micay.

»Sollen wir zu ihr gehen?« fragte sie flüsternd ihre Tochter, und das kleine Mädchen nickte. Vielleicht erinnerte Cahua sich an die Zeremonie für Sinchi, in die sie trotz allen Drängens und Weinens nicht miteinbezogen worden war. Oder vielleicht war es auch die Wirkung der Huaca.

»Wartet hier«, bat Micay Cusi und Urcon. Cusi sah sie besorgt an, aber schließlich nickte er ergeben. Urcon gab ihr mit dem Kopf ein aufmunterndes Zeichen, während Sinchi sie nur mit offenem Mund anstarrte. Langsam bahnte sich Micay einen Weg durch das Gebüsch zu Macas hinauf. Das Gehen mit dem Kind auf dem Rücken fiel ihr schwer, und der Boden bröckelte unter ihren Füßen; trotzdem behielt sie Macas immer im Auge. Eine Zeitlang sah die alte Frau den Ankömmlingen reglos zu, aber dann warf sie einen Stein nach ihnen, der ganz in Micays Nähe aufschlug. »Mutter!« rief sie verzweifelt. »Ihr müßt Euch doch an mich erinnern? Sicher wollt Ihr nicht das Kind verletzen, das ich hierherbringe, damit Ihr es segnet?«

Macas nahm einen weiteren Stein in die Hand und starrte auf Micay hinab. Ihr schmutzigweißes Haar war mit einem zerschlissenen Strick zusammengebunden, und der Umhang in den Farben des Sonnenaufgangs war verblichen und löchrig; vor der Brust wurde er mit einem Knochensplitter zusammengehalten. Die Kleidung der Alten gab Micay ein wenig Hoffnung, aber ihr wilder, mißtrauischer Blick ließ sie erschauern.

»Mutter«, wiederholte sie beschwörend. »Vor zwei Jahren war ich mit einer Quito-Nusta bei Euch. Ihr habt uns zu der Huaca geführt und mit uns im heiligen Wasser gebadet. Mir wurde vorhergesagt, daß ich Zwillinge haben würde, und ich habe sie geboren. Das ist das Mädchen, das ich Euch zu bringen versprach.«

Macas gab nicht zu erkennen, ob sie Micays Worte verstand, aber auf jeden Fall schleuderte sie den Stein nicht. Ohne zu überlegen zog Micay das Tragetuch nach vorne, um Cahua herauszuheben und sie auf die Füße zu stellen. Macas schaute verblüfft zu, und ihr Blick schien seine Wildheit zu verlieren. Cahua stampfte auf und gab Micay zu verstehen, daß sie weitergehen wollte. Also führte Micay sie langsam den Abhang hinauf, ohne Macas aus den Augen zu lassen. Nun fühlte sie sich wohler, denn jetzt konnte sie Cahua besser verteidigen und sich eventuell schützend vor sie stellen. Aber der Anblick des Kindes hatte Macas offenbar ein wenig beschwichtigt.

Schließlich standen sie nur einige Fuß von der alten Frau entfernt. Ein unangenehmer Geruch drang Micay in die Nase, und sie konnte den pfeifenden Atem der Alten hören.

»Das ist Cahua, meine Mutter«, sagte sie sanft. »Ich bin gekommen, um sie Pachamama zu weihen.«

Macas blickte auf das Kind; vielleicht hatte sie wirklich verstanden, was Micay gesagt hatte. In diesem Augenblick zerrte Cahua an Micays Hand und warf Macas auffordernde Blicke zu, als wollte sie mit ihr spielen. Ihre andere Hand hatte sie hinter dem Rücken versteckt, aber plötzlich streckte sie die geballte Faust vor, öffnete sie mit einem triumphalen Schrei, und zum Vorschein kam ein winziger weißer Stein, den sie wohl beim Gehen aufgehoben hatte.

Wachsam sah Micay wieder zu Macas, die mehrmals blinzelte und dann ebenfalls langsam die Hand öffnete. Sie schien überrascht, zwischen ihren Fingern einen Stein zu sehen. Cahua schrie noch einmal, stolperte vorwärts und zog dabei Micay mit sich bis zu dem Felsen, hinter dem Macas stand. Sie legte ihren weißen Kiesel mit einer entschiedenen Geste auf den Felsblock, als habe sie soeben einen Handel mit Macas geschlossen.

Verwirrt trat die alte Frau einen Schritt zurück. Dann hockte sie sich hin, streckte die Hand aus und legte ihren Stein neben Cahuas. Das Kind zögerte einen Moment und sah mit großen Augen zu seiner Mutter hoch. Als Micay nickte, griff Cahua mit beiden Händen nach dem Stein der Alten, drückte ihn an die Brust und setzte sich auf die

Erde. Micay kauerte sich neben sie und behielt Macas im Auge, die Cahuas kleinen weißen Kiesel anstarrte, ihn aber nicht an sich nahm. »Wir bringen Euch auch andere Gaben, Mutter. Opfer für die Huaca und für Pachamama.« Macas schüttelte heftig den Kopf. »Nein! Wut, Wut... sie brennt. Brennt!« wiederholte sie und stand so abrupt auf, daß Micay abwehrend die Hände ausstreckte und sich vor Cahua zu stellen versuchte. Aber Macas hob nur einen langen, knochigen Fuß auf den Felsen vor ihr; die Haut sah aus, als sei sie zerschmolzen wie Wachs. Blut tropfte aus den zahlreichen aufgerissenen Stellen, die Zehen waren geschwollen, alle Nägel fehlten, und die offenen Geschwüre verströmten einen Geruch von verwesendem Fleisch.

»Ich möchte Eure Wunden versorgen, Mutter«, bat Micay. »Ich habe Medizin im Gepäck.«

Aber Macas schnaubte nur verächtlich und zog den Fuß zurück. Dann wandte sie den Blick in die Richtung, wo Cusi, Urcon und Sinchi warteten. Zuerst murmelte sie etwas Unverständliches, aber dann sprach sie deutlich das Quito-Wort für die Inka, das soviel wie »goldene Ohren« bedeutete.

»Das ist mein Mann«, erklärte Micay und erhob sich wachsam. »Und neben ihm stehen unser Sohn und unser Freund. Sie wollen Euch keinen Schaden zufügen, Mutter.«

Erst nach einiger Zeit wandte Macas sich wieder Micay zu und sagte mit erstaunlich ruhiger Stimme in Quechua: »Der Fluch wird auch über die goldenen Ohren kommen. Niemand wird ihm entrinnen, weder die Großen noch die Kleinen. Nichts wird sie retten. Nichts wird sie dem Fluch des Todes entziehen.«

Micay bemerkte, daß Cahua gebannt Macas lauschte. »Wer könnte einen so entsetzlichen Fluch aussprechen?« fragte sie ängstlich.

»Er wird direkt vom Himmel fallen und aus der Erde aufsteigen... Er wird aus jeder Richtung angreifen, ohne gesehen zu werden.« Sie hielt inne und blickte Micay in die Augen. »Geh, sage den goldenen Ohren, daß sie bald dem Tod begegnen werden.«

Micay drückte Cahuas Kopf gegen ihren Oberschenkel; sie hatte Angst, ihre Tochter anzusehen, denn diese würde dann die Angst in den Augen ihrer Mutter erkennen. Macas hob das Kinn und blickte sie herrisch an, als hätte sie einen Befehl gegeben, der sofort erfüllt werden mußte. Gehorsam senkte Micay den Kopf und wünschte sich, sie könnte die alte Frau verrückt nennen – aber von Wahnsinn war in ihren Augen nichts mehr zu sehen. Sie hatte mit ebenso großer Überzeugung gesprochen wie damals, als sie die Geburt der Zwillinge prophezeite.

»Ich gehe jetzt, Mutter«, sagte Micay. »Wollt Ihr vorher meiner Tochter Euren Segen geben?«

Macas verzog das Gesicht und zerrte an ihren Haaren, aber dann sah sie zu Cahua, die ihr musternder Blick einschüchterte. Schließlich schnaubte Macas überrascht und richtete sich auf. »Sie trägt bereits ein Zeichen. Der Tod wird sie nicht nehmen.«

Das konnte man zwar kaum einen Segensspruch nennen, aber es war mit der gleichen Gewißheit geäußert wie die Prophezeiung. Erleichtert und dankbar verneigte sich Micay. Als sie wieder aufblickte, war Macas verschwunden, und mit ihr der kleine weiße Stein. Micay atmete heftig aus und hob Cahua auf.

»Du wirst leben, meine Tochter«, flüsterte sie und drückte ihre Lippen auf Cahuas weiche Wangen. Cahua entzog sich ihr und hielt triumphierend den Stein hoch, den Macas ihr gegeben hatte. Micay lachte und fühlte, wie die Tränen in ihr aufstiegen. Als sie Sinchi von unten weinen hörte, hob sie Cahua wieder in das Tragetuch und machte sich auf den Weg. »Jetzt gehen wir zu deinem Vater und deinem Bruder zurück«, sagte sie, »und erzählen ihnen, was wir erfahren haben.«

Sobald Cahua im Tragetuch saß, ließ sie den Stein fallen, aber Micay bückte sich und nahm ihn an sich. Als sie sich wieder aufrichtete, landete etwas Schwarzes auf ihrem Gesicht. Zuerst hielt sie es für ein Insekt, aber dann bemerkte sie, daß es ein Aschenflöckchen war. Sie wischte es ab, und es zerkrümelte unter ihren Fingern. Tränen stiegen in ihr auf, aber entschlossen unterdrückte sie sie. Fest den Stein umklammernd, machte sie sich an den Abstieg.

Als im Regenbogen-Haus die Nachricht eintraf, daß Pinta gefangen worden war, ging Cusi alleine zu einer der abgelegeneren Weiden, wo der Boden relativ eben war und keine Herden grasten. In dem Monat, seitdem sie von der Huaca zurückgekommen waren, hatte er viel trainiert, damit sein Fuß wieder kräftig wurde. Jetzt wußte er, was er tun wollte, und er mußte nur noch die letzte Prüfung bestehen.

Tief atmend richtete er ein kurzes, wortloses Gebet an Illapa und fing dann langsam zu laufen an, steigerte seine Geschwindigkeit aber stetig. Zuerst spürte er ein leichtes Ziehen im Fuß und merkte, daß er ihn immer noch schonen wollte. Aber dann lenkten der Wind im Gesicht und die über seine Beine streifenden Gräser seine Aufmerksamkeit ab; der Boden unter ihm verschwamm, und er gab sich dem vertrauten, erhebenden Gefühl des Laufens hin. Es kam ihm vor, als würde er seine Schnelligkeit neu entdecken; im Sprung nahm er einen Graben, wechselte die Richtung, ohne langsamer zu werden, und flog über das Gras wie sein Namenspatron, der fröhliche Falke, um zu Micay zurückzukehren und ihr zu sagen, daß die Zeit für den Aufbruch gekommen war.

Tumibamba

Drei Tage später stiegen sie aus den Bergen in das Tal von Tumibamba hinab. Cusi und Micay gingen rechts und links des Lamas, das die Zwillinge trug, während Urcon hinter ihnen mit den drei Pack-Lamas folgte, auf die er begütigend einredete. Die üppigen Feldfrüchte überragten die grob gehauenen Mauern, die das Land unterteilten, und in den brachliegenden Feldern hatten Krieger ihre Lager aufgeschlagen. Cusi wunderte sich, denn die Männer schienen kriegsbereit; aber vielleicht waren bei der von Huayna Capac angeordneten Inventur für das ganze Reich Unregelmäßigkeiten aufgetreten, so daß einige Häuptlinge bestraft werden mußten.

Auch in den Straßen der Stadt drängten sich Krieger, Boten und Karawanen mit Pack-Lamas. Als die kleine Gruppe wieder einmal aufgehalten wurde, streckte Cusi über den Rücken des Lamas hinweg die Hand nach Micay aus und sagte laut, um den Lärm zu übertönen: »Man würde nicht denken, daß der Krieg vorbei ist.«

Micay nickte besorgt. »Vielleicht hat schon ein neuer begonnen.«

Vor dem Tor des Mollecancha wurde ihnen der Weg von einer Truppe Palastangestellter und Cañari-Krieger verstellt. Aggressiv und mißtrauisch befragten sie jeden, der den Palastbereich betreten wollte, vor allem jene Personen, die weder Inka noch Cañari waren. Als Cusi und seine Gruppe sich einen Weg durch das Gewühl bahnen wollten, trat ein Krieger auf sie zu und richtete seinen Speer auf das Gesicht des Lamas, so daß es scheute und spuckte. Cusi tat sein Bestes, es zu beruhigen, aber Cahua brach trotzdem erschreckt in Weinen aus, und Sinchi folgte ihrem Beispiel. Erst als Cusi den Cañari ansprechen wollte, sah dieser seine Ohrpflöcke und verbeugte sich hastig.

»Ich bin Cusi Huaman, Kommandeur der Kundschafter. Warum stellst du dich mir in den Weg?« herrschte er ihn an.

»Verzeiht, Herr. Aber ich muß fragen, woher Eure Begleiter kommen.«

»Das sind meine Gemahlin, meine Kinder und mein Freund«, fuhr Cusi ihn an. Wut wallte in ihm auf. »Und jetzt laß uns vorbei!«

»Ich muß fragen, wohin…«

»Ich habe dir alles gesagt, was du wissen mußt«, unterbrach Cusi ihn beherrscht. Er wollte seinen Ärger unterdrücken, um nicht ein weiteres Beispiel für seine hochfahrende Arroganz zu liefern. Trotzdem sah der Krieger drein, als habe Cusi ihm einen Schlag versetzt. In diesem Augenblick trat ein großer Mann hinzu.

»Hör auf ihn«, riet Rimachi dem Krieger. »Er ist keiner, der dir Rede und Antwort stehen muß.« Damit breitete er seine Arme in einer herzlichen Geste aus und lächelte Cusi und Micay zu. »Willkommen, Freunde… Willkommen in Tumibamba.«

»Ein schöner Empfang«, murmelte Cusi, als Rimachi sie durch das Tor geleitete. Auf ein Zeichen von Micay hin hoben sie und Cusi die Zwillinge gleichzeitig vom Lama. Urcon redete beruhigend auf das verstörte Tier ein, als sei es ein verängstigtes Kind. Cahua weinte noch, aber Sinchis Tränen waren vergessen, sobald als er den großen Rimachi erblickt hatte.

»Was geht hier vor?« fragte Cusi. »Ich hätte Vorbereitungen für Feierlichkeiten erwartet.«

»Du bist wirklich lange fort gewesen«, erwiderte Rimachi trocken. »Pinta ist schon lange vergessen. Der Sapa Inca will, daß die Krieger hierherkommen, damit er sie woanders hinschicken kann.«

»Wohin?«

»Wo immer Maßnahmen erforderlich sind. Mehrere Expeditionen wurden bereits angekündigt: eine kleinere nach Piura und eine größere gegen die Huancavelica. Vielleicht ein richtiger Feldzug gegen Puna. Sogar im Südlichen Viertel gibt es Probleme.«

»Ist Ninan Cuyochi schon ein Kommando übertragen worden? Ich habe Gerüchte gehört, daß er zum Regenten des Nordens ernannt werden soll.«

Überrascht hob Rimachi die Augenbrauen, aber dann lächelte er Micay wissend zu. »Ich habe die Hohepriesterin vergessen. Ich habe das gleiche Gerücht gehört, noch bevor sie es in die Welt setzte. Nein, Ninan hat noch kein bestimmtes Kommando bekommen; das passiert wahrscheinlich erst, wenn er in ein paar Tagen zurückkehrt.«

»Ich muß ihn sehen, sobald er wieder hier ist. Soll ich mich bis dahin still halten?«

»Man weiß bereits von deiner Ankunft«, erklärte Rimachi mit einem Kopfnicken auf das Tor. »Wir sollen alle Leute ausfindig machen, die Spione sein könnten, ob für oder gegen uns. Aber die Gefolgsleute geben alles an den Palast weiter. Es wäre besser gewesen, wenn du hereingehinkt wärst und dich nicht so angriffslustig verhalten hättest.«

»Ich bin kampfbereiter, als ich dachte«, räumte Cusi ein. »Ich möchte mich Ninan anschließen, bevor man mich anderswo hinschickt. Tomay und ich sprachen darüber, bevor er wegging.«

»Wenn jemand danach fragt, werde ich sagen, das sei bereits beschlossen«, versprach Rimachi. »Und ich werde sehen, was ich herausfinden kann. Im Kreis der Leute um Huayna Capac sind nur wenige Inka königlichen Geblüts, abgesehen vom Hohenpriester, und noch weniger, die mir vertrauen. Wahrscheinlich weißt du nicht, daß dein Onkel seine Stellung verloren hat.«

Cusi und Micay tauschten überraschte Blicke aus.

»Meinetwegen?«

»Das weiß ich nicht. Niemand will darüber reden, weshalb er beim Sapa Inca in Ungnade gefallen ist. Dein Vater hat ihn zu einem seiner Ratgeber ernannt.«

Cusi sah wieder zu Micay, konnte aber nichts erwidern. Sie drückte Cahua enger an sich und sah sich kurz um, bevor sie Rimachi leise fragte: »Hast du von rätselhaften Toden irgendwo gehört?«

Rimachi starrte sie einen Augenblick besorgt an. »Nicht, daß ich wüßte. Sollte ich?«

»Du mußt zu uns zum Essen kommen«, schlug Cusi vor. »Obwohl wir nicht in der Stadt waren, haben wir auch einiges erfahren.«

»Ich werde es versuchen«, meinte Rimachi, zuckte seine breiten Schultern und deutete vage auf das Tor. »Ihr werdet bald merken, daß alle viel zu beschäftigt sind, um zu reden. Wenn ich dich also nicht sehe, dann warte auf Ninans Ankunft. Irgendwie werde ich es auf jeden Fall schaffen, Tomay und Uritu zu begrüßen.«

Sie sahen ihm nach, als er zum Tor zurückmarschierte und sich in die Befragung eines Mannes mit Chimu-Kopfschmuck einschaltete. Der Mann schien erregt seine Unschuld zu beteuern und unterstrich seine Worte mit panischen Gesten. Cusi erkannte, daß keine Hoffnung für ihn bestand, wenn sein Volk unter Verdacht stand. Er hatte wohl nur die Wahl, als ein auf die Inka angesetzter Spion zu gelten oder selbst für sie zu spionieren.

»Du hast recht«, sagte Cusi beim Weitergehen zu Micay. »Der Krieg hat wieder begonnen.«

»Vielleicht liegt der Fluch schon auf uns«, antwortete sie düster, und dann gingen sie schweigend mit den Kindern im Arm zum Anwesen des Gouverneurs.

Es war schon weit nach Mitternacht, als Micay aufwachte, weil sie glaubte, eines der Kinder habe geweint. Durch die Fenster drang fahles Mondlicht; die Zwillinge regten sich nicht. Sie wollte sich gerade wieder hinlegen, als sie ein zischendes Flüstern hörte: »Cusi!«

Cusi lag zusammengerollt neben ihr und schlief so bleiern wie jede Nacht, seit sie in die Stadt zurückgekehrt waren. Er rührte sich auch nicht, als Micay ihm die Decke wegzog und sich in sie hüllte, um zur Tür zu gehen. Draußen im feuchten Nebel der warmen Nacht stand Apu Poma.

»Was ist passiert, Vater?« fragte sie.

»Sie sind da – Ninan und Atahualpa und die Truppen.«

»Sie sind nachts gekommen, im Schutz des Nebels?«

»Warum nicht?« fragte Apu Poma etwas ärgerlich zurück. »Sie wußten, daß sie keine Begrüßungsfeierlichkeiten erwarten durften.«

»Wo soll Cusi sie treffen?«

»Ich habe Essen und Akha zu Ninans Anwesen bringen lassen. Wahrscheinlich werden die meisten Kommandeure und Häuptlinge dort sein.«

»Cusi wird sich freuen«, antwortete Micay und verbeugte sich. »Ich werde ihm sagen, daß Ihr selbst die Nachricht überbracht habt.«

»Ich war wach. Und ich weiß, wie wichtig diese Sache für ihn ist. Wenn er als Krieger hierbleiben will, dann ist Ninan sein bester Fürsprecher. Sonst könnte man ihn ins Heiße Land schicken, um Bauern und Fischern Angst einzujagen und in der Hitze zu sterben.«

Micay war überrascht von der Verachtung in seiner Stimme. »Ihr mißbilligt diese Expeditionen ebenfalls, nicht wahr, Herr?« murmelte sie.

»Die meisten sind unnötig. Mit ein paar zusätzlichen Soldaten könnten die Gouverneure alles selbst ins Lot bringen. Statt dessen müssen wir die Armee wieder beliefern, und dabei sind die Lager vom letzten Feldzug noch leer. Wir müssen jetzt schon Vorräte bis aus Caxamarca holen. Und die Mitmacs, die im Land der Carangui angesiedelt wurden, warten immer noch auf die versprochenen Lieferungen...«

Apu Poma brach ab, schüttelte den Kopf und stieß einen Seufzer aus. Dann fuhr er leiser fort: »Entschuldige, Tochter. Ich sollte mich nicht beklagen. Aber er verlangt das Unmögliche von uns, und am nächsten Tag verlangt er noch mehr. Vielleicht wäre es besser, weggeschickt zu werden, als zu versuchen, ihm hier zu dienen.« Erschrocken über seine eigenen Worte hielt er inne und fügte dann hinzu: »Das bezieht sich natürlich nicht auf Cusi. Geh und weck ihn auf, Micay. Und sag ihm, er soll auf die Wachen aufpassen und höflich zu ihnen sein.«

Micay verbeugte sich kurz und ging ins Haus zurück. Wie sie vermutet hatte, war Cusi trotz des Gesprächs nicht wach geworden. Sie kniete sich neben ihn und rüttelte ihn an den Schultern. Es war die

Anspannung, zu warten und zu beten, daß er nicht vor Ninans Rückkehr einem Feldzug zugewiesen wurde, die ihn Nacht für Nacht in diesen schweren, totenähnlichen Schlaf fallen ließ. Erst als Micay ihn an der Nase kitzelte und er niesen mußte, wachte er auf. Das Geräusch ließ auch Sinchi auffahren, und er begann zu weinen.

»Ninan ist da«, flüsterte sie und mußte ihre Worte zweimal wiederholen, bis Cusi ihre Bedeutung erfaßte. Während er in seine Kleider schlüpfte, wiegte Micay Sinchi wieder in den Schlaf. Dann ging sie zu ihrem Mann und berichtete ihm, was Apu Poma ihr mitgeteilt hatte, insbesondere seine Warnung bezüglich der Wachen. Cusi hatte bereits seine Ohrpflöcke und das Iñaca-Stirnband angelegt, und nun wühlte er nach der Kette aus goldenen Scheiben, die er bei den Siegesfeierlichkeiten erhalten hatte.

»Dann hören sie mich kommen und wissen, welchen Rang ich habe«, erklärte er, als er sich die Kette um den Hals legte. Micay drückte ihm die Lippen auf die Wange und berührte mit einer Hand seinen Schutzgeist.

»Geh schnell zu ihm«, drängte sie. »Ich möchte dich bei mir behalten, und deinen Schutzgeist auch.«

»Ich werde ihn finden«, versprach Cusi und drückte sie fest an sich. Dann ging er hinaus und schritt davon, und die Goldscheiben der Purapura klirrten leise.

Als Cusi durch das Tor zu Ninan Cuyochis Anwesen trat, glaubte er im ersten Moment, sein Vater habe ihn an den falschen Ort geschickt. Im Hof war es still und dunkel, und Nebelschwaden lagen über dem Boden. Schließlich vernahm er Gemurmel und folgte den Stimmen die Stufen zur zweiten Ebene des Anwesens hinauf. Aus der Erinnerung wußte er, daß geradeaus vor ihm ein Zelthaus stehen mußte, aber er konnte es erst nach einiger Zeit erkennen und die Krieger ausmachen, die dort saßen. Es waren mindestens zwanzig Männer, die schweigend in der Dunkelheit hockten, umgeben von Schilden, Waffen und Schüsseln mit Essen. Die meisten hielten Becher in der Hand und betrachteten Cusi mit der müden Gleichgültigkeit von Soldaten, die gerade aus dem Krieg zurückgekehrt sind.

Cusi konnte weder Ninan noch Atahualpa sehen, aber dann erkannte er Tomay, Uritu und Otoronco Achachi und gesellte sich zu ihnen. Tomay war hager geworden und hielt die Augen halb geschlossen, und Otoronco schien in finstere Gedanken versunken; nur Uritu nickte ihm kurz zu. Alle trugen Verbände, und sie rochen nach Schweiß und Rauch und einer scharfen, üblen Tinktur – einem Mittel, das Insekten abhalten sollte.

»Großvater ... Brüder«, sagte Cusi leise. »Ich beglückwünsche euch zu eurem Erfolg und eurer sicheren Heimkehr. Was ist mit Pinta passiert?«

Da die beiden anderen nicht antworteten, erwiderte Uritu schließlich: »Er wurde gefangengenommen und von den Kriegshäuptlingen zum Sapa Inca gebracht.«

»Deswegen ist Ninan also nicht hier«, folgerte Cusi und ließ sich von einer Dienerin einen Becher Akha reichen.

»Er und Atahualpa haben versprochen, ihren Vater zu wecken und ihn dazu zu bringen, den Gefangenen zu akzeptieren«, erklärte Tomay heiser. Dann krümmte er sich vor Schmerz zusammen und fuhr sich mit einer Hand über den Bauch.

»Du bist krank, Tomay ...«

»Die Insekten fressen dich von außen«, brummte Tomay, »und die Würmer von innen.«

»Micay hat Medizin dagegen. Sie wird dich heilen.«

»Später. Sollen sie sich erst mal am Akha mästen. Sie lassen mich sowieso nichts anderes bei mir behalten.«

»Es sind Shuara-Würmer«, bemerkte Uritu und zeigte seine weißen Zähne. »Und die Shuara sind gute Trinker.«

»Dann seid ihr also auf die Shuara getroffen?« fragte Cusi und warf einen Blick auf Otoronco, der mit dem Rücken gegen einen Pfosten lehnte und seinen Becher auf den geschienten Oberschenkel stützte. Schweigend starrte er Cusi an, so daß schließlich Uritu erklärte: »Sie haben sich mit uns getroffen, als sie erkannten, daß wir ohne Pinta nicht abziehen würden.«

»Sie haben ihn euch gegeben?«

»Sie haben ihn Großvater gegeben«, berichtigte Uritu und deutete mit seinem gefiederten Kopf auf Otoronco. »Der Zauberer wollte sich mit Ninan oder Atahualpa auf keinen Handel einlassen, weil sie zu jung sind. Aber er kannte den Namen Otoronco Achachi.«

»Nein«, fuhr Otoronco abrupt dazwischen. »Er kannte meinen Namen, aber wichtiger war, daß er meinen Enkel kannte. Meinem Wort wollte er nicht trauen, wohl aber dem Wort Cusi Huamans.«

Cusi atmete heftig ein. »War es Kirupasa? Was habt Ihr ihm in meinem Namen versprochen?«

Otoronco veränderte seine Position, sah an Cusi vorbei und dann wieder zu ihm. »Er wollte nicht glauben, daß wir nur auf Pinta aus waren. Er war sich sicher, daß wir das Land erkunden wollten, um später anzugreifen. Einer seiner Männer hatte die Landkarten gesehen, die wir machten.«

»Was habt Ihr ihm versprochen?« wiederholte Cusi, als Otoronco innehielt, um einen Schluck Akha zu nehmen. Offenbar mußte er sich zwingen, Cusis Blick zu begegnen.

»Ich habe ihm das einzige gegeben, das er annehmen wollte«, erwiderte Otoronco barsch. »Mein Versprechen, daß die Inka sein Volk in Frieden lassen und nicht in sein Land einfallen würden. Und dein Versprechen. Ich hatte keine andere Wahl. Es war ihm gleichgültig, daß ich nicht die Autorität hatte, für den Sapa Inca zu sprechen. Er wollte das Wort eines Menschen, dessen Geist er kennt und beeinflussen kann. Das sagte er zumindest.«

Cusi zitterte in Erinnerung an die beunruhigende Ausstrahlung des Mannes. »Und wenn das Versprechen gebrochen wird?«

»Dann wird er sich an dir und mir rächen«, gestand Otoronco freimütig. »Wo immer wir auch sind. Er sagte, er würde uns im Traum auffinden und mit seinen magischen Pfeilen töten.«

Vorsichtig sah Cusi sich um, ob auch niemand mitgehört hatte. Otoronco hob eine Hand an den Mund und fuhr leise fort: »Von den anderen weiß nur Ninan Cuyochi davon. Wir sind uns einig, daß es unklug wäre, seinem Vater davon zu erzählen, weil keiner von uns das Recht hatte, für den Sapa Inca zu sprechen. Aber Ninan hat keine Lust, noch einmal gegen die Shuara zu kämpfen, und er wird alles tun, was in seiner Macht steht, damit unser Versprechen gehalten wird.«

Cusis Lippen verzogen sich wütend, aber er konnte seinen Ärger nicht äußern. Er senkte den Kopf und atmete tief ein; es war unsinnig, Otoronco Vorwürfe zu machen. Wenn er dort gewesen wäre, hätte er das gleiche Versprechen gegeben. Außerdem hatte er bereits beschlossen, sein Leben Ninan anzuvertrauen. Was Übelkeit in ihm hervorrief war der Gedanke, daß sein Schicksal in einem gewissen Sinn nun auch in Huayna Capacs Händen lag und von dessen gutem Willen abhing.

»Wir haben noch jemand anderen dort getroffen«, sagte Otoronco, setzte seinen Becher ab und begann, die Waffen neben sich zu durchsuchen. Dann schob er Cusi etwas zu, das wie ein in Tuch gehüllter Speer aussah. Cusi griff danach und trat ins Mondlicht hinaus, wo der Nebel sich sofort feucht auf seiner Haut niederschlug. Das Tuch war eine Tunika mit Inkamustern; das einst vornehme Gewand war mittlerweile zerfetzt und schmutzig. Der Speer bestand aus einem einzigen Stück schwarzer Chonta-Palme, das an einem Ende zu einer scharfen Spitze zulief. Verwirrt betrachtete er die Ringe und Zackenlinien, mit denen die Waffe verziert war; sie kamen ihm seltsam vertraut vor. Irgendwann hatte er gegen jemanden mit einer solchen Waffe gekämpft, aber ein Shuara konnte es nicht gewesen sein.

»Das ist für deine Frau«, erklärte Otoronco, und da wußte Cusi, daß es Chachapoyas-Muster waren. »Sie gehörten ihrem Vater.«

»Gehörten? Ist er tot?«

»Ich habe ihn getötet.« Otoronco holte tief Luft, um fortzufahren, doch mit einemmal waren im unteren Hof Stimmen zu hören. Einen Augenblick später kamen Männer mit Fackeln die Treppe herauf. Als die Krieger im Zelthaus sahen, daß die Kriegshäuptlinge Yasca und Michi den Ankömmlingen vorausgingen, richteten sie sich auf. Cusi entdeckte in der Gruppe auch Rimachi, aber nicht Ninan Cuyochi.

»Seid gegrüßt, meine Söhne«, setzte Michi mit einer Verbeugung an. »Ich bin gekommen, um euch im Namen des Sapa Inca zu rühmen. Er ist sehr erfreut über den Gefangenen, den ihr ihm gebracht habt.«

So erfreut, dachte Cusi, daß er sich nicht einmal die Mühe macht, sie im Tageslicht auf dem Platz zu empfangen. Die Männer im Zelthaus waren offenbar ähnlicher Meinung, denn sie nahmen das Lob schweigend entgegen. Michi räusperte sich und fuhr fort:

»Der Sapa Inca war bereit, Pinta sein Leben zu schenken, unter der Bedingung, daß er Inti und dem Inca Ergebenheit schwört. Der Carangui reagierte auf dieses Angebot mit Schweigen. Im Morgengrauen wird er von den Priestern Intis und Huanacauris geopfert.«

Aus Respekt vor dem Mut des Feindes wollte Cusi ein tiefes Summen anstimmen, aber die anderen Männer verharrten schweigend. Das Schicksal des Gefangenen war ihnen gleichgültig, denn seine Ergreifung brachte ihnen keine Anerkennung ein. Ihre Mühe war umsonst gewesen.

»Aufgrund seiner Verdienste bei dieser Aktion«, berichtete Michi weiter, »wurde Ninan Cuyochi zum Regenten der Nördlichen Provinzen ernannt. Atahualpa teilt mit mir das Kommando über die Krieger, die gegen die Puna ins Feld ziehen werden.«

Diese Nachricht wurde von den Sitzenden mit einem freudigen Summen quittiert, in das Cusi hoffnungsvoll einstimmte. Chimpu Ocllo hatte recht gehabt; vielleicht würde der Plan doch gelingen, daß er unter der schützenden Macht des Regenten in Tumibamba bleiben konnte.

Michi hatte geendet und wandte sich mit dem Großteil der Fackelträger zum Gehen. Den Speer und die Tunika in der Hand stand Cusi auf und wollte zu Rimachi gehen; er wußte sicher, wo Ninan zu finden war. Aber im selben Augenblick trat Yasca auf ihn zu.

»Gut, du bist auch hier«, begann der Kriegshäuptling und zog Cusi zu Otoronco und den anderen. Dann wandte er sich an Cusi und Tomay: »Ihr zwei geht mit mir nach Cuzco und dann in die Provinz

Charcas. Die Chiriguano bedrohen Cochabamba und müssen unterworfen werden. Unsere Truppen sammeln sich in Cuzco.«

Cusi war zu verwirrt, um etwas zu sagen, und tauschte nur einen Blick mit Tomay aus. Sicher hatte er sich verhört. Cuzco? Cochabamba? Als junger Krieger hatte Amaru schon gegen diese Chiriguano gekämpft. Sie waren Nomaden und Plünderer von der anderen Seite der Anden, im Grunde nichts besseres als Banditen.

»In zehn Tagen marschieren wir ab«, fuhr Yasca fort. »Macht euch bereit.«

»Hast du für mich auch einen Platz?« erkundigte sich Otoronco. Yasca schüttelte den Kopf. »Diese Ehre habe ich leider nicht, Herr. Mir wurde nur aufgetragen, mit diesen beiden und Quizquiz zu gehen. So lautete der Befehl des Sapa Inca.«

Dann nickte er Cusi und Tomay kurz zu und verschwand im Nebel.

»Cuzco«, murmelte Cusi ungläubig.

»Ich habe es gehört«, sagte Rimachi. »Ich war dabei, als der Befehl erteilt wurde. Er bestand insbesondere darauf, daß du mitgehst.«

»Zehn Tage«, stöhnte Tomay. Mühsam richtete er sich auf. »Ich muß mich sofort von einer Heilerin behandeln lassen. Können wir Micay aufwecken?«

»Sie ist bestimmt wach ... und wartet auf eine andere Nachricht.« Cusi merkte, daß er den Speer und die Tunika noch immer in Händen hielt, und sah zu Otoronco. Der alte Mann griff nach den Gegenständen. »Geh zu deiner Frau«, befahl er ihm. »Ich werde es ihr selbst erzählen. Sie braucht ihren Mann und ihren Vater nicht in einer einzigen Nacht zu verlieren.«

Rimachi half Tomay, seine Besitztümer einzusammeln, und reichte sie an Cusi weiter. Dann traten die drei in den Nebel hinaus. Während Cusi seinen kranken Freund stützte, sagte er sich immer wieder vor, daß er nun fortging, zurück nach Cuzco. Ein Teil von ihm weigerte sich, es zu glauben; ein anderer Teil hatte die ganze Zeit über genau das erwartet ...

Die Zwillinge kauerten rechts und links von Micay und beobachteten, wie sie das Tuch von ihrem Korb entfernte. Auch Tomay beugte sich vor; seine Zunge fuhr über seine aufgesprungenen Lippen, und seine Augen blitzten erwartungsvoll auf. Als erstes nahm Micay eine Kürbisflasche voll Wasser heraus und stellte sie vor ihn hin.

»Du mußt Wasser trinken«, befahl sie ihm. »Große Mengen. Das spült das Gift aus deinem Körper.«

Tomay nickte ungeduldig und schielte wieder zu dem Korb hinüber, aus dem Micay zwei kleine, abgedeckte Schüsseln herausholte und neben den Flaschenkürbis stellte. »Hier ist Putenbrühe und Maisbrei mit Kräutern. Iß immer nur ein paar Bissen«, warnte sie ihn und reichte ihm einen kleinen Holzlöffel, den auch die Kinder gerade zu benutzen lernten. Cahua und Sinchi lachten, als sie ihn sahen, und Tomay grinste und fuchtelte mit dem Löffel herum. Dann griff er nach den Schüsseln, entfernte die Deckel und wurde sofort ernst. Micay bat ihn, sein linkes Bein auszustrecken, damit sie die schlimmste Wunde begutachten konnte, die sie bereits untersucht und verbunden hatte. Ein Pfeil der Shuara war in die Wade eingedrungen, aber den größten Schaden hatte er erst angerichtet, als Tomay ihn herausziehen wollte und feststellte, daß die Spitze mit Widerhaken besetzt war.

»Ist Cusi wieder bei Ninan?« fragte Tomay und bemühte sich, nach jedem Bissen zu warten. Micay strich eine Salbe auf die Wunde und verband sie neu.

»Ja«, antwortete sie, »aber er hat wenig Hoffnung, daß Ninans Bitte erfüllt wird – wenn er sie überhaupt vortragen konnte. Es ist allzu klar, was Huayna Capac beabsichtigt.«

Tomay schmatzte laut. »Du kannst dir gar nicht vorstellen, wie gut das schmeckt«, sagte er, grinste aber sofort entschuldigend. »Es tut mir leid, Micay. Ich glaube, du hast recht, was Huayna Capacs Absichten anbelangt. Er will die Krieger, die sich auf dem Platz gegen ihn stellten, voneinander trennen und an verschiedene Orte schicken. Und Cusi muß natürlich an den entferntesten Ort.«

»Natürlich«, stimmte Micay zu und lächelte gequält. »Und du brauchst dich nicht zu entschuldigen. Ich weiß, daß du damit die Möglichkeit hast, wieder nach Hatuncolla zu kommen, und ich kann verstehen, daß du dich darüber freust.«

»Es ist Jahre her, seit ich das letzte Mal in Hatuncolla war«, erklärte Tomay. »Wir kommen auf dem Weg nach Cochabamba dort vorbei, und meine Familie wird bestimmt die Straße sperren, wenn Yasca sich nicht von ihnen feiern läßt. Vielleicht kann ich anschließend sogar Urlaub dort machen. Aber ich werde nicht in Hatuncolla bleiben«, fügte er hastig hinzu. »Cusi und ich werden nach Tumibamba zurückkommen, sobald wir unsere Aufgabe erledigt haben.«

»Der Marsch allein dauert Monate«, wandte Micay ein, »und dann müßt ihr ja auch noch kämpfen.«

»Bis jetzt sind die Chiriguano immer geflohen, wenn ihnen ein großes Heer gegenüberstand. Ich weiß nicht, warum die Truppen in Cuzco das nicht selbst erledigen konnten«, erwiderte er mit einem Achselzucken. »Vielleicht hat Huascar sie angeführt.«

»Vielleicht«, stimmte Micay zu und schwieg, damit Tomay in Ruhe essen konnte. Dann winkte sie Cahua zurück, die zur Tür des Gäste-hauses gekrochen war. Sinchi spielte mit Micays Korb, aber plötzlich streckte er die Hand aus und schrie: »Cha-chi! Cha-chi!«

»Zeige nicht mit dem Finger«, ermahnte Micay ihn sanft. »Das ist unhöflich.« Als sie sich umdrehte, sah sie Otoronco Achachi auf sich zukommen. Ein Gefühl des Grauens stieg in ihr auf, aber dann beschloß sie, daß es sinnlos war, die traurige Unterhaltung mit ihm noch länger aufzuschieben.

»Ich habe etwas für dich«, begann Otoronco, nachdem er sich neben Tomay auf den Boden gesetzt hatte.

»Ich weiß«, antwortete Micay. »Cusi hat mir erzählt, daß Ihr mei-nen Vater gefunden habt. Und daß er tot ist.«

Cahua war zu ihr gekrochen und legte ihr den Kopf an die Brust, aber ihre Augen waren auf Otoronco gerichtet. Sinchi blieb sitzen, wo er war, und hörte aufmerksam zu. Tomay beugte den Kopf über die Schüssel und wischte sie mit den Fingern aus.

»Als wir ihn fanden, lebte er noch«, berichtete der alte Mann. »Tagelang hatten wir nur hie und da einige Shuara gesehen. Sie haben unseren Weg mit Fallen verstellt, uns immer wieder mit Blasrohren beschossen und sich dann in den Wald zurückgezogen. Wir dachten, es würde endlos so weitergehen, bis wir schließlich vor Erschöpfung aufgeben würden. Aber eines Tages ... stand vor uns auf dem Pfad ein Mann. Er war kein Shuara, und seine Haut unter der Kriegsbemalung war hell. Als wir näherkamen, sah ich, daß er alt und krank war; seine Nase und sein Mund waren von der Uta zerfressen, und er atmete durch ein Loch im Gesicht.«

Otoronco hielt inne, um zu schlucken, und fuhr dann bedrückt fort: »Irgendwie wußte ich, wer er war, noch bevor ich seine Tunika erkannte. Sie sah aus wie diejenigen, die Acapana und ich vor langer Zeit als Gaben in die Berge geschickt hatten. Er wollte mit uns kämpfen, aber als ich ihn mit Casca ansprach, hielt er inne und sah mich an. Ich erzählte ihm, wer ich bin und daß seine Tochter Misa Cusi Huaman geheiratet hatte, den Mann, der den letzten Krieg beendet hatte. Ich sagte ihm, daß du eine Heilerin bist und zwei wunderbare Kinder hast.

Er hat mir nicht geantwortet ... vielleicht konnte er es nicht. Aber er nickte zum Zeichen, daß er mich verstanden hatte. Dann kam er mit erhobenem Speer auf mich zu. Er war so schwach, daß wir ihn problemlos hätten gefangennehmen können, aber ich konnte sehen, daß er sterben wollte – er wollte sterben im Kampf gegen die Inka. Also habe ich seinen Wunsch mit eigener Hand erfüllt.«

Micay hatte nicht geweint, als Cusi ihr gesagt hatte, er würde fortgeschickt, aber jetzt liefen ihr Tränen über die Wangen und tropften auf ihr Kleid, auf die roten Muschelperlen, ihre lange goldene Fibel und bis auf den Kopf ihrer Tochter. Cahua blickte zuerst überrascht und dann ängstlich zu ihr auf, und Micay zog die Kleine beruhigend auf ihren Schoß. Otoronco brummte und fuhr sich mit der Hand über das Gesicht.

»Und wegen der Art, wie ich deinen Vater behandelt hatte, kam dann der Shuara-Zauberer Kirupasa zu mir und wollte mit mir sprechen. Er hatte großen Respekt vor Casca und erzählte mir, daß Cascas Frau zwei Jahre zuvor an einer Krankheit gestorben war.«

Jetzt gibt es niemanden mehr, dachte Micay, und sie erinnerte sich daran, wie sie in den Armen einer anderen Cahua geweint hatte, der Freundin, nach der das Kind auf ihrem Schoß benannt war. Der Freundin, die ihr geholfen hatte, ein ganzer Mensch zu werden, und die sie in die Welt hinausgeschickt hatte, um das Leben zu leben, das der Inca ihr gegeben hatte. Mit einem Arm drückte Micay ihre Tochter, und die andere Hand streckte sie Sinchi entgegen, der aussah, als könne er ebenfalls jeden Augenblick in Tränen ausbrechen.

»Er war ein tapferer Mann, meine Tochter«, erklärte Otoronco. »Bis zum letzten Atemzug.«

Tomay summte zustimmend, und Micay nickte stumm. Plötzlich fühlte sie sich leer und hohl, und sie wußte, daß sie um ihre Eltern nicht trauern würde. Die letzten Erinnerungen an ihr altes Leben waren gestorben, und das neue Leben lag in ihren Armen. Sie trocknete sich die Tränen mit dem Umhang, hob Cahua sanft von ihrem Schoß und schob sie zu den leeren Schüsseln vor Tomay. Sie umarmte Sinchi kurz und bat ihn, ihr mit dem Korb zu helfen. »Ich danke Euch, Großvater«, sagte sie dann zu Otoronco. »Ich fühle mich geehrt, daß Ihr es wart.«

Der alte Mann nickte seufzend. »Ich bringe dir noch seinen Speer und seine Tunika.«

»Nachher müßt ihr beide kommen und mit uns essen«, forderte sie Otoronco und Tomay auf. »Cusi wird im Kreis seiner Familie und Freunde sitzen wollen.«

»Das soll er haben«, versprach Otoronco. Tomay erinnerte sich plötzlich wieder an den Löffel in seiner Hand und reichte ihn Sinchi, der ihn wie eine Waffe entgegennahm.

»Cha-chi«, krähte der Junge. Dann wandte er sich mit seiner Mutter und Schwester zum Gehen und winkte mit dem Löffel einem Boten, der ihnen entgegenkam.

Die Sonne versank hinter den Bergen im Westen und warf bereits einen Schatten auf die untere Ebene des Gouverneursanwesens, während der obere Platz noch in goldenes Licht getaucht war. Von seinem Platz im Zelthaus konnte Cusi nur die Silhouette des Mannes sehen, der die Stufen hinaufstieg, aber er erkannte ihn an seiner großen, schmalen Gestalt. Es war Lloque Yupanqui, der jetzt immer gebeugt ging, als hätte er eine unsichtbare Verletzung davongetragen. Oben an der Treppe angekommen, zögerte er kurz, ging dann aber zu Apu Pomas Haus, wo er schlief, seitdem er das Quartier der Königlichen Erinnerer hatte verlassen müssen.

Micay beugte sich zu Cusi und flüsterte: »Geh zu ihm.«

»Er sollte zu mir kommen«, widersprach Cusi halbherzig.

»Jetzt ist nicht die Zeit, auf Dinge zu beharren, die dir zustehen. Er ist dein Onkel.«

Cusi nickte und ging hinaus, wobei er über die Waffen und das Gepäck steigen mußte, die er, Tomay und Uritu mitnehmen würden. Seine Mutter hielt Cahua auf dem Schoß und warf ihm einen aufmunternden Blick zu. Wahrscheinlich hatte sie Lloque ebenfalls gesehen. Wehmütig fragte sich Cusi, warum sein Onkel nicht Mama Coris Beispiel folgen und den Streit mit ihm begraben konnte, um sich von ihm zu verabschieden.

Langsam ging er zum Haus seines Vaters. Lloque saß mit gebeugtem Kopf an eine Wand gelehnt und spielte mit einem Quipu. Als Cusi eintrat, blickte er auf.

»Ich habe mich überall verabschiedet«, setzte Cusi an, nachdem er nicht begrüßt wurde. »Nur nicht von Euch.«

Lloque sah ihn an. »Ich dachte nicht, daß es dir etwas bedeuten würde.« Seine Stimme war freundlich, ohne Groll oder Selbstmitleid, aber er bat Cusi auch nicht näherzutreten.

»Ich wäre nicht hier, wenn es mir nichts bedeuten würde. Wie Ihr wißt, marschiere ich morgen ab.«

»Ich weiß.«

Cusi atmete gereizt aus. »Ich beabsichtige, hierher zurückzukommen und hier weiterzuleben, aber das ist keineswegs sicher. Ganz im Gegenteil, ich habe von Omen gehört und auch welche gesehen, die unserem Volk Gefahr und Tod verheißen. Es besteht die Möglichkeit, daß wir uns nicht wiedersehen.«

»Das ist wahr«, stimmte Lloque in demselben sanften Tonfall zu.

Ärgerlich richtete Cusi sich auf. Er hatte das Gefühl, verspottet zu werden. »Wollt Ihr mich wieder zurückweisen?« fragte er barsch. »Ihr braucht es nur zu sagen, dann überlasse ich Euch sofort Eurem Zählen.«

Lloque hob die Knotenschnur hoch und betrachtete sie. »Mit diesem Quipu kann man nicht zählen. Er enthält eine Erinnerung, die begraben wurde ... ein Lied, das nie mehr gesungen werden wird. Du sollst ihn haben.«

Er streckte Cusi die Schnur wie ein Opfer entgegen, aber Cusi bewegte sich nicht vom Fleck. »Was hat er mit mir zu tun?«

»Auf ihm steht dein Name. Der Name, der in der Ballade über die letzte Schlacht gegen die Carangui ausgelassen wurde.« Als Cusi ihn nur weiter anstarrte, zuckte Lloque die Schultern und ließ den Quipu in seinen Schoß fallen. »Er hat seinen Zweck erfüllt. Ich habe das Lied den anderen Erinnerern vorgetragen, und auch den Sängern, die die Siegesballaden nach Cuzco bringen. Wie erwartet, führten sie Gründe an, warum dieses Lied nicht die Ballade ersetzen kann, die wir ursprünglich gedichtet haben. Aber ich weiß, daß keiner von ihnen je vergessen wird, was er gehört hat.«

Cusi blinzelte und rang nach Fassung. »Das habt Ihr für mich getan?«

»Ich habe es für mich getan«, erwiderte Lloque mit Nachdruck. »Ich bin der Wahrheit verpflichtet.«

»Deswegen habt Ihr Eure Stellung als Erinnerer verloren«, folgerte Cusi.

Sein Onkel lächelte bitter. »Vielleicht hätte ich das erwarten sollen. Die rasche Reaktion beweist nur, welche Macht dein Name und dein Ruf haben.«

Verwirrt von dem spöttischen Lächeln auf dem Gesicht seines Onkels trat Cusi näher und setzte sich zu ihm. Lloque war ziemlich gealtert, seitdem er ihn zum letzten Mal näher betrachtet hatte. Seine Augen waren hart geworden, und er wirkte widerwillig und argwöhnisch.

»Wenn ich nicht zu Euch gekommen wäre«, fragte Cusi, »hättet Ihr mich nicht wissen lassen, was Ihr getan habt?«

»Warum sollte ich? Für dich ändert sich dadurch nichts.«

»Aber Ihr habt verhindert, daß mein Name völlig in Vergessenheit gerät. Ihr müßt doch wissen, wieviel mir das bedeutet, vor allem jetzt, wo er mich wegschickt. Warum habt Ihr mir keine Gelegenheit geben wollen, Euch meine Dankbarkeit zu zeigen?«

»Ich wollte nicht, daß du meine Absicht falsch deutest«, antwortete Lloque. »Verstehe mich recht, Cusi: Ich habe das nicht getan, um dich zu beeindrucken oder um mich auf deine Seite und gegen den Sapa Inca zu stellen. Deine Auseinandersetzung mit Huayna Capac geht mich nichts an. Ich habe nichts getan, was deinen Respekt verdienen würde.«

Cusi schnaubte und fühlte, wie sein Gesicht heiß wurde. Dann räusperte er sich und sagte:»Dann war es nur eine Geste. Ihr habt Eure Stelle umsonst verloren.«

»Ist die Wahrheit nichts? Vielleicht für dich...«

»Mir ist die Wahrheit mehr wert als eine Geste.« Cusi schob sich mit den Händen vom Boden hoch. Die Zurückweisung verletzte ihn tief, aber sein Ärger verrauchte schnell. Zum zweiten Mal erwies sich sein Onkel als völlig unbedeutend, aber Lloque wollte es nicht anders haben. Kopfschüttelnd sah Cusi zu ihm hinunter.»Ich hätte wissen sollen, daß ich mich nicht mit allen aussöhnen kann – vor allem nicht mit Menschen, die sich damit zufrieden geben, im Hintergrund zu stehen und Huayna Capac nach Gutdünken schalten und walten zu lassen. Das ist nicht nur *mein* Kampf, Onkel. Ihr hattet Macht und standet ihm nahe genug, um ihn zu beeinflussen. Jetzt geht diese Macht an Titu Atauchi und Leute seines Schlags über – Männer, denen nur ihr eigenes Wohl am Herzen liegt.«

»Ich wollte nie Macht haben«, sagte Lloque, »und deswegen kann ich ihren Verlust auch nicht beklagen. Es gibt andere Stellen, an denen ich dienen kann.«

»Und zweifellos harmlos.« Cusi konnte seine Verachtung nicht verbergen.»Ohne in Gefahr zu geraten, wichtige Entscheidungen beeinflussen zu können. Mir ist es lieber, im Ruf eines Zauberers und Rebellen zu stehen, als so unschuldig zu sein – und so nutzlos. Behaltet Euren Abschiedsgruß für Euch, Onkel, und Euren Quipu auch. Ich will nichts mehr von Euch.«

Cusi widerstand dem instinktiven Bedürfnis, sich zu verbeugen, und wandte sich zum Gehen. Aber in diesem Augenblick sagte Lloque:»Du hast nie etwas von mir gewollt. Ich hatte vermutet, du würdest kommen, um mich mit gemeinem Gerede über mich und Cori zu verspotten. Diese Gerüchte sind eine Beleidigung, die *ich* nie vergessen kann.«

Cusi drehte sich um. Eine Entschuldigung hatte ihm auf den Lippen gelegen, aber jetzt war sie sinnlos geworden.»Das hat Apu Poma einmal geglaubt, nicht wahr? Das ist doch der Grund, warum er mich als Kind gehaßt hat.«

Lloque rollte die Knotenschnur zusammen und warf sie heftig auf Cusi. Er konnte sie zwar auffangen, aber eine der Schnüre schlug ihm wie eine Peitsche über das Gesicht, und er schmeckte Blut auf der Lippe.

»Und ich hasse dich jetzt«, fuhr Lloque auf. »Entferne dich aus meiner Gegenwart. Dir kann man nicht verzeihen!«

»Ja«, stimmte Cusi zu und verzog den Mund. Hoffentlich ist es ein blutiges Lächeln, dachte er und sagte: »Und ich bin zweifellos nicht Euer Sohn.«

Damit ballte er den Quipu zusammen. Kurz fühlte er sich versucht, ihn auf seinen Onkel zurückzuschleudern, aber dann schnaubte er nur verächtlich, ließ ihn fallen und ging davon.

Micay wußte nicht mehr, wann das Flüstern und die Berührungen ein Ende gefunden hatten und sie eingeschlafen war, aber als sie aufwachte, spürte sie sofort, daß Cusi nicht da war. Das Gefühl des Verlusts war so stark, daß sie sich abrupt aufsetzte, und da sah sie ihren Mann vor dem Bett der Zwillinge sitzen, das Kinn auf die angezogenen Knie gestützt. Sie griff nach einer Decke, schlich zu ihm hinüber und breitete das Wolltuch über sie beide.

»Er *schläft* sogar wie Uritu«, flüsterte Cusi. Micay betrachtete ihren tief und reglos schlafenden Sohn. Cahua hingegen, die neben ihm lag, bewegte sich und warf ihre Decke ab. Sorgsam deckte Cusi sie wieder zu. »*Sie* verliert sich nie so völlig. Sogar im Schlaf ist sie sich unserer Gegenwart bewußt.«

»Du hast sie wirklich gut kennengelernt«, murmelte Micay und drückte sich an Cusis Seite.

»Wenn ich zurückkomme, werden sie ganz anders sein. Und sie werden sich nicht an mich erinnern.«

»Da wäre ich mir nicht so sicher. Außerdem werden sie dich wieder kennenlernen.«

Cusi nickte gedankenverloren. Er streichelte Micays Brust und nahm den Lederriemen zwischen die Finger, an dem Micay in einem kleinen Beutel seinen Schutzgeist um den Hals trug.

»Wenn Gefahr droht, geh mit ihnen in die Berge«, flüsterte er. »Dort ist deine Huaca am stärksten.«

»Ich werde auf sie aufpassen«, versicherte Micay und fragte sich, warum er das noch einmal wiederholte. Sie hatten alles bereits vor Tagen durchgesprochen. »Hast du einen Traum gehabt?«

»Ich konnte nicht schlafen. Ich mußte immer wieder daran denken, wie sehr sie mir fehlen werden – und du auch.«

Micay lächelte traurig. »Ich sollte mich nicht darüber freuen, aber ich tue es trotzdem. Ich weiß, daß du uns im Herzen trägst.«

»Immer«, schwor Cusi und setzte sich auf die Knie, um sie zu umarmen. Die Decke glitt von ihren Schultern, aber seine Umarmung ließ sie die kühle Luft rasch vergessen. Sie führte ihn zum Bett zurück und bemerkte, daß er weinte, auch wenn er ihre Zärtlichkeiten erwiderte und unter ihren Händen erregt wurde. Micay drängte ihn auf den Rücken und setzte sich auf ihn, wie sie es so oft getan hatte, während sein Fuß heilte. Auch sie weinte, aber sie brauchte nichts zu sehen, um zu wissen, wie sie zueinander finden konnten.

»Ich werde dich auch in mir tragen«, flüsterte sie und legte sich auf ihn, um sein Gesicht zu küssen. Sie schmeckte Salz und fühlte, wie seine Hände ihr Gesäß umfaßten, so daß er tiefer in sie eindrang. Im Dämmerlicht sah sie die Tränen zwischen seinen Wimpern, als seine Augen sich weiteten und er ihren Namen flüsterte. Micay bedeckte seine Lippen mit den ihren und schloß die Augen, und dann bewegten sie sich zum letzten Mal im einträchtigen Rhythmus.

KAPITEL 15

Huaman Runacona: Die Falken
(1523)

Cuzco

Die steinernen Huacas in der Wiese unterhalb, die dunklen Hügel, die bis an die Straße drängten, sogar das eigenartige Grau des Himmels: Alles atmete eine tiefe, fast unheimliche Vertrautheit, wie die Erinnerung aus einem Traum. Dieses Gefühl überwältigte Cusi schon bald nachdem sie die große Brücke über den Apurimac überquert hatten. Als er den Boten sah, der ihnen entgegenkam, fiel ihm auf, daß er und Quizquiz trotz der ansteigenden Straße immer schneller gelaufen waren und zusammen mit der kleinen Vorhut von Kriegern die restliche Kolonne ein gutes Stück hinter sich gelassen hatten.

Sie blieben stehen und nahmen die Nachricht des Boten an Yascas Stelle in Empfang, der beim Haupttrupp geblieben war. »Ich warte auf Yasca, um ihm die Botschaft weiterzugeben«, erbot sich Cusi, und Quizquiz marschierte allein weiter. Die Krieger hatten Cusi bald passiert; mittlerweile waren von den tausend, die vor drei Monaten Tumibamba verlassen hatten, nur noch dreißig übriggeblieben. Alle anderen waren unterwegs in ihre Heimatstädte und -dörfer entlassen worden, und mit ihnen weitere tausend Handwerker, Weber und Arbeiter, deren Dienstzeit ausgelaufen war. Die Kolonne bestand jetzt nur mehr aus ein paar Hundert Leuten, und von diesen würden ganze vier – Cusi, Tomay, Quizquiz und Yasca – noch über Cuzco hinaus marschieren.

Cusi betrachtete die umliegenden Hügel und erinnerte sich an die Zeiten, die er mit seiner Familie oder seinen Initiationsbrüdern hier verbracht hatte. Die Wiese unter ihm, Quiachilli, wurde vom Iñaca-Haushalt verehrt, denn hier hatte Pachacuti schließlich die Chanca besiegt, die Cuzco bedrohten. Was würde Pachacuti wohl über die Inka denken, fragte sich Cusi, wenn er so wie wir durch das ganze Nordviertel gegangen wäre und gesehen hätte, was aus dem Königreich geworden ist, das er gegründet hat?

Den nächsten Trupp in der Kolonne bildeten die Buchhalter; zwanzig Männer, die Huayna Capac geschickt hatte, damit sie bei der von ihm angeordneten großen Zählung mithalfen. Sie waren fröhliche Reisegenossen und interessierten sich für alles, was es unterwegs zu sehen gab. Ihnen folgten die Balladensänger mit ihren bemalten Amtsstäben. Sie blickten Cusi neugierig an, aber er wollte nicht zu erkennen geben, daß er ein Geheimnis mit ihnen teilte. Dann kamen einige Familien, allerdings ohne Kinder; sie trugen alle das blaue Gewand der Palastbediensteten. Und schließlich tauchte mit der Gruppe der Cañari-Goldschmiede auch Yasca auf.

Cusi hob zum Gruß seine Streitaxt. »Ich habe eine Nachricht für Euch, Herr. Der Thronerbe und der Regent haben für uns ein Willkommensfest im Amarucancha vorbereitet.«

Yasca brummte nachdenklich; zweifellos war er beeindruckt, daß Huascar sich für eine solche Einladung überhaupt hergab. Der Thronerbe konnte über Ninan Cuyochis Ernennung zum Regenten wohl kaum erfreut sein, und wahrscheinlich wußte er, daß Yasca die offizielle Bestätigung dieses Aktes nach Cuzco brachte.

»Na ja, er hatte drei Monate Zeit, sein Gleichgewicht wiederzufinden«, sagte Yasca nachdenklich. Dann blickte er Cusi warnend an. »Paß heute abend auf deinen Freund auf, den Colla. Er hat mich gefragt, ob er zu den Grasmännern gehen müßte, bevor er in die Stadt kann. Aber was er wirklich meinte, war, ob jemand versuchen würde, ihn zu zwingen, die Grasmänner aufzusuchen.«

»Was habt Ihr ihm gesagt?«

Yasca schnaubte verächtlich. »Meine Kommandeure teilen ihre Geheimnisse nur mir mit. Aber wenn irgend jemand ihn angehen sollte, dann soll er vernünftig sein und den Betreffenden zu mir schicken.«

»Gilt das auch für Uritu?« fragte Cusi.

Der Kriegshäuptling nickte barsch.

»Von dir erwarte ich, daß du auf dich selbst aufpaßt. Ich weiß, daß die Gouverneure und Michos dir Dinge mitgeteilt haben, die sie mir nicht zu sagen wagten. Überlege gut, Cusi, bevor du etwas davon weitererzählst.«

Cusi blickte ihn argwöhnisch an. »Sind wir nicht weit genug von Tumibamba entfernt? Ich hatte mich eigentlich schon wieder daran gewöhnt, offen und aufrichtig zu reden.«

»Anders sollte ein Inka nie sein«, grollte Yasca. »Aber wieviel du erzählst, ist eine andere Sache. Ich will nach Tumibamba zurück, sobald unser Befehl ausgeführt ist; auf einen Posten in Chuquiabo oder einem noch schlimmeren Ort habe ich keine Lust. Also werde ich die Gouverneure und die Leute, die die Arbeitslisten machen, selbst ihre Berichte erstellen lassen. Ich will meinen Namen nicht mit schlechten Nachrichten in Zusammenhang bringen, und darauf solltest du auch aufpassen.«

»Ich verstehe, Herr«, antwortete Cusi gedämpft. »Ich werde auf meine Worte achten. Aber was, wenn man uns direkt fragt?«

»Dann werden wir direkt antworten. Aber nicht so, als wären wir die Inspektoren, die man ausgeschickt hat, um eine Beurteilung zu erstellen. Verstehst du, was ich meine? Gut, dann laß uns gehen...«

»Ich warte hier auf Tomay und Uritu«, erwiderte Cusi. »Wir sind zusammen von Cuzco weggegangen, und ebenso sollten wir auch wieder zurückkommen.«

»Nach zehn langen Jahren«, sagte Yasca und reihte sich wieder in die Kolonne ein. »Daß ihr drei zusammen seid, ist wahrscheinlich das einzige, was sich nicht verändert hat.«

Die Patallacta allerdings schien völlig unverändert, nur waren ihre vielen Terrassen praktisch ausgestorben. Alle Mitglieder des Iñaca-Haushalts hatten entweder Cuzco verlassen, oder sie arbeiteten im Palast, erklärte einer der Gefolgsleute, während er Cusi und seine Freunde zu dem Anwesen hinaufführte, das einst Otoronco Achachi bewohnt hatte. Niemand schien es seither benutzt zu haben, aber die Häuser und der Hof waren makellos sauber. Die Gefolgsleute freuten sich, jemanden bedienen zu können, und halfen den Ankömmlingen, sich für das Fest zu erfrischen. Die Krieger schwitzten in dampfenden Bädern und schrubbten sich mit Yucca-Wurzeln, während die Diener die verlausten Kleider reinigten oder verbrannten. Dann schnitt ein Gefolgsmann mit Feuerstein- und Obsidianklingen den Männern die Haare und kämmte sie gründlich mit feinen, geölten Kämmen, um die Nissen zu entfernen.

Am Ende fühlte sich Cusi nach langer Zeit wieder wie ein zivilisierter Mensch, und mit diesem Gefühl stellten sich plötzlich auch viele Erinnerungen ein. Er stand im Hintereingang des Hauses, in dem er einst gewohnt hatte, und blickte über die grauen und gelben Dächer Cuzcos auf die Berge, die die Stadt umringten. Feste und Zeremonien, an denen er teilgenommen hatte, traten ihm wieder ins Gedächtnis, ebenso Gespräche mit Otoronco und sein Besuch mit ihm bei Pachacuti. Und unweigerlich kehrten auch alle seine Erinnerungen an Tocto Oxica zurück, mit der er in diesem Zimmer seine letzte Nacht in Cuzco verbracht hatte; sie wühlten sein Inneres auf und riefen eine Mischung aus Verwirrung und Sehnsucht in ihm wach, der er sich hilflos ausgeliefert fühlte.

Er stand schon eine ganze Weile gedankenverloren da, als Urcon zu ihm trat. »Ich möchte dich nicht stören, aber deine Freunde warten draußen«, teilte er Cusi mit.

Cusi wandte den Blick von der hinter den Bergen versinkenden

Sonne ab. »Ich war nicht so bereit zurückzukommen, wie ich gedacht hatte«, sagte er leise. »Ich hatte viel an diesen Ort gedacht, aber nicht an die Menschen, die ich hier gekannt habe.«

»Es sind doch kaum Menschen hier. Als ich das letzte Mal in Cuzco war, konnte man kaum die Straße hinuntergehen, so voll war es. Jetzt bist du schon überrascht, wenn du nur einem Menschen begegnest.«

Cusi sah ihn verwirrt an, erinnerte sich aber dann, daß Urcon Cuzco vor ihm verlassen hatte, zusammen mit dem Sapa Inca. »Ich hatte zwei Jahre Zeit, mich an leere Straßen zu gewöhnen«, räumte er ein. »Aber heute sind sie noch leerer als damals.« Er unterbrach sich und sah Urcon lange an. »Du gehst sicher morgen in dein Dorf. Schade, daß wir diese letzte Nacht nicht gemeinsam feiern können.«

Urcon schüttelte den Kopf. »Ich hatte noch keine Gelegenheit, es dir zu sagen – ich wurde gebeten, mit einer der Karawanen zu gehen, die zu den Kriegern nach Cochabamba geschickt werden.«

»Aber dein Dienst ist doch längst zu Ende!« protestierte Cusi. »Du hast viel länger gedient, als es deine Pflicht gewesen wäre. Niemand kann dich zwingen, das zu tun, Urcon. Ich werde mich für dich einsetzen...«

»Das ist unnötig«, versicherte Urcon. »Ich habe mich bereit erklärt zu gehen. Man hat mir vier Alpakas als Belohnung angeboten, zwei Zuchtpaare. Dafür kann ich noch ein paar Monate warten, bis ich nach Hause komme.«

»Mir hat niemand eine solche Belohnung angeboten«, meinte Cusi sarkastisch, fügte jedoch lächelnd hinzu: »Aber es freut mich, daß wir noch eine Weile Kameraden bleiben.«

»Ich war an den Wassern von Mama Cocha«, sagte Urcon ernst, »aber am Titicacasee noch nicht. Und ich möchte meinen Enkeln erzählen können, daß ich beides gesehen habe.«

Cusi lachte. »Der See brüllt nicht wie Mama Cocha, aber den Anblick wirst du nicht vergessen. Und vielleicht haben wir noch Zeit, dein Dorf zu besuchen, bevor wir nach Süden gehen.«

Sie gingen zum Vordereingang. »Fällt es dir jetzt ein wenig leichter, wieder hier zu sein?« fragte Urcon.

»Du hast meine trübe Stimmung wieder einmal sehr aufgeheitert«, antwortete Cusi dankbar, schüttelte aber gleich darauf kläglich den Kopf. »Trotzdem... drei Monate hatte ich Zeit, mich auf Cuzco vorzubereiten, aber sie haben nicht ausgereicht. Vielleicht gibt es Erinnerungen, mit denen wir nie fertigwerden...«

Nachdem die drei Krieger das Palasttor passiert hatten, wurde Uritu zu dem Hof vorausgeschickt, in dem das Fest stattfand. Ein Angehöriger der Königlichen Leibwache führte Cusi und Tomay in einen zweiten, von Fackelträgern erleuchteten Hof, wo fünf Männer vor einem Zelthaus beisammenstanden. Die beiden gesellten sich zu Yasca und Quizquiz und stellten verwundert fest, daß einer der Männer ihr früherer Lehrer Aranyac war. Bei den zwei verbleibenden konnte es sich, wie unschwer zu erraten war, nur um Huascar und den Regenten Auqui Topa Inca handeln. Cusi und Tomay entboten dem Thronerben eine Mocha und verbeugten sich vor dem Regenten und Aranyac.

»Cusi Huaman und Tomay Guanaco«, stellte Yasca sie vor und wiederholte dann kurz, was die Männer bisher besprochen hatten. »Unsere Truppen sind noch nicht vollständig, aber wir können den Abmarsch nicht mehr verschieben. Die Bewohner von Cotapachi und Incallacta haben gerade die Ernten eingebracht, können sie aber nicht in den Vorratshäusern einlagern, weil die Chiriguano die Orte bedrohen. Deshalb müssen wir ihnen sofort eine Garnison zur Verfügung stellen, auch wenn wir dazu nicht die volle Anzahl an Kriegern haben.«

Cusi nickte, wunderte sich aber, daß während ihres Marsches von Tumibamba nach Cuzco keine Truppe aufgestellt worden war. Mußte man jetzt auch schon den Soldaten Belohnungen anbieten?

»Aus dem Westen haben wir bisher lediglich ein Kontingent Sora und Racana«, fuhr Yasca fort. »Quizquiz wird es kommandieren. Dann haben wir ein Kontingent Mitmacs aus der Umgebung hier; das sind deine Leute, Cusi. Tomay bekommt die Colla und Lupaca, die hoffentlich in Hatuncolla und Chucuito auf uns warten. Ich befehlige die restlichen Charcas und was immer wir an Truppen aus dem Ostviertel bekommen.«

»Wie stark ist der Feind?« fragte Cusi vorsichtig, verwundert über Yascas ungenaue Angaben. Der Kriegshäuptling warf dem Regenten einen harten Blick zu, bevor er antwortete.

»Gegenwärtig ... sind es etwa zwei- bis dreimal so viele wie wir. Bis wir dort eintreffen, können aber noch mehr über die Berge herüberkommen. Ich erwarte von jedem von euch, daß seine Leute einsatzbereit sind, wenn wir nach Cochabamba kommen. In zwei Tagen brechen wir auf.«

Die drei Kommandeure verneigten sich, und Yasca wandte sich an die Männer, die ihm gegenüber standen.

»Ihr Herren – gibt es sonst noch etwas?«

»Es ist uns ein ganzes Regiment aus Chincha und Ica versprochen«, erklärte der Regent zurückhaltend. »Wir werden es euch schnellstens nachschicken.«

»Gut«, antwortete Yasca kurz angebunden und fixierte Aranyac.
»Herr?«

»Ich habe meine Leute vorausgeschickt. Ihr werdet alles vorfinden, was ihr braucht, und die Krieger aus dem Südviertel werden euch ebenfalls erwarten.«

Yasca nickte höflich. Dann richteten sich alle Blicke auf den Thronerben in der Erwartung, daß er das letzte Wort sprechen und die Versammlung auflösen würde. Unter dem gelben Fransensaum hervor musterte Huascar die Kommandeure. Er war sehr groß geworden, seit Cusi ihn zum letzten Mal gesehen hatte, und muskulös wie ein Ringkämpfer. Und obwohl er noch keine Kampfspuren aufwies, besaß er nicht die Ausstrahlung eines Menschen, der sich dem Müßiggang hingab. Cusi hatte gehört, daß Huascar vor ein paar Jahren das Huarachicoy-Rennen gewonnen hatte, doch bisher hatte er nicht daran glauben können, daß dieser Sieg ehrlich errungen war.

»Eure Taten werden weithin gerühmt, meine Brüder«, begann Huascar. »Jeder kennt den Mut von Quizquiz, Cusi Huaman und Tomay Guanaco. Cuzco ist geehrt durch eure Gegenwart, und ich bin zuversichtlich, daß unsere Krieger mit Führern wie euch und dem tapferen Yasca die Chiriguano wieder über die Anden zurückdrängen werden. Ich wünschte nur, ich könnte mit euch gehen.«

»Uns ist jeder Mann willkommen, Herr«, erwiderte Yasca einladend. Doch der Regent schüttelte heftig den Kopf.

»Daran ist nicht zu denken«, protestierte er. »Es gibt hier viel zu viele Dinge, die deine Gegenwart erforderlich machen, Huascar.«

»Wie immer«, schnaubte Huascar und spuckte angewidert auf den Boden.

»Ihr vergeßt Euch, mein Sohn«, ermahnte ihn Aranyac, der aufgrund seines hohen Alters als einziger die Autorität besaß, eine solche Warnung auszusprechen. Aber Huascar würdigte ihn keines Blickes.

»Ich bin vergessen«, murrte er. »Laßt uns jetzt essen. Wenigstens ein Mahl kann ich mit euch teilen.«

Cusi und die Krieger verbeugten sich und entboten die Mocha, aber Huascar schritt einfach an ihnen vorbei auf den Ausgang zu, dicht gefolgt vom Regenten und den Fackelträgern. Cusi sah Yasca an, und dieser nickte zustimmend und erinnerte ihn damit an ihr früheres Gespräch und seine Voraussage, daß alles verändert sein würde. Cusi nickte zustimmend zurück, aber im stillen fragte er sich, ob im Grunde nicht alles war wie gehabt.

Anfangs erkannte Cusi den gebrechlichen, gebückten alten Mann nicht, der mit Uritu am Rand des Hofes stand. Das Fest war bereits voll im Gange, und er blickte immer wieder suchend über die Gäste hinweg in der bangen Hoffnung, Tocto wiederzusehen. Aber obwohl ihm einige junge Frauen auffielen, die ihr ziemlich ähnlich sahen – zweifellos Schwestern oder Halbschwestern von Tocto –, erfüllte sich sein Wunsch nicht. Schließlich gab er auf und sah wieder zu Uritu und dessen Begleiter hinüber, und mit einemmal bemerkte Cusi, daß der alte Mann sein Großvater Ayar Inca war. Er ging schnell zu ihnen und verbeugte sich.

»Verzeiht mir, Großvater…«

»Ich weiß, ich bin alt geworden«, erwiderte dieser großmütig und legte seinem Enkel eine Hand auf die Schulter. »Du aber auch, mein Sohn. Und darum kann ich es dir auch ganz unumwunden sagen: Sie ist nicht mehr hier. Sie ist die Hohepriesterin geworden und lebt jetzt auf der Mondinsel im Titicacasee.«

»Die Hohepriesterin«, wiederholte Cusi ungläubig. Die Spannung in seinem Innern begann sich zu lösen, als sei eine Bedrohung von ihm abgefallen. »Das Amt wurde vor zwei Jahren frei«, erklärte Ayar Inca, »und es kann nur von einer Frau aus der königlichen Familie bekleidet werden. Tocto Oxica wollte es übernehmen, und sie wurde für wert befunden.«

Damit hatte sie sich also Huascar entzogen, wie sie es versprochen hatte. Ihre eigene Huaca rettete sie in dem Augenblick, als seine versagte. Er fragte sich, ob sie wußte, daß er Huayna Capac um ihre Hand gebeten hatte, und verspürte große Enttäuschung darüber, es ihr nicht selbst erzählen zu können. Aber sein Bedauern kam erst nachträglich, erst nach seiner anfänglichen Erleichterung, und er fühlte, daß er sie zwar gerne wiedergesehen hätte, aber auch froh war, sie in sicherer Ferne zu wissen. Er hätte sich nicht der Versuchung aussetzen wollen, sich noch einmal in sie zu verlieben.

»Es ist gut für mich, das zu wissen«, gestand er und nickte seinem Großvater dankbar zu. »Die Erinnerung an sie war zu stark, um sie einfach zu verleugnen. Obwohl ich eine Frau habe, der keine andere gleichkommt.«

»Einfach zu vergessen, das würde dir nicht entsprechen«, meinte Ayar. »Aber jetzt kommt, das Essen wird gebracht.« Er führte Cusi und Uritu zu den Matten, die in der Mitte des Hofes ausgelegt worden waren. »Uritu hat mir von deinem Leben in Tumibamba berichtet«, fuhr er fort, »aber beim Essen mußt du mir noch mehr erzählen. Ich wußte von keiner Nusta mit Namen Micay, obwohl sie ja vielleicht jünger ist als du. Wessen Tochter ist sie?«

»Ihr könnt weder sie selbst noch ihre Eltern kennen, Herr. Sie war eine Erwählte Frau aus Chachapoyas.«

Ayar blieb stehen und musterte ihn neugierig. »Ein Geschenk des Sapa Inca?« fragte er dann.

»Ein Geschenk der Götter vielleicht«, erwiderte Cusi. »Sie wurde als Gefährtin für Quinti Ocllo in unsere Familie aufgenommen, lange bevor ich nach Tumibamba kam. Und danach brauchte es noch einmal Jahre, bis ich wußte, daß ich sie heiraten mußte.«

»Du sagst, sie ist deine erste Gemahlin?«

»Die erste und einzige«, sagte Cusi bestimmt. Ayar rieb sich das Kinn und blickte zu Uritu.

»Uritu hat auch gesagt, du hättest schon ein eigenes Anwesen.«

»Ja, das Regenbogen-Haus«, antwortete Cusi stolz. »Es ist in den Bergen östlich von Tumibamba. Und es ist ein Geschenk des Sapa Inca.«

»An den Iñaca-Haushalt?«

»An mich. Im Norden besitzen die Haushalte nur wenig, abgesehen von ihrem Ansehen.«

Ayars Blick wanderte von Cusi zu Uritu und zurück, und dann schüttelte er ungläubig das weiße Haupt. »Nehmt Platz, meine Söhne, und stärkt euch«, sagte er dann. »Ihr werdet eure Kräfte brauchen – und all eure Geduld –, um einem alten Mann das Leben begreiflich zu machen, das ihr euch in der Ferne aufgebaut habt. Ich fürchte, ich verstehe gar nichts davon...«

Das Mahl näherte sich schon langsam seinem Ende, als Cusi mit einem Bissen gekochtem Truthahn plötzlich der Gedanke kam, daß dies ein richtiges Inka-Essen war: Kartoffeln, Quinoa, Mais und Fleisch, alles zusammen gekocht und kräftig gewürzt mit Salz und scharfen Uchu-Pfefferschoten – ein gutes Essen, das aber im Vergleich mit den extravaganten Delikatessen, die in Quito und Tumibamba von Küchenchefs wie Fempellec gereicht wurden, sehr anspruchslos erschien.

Beim Gedanken an Fempellec mußte er auch daran denken, wieviel seine Brüder und er eingedenk Yascas Rat bei ihren Erzählungen für Ayar Inca ausgelassen hatten. So hatten sie bei ihrem gemeinsamen Bericht des Carangui-Kriegs nicht den Tag erwähnt, an dem sie mit Huanacauri in ihrer Mitte auf dem Platz in Tumibamba gestanden und mit ihrem Aufbruch gedroht hatten. Und über seine Schwester hatte Cusi lediglich, wenn auch nicht ohne Stolz, erzählt, daß sie sich als Vermittlerin zwischen der Coya und der Hohenpriesterin hervortat.

Um zu prüfen, wie Ayar darauf reagieren würde, daß ein Colla Land besaß, hatte Tomay über das Guanaco-Haus erzählt. Aber es zeigte sich, daß der alte Mann nur über die Praxis privaten Landbesitzes an sich verwundert war, unabhängig davon, ob der Besitzer ein Inka königlichen Geblüts war oder nicht. In der Zwischenzeit hatte sich auch Aranyac ihrer Unterhaltung angeschlossen, der mittlerweile Statthalter des Südviertels geworden war. Er hatte den Erzählungen Cusis und seiner Freunde schon eine Weile kommentarlos zugehört und ergriff jetzt mit ernster Miene das Wort.

»Nun haben wir viel von euren Erfolgen und Belohnungen gehört, meine Söhne – jetzt berichtet, was ihr auf dem Weg hierher gesehen habt.«

Cusi zögerte und sah zu Tomay hinüber, dem er schon zu Beginn des Festes Yascas Warnung mitgeteilt hatte. Dann blickten sie beide auf Uritu, der aber darauf wartete, daß einer von ihnen zu sprechen begann.

»Kommt«, mahnte Aranyac, »sind wir etwa Kinder, daß ihr uns gegenüber eure Zungen hüten müßt? Ich kann euch ein wenig von dem erzählen, was ihr gesehen habt – Straßen und Brücken, die repariert werden müssen, brachliegende Felder, und viele Frauen, alte Männer und Kinder bei der Arbeit in den wenigen bestellten. Mit Sicherheit habt ihr auch Vorratshäuser des Inca mit verstärkter Bewachung passiert, und die Beamten, mit denen ihr gesprochen habt, waren furchtsam und von Sorgen erfüllt, vielleicht auch zornig. Wenn ihr ihnen wohlwollend zugehört habt, haben sie sicher versucht, euch zu erklären, wie es ist, wenn man mehr und mehr fordern muß, obwohl man selbst immer weniger zu geben hat.«

Erneut tauschten die drei Freunde einen Blick aus, dieses Mal allerdings mehr verblüfft als zögernd, und dann ergriff Tomay das Wort.

»Ja Herr, all das haben wir in der Tat gesehen«, begann er mit einem bitteren Lächeln. »Und überall war den Leuten erzählt worden, wir seien die Streitmacht, die der Sapa Inca zur Bestrafung der aufständischen Chiriguano ausgesandt habe, obwohl wir in jeder Stadt, in jedem Dorf weniger wurden.«

Aranyac brummte zustimmend und sah dann auffordernd zu Cusi und Uritu.

»Man hat uns nicht gerade mit großer Freude begrüßt«, begann der Campa-Krieger, »außer da, wo Männer aus dem Dienst entlassen wurden oder unser Kommen fehlgedeutet wurde. Bei Xauxa zum Beispiel mußten einige von uns Feuerholz sammeln gehen, und als die Leute uns mit unseren Waffen sahen, dachten sie, wir seien zum Jagen gekommen. Sie sagten, der Gouverneur habe seit drei Jahren keine Jagd mehr organisiert, und zeigten uns die Wildschäden in den Fel-

dern.« Er fuhr sich mit der Zunge über die Lippen. »Als wir ihnen
sagten, wir hätten keine Jagderlaubnis, baten sie, jemanden zurückzu-
schicken, um sie einzuholen. Das versuchten wir auch, aber ohne
Erfolg.«

Ayar hatte sich steif aufgerichtet; dieser ganz andere Ton machte
ihn sichtlich betroffen.

»Ich habe mit vielen Beamten gesprochen«, begann nun Cusi, »und
mir die Klagen angehört, die sie Yasca gegenüber nicht verlauten
ließen. Mehr als einer sagte, daß die Pflichtarbeit unerträglich zuge-
nommen habe und eine weitere Steigerung zur Rebellion führen
würde. Ich hörte Geschichten von Männern, die ihre Familien und
Felder im Stich ließen und zu Wegelagerern wurden, und von anderen, die Verbrechen begingen und sich danach freiwillig stellten in
der Hoffnung, als Strafe zu Gefolgsleuten gemacht zu werden. Ein
Häuptling sagte, er könne die Frauen seines Klans nicht mehr für
Ehebruch bestrafen, da sie nur noch auf diese Weise zu Kindern
kämen, die sie als Arbeitskräfte unbedingt brauchten. Er wußte nicht,
ob die Ehemänner bei ihrer Rückkehr darüber zornig oder sogar
dankbar sein würden, aber es sei schon so lange niemand mehr wieder
nach Hause gekommen, daß er den Frauen keine Vorwürfe machen
könne.«

Ein langes Schweigen folgte Cusis Bericht, und als er schließlich
aufsah, bemerkte er, daß sein Großvater ihn vorwurfsvoll anblickte.

»Du hast dich über mich lustig gemacht«, schimpfte Ayar. »Oder
komme ich dir etwa schon so alt und vergreist vor, daß du glaubst, man
könnte mir nur mehr nettes und bedeutungsloses Geschwafel vorset-
zen?«

»Das ist nicht Cusis Schuld, Herr«, mischte sich Tomay ein. »Yasca
hat uns gewarnt; er sagte, wir sollten vorsichtig sein mit dem, was wir
hier sagen.«

»Vorsichtig gegenüber euren eigenen Leuten?« fragte Ayar entrüstet. »Gegenüber denen, die euch an Erfahrung und Rang überlegen
sind? Und ihr beide seid doch Kundschafter – was ist das für ein
Kundschafter, der seinem Vorgesetzten nur sagt, was er hören will?«

»Ein schlechter«, antwortete Cusi. »Aber solche Vorgesetzte gibt es
in Tumibamba, und wahrscheinlich auch hier. Sie tadeln den Kundschafter für das, was er sieht, als hätte er es verursacht.«

»Du machst aber nicht den Eindruck, als hättest du gelitten«, setzte
Ayar an, doch da hob Aranyac eine Hand, um ihm zuvorzukommen.

»Ist dir das geschehen?« fragte er ruhig.

Cusi nickte. »Ihr werdet wahrscheinlich bald zu hören bekommen,
daß ich nicht mehr in der Gunst des Sapa Inca stehe. Ich weiß nicht,

was sie sagen werden – daß ich verräterisch bin oder respektlos oder nicht vertrauenswürdig. Vielleicht auch, daß ich ein Zauberer bin und Verwünschungen ausspreche. Ich behaupte nicht, vollkommen unschuldig zu sein oder daß ich mir nicht zu helfen wüßte, Herr; sicher war ich nicht immer vorsichtig mit meinen Äußerungen und Taten. Aber ich habe dem Inca stets gut gedient und glaube nicht, daß ich zu derartigen Vorwürfen Anlaß gegeben habe.«

»Ich *weiß*, daß diese Vorwürfe ungerecht sind«, erklärte Tomay mit Nachdruck, und Uritu brummte zur Bekräftigung und nickte.

Aranyac musterte die Freunde nacheinander. »Mit diesen Worten erhebt ihr selbst einen ernstzunehmenden Vorwurf«, sagte er schließlich. »Wenn ich euch glauben soll und nicht dem, was über euch gesagt wird, dann muß ich noch mehr von dem hören, was ihr bisher verschwiegen habt.«

»Würdet Ihr in Eurer Gegenwart Kritik am Sapa Inca erlauben?« fragte Cusi und wandte sich dabei auch seinem Großvater zu. Ayar forderte Aranyac mit einer Geste auf zu sprechen.

»Es ist kein Geheimnis, daß in den Vier Vierteln nicht alles zum Besten steht«, begann der Statthalter. »Trotzdem weigert sich Huayna Capac, unseren Bitten, nach Cuzco zurückzukehren, so wie es sich für den Sapa Inca gebührt, Gehör zu schenken. Allein damit zieht er bereits berechtigte Kritik auf sich. Sagt also, was ihr zu sagen habt, meine Söhne, solange es ehrlich und unserer Überlegung würdig ist.«

Ayar nickte beifällig, und Tomay schürzte nachdenklich die Lippen.

»Da müssen wir beim zweiten Feldzug anfangen«, sagte er, »als Huayna Capac das erste Mal selbst in die Schlacht ging.«

»Und zwar auf seiner Sänfte«, fügte Uritu hinzu. Dann rückten die Männer enger zusammen und vergaßen schließlich das Mahl, während Tomay noch einmal vom Carangui-Krieg erzählte – in einem schonungslos offenen Bericht, der aber Cusis Stimmung mehr hob als die bloße Anwesenheit in der Heiligen Stadt und ihm deutlich machte, wie weit er sich von Tumibamba entfernt hatte.

Bei den ersten Strahlen Intis gingen die drei Freunde die Straße Hatun Rumiyoc entlang zum Übungsplatz vor der Stadt, wo Cusis Mitmacs zur Inspektion bereitstanden. Als sie am Palast von Inca Roca vorbeikamen, überfiel Cusi große Sehnsucht nach Micay, die ihren Namen mit der berühmten Coya dieses Herrschers teilte. Offenbar hatte Uritu den gleichen Gedanken, denn er erinnerte Cusi an das Gespräch, das er und Micay an ihrem letzten Tag in Tumibamba geführt hatten.

»Du hast selbst gehört, daß sie ihn zu mir schicken will«, sagte er zu Cusi. »Du mußt das in die Wege leiten, sobald er alt genug ist. Oder noch besser, du bringst ihn gleich selbst.«

Cusi fragte sich, ob Micays Angebot, Sinchi zu Uritu gehen zu lassen, ernst gemeint oder ob sie einfach zu sehr vom Gefühl des Abschieds überwältigt gewesen war. Aber andererseits kannte sie Uritu gut genug, um zu wissen, daß er ein solches Angebot von ihr nicht vergessen würde.

»Ich werde dafür sorgen, daß er seinen Onkel in Vitcos besucht«, versprach Cusi, woraufhin Uritu sein seltenes Lächeln zeigte.

»Ich werde ihm beibringen, wie man mit dem Bogen und dem Blasrohr jagt, und wie man Koka kaut und süßes Maniok-Akha trinkt.«

»Und wie man in der Hitze schmilzt und von den Insekten aufgefressen wird«, setzte Tomay in Erinnerung an seine Abenteuer im Land der Shuara hinzu.

»Das macht ihm nichts aus«, erwiderte Uritu vertrauensvoll. »Er ist seinem Wesen nach ein Campa.«

»Jedenfalls fühlt er sich sehr zu dir hingezogen«, räumte Cusi ein. »Ich bringe ihn zu dir, aber vorher soll er noch als Inka initiiert werden, damit er auch wieder nach Hause zurückkommt.«

Sie lachten und gingen weiter. Alle drei hatten ihre Waffen bei sich, doch Uritu trug zudem seine gesamte Habe, denn er war nicht auf dem Weg zum Übungsplatz, und er würde auch nicht der neuen Kolonne angehören, die in zwei Tagen nach Süden aufbrach. Uritu ging nach Hause, und vielleicht würde er nie wieder mit ihnen marschieren.

Auf halber Höhe des nächsten Hügels kamen sie zu dem Anwesen, das einst Cusis Familie gehört hatte und jetzt leerstand. Cusi sah kurz durch den verhangenen Eingang; Schmutz sammelte sich in den Ecken des Hofes an, und Schwalben nisteten in den schadhaft gewordenen Strohdächern. Nichts ist so groß, als daß es nicht der Vergessenheit anheimfallen kann, dachte er, verbunden mit dem Gefühl, daß einige seiner Erinnerungen an diesen Ort bereits verblaßt waren.

Doch er behielt diese Gedanken für sich; er wollte der Traurigkeit, die sich schon jetzt auf den Gesichtern der Freunde abzeichnete, nicht noch Vorschub zu leisten. Statt dessen brachte er einen von Aranyac erwähnten Plan Huascars zur Sprache. Ihm zufolge sollten die Mitglieder der Haushalte, denen seit dem Zug der Inka königlichen Geblüts nach Norden die Verwaltung Cuzcos oblag, aus ihren übervölkerten Dörfern am Rande der Stadt in die Anwesen umsiedeln, die die Inka leer hinterlassen hatten. Aranyac und die anderen Statthalter hatten diesen Plan befürwortet, aber der Regent war unschlüssig und die Haushalte, denen die meisten der Anwesen gehörten, lehnten ihn ab.

»Ich fände es gut, wenn hier jemand wohnen würde«, sagte Cusi im Weitergehen, »ganz egal wer. Lieber irgendwelche Leute als nur Vögel und Mäuse.«

»Wenn jemand anders als Huascar diesen Plan unterbreitet hätte, wäre er den Haushalten vielleicht annehmbar erschienen«, meinte Tomay. »Aberr sie erinnern sich noch daran, wie sein Vater ihren Reichtum und ihre Macht ablehnte, und das macht es für Huascar nicht leicht. Was wird er wohl unternehmen, um sich als Herrscher zu etablieren, nachdem Ninan die nördlichen Provinzen bekommen hat?«

»Er wird ins Ostviertel gehen«, meinte Uritu. »Die Shuara sind noch nie erobert worden.«

Cusi blickte alarmiert auf, aber Tomay brummte verächtlich.

»Das werden sie auch nicht – jedenfalls nicht von uns. Außerdem haben sie nichts, was es wert wäre, es ihnen zu nehmen. Aber andererseits ... wenn irgend jemand dumm genug ist, einen solchen Versuch zu unternehmen, dann Huascar.«

»Das würde bedeuten, daß wir doch wieder zusammen marschieren«, meinte Uritu.

Cusi schüttelte den Kopf. »Verzeih mir, Freund, aber das hoffe ich nicht. Gegen jeden anderen Feind, aber nicht gegen die Shuara. Hast du Otoroncos Versprechen vergessen?«

»Natürlich nicht«, antwortete Uritu überrascht. »Aber es lag nie in seiner Macht, dieses Versprechen auch zu halten. Ich denke, er weiß, daß er dafür noch büßen muß.«

»Und ich?« fragte Cusi.

»Du vielleicht auch, aber du bist Cusi Huaman. Du hast schon größere Bedrohungen überlebt. Es ist dir bestimmt.«

Uritu blieb stehen. Sie hatten die Stelle erreicht, von der der Pfad zum Übungsplatz von der Straße abzweigte, die später zur Königsstraße ins Ostviertel wurde und Uritu über die Berge ins Yucay-Tal und dann Richtung Norden nach Vitcos führte. Cusi sah seinen Freund an und dachte daran, daß sich die Campa nie verabschieden.

»Es ist noch nicht zu spät, um mit uns gehen«, schlug Tomay vor, aber es gelang ihm dabei kein überzeugender Tonfall. »Yasca würde sich freuen, dich dabei zu haben.«

»Er freut sich über jeden«, entgegnete Uritu scherzend. »Kämpft gut gegen die Chiriguano, meine Freunde. Ich werde jedes Jahr zum Inti Raimi in Cuzco sein, falls ihr auch da seid.«

»Wenn irgend jemand von deinem Volk in den Norden geschickt

wird, sag ihnen, daß sie uns besuchen sollen«, schlug Cusi vor. »Wir werden immer für sie da sein.«

Uritu legte seine Waffen ab und faßte Cusi und Tomay an den Schultern. Seine dunklen Augen funkelten, die Nasenflügel bebten leicht, und die tätowierten Linien auf seinen breiten Wangen traten noch deutlicher hervor als sonst.

»Ihr seid meine Brüder«, sagte er mit erstickter Stimme. Dann nahm er seine Habe an sich, wandte sich schnell ab und ging mit hoch erhobenem Kopf davon.

»Und du bist der meine«, sagte Cusi halblaut und hörte, wie Tomay etwas Ähnliches murmelte. Aber gleich darauf stieß er Cusi freundschaftlich mit dem Ellbogen in die Rippen, und sie machten sich mit vorwärts gerichtetem Blick auf den Weg zum Übungsplatz.

Tumibamba

Micay entfernte vorsichtig den Verband und die Bandage vom Hinterkopf des Mannes. Er hatte hinter und oberhalb des linken Ohrs einen schweren Schlag erhalten, wahrscheinlich von einer Streitaxt, und die Heiler in Piura hatten ein längliches Stück aus seinem Schädelknochen herausnehmen müssen, um den Druck auf das Gehirn abzumindern. Danach hatten sie die Kopfhaut wieder über die Wunde geschoben und genäht, aber die rasierte Stelle wies nun in der Mitte eine deutlich erkennbare Delle auf. Micay begutachtete die Nähte. Die Heiler in Piura sind sehr geschickt, dachte sie bewundernd, während sie eine neue Bandage anlegte und den Mann vorsichtig verband.

»Sehr gut«, sagte sie und half ihm, sich aufzusetzen. »Es heilt wirklich schön.«

Von einem der Männer, die mit ihm zurückgekommen waren, hatte Micay erfahren, daß der Patient Paucar Rimay hieß, ein Inka nach Stand aus dem Sañu-Klan in Cuzco. Er war Hauptmann in der Streitmacht gewesen, die der Sapa Inca zur Bestrafung von Piura entsandt hatte. Der Mann reagierte, wenn man ihn mit seinem Namen ansprach, und konnte ihn sogar selbst sagen, aber davon abgesehen vermochte Paucar Rimay – der Prächtige Redner – nicht für sich zu sprechen. Er konnte ein paar Worte wiederholen und stieß ab und zu kurze, verwirrte Rufe aus, aber er schien sogar die Bezeichnungen gewöhnlicher Gegenstände aus dem Gedächtnis verloren zu haben und war nicht imstande, sich Dinge zu merken, die Micay ihm beizubringen versuchte.

»Ich bin Mama Micay, Paucar«, sagte sie ihm einmal mehr. Sie zweifelte nicht daran, daß er sie erkannte, aber er hatte ihren Namen noch nicht einmal ausgesprochen. Dann hielt sie seine Hand hoch. »Das ist deine Hand, Paucar. Deine Hand. Hand.«

»Was ist... nein... was ist...«

Er wackelte mit dem Kopf und schien mit dem Mund Worte zu formen. Micay hatte keine Vorstellung davon, wie er den Transport von Piura überstanden hatte, bewußtlos und in der Fürsorge von Kriegern, die sicher nicht die Geduld aufgebracht hatten, ihn zu füttern. Er konnte noch immer nicht selbst essen, weil er sofort vergaß, was er tun mußte, wenn nicht jemand da war, der ihm den Löffel in den Mund schob.

»Deine Hand, Paucar«, wiederholte sie unerschütterlich, aber plötzlich hörte sie, wie jemand die Worte laut nachsagte. Auch die Gespräche um sie herum waren mit einem Mal verstummt, und als Micay aufblickte, stand Quinti mit Sinchi und Cahua in der Tür. Quintis Umhang wurde von einer großen goldenen Fibel zusammengehalten; darunter trug sie ein elegantes, ockerfarbenes Kleid und an den Handgelenken goldene Armreifen. Micay konnte nicht glauben, daß ihre Schwägerin, die doch selbst als Heilerin ausgebildet war, vergessen hatte, was sich hier für Männer befanden – warum sie nicht erkannte, daß dies weder ein Ort für freundschaftliche Besuche war noch ein Platz für Kinder.

Doch Quinti verneigte sich vor den Patienten und wandte sich dann ungeniert und freundlich an sie.

»Ich grüße euch, meine Freunde. Mein Name ist Quinti Ocllo, ich bin die Gemahlin eures Kommandeurs Quilaco Yupanqui. Wie ihr wißt, ist er noch in Piura, um die Stadt gegen die Rebellen zu verteidigen. Deshalb bin ich an seiner Statt gekommen, um seinen tapferen Kriegern meine Anerkennung auszusprechen.«

Micay sah sich um und blickte in Gesichter, die frappant den Zügen Paucar Rimays ähnelten – Männer, denen es die Sprache verschlagen hatte.

»Ich bin auch die Schwägerin eurer hochgeschätzten Heilerin Mama Micay«, fuhr Quinti fort und streichelte den Kindern über den Kopf. »Und dies sind ihre Kinder, Cahua und Sinchi, meine Nichte und mein Neffe.«

»Sinchiiii!« wiederholte der Knabe begeistert und juchzte, daß Uritu stolz auf ihn gewesen wäre. Micay wollte ihn gerade zurechtweisen, doch da setzte etwas ein, was sie hier noch nie gehört hatte – die Männer begannen zu lachen. Sinchi grinste, kam auf Micay zugelaufen und umarmte sie ungeachtet der Tatsache, daß sie noch immer

Paucars Hand hielt. Cahua und Quinti knieten inmitten der Verwundeten nieder, die schnell ihre Decken über sich zogen oder versuchten, sich auf die Ellbogen zu stemmen.

Sinchi ließ Micay los und löste ihre Hand von Paucars. Micay dachte, nun würde er wieder ein Beispiel seiner Selbstsucht abgeben, die sich seit Cusis Aufbruch eingestellt hatte, aber statt dessen hielt er Paucars Hand fest und blickte erwartungsvoll auf seine Mutter. Er versuchte zu helfen.

»Das ist Paucar Rimay«, erklärte sie ihm mit einem Lächeln. Sinchi blickte nur mit dem von Inti gezeichneten linken Auge auf den Verwundeten und kniff das rechte zusammen.

»Poker Rimi«, versuchte er nachzusprechen und schüttelte die Hand des Mannes. Paucar blinzelte, als sei er erschrocken.

»Warum ist das ... ich – ich kann ... sagen wie ...« stieß er hervor. Micay legte einen Arm um Sinchi und brachte ihn dazu, Paucars Hand loszulassen.

»Paucar wurde verwundet, als er für Onkel Quilaco kämpfte«, erzählte sie dem Kleinen. Er schien verwundert darüber, daß der Kranke nur über ihn hinweg sah.

»Kopf weh«, sagte Sinchi und deutete mit dem Kinn auf Paucars Verband. »Kopf weh kämpfen.«

»Ja«, antwortete Micay halblaut. »Deswegen mußt du freundlich mit ihm reden und vorsichtig mit ihm umgehen.«

»Vorsichtig«, wiederholte der Kleine und blickte zweifelnd auf Paucar, der unverständlich murmelte. Doch dann packte ihn die Langweile, und er lief zu seiner Schwester. Cahua und Quinti waren auf die andere Seite des Raums gegangen, um die dort liegenden Männer zu begrüßen; Micay beobachtete sie beim Gespräch mit einem Krieger, dessen Unterarm amputiert worden war. Cahua starrte unverfroren auf den Armstumpf, aber der Mann machte sich nichts daraus; er schien zu sehr von Quintis herrschaftlicher Erscheinung beeindruckt zu sein. Als Sinchi sich neben sie niederkauerte, rief einer der Männer ihn beim Namen, und wieder kamen Gelächter und lustige Kommentare auf, die der Knabe mit stolzem Grinsen quittierte. Micay beobachtete die Szene und schämte sich plötzlich, ihre Schwägerin so unterschätzt zu haben; nun konnte sie sich darüber freuen, daß Quinti gekommen war. Diese Männer brauchten die Form von Anerkennung, die Quinti ihnen bot, ebensosehr wie medizinische Versorgung und Ruhe.

Nach einiger Zeit stand Quinti auf, nahm die Zwillinge an den Händen und begann sich zu verabschieden. Micay bemerkte, daß sie Paucar Rimay ganz vergessen hatte, und wandte sich wieder ihm zu.

Er saß mit verzerrtem Gesicht da und bewegte stumm die Lippen, die Hände zu Fäusten geballt; aber jetzt schien er zu bemerken, daß Micay ihn ansah, und plötzlich redete er laut, so daß alle im Raum sich überrascht zu ihm umdrehten.

»Kopf! Mein... Kopf.«

Erschöpft keuchend fiel er gegen die Wand zurück. Micay legte ihn auf die Seite und machte ihm die Decken zurecht, damit er schlafen konnte. Seine ausgezehrten, harten Gesichtszüge waren erschlafft, aber er starrte Micay mit weit aufgerissen Augen an. Sie legte ihm tröstend eine Hand auf die Stirn.

»Schlaf jetzt«, murmelte sie, »schlaf jetzt, Paucar Rimay, und glaube daran, daß deine Heilung begonnen hat, *in deinem Innern*...«

Damit stand sie auf und begleitete Quinti und die Zwilliinge hinaus.

»Das war wirklich nett von dir«, begann Micay, während sie die Zwillinge und Quespis Kinder beim Spielen beobachteten. »Du hilfst ihnen damit auf eine Art und Weise, wie wir es nicht können.«

»Aber das ist doch nicht der Rede wert«, wehrte Quinti ab. »Ich mache mir schließlich dabei nicht einmal die Hände schmutzig. Aber die Kinder waren wunderbar; du solltest sie öfter mitnehmen.«

»Das werde ich auch«, versprach Micay. »Hast du eigentlich Chimpu Ocllo wieder einmal gesehen?« fragte sie nach einer Pause.

»Natürlich«, antwortete Quinti mit einem Seufzer und schüttelte nachdenklich den Kopf. »Weißt du, ich habe dich auch deshalb aufgesucht, weil ich dich fragen wollte, ob du mit mir an den Hof zurückgehen möchtest.«

Unwillkürlich lachte Micay auf. »Quinti! Hast du vergessen, wessen Frau ich bin? Oder wie sehr Mama Huarcay mich haßt? Das kann doch nicht dein Ernst sein.«

»Oh, jetzt sehe ich erst, wie dumm das von mir war«, räumte Quinti ein. »Und deine Arbeit hier ist ja auch viel wichtiger. Aber – ich habe dich einfach vermißt, weißt du.«

Jetzt bedauerte Micay, daß sie gelacht hatte, aber sie war nicht nur gerührt, sondern auch überrascht. Sie hängte sich bei Quinti ein und führte sie zum Zelthaus hinüber, wo Quespi und die anderen Frauen arbeiteten.

»Ich dachte immer, deine Rolle als Vermittlerin würde dir zusagen. Endlich mußt du nicht mehr intrigieren und dich nicht mehr verstellen oder aus irgendwelchen Gründen Freundschaften schließen. Und du hast wirklich Geschick dafür... du hast dir fast von allen Seiten Achtung erworben.«

»Ja, es *ging* mir gut dabei«, erwiderte Quinti, »obwohl man schnell einsam wird, wenn man sich keiner Seite richtig zugehörig fühlt. Und es ist immer einsamer geworden, das weißt du ja wahrscheinlich.« Sie blieben außer Hörweite der anderen Frauen stehen. Micay vermutete zwar, was Quinti damit meinte, aber sie wollte es lieber von ihr selbst erfahren. »Ich fürchte, daß ich kaum noch weiß, was am Hof alles vorgeht«, sagte sie und zuckte die Achseln.

Quinti seufzte tief. »Der ganze Hof ist mehr denn je gespalten. Da ist zum einen meine Mutter und ihre Verbündeten unter den älteren Frauen, die nach Cuzco zurückgehen möchten. Dann die jüngeren Frauen, die sich an Cuzco kaum mehr erinnern können und lieber hier bleiben wollen, oder die das Ansehen, das sie oder ihre Männer hier genießen, nicht aufs Spiel setzen wollen. Die Frauen der Königsfamilie teilen sich auf diese beiden Gruppen auf, je nachdem, wie nahe sie Huayna Capac oder der Coya stehen. Manche ermutigen ihn in allem, was er anstrebt, nur um sich beliebt zu machen. Andere tun es, um Rahua Ocllos Stellung zu untergraben. Eine dritte Gruppe möchte sogar Cusi Rimay, der ersten Coya, wieder zu einer einflußreichen Position verhelfen und Ninan Cuyochi zum rechtmäßigen Thronfolger erklären.«

»Und die Coya selbst?« fragte Micay.

Quinti winkte ab. »Eigentlich steht sie auf seiten derer, die nach Cuzco zurück wollen. Sie muß zusehen, wie ihre Töchter hier erwachsen werden, während der einzige Mann, den sie heiraten könnten, in der alten Hauptstadt bleibt. Aber sie kann sich nicht öffentlich auf die Seite meiner Mutter stellen, weil sie befürchten muß, daß die anderen Gemahlinnen sonst gegen sie Front machen.«

Ein bissiger Kommentar lag Micay auf der Zunge, aber sie beherrschte sich und ließ Quinti fortfahren.

»Dann die Hohepriesterin.« Quinti seufzte noch einmal. »Du weißt ja selbst, wie sehr sie sich verändert hat. Früher stand sie ein für Vernunft und Gemeinsinn, aber jetzt ist sie immer nur ungeduldig bei allem, was ich sage. Sie hört kaum zu und spricht andauernd über Omen und Erdbeben und Berichte von unerklärlichen Todesfällen. Ich komme vom Hof hierher und habe das Gefühl, ein fremdes Land zu betreten.«

»Hat sie dir von ihren Träumen erzählt?«

»Ja, sehr oft. Sie erzählt mir auch von Prophezeiungen und Visionen anderer Leute und erwartet von mir, daß ich ihre Befürchtungen am ganzen Hof verbreite.« Mit einer ärgerlichen Miene hielt Quinti die Arme hoch. »Ich bin ja bereit, ihre Botschaft zu vermitteln, aber sie will mir nicht einmal sagen, von wem diese Warnungen kommen. Sie sagt, sie müsse die Menschen decken, die sich ihr anvertraut haben. Ja – aber wer hört denn schon auf Warnungen, von denen man nicht weiß, woher sie stammen? Wenn man diesen Leuten vertrauen soll, müssen sie Mut aufbringen und sich zu erkennen geben.«

»Kann man darauf vertrauen, daß Huayna Capac sie nicht bestraft?« hakte Micay nach.

Quinti trat zurück und betrachtete sie kühl. »Das ist genau die Frage, die sie auch stellt – als ob die Antwort offensichtlich wäre.«

»Für mich ist sie das«, sagte Micay frei heraus. »Und darum diene ich *ihr*. Außerdem glaube ich an das, was sie zu erreichen versucht.«

»Dann hast du sicher nicht viel Verständnis für meine Sorgen.«

»Ich habe wenig Verständnis für den Hof, das muß ich zugeben. Aber ich erkenne durchaus deine Bemühungen an, die Dinge zu verbessern. Du hast dir einen Platz errungen, der für jeden von uns von großem Wert ist.« Sie sah Quinti in die Augen, um ihr zu zeigen, daß sie es ernst meinte, und legte ihr eine Hand auf den Arm. »Und ich liebe dich wie eine Schwester, Quinti. Daran hat sich nichts geändert. Wenn ich es nicht so offen zeige, dann nur deshalb, weil ich deinem Ruf nicht schaden möchte.«

Quinti legte eine Hand auf Micays und blickte zu Boden. »Ich habe nie geleugnet, daß Cusi mein Bruder ist«, sagte sie mit einem schmerzlichen Lächeln, »und ebensowenig würde ich mich von dir distanzieren.«

»Trotzdem – vielleicht sollten wir uns besser nur hier oder beim Gouverneur zusammen zeigen. Niemand soll denken, daß ich versuche, dich zu beeinflussen.«

»Soll ich das auch glauben?« fragte Quinti skeptisch.

Micay schüttelte den Kopf. »Du mußt dir bewußt sein, daß ich immer versuche, Einfluß auf dich auszuüben. Wie anders könnte ich wissen, ob du mir zuhörst?«

Quinti lachte und ließ Micays Hand los. »Du hast dich schon immer nur auf eine Seite schlagen können«, sagte sie anerkennend.

»Ich habe dir schon einmal gesagt, daß ich auf der Seite stehe, an die ich glaube. Ich bin einer der Menschen, die Chimpu Ocllo eine Prophezeiung anvertrauten, Quinti. Cusi gehört auch dazu.«

Einen Augenblick starrte Quinti Micay verblüfft an, dann nickte sie energisch und blickte zur Sonne. »Davon kannst du mir ein anderes Mal erzählen, Schwester – jedenfalls so lange du gewillt bist, dir meine Klagen über den Hof anzuhören.«

»Wir können auch darüber klagen, daß unsere Männer fort sind«, schlug Micay vor. »Das ist etwas, das alle Seiten verbindet.«

»Ich muß jetzt gehen, aber du hast mich daran erinnert, daß Cori

Cuillor nach dir gefragt hat. Ich weiß nicht recht, was sie will, aber ich glaube, sie schätzt deine Heilkunst sehr.«

»Ich kann mir nicht vorstellen, weshalb sie sich für mich interessieren sollte«, antwortete Micay und begleitete Quinti zum Ausgang. »Ist sie immer noch im Gefolge von Mama Huarcay?«

»Das weiß ich auch nicht genau. Sie hat sich mit Chuqui Huipa, der ältesten Tochter der Coya, angefreundet. Wie du siehst, bist du am Hof nicht ganz vergessen.«

Mit einem verschrobenen Lächeln wandte sich Quinti dem Ausgang zu. Micay sah ihr nach und wurde sich dabei ihres eigenen nachlässigen Äußeren bewußt. Sie vermißte Schmuck und elegante Kleidung nur selten, vor allem, seit Cusi nicht mehr hier war, aber manchmal fühlte sie sich in ihrer einfachen Arbeitskleidung etwas schäbig.

Niemand wird durch meine Eitelkeit gesund, und es ist auch nicht wichtig, öffentlich anerkannt zu werden, redete sie sich ein. Aber sie wünschte sich, Cusi wäre hier, um sie vom Gegenteil zu überzeugen.

Immer wenn Fempellec zum Anwesen des Gouverneurs kam, besuchte er zuerst seine Freunde unter den Bediensteten. Meistens schickte er einen von ihnen zu Micay, um ihr sein Kommen mitzuteilen, und besuchte sie dann nach Einbruch der Dunkelheit. Er war überzeugt, daß Mama Huarcays Spione überall lauerten, und er hatte Micay schon genügend Beispiele dafür geliefert, daß seine Befürchtungen nicht unbegründet waren, selbst wenn er etwas zur Übertreibung neigte.

An diesem Abend jedoch schlüpfte er unangemeldet durch den verhangenen Eingang ihres Hauses, als Micay gerade die Zwillinge zu Bett brachte. Sie sah ihn sofort im Schein des Feuers, das in der Kohlenpfanne flackerte, doch er bedeutete ihr stumm, sich weiter um die Kinder zu kümmern, und wartete an der Tür. Während Micay die Zwillinge mit einem Gutenachtlied in den Schlaf sang, ging ihr durch den Kopf, daß Fempellec sie seit über einem Monat nicht mehr besucht hatte. Damals war er noch nicht bei Amaru in Quito gewesen, aber er hatte etwas Trost bei einem jungen Chimu gefunden, der für ihn arbeitete. Sie fragte sich, ob dieses Verhältnis zu Schwierigkeiten Anlaß gab, oder ob er aus einem anderen Grund gekommen war.

Als die Kinder schliefen, setzte sie sich neben die Kohlenpfanne zu ihm. Trotz seines dicken Umhangs fror Fempellec offensichtlich; aber Micay konnte nicht klar erkennen, ob er nicht auch vor Erregung so zitterte. Auf jeden Fall war er sehr aufgewühlt.

»Hast du Koka da?« fragte er abrupt. Micay gab ihm ihren Beutel, einen Kalkbehälter und einen silbernen Spatel.

»Sie hat es mir verboten«, sagte er. »Sie sagt, Koka macht mich unbesonnen und verantwortungslos.«

Micay wartete, bis er seine Backe gefüllt und die pulverisierte Kalkasche hinzugefügt hatte und zu kauen begann. Sie mußte nicht fragen, wer »sie« war. Ebensowenig überraschte es sie, daß er nicht mehr in Mama Huarcays Gunst stand – sie war ihm ohnehin viel länger gewogen gewesen, als Micay anfangs vermutet hatte.

»Was ist passiert?« fragte sie, nachdem er eine Weile gekaut hatte.

»Ich habe einen Fehler gemacht. Nein, zwei. Erinnerst du dich noch an den Jungen aus Farfan, von dem ich dir erzählt habe? Ja? Nun... er hat sich verdient gemacht und steht ihr jetzt nahe.«

»Er hat dich an sie verraten«, folgerte Micay. Fempellec nickte und verzog schmerzvoll das Gesicht.

»Ich habe gehört, wie er gegenüber einem meiner Helfer etwas wiederholte, was er von Mama Huarcay gehört hatte. Ich hätte das ignorieren können, aber ich war ohnehin schon verärgert über ihn wegen bestimmter Dinge, die er zu mir gesagt hatte, also schimpfte ich mit ihm und sagte, er solle keine falschen Gerüchte verbreiten.« Wieder verzog er das Gesicht. »Das war der erste Fehler: daß ich sie beschuldigte, Falschheiten zu verbreiten. Der zweite war zu glauben, daß alles, worüber ich mit ihm redete, auch zwischen uns bleiben würde. Ich ging später zu ihm, um mich zu entschuldigen, aber da hatte er ihr schon alles erzählt. Mittlerweile glaube ich, daß er wahrscheinlich schon die ganze Zeit auf so eine Gelegenheit gewartet hat.«

»Was war das für ein Gerücht?« wollte Micay wissen.

Er wich ihrem Blick aus, während er das gekaute Koka aus dem Mund nahm und ins Feuer warf.

»Es war über dich«, sagte er dann. »Aber ich behaupte nicht, daß ich das deinetwegen getan habe, Micay. Ich weiß, daß du mich nicht brauchst, um dich gegen Gerüchte zu verteidigen.«

Micay nickte ungeduldig. »Ich möchte wissen, was sie gesagt hat.«

»Es ging um deine Kinder. Sie verbreitet, ihre Zeichnungen seien auf Ehebruch zurückzuführen. Sie behauptet, ihr wirklicher Vater sei der Cañari-Hauptmann Rimachi, und erinnert alle Leute an die Auseinandersetzung, die Cusi und Rimachi bei einem königlichen Fest hatten. Das ist offenbar der einzige Beweis, den sie anführen kann, aber es ist etwas, woran viele sich erinnern.«

Blinde Wut stieg in Micay auf; sie rang bemüht nach Fassung, bevor sie etwas erwidern konnte. »Was für ein boshaftes, gehässiges Weib! Nicht einmal Kinder sind vor ihren Lügen sicher. Ich habe dir gesagt, daß sie gefährlich ist!«

»Ja, richtig«, stimmte Fempellec zu. »Jetzt glaube ich dir – und darum möchte ich nichts mehr mit ihr zu tun haben.«

Sein resoluter Ton veranlaßte Micay, einen Augenblick zu schweigen, und dadurch bekam sie sich wieder etwas in die Gewalt. Fempellecs Gesichtszüge waren verhärmt; in seinem Blick lag Verzweiflung, aber auch Verschlagenheit.

»Wie willst du es anstellen, nichts mehr mit ihr zu tun zu haben?« fragte sie. Er neigte sich zu ihr. »Gibt es nicht ein Gift ... eines, das die anderen Heiler nicht erkennen können ...« flüsterte er.

»Nein«, erwiderte Micay ohne zu zögern. »Ich kann mein Wissen nicht darauf verwenden, einem Menschen das Leben zu nehmen. Nicht einmal ihr.«

»Du brauchst mir nur zu sagen, wie es heißt«, drängte Fempellec. »Ich besorge es mir schon selbst. Deine Hände bleiben sauber.«

»Ich will nichts mehr davon hören, Fempellec«, sagte Micay scharf. »Mein Gelübde an Mama Quilla verbietet es mir.«

»Ich wußte, daß du es nicht tun würdest«, murrte er. »Cusi wäre niemals so nett zu einem Feind. Die Inka töten jeden, der ihnen im Weg steht!«

»Die Inka zerquetschen Giftmörder zwischen großen Steinen«, erinnerte Micay ihn. »Mit meiner Weigerung tue ich dir einen Gefallen. Du bist doch kein Mörder, Fempellec; du könntest dem Verdacht, der auf dich fallen würde, niemals standhalten!«

»Dann hilf mir, nach Chimor zurückzukehren. Überrede Otoronco Achachi, mich mitzunehmen.«

»Wieso glaubst du, Otoronco würde nach Chimor gehen? Er hat letzten Monat mehr als einmal gesagt, es sei für ihn an der Zeit, wieder nach Chachapoyas aufzubrechen.«

»Ich weiß nur, was *über* ihn geredet wird«, erwiderte Fempellec. »Er war im Gespräch als einer der Führer für das Heer, das nach Chimor geschickt wird. Ich weiß, das ist noch nicht offiziell, aber das wird es bald sein. Die Rebellen in Piura waren nicht allein.«

In der Tat kursierten seit Monaten Gerüchte über eine solche Expedition, aber das eine Mal, als Micay mit Otoronco darüber sprach, hatte er daran keinerlei Interesse gezeigt. Er behauptete vielmehr, am liebsten würde er nach Puna gehen, und als diese Hoffnung enttäuscht worden war, hatte er verbittert – und laut genug, daß alle es mitbekamen – seinem Wunsch Ausdruck verliehen, nach Chachapoyas zurückzukehren. Plötzlich erkannte Micay, daß das Ganze nur ein Vorwand gewesen war, ein meisterhafter Trick, bei dem Otoronco Huayna Capacs übertriebenen Hang, Belohnungen auszuteilen, zu seinem eigenen Vorteil verwendete. Er hatte von vornherein damit gerechnet, niemals das zu bekommen, was er sich wirklich wünschte. Wahrscheinlich würde Otoronco sie noch einmal besuchen und dann offen mit ihr sprechen.

»Wenn das stimmt«, sagte sie zu Fempellec, »wären meine Kenntnisse über Chimor für Otoronco sehr vonnutzen. Außerdem könnte er dann auch einen vertrauenswürdigen Chimu-Führer brauchen.«

»Denselben Gedanken hatte ich auch«, meinte Fempellec trocken. »Wirst du dich bei ihm für mich einsetzen?«

»Ja – wenn du dir sicher bist, daß du das wirklich willst. Dieses Mal wird es grausame Bestrafungen geben. Und einige aus deinem Volk werden dich mit Sicherheit als Verräter bezeichnen.«

»Ich bin Schlimmeres gewöhnt. Ich muß jetzt gehen, Micay. Auch *sie* hat auf diese Gelegenheit gewartet, und ich habe gesehen, was sie mit anderen macht. Sie wird mich für jede kleinste Gefälligkeit der Vergangenheit zahlen lassen.«

»Damit wirst du leben müssen, bis die Krieger abmarschbereit sind«, gab Micay ihm zu bedenken. »Das kann noch Monate dauern.«

»Deshalb bin ich jetzt gekommen; sie hat ja erst angefangen, mir zu drohen und mich zu demütigen. Es muß alles geheim bleiben. Wenn sie erfährt, daß Otoronco mich haben will, wird sie mich nie gehen lassen. Oder sie würde mich zuvor hinauswerfen.«

»Otoronco kann ein Geheimnis für sich behalten«, versicherte Micay ihm lächelnd. Er sah einen Moment zu Boden, als hätte ihr Lächeln ihn beschämt, doch dann nickte er dankbar und stand auf.

»Wenn es eine andere Möglichkeit gäbe«, fragte Micay, »würdest du dann hierbleiben?«

»Hier oder in Quito«, antwortete er. »Eigentlich habe ich keine Lust, den Inka zu helfen, wenn sie mein Volk umbringen.«

»Dann leiste dir keine Fehler mehr. Es könnte noch etwas Unvorhersehbares geschehen.«

»Erspare mir deine Hoffnungen«, schnaubte Fempellec und wandte sich zum Gehen. An der Tür drehte er sich noch einmal um und blickte mit einem sarkastischen Grinsen zurück. »Am liebsten wäre mir immer noch ein gutes, schnelles Gift...«

»Was kannst du denn deiner Meinung nach für diesen Mann noch tun?« fragte Mama Cori. »Du hast seine Wunde geheilt und ihn gesundgepflegt. Was mit seinem Verstand und seinem Geist geschehen ist, das können nur die Götter wieder heilen.«

Micay befestigte einen Faden an ihrer Spindel und ließ sie mit einer Drehung fallen. In knapp einem Monat würde das Inti Raimi stattfinden, und sie half ihrer Schwiegermutter bei den Vorbereitungen.

»Wir haben für alle Männer, die mit ihm gekommen sind, einen Platz gefunden«, antwortete Micay. »Aber er hat hier keine Verwandten ersten Grades, und die Leute aus seinem Klan sagen, es gäbe niemanden, der sich um ihn kümmern könnte. Er ist wirklich vollkommen hilflos – mehr als diese beiden«, fügte sie hinzu und deutete mit dem Kinn auf die Zwillinge. »Aber andererseits hat er schon große Fortschritte gemacht, und er bemüht sich auch sehr. Es kann sein, daß er zwei Tage braucht, bis er sich an ein Wort erinnert, aber wenn er es dann endlich gefunden hat, erkennt er es wieder. Und er kann jetzt auch schon alleine essen, wenn man ihm den Löffel und die Schüssel in die Hand drückt.«

Mama Cori blickte zum Eingang des Anwesens, wo soeben Lloque Yupanqui und der Micho auftauchten. Lloque hielt ein Paar gebündelte Quipus in den Händen und gestikulierte damit, während er mit dem jüngeren Mann sprach.

»Da kommt einer, dessen Gedächtnis vergeudet wird«, sagte Mama Cori wehmütig. »Er hantiert mit den Schnüren, weil die Buchhalter darauf angewiesen sind, aber er hat alles im Kopf.«

Micay beobachtete, wie der Micho die Quipus von Lloque in Empfang nahm, und fragte sich, warum sie von dessen Fähigkeiten nicht ein wenig Paucar Rimay abgeben konnte. Wenn ein Gedächtnis so austauschbar wäre wie diese Schnüre…

»Was ist los?« fragte Mama Cori alarmiert, als Micay plötzlich hochfuhr und ihre Spindel an sich nahm.

»Ich glaube, jetzt weiß ich, was er braucht.«

»Wer – mein Bruder?« hakte Cori nach, aber als dieser auf sie zukam, ließ sie die Frage fallen. Lloque wirkte alt und gedankenverloren und schlurfte beim Gehen mit den Füßen.

»Grüße, Schwester… Micay.« Er warf einen fragenden Blick auf den Faden, der um Micays Spindel gewickelt war. »Bitte, laßt euch nicht bei eurer Arbeit stören.«

»Ich brauche Eure Hilfe, Herr«, bat Micay. Erstaunt über die unumwundene Dringlichkeit, mit der Micay sich an ihn wandte, hob Lloque die Augenbrauen. Er hatte seit Cusis Abschied nicht mehr mit Micay gesprochen, und das war nicht nur Zufall gewesen.

»Meine Hilfe wobei?« fragte er schließlich.

»Ich brauche Euch, um einen Quipu zu machen. Eine Schnur, mit deren Hilfe ein Mann sich wieder ans Leben erinnern soll.«

»Um welchen Mann handelt es sich?«

»Er heißt Paucar Rimay«, erklärte Micay. »Er ist ein Inka nach Stand aus Cuzco, der in Piura schwer verwundet wurde… er hat einen Schlag auf den Hinterkopf bekommen. Die Wunde an sich ist verheilt, aber er kann sich an nichts mehr erinnern. Nicht einmal die einfachsten Begriffe fallen ihm ein.«

»Und wie stellst du dir vor, ihm zu helfen?«

»Gerade, als ich Euch mit den Quipus sah, kam mir der Gedanke, daß er etwas braucht, das er anfassen kann. Etwas, das er spürt – wie den Löffel, mit dem er ißt; etwas, das ihn daran erinnert, was er tun soll.«

Lloque setzte sich auf die Mauer, die das Wasserbecken einfaßte. »Kann er Farben erkennen?«

»Ich glaube schon. Als ich neulich in einem hellen Kleid zu ihm kam, schien er überrascht. Er war gewohnt, mich nur in dunklen Kleidern zu sehen.«

»Er war Hauptmann«, schaltete sich Mama Cori jetzt ein. »Demzufolge müßte er den Gebrauch von Quipus erlernt haben.«

»Das kann jeder lernen«, sagte Lloque bestimmt. »Wenn du willst, werde ich mir diesen Mann ansehen«, schlug er Micay nach kurzem Überlegen vor.

»Dafür wäre ich Euch überaus dankbar, Herr, und Paucar Rimay sicherlich auch, wenngleich er es nicht ausdrücken kann.«

Lloque lächelte gequält. »An diese Art von Dankbarkeit bin ich ja gewöhnt. Ich komme also morgen mit meinen Quipus.«

Mit einem letzten, versteckten Blick auf seine Schwester machte er kehrt und ging über den Platz auf die Menschenmenge vor dem Zelthaus des Gouverneurs zu.

»Er ist jetzt immer so in sich zurückgezogen«, bemerkte Mama Cori, als Micay sich wieder zu ihr setzte. »Seit er sein Amt als Königlicher Erinnerer verloren hat. Oder vielleicht hat Cusi etwas zu ihm gesagt. Er ist so verletzt, daß er nicht darüber sprechen kann.«

Micay fühlte eine innere Anspannung in sich aufsteigen; ihr war der Grund für Lloques Verhalten, soweit es Cusi betraf, durchaus bekannt. Aber Mama Cori fuhr einfach mit dem Spinnen fort. Offenbar war sie gewillt zu warten, bis Lloque sein Schweigen brach – falls er es brach. Also wickelte auch Micay wieder den Faden von ihrer Spindel, obwohl sie versucht war, alle Höflichkeit beiseite zu lassen und Cori das zu sagen, wonach sie wohl nie fragen würde.

Aber Mama Coris unbeteiligte Miene warnte Micay vor einem solchen Versuch, und deshalb wahrte sie das Schweigen und dachte an den Quipu, den Lloque Cusi hatte geben wollen – den Quipu, auf dem ein vergessener Name festgehalten war und ein Lied, das niemand mehr singen würde. Sie hoffte, daß Lloque für Paucar Rimay etwas Nützlicheres machen würde.

Chuquiabo

Cusi wachte auf von einem dumpfen, pochenden Schmerz in den Schläfen und mußte in der dünnen, eisigen Luft nach Atem ringen. Sein erster Gedanke galt Koka, dem besten Heilmittel für die Höhenkrankheit, doch dafür hätte er sich aus den Decken schälen müssen, die er fest um seinen Körper gewickelt hatte; aber die beißende Kälte, die er im Gesicht spürte, hielt ihn davon ab. Er blickte über seine Männer hinweg, die um ihn herum schliefen, und dabei wanderten seine Gedanken zurück nach Tiahuanaco. Die Erinnerung an diesen Ort erfüllte ihn sofort mit einem wohligen Gefühl innerer Stärke und Wärme, auch wenn sein Fuß von dem beschwerlichen Marsch schmerzte und seine Stimme von der langen Rede, die er dort gehalten hatte, noch nicht erholt war. Aber in Tiahuanaco hatte er entdeckt, daß es ihm bestimmt gewesen war, diese Reise zu unternehmen.

Warum er Yasca ursprünglich gebeten hatte, seine Krieger dorthin führen zu dürfen, wußte er nicht mehr genau. Einerseits hatte er einfach den Wunsch gehabt, den heiligen Ort zu besuchen; andererseits hatte er dem Kriegshäuptling gegenüber geltend gemacht, daß seine Männer nicht eine geschlossene Truppe bildeten, sondern eher zehn miteinander rivalisierende Schwadronen, die erst einmal zueinander finden mußten, bevor sie eine erfolgreiche Kampfeinheit werden konnten. Die etwa zweihundert Krieger waren sämtlich Mitmacs, deren Familien schon vor Generationen in der Gegend von Cuzco angesiedelt worden waren, und deshalb hatten sie einen fast angeborenen Respekt vor einem Inka von Cusis Rang und erfüllten seine Befehle ohne zu fragen. Aber jedesmal, wenn er ihnen nahezulegen versucht hatte, sich gegenseitig als Kameraden zu betrachten, war er auf eiserne Ablehnung gestoßen. Der Grund dafür lag wohl hauptsächlich in Differenzen der einzelnen Gruppen über die jeweiligen Rechte und Privilegien in ihrem Wohngebiet.

Yasca hatte Cusi nur drei Tage Zeit für diese Exkursion gegeben, und deshalb hatte er die Männer im Eilmarsch über die kalte, verregnete Hochebene gejagt. Er wußte nicht, was sie in Tiahuanaco erwartete, und hatte gehofft und gebetet, daß es die Strapazen des Marsches irgendwie lohnen würde.

Als sie die letzte Bergkette überquert hatten, setzte plötzlich ein Wind ein, und der Himmel riß auf. Während sie zwischen die verfallenen Mauern und umgestürzten Säulen einmarschierten, schien warm die Sonne auf sie herab. Pilger und Priester wichen ihnen respektvoll aus, und am Ende eines großen, gepflasterten Platzes entdeckte Cusi das, weswegen er gekommen war: Eine Türöffnung in der Mitte eines einzigen, massiven Steinquaders. Die Mauern, die die rechteckige Öffnung flankierten, waren glatt poliert, aber über dem Türsturz waren, in Reihen angeordnet, geflügelte Figuren eingemeißelt. Sie scharten sich um eine größere Figur, die direkt über der Türöffnung aus dem Stein aufzusteigen schien. Tarapaca, der Lupaca-Hauptmann, der sie hierhergeführt hatte, entbot eine Mocha.

»Der Aymara-Himmelsgott Thunupa«, flüsterte er Cusi ehrerbietig ins Ohr, und auch Cusi verbeugte sich und entbot eine Mocha an den Gott. Thunupas viereckiger Kopf war von einem Kranz aus Blitzstrahlen umgeben, von denen einige in Pumaköpfen endeten. In der rechten Hand hielt er eine Speerschleuder, deren Kopf einen Falken darstellte, und in der linken einen doppelköpfigen Schlangenstab, und aus seinen leeren Augenhöhlen traten runde Tränen. All dies waren auch Symbole für Illapa, wenngleich sie in einem geometrischen Stil gemeißelt waren, der Cusi an die Friese der Chimu und Mochica an der Küste erinnerte. Diese Übereinstimmung erstaunte ihn, aber als er die Figur länger betrachtete, bemerkte er noch etwas weit Beeindruckenderes: Dieser Gott war auch derselbe, der in der Ballade von Pachacutis Vision beschrieben wurde; der Gott, der Cusi bewogen hatte, seinen Verstand wegzuwerfen und das Unmögliche zu versuchen!

Mit einem höflichen Hinweis riß Tarapaca Cusi aus seinem Staunen. Er deutete mit dem Kinn auf die geflügelten Figuren, die offenbar Thunupa dienten und auch selbst Schlangenstäbe trugen.

»Huaman Runacona«, murmelte er ehrfürchtig. »Falkenmänner, wie Ihr einer seid, Herr.«

»Wie wir alle«, antwortete Cusi entschlossen und trat in die Türöffnung. Sie war gerade so hoch, daß er in ihr stehen konnte. Er wandte sich zu seinen Männern um und bedeutete ihnen, sich zu setzen. Die ganze Gegend lag nun im vollen Sonnenlicht, und Cusi ließ die Schönheit und Kraft dieses Ortes auf sich wirken. Als er sich endlich gesammelt hatte und Worte finden konnte, sprach er zu seinen Kriegern mit einer Leidenschaft und Inbrunst, die von außen in ihn einzudringen schienen. Danach konnte er sich nicht mehr an alles erinnern, was er gesagt hatte; aber er wußte, daß er auf die Ruinen gezeigt und die Männer gefragt hatte, ob sie das Heilige Cuzco einem solchen Schicksal überlassen wollten. Die Chiriguano, führte er aus, würden kämpfen wie ein Mann, und wenn sie selbst nicht zusammenhielten, würde dieser Gegner ihren Untergang bedeuten. Und deshalb müßten sie einen Klan von Kriegern bilden; aus den Huanca, Lupaca oder Palta müßten Falkenmänner werden. Dann drehte er sich um, trat durch das Tor und winkte ihnen, ihm zu folgen. Auf der anderen Seite begrüßte er jeden einzelnen Krieger als Kameraden und ermunterte die Männer zu vergessen, welchem Volk sie angehörten.

Cusi erwachte aus seiner Träumerei und sah, daß es hell wurde. An einer Wand in der Nähe lehnte ein Schild, auf dem vor einem roten Hintergrund in Schwarz ein Falkenmann abgebildet war. Cusi dachte an die Standarten, die er gerade nach einer wesentlich präziseren Vorlage weben ließ, und plötzlich empfand er den dringenden Wunsch, nach Cochabamba weiterzumarschieren. Er stand auf; in der Ferne glühte der schneebedeckte Gipfel des Illimani in der ersten Morgensonne. Mit seiner Streitaxt in der Hand machte er sich lautlos auf zum Eingang des Anwesens. Es war so kalt, daß sein Atem kleine Wolken bildete, und im Gehen bemerkte er den üblen Geruch des Lamafetts, mit dem er die Säume seiner Kleidung eingerieben hatte, um Läuse abzuhalten.

Der zur Wache eingeteilte Krieger bemerkte Cusis Kommen sofort und grinste ihn stolz an. »Gut«, sagte Cusi nur, »so bleibst du am Leben.«

»Ich bin ein Falke«, brüstete sich der junge Krieger und zeigte mit dem Speer auf seinen Schild.

»Du darfst eine Standarte tragen«, erwiderte Cusi und ging auf die Straße hinaus. »Ich hole sie jetzt ab. Weck deine Kameraden und sage ihnen, wir marschieren, sobald es ganz hell ist.«

»Jawohl, Herr«, antwortete der Mann und ging in den Hof hinein. Cusi hörte noch, wie er den Schlafenden in Quechua zurief, damit alle ihn verstehen und sich gemeinsam fertigmachen würden.

Nasakara, Provinz Charcas

Dort, wo die Steigung aufhörte, hatten Reisende neben der Straße einen Haufen Steine aufgeschichtet, der im Lauf der Zeit bis auf Schulterhöhe angewachsen war. Cusi fügte seinen Opferstein hinzu, murmelte ein kurzes Dankgebet an den Berg dafür, daß er den Gipfel unverletzt erreicht hatte, und ging zu Yasca hinüber. Ein Stück weiter stand Tomay mit seinen Hauptleuten und einigen Charca-Kriegern zusammen, die ihnen von Cochabamba entgegengekommen sein mußten. Hinter der Gruppe war in der Ferne das grüne Cochabamba-Tal zu sehen, das sich deutlich vom Gelb und Braun der umliegenden Berge abhob.

Cusi und Yasca standen schweigend beisammen, während die Falken vorbeimarschierten. Ihre Reihen waren trotz des erschöpfenden Anstiegs geordnet, und keine Schwadron war mehr von der nächsten zu unterscheiden. Cusi war stolz auf seine Männer.

Aber als eine der steifen schwarzroten Standarten vorbeigetragen wurde, fragte Yasca abrupt: »Was ist das? Wieder ein bißchen Zauberei von dir oder etwas, das du von Otoronco Achachi gelernt hast?«

Cusi wußte nicht, wie die Frage gemeint war, aber sicher nicht als Lob.

»Das ist unsere Standarte, Herr«, antwortete er vorsichtig. »Es ist einer der Falkenmänner von dem Türsturz mit dem Himmelsgott in Tiahuanaco.«

»Aha. Ich habe von deinem Auftritt dort gehört. Bist du jetzt also auch ein Priester, oder machst du einfach immer dann eine Zeremonie, wenn es dir paßt?«

»Ich habe Euch gesagt, weshalb ich dorthin gegangen bin«, erinnerte Cusi ihn. »Ihr habt sicherlich auch bemerkt, wie die Männer jetzt zusammenstehen.«

»Aber du hast mir nicht gesagt, daß du ihnen deinen Namen und eine Standarte in den Farben des Iñaca-Haushalts geben wolltest.«

»Das habe ich Euch nicht gesagt, weil ich es gar nicht geplant hatte. Die Farben sind übrigens die von Pachacuti; ich glaube, auch er war von dem Gott von Tiahuanaco inspiriert. Aber was ist Eure Beschwerde über mich, Herr? Sollte ich nicht alle Mittel einsetzen, die ich kenne, um die Männer zu begeistern und zu besseren Kriegern zu machen?«

»Genau das ist es, was ich gern wissen möchte: Hast du sie zu *besseren* Kriegern gemacht – oder zu deinen? Werden sie auch dann noch kämpfen, wenn dir etwas zustößt? Oder brauchen sie die Inspiration ihres Kriegsherrn?«

»Ich bin kein Kriegsherr«, gab Cusi zurück. »Sie kämpfen für jeden, der sie anführt. Sie waren dem Inca immer treu ergeben; ich habe lediglich versucht, sie ihre Rivalitäten untereinander vergessen zu lassen. Wenn Euch das nicht gefällt, dann liegt es in Eurer Macht, mich vom Kommando über sie zu entbinden.«

Yasca runzelte grimmig die Stirn und blickte in das ferne Tal hinaus. Cusis Stolz auf seine Männer ließ ihn beinahe bedauern, daß er Yasca gegenüber ärgerlich geworden war. Sie jetzt zu verlieren, würde schmerzlich für ihn sein.

»Es ist schon in Ordnung«, sagte Yasca knapp, als er sich Cusi wieder zuwandte. »Nur eines will ich noch wissen: Du hast ihnen nicht mehr versprochen, als man ihnen in Cuzco anbot, nicht wahr?

Du weißt ja, daß wir nichts von dem behalten dürfen, was wir den Chiriguano abnehmen.«

»Ich weiß nicht, was man ihnen in Cuzco angeboten hat«, erwiderte Cusi. »Ich habe ihnen nicht mehr angeboten als die Möglichkeit, lebend wieder nach Hause zu kommen.«

Yasca brummte zufrieden. »Es sind noch zwei Tage bis Cochabamba. Ich bleibe hier, um die Charca zu sammeln und auf unsere restlichen Truppen zu warten. Quizquiz und seine Leute schicke ich nach Cotapachi, damit sie die königlichen Lagerhäuser bewachen. Du gehst mit Tomay nach Incallacta und hältst die Stadt gegen die Chiriguano, wenn sie zurückkommen.«

»Sind sie weg?«

»Sie sind nicht vertrieben worden«, warnte Yasca. »Die Charca glauben, sie sind nur über die Berge zurückgegangen, um ihre Ernten einzubringen. Es besteht also keine unmittelbare Gefahr. Du solltest genug Zeit finden, um die Gegend zu erkunden und deine Verteidigung aufzubauen.«

Cusi nickte. »Werden wir genügend Leute haben, um unsere Stellungen gegen den Feind zu behaupten?«

»Vielleicht. Die ansässigen Quillaca werden dich unterstützen; sie haben unter den Überfällen der Chiriguano am meisten gelitten. Es kann sein, daß man dich ruft, um der Garnison in Chuquisaca zu Hilfe zu kommen, ansonsten wirst du hier bleiben und warten, bis der Feind anrückt. Ist das klar? Deine Falken fühlen sich vielleicht versucht, ihre Flügel auszuprobieren, aber du wirst sie auf dem Boden und in Bereitschaft halten. Ich dulde keine unbefugten Angriffe.«

»Ich habe Eure Worte vernommen«, antwortete Cusi und riskierte ein Lächeln. »Habt Ihr gedacht, ich würde versuchen, diesen Krieg allein zu gewinnen?«

»Du bist noch jung«, entgegnete Yasca achselzuckend, »und bist es nicht gewöhnt, in Ungnade zu sein. Möglicherweise hast du dich mit dem Gedanken getragen – in Tiahuanaco vielleicht.«

»Ich habe nicht vergessen, daß der Feind zahlenmäßig stärker ist als wir und unsere Krieger noch nicht kampferprobt sind. Und ich möchte auch lebend zurückkehren.«

»Dann geh jetzt zu Tomay. Die Charca haben ihm berichtet, was diese Chiriguano für Leute sind. Offenbar ist ihr Führer ein Fremder, den sie für einen Gott halten.«

»Glauben die Charca das auch?«

»Sie glauben, das ist der Grund, weshalb die Chiriguano so gefährlich geworden sind. Sie haben schon immer Raubzüge über die Berge unternommen, um Metalle und Frauen zu stehlen, aber jetzt wollen sie anscheinend mehr. Geh und frage die Charca. Laß dir von ihnen erzählen, was die Chiriguano mit denen tun, die sie gefangennehmen oder töten.«

Cusi verbeugte sich und wandte sich zum Gehen, aber Yascas aufforderndes Grinsen ließ ihn noch einmal innehalten. »Was tun sie denn mit ihnen?« fragte er neugierig.

»Sie essen sie«, antwortete Yasca ohne Umschweife. »Laß deine Falken einmal *darüber* nachdenken ...«

Tumibamba

Die beiden Heilerinnen hatten ihre Festtagskleider zum Anwesen der Hohenpriesterin mitgebracht, und nach getaner Arbeit machten sie sich im Haus der Frauen schön. Micay beobachtete im Handspiegel, wie Quespi ihr das Haar auskämmte, und dabei fiel ihr plötzlich ihr Traum ein.

»Ich habe letzte Nacht geträumt«, sagte sie. »Wir hatten alle unser Haar so kurz geschnitten wie Jungen.«

»Wie schrecklich«, antwortete Quespi und schüttelte sich. »Waren wir für etwas bestraft worden?«

»Ich weiß nicht«, gestand Micay. »Wir hatten uns auch von Kopf bis Fuß mit etwas Glänzendem eingerieben, etwas wie Fett; und wir trugen Masken, die das ganze Gesicht bedeckten; aber sehen konnten wir trotzdem. Ich glaube, wir haben die Verwundeten versorgt, aber wir bewegten uns sehr langsam und feierlich, wie bei einem Ritual ...«

Quespi unterbrach ihr Kämmen. »Hast du der Hohenpriesterin davon erzählt?«

»Ich hatte den Traum bis eben vergessen. Er war so seltsam, Quespi. Später waren die Männer alle nackt, und wir auch, und wir trugen ihre Kleider an langen Stangen vor uns her.«

»Das mußt du der Mamanchic erzählen«, beharrte Quespi.

Micay nickte. »Ja, aber erst morgen. Heute abend möchte ich gut essen und tanzen und mich freuen und nicht an böse Verletzungen oder Omen denken müssen.«

»Oder an Kinder«, ergänzte Quespi lachend.

»Komm«, sagte Micay, »machen wir uns fertig. Rimachi wird bald hier sein.« Sie kannten Rimachis jüngste Schwester, zu deren Hochzeit sie eingeladen waren, zwar nur wenig, aber auf die Gelegenheit, sich endlich wieder einmal festlich zu kleiden, freuten sie sich schon seit Tagen.

Kaum waren sie fertig, da rief Rimachi schon nach ihnen. Kurzentschlossen hängte Micay ihren Medizinbeutel über die Schulter und folgte Quespi nach draußen.

Rimachi strahlte vor Freude und schmeichelte den beiden Frauen mit bewundernden Worten. Die Freundschaft, die sich seit Cusis Weggehen zwischen Micay und ihm entwickelt hatte, empfand sie mittlerweile als sehr angenehm und wertvoll.

»Ganz die Heilerin«, witzelte er, als er den Beutel unter Micays Arm bemerkte. »Meine Schwester ist zwar mit Sicherheit krank vor Liebesglück, aber ich glaube nicht, daß sie davon kuriert werden möchte.«

»Manchmal ist es besser, wenn etwas von selbst vergeht«, meinte Micay lachend. »Ich werde Zurückgezogenheit und Bettruhe verordnen, und ihr Gatte soll sie pflegen.«

»Den Rat werden die beiden sicher gerne befolgen«, scherzte Rimachi, aber auf einmal blickte er nachdenklich über Micays Schulter. Sie drehte sich um, und da stand Paucar, grinsend und mit offenem Mund, und sah verwirrt blinzelnd um sich.

»Ich kann ... helfen?« fragte er krampfhaft und mit schüchterner Stimme. An seinem Hüftband hing ein Quipu mit einem einzigen großen Knoten.

Micay ging zu ihm und nahm seine Hand zwischen die ihren. »Mmmm«, erinnerte sie ihn, und er hörte auf zu blinzeln und umfaßte ihr Handgelenk.

»Mmmicay«, stieß er hervor.

Sie lächelte. »Du mußt dich ausruhen, Paucar. Ausruhen«, wiederholte sie, und schließlich ließ er sie los, formte unausgesprochene Worte mit den Lippen und ging langsam ins Haus zurück.

»Das ist also dieser Mann!« sagte Rimachi leise. »Llampu hat mir von ihm erzählt, und gestern erst klagte Apu Poma, daß sein Schwager jetzt ein Krankenpfleger geworden sei.«

»Er ist unermüdlich«, sagte Quespi zu Lloques Verteidigung. »Niemand von uns hätte Paucar in dieser Zeit so viel beibringen können.«

»Was wird er jetzt tun?« wollte Rimachi wissen. »Einfach nur schlafen?«

»Vielleicht«, antwortete Micay. »Manchmal spricht er mit sich selbst, oder er übt mit verschiedenen Quipus. Er zeichnet auch gern mit Holzkohle auf dem Boden.«

»Was zeichnet er?«

»Figuren und Muster«, erklärte Micay. »Manche sind sehr schön, aber sie sind immer irgendwie unvollständig.«

Rimachi schüttelte sich, als sei ihm unbehaglich. »Verzeiht«, murmelte er, offenbar verlegen, weil er seine Beklommenheit nicht verbergen konnte, »aber solche Verletzungen fürchten Krieger am meisten. Vielleicht noch mehr als den Tod.«

»Ihre Frauen auch«, fügte Quespi hinzu. Micay hängte sich bei ihnen beiden ein, und sie gingen zum Ausgang.

»Dann laßt uns dankbar sein«, sagte sie, »daß wir nicht so tapfer sein mußten wie Paucar Rimay.«

Als Micay gerade eine Tanzpause einlegte, kam Rimachis Großmutter zu ihr, der sie ihren Medizinbeutel anvertraut hatte.

»Da ist eine Frau, die nach dir fragt«, sagte sie so leise, daß niemand mithören konnte. »Ich denke, du wirst das hier brauchen.«

Micay nahm den Beutel widerstrebend an sich. Sie hatte noch keine Lust zu gehen, aber dann dachte sie, daß mit den Zwillingen vielleicht etwas nicht stimmte, bedankte sich bei Rimachis Großmutter und eilte zum Ausgang. Im Schatten wartete eine in einen langen Umhang gehüllte Gestalt. Erst als Micay nähergetreten war, konnte sie unter der tief ins Gesicht gezogenen Kapuze Cori Cuillor erkennen.

»Ihr müßt mit mir kommen, Micay«, flüsterte die junge Frau. »Chuqui Huipa braucht Eure Hilfe.«

»Ist sie krank?«

»Sie blutet schrecklich. Wir können es nicht stoppen.«

»Aber die königlichen Heiler...«

»Die können wir nicht holen. Die Blutung... Sie verliert ein Kind.«

»Gehen wir«, sagte Micay entschlossen, und sie machten sich auf den Weg zum Palast. »Wann hat das Bluten angefangen?« fragte sie nach einer Weile. »Ist sie hingefallen, oder hat sie einen Schock erlitten?«

Cori Cuillor schien zu überlegen. »Nein, nichts dergleichen«, erwiderte sie dann. »Sie wollte das Kind verlieren. Sie hat einen Trank aus Kräutern eingenommen, die ihr jemand gegeben hat.«

»Wer? Der Vater?«

»Nein! Ich weiß nicht, woher sie das Mittel hatte. Das ist die Wahrheit.«

»Und wer ist der Vater?«

»Das kann ich Euch nicht sagen«, erwiderte sie bestimmt. Micay verlangsamte ihren Schritt, so daß die andere Frau sich zu ihr umdrehen mußte.

»Ihr zieht mich in ein Verbrechen hinein«, sagte Micay hart. »Oder sogar in zwei!«

»Es wird nichts auf Euch zurückfallen, Micay, ich verspreche es! Aber ihr müßt sie retten!«

»Vielleicht kann ich das gar nicht, und vielleicht könnt Ihr Euer Versprechen auch nicht halten. Ich muß wissen, mit wem ich mich bei dieser Sache einlasse.«

Cori Cuillor machte ein ersticktes Geräusch, drehte sich einen Augenblick von Micay weg und wandte sich dann wieder ihr zu.

»Ninan Cuyochi«, flüsterte sie heiser.

Micay blieb abrupt stehen, bis Cori Cuillor ihr verzweifelt gestikulierend bedeutete weiterzugehen. Ninans Beteiligung an diesem Geschehen versetzte ihr einen tiefen Stich.

»Ich muß noch etwas wissen«, forderte sie schließlich, als sie auf das Palasttor zugingen. »Ist Mama Huarcay irgendwie mit im Spiel?«

»Nein!« antwortete Cori Cuillor vehement. »Warum sollte sie?«

»Sie gehört zu denen, die Ninan als Thronfolger sehen möchten, und Ihr wart in ihrem Gefolge. Ich weiß, wie sehr sie Macht über einen ausüben kann und zu welchen Übeltaten sie fähig ist. Falls Ihr glaubt, Ihr könnt Chuqui Huipa und ihr gleichzeitig dienen, seid Ihr...«

»Ich diene nur Chuqui«, unterbrach Cori Cuillor. »Das ist kein abgekartetes Spiel. Sie liebt ihn!«

Sie war unwillkürlich laut geworden, so daß die Wachen aufmerksam wurden. Micay legte ihr beschwichtigend eine Hand auf den Arm.

»Dann habe ich keine Fragen mehr«, sagte sie. »Versuchen wir, sie zu retten.«

Der Eingang und die Fenster des kleinen Raums waren mit Decken verhangen und die Luft mit beißendem Rauch aus der Kohlenpfanne erfüllt. Im Dämmerschein der glühenden Kohlen sah Micay Chuqui Huipa zusammengekrümmt auf der Seite liegen; sie wimmerte vor Schmerzen und verbarg das Gesicht in den Händen. Die Furcht, die den Raum erfüllte, war so spürbar wie die stickige Luft.

»Öffnet die Fenster und den Eingang, damit der Rauch abziehen kann«, befahl Micay sofort den anwesenden Frauen. »Und zündet mir eine Fackel an.«

Cori Cuillor zögerte aus Angst, sie könnten entdeckt werden. Eine der drei anderen Frauen war Amancay, die sich zusammen mit Micay auf das Quicuchicoy vorbereitet hatte. Alle waren junge Gemahlinnen und Cori zufolge ohne Erfahrung als Heilerinnen oder Wehmütter.

»Ich brauche Licht und frische Luft«, sagte Micay in scharfem Ton. »Geht hinaus und haltet Wache, wenn ihr Angst habt, daß jemand kommen könnte. Aber zuerst bringt mir den Rest des Tranks, den sie zu sich genommen hat.«

Diesmal setzten sie sich alle in Bewegung. Micay kauerte neben der Kranken nieder und untersuchte die durchnäßten und blutdurchtränkten Tücher auf dem Boden. Cori Cuillor brachte ihr den fast leergetrunkenen Becher, und Micay erkannte das Mittel sofort am Geruch und an dem Geschmack des Tropfens, den sie sich auf die Zunge gab und dann wieder ausspuckte. Sie seufzte erleichtert auf und dankte im stillen Hanp'atu, der damals darauf bestanden hatte, daß sie diese Droge kennenlernte, obgleich die Inka ihren Gebrauch untersagten. Die Frauen würden sie trotz des Verbots im Notfall immer wieder verwenden, hatte er ihr versichert.

»Wenigstens hat sie bekommen, wonach sie verlangte«, sagte Micay, »und anscheinend hat sie auch die richtige Dosis eingenommen. Aber sie sollte nicht liegen, das macht die Schmerzen nur schlimmer.«

Chuqui Huipa schrie vor Qualen, als die Frauen sie in eine sitzende Position mit dem Rücken zur Wand brachten. Micay verlangte eine Schüssel warmes Wasser und einen sauberen Lappen und begann, langsam und vorsichtig Chuquis Gesicht und Hals zu waschen. Jeder Atemzug Chuquis geriet zu einem röchelnden Stöhnen, aber allmählich ließ ihre Anspannung etwas nach; die wohltuende Wärme des Wassers und Micays sanfte Berührung taten ihre Wirkung. Langsam entfernte Micay die Decke, in die Chuqui eingehüllt war, und wusch vorsichtig ihren Bauch, dann die Oberschenkel und schließlich die Vagina. Auch das Öffnen ihrer Schamlippen ließ Chuqui klaglos über sich ergehen, und das zeigte Micay, daß ihre Ausstrahlung ebenfalls wirkte.

»Micay... hilf mir«, flüsterte Chuqui tränenerstickt.

»Deshalb bin ich hier«, antwortete Micay. »Ihr müßt zu Ende führen, was Ihr begonnen habt, Herrin. Ihr müßt den Schmerz ertragen und die Medizin wirken lassen.«

»Aber es tut so entsetzlich weh... Als ob mir der ganze Bauch aufgerissen würde«, jammerte Chuqui.

»Es ist keine sanfte Droge«, räumte Micay ein. »Aber Furcht macht es nur noch schlimmer. Ihr müßt Euch entspannen und öffnen. Die einzige Gefahr besteht jetzt nur mehr darin, daß Ihr etwas zurückhaltet. Wie lange habt Ihr gewartet? Länger als einen Mond?«

»Nur einen. Sobald ich Bescheid wußte, habe ich etwas unternommen. Der kleinste Verdacht könnte ihn das Leben kosten!«

Sie krümmte sich vor Schmerzen und verzog das Gesicht zu einer Fratze, aber die Frauen hielten sie unnachgiebig fest. Micay nickte und betrachtete die gallertartige Substanz, die aus Chuqui Huipas Vagina floß.

»Es ist auch für Euch besser, daß Ihr nicht länger gewartet habt«, sagte sie.

»Ich wollte dich bitten, mir zu helfen«, sagte Chuqui stockend, »aber man hat mir gesagt, du würdest das nicht für mich tun.«

»Weder für Euch noch für sonst jemanden«, erklärte Micay mit Nachdruck. »Das ist ein Vergehen gegen mein Gelübde an Mama Quilla. Ihr habt Glück, daß ich das Mittel überhaupt erkannte, das Ihr eingenommen habt.«

Chuqui schluchzte, und ein neuerlicher Schwall von Tränen brach aus ihr hervor. Micay mußte sich vergegenwärtigen, daß diese Frau ungefähr vier Jahre älter war als sie selbst; nur ihre Hilflosigkeit ließ Chuqui viel jünger wirken. Aber was sie gesagt hatte, war die Wahrheit; Chuqui blieb nichts anderes übrig, als das zu akzeptieren.

»Verachtest du mich jetzt?« fragte sie mit bebender Stimme. Micay schüttelte langsam, aber bestimmt den Kopf.

»Ich bin gekommen, um Euch zu heilen, Herrin, nicht, um Euch zu verurteilen. Ich kann nicht sagen, ob ich an Eurer Stelle nicht dasselbe getan hätte. Es ist Euch vieles vorenthalten worden, was einer Frau zusteht.«

Bei diesen Worten atmete Amancay heftig auf, und sogar Chuqui schien für einen Moment schockiert zu sein. Wahrscheinlich hat sie ihren Vater in ihrem ganzen Leben noch nie kritisiert für das, was er ihr angetan hat, dachte Micay. Sie blickte Chuqui ruhig ins Gesicht und bekam das Gefühl, daß diese Frau echtes Verständnis wahrscheinlich noch mehr entbehren mußte als Mitgefühl. Chuqui versuchte zu lächeln und streckte Micay eine Hand entgegen.

»Wirst du bei mir bleiben?« fragte sie leise. Micay nahm ihre Hand.

»Natürlich, Herrin«, antwortete sie. »Bis es vorüber ist. Bis Ihr wieder gesund seid…«

Bei Tagesanbruch hatten die Blutung und die Schmerzen aufgehört. Micay gab Chuqui eines von Hanp'atus Mitteln gegen Fieber und sagte ihr, sie solle sich mit aufgestützten Füßen, geöffneten Knien und erhöhtem Oberkörper hinlegen. Eine der Frauen wickelte sie in eine Decke, und sie schlief sofort ein. Micay machte sich bereit zu gehen.

»Schickt heute abend nach mir«, murmelte sie Cori Cuillor zu, »wenn ich unbemerkt zu ihr kommen kann. Das Beste wäre, wenn sie ein oder zwei Tage möglichst viel Ruhe hat.«

»Wir werden Euch ewig dankbar sein, Micay«, sagte sie. »Wenn Ihr nicht gekommen wärt…«

Es war mir bestimmt zu kommen, dachte Micay. Sie betrachtete ihr

Kleid und stellte fest, daß der Saum blutig war. Aber sie war zu müde, um sich daran zu stören. Schließlich war sie eine Heilerin, und vielleicht sogar mehr als das. Sie wußte nicht, weshalb die Macht des Hofes sie wieder in ihren Bann zog, aber in Zeiten wie diesen konnte sie sich dem auch nicht entziehen. Chimpu Ocllo würde das sicher gefallen, aber im Augenblick konnte Micay nur seufzen und derartige Gedanken auf später verschieben.

»Kümmert Euch um sie, bis ich wiederkomme«, sagte sie zu Cori Cuillor und verbeugte sich flüchtig. »Ich muß jetzt nach Hause, meine Kinder warten auf mich.«

Incallacta, Cochabamba-Tal

Die Sonne brannte unbarmherzig auf Cusi und seine Männer nieder, die damit beschäftigt waren, Pfosten in die Sohle des Grabens zu treiben, sie oben zuzuspitzen und den hinter dem Graben aufgeworfenen Erdwall mit großen Steinen zu befestigen. Der Schutzwall verlief quer über den Platz und dann auf die große Halle zu, vor der er eine gut zu verteidigende Abgrenzung bildete. Cusi kontrollierte ständig, daß alle Arbeiten zuverlässig und genau ausgeführt wurden, obwohl die Anzahl seiner Krieger bei weitem nicht ausreichte, um einen massiven Angriff abzuwehren. Im Osten, wo der Wald begann, waren von fern bereits die Trommeln der Chiriguano zu hören, und Cusi wußte, daß der erste Sturm nicht mehr lange auf sich warten lassen würde.

Am anderen Ende der Verteidigungslinie entstand Unruhe unter den Männern, die sofort alle zu den Waffen greifen ließ. Doch einen Augenblick später wurden triumphierende Schreie laut.

»Es ist Tarapacas Schwadron!« rief einer der Krieger Cusi zu.»Sie haben einen Gefangenen gemacht!«

Cusi kam aus dem Graben geklettert und setzte sich auf den Wall. Sogar aus der Ferne war der Gefangene leicht auszumachen, denn sein nackter Körper war schwarz bemalt und geschmückt mit zahlreichen Ornamenten aus Metall, die in der Sonne glitzerten. Ein Häuptling, folgerte Cusi daraus erfreut. Sie hatten schon seit einiger Zeit darauf gewartet, einen feindlichen Krieger gefangennehmen zu können, und der Rang dieses Mannes zeigte ihm, daß Tomays Plan Huaca hatte.

Tarapaca brachte ihm stolz den mit Federn geschmückten Stab, den der Chiriguano mit sich geführt hatte.

»Sie sind zur Abwechslung einmal nicht geflohen«, berichtete er aufgeregt. »Sie haben uns verfolgt und versucht, uns ihren Häuptling wieder abzunehmen. Aber damit hatten sie kein Glück.«

»Das habt ihr wirklich gut gemacht«, lobte Cusi. »Sag Tomay, daß ich gleich zu ihm komme. Und erinnere ihn daran, daß er den Gefangenen herumführt, damit er sieht, wie die Halle ausschaut.«

Tarapaca war bei der Ausarbeitung des Plans selbst beteiligt gewesen, deshalb nickte er nur und hielt Cusi den gefiederten Stab hin. Cusi streckte die Hand danach aus, zog sie aber schnell wieder zurück. Er wollte mit nichts in Berührung kommen, was möglicherweise seine Ausstrahlung beeinträchtigte.

»Behalte ihn für den Moment. Und bleib in der Nähe des Gefangenen.«

Tarapaca grinste breit und schwang den Stab wie eine Beute über dem Kopf, woraufhin die Krieger ein triumphierendes Geheul vernehmen ließen.

»Seht zu, daß ihr fertig werdet«, befahl Cusi und bedeutete ihnen weiterzuarbeiten. »Ihr werdet sehr bald einsehen, wozu das notwendig ist.«

Damit ging er, um sich zu waschen und die schönste Tunika anzulegen, die er mitgebracht hatte. Sie war aus rot und gelb gemustertem Tumbi-Tuch gefertigt und mit roten Federn eingesäumt; ein Kleidungsstück, das gut einem Kriegsherrn angestanden hätte. Er nahm seine Ohrpflöcke ab und polierte sie, und dasselbe wiederholte er mit dem silbernen Abzeichen auf seinem Stirnband. Dann blickte er über den eingefriedeten Teil des Platzes und das riesige, gegiebelte Gebäude, um welches die Stadt angelegt war. Die Vorderfront zum Platz hin war zweihundertfünfzig Fuß lang und hatte zwölf Eingänge und dazwischen kleine Fenster. Es war so groß wie die Cassana, die königliche Versammlungshalle in Cuzco, und konnte ohne weiteres mehrere Tausend Menschen beherbergen. Die Chiriguano nannten es das Große Haus des Inca, und ihr Anführer, der Fremde mit der bleichen Haut und den dunklen Haaren im Gesicht, hatte ihnen befohlen, es niederzubrennen.

Cusi nahm seine Streitaxt und den Schild mit dem schwarzen Falkenmann auf rotem Hintergrund. Er dachte an Pachacuti und dessen Sohn Topa Inca, der diese große Halle hatte bauen lassen. Sie war ein Symbol für das Vertrauen, das Topa Inca als Herrscher ausgestrahlt hatte, ein Ort, der nie als Verteidigungsbastion gedacht gewesen war. Sicherlich hatte er nicht voraussehen können, daß die Chiriguano einmal eine so große Gefahr darstellen und die Inka mit einer solch unzureichenden Streitmacht gegen sie antreten würden. Cusi und Tomay hatten zusammen vierhundert Krieger, gerade genug, um eine Ecke der Halle zu füllen. Ihre Kundschafter berichteten, der Feind sei zahlenmäßig vier- bis fünfmal überlegen. Sie hatten Yasca informiert, daß ein Angriff unmittelbar bevorstand, aber er schickte lediglich die Botschaft zurück, daß sie sich eingraben und so gut es ginge wehren sollten. Er hatte nichts davon verlauten lassen, die große Halle zu verteidigen, denn er wußte, daß das nicht ging. Es war Tomay gewesen, der das Unmögliche möglich gemacht hatte.

Als Cusi auf die Halle zuging, bemerkte er, daß er sich innerlich Tomays Plan widersetzte. Aber nun beschloß er, seinen Teil zum Gelingen beizutragen – und das bedeutete, den gefangenen Chiriguano zu überzeugen, daß die Inka in der Tat so tapfer und anmaßend seien, daß sie versuchen würden, die große Halle mit nur einer Handvoll Kriegern zu verteidigen. So verrückt, korrigierte er sich dann und dachte wieder an den großen Vorfahr, der das Cochabamba-Tal erobert und in einen riesigen Garten verwandelt hatte. Topa Inca hätte nicht klein beigegeben und sein Werk von den Chiriguano zerstören lassen, und Cusi Huaman würde das ebensowenig tun. Jedenfalls nicht, wenn er diese Wilden auf den Platz locken konnte, zu diesem Gebäude, das für seine Verteidiger eine ausweglose Falle zu sein schien...

Cusi spürte, wie sein Schutzgeist ihn stärkte und ihm half, sämtliche über die letzten Monate aufgestauten Gefühle von Haß und Verzweiflung in Kraft und eisernen Willen zu verwandeln. Er betrat das Gebäude; der riesige, halbdunkle Raum war von drei Reihen hölzerner Säulen durchzogen, die das Dach stützten. Cusi blieb stehen und bemühte sich, ruhiger zu werden. Er wollte den Gefangenen einschüchtern, nicht ihn töten, obwohl er die Chiriguano mehr haßte als jeden anderen Feind. Diese Leute waren wirklich Barbaren, Diebe und Räuber, die nur zerstörten, ohne selbst etwas zu schaffen. Allein durch ihre Übermacht und diesen Anführer, den Bärtigen, konnten sie sich Respekt verschaffen.

Nachdem Cusi seine Verachtung in Gedanken gefaßt hatte, wurde er etwas ruhiger und ging auf die Männer zu, die in der Mitte des Raums versammelt waren. Der Chiriguano war an eine Säule gefesselt; Tomay hielt ihm die Spitze seines Speers an die Kehle und redete drohend in Aymara auf ihn ein. Cusi übergab seine Streitaxt und den Schild einem der Krieger.

»Genug!«, befahl er. Tomay schien seine Stimme nicht sofort zu erkennen; er wirbelte herum und senkte erst dann den Speer. Cusi trat vor den Gefangenen und musterte ihn genau. Der Chiriguano war bis auf einen Lendenschurz nackt; an seinem über der Stirn rasierten Kopf prangte eine blutverkrustete Beule, und er blutete auch am

Mund, wo ein gefiederter Lippenpflock in seiner Unterlippe steckte. Er spürte Cusis übermächtige Ausstrahlung sofort – Cusi bemerkte, wie er sich mit dem ganzen Körper an die Säule preßte – und beantwortete sie mit all seinem Haß, indem er die Augen zusammenkniff und eine kleine blutrote Lache vor Cusi auf den Boden spuckte.

Cusi ging zu Tarapaca, nahm ihm den federgeschmückten Häuptlingsstab ab und schritt dann zu dem Gefangenen zurück. Kurz vor der Säule holte er damit blitzschnell zu einem weiten Bogen auf den Chiriguano aus, so daß die Umstehenden erschreckt die Köpfe einzogen. Der Häuptling erstarrte vor Entsetzen, aber im nächsten Augenblick zerbarst das Symbol seines Rangs mit einem lauten Krachen direkt neben seinem Ohr an der Säule, und er wandte in panischem Schrecken den Kopf ab und kniff die Augen zusammen. Cusi warf ihm die beiden zersplitterten Teile wortlos vor die Füße und sah sich nach dem Quillaca-Kundschafter um, der als Dolmetscher fungierte.

»Sag ihm, ich habe eine Botschaft für seinen Anführer – für den, der kein Chiriguano ist«, begann er. Der Häuptling hob langsam den Kopf und sah Cusi ungläubig an, als ihm dessen Worte vermittelt wurden.

»Sage dem Bärtigen«, fuhr Cusi fort, wobei er dem Gefangenen direkt in die Augen blickte, »daß das Große Haus den Inka und ihren Göttern heilig ist. Sag ihm, daß wir es niemals aufgeben werden und niemand es uns wegnehmen kann. Wir werden für unseren Gott tanzen, und er wird jeden vernichten, der sich diesem Ort mit Haß im Herzen nähert.«

Der Dolmetscher übersetzte mit weit ausholenden Gesten, die sowohl die große Halle als auch den Himmel zu umfassen schienen, und der Chiriguano nickte und leckte sich die aufgerissene Lippe.

»Hat er mich klar und deutlich verstanden?« fragte Cusi befehlend. »Dann will ich jetzt von ihm wissen, ob es wahr ist, daß die Chiriguano das Fleisch ihrer Feinde essen.«

Dieses Mal zeigte der Gefangene ein breites Grinsen, das seine geschwärzten Zähne entblößte, und sagte dann mit heiserer, kehliger Stimme einige Worte. Der Dolmetscher zögerte und schluckte, bevor er übersetzte.

»Er sagt, sie essen nur die Tapferen.«

Cusi fixierte den Häuptling mit einem stählernen Blick, der dessen Grinsen zu einer Grimasse erstarren ließ.

»Sag ihm, daß er nur am Leben bleibt, um meine Botschaft zu überbringen. Aber wenn er es wagt zurückzukommen, werde ich selbst ihn töten, ihm die Haut abziehen und daraus eine Trommel für meine Kinder machen.«

Der Chiriguano lachte höhnisch auf, als er die Übersetzung hörte, aber er antwortete nichts. Cusi trat zurück und bedeutete seinen Kriegern, den Mann loszubinden und hinauszuführen. Als sich die Halle geleert hatte, trat Tomay mit dem zerbrochenen Häuptlingsstab in der Hand auf Cusi zu.

»Du warst kurz davor, ihn umzubringen«, sagte er ruhig.

»Ich – ich habe das Risiko nicht richtig bedacht«, gab Cusi zu. »Aber ich wollte absolut sichergehen, daß mich versteht.«

Tomay lachte. »Das hat er. Und ich bin sicher, daß sie jetzt kommen werden. Wenn ich an ihrer Stelle wäre, würde ich deine Worte jedenfalls auf die Probe stellen.«

»Wir müssen uns bereit machen«, murmelte Cusi, aber er war nicht imstande, Dringlichkeit in diese Aufforderung zu legen.

»Wir *sind* bereit«, entgegnete Tomay. »Ruh dich aus und laß den Männern ein wenig Zeit, miteinander zu reden. Jetzt, nachdem sie gehört haben, was du gesagt hast, wird mein Plan ihnen vernünftig und sicher vorkommen.«

»Dein Plan ist gut, Tomay«, sagte Cusi. »Er hat Huaca. Es tut mir leid, falls du dachtest, ich sei anderer Meinung.«

»Das hast du«, erwiderte Tomay geradeheraus, aber dann klopfte er mit dem zerbrochenen Stab gegen Cusis Schild und lächelte. »Die Idee dazu kam mir nicht in einem Traum oder in einer Vision. Aber ich sah keinen Grund, weshalb ich mich nicht von meinen Erfahrungen mit den Carangui inspirieren lassen sollte.«

»Ah! Ja, wenn wir deren Festung hätten – eine einzige Mauer würde schon genügen –, dann könnten wir uns die Chiriguano ewig vom Leib halten.«

»So lange könnte es dauern, bis wir Verstärkung bekommen«, gab Tomay zu bedenken. Er blickte zu den Dachsparren hoch. »Aber es wird reichen. Für diesen Plan wird es sogar gut ausreichen ...«

Damit die Wachsamkeit nicht nachließ, wurden die Krieger auf dem Wall, der über den Platz verlief, regelmäßig ausgewechselt; aber es waren immer mindestens fünfzig Mann zur Stelle, um die Verteidigungsbereitschaft glaubhaft zu demonstrieren. Einige Späher standen auch jenseits des Walls auf Posten, bereit, Alarm zu geben, sobald die Chiriguano das Trommeln und Tanzen einstellten und zum Angriff übergingen.

Die zweite Verteidigungslinie verlief innerhalb der großen Halle und bestand aus fünfzig Männern, die, mit Bogen und Speerschleudern bewaffnet, an den Türen und Fenstern zum Platz hin Aufstellung genommen hatten. Im hinteren Teil des Raums brannten Lagerfeuer und warfen ein warmes Licht auf die Rückwand, die auf ganzer Länge flache, rechteckige Nischen aufwies. Ansonsten war die vier Stockwerke hohe Wand völlig leer, ohne Ausgänge oder Fenster, die eine Flucht ermöglicht hätten. Die beiden gegiebelten Seitenwände hatten je vier Fenster, die aber so hoch waren, daß nur die Vögel sie benutzen konnten. Die Halle war also wie eine riesige Schachtel, die nur nach vorne Öffnungen aufwies – und Cusi und Tomay hofften, daß dem Chiriguano-Häuptling dies aufgefallen war.

Es war eben diese Rückwand gewesen, die Tomay zu seiner Version der Carangui-Tunnel inspiriert hatte. Sie war direkt an den Berg gebaut, der sich dahinter erhob und zu dem hin sich das Dach absenkte. Anstelle von Tunnels hatte Tomay vorgeschlagen, Falltüren in das Dach zu schneiden und daran Strickleitern herunterzulassen. Wenn sie den Feind lange genug aufhielten, konnten sie die Halle über diese Leitern verlassen und sie hinter sich hochziehen, bevor die Chiriguano in das Gebäude stürmten. Dann, während der Feind noch kaum begriff, daß er in die Falle gelockt worden war, würden sie über die Bergflanken nach vorne rennen und das Gebäude von den niedrigen Hügeln angreifen, die den Platz davor einsäumten.

Durch die geöffneten Falltüren war der Nachthimmel sichtbar, und viele Krieger übten eifrig an den Strickleitern. Als Cusi zu einer Gruppe ging, gaben ihm die Männer sofort den Vortritt, aber er winkte sie zurück und stellte sich am Ende der Reihe an. Seit der Szene mit dem Gefangenen ließen einige der Männer Cusi gegenüber eine Mischung aus Angst und Verehrung erkennen; er hatte den Kriegsherrn zu gut gespielt. Aber Tomay riet ihm davon ab, diesen Eindruck wieder rückgängig zu machen. Er meinte, es würde den Männern Mut machen, wenn sie glaubten, ihr Anführer sei ein Schützling der Götter.

Also bin ich zu dem geworden, was Yasca befürchtet hat, dachte Cusi, als er das Dach erreicht hatte und ins blasse Licht des Mondes hinaustrat. Auf dem Hang hinter dem Gebäude waren Krieger damit beschäftigt, Gräben auszuheben und Mauern zu ziehen, um provisorische Befestigungen zu errichten. Durch die Hügellage war das Gelände relativ leicht zu verteidigen, und weiter oben befanden sich einige Vorratshäuser, ein Pferch für Lamas und ein von einer Quelle gespeister Brunnen. Dorthin wollten sie sich zurückziehen, falls der Hinterhalt fehlschlug und der Feind die Halle einnahm.

Tarapaca hatte darum gebeten, die Verteidigung des Dachs übernehmen zu dürfen, und sich dazu dreißig Männer ausgesucht, von denen die meisten, wie etwa Urcon, keine Krieger waren. Ihre wichtigste Aufgabe bestand darin, dafür zu sorgen, daß das Dach nicht durch einen brennenden Pfeil oder einen heißen Schleuderstein in Flammen aufging. Aus diesem Grunde waren sie seit mehreren Nächten damit beschäftigt, das ganze Dach immer wieder zu durchnässen. Aber sie hatten auch mit Schleudern und Bolas geübt, und erst vor kurzem hatte Tarapaca einige seltsame Dinge aus den Vorratshäusern verlangt: Wachs, Pech und Flaschenkürbisse mit Farbe und Speiseöl. Cusi hatte ihm alles aushändigen lassen, ohne zu wissen, wozu sein Hauptmann diese Dinge brauchte.

Auf halber Höhe des Hangs brannte ein Feuer, und unter den dort lagernden Männern fand er auch Urcon und Tarapaca. Neben der Feuerstelle waren mehrere Haufen aus Steinen und Ichu-Gras aufgeschichtet, dazu lagen Seile, Stapel aus Lamahäuten und eine Menge verschiedenster Beutel, Körbe, ausgehöhlter Kürbisse und Töpfe bereit. Ein großer, gefährlich wirkender Haufen bestand aus diversen Kakteen, von denen manche mit Holzgriffen versehen waren. Die Luft war erfüllt von einem scharfen, harzigen Geruch, der aus mehreren Töpfen auf dem Feuer aufstieg. Die Männer blickten kurz zu ihm auf, wandten sich dann aber mit einem Grinsen ab und beschäftigten sich weiter damit, Steine mit Schnüren zu umwickeln und das trockene Gras zu bündeln. Tarapaca hatte gerade eines dieser Bündel in die Hand genommen und goß eine ölige Substanz darüber. Cusi wartete skeptisch ab, freute sich aber insgeheim über das ebenso eifrige wie unerklärliche Treiben der Männer.

»Also«, sagte er endlich, »ich vermute, das sind alles Dinge, um Feuer zu löschen.«

»Die Lamahäute sollten sich dafür hervorragend eignen, wenn sie naß gemacht worden sind«, antwortete Tarapaca unschuldig.

»Und all das andere?« fragte Cusi. »Was ist der Kaktus da – eure Standarte?«

Die Männer grinsten. »Nein, Herr«, erklärte Tarapaca. »Das ist etwas, das vom Himmel auf die Chiriguano fallen und sie wissen lassen wird, daß die Götter ihnen zürnen.«

Cusi brummte anerkennend und zeigte dann mit dem Kinn auf das ölige Bündel in den Händen des Hauptmanns. »Und wie werden die Götter ihren Zorn noch zeigen?«

»Mit Feuer«, antwortete Tarapaca und gab Urcon ein Zeichen. Dieser nahm einen brennenden Ast zur Hand und sprenkelte ein Pulver auf das Bündel, während Tarapaca das sechs Fuß lange Seil spannte, das daran befestigt war. Nun hielt Urcon den Ast an das Gras, und sofort schossen bunte Flammen hoch. Tarapaca schwang das Seil über dem Kopf und schleuderte das brennende Geschoß den Hügel hinab. Das Bündel loderte noch, als es bereits auf dem Boden aufgeschlagen war.

Cusi legte eine Hand auf Tarapacas Schulter. »Ich habe mich gefragt, weshalb du ausgerechnet um die Verteidigung des Dachs gebeten hast«, sagte er kopfschüttelnd. »Jetzt sehe ich, warum: Du bist sehr erfindungsreich.«

»Die bunten Flammen waren Urcons Idee«, räumte Tarapaca ein. »Aber für Falkenmänner ist es ja schließlich ganz natürlich, daß sie vom Himmel aus zuschlagen, nicht wahr?« fügte er dann mit einem kühnen Lächeln hinzu.

»Hoffen wir, daß die Chiriguano es höchst unnatürlich und verwirrend finden. Jeder Trick, der sie erschreckt und aus der Fassung bringt, ist für uns von Vorteil. Nimm dir alles, was du brauchst, wenn nötig auch mehr Männer.«

Tarapaca nickte und blickte sich lächelnd im Kreis seiner Männer um. »Als erstes werden wir den Chiriguano zeigen, daß das Dach nicht brennen kann«, meinte er. »Und dann werden sie sich fragen, wer das eigentlich ist, gegen den sie kämpfen.«

»Macht weiter so«, sagte Cusi anerkennend und wandte sich zum Gehen. Ein Stück hangabwärts traf er Urcon, der Tarapacas Wurfgeschoß wieder zurückholte, und sie setzten sich ins Gras, um den Himmel zu beobachten und den Trommeln der Chiriguano zu lauschen.

»Der Bärtige soll hier sein«, murmelte Urcon nach einer Weile.

»Einer der Kundschafter hat ihn zu sehen bekommen«, stimmte Cusi zu. »Sein Helm und sein Brustpanzer sind aus Silber, und er hat eine lange Keule aus demselben Metall.«

»Und Haare im Gesicht? Wie ein Affe?« fragte Urcon neugierig.

Cusi lachte und mußte an Uritus Geschichten von den Affenmenschen denken, die tief in den Dschungeln des Ostviertels lebten. »Nein, nur am Kinn«, antwortete er Urcon. »Aber es ist schwarzes, dickes Haar, nicht so wie bei manchen unserer alten Männer. Trotzdem, er ist ein Mensch, auch wenn wir nicht wissen, was für einer. Die Chiriguano folgen ihm, weil sie glauben, er sei ein von den Göttern gesegneter Krieger, aber sie verehren nicht ihn selbst wie einen Gott.«

Urcon nickte vorsichtig. »Warum wartet er mit dem Angriff? Selbst wenn er nicht sieht, was wir tun, muß er doch wissen, daß wir uns vorbereiten.«

»Ich habe keine Ahnung, was er über die Inka weiß«, gestand Cusi. »Er hat in Chuquisaca und Tarabuco gegen Quizquiz gekämpft, aber die Zahl der Krieger auf beiden Seiten war etwa gleich groß, und er zog sich beide Male zurück. Hier, glaube ich, sieht er mehr als nur eine Gelegenheit, die Halle niederzubrennen. Ich denke, er will einen großen Sieg über die Inka und ihre Götter erringen, vielleicht, damit die Chiriguano an ihn glauben. Und deshalb wird er wohl bis zum Neumond warten, wenn wir dem Brauch zufolge tanzen, und dann versuchen, uns zu überrennen.«

»Ich war noch nie in einer Schlacht«, sagte Urcon leise. »Tarapaca sagt, es ist sehr aufregend und verwirrend…«

»Gehorche ihm einfach, er ist ein ausgezeichneter Hauptmann. Und wenn sich das Glück gegen uns wendet, bleib nicht zu lange auf dem Dach. Geh hinauf zu deinen Lamas und laß die Krieger auf die Barrikaden gehen. Ich habe dich nicht zum Kämpfen mitgenommen und möchte dich auch sicher und wohlbehalten wieder bei deinem Großvater abliefern.«

Mit dem Anflug eines Lächelns auf den Lippen blickte Urcon Cusi von der Seite an.

»Tarapaca sagt, du machst uns alle zu Falkenmännern, wenn wir helfen, die Chiriguano zu besiegen.«

»Dann hat er großes Vertrauen in meine Großzügigkeit«, erwiderte Cusi trocken. »Würdest du denn gern als Krieger in dein Dorf zurückkommen?«

»Wenn ich nicht vom Dach falle«, meinte Urcon grinsend. »Aber du müßtest es meinen Leuten sagen. Mir würden sie das gar nicht glauben.«

»Ich sage es ihnen«, versprach Cusi. Dann stand er auf und schüttelte sich; die vielen Versprechungen behagten ihm nicht. »Komm«, sagte er barsch, »es ist gefährlich, zu weit in die Zukunft zu sehen – und es bringt Unglück.«

»Ich werde dem Giebel nicht zu nahe kommen«, murmelte Urcon zustimmend, und damit gingen sie zum Feuer zurück.

Bei Sonnenuntergang versammelten sich die Krieger alle vor der großen Halle, und auf dem Platz brachten Cusi und Tomay den Göttern Tuch und Kokablätter als Opfer dar. Während der Gebete an Illapa, Huanacauri und Thunupa hörte Cusi, wie die Trommeln der Chiriguano allmählich verstummten. Aber die Inka führten ihre Zeremonie unbeirrt fort; nicht zuletzt auch deshalb, weil sie von den Chiriguano-Spähern beobachtet wurden. Jetzt begannen ihre eigenen Trommeln zu dröhnen, und die Krieger formierten sich hinter Cusi und Tomay in einer langen Doppelreihe zum Tanz. In kreisenden Figuren näherten sie sich dem Schutzwall und schwangen ihre Waffen und Standarten zum Gruß an die dort auf Posten stehenden

Wachen. Die Dunkelheit senkte sich zusehends über die Szene, und plötzlich zerschnitt der hohe Schrei eines Falken die Luft – das erste Signal, daß der Feind sich näherte. Die Krieger tanzten zur Halle zurück, und an der steinernen Empore trennten sich Cusi und Tomay. Wieder waren Falkenrufe zu hören, dazu fernes Kriegsgeschrei, während Tomay seine Reihe von Kriegern zu den sechs entfernten Eingängen führte und Cusis Männer auf die restlichen Türen zutanzten.

Sobald sie in der Halle waren, rief Cusi den an den Ausgängen postierten Bogenschützen und Speerwerfern zu: »Haltet sie auf!« Dann rannte er nach hinten, beobachtete, ob sich die Männer gleich auf die Strickleitern verteilten, und kletterte schließlich selbst hinauf. Dies war der gefährlichste Zeitpunkt der ganzen Operation, denn jetzt konnten sie eventuell in der Halle eingeschlossen werden. Zudem mußten sie sich beeilen und die Leitern für die nachfolgenden Krieger freimachen.

Auf dem Dach angekommen, band Cusi seine Streitaxt vom Hüftband los. Unten im Gebäude schlugen immer noch die Trommeln, aber hier oben waren auch bereits Schreie und Kampflärm vom Platz zu hören. Haltet sie auf, betete Cusi stumm, während er seine Männer sammelte und sie vom Dach den Berg hinunterführte. Am Ende des Gebäudes wartete ein Späher auf sie und geleitete sie die provisorische Steinmauer entlang, die sie errichtet hatten, damit die Chiriguano nicht auf die Rückseite der Halle gelangen konnten. Der Pfad führte durch einen Hohlweg steil abwärts und dann hinauf zu dem Hügel, von dem aus man den Platz überblicken konnte. Am Ende des Hohlwegs wartete ein zweiter Kundschafter, mit dem Cusi allein in Richtung auf die Schreie und den Kampflärm weiterging. Das letzte Stück robbten sie bis zu einer aus losen Felsbrocken aufgeschütteten Barrikade, hinter der ein dritter Späher verborgen lag.

»Die Krieger am Wall haben zwei Angriffswellen abgewehrt, bevor sie sich zurückzogen«, berichtete der Mann. »Sie hatten nur wenige Verluste. Auf dem Kamm links von uns sind auch Chiriguano, deshalb müßt Ihr aufpassen, wenn Ihr über die Barrikade späht.«

Cusi lugte vorsichtig über die Felsen. Zuerst blendete ihn die Helligkeit der Feuer auf dem Platz, da es inzwischen dunkel geworden war. Aber dann sah er die riesige Anzahl feindlicher Krieger jenseits des Verteidigungswalls. Viele versuchten darüberzuklettern und wurden immer wieder von den Pfeilen und Wurfspeeren zurückgedrängt, die aus dem Haus abgeschossen wurden. Andere tanzten, sangen und brüllten wilde Drohungen; dazu schwangen sie Keulen und Fackeln und sandten einen Schwall von Pfeilen gegen das Haus, der aber wirkungslos an der steinernen Fassade abprallte. Vor dem

Gebäude lagen zahlreiche feindliche Gefallene und Verwundete, die beim Angriff zu viel Kühnheit gezeigt hatten. Während Cusi die Szene beobachtete, verkrampfte sich sein Magen vor Angst, obwohl sein Verstand ihm sagte, daß der Plan funktionierte. Jetzt tanzten mehrere der schwarz bemalten Krieger nach vorn, um ihren Mut zu beweisen. Einer wurde sofort von einem Wurfspeer ins Bein getroffen, die anderen duckten sich und sprangen im Zickzack vorwärts. Da kein Geschoß auf sie abgefeuert wurde, versuchten immer mehr, dem Haus näher zu kommen, und plötzlich merkte Cusi, daß diese vereinzelten Versuche sich zusehends zu einem undisziplinierten, aber effektiven Angriff entwickelten. Haltet sie auf, jetzt gleich, dachte er verzweifelt und fragte sich, ob die Schützen in Panik ihre Positionen verlassen hatten.

Aber plötzlich kam ein Hagel von Pfeilen und Wurfspeeren aus der Halle und streckte alle Angreifer bis auf einen nieder, und als dieser sich zur Flucht wandte, traf ihn ein Pfeil tödlich im Rücken. Die Attacke kam zum völligen Stillstand. Cusi atmete auf, und als der Lärm der Chiriguano einen Moment nachließ, hörte er, daß die Trommler im Innern des Gebäudes den Rhythmus verändert hatten – das Signal, daß alle Krieger außer jenen an den Türen die Halle verlassen hatten. Die Chiriguano hielten sich noch immer zurück; sie sammelten sich gerade außerhalb der Schußweite der Bogenschützen. Cusi bemerkte, daß sie auf ihren Anführer warteten, und hoffte, der Bärtige würde sich Zeit lassen und den noch in der Halle verbliebenen Inka-Kriegern Gelegenheit geben, über die Strickleitern zu entkommen.

Einer der Späher teilte Cusi mit, daß die Chiriguano auf dem Hügelkamm verschwunden waren, und nun gab er den Männern, die ihm gefolgt waren, das Kommando, ihre Positionen einzunehmen. Er selbst suchte sich eine Stelle, von der er den gesamten Platz gut überblicken konnte. Dann legte er seinen Schild und die Streitaxt beiseite, nahm seine Schleuder vom Kopf und blickte erwartungsvoll auf die dicht gedrängten Chiriguano hinunter. Es würde schwierig sein, auch nur einen Fehlschuß zu machen, und zudem waren diese Krieger nicht mit Helmen und Panzern geschützt.

Dann entstand Bewegung in der schwarzen, gefiederten Menge, und ein Weg wurde freigemacht. In Begleitung von vier prunkvoll herausgemachten Häuptlingen erschien der Bärtige. Er war nicht besonders groß, und sein silberner Helm und der Brustpanzer glänzten nur trübe. Die lange, zweischneidige Kriegskeule schien aus einem anderen Metall zu sein; sie reflektierte das Licht der Fackeln, als er auf den Wall stieg.

In diesem Augenblick verstummte das Trommeln im Gebäude, und die Chiriguano blickten mit triumphalem Geschrei auf ihren Anführer, als habe seine Gegenwart die Trommeln der Inka zum Schweigen gebracht. Cusi grinste – dies war das letzte Signal. Die Halle war jetzt leer; in diesem Augenblick kletterten die Trommler wahrscheinlich gerade über die Strickleitern in Sicherheit. Der Bärtige brüllte ein Kommando und deutete mit der Spitze seiner silbernen Keule auf das Dach, und gleich darauf zerschnitt ein brennender Pfeil in weitem Bogen das Dunkel und landete auf dem Großen Haus. Die Chiriguano johlten, als die Flamme hochzüngelte, aber im nächsten Moment erlosch sie abrupt, und ebenso plötzlich verstummte das Geschrei. Lamahäute, dachte Cusi, als ein zweiter Befehl gegeben wurde und mehrere Brandpfeile sich in das Dach bohrten. Aber auch diese Flammen verlöschten innerhalb weniger Augenblicke. Die Chiriguano ließen Verärgerung erkennen, und dann schwenkte einer der Häuptlinge seinen federgeschmückten Stab und lief auf die Halle zu, gefolgt von einigen Kriegern. Sie duckten sich, liefen kreuz und quer, um den erwarteten Pfeilen auszuweichen, und rannten dann in vollem Tempo durch die Türen. Ihre Kameraden drängten hinter ihnen auf das Gebäude zu.

Mit einem Mal war ein Feuer am Himmel zu sehen, ein unheimlicher, goldblauer Ball, der auf dem Scheitelpunkt seiner Flugbahn einen Moment stehenzubleiben schien; und dann ging ein Schauer von Funken auf die zum Gebäude stürmenden Krieger nieder. Zu spät und vergeblich warfen sie schützend die Arme über die Köpfe, und beim Versuch zu fliehen rannten viele sich gegenseitig um. Mehr und mehr der brennenden Bündel kamen in hohem Bogen über das Dach geflogen, dazu Steine, Kaktusstücke mit langen, harten Stacheln und Flaschenkürbisse mit brennenden Dochten. Die meisten der Dochte erloschen in der Luft, aber das klatschende Geräusch, das die mit Öl und Farbe gefüllten Kürbisse beim Aufschlag verursachten, schien die Chiriguano ebenso zu zermürben wie das Feuer. Sie brüllten, fuchtelten mit ihren Waffen und schossen Pfeile in die Luft, außerstande, den Feind zu treffen. Cusi legte einen Stein in seine Schleuder und gelobte, jeden einzelnen von Tarapacas Leuten zu einem Falken zu ernennen. Als er einen vertrauten Juchzer über den Platz schallen hörte, stand er auf, juchzte zurück und schleuderte den Stein auf die dicht gedrängt stehenden schwarzen Körper. Sofort erhob sich über den ganzen Hügelkamm das Kriegsgeschrei der Inka; die Falken gaben ihre Deckung auf und ließen Steine und Pfeile auf den Platz regnen. Von der anderen Seite aus schlugen Tomays Krieger zu, und vom Dach steuerten die Bogenschützen und Speerwerfer zu dem tödlichen Geschoßhagel bei. Die Chiriguano wurden reihenweise niedergemetzelt, und jene, die nicht fielen, ergriffen in Panik die Flucht.

Cusi schleuderte einen Stein nach dem anderen in die Menge, bis er nur mehr auf einzelne Flüchtende zielen konnte; erst dann band er sich die Schleuder um die Stirn und griff zu Streitaxt und Schild. Die meisten Chiriguano befanden sich überstürzt auf dem Rückzug, aber ihr silberbewehrter Anführer stand noch immer auf dem Wall, schwenkte seine funkelnde Keule und versuchte, Krieger um sich zu scharen. Nach wie vor kamen vereinzelte Chiriguano auf der Flucht vor den Geschossen von Tarapacas Männern aus dem Gebäude gerannt. Dann gellte wieder ein Schrei über den Platz, und von der anderen Seite stürmten Tomay und seine Colla und Lupaca vom Hügel herab auf den Feind zu. Cusi sprang auf einen großen Felsblock und vergewisserte sich, daß alle Falken bewaffnet und bereit waren, dann gab er das Signal zum Angriff.

»Bleibt zusammen!« schrie er. Sie marschierten in einer keilförmigen Reihe geschlossen den Hang hinunter und bohrten sich in die Feinde wie ein riesiger Speer. Anfangs trafen sie nur auf wenig Gegenwehr, aber vor dem Schutzwall blieb den Chiriguano nichts anderes übrig als zu kämpfen; sie hatten keine Möglichkeit mehr auszuweichen.

Allmählich ließ der Widerstand nach. Cusi kämpfte sich den Weg auf den Schutzwall frei; er sah Tomay bereits dort stehen und beobachtete ihn, wie er gerade mit einem mächtigen Schlag einen Feind in den Graben beförderte. Dann versuchte Cusi, den Bärtigen zu finden, und erblickte ihn gleichzeitig mit Tomay: Umringt von vielen schwarzen Leibern versuchte er soeben zu fliehen. Die Versuchung, ihm nachzusetzen, verlockte Cusi sehr, aber zu diesem Zeitpunkt war ein solches Unterfangen noch zu gefährlich. Er signalisierte Tomay einzuhalten, doch dieser sah nur noch den Fremden in seinem Silberpanzer. Ohne den Blick abzuwenden, warf er seinen Schild zu Boden; dann hob er den Speer auf Schulterhöhe, stürmte los und schleuderte mit voller Kraft. Cusi verfolgte die Szene gebannt, erfüllt von dem Gedanken, daß es Tomay *bestimmt* war, den Fremden niederzustrecken.

Mit einem lauten Krachen traf die Feuersteinspitze des Speers auf den Panzer auf. Der Bärtige fiel hintüber, kam aber mit Hilfe einiger Chiriguano sofort wieder auf die Beine und wurde von ihnen weggeführt. Cusi sah, daß er benommen war, und erkannte in dem dunklen Bart eine Reihe weißer Zähne. Der Panzer hatte eine große Delle bekommen, aber es floß kein Blut.

Cusi befahl seinen und Tomays Hauptleuten, den Kampf einzustellen. Die Wucht seines Wurfs hatte Tomay in die Knie gezwungen, und nun blickte er Cusi fassungslos an.

»Du hast große Huaca, mein Freund«, sagte Cusi und half ihm auf die Füße. Tomay schüttelte den Kopf.

»Es kann nicht Silber sein«, murmelte er. »Silber ist zu weich, um solch einen Wurf abzuhalten. Sogar Bronze . . .«

»Ich war mir sicher, daß du ihn getötet hattest. Daß es dir *bestimmt* war.«

»Das war ich auch – und ich habe es auch getan«, insistierte Tomay verwirrt. »Ich habe es gespürt, als der Speer meine Hand verließ, aber . . .«

Zwei Hauptleute unterbrachen sie mit der Frage an Cusi, was mit den überlebenden Chiriguano geschehen solle.

»Dies ist dein Sieg, Tomay Guanaco«, sagte Cusi bestimmt. »Du entscheidest, wie die Schlacht beendet werden soll.«

»Nicht mit einem See aus Blut«, antwortete er und blickte sich um. »Verschont diejenigen, die geheilt werden können«, fuhr er an die Hauptleute gewandt fort, »aber seht zu, daß sie gut gefesselt werden. Die Toten und die Sterbenden bringt an den Rand des Platzes. Vielleicht bekommen die Chiriguano Hunger und holen sie.«

Die beiden Männer lachten und gingen, um den Befehl auszuführen. Cusi sah auf die Halle und stellte überrascht fest, daß auf dem Dach ein Feuer ausgebrochen war. Aber es waren bereits Männer zum Löschen zur Stelle.

»Lamahäute«, murmelte Cusi.

Auch Tomay hatte das Feuer entdeckt und sah hinüber. »Strickleitern und Bälle aus brennendem Gras«, sagte er nachdenklich lächelnd. »Jetzt wird Yasca mit Sicherheit glauben, daß wir verrückt sind.«

»Das waren wir auch«, meinte Cusi. »Er sollte uns dankbar sein. Ich kümmere mich um das Feuer«, fügte er nach einer Pause hinzu und machte sich auf den Weg zu der Halle, in der Hoffnung, Urcon und Tarapaca auf dem Dach wiederzufinden.

Tumibamba

Micay war gerade mit dem Ankleiden fertig, als Otoronco erschien. Auf seiner Brust glänzte ein goldener Sonnenschild, und um die Knie und Oberarme trug er Streifen aus Jaguarfell.

»Ihr seht prächtig aus, Großvater«, sagte sie bewundernd. Otoronco nickte.

»Ich möchte damit Apu Poma ehren, weil ich für seine Gastfreundschaft in seiner Schuld stehe.« Er sah sich im Zimmer um. »Wo sind
die Kleinen?«

»Ich habe sie bei den Frauen im Zelthaus gelassen. Sie sind ganz
aufgeregt wegen Eures Festes.«

Otoronco rieb sich nachdenklich am Kinn. »Als ich hierherkam,
konnten sie noch nicht laufen und sprechen. Jetzt rennen sie die
Treppen hinauf und hinunter und rufen hinter mir her. Cahua nennt
mich ›Alter Jaguar‹!«

Micay lachte, überrascht von der in seinen Worten verborgenen
Zuneigung. Er hatte nie gern seine Gefühle gezeigt, und manchmal
schien es, als würde er die Kinder gar nicht wahrnehmen. Micay
fragte sich, ob er gekommen war, um von ihr noch mehr über Chan
Chan zu erfahren, aber die Art und Weise, wie er sie ansah, sagte ihr,
daß er ein anderes Anliegen haben mußte.

»Was bekümmert Euch, Großvater?« fragte sie, nachdem er mit
übereinandergeschlagenen Beinen auf einem Lamafell Platz genommen hatte.

Otoronco nickte. »Es ist dieser Abschied, Micay. Mein ganzes
Leben lang habe ich immer wieder Abschied genommen, oft gegen
meinen Willen, aber selten mit großen Gewissensbissen. Ich habe nie
erwartet, sehr lange mit einer meiner Frauen zusammenbleiben zu
können, und wurde immer wieder an Orte geschickt, wohin ich sie
nicht mitnehmen konnte. Also habe ich ihnen gegeben, was ich
konnte, und dasselbe gilt für meine Kinder. Du denkst vielleicht, ich
sei gefühllos, aber ich habe keines von ihnen je wirklich vermißt.«

»Vermißt Ihr sie jetzt?« fragte Micay. Er schüttelte den Kopf.
»Nein, sie nicht. Aber Cusi vermisse ich, schon seit er weg ist, und nun
werde ich euch alle verlassen, und dieses Anwesen auch. Das ist ein
seltsames Gefühl. Ich breche erst morgen auf, aber ich schaue jetzt
schon mit Sehnsucht zurück. Mein Herz wird wohl auch schon alt, wie
meine Beine.«

»Ein *junges* Herz empfindet Sehnsucht«, widersprach sie. »Und wir
werden Euch ebenso vermissen. Aber sobald in Chimor wieder Ordnung hergestellt ist, kommt Ihr ja zurück.«

Otoronco blickte sie lange an. »Nein, meine Tochter, ich glaube
nicht, daß ich Tumibamba wiedersehen werde. Wenn ich nicht in den
Heißen Ländern sterbe, werde ich wahrscheinlich nach Chachapoyas
zurückbeordert oder in irgendein anderes Krisengebiet geschickt.«
Sein Blick verhärtete sich, und Ärger wurde in seinen Zügen sichtbar.
»Gestern habe ich Huayna Capac gesehen. Er sieht schon selbst wie
ein böses Omen aus: verweichlicht und aufgedunsen und nervös. Erst

begrüßte er uns mit den üblichen Schmeicheleien, und dann ließ er Ninan Cuyochi an seiner Statt sprechen, während er sich mit seinen Zauberern und Wahrsagern zusammentat. Einen Augenblick hatte ich den dummen Wunsch, wie der Bruder seines Vaters mit ihm zu reden und ihm zu sagen, daß er nach Cuzco zurückgehen soll, bevor er noch ganz vergißt, was es heißt, der Sapa Inca zu sein.«

»Wir wissen doch alle, wie erkenntlich er sich für gute Ratschläge zeigt«, versuchte Micay ihn zu trösten.

»In der Tat, und deshalb habe ich ihm auch keinen gegeben. Aber irgend etwas in seinen Schmeicheleien sagte mir, daß ich alles für ihn getan habe, was er mir zugestehen kann. Nur ein bißchen mehr, und er würde meine Bedeutung erkennen, und damit würde ich zu einer Bedrohung für ihn.« Er seufzte schwer. »Ich bin dieses kleinliche Getue leid, Micay. Es macht uns nur schwach. Und es bringt mich noch dazu zu glauben, daß diese Omen über unseren Untergang sich bewahrheiten.«

Micay schwieg. Sie konnte einem Mann seines Alters und mit seiner Erfahrung, einem Menschen, der den Tod nahen fühlte, keine Hoffnung einreden. *Das* war es, was er ihr sagen wollte und weshalb er gekommen war, und es ehrte sie, daß er sie dazu auserwählt hatte. Otoronco schüttelte den Kopf und räusperte sich.

»Aber genug solch düsterer Gedanken. Nun habe ich es gesagt und kann zu meinem Abschiedsfest gehen und höflich und würdevoll sein und so tun, als hätte niemand einen Grund, sich über irgend etwas Gedanken zu machen.« Er sah Micay gerade an. »Der Chimu, von dem du mir erzählt hast, der Koch, ist nie zu mir gekommen. Ich könnte ihn immer noch als Führer brauchen, falls er noch verfügbar ist.«

»Ich habe eine andere Stelle für ihn gefunden, Herr. In Quito.«

Otoronco zog die Augenbrauen hoch. »Ich bin erstaunt, meine Tochter. Die Situation, die du mir geschildert hast, schien nicht leicht lösbar zu sein. Hast du Hilfe bekommen – von Chuqui Huipa vielleicht?«

»Unsere Freundschaft ist kein Geheimnis«, antwortete Micay. »Zumindest nicht für jemanden, der sich mit dem Hof so auskennt wie Ihr.«

Otoronco lächelte sarkastisch. »Ich werde dich nicht fragen, wie die Frau von Cusi Huaman – einem Mann, dem der Sapa Inca sehr ablehnend gegenübersteht – zur Freundin seiner eigenen Tochter wird. Ich weiß, daß du Außerordentliches bewerkstelligen kannst. Und ich bitte dich auch nicht, zu den Gerüchten über Chuqui Huipas Krankheit Stellung zu nehmen. Mich interessieren nur die Gerüchte über Ninan Cuyochi.«

Im ersten Augenblick war Micay versucht, sich unwissend zu stellen;

die Gefahr für sämtliche Beteiligte war zu groß. Aber dann faßte sie sich, und als sie Otoroncos wissendem Blick begegnete, sah sie den Mann, der ihren Vater getötet und es ihr dann berichtet hatte und den sie wahrscheinlich nie mehr wiedersehen würde, wenngleich er durch Cusi weiterlebte.

»Sagt, was Ihr denkt, Großvater. Ihr wißt, wie vorsichtig ich sein muß.«

»Ich weiß. Aber den Shuara ist ein Versprechen gegeben worden, und Ninan muß es halten; ich habe ihn gestern daran erinnert. Er ist ein Mann von Ehre, doch ich kann keinen nennenswerten Einfluß auf ihn ausüben, jedenfalls nicht im Vergleich zu seinem Vater. Vielleicht kannst du das, Micay. Vielleicht wird eine Zeit kommen, wenn du ihn auch daran erinnern mußt.«

»Vielleicht«, wiederholte sie zweifelnd. »Mir ist die Macht dessen bewußt, was ich weiß, aber um...«

»Nutze sie, Micay«, sagte Otoronco. »Falls er unschlüssig ist, nutze sie. Um Cusis und um all der Männer willen, die umsonst im Dschungel sterben würden. Sei so unbarmherzig wie die Rache der Shuara es wäre.«

»Ich habe Eure Worte vernommen, Großvater«, erwiderte Micay mit einer Endgültigkeit, die ihn entschuldigend die Arme ausbreiten ließ.

»Vergib mir, meine Tochter, wenn ich zu dir spreche, als ob du Cusi wärst. Aber ich weiß, dein Herz ist wie das seine. Deshalb wird er immer zu dir zurückkommen, wohin sie ihn auch senden.«

»Wenn es sein muß, gehe ich auch zu ihm.«

»Das weiß ich«, sagte Otoronco. »Und wenn du ihn das nächste Mal siehst, Micay, dann sag ihm... sag ihm, daß sein alter Vormund ihn vermißt.«

»Das werde ich«, flüsterte Micay mit erstickter Stimme. Otoroncos Augen glänzten, und er blickte einen Augenblick zu Boden, bevor er sich abrupt erhob.

»Dann komm, gehen wir, um meinen Abschied zu feiern. Du kannst mir helfen, allen Lebewohl zu sagen.«

»Ja«, erklärte sie bereitwillig und ließ sich von ihm hinausbegleiten. »Das tue ich schon mein ganzes Leben lang.«

KAPITEL 16

Pahuac Oncoy:
Die rasende Krankheit (1525)

Chuquiabo

Die letzten Strahlen der untergehenden Sonne fielen auf die Dächer der Stadt, die zwischen hohen Bergen in einem tiefen, kraterähnlichen Tal lag. Schon jetzt war die Luft empfindlich kühl, und die Männer drängten sich um die Feuer, die sie als Kochstellen entzündet hatten. Verwöhnt vom milden Klima im Cochabamba-Tal war Cusi froh über seinen wollenen Alpaka-Umhang, den er in den letzten zwei Jahren nur selten getragen hatte, und für die gestrickte Mütze, die Tomays Vater ihm auf dem Hinmarsch geschenkt hatte. Während er seine Hände über den Flammen wärmte, beendete Tarapaca sein Gespräch mit Yasca, setzte sich mit finsterem Gesicht zu Cusi und stocherte mit einem Stock in den röstenden Kartoffeln.

»Er hat abgelehnt«, vermutete Cusi. Tarapaca ließ den Stock sinken und nickte. In Nachahmung des barschen Tons des Häuptlings zitierte er:»Die Falken werden bald nach Hause fliegen. Es ist nicht nötig, daß sie das Nest besuchen, in dem sie ausgebrütet wurden.'«

»Hast du um Erlaubnis gebeten, nach Tipycala zu gehen?« fragte Tomay. Er verwendete die Bezeichnung der Aymara für Tiahuanaco. Tarapaca nickte wieder und sah zu Cusi.

»Ich erklärte ihm, es sei unsere Idee, nicht die Eure, aber das war ihm gleichgültig. ›Sage deinem Kriegsherrn, auch er soll mich nicht mit diesem Anliegen belästigen‹, meinte er.«

»Ich wußte, daß er mir das vorwerfen würde«, erwiderte Cusi lachend. »Das tut mir leid, Tarapaca. Es wäre angemessen gewesen, Thunupa für seinen Schutz zu danken.«

»Wenn du mich gefragt hättest«, schaltete Tomay sich ein, »wäre ich mit dir zu Yasca gegangen. Tipycala liegt zwar im Gebiet der Lupaca, aber der Ort ist auch uns Colla heilig.«

Einen Augenblick lang funkelten Tomay und Tarapaca sich an, eingedenk des uralten Mißtrauens, das zwischen den Colla und den Lupaca bestand. Quizquiz löste die Spannung mit einer verwunderten Frage:»Warum wollt ihr den Marsch denn unbedingt länger als nötig machen? Wir sind noch viele Tage von Cuzco entfernt, und wer weiß, wohin wir von dort geschickt werden?«

»Das ist wahr«, räumte Cusi ein und begegnete dann Tomays Blick.
»Aber … die Königsstraße führt nah am See vorbei. Bis nach Copacabana sollte es dann nicht mehr weit sein.«

»Ah«, warf Tomay ein, »ich hätte mir denken können, daß du um
einen anderen Gefallen bitten würdest.«

»Copacabana?« wiederholte Quizquiz ungläubig und gleichzeitig
entsetzt. »Ich mußte einmal dorthin gehen. Es wimmelte vor Menschen und war schrecklich laut; in den Straßen und Plätzen drängten
sich Priester, Mamacona und Menschen, die Amulette und Heilmittel
feilboten. Überall waren Pilger, die weinten und beteten und auf
Knien zu den Heiligtümern krochen. Da würde ich lieber zu einem
Fest der Chiriguano gehen.«

Tomay lachte, behielt aber Cusi im Blick. »Von Copacabana aus
fahren die Boote zu den Inseln Titicaca und Coati, und sie sind noch
heiliger als Tipycala.«

»Yasca kann euch nicht die Erlaubnis geben, diese Orte zu besuchen«, wandte Quizquiz ein.

»Ihr habt recht. Das könnte nur die Hohepriesterin«, erklärte
Tomay. »Aber vielleicht erinnert sie sich an einen alten Freund.«

»Das tut sie sicher«, erwiderte Cusi lächelnd. »Möglicherweise
erinnert sie sich auch an dich.«

»Dann sag mir, wann du zu Yasca gehen willst«, forderte Tomay ihn
auf. »Die Bitte *zweier* Kriegsherrn kann er kaum abschlagen.«

»Kriegsherren«, brummte Quizquiz und machte eine wegwerfende
Geste. »Wenn ihr euch an die Rockzipfel der Mamacona hängen
wollt, erwartet nicht, daß wir auf euch warten. Ich möchte nur so
schnell wie möglich nach Cuzco zurück, wo man die Frauen berühren
kann.«

»Wir wissen doch genau, was Euer Motiv zu marschieren ist«,
scherzte Tomay, und Quizquiz nahm die Bemerkung lächelnd als
Kompliment entgegen. Cusi und Tomay nickten sich einmütig zu. Als
Cusi wieder zu Tarapaca sah, entdeckte er in dessen Augen ein
sehnsüchtiges Verlangen.

»Du möchtest auch nach Copacabana«, folgerte er.

»Herr, Ihr wißt vielleicht nicht, was es für einen Lupaca bedeutet,
die Insel Coati zu besuchen …«

»Wenn es sich machen läßt, nehme ich dich mit«, versprach Cusi
und wollte gerade eine vorsichtige Warnung hinzufügen, als er bemerkte, daß Tarapaca verwundert aufblickte. Cusi sah in die gleiche
Richtung und entdeckte eine Gruppe von Kriegern, die in den Hof
drängte, dann aber innehielt, weil es zwischen den sitzenden Männern kaum mehr Platz für sie gab. Es waren keine Charca, aber auch

um Mitmacs aus der Gegend konnte es sich nicht handeln, dazu hatten sie zuviel Ausrüstung bei sich. Und diese war auch noch ganz neu – die Schilder unbeschädigt und ohne Kampfspuren, und ihre Umhänge und Decken praktisch ungebraucht. Einige von ihnen trugen einen steifen, zylinderförmigen Kopfschmuck, der an den der Chimu erinnerte, und daraus sowie aus den Symbolen Mama Cochas auf ihren Schilden und Standarten schloß Cusi, daß sie von der Küste stammten.

Ihr Kommandeur, der die goldenen und silbernen Ohrpflöcke der Inka nach Stand trug, trat auf Yasca zu und verbeugte sich tief. Im Hof herrschte absolute Stille. Die altgedienten Krieger saßen da mit ihrer schlachterprobten Ausrüstung, den Bögen aus Chontaholz und dem Federkopfschmuck – Dingen, die sie von den Chiriguano erbeutet hatten –, und blickten schweigend zu den jungen, unerfahrenen Kämpfern mit ihren von Cuczo ausgegebenen Umhängen. Cusi bemerkte, wie die jungen Männer sich bemühten, unbeeindruckt zu bleiben, aber einige von ihnen litten offensichtlich unter der Höhenlage und konnten ihre Nervosität nicht verbergen.

Ausdruckslos hörte Yasca den Ausführungen des Kommandeurs zu, aber dann verzog sich sein steinernes Gesicht zu einem belustigten Grinsen, und schließlich stieß er ein heiseres Lachen aus; aber es klang eher ärgerlich als erfreut, so daß keiner seiner Männer einstimmte. Dann legte er eine Hand auf die Schulter des Kommandeurs und entschuldigte sich offenbar.

»Macht Platz für die Krieger aus Nazca und Ica«, befahl er seinen Leuten. »Sie kommen aus dem Westviertel und sollen uns im Kampf gegen die Chiriguano Beistand leisten.«

Überraschtes Gelächter hallte über den Hof, aber die Lagernden rückten bereitwillig beiseite, um die Neuankömmlinge in ihrer Mitte aufzunehmen. Yasca sagte noch einige Worte zu ihrem Anführer und schickte ihn mit einer Kopfbewegung zu Cusis Gruppe. Cusi und seine Begleiter erhoben sich zur Begrüßung, aber der Kommandeur zitterte vor Wut, und als er sprach, bewegten sich nur seine Lippen.

»Ich bin Acari, der Kommandeur der Krieger von Nazca. Der Kriegshäuptling sagte, Ihr würdet mir alles über die Chiriguano mitteilen, was ich wissen muß.«

Da er bei diesen Worten Quizquiz ansah, antwortete dieser, wobei er sein Gegenüber eindringlich musterte. »Als erstes solltet Ihr wissen ... die Chiriguano sind fort. Wir haben sie vor fast einem Jahr aus dem Tal und über die Chaco-Ebene gejagt. Ich bezweifle, daß sie bald wiederkommen werden.«

»Wir sind seit über zwei Jahren hier im Tal«, fügte Tomay hinzu. »Die anderen Verstärkungstruppen von der Küste sind schon lange eingetroffen. Einige von ihnen bemannen die Festungen, die wir gebaut haben, um weitere Übergriffe zu verhindern.«

»Sie sind zwar spät gekommen«, schaltete sich Quizquiz tadelnd ein, »aber früh genug, um von Nutzen zu sein.«

»Wir kamen, sobald wir geschickt wurden«, brummte der Kommandeur und blickte Quizquiz direkt in die Augen. Er sah aus wie jemand, der zu kämpfen verstand und auch kämpfen wollte, aber trotzdem spürte Cusi seit seiner Ankunft von diesem Mann eine Ausstrahlung ausgehen, die einen völlig anderen Eindruck vermittelte. Er hatte etwas Flehentliches an sich, eine Art Verwirrung und Hilflosigkeit, als ob ihm der Boden unter den Füßen weggezogen würde. Niemand anderes schien diese Aura zu bemerken, nicht einmal der Mann selbst, und deswegen wurde Cusi erst nach einiger Zeit klar, daß er eingreifen mußte.

»Verzeiht uns unsere Unhöflichkeit, Acari«, sagte er mit einer Verbeugung. »Wir sind schon zu lange im Feld. Ich bin Cusi Huaman, und das sind meine Kameraden, die Kommandeure Tomay Guanaco und Quizquiz.«

Bei der Erwähnung dieser Namen versteifte sich Acari zuerst, um sich dann ehrerbietig vor jedem einzelnen zu verbeugen. »Ich kenne Eure Namen und weiß von Euren Taten,« erklärte er eingeschüchtert. »Verzeiht, daß ich Euch wütend ansprach.«

»Das liegt an Yasca«, beschwichtigte Cusi. »Kommt, setzt Euch zu uns, eßt und wärmt Euch.«

Acari setzte zwischen Cusi und Tomay und griff dankbar nach der Kartoffel, die Tomay ihm auf einem Stöckchen aufgespießt reichte. Er ließ seinen Blick über den Hof schweifen, um sicherzugehen, daß auch seine Männer zu essen bekamen. Dann nahm er einen herzhaften Biß von der rußgeschwärzten Kartoffel, hätte ihn aber beinahe wieder ausgespuckt. »Heiß«, stieß er hervor und fächelte sich Luft zu. Die anderen Männer lachten.

»In Cochabamba braucht Ihr keine Kartoffeln zu essen«, meinte Tomay. »Dort unten im Tal wachsen alle möglichen Pflanzen, und wenn Ihr dorthinkommt, wird die Ernte schon eingeholt sein.«

Einen Moment starrte Acari ihn an, als fühlte er sich wieder verspottet. Dann fragte er: »War es schnell vorbei? Die Kämpfe?«

Quizquiz schnaubte verächtlich. »Ja – sobald wir genug Männer hatten.«

»Wir waren monatelang in der Minderheit«, erklärte Cusi. »In Incallacta hätten die Chiriguano uns beinahe überrannt. Deshalb hat der Kriegshäuptling vorhin gelacht, als Ihr Euch bei ihm gemeldet habt. Angesichts unserer damaligen Verzweiflung erschien Eure Ankunft heute wie eine Ironie.«

»Ich verstehe«, murmelte Acari. »Aber als wir unsere Familien verließen, um hierher zu kommen, empfand das keiner von uns als Ironie.«

»Natürlich nicht«, stimmte Cusi zu. »Aber wir sind vor zweieinhalb Jahren von Tumibamba abmarschiert, und als wir in Cuzco eintrafen, wurde uns gesagt, die Krieger aus dem Westviertel würden sehr bald zu uns stoßen.«

»Wir kamen, sobald wir geschickt wurden«, wiederholte Acari trotzig. Aber unter Cusis erwartungsvollem Blick wurde er versöhnlicher. »Ich weiß noch genau, wie der Regent zum ersten Mal Truppen von uns anforderte. Die Männer, die vom Norden zurückgekehrt waren, waren erst seit kurzem wieder zu Hause, und wir schuldeten dem Inca keine Soldaten mehr für mindestens ein Jahr. Es war dem Gouverneur und den Häuptlingen unmöglich, diese Bitte zu erfüllen, und das erklärten sie dem Regenten auch. Als wir dann nach einem Jahr unsere Krieger einzogen, traf aus Tumibamba der Befehl ein, wir sollten nach Chimor marschieren. Dann gingen zwischen Cuzco und Tumibamba Botschaften hin und her, bis uns schließlich gesagt wurde, wir sollten hierher kommen. Im Verlauf dieser Monate wurden dann im Norden die Viracocha gesehen, und deshalb ließen die Priester uns erst fort, als die Omen günstiger waren.« Acari hielt inne und sah Cusi mißtrauisch an, als würde man seine Worte bezweifeln. »Überrascht Euch das? Meint Ihr, wir hätten unseren Priester zuwiderhandeln sollen?« fragte er skeptisch.

»Nein«, erwiderte Cusi hastig und machte eine beschwichtigende Geste. »Versteht mich nicht falsch. In Cochabamba haben wir nichts über diese ›Viracocha‹ gehört. Wer sind sie?«

»Sie ... niemand weiß, wer sie sind«, gestand Acari achselzuckend. »Manche nennen sie so wegen der Legenden. Sie kamen in einem Boot aus Holz, und die Fischer, die es sahen, sagten, es sehe aus wie ein Haus, das auf dem Wasser schwimmt. Dann verschwand es und wurde seitdem von niemandem mehr gesehen.«

»Wie sahen die Viracocha aus?« fragte Cusi, und alle lauschten gebannt. Acari zuckte wieder die Schultern.

»Niemand ist wirklich nah an sie herangekommen. Einer der Fischer sagte, das Haus habe Donner und Blitz gespuckt, als er dem Boot zu nahe kam. Andere meinten, sie hätten oben auf dem Haus Männer gesehen, die sehr groß waren und helle Haut hatten, wie die Viracocha in der Legende.«

»Hatten sie Haare im Gesicht?« fuhr Tomay dazwischen.

»Das wurde auch erzählt«, meinte Acari. Dann runzelte er die Stirn und sah rasch zu Cusi. »Ich dachte, Ihr hättet nichts von ihnen gehört.«

Mit einem Blick auf Tomay und Quizquiz stellte Cusi fest, daß sie ebenso verblüfft waren wie er. Quizquiz schüttelte verneinend den Kopf. »Das ist unmöglich. Wo, sagtet Ihr, wurden diese Viracocha gesehen?«

»Zuerst in der Nähe von Manta, und dann zweimal weiter südlich«, erklärte Acari.

»Das ist am anderen Ende des Reiches!« rief Quizquiz aus. »Das können nicht dieselben Leute sein!«

»Die Chiriguano wurden von einem hellhäutigen Fremden ange-führt«, erklärte Cusi Acari. »Wir nannten ihn den Bärtigen, weil er Haare im Gesicht hatte. Er scheint diesen Viracocha sehr ähnlich zu sein.«

»In Cuzco haben wir nichts von ihm gehört«, beharrte Acari, schien aber eher verwirrt als mißtrauisch.

»Wir haben davon auch nichts nach Cuzco gemeldet. Yasca meinte, es sei besser, solche Informationen persönlich zu überbringen. Wie sich jetzt zeigt, war das eine weise Entscheidung.«

Acari nickte bedächtig. »An der Küste herrschte große Angst. Alle Huacas sprachen von bösen Dingen. Deswegen bestanden die Prie-ster darauf, daß wir warteten.«

Daraufhin kehrte Schweigen ein, und Cusi hörte die Männer in seiner Umgebung miteinander reden; sicherlich sprachen sie alle über das gleiche Thema. *Die Viracocha.* Es war ihm noch nie in den Sinn gekommen, den Bärtigen mit der Legende von Viracochas Hel-fern in Verbindung zu bringen, die angeblich groß und hellhäutig und bärtig waren. Der Bärtige, den sie gesehen hatten, war nicht allzu groß gewesen, und Tomay hatte bewiesen, daß er unter seiner harten Metallrüstung auch nur ein Mensch war. Trotzdem – wenn es die gleichen Leute waren, dann waren sie gefährlich; vielleicht waren sie die Bedrohung, die Raurau Illa, Macas und Chimpu Ocllo vorherge-sehen hatten.

»Einer von euch sollte Yasca davon berichten«, sagte Quizquiz. »Ihr wißt am besten, wie ihr das anstellen müßt.«

»Ich sage es ihm«, erbot sich Cusi, und Tomay nickte zustimmend. Beim Aufstehen blickte Cusi auf Acari und meinte wieder dieses flehentliche Bitten zu spüren, als würde der Mann ihn drängen zu bleiben. Aber Acari biß herzhaft in seine Kartoffel und sah nur kurz auf, um Cusi respektvoll zuzunicken. Beim Weggehen fragte sich

Cusi, warum dieser Mann ihn an Schwäche denken ließ, obwohl er keine zeigte.

Als Cusi in den Hof zurückkam, stand der Mond am Himmel, und die Feuer waren niedergebrannt. In seiner Hand hielt er eine Mütze, die er eigentlich Acari hatte geben wollen. Aber nachdem er sie aus seinem Gepäck hervorgeholt hatte, war er auf Urcon gestoßen, der ihm sagte, weshalb er die Lamas in einen anderen Pferch getrieben hatte, so daß sie nicht mehr mit den Tieren der Nazca-Krieger zusammen waren. Wütend befahl Cusi einem der Wachposten, Acari zu ihm zu schicken. Als dieser zu ihm trat, herrschte er ihn an: »Ihr seht aus, als würdet Ihr frieren. Seid Ihr gesund?«

»Es ist nur die große Höhe…«

»Wirklich? Oder habt Ihr vielleicht etwas mitgebracht?« Als Acari eine Antwort schuldig blieb, fuhr Cusi fort: »Unsere Hirten haben gehört, daß es unter Euren Kriegern Kranke gibt. Vielleicht die Verruga.«

»Verruga ist es nicht«, erwiderte Acari hastig. »Die Heiler nannten es Fleckfieber. Wir haben alle Kranken in Cuzco gelassen. Die meisten von ihnen gehörten zur zweiten Kolonne, die fünf Tage hinter meinen Männern marschiert.«

»*Die meisten?*«

»Bei uns waren nur wenige… und ein paar erkrankten später in Hatuncolla. Die ließen wir in der Pflege der dortigen Heiler. Was hätte ich denn tun sollen?« fragte er barsch. »Zurückgehen?«

»Ihr hättet uns Bescheid sagen sollen.«

Acari atmete heftig aus. »Wann denn? Nachdem der Kriegshäuptling mich ausgelacht hatte? Oder als Ihr mir zu essen anbotet? Und was hätte ich Euch sagen sollen? Die Heiler mußten dieser Krankheit erst einmal einen Namen geben. Sie hatten sie noch nie gesehen, und sie wissen nicht, wie man sie heilt. Sie wissen nicht einmal, ob sie tödlich ist.«

Cusi starrte ihn an, und plötzlich verstand er, was es mit der von ihm wahrgenommenen Schwäche auf sich hatte. Ganz offenbar war es diese Krankheit, oder die Furcht davor, die diesen Mann umgab.

»Sind mehr von Euren Männern erkrankt?«

Acari blickte betreten zu Boden und nickte. »Ich dachte, es wäre vorbei… aber gestern erkrankten wieder zwei. Das Fieber kommt ohne Warnung, und dazu entsetzliche Schmerzen im Kopf und im Rücken. Unsere Heiler haben sie von den anderen abgesondert.«

»Also ist die Krankheit Euch gefolgt«, folgerte Cusi. Grauen durchfuhr ihn. *Er wird aus jeder Richtung angreifen, ohne gesehen zu werden.* Macas' Prophezeiung erwachte um ihn herum zu Leben.

»Dies ist mein erstes Kommando«, murmelte Acari bedrückt. »Keiner der Veteranen, die im Norden waren, wollte es übernehmen. Sie sagten, sie hätten genug gekämpft. Ich wollte kämpfen, und dafür hätte ich jedem Omen getrotzt.«

»Ihr müßt statt dessen diese Krankheit bekämpfen. Bis jetzt wissen wir nicht, ob jemand daran gestorben ist«, sagte Cusi verzweifelt.

»Ich weiß nicht, ob die Männer gestorben sind oder sich erholt haben«, gestand Acari.

»Bringt Eure Leute nach Cochabamba«, befahl Cusi. »Und zwar so schnell wie möglich. Dort gibt es Heiler, und es ist viel wärmer als auf der Hochebene. Aber nehmt die Kranken mit Euch, laßt sie nicht unterwegs liegen!«

»Was werdet Ihr dem Kriegshäuptling sagen?«

»Das, was Ihr mir gesagt habt. Aber erst, wenn Ihr fort seid. Es ist zu spät, um die Männer abzusondern, und Ihr verdient es nicht, noch mehr beleidigt zu werden.«

Acari lächelte wehmütig. »Ihr seid ein großmütiger Mann, Cusi Huaman«, murmelte er.

»Jetzt ist nicht die Zeit für Schuldzuweisungen«, meinte Cusi achselzuckend. Dann erinnerte er sich an die Mütze in seiner Hand und reichte sie Acari. »Nehmt das. In Cochabamba genügt Euer Kopfschmuck vollauf, aber nicht in den Bergen.«

Acari zögerte, bevor er nach der Mütze griff. »Ich habe nichts, was ich Euch dafür geben könnte. Nichts, das Ihr von mir annehmen wolltet.«

»Vielleicht kämpfen wir ein andermal Seite an Seite«, beschwichtigte Cusi ihn. »Vielleicht brauche ich dann etwas von Euch.«

»Dann werdet Ihr es bekommen.«

»Jetzt sollten wir schlafen«, sagte Cusi und deutete mit dem Kinn auf den Hof. Acari hielt ihn zurück.

»Ihr braucht Euch nicht noch länger der Gefahr auszusetzen. Ich könnte den anderen eine Botschaft übermitteln, wenn Ihr das möchtet.«

»Nein«, erwiderte Cusi nach einem Augenblick des Überlegens. »Nein, ich muß sie warnen, denn verlassen kann ich sie auch nicht.«

Als Cusi schließlich mit Yasca sprechen konnte, stellte er fest, daß dieser ebenfalls schon von der Krankheit erfahren hatte. Außerdem hatte Yasca noch in Cochabamba vom Ausbruch einer ähnlichen Krankheit unter den Chincha gehört, die er zur Bewachung der neuen Festung in Savapata zurückgelassen hatte. Zwei dieser Männer waren an der Krankheit gestorben.

»Also liegt sie hinter uns und vor uns«, sagte Cusi.

Yasca grinste düster. »Wir haben nur die gleiche Möglichkeit wie die Nazca. Es sei denn, Ihr wißt etwas, das uns helfen könnte.«

»Ich weiß nichts, Herr.«

»Dann marschieren wir so schnell wie möglich nach Cuzco und hoffen, daß die Krankheit uns nicht unterwegs einholt.«

Cusi nickte zustimmend und ging zu seinen Männern zurück. Den Gedanken, Tocto Oxica auf der Insel des Monds zu besuchen, hatte er schon lange aufgegeben. Er würde das Eiland nie betreten, wenn er als Gastgeschenk möglicherweise das Fleckfieber mitbrächte.

Am nächsten Morgen marschierten die Krieger über die Ebene zum Südufer des Sees und durch das Sumpfland der Uru. Dann setzten sie mit Hilfe einer langen, niedrigen Brücke, die auf Bündeln von Totora-Binsen schwamm, über den Fluß Desaguadero. Am frühen Nachmittag des fünften Tages nach ihrem Aufbruch von Chuquiabo erreichten sie Pomata. Bislang war niemand krank geworden, aber alle Männer hatten wunde Füße und waren müde. Yasca beschloß, eine Rast einzulegen.

Der für die Stadt verantwortliche Inka-Beamte kam ihnen auf der Straße entgegen und warnte sie, alle königlichen Unterkünfte seien belegt. Vor zwei Tagen sei die zweite Kolonne aus dem Westviertel eingetroffen, und alle Männer seien an dem Fleckfieber erkrankt, das der Beamte Pahuac Oncoy nannte, die rasende Krankheit. Er erzählte Yasca, daß auch in Cuzco viele Menschen daran erkrankt seien.

»Dann lagern wir besser vor der Stadt«, beschloß Yasca.

Der Beamte beschrieb ihm einen guten Platz, an dem sie ihr Vorratslager aufschlagen konnten, und erklärte sich bereit, die königlichen Lagerhäuser zu öffnen, damit sie Nahrungsmittel und Brennholz bekamen. Als Yasca um Akha für alle fünfhundert Soldaten bat, wehrte er anfangs erschrocken ab, versprach dann aber, so viel wie möglich zu besorgen.

Sobald die Männer am Ufer des leuchtend blauen Sees standen, stieg Yasca auf einen Felsen und hielt eine Ansprache.

»Zweifellos habt ihr alle von der Krankheit gehört, die uns bedroht. Sie grassiert in Pomata und auch in Cuzco, und ich muß euch sagen, daß sie sehr gefährlich ist.« Gemurmel wurde laut, und Yasca bat mit einer Geste um Ruhe. »Das ist der Grund, warum ich euch hierhergeführt habe, zum heiligen Wasser von Titicaca. Wie es heißt, ist Inti aus einem Felsen auf der Insel der Sonne gestiegen, um der Erde Licht und Wärme zu geben. Jetzt, wo Inti hoch über uns steht, wollen wir uns im heiligen Wasser reinigen und die Krankheit abwaschen. Dann gibt es Essen und Akha, und wir werden Feuer zum Tanzen entzünden. Ich bitte euch, feiert und tanzt im Namen aller Götter und aller Huacas, die ihr kennt. Beschwört sie, uns zu beschützen und sicher nach Hause zu geleiten.«

Damit entledigte sich der Kriegshäuptling seiner Kleider. Die Männer ließen ihr Gepäck an Ort und Stelle fallen und folgten Yascas Beispiel, der sich in das klare grüne Wasser warf. Ein nackter Kriegsherr, dachte Cusi, und rang nach Luft, als das eiskalte Wasser seine Füße umspülte.

Atemlos tauchte er wieder auf; das eisige Wasser beraubte ihn fast seiner Sinne. Er kehrte sofort zum Ufer zurück aus Angst, sein Herz könnte versagen. Yasca empfing ihn mit einem breiten Grinsen. »Das Waschen geht sehr schnell!«, meinte er. Überall war Gelächter zu hören, als die Männer aus dem Wasser an Land stürzten und erleichtert bemerkten, daß sie wieder atmen konnten.

Bevor Cusi sich anzog, beschloß er, die Tunika und das Lendentuch, die er getragen hatte, wegzuwerfen, denn sie hatten trotz aller Vorsichtsmaßnahmen Läuse bekommen. Statt dessen zog er die Tunika aus feinem Cumbituch an, mit der er den Chiriguano-Häuptling beeindruckt hatte. Damit entsprach seine Kleidung auch dem Fest, das Yasca angeordnet hatte – ein Fest der Verzweiflung, das aber notwendig war, um ihnen den Mut zu geben, ihren Marsch fortzusetzen.

Etwas später suchte Yasca Cusi auf und sagte unvermittelt: »Ich werde mit einigen der Heiler nach Pomata zurückgehen. Wir müssen mehr über die Krankheit erfahren. Willst du mitkommen?«

Erst nach einem Augenblick wurde Cusi bewußt, daß dies kein Befehl war. Aber schon Acari in Chuquiabo hatte ihm gezeigt, daß es keine Möglichkeit gab, dieser Bedrohung zu entrinnen. Macas hatte prophezeit, niemand würde entkommen, weder die Großen noch die Kleinen. Die einzige Möglichkeit war zu kämpfen.

»Ich komme mit«, erklärte Cusi. »Es gibt keine Krankheit, die der Kälte des Seewassers widerstehen könnte.«

Yasca lachte grimmig. »Wenn wir zurückkommen, können wir noch einmal baden. Geh und sag deinen Hauptleuten, daß sie etwas Akha für dich aufheben sollen. Du wirst es dir verdient haben, wenn du wiederkommst...«

Die königlichen Unterkünfte in Pomata bestand aus vier benachbarten Anwesen. Als Yasca, Cusi und die acht Heiler das Haupttor

erreichten, sahen sie davor Töpfe und Körbe mit Essen und Feuerholz stehen. Yasca hatte sich nicht die Mühe gemacht, den Inka-
Beamten über ihr Kommen zu informieren; dennoch tauchte der
Mann atemlos auf und konnte sein Erstaunen über ihre Rückkehr
nicht verbergen.

»Warum steht das hier?« herrschte Yasca ihn an und deutete auf die
Lebensmittel. Der Beamte senkte den Kopf und machte eine hilflose
Geste.

»Ich kann meine Leute nicht dazu bringen, das Anwesen zu betreten. Es tut mir leid, Herr … sie haben mehr Angst vor der Krankheit
als vor jeder Strafe, die ich ihnen androhe.«

»Wer versorgt die Kranken?«

»Ich habe jeden Heiler in der Umgebung um Hilfe gebeten, aber
nur wenige sind gekommen. Heute morgen kam eine Gruppe von
Heilerinnen und Mamacona aus Copacabana, und ich habe außerdem
nach Chucuito um Hilfe geschickt.«

»Wir tragen die Sachen hinein«, erklärte Yasca. »Bring uns noch
mehr, vor allem solches Essen, das für Kranke geeignet ist. Diese
Männer sind Krieger des Inca.«

Der Beamte verneigte sich und eilte davon, froh, sich von dem
Anwesen entfernen zu können. Cusi und einer der Heiler ergriffen
die Enden einer Stange, von der ein riesiger verrußter Topf mit einem
Bohnengericht hing. Sie schulterten die Last und betraten das Anwesen.

Einen Moment lang glaubte Cusi, wieder auf dem Platz in Incallacta zu stehen, nach dem Angriff auf die Chiriguano. Quer durch den
Hof war ein schmaler Pfad freigelassen, doch rechts und links davon
war der Boden übersät mit Ausrüstungsgegenständen und Waffen,
und dazwischen lagen die Kranken. Viele saßen auch in Decken
gehüllt an die Mauern gelehnt und hatten die Arme vor dem Kopf
verschränkt, damit das Licht ihnen nicht in die Augen drang. Ein
beißender, saurer Geruch von Schweiß und Urin drang in Cusis Nase
und überlagerte den appetitlichen Duft der Bohnen. Dann fühlte er
sich umgeben von der gleichen Hilflosigkeit, die er in Acari wahrgenommen hatte; er erkannte, daß es die Ausstrahlung der Krankheit
war. Einen Augenblick war er versucht, den Topf fallenzulassen und
aus dem Hof zu stürzen.

Als er und der Heiler sich suchend nach jemandem umblickten, der
ihnen bei der Verteilung des Essens helfen konnte, entdeckten sie nur
fünf oder sechs Männer, die auf den Beinen standen, und diese waren
vollauf mit den am Boden Liegenden beschäftigt. Einige der Kranken
schrien und warfen sich in ihren Decken hin und her, aber die mei-

sten saßen oder lagen nur reglos da, hielten sich die Köpfe und stöhnten und husteten leise. Yasca räusperte sich und sagte: »Sie können sich das Essen unmöglich holen; also müssen wir es verteilen. Versucht, nicht mit ihnen in Berührung zu kommen.«

Damit winkte er Cusi und den Heiler zu der Tür, die zum nächsten Anwesen führte. Dort lagen noch mehr Männer. Cusi war froh, sich bewegen zu können und die Last auf seiner Schulter zu fühlen. Das gab ihm das Gefühl, wach und nützlich zu sein, und es gab ihm Zeit, die ruhige Kraft seines Schutzgeistes heraufzubeschwören. Hier stand er dem Tod ebenso eindeutig gegenüber wie auf dem Schlachtfeld, und er mußte ihm mit seinem ganzen Sein begegnen.

Nachdem Cusi und der Heiler die Schüsseln der Männer gefüllt hatten, gingen sie in den zweiten Hof. Dort kümmerten sich zwei ältere Frauen in den grauen Gewändern der Mamacona um die Kranken, aber der Großteil der Heiler befand sich in dem Zelthaus, das eine Seite des Hofs einnahm. Niemand kam Cusi und seinem Gefährten zu Hilfe, und die meisten Männer schienen zu schwach, um selbständig essen zu können. Wieder empfand Cusi das impulsive Verlangen, den Topf stehenzulassen und wegzulaufen. Aber sein Begleiter griff furchtlos nach einer Schüssel und einem Schöpflöffel und füllte das Gefäß mit Bohnen. Beschämt folgte Cusi seinem Beispiel.

Er trat über nutzlose Schilde, kauerte sich vor drei Kranke nieder, die an der Mauer lehnten, und stellte erleichtert fest, daß keiner von ihnen die Augen öffnete. Vorsichtig schöpfte er Bohnen in ihre Schüsseln, wandte sich jedoch sofort ab, als einer der Männer hustete. Dabei fiel sein Blick auf ein bloßes Bein, das rötlichbraun gesprenkelt und mit winzigen Beulen übersät war, als wäre es von Insekten zerstochen. *Fleckfieber*, dachte Cusi, und Abscheu überfiel ihn; erst jetzt wurde ihm wirklich bewußt, wieviel Mut Micay besaß. Er fühlte die Bedürftigkeit, die diese Männer ausstrahlten, die flehentlichen, stummen Schreie der Krankheit, und verspürte nur noch den Wunsch, sich zu verkriechen und sein Gesicht zu bedecken. Wenn er diesen Leuten half, dann würden sie seine Kräfte auszehren und ihn mit sich in den Tod ziehen ...

»Inka«, stieß eine heisere Stimme ungläubig hervor. »Ein Inka bedient uns.«

Cusi blickte auf und sah einen Mann, der ihn aus geröteten, wäßrigen Augen blinzelnd ansah, die er mit einer Hand beschirmte. In diesen Augen lag Schmerz, aber auch Überraschung, Wiedererkennen und eine gewisse Dankbarkeit. Der Mann lebte noch, unter der gefleckten Haut regten sich noch Gefühle und Empfindungen. Auch sein Kamerad neben ihm öffnete die Augen und grinste zum Gruß.

Cusi lief schamrot an. Wie konnte er diesen Menschen seine Anerkennung verweigern, wenn er ihnen doch sonst kaum etwas geben konnte?

»Freunde, ich bin Cusi Huaman«, erklärte er. »Ich bringe euch etwas zu essen. Was braucht ihr sonst noch?«

»Wasser«, stöhnte einer der Männer, und seine Gefährten murmelten zustimmend.

»Ich bringe es euch gleich«, versprach Cusi. »Ist euch warm genug?«

»Heiß…«

»Brennend heiß«, sagte einer von ihnen, obwohl er unter seiner Decke zu zittern schien. Cusi fiel auf, daß er Flecken auf den Armen und am Hals hatte, nicht aber im Gesicht.

»Eßt, soviel ihr könnt«, forderte Cusi sie auf. »Ich bin gleich wieder da.«

Als er sich erhob, fühlte er jemanden hinter sich stehen und war schon versucht, sich umzudrehen; aber dann spürte er, daß es sein Schutzgeist war. Nun wußte er, daß er sich keine Sorgen um seine Kraft machen mußte. Entschlossen ging er zur nächsten Gruppe von Männern und begrüßte sie ehrerbietig.

»Der Sapa Inca«, stieß einer von ihnen hervor. Dann rollte er mit den Augen und brach zusammen; offenbar war er im Delirium.

»Unmöglich«, murmelte sein Nachbar und blinzelte unter seiner Kapuze hervor. Cusi lächelte ihm zu.

»Völlig unmöglich«, stimmte er zu und löffelte dem Mann Bohnen in die Schüssel.

Der letzte Krieger, um den Cusi sich kümmerte, war einer der kränksten; er zeigte kaum eine Reaktion, als Cusi ihm Wasser einträufelte, und verlor schließlich das Bewußtsein. Cusi hatte seine Abscheu und Angst schon lange überwunden, aber seine Vorsicht war gewachsen, und er achtete darauf, den Mann nicht mit bloßen Händen zu berühren.

Dann hörte er, daß Yasca nach ihm rief, und ging zu seinem Kommandeur hinüber.

»Aus Chucuito sind einige Heiler eingetroffen«, erklärte Yasca. »Wenn du genug über die Krankheit gelernt hast, sollten wir jetzt gehen.«

»Ich habe mehr gelernt, als ich wollte«, antwortete Cusi benommen, »aber ich weiß noch immer nicht, ob manche der Kranken wieder gesund werden.«

»Doch, das tun sie«, warf ein großer, grauhaariger Heiler ein. »Das Fieber geht nach etwa zwanzig Tagen zurück, und dann erholen sich die Kranken sehr schnell.«

»Dieser Callawaya behauptet, dich zu kennen«, sagte Yasca. Da erst betrachtete Cusi den Heiler, der gesprochen hatte, und erkannte das flache, ausdruckslose Gesicht und die hagere Gestalt, an der gefiederte Bündel und Medizinbeutel hingen.

»Kamerad«, sagte er erstaunt und ging mit ausgebreiteten Armen auf Hanp'atu zu, hielt dann aber inne.

»Das darf ich nicht«, sagte er erschrocken. »Ich habe die Kranken gepflegt.«

»Ich auch, in Hatuncolla und in Chucuito«, erwiderte Hanp'atu. »Dort sind Männer wieder gesund geworden, aber etwa die gleiche Anzahl ist gestorben.«

»Gibt es eine Medizin dagegen?« fragte Cusi begierig. Aber der Heiler blickte zu Boden und schüttelte den Kopf.

»Die Krankheit ist stärker als jede mir bekannte Medizin. Man kann sie nur ertragen, und der Heiler kann nichts tun außer die Kranken zu füttern und ihnen Mut zuzusprechen, wie du es getan hast. Du hast von Micay gelernt.«

»Ich habe aber nicht ihre heilende Ausstrahlung«, antworte Cusi achselzuckend.

»Gehen wir«, drängte Yasca. »Wir sind schon zu lange hiergeblieben. Der Mond steht bereits am Himmel.«

Hanp'atu begleitete sie zum Haupttor. »Der Kriegshäuptling sagt, ihr wollt im See baden. Das ist gut, aber zuerst solltest du richtig schwitzen und ins Wasser gehen, solange dein Körper noch heiß ist. Und du solltest deine Kleider über Kohle räuchern, die mit Uchu-Schoten bestreut wurde.«

Cusi nickte gedankenverloren; er bedauerte, nur wenige Minuten mit dem Heiler verbringen zu können. Plötzlich kam ihm eine Idee.

»Urcon ist auch bei uns. Möchtest du nicht mit uns kommen?« schlug er hoffnungsvoll vor. »Und mit uns zu Raurau Illas Dorf gehen? Ich könnte das leicht arrangieren, und deine Rückkehr auch.«

Inzwischen hatten sie das Haupttor erreicht, und Yasca und die anderen Heiler verließen das Anwesen, ohne einen Blick zurückzuwerfen. Aber Cusi und Hanp'atu blieben noch stehen.

»Ich wäre gerne in deiner Gesellschaft, Cusi«, erwiderte Hanp'atu, »aber ich werde hier gebraucht. Grüße Urcon von mir, aber sag ihm auch, daß er nicht herkommen soll. Und geht, sobald ihr könnt. Bleibt nicht in den Rasthäusern oder Städten entlang der Königsstraße, und geht nicht nach Cuzco. Geh zu Raurau Illa; vielleicht hat er die Macht, dich zu beschützen.«

Er sagte diese Worte mit solcher Endgültigkeit, daß Cusi nur zustimmend nicken konnte.

»Zumindest habe ich dich wiedergesehen, mein Freund«, sagte er wehmütig lächelnd. »Ich hatte nicht erwartet, hier etwas Freudiges zu erleben.«

»Ich auch nicht«, pflichtete Hanp'atu ihm bei. »Lebe wohl, Cusi. Mögen die Götter und deine Huaca dich beschützen. Wenn es uns bestimmt ist, werden wir uns wiedersehen.«

Quito

Vor zwei Tagen bereits hatte sie diesen Traum gehabt, und seither wußte sie, was sie tun mußte. Aber sie hatte noch niemandem davon erzählt und auch keine Vorbereitung für die Abreise getroffen.

Micay ging um ein Blumenbeet herum, in dem noch üppig Fuchsien, Cantut-Büsche und Chinchircuma blühten, obwohl die Trokkenzeit bereits eingesetzt hatte. Dann trat sie an die halbhohe Mauer, die das Anwesen einfaßte, und blickte in die Ferne. Die Sonne schien ihr warm auf Gesicht und Arme, und für einen Augenblick vergaß sie alle Sorgen und genoß die wunderbare Aussicht. Der Palast war auf Terrassen am Abhang des Berges Pinincha errichtet, und unter Micay lagen zwei weitere Ebenen. Darunter erstreckten sich die strohgedeckten Häuser von Quito bis zum Rand des Plateaus, das in ein tiefes Tal abfiel. Micay ließ den Blick über das Tal schweifen, über die vielfarbigen, kürzlich abgeernteten Felder zu den gelbbraunen Hochweiden, wo Tomays Guanaco-Haus stand, bis hinauf zu den schneebedeckten Gipfeln in der Ferne. Seufzend schüttelte sie den Kopf. In Tumibamba war eine solch phantastische Aussicht nur schwer zu finden.

Noch während sie über die Abreise sinnierte, hörte sie jemanden ihren Namen rufen. Sie wandte sich um und sah Amaru kommen; ihm voran stürmten die Zwillinge. Er lächelte und wirkte sehr selbstbewußt, obwohl er immer noch hinkte.

»Komm, Micay«, tadelte er sie. »Wenn du nichts besseres zu tun hast, als den Ausblick zu bewundern, mußt du mit uns Parihuana besuchen. Diese Kinder hier nehme ich auf jeden Fall mit.«

»Mama!« rief Sinchi atemlos. »Onkel Maru sagt, wir dürfen die Fische füttern. Und die Enten!«

»Und wir dürfen den Kleinen Palast sehen«, fügte Cahua hinzu. »Das hat er uns versprochen.«

»Euer Onkel ist ein großherziger Mann«, sagte Micay. »Das ist der Grund, warum jeder ihm das gibt, worum er bittet. Ich kann ihm auch nichts abschlagen.«

»Dann gehen wir doch«, schlug Amaru vor. »Kundschafter!« rief er den Kindern zu. »Führt uns zu meinem Anwesen und paßt auf, daß wir in keinen Hinterhalt geraten!«

»Bleibt in Sichtweite«, mahnte Micay, als Cahua und Sinchi kichernd davonstoben. Micay und Amaru folgten in einem gesetzteren Tempo, wobei Amaru mit Besitzerstolz eine Hand über den Mauerabschluß gleiten ließ.

»Also interessiert dich das Fest heute abend nicht«, stellte er fest.

»Das gestrige auch nicht, wie Chuqui mir sagte. Sie meinte, ich soll dich aufheitern, damit du Cusi nicht so vermißt.«

»Das ist nett von ihr, aber ich vermisse Cusi immer.«

»Was ist dann heute und gestern anders? Warum wendest du dich von deinen Gefährten ab und starrst in den Himmel?«

»Soll ich den Ausblick denn nicht bewundern?« fragte Micay. »War das nicht die Absicht des Mannes, der diesen Palast so baute, daß er sich den Bergen und dem Himmel öffnet?«

»Doch«, räumte Amaru stolz ein. Dann warf er Micay einen skeptischen Blick zu. »Aber schmeichelst du mir nicht nur, um damit meiner Frage auszuweichen? Es ist immer ein schlechtes Zeichen, wenn du zurückhaltend bist, Micay.«

Sie schwieg eine Weile, aber schließlich stellte sie sich mit einem tiefen Seufzer ihrer Pflicht. »Ich muß zurück nach Tumibamba. Sobald wie möglich«, erklärte sie.

»Hat man nach dir geschickt? Aber warum sollte die Hohepriesterin dich noch vor dem Inti Raimi brauchen?«

»Die Hohepriesterin hat nicht nach mir geschickt. Es ist etwas anderes, das mich nach Tumibamba ruft. Ein Traum.«

»Ein Traum, der dir sagt, du sollst nach Tumibamba zurückkehren?«

»Er hat mir etwas gesagt, das ich Chimpu Ocllo berichten muß. Ich habe ihn jetzt zum zweiten Mal geträumt, also ist er zweifellos sehr wichtig.«

»Du könntest ihn Boten anvertrauen«, schlug Amaru vor.

»Nein, das geht nicht. Sie muß es von mir erfahren.«

Die Zwillinge erwarteten Micay und Amaru am Ende der Stufen; ein Wachposten hatte ihnen den Zutritt zum nächsten Hof verwehrt. Er gehörte zum Anwesen Ninan Cuyochis, und man konnte den Kindern nicht gestatten, dort herumzulaufen und den Regenten möglicherweise zu stören. Amaru nahm die beiden an der Hand und ging mit ihnen durch das Tor; dabei fragte er sie nach den Feinden, die sie als Kundschafter unterwegs erspäht hatten. Micay folgte ihnen langsam, beeindruckt von Amarus Geduld und guter Laune. Quito war ebenso seine Stadt wie die Ninan Cuyochis, und hier war er zu allem fähig – sogar zu Freundlichkeit gegenüber Kindern.

Als sie das Palastgelände verließen, konnten die Zwillinge wieder vorauslaufen, und Micay und Amaru griffen ihre Unterhaltung erneut auf. »Also mußt du ihr den Traum erzählen«, sagte Amaru. »Aber wie bald? Kann das nicht noch einen Monat warten?«

»Ich habe ihr nie vom ersten Traum erzählt«, gestand Micay, »dabei hatte ich ihn vor Jahren. Deswegen darf ich jetzt nicht länger warten.«

Amaru sah sie zweifelnd an. »Seit wann hat Chimpu Ocllo diese Träume schon, und wann hatte Cusi seine warnende Vision? Die bösen Omen und Prophezeiungen von Krankheit und Tod gibt es jetzt bereits so lange, und trotzdem leben wir immer noch gesund und munter.«

»Der Traum handelt von einer Krankheit... vom Fleckfieber, denke ich.«

»Ich habe davon gehört«, räumte Amaru ein, »aber die Berichte kamen aus dem Heißen Land, und seit über einem Jahr wurde darüber nichts mehr berichtet. Vielleicht ist es mit den Viracocha weggegangen.«

»Vielleicht ist mein Traum ein Zeichen dafür, daß es wiederkommt«, sagte Micay brüsk. »Wir haben nie erfahren, was es war, oder wer die Viracocha waren.«

Amaru hörte den warnenden Unterton in ihrer Stimme. »Verzeih mir, Micay. Ich vergesse immer, daß du nicht wirklich eine von uns bist, obwohl du hierher zu gehören scheinst. Du hast deine Entscheidung getroffen, und ich weiß, daß du in diesen Dingen genauso halsstarrig bist wie Cusi. Aber du kannst mich nicht davon überzeugen, daß es dein *Wunsch* ist, so schnell wie möglich nach Tumibamba zu gehen.«

Mittlerweile hatten sie den Eingang zu Amarus Anwesen erreicht, in dem die Zwillinge bereits verschwunden waren. Micay lächelte gequält.

»Wir sind jetzt zum vierten Mal in Quito, und jedesmal fällt es mir schwerer, die Stadt zu verlassen. Und jedesmal wirkt Tumibamba düsterer und unerfreulicher auf mich. Wenn ich dort bin, kommt mir Quito wie ein schöner Traum vor.«

»Quito ist aber sehr real«, versicherte Amaru stolz. »Und es gehört uns. Selbst wenn Huayna Capac hierherkommen und in seinem Palast vor sich hinbrüten würde, wären wir nicht besitzlos. Wir haben hier Land und Menschen, und einen Anführer, der unser Vertrauen und gleichzeitig die Gunst seines Vaters genießt.«

Micay starrte ihn einen Augenblick schweigend an. Sie wollte seine

Leistungen nicht durch Zweifel schmälern; zu gut konnte sie sich noch an den Amaru erinnern, der keinen Lebenszweck gehabt und keine Aufgabe für würdig befunden hatte.

»Trotzdem darfst du nicht glauben, daß du hier unangreifbar bist«, warnte sie ihn. »Du bist vom Rest des Reiches nicht so abgeschnitten, wie du gerne glauben möchtest. Deswegen ist es mir wichtig, daß du wachsam bist. Der Himmel über Quito mag strahlen, aber die Bedrohung, die über uns allen schwebt, ist nicht verschwunden. Und Cusi ist irgendwo dort im Süden und versucht zu mir zurückzukommen.«

»Vermutlich ist er schon in Cuzco«, meinte Amaru. »Du weißt doch, daß Ninans Bitte, er solle ihm dienen, genehmigt wurde?«

»Ninan hat mir davon erzählt. Er hat seinem Vater versprochen, Cusi von seinem Trotz und seiner Respektlosigkeit zu heilen.«

Amaru lachte. »Und du wirst mich von meiner Zufriedenheit heilen.«

Als sie den Hof betraten, sah Micay ihren Sohn, der an dem langen Becken stand und Amarus Gärtner half, die Fische zu füttern. Der Gärtner verbeugte sich ehrerbietig vor Micay, aber Sinchi lächelte nur ihrem Spiegelbild im Wasser zu. Die Fische tauchten auf, um nach dem Mehl zu schnappen, das Sinchi ihnen ausstreute, und ihre saugnapfartigen Mäuler versetzten die Wasseroberfläche in Bewegung. Sinchi verfolgte alles mit so großer Begeisterung, als sei er zum ersten Mal hier.

»Wo ist Cahua?« fragte Micay.

Sinchi antwortete ihrem Spiegelbild. »Sie ist zum Kleinen Palast gegangen.«

»Ihr wißt doch, daß ihr nicht alleine dorthin gehen dürft.«

»Vielleicht hat sie es sich ja anders überlegt«, verteidigte Sinchi seine Schwester wenig überzeugend.

»Ich werde sie finden. Jetzt gehorche dem Mann und gib den Fischen nicht zu viel zu fressen.«

»Ich weiß«, erklärte Sinchi gelangweilt. »Sonst werden sie fett und gehen unter.«

Sein Selbstbewußtsein amüsierte Micay. Vielleicht ist er doch ein Campa, dachte sie, als sie die Stufen hinabging. Jedenfalls ähnelt er seinem Wesen nach Uritu mehr als irgend jemandem seines eigenen Volkes.

Dann betrat sie das dämmerige Zelthaus, fand aber keine Spur von Cahua. Eine Hälfte des Raums wurde von einem großen Erdwall eingenommen, der den Berg Pinincha darstellte, mitsamt den Terrassen und Absätzen, auf denen der Palast stand. Der Bau war aus Lehm modelliert und glich laut Amaru dem echten Palast bis aufs Haar.

Sogar die Gärten waren zu sehen, nachgebildet aus grünem, auf Dornen gehefteten Tuch. Keines dieser Details war eine notwendige Ergänzung zu Sinchi Rocas Modell, aber Amaru freute sich, zeigen zu können, wie er den Plan seines Lehrmeisters durchgeführt und verändert hatte.

Schließlich entdeckte Micay ihre Tochter, die auf dem Gipfel des Berges thronte. Sie winkte ihr zu: »Komm herunter, Cahua, aber sei vorsichtig.«

»Ich will nicht gehen«, stieß das Mädchen hervor, verließ aber gehorsam ihren Hochsitz und nahm neben ihrer Mutter Platz. »Mach nicht, daß ich gehen muß, Mama!«

»Jetzt folgst du mir schon zum zweiten Mal nicht!« schimpfte Micay, fügte aber gleich versöhnlich hinzu: »Komm, setz dich neben mich. Ich möchte dir erklären, warum wir fort müssen.«

»Warum?« wiederholte Cahua jammernd. »Es gibt dort keine anderen Kinder und keinen Platz, wo ich spielen kann. Ich mag Quito lieber, Mama.«

Micay überlegte, daß Chuqui Huipa, die für Cahua eine abgöttische Liebe empfand, dieses Gespräch seltsam berührt hätte, weil Cahua wußte, daß sie nach Tumibamba zurückgingen, ohne daß jemand es ihr gesagt hatte. Micay hatte Chuqui erklärt, daß Cahua einfach die Aufmerksamkeit ihrer Mutter und das Gedächtnis ihres Vaters besaß und sich deswegen an alle Stimmungen Micays und deren Folgen erinnern konnte. Auf jeden Fall wußte Micay, daß es sinnlos war, ihre Gefühle vor ihrer Tochter verbergen zu wollen.

»Mir gefällt es in Quito auch besser«, gab sie zu, »aber das Regenbogen-Haus fehlt mir schon. Vielleicht können wir dorthin gehen, wenn ich mit der Hohenpriesterin gesprochen habe. Und das ist der Grund, weshalb wir zurück müssen, Cahua. Ich muß ihr von meinem Traum erzählen.«

Cahua verzog das Gesicht. »War es ein böser Traum? Hast du Angst gehabt?«

»Nein. Es war ein guter Traum, ein Traum über die Heilerinnen, die Mama Quilla dienen. Die Mondmutter hat ihn mir geschickt, um uns zu helfen, die Kranken zu heilen.«

»Wer ist krank?«

»Vielleicht niemand, aber wir müssen den Zeichen folgen, die uns sagen, daß wir Vorbereitungen treffen sollen. Das gehört auch zu unseren Pflichten gegenüber Mama Quilla. Ich würde lieber in Quito bleiben, aber ich muß tun, was mein Pflichtgefühl mir sagt.«

Cahua blickte verdrossen auf den Lehmkloß in ihren Händen. Micay wußte, daß sie die Bedeutung von Versprechen und Gelübden verstand; vielleicht hatte sie diese Eigenschaft ebenfalls von ihrem Vater geerbt. Als Cahua schließlich aufsah, merkte Micay, daß sie sich mit der Abreise abgefunden hatte. Ein kleiner Zweifel nagte allerdings noch an ihr.

»Muß ich auch einen Traum erzählen?« fragte sie.

Lachend schüttelte Micay den Kopf. »Nein, mein Kind. Und wir kommen auch wieder nach Quito zurück, vielleicht nach dem Inti Raimi.«

»Chuqui Huipa wird mich vermissen«, verkündete Cahua eher stolz als bedauernd und sprang dann vom Stuhl. »Sinchi und Tante Parihuana kommen!« rief sie plötzlich und lief in den Garten hinaus.

Etwas später trat Parihuana in den Schatten des Zelthauses und begrüßte Micay mit einer Umarmung. Dann deutete sie mit einem fragenden Blick auf Cahua. »Was hat sie mir da erzählt? Ihr geht weg?«

»Wir müssen einen Traum erzählen«, erklärte Cahua und schloß sich ihrem Bruder an, der den Kleinen Palast bewunderte.

»Ich muß, Parihuana«, sagte Micay. »Ich muß etwas mit der Hohenpriesterin besprechen.«

»Hat das nicht Zeit bis zum Inti Raimi?«

»Ich habe schon zu lange gewartet. Es fällt mir schwer, aus Quito wegzugehen. Bitte, Schwester, akzeptiere meinen Entschluß; ich werde Chuqui Huipa noch genug Erklärungen abgeben müssen.«

Bei diesem Namen versteifte sich Parihuana ein wenig, nickte aber verständnisvoll. »Solange du versuchst, rechtzeitig zurückzukommen, um mir bei meiner ersten Geburt zu helfen.«

»Ich werde es versuchen«, versprach Micay. »Das bin ich dir schuldig.« Aber Parihuanas Abwehr war ihr nicht entgangen, und so fragte sie: »Ist etwas nicht in Ordnung?« Als Parihuana verlegen den Kopf senkte, vermutete sie: »Mama Pura?«

Sofort blickte Parihuana auf. »Sie sagt, sie kann nicht höflich zu dir sein. Sie glaubt, daß du Ninan und Chuqui Huipa hilfst, sich heimlich zu treffen.«

Micay hätte über diesen Verdacht am liebsten lauthals gelacht, aber sie sah, daß diese Angelegenheit für Parihuana sehr ernst war. Das Ansehen ihrer Mitmenschen war für Amarus Frau von großer Bedeutung; andererseits hatte sie Amaru damit auch geholfen, sich hier einen guten Namen zu machen.

»Selbst wenn die beiden meine Hilfe bräuchten«, erwiderte Micay, »wäre es sinnlos von Mama Pura, ihren Ärger auf mich zu richten. Ich bin nicht verantwortlich für die Gefühle ihres Mannes.«

»Das habe ich ihr auch gesagt. Aber das wendet sie dann immer gegen mich und erzählt mir von den Gerüchten über Amaru und Fempellec. Dann muß ich tun, als wäre ich schockiert und genauso besorgt wie sie. Ich hasse es, jemandem etwas vorzuspielen, Micay. Ich hasse mich dafür, daß ich schweigen muß, während sie schlecht über Fempellec redet.«

»Dann solltest du ihr nichts vorspielen. Geh mit gutem Beispiel voran und sei so tolerant, wie du es von allen Leuten hier erwartest. Wenn Fempellec dein Freund ist, mußt du das sagen, selbst wenn sie sich darüber ärgert. Ihr Rang ist zwar höher als deiner, aber sie ist viel unsicherer als du und kann es sich nicht leisten, dich zur Feindin zu haben. Zeig ihr, daß ihr Kleinmut für dich nicht akzeptabel ist.«

Parihuana seufzte. »Bei dir klingt es, als wäre das ganz einfach.«

»Ich weiß, daß es nicht so ist«, versicherte Micay ihr. »Es verlangt viel Kraft, höflich und gleichzeitig aufrichtig zu sein.«

Parihuana warf ihr ein gequältes, aber auch dankbares Lächeln zu. »Ich werde dich vermissen.« In diesem Augenblick stürmten die Kinder mit lautem Geschrei in den Garten, und wehmütig fügte Parihuana hinzu: »Und diese beiden werde ich auch vermissen. Ich bete, daß Pachamama zu mir ebenso gütig sein wird.«

»Du warst mit mir bei der Huaca«, erinnerte Micay sie. »Du hast denselben Segen bekommen. Und ich bin deine Wehmutter, wenn ich rechtzeitig zurückkommen kann.«

Die beiden Frauen traten in den duftenden Garten hinaus, und Micay blinzelte durch das Laub in den blauen Himmel hinauf. Es kam ihr vor, als schiene in Quito immer die Sonne, obwohl es hier genauso oft regnete wie in Tumibamba. Ein Traum, dachte sie, ein wunderbarer Wachtraum...

»Also reist ihr noch vor Chuquis Fest ab«, sagte Parihuana. »Das wird ihr nicht gefallen.«

»Ich weiß«, stimmte Micay achselzuckend zu. »Aber sie weiß, daß auch andere Leute einen Anspruch auf mich haben. Sie wird verstehen müssen, daß manche Träume wichtiger sind als dieser...«

Die Straße des Südviertels

Allmählich wurde der Zug der Krieger, der nach Norden marschierte, immer kleiner. Die Lupaca-Truppen wurden in Chucuito entlassen, und die Colla in Hatuncolla, aber Cusi und sein Regiment der Falken gehörten zu denen, die weiterzogen. Allerdings kamen sie immer langsamer voran, denn nun wurden die ersten Männer von der Krankheit befallen und mußten auf Sänften getragen werden. Dadurch wuchs die Belastung der Gesunden, die immer mehr Pflichten übernehmen und sich beim Tragen der Kranken ablösen mußten.

Jeden Abend, wenn Cusi sich schlafen legte, wußte er, daß er im Morgengrauen zu quälendem Husten und Stöhnen seiner Männer aufwachen würde; und während er seinen morgendlichen Pflichten als Kommandeur nachging, fragte er sich, ob dies der Tag sein würde, an dem das Fieber ihn befiel. Aber noch war er gesund, und unter Aufbietung aller Kräfte sprach er seinen Kriegern Mut zu, auch wenn die Ruhe seines Schutzgeistes ihn immer öfter verließ.

Einen Tagesmarsch südlich von Urcos verkündete Yasca, daß er nicht weiter als Quispi Cancha gehen würde, das sie in etwa vier Tagen erreichen sollten. Sein Haushalt hatte Besitzungen in der Gegend, und deshalb wollte er in Quispi Cancha lagern und die Kranken dort von den Gefolgsleuten pflegen lassen.

Als Cusi Urcon suchen ging, um ihm Yascas Plan zu erklären, fand er seinen Freund müde am Boden sitzen. Er fühlte die mittlerweile vertraute Ausstrahlung der Krankheit, auch wenn Urcon noch keine äußeren Anzeichen des Fiebers hatte.

»Wie fühlst du dich?« fragte Cusi.

Urcon zuckte gleichgültig die Schultern. »Müde, das ist alles.«

Cusi sah keinen Sinn, ihm zu widersprechen. Statt dessen erzählte er Urcon von Yascas Entscheidung und gestand ihm, daß er gerne mit ihm in sein Dorf gehen würde. Dieser Satz lockte schließlich ein Lächeln auf Urcons Lippen hervor.

»Gehen wir, Kamerad. Das Dorf ist nur ein paar Tage nördlich von Quispi Cancha, wenn wir den Pfad über den Engpaß wählen.«

»Erzähl mir von diesem Pfad, und beschreibe, wo er von der Königsstraße abzweigt.«

»Ich bin doch bei dir«, erwiderte Urcon müde. »Ich zeige es dir.«

»Erzähle es mir trotzdem«, beharrte Cusi. »Ich bin ein Kundschafter und muß den Weg, den wir nehmen, vor mir sehen.«

Urcons Kopf rollte kraftlos umher, und plötzlich wurde ihm bewußt, wie langsam er reagierte. In seinen Augen lag das vertraute Flehen. »Bin ich krank?«

»Ich glaube, das Fieber wird dich bald befallen«, sagte Cusi sanft. »Du mußt tapfer sein, mein Freund, und aus ganzem Herzen glauben, daß du überleben wirst. Ich bin bei dir.«

Überraschend heftig umklammerte Urcon Cusis Arm. »Bring mich zu meinem Dorf, Cusi. Lege keine Rast ein, um mich zu pflegen, selbst wenn ich so krank bin, daß du mich schleppen mußt. Bring mich zu Großvater.«

»Es ist mir bestimmt, dorthin zu gehen, und du gehst mit mir«, versprach Cusi. »Und jetzt beschreibe mir den Pfad, solange du noch kannst…«

Urcon marschierte noch den ganzen nächsten Tag, aber dann streckte das Fieber ihn nieder. Als Cusi ihn am folgenden Morgen nach dem Aufwachen sah, stand er zwar noch auf den Beinen, beugte sich aber vor Schwäche über eines seiner Lamas und hielt sich vor Schmerzen den Kopf. Seine Haut fühlte sich heiß und trocken an.

»Jetzt hat es angefangen«, sagte Cusi, rollte eine Decke auseinander und half Urcon, sich hinzulegen. Als Kissen schob er ihm eine Handvoll trockener Gräser unter den Kopf. »Ruh dich aus. Ich kümmere mich um deine Lamas. Du mußt deine Kräfte schonen, denn morgen mußt du zu Fuß gehen. Die Sänften sind alle schon voll.«

Als er seinen Freund in eine weitere Decke hüllte, betrachtete er ihn genauer. Dann blinzelte er ungläubig. Das, was er für Schweißflecken auf Urcons Tunika gehalten hatte, schien sich zu bewegen. Er schnippte mit dem Finger auf eine der hellgrauen Linien, worauf sie sich wie Salzkörnchen verteilte. Cusi erkannte, daß es sich um Läuse handelte. Also richtete er Urcon vorsichtig auf.

»Was tust du?« stöhnte Urcon, als Cusi ihm die Tunika über den Kopf streifte und weit von sich warf.

»Die Läuse verlassen deinen Körper. Du bist zu heiß für sie.«

Urcon hielt die Augen geschlossen, aber seine Lippen verzogen sich zu einem Lächeln, das in Husten überging. »Sie können gehen. Ich habe sie lange genug ernährt.«

Cusi zog ihn vollständig aus und brachte ihm dann neue Kleider und eine saubere Decke. Jetzt konnten die Läuse zwar keinen Schaden mehr anrichten, aber er wollte es seinem Freund so bequem wie möglich machen. Mehr konnte er nicht tun. Urcon rollte sich zitternd zusammen, und Cusi packte ihn sorgsam in Decken. Er fühlte sich so hilflos, daß er am liebsten dem Himmel mit den Fäusten gedroht hätte; aber selbst ein Kriegsherr durfte die Götter nicht verfluchen, vor allem nicht, wenn seine Männer ihn beobachteten. Also ging er, die Lamas zu entladen. Aber die Wut, die ihn erfüllte, behinderte ihn; die Tiere stellten die Ohren auf, scheuten vor ihm zurück und spuckten. Cusi bemühte sich, seine Ruhe wiederzufinden, aber sein Zorn steigerte sich nur. Er wollte nicht die Tiere entladen, sondern weitermarschieren. Jetzt, wo Urcon krank war, würden sie noch viel länger bis zu Raurau Illas Dorf brauchen, und jeder Tag würde eine Tortur werden. Er wollte vorwärts kommen, solange seine Wut ihm dazu noch Kraft gab.

Wortlos kamen Tarapaca und einige andere Männer herbei und

versorgten die Lamas an Cusis Stelle. Cusi keuchte, aber seine zornige Ungeduld schien sich verbraucht zu haben. Vielleicht wurde er wirklich wahnsinnig. Sein Schutzgeist hatte ihn offenbar schon verlassen. Ärgerlich zuckte er die Achseln, wandte sich von den Lamas ab und ging durch das Lager, das die Männer errichteten, ohne irgendwelche Befehle abzuwarten. Er sagte wenig, zeigte seinen Leuten aber, daß ihr Kriegsherr noch auf den Beinen war.

Die Landgüter der Inka lagen auf dem terrassierten Berg nördlich des Flusses Huatanay, und auf vielen waren keine Besitzer anzutreffen. Wie Yasca vorhergesagt hatte, flüchteten die Gefolgsleute nicht beim Anblick des Regiments von Kranken, die sich den Abhang hinaufschleppten. Als die Bediensteten die goldenen Ohrpflöcke der Kommandeure sahen, brachten sie Nahrungsmittel und Wasser und riefen die Männer von den Feldern, um beim Tragen der Sänften zu helfen. Auch die wenigen anwesenden Inka ließen den Kriegern durch Boten Vorräte schicken, zeigten sich aber nicht selbst.

Cusi betrachtete es als seine letzte Pflicht sicherzustellen, daß alle seine Falken gut untergebracht waren, und erklärte den Gefolgsleuten, wie die Kranken behandelt werden sollten. Beim Gedanken an den Weitermarsch empfand er keine große Zuversicht, und deswegen schlug er Urcon vor, sie sollten in Quispi Cancha bleiben, bis es ihm besser ginge. Urcon hatte sich aus eigener Kraft hierhergeschleppt, indem er sich an das dichte Fell eines seiner Lamas klammerte, aber Cusi wußte, daß er noch schwächer werden würde, sobald sich auf seiner Brust die ersten Flecken zeigten.

»Nein, wir gehen weiter«, beharrte Urcon mit heiserer Stimme. »Wir sind zu nah, um jetzt aufzugeben.«

»Aber du solltest nicht gehen, wenn du dich ausruhen kannst.«

»Die Krankheit läßt einen nicht ausruhen«, widersprach Urcon. »Wenn ich sterben muß, dann lieber auf dem Weg zu meinem Dorf.«

Cusi machte sich auf die Suche nach Yasca und fand ihn am Rand einer der Terrassen sitzen, völlig in der Betrachtung des weit unter ihm liegenden Tals versunken. Sein grobschlächtiges Gesicht sah alt und grau aus, aber Cusi fühlte nicht die Ausstrahlung der Krankheit. Er erzählte ihm, daß er und Urcon zu Raurau Illas Dorf gehen wollten, und bat um Erlaubnis, vier der Lamas sowie Vorräte und Material für eine Trage mitzunehmen. Der Kriegshäuptling nickte.

»Du hast dir das Recht verdient zu tun, was du willst. Wenn wir je einen Boten aus Cuzco zu sehen bekommen, werde ich ihm eine Nachricht nach Tumibamba mitgeben, wo du bist.«

Cusi verneigte sich dankbar. »Lebt wohl, Yasca. Es war mir eine Ehre, Euch zu dienen.«

»Du kannst davon ausgehen, daß du sie wieder haben wirst«, erklärte Yasca, » – wenn wir überleben. Ich werde nicht vergessen, daß du ein ausgezeichneter Führer warst, und ich werde deine Beförderung zum Kriegshäuptling vorschlagen, da wir den Rang eines Kriegsherrn nicht mehr haben.«

»Auch Rang schützt nicht vor der Krankheit«, erwiderte Cusi und erhob sich. »Gebt Micay und meinen Kindern Bescheid, falls ich nicht zurückkomme. Ich tue das gleiche für Euch.«

Nachdem Cusi die Vorräte in der Nähe des Pferchs zusammengestellt hatte, ging er zu Urcon. Tarapaca saß neben ihm und fütterte ihn, und Cusi sah ihnen schweigend zu. Er wollte weder Zeit noch Kraft auf Abschiedsworte verschwenden. Aber in dem Moment sah Tarapaca auf und warf ihm einen wissenden Blick zu.

»Ihr müßt mir gestatten, mit Euch zu gehen, Herr. Einer allein kann die Bahre nicht tragen.«

Cusi schaute zu Urcon, der kraftlos an der Wand lehnte und offenbar nicht sprechen konnte. Er als einziger hätte Tarapaca sagen können, daß sie unter allen Umständen weitergehen mußten.

»Du hast deinen Mut und deine Loyalität oft genug unter Beweis gestellt, Tarapaca«, erwiderte Cusi. »Du brauchst dich nicht noch länger der Gefahr auszusetzen.«

»Die Gefahr lauert überall«, widersprach Tarapaca. »Ich möchte meine Kraft nutzen, solange ich sie habe. Laßt mich noch eine Weile länger ein Falkenmann sein.«

Cusi blickte wieder zu Urcon, der ihn unter der Decke hervor anblinzelte.

»Was sagst du dazu, mein Freund?« fragte er.

»Er ist ein Kamerad«, brachte Urcon hervor, »und ich bin nutzlos.«

Diese Worte waren so einleuchtend, daß Cusi sich plötzlich dumm vorkam; er war seinem eigenen Starrsinn erlegen. Er hatte nicht gewußt, wie er Urcon alleine tragen sollte, aber es war ihm auch nicht eingefallen, jemanden um Hilfe zu bitten – ein Kriegsherr bat nicht um Hilfe. Cusi gab sich einen Ruck und breitete die Hände zu einer entschuldigenden Geste aus; er war Tarapaca sehr dankbar.

»Geh und sag Yasca, daß ich um dich gebeten habe«, sagte er dem Hauptmann, »und dann bring deine Ausrüstung zum Pferch. Es ist noch hell genug zum Marschieren.« Als Tarapaca gegangen war, hockte sich Cusi vor seinen Freund. »Kamerad, du bist stark genug, um mich vor meiner eigenen Dummheit zu retten. Dann bist du auch stark genug, um nach Hause zu gehen.«

Urcon hustete kläglich. »Ich möchte nicht, daß wir unterwegs beide sterben.«

»Wir werden alle überleben«, schwor Cusi und half Urcon aufzustehen. »Du darfst nicht wieder an den Tod denken.«

Als sie schließlich an die Stelle gelangten, wo ihr Weg von der Königsstraße abzweigte, konnte Urcon sich nicht mehr auf den Beinen halten. Cusi und Tarapaca bauten aus dem mitgebrachten Material eine Trage, die sie mit Gras und Decken polsterten. Darauf banden sie Urcon fest, und dann begannen sie, gefolgt von ihren Lamas, auf einem schmalen Pfad den Anstieg in die Berge.

Einige Tage später bekam Tarapaca Fieber. Er bemühte sich zwar, sein Ende der Trage zu halten, aber durch die Schmerzen im Rücken sackten ihm die Knie zusammen, und er stolperte gefährlich. Cusi befestigte die Schilde der Falken unten an der Trage, und so konnte er sie ohne Tarapacas Hilfe über den Boden schleifen. Allerdings kamen sie dadurch nur noch sehr langsam voran; selbst die Lamas liefen ihnen voraus. Das Ziehen der Trage forderte Cusis ganze Kraft, und deswegen bemerkte er erst am Abend, daß die Krankheit auch ihn befallen hatte. Als er eines der Lamas entlud, schoß ihm ein stechender Schmerz durch Kopf und Hüften, und er fiel mit dem Gepäck rückwärts zu Boden.

Während er dalag, hörte er ein Klingeln in den Ohren und fühlte eine trockene, brennende Hitze, die seine Kehle ausdörrte und die Augen aus den Höhlen treten ließ. Sein Kopf dröhnte beständig, aber die Schmerzen im Rücken kamen schubweise und vergingen dann wieder. Doch so schwindlig und übel ihm war, hatte er doch den Eindruck, über dem Schmerz zu stehen, als könne er den Kampf, der in seinem Körper ausgefochten wurde, von außen beobachten. Er wußte, daß er sich gegen die Krankheit wehren mußte, aber er fand nicht die Kraft dazu. Sie schien seine ganze Energie verzehrt zu haben, so daß er sich nur hilflos den Schmerzen überlassen konnte.

Ächzend vor Anstrengung zerrte Tarapaca die Bündel von Cusi und half ihm auf die Knie, doch dann brach er selbst zusammen.

»Du auch«, stöhnte er, und Cusi wollte nicken, aber die Schmerzen im Kopf hinderten ihn daran.

»Ich«, sagte er, doch es hörte sich an wie eine Lüge, und er wünschte, es wäre eine.

Zwei oder drei Tage lang schleppten sie sich weiter über die Ebene, die Trage mehr schlecht als recht hinter sich her ziehend und zerrend. Sie verloren jedes Gefühl für Zeit und Entfernung. Mittlerweile hatte Urcon Wundstellen an Rücken und Gesäß bekommen, aber die

Freunde hatten nichts, um ihm Umschläge zu machen, und besaßen gerade noch genug Kraft, um ihn zu füttern und ihm Wasser einzuflößen. Das Licht blendete ihre Augen, und jede Bewegung schickte einen Dolchstoß durch ihre Köpfe, so daß sie sich wie Blinde vorwärts tasteten und nur die allernotwendigsten Arbeiten verrichteten. Als Cusi sich schließlich überwinden konnte, in Urcons blasses, hageres Gesicht zu blicken und dessen Zunge kraftlos zwischen den aufgerissenen Lippen aus dem Mund hängen sah, wußte er, daß sein Freund im Sterben lag. Aber er hatte keinen Antrieb mehr, keinen Funken Kraft, der ihn zum Handeln hätte bewegen können; keine Huaca, die ihn hätte vom Felsen springen lassen. Urcons Finger- und Zehenspitzen hatten sich schwarz verfärbt und waren angeschwollen, aber Cusi konnte nicht mehr tun, als mit zitternden Händen Wasser auf sein Gesicht zu spritzen und zu hoffen, daß etwas davon in Urcons Mund laufen würde.

Als Schutz vor dem Licht hatten sie Tücher über die Augen gebunden und wären deshalb beinahe an der Hütte vorbeigelaufen. Aber dann hörten sie eine Stimme rufen, die das Klingeln in den Ohren übertönte. Sie blieben stehen, setzten die Trage ab und sahen sich ungläubig an. Die Stimme hatte den Namen Cusi Huaman gerufen.

»Thunupa«, flüsterte Tarapaca, aber wieder ließ sich die Stimme vernehmen. Langsam drehten er und Cusi sich um und sahen die Hütte, vor der Holz aufgestapelt war, und einen kleinen, untersetzten Mann, der seinen Speer auf sie richtete.

»Ich bin Cusi Huaman. Wer bist du?«

»Ich bin Alco«, erwiderte der Mann und trat mit aufgerichtetem Speer auf sie zu. Cusi glaubte, ein Lächeln auf seinem Gesicht zu entdecken. »Erinnert Ihr Euch nicht?«

»Ich erinnere mich. Du mußt uns helfen. Urcon – dein Bruder ist sehr krank. Du mußt ihn zu Raurau Illa bringen.«

»Er hat mich geschickt, um auf Euch zu warten«, antwortete Alco und umkreiste die Ankömmlinge. Dabei hielt er den Speer noch immer angriffsbereit, als könnten die Kranken jederzeit über ihn herfallen. Er blickte auf die Trage, schien wieder zu lächeln und sagte dann mit freudloser Stimme: »Mein Bruder ist tot.«

»Nein!« schrie Cusi mit einer Heftigkeit, so daß alle zusammenfuhren und ihm der Schmerz in Wellen durch den Kopf jagte.

»Überzeugt Euch selbst«, forderte Alco ihn höhnisch auf und trat zurück, während Cusi alle Kraft zusammennahm, um sich umzudrehen und neben die Trage hinzuknien. Noch vor kurzem hatte er nach Urcon gesehen, er hatte in der Zwischenzeit kein Klagen oder Stöhnen vernommen. Aber es ließ sich nicht leugnen: die steifen, verdrehten Gliedmaßen, die wachsbleiche, fleckige Haut, die entstellende Grimasse im Gesicht. Cusi brauchte seinen Freund nicht zu berühren, um zu wissen, daß er tot war. Kamerad, dachte er, und Tränen stiegen ihm in die geschwollenen, entzündeten Augen, so daß er hilflos hustete und sich verschluckte. Er hatte nicht einmal daran gedacht, sich von Urcon zu verabschieden.

Alco trat näher und schob die feuergeschwärzte Spitze seines Speers unter Cusis Augen.

»Zieht alles aus, was Ihr am Leib habt«, befahl er. »Laßt es neben der Trage liegen.«

»Was willst du von uns?« fragte Tarapaca und stellte sich neben Cusi. »Wir sind krank.«

»Zieht Eure Kleider aus!« schrie Alco. »Wo ist der Stein? Gebt ihn mir!«

»Willst du uns bestehlen?« fragte Tarapaca ungläubig.

»Er gehört mir! Gebt ihn mir, Cusi, und ich heile Euch.«

Hustend stieß Cusi hervor: »Ich habe ihn nicht. Ich habe ihn bei meiner Frau in Tumibamba gelassen.«

»*Narr*«, schnaubte Alco und holte mit dem Speer aus. Tarapaca wollte sich zwischen die beiden stellen, verlor aber das Gleichgewicht und fiel auf Urcon. Cusi zuckte instinktiv zurück, aber sofort durchfuhr ihn der Schmerz wie ein Blitz und lähmte alle anderen Empfindungen. Bring mich um, dachte er, setze der Qual ein Ende. Doch der erwartete Hieb blieb aus, und statt dessen fühlte er hinter sich etwas emporsteigen, eine Kraft, die er schon verloren geglaubt hatte. Lange, kühle Finger schienen seinen Kopf zu umfassen und die Schmerzen zu lindern. Cusi blinzelte zwischen den Augenlidern hervor und sah, wie Alco drohend den Speer auf ihn richtete. Er schwitzte, sein Atem ging schwer, und in seinen Augen stand mehr als nur Wut. Cusi hustete und sagte mit heiserer, krächzender Stimme: »Bring uns zu Raurau Illa. Sonst schleppen wir uns allein zu ihm.«

»Wollt Ihr meinen Leuten das Fieber bringen? Wir haben Fremde ferngehalten, und wir sind gesund. Deshalb hat er mich hergeschickt, um Euch hier zu heilen.«

»Mit einem Speer?« fragte Cusi.

»Ich habe gewußt, daß Ihr versuchen würdet, an mir vorbei ins Dorf zu schleichen. Aber jetzt ist Euer Leben in meiner Hand, also tut, was ich Euch sage, und zieht Euch aus. Die Krankheit steckt in den Kleidern und in Euch. Ihr müßt gereinigt werden.«

Das Fieber pochte in Cusis Schläfen, und er wußte, daß die Kraft seines Schutzgeistes nicht mehr lange vorhalten würde. Dann würden sein und Tarapacas Leben wirklich in Alcos Hand liegen. Er mußte verhandeln, solange er noch die Energie dazu hatte.

»Wenn wir dir gehorchen – dann mußt du uns beide heilen.«

Alco warf einen raschen Blick auf Tarapaca. »Diesen Mann kenne ich nicht. Großvater hat mich geschickt, um auf *Euch* zu warten.«

»*Beide*. Das mußt du mir auf dein Leben versprechen. Oder geh und sag Raurau Illa, daß wir lieber sterben wollten, als dich in unsere Nähe zu lassen.«

»Ich habe gesehen, wie Ihr gereinigt werden könnt«, erklärte Alco. »Ich weiß, was zu tun ist.«

»Dann tue es für uns beide. Auf dein Leben.«

Cusi mußte die Augen vor dem unerträglichen Licht verschließen, zeigte aber keine Absicht nachzugeben, sondern wartete, bis Alco wieder sprach. »Also gut, auf mein Leben. Und jetzt tut genau, was ich Euch sage. Zieht alles aus, sogar Eure Ohrpflöcke und Sandalen. Die Krankheit, die sie befleckt, muß vom Feuer verzehrt werden.«

»Er ist verrückt«, murmelte Tarapaca, aber Cusi biß die Zähne zusammen und zog sich die Tunika über den Kopf. Dann breitete er sie über Urcons Leiche, entfernte seine Ohrpflöcke und das Stirnband und legte beides wie Grabbeigaben auf das Tuch. Die Sandalen und das Lendentuch ließ er neben die Trage fallen und stand dann langsam auf; er fühlte den Wind über seine Haut streichen, aber er kühlte ihn nicht.

»Jetzt holt die Bündel von den Lamas«, befahl Alco unnachsichtig, und Cusi und Tarapaca gehorchten. Die Tiere waren unruhig, ließen sich aber gerne von ihrer Last befreien, und dann schleppten die beiden Männer das Gepäck zur Trage. In der Zwischenzeit hatte Alco Urcon mit einer Decke verhüllt und trockenes Gras, Reisig und Holz mehrere Fuß hoch auf ihn aufgestapelt. An dem Bündel, das Cusi in der Hand hielt, war außen seine Streitaxt festgezurrt, aber er war zu schwach, um sie zu entfernen. Seufzend zerrte er das Bündel auf den Scheiterhaufen und ließ sich neben Tarapaca ins Gras fallen.

Alco murmelte ein kurzes Gebet für seinen Bruder und warf dann eine brennende Fackel auf die Trage. Sofort stiegen Flammen auf, die Cusi und Tarapaca so sehr blendeten, daß sie schützend die Arme über die Augen legten. Alco klopfte mit dem Ende seines Speers herrisch auf den Boden.

»Kommt, jetzt ist nicht die Zeit, Euch auszuruhen. Ich habe ein Schwitzhaus für Euch gebaut.«

»Ich brenne jetzt schon«, murmelte Tarapaca, als er sich mühsam erhob. Cusi stand schwankend neben ihm; er konnte den Geruch verbrannten Fleisches riechen.

»Lebwohl, Kamerad«, flüsterte er. Dann ließ er sich von Alco fortführen.

Tumibamba

Im Lagerraum war es dunkel und kühl, und es roch muffig nach Holz, getrocknetem Lamadung und Yuccawurzeln. Micay mußte sich seitwärts durch die engen Gänge schlängeln, vorbei an den Stapeln mit Vorräten, die ihr zum Teil bis über den Kopf reichten. Ihre Überprüfung war sehr nachlässig. Chimpu Ocllo hatte ihr die Knotenschnur mitgegeben, aber sie hatte sie nicht einmal entrollt; sie zweifelte daran, daß irgend etwas entfernt worden war in den zwei Tagen, seitdem die Hohepriesterin sie auf den letzten Kontrollgang geschickt hatte. Alle Frauen wußten, für welchen Zweck diese Vorräte aufbewahrt wurden, und wenn der Sinn dieser Dinge sich bislang auch nur in Träumen gezeigt hatte, so hätte doch keine von ihnen ohne Grund etwas mitgenommen.

Aber indem Micay den anderen Frauen vertraute, widersetzte sie sich Chimpus Befehl, eine sorgfältige Zählung durchzuführen. Micay war sich bewußt, daß es eine kindische Geste war, aber sie ärgerte sich über den sinnlosen Auftrag, und noch mehr ärgerte sie sich, daß ihr der Befehl auf eine Art und Weise aufgetragen worden war, gegen die sie keinen Einspruch erheben konnte. Chimpu behandelte sie alle, sogar die Mamacona, wie pflichtvergessene Novizinnen, aber Micay gegenüber hatte sie sich besonders unfreundlich gezeigt. Die Hohepriesterin hatte während Micays Abwesenheit aus ihren Träumen und denen vieler anderer ihre eigene Vision der Zukunft zusammengestellt, und deswegen hatte sie sich für Micays verspätet überbrachte Träume wenig erkenntlich gezeigt. Ganz im Gegenteil, sie hatte Micay für ihr mangelndes Pflichtgefühl gerügt und sie vor den anderen Frauen mit solcher Heftigkeit beschämt, daß Micay sich nicht einmal verteidigen konnte. Quespi und die anderen hatten sie zu trösten versucht und erklärt, auch sie seien getadelt worden, aber das war Micay kein Trost. Jene Hohepriesterin, der zu dienen sie vor vielen Jahren beschlossen hatte, war keine Frau, vor der sie jemals Angst hätte empfinden müssen.

Als es im Lagerraum noch dunkler wurde, blickte Micay sich um und sah Rimachi in der Tür stehen. Über das helle Bündel in seinen Armen hinweg lächelte er ihr zu.

»Willkommen in Tumibamba, Mama Micay. Ich habe nicht erwartet, Euch vor dem Inti Raimi hier zu sehen.«

»Ebenfalls willkommen in Tumibamba, Herr. Llampu erzählte mir, Ihr wärt mit dem Sapa Inca in den Bergen.«

Rimachi stieß einen spöttisch übertriebenen Seufzer aus. »Fünfzehn Tage lang. Und er ist nie jagen gegangen, kein einziges Mal, und hat auch nicht seine Herden inspiziert. Letzte Nacht bin ich zurückgekommen, und meine Mutter und Llampu sagten mir, ich solle diese Gewänder sobald wie möglich hierherbringen. Wo soll ich sie hinlegen?«

»Seht Ihr das nicht?« lächelte Micay und deutete mit dem Kinn auf mehrere hohe Stapel mit den gleichen hellfarbigen Gewändern. »Aber zuerst muß ich sie zählen.«

Das Bündel bestand aus vier Kleidern mit passenden Gürteln, auf Chimpu Ocllos Geheiß alle aus ungefärbter weißer Baumwolle gewebt. Micay entrollte den Quipu und fügte auf der weißen Schnur Knoten hinzu.

»Es tut mir leid«, entschuldigte sich Rimachi. »Mir war nicht klar, daß Ihr Eure Zählung schon abgeschlossen hattet.«

»Ehrlich gesagt habe ich mir nicht die Mühe gemacht, damit anzufangen«, gestand Micay. »Ich weiß doch, daß alles hier ist.«

Als sie von der Knotenschnur aufblickte, bemerkte sie, daß er verwirrt die gelagerten Gegenstände betrachtete.

»Wofür ist das alles, Micay? Bereitet Ihr Euch auf einen Krieg vor, von dem ich nichts gehört habe? Die Chimu haben sich schon ergeben, und der Widerstand der Huancavelica wird bald gebrochen sein. Als ich in die Berge ging, waren schon seit einem Monat keine Verwundeten mehr eingetroffen.«

»Das stimmt«, meinte Micay. Dann zögerte sie; ihr fiel Chimpus Warnung ein, keinen Außenseiter in die Pläne einzuweihen. Rimachi verschränkte die Arme und sah sie erwartungsvoll an; der Blick erinnerte sie daran, daß er kaum ein Außenseiter war. Vor über einem Jahr schon hatte er Micay vom ersten Ausbruch des Fleckfiebers erzählt, zu einer Zeit, als Huayna Capac die Information noch für sich zu behalten versuchte.

»Wir erwarten keinen Krieg«, klärte sie ihn in entschuldigendem Ton auf, »sondern die große Krankheit, vor der wir vor langer Zeit gewarnt wurden. Viele von uns haben in Träumen gesehen, daß sie kommt, und die Hohepriesterin glaubt, daß es das Fleckfieber ist. Sie hat mit den Vorbereitungen begonnen, als ich noch in Quito war.«

Rimachi brummte skeptisch und rieb sich die Narbe auf seiner Wange. »Obwohl ich so lange mit Huayna Capac zusammen war, habe ich ihn nur zweimal gesehen: als er die Sänfte bestieg, und als er sie wieder verließ. Ich kam ihm nie nah genug, um ihn reden zu hören.

Aber um ihn herum wird nur noch von Gerüchten und Prophezeiungen geflüstert, und bei den Boten ist ein ständiges Kommen und Gehen. Sogar der dümmste Wachposten schnappt Dinge auf, die er lieber nicht erfahren würde. Ihr wißt, daß ich mich immer umhöre nach Neuigkeiten, die Euch helfen könnten, aber dieses Mal wurde fast nur über die Viracocha geredet. Überall sagt man ihre Rückkehr voraus, und die Weissager streiten sich darum, wer von ihnen als erster verkünden wird, wo und wann sie erscheinen.« Rimachi zuckte die breiten Schultern. »Die Krankheit wurde nur einmal erwähnt, in einem Bericht aus Chincha, weit im Süden im Heißen Land.«

»War es das Fleckfieber?«

»Ja, aber ich bin mir nicht sicher, ob sich das nicht auf den Ausbruch vor einem Jahr bezog. Der Bericht klang nicht ernst.«

»Chimpu Ocllo ist es sehr ernst«, erklärte Micay. »Wie Ihr seht.«

»Ich habe gesehen, daß man das Badehaus vergrößert und einige Feuergruben gegraben hat. Weiß sie denn, wie man diese Krankheit bekämpft? Ich dachte, selbst die ältesten Heilerinnen kennen dieses Fieber nicht.«

»Das stimmt«, räumte Micay ein, »und niemand hat uns ein Heilmittel genannt oder von einem geträumt. Unsere Träume handeln davon, wie wir die Kranken pflegen, und wir sahen uns alle in Gewändern, deren Sinn offenbar ist zu verhindern, daß die Krankheit auf unsere Haut, in die Augen oder den Mund gelangt. Das ist auch der Zweck der meisten Vorräte hier: uns zu schützen, während wir die anderen gesundpflegen. Wir wissen, daß manche die Krankheit überstehen, wenn sie sorgsam gepflegt werden.«

Rimachi runzelte die Stirn. »Und wie schützen sich all jene, die keine Heiler sind?«

»Bleibt den Kranken fern«, riet Micay. »Schickt sie zu uns.«

»Und was passiert, wenn es so viele werden, daß Ihr Euch nicht mehr um sie kümmern könnt? Jeder sollte wissen, wie er sich schützen kann.«

»Seit Jahren beschwört die Hohepriesterin alle, sich auf diesen Ausbruch vorzubereiten. ›Zeigt uns die Kranken‹, fordern sie dann, und das kann Chimpu nicht. Sie kann nur auf unsere Träume verweisen. Würde Euch das mehr dazu veranlassen, etwas zu unternehmen, als Huayna Capac? Er fühlt sich jedenfalls nicht aufgerufen zu handeln.«

Rimachi war nicht überzeugt. »Wollt Ihr sagen, Ihr seid nicht sicher, daß die Gewänder Euch schützen?«

»Seht Ihr? Ihr verlangt auch Beweise. Chimpu Ocllo glaubt, daß

Träume die Augen sind, die die Götter uns verleihen. Mit ihren eigenen sieht sie fast gar nichts mehr.«

Überrascht sah Rimachi auf. »Micay! Höre ich Euch die Mamanchic kritisieren?«

»Jemand muß es tun, und zwar bald«, antwortete Micay düster. »Aber kommt, ich bin schon lange genug hier, um eine richtige Zählung gemacht zu haben.«

Damit wickelte sie den Quipu auf und führte Rimachi aus dem Lagerraum hinaus. Vor der Tür wartete Paucar Rimay auf sie, aber ihre Aufmerksamkeit wurde sofort von der kleinen Menschengruppe im Hof angezogen, die sich vor dem Haus der Hohenpriesterin versammelte. Chimpu Ocllo redete mit einem Mann im Gewand eines königlichen Boten.

»Micay...«, drängte Rimachi. Ihr wurde bewußt, daß er den Boten nicht gesehen hatte und noch immer von ihrer Kritik verstört war. Im selben Augenblick wurde Chimpu Ocllo Micay gewahr und winkte sie herrisch zu sich. Aber Micay ignorierte sie ebenso wie Rimachi und wandte sich statt dessen an Paucar Rimay, den Rimachis Anwesenheit offenbar verstörte; er umklammerte stur die Knotenschnur, die an seinem Hüftband befestigt war. Sie bestand aus nur drei dicken Schnüren, und jetzt griffen seine Finger nach der goldenen, derjenigen, die Freude ausdrückte.

»Wartet«, forderte sie Rimachi auf und ging zu Paucar, der den Kopf zur Seite legte und zu ihr aufblickte; auf seinem Gesicht lag das übliche dümmliche Grinsen.

»Paucar Rimay, mein Freund«, sagte sie leise. »Was willst du mir sagen?«

Er blickte auf seine goldene Schnur hinab und umklammerte sie so fest, daß die Adern auf seinem Handrücken hervortraten. Lloque Yupanqui hatte ihm diese drei Schnüre gemacht, als er erkannte, daß Paucar seine Gefühle zum Ausdruck bringen wollte. Die schwarze Schnur war für Schmerz und Trauer, die rote für Wut oder Enttäuschung.

»Dich sehen«, brachte Paucar schließlich hervor. »*Dich* sehen.«

Lächelnd legte Micay ihm die Hand auf die Finger um die Goldschnur. Sie wußte, daß er sich freute, sie zu sehen, aber sein Bemühen, es ihr zu sagen, berührte sie sehr. Schon die Tatsache, daß er sich derart bemühen konnte, war ein Wunder, das er und Lloque vollbracht hatten.

»Es bereitet mir ebenfalls Freude, dich zu sehen«, versicherte sie.

»Micay«, rief Rimachi. »Die Hohepriesterin verlangt nach Euch. Es ist etwas passiert...«

»Hier ist etwas Gutes passiert«, erklärte Micay. Dann griff sie nach Paucars freier Hand und legte sie auf die Schnur an seinem Hüftband, die ihn aufforderte zu bleiben, wo er war. »Warte hier, Paucar. Vielleicht brauchen wir dich zum Tragen.«

Daraufhin ging sie mit Rimachi zu der Gruppe um Chimpu Ocllo und den Boten. Flüsternd erzählten die Frauen seine Meldung weiter. Noch bevor Quespi auf sie zutrat, wußte Micay, wovon die Botschaft handelte, und sie war froh, daß sie sich die Zeit genommen hatte, Paucars Freude zu hören. Vielleicht war es das letzte Vergnügen, das sie gehabt hatten.

»Es ist die Krankheit«, sagte Quespi tonlos. »Die rasende Krankheit ...«

»Wo?«

»Überall entlang der Küste, aber am schlimmsten ist es in Chimor und in den Tälern weiter im Süden. Otoronco Achachi, der Gouverneur und der Große Chimu sind alle daran gestorben.« Hinter der Entschlossenheit in Quespis Augen flackerte Angst auf, und sie umfaßte Micays Arm mit beiden Händen. »Und in Cuzco, Micay. Dort sind Hunderte gestorben, auch der Regent und alle vier Statthalter.«

»Gibt es Nachricht von unseren Ehemännern?« fragte Micay.

Quespi atmete heftig aus und schüttelte den Kopf. »Der Mann hat nichts davon gesagt. Aber die Mamanchic hat ihn nicht gefragt.«

»Ich muß zurück zum Mollecancha«, erklärte Rimachi unvermittelt. »Ich werde mich nach ihnen erkundigen.«

Plötzlich verfielen die Frauen hinter Quespi in Schweigen und wichen beiseite, und Chimpu Ocllo trat hervor; auf ihrer Brust leuchtete ein silberner Mondschild, der die herrische Ausstrahlung, die sie umgab, noch verstärkte. Sie starrte Rimachi an.

»Was treibst du dich hier herum, Hauptmann, wenn dringende Arbeiten anstehen? Ich habe dem Sapa Inca bereits mitgeteilt, daß er mich erwarten soll. Geh und sage der Coya, daß ich sie später aufsuchen werde. Sie soll alle Gemahlinnen und Vorsteherinnen der Kulte um sich sammeln.«

Rimachi blinzelte über die Zurechtweisung, machte aber keine Anstalten, sich zu verteidigen, sondern verbeugte sich nur ergeben.

»Ich werde es ihr ausrichten, Mutter«, versprach er und ging davon.

Chimpu sah Micay einen Moment von oben herab an und schüttelte angewidert den Kopf. Dann streckte sie fordernd die Hand nach dem Quipu aus, als habe Micay ihn gestohlen.

»Ich weiß, daß du mich gesehen hast. Aber es war dir wichtiger, mit deinem Lieblingspatienten zu plaudern, als meiner Aufforderung nachzukommen.«

»Das ist wahr, Herrin«, antwortete Micay. »Ihm konnte ich in dem Augenblick am meisten helfen.«

Sie hatte sich bemüht, nüchtern und gleichzeitig ehrerbietig zu sprechen, aber selbst in ihren eigenen Ohren klangen ihre Worte trotzig. Die anderen Frauen standen wie angefroren da und senkten mitfühlend die Augen. Chimpu beugte sich gebieterisch über Micay.

»Du möchtest also selbst über deine Pflichten bestimmen«, sagte sie, »und jeder kleinsten Laune nachgeben. Ich frage mich, warum du dir überhaupt die Mühe gemacht hast, von Quito hierher zurückzukommen.«

Micays Herz klopfte bis zum Hals, und sie fühlte, wie ihr unter Chimpus unnachgiebigem Blick der Mut sank. Aber auch sie war ärgerlich und wollte diese Demütigung nicht schweigend hinnehmen.

»Ich kam zurück, weil ich eine Heilerin bin. Nicht aber um wie ein ungezogenes Kind behandelt und zurechtgewiesen zu werden. Ihr verschwendet unsere Kraft, Herrin. Ihr sagt, es gibt dringende Arbeit zu tun, und doch steht Ihr hier und tadelt mich...«

Der Ausdruck auf Chimpus Gesicht war so wild und furchteinflößend, daß Micay die Stimme versagte und sie instinktiv den Kopf senkte. Sie mußte an Macas denken. Chimpus Worte prasselten wie der erwartete Schlag auf sie nieder.

»Verlasse sofort das Anwesen, Micay, und kehre erst zurück, wenn du wieder weißt, was Gehorsam und Loyalität sind!«

Zitternd wandte Micay sich zum Gehen; sie konnte Chimpus Wut und Verachtung nicht länger ertragen. Überrascht fuhr sie zusammen, als plötzlich Quespi hinter ihr zu reden begann.

»Mamanchic, bitte, das ist nicht recht. Micay ist genauso loyal wie alle hier, und sie ist eine sehr gute Heilerin. Wir brauchen sie bei uns.«

»Misch dich nicht ein«, warnte Chimpu und schnaufte überrascht auf, als Quespi zu ihr trat, nach der silbernen Mondscheibe an Chimpus Halskette griff und sie der Hohenpriesterin vor das Gesicht hielt.

»Wir würden uns niemals anmaßen, Euch ein Spiegel zu sein, Mutter«, sagte sie leise. »Ihr müßt selbst sehen.«

Chimpu starrte sie wütend an und machte eine Bewegung, als wolle sie Quespis Hand wegschlagen. Aber dann wanderte ihr Blick zu der polierten Fläche des Mondschildes, und sie taumelte, starr vor Schrecken. Langsam entspannten sich ihre harten Züge, und ihr Gesicht schien einzufallen. Sie griff nach dem Schild und starrte hinein, auch als Quespi zurücktrat und sich neben Micay stellte. Nach einer langen Zeit ließ die Hohepriesterin die Scheibe sinken und sah auf die Frauen. Sie wirkte so verwirrt und entsetzt, daß niemand ihrem Blick begegnen wollte.

»Ja … ich kann sehen, wie abscheulich ich war«, murmelte sie. »Ich verdenke es euch nicht, wenn ihr eure Augen abwendet. Ihr müßt mich für verrückt halten.«

Einstimmig versicherten die Frauen ihr das Gegenteil, und Quespi überraschte alle, als sie sagte: »Ihr habt uns vorbereitet, Mamanchic, aber Ihr habt Euch übernommen. Laßt uns einen Teil Eurer Last tragen.«

Chimpu strich sich über das Gesicht und nickte erschöpft, als die anderen Frauen beifällig murmelten. Dann blickte sie mit einem wehmütigen Ausdruck auf Micay.

»Und du, meine Tochter … für dich war es am schlimmsten. Ich habe gesehen, wie du dich zurückzogst und an mir gezweifelt hast, wie alle anderen, und das konnte ich nicht ertragen. Ich konnte keine Geduld für Zweifel oder Zögern aufbringen. Ich hatte zu lange auf etwas gewartet, das ich niemals sehen wollte.«

Micay war von der Auseinandersetzung noch so tief verletzt und erschüttert, daß es ihr schwerfiel zu verzeihen.

»Ich habe nicht gedacht, daß wir selbst verzweifeln müssen, um diese hoffnungslose Arbeit zu tun. Aber ich war auch nicht hier, um mit Euch darauf zu warten. In Quito konnte ich alles eine Zeitlang vergessen.«

»Das war mir ebenfalls bewußt«, erklärte Chimpu, »und auch das konnte ich dir nicht verzeihen.« Dann schüttelte sie den Kopf in wehmütiger Verwunderung. »Ich kann nicht von dir erwarten, daß du mir vergibst, Micay. Daß du auch nur einen Augenblick lang glauben solltest, ich würde dich einmal hinauswerfen …«

Tränen standen ihr in den Augen, ein Ausdruck der Schmerzen, die sie bereitet hatte, und Micay trat auf sie zu und verneigte sich vor ihr. Chimpu Ocllo legte eine Hand auf Micays Kopf, und nun begann sie zu weinen. Die Hohepriesterin richtete sie auf, umarmte sie zärtlich und drückte sie gegen den glatten Mondschild auf ihrer Brust. Als Chimpu Micay schließlich losließ, empfingen Quespi und die anderen Frauen sie wieder in ihrer Mitte. Chimpu trocknete sich die Tränen und lächelte bedrückt.

»Solange ich die Kraft dazu habe, möchte ich euch sagen, was ich dem Sapa Inca vorschlagen werde. Ich werde ihn bitten, zwei Rasthäuser einzurichten, eines an der Straße, die von Chimor kommt, und eines auf dem Paß zum Land der Huancavelica. Jeder, der sich Tumibamba nähert, wird angehalten und untersucht, und jeder, der die Zeichen der Krankheit trägt, kommt in unsere Pflege. Vielleicht können wir die Krankheit von Tumibamba fernhalten, wenn wir achtsam sind.« Chimpu hielt inne und ließ den Blick über die versammelten Frauen schweifen. »Im Augenblick sollen nur die Mamacona und die Frauen ohne kleine Kinder in den Rasthäusern dienen. Die anderen bleiben hier und füllen die Vorräte auf; aber wir werden auch alle, die eine uns bekannte Krankheit oder Verwundungen haben, zu euch schicken. Micay, du und Quespi werdet in meiner Abwesenheit die Verantwortung hier übernehmen. Ich weiß, daß ihr das Urteil eurer Schwestern beherzigen werdet.

Aber jetzt muß ich gehen und mich auf das Gespräch mit dem Sapa Inca vorbereiten«, fuhr die Hohepriesterin fort und segnete die Frauen mit einer müden Geste. »Geht zu euren Familien und Kindern, meine Töchter, und vergeßt für heute eure Pflichten. Morgen fangen wir mit der Arbeit an.«

Nachdem Chimpu ins Haus gegangen war, drängten sich die anderen Frauen um Micay und Quespi, streichelten sie und murmelten Worte des Danks und der Ermutigung. Jemand reichte Micay ihren Medizinbeutel, und eine der Mamacona erbot sich, nach Paucar Rimay zu sehen, der noch immer vor dem Lagerraum wartete. Micay war zu müde, um Einspruch zu erheben, und so bald wie möglich verließ sie zusammen mit Quespi das Anwesen.

»Ich danke dir ...« setzte Micay an, aber Quespi wehrte lachend ab.

»Ich habe nie vergessen, wie sehr du dich am Anfang für mich eingesetzt hast.«

»Ich habe sie nicht mehr wiedererkannt. Aber du hast sie in die Wirklichkeit zurückgeführt, Quespi.«

»Sie mußte zurückkommen«, meinte Quespi abwägend. »Jetzt wird sie uns allen gegenüber freundlicher sein.«

Sie traten durch das Tor, und Micay blickte die lange, enge Straße entlang, die direkt auf einen großen, schneebedeckten Berg zuführte. Sie dachte an die Statthalter in Cuzco und an Otoronco Achachi, und jetzt erst wurde ihr bewußt, daß er wirklich nicht mehr lebte. Trauer erfüllte sie, und sie tröstete sich mit dem Gedanken, daß er wie ein Kriegsherr gestorben war, im Einsatz, umgeben von seinen Soldaten. Nun hatte er nichts mehr zu befürchten von Shuara-Zauberern oder neidischen Herrschern. Lebt wohl, Alter Jaguar, betete sie schweigend und hoffte, die Götter würden denen, die er zurückgelassen hatte, gewogener sein.

KAPITEL 17

Yuraq Huarmicona:
Die Weißen Frauen (1525)

Das Dorf

Das kleine Haus, in dem Cusi und Tarapaca untergebracht waren, besaß keine Fenster, und auch der Zaun fehlte, der den Vorhof früher umgeben hatte. Deswegen hatte Cusi von seinem Sitzplatz an der Tür aus einen unverstellten Blick den Hügel hinab auf die anderen Hütten. Mittlerweile wußte er, wer in welchen Häusern wohnte und welche Kinder und Tiere dazugehörten. Doch im Gegensatz zu Tarapaca hatte er keinen der Dorfbewohner besucht, sondern nur ihr Kommen und Gehen verfolgt.

Tarapaca und einige Männer kehrten gerade von den Feldern zurück. Mit geschulterten Hacken und Grabstöcken lachten und redeten sie miteinander; offenbar betrachteten sie Tarapaca als einen der ihren – zumindest bis Alco erschien. Dann verschwanden die Dörfler schweigend in ihren Häusern und ließen die beiden Männer alleine. Cusi sah, wie Alco Tarapaca ein kleines schwarzes Bündel überreichte und dann davonging.

Als Tarapaca auf Cusi zukam, fragte dieser: »Macht dir die Arbeit immer noch Spaß?«

Tarapaca schwenkte den Grabstock. »Es hört sich schlimmer an, als es ist. Jeden Tag habe ich mehr Kraft. Und von der Arbeit bekomme ich keine Schmerzen im Kopf.«

»Ich vom Sitzen auch nicht.«

Tarapaca brummte und legte das Bündel auf den Boden. »Alco sagt, das gehört dir.«

Cusi knotete es auf und fand darin seine Ohrpflöcke und das silberne Abzeichen seines Stirnbands. Sie waren zwar sehr verformt, aber auf Hochglanz poliert. Auch der steinerne Kopf seiner Streitaxt war da; die Flammen hatten ihm nichts anhaben können. Cusi befühlte durch seine schulterlangen, wirren Haare die großen Löcher in seinen Ohrläppchen.

»Die Pflöcke würden gar nicht mehr hineinpassen. Und sie würden meinen Kopf zu schwer machen.«

»Wenn du möchtest, könnte ich für die Axt einen Griff machen«, schlug Tarapaca vor.

Cusi verzog das Gesicht. »Dann müßte ich sie ja tragen.«
»Genau das hofft Alco ja. Dann wirst du wieder stark und gehst fort.«
»Mir ist es gleichgültig, was Alco hofft«, fuhr Cusi auf.
»Ich mag ihn auch nicht«, gestand Tarapaca. »Aber er hat uns das
Leben gerettet. Und er wird entscheiden, wann es dir gut genug geht,
um Raurau Illa zu sehen.«
»Mit ihm hat alles überhaupt erst angefangen! All die Wut und die
Gewalt ... Ich will nicht mehr. Laß mich allein, Tarapaca. Ich muß
schlafen.«
»Dann schlaf«, gab Tarapaca brüsk zurück. »Ich wurde zum Essen
eingeladen.« Mit einem resignierten Blick auf Cusi fügte er hinzu: »Ich
werde eingeladen, weil ich bei der Arbeit helfe.« Dann machte er sich
auf ins Dorf.
Cusi blickte seinem Freund nach. Er empfand weder Neid noch
Schamgefühl und auch nicht den Wunsch, zu helfen oder eingeladen
zu werden. Müde kroch er in das Dunkel der Hütte, ließ sich auf seine
Decken fallen und fiel sofort in einen tiefen Schlaf.

Es regnete wieder, doch der Junge, der ihn ständig beobachtete, hatte
bereits seinen Posten zwischen den Felsen bezogen. Cusi wußte, daß
Alco die Dorfbewohner aufgefordert hatte, ihn offen zu bespitzeln,
damit er sich wegen seiner Faulheit schämen sollte. Einige hatten es
versucht, aber Cusi hatte sie so fest angestarrt, daß sie es bald wieder
aufgaben. Es machte ihm Spaß zu sehen, wie ihre Gesichter allmählich
einen betretenen und verlegenen Ausdruck annahmen und sie sich
dann hastig entfernten.
Aber der Junge war anders; ihn schien Cusis Musterung nicht zu
berühren. Er war dunkelhäutig und untersetzt, vielleicht dreizehn
oder vierzehn Jahre alt. Cusi dachte daran, wie er in diesem Alter
gewesen war – er hätte nie tagelang einen Mann beobachtet, der kaum
sein Haus verließ. Und er fragte sich, was der Junge an ihm so
interessant finden mochte.
Seine wiedererwachte Neugier sagte Cusi, daß er langsam zu Kräften kam, selbst wenn er nichts zu seiner Genesung tat. Er konnte auch
nicht mehr so beliebig einschlafen, und trotz seiner schlaffen Muskeln
fühlte er sich manchmal rastlos. Gelegentlich empfand er sogar den
Wunsch, mit Tarapaca zu reden und sich ihm zu erklären.
Derselbe Impuls war es auch, der ihn veranlaßte, den Jungen zu sich
zu winken. Der Knabe trat auf ihn zu, als habe er seit langem auf dieses
Zeichen gewartet. Cusi bedeutete ihm, sich neben ihn zu setzen. Er
war zwar größer als der Junge, kam sich aber wesentlich schwächer
vor als dieser.

»Warum beobachtest du mich?« fragte er.

Der Junge blickte zu Boden und zuckte die Schultern. »Ich möchte Euch laufen sehen.«

»Laufen?« höhnte Cusi. »Ich kann kaum gehen. Wer hat dir gesagt, daß ich laufen könnte?«

»Ihr seid der Kleine Läufer, nicht wahr? Das sagen alle.«

Cusi schnaubte. »Was weißt du denn vom Kleinen Läufer?«

»Ich weiß, was meine Großmutter mir erzählt hat. Sie sagte, er sei sehr klein und kränklich zur Welt gekommen, und deswegen habe seine Mutter ihn zur Huaca gebracht und zu Illapa gebetet, das Kind zu retten. Und Illapa nahm sich seiner an und berührte ihn mit seinem Blitz, füllte sein Herz mit Mut und seine Beine mit Flinkheit, so daß er nie wieder aufhörte zu laufen. Er wurde der schnellste aller Inka, und als er das große Rennen gewann, gab er seinen Preis der Huaca. Er gab ihn *uns*.«

Der Junge sprach mit so viel Stolz in der Stimme, daß Cusi nur überrascht nicken konnte. Es wäre ihm nie in den Sinn gekommen, daß sein einziger Besuch hier ihn zu einer Legende hatte werden lassen.

»Das ist schon viele Jahre her«, erwiderte er bedächtig. »Aber ich erinnere mich an den Salzfalken.«

»Das ist mein Name«, erklärte der Junge. »Ich bin Huaman Cachi.«

Cusi blinzelte und richtete sich auf. »Du? Du bist der Junge, der Alco die Statue wegnahm? Aber du warst doch noch ganz klein, du kannst dich sicher nicht mehr erinnern.«

Der Junge zuckte die Achseln. »Ich habe die Geschichte so oft gehört, daß es mir wie eine Erinnerung vorkommt. Man hat mir gezeigt, wie weit Ihr gesprungen seid, um mich aufzufangen. Viel weiter, als ich springen kann.«

»Ich war sehr betrunken«, sagte Cusi, »und ich bin gesprungen, ohne zu denken.« Er blickte auf seine gekreuzten Beine und dann in den Regen. »Jetzt denke ich, und ich will mich überhaupt nicht mehr bewegen.«

Huaman Cachi sah ihn neugierig an. »Euer Freund... der Lupaca. Ihm geht es besser.«

»Ja, er möchte zurück. Er hat keine Angst vor dem, was er verloren haben könnte.«

»Habt *Ihr* Angst?« stieß der Junge hervor. Dann wurde ihm die Tragweite seiner Frage bewußt, und er senkte betreten den Blick. Cusi überdachte die Frage; es gab zu viele Antworten darauf.

»Ich bin leer«, meinte er schließlich. »Illapa schenkte mir große Gaben, aber ich habe sie aufgebraucht. Ich habe sie verschwendet.

Ich habe sie im Zorn verwendet, um zu drohen und zu töten, und jetzt sind sie weg. Jetzt habe ich nur noch meine Erinnerungen an all die Feinde, die ich mir gemacht habe, an alle, die durch mich gelitten oder den Tod gefunden haben. Im Fieber habe ich sie alle wiedergesehen... Ich sah, wie meine Kinder aus dem See aus Blut zu mir kamen. Ich habe sie gewaschen, immer wieder, aber sie waren gezeichnet, gezeichnet mit den Verbrechen ihres Vaters. Ich konnte sie nicht retten... ich konnte niemanden retten.«

Huaman Cachis Mund stand vor Staunen offen; erst nach einem langen Augenblick bemerkte er, daß Cusi geendet hatte. Dann sah er rasch beiseite und rutschte unbehaglich hin und her. Cusi schüttelte sich, verwundert darüber, daß er so offen gesprochen hatte. Die plötzliche Unruhe des Jungen ließ ihn erkennen, daß Huaman Cachi jetzt gehen wollte. Darum sagte er abrupt: »Ich muß jetzt schlafen.« Der Junge sprang sofort auf und lief in den Regen davon, machte dann aber abrupt kehrt.

»Darf ich morgen wiederkommen?« fragte er.

Die Frage überraschte Cusi derart, daß er unwillkürlich mißtrauisch reagierte. »Warum? Ich erzähle dir ohnehin nur Dinge, die Du nicht wissen solltest.«

»Ich habe keine Angst zuzuhören«, verkündete Huaman Cachi ernsthaft und versuchte, sein Interesse nicht allzu deutlich zu zeigen. Cusi fühlte, daß ein kleines Lächeln seine Lippen umspielte.

»Dann komm«, meinte er achselzuckend und gähnte. »Ich werde in der Zwischenzeit nicht fortlaufen.«

Tumibamba

Micay überwachte gerade das Bepacken der Lamas, als Quinti zu ihr trat. Sie trug einen Reiseumhang, hatte ein Bündel über die Schulter geschlungen und sah derart angespannt aus, daß Micay ihre Arbeit sofort unterbrach.

»Was ist passiert?« fragte sie.

»Ich habe Nachricht von Quilaco erhalten«, erwiderte Quinti. »Er ist im Chimor-Rasthaus und darf nicht in die Stadt.« Ihre Stimme senkte sich zu einem ängstlichen Flüstern. »Er hat das Fleckfieber.«

»Die Hohepriesterin wird nicht wollen, daß du dorthin gehst«, sagte Micay abwehrend.

»Würde dich das abhalten, wenn Cusi dort läge? Du mußt mir die Erlaubnis geben, mit der Karawane zu gehen. Du weißt doch, daß die Königsstraße für alle anderen Reisenden gesperrt ist.«

»Aber damit übertrete ich meine Machtbefugnis«, wandte Micay ein. »Nur dein Vater kann dir die Erlaubnis geben.«

»Komm, Micay«, drängte Quinti, »ich habe keine Zeit, zu ihm zu gehen, und meine Mutter darf nichts erfahren, bis ich fort bin. Bitte, hilf mir.«

Micay seufzte. Sie wußte, daß Mama Cori und auch Chimpu Ocllo sie tadeln würden, wenn sie Quinti gehen ließ; andererseits konnte sie ihrer Freundin nicht verweigern, das zu tun, was sie an ihrer Stelle getan hätte. Also nahm sie ihren Arm und zog sie beiseite. Unterwegs griff sie nach einem weißen Bündel, das neben der Tür lag.

»Das habe ich für mich selbst vorbereitet«, erklärte sie, »für den Fall, daß ich plötzlich zu einem Kranken gerufen werde. Nimm es, Quinti, und höre mir gut zu. Ich sage dir jetzt, was du tun mußt, bevor du zu den Kranken gehst. Zuerst mußt du ein Opfer darbringen und zu Mama Quilla um Schutz und Hilfe beten. Dann wasche dich gründlich, auch die Haare.« Damit zeigte sie auf das weiße Handtuch und ein Stück Seifenwurzel. Anschließend nahm sie ein sichelförmiges Bronzemesser und sah Quinti fest in die Augen. »Als nächstes mußt du dir die Haare abschneiden, bis unter die Ohren wie bei einem Mann, damit das Kopftuch alles bedeckt.«

Quinti atmete heftig ein und faßte sich an ihr glänzendes schwarzes Haar, das ihr fast bis zum Gesäß herabhing. »Ich habe gehört, daß die Frauen das tun, sogar Chimpu Ocllo«, sagte sie leise.

»*Alle* tun es. Trotzdem haben zwei von ihnen das Fieber bekommen. Eine war unvorsichtig, aber die andere Frau hatte alle Vorsichtsmaßnahmen genau befolgt. Wir wissen nicht, warum sie krank wurde. Aber beide sind daran gestorben«, fuhr Micay unbarmherzig fort. »Ich sage dir das zur Warnung, Quinti. Du darfst nicht hingehen, wenn du nicht bereit bist, alles zu tun, um dich zu schützen. Versprich mir das, Quinti«, fügte sie drängend hinzu.

»Ich habe dich vernommen, Micay«, antwortete Quinti gefaßt. »Was muß ich sonst noch tun?«

Micay nahm einen bemalten Flaschenkürbis in die Hand. »Bevor du dich anziehst, mußt du dich am ganzen Körper mit diesem Öl einreiben. *Überall,* außer die Handflächen und Fußsohlen. Dann zieh das weiße Kleid, den Gürtel und das Kopftuch an. Und zum Schluß«, fuhr sie fort und hielt ein durchsichtiges Stück Stoff hoch, »bedeckst du Augen, Nase und Mund mit dieser Maske.«

»Du selbst hast das noch nicht gemacht, oder?« fragte Quinti, als Micay das Bündel wieder verschnürte und ihr überreichte.

»Nein, aber ich habe mit einigen Frauen gesprochen, die es getan haben. Sie sagen, man gewöhnt sich an das Öl und die Maske und das ständige Waschen, aber nicht an die kurzen Haare. Du mußt auf die anderen Frauen hören und ihrem Beispiel folgen.«

Quinti verstaute das weiße Bündel in ihrem Reisegepäck und lächelte Micay gequält zu.

»Ich werde mutig sein – und vorsichtig. Ich habe meinen Töchtern versprochen, ihren Vater nach Hause zu bringen, und das werde ich auch tun.«

»Sie können bei mir und den Zwillingen bleiben«, bot Micay an. »Und sobald du die Stadt verlassen hast, gehe ich zu Mama Cori und erzähle ihr, was du tust. Bist du fertig? Dann stelle ich dich dem Hirten vor und gebe dir den Quipu zu tragen.«

»Ich bin bereit«, murmelte Quinti. Dann schlang sie die Arme um Micays Schultern und drückte sie fest an sich.

»Möge Mama Quilla dich beschützen, Schwester«, flüsterte Micay.

»Möge sie die Krankheit von dieser Stadt fernhalten«, erwiderte Quinti mit tränenerstickter Stimme und ging zu der wartenden Karawane.

Lloque Yupanqui schob Micay den Vorhang beiseite und bat sie einzutreten. Auch die Fenster waren verhängt, um den Lärm der Menschen auf dem Platz zu dämpfen, und die Luft in dem kleinen Zimmer war rauchig und verbraucht. In einer Nische brannte eine einzige Binse, in deren unstet flackerndem Licht Mama Cori saß. Das graugesträhntes Haar hing ihr ungekämmt über die Schultern herab, und selbst im Halbschatten konnte man ihr ansehen, daß sie in den letzten Monaten um Jahre gealtert war. Sie hatte beide Eltern und die meisten Verwandten und Freunde in Cuzco verloren. Aber schlimmer noch, dachte Micay, sie hat das Cuzco verloren, das sie all diese Jahre im Herzen trug, das Cuzco, das in Erwartung der Rückkehr der Inka die Zeit unbeschadet und unverändert überstehen sollte.

Micay hockte sich vor sie und nahm ihre kalten Hände in die ihren.

»Micay... wie schön, daß du kommst. Wie geht es den Kindern?«

»Es geht ihnen gut, Herrin. Sie wollen Euch besuchen. Coca und Cisa sind jetzt bei ihnen, und die beiden möchten ihre Großmutter ebenfalls sehen.«

»Vielleicht morgen. Und du erlaubst ihnen auch nicht, sich unter die Fremden zu mischen?«

»Nein, Herrin«, versicherte Micay ihr. »Ich habe ihnen die Gefahren erklärt, und Coca achtet darauf, daß die anderen nicht unvorsichtig werden.«

»Und wo ist Quinti? Bei der Coya?«

Micay holte tief Luft und blickte auf Lloque, der neben seiner

Schwester Platz genommen hatte. »Nein, Herrin. Ich bin hier, um Euch etwas zu sagen: Quilaco liegt mit dem Fieber im Rasthaus an der Straße nach Chimor. Quinti ist zu ihm gegangen.«

»Warte«, fuhr Lloque dazwischen, als Mama Cori die Augen schloß und den Kopf sinken ließ. »Ich war den ganzen Tag beim Gouverneur, und wir haben nichts von Quilaco gehört. Und Quinti ist auch nicht gekommen, um nach einer Reiseerlaubnis zu fragen.«

»Der Hof erfährt vieles früher als der Gouverneur. Sie wollte nicht länger als unbedingt nötig warten.«

»Dann werden die Wachposten an der Straße sie zurückschicken«, erklärte Lloque und legte seine Hand beschwichtigend auf Mama Coris Arm.

Micay schluckte und sagte dann leise: »Nein, Herr, sie werden sie durchlassen. Sie reist mit der Karawane mit Vorräten für die Hohepriesterin.«

Ein gespanntes Schweigen folgte Micays Eingeständnis. Mama Cori starrte sie anklagend an. »*Du* hast ihr die Erlaubnis gegeben«, sagte sie dann schroff.

»Ich konnte es ihr nicht ausreden, Herrin. Sie war fest entschlossen, zu ihm zu gehen; das wäre ich an ihrer Stelle auch gewesen.«

»Du bist eine Heilerin«, widersprach Mama Cori. »Sie ist nur eine ängstliche Ehefrau.«

»Sie hat ein bißchen Vorbildung. Und ich habe ihr alles gesagt, was sie wissen muß, um sich zu schützen.«

»Außer, daß sie hierbleiben soll«, zischte die ältere Frau. »Du hast meine Tochter in den sicheren Tod geschickt!«

»Du hast eindeutig deine Machtbefugnis übertreten«, stimmte Lloque streng zu. »Du hättest sie zu Apu Poma schicken sollen.«

Micay blickte die beiden an. Mama Cori war wütend, trotz ihrer Trauer, und Lloque hoffte, sie zu beschwichtigen, indem er sich auf ihre Seite stellte. Micay dachte, daß kein Streit Quinti zurückbringen würde.

»Es tut mir leid, Herrin«, sagte sie eher trotzig als entschuldigend. »Quinti hatte keine Zeit, mit Euch oder jemand anderem zu reden. Ich mußte ihr Recht anerkennen, in dieser Sache selbst zu entscheiden.«

Bevor Mama Cori antworten konnte, war von draußen Apu Pomas Stimme zu vernehmen, und dann betrat er den Raum.

»Verzeiht die Störung. Ich habe Nachricht von Quilaco erhalten, kann aber Quinti nicht finden, um es ihr zu sagen.« Er runzelte die Stirn und sagte nach einer Pause: »Quilaco ist zurück, aber er hat die Krankheit. Er ist im Chimor-Rasthaus.«

»Was wirst du ihr sagen?« fragte Mama Cori.

Apu Poma neigte den Kopf zur Seite, als fände er diese Frage seltsam. »Auch nichts anderes, als ich euch gerade erzählt habe. Wahrscheinlich wird sie zu ihm gehen wollen und mich bitten, ihr zu helfen.«

»Wirst du das tun?« fragte Mama Cori lauernd. Nach einem prüfenden Blick auf Micay und Lloque erwiderte Apu Poma müde: »Ich werde sicherstellen, daß sie sich der Gefahr bewußt ist, und werde verlangen, daß sie vorher mit Micay spricht. Aber ja, ich werde ihr helfen. Die Rasthäuser sind überfüllt, es gibt nicht genügend Heilerinnen. Selbst jemand von Quilacos Rang könnte vernachlässigt werden. Wenn sie gehen will, werde ich ihr helfen.«

»Das hat Micay bereits für dich getan«, erregte sich Mama Cori. »Sie hat mich nicht einmal um Rat gefragt.«

Verzweifelt breitete Apu Poma die Arme aus. »Cori... du bist in Trauer. Ich hätte dir diese Nachricht gerne erspart. Aber wir wissen doch beide, wie Quinti ist, wenn sie einmal einen Entschluß gefaßt hat. Es wäre sinnlos, sie aufhalten zu wollen.«

»Reicht es nicht, daß Cusi irgendwo verloren ist? Mußt du all deine Enkel zu Waisenkindern machen?«

Apu Poma bemühte sich, nicht die Geduld zu verlieren. »Soll Quilaco wegen mangelnder Pflege sterben, während Quinti zu Hause sitzt und mit den Kindern spielt? Glaubst du, da wäre sie sicher? Tumibamba hat keine Mauern, die die Krankheit fernhalten. Früher oder später werden wir alle der Krankheit ins Gesicht sehen müssen.«

»Natürlich bewunderst du eine Frau, die ihre Pflichten vernachlässigt, um ihrem Mann in Gefahr beizustehen«, höhnte Mama Cori.

Apu Poma seufzte und sah sie traurig an. »Bitte, Cori, das ist ein alter Streit. Ich dachte, wir hätten ihn beigelegt. Haben wir nicht schon genügend Schwierigkeiten, ohne in die Vergangenheit zurückzublicken? Ich überlasse dich jetzt deiner Trauer. Vielleicht kommt Micay mit mir und erzählt mir von Quinti.«

»Natürlich«, fuhr Mama Cori auf. »Micay steht gerne auf deiner Seite. Geht, geht beide, und kommt nicht wieder hierher. Ihr erinnert mich zu sehr daran, wie die Inka sich selbst verraten haben.«

Micay erhob sich und stellte sich neben Apu Poma, der ihr schützend einen Arm um die Schultern legte. Dann blickte er zu seinem Schwager. »Und Ihr, Herr? Was hättet Ihr Quinti geraten, wenn sie zu Euch gekommen wäre?«

»Ich bin nicht ihr Vater«, wich Lloque aus, »und auch nicht der Gouverneur.«

»Auch ein Onkel hat das Recht zu sprechen«, forderte Apu Poma ihn auf, aber Lloque starrte ihn nur schweigend an. Daraufhin schob Apu Poma brummend den Vorhang beiseite und führte Micay in die feuchte, kühle Nacht hinaus. Mit einer Kopfbewegung auf das Haus sagte Apu Poma: »Ich hatte allmählich Respekt für ihn bekommen. Aber er stimmt ihr *immer* zu, selbst wenn sie völlig unvernünftig ist.« Er spuckte aus. »Entschuldige, Micay. Erzähl mir, was du für Quinti getan hast.«

Micay erzählte ihm kurz von ihrem Gespräch mit Quinti und entschuldigte sich zum Schluß dafür, ihre Machtbefugnis als Stellvertreterin der Hohenpriesterin überschritten zu haben.

»Nein, das hast du richtig gemacht«, beruhigte Apu Poma sie, »und das werde ich auch Chimpu Ocllo sagen. Ich habe schon anderen Ehefrauen dieses Vorrecht eingeräumt, und bislang hat die Hohepriesterin keine Einwände erhoben. Sicher ist sie froh um jede zusätzliche Hilfe.« Nach einer Pause fügte er hinzu: »Ich habe noch einmal eine Nachricht nach Cuzco geschickt und nach Yasca und seinen Kommandeuren gefragt. Vielleicht erhalte ich diesmal Antwort.«

»Ich weiß, daß Cusi lebt«, antwortete Micay und berührte den Stein, der in einem Lederbeutel um ihren Hals hing. »Vor langer Zeit wurde ihm gesagt, daß er in das Dorf des blinden Zauberers zurückkehren würde.«

»Dorthin kann ich keine Nachricht schicken. Übrigens war ich es, der ihn zum ersten Mal zu dem Blinden schickte. Aber das habe ich erst sehr viel später erfahren.« Mittlerweile hatten sie Micays Haus erreicht. Durch die offene Tür konnten sie im Licht der Fackeln die Kinder spielen sehen.

»Habt Ihr Zeit, Eure Enkel zu besuchen?« fragte Micay.

Nach kurzem Zögern nickte Apu Poma lächelnd. »Ja, natürlich… Cori ist es, die die Kinder mit ihrer Angst und ihrer Wut zu Waisen macht. Ich werde sie nicht verlassen. Und dich auch nicht, meine Tochter.«

»Das ist das einzige Versprechen, das noch wichtig ist«, sagte Micay. »Vielleicht ist es bald das einzige Versprechen, das wir noch geben können.«

Das Dorf

Im Gras vor der Hütte waren fünf verbrannte Stellen zu sehen – eine von jedem der Lamas, die sie von Quispi Cancha mitgebracht hatten, und eine von der Trage, auf der Urcon gestorben war. Cusi schritt nachdenklich darum herum und dachte dabei an die Flammen, die er im Fieber gesehen hatte – und an die Geier, die erschienen, noch bevor die Feuer entzündet waren. Eine seiner letzten Erinnerungen, bevor das Fieber ihn völlig übermannte, war, wie Alco neben dem Kadaver eines Lamas stand und die kreischenden Vögel verjagte. Damals hatte Cusi sich gewundert, warum er den Aasfressern nicht einfach ein Festmahl gönnte, aber jetzt verstand er Alcos Überzeugung, daß das Feuer reinigende Kräfte besaß.

Er hockte sich neben den fünften verkohlten Grasflecken – die Stelle, an der er Urcon zum letzten Mal gesehen hatte und an der er und Tarapaca ihre Habe den Flammen übergeben hatten. Die Asche war in den Boden eingedrungen oder vom Wind verweht worden, und aus der geschwärzten Erde schossen bereits die ersten grünen Grashalme hervor. Er blickte über die Schulter zu Huaman Cachi, der hinter ihm stand und offenbar nicht nähertreten wollte.

»Hier liegt alles, was von Urcon übrigbleibt«, sagte Cusi heiser, »und von all seinen Erinnerungen.«

»Aber Ihr habt sein Andenken bewahrt«, widersprach der Junge nach einer respektvollen Pause. »Und Ihr habt es an mich weitergegeben.«

»Das, was ich wußte«, räumte Cusi ein. Er hatte dem Jungen viel erzählt, am meisten aber von den Orten, die er und Urcon gemeinsam aufgesucht hatten.

»Und ich habe sie Großvater weitergegeben«, erzählte Huaman Cachi, »und den Klanältesten.«

Cusi wirbelte herum mit einer Geschwindigkeit, die beide überraschte. Aber sein Ärger schwand so rasch, wie er gekommen war; Cusi erkannte, wie dumm es wäre anzunehmen, daß seine Geschichten nicht weitererzählt würden. Im Dorf gab es nur wenige Geheimnisse, und alle hörten gerne Geschichten.

»Hast du ihm auch von der Vision berichtet, die ich in Chan Chan von ihm hatte?« fragte er.

Der Junge nickte. »Er hat mich alles wiederholen lassen, was Ihr mir sagtet, und war enttäuscht, daß es nicht mehr war. Er sagte auch, Ihr könntet noch nicht völlig genesen sein, sonst hättet Ihr Alco ignoriert und wäret einfach zu ihm gekommen. Ich habe ihm erzählt, daß Alco Euch mit seinem Speer bewacht, aber da lachte er nur. Er glaubt nicht, daß Alco Euch Angst einjagen kann.«

»Was meinst du? Sollte ich vor Alco und seinem Speer Angst haben?«

»Er haßt Euch«, gestand Huaman Cachi offen, »und er braucht keinen Speer, um Euch zu verletzen. *Ich* würde nie versuchen, ihn zu übergehen. Er hat auch den Puma verfolgt und erlegt, dessen Fell er trägt.«

»Ja, mutig ist er«, murmelte Cusi und dachte daran, wie Alco ihn gereizt und verhöhnt und dazu aufgestachelt hatte, sich zu verteidigen. Vermutlich war Cusi mittlerweile stark genug, um Alco den Speer zu entreißen und ihn damit zu schlagen, wenn der Kampf mit reiner Körperkraft ausgetragen würde. Aber er hatte kein Verlangen zu kämpfen und keine Wut, die ihn dabei anspornen konnte. Er wurde leicht gereizt, aber selbst dieser Ärger war lediglich oberflächlich.

Als er wieder zu Huaman Cachi sah, blickte der Junge aufmerksam in die Richtung der Huaca, und wenig später erkannte auch Cusi, daß jemand auf ihn und Huaman zulief.

»Das ist einer der Hirtenjungen«, erklärte Huaman Cachi. »Es kommt jemand.«

Sie warteten, bis der Junge sie erreicht und ein wenig Atem geschöpft hatte, und dann stieß er ohne auf Cusi zu achten hervor: »Ein Inka kommt, mit einem Speer. Er hat bei der Huaca angehalten, aber kein Opfer dargebracht. Ich muß Alco davon erzählen.«

Damit lief er weiter, und Cusi und sein Begleiter sahen wieder zur Huaca und gewahrten einen Mann über dem Grat auftauchen. Um seine Ohren glitzerte es golden, und er trug einen Speer und einen Schild – ein Inka-Schild, dachte Cusi, aber dann verkündete Huaman Cachi: »Ein Inka königlichen Geblüts ist er nicht. Er trägt eine gestrickte Mütze.«

»Tomay«, sagte Cusi leise. »Mein Bruder lebt.«

»Euer Bruder, der mit Euch in Chan Chan war?« fragte der Junge, und Cusi lächelte, sein erstes warmes Lächeln seit Monaten.

»Mein Initiationsbruder, Tomay Guanaco. Der Bruder, der mit mir in Cochabamba war.«

»Ah, der Colla«, sagte Huaman Cachi verständnisvoll, und Cusi wurde bewußt, daß auch Tarapaca Geschichten erzählt hatte. Er fuhr sich mit der Hand über den groben Stoff seiner Tunika und fühlte darunter seine Knochen und das Brustbein. Es war lange her, daß er zum letzten Mal sein Spiegelbild gesehen hatte, wenn auch nur im Wasserbecken, aber er wußte, daß er noch sehr dünn war. Er konnte sich nicht vorstellen, wie er mit seinen langen Haaren und den leeren Ohrläppchen aussah.

Auch Tomay war dünn, und um seine Augen und den Mund zogen sich Falten. Er kam auf sie zu, scheinbar ohne sie wahrzunehmen – seine Art, auf einfache Leute zuzutreten. Dann weiteten sich seine Augen, und er hielt inne und zwang sich zu einem Lächeln.

»Cusi, das bist tatsächlich *du*. Geht es dir gut?«

»Es geht. Besser jetzt, wo ich dich sehe«, erklärte Cusi und ergriff die Hand, die Tomay ihm hinstreckte. Er umfaßte sie nur kurz, aber lange genug, daß sein Freund seine Schwäche spürte.

»Bist du erst lange nach mir krank geworden?« fragte Tomay. Cusi schüttelte den Kopf. »Nicht sehr viel später... das Fieber ist schon vor Monaten verschwunden, aber nicht die Mattigkeit. Und auch nicht die Leere hier«, fügte er hinzu und klopfte sich auf die Brust.

»Yasca hat mir von eurem Marsch nach Quispi Cancha erzählt«, berichtete Tomay mit einem mitfühlenden Lächeln. »Er glaubt, daß du viele Leben gerettet hast, auch das seine. Was ist mit Urcon und dem Lupaca?«

»Tarapaca ist gesund; er ist hier. Urcon konnte ich nicht mehr retten.« Cusi deutete mit dem Kinn auf die schwarze Stelle im Gras. »Hier wurde seine Leiche verbrannt.«

Tomay senkte den Kopf. »Das tut mir leid. Ich habe meine Mutter verloren und fast alle, die älter waren als sie, und viele der Jüngeren auch.« Tomay verstummte gedankenverloren, doch dann seufzte er und lächelte wieder. »Aber ich habe eine Ehefrau, Cusi. Sie heißt Nupchu. Sie ist in Cuzco und wartet darauf, dich kennenzulernen.«

»Ist Cuzco sicher?«

»Das Schlimmste ist vorbei, und sie hat die Krankheit schon gehabt. Sie hat mich gepflegt, und dann ich sie.«

»Bist du dir sicher, daß man sie nicht ein zweites Mal bekommen kann?«

»Ich bin in einem Zimmer voll Kranker gesund geworden«, versicherte Tomay. »Und ich habe von niemandem gehört, der das Fieber ein zweites Mal bekommen hat.«

»Wer ist noch in Cuzco?« wollte Cusi wissen. Die Frage, die ihm wirklich am Herzen lag, wollte ihm nicht über die Lippen kommen.

»Irgendwie haben Huascar und seine Brüder sich die Krankheit vom Leib gehalten, aber der Regent ist gestorben, genauso wie Aranyac und dein Großvater. Otoronco Achachi auch, in Chimor.« Tomay hielt inne und warf Cusi einen bedeutsamen Blick zu. »Aber im letzten Bericht hieß es, daß es in Tumibamba und Quito keine Kranken gäbe. Huayna Capac hat die Königsstraße gesperrt, um das Fieber aus den Städten fernzuhalten.«

»Dann...«

»... können wir abmarschieren, sobald du und Yasca bereit seid«, ergänzte Tomay. »Er muß auch noch zu Kräften kommen, aber er hat geschworen, daß niemand ihn daran hindern wird zurückzugehen.«

Schwindelig vor Erleichterung starrte Cusi seinen Freund an. Dann fühlte er eine unbehagliche Regung; am liebsten hätte er sich vor Verlegenheit gewunden. Jetzt hatte er einen Grund, wieder zu Kräften zu kommen. Aber woher sollte er den Willen dazu finden? Tomay beobachtete ihn genau, aber mit einem Mal wandte er sich um und nahm seinen Speer fest in die Hand. Alco erschien über dem Hügel, begleitet von drei bewaffneten Männern. Er trug seinen Puma-Umhang, und um seinen Hals hing eine Kette aus Tierklauen und -zähnen. Aus einer Entfernung von zehn Fuß richtete er seinen Speer auf Tomay.

»Ihr müßt verschwinden, Herr«, befahl er Tomay ohne jede Spur von Höflichkeit. »Wir haben Fremde vom Dorf ferngehalten und die Krankheit auch.«

»Er ist kein Fremder, Alco«, fuhr Cusi dazwischen. »Und er hat die Krankheit bereits gehabt.«

»Und ich trage sie auch nicht in mir«, fügte Tomay ruhig hinzu. »Ich stelle für dich und dein Dorf keine Bedrohung dar, es sei denn, du machst mich mit deiner Mißachtung zum Feind. Laß deine Waffe sinken oder sei bereit, sie zu benutzen.«

Alco umklammerte seinen Speer noch fester, und die anderen Männer stellten sich hinter ihm auf; ihr Ausdruck war so zaghaft und unsicher wie ihre Bewegungen.

»Hör auf, Tomay«, bat Cusi, und fuhr an Alco gewandt fort: »Sei nicht dumm. Er ist ein Kommandeur...«

»Ihr habt hier nichts zu befehlen!« schnaubte Alco mit blitzenden Augen. Im selben Moment sprang Tomay so plötzlich auf Alco zu, daß dieser zurückwich und gleichzeitig seinen Speer schleuderte. Tomay duckte sich, fing die Waffe mit seinem Schild ab, rannte auf Alco los und versetzte ihm mit seinem Speer einen schmerzhaften Schlag auf den Oberschenkel.

»Jetzt stirb!« schrie Tomay und drohte wutentbrannt dem Mann, der Alco am nächsten stand; er ließ sofort seine Waffe fallen und floh, gefolgt von den beiden anderen. Alco lag im Gras und umklammerte sein Bein mit beiden Händen; Cusi hörte, wie er keuchte. Tomay lachte spöttisch und klopfte dann mit dem Speer auf seinen Schild.

»Tut mir leid, Cusi. Ich suche schon seit einiger Zeit einen Vorwand, um meine Muskeln auszuprobieren. Gibt es einen Grund, warum du ihm gestattest, dich so unhöflich anzureden?«

»Er hat mich gepflegt, als ich krank war. Er möchte, daß ich ihn angreife, um zu beweisen, daß ich wieder ganz gesund bin.«

»Das Vergnügen wollte ich dir nicht nehmen«, meinte Tomay

entschuldigend. Er deutete mit dem Speer auf Huaman Cachi. »Junge! Hilf ihm auf die Beine! Die Lektion ist noch nicht vorbei.« Huaman Cachi folgte dem Befehl, aber Cusi schüttelte den Kopf. »Nein, sie ist vorbei. Ich bin Bedrohungen und Gewalt leid, ich will meinen Willen nicht mehr anderen aufzwingen. Während des Fiebers kamen meine Feinde immer wieder, um mich anzugreifen, oder ich griff sie an. Mir war keine Pause gegönnt. Mein ganzes Leben lang habe ich keine Pause gehabt.«

»Das ist das Leben eines Kriegers«, meinte Tomay mitfühlend. »Du bist nicht der einzige, der solche Träume hat; sie gehören zur Krankheit. Wenn du wieder stark bist...«

»Du verstehst mich nicht. Meine Kraft wird wiederkehren, aber meine Huaca ist verschwunden. Mein Schutzgeist ist verschwunden. Der Cusi Huaman meiner Erinnerungen kommt mir vor wie ein zorniger Verrückter. Ich kann mich in ihm nicht wiederfinden.«

Ungläubig starrte Tomay ihn an. »Der Cusi Huaman meiner Erinnerungen war nur dann ein Verrückter, wenn er verrückt sein *mußte*. Seine Verrücktheit hat mir mehr als einmal das Leben gerettet. Ich kann verstehen, warum du eine Pause davon haben möchtest. Was sagt der Blinde dazu?«

Cusi sah an ihm vorbei zu Alco, der sich mit schmerzverzerrtem Gesicht im Gras wand, und sagte: »Ich habe noch nicht mit ihm gesprochen. Alco ist der einzige, der entscheiden kann, wann ich gesund genug bin, ihn zu sehen.«

Tomay verzog die Lippen zu einem verächtlichen Grinsen. »Der? Komm, Cusi, das ist keine Sache, die du dem Urteil anderer überläßt. Bist du bereit, ihn zu sehen?«

Nachdem Cusi einen Augenblick lang überlegt hatte, zuckte er die Schultern. »Ich weiß es nicht. Ich weiß nicht, wovor ich mehr Angst habe: vor dem, was er mir sagen könnte, oder vor dem, was er mir *nicht* sagen könnte.«

»Yasca wartet nicht ewig«, ermahnte Tomay ihn. »Und ich kenne eine wunderbare Heilerin in Tumibamba. Ich habe ihr versprochen, mit ihrem Mann zurückzukommen.«

»Vielleicht hat *sie* den Schutzgeist behalten«, murrte Alco. Cusi legte beschwichtigend eine Hand auf Tomays Schild und stellte sich neben Alco, der ihn gehässig anstarrte. Er suchte in seinem Inneren nach Wut, fand aber lediglich den leisen Wunsch, dem Mann am Boden einen Fußtritt zu versetzen. Die Feindschaft zwischen ihnen war ihm immer so sinnlos erschienen, daß er sie auch jetzt nicht ernst nehmen konnte. Resigniert schüttelte er den Kopf und wandte sich wieder an Tomay.

»So kann ich keinen Entschluß fassen. Gehen wir zu Raurau Illa.«

»Halte den Speer«, sagte Tomay und reichte ihm die Waffe. Dann packte er Alco, zerrte ihn hoch und sagte dann mit bewußter Freundlichkeit: »Nun, da wir die Bedrohungen hinter uns haben, nehme ich an, daß du uns gestatten wirst, ihn zu sehen, und daß es dir eine Ehre sein wird, uns zu ihm zu führen.«

»Ich führe Euch«, murmelte Alco mit gesenktem Blick und wandte sich hinkend zum Gehen.

Raurau Illa ließ Cusi und Alco fast den ganzen Nachmittag vor seinem Haus warten, während er mit Tomay und Tarapaca sprach. Einmal verließ Huaman Cachi das Haus des Zauberers und kehrte kurze Zeit später mit dem schwarzen Bündel zurück, das Cusi in seiner Hütte gelassen hatte. Der Knabe warf den Wartenden nicht einmal einen Blick zu, als er die Tür öffnete. Aus dem Inneren kamen der Geruch von Essen und Stimmengemurmel zu ihnen herüber, aber niemand erschien, um mit ihnen zu reden oder ihnen etwas zu essen anzubieten. Cusi wurde sich eines nagenden Gefühls im Magen bewußt – eine Empfindung, die ihn eher seltsam berührte als schmerzte. Er konnte sich nicht erinnern, wann er zum letzten Mal wirklich Hunger empfunden hatte.

Erst als die Sonne unterging, zeigte sich Huaman Cachi wieder und führte die beiden in das Haus, wobei er Alco mit einer Geste bedeutete voranzugehen. Brennende Dochte in Schüsseln voll Öl erleuchteten die Plattform, auf der Raurau Illa mit einem Lamafell über den Beinen saß, umgeben von mehreren alten Männern. Tomay und Tarapaca hockten rechts von Raurau auf dem Boden davor, und im Zimmer machten sich Frauen und Kinder zu schaffen. Cusi entdeckte sein schwarzes Bündel und Tomays Beutel mit getrocknetem Fleisch und Kokablättern, die beide auf Raurau Illas Schoß lagen.

Alco blieb stehen und verbeugte sich vor dem Alten, der ihn aufforderte: »Beschreibe mir Cusi Huaman, Alco. Erzähl mir, wie er sich verändert hat, seitdem du ihn das letzte Mal gesehen hast.«

»Er ist kein junger Mann mehr«, begann Alco in erstaunlich neutralem Ton, »und sein Körper trägt die Narben vieler Schlachten. Er ist noch dünn und schwach von der Krankheit, aber eher deswegen, weil er nicht arbeiten will, um wieder zu Kräften zu kommen. Er sieht nicht mehr wie ein Inka aus und bewegt sich auch nicht wie einer. Seine Haare sind lang und wirr, und seine Ohren sind leer.«

»Was noch?« brummte Raurau Illa.

»Er hat den Schutzgeist verloren, den Ihr ihm gegeben habt. Er hat die Kraft verloren, die Illapa ihm verliehen hat. Er ist hilflos und erbärmlich, aber er zeigt kein Gefühl von Scham. Er weiß nicht, warum er am Leben ist.«

Alcos Stimme hatte einen gehässigen Tonfall bekommen, und Cusi wußte, daß er ihm das früher heimgezahlt hätte. Aber jetzt schien es lediglich der Wahrheit zu entsprechen; Tomay und Tarapaca bestätigten es durch ihr brütendes Schweigen.

»Cusi«, sagte Raurau Illa. »Komm näher. Ich kann dich nicht fühlen.«

Cusi stellte sich neben Alco und verbeugte sich. »Ich bin hier, Großvater.«

»Was hast du mir mitgebracht?«

»Alles, was ich hatte, wurde verbrannt. Alles außer den Dingen, die vor dir liegen.«

Die verkrümmte Hand des Alten legte sich auf das Bündel. »Willst du sie mir geben?«

»Ja.«

Tomay hustete protestierend, aber weder Cusi noch Raurau beachteten ihn. Der Blinde griff nach dem Kopf der Streitaxt und hob ihn mühsam auf.

»Den mußt du wieder an dich nehmen«, sagte er und streckte Cusi die Waffe entgegen. »Ich habe keine Verwendung dafür.«

»Ich auch nicht«, erwiderte Cusi. Trotzdem trat er vor, um nach dem sternförmigen Stein zu greifen, und steckte nachdenklich die Finger durch das Loch in der Mitte. Das Gewicht des Steins beschwor in ihm das Bild herauf, wie Otoronco Achachi über ihm thronte und mit der ganzen Macht des Allsehenden auf ihn herabblitzte, dann lachte, die Axt aus der Wandnische nahm und mit ihr Cusis Widerstand belohnte.

»Was ist, Cusi?« unterbrach Raurau seine Erinnerungen. »Was sagt dir der Stein?«

»Ich habe an meinen Großvater Otoronco Achachi gedacht. Er hat mir die Axt gegeben und mir befohlen, sie zu tragen, damit ich stärker werde. Er ging sogar mit mir zu Pachacuti, um sie von ihm segnen zu lassen.«

»Du mußt sie behalten«, befahl Raurau Illa. »Sie hat das Feuer überlebt, um zu dir zurückzukehren. Was ist mit deinem Großvater passiert?«

»Ich habe heute erfahren, daß er in Chimor an der Krankheit gestorben ist.«

»Fühlst du dich an seinem Tod schuldig?«

»Nein«, erwiderte Cusi. Die Frage verwunderte ihn. »Warum sollte ich das?«

»Ich weiß, daß du dich an Urcons Tod schuldig fühlst«, meinte Raurau Illa sachlich. »Aber es war Urcon nie bestimmt, hierher zurückzukommen, nicht einmal zum Sterben. Du hast ihn über sein Schicksal hinausgetragen, weit hinaus über das, was ich von dir erwartet hatte.«

»Ich dachte, ich könnte alles«, erinnerte sich Cusi. »Ich war bereit, ihn alleine herzutragen, weil ich wußte, daß es *mir* bestimmt war herzukommen. Ich hätte in Quispi Cancha bleiben und ihn dort pflegen sollen. Er wäre sicher noch am Leben, wenn ich das getan hätte.«

»Er wäre dort gestorben«, sagte der Alte mit einem Kopfschütteln, »und du vielleicht auch. Dein Bedauern ist eine Täuschung, Cusi, die Folge des Fiebers. Das wirst du wissen, wenn du dir gestattest zu trauern.«

Cusi drehte den Kopf der Axt in den Händen. »Ich fühle nicht genug, um zu trauern. Ich habe ein Loch im Herzen, wie dieser Stein.«

»Ja«, stimmte Raurau Illa überraschend mitfühlend zu. »Ein Teil von dir ist noch nicht wieder zum Leben zurückgekehrt. Und du wehrst dich gegen diese Rückkehr, Cusi, du hast Angst davor, ein neues Leben für dich zu beanspruchen. Du gestattest dir zu glauben, daß Illapa dich verlassen hat.«

»Wie könnte ich etwas anderes glauben?« fragte Cusi. »Ich habe keine Kraft mehr, nur noch die Erinnerung, damit geprahlt zu haben, ich sei Illapas Liebling.«

»Glaubst du denn, er sei fertig mit dir?« fragte der alte Mann im Gegenzug. »Er hat dich berühmt gemacht, Cusi. Er hat dich zu einem Mann gemacht, dem andere Männer vertrauen und folgen. Warum zweifelst du daran, daß er dir die Kraft geben wird, die du brauchst?«

»Ich sehe keine Zeichen einer Veränderung in mir...«

»Das wirst du auch nicht, solange du nur nach innen blickst«, rügte Raurau Illa. »Du mußt aufhören zu denken und wieder laufen. Dann wirst du dich finden.«

»Das macht nur meine Beine stärker«, wandte Cusi ein, aber Raurau fuhr fort, als hätte er den Einspruch nicht gehört. »Huaman Cachi ist der schnellste unserer Jungen, und er sagt, er könnte dich in einem Rennen leicht schlagen. Er wird dich trainieren, bis du ihn besiegst.«

»Und wenn ich nicht trainiert werden will?«

»Wenn du nicht arbeitest, bekommst du nichts zu essen. Du kannst verhungern oder in deinem jetzigen Zustand nach Cuzco zurückgehen. Wenn du das willst, dann wird dir hier keiner im Weg stehen.«

Cusi umschloß den Kopf der Axt mit einer Hand und stemmte ihn gegen die Hüfte. »Also muß ich wieder der Kleine Läufer werden«, meinte er ohne jede Begeisterung. »Und was ist, wenn ich Huaman Cachi besiege und immer noch nicht weggehen will?«

»Dann kannst du hierbleiben«, antwortete der blinde Mann. »Dann weiß ich, daß du dazu bestimmt bist, meinen Platz einzunehmen.«

Aus dem Augenwinkel sah Cusi, wie Alco erstarrte und so wütend die Stirn runzelte, daß Cusi instinktiv die Hand mit dem Stein senkte, um ausholen zu können. Durch diese Reaktion wurde ihm bewußt, daß ein Teil von ihm noch immer wählen konnte, wenn auch nur in einer Situation realer Bedrohung.

»Dann werde ich laufen«, beschloß er. Raurau Illa nickte mit geschlossenen Augen.

In das Schweigen hinein sagte Tomay: »Wir gehen nach Cuzco zurück, Cusi. Wir werden Yasca überreden, auf dich zu warten, und du mußt kommen, sobald du wieder bei Kräften bist. Du hast einen Monat Zeit, höchstens zwei. Komm auch, wenn du noch nicht wieder ganz gesund bist; wenn es sein muß, werden wir dich tragen.«

»Huaman Cachi«, rief der Blinde, und der Junge stellte sich sofort neben Cusi. »Fang mit dem Trainieren an. Sieh zu, daß Cusi sich sein Essen und seinen Schlaf verdient. Und jetzt geht…«

Cusi verbeugte sich und wandte sich mit dem Jungen zum Gehen. Alco folgte ihnen mit einem finsteren Blick, während Tomay und Tarapaca ihm aufmunternd zulächelten. Cusi ignorierte Alco und nickte seinen Freunden zum Abschied zu, aber als er auf die Tür zuschritt, packte er den Stein fester in die Hand und beschloß, daß er vielleicht doch eine Verwendung für ihn haben könnte.

Tumibamba

Der Bote kam von Apu Poma und war offensichtlich den ganzen Weg vom Palast gelaufen. Atemlos warf er Micay und Quespi ein Lächeln zu, bis er schließlich hervorstieß: »Eure Gatten sind am Leben, Herrinnen. Der Kriegshäuptling Yasca und die Kommandeure Cusi Huaman, Tomay Guanaco und Quizquiz haben die Krankheit alle überstanden. Das haben wir von Tomay Guanaco selbst in Cuzco erfahren.«

Sprachlos starrten Micay und Quespi sich an, dann griff Quespi ihre Freundin am Arm und fing an, mit ihr auf und ab zu tanzen.

»Sie sind gesund, Micay, sie sind gesund!«

»Das habe ich gehört«, murmelte Micay betäubt, und ein Gedanke

schoß ihr durch den Kopf: *Jetzt sind wir an der Reihe.* Aber dann
überflutete sie ein Gefühl der Erleichterung, und sie sah Cusi vor
sich stehen, gesund, seine Streitaxt in den Händen. Bis jetzt hatten
alle Bilder ihr einen Mann gezeigt, der krank und hilflos dalag und
die Augen vor dem blendenden Licht verschloß. Jetzt sah sie ihn
lächeln, und sie mußte lachen und tanzte mit Quespi umher, während der Bote verlegen zur Seite blickte.

Bald nachdem sie ihn zum Gouverneur zurückgeschickt hatten,
um diesem ihren Dank zu bestellen, trat Chuqui Huipa durch das
Tor, begleitet von zwei Cañari-Kriegern der Königlichen Leibwache.
Es war das erste Mal, daß sie das Anwesen der Hohenpriesterin
aufsuchte, und sie erschien ohne ihr übliches Gefolge. Die Krieger
bahnten ihr einen Weg durch die Menge, und die Menschen verbeugten sich vor der ältesten Tochter der Coya, deren feingewebtes
Vikunjakleid und goldenen Geschmeide um Hals und Arme sie als
Mitglied der Königsfamilie ausweisen.

Chuqui warf einen Blick auf Micays und Quespis entzückte Gesichter und sagte mit gespielter Enttäuschung: »Ich wollte es euch
selbst sagen, aber ihr habt es schon erfahren! Micay, seitdem wir uns
kennen, habe ich dich nie so fröhlich gesehen.«

»Seitdem wir uns kennen, ist Cusi fort. Jetzt weiß ich wenigstens,
daß er nicht mehr in Gefahr schwebt.«

»Vielleicht wirst du jetzt öfter lächeln«, freute sich Chuqui, »und
deine Freundinnen öfter besuchen.«

»Es tut mir leid… aber du siehst ja, wieviel hier los ist.« Damit
deutete Micay auf die Männer, die in Gruppen im Hof arbeiteten,
Vorräte hereintrugen oder einfach nur herumsaßen.

»Hier und in der ganzen Stadt. Und wie ich höre, ist es in Quito
auch nicht anders. Ich denke daran, in die Berge zu gehen. Wenn
ich einsam sein muß, kann ich genausogut alleine sein.«

Ninan Cuyochi war bereits vor einiger Zeit nach Quito zurückgekehrt, aber die Coya hatte Chuqui befohlen hierzubleiben, und die
üblichen Zerstreuungen gab es nicht, da der Sapa Inca in Abgeschiedenheit lebte und die Stadt im Belagerungszustand verharren
mußte.

»Ich würde sofort in die Berge gehen«, meinte Micay sehnsüchtig,
»wenn ich es könnte.«

»Ist es denn wirklich unmöglich?« fragte Chuqui. »Mein Vater hat
ein Anwesen, das viel näher ist als das Regenbogen-Haus. Du könntest für ein paar Tage kommen und dann die Zwillinge bei mir
lassen. Quintis Kinder auch. Das Leben, das sie im Augenblick führen, ist nicht gut für sie.«

»Ich weiß«, seufzte Micay. »Aber Quespi würde sich totarbeiten, wenn ich sie alleine ließe.«

»Aber ich habe gehört, daß die Zahl der Kranken in den Rasthäusern abnimmt und einige derjenigen, die genesen sind, bald wieder die Stadt betreten dürfen.«

»Apu Poma versucht seit einiger Zeit, Quinti und Quilaco heimzuholen«, stimmte Micay zu, schüttelte aber den Kopf. »In den Rasthäusern sterben immer noch Menschen, Chuqui. Unsere Arbeit ist noch lange nicht vorbei.«

»Ich habe keine Arbeit hier«, murmelte Chuqui, »außer, das Leid meiner Mutter zu teilen.«

»Es würde die Männer sehr ermuntern, einen Besuch von der Tochter der Coya zu bekommen«, schlug Micay vor. Dann entschuldigte sie sich und eilte zum Tor – Rimachis Großmutter wurde soeben von einem der Cañari-Krieger aufgehalten. Die alte Frau schlug mit erstaunlicher Heftigkeit auf den Wachposten ein, aber als Micay zu ihr trat, schwand der Ärger der Frau augenblicklich, und die Verzweiflung hinter ihrer Wut wurde sichtbar.

»Großmutter ... ist es Llampu? Es sind doch noch drei Monate bis zur Geburt.«

»Nein, Herrin, es ist Cumpi Illya, Rimachis Base. Ihr Mann ist gerade aus Huancavelica zurückgekommen, und die beiden wohnen bei Rimachi.« Die alte Frau hielt inne und fuhr dann im Flüsterton fort: »Sie hat Fieber und große Schmerzen im Kopf.«

»Wartet hier«, befahl Micay. Sie ging direkt zum Haus der Hohenpriesterin, schlang sich ihre Medizintasche über die Schulter und nahm das Bündel weißer Kleider, das neben der Tür lag. Als Vorsichtsmaßnahme hüllte sie es in eine Decke, bevor sie wieder hinaustrat. Chuqui und Quespi sahen sie fragend an.

»In Rimachis Anwesen ist eine Frau krank geworden. Es klingt wie das Fieber.«

»Du wirst Brennholz brauchen«, sagte Quespi. »Ich lasse dir welches schicken.«

»Aber laß die Träger nicht wissen, wofür es ist. Sag, es sei ein Geschenk.«

»Ich begleite dich«, schlug Chuqui vor. »Wenn meine Männer dir den Weg bahnen, kommst du schneller voran.«

Micay nickte kurz und bedeutete Rimachis Großmutter, ihnen zu folgen. Jetzt sind wir an der Reihe, dachte sie, als sie zum Tor hinaustrat.

Als alle Frauen im Haus der Hohenpriesterin eingetroffen waren, zählte Micay die Anwesenden, obwohl sie vorher schon wußte, daß es viel zu wenige waren: mit ihr insgesamt zwölf. Bei allen glänzte die Haut ölig, und ihr abgeschnittes Haar war unter weißen Kopftüchern verborgen. Fünf weitere Frauen dienten als Helferinnen; sie trugen noch ihre eigenen Kleider und hatten lange Haare. Bei ihnen stand auch Chuqui Huipa. Sie hatte sich angeboten, den Heilerinnen zu helfen, und damit erfüllte sie den Einwänden der Coya zum Trotz einen geheimen Wunsch Chimpu Ocllos: Wenn ein Mitglied der Königsfamilie Heilerin wurde, konnte der Hof die Krankheit nicht mehr ignorieren.

Chuqui bemerkte den verzweifelten Blick, den Quespi und Micay austauschten, und fragte:»Noch mehr Fälle heute?«

Micay nickte bedrückt.»Zwei, und zwar in Anwesen, in denen das Fieber vorher nicht gewesen war. Das heißt, daß jede von uns heute mindestes zwei Besuche machen muß, einige noch mehr.«

»Aber ich habe zehn Kranke in einem einzigen Anwesen zu versorgen«, wandte eine der Frauen ein,»und nur eine Dienerin, die mir bei der Pflege hilft.«

»Du bekommst eine Helferin«, versprach Quespi.»Aber wir müssen versuchen, so viele der Gesunden wie möglich anzuleiten, damit sie uns ersetzen können.«

»Das ist oft aufwendiger, als die Kranken selbst zu pflegen«, gab eine andere Frau zu bedenken.»Entweder sie haben zu viel Angst, oder nicht genug.«

»Uns bleibt keine andere Wahl«, antwortete Micay.»Es war nie die Absicht der Mamacona, daß wir die Kranken besuchen. Das ist nur notwendig geworden durch die Art, wie das Fieber zu uns kam, und weil wir verschwiegen sein müssen.«

»Aber jeder weiß doch, daß die Krankheit hier ist«, beharrte eine Dritte.»Sie wissen, was wir tun. Deswegen verbeugen sich manche Leute vor uns auf der Straße, während andere den Kopf abwenden. Sie nennen uns die Weißen Frauen… oder die Frauen des Todes.«

»Aber der Sapa Inca weigert sich anzuerkennen, daß es sie überhaupt gibt«, erklärte Quespi,»und die Mamanchic hat unsere Bitte um Weisung noch nicht erwidert. Wir wissen, daß es nicht mehr lange so weitergehen kann. Wir sind schon jetzt, nach nur einem Monat, völlig überlastet.«

Nach einer Pause schlug Chuqui leise vor:»Vielleicht sollte ich mir jetzt die Haare abschneiden und an den Hof gehen.« Alle Frauen blickten zu Micay, die Chuqui bislang dazu überredet hatte, eine Helferin zu bleiben, und es als einzige wagte, der Tochter der Coya

Anweisungen zu erteilen. Niemand konnte so tun, als sei Chuqui nur ein einfaches Mitglied der Gruppe. Micay nickte bedächtig.

»Es gibt jetzt zu viele Kranke«, stimmte sie zu. »Und wir brauchen mehr Vorräte und mehr Frauen, die unserem Beispiel folgen. Wir sind dankbar für deine Hilfe und fühlen uns geehrt, wenn du dich uns anschließt.«

Die anderen Frauen murmelten beifällig, aber jedes weitere Wort verlor sich in einem lauten Schrei, der von draußen hereindrang. Micay drehte sich um und sah durch den Eingang gerade noch einen Mann, der mit Decken, Waffen und vielerlei Bündeln bepackt zum Tor des Anwesens lief. Die Schreie schwollen zu einem Gebrüll an, und immer mehr Männer verließen panisch die Häuser und behelfsmäßigen Lager und flohen über den Hof, wobei sie in der Eile viele der Dinge, die sie an sich gerafft hatten, fallen ließen. Micay lief hinaus und versuchte, einen von ihnen aufzuhalten, aber er stieß sie beiseite und stürzte sich in die Menge, die durch das Tor auf die Straße drängte.

Wie Überlebende einer Katastrophe schlichen die Frauen auf den Hof und betrachteten das Chaos, das die Männer hinterlassen hatten. Die Kinder hatten sich schützend gegen eine Mauer gedrückt, und nun trat Quespis Sohn Huallpa vor und sagte zu seiner Mutter: »Der erste Mann ist von da gekommen.« Dabei deutete er auf das umgebaute Lagerhaus, das Paucar Rimay mit einigen der Männer geteilt hatte. »Er hat etwas von der Krankheit geschrien, aber ich konnte ihn nicht verstehen. Dann kamen sie alle herausgelaufen.«

»Bleib hier«, sagte Quespi streng, »und paß auf, daß die Kleinen nichts anfassen.« Micay gab Coca den gleichen Auftrag und befahl Sinchi und Cahua, ihrer Cousine zu gehorchen. Dann gingen sie und Quespi zum Lagerhaus, gefolgt von Chuqui und einigen anderen Frauen. Auf dem Boden des kleinen Raums lagen in wirrem Durcheinander Decken und Bettzeug; ein Sack Chuño-Mehl war geplatzt und sein Inhalt überall verstreut. Paucar Rimay kauerte in einer Ecke, ganz in der Nähe eines Mannes, der stöhnend und zitternd auf einer Decke lag. Micay befahl Chuqui und den anderen Helferinnen, ihr nicht zu folgen.

»Geht zum Badehaus und bereitet euch vor«, befahl sie. »Wir werden euch hier brauchen.«

Chuqui faßte seufzend an ihre schwarzglänzenden Haare, die unter dem Kopftuch hervorquollen; dann holte sie tief Luft und ließ die Hand sinken.

»Sie werden mich am Hof nicht wiedererkennen«, sagte sie und ging mit einem in sich gekehrten Lächeln davon. Mittlerweile beugte sich Quespi über den am Boden Liegenden und zog rasch ihre Gazemaske vor das Gesicht, ein Zeichen, daß der Mann tatsächlich vom Fieber befallen war. Micay verhüllte ihr Gesicht ebenfalls und hockte sich neben Paucar Rimay, der heftig zitterte und den Kopf in seinen Armen verbarg. Sie griff nach seiner Hand und drückte sie mit allen zehn Fingern; das war das Zeichen, an dem er sie erkannte. Dazu wiederholte sie seinen und ihren Namen. So gelang es ihr allmählich, ihn aus seiner Ecke hervorzulocken, und sie erkannte, daß sein Gesicht aus mehreren Verletzungen blutete. Seine Tunika war zerrissen, und an seinem Hüftband fehlten die Quipus. Micay sah sie in dem Durcheinander auf dem Boden liegen und wollte sie aufheben, dachte aber noch rechtzeitig daran, daß sie ebenso wie alles andere in dem Zimmer verbrannt werden mußten. Paucar würde kein Gedächtnis mehr haben, keine Möglichkeit, seine Gefühle zum Ausdruck zu bringen, bis sie Zeit hatte, ihm neue Schnüre zu besorgen.

»Der Idiot hat sie mir gegeben!« stieß der am Boden liegende Mann hervor. Er und seine Freunde waren Neuankömmlinge, die erst vor wenigen Tagen hier Aufnahme gefunden hatten, und Micay hatte nie erfahren, woher sie gekommen waren. Der Mann verzog das Gesicht vor Schmerzen und deutete anklagend auf Paucar. »Ich habe ihn gewarnt, daß er mich nicht so anstarren soll. Ich wußte, daß er einen Fluch über mich spricht.«

Micay begriff die Bedeutung dieser Worte erst einen Moment später. Wütend schlug sie die Finger des Mannes weg. »Du hast ihn also geschlagen und seine Kleider zerrissen? Du Narr, er hat die Krankheit nicht – *du* hast sie! Du hast sie hierhergebracht, und jetzt tragen deine feigen Freunde sie in die Stadt!«

Der Mann ließ sich ächzend auf die Decke sinken. Quespi starrte Micay überrascht an. Micay war nicht nur auf diesen Mann zornig, sondern auf alle Männer, denen sie Unterkunft gewährt hatten. Ihre Freundlichkeit war ihnen mit Panik und Flucht gedankt worden.

Ohne ein Wort der Erklärung half sie Paucar auf die Beine und führte ihn hinaus. Er schlurfte durch das feine Mehl, so daß weiße Wölkchen aufstiegen und sich an Micays geölten Beinen niederschlugen. Mit einer Hand umklammerte Paucar ihren Arm, während die andere nach dem Quipu tastete.

»Wo...« stammelte er. »Es... wo?«

»Überall«, sagte Micay düster. »Überall...«

Das Dorf

Obwohl ein starker Wind wehte und über den Bergen im Osten sich bereits Sturmwolken auftürmten, ließ Cusi sich von Huaman Cachi nicht drängen. Er war wirklich kein junger Mann mehr, wie Alco gesagt hatte – das war ihm beim Aufwärmen deutlich bewußt geworden. Seine Muskeln wärmten sich nur langsam auf und erkalteten rascher, alte Wunden schmerzten ohne offensichtlichen Grund, und an manchen Tagen waren seine Beine langsamer als an anderen.

Als Cusi seine Gelenkigkeitsübungen beendet hatte, griff er nach dem Kopf seiner Streitaxt.

»Laßt den Stein heute hier«, schlug Huaman vor. »Ich möchte, daß Ihr ein echtes Wettrennen mit mir macht. Ihr tut ja immer nur so, als ob Ihr mich schlagen wolltet.«

Cusi schüttelte den Kopf und lächelte. »Mittlerweile bin ich daran gewöhnt, mit dem Stein zu laufen..«

Der Junge blickte ihn finster an. »Ich laufe, so schnell ich kann. Ihr lauft nicht schneller, als ihr müßt.«

»Bist du dir sicher? Vielleicht wirst du jeden Tag schneller, so daß ich dich nie überholen werde.«

»Überholt habt Ihr mich schon vor Tagen«, erregte sich Huaman Cachi. »Ihr habt auch mit dem Geschichtenerzählen aufgehört, aber trotzdem sagt Ihr nicht, was Ihr als nächstes vorhabt. Ihr wollt uns verspotten!«

»Komm, laufen wir«, drängte Cusi nur, klemmte sich den Kopf der Axt unter den Arm und fiel in einen langsamen Trott. Huaman holte ihn bald ein, und gemeinsam liefen sie durch die Kartoffel- und Quinoa-Felder zur Ebene hinauf. Das machten sie seit eineinhalb Monaten, bei jedem Wetter, und durch Schmerzen und Erschöpfung hatte Cusi so wieder zu seiner Kraft gefunden. Abends hatte er dann in R'auraus Haus gesessen und allen von seinem bisherigen Leben erzählt, von dem Felsvorsprung in Chachapoyas bis zum Großen Haus im Cochabamba-Tal. Manchmal hatte er geweint, aber durch das Erzählen hatte er allmählich das Gefühl bekommen, daß er keinen Grund hatte, etwas zu bedauern.

Auch seine Träume hatten sich verändert. Im Schlaf begegnete er Amaru, Quinti und seinen Eltern, und fast jede Nacht sah er Micay. Diese Träume erregten ihn, selbst wenn sie nicht sexueller Art waren. Er traf Uritu auf einem Pfad im Dschungel; Sinchi war bei ihm, mit einem Blasrohr in der Hand. Urcon und Fempellec entkleideten sich und stürzten sich in das schäumende Wasser Mama Cochas; auch diese Bilder erregten ihn, wiewohl er sich dafür schämte.

Ein Donnergrollen rief ihn in die Wirklichkeit zurück, und Huaman schrie ihm etwas zu. »Zur Huaca?« wiederholte der Junge, und Cusi sah über die Ebene hinweg, die langsam zum Grat anstieg bis zu dem Punkt, von dem aus man die Huaca sehen konnte. Bis dorthin gab es keinen Unterstand. Cusi fühlte, daß seine Beine warm und kraftvoll waren. Vielleicht war es wirklich an der Zeit, mit dem »Tunals-ob« aufzuhören, wie Huaman es nannte.

»Zur Huaca!« stimmte er zu, und Huaman stürmte los. Cusi steigerte sein Tempo und lief bald neben ihm. Es war offensichtlich, daß der Junge es auf ein richtiges Wettrennen anlegte, und Cusi wollte ihn nicht enttäuschen. Ein Donnerschlag ließ sie beide zusammenfahren, aber um so entschlossener rannten sie weiter. Es war ein leichtes für Cusi, dem Jungen davonzulaufen, und er wartete auch nicht auf ihn. Erst auf halber Strecke zum Grat holte Huaman ihn keuchend und mit verzerrtem Gesicht wieder ein. Seitlich von ihnen zuckte ein Blitz über den Himmel, auf den ein polternder Donnerschlag folgte, aber Cusi rannte unerschrocken weiter, trotz der Schmerzen in den Beinen und in der Lunge; er wußte, daß Huaman Cachi sein Bestes gab, er selbst aber noch Reserven hatte. Als er den kahlen Erdflecken oben am Grat sehen konnte, schleuderte er den Kopf seiner Streitaxt weit voraus, streckte sich noch einmal und ließ Huaman endgültig hinter sich.

Erschöpft ließ er sich an dem Aussichtspunkt bei der Huaca auf den Boden fallen. Harte, eiskalte Regentropfen prasselten nieder, und Cusis Keuchen wurde vom Donnergrollen übertönt. Aber dann hörte der Regen ebenso abrupt wieder auf, und Cusi stand auf. Auch Huaman Cachi erhob sich aus dem Gras und kam mit dem Kopf der Axt in der Hand auf ihn zu.

»Jetzt weiß ich, wie schnell Ihr seid«, murmelte er atemlos. »Wenn Ihr wollt.«

»Du bist ein guter Läufer. Du hast es nicht verdient, noch länger verspottet zu werden.«

Sie zogen die Köpfe ein, als erneut ein heftiger Schauer auf sie niederging. Huaman Cachi warf Cusi einen sehnsüchtigen, aber auch schmerzlichen Blick zu.

»Dann werdet Ihr uns jetzt verlassen.«

»Das hätte ich schon lange tun sollen. Ich träume von den Menschen, die meine Rückkehr erwarten.«

»Werdet Ihr Ohrpflöcke tragen und ein Kriegshäuptling sein?«

Cusi nickte langsam. »Wahrscheinlich wird mir der Rang angeboten werden, ja. Aber ich will nicht mehr so kämpfen wie früher. Nur noch, um das verteidigen, was mir wichtig ist.«

»Ich wußte, daß Ihr nicht hier bleiben würdet«, sagte der Junge. Mit einem Mal stand er auf. »Bei der Huaca liegt etwas für Euch.« Cusi stemmte sich gegen den Wind und folgte Huaman zum Aussichtspunkt. Der zackige Fels hob sich schwarz von der rotbraunen Erde ab. Huaman Cachi verbeugte sich und entbot eine Mocha, aber Cusi starrte die Huaca nur an und dachte an all die anderen heiligen Orte, die er besucht hatte. Erst jetzt wurde ihm bewußt, daß sein Herz bei jedem Heiligtum, das er bestaunt hatte, immer nur diesen Ort aufgesucht hatte.

Nachdem Huaman Cachi sein Gebet beendet hatte, gingen sie in die Talsenke zur Huaca hinab, wo der Wind weniger stark wehte. Cusi lächelte; die tröstende Ausstrahlung des Ortes überraschte ihn. Bis jetzt hatte die Aura hier ihn immer ein wenig unsicher gemacht, aber nun fühlte er sich völlig ruhig und war erfüllt von dem Bewußtsein, hierher zu gehören.

Der Junge verschwand hinter der Huaca und kehrte mit einer Lederrolle zurück, die an beiden Enden zugeschnürt war. Feierlich überreichte er sie Cusi, und dieser legte den Kopf der Axt beiseite und öffnete das Bündel. Innen lag ein Stück Holz, etwa so lang wie Cusis Arm; an einem Ende lief es ein wenig spitz zu, und am anderen war es mit einer Schnur umwickelt. Es war der Griff für eine Streitaxt, zusammen mit einigen Lederriemen zum Befestigen des Kopfes. Fragend blickte Cusi zu Huaman.

»Großvater hat mir das schon vor Tagen gegeben, damit ich es hierherlege«, erklärte er. »Er sagte, Ihr würdet es nehmen und eine Waffe daraus machen. Oder… Ihr würdet alles hier liegenlassen als Opfer, als Zeichen, daß Ihr das Leben eines Inka-Kriegers wirklich hinter Euch laßt.«

Cusi befestigte den Griff am Kopf der Streitaxt und schwang die Waffe durch die Luft. Gegen die dunklen Wolken ragte die Huaca düster und unergründlich vor ihm auf. Einen Augenblick hatte er das Gefühl, als teile er ihre ewige Unerschütterlichkeit, ihre Verachtung für die Stürme des Lebens. Dann hörte er erneut einen Donner grollen, und er kam ihm vor wie eine Warnung, eine Erinnerung daran, daß er ein Mann war, kein Fels. Es war ihm nicht bestimmt, hier zu bleiben.

»Nein. Ich kann das Leben nicht hinter mir lassen«, beschloß er. Dann hielt er die Streitaxt hoch und murmelte nachdenklich: »*Dies* bekommen Rebellen und Verräter zu spüren!« Aber dabei nahm er keine kämpferische Haltung ein. Seine Instinkte waren noch vorhanden, aber er war ihnen nicht mehr so ausgeliefert wie früher, als er überall Bedrohungen gewittert hatte. Zum ersten Mal konnte er seine neue innere Distanz als einen Vorteil, einen Segen sehen, nicht als einen Fluch. Dies war eine andere Art Huaca, die mehr dem Wesen des Steins entsprach – dem Geist, der den Kleinen Läufer gerettet und ihm Kraft und Gesundheit geschenkt hatte. Seinen Zorn hatte er hier abgelegt.

Dann bemerkte er Huaman Cachi, der unbehaglich zum Himmel sah und Cusi dann einen ähnlich zweifelnden Blick zuwarf. Regentropfen fielen schwer zu Boden. Cusi schaute zu dem verkohlten Kreis vor dem heiligen Stein und stellte fest, daß er keine Opfergabe bei sich hatte, die er darbringen konnte. So schwang er statt dessen seine Streitaxt zum Tribut, weihte sich erneut der Huaca und schwor, ein Leben zu Ehren Illapas zu führen.

»Gehen wir zu Großvater«, sagte er zu Huaman Cachi, und der Junge verbeugte sich hastig vor der Huaca. Dann rannten die beiden durch den herabprasselnden Regen ins Dorf zurück.

Cusi saß mit gekreuzten Beinen neben Huaman Cachi vor Raurau Illas Plattform. Er hatte dem Alten soeben versprochen, alle Lamas und Alpakas, die Urcon zustanden, ins Dorf zu schicken, als Alco das Zimmer betrat. Er verbeugte sich über dem Becher in seiner Hand und sagte: »Großvater...«

»Alco, mein Sohn. Erzähle mir, was du von Cusi Huaman weißt.«

»Er hat sich die Haare geschnitten und Holzpflöcke in die Ohren gesteckt, und er trägt wieder ein Stirnband. Außerdem hat er sich eine Waffe gemacht, durch die er sich sehr stark und sehr selbstzufrieden fühlt. Heute hat er die Huaca besucht, aber kein Opfer gebracht. Er hat getan, als schulde er den Göttern nichts.«

»Wo ist sein Schutzgeist?« fragte Raurau, und Cusi horchte auf.

»In ihm, wo er immer war. Vielleicht weiß er das jetzt.«

»Hast du seinen Geist und seine Kraft gegen böse Zauber geprüft, wie ich es dir sagte?«

Alco atmete heftig aus und nickte. »Ich habe Dinge für ihn liegenlassen, Dinge, an denen er sich verletzen sollte, aber er hat sie nicht gefunden. Ich habe ihm bedrohliche Träume geschickt, Träume, die er mir im Fieber erzählte, aber er träumte sie nicht wieder. Ich kann ihn mit meinem Haß nicht erreichen, obwohl der Haß so stark ist, daß andere davon sterben würden. Sein Schutzgeist hilft ihm.«

»Also ist er geheilt?«

»Ja. Er hätte schon vor langer Zeit gehen sollen.«

»Er wird uns bald genug verlassen«, versicherte Raurau ihm. »Jetzt möchte ich wissen, mein Sohn, was es für dich bewirkt hat, daß du dich deinem Haß so stark hingegeben hast.«

Alco senkte den Blick auf den Becher in seiner Hand. Er schien eine Antwort zu formulieren, konnte sich jedoch nicht überwinden, sie auszusprechen. Der blinde Mann wandte seine silbrigen Augen Cusi zu.

»Cusi, erzähle mir, was du an Alco wahrnimmst. Wie hat er sich verändert, seitdem ihr das letzte Mal hier wart?«

Cusi erhob sich und musterte Alco, der ihn keines Blickes würdigte; sein Gesicht war starr und ausdruckslos.

»Er trägt weder sein Pumafell noch seine Kette aus Zähnen«, berichtete Cusi. »Seine Schultern sind gekrümmt, als trüge er eine schwere Last, und sein Gesicht ist hager und müde, als habe er nichts gegessen und schlecht geschlafen.« Cusi trat vor Alco hin. »Ah, aber das Bedrohliche liegt noch in seinen Augen. Seine Ausstrahlung ist zweifellos sehr stark und feindselig, aber ich kann solche Dinge nicht mehr fühlen.«

»Warst du dir seiner Zauberei bewußt?« fragte Raurau Illa, als Cusi sich wieder neben Alco stellte.

»Ich wußte, daß er mich beobachtete und in mein Haus kam, als ich nicht da war«, erzählte Cusi. »Mehrmals schlich auch jemand nachts um die Hütte, und wahrscheinlich war er es.«

»Hast du ihn gehört?«

»Ich habe immer noch die Sinne eines Spähers«, erklärte Cusi, und der alte Mann drehte den Kopf zu Alco.

»Jetzt«, sagte er voll Verachtung, »siehst du also, wohin dein Haß dich geführt hat. Wenn du den Puma auf ähnliche Weise gejagt hättest, wärst du nicht mehr bei uns. Sag mir, daß du wenigstens das gelernt hast.«

Alco zögerte, dann ließ er die Schultern hängen und nickte resigniert. »Das habe ich gelernt, Großvater. Ich weiß besser als jeder andere, wie sehr der Haß mein Urteilsvermögen eingeschränkt hat ... so daß ich dumm und ungeschickt gehandelt habe. Ich werde mich nie wieder so angreifbar machen, für keinen anderen Mann.«

»Ich glaube dir«, antwortete Raurau Illa, aber er legte den Kopf zur Seite, als höre er auf ein Echo. »Aber anscheinend bist du nicht bereit anzuerkennen, welchen Dienst Cusi dir damit erwiesen hat – und auch nicht bereit, mit ihm Frieden zu schließen.«

»Es war meine Vision, die ihn geheilt hat«, begehrte Alco auf. »Ich bin ihm nichts mehr schuldig.«

»Und du willst auch nichts von ihm?« forschte Raurau. »Vergiß nicht, mein Sohn, was die Huacas uns sagen. Vor uns liegt die Zeit der Kriegsherren, und wir kennen bei den Kriegshäuptlingen der Inka keinen anderen Freund.«

Alco verschränkte die Arme und schwieg trotzig. Nachdem Raurau Illa eine Zeitlang geduldig gewartet hatte, streckte er schließlich die Hände aus.

»Dann soll nichts zwischen euch sein. Gib mir den Becher. Wenn ihr euch wieder begegnet, dann als Fremde.«

Alco folgte der Aufforderung ohne zu zögern. Cusi sah das Muster aus Luchsköpfen, mit denen das Gefäß verziert war – es war der Becher, den er Alco bei seinem letzten Besuch geschenkt hatte. Raurau Illa legte ihn auf seinen Schoß und deutete mit dem Kinn zur Tür.

»Geh an deinen Ort in den Bergen, mein Sohn, und denke über die Wahl nach, die du getroffen hast. Komme in zwei Tagen wieder, wenn Cusi uns verlassen hat.«

»Ich habe Euch vernommen, Großvater«, erwiderte Alco und verließ den Raum, ohne Cusi auch nur einen Moment anzusehen. Raurau bedeutete ihm, Platz zu nehmen.

»Hast du noch den Becher, den ich dir gab?« fragte er.

Cusi schüttelte den Kopf. »Ich habe ihn die ganze Zeit bei mir getragen, bis er hier verbrannt wurde.«

»Dann sollst du diesen bekommen, sobald er von Alcos Bitterkeit und Neid befreit ist. Trotz der vielen Jahre konnte er ihn nie wirklich in Besitz nehmen. Er hat statt dessen an seinem Haß festgehalten.«

»Ich hatte nie das Gefühl, daß ich seinen Haß verdiene«, erklärte Cusi. »Sogar jetzt hätte ich Frieden mit ihm geschlossen.«

»Vielleicht hast du ihm als Feind einen besseren Dienst erwiesen«, wägte Raurau ab. »In Zukunft wird er seine Feinde sorgfältiger auswählen, und er wird seinem Haß nie mehr vertrauen. Das ist eine Lektion, die viele Männer mit dem Leben bezahlt haben, vor allem, wenn sie sie von den Inka lernen mußten.«

»Wird er trotzdem dein Nachfolger?«

»Natürlich. Er hat dich doch geheilt, oder nicht? Er ist ein guter und rechtschaffener Mensch, Cusi. Du bist der einzige, der ihn je zu bösem Verhalten verleitete. Ich bin dir dankbar dafür, daß du ihm diese Möglichkeit gegeben hast.«

»Das kann ich gut«, antwortete Cusi sarkastisch. »Aber ich möchte sichergehen, daß er sich nicht an Huaman Cachi rächt, wenn ich fort bin.«

»Sprich selbst, mein Sohn«, forderte Raurau Illa den Jungen auf. »Hast du etwas von Alco zu befürchten?«

Huaman Cachi schüttelte achselzuckend den Kopf. »Er würde mir nichts antun, wenn ich hierbleiben würde.«

»Möchtest du uns verlassen?« fragte der alte Mann nur gelinde überrascht. Cusi bemerkte, daß der Junge ihn mit einem Blick ansah, in dem so viel Bitten lag, wie sein Stolz erlaubte.

»Die Krankheit ist noch nicht vorüber«, warnte Cusi, »und du hast das Fieber noch nicht gehabt.«

»Es kann auch zu uns kommen«, tat Huaman Cachi den Einwand ab. »Ich habe keine Angst davor.«

»Durch Mut wirst du nicht weniger anfällig. Es ist ein weiter Weg nach Tumibamba, und wenn du unterwegs erkranken solltest, würde ich dich irgendwo pflegen lassen müssen. Yasca würde deinetwegen nicht auf mich warten.«

»Dann würde ich Euch nachkommen, wenn ich wieder gesund bin. Urcon hat auch alleine zu Euch gefunden.«

»Du wirst unter Fremden leben«, gab Cusi zu bedenken, »und vielleicht siehst du dein Dorf nie wieder. Urcon hat es nicht wiedergesehen.«

»Aber vor seinem Tod hat er viele wunderbare Sachen erlebt«, erwiderte der Junge fast ehrfürchtig. Daraufhin wandte sich Cusi hilfesuchend an Raurau Illa.

»Großvater, du willst doch sicher nicht einen weiteren deiner jungen Männer verlieren?«

»Der Inca würde ihn früher oder später sowieso holen. Für mich ist er nicht verloren, wenn er bei dir ist, und wahrscheinlich wird er dich an dieses Dorf erinnern. Vielleicht wird er dich sogar wie Urcon wieder hierher zurückführen.«

Cusi fixierte den Jungen, aber Huaman Cachi hielt der Musterung unerschrocken stand. »Ich hätte mir denken können, daß das passieren würde«, seufzte Cusi, »sobald du mir deinen Namen sagtest. Also gut, dann komm mit mir. Ich werde die Buchhalter informieren, damit sie dich als einen der vertraglich vereinbarten Krieger mitzählen.«

Da vergaß Huaman Cachi seinen Stolz und strahlte über das ganze Gesicht. Raurau trug ihm auf, sofort seinen Eltern zu erzählen, was beschlossen worden war, und dann sollten sie kommen und mit dem Mann trinken, der der Vormund ihres Sohnes sein würde. Nachdem der Junge gegangen war, blieb der Alte einen Augenblick still sitzen und zeichnete mit dem Finger die Luchsköpfe auf dem Becher nach.

»Heute ist das letzte Mal, daß wir miteinander sprechen, Cusi«, begann er schließlich. »Ich werde nicht lange genug leben, um dich bei deiner Rückkehr begrüßen zu können. Deshalb sag mir jetzt, was du von mir wissen willst. Beim letzten Mal war es deine Zukunft. Möchtest du auch heute deine Zukunft erfahren?«

»Ich wollte Verheißungen von Ruhm und Ansehen hören«, erinnerte sich Cusi. »Nein, jetzt möchte ich nicht in meine Zukunft blicken. Aber ich möchte wissen, was die Huacas über die Zeit der Kriegsherren gesagt haben.«

»Das ist kein Geheimnis. Überall flüstern die Huacas von Krieg und Aufständen ... von großem Aufruhr, wenn der jetzige Sapa Inca stirbt. Sie sagen, daß seine Macht verfallen wird, und kein einzelner Mann wird sie zusammenhalten können. Dann werden die Kriegsherren herrschen.«

»Werden die Viracocha das bewirken?«

»Über sie weiß niemand Genaues«, gestand Raurau Illa. »Du mußt zu jenen gehören, die zuhören und beobachten. Vertrau deiner Vision, sie wird dich leiten ... sie kann dir mehr sagen als der Bote, der sie dir überbrachte.«

Cusi überdachte die Antwort und wurde sich bewußt, daß er keine weiteren Fragen hatte; mehr wollte er wirklich nicht wissen. »Ich glaube, mich beschäftigt mehr, was bereits mit mir passiert ist, als das, was noch passieren wird. Alco sagte, mein Schutzgeist sei in mir, obwohl ich seine Ausstrahlung nicht fühlen kann. Aber heute, bei der Huaca, hatte ich ein so starkes und beruhigendes Gefühl von Verbundenheit ... als wäre es nicht notwendig, ein anderes Opfer darzubringen als das Leben, das ich Illapa geweiht habe.«

Raurau Illas Lider legten sich über seine blinden Augen, und sein Mund verzog sich zu einem Lächeln, das seine Zahnlücken enthüllte. »Das ist es, was Alco dir nicht verzeihen kann: Er bemüht und verzehrt sich nach Dingen, die dir von selbst zufallen. Aber das sind Dinge, die ich dir erklären kann – einige davon. Manches wirst du erst später verstehen, aber das hat seine Richtigkeit.«

»Ich muß wissen, ob ich dazu tauge, ein Kriegshäuptling zu sein.«

»Das kann ich nicht beurteilen«, wehrte der Alte ab. »Aber deine Freunde, der Colla und der Lupaca, sind davon überzeugt. Sie sagen, alle Krieger respektieren dich als Führer und bewundern deinen Mut.«

»Sie meinen damit meinen Ruf, nicht mich selbst.«

»Aber dieser Ruf beschränkt dich nicht mehr. Niemand zweifelt an deinen Fähigkeiten, und gleichzeitig verlangt niemand, daß Cusi Huaman sich wie andere Männer verhält.«

»Aber ich habe nicht mehr die Wut, die Heftigkeit ...«

»Das darfst du nicht verwechseln«, tadelte Raurau Illa. »Sie sind nicht dasselbe. Deine Wut wird wiederkehren, aber sie wird dich nicht mehr so schnell zum Handeln verleiten. Du wirst die Welt aus einer Entfernung betrachten.«

»Aus einer Entfernung«, wiederholte er und hatte zuerst das Gefühl, als verstünde er völlig, was Raurau damit meinte, und im nächsten Moment verstand er gar nichts mehr. Aber bevor er seine Verwirrung äußern konnte, hob der Alte die Hand.

»Zuerst müssen wir etwas essen, und dann werden wir trinken und reden. Du wirst hier neben mir sitzen, und wir werden alles sagen, was zwischen uns gesagt werden muß. Und dann, bevor du zu betrunken bist, wirst du mir das Lied von dem Quipu singen, den du mir vor langer Zeit gegeben hast. Die Ballade über Viracochas Reise.«

»Ich erinnere mich«, murmelte Cusi. »Es ist die Reise, die ich selbst machen werde, nach Norden zum Luchs-Viertel.«

Raurau Illa hielt den Becher mit den Luchsköpfen hoch und lächelte sein blindes, zahnlückiges Lächeln. »Dann mußt du es für uns beide singen, und für alle, die deine Geschichten gehört haben. Damit sie wissen, wohin der Kleine Läufer gegangen ist, wenn ihre Kinder sie danach fragen ...«

Tumibamba

Trotz des feinen Regens war die Nacht warm, und der Vollmond hinter den Wolken warf ein graues Licht auf das Anwesen. Das leise Prasseln der Regentropfen übertönte das Husten der Kranken im Zelthaus, und aus der Stadt drangen die von langsamen, dumpfen Trommelschlägen begleiteten Klagegesänge der Trauernden herauf. Micay saß mit der schlafenden Cahua im Schoß in der Tür zum Haus der Hohenpriesterin und strich ihrer Tochter über das kurze schwarze Haar. Sie und Quespi hatten ihren Kindern die Haare geschnitten und ihnen Baumwollgewänder gemacht, die genauso oft gewaschen werden konnten wie die der Heilerinnen. Bislang war noch keines der Kinder erkrankt, auch wenn das Fieber bei ihnen wesentlich weniger heftig verlief. Der Sohn von Llampu und Rimachi hatte es bekommen, war aber schon wieder auf den Beinen, während der Mann von Cumpi Illya und Rimachis Großmutter gestorben waren.

Beim Gedanken an Llampu stieg in Micay ein Schuldgefühl auf. Sie machte sich Sorgen um sie und das Kind, das sie trug. Eigentlich hatte sie heute nach ihr sehen wollen, aber jetzt war sie zu müde, um sich um jemand anderen als ihre Tochter zu kümmern. Oft fühlte sie sich von der Sorge um die Kranken so ausgelaugt, daß sie das Gefühl hatte, sie könne sie nur noch mit den Händen, aber nicht mit dem Herzen pflegen, und sehnte sich nach jemandem, der *sie* tröstete.

Eine weiße Gestalt mit einem Regenschirm aus Palmblättern trat durch das Tor. Es konnte nur Chuqui Huipa sein, die die Freiheit genoß, zu jeder Tages- und Nachtzeit ohne Begleitung durch die Straßen Tumibambas gehen zu können. Sie trug kein Kopftuch, das ihre kurzen Haare verborgen hätte, denn auf ihren Haarschnitt war sie stolz – genau das hatte die Coya schließlich davon überzeugt, daß Chuqui nicht zusammen mit dem Sapa Inca und der königlichen Familie nach Quito gehen, sondern in Tumibamba bleiben sollte. »Mein Wunsch, die Kranken zu pflegen, war dumm, aber anerkennenswert«, hatte Chuqui Micay berichtet, »aber meine Bereitschaft, mich häßlich zu machen, wurde als Trotz betrachtet. Zur Strafe wurde mir meine Bitte erfüllt.«

Chuqui stellte den Regenschirm ab, trat unter das Vordach und setzte sich neben Micay. So leise sie war, wachte Cahua doch auf, aber nur lange genug, um auf Chuquis Schoß zu kriechen und dort weiterzuschlafen.

»Schlaf, mein Schätzchen«, flüsterte Chuqui.

»Sie hat schlecht geträumt«, erklärte Micay. »Sie trat auf die Decke eines Kranken, und ihre Füße brannten.«

»Ich konnte auch nicht schlafen«, gestand Chuqui. »Das Gerücht stimmt – das Fieber ist in Quito.«

»Im Palast?«

»Noch nicht. Aber unter den Kriegern, die Atahualpa von den Huancavelica zurückbrachte.«

»Wir haben den Heilerinnen dort alles gesagt, was wir wissen«, beschwichtigte Micay. »Und ich habe Parihuana eine Nachricht geschickt, sie soll die Frauen von Quito davon überzeugen, daß sie sich die Haare abschneiden müssen.«

»Trotzdem werden viele sterben«, verkündete Chuqui düster.

»Und viele werden genesen«, fügte Micay hinzu. »Ninan ist genauso stark wie Cusi und Tomay.«

»Wir haben auch starke Männer sterben sehen«, erinnerte Chuqui ihre Freundin. »Wenn ich erfahre, daß er krank ist, gehe ich zu ihm.«

»Es ist niemand da, der dich daran hindern könnte«, erwiderte Micay. Ein knarzendes Geräusch ließ sie aufblicken, und sie sah eine große bedeckte Sänfte, die von acht Männern in das Anwesen getragen wurde. »Für dich?« fragte sie, aber Chuqui schüttelte den Kopf.

»Das sind Träger des Gouverneurs«, stellte sie fest. »Und drei Frauen in Weiß. Das müssen Quinti und Quilaco sein!«

Micay betrachtete die drei weißgekleideten Begleiterinnen der Sänfte. Zwei waren Mamacona, die Chimpu Ocllo nahestanden, und die dritte mußte Quinti sein. Aber erst als sie dicht vor ihr stand, konnte Micay sie erkennen, denn das Gesicht unter der regennassen

Kapuze war hager und eingefallen, und die Augen lagen tief in den Höhlen. Doch ihre Umarmung war kraftvoll und machte Micay klar, daß Quinti im Rasthaus zur Heilerin geworden war und sich mit der für sie typischen Entschlossenheit in ihre Aufgabe gestürzt hatte.

Die Anwesenheit der Mamacona machte Micay plötzlich bewußt, daß in der Sänfte nur die Hohepriesterin sein konnte. Sie warf Quinti einen fragenden Blick zu. »Ist die Mamanchic krank?«

»Der siebte Tag«, antwortete Quinti leise. »Als die Sänfte für Quilaco kam, beschlossen wir, sie auch herzubringen. Sie hat mehr Kraft als die meisten anderen in diesem Stadium.«

Micay zog sich die Gazemaske vors Gesicht und trat zur Sänfte. Während sie einen der Vorhänge beiseitezog, wurde der andere von einem Paar Hände im Inneren geöffnet, und dann reckte Quilaco den Kopf hinaus. Auch er war abgemagert, aber seine Augen leuchteten warm.

»Seid Ihr das, Micay?« fragte er und sagte dann ins Innere der Sänfte: »Sie ist hier, meine Mutter. Sie ist nicht nach Quito gegangen, wie Ihr befürchtet habt.«

Sieben Tage, dachte Micay, als sie in die Sänfte blickte und die Hohepriesterin betrachtete. Das vertraute Gesicht sah alt und müde aus, und unter den wenigen grauen Haaren wirkte Chimpu Ocllo unendlich verletzlich.

»Seid gegrüßt, Mamanchic«, sagte Micay mit bemüht gefaßter Stimme. »Wir haben um Eure Rückkehr gebetet.«

»Du bist geblieben«, murmelte Chimpu ungläubig, »obwohl ich grausam zu dir war.«

»Ihr wart nie grausam, Herrin«, widersprach Micay. »Jetzt ruht Euch aus und schont Eure Kräfte, damit wir Euch heilen können.«

Sie richtete sich auf und schob die Maske herunter. Eine der Mamacona sagte betrübt: »Sie will sich nicht ausruhen. Den ganzen Weg lang hat sie mit uns gesprochen.«

»Dann müssen wir versuchen, sie dazu zu zwingen«, beharrte Micay. »Könnt ihr sie hineintragen? Ich muß die Kinder wecken und unsere Dinge aus dem Haus holen.«

Aber Chuqui hatte diese Aufgabe bereits für sie erledigt und stand unter dem Vordach mit Micays Medizinbeutel und mehreren Decken im Arm; Cahua und Sinchi klammerten sich verschlafen an ihren Rock. Quinti hockte am Boden und umarmte Coca und Cisa, während Micay Quilaco aus der Sänfte half. Er war dünn und kraftlos, aber er stand auf beiden Beiden und nahm Micay in den Arm.

»Es ist schön, wieder hier zu sein, Micay«, sagte er heiser. »Und am Leben zu sein.«

»Ihr müßt baden und andere Kleider anziehen, bevor Ihr die Kinder umarmt«, warnte Micay ihn. Er nickte und warf seinen Töchtern ein strahlendes Lächeln zu. »Ich bin bald bei euch«, versprach er.

Quinti sagte: »Ich werde ihn baden«, und Micay nickte neidisch. Quilacos Arm um ihre Schultern hatte sie an Cusi erinnert, und sie dachte sehnsüchtig an seine Rückkehr.

»Bade du auch«, forderte sie Quinti auf. »Im Badehaus findet ihr saubere Gewänder.«

Quinti und Quilaco entfernten sich, und die zwei Mamacona führten Chimpu Ocllo in ihr Haus. Micay wandte sich an Chuqui, die die ganze Zeit über still im Hintergrund geblieben war. »Ich muß mich auch waschen«, meinte sie. »Kannst du die Kinder in das Zimmer der Frauen bringen und ins Bett legen? Ich muß mich um die Sänfte kümmern und dann nach der Hohenpriesterin sehen.«

Chuqui nickte, versammelte die Kinder um sich und ging. Nachdem Micay wieder ihr Gesicht mit der Maske bedeckt hatte, machte sie sich an der Sänfte zu schaffen und entfernte sorgsam alle Lamafelle und Decken, die Vorhänge sowie das Dach aus geöltem Tuch.

»Jetzt könnt ihr sie gefahrlos wegtragen«, sagte sie schließlich zu den Trägern. »Wir danken euch für euren Mut. Mama Quillas Segen ruht auf euch.«

Die Männer verbeugten sich schweigend und trugen die Sänfte weg. Micay blieb einen Augenblick reglos stehen und wandte sich dann mit einem Ruck Chimpu Ocllos Haus zu. Sie war entschlossen, die Frau zu heilen, die sie zur Heilerin gemacht hatte.

Als Micay schließlich Zeit hatte, nach Paucar Rimay zu sehen, saß Lloque Yupanqui mit gekreuzten Beinen in sicherer Entfernung neben ihm. Er hatte eine Maske vor dem Gesicht und spielte mit einem farbigen Quipu. »Ich habe sie gemacht, nachdem du mir von Paucar erzählt hast«, sagte er und deutete auf die Schnüre. »Aber dann hatte ich keine Zeit, ihm den Quipu zu bringen. Heute habe ich von deiner Tochter überhaupt erst erfahren, daß Paucar krank ist.«

»Jetzt macht es nichts mehr«, sagte Micay. »Er wird nicht mehr lange leben.«

Trotzdem reichte Lloque ihr den Quipu mit den drei Fäden in rot, gold und schwarz, und Micay befestigte sie am Hüftband des Kranken. Aber als sie seine Hände darauflegen wollte, glitten sie kraftlos und zitternd wieder herab.

»Ihr seid sehr gütig zu ihm, Herr«, dankte Micay Lloque, dem die Tränen in den Augen standen. »Ihr habt ihm ermöglicht, das zu leben, was noch in ihm steckte.«

»Nur damit er jetzt stirbt«, antwortete Lloque bitter. »Wir haben ihn zwar nicht von Cuzco hergebracht oder ihn in einen sinnlosen Kampf nach Piura geschickt, aber wir sind trotzdem schuldig... *Ich bin schuldig*. Ich war blind und stumm.«

»Ich verstehe Euch nicht, Herr«, wandte Micay ein. »Woran meint Ihr, schuldig zu sein?«

»Wir haben ihn vergessen lassen, welche Art von Herrscher er sein sollte. Wir ließen ihn glauben, er schulde uns nichts, und deswegen bekamen wir auch nichts. Warum sollte er also hierbleiben, um mit uns die Krankheit durchzustehen?«

Micay zögerte, verblüfft über diesen plötzlichen Ausbruch gegen den Sapa Inca. Hatte Paucars Zustand etwas damit zu tun? Aber Lloque wollte sich offenbar nicht erklären und sagte nur: »Kümmere dich um deine Patienten, Micay. Ich werde bei ihm bleiben, bis er nicht mehr ist. Und dann gehe ich nach Quito.«

»Aber die Krankheit ist jetzt dort.«

»Und *er* auch. Vielleicht wird dann eine Stelle bei seinen Beratern frei.«

Paucar Rimay starb am nächsten Morgen, während Micay ihre Gebete verrichtete. Sie half, ihn in eine Decke zu hüllen, und bat dann die maskierten Träger, ihn zum Begräbnis fortzutragen. Lloque Yupanqui folgte der Sänfte in einiger Entfernung; in der Hand hielt er eine der Schnüre, die er für Paucar gemacht hatte.

Vor dem Haus Chimpu Ocllos drängten sich Mamacona und Priesterinnen. Ihrem entsetzten Gesichtsausdruck nach zu urteilen hatten sie schließlich begriffen, daß die Mamanchic nicht mehr gesund werden würde. Dreizehn Tage lang hatte die Hohepriesterin sich wie keine andere Patientin gegen die Krankheit gewehrt; sie war nicht einmal bewußtlos geworden oder ins Delirium gefallen – aber sie hatte sich auch geweigert, ihre Kräfte zu schonen. Die Mamacona hatten sich von diesem Verhalten ebenso täuschen lassen wie die Heilerinnen, aber nun war ihnen klar, daß Chimpu keinen Willen hatte zu genesen; sie verschwendete bewußt die Kraft, die sie hätte retten können. Sie wollte sterben.

Als Micay sich vor Chimpus Haus zu Quespi und Chuqui Huipa gesellte, erfuhr sie, daß die Hohepriesterin Mama Ticlla als ihre Nachfolgerin vorgeschlagen hatte. Dann trat eine Mamacona auf die drei zu und sagte: »Die Mamanchic möchte euch empfangen, und dazu Quinti Ocllo.«

Micay nahm die Hände der weinenden Frau in die ihren. Mit dieser Geste wollte sie Trost spenden, aber auch eine Empfindung in sich selbst heraufbeschwören – im Augenblick fühlte sie sich nur nutzlos und enttäuscht, daß sie der Möglichkeit beraubt wurde, ihre Wohltäterin zu heilen. Sie konnte kein Wort herausbringen. »Quinti ist bei Llampu«, berichtete Quespi und sah Micay entschuldigend an. »Du warst bei Paucar Rimay. Ich habe eine Wehmutter mit ihr geschickt.«

»Ich sollte zu ihr gehen«, begann Micay, aber die Mamacona warf ihr einen dringlichen Blick zu.

»Du darfst jetzt nicht weg. Geh zur Hohenpriesterin, solange es noch möglich ist.«

Chuqui und Quespi nahmen Micay am Arm und führten sie durch die Tür in das verdunkelte Zimmer, wo Chimpu mit geschlossenen Augen gegen die Wand gelehnt ruhte. Die drei Frauen knieten vor ihr nieder, und Chuqui erklärte: »Ich bin Chuqui Huipa, meine Mutter. Ich bin hier mit Mama Micay und Quespi. Quinti Ocllo ist fort, um eine Kranke zu pflegen.«

Chimpu hustete und preßte die Hände gegen den silbernen Mondschild auf ihrer Brust. Es war offensichtlich, daß sie sprechen wollte, und eine der Mamacona befeuchtete ihre Lippen mit einem Tuch.

»Dann müßt ihr auch an ihrer Statt hören, was ich zu sagen haben«, brachte sie schließlich mit zitternder Stimme hervor. »Unsere Mutter ruft mich zu ihr, meine Töchter. Bald wird sie meinen Schmerzen ein Ende bereiten. Deswegen müßt ihr mir jetzt zuhören ... Ihr seid diejenigen, die wieder von vorne beginnen müssen, wenn die Alten nicht mehr sind.« Sie atmete tief ein und fuhr dann mit strenger Stimme fort: »Mit meinem Tod habt ihr euer Gelübde dem Kult gegenüber erfüllt. Ich würde euch bitten, sie Mama Ticlla gegenüber zu wiederholen, aber ich bin mir nicht sicher, ob sie wirklich zu meiner Nachfolgerin ernannt wird. Ich rate euch nur, euch gut zu überlegen, wem ihr als nächstes dienen werdet. Denjenigen, die eure Liebe erwidern, schuldet ihr alles, aber jenen, die den Wert eurer Liebe nicht würdigen, schuldet ihr nichts.«

Die drei jüngeren Frauen blickten sich erstaunt an, überrascht von diesem häretischen Rat, in dem Pflicht, Loyalität oder Respekt vor der Tradition nicht erwähnt wurden. Vor allem Chuqui schien verwirrt, doch in Micay stieg ein Gefühl der Liebe auf. »Sogar jetzt, meine Mutter«, sagte sie bewegt, »fordert Ihr uns auf, selbst zu entscheiden.«

»Ja«, stimmte Chimpu mit so großem Nachdruck zu, daß sie husten mußte. Sofort trat eine der Mamacona zu ihr und betupfte ihr das Gesicht mit einem feuchten Tuch. »Ja ... ja, du verstehst mich, Micay«, fuhr die Hohepriesterin geschwächt fort. »Wenn alles vorbei ist ... wenn es hier nichts mehr zu tun gibt, dann geht in die Berge, alle, und bleibt dort, bis euch die Haare nachgewachsen sind. In der Zeit sollen sich die Heilerinnen von Quito um die Kranken kümmern. Ihr werdet es verdient haben, euch zu erholen und wieder zu euch zu kommen. Und dann fangt von vorne an...«

Erschöpft sank sie auf die Kissen zurück, und die Mamacona bedeuteten den drei Frauen zu gehen. Sie verbeugten sich und entboten eine Mocha. »Schickt die jüngeren Priesterinnen herein«, bat eine der Mamacona, als sie hinausgingen.

Das Sonnenlicht blendete Micay so sehr, daß sie die Frauen, denen diese Aufforderung galt, erst nach einigem Blinzeln entdeckte. Die meisten von ihnen weinten, und da fiel Micay auf, daß ihre eigenen Augen trocken waren. Aber das hatte nichts damit zu tun, daß sie keine Trauer empfand. Chuqui weinte hemmungslos. »Ich habe sie nie kennengelernt«, schluchzte sie. »Ich durfte sie nie kennenlernen.«

»Ich habe sie erst durch Micay kennengelernt«, sagte Quespi beschwichtigend. »Sie hat mich dazu gebracht, mein Leben in die eigene Hand zu nehmen und mich zu behaupten. Genauso, wie sie uns heute dazu aufgefordert hat.«

»Das hat sie immer wieder gesagt«, pflichtete Micay bei. »Und sie wollte es uns vor ihrem Tod noch einmal in aller Deutlichkeit sagen.«

»Ich habe sie vernommen«, erklärte Chuqui mit belegter Stimme. »Und ich werde ihre Worte nicht vergessen.«

»Es ist besser, sich zu erinnern, als zu trauern«, meinte Micay. »Und jetzt kommt, gehen wir zu Quinti. Diese Sätze waren auch für sie bestimmt.«

Als sie sich Rimachis Anwesen näherten, hörten sie die an- und abschwellende Melodie eines Trauerlieds. Dann wurde ihnen bewußt, daß das Klagen aus seinem Haus kam, und sie verlangsamten ihre Schritte. Durch das plötzliche Erscheinen der drei Weißen Frauen gerieten die Sängerinnen ins Stocken, und auch Micay und ihre Begleiterinnen hielten inne, als sie die Trauernden vor Rimachis Haus sahen. Seiner Mutter hingen die Haare wirr vors Gesicht; Choque Chinchay hielt seinen Enkel Topa im Arm und starrte ins Leere. Die Wehmutter trat Micay entgegen und erklärte verzagt: »Sie hat das Kind zur Welt gebracht, aber die Geburt war zu viel für ihr Herz. Das Kind ist schon vor einiger Zeit gestorben.«

»Wo ist Quinti?« fragte Micay.

»Drinnen, bei Rimachi. Er weigert sich, den Raum zu verlassen.« Micay betrat das dunkle Zimmer, wo Quinti mit unmaskiertem

Gesicht auf dem Boden saß. Llampu lag reglos auf blutbefleckten Decken, Rimachi neben ihr. Er hatte ihr einen Arm um die Schultern gelegt und drückte sein Gesicht eng an das ihre.

Micay zog ihre Maske bis an die Augen hinauf und kniete sich neben ihn. »Rimachi, mein Freund«, murmelte sie. »Verzeiht mir... Ich war bei der Mamanchic. Es tut mir so leid...«

Rimachi blickte auf und sah sie mit verweinten, schmerzerfüllten Augen an. »Was habe ich getan, Micay?« klagte er. »Warum werden mir die Frauen, die ich liebe, immer genommen?«

Bei diesen Worten stiegen in Micay Tränen auf, und sie konnte keine Antwort auf seine Frage finden. Immer wieder hatte sie sich vorgestellt, wie es wäre, Cusi zu verlieren, und der bloße Gedanke daran war unerträglich gewesen.

»Ich höre immer noch ihre Stimme«, jammerte Rimachi. »Wie kann sie da fort sein?«

Dann warf er sich der Länge nach auf Llampus Leichnam. Micay faßte ihn an der Schulter und zog ihn sanft, aber unnachgiebig weg.

»Ihr setzt Euch der Krankheit aus«, erklärte sie. »Ihr müßt gesund bleiben. Für Euren Sohn. Er soll wenigstens einen Vater haben.«

Rimachi hob den Kopf. »Topa«, murmelte er und erhob sich schwankend. »Topa«, wiederholte er und ging auf seinen Sohn zu. Aber Micay hielt ihn zurück.

»Ihr müßt Euch waschen, bevor Ihr ihn berührt. Er kann zwar nicht wieder krank werden, aber er könnte das Fieber an andere Kinder weitergeben.«

Rimachi starrte sie verständnislos an, aber langsam schien ihm der Sinn ihrer Worte klar zu werden. Er umklammerte ihr Handgelenk und drückte ihre Hand gegen seine Brust.

»Ich gehe mit Euch zum Badehaus«, erbot sie sich, und er nickte. »Es ist gut, daß ich Euch nicht vollständig verloren habe«, antwortete er dankbar und ließ sich von ihr fortführen. Bei seinem Versuch zu lächeln traten ihr wieder Tränen in die Augen.

»Wir alle haben zu viel verloren«, sagte sie und weinte leise in ihre Maske.

Die Trauerfeierlichkeiten für Chimpu Ocllo währten zehn Tage, und dann wurde ihr mumifizierter Leichnam von den Mamacona zum Luchs-Haus getragen. Etwa dreißig Weiße Frauen folgten der Prozession bis zum Stadtrand, und Micay wünschte sich, sie hätte die Zwillinge bei sich und könnte immer weitergehen, bis sie das Regenbogen-Haus erreichten. Aber es war noch zu früh, um den Rat der Hohenpriesterin zu beherzigen. Zwar erkrankten jeden Tag weniger

Menschen am Fieber, doch es waren immer noch genug, und ihre Genesung würde sich lange hinziehen. Die Arbeit der Heilerinnen war noch nicht beendet.

Dort, wo die Straße sich zu einem Pfad verengte, blieben die Begleiterinnen zurück. Micay ließ den Blick über die Terrassen schweifen. Manche der Felder lagen brach, und viele waren nur teilweise bepflanzt, aber es würde genug Getreide für die Überlebenden geben. Allerdings, dachte sie, würden alle Arbeitsfähigen bei der Ernte mithelfen müssen, und niemand würde nach Quito gehen können, wo sich jetzt die Krankheit ausbreitete. Huayna Capac saß dort wie in der Falle; es gab keinen Ort mehr, an den er von Quito aus fliehen konnte.

Als die Sänfte mit Chimpu Ocllos Mumie außer Sicht war, kehrten die Frauen unter Mama Ticllas Führung in die Stadt zurück. Sie trug den silbernen Mondschild der Hohenpriesterin, obwohl aus Quito keine Bestätigung ihrer Ernennung eingetroffen war. Aber die Frauen des Kults hatten beschlossen, ihr auch ohne offizielle Weihen und Gelübde zu dienen.

Allmählich löste sich der Zug der Frauen auf, und Micay verabschiedete sich gerade von Chuqui Huipa, als sie Quinti laut aufschreien hörte. Sie drehte sich rasch um und sah, wie ihre Freundin sich an die Stirn faßte und stolperte. Eine andere Frau fing sie auf, bevor sie zu Boden fiel, und Micay und Chuqui gingen sofort zu ihr. Ihre Haut fühlte sich sehr heiß an.

»Ich war so müde«, stöhnte Quinti. »In meinen Träumen sehe ich immer Llampu...«

Micay und Chuqui zogen sich die Masken vor das Gesicht und legten sich Quintis Arme auf die Schultern, um sie ins Haus der Hohenpriesterin zu tragen. Völlig atemlos kamen sie dort an und betteten Quinti auf ein Lager. Quespi zog sie aus und wusch sie.

Micay schöpfte immer noch Luft, als ein Bote ihr aus einiger Entfernung etwas zurief. »Lloque Yupanqui schickt nach Euch, Herrin«, sagte er. »Der Gouverneur hat die Krankheit.«

»Mein Vater?« rief Quinti entsetzt und richtete sich auf. Die anderen Frauen drückten sie sanft wieder auf das Bett, und Micay kniete sich besorgt neben sie.

»Du darfst nur an deine eigene Genesung denken«, beschwor sie ihre Freundin. »Ich gehe zu Apu Poma.«

»Die Ältesten befällt es am schlimmsten«, stöhnte Quinti. »Du darfst ihm nicht sagen, daß ich auch krank bin.«

»Ich lasse Quilaco benachrichtigen und komme später wieder zu dir«, versprach Micay. »Jetzt ruh dich aus.«

»Ausruhen«, wiederholte Quinti verzagt. »Wer kann schon Ruhe finden …«

Ohne das übliche Gedränge der Boten und Buchhalter lag das Anwesen des Gouverneurs verwaist da, als Micay auf das Zelthaus zuschritt. Die Zwillinge liefen ihr entgegen, blieben aber stehen, als ihre Mutter ihnen mit einer Geste bedeutete, daß sie sich ihr nicht nähern durften. Es verlangte Micay sehr danach, ihre Kinder an sich zu drücken, aber sie war sich bewußt, daß sie gerade jetzt besondere Vorsicht walten lassen mußte.

»Großvater ist krank«, sprudelte Cahua hervor. »Wir dürfen nicht in seinem Haus spielen.«

»Wird er auch tot sein?« fragte Sinchi und sah sie neugierig an. Sie hatte den Kindern vom Tod Otoronco Achachis und Paucar Rimays erzählt, aber sie war nicht sicher, ob die Zwillinge den Unterschied zwischen tot und »fort« – wie Cusi und Uritu es waren – tatsächlich begriffen.

»Ich werde versuchen, ihn zu heilen«, erklärte Micay. »Später werden wir für ihn beten.«

»Großmutter kümmert sich um ihn«, berichtete Cahua. »Onkel Lloque wollte das nicht, und sie haben sich angeschrien.«

»Hast du das gesehen?« fragte Micay erschrocken. »Du bist doch nicht zu Großvater gegangen, oder?«

»Nein«, antwortete Cahua mit unschuldiger Miene. »Ich bin zu Großmutter und habe ihr von Großvater erzählt, und dann ist sie mir zu seinem Haus gegangen. Aber wir durften nicht hinein. Und dann hat Onkel Lloque geschrien.«

»Er war laut«, bekräftigte Sinchi.

»Wenn Leute aufgeregt sind, vergessen sie manchmal ihre Manieren«, erklärte Micay. Dann sah sie Lloque aus Apu Pomas Haus kommen. Er zog die Maske vom Gesicht und starrte zu Micay hinüber. Sie sah auf die Kinder und empfand wieder das Verlangen, sie an der Hand zu nehmen und mit ihnen zum Regenbogen-Haus zu gehen.

»Ihr könnt mich zu Großvaters Haus begleiten«, schlug sie statt dessen vor. »Aber dann müßt ihr im Zelthaus auf mich warten.«

Sinchi rannte sofort auf Lloque zu, und als Micay mit Cahua etwas später zu ihnen trat, hörte sie Lloque sagen: »Nein, wir werden ihn nie wiedersehen. Er ist zu Inti gegangen, dem Vater der Inca.«

Micay erklärte er: »Wir sprechen gerade über Otoronco Achachi.«

»Er ist tot«, sagte Cahua mit Nachdruck. »Sinchi denkt, er würde sich nur irgendwo verstecken.«

»Es ist gut, daß Sinchi sich an ihn erinnert«, lobte Micay ihren Sohn. »So, und jetzt geht ihr beide ins Zelthaus und wartet auf mich.« Nach kurzem Protest gingen die Zwillinge davon, und Micay beugte sich zu Lloque.

»Ich wollte, daß du ihn als erste siehst«, meinte Lloque, »aber deine Tochter war schneller als mein Bote, und Cori bestand darauf, zu ihm zu gehen.«

»Vielleicht ist sie seine beste Heilerin«, gab Micay zu bedenken.

Lloque schnaubte. »Ich habe veranlaßt, daß er gewaschen wird und frische Kleider bekommt, aber Cori will von Vorsichtsmaßnahmen nichts hören. Nicht einmal eine Maske will sie! Ich glaube, ihr gefällt der Gedanke zu sterben, während sie ihre Pflicht erfüllt.«

Langsam erwiderte Micay: »Seitdem ich Quinti zum Rasthaus gehen ließ, hat sie nicht mit mir gesprochen. Aber ich werde versuchen, mit ihr zu reden, damit sie Verstand annimmt.«

»Laß dich von ihr nicht verletzen«, warnte Lloque mitfühlend. »Sie hütet ihre Zunge niemandem gegenüber.«

Micay zog die Maske vors Gesicht und betrat das verdunkelte Zimmer. Apu Poma ruhte mit dem Rücken an der Wand und preßte sich ein Tuch an die Stirn. Ohne die Ohrpflöcke und das Stirnband erschien sein Gesicht klein, und er öffnete nur kurz die Augen, als Micay sich neben ihn kniete. Mama Cori saß auf der anderen Seite seines Lagers.

»Ich habe nicht nach dir geschickt. Ich will deine Hilfe nicht«, fuhr sie Micay an.

»Cusi würde wollen, daß ich hier bin«, entgegnete Micay standhaft und beschwor die einzige Person herauf, die Mama Cori vielleicht respektieren würde.

Apu Poma öffnete die Augen. »Ich möchte, daß sie hier ist«, sagte er mit schwacher Stimme und blickte zu Mama Cori. »Warum bist *du* hier?«

»Ich bin deine Frau. Es ist meine…«

»Du wolltest nie meine Frau sein«, unterbrach Apu Poma sie. »Das wußte ich schon, als ich um dich bat, aber ich dachte, das wäre gleichgültig. Ich war ein Inka und hatte eine Belohnung verdient. Und jetzt… wir haben deswegen beide genug gelitten. Du brauchst jetzt nicht wieder mit mir zu leiden.«

»Ich möchte dir helfen, gesund zu werden«, erwiderte Mama Cori leise.

»Indem du Micay fortschickst?« fuhr er auf. »Wieviel weißt du denn schon von der Krankheit? Du hast doch nur in deinem Zimmer gesessen.«

»Willst du mich fortschicken?« fragte Mama Cori ruhig. Apu Poma hustete und zuckte vor Schmerzen zusammen. Micay wollte eingreifen, damit er Mama Cori nicht ganz zurückwies, aber bevor sie etwas sagen konnte, antwortete er sanft: »Nein, ich möchte, daß du bleibst. Aber nicht, weil es dein Recht oder deine Pflicht ist. Nur... weil ich dich darum bitte. Bald werde ich hilflos sein, und ich möchte überleben. Ich möchte den Enkel sehen, den Amaru uns geschenkt hat, und ich möchte Cusi bei seiner Rückkehr begrüßen.«

Mama Cori seufzte heftig. Sie blickte zu Micay und versuchte, ihre Erleichterung zu verbergen, aber es gelang ihr nicht. Mit geschlossenen Augen fuhr Apu Poma fort: »Und kein Streit mehr, Cori. Weder mit Lloque noch mit Micay oder sonst jemandem. Laß die Vergangenheit ruhen... Bevor ich sterbe, soll Frieden zwischen uns herrschen.«

Nach einer langen Pause sagte Mama Cori: »Ich habe dich vernommen, Apu Poma. Lassen wir die Vergangenheit ruhen. Aber wir lassen dich nicht sterben.«

Apu Poma brummte zustimmend und ließ sich zurücksinken. Er zitterte, und Micay deckte ihn sorgsam zu.

»Herrin, darf ich Euch eine Maske geben und Kleider, die gewaschen werden können?« schlug Micay vor. »Die Haare sind nicht so wichtig, wenn sie richtig zurückgesteckt werden. Die Krankheit scheint vor allem an schmutziger Kleidung und ungeschützter Haut zu hängen.«

Mama Cori nickte widerwillig. »Ich trage alles, das du mir bringst.«

»Denn gehe ich die Sachen holen«, sagte Micay, legte ihren Medizinbeutel auf den Boden und stand auf. »Wenn er etwas trinken möchte, dann gebt ihm Kokasaft.«

Ohne eine Antwort abzuwarten, verließ sie das Zimmer und wäre beinahe mit Lloque zusammengestoßen, der direkt vor der Tür stand und zufrieden nickte. Offenbar hatte er alles mitgehört. »Der Frieden könnte von kurzer Dauer sein«, warnte Micay ihn. »Deswegen habe ich ihr nicht gesagt, daß Quinti auch krank ist.«

Der zufriedene Ausdruck wich von Lloques Gesicht. Dann nickte er wieder und erklärte: »Ich werde es ihr sagen. Apu Poma hat mir gezeigt, wie man sie zum Zuhören bringen kann.« Er machte mit seinen langen Händen eine wehmütige Geste. »Warum können wir nur unter Todesgefahr sehen lernen?«

Cuzco

Als Cusi durch das Tor zur Patallacta trat, erblickte er sofort den Mann, den Huaman Cachi ihm beschrieben hatte. Er hockte neben der Treppe am öffentlichen Brunnen und tat, als würde er Kürbisflaschen mit Wasser füllen. Gestern hatte er sich als Straßenfeger betätigt. Cusi ging die Treppe hinauf und bog in die Straße nach Norden ab; dabei schlug er ein Tempo ein, das dem Mann mit den Kürbissen gestattete, ihn einzuholen.

Nachdem er rechts in eine weitere Straße abgebogen war, blieb er stehen und wartete. Bald darauf erschien der Mann mit einem Netz voller Kürbisse über der Schulter. Er tat verblüfft, wie jeder Nicht-Inka, der in der Straße einem Inka königlichen Geblüts begegnet, verbeugte sich hastig und wollte Cusi ausweichen. Aber dieser packte ihn kräftig am Arm.

»Du verschwendest deine Zeit, mein Freund«, sagte er. »Heute brauchst du mir nicht zu folgen.«

»Mein Herr?« stammelte der Mann verwirrt. »Wollt Ihr Wasser?«

Cusi grinste ihn an. »Gestern hattest du einen Besen. Und die Person, die dir folgt, so wie du mir folgst, sagte mir, du wärst anschließend in den Palast gegangen. Vermutlich hast du Huascar einen Bericht abgeliefert?«

»Ich weiß nicht, was Ihr meint, Herr«, beharrte der Mann. Cusi packte fester zu und zog den Spitzel zu sich.

»Ich meine, Huascar selbst hat mich heute in den Palast bestellt, und wenn du mir noch einmal eine Lüge auftischst, dann nehme ich dich mit und verlange, daß du wegen deiner Tölpelhaftigkeit bestraft wirst.«

Darauf blieb der Mann eine Antwort schuldig, gab seine Haltung unschuldiger Verwirrung auf und blickte trotzig zu Boden. Cusi griff nach einem der Flaschenkürbisse und schüttelte ihn – er war leer.

»Straßenfegen liegt dir eindeutig mehr, als Wasserkürbisse zu füllen. Zum Spitzel warst du erst recht nie berufen. Und jetzt geh ...«

Als Cusi seinen Weg fortsetzte, erinnerte er sich daran, wie wütend Yasca gewesen war, als er entdeckte, daß man *ihm* nachspionierte. Cusis Kameraden verachteten den Thronerben alle; Tomay hatte sogar gesagt, Huascar kenne nicht den Unterschied zwischen einem Geschenk und einer Bestechung, und Quizquiz warf ihm vor, mit Kriegern anzustoßen, ohne je selbst auf einem Schlachtfeld gewesen zu sein. Aber Cusi empfand eine seltsame Zuneigung für den Thronerben, der ihm als Regent unter anderem neue Ohrpflöcke überreicht hatte. Seiner Meinung nach hatten seine Versuche, sich huldvoll zu zeigen, durchaus etwas Ehrliches an sich. Andererseits verhielt er sich als Regent wenig überzeugend. Er hatte den Rat der Statthalter mit seinen Verwandten und Anhängern besetzt und ließ alle Haushalte aus Ober-Cuczo bespitzeln, vor allem die Iñaca und die Vicaquirao. Seine Spione lauerten überall. Damit mochte er vielleicht seine Macht festigen, aber Freunde gewann er sich mit diesem Verhalten nicht.

Huascar empfing Cusi im Collcampata, wo Cusi seit seiner Initiation nicht mehr gewesen war. Der Regent saß auf einem Holzhocker vor einer Opfernische. Der gelbe Fransensaum hing ihm um die Stirn, und an den Füßen trug er Sandalen aus Jaguarpelz. Um ihn herum standen drei seiner Halbbrüder: Challco Yupanqui, Atoc und Huanca Auqui. Sie waren seine Berater und die Kommandeure seiner Krieger. Mit dem Flaschenkürbis in der Hand verbeugte Cusi sich und entbot eine Mocha.

»Fühle dich wie zu Hause, Cusi Huaman«, forderte Huascar ihn auf und deutete auf die Männer um sich. »Du kennst meine Brüder...«

»Meine Herren«, begrüßte Cusi sie und verbeugte sich. Er war ihnen allen auf Festen begegnet, hätte aber nie behauptet, sie gut zu kennen.

»Hast du für den Aufstieg Wasser benötigt?« fragte Huanca Auqui ironisch und deutete mit dem Kinn auf den Kürbis. Cusi hielt ihn hoch, und die Männer lachten. Früher hätte er sich von einem solchen Scherz beleidigt gefühlt und den Mann sein Mißfallen deutlich spüren lassen. Aber jetzt lächelte er nur und warf ihm den Kürbis zu.

»Wie Ihr seht, ist er leer. Er sollte von einem Mann gefüllt werden, der vor der Patallacta wartete. Aber seine eigentliche Pflicht bestand darin, mir zu folgen. Deshalb ist er seiner Aufgabe als Wasserträger nicht richtig nachgekommen.«

»Beschuldigst du jemanden im Palast, Cusi?« fragte Huascar unschuldig. Cusi bemerkte, daß dem Regenten das Spiel Spaß bereitete.

»Ich bin nur überrascht, Herr«, antwortete er achselzuckend. »Niemand hat Grund, hinter mir herzuspionieren. Ich bin nur hier, um an den Trauerfeierlichkeiten teilzunehmen, und dann kehre ich nach Tumibamba zurück.«

»Ninan Cuyochi hat deine Dienste angefordert. Warum?«

»Ich habe jahrelang unter ihm gedient. Während des Kriegs in Chachapoyas war ich sein Späher und dann der Kommandeur seiner Kundschafter im Krieg gegen die Carangui.«

»Also stehst du zu ihm.«

»Natürlich, Herr. Genauso wie ich zu Yasca, meinem jetzigen Kommandanten, stehe.«

Seine nächste Frage spuckte Huascar förmlich aus. »Und warum ist deine Frau eine enge Freundin meiner Schwester Chuqui Huipa geworden?«

Überrascht mußte Cusi ein Lachen unterdrücken. »Herr ... Ich habe meine Frau seit fast fünf Jahren nicht gesehen. Ich habe keine Ahnung, mit wem sie jetzt befreundet ist.«

Huascar stand abrupt auf, nahm Cusi am Arm und führte ihn zur Brüstung, von der aus man auf die grau-goldenen Dächer des Heiligen Cuzco hinabblickte. Der Regent seufzte zufrieden und sagte dann: »Du gefällst mir, Cusi Huaman. Das hatte ich nicht erwartet. Ich habe nicht vergessen, wie du mich als Jungen zurechtgewiesen hast, und ich habe auch Beschwerden über deine Loyalität und deinen Charakter gehört. Aber offenbar ist dieser Ruf nicht gerechtfertigt.«

Cusi senkte den Kopf und lächelte. »Wenn das ein Kompliment ist, Herr, dann danke ich Euch.«

»Das ist ein Kompliment«, erwiderte Huscar und klopfte sich auf die Brust. »Auch ich werde mißverstanden, Cusi. Weil ich hiergeblieben bin und die Aufgaben erfülle, die mein Vater mir aufträgt, gelte ich als faul, und man sagt mir nach, es fehle mir an Mut und Urteilsvermögen. Und weil ich den Respekt einfordere, der mir als Thronerbe gebührt, bin ich angeblich arrogant und machthungrig.«

Als Cusi daraufhin schwieg, drang der Regent in ihn: »Zweifellos hast du das selbst gehört – wenn nicht hier, dann in Tumibamba oder in Quito.«

»In diesen Städten wird Euer Name selten erwähnt, Herr«, antwortete Cusi aufrichtig. »Man kennt Euch dort nicht so gut, als daß man über Euch klagen würde.«

»Aber ich bin der rechtmäßige Thronerbe!« fuhr Huascar auf. »Und ich bin hier in Cuzco! Haben die Inka vergessen, woher sie stammen? Hier ist das Zentrum der Vier Viertel!«

Cusi nickte nur. »Einige von uns werden das nie vergessen«, räumte er ein. »Aber wir sind seit fünfzehn Jahren fort. Es gibt Jungen und Mädchen im Initiationsalter, die Cuzco nie gesehen haben und diese Stadt nicht als ihre Heimat betrachten.«

»Das wird sich ändern, wenn ich der Sapa Inca bin«, schwor Huascar. »Ich werde die Inka nach Cuzco zurückführen.«

»In Tumibamba gibt es viele, die das gerne sähen«, räumte Cusi ein. »Meine Mutter zum Beispiel. Ich persönlich möchte aber zu meiner Frau und meinen Kindern in Tumibamba zurückkehren.«

»Oder vielleicht in die Gunst Atahualpas, der in Quito sitzt und wie du ein Mitglied des Iñaca-Haushalts ist?« fragte Huascar lauernd.

»Im Norden spielen die Haushalte nicht die große Rolle wie hier, Herr«, wandte Cusi ein.

»Hier haben sie viel zuviel Einfluß. Ihre Lagerhäuser sind überfüllt, und ihre Herden sind so groß wie die des Inca, aber sie überlassen alles ihren Gefolgsleuten. Aber vielleicht ... wenn du recht hast mit dem, was du sagst ... verdienen sie nicht so viel Respekt und Schutz, wie sie meinen.«

»Ich möchte nicht sagen, daß die Menschen im Norden Cuzco vergessen haben«, erklärte Cusi hastig. »Und wenn die Inka nach Cuzco zurückkommen, werden sie erwarten, daß die Güter ihrer Vorfahren intakt sind.«

»Natürlich!« polterte Huascar. »Und sie werden erwarten, daß der nächste Sapa Inca neue Ländereien für sich erobert! Aber was gibt es noch zu erobern, Cusi? Du hast einen größeren Teil des Reiches gesehen als die meisten Männer. Sag mir, was gibt es noch außer Dschungel und Ödland, wo nur ungebildete Wilde leben können?«

Cusi hatte sich auf diese Frage vorbereitet, ließ sich aber Zeit mit seiner Antwort, damit sie nicht einstudiert klang.

»Es gibt nicht viel, wofür es sich lohnen würde, eine Armee aufzustellen«, erwiderte er schließlich bedächtig. »Aber ist es nicht auch die Pflicht des Sapa Inca, die Länder in unserem Besitz zu verteidigen und zu Wohlstand zu führen? Es gibt viel *innerhalb* der Vier Viertel, um das man sich wird kümmern müssen, wenn die Krankheit vorbei ist. Wir werden einen Führer brauchen, der planen und aufbauen kann.«

Huascar runzelte die Stirn. »Also meinst du, ich solle meine Krieger nach Hause schicken, mich in Fetzen kleiden und Säcke mit Saatgut an die Armen verteilen?«

»Der Sapa Inca kann jeder Arbeit Würde verleihen«, erinnerte Cusi ihn.

»Du bist wohl verrückt geworden!« fuhr Huascar ihn ungläubig an. »Meinst du, ich habe keinen Stolz? Du sprichst nicht wie ein Inka-Krieger, sondern wie ein weinerliches altes Weib!«

Cusi hörte die Beleidigung, aber sie berührte ihn nicht. Er verbeugte sich nur ehrfurchtsvoll und erwiderte: »Es tut mir leid, wenn ich Euch enttäuscht habe, Herr.«

Huascar starrte ihn wütend an, aber allmählich entspannten sich seine Züge, und schließlich sagte er müde: »Du kannst gehen, Cusi Huaman.«

Cusi entbot eine Mocha und entfernte sich langsam. Dabei fragte er sich, was Huascar ursprünglich mit diesem Treffen im Sinn gehabt hatte. Vielleicht wollte er ihn als Spion anwerben. Aber auf wen? Ninan war eine Möglichkeit, doch Chuqui Huipa und Atahualpa stellten kaum eine Bedrohung für Huascars Zukunft dar.

Solche Spekulationen sind sinnlos, dachte Cusi, während er die Stufen hinabging. Wichtig war nur, daß er dieses Gespräch unbeschadet überstanden hatte, ohne sich Huascar zum Feind oder sich selbst zu einem unwilligen Verbündeten zu machen. Die Distanz, die er gewonnen hatte, war tatsächlich eine Macht, wie Raurau Illa es ihm gesagt hatte. Der Alte hatte ihm auch gesagt, daß er damit Menschen mit Sympathie oder Gleichgültigkeit würde betrachten können; daß er die Wahl hatte, in das Herz eines Menschen zu sehen oder ihn einfach zu durchschauen. Cusi verlangsamte seine Schritte; seine verräterischen Gedanken ließen ihn verstehen, wie die Macht der Inka gebrochen und in alle Winde verstreut werden könnte – und er verstand, daß dieser Bruch nötig sein könnte, ebenso wie es damals nötig gewesen war, daß die Krieger sich auf dem Platz versammelten.

Als der Tag für die Zeremonie der Trauer und der Reue anbrach, waren die Straßen und Anwesen des Heiligen Cuzco leer und ruhig. Alle Tiere sowie alle Menschen, die weder Inka königlichen Geblüts noch Inka nach Stand waren, hatten sich bereits vor zwei Tagen, als die Inka ihre Fastenzeit begannen, in die Außenbezirke begeben müssen. Die Inka nach Stand betraten den großen Platz Haucaypata von den vier Ecken, in denen die Straßen mündeten, die von den Vier Vierteln nach Cuzco führten. Die Inka königlichen Geblüts verließen mit ihren Haushalten die Palasthöfe rund um den Platz; sie führten die Mumien ihrer Gründerherrscher auf kostbar verzierten Sänften mit sich, über die Decken aus leuchtenden Federn drapiert waren. An Geräuschen waren nur die Schritte bloßer Füße und das klagende Dröhnen eines Muschelhorns zu hören; zu sprechen war an diesem Tag untersagt.

Die Inka nach Stand saßen bewegungslos auf ihren Plätzen am Rand des Haucaypata; sie hatten sich die Umhänge über die Köpfe gezogen, um ihre Gesichter zu verbergen. Die Haushalte und ihre Sänften bildeten einen Kreis im Innern, in gebührendem Abstand zu der Steinempore im Mittelpunkt. Auf der gestuften Plattform, die sonst dem Sapa Inca und seinen Priestern vorbehalten war, standen die goldenen Abbilder Intis, Illapas und der anderen Inka-Gottheiten.

Auf ein Zeichen Huascars hin traten mehrere Männer der verschiedenen Haushalte auf die leere Fläche vor der Empore. Jedem von ihnen folgte eine Frau mit zeremoniellen Nachbildungen seiner Waffen. Die Männer trugen fransengesäumte rote Tuniken, einen gefiederten Kopfschmuck und Muschelketten, die nur zu diesem Anlaß angelegt werden durften. Ihre Gesichter waren ebenso wie die der Frauen mit Ruß geschwärzt und mit dem Saft bitterer roter Beeren verschmiert. Im bewußt unregelmäßigen Kreis umrundeten sie die Empore, torkelten und wankten wie Betrunkene und ließen sich dabei nur vom Rhythmus ihrer Trauer leiten. Die Männer untermalten ihren schwankenden Gang mit unregelmäßigen Schlägen auf ihre kleinen weißen Trommeln.

Zuerst empfand Cusi es als anstrengend, sich so ungeschickt zu bewegen, aber dann gedachte er aller, die an der Krankheit gestorben waren, und er durchlebte erneut den Todesmarsch von Pomata. Bald taumelte er unter der imaginären Last von Urcons Trage, blinzelte und verzog das Gesicht, als das Fieber ihn überfiel. Einmal stürzte er zu Boden und kroch auf Händen und Knien durch den Sand, wie die fiebrigen Männer, die niemand hatte tragen können. Er weinte hemmungslos über Urcon und Otoronco Achachi und Ayar Inca und war dabei nur soweit bei Bewußtsein, daß er sich untersagte, Worte zu sprechen oder Schreie auszustoßen.

Immer wieder wurde die Umrundung der Empore unterbrochen von einzelnen Männern, die alleine das Podest umkreisten, Kokablätter streuten und sich vor den Bildnissen der Gottheiten erniedrigten. Huascar war der erste, der diese Zeremonie vollzog und die Götter mit den stockenden Gesten eines Menschen begrüßte, der versagt hat und nur noch um Gnade flehen kann. Als er an Cusi vorbeiwankte, schlug dieser wild auf seine Trommel und fühlte sich eins mit dem Regenten, mit allen Inka, die trauerten und um Vergebung baten. Jetzt konnte sich niemand zurückhalten, konnte niemand Distanz wahren. Das Herz eines jeden Inka mußte zur Absolution entblößt werden.

Acht Mal wurde die Empore im Tageslicht umrundet, und dann weitere acht Mal nach Einbruch der Dunkelheit. Manche fielen vor Erschöpfung oder Hunger zu Boden, während diejenigen, die weitertrauerten, immer demütiger und unbeholfener wurden. Als das erste Morgengrauen dämmerte, war Cusi noch auf den Beinen und betrachtete die Menschen, die in Grüppchen auf der riesigen Fläche verstreut waren und fast verloren wirkten. Wie so oft in dieser Nacht dachte er an Otoronco, der nie vergessen hatte, wie wenige Inka es im Grunde gab. Das Licht des neuen Tages begann sich über dem Platz auszubreiten, und bald würden sie ihr Fasten und Schweigen brechen. Dann war die Zeremonie vorüber; vielleicht würden die Inka verschont werden und konnten ihre Größe wiederherstellen. Oder sie würden zerfallen, wie die Huacas gewarnt hatten. Cusi war erschöpft; er konnte weder Hoffnung noch Furcht vor der Zukunft empfinden. Es war getan; nun mußten die Götter den Wert und die Aufrichtigkeit der Menschen beurteilen. Cusi wollte nur noch Yasca finden, damit die ersten Worte, die er nach dem Schweigen hörte, das Versprechen des Kriegshäuptlings sein würden: »Morgen marschieren wir nach Tumibamba.«

KAPITEL 18

Khuyaq Masicona: Kameraden (1526)

Das Regenbogen-Haus

Micay ließ die Beine über die Terrasse hinabbaumeln und blickte in das Tal unter sich. Sinchi lehnte dösend neben ihr; seit einiger Zeit hatte er sich angewöhnt, seinen Nachmittagsschlaf in ihrer Nähe zu halten. Aber plötzlich richtete er sich auf und sah nach oben, und als Micay seinem Blick folgte, entdeckte sie einen Falken, der am Himmel kreiste. Tiere hatten für Sinchi schon immer eine besondere Faszination gehabt, und im Fieber hatte er oft geträumt, daß sie mit ihm sprachen oder phantastische Kunststücke vollführten, oder daß furchterregende Bestien hinter ihm herjagten. Die Träume eines Campa, hatte seine Mutter immer gedacht, wenn er ihr davon erzählte. Offenbar glaubte er, daß sie ihm die Wahrheit sagten, und deswegen betrachtete er Falken, Adler und Füchse als seine Freunde und Beschützer.

»Huaman«, erklärte er feierlich und hob die Hand zum Gruß. »Er sagt, mein Vater kommt.«

»Hoffen wir, daß er recht hat«, antwortete Micay und wünschte sich, sie könnte die Gewißheit ihres Sohnes teilen. Sie erwartete Cusi schon seit Monaten und konnte sich nicht erklären, warum seine Heimkehr sich so lange verzögerte, außer daß sich die Krankheit über das Hochland nach Süden ausgebreitet hatte durch die Menschen, die bei Ausbruch des Fiebers aus Tumibamba geflohen waren. Viele der Postläufer waren befallen worden, und die einzige Information, die aus den Städten entlang der Königsstraße nach Norden vordrang, betraf die Zahl der Toten.

»Er hat recht«, beharrte Sinchi. »Schau, Mama!«

Sie spähte hinunter zu der Seilbrücke und dann zu der Stelle des Pfades, wo Besucher zum ersten Mal sichtbar wurden. Ihr Herz schlug höher, als sie die fünf Gestalten zählte, die vor den Packlamas den Weg heraufkamen, und sie legte eine Hand auf den Schutzgeist unter ihrem Kleid. Dann glättete sie sich das Haar, das gerade ihre Schultern berührte, und folgte Sinchi, der aufgesprungen war und mit seiner Schwester den Pfad zum Begrüßungsplatz entlanglief.

»Vielleicht ist es jemand anderes«, wandte Cahua ein. Sie war neidisch, daß ihr Bruder die Ankömmlinge als erster gesehen hatte.

»Nein … Falke hat es mir gesagt.«

»Wer sind die anderen?« fragte Cahua.

»Tomay Guanaco«, sagte Sinchi. Dann schluckte er und fuhr zuversichtlich fort: »Und Onkel Uritu und Otoronco Achachi. Und eine Frau.«

»Uritu ist nach Hause gegangen, und Großvater Jaguar ist tot«, widersprach Cahua. »Und Mama hat uns gesagt, daß Tomay ihn begleiten würde. Du weißt auch nicht mehr als ich.«

»Vielleicht ist es Großmutter oder Tante Quinti«, meinte Sinchi hoffnungsvoll.

Cahua seufzte gereizt. »Sie sind auch tot.«

»Aber *irgendwo* sind sie«, behauptete Sinchi. »Vielleicht hat Vater sie gefunden.«

»Genug«, schalt Micay, als sie den Felsvorsprung erreichten. »Jetzt ist nicht die Zeit, um zu streiten. Wir wollen euren Vater respektvoll empfangen.«

Gehorsam stellten sich die Kinder rechts und links neben sie. Dann warteten sie schweigend und hörten zu, wie die Besucher den steilen, kurvenreichen Pfad von der Seilbrücke heraufstiegen. Micay mußte sich zwingen, ruhig ein- und auszuatmen und ihre Erwartungen in Zaum zu halten. Zu oft hatte Cusi früher, wenn er aus dem Feld zurückkehrte, noch den Tod in sich getragen und ein gefährliches Blitzen in den Augen gehabt, so daß sie ihn hatte beruhigen und erst langsam zu sich selbst hatte bringen müssen. Und dieses Mal hatte er nicht nur im Krieg gekämpft, sondern auch mit der Krankheit, und er war länger als je zuvor von ihr fortgewesen. Außerdem hatte er wohl gerade vom Tod seiner Mutter und Quintis erfahren und gesehen, wie sehr sein Vater gealtert war. Micay strich sich wieder über das Haar und ermahnte sich, kein fröhliches Willkommenslächeln von ihm zu erwarten.

Und dann war er da. Obwohl seine Arme und Hände vom Schild und von der Streitaxt verborgen waren, konnte Micay sofort feststellen, daß er unverwundet war: Er hatte keine Krücken oder Verbände, hinkte nicht und besaß auch keine neuen Narben.

Als Cusi sie sah, leuchteten seine Augen auf und wanderten dann verwundert zu den Zwillingen.

»Meine Kinder!« rief er leise, legte seinen Schild und die Waffe ab und schüttelte ungläubig den Kopf.

»Sei gegrüßt, Micay«, sagte Tomay mit einem breiten Grinsen. »Wie versprochen bringe ich dir deinen Mann zurück.«

»Du kommst spät!« beklagte sich Cahua, aber Tomay lachte nur gutmütig.

»Sehr spät, Kleines. Es ist ein weiter Weg von Cuzco nach Tumibamba, und wir mußten oft anhalten, um die Kranken zu versorgen.«

»Ich war auch krank«, verkündete Sinchi und lief auf Cusi zu, der sich niederkniete, um seinen Sohn zu begrüßen. Sinchi blieb vor ihm stehen und legte eine Hand flach auf die schwarz gemalte, gefiederte Gestalt auf der glänzend roten Oberfläche des Schildes.

»Ein Falkenmann«, erklärte er, und Cusi lächelte zum ersten Mal, ein bedächtiges Lächeln, als wäre er in Gedanken weit fort.

»Der Falkenmann von Thunupa«, erklärte er. »Du mußt meinen Freund Tarapaca bitten, dir von Tiahuanaco zu erzählen, wo die Falken geboren wurden.«

Die Erwähnung eines Freundes ließ Micay an die Gebote der Höflichkeit denken, und sie zwang sich, ihre Augen von Cusi zu lösen und ihre Überraschung über sein Lächeln zu verbergen, das ihr ungewohnt ruhig und sorglos erschien.

»Willkommen im Regenbogen-Haus, Tomay Guanaco«, sagte sie dankbar. »Wen hast du noch mitgebracht?«

Stolz drehte Tomay sich um und nahm eine kleine, rundlich wirkende Frau am Arm, deren schwarzes Haar zu zwei Zöpfen geflochten war. Sie trug keine Kopfbedeckung und erschien jünger als Tomay.

»Ich habe meine Frau mitgebracht … die Herrin Nupchu aus Hatuncolla.«

Nachdem Nupchu sich verbeugt hatte, sah sie Micay ohne jede Scheu mit einem herzlichen Lächeln an. Mit dem geschulten Blick der Heilerin erkannte Micay, daß die junge Frau keineswegs rundlich, sondern eindeutig schwanger war.

»Willkommen, Nupchu. Wie ich sehe, bist du in Begleitung gekommen. Seid beide gegrüßt.«

Nupchu lachte und streichelte sich den Bauch. »Er kann gut marschieren, wie sein Vater. Ihr seid eine Wehmutter, Herrin?« Dabei gestikulierte sie heftig, um ihr gebrochenes Quechua zu ergänzen.

»Ich habe bei Geburten nur geholfen«, erklärte Micay. »Aber im Luchs-Haus hier in der Nähe gibt es mehrere gute Wehmütter.«

Cusi richtete sich auf und bedeutete den beiden anderen Männern vorzutreten. Der eine war ein großgewachsener Krieger mit dem breiten Gesicht der Colla, einer Hakennase und freundlichen Augen. Seine langen Haare waren mit einer Strickmütze bedeckt, und er trug den gleichen Falkenschild wie Cusi. Der andere war noch ein Junge, auch wenn er praktisch ausgewachsen war. Er hatte einen verlegenen, aber würdevollen Gesichtsausdruck und wirkte deswegen beinahe griesgrämig.

»Das ist mein Kamerad Tarapaca, der mit uns nach Cochabamba gegangen ist«, stellte Cusi den Krieger vor. »Er ist ein Lupaca aus Cuczo, ein Hauptmann der Krieger des Inca.«

»Herrin«, sagte der Mann herzlich und verbeugte sich über seinem Schild. »Es ist eine Ehre, Euch endlich kennenzulernen.«

»Und das ist Huaman Cachi«, fuhr Cusi fort. »Er ist mein Schützling und kommt aus Raurau Illas Dorf.«

Zum ersten Mal sah der Junge Micay direkt an und schien derart verblüfft über ihren Anblick, daß er seine feierliche Maske ablegte und hervorstieß: »Herrin... Ihr seid... wunderschön. Wie in den Geschichten.«

»Das ist wahr«, stimmte Tomay lachend zu. »Du siehst genauso jung aus wie damals, als wir fortgingen, Micay.«

Betreten über seinen Gefühlsausbruch stellte sich Huaman Cachi neben Nupchu, die gutmütig lachend seinen Arm streichelte. Micay errötete, und sie bemerkte, daß Cusi sie anstarrte, als würde er sie zum ersten Mal sehen. Mit dem gleichen ruhigen Lächeln trat er dann auf sie zu und umarmte sie.

»Welche Geschichten?« flüsterte sie und schmiegte sich an ihn.

»Die Geschichten vom Kleinen Läufer, dem befohlen wurde, sich sein Essen zu verdienen«, murmelte er und zog sie an sich. »Ich erzähle dir später davon.«

»Du sollst sie *mir* erzählen«, drängte Cahua und zerrte an seiner Tunika. Cusi lachte, ließ Micay aber nicht los, sondern beugte sich nur etwas zurück, damit sie ihm in die Augen sehen konnte. Sie bemerkte sofort, daß er sich sehr verändert hatte, aber nicht auf eine Art, daß man ihn beschwichtigen mußte. Es war vielmehr, daß seine Augen überhaupt keine Gewalt ausstrahlten; das fiel ihr am stärksten auf – etwas, das sie an ihm gar nicht kannte.

»Ich bin wieder hier«, sagte er nur, »aber ich bin nicht der Gleiche.«

»Das sehe ich. Zum ersten Mal hast du nichts getan, was mir Angst macht.«

»Du siehst viel!« lachte Cusi und drückte sie noch einmal an sich, bevor er sich bückte und Cahua auf den Arm nahm.

»Komm, kleine Tochter, jetzt führen wir unsere Gäste zu ihrem Quartier. Sinchi«, rief er mit einem Blick über die Schulter, »hast du meinen Schild und die Waffe?«

Stolz trug Sinchi den Schild in beiden Händen zu ihm. »Der Falkenjunge hat die Streitaxt.«

»Er meint Huaman Cachi«, erklärte Micay, die gesehen hatte, wie der Junge die Waffe an sich genommen hatte. Cusi nickte geistesabwesend und deutete mit dem Kinn auf Sinchi.

»Dann zeig uns den Weg. Wir wollen uns den Staub von der Reise abwaschen.«

»Erzähl mir Geschichten!« forderte Cahua und schmiegte sich an ihren Vater, als er Sinchi den Pfad hinab folgte. Während Micay neben Tomay und Nupchu herging, hörte sie Cusi lachend antworten: »Hab' Geduld, Kleine. Du wirst nicht enttäuscht werden. Wir haben uns *ganz* viele Geschichten zu erzählen.«

Am späten Abend, als sie schließlich die Kinder alleine lassen und sich ins Badehaus zurückziehen konnten, sah Micay, daß Cusi unsicher wurde und seine neugewonnene Gelassenheit verlor. Es war allerdings mehr ein Fühlen als ein Sehen, denn in der Dunkelheit des Baderaums konnte sie seine Züge kaum ausmachen. Zuerst dachte sie, seine Finger seien aus Übereifer unbeholfen, aber dann mußte sie ihm helfen, den Gürtel ihres Kleides zu lösen, und sie bemerkte, daß sein ganzer Körper erstarrt war und sein Atem pfeifend ging. Sie wollte ihn fragen, was passiert sei, ahnte aber, daß er keine Erklärung abgeben und diesen Kampf alleine durchstehen wollte. Also ergriff sie die Initiative, wie schon so oft in der Vergangenheit, streifte sich und auch ihm die Kleider vom Leib und führte ihn zu einem weichen Lager aus Tüchern. Er war bereits erregt und überließ sich zitternd und seufzend ihren Zärtlichkeiten. Einen Augenblick lang empfand Micay ein großes Gefühl von Macht, das ihr ein wenig grausam erschien, und ihr wurde bewußt, daß seine zurückhaltende Begrüßung nach fünf Jahren Abwesenheit sie verletzt hatte. Sein Schützling hatte ihre Schönheit bewundert, bevor er es tat; vielleicht verdiente er es nicht, diesen Kampf so leicht zu gewinnen.

Aber schon im nächsten Augenblick stieg Mitleid in ihr auf, und sie kniete sich über ihn und half ihm, in sie einzudringen. Bei ihren sanften Bewegungen öffnete sich sein Mund zu einem lautlosen Schrei, und plötzlich umschlang er sie, stemmte sich ihr entgegen und vergrub sich so tief in sie, daß sie keine Luft mehr bekam. Hilflos umklammerte er sie, während er fast krampfartig erschauderte und stöhnte; Micay konnte nur warten, bis er den Höhepunkt erreicht hatte und sich zurückfallen ließ, so daß sie wieder Atem schöpfen konnte. Er schien zu schluchzen oder zu lachen, und als sie sich neben ihn legte, öffnete er die Augen und lächelte sie matt an; Erleichterung lag in seinem Gesicht.

»Bist du jetzt wieder da?« fragte sie.

»Entschuldige, Micay«, brachte er nach einem Moment hervor. »Ich bin mir nicht immer sicher, was ich fühle. Manchmal denke ich, daß ich gar kein Verlangen mehr habe.«

»Im Augenblick stimmt das jedenfalls nicht«, widersprach sie. Cusi stützte sich auf einen Ellbogen und lächelte ihr warm zu. Mit der anderen Hand streichelte er sie zart.

»Bei dir nicht, das ist wahr«, pflichtete er ihr bei. »Ich hätte nie an den Gefühlen zweifeln dürfen, die du in mir hervorrufen würdest.« Micay schüttelte abwehrend den Kopf. »Du hast mich nicht verletzt. Aber du hast mir nicht erzählt, was in Raurau Illas Dorf mit dir passiert ist. Du warst sehr lange dort.«

»Das ist keine Geschichte, die alle hören sollten.«

»Aber mir kannst du sie erzählen«, forderte Micay ihn auf, und er nickte und wandte ihr das Gesicht zu.

»Das will ich tun«, versprach er, »aber ich möchte dich dabei berühren...«

Erst später, nachdem sie sich noch zweimal geliebt hatten und zwischendurch Arm in Arm eingeschlafen waren, stiegen sie in das lauwarme Wasser des Bades, und dort beendete Cusi schließlich seinen Bericht.

»Jetzt klingst du nicht mehr fern«, meinte Micay. »Aber vorhin, als du erzähltest, wie sehr dein Vater gealtert ist und daß Rimachi und Quilaco ohne ihre Frauen verloren scheinen, hast du dich kalt und unbekümmert angehört, als wäre ihre Trauer dir gleichgültig.«

Cusi zuckte die Achseln. »Ich habe meinen Schmerz bei den Klagefeierlichkeiten in Cuzco gelassen. Da habe ich um all die Toten getrauert, die ich gesehen hatte, und auch um die, von denen ich erst später erfahren würde.«

»Aber du konntest nicht wissen, daß es deine Mutter und Schwester sein würden«, widersprach Micay.

»Das stimmt«, gab er zurück. »Aber ich kannte die Krankheit gut genug, um zu wissen, daß einige der mir liebsten Menschen an ihr sterben würden.«

»Aber deine *Mutter*, Cusi! Ich kann nicht glauben, daß du im vorhinein um sie trauern konntest und jetzt nichts mehr empfindest.«

»Als mein Vater mir von ihrem Tod erzählte, erinnerte ich mich an meine Gefühle bei den Feierlichkeiten, aber ich fühlte sie nicht. Ich war nur erleichtert, daß du mit den Kindern überlebt hattest.«

Micay starrte ihn an und fühlte Schmerz über all ihre Erinnerungen in sich aufwallen. »Ich war bis zum Ende bei Mama Cori«, sagte sie heiser. »Als ihr das Fieber in den Kopf stieg, rief sie immer wieder nach dir, wie eine Mutter in Panik, die ihr Kind verloren hat.«

»Mein Vater hat mir erzählt, wie sehr du dich bemüht hast, sie zu retten – und Quinti. Genauso habe ich versucht, Urcon zu retten.«

»Sie fehlen mir«, stieß Micay hervor, und Tränen liefen ihr über die Wangen. Sie empfand den Schmerz um so stärker, weil er gar nichts zu fühlen schien. »Ich kann dir nicht sagen, wie sehr Chimpu Ocllo mir fehlt...«

Cusi drückte sie an sich. »Verzeih mir, Micay«, murmelte er. »Du mußt mir all *deine* Geschichten erzählen.«

»Aber so viele haben ein trauriges Ende«, schluchzte Micay, verbarg ihren Kopf an seiner Schulter und weinte in Gedanken an die Einsamkeit, die sie bis jetzt verleugnet hatte. Cusi drückte sie an sich, streichelte ihr den Rücken und flüsterte ihr beschwichtigend ins Ohr. »Ich höre dir mit dem Herzen zu, auch wenn ich es aus der Ferne tue«, versicherte er ihr. Da begann Micay, ihm ihre Geschichten von den Weißen Frauen zu erzählen...

Eines Morgens gegen Ende seines zweiten Monats im Regenbogen-Haus stand Cusi im ersten Morgengrauen auf, um mit einigen Gefolgsleuten die letzten Reparaturen am Bewässerungssystem vorzunehmen. Kurz vor seiner Ankunft hatte es ein Erdbeben gegeben, das zwar die Gebäude selbst kaum beschädigt, aber die Terrassenmauern und Bewässerungskanäle teilweise zerstört hatte. Cusi und seine Freunde hatten einen Großteil der regenfreien Tage damit zugebracht, das Fundament aus Steinen und Erde wiederherzustellen, das den Anbau am Berghang ermöglichte.

Als Cusi schließlich ins Anwesen zurückkehrte, stand die Sonne schon hoch am Himmel. Da er in den Höfen niemanden antraf, ging er auf die offene Terrasse, die den Blick auf das Tal freigab. Dort fand er schließlich seine drei Kameraden, die eine Art Karte auf den Boden gezeichnet hatten und heftig debattierten.

Huaman Cachi bemerkte Cusis Kommen als erster, sprang sofort auf und stellte sich neben ihn. Verwirrt deutete Cusi mit dem Kinn auf die anderen Männer.

»Laß mich raten«, sagte er. »Eine Landkarte durch die Berge zum Guanaco-Haus unter Umgehung der Königsstraße und Quito.«

Huaman Cachi nickte. »So wie er es erzählt, scheint es machbar. Was denkt Ihr?«

»Nicht für Nupchu in ihrem jetzigen Zustand. Aber ihr zwei könnt ihm nichts über die Wege in dieser Gegend sagen.«

Huaman zuckte die Achseln. »Ich muß lernen, mit Karten umzugehen, und Tarapaca kennt sich gut damit aus.« Nach einer Pause fügte er hinzu: »Herr, habe ich Eure Erlaubnis, zu Mama Micay und Nupchu zu gehen? Sie sitzen beim Wasserfall.«

Überrascht fragte Cusi: »Und du möchtest zu ihnen?«

»Mama Micay meinte, ich solle zuhören. Sie erklärt Nupchu, wie sie sich bei den Inka verhalten soll, im Palast und am Hof.«

»In welchem Palast? Der in Tumibamba ist leer, und der in Quito ist für Nicht-Höflinge gesperrt.«

»Das wird nicht immer der Fall sein«, gab Huaman zu bedenken. »Und als Euer Schützling sollte ich Euch überallhin begleiten können.«

Cusi sah ihn neugierig an. »Wer hat dir das alles erzählt? Hat Micay deine Ausbildung übernommen?«

»Nein, Herr«, antwortete Huaman rasch und sah verlegen zur Seite. »Aber sie weiß, daß alles neu für mich ist... die Städte und Paläste und die Leute von Rang. Sie erinnert sich daran, wieviel sie selbst erst lernen mußte, all die Dinge, die die Inka für selbstverständlich halten...«

»Sogar ein Inka wie ich«, schnaubte Cusi. »Aber geh, lern von ihr, soviel du kannst. Sie ist eine gute Lehrerin.«

Huaman nickte heftig und ging davon. Cusi warf einen Blick auf Tomay und Tarapaca, die noch immer in ihre Karte vertieft waren, und folgte Huaman mit langsamen Schritten. Offenbar hatte Micay ihm das Gefühl gegeben, es gebe für ihn wichtige Dinge zu lernen, die Cusi ihm nicht beibringen würde. Das stimmte sicher, aber warum dachte sie, daß Huaman sie kennen müßte?

Als Cusi den Wasserfall erreichte, saß Huaman bereits bei Micay, Nupchu und Cahua. Sinchi starrte verzückt auf die herabstürzende Gischt, die ihm über das Gesicht sprühte; doch sobald er Cusi sah, lief er auf ihn zu. Plötzlich wurde Cusi bewußt, daß er und sein Sohn offenbar die einzigen waren, die nicht daran dachten, das Regenbogen-Haus zu verlassen. Er fragte sich, wie lange ihm die Anzeichen von Rastlosigkeit bei den anderen schon entgangen waren. Bereits vor einigen Tagen hatte Tomay davon gesprochen, über einen anderen Weg zum Guanaco-Haus zu gehen.

Grinsend trat Sinchi auf seinen Vater zu. *Er* war immer bereit, auf die Jagd zu gehen oder einen Ausflug zu machen, aber Cahua fragte ständig, wann sie nach Quito zurückkehren würden; offenbar hatte Micay ihr das vor langer Zeit versprochen. Und Micay war die Rastloseste von allen. Immer wieder war sie zum Luchs-Haus gegangen, um am Heiligtum von Chimpu Ocllo zu beten, und oft hatte sie allein am Wasserfall gesessen. Er wußte, daß sie sich mit den Verlusten der vergangenen Jahre abfinden mußte und nach einem Weg suchte, wie ihr Leben weitergehen sollte. Aber er hatte glauben wollen, daß sie die Antwort darauf durch Denken und Beten finden würde. Als ob hier der geeignete Ort wäre, wieder von vorne anzufangen...

»Hier bin ich!« verkündete Sinchi atemlos, und Cusi schloß ihn lachend in die Arme. In letzter Zeit war ihm aufgefallen, daß er seinen Sohn nicht distanziert betrachten konnte, selbst wenn es ihm manchmal richtig erschien. Cahua besaß schon ein Gefühl für Macht und konnte erstaunlich manipulativ sein; Sinchi dagegen hatte gar nichts Hinterlistiges an sich. Selbst bei seinen Streichen wollte er, daß sie entdeckt würden.

»Ich suche jemanden, der mit mir zum Jagen geht«, sagte Cusi. »Aber die anderen wollen nur sitzen und reden.«

»Ich gehe mit dir!« versprach Sinchi, warf dann aber einen Blick auf die Frauen und Huaman Cachi. »Sie reden von Quito. Ist Onkel Amaru dort, oder ist er tot?«

»Nein, er ist dort«, erwiderte Cusi sanft. »Er hat die Krankheit überstanden, und Parihuana auch. Sie haben einen Sohn, Roca. Er ist dein Cousin, aber du hast ihn noch nie gesehen.«

»Cahua will nach Quito, weil Chuqui Huipa da ist.«

»Huayna Capac auch, und das Fieber«, murmelte Cusi halb zu sich. »Aber das vergessen sie in ihrer Rastlosigkeit.«

»Was ist...?«

»Rastlosigkeit? Das ist wie jemand, der immer hinter dir steht, an deiner Tunika zerrt und dir Dinge ins Ohr flüstert. Der dir sagt, daß du da, wo du bist, nie das finden wirst, was du suchst; daß du woanders hingehen mußt, um es zu finden.«

»Um was zu finden?«

»Was immer es ist, von dem du meinst, es würde dir fehlen.«

Sinchi runzelte nachdenklich die Stirn. »Fehlt mir etwas?«

»Das denke ich nicht«, erwiderte Cusi lächelnd. Er freute sich, eine so einfache, aufrichtige Antwort geben zu können. Dann legte er dem Jungen zärtlich die Hand auf die Hüfte und erhob sich. »Komm... bevor wir jagen gehen, müssen wir mit den Gefolgsleuten reden. Wir müssen bald einen Ausflug in die Berge machen, und sie sollen sich um die Vorräte kümmern.«

»Wohin gehen wir?« fragte Sinchi.

»Zu einem Ort, der für deine Mutter und Schwester heilig ist. Du warst schon einmal da, aber wahrscheinlich kannst du dich nicht erinnern.«

»Zur Huaca-Frau!« rief Sinchi und grinste über Cusi überraschtes Gesicht.

»Weißt du das noch?«

»Cahua erinnert sich. Sie erzählt mir immer wieder davon und zeigt mir den Stein, den die Huaca-Frau ihr gegeben hat. Also erinnere ich mich auch an sie.«

»Natürlich«, murmelte Cusi. »Hoffentlich erinnert sie sich an uns.«

Während ihrer Wallfahrt zu Macas war der Himmel ständig hinter einer grauen Wolkendecke verborgen; die Sonne zeigte nie ihr Gesicht, und ab und zu regnete es. Das Erdbeben hatte Bäume und Kakteen entwurzelt und Erdrutsche verursacht, die das Vorwärtskommen stellenweise behinderten oder den Pfad sogar völlig unpassierbar gemacht hatten. Dadurch dauerte die Reise einen Tag länger als geplant, und als sie schließlich die Höhle unterhalb der Huaca erreichten, mußten sie feststellen, daß sie eingestürzt war. Tarapaca und Huaman Cachi preßten sich zum Schutz vor dem Wind und dem Regen gegen den Fels, während Cusi, Micay und die Zwillinge den steilen Pfad weiter bergan marschierten. Cahua zeigte ihrem Vater den Stein, den Macas ihr gegeben hatte.

»Den mußt du behalten«, sagte er aufmunternd und legte seine Hand auf den Schutzgeist, den er wieder in sein Hüftband genäht hatte. Er hatte nicht das Gefühl, ihn zu brauchen, konnte aber verstehen, daß Micay ihm den Stein unaufgefordert zurückgegeben hatte, weil sie sich an diesem Ort ganz auf ihre eigene Kraft verlassen wollte.

Sie warf ihm einen Blick zu, ohne ihn richtig wahrzunehmen, und bedeutete Cahua und Sinchi, ihr zu folgen. Cusi bildete das Schlußlicht. Er schlang sich sein Bündel mit Opfergaben um die Schulter und atmete tief ein. Dabei stellte er fest, daß die Luft nicht mehr so stark nach Schwefel roch wie damals, und als sie höherstiegen, entdeckte er den Grund dafür: Die meisten Wasserlöcher, in denen die heißen Quellen gesprudelt hatten, waren ausgetrocknet, so daß man die orangeroten und braunen Sedimente sehen konnte. Auch das Laub war trotz der vielen Regenfälle gelb und vertrocknet.

Cusi betrachtete das als ein schlechtes Omen und fragte sich, ob Micay ähnliche düstere Vorahnungen hatte. Sie marschierte unbeirrt voran und warf nur ab und zu einen Blick über die Schulter, um sich zu vergewissern, daß die Zwillinge die zahlreichen Hindernisse sicher überwanden. Bevor sie aufgebrochen waren, hatte Micay Befürchtungen geäußert, daß sie Macas nicht antreffen würden, und war sich unschlüssig gewesen, ob sie die Reise überhaupt auf sich nehmen sollten. Trotzdem war sie Cusi nicht dankbar dafür, die Entscheidung an ihrer Statt getroffen zu haben, und bestrafte ihn dafür, indem sie sich in sich selbst zurückzog. Erst jetzt öffnete sie sich allmählich wieder, bemerkte Cusi, während er beobachtete, wie Micay um einen gestürzten Felsbrocken herumging, und er wußte, daß er nur geduldig zu warten brauchte, bis sie sich auch ihm wieder zuwenden würde.

Es fiel ihm leicht, geduldig zu sein, vor allem weil ihm bewußt war, daß Micay lange Zeit mit Warten hatte verbringen müssen.

Auf einem Absatz, von dem der Pfad zu Macas' Höhle deutlich sichtbar vor ihnen lag, hielt Micay schließlich an. Sie nahm die Opfergaben aus dem Bündel auf ihrem Rücken und öffnete auch Cahuas Bündel, überließ es aber Cusi, sich um Sinchi zu kümmern. Er kniete sich vor seinen Sohn und legte ihm dessen Gaben auf die ausgestreckten Arme.

»Gehen wir jetzt zu Pachamama?« fragte der Junge flüsternd. Cusi faßte ihn beruhigend an den Schultern.

»Mit offenen Herzen und voll Ehrfurcht«, sagte er und fing dabei Micays Blick auf. Zum ersten Mal lag in ihren Augen eine traurige Sehnsucht, und er erkannte, daß ihr die Sinnlosigkeit ihrer Distanziertheit bewußt war. Cusi nickte nur leichthin und gab ihr damit zu verstehen, daß er ihr überallhin folgen würde.

Mit gebeugtem Kopf führte Micay sie langsam den Pfad hinauf. Cusi bat Pachamama schweigend um Vergebung, blickte aber wachsam den Abhang hinauf, damit ihm keine Gefahr entging. Bis auf den Wind konnte er keine Geräusche hören und sah auch nichts, das sich bewegte. Micay betrat den Vorsprung als erste, aber sie hielt so abrupt an, daß Cahua mit ihr zusammenstieß. Sinchi blieb neben seiner Schwester stehen, und Cusi stellte sich neben Micay. Er brauchte einen Moment, bis ihm bewußt wurde, was vor ihnen lag: Die Hälfte des Vorsprungs war weggerissen worden, so daß der Grat kurz hinter dem Eingang zur Höhle steil abfiel. Quer über den Boden verlief ein tiefer, stark verästelter Riß, der in der Höhle verschwand.

Micay starrte in die Schlucht hinab und drehte sich dann zu Cusi um.

»Warte hier«, sagte sie.

»Paß auf dich auf«, warnte Cusi, und sie ging langsam auf die Höhle zu, wobei sie sorgsam die Risse vermied und die Füße bei jedem Schritt vorsichtig aufsetzte. Sinchi neigte den Kopf zur Seite und sah Cusi mit seinem gezeichneten Auge an.

»Was ist los? Ist Pachamama nicht mehr hier?«

»Pachamama ist überall«, erklärte Cahua verächtlich. »Aber die Huaca-Frau ist weg.«

»Ein Teil des Bergs ist verschwunden«, sagte Cusi. »Seht ihr, wo das Erdbeben den Fels mit sich gerissen hat?«

Sie starrten auf den leeren Halbkreis, wo der Fels weggebrochen war. Noch bevor Cusi sah, daß seine Tochter sich bewegt hatte, stand sie nicht mehr an seiner Seite, sondern ging direkt auf die steile Klippe zu.

»Cahua!« rief er erschrocken, aber sie achtete nicht auf ihn, sondern trat direkt an den Rand des Abgrunds. Cusi hörte Steine und Erde hinabfallen und ließ sein Bündel fallen, aber er wagte es nicht, ihr zu folgen. Sinchi wollte loslaufen, aber Cusi hielt ihn zurück.

»Nein, mein Sohn. Sie muß alleine zurückkommen.«

Irgendwie gelang es Cusi, mit ruhiger Stimme zu sprechen, obwohl sein Herz heftig schlug und seine Handflächen schweißnaß waren, als er sah, wie seine Tochter unmittelbar am Abgrund stand und hinunterspähte, als suche sie nach einem Landeplatz. Cusi wollte ihr eine Warnung zurufen, aber seine Stimme versagte.

Schließlich hob Cahua den Kopf und trat einen Schritt zurück. Sie sagte etwas, das Cusi nicht verstehen konnte, und warf ihr Bündel mit einem Schwung in die Tiefe. Dann holte sie mit dem Arm aus, als wollte sie noch etwas hinabwerfen, und Cusi erinnerte sich an den Stein in ihrer Hand. Aber offenbar änderte Cahua ihre Meinung und ließ von ihrem Vorhaben ab, drehte sich um und ging zu Cusi zurück, der sie mit ausgebreiteten Armen in Empfang nahm.

»Warum hast du das getan, Cahua?« fragte er, zu erleichtert, um ärgerlich zu sein. Sie warf einen fragenden Blick über die Schulter, als habe sie nichts Außergewöhnliches gemacht.

»Sie ist da unten«, erklärte sie. »Die Huaca-Frau.«

»Woher weißt du das?«

Cahua zuckte die Achseln. »Ich habe es einfach gewußt. Und dann habe ich das Tuch gesehen, von dem Mama gesprochen hat, und ein paar Knochen.«

Cusi brummte und starrte seine Tochter verwirrt an. Sie wußte nicht, daß sie eine große Gefahr überstanden und ihn in größere Furcht versetzt hatte, als je ein Feind es getan hatte. Als er aufsah, trat Micay mit ihrem Bündel aus der Höhle. Sie schüttelte mehrmals den Kopf, als würde sie versuchen, klarer zu sehen.

»Kein Zeichen von Macas«, sagte sie benommen. »Und die Huaca ist trocken. Das Wasser ist völlig verschwunden.«

»Macas ist tot«, verkündete Cahua. »Sie ist dort unten.«

»Wo unten?« fragte Micay und sah Cusi verstört an. Er deutete mit dem Kinn auf den Abgrund.

»Sie ist an den Rand des Felsens gegangen und hat Knochen gesehen und den Sonnenaufgang-Umhang. Dann hat sie ihre Opfergabe hinuntergeworfen.«

»Aber meinen Stein habe ich behalten«, sagte Cahua und öffnete die Hand, in der der weiße Kiesel lag. »Sie hat ja noch den, den ich ihr gegeben habe.«

»Natürlich«, stimmte Micay überzeugt zu. Sie schien von Cahuas unerklärlicher Gewißheit eher beruhigt als verwirrt; ihr Gesicht verlor seinen Ausdruck ungläubigen Entsetzens.

»Sollen wir ihre Überreste holen?« fragte Cusi.

Nach kurzem Zögern schüttelte Micay den Kopf. »Nein. Pachamama hat sie zu sich genommen. Wir lassen unsere Opfergaben hier und gehen wieder. Wir können nichts mehr tun.«

»Jetzt ist alles weg«, fügte Cahua feierlich hinzu.

»Ist die Huaca tot?« fragte Sinchi plötzlich.

»Sie ist in die Erde zurückgekehrt«, antwortete Micay überzeugt, »in den Leib von Pachamama. Sie sagt uns, daß wir unseren eigenen Weg suchen und unsere eigene Kraft finden müssen. Die Alten sind fort; von ihnen können wir keine Hilfe mehr erwarten.«

Cusi hörte wohl Resignation, aber keine Verzweiflung in ihrer Stimme. Er selbst hatte erwartet, hier zumindest *irgend etwas* vorzufinden, aber vielleicht war es genau die Tatsache, daß nichts mehr da war, der Micay sich stellen mußte. Er reichte ihr sein Bündel und forderte Sinchi auf, seine Gaben Cahua zu geben. »Sie nimmt sie für dich in die Höhle«, erklärte er.

Gehorsam reichte Sinchi die Gaben seiner Schwester, und dann gingen Micay und Cahua gemeinsam auf die Höhle zu.

»Deine Mutter und deine Schwester sind mutig«, sagte Cusi.

»So mutig wie Krieger?«

»Vielleicht noch mutiger«, erklärte Cusi und sah die beiden in der Höhle verschwinden. »Nur wenige Krieger haben den Mut, sich einem Feind zu stellen, den sie nicht sehen können. Aber diese beiden fliehen nicht davor.«

»Dann sind sie wirklich mutig«, stimmte Sinchi zu und stieß einen Campa-Juchzer aus, der Cusi überraschte. Vielleicht ist dies die passendste Reaktion auf das, was wir hier angetroffen haben, dachte er.

Tumibamba

Bei ihrer Rückkehr ins Regenbogen-Haus erwartete sie eine Botschaft von Apu Poma. Sie besagte, daß das Fieber in den Palast in Quito eingeschleppt worden war und Amaru dafür verantwortlich gemacht wurde. Sofort bündelten alle ihr Gepäck und marschierten so schnell, wie Nupchus Zustand und die Kinder es zuließen, in die Stadt.

Als sie dort eintrafen, trat Apu Poma aus dem Zelthaus, um sie zu begrüßen, und führte sie zu den Teichen im Garten, wo sie ungestört miteinander reden konnten.

»Wir möchten alles wissen«, sagte Cusi, während er seinen Schild und die Streitaxt weglegte und sich auf ein Mäuerchen niederließ. Apu Poma setzte sich mit den Zwillingen an den gemauerten Rand eines Teichs, und die anderen nahmen im Halbkreis um ihn herum auf dem Boden Platz. »Ich kann euch nicht viel mehr sagen«, gestand Apu Poma. »Nur, daß neben Amaru auch Fempellec und ein Mann, dessen Name mir nicht bekannt war, beschuldigt werden. Es ist schwer, aus Quito Informationen zu bekommen.«

»Können wir hingehen?« fragte Cusi. Apu Poma machte eine zweifelnde Geste.

»Ich kann euch eine Reiseerlaubnis bis zur letzten Wachstation an der Königsstraße geben, aber die Stadt selbst könnt ihr nur mit einer Genehmigung des Sapa Inca betreten.«

»Ist es möglich, vom Wachposten aus eine Botschaft in den Palast zu schicken?«

»An wen?« wollte Apu Poma wissen. »Ich bezweifle, daß Huayna Capac sich über dein Kommen freuen wird.«

»Aber Ninan Cuyochi könnte sich freuen. Oder Chuqui Huipa. Beide könnten uns Zutritt zur Stadt verschaffen.«

»Ich weiß nicht, wer noch Einfluß bei Hof hat. Vielleicht kann dein Freund Rimachi uns etwas sagen. Er bat heute morgen darum, von euer Ankunft in Kenntnis gesetzt zu werden. Wahrscheinlich hat die Palastwache ihn bereits informiert.« Apu Poma hielt inne, ließ seinen Blick schweifen und sah schließlich zu Micay. »Aber ihr wollt doch nicht alle gehen?«

»Das haben wir beschlossen«, erwiderte sie auf Cusis ermunterndes Nicken hin. »Niemand wollte zurückbleiben und warten müssen.«

»Aber nicht alle von euch haben das Fieber schon gehabt! Die Kleine hier, zum Beispiel«, protestierte der alte Mann und legte seinen Arm um Cahua. »Und du auch nicht, Micay.«

»Ebensowenig wie Huaman Cachi«, stimmte sie zu. »Wir werden uns schützen müssen, wie damals, als die Krankheit hier war.«

»Wir sind Weiße Frauen«, verkündete Cahua und versetzte ihrem Großvater einen Rippenstoß. »Wir werden alle heilen.«

»Das glaube ich«, antwortete er mit einem müden Schulterzucken, das ihn mehr wie einen Großvater als den Gouverneur wirken ließ. In den Monaten, seitdem Micay ihn zum letzten Mal gesehen hatte, schien er um Jahre gealtert, und immer wieder starrte er zu Boden und sagte oft lange Zeit nichts.

Als sie Rimachi auf sich zukommen sahen, saßen sie alle schweigend da. Er trug einen kleinen Stab, der mit königsblauen Streifen bemalt war.

»Ich nehme an, ihr habt die Berge verlassen, um nach Quito zu gehen«, sagte er zu Cusi, nachdem er sich kurz vor Apu Poma verbeugt hatte.

»Hast du eine Möglichkeit, dorthin zu kommen?« fragte Cusi, und Rimachi warf ihm ein sarkastisches Lächeln zu. Er war noch immer sehr hager, obwohl er schon lange vom Fieber genesen war.

»Mein Vater ist krank«, erklärte er freimütig. »Ich werde seine Stellung bei der Leibwache übernehmen und mich um ihn kümmern. Und da ich dieses Privileg deinem Onkel verdanke, sollte ich es mit dir teilen.«

»Lloque?« schoß Apu Poma plötzlich hellwach hervor. »Hat Huayna Capac ihn wieder zum Erinnerer ernannt?«

»Offenbar«, gab Rimachi zurück. »Ich habe gehört, daß er sich für meinen Vater und mich eingesetzt und den Sapa Inca davon überzeugt hat, daß Leute von außerhalb des Palasts, die die Krankheit schon hatten, keine Gefahr darstellen.« Er schwang den gestreiften Stab. »Diese Genehmigung beweist, daß er mit Erfolg gesprochen hat.«

»Wann brechen wir auf?« fragte Tomay.

Rimachi grinste. »Morgen. Gut, dann sind alle Brüder beisammen. Wie steht es mit Euch, Micay? Kommt Ihr mit, um meinen Vater zu pflegen?«

»Natürlich«, antwortete Micay. »Wir gehen alle nach Quito.«

»Die Kinder auch?« erkundigte sich Rimachi. »Ich wollte Topa eigentlich bei meiner Mutter lassen.«

»Nehmt ihn mit«, riet Micay. »Er kann Sinchi Gesellschaft leisten, wenn Cahua bei mir ist.«

»Die Wachposten werden nie glauben, daß der Paß für so viele gedacht war«, wandte Apu Poma ein, aber Rimachi warf sich in die Brust und setzte wieder sein sarkastisches Lächeln auf.

»Das möchte ich sehen, wie die Wachen sich mir widersetzen und an mir zweifeln. Oder an Cusi Huaman und Tomay Guanaco. Ich denke, sie lassen uns lieber durch.«

»Denn brechen wir morgen auf«, schloß Cusi und sprang von dem Mäuerchen. »Es ist gut, wieder mit dir zu marschieren, mein Bruder, wenn auch nicht in den Krieg.«

Rimachi senkte den Blick. »Ist es kein Krieg? Wir werden genauso viel Schmerz und Tod erleben.«

»Wir werden ihn zusammen ausfechten«, erklärte Micay und gesellte sich zu ihnen.

»In diesem Krieg kämpft jeder für sich allein«, widersprach Rimachi verhalten. »Gleichgültig, wer dabei ist. Im Morgengrauen brechen wir auf.« Damit verbeugte er sich vor Apu Poma und ging davon. Cusi sah Micay verwirrt an.

»Er trauert wohl immer noch«, mutmaßte Cusi. Apu Poma stand plötzlich auf.

»Man kann das Fieber überleben, aber man erholt sich nie davon«, sagte er mit heiserer Stimme und nickte ihnen zum Abschied. »Ich esse später mit euch«, fügte er dann noch hinzu.

Als er gegangen war, legte Micay Cusi mitfühlend eine Hand auf den Arm.

»Wir kämpfen in diesem Krieg gemeinsam«, versprach sie. »Und wir werden mehr als nur überleben…«

Quito

Vor dem Eingang zu Amarus Anwesen waren vier Cañari-Wachen postiert, die Rimachi kannten und Cusi und seine Begleiter bereitwillig passieren ließen. Der Hauptmann erklärte zwar, sie hätten den Befehl, Amaru Inca gefangenzuhalten und keinem Besucher Zutritt zu gewähren, aber er bezweifelte, ob diese Anordnung tatsächlich vom Palast überprüft würde.

»Ihr seid seit Monaten die ersten Inka, die wir zu Gesicht bekommen«, erzählte der Mann und verbeugte sich vor Cusi und Tomay zum Zeichen dafür, daß seine Verachtung nicht ihnen galt. Bevor sie das Anwesen betraten, zog Rimachi sie beiseite.

»Ich muß dem Palast Bericht erstatten und klären, ob ich Zutritt bekomme.«

»Du weißt, an wen du dich wenden mußt«, sagte Cusi.

Rimachi nickte. »Natürlich. Schicke den Lupaca zum Haupttor; dort kann er sich nach Botschaften von mir erkundigen. Ich werde Tomay und dich als Vertreter Yascas melden und Micay als die Weiße Frau.« Cusi warf Tomay einen zögernden Blick zu. Rimachi schnaubte und stieß ihm den blaugestreiften Stab in die Brust.

»Was ist los? Willst du mir sagen, daß ich vorsichtig sein soll?«

»Das hast du mir immer gesagt.«

»Aber bist du dem Rat je gefolgt?« wollte Rimachi wissen.

»Wahrscheinlich nicht«, gestand Cusi. »Aber es war immer nötig, ihn zu hören.«

»Und genauso ist es jetzt für dich nötig, ihn zu hören«, wandte sich Tomay an Rimachi. »Wir haben unsere Jugend überstanden, ohne unser Leben wegzuwerfen. Darum sollten wir nicht jetzt unvorsichtig werden.«

Rimachi schnaubte wieder, lächelte aber düster. »Ich habe euch vernommen.« Er trat einen Schritt zurück und deutete auf das Tor. »Jetzt geht zu Amaru. Er ist sein ganzes Leben lang unvorsichtig gewesen.«

»Ich fürchte, er hat recht«, sagte Cusi zu Tomay, als sie durch den Eingang schritten. Micay hatte schon den kleinen Roca auf den Arm genommen, den Neffen, den Cusi noch nie gesehen hatte, und Cahua hatte Parihuanas Hand ergriffen und stellte ihr soeben Nupchu, Tarapaca und Huaman Cachi vor. Sinchi war bereits mit Topa verschwunden, um ihm die Fische zu zeigen.

Als Cusi Parihuana umarmte, brach sie in Tränen aus. Sie kam ihm sehr mager und angespannt vor. Mit ihrem Umhang trocknete sie sich die Tränen und deutete mit dem Kinn auf eine kleine strohgedeckte Hütte.

»Amaru ist da drin. Er ist allein. Wir wußten ja nicht, daß ihr kommt.«

»Er hätte damit rechnen können«, sagte Cusi und ging durch den Garten auf die Hütte zu. Die Pflanzen waren durch den vielen Regen üppig grün und bildeten einen wahren Dschungel, der den schmalen, kurvenreichen Pfad überwucherte. Cusi bemerkte das viele Unkraut und die unbeschnittenen Sträucher und beschloß, den Garten zu pflegen, während sie auf Antwort aus dem Palast warteten. Er schob den letzten Busch beiseite und betrat die offene Hütte, in deren Mitte das Modell des Bergs aufragte. Amaru saß davor auf dem Boden.

»Das ist also Klein-Quito«, sagte Cusi bewundernd. »Meine Kinder haben mir davon erzählt.«

»Cusi«, stieß Amaru hervor und hob den Kopf. Cusi setzte sich ihm gegenüber auf einen Schemel und starrte seinen Bruder an.

»Die Wachen haben gesagt, du hättest seit Monaten keinen Inka gesehen. Aber *du* bist doch nicht überrascht, mich hier zu sehen.«

Amarus Miene verhärtete sich, und er schloß einen Moment die Augen, als müßte er um Fassung ringen. Als er sprach, klang seine Stimme tonlos, und seine Augen waren müde und blutunterlaufen.

»Nein. Ich wußte, daß du kommen würdest, sobald du kannst. Es ist entsetzlich, was hier passiert, Cusi; ich sollte deine Hilfe nicht brauchen müssen. Aber jetzt, wo du hier bist, hilfst du mir vielleicht, sie umzubringen.«

»Wen? Wer beschuldigt dich?«

»Das sind mehrere. Aber sterben sollten andere – Titu Atauchi, Mama Huarcay und Mama Pura.«

»Wer außer dir und Fempellec wird noch beschuldigt? Angeblich gibt es einen dritten.«

Amaru nickte. »Einer der Gefolgsleute am Hof; er heißt Machacuay. Er bekam das Fieber als erster, und Titu Atauchi ließ ihn
schlagen und verhören, bis er Fempellec beschuldigte. Jetzt wollen
sie, daß er überlebt, damit er gegen uns aussagt, und deswegen ist er
nicht aus dem Palast verstoßen worden wie die anderen Erkrankten.«

»Aber... weswegen betrifft dich das? Du hast das Fieber doch
schon gehabt, und wahrscheinlich durftest du den Palast sowenig
wie die anderen betreten.«

»Das stimmt. Aber Machacuay wußte, daß Fempellec ein paarmal
heimlich aus dem Palast zu mir kam. Das ist gar nicht so schwer, das
tun viele andere auch, einschließlich Machacuay selbst. Als das soge-
nannte Geständnis aus ihm herausgeprügelt wurde, behaupteten
Mama Huarcay und Mama Pura, sie wüßten Bescheid über das
verderbte Wesen dieser Besuche.«

Amaru wandte den Kopf ab und spuckte zu Boden.

»Aber es ist doch gar nicht möglich, daß er durch dich krank
wurde«, gab Cusi zu bedenken.

Amaru spuckte noch einmal. »Das kümmert sie nicht. Machacuay
hatte neben Fempellec noch viele andere Freunde. Manche von
ihnen sind jetzt auch krank. Trotzdem ist niemand anderer beschuldigt worden.«

»Aber es sind ja nicht einmal deine Feinde«, sagte Cusi bedauernd, »sondern Feinde von mir und Fempellec und Micay.«

»Dann wirst du mir also helfen, sie umzubringen?«

»Nein«, antwortete Cusi ohne zu zögern. »So sehr sie es auch
verdienen würden. Aber ein Mord würde dich nicht befreien,
Amaru.«

»Aber er würde mich von meinem Ekel befreien. Diese Leute
haben mich zu einem Gefangenen in meiner eigenen Stadt gemacht,
und gleichzeitig verbergen sie sich hinter Mauern, die ich selbst
gebaut habe! Ich wünschte, ich könnte ihnen allen das Fieber geben!«

»Das ist vielleicht schon passiert«, erklärte Cusi. »Aber wir haben
im Palast auch Freunde. Ninan Cuyochi schuldet mir mehr als nur
einen Freundschaftsdienst, und wie du weißt, hat Micay großen
Einfluß auf Chuqui Huipa. Außerdem ist Lloque Yupanqui dort. Wir
werden zusehen, daß die Anklage gegen dich und Fempellec fallen-
gelassen wird.«

Amaru musterte ihn skeptisch. »Du klingst so ruhig, Cusi, als
würdest du erwarten, vom Sapa Inca freudig begrüßt zu werden.
Hast du dein Gedächtnis in Cuzco gelassen?«

»Nur meine Wut und meine Ungeduld«, erwiderte Cusi, »aber ich vermute, daß ich sie bald wiederfinden werde. Wo wird Fempellec gefangengehalten?«

»Irgendwo im Palast.«

»Hat er die Krankheit schon gehabt?«

»Nein. Er hat uns alle gepflegt, aber er war vorsichtig und tat, was Micay ihm geraten hatte.« Erschrocken blickte er auf. »Auf jeden Fall war er gesund, als ich ihn das letzte Mal sah.«

»Micay wird ihn mit Chuqui Huipas Hilfe besuchen können.«

»Aber wenn er das Fieber hat, kann man nicht wissen, zu welchen Äußerungen es ihn verleitet.«

»Das stimmt«, räumte Cusi ein. »Aber wir werden tun, was wir können, um ihn zu schützen. Was ist mit Sinchi Roca? Würde er sich für dich einsetzen?«

»Ja, wenn er nicht vor zwei Monaten am Fieber gestorben wäre. Aber Ninan und Atahualpa sind Freunde.«

Cusi schlug sich auf die Schenkel und stand auf. »Jetzt müssen wir erst einmal abwarten, ob Rimachi uns Zutritt zum Palast verschaffen kann. Komm, du mußt Tomays Frau und meine anderen Kameraden kennenlernen.«

Amaru blieb sitzen. »Bevor du etwas für mich unternimmst«, wandte er ein, »muß ich dir noch eines sagen. Ich werde keinem Hohenpriester oder irgend jemandem sonst meine Verbrechen beichten. Und wenn es mich das Leben kostet! Sie haben nicht das Recht zu beurteilen, wie ein Inka sich vergnügt oder wen er liebt. Und Cusi … ich werde mich nicht von Fempellec lossagen oder gestatten, daß er an meiner Stelle bestraft wird.«

»Gut«, sagte Cusi nur. »Ich habe euch nicht von Chimor hierhergebracht, damit nun über euch gerichtet wird. Kommst du jetzt? Ich habe noch nicht einmal meinen Neffen richtig begrüßt.« Widerwillig, aber mit einem Lächeln stand Amaru auf. »Micay hat mich schon vor langer Zeit gewarnt, daß wir hier nicht unangreifbar sind. Sie sagte, es gibt keinen Ort, den Huayna Capac nicht verderben könnte.«

Cusi brummte und verließ die Hütte. »Deinen Garten hat allerdings nicht er verdorben. Das warst du schon selbst.«

»Der alte Gärtner ist auch am Fieber gestorben«, erklärte Amaru. »Wir haben nur noch zwei Dienerinnen.«

»Jetzt hast du einen Bruder«, gab Cusi zurück. »Morgen fangen wir mit dem Garten an. Das lenkt dich vielleicht von deinen Mordgedanken ab.«

»Vielleicht«, meinte Amaru und hinkte hinter ihm her. »Vielleicht … aber verschwinden werden sie nicht.«

Das Anwesen lag auf einer schmalen Terrasse, zu der vom Palast nur eine einzige Treppe führte. Früher hatte man die unbehauenen Steingebäude als Lagerräume verwendet sowie als Schlafquartier für Palastbedienstete. Jetzt erfüllten sie offenbar beide Zwecke gleichzeitig: Hier wurden die Kranken und Sterbenden von dem Mann ferngehalten, dem sie gedient hatten.

Micay blieb auf dem Treppenabsatz stehen und kniete sich vor Cahua, die wie ihre Mutter ganz in weiß gekleidet war und sogar einen kleinen Medizinbeutel über der Schulter trug. Sie zog ihrer Tochter die Gazemaske über die Nase und stellte ihr eine letzte prüfende Frage.

»Und wann mußt du die Augen bedecken?«

»Wenn ein Kranker bewegt wird«, antwortete Cahua, »weil dann Staub in der Luft herumfliegen kann.«

Ihre Augen glänzten dabei mit einem Funkeln, das Micay von Cusi kannte – Cusi, der an keiner Huaca und keinem Heiligtum vorbeigehen konnte, ohne sie zu besuchen. Trotz ausführlicher ernsthafter Gespräche und langer Erzählungen über die häßlichen Dinge, die Heilerinnen zu Gesicht bekamen, war es Micay nicht gelungen, den Eifer ihrer Tochter zu dämpfen. Cahua hatte in Macas' Höhle beschlossen, daß sie nicht mehr spielen wollte, und diese Entscheidung hatte sich zu dem dringlichen Wunsch entwickelt, Heilerin zu werden. Micay zweifelte zwar, ob es weise war, dem Verlangen ihrer Tochter nachzugeben, aber andererseits hatte Cahua ihr gar keine Wahl gelassen. Sie benahm sich einfach nicht mehr wie ein Kind, das man zurücklassen konnte, wenn man in die Welt hinausging.

Micay zog sich selbst die Maske vors Gesicht und ging ihrer Tochter zu dem unbewachten Eingang voraus. Sie bemühte sich, gefaßt zu bleiben, als sie die Schwelle überschritt und das Husten und Stöhnen der Kranken zu ihnen drang, die im Schatten der offenen Lagerhütten zwischen Wollballen und Holzstapeln saßen oder lagen. Micay bemerkte, daß die Tür in der gegenüberliegenden Mauer mit Holzbalken verriegelt worden war.

Eine Frau in der hellblauen Kleidung der Palastbediensteten trat ihnen entgegen. Sie trug eine Maske über Mund und Nase, aber sie hatte ihre Haare nicht abgeschnitten, sondern nur in Zöpfen um den Kopf gewunden, und sie hatte sich auch nicht mit Öl eingerieben. Erschrocken blickte sie auf Cahua, bevor sie sich vor Micay verbeugte.

»Seid Ihr gekommen, um uns zu helfen, Herrin?«

»Dazu sind wir beide gekommen. Können wir Choque Chinchay sehen, den Hauptmann der Königlichen Leibgarde?«

»Ah, den Cañari«, sagte die Frau und führte die beiden zu einer Hütte rechts neben der versiegelten Tür. »Er hat es den achten oder neunten Tag. Sein Sohn kommt jeden Tag, um ihn zu pflegen.«

»Kommt er aus dem Palast?«

»Bis jetzt durfte das niemand«, erklärte die Frau achselzuckend. »Die Leute wurden zu uns geschickt und durften nicht mehr zurück. Aber das ist jetzt anders. Allerdings weiß ich nicht, weshalb.«

»Warum seid Ihr hier?« fragte Micay, und die Frau zuckte erneut die Achseln.

»Vor einem Monat hat mein Mann das Fieber bekommen, und ich kam mit ihm hierher. Als er starb, wußte ich nicht, wohin ich gehen sollte. Es gibt noch fünf andere Frauen wie mich, und wir versorgen die Kranken. Die Tochter des Sapa Inca hat uns die Masken zukommen und uns berichten lassen, wie wir uns schützen können.«

»Das habt ihr gut gemacht«, lobte Micay und trat in den Schatten der Hütte. Zwei Männer saßen an Seilrollen gelehnt, zwei andere lagen flach auf dem Boden. Micay erkannte Choque Chinchay sofort aufgrund seiner Größe und seines relativ ordentlichen Lagers. Er war bewußtlos und atmete schwer; seine Arme und seine Brust waren mit Flecken übersät. Micay griff nach ihrem Medizinbeutel und hockte sich neben ihn, und Cahua kauerte auf der anderen Seite des Kranken nieder, hielt aber etwas Abstand.

»Hat er heute schon gegessen oder getrunken?« fragte Micay. Die Frau schüttelte den Kopf.

»Ich habe auf seinen Sohn gewartet. Er kann ihn hochheben.«

»Ich werde mich um ihn kümmern«, versprach Micay, »und um die anderen auch.«

Die Frau verneigte sich dankbar und ging davon. Micay sah zu ihrer Tochter, die sie vorwurfsvoll anstarrte.

»*Wir* werden uns um ihn kümmern«, verbesserte sie sich, und Cahua nickte brüsk. Mit einem feuchten Schwamm begann Micay, Choques Gesicht und Hals zu waschen und beruhigend auf ihn einzuflüstern. Cahua beugte sich über ihn und tupfte ihn mit einem Handtuch ab; aber als sie die Hitze des Fiebers durch den Stoff spürte, sah sie Micay mit großen Augen an. Vorsichtig träufelte Micay ihm Wasser auf die Lippen, so daß er hustete und murmelte und seine Schultern sich verkrampften. Cahua zuckte kurz zurück, beobachtete aber aufmerksam, wie Micay ihm ein paar Tropfen mehr in den Mund rinnen ließ, bis der Kranke schließlich schluckte. Micay machte Cahua auf die Bewegungen in seinem Hals aufmerksam, und das Mädchen stieß einen leisen Schrei aus und nickte heftig zum Zeichen, daß es verstanden hatte.

Dann hockte sich Cahua auf die Fersen und stimmte ein Lied an – nicht eines der Heilerinnen, die Micay ihr beigebracht hatte, sondern ein Lied der Pflanzer über Regentropfen, die auf die Erde fallen, um Pachamamas Durst zu stillen. Ihre hohe, dünne Stimme hinter der Maske klang feierlich und klagend, und die beiden sitzenden Männer hoben die Köpfe. Das ist genau das richtige Lied, dachte Micay. Sie lächelte leise in sich hinein und verspürte große Ehrfurcht für ihre Tochter – ein seltsames Gefühl von Rührung, gepaart mit Schaudern.

Als Cahua ihr Lied beendet hatte, rief einer der Sitzenden ihr etwas zu, und Micay bedeutete ihr, dem Mann Wasser zu bringen.

»Nimm den Kürbis in deinem Beutel«, riet Micay, und Cahua ging davon. Micay hörte, wie ihre Tochter den Männern erklärte, wer sie sei und warum sie gekommen war.

Plötzlich tauchte eine große Gestalt neben Micay auf, und dann hockte sich Rimachi ans Lager seines Vaters. Nach einem Blick auf dessen Gesicht sah er Micay fragend an.

»Er hat etwas Wasser zu sich genommen«, erklärte Micay. »Er scheint friedlich.«

»Ihr meint, vor Schmerzen ist er bewußtlos. Es gibt keinen Frieden, solange das Fieber anhält.«

»Das wißt Ihr besser als ich«, erwiderte Micay sanft. »Für einen Mann seines Alters ist er sehr kräftig, und ich kann sehen, daß Ihr ihn gut gepflegt habt.«

»Als ich endlich zu ihm durfte!« sagte Rimachi bitter. »Bis dahin kümmerte sich praktisch niemand um ihn. Diese Frauen sind keine Heilerinnen, sie sind nur zufällig hier. Das ist der Dank für all die Jahre, die er gedient hat...«

»Wir alle kennen den Mann, dem er dient«, sagte Micay, ohne auf seine Wut einzugehen. »Wie kommt es, daß Ihr hierherkommen und dann in den Palast zurückkehren dürft?«

»Irgend jemand, vermutlich Lloque Yupanqui, hat Huayna Capac davon überzeugt, daß es ungefährlich ist, bestimmte Leute ein und aus gehen zu lassen, sofern sie sich reinigen. Chuqui Huipa hat mir saubere Kleider für Euch gegeben, weiße Kleider.«

»Meine Tochter ist auch hier«, sagte Micay. Rimachi fuhr herum, und gemeinsam beobachteten sie, wie Cahua einem Mann den Flaschenkürbis an die Lippen setzte und ihn ein wenig trinken ließ, bevor sie den Kürbis wieder wegnahm. Ungläubig sah Rimachi Micay an.

»Und *mir* wird vorgeworfen, ich wäre unbekümmert!« schnaubte er.

»Weil Ihr Euch aus Wut und Ungeduld Gefahren aussetzt«, erklärte Micay freimütig. Er lachte abschätzig.

»Und Ihr? Könnt Ihr es nicht erwarten, bis sie älter ist, um sie zu einer Heilerin zu machen?«

»Sie ist diejenige, die nicht warten will. Und ich kann ihr nicht verwehren, sich nützlich zu machen.«

»Kleine Kameraden«, spottete Rimachi, wurde aber sofort ernst, als sein Vater aufstöhnte und die Augen öffnete. »Vater«, flüsterte er, schob einen Arm unter Choques Schultern und richtete ihn auf.

»Gesungen... wer?« murmelte der alte Mann. Dann riß er die Augen weit auf. »Wer hat das Tor? Die Sänfte kommt!«

Seine Augen schlossen sich wieder, er hustete und murmelte nur noch unverständliche Worte.

»Ich bin hier, Vater«, beschwichtigte Rimachi ihn. Micay griff nach der Schüssel mit Maisbrei, die neben ihr stand.

»Wir sollten ihm zu essen geben, solange es möglich ist«, drängte sie. Mit einem leichten Druck auf das Kinn öffnete Rimachi den Mund seines Vaters, damit Micay ihm einen Löffel Brei zwischen die Lippen schieben konnte, und dann warteten sie beide ängstlich, bis er die Nahrung schluckte. Schließlich atmete Rimachi erleichtert auf.

»Gestern wollte er nichts zu sich nehmen«, sagte er, »und die letzten zwei Tage hat er kein Wort gesagt.«

»Er hat Cahua singen gehört«, erklärte Micay und gab Choque einen weiteren Löffel mit Brei. »In ihrer Stimme liegen noch Hoffnung und Zuversicht, und das allein ist schon Medizin.«

Choque hustete, und Rimachi hielt ihn fest, bis er sich erholt hatte. Dann warf Rimachi Micay einen wehmütigen Blick zu.

»Ich habe weder das eine noch das andere. Ich suche jemanden, den ich bestrafen kann.«

Micay flößte Choque einen Löffel Wasser ein, aber als der Großteil davon über sein Kinn troff, bedeutete sie Rimachi, ihn wieder hinzulegen. »Ihr seid zu lange in der Gesellschaft der Inka gewesen«, entgegnete sie, während sie Choques Gesicht trocknete. »Auch sie haben ihre Kräfte mit Bestrafungen vergeudet. Warum schließt Ihr Euch nicht uns an und seht zu, daß diese Vergeudung ein Ende findet?«

»Ihr braucht mich nicht in Euren Dienst zu rekrutieren, Micay«, erwiderte er leise. »Ich habe Euch immer gedient.«

»Trotzdem macht Ihr Euch über die Kameraden lustig.«

Achselzuckend meinte Rimachi: »Ich mache mich über alles lustig. Ich weiß nicht, was Ihr mit Eurer kleinen Schar Kameraden zu leisten hofft.«

»Zum einen hoffe ich, sie zu vergrößern. Ihr zu mehr Einfluß zu verhelfen. Irgend jemand muß wieder von vorne anfangen, wenn alles vorbei ist. Warum sollten wir das denen überlassen, die uns in diese schlimme Lage gebracht haben?«

»Weil es ihnen zusteht«, antwortete Rimachi. »Es sei denn, Ihr plant, den Fransensaum des Herrschers an Euch zu reißen.«

»Das nicht«, gab Micay lächelnd zurück. »Aber wir könnten Verbündete derjenigen sein, denen der Fransensaum überreicht wird. Es gibt mehr als nur einen Königssohn.«

Rimachi schnaubte und rieb sich bedächtig das Kinn. »Das hört sich nach Cusi an, aber er selbst hat derlei Absichten offenbar aufgegeben.«

»Jeder gibt, was er kann, wann immer es nötig ist. Mehr bedeutet es nicht, Kameraden zu sein.«

»Dann werde ich versuchen, einer zu sein«, beschloß Rimachi. »Vielleicht findet Ihr einen Zweck für meine Wut und meine Ungeduld.« Er blickte auf seinen Vater, der im Schlaf einen Arm über das Gesicht geschlagen hatte. »Kommt, gehen wir zu Chuqui Huipa. Ich nehme an, daß Ihr sie als nächste rekrutieren wollt.«

»Vielleicht. Aber zuerst müssen wir uns um die anderen Männer kümmern. Wenn nicht Cahua das schon getan hat...«

»Sie soll ihr Lied noch einmal singen«, schlug Rimachi vor. »Mir würde es auch guttun, ihr zuzuhören.«

Der junge Priester vollzog das Reinigungsritual sehr rasch und vermied es, Cusi und Tomay direkt anzusehen. Er trug ihnen auf, sich zu baden und ihre Tuniken und Lendentücher durch neue zu ersetzen; aber er wandte ihnen den Rücken zu, während sie sich umzogen, und bemerkte nicht, daß Cusi sein Stirnband und Tomay seine Mütze aufbehielt. So bald wie möglich erklärte er, sie seien gereinigt, und überließ sie einem noch jüngeren Krieger, der sie in den Palast führte.

Um sich in der Anlage zurechtzufinden, hatten die beiden Amarus Modell eingehend studiert, aber mittlerweile waren viele Tore und Treppen abgeriegelt und neue Wachhäuschen errichtet worden. Cusi hatte das Gefühl, in einem Irrgarten zu wandern, als sie sich durch schmale Gänge, an kahlen Wänden vorbei von einer Terrasse zur nächsten bewegten, und er mußte unvermittelt an Chan Chan denken. Menschen begegneten sie kaum, aber jede Menge Truthähne und Meerschweinchen machte sich an dem Unrat zu schaffen, der zwischen den Gebäuden aufgehäuft war. Tomay atmete hörbar ein und machte damit Cusi auf den stechenden Geruch aus Holzrauch, Urin und verfaulenden Nahrungsmitteln aufmerksam.

»Hier riecht es sogar wie in einer belagerten Stadt«, sagte er abschätzig. »Meinst du, wir waren sauber genug, um den Palast zu betreten?«

Cusi lachte leise. »Der Priester wollte uns ebensowenig nahe kommen wie dieser Junge.« Damit deutete er auf ihren Führer, der zehn Fuß vor ihnen her marschierte und sich nicht einmal nach seinen Anbefohlenen umdrehte. Sie folgten ihm durch ein bewachtes Tor in ein langes, schmales Anwesen, das Cusi als Ninan Cuyochis Quartier erkannte. Auf einem Steinsockel standen nebeneinander drei kleine Häuser, deren Rückwände die Stützmauer der darüberliegenden Terrasse bildete; die Türen und Fenster gaben den Blick auf die Stadt und das Tal frei. Cusi erinnerte sich daran, wie stolz Amaru ihm von diesem Anwesen erzählt hatte; daß er die Gebäude erhöht und die Brüstungsmauer niedriger gemacht hatte, damit der Blick völlig unverstellt war. Jetzt waren alle Türen und Fenster mit Vorhängen bedeckt, und der Führer geleitete sie zu einem kleinen Zelthaus am anderen Ende der Anlage, von dem aus man nur auf das bewachte Tor sah.

Dort saß Ninan Cuyochi auf einem Hocker. Er wartete, bis der junge Krieger verschwunden war, und stand dann auf, um die Ankömmlinge zu begrüßen. Er wollte nicht zulassen, daß sie sich vor ihm verneigten, sondern drückte ihnen fest die Hand.

»Meine Freunde, ihr wißt nicht, wie gut es ist, euch wiederzusehen. Ich bin seit sechs Monaten hinter diesen Mauern eingesperrt und habe nichts als Gerüchte und Klatsch gehört.«

Cusi bemerkte, daß Ninans schmales Gesicht etwas aufgedunsen war und die Falte zwischen den Augenbrauen sich tiefer eingegraben hatte.

»In der Stadt ist die Krankheit fast vorüber«, berichtete Cusi. »Dort draußen wärt Ihr sicherer.«

»Ihr auch«, erwiderte Ninan trocken, nahm wieder auf seinem Hocker Platz und bedeutete ihnen, sich auf den Matten niederzulassen. »Mein Vater wird bald wissen, daß ihr hier seid. Ich weiß nicht, wie er reagieren wird, aber seit einiger Zeit ist er nicht unbedingt zum Verzeihen aufgelegt.«

»Ich möchte keine Vergebung, weder für mich noch für Amaru. Ich möchte nur, daß mein Bruder freigelassen wird.«

»Das möchte ich ebenfalls«, versicherte Ninan. »Und das wird auch geschehen, Cusi. Sobald die Krankheit vorüber ist, werden auch die Angst und das Mißtrauen vergessen sein; zumindest wird kein altgedienter Inka-Krieger dafür bestraft werden. Ich kann mich zwar nicht öffentlich für ihn einsetzen, aber ich werde zusehen, daß er und seine Familie keinen Schaden erleiden.«

»Und was ist mit Fempellec?« fragte Cusi.

»Der Chimu? Er ist sicher nicht unschuldig, und dafür wird er bezahlen müssen.«

»Er muß auch freigelassen werden«, beharrte Cusi. »Er wird nicht nur für sein Verhalten bestraft, sondern auch für seine Freundschaft zu mir und Micay.«

Ninan machte eine hilflose Geste, doch plötzlich wallten Wut und Verzweiflung in ihm auf, so daß er um Fassung ringen mußte. Erst nach einem tiefen Atemzug konnte er überhaupt sprechen, und selbst dann klang seine Stimme noch so angespannt, als würde ihm jemand den Hals zuschnüren.

»Ich weiß, was ich tun würde, wenn ich die Macht besäße. Aber ich bin selbst in Ungnade gefallen. Ich sprach mich dagegen aus, daß wir uns hier im Palast einschließen; ich hielt es für meine Pflicht als Regent, mich für das Wohlergehen aller Menschen einzusetzen. Aber mein Vater meinte, meine Pflicht als Sohn bestünde darin, seine Befehle auszuführen, ohne sie zu hinterfragen. Seitdem hat er nicht wieder nach mir geschickt.«

Cusi bedeutete Tomay mit einem Kopfnicken zu sprechen.

»Ihr hattet recht, Herr«, sagte er. »Das Fieber verbreitet sich am schnellsten dort, wo die Menschen eng aufeinander leben und sich nicht sauber halten. Und die Quitos werden Euch sicher nicht zu Hilfe eilen, nachdem sie im Stich gelassen wurden.«

»Genau das habe ich auch gesagt«, meinte Ninan müde. »Aber ich erwarte nicht, daß mir vergeben wird, nur weil ich recht hatte.«

Cusi lächelte wehmütig. »Wenn ich das gewußt hätte, hätte ich in Cuzco Huascars Verdacht beschwichtigen können. Er denkt, Ihr stündet dem Sapa Inca sehr nahe, und beneidet Euch darum.«

Wie Cusi gehofft hatte, wurde Ninan auf diese Bemerkung hin hellwach und nahm eine fast kämpferische Haltung ein.

»Du hast also mit ihm gesprochen«, rief er. »Ich habe gehört, daß er Cuzco regiert, als trüge er bereits den Fransensaum.«

Cusi und Tomay warfen sich einen vielsagenden Blick zu, und Tomay stieß ein verächtliches Lachen aus.

»So würde *er* es beschreiben. Andere würden sagen, daß er Freunde und Verwandte in Stellungen eingesetzt hat, die ihren Rang und ihre Fähigkeiten übersteigen, und daß er durch Bestechungen und Drohungen regiert. Er hat mehr Spione als Krieger, und die wenigen Krieger, die er hat, demoralisiert er auch noch, indem er sie nicht aufgrund ihrer Leistung, sondern ihrer Loyalität befördert.«

»Außerdem hat er sich die meisten Haushalte von Ober-Cuzco zum Feind gemacht«, fügte Cusi hinzu, »indem er droht, ihren Landbesitz zu beschlagnahmen.«

Ninan lehnte sich zurück und blickte die Freunde mit leuchtenden, klugen Augen an.

»Ich danke euch für eure Offenheit, aber seid vorsichtig, was ihr meinem Vater gegenüber von Huascar berichtet. Er denkt allzu oft an seinen Tod und seinen Nachfolger.«

»Wir möchten, daß er dabei an Euch denkt, Herr«, gestand Cusi freimütig, und Tomay nickte zustimmend.

»Was meint ihr damit?« fragte Ninan.

»Wir meinen, daß sich Huascar nicht zum Herrscher eignet. Wir brauchen jemanden, der die Vier Viertel zusammenhalten und Frieden und Ordnung wiederherstellen kann.«

»Wir brauchen einen Herrscher, den die Krieger achten können«, erklärte Tomay düster. »Sonst müssen wir vielleicht wieder auf dem Platz aufmarschieren.«

»Es sind nicht die Krieger, die den Thronerben wählen«, gab Ninan zu bedenken, aber offenbar hatte er bereits ähnliche Gedanken gehabt.

»Wir wissen, wer den Thronerben wählt«, sagte Cusi. »Und wenn er uns zu sich ruft, werden wir ihm das gleiche über Huascar erzählen wie Euch. Yasca hat uns dazu beauftragt.«

»Huascar hat sich auch Yasca zum Feind gemacht«, erklärte Tomay. »Kriegshäuptlinge mögen es nicht, wenn ihnen in den Straßen von Cuzco nachspioniert wird.«

»Aber vergeßt nicht, daß Yasca in Tumibamba ist«, warnte Ninan. »Sein Name kann euch nicht vor dem Zorn meines Vaters schützen.«

»Er hat uns auch nicht vor den Chiriguano geschützt«, wandte Tomay achselzuckend ein, »genausowenig wie vor dem Fieber.«

»Wir können uns selbst verteidigen«, versicherte Cusi. »Wir werden ihm klarmachen, daß Ihr uns nicht zu Euch bestellt habt, und daß Ihr für unsere Anwesenheit im Palast nicht verantwortlich seid. Vielleicht könntet Ihr uns zum Schein sogar mit Ärger begegnen…«

»Dafür ist es zu spät«, sagte Ninan mit einem bedeutungsvollen Blick. »Seine Männer sind schon hier.« Er nickte abrupt und stand auf. »Ich begleite euch. Es ist meine Pflicht als Regent, Yascas Stellvertreter zu begrüßen und sicherzustellen, daß sie richtig behandelt werden.«

»Eure Fürsorge ehrt uns«, setzte Cusi an, aber Ninan unterbrach ihn.

»Es ist wichtig, das zu tun, was recht und richtig ist. Das gilt für den Thronerben ebenso wie für alle anderen.« Damit führte er sie zum Zelthaus hinaus. »Außerdem will ich nicht, daß man mir wie Huascar nachsagt, ich ließe mich übergehen.«

Im Gegensatz zu den anderen Teilen des Palasts war Chuqui Huipas Anwesen makellos sauber, und die Wachposten am Tor gewährten nur den wenigsten Ankömmlingen Zutritt. Als Rimachi, Cahua und Micay sich anmeldeten, ging einer der Männer, um sich zu erkundigen, ob er Cahua vorlassen dürfe, und kam dann mit Chuqui selbst zurück. Sie schloß Micay heftig in die Arme und kniete sich dann vor Cahua nieder.

»Du bist eine Weiße Frau geworden, Cahua«, staunte sie. »Die jüngste von allen!«

»Das ist zu groß für mich«, beklagte sich Cahua und zog an der Tunika, die man ihr gegeben hatte. »Wir mußten uns umziehen, aber unsere Medizinbeutel durften wir behalten.«

»Ich habe Kleider für dich, die dir passen«, versicherte Chuqui und erhob sich. »Wir haben schon lange damit gerechnet, daß die Krankheit in den Palast eindringt.«

Das Lächeln auf ihrem Gesicht erlosch, und in ihrer Stimme lag ein resignierter Unterton. Falten hatten sich um ihre Augen und ihren Mund eingegraben, und Micay wurde bewußt, daß ihre Freundin erschöpft war.

»Wieviele Frauen stehen dir zur Verfügung?« fragte sie.

»Zehn oder zwölf, die Helferinnen mit eingerechnet. Ich habe bei Hof wenig Erfolg gehabt, Micay. Nicht einmal das Fieber bringt sie dazu, auf mich zu hören.«

»Und was ist mit der Coya?«

»Meine Mutter hat sich zurückgezogen, um zu fasten und zu beten. Sie will mir mein ›seltsames‹ Verhalten in Tumibamba nicht vergeben. Manche Frauen wollen sich mir nicht anschließen, weil sie die Coya damit vor den Kopf stoßen würden, und andere wollen sich mir nur anschließen, um sie damit vor den Kopf zu stoßen. Wenn ich ihnen von unseren Erfahrungen in Tumibamba erzähle, wenden sie ein, daß Chimpu Ocllo selbst am Fieber gestorben ist. Als ob das unser Versagen beweisen würde.«

»Sobald ihre Kinder und Männer erkranken, werden sie aufhören, sich über ihr Ansehen bei Hof Gedanken zu machen«, meinte Micay. »Dann werden sie dich um Hilfe bitten.«

»Wir haben genügend Vorräte. Mein Vater gab mir alles, worum ich bat – zumindest, bis er erfuhr, daß ich einiges davon in die Stadt schickte.« Chuqui neigte den Kopf trotzig zur Seite. »Wir haben beschlossen, daß wir hinausgehen, um die Kranken zu pflegen, sie aber nicht in den Palast bringen lassen. Er soll ein sicherer Ort für uns und unsere Kinder sein.«

»Das ist weise«, stimmte Micay zu. »Wo ist Fempellec?«

»Ich konnte nicht zu ihm. Er wird irgendwo außerhalb des Palastes festgehalten. Sie sagen, er wurde erwischt, als er aus der Stadt fliehen wollte.«

Micay warf Rimachi einen zweifelnden Blick zu. »Amaru dachte, er wäre hier.«

»Das ist er auch«, erwiderte Rimachi. »Er wird von einer besonderen Einheit der Königlichen Leibwache bewacht. Sie steht unter dem Oberbefehl von Titu Atauchi.«

Chuqui starrte ihn sprachlos an; ihr Gesicht wurde hart. »Dann hat er mich angelogen. Dabei geht es um *meinen* Küchenchef.« Dann fragte sie Rimachi wütend: »Müssen diese Wachen Euch Rechenschaft ablegen?«

»Ja, Herrin, sofern ich im Auftrag der Tochter der Coya mit ihnen rede.«

»Das tut Ihr. Führt uns zu ihm.« Chuqui streckte Cahua eine Hand entgegen. »Möchtest du mit uns kommen, meine Tochter? Es könnte zu lauten, wütenden Szenen kommen.«

»Ich werde singen, bis sie still sind«, verkündete Cahua und ergriff Chuquis Hand. Sie gingen zum Tor, und Micay und Rimachi folgten ihnen. Rimachi sah sie lächelnd an.

»›Laute, wütende Szenen‹?« fragte er leise.

»Freut Euch nicht zu früh. Fempellec darf nichts zustoßen.«

»Das stimmt«, meinte Rimachi lächelnd. »Schon allein deshalb nicht, weil Titu Atauchi es viel mehr verdient, daß ihm etwas zustößt...«

Raurau Illa hatte Cusi gewarnt, daß er nicht mehr die Macht besaß, um sich gegen Zauberer zur Wehr zu setzen, und daß er den Ängsten und Illusionen ausgesetzt sein würde, die sie in anderen Menschen wachriefen. Aber der Alte hatte ihm auch geraten: *Sei ruhig und gebe flüchtigen Impulsen nicht nach; betrachte sie kalt, und dann wirst du erkennen, daß ihre Macht gering ist und dir keinen dauernden Schaden zufügen kann.*

Cusi, Ninan und Tomay hatten mehrere Wachposten passiert, bis sie schließlich in einen engen Raum geführt wurden, in dem dicker Tabakrauch die Luft erfüllte. Cusi mußte unwillkürlich an die Hütte des Grasmannes denken, und als er Titu Atauchi in der Dunkelheit ausmachen konnte, wurde ihm bewußt, daß diese Wirkung beabsichtigt war. Bedrohlich ragte der Zauberer von einem erhöhten Standplatz über die drei auf. Panik ergriff Cusi; seine Hände verkrampften sich, und Schweiß trat ihm aus allen Poren. Titu trug eine dunkle Tunika und einen mit Federn besetzten Umhang, und seine ganze

Kleidung einschließlich der Kopfbedeckung aus Pelz war mit glitzernden Amuletten und bunten Federsträußen verziert.

»Wer seid ihr, daß ihr beim Sapa Inca vorsprechen wollt?« fragte er barsch. Cusi bemerkte, daß Ninan sich schüttelte, als wollte er eine schwere Last abwerfen. Mit gepreßter Stimme antwortete er: »Dies sind die Stellvertreter des Kriegshäuptlings Yasca, in dessen Auftrag sie von dem erfolgreichen Feldzug gegen die Chiriguano berichten sollen. Mich kennst du.«

»Man hat nicht nach euch geschickt«, herrschte er ihn an. »Ihr müßt alle gereinigt werden. Wenn ihr vor dem Sapa Inca steht, dürft ihr weder Wut noch Trotz oder Mißachtung im Herzen tragen.«

Dann zog er eine Kürbisrassel unter seinem Umhang hervor, und die Männer, die bei ihm waren, warfen plötzlich die Hände hoch, und etwas Glitzerndes wirbelte durch die Luft. Cusi fühlte, wie ein feines Pulver sich auf ihn legte, und im nächsten Augenblick brannten ihm Augen, Nase und Hals wie Feuer. Hustend und würgend krümmte er sich zusammen; Tränen strömten ihm über die Wangen. Er hörte die Rassel dicht neben seinem Ohr und dann Titus zischende, grausame Stimme: »Beweine deine Verbrechen, Verräter… Bald wirst du fallen.«

Erfüllt von Entsetzen und Todesangst taumelte Cusi hilflos umher; das Pulver steigerte jedes Gefühl bis ins Unerträgliche. Tomay stieß ein furchterregend lautes Grollen aus, und dadurch wurde Cusi bewußt, daß sein Freund zum Angriff bereit war. »Bleib stehen!« befahl er ihm, riß die Hände vom Gesicht und packte Tomay und Ninan am Arm. Eigentlich wollte er die beiden damit nur zurückhalten, aber er bewirkte mit dieser Geste, daß sie alle ihr Gleichgewicht wiederfanden und damit gleichzeitig eine Art Selbstbeherrschung. Auch Cusi selbst fühlte sich sofort ruhiger, und als er sich langsam wieder aufrichtete, spürte er, wie die Kraft seines Schutzgeistes sich in ihm entfaltete.

Die Tränen hatten das brennende Pulver aus seinen Augen gespült, und nun blinzelte er, bis er Titu Atauchi deutlich vor sich wahrnahm. Sein alter Haß wallte in ihm auf, und er wurde dadurch kalt und klar, so daß der kraftvolle Blick seines Gegenübers ihm nichts anhaben konnte. Er sah die tätowierte Schlange auf Titus Wange, den Schaum vor seinem Mund und ein irres, trunkenes Funkeln in seinen Augen. Cusi blickte in dieses funkelnde Licht und sah einen Menschen, der sich niemandem gegenüber verantwortlich fühlte; einen Menschen, der keinen Führer kannte. Er empfand keine Empörung, nur unendliche Verwunderung darüber, daß es diesem Mann gestattet worden war zu vergessen, was sich für seine Stellung schickte.

»Ihr habt uns mit Euren Tricks gedemütigt«, sagte Cusi heiser. »Was hat es Euch gebracht?«

»Das war, um deine verborgenen Kräfte auf die Probe zu stellen«, höhnte Titu. »Du hast dich als harmlos erwiesen.«

»Ihr meint, wir haben uns nicht schändlich benommen, wir Ihr gehofft hattet«, gab Cusi zurück. »Aber Ihr habt damit mehr erreicht, als Ihr denkt, Titu Atauchi. Denn jetzt gibt es drei Inka, die nie vergessen werden, wie sie von Euch mißhandelt wurden.«

Mit einem Ruck befreite sich Ninan aus Cusis Griff. »*Nie!*« wiederholte er. »Und jetzt führe uns zu meinem Vater.«

»Er kann euch im Augenblick nicht empfangen«, sagte Titu hastig. »Er ist mit der vierten Gemahlin zusammen.«

»Das heißt, du hast ihm nichts gesagt?« folgerte Ninan. »Du wolltest sie herkommen lassen und einen Zwischenfall heraufbeschwören, für den du ihnen die Schuld anlasten konntest. Und dann wolltest du ihm davon berichten. Aber jetzt wird er von mir darüber erfahren. Geh mir aus dem Weg!«

Titu zögerte einen Moment, besann sich dann jedoch eines Besseren und trat zurück, damit Ninan an ihm vorbei konnte. Tomay spuckte vor Titu auf den Boden, als er und Cusi an ihm vorbeigingen, aber Cusi starrte nur auf Ninan und dachte, daß er ihn noch nie so wütend und eindringlich gesehen hatte. Vielleicht war dies ja doch eine Prüfung verborgener Kräfte gewesen...

Der Hauptmann, der jüngste der vier Cañari-Wachposten, kannte Rimachi nicht persönlich und stellte sich ihm deshalb entschlossen in den Weg.

»Ihr müßt warten, Herr, bis ich von Titu Atauchi Genehmigung bekomme.«

»Nein, mein Freund«, erwiderte Rimachi. »Wir warten nicht auf Titu Atauchis Erlaubnis. Du weißt, wer ich bin und wer diese Dame ist. Welchen Rang hat Titu Atauchi?«

»Ihr seid noch nicht lange am Hof, Herr. Er...«

»Er schickt treue Cañari zum Sterben in verlassene Lagerhäuser«, schnaubte Rimachi und trat an dem jungen Wachposten vorbei, um den Vorhang vor der Tür beiseitezureißen. »Seit wann werden Gefangene im Dunkeln eingesperrt? Dieser Mann ist angeklagt, nicht verurteilt.«

»Das werde ich melden müssen, Herr.«

»Dann melde es!« forderte Chuqui Huipa ihn auf. »Dieser Mann steht in meinen Diensten. Richte Titu Atauchi von mir aus, daß er ein Verbrechen begangen hat, indem er ihn vor mir verbarg.«

Widerwillig trat der Wachposten beiseite, und Rimachi führte sie über eine steile Treppe in einen kleinen, feuchten Raum. Micay hielt Cahua fest an der Hand, während sie Rimachi und Chuqui folgte. Der Steinboden war mit Unrat übersät, und es stank nach Urin und Exkrementen, so daß die Frauen ihre Masken vors Gesicht zogen. Nur ein fahler Lichtschimmer drang von der Tür herunter.

»Hier ist er«, sagte Rimachi leise. Fempellec kauerte nackt und zitternd in einer Ecke. Selbst in dem Halbdunkel konnte Micay erkennen, daß sein Gesicht blutig und geschwollen war, und als Chuqui seinen Arm berührte, wimmerte er.

»Er ist *kalt*«, verkündete sie erleichtert.

»Natürlich ist mir kalt!« stieß Fempellec hervor. »Sie haben mir meine Kleider genommen und wollten mir welche geben, die einem Kranken gehört hatten.«

»Ich hole ihm eine Decke«, erklärte Rimachi und verschwand.

»Als ich nicht reden wollte, haben sie mich geschlagen«, fuhr Fempellec tonlos fort. »Dann mußte ich die ganze Nacht auf einer Stelle stehenbleiben und wurde am Morgen wieder verhört, und dann schlugen sie mich wieder.«

Micay hockte sich neben ihn. »Wir lassen nicht zu, daß sie dich wieder schlagen«, versicherte sie ihm. »Cusi ist auch hier, und er hat Amaru versprochen, daß er euch beide befreien wird.«

»Sie war dabei, als ich geschlagen wurde, Micay. Ich habe mir so gewünscht, ich hätte Cusis Stein!«

»Mama Huarcay?« fragte Chuqui, und Micay nickte. Rimachi erschien mit einer Decke, in die er Fempellec hüllte, und half ihm aufzustehen. Fempellec taumelte einen Moment, blickte dann zu Boden und fuhr zusammen, als er Cahua entdeckte.

»Ich habe dich nicht gesehen, Kleine«, sagte er. »Bist du auch gekommen, um mich zu retten?«

Cahua nickte ernsthaft. »Sie dürfen dich nicht bestrafen, wenn du nicht böse gewesen bist.«

Fempellec blickte sich um und lachte leise. »Nicht böser als sonst.«

Cahua warf Micay einen fragenden Blick zu.

»Wir retten ihn trotzdem«, erklärte Micay, »weil er unser Freund ist.«

»Dann komm, Freund«, drängte Cahua und zerrte an Fempellecs Decke. »Es riecht sehr böse hier.«

»Das stimmt«, meinte Fempellec und folgte ihr die Treppe hinauf. »Es riecht nach der Rache dieser Frau...«

Es war bereits dunkel, als Cusi und seine Begleiter barfuß und mit symbolischen Gaben beladen zum Sapa Inca vorgelassen wurden. Sie wurden zu einer hochgelegenen Terrasse geführt, die mit Palmen gesäumt und von Fackeln erleuchtet war, und dort ruhte Huayna Capac auf einer mit Fellen und Kissen gepolsterten Bank. Er war umgeben von mehreren reich geschmückten Frauen, deren Gesichter Cusi aber nicht erkennen konnte, denn ein Wandschirm aus feiner Gaze trennte ihn vom Herrscher und dessen Gefolge. Auf Cusis Seite des Schirms befanden sich neben Titu Atauchi und dem Hohenpriester Topa Yupanqui noch mehrere Bedienstete.

Als sie ihre Mocha entboten hatten und sich wieder aufrichteten, trat der Kriegshäuptling Rimiñaui vor Ninan. Zum Zeichen dafür, daß er im Namen des Sapa Inca sprach, hielt er den Stab mit dem Königlichen Fransensaum in der Hand. Huayna Capac war hinter dem Wandschirm nur im Profil zu sehen; er unterhielt sich laut mit den Frauen.

Während des langen Wartens hatte Ninans Wut sich gelegt, und als er die offensichtliche Mißachtung seines Vaters bemerkte, wurde er sehr bedrückt. Er reagierte nur langsam auf Rumiñauis knappen Befehl, sein Anliegen vorzutragen, und mußte sich erst sammeln, bevor er eine kurze Rede über die Verdienste von Yascas Stellvertretern halten konnte. Dabei richtete er seine Worte an Rumiñaui vorbei an den Mann hinter dem Schirm und trug vor, wie er selbst und die tapferen Krieger in seiner Begleitung von Titu Atauchi beleidigt und mißhandelt worden seien, der vorgegeben habe, im Namen des Sapa Inca zu handeln.

»Diese Männer und ich haben dem Inca treu gedient«, schloß Ninan. »Wir verdienen es, respektvoll behandelt zu werden.«

Barsch fuhr Rumiñaui ihn an: »Niemand hat Yasca gebeten, seinen Bericht jetzt zu erstatten!«

Ninan starrte durch den Wandschirm auf Huayna Capac, der schnaubte und dann lachte, und als Ninan dies hörte, stieg Wut in ihm auf. Er ballte die Fäuste und sagte mit scharfer, drohender Stimme: »Yasca braucht niemanden, der ihm sagt, wann oder was er tun soll, ebensowenig wie ich. Ich bin ein Kriegshäuptling, der Regent der Nördlichen Provinzen und der Sohn des Sapa Inca. In dieser Eigenschaft sage ich dir, Rumiñaui, und dir, Titu Atauchi, daß der nächste Mann, der meinen Rang mißachtet und mich respektlos behandelt, sein Verhalten mit Blut bezahlen wird. Habt ihr mich verstanden?«

Rumiñaui umklammerte grimmig seinen Stab, und alle Menschen auf der Terrasse erstarrten, bis auf den Hohenpriester, der sich erschrocken zwischen Ninan und Rumiñaui stellte.

»Du darfst hier keine Gewalt androhen«, ermahnte er Ninan. Ohne Rumiñaui aus den Augen zu lassen, erwiderte der Regent: »Ich erinnere diese Männer lediglich daran, was sich für sie in ihrer Stellung schickt, Großvater. Irgend jemand muß es tun.«

Es entstand ein eisiges Schweigen, und alle Köpfe wandten sich auf den Stoffschirm, der plötzlich fortgetragen wurde. Huayna Capac hatte seine Bank verlassen und bedeutete Rumiñaui ungeduldig, ihm den Mascapaycha zu überreichen. Dann nahm er den Fransensaum bedächtig in die Hände, legte ihn sich um die Stirn und stellte sich vor Ninan, der sich steif verbeugte. »Warum willst du mich unbedingt provozieren?« herrschte er seinen Sohn an. »Ständig prahlst du damit, der Regent zu sein, als hättest du deswegen das Recht, dich zu beschweren und Drohungen auszustoßen. Du könntest deines Amtes als Regent enthoben und weit fortgeschickt werden.«

»Das weiß ich, Herr«, antwortete Ninan. »Aber wenn es zu meinen Pflichten als Regent gehört, mich von Untergebenen beleidigen zu lassen und von Euch mißachtet zu werden, dann wäre es mir lieber, wenn Ihr mich an einen Ort schickt, wo meine Autorität noch etwas bedeutet.«

Huayna Capacs Augen unter dem bunten Fransensaum weiteten sich, und einen Moment lang dachte Cusi, er würde einen Wutanfall bekommen. Doch Ninan hatte mit Überzeugung gesprochen, nicht prahlend oder anklagend, und es war offensichtlich, daß er bereit war, die Konsequenzen seiner Worte zu tragen. Er hatte seinem Vater zwei Möglichkeiten gelassen: Entweder behandelte Huayna Capac ihn mit dem Respekt, der ihm als Sohn zustand, oder er verbannte ihn. Der Herrscher runzelte die Stirn und blickte zu Cusi und Tomay.

»*Ihr*!« rief er überrascht aus, und sein Erstaunen schien nicht gespielt. »Was macht ihr hier?«

Cusi verbeugte sich ehrerbietig. »Tomay Guanaco und ich sind die Stellvertreter des Kriegshäuptlings Yasca, Herr. Wir sind hier, um vom Feldzug gegen die Chiriguano zu berichten.«

»Sie wurden doch schon vor langer Zeit besiegt«, winkte Huayna Capac ab. »Das Cochabamba-Tal ist wieder friedlich und grün. Was müßte ich sonst noch erfahren?«

»Yasca möchte, daß Ihr die Schlachten kennt, die gefochten wurden, und die Namen der Krieger...«

»Es ist mir gleichgültig, was ich Yascas Meinung nach wissen sollte«, fuhr der Sapa Inca dazwischen. »Was weißt du, Cusi Huaman? Was hast du gesehen, das meiner Aufmerksamkeit würdig ist? Sprich, und zwar schnell, denn sonst habe ich keinen Grund, deine Gegenwart hier zu tolerieren.«

641

Die Drohung berührte Cusi nicht, denn er wußte genau, was er dem Herrscher sagen wollte. Trotzdem schwieg er einen Augenblick aus Respekt für all das, was Tomay und er in den letzten fünf Jahren gesehen und getan hatten. Schließlich begann er: »Es gibt eine Nachricht, die Yasca keinem Boten anvertrauen wollte, Herr. Die Chiriguano wurden von einem Fremden angeführt, der helle Haut und einen Bart aus schwarzen Haaren hatte. Er trug einen Helm und einen Brustpanzer und eine Waffe, die alle aus einem glänzenden Metall bestanden; es war trüber, aber viel härter als Silber.«

Huayna Capac holte tief Luft und trat unwillkürlich zurück, wobei er seine drohende Haltung völlig aufgab.

»Wie ist das möglich?« fragte er ungläubig. »Hast du diesen Fremden mit eigenen Augen gesehen? In Cochabamba?«

»Ja, Herr, in Incallacta«, erklärte Cusi. »Dort wurden wir von ihm und den Chiriguano belagert. Wir legten ihnen einen Hinterhalt und vertrieben sie, und dabei sahen wir ihn.«

»Hast du ihn auch gesehen?« wandte sich der Herrscher an Tomay, der sich verbeugte und gleichzeitig heftig nickte.

»Wir haben ihn alle gesehen, Herr. Und er war ganz eindeutig kein Chiriguano.«

»Habt ihr von den bärtigen Fremden gehört, die an der Küste gesehen wurden?«

»Zu der Zeit noch nicht, Herr. Von ihnen erfuhren wir erst später in Chuquiabo. Aber es klang, als seien sie diesem Mann sehr ähnlich.«

»Seid ihr euch sicher, daß er ein Mensch war?« fragte Huayna Capac. Als Tomay zur Antwort ansetzte, horchten alle Umstehenden auf.

»Er hatte keine Zauberkräfte, Herr, wenn Ihr das meint«, erklärte er. »Er konnte die Flucht der Chiriguano nicht verhindern, und nur seine Metallrüstung hielt den Speer ab, den ich auf ihn warf.«

»Hast du ihn getroffen?«

»Hier«, verkündete Tomay stolz und klopfte sich auf die Brust. »Ich war mir sicher, daß ich ihn getötet hatte, aber dann ist er mit den Chiriguano fortgelaufen.«

Huayna Capac verschränkte die Arme und wandte sich an seine Berater, die seinem Blick großteils auswichen. Einer der wenigen, die seinen forschenden Augen standhielten, war Lloque Yupanqui. Cusi hätte ihn beinahe nicht erkannt – er hatte seine grauen Haare wachsen lassen, so daß sie die Ohrpflöcke verbargen, und trug ein geflochtenes Stirnband, das nicht mit dem Abzeichen eines Haushalts besetzt war, sondern mit roten Federn. Er sah so wild und fremd aus wie Titu Atauchi, aber er verneigte den Kopf ehrerbietig, als der Herrscher mit dem Kinn auf ihn deutete.

»Ist das der Grund, weshalb du mich dazu überredet hast, meinen Palast zu öffnen? Damit dein Neffe mir diese Schreckensnachricht überbringen kann?«

»Ich habe Cusi seit fünf Jahren nicht gesehen, Herr«, gab Lloque sanft zurück. »Ich wußte nicht, daß er kommen oder was er sagen würde.«

»Aber du bist nicht enttäuscht von dem, was du gehört hast«, mutmaßte Huayna Capac und wandte sich an Cusi, bevor Lloque etwas erwidern konnte. »Dein Onkel ist einer derjenigen, die mir raten, die Bärtigen als unsere Feinde zu betrachten. Zweifellos bist du derselben Meinung.«

»Ich habe nur diesen einen gesehen, Herr«, erklärte Cusi, »und er war der Anführer der Chiriguano, die uns töten und die große Halle des Inca verbrennen wollten. Er war eindeutig unser Feind, weil er die Chiriguano noch gefährlicher machte, als sie schon waren. Aber ich weiß nur wenig von denen, die an der Küste gesehen wurden. Sind sie wiedergekommen?«

Huayna Capac blinzelte kurz und atmete erleichtert auf. »Gut. In Tumibamba sollte man nichts davon wissen; ich wollte nicht noch mehr Panik entstehen lassen. Aber ja, die Bärtigen sind wiedergekommen, mit ihren großen Flößen, die wie schwimmende Häuser aussehen, und überall fragten sie nach *mir*. ›Wer ist der Herrscher dieses Landes? Wo lebt er? Was besitzt er?‹ Sie wollten es nicht glauben, als die Leute ihnen sagten, daß alles mir gehört. Sie wollten eine Zählung durchführen!«

»Wo sind sie jetzt?« fragte Cusi besorgt.

»Sie sind wieder über das Große Wasser verschwunden«, berichtete der Herrscher. »Sie haben einige unserer Leute mitgenommen und zwei der ihren in Tumbez gelassen. Ich ließ nach ihnen schicken, aber sie hatten bereits das Fieber und starben, bevor sie hergebracht werden konnten. Angeblich waren sie sehr laut und unhöflich, vor allem gegenüber Frauen, und fragten ständig nach Dingen aus Gold. Alle anderen Geschenke wiesen sie zurück, und als man ihnen schließlich ein paar Armreifen und eine Kette aus Goldperlen gab, legten sie sie nicht einmal an, sondern steckten sie einfach in einen Beutel!«

Huayna Capac warf die Hände empört in die Luft und drehte sich im Kreis, und die Männer hinter ihm gaben mißbilligende Laute von sich und schüttelten erstaunt die Köpfe. Dann wandte sich der Herrscher wieder Cusi zu und ließ die Arme erschöpft sinken. Sein Blick wanderte zu Tomay und schließlich zu seinem Sohn.

»Du hast mich gezwungen, mit dir zu reden, und nun hast du gesehen, welche Last der Sapa Inca trägt. Möchtest du immer noch von hier fortgeschickt werden?«

»Das war nie mein Wunsch, Herr«, erwiderte Ninan ernst. »Mein Wunsch war stets, Euch zu dienen und beim Tragen dieser Last zu helfen. Aber ich muß den Platz und den Respekt bekommen, die mir zustehen, damit ich Euch mit ganzem Herzen dienen kann.«

Huayna Capac runzelte die Stirn, aber dann seufzte er und ließ die Schultern sinken. »Du hast einen Platz an meiner Seite ... für die Zeit, die mir noch bleibt.« Er wollte sich abwenden, hielt jedoch noch einmal vor Cusi inne. »Ich hatte nicht erwartet, dich jemals wiederzusehen. Aber jetzt bleibst du. Bis zum Ende.«

In Begleitung seines Gefolges schritt er zu seiner Bank zurück. Cusi, Ninan und Tomay entboten eine Mocha und gingen rückwärts hinaus. Nachdem sie ihre Sandalen an sich genommen und die zeremoniellen Bündel wieder abgegeben hatten, marschierten sie schweigend davon, bis sie einen verlassenen Hof erreichten. Dort konnten sie schließlich reden, ohne daß jemand ihnen zuhörte.

»Ihr wart beide so ruhig«, staunte Ninan. »Vor allem du, Cusi. Ich kann nicht ruhig bleiben, wenn er die Leute beleidigt, die ihm am besten dienen.«

»Es war Eure Wut, die ihn dazu brachte, uns anzuhören«, beschwichtigte Cusi ihn. »Diese Waffe werdet Ihr sicher noch mehrmals verwenden müssen.«

»Jetzt wird er mir zuhören«, sagte Ninan zuversichtlich. »Und ihr werdet dabeisein.«

»Offenbar. Aber ich bin mir nicht sicher, ob er mir vergeben hat oder mir drohte.«

»Vergeben«, sagte Ninan.

»Drohte«, erklärte Tomay. Cusi blickte vom einen zum anderen und lachte. »Vielleicht ist der Unterschied gar nicht so groß ...«

Seitdem Ninan Cuyochi seinen Einfluß als Regent wieder geltend gemacht hatte, waren viele der nach Ausbruch der Krankheit errichteten Barrikaden und Wachposten auf dem Palastgelände entfernt worden, und man bemühte sich, die Wege zu fegen und den Unrat zu verbrennen. Außerdem unterstützte Ninan öffentlich die Arbeit von Chuqui Huipas Weißen Frauen und forderte die Mitglieder des Hofes auf, den Heilerinnen zu helfen.

Trotzdem breitete sich das Fieber rasch aus, und es fielen ihm so viele Palastbedienstete zum Opfer, daß die Zahl der Leichenträger kaum ausreichte. Die Weißen Frauen waren ständig im Einsatz, und

Cusi, Tarapaca und einige andere, die die Krankheit überlebt hatten, wurden laufend benötigt, um alle verseuchten Gegenstände zum Verbrennen fortzutragen. Aber viele Bereiche des Palasts blieben den Heilerinnen nach wie vor verschlossen.

Von Chuqui Huipas Anwesen bis zur Wohnanlage Mama Huarcays war es nicht weit, doch für Micay war dieser Weg neu. Die Angebote Chuquis, Rimachis, Cusis und Cahuas, sie auf diesen Gang zu begleiten, hatte sie dennoch abgelehnt; Mama Huarcay war schon seit langem ihre Feindin, und sie hatte sich ihr immer alleine gestellt. Deswegen wollte sie auch jetzt unter vier Augen mit ihr reden, trotz ihres Entschlusses, neue Verbündete zu suchen.

Mama Huarcay erschien nicht, um sie persönlich zu begrüßen. Statt dessen wurde Micay in einen Lagerraum geführt, wo ein kleiner, dunkler Mann mit einem hellblauen Lendentuch auf einer verschmutzten Matte lag. Der Boden um ihn herum war mit Kleidungsstücken, zerknüllten Handtüchern und faulenden Nahrungsmitteln übersät. Micay zog ihre Maske vors Gesicht und kniete sich neben ihn.

»Das ist wohl Machacuay«, sagte sie zu der Dienerin, die sie hierher geführt hatte und jetzt in gebührendem Abstand hinter ihr stehenblieb. »Das Fieber hat er überstanden, aber warum ist er so dünn und rührt sich nicht?«

»Das weiß ich nicht, Herrin. Ich pflege ihn nicht.«

Micay schüttelte den Mann leicht, und er gab einen Laut von sich, wachte aber nicht auf.

»Bring mir Wasser und saubere Tücher«, befahl sie. »Außerdem etwas Brühe und Maisgrütze.«

Sobald die Frau verschwunden war, schaffte Micay ein wenig Ordnung in dem Raum. Dann betrachtete sie entsetzt die Wunden an Machacuays Kopf und Oberkörper. Bei dem Gedanken, daß dieser Mann gegen Amaru und Fempellec aussagen sollte, stiegen Mitleid und Ekel in ihr auf.

Schweigend brachte die Dienerin die gewünschten Gegenstände, und Micay wusch den Kranken und flößte ihm Wasser ein, das er begierig schluckte, ohne aus seinem Tiefschlaf zu erwachen. Dann versorgte sie seine Wunden; dabei mußte sie unwillkürlich an Paucar Rimay denken und drehte sich nicht um, als sie jemanden hinter sich den Raum betreten hörte.

»Welche Hingabe«, sagte Mama Huarcay abschätzig. »Bestimmt glaubt der Mann selbst nicht, daß er solcher Pflege würdig ist.«

Micay setzte sich auf und zog die Maske herunter. »Ist das der Grund, warum Ihr ihm keine zukommen laßt?« fragte sie.

Mama Huarcay blickte achselzuckend auf den Kranken. »Wir haben ihn versorgt, bis das Fieber vorbei war, aber danach ist er nicht wieder zu sich gekommen. Und jetzt, wo Cusi nicht mehr in Ungnade ist und du Fempellec verborgen hältst, ist er zu nichts mehr nütze. Du kannst ihn haben, wenn du willst, oder du kannst ihn zum Sterben hierlassen.«

»Ich nehme ihn mit«, erwiderte Micay knapp. »Habt Ihr Euch mit ihm nur einen Spaß erlaubt, Herrin?«

»Diese Frage ist unhöflich und dumm«, gab Mama Huarcay zurück. »Die Chimu ergötzen sich an Männern, die keine Männer sind. Die Inka betrachten sie mit Abscheu als Abartige und Verbrecher. Ich weiß nicht, wie eine Chachapoyas darüber denkt.«

»Ihr habt noch nie gewußt, was eine Chachapoyas denkt«, stimmte Micay zu, schlang ihren Medizinbeutel um die Schulter und stand auf. »Ich hole eine Sänfte und lasse ihn wegtragen.«

»Meine Bediensteten werden ihn zu dir bringen«, bot Mama Huarcay an. »Du brauchst nicht vor mir zu fliehen. Es wird dir nicht schaden, mit mir zu sprechen.«

»Wirklich nicht?«

»Wirklich nicht«, erwiderte die ältere Frau ernst. »Komm, Micay, die Welt ist für uns beide eine andere geworden. Mama Cori und Chimpu Ocllo sind tot. Du warst nur deswegen meine Feindin, weil sie es waren. Ich hoffe schon lange darauf, daß wir uns aussöhnen.«

»Ich glaube nicht, daß die Welt sich so sehr verändert hat«, gab Micay trocken zurück.

»Sie wird sich noch mehr verändern. Es ist kein Geheimnis, daß mein Gemahl das Ende seiner Zeit auf Erden nahen fühlt und glaubt, bald an die Seite Intis, seines Vaters, gerufen zu werden.« Mama Huarcay senkte kurz den Kopf, bevor sie weitersprach. »Du weißt, daß ich der ersten Coya, Cusi Rimay, sehr nahe stand. Ich half ihr, ihren einzigen Sohn zu erziehen, und weil ich damals keine eigenen Kinder hatte, vergötterte ich Ninan Cuyochi. Zu der Zeit betrachteten wir ihn alle als den Thronerben.« Sie warf Micay einen bedeutungsvollen Blick zu. »Es ist auch kein Geheimnis, daß sich der Sapa Inca seit einiger Zeit erneut Gedanken über seinen Nachfolger macht. Dein Mann hat zu seinen Zweifeln beigetragen, obwohl er keineswegs der einzige ist, der Beschwerden über Huascar laut werden läßt.«

»Cusi und Tomay haben lediglich Yascas Bericht übermittelt«, erklärte Micay sachlich. Die Annäherungsversuche der Frau faszinierten sie, aber trotzdem blieb sie äußerst mißtrauisch. Mama Huarcay prustete verächtlich.

»Jeder weiß doch, daß Cusi Huaman seine eigene Meinung sagt, unabhängig davon, wem er dient oder welchen Preis er dafür bezahlen muß. Deswegen glaubte man ihm, obwohl er Ninan nahe steht. Er hat Ninans Ansehen enorm gesteigert, ohne daß irgend jemand den Verdacht hegte, er habe diese Absicht verfolgt.«

Micay mußte beinahe lächeln, als sie daran dachte, wie Cusi selbst seine Berichterstattung beim Sapa Inca eingeschätzt hatte. Huayna Capac hatte ihm nur einige Fragen gestellt und seitdem nicht mehr mit ihm gesprochen. Erwartungsvoll starrte sie auf Mama Huarcay; sie wollte den Grund für diese Schmeicheleien hören.

»Was ich damit sagen möchte, Micay, ist, vielleicht... vielleicht verfolgen wir zum ersten Mal das gleiche Ziel. Könntest du dir das vorstellen? Oder kannst du dir das einfach nicht eingestehen? Du hast immer den Mut gehabt, dich gegen mich zu stellen. Hast du jetzt den Mut, deinen Ärger zu vergessen und dich mit mir für Ninan einzusetzen? Vergiß nicht, welche Folgen das für Chuqui Huipa und Cusi haben könnte... und denk daran, welche Stellung du am Hof einnehmen würdest, Micay.«

Dieses Angebot faszinierte Micay ebenso wie die Ruchlosigkeit der Frau, die es aussprach. Mama Huarcay hatte nie aufgehört, Ränke zu schmieden und Intrigen zu spinnen, und hatte dabei Freund und Feind gleichermaßen benutzt. Sie verkörperte die zähe Kämpfernatur der Alten, die Otoronco Achachi auf andere, positive Weise verkörpert hatte. Gemeinsam würden sie großen Einfluß besitzen. Aber andererseits wußte Micay nicht, ob sie gerissen genug war, um es mit Mama Huarcay aufzunehmen.

»Ihr wart dabei, Herrin«, sagte sie nach einer Pause.

Mama Huarcay wich überrascht zurück. »Wo dabei?«

»Als Fempellec geschlagen und gedemütigt wurde... Ihr habt dabei zugesehen. Habt Ihr auch gesehen, wie dieser Mann geschlagen wurde?«

»Und was wäre, wenn ich dabei war? Würdest du mich deswegen verachten?« fragte Mama Huarcay ungläubig. »Du hast doch bestimmt bessere Männer gesehen, die schlimmere Verletzungen davontrugen. Was bedeutet das Leben eines Gefolgsmannes im Vergleich zum Schicksal der Vier Viertel?«

»Was bedeuten die Vier Viertel«, konterte Micay, »wenn ein Mann ohne Grund halbtot geschlagen werden kann?«

Mama Huarcay blinzelte ihr Gegenüber mehr verwundert als wütend an. »Komm, Micay, du willst doch nur dem ausweichen, worauf es wirklich ankommt. Als Chuqui Huipa dich rief, als sie ihr sogenanntes Fieber hatte, warst du nicht so zimperlich. Natürlich hast du getan, was notwendig war, und zwar schnell und diskret. Ist das so anders als das, was ich getan habe?«

Erstaunt schüttelte Micay den Kopf. »Ich habe sie *geheilt*, Herrin. Ich habe nicht ihre Folterung beaufsichtigt!«

»Eine Hebamme würde das kaum Heilen nennen«, widersprach die ältere Frau störrisch. Aber dann streckte sie beschwichtigend die Arme aus. »Ich will nicht mit dir streiten, Micay. Du brauchst mich weder zu lieben noch zu achten. Ich möchte nur wissen, ob du bereit bist, mit mir zusammenzuarbeiten.«

Micay schüttelte wieder den Kopf, doch dieses Mal war es eine Geste eindeutiger Ablehnung. »Ich könnte nie Eure Verbündete sein, Herrin, nicht nach dem, was Ihr Fempellec angetan habt. Die Tatsache, daß Ihr das nicht versteht, zeigt nur, wie verschieden wir sind.«

Langsam ließ Mama Huarcay die Hände sinken, und ihr Gesicht erstarrte. »Ich dachte, du hättest mittlerweile gelernt, daß Rechtschaffenheit niemanden schützt«, sagte sie mit spröder Stimme. »Es gibt skrupellosere Menschen als mich, und einige von ihnen hassen dich und deinen Mann. Als Verbündete hätte ich dich warnen können...«

Ihr Tonfall war erstaunlich freundlich, und daran erkannte Micay, wie sehr sich Mama Huarcay diese Versöhnung gewünscht hatte, und das bedeutete, daß sie nur wenige Verbündete besaß. Überrascht von dem Mitleid, das in ihr aufstieg, konnte Micay lediglich unbeholfen auf den Unrat um Machacuays Matte deuten.

»Herrin, es ist gefährlich hier für alle, die sich nicht vor der Krankheit schützen«, sagte sie leise.

»Geh, Micay«, antwortete Mama Huarcay müde, scheinbar ohne den Rat zu hören. »Ich lasse ihn zu dir bringen. Und dann schau, ob er dir so viel Hilfe bieten kann, wie ich es getan hätte.«

Micay verneigte sich und ging hinaus. Erleichtert atmete sie die frische Luft ein im Wissen, die richtige Entscheidung getroffen zu haben. Allerdings versetzte es ihr auch einen Stich, erkennen zu müssen, daß sie damit eine weitere Repräsentantin der Alten für immer hinter sich gelassen hatte.

Fempellec stand im Zelthaus und tadelte zum wiederholten Male die neue Köchin. »Du sollst meine Suppe nicht einmal *umrühren*!« schrie er die junge Frau an und fuchtelte dabei mit einem Sträußchen Kräutern herum. In diesem Augenblick trat Cusi von hinten auf ihn zu. Die Köchin zitterte am ganzen Körper und versuchte nicht einmal, sich zu verteidigen. Obwohl Cusi wußte, wie leicht Fempellec erschrak, sagte er ohne Vorwarnung: »Es ist wie jemand, der immer hinter dir steht, an deiner Tunika zerrt und deine Aufmerksamkeit einfordert.«

Verstört wirbelte Fempellec herum, und Cusi griff ihn am Arm, damit er nicht taumelte.

»Ich spreche von deiner Rastlosigkeit«, erklärte Cusi, als Fempellec ihn nur sprachlos anstarrte, und führte ihn zum Zelthaus hinaus. »Komm, etwas Bewegung wird dir guttun…«

»Aber es regnet«, protestierte Fempellec. »Warum tust du mir das an?«

»Cahua und Chuqui sind im Nebenhaus und wollen schlafen, und mit deinem Geschrei machst du die Köchin nur nervös.«

»Sie hat keine Ahnung vom Kochen! Wahrscheinlich würde sie sogar Kartoffeln verderben!«

»Sie wird deine Suppe schon nicht verderben, wenn sie bloß umrührt. Und die anderen Köchinnen helfen alle mit den Kranken.« Cusi achtete weder auf die Regentropfen noch auf die Pfützen am Boden und ging mit Fempellec ans andere Ende des Anwesens.

»Wohin führst du mich?« wollte Fempellec wissen.

»Nirgends. Du brauchst Bewegung, und ich möchte dir zeigen, wie groß dieses Anwesen ist – damit du nicht vergißt, was es bedeutet, wirklich eingesperrt zu sein.«

Fempellec riß sich los und blieb abrupt stehen. »Das habe ich nicht vergessen.«

»Wirklich nicht? Warum wolltest du dann fliehen?« fragte Cusi. »Gestern nacht habe ich gesehen, wie du aus dem Haus geschlüpft und zu der Stelle gekrochen bist, wo du eine Leiter versteckt hattest. Dann bist du die Mauer hochgeklettert, aber wieder heruntergekommen. Was hat dich abgehalten?«

Fempellec verzog das Gesicht. »Jemand hat draußen gewartet. Ich habe ihn nur durch Zufall gesehen, und als eine der Wachen des Regenten daherkam, ist er geflohen.«

»Er ist nicht der erste«, erklärte Cusi. »Rimachi hat einen von ihnen überrascht und hätte ihn beinahe erwischt, aber dann warf der Mann ein Messer auf ihn und rannte davon.«

»Warum hast du mich nicht aufgehalten?«

Cusi zuckte die Achseln. »Ich wollte sehen, wie ernst es dir war. Du hättest warten können, bis die Wache vorbei war.«

»Als ich den Mann sah, ist mir unbehaglich geworden«, gestand Fempellec. »Außerdem war ich mir nicht sicher, ob die Fluchtwege, die ich kenne, mittlerweile nicht versperrt sind. Aber ich muß aus diesem Palast heraus, Cusi. Jede Nacht träume ich davon, daß sie mich wieder holen.«

»Hier bist du am sichersten, sowohl vor der Krankheit als auch vor Mördern.«

»Das Gefühl habe ich nicht. Nimm mich mit, wenn du das nächste Mal zu Amaru gehst. Sein Anwesen ist auch bewacht.«

»Du weißt, daß das unmöglich ist. Ihr werdet beide im Moment zwar ignoriert, aber das heißt nicht, daß ihr freigesprochen seid. Bis dahin dürft ihr euch nicht sehen.«

»Aber das kann ewig dauern! Du hast noch nicht einmal mit dem Sapa Inca über uns gesprochen.«

»Huayna Capac wird nicht ewig leben«, beschwichtigte Cusi, »und außerdem hat er wenig Zeit für mich. Er interessiert sich mehr für Träume und Omen als für Dinge, die euch betreffen. Du mußt einfach Geduld haben und eine Zeitlang kein Aufsehen erregen. Ist das denn so schwer?«

Fempellec hob die Augen von dem Kräutersträußchen in seiner Hand und lächelte wehmütig. »Mir fehlen auch Parihuana und der kleine Roca. Sie sind jetzt meine Familie.«

»Dann darfst du dich um ihretwillen nicht gefährden«, riet Cusi. Er blickte sich um. »Du könntest dich auch nützlich machen. Bis jetzt hast du Machacuay noch nicht besucht.«

»Weshalb sollte ich auch?« fragte Fempellec. »Er wird nie wieder gesund werden.«

»Micay ist anderer Meinung. Er ist wach genug, um zu essen und zu trinken, selbst wenn er nie die Augen öffnet. Sie glaubt, daß die Stimme eines Freundes ihm vielleicht helfen könnte, wieder richtig zu sich zu kommen.«

»Welcher Freund? Mich haben sie auch geschlagen, aber ich habe nichts erzählt.«

»Wenn du das Fieber gehabt hättest, als sie dich schlugen, hättest du ihnen erzählt, was sie hören wollten. Er ist nicht dein Feind, Fempellec, und das weißt du auch. Beweise deinen Mut ein zweites Mal.«

Cusi wandte sich zu dem Haus, in dem Machacuay lag, wartete aber darauf, daß Fempellec ihm voranging.

»Bald gibst du mir noch einen Stein zu tragen«, murrte Fempellec. »Aber eins möchte ich noch wissen: Wärst du mir gefolgt, wenn ich über die Mauer gestiegen wäre?«

Cusi lachte und nickte, ohne zu zögern. »Micay hat dich zu einem Kameraden gemacht, oder nicht? Also ist es meine Pflicht, dich zu beschützen, vor allem wenn du dumm genug bist, dich unseren Feinden zu zeigen.«

»Das ist noch ein Stein«, kommentierte Fempellec trocken, aber dann lächelte er und ging auf das Haus zu. »Angst jagst du mir zwar keine mehr ein, so wie früher«, meinte er, »aber herzlich bist du noch immer nicht.«

Diese Bemerkung verstörte Cusi etwas, und er zögerte einen Moment, bevor er Fempellec ins Haus folgte. Als erstes hörte er Lloque Yupanquis Stimme.

»Komm herein... ah, Cusi, du bist auch da. Komm herein, mein Sohn, und begrüße Machacuay.«

»Machacuay«, murmelte Fempellec ungläubig und hockte sich neben den Mann, der mit dem Rücken an der Wand lehnte. »Ich bin es, Fempellec. Erkennst du mich?«

Vor Staunen blieb Machacuay der Mund offen stehen, und er blinzelte rasch. Schließlich stotterte er: »Fempellec. Dein Name... wurde gerufen... als ich mich versteckte. Oder vorher. Ganz oft.«

»Er ist immer noch verwirrt«, erklärte Lloque leise, als Cusi sich neben ihn hockte. »Er ist erst vor kurzem aufgewacht.«

»Wie habt Ihr das geschafft?« fragte Cusi.

Achselzuckend breitete Lloque die schmalen Hände aus. »Er ist von selbst aufgewacht. Ich habe nichts getan, was wir nicht schon seit einem Monat tun.«

»Wie lange?« stieß Machacuay hervor.

»Einen Monat, mein Sohn.«

»So lange«, murmelte der Kranke und runzelte angestrengt die Stirn. »Sie haben mich gejagt, und ich habe mich versteckt. Ich ließ sie denken, ich sei tot.«

»Das stimmt«, meinte Lloque, »und sie wollten dich auch sterben lassen. Aber Micay hat ihr Vorhaben durchkreuzt.«

»Ich werde immer ihr Diener sein«, stieß Machacuay atemlos hervor und schloß die Augen.

»Wir müssen ihn ruhen lassen«, sagte Lloque. »Bleibst du bei ihm, Fempellec?«

Fempellec nickte, beugte sich über Machacuay und hielt ihm das Kräutersträußchen unter die Nase.

»Damit deine Träume süß duften, mein Freund«, sagte er.

Die Spannung wich aus Machacuays Gesicht, und er murmelte zustimmend. Lloque half Fempellec, ihn auf das Lager zu betten, und gesellte sich dann zu Cusi, der vor dem Haus wartete. Ächzend streckte er Rücken und Beine.

»Ihr habt lange bei ihm gewacht«, sagte Cusi mitfühlend. »Ich hätte Euch ablösen sollen.«

»Es ist das einzig Nützliche, das ich in den letzten Tagen getan habe«, meinte Lloque bitter. »Schade ist nur, daß Micay nicht dabei war, als er aufwachte.«

»Sie kümmert sich um Atahualpa. Er hat das Fieber.«

Lloque runzelte die Stirn. »Hoffentlich erholt er sich. Wir können es uns nicht leisten, ihn zu verlieren. Ich mache mir auch Sorgen um Ninan. Er ist zu oft mit den Wachen unterwegs.«

»Das ist seine Art, sich nützlich zu machen«, erklärte Cusi. »Den Großteil unserer Zeit hier am Hof verschwenden wir doch nur.«

»Es ist auch seine Art und Weise, sich alleine mit Chuqui Huipa zu treffen. Gestern mußte Micay ihn aus einem Krankenzimmer vertreiben.«

»Das ist wirklich dumm«, stimmte Cusi zu. »Ich werde mit ihm sprechen.«

»Wir müssen alle aufhören, unsere Zeit bei Hof zu vergeuden. Wir dürfen nicht zulassen, daß er uns wieder aus sämtlichen Entscheidungen ausschließt.«

»Wie sollen wir das verhindern? Er zieht sich mit seinen Zauberern und Wahrsagern und den Boten aus Pachacamac und Rimac zurück, und wenn wir ihn sehen, ist er meist mit seinen Gedanken woanders oder betrunken oder beides.«

»Du hast ihn doch schon einmal davon überzeugt, daß du ein Zauberer bist«, sagte Lloque. »Jetzt würde er dich nicht dafür bestrafen.«

Cusi lächelte wehmütig. »Ich habe Euch bereits gesagt, Onkel, daß ich die Kräfte, deretwegen Ihr meinen Charakter in Zweifel gezogen habt, nicht mehr besitze. Es war nicht bestimmt, daß meine Huaca diese Gestalt annehmen sollte.«

»Heißt das, daß du es nicht einmal vortäuschen kannst? Was meinst du, wie ich ihn davon überzeugt habe, den Palast für Außenstehende zu öffnen? Ich erzählte ihm, ich hätte geträumt, wie die Reinigungszeremonie vollzogen wird. Dann beschrieb ich nur einige der Vorsichtsmaßnahmen, die die Weißen Frauen machen, und erfand ein paar Gebete.«

»Von meiner Vision habe ich ihm schon erzählt«, erklärte Cusi. »Da hörte er mir auch zu.«

»Willst du es nicht noch einmal versuchen?« fragte Lloque. »Wir haben nicht mehr viel Zeit, Cusi. Du siehst doch, wie sehr er sich gehenläßt. Wir müssen ihn erreichen, bevor die Krankheit ihn befällt.«

Cusi atmete tief ein und bedeutete Lloque, mit ihm zum Zelthaus zurückzugehen. »Verzeiht mir, wenn ich Eurem Drängen nicht nachgebe, Onkel. Ich möchte sehr gerne, daß Ninan den Fransensaum trägt. Aber ich glaube nicht, daß irgend jemand die Macht hat, Huayna Capac dahingehend zu beeinflussen. Vielleicht ist es besser, ihn nicht zu erreichen.«

»Micay hat mir erzählt, wie sehr du dich verändert hast«, gestand

Lloque freimütig, »aber es ist schwer zu glauben, daß ausgerechnet du so etwas sagst.«

Cusi legte eine Hand auf die knochige Schulter seines Onkels. »Sollen wir deswegen einander nicht mehr zuhören? Ihr habt mir auch nicht erzählt, wie Ihr Euch verändert habt oder warum Ihr einen Quipu als Stirnband tragt.«

»Ich trage ihn im Andenken an Paucar Rimay. Micay muß dir von ihm erzählt haben.«

»Der Mann, der sein Gedächtnis verlor…«

»Er hatte *alles* verloren!« fuhr Lloque auf. »Er konnte nicht einmal mehr sagen, wer er war oder was er wollte. Aber er lebte noch und hatte noch Gefühle. Sein Leben war zerstört worden von einem Herrscher, der nie gezwungen wurde, sich dafür zu interessieren, ob jemand lebte oder starb.«

»Ich sage nur, daß dies der gleiche Herrscher ist«, antwortete Cusi und drückte die Schulter seines Onkels. »Es ist zu spät zu erwarten, daß es ihn jetzt noch interessiert.« Als sie das Zelthaus erreichten, stürzte Cahua aufgeregt aus dem Nebenhaus. Sie deutete mit dem Kinn auf die Köchin, die sich an der Kochstelle zu schaffen machte.

»Sie hat Medizin in die Suppe getan! Ich bin aufgewacht und habe sie durch die Tür gesehen!«

»Welche Medizin?« fragte Cusi.

»Es war ein dunkles Pulver, wie Chuño-Mehl«, erklärte Cahua. »Es war in Blätter gewickelt, und die warf sie hinterher ins Feuer. Aber vorher hat sie sich nach allen Seiten umgesehen.«

»Vielleicht war es ja nur Chuño-Mehl«, murmelte Lloque skeptisch und erinnerte Cusi damit an die Neigung seiner Tochter, Gerüchte zu verbreiten. Aber dann dachte er daran, wie sie ihm erzählte, was sie in Macas' Höhle gelernt hatte: Daß sie Dinge von selbst wußte, ohne daß jemand sie ihr sagte. Sie hatte damals recht gehabt, und er sah auch jetzt keinen Grund, Cahua anzuzweifeln.

»Das werden wir herausfinden«, schlug er vor, griff nach ihrer Hand und ging mit ihr und Lloque in das Zelthaus. Die junge Köchin sah von dem Topf auf, den sie scheuerte, und verbeugte sich ehrerbietig vor den beiden Männern.

»Wie schmeckt die Suppe?« fragte Cusi beiläufig, und die Frau senkte den Kopf demütig, aber nicht nervös.

»Das kann ich Euch nicht sagen, Herr. Der Zeremonienmeister verbot mir ausdrücklich, sie auch nur umzurühren.«

»Das habe ich gehört«, räumte Cusi ein und fühlte, wie Cahua seine Hand protestierend drückte. »Aber sie sieht sehr dünn aus. Vielleicht wolltest du sie ja mit etwas Chuño-Mehl andicken.«

»Aber nein, Herr, ich würde dem Küchenchef nie zuwiderhandeln«, behauptete die Frau. »Ich habe den Topf nicht angerührt.«

»Dann koste die Suppe für uns«, forderte Lloque sie brüsk auf und streckte ihr einen Holzlöffel entgegen.

»Aber Herr, diese Ehre steht mir nicht zu«, widersprach sie, nahm aber den Löffel und schöpfte damit etwas Suppe in eine Schüssel, die sie Lloque reichte.

»Die erste Schüssel ist für dich«, beharrte Lloque. »Ich übernehme dafür die Verwantwortung gegenüber dem Küchenchef.«

»Dessen bin ich nicht würdig«, sagte die Frau, hob aber gehorsam die Schüssel an die Lippen und gab vor, sie zu probieren. Dann blickte sie scheu zu Lloque. »Trink sie aus«, befahl er. »Du mußt uns sagen, ob sie schmeckt und nahrhaft ist.«

Die Frau sah flehentlich zu Cusi, aber er nickte nur auffordernd, und so trank sie die Schüssel langsam leer.

»Ich bin an solch feines Essen nicht gewohnt, Herr«, murmelte sie dann und starrte in die leere Schüssel. »Ich weiß nicht, wie sie schmecken soll.«

»Und wir sind nicht an Gift gewohnt«, sagte Cusi und blickte der Köchin fest in die Augen. »Meine Tochter hat dich beobachtet, wie du Gift in die Suppe getan hast. Ich nehme an, daß es langsam wirkt, aber wir müssen abwarten ...«

Sie sah schmerzlich bekümmert aus, aber Cusi wußte nicht, ob aus Schuldgefühl oder vor Scham, fälschlich beschuldigt zu werden. Sie verbeugte sich und trat zurück, warf dann aber plötzlich die Schüssel zu Boden und sprang zur Feuerstelle, stieß den Suppentopf um und rannte auf das Tor zu. Cusi riß Cahua instinktiv an sich, ließ sie aber sofort wieder los und setzte der Köchin nach. Er hätte sie leicht einholen können, doch plötzlich überlegte er es sich anders und ging langsam in das Zelthaus zurück.

Die verschüttete Suppe erfüllte den Raum mit beißendem Dampf, und es roch nach verbrannten Tomaten. Lloque saß auf einem Hocker und verzog das Gesicht, während Cahua Keramiksplitter aus seinem Schienbein entfernte.

»Du hast sie entkommen lassen«, bemerkte der alte Mann gereizt.

»Es hat doch keinen Zweck, sie zu fangen«, erwiderte Cusi.

»Sie hat versucht, uns alle umzubringen!«

»Sie wird nicht wiederkommen. Wenn sie sich bald erbricht, wird sie wahrscheinlich überleben. Aber bis dahin wird sie vor Angst sterben.«

»Und das soll als Strafe reichen? Zumindest hätten wir herausfinden können, wer sie war und wer sie zur Mörderin machen wollte.«

»Hat sie versucht, uns krank zu machen?« wollte Cahua wissen und drückte ein Handtuch gegen Lloques Bein. Verwirrt über ihre unschuldige Frage blinzelte der alte Mann ihr zu.

»Ja, meine Tochter«, erklärte er. »Sie wurde zu uns geschickt, um uns zu schaden, und wenn du nicht so wachsam gewesen wärst, wären wir vielleicht alle sehr krank geworden.«

»Ich habe mir doch gedacht, daß sie uns einen Streich spielen wollte«, meinte Cahua mißbilligend. »Wie damals, als Sinchi einen Käfer in meine Eßschüssel tat.«

»Dein Vater betrachtet es offenbar auch als einen Streich«, sagte Lloque mit einem tadelnden Blick auf Cusi. »Aber zumindest war er klug genug, dir zu vertrauen, meine Tochter. Es tut mir leid, daß ich an dir gezweifelt habe.«

»Ihr habt auch gedacht, daß ich nur ein bißchen Spaß mache«, sagte Cahua. »Aber ich konnte sehen, daß sie etwas Unrechtes getan hat.«

»Ja, und ich werde herausfinden, wer ihr das befohlen hat«, verkündete Lloque und stand auf. »Dann werde ich diese Person anklagen und bestrafen lassen. Aber wahrscheinlich betrachtest du das auch als sinnlos«, fuhr er an Cusi gewandt fort.

»Ich weiß, wer meine Feinde sind«, meinte Cusi achselzuckend, »und ich erwarte nicht, daß sie bestraft werden. Aber vielleicht könnt Ihr dadurch den Sapa Inca auf uns aufmerksam machen.«

»Zumindest verstehst du, was ich damit beabsichtige«, sagte Lloque trocken. »Auch wenn du es für sinnlos hältst. Du willst also warten, bis sich eine Gelegenheit zum Handeln ergibt. Das kann lange dauern. Ich ziehe es vor zu tun, was ich kann, um uns solch eine Gelegenheit zu verschaffen.« Er warf Cusi ein sarkastisches Lächeln zu und deutete mit dem Kinn auf den zerbrochenen Suppentopf. »Jetzt hat sie Fempellecs Suppe doch verdorben.«

Damit streichelte er Cahuas Kopf und ging hinaus. Cusi blickte zu seiner Tochter und dann auf die Überrreste der Suppe.

»Ich muß die Scherben vergraben«, beschloß er und sah wieder zu Cahua, die von allem völlig unberührt schien. »Wir müssen Chuqui Huipa von der Köchin erzählen. Willst du das tun?«

Cahua nickte heftig. »Soll ich sie aufwecken?«

»Aber vorsichtig«, riet Cusi. »Sie wird sich nicht freuen, davon zu hören.«

»Ja. Jetzt haben wir niemanden mehr, der das Feuer macht«, stimmte Cahua zu und ging ins Nebenhaus. Cusi sah ihr nach. Er war dankbar dafür, daß sie noch unschuldig genug war, um den Unterschied zwischen Gift und einem Käfer in der Schüssel nicht zu verstehen. Dann wandte er sich wieder der Feuerstelle zu und dachte über diesen Unterschied nach, bis seine Gelassenheit verschwand, und er erschauderte beim Gedanken daran, was hätte geschehen können.

Micay wurde zusammen mit drei Leichenträgern in ein Anwesen gerufen, das völlig vom Palast abgeschirmt war. Von den früheren Bewohnern waren nur noch die Hausherrin Mama Chiclla sowie zwei ihrer Bediensteten am Leben, und auch sie waren alle vom Fieber befallen. Micay ließ sofort Cusi und Tarapaca holen, damit sie den ganzen Unrat verbrannten, und kümmerte sich um die alte Dame. Höflich zog sie ihre Maske, die bislang ihr ganzes Gesicht bedeckt hatte, bis zur Nase herab, und trat an ihr Bett.

»Du hast mir nicht gesagt, wer du bist«, herrschte die Frau sie an.

»Ich bin die erste Gemahlin Mama Micay, Herrin, eine Heilerin vom Kult Mama Quillas. Ich muß Euch waschen und Euch saubere Kleider anziehen.«

Daraufhin ließ Mama Chiclla sich von Micay behandeln, fragte sie aber ausführlich über ihre Verwandten und ihren Rang aus. Micay fühlte sich erschöpft, denn seit Tagen war sie ständig auf den Beinen, um Kranke, Sieche und Sterbende zu versorgen, und sie empfand es beinahe als unerträglich, in diesem Zustand auf die mißtrauischen Fragen der alten Dame eingehen zu müssen.

Schließlich meinte Mama Chiclla zänkisch: »Mußt du die Maske tragen? Es ist unhöflich, seine Schönheit zu verbergen.«

»Ich trage sie, um mich vor der Krankheit zu schützen«, erklärte Micay und konnte sich nicht zurückhalten hinzuzufügen: »Wenn ich Euch mein Gesicht zeigte, würdet Ihr sehen, daß ich eine Chachapoyas bin. Ich war eine Erwählte Frau.«

Zu ihrer Überraschung lächelte die alte Frau, ohne auf Micays gereizten Ton einzugehen. »Eine Erwählte Frau«, sagte sie dann warm. »Verzeih mir, meine Tochter. Ich konnte nicht verstehen, wie du eine Nusta werden konntest.«

»Jetzt wißt Ihr den Grund«, gab Micay knapp zurück. »Und jetzt müßt Ihr Euch ausruhen, Herrin, und alle Kraft darauf verwenden, die Krankheit zu besiegen.«

»Ich habe keine Kraft mehr«, sagte Mama Chiclla. »Ich bin alt und müde und werde bald sterben.« Damit schloß sie erschöpft die Augen. Micay wollte sie fragen, warum der Rang der Heilerin sie interessierte, wenn sie ohnehin nicht erwartete, geheilt zu werden. Aber dann fiel ihr eine Bemerkung Chimpu Ocllos ein. Sie hatte einmal gesagt, viele Inka-Frauen wollten nicht glaubten, daß es jemals notwendig sein könnte, wieder von vorne anzufangen; sie würden lieber sterben als zuzugeben, daß die Welt sich verändert hatte.

In diesem Augenblick trat jemand zur Tür herein. Sobald Micay erkannte, daß es sich um Ninan Cuyochi handelte, verlor sie die Geduld.

»Hinaus mit Euch! Hinaus!«

»Ich muß mit dir sprechen, Micay...«

»Draußen!« fauchte sie, und widerwillig trat Ninan zurück.

»Wer war das?« erkundigte sich Mama Chiclla und schirmte dabei mit einer Hand die Augen vor dem Licht ab. »Er trug Ohrpflöcke.«

»Es war der Regent, Herrin, Ninan Cuyochi.«

»Und du hast so barsch mit ihm gesprochen?« erregte sich Mama Chiclla. »Er ist der Regent und der Sohn des Sapa Inca. Er darf hingehen, wohin er will!«

»Er ist leichtsinnig und gefährdet seine Gesundheit«, wandte Micay ein, aber die alte Frau fuhr auf: »Geh sofort zu ihm und entschuldige dich! Ich möchte nicht, daß du ihn meinetwegen warten läßt. Für mich kannst du sowieso nichts mehr tun...«

»Das ist wahr«, stimmte Micay zu, griff nach ihrem Medizinbeutel und ging hinaus. Ninan wartete reumütig vor der Tür.

»Verzeih mir, Micay«, begann er sofort. »Ich wollte mich entschuldigen und habe dich nur wieder in Rage versetzt.«

»Mama Chiclla ist der Ansicht, ich sollte mich bei Euch entschuldigen. Ihr seid der Regent und dürft hingehen, wohin Ihr wollt.«

Ninan erstarrte, wiederholte aber zerknirscht: »Es tut mir leid. Soll ich mich noch einmal reinigen? Ich habe mich so gewaschen, wie du es mir heute morgen aufgetragen hast.«

Verständnislos starrte Micay ihn an, bis ihr einfiel, daß sie ihn und Chuqui am Morgen in inniger Umarmung überrascht hatte.

»Das hatte ich ganz vergessen«, gestand sie und fügte hinzu: »Ihr braucht Euch nicht zu reinigen, aber Ihr solltet nicht hier bleiben. Das Fieber ist überall.«

Gemeinsam gingen sie auf das Tor zu.

»Warst du mit Mama Chiclla schon fertig?« fragte Ninan.

Micay schnaubte und berichtete ihm kurz von ihrem Erlebnis mit der alten Dame. Dann traten sie schweigend in das sanfte Abendlicht. Micay fragte sich, wo der Tag geblieben war.

»Ich verstehe, daß du dich nicht über mich ärgerst«, sagte Ninan leise. »Aber wütend bist du, und wahrscheinlich auch müde.«

Micay nickte seufzend. »Ich habe das alles schon einmal durchgemacht, das ganze Leiden und Sterben, und ich weiß mittlerweile, daß die Krankheit allen schadet, sogar den Gesunden. Ständig muß man helfen und kann doch nichts tun.«

»Vielleicht ist das der Grund, warum ich so unachtsam geworden bin«, räumte Ninan ein. »Ich wußte, daß ich nicht mit Chuqui im Zimmer sein sollte... Ich wußte, daß an ihren Kleidern vielleicht die Krankheit haftete. Aber ich konnte mich nicht zurückhalten, nicht, als sie die Maske herunterzog...«

Micay dachte daran, wie oft sie die Maske herunterzog, ohne es zu merken, und gab plötzlich ihrer Erschöpfung nach, so daß ihr Ärger verrauchte. »Chuqui wußte es auch«, sagte sie verständnisvoll. »Und man kann nicht sagen, daß sie sich gegen Eure Umarmung wehrte.«

Ninan zwang sich, nicht zu lächeln. »Das ist keine Entschuldigung für mein Verhalten und meine Äußerungen dir gegenüber. Ich habe dir die Schuld für meinen eigenen Fehler zugeschoben, und so sollte der Inca – ein Inka – nicht handeln.«

Der Inca. Micay bemerkte, daß Ninan sich versprochen hatte, und freute sich darüber. »Es ist schade, daß der Sapa Inca nie einen Fehler eingestehen darf, nicht wahr?« sagte sie. »Damit entgeht ihm die Möglichkeit, die Tiefe seines Charakters und die Größe seines Geistes zu zeigen.«

»Meiner Ansicht nach darf sich der Sapa Inca alles erlauben, sogar Demut«, erwiderte Ninan, und dieses Mal unterdrückte er sein Lächeln nicht. »Ich werde mich zurückziehen, bis ich wirklich gebraucht werde.« Er wandte sich zum Gehen, hielt dann aber inne. »Hast du schon gehört, daß Mama Huarcay das Fieber hat?«

»Nein«, antwortete Micay. »Nein, das habe ich nicht gehört. Sie ist auch eine derjenigen, die nicht nach den Weißen Frauen schicken wird.«

»Vor vier Tagen war sie noch bei meinem Vater«, erklärte Ninan besorgt. Dann schüttelte er sich, als ob er unerfreuliche Gedanken vertreiben wollte. »Ich gehe jetzt. Sage Chuqui, daß ich ihr gegenüber nicht Gleichgültigkeit übe, sondern nur Zurückhaltung.«

Du übst dich darin, Herrscher zu sein, dachte Micay, als sie ihn fortgehen sah. Eine Mischung aus Hoffnung und Furcht stieg in ihr auf – wie anders könnte alles sein, wenn jemand wie Ninan den Fransensaum trug! Sie erinnerte sich an die leidenschaftliche Umarmung, bei der sie die beiden gestört hatte, die Art, wie er Chuqui an sich gedrückt und ihr Gesicht liebkost hatte. Cusi hatte bewundernd von Ninans Wut gesprochen, aber noch mehr würden sie seine Leidenschaft brauchen, wenn sie wirklich wieder von vorne anfangen wollten.

Als er verschwunden war, ging Micay in seiner Richtung weiter und dachte daran, daß sie in letzter Zeit zu müde gewesen war, um Cusi aus seiner Distanz zu locken und ihn an seinen früheren Hunger zu erinnern. Seufzend beschloß sie, daß sie für heute genug gearbeitet hatte. Sollte jemand anders dem Stöhnen der Kranken zuhören; sie wollte das Stöhnen ihres Mannes hören ...

Sie hatten gerade das Essen beendet und saßen beim Gespräch um das Feuer, als Rimachi das Anwesen betrat. Chuqui Huipa forderte ihn auf, sich zu ihnen zu setzen, aber er schüttelte den Kopf und gab ihnen zu verstehen, daß er in offizieller Funktion gekommen sei.

»Der Sapa Inca schickt mich, Euch zu holen, Herrin«, sagte er zu ihr. »Er möchte, daß Ihr Euren Küchenchef mitbringt.«

Chuqui sah zu Fempellec, der wie erstarrt neben Machacuay saß. An Cusi und Micay gewandt fuhr Rimachi fort: »Er läßt auch nach euch schicken. Er hat mich als Boten erwählt, weil er sich daran erinnerte, daß wir zusammen vom Aufstand in Chachapoyas berichteten. Er möchte, daß du deine Streitaxt mitbringst – ›die Waffe, die Pachacuti segnete‹.«

Chuqui und Micay erhoben sich, glätteten sich das Haar und überprüften ihre Kleidung, während Cusi seine Streitaxt holte.

»Darf ich auch mit?« bat Cahua kläglich.

Rimachi warf ihr ein mitfühlendes Lächeln zu. »Dieses Mal nicht. Er braucht deine Mutter nicht als Heilerin.«

»Wozu dann?«

Rimachi sah kurz zu Micay. »Er erinnert sich an sie als die Nusta, die das Regenbogen-Haus kannte.«

»Daran hat er sich erinnert?« fragte Micay ungläubig.

»Lloque Yupanqui ist bei ihm, und er ist offenbar erschöpft.«

»Wie wirkte der Sapa Inca?« fragte Cusi, der gerade mit seiner Waffe in der Hand zurückkam. Mit einem besorgten Blick auf Chuqui antwortete Rimachi: »Besessen. Erregt von Dingen, die nur er sehen kann, und von Vilca. Er ist wie ein Mann im Fieber, der sich nicht hinlegen will.«

Mittlerweile hatte auch Fempellec sich erhoben und folgte den anderen aus dem Zelthaus hinaus.

»Warum verlangt er nach mir?« fragte er Rimachi erstaunt. »An mich kann er sich gar nicht erinnern.«

»Vielleicht nicht«, meinte Rimachi. »Aber er hat auch nach Amaru geschickt.«

Fempellec schluckte hörbar und blieb kurz stehen. Doch dann ging er mit schnellen Schritten an Cusi vorbei und murmelte: »Jetzt müssen wir bezahlen.«

Hinter dem Feuer, das in der Mitte des Hofes brannte, saß Huayna Capac auf einem Hocker. Ketten aus Perlen und Edelsteinen glitzerten auf seiner nackten Brust; über den Schultern trug er einen kurzen Umhang aus Jaguarfell. Anstelle des Fransensaums hing ihm sein Haar wirr in die Stirn, und auf seinen Oberschenkeln lag ein langes silbernes Röhrchen. Das Kinn auf eine Faust gestützt, starrte er in die Flammen, ohne die vier Ankömmlinge zu beachten, die ihm die Mocha entboten.

Direkt hinter dem Herrscher stand mit hängenden Schultern und gesenktem Kopf Lloque Yupanqui; er sah tatsächlich erschöpft aus. Im Schatten des Gartens kauerten einige Männer, die offenbar alle Ohrpflöcke trugen. Cusi konnte Ninan Cuyochi und Rumiñaui ausmachen, und den auf einem Bett liegenden Mann hielt er für Atahualpa, der noch vom Fieber genas.

Links von Cusi entstand etwas Aufruhr, und dann wurde Amaru hereingeführt, begleitet von zwei bewaffneten Cañari-Kriegern. Cusi konnte nur einen kurzen Blick auf das Gesicht seines Bruders werfen, bevor dieser sich vor dem Herrscher verneigte, aber er sah keinen Mann, der um Gnade zu flehen bereit war. Amarus Erscheinen riß Huayna Capac aus seiner Trance, und er stand abrupt auf, so daß das silberne Röhrchen zu Boden fiel. Er ließ seinen Blick über die Menschen vor ihm schweifen, bis er schließlich auf Chuqui Huipa zu ruhen kam.

»Sind das deine Freunde, meine Tochter?« fragte er. »Sind dies die Leute, die um dich sein werden, wenn ich nicht mehr bin und du die Coya bist?«

Chuqui machte eine flehende Geste, und er bedeutete ihr vorzutreten und streckte ihr eine Hand entgegen. Mit tränennassen Augen küßte sie die Finger ihres Vaters.

»Ich kann nicht glauben, daß Ihr je nicht mehr sein werdet, mein Vater«, murmelte sie.

Huayna Capac lächelte kurz. »In meinen Träumen werde ich jede Nacht gerufen«, erklärte er freimütig und zog seine Hand zurück. »Deswegen muß ich mir Gedanken darüber machen, was ich hinterlassen werde. Möchtest du dich für diese Leute einsetzen?«

Chuqui trat einige Schritte zurück und trocknete sich die Augen. Ihre Stimme klang erstaunlich fest. »Ja, Herr. Ich setze mich gerne für alle von ihnen ein. Sie gehören zu den Freunden, denen ich am meisten vertraue.«

»Sogar der Chimu?« fragte Huayna Capac barsch. »Du! Stell dich neben Amaru. Wache, ihr könnt gehen!«

Fempellec gehorchte, ohne den Blick zu heben. Der Herrscher folgte ihm mit zusammengekniffenen Augen; seine Lippen waren zu einem abschätzigen Lächeln verzogen.

»Komm schon, Amaru«, höhnte er. »Begrüße deinen hübschen Freund. Man sagt, er steht dir näher als ein Bruder... oder sogar als eine Schwester.«

Amaru sah zu dem zitternden Fempellec und blickte dann direkt in die Augen des Herrschers. Bedächtig hob er einen Arm und legte ihn sanft um Fempellecs Schulter in einer Geste, die keinerlei Schamgefühl enthielt. Cusi stockte der Atem, als eine Erinnerung in ihm aufstieg, und er umklammerte entschlossen seine Streitaxt; er war bereit, erneut sein Leben für seinen Bruder zu riskieren.

»Er ist mein Kamerad und mein Freund«, sagte Amaru mit der gleichen Bedächtigkeit. »Er vertraute sich meinem Schutz an, als ich ihn von Chan Chan hierherbrachte, und ich werde nicht zulassen, daß jemand ihm Schaden zufügt.«

»Du fügst dir selbst Schaden zu, indem du ihn verteidigst«, warnte Huayna Capac.

»Ich würde mir weitaus mehr schaden, wenn ich ihn jetzt im Stich ließe«, erklärte Amaru. »Ihr könnt dem ein Ende bereiten, Herr, und mich verurteilen, wenn Ihr wollt. Ich werde meine Strafe tragen wie ein Inka.«

Huayna Capac atmete heftig aus und trat mit unsicheren Schritten vor das Feuer, als hätte er seine Muskeln nicht ganz unter Kontrolle. Amaru stand reglos da, den Arm um Fempellec gelegt; auf seinem Gesicht war kein Anzeichen von Demut zu erkennen. Aus den Augenwinkeln sah Cusi, wie die Cañari näherdrängten, und drehte sich kampfbereit zu ihnen. Als die Wachen das bemerkten, zögerten sie, aber Huayna Capac stellte sich direkt vor Amaru.

»Du könntest zum Tode verurteilt werden!« drohte er. »Du könntest langsam zwischen schweren Steinen zermalmt werden!«

»Ich hatte nie Angst zu sterben«, erwiderte Amaru gefaßt.

Huayna Capac spuckte aus. »Du verdienst den Tod für deine Verderbtheit«, verkündete er. Plötzlich trat er mit ausgestreckten Armen auf Cusi zu. »Deine Waffe!« forderte er zornig.

Cusi hatte das Gefühl, als würde er sich selbst aus weiter Ferne zusehen, wie er langsam die Arme ausstreckte und innehielt, sobald Huayna Capac den Stiel der Streitaxt ergriff. Er zerrte daran, aber Cusi ließ die Waffe nicht los, und einen Augenblick lang schienen sie zu kämpfen. Der Geruch des Herrschers nach Schweiß, Rauch und Pelz brachte Cusi wieder zu sich; er sah die wilden Augen und bebenden Nasenflügel des Mannes und hörte dessen hastiges, röchelndes Atmen. Huayna Capac zerrte immer heftiger, doch Cusi fühlte, daß seine Wut keine Kraft hatte, und ließ nicht los.

»Ich kann sie Euch nicht überlassen, Herr«, sagte Cusi. »Nicht, um meinen eigenen Bruder damit umzubringen. Zuerst müßtet Ihr schon mich töten.«

Huayna Capac öffnete den Mund, aber er war zu sehr außer Atem, um zu sprechen. Als er seine Schwäche bemerkte, schien seine Wut zu verfliegen, und plötzlich vermeinte Cusi, er würde dem Herrscher die Axt gar nicht mehr vorenthalten, sondern ihn damit stützen.

»Nein, niemand darf getötet werden«, murmelte er, als erinnere er sich an ein früheres Versprechen. »Ich habe einen besseren Zweck...«

Er ließ die Axt so abrupt los, daß er ein Stück zurücktaumelte, und ging dann auf Amaru zu.

»Du bist in Pachacamac gewesen«, sagte er und rang nach Luft. »Das hast du mir erzählt. Die Huaca sagte, man sollte weit von den Orten der Menschen bauen.«

»Weit von den Orten, um die Menschen kämpfen««, verbesserte Amaru. Huayna Capac schüttelte den Kopf und erhob die Hand, wobei er aus Daumen und Zeigefinger einen Kreis bildete – das Zeichen des Herrschers um Aufmerksamkeit.

»Ich weiß gut, was du mir erzähltest«, beharrte er. »Und jetzt, zum ersten Mal in deinem Leben, wirst du die Wünsche der Götter erfüllen. Ich sende dich nach Machu Picchu, einem Ort, den nur wenige Menschen je sehen werden und um den niemand kämpfen wird. Dort wirst du zu meinem ewigen Gedenken ein Heiligtum für Mama Ocllo und Pachamama bauen. Das war der letzte Wunsch Mama Huarcays, meiner vierten Gemahlin.«

Über den Kopf des Herrschers hinweg warf Amaru seinem Bruder ein sarkastisches Lächeln zu. Dann verbeugte er sich willfährig vor Huayna Capac.

»Morgen verläßt du diese Stadt«, befahl der Herrscher. »Nimm diesen hier mit, und alle anderen, die bereit sind, dich zu begleiten. Vielleicht wird deine Schande vergessen sein, wenn du zurückkehrst.«

»Lebt wohl, Herr«, sagte Amaru ausdruckslos. Er verbeugte sich und verließ mit Fempellec rückwärts gehend den Hof. Huayna Capac taumelte nach hinten, ließ sich auf seinen Hocker fallen und befahl einer Bediensteten, ihm Koka zu reichen. Chuqui fächelte ihm Luft zu, und er bedankte sich mit einem Lächeln und bedeutete dann Micay und Cusi näherzutreten. Als Cusi auf den Herrscher zuging, knirschte verbrannte Holzkohle unter seinen Füßen, und ihm wurde bewußt, daß sie über eine Feuerstelle schritten. Huayna Capac hegte großes Vertrauen zu Zauberern, die Prophezeiungen aus den Flammen herauslasen.

Einen langen Augenblick musterte der Sapa Inca sie nachdenklich, als wären durch seinen Wutausbruch alle Rage und Ungeduld von ihm gewichen. Im Schein der Flammen konnte Cusi erkennen, daß sein Gesicht aufgedunsen und um die Augen geschwollen war, und nun verstand er, warum es ihm keine Mühe bereitet hatte, dem Herrscher die Streitaxt vorzuenthalten.

»Ich weiß noch, wie du halbtot zu mir gebracht wurdest«, sagte Huayna Capac schließlich mit beinahe wehmütiger Stimme. »Als ich mich über dich beugte, dachtest du, ich sei der Grasmann, und wolltest dich unter deinen Decken verbergen. Ich glaubte nicht, daß du jemals wieder vernünftig mit mir würdest reden können. Und dann, als du es doch wieder konntest, batest du um die Hand meiner Tochter!« Er warf den Kopf zurück und brach in Lachen aus, das in ein Husten überging, so daß er den Kokaballen ausspucken mußte. »Statt dessen habe ich dir das Regenbogen-Haus gegeben – und später gab ich dir diese Nusta zur Frau«, fuhr er nach einer kleinen Pause fort und deutete auf Micay. »Ist sie dir eine gute Gemahlin gewesen?«

Verwirrt über diese Frage sah Cusi zu Micay und lächelte. »Mehr als das, mein Herr.«

»Und du, meine Tochter«, wandte sich Huayna Capac an Micay, »bist diejenige, die meine Tochter in den Kreis der Weißen Frauen lockte.«

»Ich habe sie in unseren Kreis aufgenommen«, räumte Micay ein. »Sie ist eine fähige Heilerin geworden.«

Mit einem Blick auf Chuqui sagte er: »Bald wird sie die Coya werden müssen. Wie kannst du ihr dabei helfen?«

»Indem ich ihr eine ergebene und aufrichtige Freundin bin«, erwiderte Micay ohne zu zögern. »Sie weiß, daß ich sie nicht aufsuche, um einen Gefallen von ihr zu erbitten, und daß ich ihr immer sagen werde, was ich für richtig halte. Und wenn die Zeit kommt, kann ich ihre Wehmutter sein.«

Huayna Capac lehnte sich zurück und fuhr mit den Fingern über die Lippen, offenbar beeindruckt von der Gewißheit, mit der Micay antwortete. »Aber was weißt du über Cuzco? Denn dort wird die neue Coya Hof halten müssen.«

»Ich kenne Cuzco nicht«, gestand Micay. »Aber nach all den Jahren und nach der langen Zeit der Krankheit wird das Leben dort für alle neu beginnen.«

Chuqui räusperte sich leise. »Viel wird doch auch davon abhängen, wer der neue Sapa Inca wird, oder nicht? Wer immer es sein mag...«

Der Herrscher lächelte kühl. »Ich kann mir denken, wen du empfiehlst«, erwiderte er und fuhr an Cusi gewandt fort: »Und du glaubst offenbar auch, daß es nicht Huascar sein sollte.«

»Das stimmt, Herr«, erwiderte Cusi aufrichtig und bemerkte, daß Lloque Yupanqui nähertrat. »Nicht, wenn es einen Sohn gibt, der des Fransensaums würdiger ist.«

Selbst in seinen eigenen Ohren klangen diese Worte anmaßend, und er machte sich auf einen Wutausbruch gefaßt. Aber zu seiner Überraschung antwortete der Herrscher nachdenklich: »Du hast mir einmal von einer Vision erzählt, die du hattest; daß Bruder gegen Bruder und Vater gegen Sohn kämpfen und das Pacha Puchucay herbeiführen werden, das Ende unserer Welt.«

»Ja, Herr«, stimmte Cusi zu; er wollte die Erinnerung des Herrschers in diesem Moment nicht richtigstellen.

»Ich habe die gleiche Vision gehabt«, erklärte Huayna Capac und starrte in die Flammen. »Es wird bald beginnen, nach meinem Tod. Hast du das auch gesehen?«

Cusi bemerkte den aufmunternden Blick, den Lloque ihm zuwarf, aber er brauchte keine Ermutigung, um diese Gelegenheit wahrzunehmen. »In Cuzco wurde mir erzählt, daß die Huacas überall von großem Aufruhr berichten, wenn der Sapa Inca nicht mehr ist. Sie sagen, daß Eure Macht verfallen wird, und kein einzelner Mann wird sie zusammenhalten können.«

»Ja«, stimmte Huayna Capac zu und nickte. »Ich weiß es, auch wenn die Sprecher der großen Huacas Angst haben, mir die ganze Wahrheit zu sagen. Es ist unvermeidlich.« Nach einem Augenblick des Grübelns breitete er die Arme aus, so daß sein Umhang zu Boden glitt. »Kannst du leugnen, was deine eigene Vision dir sagt? Niemand kann den Willen der Götter beugen. Wenn ich jetzt Huascar den Fransensaum nicht gäbe, würde er nach meinem Tod versuchen, ihn an sich zu reißen. Dann wäre es Bruder gegen Bruder, wie du es gesehen hast.«

»Aber Ihr seid noch bei uns, Herr«, widersprach Cusi. »Und wenn Ihr jetzt Euren Nachfolger ernennen und Huascar nach Quito rufen würdet, um Eure Wahl anzuerkennen, müßte er Eurem Befehl Folge leisten. Er könnte keinen Krieg vorbereiten, während er von Cuczo nach Quito marschiert.«

Huayna Capac spielte mit den Steinen auf seiner Brust und betrachtete Cusi mißtrauisch, aber auch anerkennend. »Du würdest also doch versuchen, den Willen der Götter zu beugen, und du würdest mir sogar sagen, wie ich es tun soll. Dein Onkel erzählte mir, du hättest deine Arroganz verloren, aber das ist nicht wahr.«

Cusi verbeugte sich über seiner Streitaxt. »Meine Vision wurde mir als Warnung gegeben, Herr. Mir wurde aufgetragen, wachsam zu sein und darauf zu achten, daß wir unsere Kräfte nicht vergeuden. Muß ich nicht der Aufforderung der Götter folgen, selbst wenn es ihr Wille ist, daß ich scheitere?«

Der Herrscher warf ihm ein müdes Lächeln zu. »Ja, genauso wie ich. Also versteht ihr«, erklärte er und schloß Chuqui mit einem Blick in diese Bemerkung ein, »warum mein Nachfolger nicht durch Beratungen und Gespräche bestimmt werden kann. Die Wahl muß mir zufallen, und zwar auf eine Art und Weise, die nicht hinterfragt oder angezweifelt werden kann.«

Cusi verbeugte sich zustimmend. Huayna Capac stand auf und ging um das Feuer zu ihm. Dieses Mal streckte Cusi ihm bereitwillig die Streitaxt entgegen, und der Herrscher nahm sie an sich und untersuchte sie sorgfältig.

»Ist es die gleiche? Der Stiel ist wie neu.«

»Der alte wurde verbrannt, als ich als Fieber hatte«, erklärte Cusi. »Als ich wieder gesund war, bekam ich den Kopf zurück.«

»Dann bist du also ein zweites Mal von den Toten zurückgekehrt«, sinnierte Huayna Capac. Seine Arme zitterten unter der Last der Waffe, so daß er sie rasch zurückreichte. »Du wirst sie tragen, wenn du meine Leiche nach Cuzco begleitest. Du wirst ein Mitglied der Ehrengarde sein, die im Tod mit mir geht.« Plötzlich flackerten seine Augen auf. »Ich war dein Kriegsherr, nicht wahr?«

»Ja, Herr«, erwiderte Cusi. »Ihr wart der Kriegsherr, der uns zum Sieg über die Carangui führte.«

»Ja ... du wirst mich im Triumph nach Cuzco zurücktragen«, befahl der Herrscher und nickte gedankenverloren. Dann atmete er tief aus und sah Cusi wehmütig an. »Du hättest immer mein Günstling sein sollen, Cusi Huaman. Warum das nicht möglich war ... das ist ein Rätsel, das ich nicht mehr lösen werde.«

Mit einem Blick auf Micay und einem Nicken zu Chuqui ging er am Feuer vorbei und zum Hof hinaus. Als er verschwunden war und Cusi und Micay sich von ihren Verbeugungen aufrichteten, gesellte sich Lloque Yupanqui zu ihnen. In der Hand trug er sein Quipu-Stirnband.

»Ich glaube, jetzt können wir nichts mehr tun«, meinte er. »Gehen wir, um uns von Amaru zu verabschieden.«

»Nein!« rief Chuqui mit Nachdruck, und die anderen fuhren erschrocken auf, obwohl sie zu sich selbst gesprochen hatte. »Ich muß mit meiner Mutter sprechen«, sagte sie erklärend zu Micay und folgte ihrem Vater. »Wir sprechen uns später.« Als Micay ihr nachblickte, bemerkte sie, daß Ninan Cuyochi aus dem Schatten zu ihr trat.

»Glaubst du, es wird so sein ... wie wir hoffen?« fragte Micay Cusi leise.

»Alles hängt davon ab, wer der Sapa Inca letztlich ist«, antwortete Cusi. »Ob er der Mann ist, der mir wütend meine Waffe entreißen wollte, oder der Mann, der sie mir mit Bedauern zurückgab.«

»Der Mann, der er war, oder der Mann, der er hätte sein können«, schloß Lloque eher resigniert als bitter. »Kommt, gehen wir. Ich bin es leid, Rauch in der Nase zu haben und über die Zukunft zu rätseln. Das ist kein Leben für einen Inka...«

Die Priester bliesen die Muschelhörner zum Zeichen, daß die Mitte der Nacht gekommen war, als Micay und ihre Begleiter endlich den Palast verließen und zu Amarus Anwesen gingen. Sie hatten gewartet, damit Rimachi sich ihnen anschließen konnte, und hatten unterwegs auch noch Tarapaca, Machacuay und Cahua mitgenommen. Die Straßen waren dunkel und leer, und die wenigen Wachposten ließen sie ohne Fragen passieren.

Doch Amarus Anwesen war von zahlreichen Fackeln erleuchtet, und fröhliche Musik, Stimmen und Gelächter drangen zu ihnen. Micay warf Cusi einen erstaunten Blick zu. »Eine Feier hätte ich nicht erwartet«, murmelte sie, und Cusi schüttelte verständnislos den Kopf. Der Lärm wurde immer lauter, und schließlich standen sie am Rand einer Menge aus knapp hundert Menschen, die auf beiden Terrassen des Anwesens herumstanden, aßen und tranken, sangen und tanzten. Zum Großteil waren es Quitos, die höflich beiseitetraten, um Micay, Cusi, Lloque und Rimachi durchzulassen.

Amaru und Parihuana standen inmitten ihrer Freunde oben auf der Treppe zur zweiten Ebene. Als Micay nähertrat, liefen Sinchi und Topa ihr entgegen. Ihr Sohn drückte den Kopf in ihre Magengrube mit einer Kraft, die sie überraschte, doch noch ehe sie ihn umarmen konnte, löste er sich von ihr und sah zu Cusi, der gerade Cahua absetzte.

»Gehen wir auch nach Machu Picchu?« fragte Sinchi begierig, und Topa, der auf Rimachis Arm gesprungen war, stellte seinem Vater die gleiche Frage.

»Auf jeden Fall nach Cuzco«, meinte Cusi. Dann sah er, daß Amaru ihn vom Treppenabsatz begrüßte; er trug eine leuchtend rote und gelbe Tunika und hielt in jeder Hand einen Pumakopf-Becher.

»Ich weiß«, begann er, »daß ich Euch, Onkel, und dir, Micay, auch zu Dank verpflichtet bin. Aber als erstes möchte ich auf meinen Bruder trinken, der dem Sapa Inca keine Waffe geben wollte, um mich zu töten.«

»Er war von Vilca berauscht«, wehrte Cusi ab. »Er wußte nicht, was er tat.«

»Aber du warst bereit, mit ihm zu kämpfen«, beharrte Amaru lächelnd. »Ich habe es gesehen, und die Wachposten auch. Du sahst aus wie der Cusi, den ich aus Chan Chan kenne.«

»Und du sahst aus wie der Bruder, den ich aus Cuzco kenne«, gab Cusi leicht verlegen zurück. »Es tut mir leid, daß wir euch nicht ganz zur Freiheit verhelfen konnten.«

»Aber das habt ihr doch!« lachte Amaru ungläubig, stieg die Treppe hinab und reichte den Becher in seiner Rechten an Cusi. »Genug deiner Bescheidenheit. Auf Inti, unseren Vater...«

Dem Beispiel seines Bruders folgend, goß Cusi einige Tropfen Akha auf den Boden und hob den Becher an die Lippen, doch bevor er trinken konnte, schüttete Amaru erneut etwas Flüssigkeit auf die Erde.

»Und auf Pachamama, unsere Mutter...«

»Auf Pachamama«, wiederholte Cusi verblüfft, was Amaru offenbar belustigte. Während die beiden Männer tranken, stiegen Parihuana, Choque Chinchay und einige andere Gäste mit weiteren Bechern voll Akha die Treppe hinab. Parihuana war offenbar ebenso überglücklich wie Amaru und freute sich wie dieser über Micays Verwunderung. Sie mußte fast ein Lachen unterdrücken, als sie Micay einen Becher überreichte.

»Ich verstehe das nicht«, sagte Micay hilflos. »Ich hätte nicht gedacht, daß ihr eure Verbannung feiern würdet.«

»Wir hatten etwas viel Schlimmeres erwartet«, klärte Parihuana sie auf. »Es ist ein Geschenk, daß sie überhaupt noch am Leben sind...«

»Und man kann Machu Picchu nicht als Verbannung bezeichnen«, fügte Amaru hinzu. »Es liegt sehr nah bei Cuzco. Fern ist es nur wegen seiner Heiligkeit und nicht wegen der Distanz zu Orten, an denen Menschen leben.«

»Aber es ist sehr weit von Quito«, wandte Cusi ein. »Ich hätte nicht gedacht, daß du das, was du hier erbaut hast, gerne verlassen würdest.«

»Mittlerweile kommt es mir wie ein Gefängnis vor«, erklärte Amaru mit einem Stirnrunzeln. »Wir werden zurückkommen, wenn es uns bestimmt ist. Außerdem habe ich noch nie die Gelegenheit gehabt, ein Heiligtum zu bauen.«

»Ein Heiligtum für Pachamama«, fügte Parihuana hinzu und blickte Micay bedeutungsvoll an. »Vielleicht können wir ihren Zorn besänftigen. Du hättest jeden Grund, mit Cahua eine Wallfahrt zu machen.«

»Ist es ein heiliger Ort?« fragte Cahua, und Parihuana lächelte sie an.

»Einer der heiligsten, meine Tochter. Er heißt Alter Berg, weil er ganz oben auf einem Berg liegt.«

»Es ist nicht weit von den Kokafeldern und vom Weg nach Vitcos entfernt«, sinnierte Cusi und legte Sinchi eine Hand auf die Schulter. »Wir könnten auch deinen Onkel Uritu besuchen.«

Sinchi legte kurz den Kopf zur Seite und stieß dann ein schallendes Juchzen aus, das die Umstehenden in Lachen ausbrechen ließ. Dann löste sich die Menge um Amaru allmählich auf; viele Gäste gingen zum Tanz. Micay sah Fempellec im Zelthaus, wie er den Köchinnen Anweisungen erteilte; in einer Hand hielt er einen Becher, in der anderen einen Löffel. Er tanzte auf der Stelle und schnitt lüsterne Grimassen, so daß die Frauen sich vor Lachen bogen.

»Er kommt auch mit«, sagte Parihuana, während sie Micays Arm nahm. »Er freut sich darauf, so weit wie möglich vom Hof fort zu sein.«

»Das sollte Mama Huarcays letzte Rache sein«, sagte Micay ungläubig. »Und die letzte Strafe des Sapa Inca.«

Lächelnd gab Parihuana zu bedenken: »Dann ist es unsere Pflicht zu zeigen, daß sie uns nichts anhaben können. Wie lange ist es her, daß wir zusammen getanzt haben?«

»Wie lange ist es her, daß ich überhaupt getanzt habe?« fragte Micay staunend und schüttelte den Kopf. Parihuana streckte die andere Hand nach Cahua aus.

»Kommt, bitten wir um einen Tanz für Frauen…«

»Dürfen Heilerinnen tanzen?« wunderte sich Cahua.

»Jeder darf tanzen«, versicherte Parihuana ihr. »Jeder, der nicht vergessen hat, wie gut es ist, am Leben zu sein und sich bewegen zu können…«

Amarus Freunde und Nachbarn hatten sich schon vor einiger Zeit verabschiedet und waren beladen mit den Kleidungsstücken und anderen Habseligkeiten, die Amaru und Parihuana nicht mitnehmen konnten, nach Hause gegangen. Die Packlamas standen schon bereit, und die Kinder schliefen, damit sie bei der Abreise nicht zu müde sein würden.

Die letzten Gäste saßen in der Kühle des Gartens, sprachen leise miteinander und ließen die Wirkung des Akhas im anbrechenden Morgen ausklingen. Niemand hatte mehr etwas zu sagen über den Sapa Inca, den Thronerben oder die Aussicht auf eine Rückkehr nach Cuzco. Auf Rimachis Aufforderung hin wiederholte Parihuana die Geschichte von der Geburt von Nupchus erstem Kind, einem Mädchen namens Suchi.

»Vor zwei Tagen kam Huaman Cachi vom Guanaco-Haus zu uns, um uns davon zu erzählen. Ihr hättet sehen sollen, wie stolz er war! Er hatte bei der Geburt geholfen und hörte sich an, als hätte er bei einer Schlacht mitgekämpft. Am stolzesten war er allerdings darauf, daß Tomay ihn zum ›Onkel nach Stand‹ ernannte. Dann ist Tomay mit einem Besen auf ihn losgegangen und hätte ihm beinahe den Arm gebrochen.«

»Auf ihn losgegangen!« rief Rimachi. »Weswegen?«

»Tomay bringt ihm bei, immer wachsam und jederzeit bereit zu sein, sich zu verteidigen. Und das war das erste Mal, daß er unachtsam war; deshalb stolzierte er mit seinem verletzten Arm umher, als würde er das Ehrenzeichen eines stolzen Onkels tragen. Er sagte auch, Nupchu hätte einen Becher nach Tomay geworfen, als sie davon erfuhr.«

Rimachi grinste Cusi an. »Sumac Mallqui wäre auf diesen Trick stolz gewesen.« Dann drehte er sich zum Tor um und stand auf. »Einer meiner Männer kommt.«

Schweigend beobachteten sie, wie Rimachi den Krieger begrüßte. Amaru erhob sich, und allmählich folgten alle seinem Beispiel, bis auf Fempellec, der ausgestreckt auf einer Bank lag. Aber auch er verfolgte angespannt, wie Rimachi mit dem Krieger sprach und ihn anschließend entließ. In den Garten zurückgekehrt, wandte Rimachi sich an Lloque Yupanqui: »Wir beide werden zum Palast bestellt, Herr. Der Sapa Inca ist erkrankt.«

»Am Fieber?«

Rimachi zuckte die Achseln. »Der Mann sagte nicht, warum wir kommen sollen. Aber offenbar geht überall im Palast das Gerücht um, daß er krank ist.«

Amaru trat vor und ergriff die Hände der beiden. »Bleibt in seiner Nähe, wenn es möglich ist«, drängte er sie. »Seht zu, daß er das Richtige tut, bevor er stirbt.«

»Wir werden es versuchen«, versprach Lloque, umarmte Parihuana und drückte die Hand, die Fempellec ihm schüchtern entgegenstreckte. In dem Augenblick kam eine Frau durch das Tor, eine von Chuqui Huipas Gefolgsleuten, und trat direkt zu Micay.

»Sie bittet Euch, zu ihr zu kommen, Herrin. In Weiß.«

»Pflegt sie den Sapa Inca?« fragte Micay, aber die Frau schüttelte den Kopf.

»Nein, Herrin. Sie ist bei Ninan Cuyochi.«

Micay erstarrte vor Entsetzen und blieb selbst dann noch reglos stehen, als Cusi sich neben sie stellte und sie sanft aufforderte: »Geh zu ihr, Micay. Ich kümmere mich um die Kinder.«

Parihuana faßte sie freundschaftlich am Arm. »Komm, Schwester«, sagte sie. »Wir verabschieden uns auf dem Weg zum Tor.«

Immer noch sprachlos ließ Micay sich hinter Lloque und Rimachi zum Ausgang führen; die restlichen vier Männer blieben schweigend zurück. Schließlich blickte Tarapaca zum Himmel und räusperte sich. »Es wird hell. Ich wecke den Hirten und fange an, die Tiere zu beladen«, bot er an und nickte Cusi und Amaru zu.

»Einen Augenblick lang habe ich befürchtet, der Bote käme wegen uns«, gestand Amaru, und Fempellec verzog zustimmend das Gesicht.

»Um uns zu sagen, daß unsere Bestrafung abgeändert worden ist.«

»Ich glaube, wir werden froh sein, wenn wir nicht mehr an Orten leben, um die Menschen kämpfen«, bemerkte Amaru trocken. »Warum kommst du nicht mit uns, Cusi? Er sagte, ich könnte jeden mitnehmen, der mich begleiten will.«

Cusi schüttelte gedankenverloren den Kopf und blickte in die Richtung, in die Micay verschwunden war. »Nein . . . wir sind zu sehr in alles verstrickt, gleichgültig, was passiert. Aber wenn wir Ninan verlieren . . .«

»Dann gibt es niemanden, der Huascar das Recht auf den Fransensaum streitig machen könnte«, beendete Amaru den Satz. »Das Reich würde ihm gehören, und er könnte herrschen, wie es ihm beliebt.«

»Er könnte zerstören, wie es ihm beliebt«, stellte Fempellec richtig. Dann verfielen sie wieder in Schweigen, bis Parihuana zurückkam.

»Micay hat sich gefaßt«, berichtete sie, »und sie ist entschlossen, ihn zu retten. Aber ich habe sie noch nie so aufgewühlt gesehen, Cusi.«

»So viele ihrer Hoffnungen hängen davon ab, daß Ninan der Sapa Inca wird«, erklärte Cusi, »aber sie hat keine Macht über das Fieber. Sie war auch entschlossen, Quinti und unsere Mutter zu retten.«

»Daran darfst du sie nicht erinnern«, wies Fempellec ihn zurecht. »Sie hat die Gabe, Hoffnung am Leben zu erhalten, und du mußt ihr dabei helfen. Du mußt ihr zeigen, daß auch du Hoffnung hast.«

Cusi blinzelte ihn an. »Ich habe sie nicht entmutigt oder sie an irgend etwas erinnert, woran sie sich nicht selbst erinnert. Hoffnung zu zeigen wird Ninan nicht am Leben erhalten und ihn auch nicht zum Thronerben machen.«

»Woher weißt du das?« fragte Fempellec brüsk. Amaru griff ein, bevor Cusi eine Antwort geben konnte.

»Jetzt ist nicht die Zeit zu streiten«, tadelte er, nahm Fempellec am Arm und führte ihn zu der Hütte hinten im Garten. »Komm, schauen wir uns ein letztes Mal Klein-Quito an. Laß uns an das Leben denken, das wir hier hatten, wenn auch nur für kurze Zeit.«

»Das ist eine Erinnerung, die wir mit nach Machu Picchu nehmen sollten«, sagte Parihuana, als sie und Cusi den beiden folgten. »Und nach Cuzco.«

Nichts ist so groß, daß es nicht der Vergessenheit anheimfallen kann, dachte Cusi, aber er sprach den Gedanken nicht aus. Statt dessen nickte er Parihuana zu und sagte sich, daß er Hoffnung wenigstens nicht zerstören sollte, wenn er sie schon nicht zeigen konnte. Vielleicht war Hoffnung bedeutend auf eine Art und Weise, die er aus der Distanz, die er gewonnen hatte, nicht mehr sehen konnte. Vielleicht auch nicht. Aber er wollte weder jetzt noch in der Zukunft als ein Mann gelten, der seinen Freunden nur einen Stein zu tragen gab.

KAPITEL 19

Topa Cusi Hualpa: Huascar (1528)

Vilcashuaman

Für einen langen Augenblick ließ der Donner alle in der Halle verstummen und von Ehrfurcht gebannt nach oben blicken. Es war ein gewaltiges, machtvolles Poltern und Grollen, als sei der Himmel zerborsten wie ein Stein und würde langsam auseinanderbrechen.

Die Frauen, die sich an einem Ende der großen Halle versammelt hatten, schienen wie erstarrt. Sie trugen ihre schönsten Kleider und ihren kostbarsten Schmuck, aber sie waren barfuß und ohne Kopfbedeckungen. Als der Donner losbrach, kämmten sie gerade ihre Haare aus und strichen sich zur Vorbereitung auf eine weitere Trauerfeier gegenseitig Asche ins Gesicht. Nur die Coya Rahua Ocllo und Chuqui Huipa hatten ihre Gesichter nicht grau eingefärbt, und Chuqui fiel schon dadurch auf, daß sie als einzige noch eine Kopfbedeckung trug. Rahua Ocllo hatte sie deshalb eben getadelt, und Chuqui nutzte das durch den Donner entstehende Schweigen und eilte auf die Tür zu, wo Micay, Quespi und die Kinder standen.

»Dürfen wir mitgehen?« fragte Sinchi im Flüsterton seine Mutter. Micay sah, daß die Coya ihr mit einer Geste bedeutete, Chuqui aufzuhalten, aber noch mehr als diese Aufforderung war es Chuquis achtlose, trotzige Haltung, die plötzlich eine große Ungeduld in Micay erzeugte, einen Wunsch nach Reinigung und Läuterung.

Sie ließ Chuqui hinausgehen und folgte ihr dann zusammen mit den Zwillingen und Machacuay. Dieser führte die Kinder weiter auf den großen, windgepeitschten Platz, der mit zahlreichen geschäftigen Gefolgsleuten und Boten bevölkert war, während Micay hinter Chuqui herlief, die offenbar zur gegenüberliegenden Seite der Palastanlage wollte. Zu Micays Linken stand die Empore des Inca, ein großer, steinerner Thron auf einer gestuften Pyramide, der den riesigen zentralen Platz von Vilcashuaman überblickte. Zweifellos sammelten sich dort schon jetzt die ersten der vielen Tausende, die aufgefordert worden waren, an der Trauerzeremonie teilzunehmen. Wieder grollte drohend ein Donner, und Micay stellte sich vor, wie die Menschen stumm im Regen dastehen würden, um einen letzten Blick auf Huayna Capac zu werfen.

Chuqui war an der Mauer stehengeblieben, die die Empore, die Halle und den dahinterliegenden Platz umgab. »Sag mir bitte nicht, daß ich mich dumm verhalte, Micay«, begann sie gereizt, als diese sie eingeholt hatte.

Micay seufzte laut. »Das ist wohl kaum nötig«, antwortete sie. »So verhältst du dich immer, wenn du dich deiner Mutter widersetzen willst.«

»Stellst du dich jetzt etwa auf ihre Seite?«

»Sie hat nie Interesse daran gezeigt, mich auf ihrer Seite zu haben«, erwiderte Micay, obwohl sie die Geste der Coya nicht vergessen hatte. »Und ich habe an dieser Zeremonie kein Interesse. Ich habe nur aus Pflichtgefühl um ihn getrauert und bin froh, daß dies das letzte Mal ist, daß wir für ihn unsere Gesichter schwarz färben und uns Haare ausreißen müssen.«

»Warum bist du mir dann gefolgt?«

»Mir ist plötzlich die Geduld gerissen. Es ist so sinnlos, deine Mutter mit diesem kindischen Trotz zu bestrafen. Du willst ihr doch nur zeigen, daß du ebensowenig bereit bist, auf sie zu hören, wie sie in Quito zugehört hat.«

»Vielleicht muß man ihr das einmal zeigen«, beharrte Chuqui.

»Immer noch? Es ist nun schon ein ganzes Jahr, Chuqui – genau heute vor einem Jahr –, seit dein Vater gestorben ist. In fünf Tagen wird es genau ein Jahr her sein, daß Ninan tot ist. Spielt es da noch immer eine Rolle, daß deine Mutter Huascar ihm vorgezogen hat? Huayna Capac hat Ninan trotzdem noch zum Thronerben bestimmt, aber das hat ihn nicht vor der Krankheit gerettet. Auch wir beide konnten ihn nicht retten, und dafür haben wir uns bestraft.« Ein Blitz ließ Micay innehalten und zum Himmel schauen. »Aber es ist Zeit, damit aufzuhören«, fuhr sie dann fort. »Bald sind wir in Cuzco. Wir müssen diese Dinge hinter uns lassen und uns vorbereiten auf das, was auf uns zukommt.«

»Du weißt, was auf uns zukommt«, entgegnete Chuqui. »Besser gesagt, *wer*.«

»Ja – und du wirst keine Möglichkeit haben, dich ihm zu entziehen«, sagte Micay schonungslos. »Du wirst deine ganze Kraft brauchen, um dich gegen ihn zu behaupten.«

»Gegen ihn zu behaupten?« erwiderte Chuqui mit einem gequälten Lachen. »Wozu? Mir ist nicht bestimmt, in diesem Leben Freude zu haben. Es ist gleichgültig, was mit mir geschieht – warum also sollte es nicht gleichgültig sein, was ich tue?«

Micay starrte sie ohne eine Spur von Mitgefühl an. »Was immer Euch geschieht, Herrin, geschieht auch jenen, die Euch dienen und ihren Kindern. Ich werde nicht ohne Grund alles Gute in meinem Leben wegwerfen.«

Chuqui stutzte und hielt sich an der Mauer fest. »Heißt das, du würdest mich verlassen?«

»Du hast gehört, was Chimpu Ocllo uns als letztes sagte: 'Denjenigen, die eure Liebe erwidern, schuldet ihr alles, aber jenen, die den Wert eurer Liebe nicht würdigen, schuldet ihr nichts.'«

Tränen schossen Chuqui in die Augen; sie senkte den Blick und begann, leise zu schluchzen. Micay wollte sie in die Arme nehmen, aber ihre Finger waren schwarz von Asche und Ruß. Als sie ihr sanft über die Wangen streichelte und dabei ihr Gesicht schwärzte, ließ Chuqui es nur hilflos geschehen. Dann nahm Micay ihr auch das Kopftuch ab und öffnete ihr Haar.

»Wir werden in fünf Tagen nicht aufhören, um Ninan zu trauern«, sagte sie, »und deshalb können wir auch heute seiner gedenken. Niemand kann in unsere Herzen sehen und wissen, wem unsere Gefühle gelten.«

»Du bleibst bei mir?« fragte Chuqui tränenerstickt. Micay nahm sie am Arm und führte sie auf die große Halle zu.

»Ich bleibe bei dir«, versprach sie. »Komm, lassen wir nun unsere Trauer los, und verabschieden wir uns von unserem Kummer.«

Die anderen Mitglieder der Ehrengarde kauerten vor dem Eingang, unterhielten sich leise und sahen in den Regen hinaus, der auf den Platz niederging. Cusi stand in einiger Entfernung, um zu beobachten, wie der Hohepriester und seine Gehilfen Huayna Capac für die Trauerfeier ankleideten. Normalerweise wäre es lediglich den Mitgliedern seines Haushalts in Tumibamba gestattet gewesen, eine solch intime Handlung zu verfolgen. Aber nach Monaten des Reisens und Dutzenden ähnlicher Zermonien kümmerte sich niemand mehr um solche Gepflogenheiten.

Die Mumie war ein eiförmiges Bündel von nicht mehr als etwa drei Fuß Länge, fest in dunkle Tücher gewickelt, die nie entfernt wurden. Das fleischlose Gesicht war um die offenliegenden weißen Zähne und die in die Augenhöhlen versenkten goldenen Scheiben herum eingefallen und von auffälligen schwarzen Haaren umrahmt. Von seinen Pflichten bei den Feierlichkeiten wußte Cusi, daß der Leichnam fast nichts wog und irgendwie modrig roch, wie schlecht gegerbtes Leder. Er erinnerte nicht mehr an den Huayna Capac, den er gekannt hatte, und ebensowenig spürte er etwas von der Ehrfurcht, die ihn bei seinem Besuch bei Pachacuti überwältigt hatte.

Eine Weile später tauchte völlig durchnäßt Huaman Cachi auf. Die

Männer am Eingang lachten, weil er sich offenbar übereilt angezogen und dabei unbeabsichtigt einen Teil seiner Tunika in das Hüftband seines Lendenschurzes gesteckt hatte. Aber der Hohepriester bemerkte es und blickte mißbilligend zuerst auf ihn, dann auf Cusi.

»Es regnet in Strömen«, berichtete Huaman atemlos, »aber der große Platz ist voll. Ich habe Chanca, Sora, Rucana und viele verschiedene Mitmacs gesehen.«

»Ich weiß, welche Stämme da sind«, erwiderte Cusi knapp. »Warst du wieder bei derselben Frau?«

Huaman blickte lächelnd zu Boden. »Nein, Herr. Bei ihrer älteren Schwester.«

»Ich sollte dich wohl so lange im Regen stehen lassen, bis deine Hitze verflogen ist und du wieder Vernunft angenommen hast. Aber wahrscheinlich kommt das ohnehin auf uns zu. Versprich mir deshalb lieber, daß du das nicht noch einmal tust. Du wirst dich einen Tag vor einer bedeutenden Zeremonie und einen Tag danach nicht mehr zu einer Frau legen.«

»Aber Herr«, protestierte Huaman ungläubig, »niemand außer den Priestern hält die Abstinenz ein. Nicht einmal die Krieger der Ehrengarde...«

Auf diese Anspielung hin verzog Cusi das Gesicht zu einem schiefen Lächeln. »Ich dachte, Micay und ich wären letzte Nacht leise gewesen; jedenfalls haben wir die Kinder nicht geweckt.« Dann sah er seinem Schützling tief in die Augen. »Huaman, ich bestrafe dich nicht für deine Lust«, fuhr er fort, »aber ich kann dir nicht gestatten, so sorglos zu sein.«

»Wir waren ja nicht auf dem großen Platz zusammen«, murrte Huaman. »Außerdem ist sie eine Bedienstete, nicht die Frau eines Inka. Wer würde da schon ein großes Aufhebens machen und mich melden?«

»Die andere Schwester zum Beispiel«, entgegnete Cusi. »Und versuche nicht, mir einzureden, niemand würde auf solchen Klatsch hören. Du hast gesehen, wie der Priester dich vorhin angestarrt hat. Wenn es darum geht, ein Exempel zu statuieren – wer glaubst du, muß als erstes dafür herhalten? Ein Inka der Ehrengarde oder ein Knabe ohne Rang, der nicht königlichen Geblüts ist und das Kriegshandwerk erst erlernt?«

»Aber warum sollte überhaupt ein Exempel statuiert werden? Wenn sich ohnehin niemand so verhält, wie es der Brauch erfordert...«

»Genau dann werden Exempel am meisten gebraucht. Vor allem von jenen, die nicht eingestehen können, daß Gesetz und Brauchtum mißachtet werden. Und solche Leute gibt es in Cuzco mehr als genug. Deshalb will ich, daß du mir das versprichst.«

Huaman sah Cusi direkt an. »Ich verspreche es«, antwortete er widerstrebend, doch dann sah er schnell zur Seite und sagte: »Euer Onkel ist hier...«

Lloque Yupanqui kam gerade auf die Männer vor dem Eingang zu, und Cusi stand sofort auf und ging zu ihnen. Zur Ehrengarde gehörten vier ältere Männer, allesamt Vettern und Halbbrüder von Huayna Capac, sowie Mitglieder der Alten Garde der Inka. Sie betrachteten es als eine Ehre, den Leichnam des Sapa Inca nach Cuzco zu eskortieren. Die anderen vier – Cusi, Quilaco Yupanqui, Challcochima und Ucumari – waren die letzten Überlebenden der Gruppe, die sich Huayna Capac widersetzt und Huanacauri aus dem Coricancha in Tumibamba hinausgetragen hatte. Für sie war die Verpflichtung zu diesem Dienst ein letzter Versuch des Herrschers, ihnen Respekt abzuverlangen, und dazu ein höchst fragwürdiges Privileg – wegen dieser zeremoniellen Aufgabe konnten sie nicht an den Beratungen der Anführer der Bestattungskolonne teilnehmen.

Lloque wartete, bis Cusi sich zu den anderen Männern gesetzt hatte. »Wir haben wieder eine Nachricht von Huascar erhalten«, begann er dann, »aber sie unterscheidet sich kaum von den bisherigen. Er will wissen, weshalb so viele bewaffnete Krieger mit uns marschieren, und warum Atahualpa in Quito geblieben ist. Außerdem teilt er uns einmal mehr mit, daß der Hohepriester von Cuzco, sein Bruder Challco Yupanqui, ihn in einer feierlichen Zeremonie zum Sapa Inca ernannt hat. Ferner weist er uns an, denen, die hierher befohlen wurden, keine Geschenke aus den königlichen Lagerhäusern zukommen zu lassen.«

Die Krieger quittierten diese Worte mit entrüsteten Unmutsäußerungen.

»Wie haben Colla Topa und Yasca darauf reagiert?« wollte Quilaco Yupanqui wissen.

»Sie erinnerten ihn an den letzten Willen seines Vaters«, antwortete Lloque, »und daran, daß der Hohepriester Topa Yupanqui noch am Leben und im Besitz des Fransensaums ist. Allerdings ersparten sie sich die Mühe, ihm noch einmal zu erklären, daß Atahualpa als Regent der nördlichen Provinzen in Quito geblieben ist und daß Quizquiz tausend Krieger mitgenommen hat.«

»Was ist mit den Geschenken?« fragte ein älterer Mann besorgt.

Lloque zuckte die Achseln. »Wir sagten ihm lediglich, daß unseren Gästen die Behandlung zukommen wird, die sie vom Inca erwarten.«

Die Männer murmelten zustimmend, und Cusi erinnerte sich an

Quizquiz' Abschiedsworte, nachdem er sich erboten hatte, einen Teil der Truppen zurückzuführen, um Huascars Argwohn zu beschwichtigen: *Ein alter Priester, ein Leichnam und eine Frau, die weit über das heiratsfähige Alter hinaus ist. Das ist kein großartiger Schutz. Paßt gut auf euch auf, meine Freunde.*

Ein Blitz ließ die Gesichter der Anwesenden für einen Augenblick hell aufleuchten, dann setzte ein noch stärkerer Regen ein, und ein neuerlicher Donner zerriß die Stille.

»Zumindest Illapa scheint diese Zeremonie nicht zu billigen«, meinte Challcochima trocken. »Wird sie verschoben?«

»So lange es geht«, erwiderte Lloque. Dann lächelte er sarkastisch. »Aber wenn die einfachen Menschen im Regen stehen können, um der Zeremonie zuzusehen, dann können die Inka sicherlich auch in den Regen hinausgehen, um sie zu begehen. Laßt eure Sandalen hier und seid auf den Stufen der Empore vorsichtig.«

Die Männer lachten anerkennend, und Lloque stand auf. Cusi begleitete seinen Onkel in die Mitte der Halle zu den Führern der Kolonne. Lloque schüttelte sich und spuckte angewidert auf den Boden.

»Ich habe bei dem Ganzen ein sehr schlechtes Gefühl, Cusi. Es kommt mir vor, wie wenn man einen Gehörlosen anschreit. Wieso kann Huascar nicht warten? Er weiß doch, daß der Fransensaum jetzt ihm gehört.«

»Er hat sein ganzes Leben lang gewartet«, versuchte Cusi zu erklären. »Und er weiß, daß Ninan der Thronerbe geworden wäre, wenn er überlebt hätte. Huascar kann den Gedanken nicht ertragen, daß er vielleicht doch noch um die Macht betrogen wird.«

»Aber wir haben ihm alle möglichen Zusicherungen gegeben, und seit Caxamarca werden wir von seinen Spionen bespitzelt. Was kann ihn davon überzeugen, daß wir in friedlicher Absicht kommen?«

»Vielleicht, wenn wir unsere Waffen niederlegen und uns auf dem Haucaypata vor ihm verbeugen«, meinte Cusi.

»Aber hast du nicht auch so ein Gefühl?« fragte Lloque und deutete mit dem Kinn ins Freie. »Betrachtest du diesen Sturm nicht auch als ein Zeichen?«

»Es ist Regenzeit«, antwortete Cusi ausweichend. »Ich habe von Huascar noch nie etwas Gutes erwartet. Ich sehe lediglich, daß wir keine andere Wahl haben, als nach Cuzco zu gehen und uns mit ihm auseinanderzusetzen.«

»Natürlich«, stimmte Lloque zu, aber Cusi merkte, daß er mit dieser Antwort nicht zufrieden war. Lloque hatte nie aufgehört zu hoffen, daß er seine Gleichgültigkeit ablegen würde.

»Es tut mir leid, Onkel. Ich will Eure Gefühle nicht herabsetzen. Aber was befürchtet Ihr von Huascar?«

Lloque brummte enttäuscht. »Es ist ja nur ein Gefühl«, räumte er ein. »Mein Kopf sagt mir, ich sollte es einfach ignorieren. Mein Kopf sagt mir, wir sind viel zu viele, als daß Huascar uns schaden könnte, und daß er viel zu sehr darauf angewiesen ist, daß wir ihm Ansehen und Rechtmäßigkeit verleihen. Aber mein Gefühl läßt mich fragen, ob *er* das ebenso sieht.«

»Seiner Vorstellung nach hat ihm immer schon alles gehört«, sagte Cusi. »Und er will auch das Ansehen, das wir ihm verleihen, ganz für sich haben.«

»Aber will er es besitzen oder vergeuden?« wandte Lloque ein. Plötzlich faßte er Cusi am Arm. »Ich habe böse Träume gehabt, Cusi, Träume, in denen große Kiefer über meinem Kopf zusammenschlagen und mich verschlingen. Ich habe noch nie Angst vor dem Tod gehabt, aber in diesen Träumen packt mich blankes Entsetzen, und ich fühle es immer noch, wenn ich aufwache. Ich glaube, ich sehe etwas Größeres als meinen eigenen Tod. Etwas Schlimmeres.«

Aus seiner Gleichgültigkeit gerissen, blickte Cusi ihn alarmiert an. »Habt Ihr Yasca und Colla Topa schon davon erzählt?«

»Es fällt mir schwer genug, *dir* so etwas zu sagen«, gestand Lloque mit gequälter Miene, »und dich hielt man einmal für einen Experten in solchen Dingen. Was glaubst du wohl, wie lange Yasca mir zuhören würde, wenn ich ihm von meinen bösen Träumen berichten wollte?«

»Mir würde er zuhören«, erklärte Cusi. »Aber ich kann nur mit etwas an ihn herantreten, das er auch verstehen kann.«

Lloque nickte. »Wir müssen intensiver suchen, sowohl in uns selbst als auch außerhalb. Sprich mit Micay und den anderen Kameraden; vielleicht haben sie etwas gehört oder selbst Träume gehabt.«

»Das werde ich tun«, versprach Cusi, und Lloque lächelte etwas gezwungen.

»Dann wünsche ich dir zum Abschied alles Gute, mein Sohn, bis wir Zeit finden, darüber zu sprechen, was unsere wahren Pflichten sind.«

»Lebt auch Ihr wohl«, sagte Cusi und bemerkte überrascht, daß sein Onkel vor dem Weggehen zum Segen die Hand über ihn erhob. Als ob dieser Abschied unser letzter wäre, dachte er schaudernd. Dann ging er zu den Männern der Ehrengarde zurück, lauschte dabei auf das Grollen des Donners und hoffte, der Sturm würde sich nicht verziehen, bevor die Zeremonie begann. Er empfand das dringende Bedürfnis, wieder einmal zu fühlen, was es bedeutete, ein Bruder des Blitzes zu sein.

Die Königsstraße

An dem Aussichtspunkt, von dem aus die Schlucht des Apurimac zum erstenmal sichtbar war, machte die Kolonne halt, damit die Reisenden Opfer darbringen und sich reinigen konnten. Der Apurimac war eine bedeutende Huaca, und hoch über seinem Flußbett säumten viele Heiligtümer den Rand des Abgrunds, einschließlich einer berühmten Kultstätte zu Ehren Pachamamas. Cusi hatte Micay erzählt, man könne sie sehen, sobald man den Tunnel passiert hatte, der zu der langen Hängebrücke über den Fluß führte. Auch diese Brücke, die sich in großer Höhe über die Schlucht spannte, war eine Huaca, denn sie brachte den Reisenden in das angestammte Land der Inka.

Gerade als Micay und Quespi die Kinder – ihre eigenen, Quintis beide Töchter und Rimachis Sohn Topa – gewaschen hatten, erschien ein Bote und bestellte Micay zur Coya.

»Wir kümmern uns um die Kinder«, versicherte ihr Quespi und nickte dabei Machacuay zu.

»Mama, kann ich mit dir kommen?« fragte Cahua.

»Du hast die Coya schon oft besucht«, wandte Micay ein, »und dieses Mal hat sie nur nach mir verlangt. Aber ich erinnere sie daran, wie du für Chuqui gesungen hast.«

Die Sänfte der Coya stand mitten auf der Straße, umgeben von einer Abteilung der Königlichen Leibwache. Daneben saßen schwitzend und mit nackten Oberkörpern die Rucana-Träger im Gras. Rimachi, der Kommandeur der Königlichen Leibwache, trat vor, um Micay zu begrüßen.

»Cusi war eben da«, berichtete er. »Er ist vorausgegangen, um mit Yasca zu sprechen.«

»Endlich«, antwortete Micay nur.

Rimachi zog erstaunt die Augenbrauen hoch. »Das hört sich an, als wärt Ihr ungeduldig mit ihm.«

»Es ist ja auch nicht mehr weit bis Cuzco.«

»Hat Huascar uns vielleicht schon verschlungen?« fragte Rimachi trocken. »Und wir haben uns auch nichts überlegt, womit wir Yasca davon überzeugen könnten, daß Huascar uns vernichten will. Cusi versucht es jetzt mit leeren Händen.«

»Yasca muß wachsamer werden. Quespi sagt, er weist jeden Verdacht einer wirklichen Gefahr zurück.«

»Dann wird er auch ablehnen, was Cusi ihm sagt. Ihr wißt, daß Cusi das ohnehin nur Euch und Lloque Yupanqui zuliebe versucht. Er wollte sich von mir nicht davon abbringen lassen, aber seine Überzeugung ist nicht echt.«

»Früher hat es ihm nie an Überzeugungskraft gemangelt«, hörte Micay sich sagen, aber im selben Augenblick wünschte sie sich, diese Worte zurücknehmen zu können, und mit ihnen die Verachtung und den Ärger in ihrer Stimme. Rimachi sah sie stumm an, und sein schonungslos offener Blick ließ ihr das Blut in die Wangen schießen.

»Früher haben wir uns alle auf seine Überzeugungskraft, seine Huaca, verlassen«, erinnerte er sie. »Obwohl ihn das kühn machte und er sich dadurch in Gefahr begab. Aber ist es angebracht, ihn jetzt zu verachten, weil er diese Kraft nicht mehr besitzt?«

Micays Kehle war wie zugeschnürt; sie konnte nicht sprechen, aber sie hätte ohnehin keine Worte gefunden, um zu beschreiben, was sie fühlte. Sie war bestürzt über den Unmut, den Cusis Distanz zu allem in ihr hervorrief. Offenbar konnte sie ihm immer noch nicht verzeihen, daß er als ein anderer Mensch zurückgekommen war – als ein Mann, der nicht mehr zu impulsiver Leidenschaft bereit oder fähig war oder eine solche Bereitschaft zumindest nicht erkennen ließ. Sie vermißte diese Eigenschaft an ihm, doch hatte sie ihm das nie mitgeteilt; statt dessen hatte sie sich nun bei seinem Freund darüber beklagt.

»Die Coya wartet«, murmelte sie, Rimachis Blick meidend. Er verbeugte sich und führte sie zur Sänfte. Sie war auf einer Seite offen, so daß Micay schon von außen Rahua Ocllo sehen konnte, die auf einem Lager aus kostbaren Decken und Kissen ruhte. Micay entbot eine Mocha und versuchte, sich zu sammeln. Als sie wieder aufblickte und in die Sänfte gewunken wurde, stellte sie fest, daß außer einigen Bediensteten niemand anwesend war. Offenbar wünschte die Coya mit ihr eine Unterhaltung unter vier Augen. Sie bedeutete Micay, zwischen den fein gearbeiteten, mit duftenden Gräsern ausgestopften Kissen aus Cumbi-Tuch Platz zu nehmen.

»Sag mir, wie es meiner Tochter geht, Micay«, begann sie, und Micay nickte, erleichtert darüber, daß die Coya ein Thema ansprach, zu dem sie etwas zu sagen hatte.

»Sie fühlt sich wesentlich besser, Herrin. Das Fieber ist verschwunden, und auch der Husten ist schon fast vergangen. Wie ich gedacht habe, war es lediglich die Erkältung, die sie sich bei der Zeremonie in Vilcashuaman zugezogen hat.«

»Es sind nur noch wenige Tage bis Cuzco. Wird sie in der Lage sein, sich beim Einzug in die Stadt aufsetzen zu können?«

»Wenn sie es will, ja«, antwortete Micay. »Meine Tochter Cahua hat für sie gesungen und sie dazu gebracht, eine kräftigende Mahlzeit einzunehmen.«

Rahua Ocllo nickte anerkennend. »Weil du gerade Vilcashuaman erwähnst – ich dachte, du würdest danach zu mir kommen, damit ich dir meinen Dank ausdrücken konnte.«

»Wofür, Herrin?« fragte Micay.

Die Coya lächelte großmütig. »Dafür, daß du Chuqui damals zurückgeholt hast natürlich. Daß du sie überzeugt hast, an der Zeremonie teilzunehmen. Du scheinst der einzige Mensch zu sein, der sie zur Vernunft bringen kann.«

»Manchmal muß sie … für sich selbst einen Grund finden, um etwas zu tun«, sagte Micay etwas unüberlegt. »Ich fürchte, Herrin, sie hat das Gefühl … sie hat das Gefühl, daß Ihr sie früher nicht immer unterstützt habt.«

»Glaubst du, daß dieses Gefühl gerechtfertigt ist?« fragte Rahua Ocllo scharf. In ihrem Blick lag Mißfallen, aber kein Zorn; sie wußte, daß sie Chuqui im Stich gelassen hatte.

»Ich war in Tumibamba und in Quito bei ihr, Herrin«, sagte Micay. »Ich weiß von den Botschaften, die sie an Euch schickte mit der Bitte, Euch für die Weißen Frauen einzusetzen. Sie hat darauf nie eine Antwort erhalten, Herrin.«

Rahua Ocllo richtete sich langsam auf, als wolle sie sich verteidigen, doch dann ließ sie sich wieder in ihre Kissen zurücksinken und schürzte verächtlich die rot geschminkten Lippen.

»Es ist wirklich bedauerlich, Micay«, meinte sie, »daß von allen Frauen, die Einfluß auf dich ausgeübt haben, jener von Chimpu Ocllo sich als am beständigsten erweist.«

»Darauf kann ich nur stolz sein, Herrin«, erwiderte Micay schnell, aber bevor sie fortfahren konnte, trat plötzlich Rimachi ein. Er verbeugte sich nur kurz, ohne eine Mocha zu entbieten.

»Verzeiht, Herrin. Huascar hat seinen Stellvertreter zu Colla Topa und den anderen Führern gesandt. Er fordert, daß Ihr mit Eurer Tochter sofort nach Cuzco kommt, noch bevor die Kolonne dort eintrifft. Auch die Führer sollen mit Euch der Kolonne vorausgehen.«

»Haben sie sich damit einverstanden erklärt?« fragte die Coya.

»Sie beraten noch, Herrin. Der Rest der Kolonne soll hier bleiben, bis die Stadt bereit ist, die Leute zu empfangen.«

»Geh und sage Chuqui und den anderen Frauen, daß wir aufbrechen«, befahl Rahua Ocllo Micay, und an Rimachi gewandt fuhr sie fort: »Sieh zu, daß die Träger fertig sind, und sage Colla Topa, daß wir mitkommen.«

Micay und Rimachi verließen gemeinsam die Sänfte. Sie hatten kaum Zeit, einige Worte zu wechseln, denn die Wachposten und Träger warteten bereits auf Rimachis Anweisungen.

»Werdet Ihr Topa bei Euch behalten, bis man uns Quartiere zugewiesen hat?« fragte er.

Micay nickte. »Ich muß sofort mit Cusi reden«, sagte sie aufgeregt. »Falls Ihr ihn seht, sagt ihm, daß er zu mir kommen soll.«

»Das werde ich, sofern ich ihn treffe«, versprach Rimachi. Dann drehte er sich zu seinen Männern um und begann, Befehle auszuteilen. Boten und Diener eilten geschäftig hin und her, und zwischen ihnen wurden immer wieder vollbepackte Lamas vorbeigeführt. Micay ging zurück zu Quespi und den Kindern. Sie konnte sich des Gefühls nicht erwehren, daß etwas auf sie zukam, das unangenehm sein würde, doch die Gründe dafür lagen noch zu sehr im Dunkel, um sie wirklich zu erkennen...

Da Cusi unter vier Augen mit Yasca sprechen wollte, wartete er immer noch, als der Beamte eintraf. Er wurde in einer Hängematte getragen, und ihm voraus schritt ein Priester, der an einem goldverzierten Stab den bunten Fransensaum des Herrschers vor sich hertrug. Die Kolonnenführer beendeten ihre Beratungen und nahmen in der Mitte der Straße Aufstellung, und Cusi gesellte sich zu den Leuten, die sich um sie drängten.

Er erkannte den Beamten als einen Bruder Huascars namens Inca Roca, ein kleinwüchsiger Mann, der sich noch in keiner Weise hervorgetan hatte und weder den Ruf noch das Alter für eine solche Mission besaß. Und doch sprach er mit der Stimme des Herrschers und hatte die Macht, Menschen gefangenzunehmen und Strafen aufzuerlegen – sogar die Todesstrafe. Mit hoher, nasaler Stimme verkündete Inca Roca im Namen des zwölften Sapa Inca, Topa Cusi Hualpa, daß die Coya Rahua Ocllo und ihre Tochter Chuqui Huipa sowie sämtliche anderen königlichen Töchter sich unverzüglich in Cuzco einzufinden hätten. Nur die Führer der Bestattungskolonne – jene Männer, die die letzten Erinnerungen an Huayna Capac in sich trugen – sollten sie begleiten. Der Rest der Kolonne solle hier warten, bis der Befehl zur Fortsetzung des Marsches eintreffe.

Hinter Cusi entstand ein Gedränge, und als er sich umdrehte, sah er, daß die Menschen eine Gasse für den Hohenpriester freimachten, der an *seinem* Stab Huayna Capacs Fransensaum trug. Während Cusi beobachtete, wie Topa Yupanqui auf den Priester zuschritt, erkannte er plötzlich die Bedeutung von Lloque Yupanquis Traum: Die Kiefer waren über seinem Kopf zusammengeklappt, um ihn zu verschlingen, genau wie der Kopf der Kolonne jetzt vom Rest abgetrennt werden sollte – vor allem von den vielen Kriegern an ihrem Ende.

Als der Hohepriester mit drei seiner Gehilfen ihn passierte, folgte

Cusi ihm und trat dann in den Kreis der Führer, die erneut zusammengekommen waren, um sich zu beraten. Doch Titu Atauchi bemerkte ihn sofort; der Blick des Zauberers glühte vor Zorn.

»Was hat dieser hier zu suchen?« rief er herausfordernd und zeigte unhöflich mit dem Finger auf Cusi. Auch Colla Topa und der Hohepriester runzelten die Stirn, doch Yasca hob beschwichtigend die Hand.

»Er hat den Rang eines Kriegshäuptlings und kann unsere Entscheidung den anderen überbringen. Cusi, du wirst dir während unserer Abwesenheit das Kommando mit Quilaco Yupanqui teilen.«

»Das ist nicht möglich!« warf der Hohepriester empört ein. »Sie gehören beide der Ehrengarde des Sapa Inca an. Sie werden mit uns gehen.«

»Huascar hat nicht befohlen, daß auch sein Vater vorausgeschickt wird«, erklärte Colla Topa. »Nur die Coya, Chuqui Huipa und wir sollen gehen.«

»Nein, das ist unmöglich!« schrie der Hohepriester entrüstet und schüttelte wütend seinen Amtsstab. Dann begann er einen heftigen Disput mit Inca Roca, und die dadurch entstehende Pause nutzte Lloque Yupanqui, um sich an die restlichen Männer zu wenden. Cusi tauschte nur einen Blick mit ihm aus, aber bereits dieser kurze Moment machte ihm klar, daß auch sein Onkel nun die Bedeutung seiner Träume erkannt hatte und mit der Angst kämpfte, die sie in ihm auslösten.

»Meine Herren, das können wir nicht zulassen«, sagte Lloque Yupanqui ohne Umschweife. »Wie wir alle gehört haben, war es Huayna Capacs Wunsch, im Triumph in Cuzco einzuziehen. Wir können ihn nicht einfach hier auf der Straße stehenlassen ohne seine Coya und die Männer, die für ihn sprechen.«

»Wir könnten die restliche Kolonne vor der Stadt empfangen und dann geschlossen hineinmarschieren«, schlug Colla Topa vor. »Wahrscheinlich ist es am besten, wenn wir das mit Huascar arrangieren, damit unser Kriegsgeschrei nicht als Drohung mißverstanden wird.«

»Er hat aus seinem Argwohn keinen Hehl gemacht«, beharrte Lloque. »Sollten wir nicht auch ein wenig mißtrauisch sein? Huascar ist noch nicht der Sapa Inca, auch wenn er das für sich in Anspruch nimmt. Wir haben ein Recht darauf, daß er die Wünsche seines Vaters respektiert.«

»Huascar wird der neue Sapa Inca sein«, warf Titu Atauchi ein, »auch wenn Ihr und einige andere Ninan Cuyochi nicht vergessen könnt. *Ich* werde mich seinem Befehl nicht widersetzen, nur um damit zu beweisen, daß wir im Recht sind.«

»Ich fürchte, dagegen läßt sich nichts einwenden, mein Freund«, gab Colla Topa an Lloque gewandt zu bedenken. »Früher oder später wird Huascar die Macht in den Händen halten, und damit werden wir leben müssen.«

»Wenn er uns am Leben läßt«, erwiderte Lloque. Daraufhin schwiegen alle, als ob er etwas Peinliches geäußert hätte, und einen Augenblick später senkte Lloque den Blick wie zum Eingeständnis, daß er das tatsächlich getan habe. Jetzt ergriff Cusi das Wort.

»Meine Herren, wenn Ihr nicht alle Krieger mitnehmen wollt, solltet Ihr zumindest in Begleitung von Huayna Capac und seiner Ehrengarde nach Cuzco gehen. Selbst eine kleine Schar Krieger kann einen Unterschied ausmachen.«

»Wozu sollten Krieger überhaupt notwendig sein?« fragte Titu Atauchi gereizt. »Euch hätten wir schon mit Quizquiz und den anderen Aufwieglern zurückschicken sollen. Ihr sucht doch nur nach einem Grund für einen Aufstand!«

Cusi zwang sich, diesen Einwurf zu ignorieren, und wandte sich statt dessen direkt an Yasca. »Herr ... das riecht nach einem Hinterhalt, und so lange ich Euch kenne, habt Ihr Euch noch nie unvorbereitet in eine solche Situation begeben. Tut es auch jetzt nicht.«

Einen Moment beobachtete Yasca ihn genau, und dabei spielte ein verstecktes Lächeln um seine Lippen. »Du hast noch immer die feine Nase eines Kundschafters, Cusi«, sagte er dann. »Doch was den Unterschied ausmacht, den ein paar Krieger bedeuten, irrst du dich. Sie könnten Unruhe hervorrufen, wo ursprünglich nichts zu befürchten war – und wenn Huascar uns wirklich Böses will, wird auch eine Handvoll Krieger nicht viel ausrichten. Aber ich kann nicht glauben, daß er etwas im Schilde führt. Und was Huayna Capac anbelangt, werde ich mich der Entscheidung des Hohenpriesters beugen.«

Topa Yupanqui kam in den Kreis der Männer zurück. »Er schickt einen Bruder zu uns, der sich noch nicht hervorgetan hat, und dazu einen Priester von niedrigem Rang, als ob wir ein paar Provinzhäuptlinge wären! Sie wollten sich kaum vor mir verbeugen und hatten nichts weiter zu sagen, als daß sie bezüglich Huayna Capac keinen Befehl haben.«

»Vielleicht sollten wir uns weigern, ohne ihn weiterzugehen«, schlug Colla Topa vor. Der Hohepriester ließ den Blick in der Gruppe schweifen und schien noch einmal zu überlegen, wie schwer er beleidigt worden war – zumindest kam es Cusi so vor; angesichts der schwerwiegenden Konsequenzen des Wortes »weigern« sah er die Entrüstung des Mannes in sich zusammensinken.

»Nein«, entschied er schließlich. »Ich richte meine Beschwerde lieber direkt an Huascar. Ist die Coya benachrichtigt worden?«

»Sie kommt bereits«, erwiderte Colla Topa und deutete mit dem Kinn nach hinten. Cusi drehte sich um und sah Rahua Ocllos Sänfte nahen, mit Rimachi und der Königlichen Leibwache an der Spitze und einer Anzahl Frauen und Kinder im Gefolge. Dahinter erschien die Sänfte von Chuqui Huipa, aber offenbar ohne Micay. Als Cusi sich wieder den Männern zuwandte, waren diese gerade im Begriff, ihren Kreis aufzulösen und sich der Coya anzuschließen. Yasca blieb bei Lloque und Cusi stehen.

»Ich hoffe für uns alle, daß eure Befürchtungen unbegründet sind«, sagte er unumwunden. »Aber wenn wir in Cuzco, bei unserem eigenen Fleisch und Blut, nicht sicher sind, dann sind wir es nirgendwo.«

»Ich habe oft unrecht gehabt«, räumte Lloque ein. »Ich kann nur beten, daß ich auch diesmal unrecht habe.«

»Meine Frau und meine Kinder werden mit Euch gehen«, erinnerte Cusi Yasca, der daraufhin nur nickte und ihm zum Abschied die Hand auf die Schulter legte.

»Meine ebenso. Wir werden alle auf euch warten. Sieh zu, daß du die Kolonne gut geordnet in die Stadt bringst.«

Cusi verbeugte sich und beobachtete, wie Yasca auf die kleine Kolonne zuging, die sich am Straßenrand formierte. Dann wandte er sich an Lloque.

»Onkel…«

Lloque schüttelte abrupt den Kopf. »Du hast getan, was du konntest, Cusi, und du hast es mit Sicherheit besser gemacht als ich. Ich spürte ihre Ungläubigkeit, und sie entmutigte mich. Ich konnte ihnen meine Verzweiflung nicht zeigen.«

»Wir hätten sie ohnehin nicht überzeugen können«, erwiderte Cusi. »Sie sind ebensowenig bereit, Huascar in die Schranken zu verweisen, wie sie es bei seinem Vater waren.«

»Dann haben wir nichts gelernt«, sagte Lloque düster, »und verdienen es, verschlungen zu werden.« Er griff in den Ausschnitt seiner Tunika und zog eine Kette aus kleinen, schwarzen Perlen mit einer glänzenden, in Gold gefaßten Obsidianscheibe über den Kopf. »Diese Kette hatte ich eigentlich für dich gedacht. Aber nachdem du schon einen Schutzgeist hast, sollte vielleicht Sinchi sie bekommen. Sie ist für einen Sohn Illapas bestimmt.«

»Ihr solltet sie behalten«, erwiderte Cusi, hielt aber Lloque nicht davon ab, ihm die Kette um den Hals zu legen. Die Augen des alten Mannes waren feucht.

»Geh jetzt – geh zu Micay und deinen Kindern. Sag ihnen, sie sollen immer in unmittelbarer Nähe von Chuqui Huipa bleiben. Sie ist der einzige Mensch, den Huascar wirklich braucht.«

»Lebt wohl, Onkel«, murmelte Cusi mit halb erstickter Stimme. »Mögen die Götter uns ein Wiedersehen gewähren.«

Lloque faßte ihn leicht am Arm; dann drehte er sich wortlos um und ging zu der Gruppe, die am Rand der Straße Aufstellung nahm. Cusi verbarg die Obsidianscheibe in seiner Tunika, nahe bei seinem Herzen, und lief so schnell er konnte zu seinen Leuten zurück.

Die kleine Kolonne war bereits abmarschbereit, als Cusi erschien. Cahua sah ihn als erste von ihrem erhöhten Sitz in Chuquis Sänfte, und als er hochsprang, um ihr etwas ins Ohr zu flüstern, staunte Micay, wie gut Cusi springen konnte – das hatte sie völlig vergessen. Danach verabschiedete er sich von Quespi und ihren Kindern, hielt dabei aber ständig nach ihr Ausschau, und als ihre Blicke sich endlich trafen, durchfuhr es Micay glühendheiß. Dies war der Cusi, den sie verschollen geglaubt hatte, der Stärke und Leidenschaft ausstrahlte und nur sie suchte ...

»Siehst du, er geht doch mit uns nach Cuzco!« rief Sinchi seiner Schwester zu und zupfte Cusi heftig am Ärmel. Cusi wandte erst einen Moment später den Blick von Micay ab, um ihm zu antworten.

»Nicht sofort, mein Sohn. Quilaco und ich müssen hier das Kommando übernehmen.« Er zog sich mit einer schnellen Bewegung eine Kette über den Kopf, legte sie Sinchi um den Hals und sagte ihm mit einer innigen Umarmung etwas ins Ohr, wobei dieser aufmerksam zuhörte und nickte. Dann schloß er Micay in die Arme; sie preßte sich fest an ihn und ließ nicht locker, selbst als Chuqui ihr von der Sänfte herab eine Frage stellte.

»Warum haben die Führer dieser Aufspaltung zugestimmt?«

»Sie fürchten sich vor Huascar, Herrin«, antwortete Cusi an Micays Stelle. »Und sie glauben, auf diese Weise könnten sie ihn beschwichtigen.«

»Du bist offensichtlich anderer Meinung«, bemerkte Chuqui. Cusi zuckte nur die Achseln, ohne Micay loszulassen, die sich immer noch eng an ihn schmiegte.

»Lloque Yupanqui und ich waren dagegen; wir wollten, daß auch Euer Vater und seine Ehrengarde Euch begleiten. Aber Yasca und Colla Topa überließen diese Entscheidung dem Hohenpriester, und auch er wagte es nicht, Huascar zu trotzen.«

Plötzlich setzten sich die Träger in Bewegung. Cusi ließ Micay los, und sie schritten beide neben der Sänfte einher.

»Was hast du Sinchi gegeben?« wollte Cahua von Cusi wissen.

»Das war ein Geschenk von Onkel Lloque; etwas, das man mit niemandem teilen kann.« Um weiteren Fragen Cahuas auszuweichen, blickte Cusi schnell zu Sinchi.

»Ein Schutzgeist?« fragte Micay ihn leise.

»Ich weiß, er ist eigentlich noch zu jung dafür«, flüsterte Cusi ihr ins Ohr, »aber ich war es auch, damals – und ich denke, er sollte jetzt jeden Schutz bekommen, den er haben kann.«

Micay legte den Kopf auf seine Schulter; sie erahnte die Bedeutung des Geschenks. »Lloque fühlt, daß sein Tod nahe ist«, murmelte sie.

Cusi nickte. »Aber er ist zu sehr ein Inka, um es ihnen zu sagen. Er hat versucht, ihnen die Gefahr deutlich zu machen; doch sie wollten nicht auf ihn hören. Sie können nicht glauben, daß Huascar wirklich so weit gehen würde, ihnen etwas anzutun. Ich weiß auch nicht, ob ich es glauben soll ... Irgendwie hoffe ich die ganze Zeit, daß wir Lloques Traum falsch gedeutet haben.«

»Die Zeichen waren für uns alle unklar«, erinnerte Micay ihn.

»Ich wollte nicht auf sie achten«, sagte Cusi und schüttelte voller Selbstvorwürfe den Kopf. »Und jetzt ist mir nichts mehr wirklich klar, außer daß ich dich nicht allein nach Cuzco gehen lassen möchte.«

Tränen traten Micay in die Augen, und sie zog ihn heftig an sich. »Du darfst dir keine Vorwürfe machen. Du *darfst* es nicht! Was auch geschieht, ich bin überzeugt, daß dich keine Schuld trifft. Und du bist immer bei mir; du bist mir näher als ein Schutzgeist.«

Cusi preßte seine Lippen auf ihre Stirn, Augen und Wangen und wollte Micay umarmen, doch da tauchten Yasca und Quilaco vor ihnen auf. Yasca reihte sich neben Micay und Sinchi wieder in die Kolonne ein, während Quilaco sich einfach an Cusis Arm hängte, stehenblieb und Cusi dadurch aus dem Verbund der Marschierenden herauslöste. Cusi hielt die Hand an die Hüfte, wo unter dem Stoffband sein Schutzgeist verborgen lag, und winkte Micay nach mit einer quälenden Sehnsucht, die er nicht verbergen konnte.

Cusi war mitten in der Nacht zu dem Wachposten hinausgegangen, und dort traf Quilaco Yupanqui ihn in der Morgendämmerung an, hinter einen Felsen gekauert und mit Schild und Streitaxt bewaffnet.

»Der Mann, den du abgelöst hast, sagte mir, du wärst hier draußen«, sagte er vorsichtig, als Cusi aufstand, um ihn zu begrüßen. »Er konnte nicht verstehen, weshalb ein Kriegshäuptling freiwillig eine Wache übernimmt.«

»Ich wollte allein sein«, antwortete Cusi knapp.

Quilaco musterte ihn skeptisch. »Du siehst aus, als wolltest du im nächsten Augenblick jemanden töten«, stellte er dann fest. »Was ist los, Cusi?«

»Vielleicht muß ich das. Wenn ihnen irgend etwas zustößt…«

»Wem? Du wirst doch nicht glauben… Sie gehen mit der Coya und dem Hohenpriester, und Männer wie Yasca und Colla Topa sind bei ihnen. Huascar müßte verrückt sein, wenn er ihnen etwas antun wollte.«

»Richtig«, antwortete Cusi und nickte, um zu bekräftigen, daß er eben diese Möglichkeit nicht ausschloß.

Quilaco blickte unangenehm berührt zur Seite. »Hat dein Schützling dir schon Bericht erstattet?« fragte er dann.

»Noch nicht. Sie werden die Herden bald zur Tränke führen, dann hat er womöglich Gelegenheit, mit den Kriegern beim Tunnel zu reden und von ihnen etwas zu erfahren.«

»Ich glaube, da kommt er gerade«, meinte Quilaco und deutete mit dem Kinn den Hügel hinab, wo sich die Königsstraße wie ein breites Band über die Ebene und hinunter zum Fluß zog. Dort war jemand zu sehen, der auf sie zukam; Cusi schirmte mit der Hand die Augen ab, um besser zu sehen.

»Huaman Cachi würde nicht die Straße benutzen, wenn er etwas Wichtiges in Erfahrung gebracht hätte. Und diese Person ist auch zu schlank…«

»Es ist ein Palastbediensteter«, sagte Quilaco nach einer Pause, »er trägt die blaue Tracht.«

»Ja«, stimmte Cusi zu, »ein Junge. Er scheint sehr erschöpft zu sein. Gehen wir hinunter, um mit ihm zu reden.«

Als sie den Abstieg begannen, wiederholte Quilaco seine Frage. »Was ist mit dir los, Cusi? Du vermittelst wirklich den Eindruck, als würdest du sogar mich gleich angreifen, und dabei habe ich nicht einmal eine Waffe bei mir.«

»Ich habe die ganze Nacht darüber nachgedacht, daß ich möglicherweise meine Familie in den Tod geschickt habe«, erwiderte Cusi düster. »Was könnte schlimmer sein als das? Und wofür?«

Quilaco blickte ihn von der Seite an. »Ich dachte, ich hätte dich im Verlauf dieser Reise besser kennengelernt. Aber es überrascht mich, dich so voll Wut zu sehen, wenn dazu noch gar kein Anlaß besteht.«

Der Junge war von den Wachen an der Straße festgehalten worden, und nun waren sie nahe genug, um ihn zu erkennen.

»Es ist Huallpa«, sagte Cusi abrupt. »Yascas Adoptivsohn.«

»Er will nur mit Euch sprechen, Herr«, berichtete der eine Wachposten, als sie auf ihn zutraten. »Er behauptet, kein Bediensteter zu sein.«

Der Junge zitterte und rang nach Atem; seine Tunika war blutverschmiert, und er trug keine Sandalen. Cusi hatte den Eindruck, er
würde gleich anfangen zu weinen und legte beruhigend einen Arm
um ihn, doch obwohl Huallpa äußerst verstört wirkte, verlor er nicht
die Fassung.

»Du mußt uns sagen, was geschehen ist, Huallpa«, drängte Cusi.
»Wie bist du an die Uniform eines Palastbediensteten gekommen?«

»Mein Vater... er befahl mir, sie anzuziehen, damit ich nicht bemerkt werde. Und dann, als die Frauen und Kinder vorausgeschickt
wurden, sagte er, ich solle bei ihm bleiben. In Limatambo.«

»Wo ist dein Vater jetzt?«

Huallpa starrte Cusi mit weit aufgerissenen Augen an, ohne ihn
wahrzunehmen. »Tot. Sie sind alle tot. Wir kamen in einen Hof, und
auf einmal waren wir von Männern mit Speeren und Keulen und
Messern umringt. Mein Vater kämpfte mit ihnen, und sie töteten ihn.
Die anderen wurden so lange gefoltert, bis sie darum bettelten,
getötet zu werden.«

Nach einem Moment entsetzten Schweigens packte Quilaco einen
der Wachposten am Arm und schüttelte ihn.

»Suche Challcochima und Ucumari und hole sie hierher. Beeil
dich!«

»Hast du das gesehen, mein Sohn?« fragte Cusi leise Huallpa. Der
Junge erschauderte.

»Er sagte, wenn es zum Kampf käme, dürfe ich nicht bei ihm
bleiben. Ich solle fliehen und Euch Bescheid sagen.« Er sah zu
Boden. »Deshalb habe ich nicht mit ihm gekämpft.«

»Du hast ihn mit deinem Gehorsam geehrt. Wie bist du entkommen?«

»Die Bediensteten mußten die Leichen hinaustragen und sie über
einen Felsen hinunterwerfen.« Er hob seine blutverschmierten
Hände. »Ich half dabei, den Hohenpriester zu tragen. Sie lachten und
urinierten von dem Felsen auf ihn hinunter, und so bemerkten sie
nicht, wie ich weglief.«

Cusi und Quilaco warteten, bis Challcochima und Ucumari eingetroffen waren, und dann bat Quilaco den Jungen, seinen Bericht zu
wiederholen. »Kannst du uns auch sagen, ob den Frauen und Kindern
etwas zugestoßen ist?« fragte er schließlich.

»Sie sind in Limatambo gleich weitergegangen«, erwiderte Huallpa. Plötzlich flackerte Hoffnung in seinen Augen auf, als sei ihm
erst jetzt klargeworden, daß seine Mutter und seine Geschwister noch
am Leben sein könnten.

»Aber alle Führer wurden gefoltert und getötet«, fuhr Quilaco fort.

»Den Zauberer haben sie am Leben gelassen«, sagte Huallpa stirn-runzelnd. »Den mit der Pelzmütze. Er beschuldigte meinen Vater und die anderen, deshalb ließen sie ihn leben.«

»Titu Atauchi!« knurrte Cusi und bückte sich nach seiner Streitaxt und dem Schild. Dabei sah er, wie Huaman Cachi über den Hügel auf sie zugerannt kam, doch als er Huallpa erkannte, verfiel er mit gesenktem Kopf in einen langsamen Laufschritt, bis er vor ihnen stand.

»Ihr habt es also auch schon gehört«, wandte Huaman sich an Cusi, während er sich vor den anderen verbeugte. »Dort unten im Lager wissen es schon alle. Sie sagen, Huascar ließ Colla Topa und die anderen ermorden, weil sie sich gegen ihn verschworen hatten.«

»Da kommt jemand, um es uns offiziell mitzuteilen«, sagte Ucumari und sah auf. Eine kleine Abordnung Krieger mit goldenen Ohrpflöcken marschierte auf sie zu. Cusi zählte elf Männer; ihr Anführer trug den goldenen Sonnenschild eines Kriegshäuptlings.

»Sag den Kommandeuren der Nachhut Bescheid«, befahl Quilaco Huaman Cachi. »Sie sollen ihre Truppen marschbereit machen.«

»Tarapaca und einige der Hauptleute sollen hierherkommen«, fügte Cusi hinzu, »mit ihren Waffen.«

»Wohin sollen die Truppen marschieren?« wandte sich Challcochima an Quilaco, nachdem Huaman losgelaufen war. »Vorwärts oder zurück?«

»Wir können Cuzco nicht angreifen«, entgegnete Quilaco nüchtern.

»Cuzco hat uns angegriffen!« schnaubte Challcochima.

»Wir haben einfach nicht genügend Männer«, warf Ucumari ein. »Die meisten von denen, auf die wir uns verlassen könnten, sind mit Quizquiz nach Quito zurückmarschiert. Der Rest wird sich in zwei Lager aufspalten.«

»Dann müssen wir zurückgehen«, folgerte Quilaco.

»Meine Frau und meine Kinder sind bei Chuqui Huipa!«, protestierte Challcochima.

Cusi schloß sich seinem Einwand an. »Meine auch«, murrte er.

»Ja, meine beiden Töchter sind ebenfalls bei ihr«, beschwichtigte sie Quilaco. »Aber im Augenblick können wir sie nicht retten, und es wird ihnen nicht helfen, wenn wir unser Leben in einem sinnlosen Versuch wegwerfen. Wir müssen zurück nach Quito und dort abwarten.«

»Quizquiz hat recht gehabt«, murmelte Challcochima, aber niemand versuchte mehr, Quilaco umzustimmen. Gleich darauf stießen Tarapaca und einige andere Hauptleute zu ihnen, von denen einer dem unbewaffneten Quilaco einen Speer überreichte, und kurze Zeit später war die Delegation von Ohrpflöcken bei ihnen angelangt. Cusi bedeutete Huallpa, direkt hinter ihm zu bleiben, während die Männer Aufstellung nahmen.

Der Anführer der Gruppe war Atoc, ein weiterer von Huascars Halbbrüdern mit demselben kräftigen, gedrungenen Körperbau. Er trug einen kurzen Amtsstab in Huascars persönlichen Farben blau, gelb und rot und hielt sich nicht damit auf, sich vorzustellen.

»Ich bin gekommen, um euch davon in Kenntnis zu setzen, daß unter euren Führern eine Verschwörung gegen den Sapa Inca aufgedeckt wurde. Die Verräter waren geständig, bevor sie starben. Ich entbinde euch hiermit von eurem Kommando. Neue Kommandeure werden in Bälde hier eintreffen, um eure Männer zu übernehmen.«

Quilaco starrte ihn einen Augenblick lang an und sah dann zu Cusi, der ihn mit einem Kopfnicken aufforderte, das Wort zu ergreifen.

»Ihr sprecht von den ranghöchsten Inka königlichen Geblüts – jenen, die Huayna Capac am nächsten standen, und die er am meisten achtete. Sie sind hierhergekommen, um seinem Sohn Huascar den Fransensaum zu übergeben. Nun aber wird er ihn nie bekommen.«

»Sie waren Verräter«, hielt Atoc ihm unverblümt entgegen. »Wir haben ihre Geständnisse gehört, und außerdem haben wir einen Mann, der die Verschwörung bestätigen wird.«

Cusi stellte sich auf die Zehenspitzen und holte mit der Streitaxt zu einem lauten Schlag gegen seinen Schild aus, der alle zusammenfahren und Kampfstellung einnehmen ließ. »Es gab keine Verschwörung!« fauchte er den Kriegshäuptling an. »Ihr habt sie gefoltert und dann umgebracht. Sie hatten nichts zu gestehen.«

Atoc blickte finster in seine Richtung, ohne ihm jedoch in die Augen zu sehen. Statt dessen hielt er seinen Amtsstab hoch und wandte sich wieder an Quilaco.

»Du hast einen Befehl von deinem Herrscher erhalten. Wie lautet deine Antwort?«

Cusi spürte, wie jemand ihn von hinten festhielt, noch bevor er merkte, daß er unwillkürlich vorgetreten war, bereit, mit der Waffe zu antworten. Challcochima lachte verächtlich.

»Unsere Antwort ist, daß Ihr besser sofort geht, denn ansonsten werdet Ihr auf der Stelle sterben!«

»Das ist Verrat!« warnte Atoc.

Quilaco klopfte mit dem Schaftende seines Speers auf die Erde. »Wir stehen zu Huayna Capac, und Ihr habt all jene ermordet, die für ihn sprachen und das Gedenken an seine Taten mit sich trugen. Ihr habt ein Verbrechen begangen, das weit schlimmer ist als Verrat – maßt Euch also nicht an, uns zu beschuldigen!«

»Man wird euch bestrafen...«

»Ich hoffe nur, daß sie diese Aufgabe *Euch* übertragen werden!« höhnte Challcochima. Atoc machte abrupt kehrt und führte seine Männer ohne ein weiteres Wort zurück.

»Wir hätten sie gleich töten sollen«, murrte Cusi, als er losgelassen wurde. »Welche Chance haben sie Lloque und den anderen gegeben?«

»Jetzt ist nicht die Zeit, um Rache zu üben«, erwiderte Quilaco. Dann wandte er sich an die Hauptleute. »Sammelt alle, die bereit und fähig sind, mit uns zurückzumarschieren. Teilt ihnen mit, was Huascar getan hat, und sagt ihnen, daß Atahualpa sie für ihre Treue belohnen wird. Sie sollen so viele Vorräte und zusätzliche Waffen mitnehmen, wie sie tragen können.«

Tarapaca wartete, um mit Cusi und Huallpa zu gehen. Über den Kopf des Jungen hinweg beobachtete er Cusi so lange, bis dieser seinem fragenden Blick begegnete.

»Ja«, sagte Cusi heftig, »mein Zorn ist zurückgekehrt!«

Tarapaca lächelte und klopfte mit dem Speer auf seinen Schild. »Vielleicht werden die Falken wieder fliegen«, meinte er.

»Vielleicht«, antwortete Cusi und sah über die Schulter zurück. »Aber es muß weit weg von hier sein.« Er seufzte laut. »Wie lange wird es wohl dieses Mal dauern?«

»Kann ich mit Euch gehen?« fragte Huallpa leise. Cusi nickte zustimmend. »Du bist unser einziger Zeuge für dieses Verbrechen. Du mußt mit uns kommen.«

»Ich will zurückkommen und sie töten!« stieß der Junge hervor, und nun begann er zum erstenmal zu weinen. »Für meinen Vater...«

Cusi blickte zu Tarapaca und dann auf die Straße vor ihnen und dachte daran, wieviele Monate es allein dauern würde, bis sie Quito erreichten.

»Wir werden zurückkommen, Huallpa«, versprach er, »und wir werden deinen Vater und meinen Onkel rächen. Wie lange es auch dauern mag, wir werden nicht vergessen, was wir ihnen schuldig sind.«

»Nie!« schwor Huallpa. »Nie!«

Cuzco

Außerhalb des Anwesens der Coya wurde schon seit drei Tagen gefeiert; ständig drangen Musik und Gesänge zu ihnen herüber. Aber die Coya und ihr Gefolge hatten, abgesehen von ihrer Unterkunft, bislang noch nichts von Cuzco gesehen, denn sie waren bei Dunkelheit in die Stadt gekommen, und noch bevor sie sich am nächsten Morgen aufmachen konnten, hatten sie erfahren, daß Lloque, Yasca und die anderen Männer ermordet worden waren. Die Coya war zunächst sprachlos vor Entsetzen. Wutentbrannt warf sie sämtliche Bedienstete hinaus, die Huascar ihr zugewiesen hatte, und begnügte sich mit jenen, die sie aus dem Norden mitgebracht hatte. Als nächstes befahl sie Rimachi, das Tor zu ihrem Anwesen zu schließen und sämtliche Boten abzuweisen, darunter auch einen Sonnenpriester, der eine Einladung Huascars zu dem Willkommensfest überbringen wollte, das er für sie und Huayna Capac vorbereitet hatte.

Aber die abweisende Haltung der Coya schien Huascar nicht zu beeindrucken, und diese Tatsache beunruhigte Micay fast ebenso wie die Morde selbst. Was war das für ein Mensch, der sich so schamlos die Hände mit Blut besudeln konnte, um sie schon im nächsten Augenblick zum Gruß auszustrecken? Und wem galt sein Willkommen? Micay mochte nicht glauben, daß Cusi und die anderen Krieger nur demütig dem Beispiel ihrer Führer gefolgt waren, aber offenbar hatten sie Huascar auch nicht herausgefordert. Doch durch die verschlossenen Tore drangen keinerlei Nachrichten zu ihnen.

Gemessen an den Verhältnissen in Tumibamba und Quito war das innere Anwesen, das Chuqui Huipa und ihrem Gefolge zugeteilt worden war, klein und beengt, aber die Frauen waren zu entsetzt, um sich darüber zu beschweren. Sie saßen nur tatenlos herum und hörten die Klagen all jener, die Opfer des Massakers in ihrer Familie zu beklagen hatten, wie etwa Quespi. Um ihre eigene Angst zu überwinden, kochte Micay Kokatee und teilte ihn mit Machacuays Hilfe an ihre Gefährtinnen aus. Sie spürte, daß ihr Gehilfe unter diesen Verhältnissen mehr Zuwendung brauchte als selbst die Kinder, denn er fühlte sich zu sehr an seine schlimme Zeit in Quito erinnert und drohte immer wieder in Ohnmacht zu fallen.

Während sie gemeinsam Tee ausschenkten, merkte Micay an Machacuays unkontrollierten Bewegungen, daß ein solcher Anfall wieder bevorstand. Sie nahm ihm den Topf aus den Händen, bedeutete ihm, sich hinzusetzen und gab ihm eine Kürbiskelle voll zu trinken.

»Das hilft dir, wieder Mut zu fassen«, tröstete sie ihn.

Nach einer zweiten Kelle beruhigte Machacuay sich merklich.

»Vergebt mir, Herrin«, murmelte er. »Ich möchte Euch nicht enttäuschen.«

»Du hast mich noch nie enttäuscht«, erwiderte Micay überzeugt. »Ich verlasse mich auf dich wie auf einen Kameraden. Vor allem jetzt, wo ich so wenige habe.«

»Ich kann nicht viel tun, Herrin, gemessen an dem, was Ihr für mich getan habt.«

Micay schüttelte den Kopf. »Das stimmt nicht. Ich vertraue dir meine Kinder an, und sie bedeuten mir mehr als alles andere auf der Welt. Aber du mußt noch etwas für mich tun.«

»Was immer Ihr wollt, Herrin«, erwiderte Machacuay.

»Du mußt mir glauben, daß es dein eigener Mut war, der dich in Quito am Leben erhielt. Daran mußt du wirklich glauben, und dieser Gedanke wird dich beruhigen, so oft du Panik bekommst und die Ohnmacht dich überfallen will. Ich erlaube dir, alles, was du gerade tust, zu unterbrechen und dich einfach hinzusetzen, bis die Furcht wieder verschwindet.«

Machacuay blinzelte zuerst, aber dann begann er zu verstehen und verbeugte sich. »So etwas ist mir noch nie aufgetragen worden, Herrin, aber ich werde alles versuchen, um mich danach zu richten«, sagte er.

Bevor Micay ihm antworten konnte, erschien Rimachi im Hof. Er trug keine Uniform, sondern eine neue, gestreifte Tunika und dazu einige rote Perlenketten um den Hals. Sein schlendernder Gang, das breite Grinsen und der Becher aus einem Pumakopf, den er in der Hand hielt, verrieten, daß er ziemlich betrunken war.

Er wurde sofort von Frauen umringt, die ihn mit Fragen über den Verbleib von Angehörigen bedrängten, und an den erleichterten und freudigen Reaktionen erkannte Micay, daß außer den schon bekannten Opfern niemand mehr ums Leben gekommen war.

Chuqui und Cahua hatten sich zu Micay gesellt, und jetzt kam Rimachi über den Hof auf die drei zu.

»Meine Damen«, begann er, »ich habe Nachricht über Eure Ehemänner und Väter. Ich wurde zu Huascars Fest beordert, wo ich mit anderen Teilnehmern des Leichenzuges sprach – die nach uns in die Stadt kamen. Sie haben mir von den Männern erzählt, die sich Huascars Befehl widersetzten und nach Quito zurückgingen. Natürlich gehörten Cusi Huaman und Quilaco Yupanqui zu ihren Anführern. Angeblich schlossen sich die meisten Krieger ihnen an.«

»Vater ist in Sicherheit, Cisa!« flüsterte Coca ihrer Schwester zu, die es ihrerseits Cahua ins Ohr raunte.

»Meiner auch«, kommentierte Cahua die Nachricht trocken und brachte Rimachi damit zum Lachen.

»Jedenfalls ist er nicht hier«, meinte er.

Plötzlich ließ sich Quespi händeringend vor Rimachi auf die Knie fallen. »Was ist mit meinem Sohn?« fragte sie verzweifelt. »Was ist mit Huallpa?«

Rimachi zuckte überrascht zurück; er schien weder sie noch den Namen ihres Sohnes zu erkennen. Aber dann schlug er sich auf die Stirn und schüttelte entschuldigend den Kopf.

»Verzeiht mir, Quespi, das hätte ich natürlich sofort sagen sollen. Cusi ließ mir von einem Mitglied der Ehrengarde eine Nachricht übermitteln. Er sagt, daß Huallpa bei ihm und seinen Kameraden ist und daß sie alle zurückkommen werden. Euer Sohn ist in Sicherheit.«

Quespi stieß einen Schrei aus; dann kauerte sie sich auf die Erde und schlug schluchzend die Hände vor das Gesicht. Micay setzte sich neben sie.

»Dein Bruder lebt«, wandte sie sich an Yutu, die offenbar zu verstört war, um weinen zu können. Yutu nickte und streichelte ihrer Mutter tröstend über den Rücken. Micay blickte zu Rimachi, der sich ebenfalls gebückt hatte und seinen Sohn im Arm hielt.

»Ich nehme Topa mit«, murmelte er.

»Habt Ihr ein eigenes Quartier?« fragte Micay.

»Ich habe ein ganzes Anwesen. Dazu Bedienstete und eine Erwählte Frau als Gemahlin.«

»Ihr habt auch eine Tunika aus Vikunjawolle und schöne rote Perlen«, fügte Chuqui hinzu. »Und einen Becher von Huascar persönlich.«

Rimachi starrte sie mit glasigen Augen an; plötzlich schien er wieder sehr betrunken. »Ja... auch das. Alles, was ein Mann sich wünscht.«

»Darauf müßt Ihr sehr stolz sein. Huascar ist nicht gerade berühmt für seine Großzügigkeit.«

»Er muß wenigstens *ein paar* Freunde haben, jetzt, da ihn die Inka alle fürchten und ihm mißtrauen. Er war auch den Chachapoyas gegenüber großzügig.«

»Heißt das, Ihr seid sein Freund?« hakte Chuqui nach.

Rimachi stand schwankend auf und rückte sein aus Weidenruten geflochtenes Stirnband zurecht. Dann atmete er tief ein, preßte die Lippen zusammen, als wollte er seine Worte zurückhalten, und atmete schließlich langsam wieder aus.

»Herrin, in dieser Stadt ist man entweder Huascars Freund oder sein Feind – und was er mit seinen Feinden macht, haben wir gesehen. Und deshalb sage ich Euch, daß ich seine Gunstbezeigungen mit Stolz entgegennehme.«

»Ihr seid betrunken, Rimachi!« herrschte Micay ihn wütend an. »Bestimmt habt Ihr allen Grund dazu, aber dies ist weder die Zeit noch der Ort, um Euch für erhaltene Gunstbezeigungen zu rühmen. Wartet damit, bis wir die Erlaubnis haben, von hier wegzugehen und Euch und Eure Erwählte Frau besuchen zu dürfen!«

Rimachi wich ihrem Blick aus und murmelte eine Entschuldigung. Dann wandte er sich zum Gehen, drehte sich aber plötzlich noch einmal um und starrte mit erhobenem Finger auf Micay.

»Ich habe noch etwas auf dem Fest gehört«, sagte er. »Amaru ist hier. Huascar hat ihn hierbehalten, um ihn an dem Palast arbeiten zu lassen, den er auf dem Collcampata baut.«

Damit schritt er auf den Ausgang zu. Cahua sah zu Chuqui und Micay auf.

»Wann können wir zu einem Fest gehen?« wollte sie wissen.

»Wenn wir es nicht mehr vermeiden können«, antwortete Chuqui tonlos und blickte resigniert zu Micay. »Wenn wir an der Reihe sind, seine Gunstbezeigungen entgegenzunehmen …«

Einen Tag, nachdem die Feierlichkeiten im Palast endlich vorüber waren, erschienen die ersten Gesandten Huascars bei der Coya mit Geschenken und der förmlichen Bitte um die Hand ihrer Tochter Chuqui Huipa. Rahua Ocllo weigerte sich, sie zu empfangen, doch sie ließ sich das Anliegen der Emissäre von Rimachi mitteilen. Auch an den beiden folgenden Tagen schickte Huascar Gesandte, aber seine Mutter blieb unerbittlich. Am Morgen des vierten Tages schließlich ließ er die Nachricht überbringen, daß er sie persönlich aufsuchen werde.

Daraufhin bestellte die Coya sofort Chuqui zu sich, und kurz darauf auch Micay, mit der Bitte, ihren Medizinbeutel mitzubringen. Micay traf die beiden Frauen jedoch gesund im Haus der Coya an. Allerdings waren die Fenster verhangen und der Raum fast leer, und Chuqui ließ nichts von ihren üblichen Ressentiments gegen ihre Mutter erkennen. Micay entbot eine Mocha an Rahua Ocllo und befolgte ihre Aufforderung, neben Chuqui Platz zu nehmen.

»Ich möchte, daß du ein Gift für uns bereitest, Micay«, begann sie unumwunden. »Etwas, das schnell und unwiderruflich wirkt. Chuqui sagt, du könntest so etwas machen.«

»Du hast mir einmal erzählt, du hättest Oleanderblüten«, erinnerte Chuqui sie, »aber du würdest sie gut verborgen aufbewahren.«

»Das ist richtig«, gab Micay zu. »Es ist eine tödliche Pflanze, und nur die Samen können ohne Bedenken benutzt werden. Ich möchte nicht, daß diese Dinge Kindern in die Hände fallen oder jemandem, der zornig und außer sich ist.«

»Ich bin beides«, sagte die Coya, »aber ich habe nicht den Wunsch, mir oder sonst einem Menschen ein Ende zu bereiten. Ich will das Gift als Waffe einsetzen, Micay. Ohne uns ist Huascar nichts, und ich will ihm beibringen, daß er genau das erhält, wenn er versucht, Chuqui mit Gewalt zu nehmen, nämlich nichts.«

Micay sah sie nachdenklich an, verwirrt von dieser Forderung, aber gleichzeitig ermutigt durch die Tatsache, daß Rahua Ocllo sich entschlossen hatte zu kämpfen. Zwar wollte sie in keiner Weise mit Gift in Zusammenhang gebracht werden, aber andererseits konnte sie der Coya nicht das Recht verwehren, sich zu verteidigen. Nach einem prüfenden Blick auf Chuqui erklärte sie sich deshalb einverstanden.

»Ich werde Euch das Gift geben, Herrin. Aber Ihr müßt mir versichern, daß es nicht gegen einen anderen Menschen eingesetzt wird ... oder aus Verzweiflung.«

»In diesem Punkt sind wir einer Meinung, Micay«, erklärte Chuqui. »Aber wir müssen alles tun, was in unserer Macht steht, damit er uns respektvoll behandelt. Das hast du mir selbst in Vilcashuaman gesagt.«

»Ich weiß. Wie wollt Ihr das Gift bei Euch tragen?«

»Hierin«, antwortete die Coya und holte zwei kleine silberne Kalkasche-Behälter hervor, die an feinen Silberkettchen hingen. »Wir werden sie um den Hals tragen, damit Huascar sie sieht und wir sie immer griffbereit haben.«

Micay suchte in ihrem Medizinbeutel und wunderte sich dabei, wie schnell sie zugestimmt hatte. Doch der Gedanke daran, was Huascar Lloque angetan hatte, ließ sie jegliche Skrupel schnell vergessen. Sie holte das Gift hervor und sagte sich, daß dies eben die Welt war, in der sie nun lebte – eine Welt, in der die Mutter aller Inka sich mit Gift bewaffnete, wenn sie sich aufmachte, um ihren Sohn zu begrüßen.

Rimachi und die anderen Wachen entboten kniend eine Mocha, als Huascars Sänfte, begleitet von einem großen Gefolge von Priestern, Beamten und Cañari-Kriegern, vor dem Eingang zum Stillstand kam. Huascar trat auf die Straße; Gold funkelte ihm an Ohren, Hals und Handgelenken, der bunte Fransensaum des Herrschers prangte auf seiner Stirn, und auf seiner hellblauen Tunika schillerten kostbare Federn. Ohne die Menschen zu beachten, die sich vor ihm verbeugten, schritt er auf das Tor zu. Aber als er die Frauen sah, die ihn auf der anderen Seite des Eingangs erwarteten, blieb er abrupt stehen und stutzte.

»Mutter«, stieß er atemlos hervor, als würde ihm erst in diesem Augenblick bewußt, wer die Coya war. Rahua Ocllo hatte sich schlicht gekleidet und gekonnt geschminkt, um jünger zu wirken. Neben ihr stand Chuqui und hinter ihnen eine Gruppe von Frauen aus beider Gefolge.

»Komm nicht näher, Huascar!« befahl die Coya. »Deine Hände sind besudelt mit dem Blut deiner Verwandten. Du hast deinen Vater entehrt und dich selbst entwürdigt.«

Huascar blickte voller Unschuld auf seine Hände. Micay war verblüfft, wie jugendlich er wirkte, obwohl er nur ein paar Jahre jünger war als Cusi, den sie nicht mehr für jung hielt. Aber dann sprach er mit einer Sicherheit, die weder Unschuld noch Jugend ausstrahlte.

»Sie haben sich gegen mich verschworen, und sie kamen mit einer Armee anstatt einer Ehrengarde. Ich habe lediglich getan, was zu meiner und Cuzcos Verteidigung notwendig war. Die Strafe für Verrat ist – wie Ihr wißt – der Tod.«

»Das ist Unsinn«, erwiderte die Coya unumwunden. »Du hast den Hohenpriester und die Erinnerer deines Vaters getötet. Wer wird nun seine Balladen singen?«

»Wir kennen seine Gesänge«, beharrte Huascar. »Sie wurden zu uns geschickt, und wir haben sie aufbewahrt.«

»Nicht die seiner letzten Tage.«

Huascar wurde zornig. »In seinen letzten Tagen hat er mich verleugnet! Sicherlich hatte die Krankheit ihm den Verstand geraubt. Und wer war es, der ihn dazu überredete, Ninan Cuyochi an meiner Statt zum Thronfolger zu erklären? Ebendiese Männer! Und jetzt dienen sie Atahualpa... oder sie würden ihm dienen, wenn ich sie hätte gewähren lassen. Das ist es, was ich von seinen letzten Tagen weiß, und mehr will ich nicht wissen!«

Micay beobachtete, wie Chuqui nach dem kleinen Kalkasche-Behälter griff, der zwischen ihren Brüsten hing. Doch Huascars Zorn schien plötzlich verraucht, und er fuhr ruhig fort.

»Aber ich bin nicht hier, um darüber zu sprechen, Mutter. Ich bin gekommen, weil ich um die Hand meiner Schwester anhalten will, wie es der Brauch vom Sapa Inca erfordert.«

»Du hast unseren Bräuchen den Todesstoß versetzt«, entgegnete Rahua Ocllo abweisend. »Du hast keine Achtung gezeigt für das, was dir heilig sein sollte. Du bist nicht mehr mein Sohn, und ich werde dir meine Tochter nicht geben.«

»Aber Ihr müßt!« schrie Huascar. In seiner Stimme lag mehr Fassungslosigkeit als Wut. »Ihr wißt, daß ich zum Sapa Inca bestimmt bin. Es wurde schon vor meiner Geburt prophezeit, und als die Götter den Thronräuber in Quito zu sich nahmen, haben sie noch einmal gesprochen. Sie werden nicht zulassen, daß mir das gestohlen wird, was mir rechtmäßig zusteht.«

»Nur ich kann Chuqui einem Mann zur Gemahlin geben«, antwortete die Coya unbeirrt, »und falls du oder irgend jemand sonst versucht, sie gegen meinen Willen zu nehmen, wirst du für unser beider Tod verantwortlich sein.«

Huascar warf ungläubig die Arme hoch. »Das kann nicht Euer Ernst sein! Ich habe alles getan, was man vom Thronfolger verlangen kann ... Ich habe es mir verdient! Mutter ... Ihr müßt einsehen, daß es unvermeidlich ist ...«

»Ich sehe nur, daß du keinerlei Schamgefühl besitzt. Geh jetzt, und komm nicht wieder, bis du deine Verbrechen bereut hast. Du wirst meine Vergebung und mein Vertrauen nicht mit Entschuldigungen gewinnen.«

Wütend und enttäuscht rang Huascar die Hände und starrte seiner Mutter ins Gesicht.

»Glaubt nicht, daß Ihr sie einem anderen geben könnt!« fauchte er nach einer langen Pause. Dann machte er abrupt kehrt, schritt zu seiner Sänfte zurück und klatschte als Zeichen zum Aufbruch in die Hände. Als die Straße sich leerte, atmeten die Frauen hinter dem Eingang auf. Rahua Ocllo blieb noch eine Weile wie geistesabwesend stehen und wandte sich dann Chuqui zu. Ihre Gesichtszüge waren hart, und auch die perfekt aufgetragene Schminke konnte die Falten in ihrem Gesicht jetzt nicht mehr verbergen.

»Er ist älter geworden, aber er ist immer noch das gleiche Kind, das ich vor siebzehn Jahren hier zurückließ«, sagte sie verbittert. »Er besitzt nicht die Demut zu bereuen, aber auch nicht die Klugheit zu wissen, daß er bereuen sollte.«

»Was ... was habt Ihr dann damit gewonnen, daß Ihr ihn abgewiesen habt?« fragte Chuqui.

»Möglicherweise gar nichts«, gab die Coya zu. »Er haßt es, wenn man sich gegen ihn stellt, aber es ist die einzige Art und Weise, ihn zur Vernunft zu bringen. Jetzt muß er mit mir rechnen, und selbst wenn ich keinen Einfluß auf ihn ausüben kann – vielleicht erreiche ich wenigstens, daß er sich selbst etwas beweisen möchte. Bevor ich mit ihm fertig bin, wird er jedenfalls erfahren haben, wie bedeutsam diese Ehe für ihn ist. Er wird nie vergessen, wie schwer es für ihn war, dich zu gewinnen.«

»Dann ist es also doch unvermeidlich«, seufzte Chuqui.

Rahua Ocllo schüttelte den Kopf. »Deine Waffe hast du nach wie vor, und du kannst sie einsetzen, wann immer du willst. Aber falls du sie nicht gebrauchen wirst ... ja, dann werde ich mich irgendwann von Huascar überreden lassen – wenn es für dich am vorteilhaftesten erscheint. Ich werde sogar weinen und vorgeben, ihm zu verzeihen.«

Sie machte eine Pause und fletschte wütend die Zähne. »Aber ich werde ihm niemals verzeihen, Chuqui, und du solltest ihm nie trauen!«

Sie spie in Richtung auf das Tor, was alle Anwesenden schockiert zusammenfahren ließ, und dann wirbelte sie herum und schritt entschlossen auf ihr Haus zu. Die Frauen folgten ihr; Chuqui starrte mit weit aufgerissenen Augen auf Micay und Cori Cuillor.

»Wird uns das helfen oder eher schaden?« fragte sie.

»Er hat ihr gehorcht«, gab Cori Cuillor zu bedenken. »Er hat nicht versucht, Euch mit Gewalt zu seiner Frau zu machen.«

»Vielleicht hätte er es versuchen sollen«, murmelte Chuqui düster. »Was meinst du, Micay?«

»Die Coya hat sich entschlossen zu kämpfen«, erwiderte Micay achselzuckend. »Ich glaube, weder du noch Huascar könnte sie jetzt noch aufhalten. Aber es bietet dir vielleicht eine Gelegenheit, ihn besser kennenzulernen, bevor du seine Frau wirst.«

Chuqui murrte verächtlich und griff nach dem silbernen Behälter auf ihrer Brust. Dann zuckte auch sie die Achseln. »Es ist eine schlechte Waffe«, sagte sie. »Aber vielleicht hat meine Mutter ja noch andere, die sie bisher nicht gezeigt hat – solche, die den Menschen, der sie benutzt, nicht umbringen. Wir werden sehen, ob man von ihr überhaupt etwas über Kämpfen lernen kann...«

Huascar unternahm noch zwei weitere vergebliche Versuche, sich gegen die Coya durchzusetzen. Beide Male war er zum Äußersten entschlossen, aber beide Male verließ er ihr Anwesen zaudernd, in tiefe Selbstzweifel und Verwirrung gestürzt und ohne die Erlaubnis, Chuqui heiraten zu dürfen. Nach dem letzten Besuch kündigte er an, er werde sich in den Coricancha zurückziehen, um zu fasten und zu beten und seinen Vater Inti um Rat zu bitten. Er teilte dies in einem trotzigen Ton mit, als habe er damit einen Weg gefunden, die Argumente seiner Mutter zu umgehen, doch in Wahrheit war sie es, die ihn auf diesen Gedanken gebracht hatte.

Daraufhin zog sich auch Chuqui zurück; sie nahm ihre Mahlzeiten nur noch alleine ein und verließ kaum mehr das Haus, so daß Micay erst einige Tage später Gelegenheit fand, mit ihr zu sprechen.

»Wenn ich ihn so sehr hassen würde wie meine Mutter, wäre es völlig sinnlos zu versuchen, mit ihm zusammenzuleben«, bemerkte Chuqui, als sie über Huascars Besuche bei Rahua Ocllo sprachen.

»Dann hast du ja schon etwas von ihr gelernt«, folgerte Micay. »Siehst du denn eine andere Möglichkeit, mit ihm zusammenzuleben?«

Chuqui sah sie argwöhnisch an und spielte mit dem kleinen silbernen Behälter auf ihrer Brust. »Sie hat alle seine Fehler und Schwächen bloßgelegt, und er konnte zu seiner Rechtfertigung nur wenige Tugenden vorweisen. Aber als er davon sprach, wie häufig und wie lange er in seinem Leben warten mußte, und wie verlassen und nicht anerkannt er sich oft fühlte… da verstand ich ihn genau, und mir wurde bewußt, daß meine Mutter diese Worte gar nicht hören wollte. Das hat sie auch mit mir jahrelang so gemacht.«

»Auch in Verständnis und Sympathie liegt Macht«, erwiderte Micay leise. »Vielleicht sogar für Huascar.«

»Du klingst nicht sehr überzeugt.«

»Ich habe ihn gehaßt, als er zu verteidigen versuchte, was er Lloque und Yasca angetan hat«, räumte Micay ein. »Und aus diesem Grunde werde ich ihm nie vertrauen. Aber in der Auseinandersetzung mit deiner Mutter tat er mir leid. Als sie schließlich freundlich auf ihn einging, wollte er so sehr daran glauben, daß ihre Zuneigung und Sympathie nicht gespielt waren.«

»Dieses Gefühl kenne ich auch«, erklärte Chuqui und nahm Micays Hand. »Sind wir also einer Meinung, daß ich die Waffen meiner Mutter nicht einsetzen kann? Wirst du mir helfen, mich auf andere Art und Weise mit ihm auseinanderzusetzen?«

»Ich werde dir helfen«, versprach Micay, und Chuqui seufzte erleichtert auf.

»Dann müssen wir uns vorbereiten. Wenn er wiederkommt, werde ich mit ihm gehen, ob es meiner Mutter paßt oder nicht. Es ist Zeit für sie, den Platz zu räumen; ich habe lange genug darauf gewartet, die Coya zu werden.«

Bei Sonnenuntergang des vierten Tages kam Huascar mit den Göttern der Inka zum Anwesen der Coya. Rahua Ocllo war durch einen Wachposten vorgewarnt worden, so daß die Frauen samt Kindern bei Ankunft der Prozession bereits im Vorhof versammelt waren. Zum Klang von Muschelhörnern trugen vier junge Priester die Sänfte mit dem Bildnis Apu Intis durch das Tor, gefolgt von Mama Quilla, Illapa und, in einigem Abstand, dem Morgenstern und dem Regenbogen. Die Sänften waren so reich mit Gold, Silber, Edelsteinen und kostbaren Federn verziert, daß die Statuen hauptsächlich wegen ihrer Größe auffielen: Apu Inti war ein riesiger, massiv goldener Kopf mit einem Strahlenkranz, Mama Quilla eine Silberscheibe und Illapa ein Krieger mit goldenen Flügeln, der einen Speer und eine Schleuder schwang.

Micay bemerkte, daß Sinchi und Cahua dieses ehrfurchtgebietende Schauspiel gebannt und ohne jede Scheu verfolgten, aber sie sagte nichts. Vielleicht würden sie nie mehr Gelegenheit haben, die Götter so nahe zu sehen, denn selbst von den Inka königlichen Geblüts war es nur wenigen erlaubt, den Coricancha zu betreten. Aber die Priester und Mamacona, die die Götter begleiteten, waren großmütig und deuteten die Neugier der Kinder nicht als mangelnden Respekt. Diejenigen, die nach vorn traten, um mit Rahua Ocllo zu sprechen, waren ausnahmslos weißhaarige Älteste, aber sie machten alle einen lebhaften und erfreuten Eindruck und schienen ernster Feierlichkeit nicht sehr zugeneigt. Sie waren zwar gekommen, um anstelle Huascars mit der Coya zu sprechen, aber in ihrem Ausdruck lag mehr Dankbarkeit als eindringliches Flehen, und die Achtung, die sie ihr entgegenbrachten, hatte nichts Steifes und Förmliches an sich, sondern sie war herzlich und persönlich.

Huascar war nicht anwesend, und sein Name tauchte in der Unterhaltung kaum auf; das Gespräch handelte vor allem davon, wie sehr Cuzco die Coya, die das Herz des sozialen und zeremoniellen Lebens der Inka verkörperte, vermißt hatte. Aus einigen Bemerkungen konnte Micay heraushören, daß Huascar die Priester und Mamacona vernachlässigte, was deren große Dankbarkeit gegenüber Rahua Ocllo erklärte. Zweifellos hatte er als Gegenleistung für das ungewöhnliche Entgegenkommen, das dieser Besuch bedeutete, versprechen müssen, ihnen künftig mehr Aufmerksamkeit zu schenken.

Die Coya hatte offenbar schon bald vergessen, Chuqui in das Gespräch miteinzubeziehen; trotzdem gelangten alle Anwesenden mehr und mehr zu der Annahme, daß die Heirat nun in die Wege geleitet war. Micay blickte zu ihrer Freundin hinüber und sah ein spöttisches Lächeln um ihre Lippen spielen.

»Es ist allzu lange her, seit das Haus von Mama Quilla durch die Anwesenheit der Coya geehrt wurde«, sagte die Erste Mamacona gerade. »Und wir haben schon keine Hohepriesterin mehr, seit die Krankheit Mama Coca und ihre beiden Nachfolgerinnen hinwegraffte.«

Noch ehe Rahua Ocllo antworten konnte, trat Chuqui vor und verbeugte sich. »Wenn ich die Coya bin, Herrin, werde ich kommen und Euch besuchen. Und ich werde meinen Gemahl und den Hohenpriester drängen, eine neue Hohepriesterin zu ernennen.«

Die Priesterin blickte zu Rahua Ocllo und verbeugte sich dann vor Chuqui; die anderen Priester und Mamacona folgten ihrem Beispiel.

»Bevor wir in die Heirat einwilligen, muß ich noch einmal mit Huascar reden«, wandte Rahua Ocllo ein.

»Ich habe bereits eingewilligt«, erklärte Chuqui. »Falls Huascar draußen wartet, soll man mich zu ihm bringen, dann werde ich mit ihm zurückkommen, damit wir gemeinsam Euren Segen empfangen.«

»Er wartet«, erklärte die Priesterin Mama Quillas mit einem weiteren fragenden Blick auf die Coya.

»Ist dein Wunsch, meine Obhut zu verlassen, so stark, meine Tochter?« fragte Rahua Ocllo hölzern.

»Ich habe sie schon vor langer Zeit verlassen«, antwortete Chuqui. »Ich bin bereit, die neue Coya zu werden.«

»Dann geh, und bringe deinen Bruder mit, damit ich euch meinen Segen gebe. Ich werde nicht mehr an deiner Statt sprechen.«

Chuqui nickte und ließ sich von den Priestern und Mamacona hinausführen. Micays Arme hingen kraftlos herab; ihre Hände lagen auf den Schultern ihrer Kinder, und sie konnte nur einen Gedanken fassen: So also fangen wir wieder von vorne an...

Caxamarca

Der Hügel, auf dem Cusi und Quilaco mit ihren Männern das Lager aufgeschlagen hatten, war felsig und kaum bewachsen. Aber er ließ sich leicht verteidigen, falls der Gouverneur töricht genug sein sollte, seine Mitmacs gegen sie einzusetzen, und er war weit genug von den Feldern entfernt, um die Versuchung, etwas von der Ernte zu stehlen, gar nicht erst aufkommen zu lassen. Cusi zeigte Huallpa gerade, wie man eine neue Feuersteinspitze an einem Speerschaft festbindet, als Huaman Cachi den Inka-Beamten entdeckte, der den Hügel herauf auf sie zukam. Er trug die kleinen goldenen Ohrpflöcke eines Mannes, der kein Krieger war; außerdem hinkte er und stützte sich beim Gehen auf einen silberverzierten Amtsstab.

»Das ist der Stab eines Gouverneurs«, stellte Huaman fest. »Aber es ist nicht der Mann, der uns von der Stadt wegjagte.«

»Der würde es auch nicht wagen, allein hierher zu kommen«, erwiderte Cusi und blickte dem Ankömmling gespannt entgegen.

Der Mann atmete heftig, als er, geführt von Tarapaca, bei Cusi und seinen Freunden ankam. Er war groß und beugte sich erschöpft über seinen Amtsstab. Erst als Cusi ihn einige Zeit gemustert hatte, erkannte er ihn plötzlich an dem aufmerksamen, aber dennoch scheuen Blick.

»Acapana!« stieß er hervor.

Der Mann lächelte schüchtern. »Es ist viele Jahre her, Cusi Huaman. Darf ich mich zu Euch setzen?«

Cusi deutete mit dem Kinn auf eine Decke. »Das ist der einzige Komfort, den ich Euch bieten kann. Ihr seid immer noch Gouverneur von Chachapoyas?«

Acapana setzte sich und streckte erleichtert sein verkrüppeltes Bein aus. »Ja, ich bin immer noch Gouverneur«, antwortete er. »Offenbar konnte Huascar niemanden finden, der meinen Posten übernehmen wollte.«

»Das könnte sich ändern, wenn er hört, daß Ihr freundlich mit den Rebellen verkehrt.«

»Er hat euch nicht zu Rebellen erklärt, wenngleich er einen Befehl erließ, euch weder Unterbringung noch Verpflegung zukommen zu lassen.«

»Ja«, erwiderte Cusi verbittert, »ihm wäre es lieber, wenn wir stehlen müßten, was wir zum Leben brauchen, damit er uns als Diebe und Gesetzlose beschimpfen kann.«

»Niemand hier hat euch dessen beschuldigt«, versicherte ihm Acapana. »Wir haben gehört, daß ihr den Leuten für einen Anteil beim Einbringen ihrer Ernten helft und euch dabei gerecht verhaltet.«

»Wem wurde Huascars Befehl mitgeteilt?«

»Alle Gouverneure und Häuptlinge der Region wurden nach Caxamarca beordert, um Huascar ihre Loyalität auszusprechen. Einige wurden einfach ausgetauscht, und das machte die restlichen natürlich nervös. Aber trotzdem waren viele von ihnen nicht der Meinung, daß Krieger wie ihr von der Stadt ferngehalten werden sollten.«

»Wo waren diese Leute, als der Gouverneur von Caxamarca sich mit seinen Mitmacs gegen uns stellte?« wollte Cusi wissen.

Acapana blickte verlegen zu Boden. »Wir versuchten, ihn davon abzuhalten«, sagte er leise, »aber der Druck aus Cuzco war zu groß. Niemand wagte sich öffentlich auf Eure Seite zu stellen.«

»Und was könnt Ihr jetzt für uns tun?« fragte Cusi unverblümt. »Wir brauchen Lebensmittel, kein Mitgefühl. Könnt Ihr die Lagerhäuser des Herrschers für uns öffnen?«

»Nein«, gab Acapana zu. »Nein, das können wir nicht. Aber wir alle haben Geschenke von Huascar bekommen, die meisten aus Beständen, die eigentlich dem Haushalt seines Vaters gehören. Nichts kann uns davon abhalten, sie an Euch und Eure Männer zu verteilen.«

Cusi starrte ihn ungläubig an. »Weshalb wollt Ihr ein solches Risiko auf Euch nehmen?«

»Wenn wir vorsichtig sind, ist die Gefahr nicht sehr groß. Verglichen mit dem, was Ihr auf dem Schlachtfeld gewagt habt, ist es überhaupt kein Risiko. Einige von uns haben nicht vergessen, was wir unseren tapferen Kriegern schulden.« Acapana unterbrach sich und hob kurz sein krankes Bein hoch. »Für mich geht es natürlich um eine persönliche Schuld«, fuhr er dann fort.

»Inwiefern?« fragte Cusi. »Wir haben uns doch in Tumibamba kaum gekannt.«

Acapana zögerte. »Ich war noch sehr jung, und Euer Vater war selbst nur Micho, als er mich für den Posten in Chachapoyas vorschlug. Aber er war auch der Vater des berühmten Cusi Huaman. Ihr habt Euch damals noch von Eurer Verwundung erholt und konntet gar nicht wissen, wie sehr Ihr mir geholfen habt. Und Euretwegen kam auch Otoronco Achachi nach Chachapoyas; dadurch wurde mir die Ehre zuteil, unter ihm zu dienen.«

Bei der Erwähnung seines Großvaters stieg in Cusi ein Gefühl der Scham auf, und ihm wurde bewußt, wie unhöflich er Acapana behandelte, der ihm im Rang nicht nachstand und nur aus Freundschaft gekommen war. Er sah zu Tarapaca und Huaman Cachi, aber beide wichen seinem Blick betreten aus.

»Vergebt mir, Acapana«, bat er. »Ihr habt meinen Zorn und Argwohn nicht verdient. Ich danke Euch für Euer Angebot. Ich bin froh zu wissen, daß es noch Inka gibt, die so tapfer und ehrenwert sind wie Ihr.«

Acapana sah ihm in die Augen und nickte. Cusi bedeutete Huallpa, ihm den Flaschenkürbis zu geben, und überreichte ihn dem Gast.

»Wenigstens Wasser hätte ich Euch anbieten sollen – das einzige, was Huascar uns nicht verwehren kann.«

Acapana nahm den Kürbis, wandte den Blick dabei aber nicht von Huallpa. »Ist dies Euer Sohn?« fragte er.

Die Frage überraschte Cusi, doch dann wurde ihm bewußt, daß Acapana von seiner Heirat gehört haben mußte. »Das ist Huallpa, der Sohn des Kriegshäuptlings Yasca. Seine Mutter ist eine Chachapoyas wie Micay; sie ist mit ihr und meinen Kindern in Cuzco. Ich bin Huallpas Vormund.«

»Ich habe mit großem Bedauern vom Tod deines Vaters gehört, mein Sohn«, sagte Acapana zu Huallpa. »Er war unser größter Krieger.«

»Er wurde ermordet, Herr«, erwiderte Huallpa. »Eines Tages werde ich ihn rächen.«

Acapana nickte und nahm einen Schluck Wasser. Dann stellte Cusi ihm Tarapaca und Huaman Cachi vor, die sich tief vor dem Gast verbeugten.

»Was wollt Ihr unternehmen, wenn Ihr nach Quito kommt?« erkundigte sich Acapana als nächstes.

»Wir werden uns auf den bevorstehenden Krieg vorbereiten«, antwortete Cusi.

Acapana erstarrte. »Gibt es denn keine Möglichkeit, ihn zu verhindern? Wir haben uns noch nicht von den Verwüstungen der Krankheit erholt. Ein Bruderkrieg zwischen den Inka könnte alles zunichte machen.«

»Die Huacas warnen seit Jahren davor«, pflichtete Cusi ihm bei. »Auch ich selbst wurde in einer Vision gewarnt. Und jetzt, wo sie sich bewahrheitet, rüste ich mich dafür. Ich werde die Zeichen der Gefahr nicht verleugnen und unvorbereitet sterben.«

»Aber wenn Ihr öffentlich zum Krieg rüstet, gebt Ihr damit Huascar nur einen Grund, gegen Euch zu marschieren. Und er wird den Großteil der Vier Viertel hinter sich haben.«

»Soll er kommen. Er wird uns in allem überlegen sein – außer in der Anzahl erfahrener Krieger. Und da wird er merken, worauf es in einem Krieg wirklich ankommt. Wenn er die Chachapoyas gegen uns rekrutieren will, solltet Ihr ihnen raten, statt dessen zu rebellieren. Gegen Huascars Truppen hätten sie bessere Chancen als gegen die unseren.«

Tarapaca brummte zustimmend, und auch Huallpa und Huaman Cachi schlossen sich dieser Meinung an. Acapana seufzte resigniert und nickte.

»Niemand in Chachapoyas möchte noch einmal gegen Euch kämpfen müssen. Vielleicht wird Huascar eines Tages genauso denken und versuchen, Frieden mit Euch zu schließen. Ich bitte nur darum, daß Ihr zuhört, Cusi Huaman, und genau das tut, was Ihr für richtig haltet, wie es Euer Vater und Euer Großvater auch getan haben.«

»Ich habe Eure Worte vernommen, Acapana«, erwiderte Cusi nach kurzem Überlegen, »und werde sie im Herzen bewahren. Hoffen wir, daß wir beide tun können, was richtig ist, und daß wir uns nie als Feinde gegenüberstehen müssen.«

Acapana gab Cusi mit einem Blick zu verstehen, daß er ihm für seinen Respekt dankte. Dann nahm er seinen Stab und stand auf.

»Die Geschenke, die ich erwähnt habe, liegen in einer Hirtenhütte auf der anderen Seite dieses Hügels. Schickt Eure Männer dorthin, sobald es dunkel ist. Auch die Lamas, die dort grasen, sind für euch.«

»Teilt Euren Freunden mit, daß wir ihnen das nicht vergessen werden«, sagte Cusi und gab Acapana im Aufstehen die Hand. »Sie können auf uns zählen.«

»Bitte grüßt Euren Vater von mir ... und Micay, wenn Ihr sie wiederseht.«

»Das werde ich tun«, versprach Cusi und verbeugte sich. Acapana machte kehrt und stieg langsam den Hügel hinab. Cusi sah ihm noch eine Weile nach und wandte sich dann an Huaman Cachi.

»Mache die Hütte ausfindig, aber laß dich von niemandem sehen. Vielleicht werden wir beobachtet; wir müssen vorsichtig sein, um unsere Freunde nicht zu verraten. Nimm Huallpa mit.«

»Ich werde nie auf Worte des Friedens hören!« platzte der Junge heraus und rannte Huaman Cachi nach, bevor Cusi ihm antworten konnte. Cusi blickte zu Tarapaca, der nur bedauernd die Achseln zuckte.

»Hoffentlich leben wir lange genug, um noch etwas vom Frieden zu hören«, sagte er. Cusi nickte und bückte sich nach seinen Waffen.

Tumibamba

Beim Wachposten an der Brücke über den Fluß wartete eine Cañari-Ehrengarde auf Cusi und seine Kameraden und geleitete sie in die wie ausgestorben wirkende Stadt. Aber plötzlich begannen Trommeln zu schlagen, und nach einiger Zeit erreichten sie einen großen Platz, wo sich die Menschen drängten, um sie zu empfangen.

Durch eine Gasse in der Menge schritten sie auf die von Kriegern umstellte steinerne Empore im Zentrum des Platzes zu. Die Männer begrüßten die Ankömmlinge mit einem traditionellen Willkommensgesang der Inka-Krieger, einem Lied von Sieg und Triumph. Auf dem großen Podium wurden die vier Kriegshäuptlinge zunächst von einigen Sonnenpriestern empfangen und dann von Atahualpa selbst. Er war von einer Gruppe aus etwa zehn Männern umgeben, die bis auf Cusis Vater alle den goldenen Sonnenschild eines Kriegshäuptlings trugen. Auch Tomay befand sich unter ihnen, und Cusi mußte sich beherrschen, um seinem Bruder vor Freude nicht laut zuzurufen.

Dann trat Atahualpa in seiner leuchtend rot-schwarzen Tunika vor, hob die Hand und wartete, bis Ruhe eingekehrt war.

»Ich grüße euch, Brüder!« begann er. »Als Regent der Nordprovinz heiße ich euch zu Hause willkommen. Wir umarmen mit Stolz jene, die Cuzco in seiner Blindheit verschmäht. Denn wir kennen euren Mut und wissen ihn zu schätzen; er ist unser Schutz und unsere Stärke. Ich überreiche euch nun die Rangabzeichen, die mein Vater, der Sapa Inca Huayna Capac, euch verliehen hat – den goldenen Schild, den jeder von euch sich mehrfach verdient hat...«

Apu Poma trat neben den Regenten und öffnete ein Bündel. Der erste Schild glitzerte in der Sonne, als Atahualpa ihn herausnahm und Challcochima anlegte.

»Für dich, den Kriegshäuptling Challcochima«, rief er dazu aus, und die Krieger auf dem Platz wiederholten den Namen dreimal, so daß er von den umgebenden Wänden widerhallte. Dann verlieh Atahualpa Ucumari und Quilaco ihre Schilde, doch den für Cusi reichte er Apu Poma, der ihn eigenhändig seinem Sohn anlegte.

»Für dich, den Kriegshäuptling Cusi Huaman!« verkündete Atahualpa dazu der begeisterten Menge. Als Cusi die Auszeichnung entgegennahm, blickte er in die feuchten Augen seines Vaters, und plötzlich spürte er, wie gut es ihm tat, nach all den Jahren des Haders und Zorns diese Ehre mit ihm zu teilen. Tränen schossen ihm in die Augen, aber er ließ sie einfach laufen und sträubte sich gegen keines der Gefühle, die sich in seinem Herzen drängten, als Apu Poma ihn auf der Empore umarmte, vor den Kriegshäuptlingen, den Kriegern und den Menschen von Tumibamba und Quito.

Cusi ließ Schild und Streitaxt bei Huaman Cachi zurück, als er das Anwesen innerhalb des Mollecancha betrat, zu dem er und die anderen neuen Kriegshäuptlinge geführt worden waren. Atahualpa saß auf einem dreibeinigen Hocker und wurde gerade von zwei Dienern gewaschen; ansonsten waren nur Tomay und Quizquiz bereits anwesend. Cusi faßte seinen Freund an den Schultern.

»Ich wußte, daß du zurückkommen würdest«, sagte Tomay mit einem Lächeln. »Ich dachte nur nicht, daß es so bald sein würde.«

»Es war klug von dir, nicht mitzugehen. Der einzige angenehme Teil der Reise war die Rückkehr.«

Die Diener entfernten sich. Sie hatten Atahualpa eine prächtige Tunika angelegt; dazu trug er das in Edelsteine gefaßte Emblem des Regenten und sein schwarz-rotes Stirnband mit dem silbernen Abzeichen des Iñaca-Haushalts, ein Symbol der Zugehörigkeit, auf das er in der Vergangenheit selten Wert gelegt hatte.

»Es tut gut, euch wiederzusehen, meine Freunde«, begrüßte er die Männer. »Bevor ihr zu den Festen geht, die auf euch warten, möchte ich euch versichern, daß eure Loyalität und der Einsatz eurer Männer reich belohnt werden wird. Es steht mir frei, alles zu verteilen, was durch die Krankheit herrenlos geworden ist, von Herden über Landbesitz bis zu verwitweten Frauen, Nustas aus edlem Hause und verwaisten Töchtern, die auf Ehemänner warten.« Er machte eine Pause und lächelte. »Ist es nicht an der Zeit, dir wieder eine Frau zu nehmen, Quilaco? Oder du, Ucumari?« Er nickte den beiden aufmunternd zu und wandte sich dann an Cusi und Challcochima.

»Und was ist mit euch beiden? Ich weiß, eure Gemahlinnen sind in Cuzco, aber wollt ihr nicht auch hier eine Frau haben? Ihr könntet euch eine aus dem Haus der Erwählten Frauen aussuchen.«

»Ich danke Euch für das großzügige Angebot«, erwiderte Cusi, »und für den Empfang, den Ihr uns bereitet habt. Eine solche Anerkennung habe ich mir schon lange gewünscht, und das ist mir Belohnung genug. Ich möchte nichts, was mir helfen könnte zu vergessen, wo meine Frau ist und weshalb ich nicht bei ihr bin.«

Challcochima brummte zustimmend. »Für mich gilt ganz dasselbe. Ich will nur eines wissen – wann wir nach Cuzco zurückmarschieren.«

»Das hat mich auch Quizquiz schon gefragt«, erklärte Atahualpa. »Ich habe Verständnis für euren Zorn und eure Ungeduld, aber ihr müßt auch die Lage hier sehen. Unsere Vorratsspeicher sind fast leer, und von Cuzco können wir keine Unterstützung erwarten. Wir müssen arbeiten, damit wir genug zu essen haben und die Krieger, auch die neu hinzukommenden, verpflegen können. Und wir müssen unsere Flanken sichern – die Huancavelica haben sich schon wieder erhoben; ich mußte Rumiñaui gegen sie senden.«

»Sollen wir also auf den Feldern arbeiten, bis er wiederkommt?« begehrte Challcochima auf. »Wenn wir Huascar zu lange Zeit geben, wird er eine starke Armee aufstellen.«

»Die Möglichkeit dazu hat er nun einmal, weil er den Haushalt meines Vaters plündert. Aber soll er ruhig eine große Armee aufstellen, und soll er versuchen, sie zu ernähren und für ihn kämpfen zu lassen. Daß er den Wert bewährter Krieger nicht zu schätzen weiß, hat er gezeigt, indem er euch zurückgewiesen hat. Was kann er mit noch so vielen unerfahrenen Neulingen schon ausrichten?«

»Wir sollten zuschlagen, bevor er Zeit hat, sie richtig auszubilden«, insistierte Challcochima. »Früher wart Ihr immer der erste, der für einen Angriff plädierte, Atahualpa. Da habt Ihr nie gefragt, ob die Lagerhäuser voll sind.«

»Früher hatte ich auch nicht die Verantwortung eines Regenten«, entgegnete Atahualpa ärgerlich. »Früher kämpfte ich für meinen Vater, nicht gegen meinen eigenen Bruder! Huascar hat jetzt den Fransensaum und die Coya. Ich kann ihn nicht einfach grundlos herausfordern. Du vergißt, daß ich nicht Ninan Cuyochi bin, Challcochima. Meine Mutter war zwar eine königliche Gemahlin, aber nur eine Halbschwester.«

Quilaco versuchte Challcochima zu beschwichtigen. »Atahualpa hat recht. Man würde uns als Verräter und Thronräuber betrachten, wenn wir den ersten Schritt unternähmen, und niemand würde sich mit uns verbünden. Wir müssen warten, bis Huascar sich in Mißkredit bringt.«

»Und bis wir stärker sind«, fügte Ucumari hinzu. »Wir mußten zuviele Männer entlassen, weil wir sie nicht verpflegen konnten. Man kann nicht Krieger rekrutieren und sie dann hungern lassen.«

»Tomay Guanaco«, meldete sich Atahualpa wieder zu Wort, »du hast für mich einige der Reparaturarbeiten überwacht. Wie lange wird es noch dauern, bis wir wieder alle unsere Felder bestellen können?«

»Vielleicht zwei oder drei Wachstumsperioden«, schätzte Tomay. »Vielleicht auch weniger, wenn wir die Männer einsetzen können, die jetzt zurückgekommen sind.«

Daraufhin verschränkte Atahualpa die Arme und blickte Challcochima herausfordernd an. Dieser wandte sich an Cusi.

»Nun? Bist du auch darauf versessen, deine Waffe gegen einen Grabstock einzutauschen?«

Cusi mußte an Raurau Illas Worte denken, daß sein Ruf ihm die Freiheit gab, Dinge auszusprechen, die andere Männer nicht sagen konnten. Nun endlich war er fähig, von dieser Freiheit Gebrauch zu machen.

»Ich bin bereit, alles zu tun, was uns stärker und unabhängiger macht«, erwiderte er Challcochima, »– solange wir nie die Tatsache aus den Augen verlieren, daß wir uns auf einen Krieg vorbereiten. Denn wenn Huascar uns nicht zur Schlacht zwingt, dann werden die Bärtigen oder sonst jemand es tun. Ich glaube nicht, daß wir lange darauf warten müssen.«

Bei der Erwähnung der Bärtigen hatte Cusi das Gefühl, daß alle innerlich zusammenzuckten; sie sahen ihn an, als wüßten sie nicht, was sie von ihm halten sollten.

»Dann stimmst du also im Grunde mit Quilaco und Ucumari überein«, folgerte Challcochima etwas unsicher.

»Ich stimme darin mit ihnen überein, daß wir in der Lage sein müssen, unsere Männer zu verpflegen. Aber«, fuhr Cusi an Atahualpa gewandt fort, »Huascar wird Euch in jedem Fall als Verräter betrachten, egal was Ihr tut. Wir sollten unsere Pläne ganz deutlich unseren Männern klarmachen, damit sie sie nicht vergessen und selbstzufrieden werden. Was Huascar weiß, spielt keine Rolle. Kündigt ihm nichts an, aber macht auch keine Zugeständnisse.«

»Du sprichst vom Sapa Inca!« polterte Atahualpa. »Ich kann nicht einfach seine Befehle ignorieren!«

»Ich spreche von Huascar«, erwiderte Cusi ruhig, »von dem, der jene Männer ermordete, die ihm als einzige rechtmäßig den Fransensaum hätten verleihen können. Wir sollten seinen Befehlen den Respekt zollen, den er für unsere Traditionen zeigt.«

»Ich vernehme deine Worte, Cusi«, pflichtete Challcochima wider-willig bei, und auch Quizquiz brummte zustimmend. Atahualpa stand auf; er war sichtlich zornig, bemühte sich jedoch um Fassung, bevor er sprach.

»Wie gewöhnlich scheust du dich nicht zu sagen, was du denkst, Cusi Huaman.«

»Ich spreche wie ein Kriegshäuptling zu seinesgleichen, Herr. Ihr wollt der Sapa Inca werden – vielleicht habt Ihr dazu die Möglichkeit; dann dürft Ihr aber nicht nur Vorsicht walten lassen. Ihr müßt ein Kriegsherr werden, denn diesen wird die kommende Zeit gehören. Mit Sicherheit ist niemand für diese Aufgabe besser geeignet als Ihr.«

Dieses Kompliment überraschte Atahualpa; er behielt seine Ent-gegnung für sich und blickte statt dessen erwartungsvoll auf die anderen Kriegshäuptlinge. Quizquiz nickte heftig.

»Wir sind nicht zurückgekommen, um wieder auf dem Platz zu stehen und auf Anerkennung zu warten«, sagte er. »Wir wollen den Feinden unseren Sonnenschild zeigen!«

»Führt uns, Atahualpa«, drängte Challcochima. »Wir werden Euch jede Unterstützung geben, die Ihr braucht.«

Atahualpa schürzte die Lippen. »Quilaco?« fragte er knapp.

»Ein Mann, der keinen Führer hat, ist ein Barbar«, erklärte Quilaco mit einem Blick auf Cusi. »Die Männer würden Euch ohne zu zögern als ihren Kriegsherrn akzeptieren, und, wie Cusi sagt, vielleicht würde das ihren Mut stärken. Denn dann wüßten sie, daß sie hier einen Platz haben, unabhängig von Cuzco.«

»Viele von uns wissen das ohnehin schon«, warf Tomay ein, »denn Ihr wart für uns schon immer mehr als nur der Regent.«

»Ich stimme zu«, sagte Ucumari, noch bevor Atahualpa ihn fragen konnte.

»Wir könnten alle als Verräter sterben«, warnte Atahualpa. »Aber das ist für einen Kriegsherrn kein großes Risiko. Werdet ihr also für mich kämpfen?«

»Das werden wir!« riefen die Kriegshäuptlinge einstimmig und legten die Hand aufs Herz.

»Dann werde ich euch führen«, erklärte Atahualpa. Er blickte mit einem eigenartig zufriedenen Ausdruck auf Cusi und fügte hinzu: »Gegen jeden, der uns mit Krieg bedroht, wer immer es auch sei...«

Cuzco

Fast unmittelbar nach Chuquis Eintreffen im Collcampata begann Huascar zu klagen. Er wolle nicht, daß sie immer von so vielen Frauen umgeben sei, erklärte er gereizt, und außerdem seien Kinder ihm lästig. Also mußten die Hälfte von Chuquis Gefolge und alle Kinder das Anwesen verlassen. Doch schon bald darauf beschwerte er sich darüber, daß Chuqui häufig in die Stadt ging und sich unter das Volk mischte, womit er bewies, daß seine Spione ihn über ihre Aktivitäten genau unterrichteten. Trotz all ihrer Versuche, ein gutes Verhältnis mit ihm herzustellen, schien er entschlossen, ihr das Leben schwer zu machen.

»Man nennt dich die Coya, die auf der Straße herumläuft«, warf er ihr vor. »Die Leute lachen hinter vorgehaltener Hand über dich…«

»Die meisten freuen sich, mich zu sehen, und zeigen mir gerne ihre Kinder, ihre Häuser und was sie machen«, hielt Chuqui ihm bemüht freundlich entgegen.

Um Worte verlegen blickte Huascar finster an ihr vorbei zum Fenster hinaus. »Ich habe gesagt, keine Kinder«, fauchte er plötzlich. »Bringt mir diesen Jungen her!«

Es war Sinchi, der versuchte, sich hinter den beiden schneeweißen Alpakas im Hof zu verstecken. Doch die Tiere scheuten und liefen weg, als zwei Cañari-Wachen auf sie zukamen, um ihn vor den Herrscher zu bringen. Micay war zu verblüfft, um einzuschreiten. Normalerweise war Sinchi nicht so ungehorsam. Er wehrte sich auch nicht gegen die beiden Männer, was ihr ebenfalls eigenartig vorkam.

»Wie heißt du?« fragte Huascar, als Sinchi mit gesenktem Blick vor ihm stand. Der Knabe antwortete überraschend klar, jedoch ohne den Kopf zu heben.

»Sinchi, Herr.«

»Schau mich an! Uh… Du bist gezeichnet – man sieht dir an, daß du ein Unruhestifter bist. Wer ist dein Vater?«

»Cusi Huaman, Herr.«

Huascar brummte ärgerlich. »Kein Wunder. Wo ist dein Vater jetzt?«

»Im Regenbogen-Haus«, erwiderte Sinchi prompt. Micay stutzte – das war nicht die Antwort, die zu geben sie ihm beigebracht hatte.

»Warum ist er nicht hier bei dir?«

»Er ist bei den Falkenmännern«, sagte Sinchi. »Und den Falkenjungen!« fügte er dann begeistert hinzu.

»Was trägst du da um den Hals?« schaltete sich jetzt eine rauhe Stimme ein. Huascar blickte auf und nickte Titu Atauchi beifällig zu.

Panik überfiel Micay, doch im selben Augenblick trat neugierig Amaru hinzu, um die Szene zu beobachten.

»Antworte!« herrschte der Zauberer Sinchi an und beugte sich über ihn, so daß die Zähne und Amulette auf seinem Kopfputz aus Fell rasselten. Sinchi murmelte etwas Unverständliches und preßte eine Hand gegen die Brust.

»Lauter!«

»Falke«, stieß Sinchi hervor. Er hat seinem Schutzgeist einen Namen gegeben, dachte Micay verwundert.

»Zeig es mir!« befahl Titu Atauchi. Doch Sinchi schüttelte nur langsam den Kopf. Für einen Augenblick sah es aus, als würde er einer inneren Stimme lauschen, plötzlich aber ging er mit geballten Fäusten auf den Zauberer los und versuchte, ihm ins Gesicht zu schlagen. Titu Atauchi sprang im Reflex zurück; dabei verlor er seine Kopfbedeckung und landete auf dem Gesäß. Doch schon im nächsten Moment war er wieder auf den Beinen, und jetzt sprang auch Micay auf, um ihrem Sohn zu Hilfe zu kommen. Aber gerade als Titu ausholte, um Sinchi zu schlagen, packte Amaru den Zauberer von hinten am Handgelenk und schlang den anderen Arm mit eisernem Griff um dessen Hals.

»Würdest du ein Kind schlagen, du Feigling?« zischte er ihm ins Ohr. Huascar hatte sich von seinem Schrecken erholt und winkte der Palastwache, doch Amaru kam den Männern zuvor und stieß Titu zur Seite.

»Verzeiht mir, Herr«, sagte er schnell. »Dieser Junge ist der Sohn meines Bruders. Ich werde dafür sorgen, daß er bestraft wird, aber ich lasse nicht zu, daß man ihn schlägt.«

»Er hat meinen Berater angegriffen!« tobte Huascar außer sich.

»Ja, Herr«, antwortete Amaru und fixierte Titu Atauchi mit einem ironischen Lächeln. »Deshalb bin ich Eurem Berater zu Hilfe gekommen.«

Einige der Männer hinter Huascar lachten auf, und er drehte sich wütend um und gebot ihnen zu schweigen; diese Unterbrechung nutzte Micay, um Sinchi wieder auf die Beine zu helfen. Er hielt sich an ihrem Arm fest und sah verwirrt zu ihr auf, als wüßte er nicht genau, was geschehen war.

»Bist du die Mutter dieses ungezogenen Knaben?« fragte Huascar.

»Ja, Herr. Ich bin Mama Micay, die Frau von Cusi Huaman.«

»Sie ist meine Freundin«, schaltete sich jetzt Chuqui ein und trat neben Micay, »und eine hervorragende Heilerin.«

Huascar musterte Micay mit einem Interesse, das wenig mit ihren

Fähigkeiten als Heilerin zu tun hatte.»Also... hat er auch dich im Stich gelassen und ist weggelaufen. Er war ja noch nie ein Mann, dem Treue etwas bedeutete«, schnaubte er verächtlich.

»Er hat für den Inca gegen die Chachapoyas, die Carangui und die Chiriguano gekämpft, Herr«, erwiderte Micay fest.»Und er kämpfte jedesmal, bis der Krieg gewonnen war. Wo er auch sein mag, ich habe keinen Grund zu zweifeln, wem er die Treue hält.«

»Ich auch nicht«, stieß Huascar ärgerlich hervor.»Er hat sich zuerst mit Ninan Cuyochi gegen mich verschworen und jetzt mit Atahualpa. Erwarte nicht, ihn bald wiederzusehen. Und jetzt schaffe mir dieses kleine rotäugige Biest vom Hals und sieh zu, daß es mich nicht noch einmal belästigt!«

Micay verbeugte sich untertänig und zog Sinchi mit sich fort. Im Weggehen hörte sie, wie Huascar sich an Amaru wandte.

»Du warst nahe daran, selbst hinausgeworfen zu werden. Vergiß nicht, daß es auch noch andere Baumeister gibt – und viele leere Zellen im Sanca Cancha. Du könntest dort noch immer am Verwesen sein, wenn sie dein Werk hier längst fertiggestellt haben!«

Seine nächste Bemerkung galt offenbar Chuqui:»Halte dich für mich bereit! Ich werde nach dir schicken, wenn ich dich sehen will.«

»Mama, habe ich den Mann verletzt?« fragte Sinchi, als sie das Tor des Anwesens erreicht hatten.

»Nein. Du hättest ihm beinahe sehr weh getan. Aber er hätte dich geschlagen, wenn Onkel Amaru nicht zur Hilfe gekommen wäre.«

»Ich weiß«, nickte Sinchi ernst.»Falke hat es mir gesagt.«

»Hat dein Schutzgeist eine Stimme, mit der er zu dir spricht?«

Sinchi runzelte die Stirn und zuckte die Achseln, als sei diese Frage zu schwer zu beantworten.»Er sagt es mir, und deshalb weiß ich es. Gehen wir jetzt aus Cuzco weg?«

»Aber nein«, beschwichtigte Micay ihn überrascht. Doch dann fiel ihr ein, wie Huascar ihn auf diesen Gedanken gebracht haben könnte. »Wir müssen dich nur eine Zeitlang vom Sapa Inca fernhalten, bis er vergessen hat, was du heute gemacht hast.«

»Aber bald...«

»Was ist bald?«

»Bald gehen wir von hier weg, und dann werde ich wieder Freunde haben.«

»Hat Falke dir das gesagt«, fragte Micay leise, »oder ist es das, was du dir wünschst?«

Sie passierten die Wachen am Tor; Sinchi blickte vorsichtig zu ihnen auf und wartete mit seiner Antwort, bis sie draußen waren.

»Ja«, sagte er dann, und offenbar schien ihm diese Antwort ausreichend, denn im selben Augenblick ließ er Micays Hand los und lief ohne ein weiteres Wort zu den Kindern, die auf der Straße spielten.

»Sag mir, was er dir erzählt hat«, bat Micay ihre Tochter. Sie saßen mit Parihuana in Amarus Zelthaus am Feuer; die Sonne war schon untergegangen, und der Abend versprach, kühl zu werden.

»Er sagte, daß er nur die Alpakas sehen wollte. Aber der Sapa Inca entdeckte ihn, und dann versuchte der Mann mit den Zähnen auf dem Kopf, seinen Schutzgeist wegzunehmen. Aber Falke flog vom Himmel herunter und beschützte ihn, und Onkel Amaru warf den Mann zu Boden.« Cahua runzelte die Stirn. »Ist das alles wirklich passiert, Mama?«

»Bis auf die Geschichte mit dem Falken, ja. Sinchi ging auf Titu Atauchi los und wollte ihn schlagen. Aber wie ist er eigentlich Machacuay entkommen?«

»Er ist vorausgerannt und hat sich versteckt. Das kann er gut.«

»Seit wann?« fragte Micay überrascht.

Cahua zuckte die Achseln. »Seit Topa nicht mehr im Palast ist, und dann haben Rimachi und Quespi geheiratet, und seitdem kommt Yutu auch nicht mehr. Er meint, wenn er sich versteckt, kommen seine Freunde vielleicht, um ihn zu suchen.«

Amaru trat unter das Zeltdach. »Wie geht es Sinchi?« fragte Parihuana ihn.

»Gut. Ich habe mit ihm geredet, und jetzt ist er eingeschlafen.«

»Hast du ihn für seinen Ungehorsam bestraft?« wollte Micay wissen.

»Wie hätte ich ihn bestrafen können?« hielt Amaru ihr entgegen. »Er hat sich lediglich verteidigt, und außerdem hat er mir eine Gelegenheit gegeben, Titu Atauchi an die Gurgel zu gehen – das habe ich mir schon seit Jahren gewünscht. Eigentlich wollte ich mich dafür bei ihm bedanken, aber er ist schon verwirrt genug.«

»Weswegen?« erkundigte sich Micay besorgt.

»Na ja, er beschwert sich praktisch nie, deshalb ist es gar nicht so leicht herauszufinden, was in ihm vorgeht. Aber er mag Cuzco nicht – hauptsächlich, weil er alle seine Freunde verloren hat, denke ich. Er spricht oft vom Regenbogen-Haus.«

»Was können wir bloß für ihn tun?« fragte Micay hilflos. »Zu mir sagte er, wir würden bald von hier weggehen, aber so wie Huascar mich ansah, habe ich das Gefühl, eine Geisel zu sein.« Sie sah betroffen zu Boden. »Ich danke dir für dein Eingreifen«, fuhr sie an Amaru gewandt fort. »Du hast viel riskiert.«

»Das war meine Pflicht als sein Onkel«, erwiderte Amaru feierlich. »Ich denke, Cusi wäre auf uns beide stolz gewesen.«

»Cusi hat nie Probleme willentlich heraufbeschworen, wie du es immer tust«, tadelte Parihuana ihn, doch er lachte nur.

»Aber er ist ihnen auch nie aus dem Weg gegangen. Mach dir keine Sorgen, Micay. Er kommt zurück, ob es Huascar paßt oder nicht.«

»Ich weiß«, hörte Micay sich antworten, und plötzlich verstand sie, wie wenig Unterschied zwischen Glauben und Wünschen besteht. Sie legte einen Arm um Cahua. »Ja . . .«, sagte sie versonnen und blickte in die Ferne.

Das Inti Raimi stand unmittelbar bevor – die Straßen der Stadt füllten sich bereits mit Gästen –, als Micay wieder den kleinen Kalkasche-Behälter auf Chuquis Brust entdeckte. Seit sie vor etwa drei Monaten beschlossen hatte, die Coya zu werden, hatte sie das silberne Kettchen nicht mehr angelegt.

Chuqui bemerkte, daß Micay sie quer über den Hof anstarrte, und beendete schnell ihre Anweisungen an die Bediensteten. Dann winkte sie Micay, ihr in eine abgelegene Ecke des Hofes zu folgen.

»Du hast das Gefühl, wieder eine Waffe zu brauchen«, begann Micay.

Chuqui nickte. »Aber es scheint dich nicht sehr zu überraschen.«

»Natürlich nicht, so wie Huascar sich benimmt. Hat er dir wieder gedroht?«

Chuqui schüttelte den Kopf. »Als ich ihn heute morgen traf, gratulierte er mir sogar dafür, wie gut alles vorbereitet ist. Aber seitdem mache ich mir keine Sorgen mehr um all die Kleinigkeiten. Seitdem befürchte ich, daß er die ganzen Feierlichkeiten ruinieren will.«

»Vielleicht versucht er das«, räumte Micay ein. »Aber was kann er schon tun? Solange er nicht in sämtliche Haushalte von Ober-Cuzco Spione eingeschleust hat, weiß er nie, auf wieviele Leute wir zählen können.«

»Er könnte sich weigern, an den Zeremonien teilzunehmen«, gab Chuqui zu bedenken.

»Nein. Dazu schuldet er den Priestern und Mamacona zuviel.«

»Oder was noch wahrscheinlicher ist – er könnte einen Vorwand erfinden, um mich einzusperren«, fuhr Chuqui grimmig fort. »Die Priester könnten mich nicht befreien, und die Haushalte würden es gar nicht erst versuchen. Sie geben großzügig von ihren Vorräten, weil ihre Lagerhäuser überquellen und weil sie Huascar damit bloßstellen können, ohne sich selbst in Gefahr zu bringen. Sie würden ihm nicht meinetwegen die Stirn bieten.«

»Nein, noch nicht«, mußte Micay zugeben.

»Das werden sie frühestens dann tun, wenn sie sehen, daß ich mein

Ziel trotz Huascar erreichen kann. Deshalb muß dieses Inti Raimi zu einem unvergeßlichen Ereignis werden, und ich muß unbedingt daran teilnehmen und dafür die öffentliche Anerkennung bekommen.« Sie tippte auf den silbernen Behälter auf ihrer Brust. »Und darum habe ich mich bewaffnet. Wenn ich zulasse, daß er dieses Fest ruiniert und mich daran hindert, mich als Coya zu etablieren, ist es sinnlos, mir noch vorzumachen, daß ich einen Grund habe weiterzuleben.«

Einen Augenblick lang Micay schwieg betroffen. »Aber wenn du ihn mit dieser Waffe bedrohst«, sagte sie dann, »mußt du ihm gegenüber ebenso überzeugt auftreten wie jetzt mir gegenüber. Dann muß er dir glauben.«

»Das wird auch gut für ihn sein«, erwiderte Chuqui drohend.

»Er wird nichts ruinieren«, meinte Micay. »Dieses eine Mal muß er Zurückhaltung üben und zulassen, daß das Fest der Sitte entsprechend gefeiert wird, wie es den Inka gebührt...«

Erst nachdem Huascar sich gegen Ende des mehrtägigen Festes beim Tanz in der Cora Cora gezeigt hatte, beschloß Micay, sich endlich eine Pause zu gönnen. Er war nicht besonders freundlich gewesen, weder zu Chuqui noch zu den Angehörigen des Vicaquirao- und des Iñaca-Haushalts oder den Gästen aus dem Südviertel, aber wenigstens war er gekommen. Schon allein die Tatsache, daß er das Vicaquirao-Anwesen freiwillig betreten hatte, wurde als erstaunliche Leistung Chuquis gewertet, und nachdem er gegangen war, scharten sich die Ältesten des Haushalts um sie, um ihr zu danken und ihr ihre Verehrung zu bekunden.

Micay nutzte diese Gelegenheit, um sich allein auf eine Bank am Ende des Gartens zu setzen und auszuruhen, doch schon bald gesellte sich Fempellec zu ihr. Er war klug genug gewesen, sich nicht mehr in die Dienste des Hofes zu begeben, doch für das Inti Raimi hatte er sich bereit erklärt, seine Kochkünste zur Verfügung zu stellen.

»Chuqui streicht alles Lob ein, aber einige von uns wissen, daß du an ihrem Erfolg nicht unbeteiligt bist«, begann er und bot Micay einen Becher Akha an. »Du warst es ja auch, die mich dazu gebracht hat, wieder für die Leute hier in Cuzco zu kochen.«

Micay lachte und stieß mit ihm an.

»Auf Churi Inti, die Kind-Sonne«, sagte er, nahm einen kräftigen Schluck und setzte sich zu ihr. »Heute könnte ich fast versucht sein, in Chuquis Dienste zu treten. Selbst Amaru ist von meiner Leistung beeindruckt. Er sagte, es sei wie die Inti Raimis, an die er sich aus seiner Kindheit erinnert.«

»Genau das wollte Chuqui, sie hat dieselben Erinnerungen«, erwiderte Micay.

»Huascar sollte sie auch haben, aber er ist inzwischen bekannt dafür, ein knauseriger Gastgeber zu sein. Du hast ja gesehen, welches Aufsehen er in den letzten Tagen erregte, indem er einfach nur höflich zu den Menschen war. Ich dachte nicht, daß Chuqui oder sonst irgend jemand einen solchen Einfluß auf ihn haben würde.«

Sie unterhielten sich eine Weile weiter über Huascars eigenartig freundliches Verhalten während der Tage des Inti Raimi und kamen darin überein, daß es ebenso ungewöhnlich wie verdächtig sei. »Bald wird er wieder jedermanns Feind sein«, prophezeite Fempellec. »Ich wünschte, Amaru würde mit dem Collcampata brechen und mit mir nach Machu Picchu gehen.«

»Wäre dir die Einsamkeit dort wirklich lieber als das Leben in Cuzco?« fragte Micay verwundert.

»Dort wären wir auf jeden Fall sicher«, erwiderte er ohne zu zögern. »Verglichen mit Huascar war doch sogar Mama Huarcay harmlos. Und jetzt hat er auch noch diesen Titu Atauchi. Für dich und Chuqui mag es hier ja einigermaßen ungefährlich sein, aber ich würde lieber irgendwohin gehen und warten, bis Cusi und die anderen kommen und ihn aus der Stadt verjagen.«

Micay betrachtete ihn über ihren Becher hinweg und staunte, wie sehr er immer noch das Gefühl hatte, sich in Gefahr zu befinden, während sie sich durch die Erfolge der letzten Tage ein wenig zur Sorglosigkeit hatte verleiten lassen. Plötzlich erhob sich Fempellec und verbeugte sich hastig. Sie blickte auf und sah Rimachi mit einem Begleiter vor sich stehen, der einen kunstvollen Kopfschmuck trug.

»Uritu!« rief sie freudig. Auf dem breiten Gesicht des Besuchers zeigte sich ein freudiges Lächeln. Uritu hatte seine goldenen Ohrpflöcke angelegt, aber das Haar fiel ihm bis auf die Schultern, und er trug eine rote, fast bis zu den Knöcheln reichende Tunika, die ihm beinahe das Aussehen eines Priesters verlieh. In einer Hand hielt er einen Becher aus dem Kopf eines Pumas, in der anderen einen bemalten Amtsstab.

»Ich hätte Euch mitteilen sollen, daß der Oberhäuptling von Vitcos zum Inti Raimi in die Stadt kommt«, erklärte Rimachi entschuldigend, als Micay aufstand.

»Ich grüße Euch, Herrin«, begann Uritu förmlich und verbeugte sich. »Rimachi hat mir erzählt, wie es dazu kam, daß Ihr ohne Cusi hier seid. Es tut mir leid, Euch nicht mit ihm zusammen zu sehen.«

»Aber ich freue mich, dich zu sehen, mein Freund«, erwiderte sie. »Erinnerst du dich noch an Fempellec?«

Die beiden Männer nickten einander zu, und Rimachi grinste. »Ich habe mir doch schon gedacht, daß das Essen heute irgendwie fade schmeckt...«, scherzte er.

»Ich tat mein Bestes, um den Geschmack zu verbergen«, meinte Fempellec und zuckte voller Unschuld die Achseln, so daß Micay und Rimachi herzhaft lachen mußten. Uritu nahm einen Schluck Akha und blickte Micay erwartungsvoll an.

»Hat dich die Coya schon empfangen?« fragte sie ihn. »Wenn nicht, werde ich dich zu ihr bringen.«

»Es wäre mir eine Ehre«, erwiderte Uritu ohne große Begeisterung, blickte aber weiterhin fragend auf sie.

»Tomays Vater ist auch hier...«

»Ich habe Ancoayllu bereits begrüßt«, meinte er knapp und klopfte schließlich mit seinem Stab auf die Erde, als wollte er Micay aufwecken. »Micay, ich bin wegen meines Neffen gekommen.«

»Sinchi!« rief Micay. Mit einemmal verstand sie, worauf Uritu gewartet hatte. »Verzeih mir, Uritu. Alles, was im Norden geschah, scheint hier so weit weg.« Sie blickte unsicher um sich. »Er sollte eigentlich schon hier sein; Parihuana und Amaru wollten ihn herbringen.«

»Ich muß wieder an die Arbeit«, meldete sich Fempellec zu Wort. »Wenn ich ihn finde, schicke ich ihn zu dir.«

Micay trank von ihrem Becher, aber das Akha schien ihr Herzklopfen nur zu beschleunigen. Uritu blickte sie noch immer forschend an, als versuche er, ihr Widerstreben zu ergründen.

»Wirst du ihn nach dem Fest mit mir nach Vitcos gehen lassen?« fragte er ruhig.

»Er ist noch so jung, Uritu. Ich habe nicht so bald damit gerechnet...«

»Ein Besuch dort wird ihm nicht schaden, Micay«, versuchte Rimachi zu vermitteln. »Solange er rechtzeitig zurück ist, um zusammen mit seinen Initiationsbrüdern ins Haus des Lernens zu gehen...«

»Ich spreche nicht von einem Besuch«, wandte Uritu ein. »Micay weiß das.«

»Ich werde ihn vermissen«, sagte Micay im verspäteten Versuch, ihr Zögern zu erklären, »aber wenn er es möchte, kannst du ihn mitnehmen.«

»Aber das geht doch nicht!« stieß Rimachi hervor. »Ihr könnt doch Sinchi nicht aus seiner Altersgruppe herausnehmen!«

»Cusi und ich haben Uritu versprochen, daß er unseren Sohn die Lebensweise der Campa lehren darf«, entgegnete Micay. Doch Rimachi gestikulierte ungeduldig mit seinem Becher.

»Aber bedenkt doch, wie lange das dauern könnte! Uritu, du weißt doch, wie es Cusi ging, als sein Vater damals drohte, ihn erst ein Jahr später zur Initiation zuzulassen. Würdest du das seinem Sohn antun wollen?«

»Sinchi hat das Wesen eines Campa«, hielt Uritu ihm ruhig entgegen. »Aber wenn er sich dafür entscheidet, auch die Ohrpflöcke zu tragen, kann er jederzeit zurückkehren.«

»Er hat das Blut eines Inka«, erklärte Rimachi, »also wird er selbstverständlich die Ohrpflöcke tragen wollen. Und es ist ihm und Topa bestimmt, Initiationsbrüder zu sein, genau wie wir vier es waren.«

»Wenn es so sein soll, wird es auch geschehen«, meinte Uritu. »Das ändert nichts an dem Versprechen, das mir gegeben wurde.«

Ein lautes Juchzen unterbrach die Diskussion; Sinchi und Cahua kamen angelaufen. Der Knabe blickte stumm, aber mit großer Ehrfurcht zu Uritu auf, während seine Schwester den Krieger mit ihrer üblichen forschen Art anredete.

»Warum bist du hier, Onkel Uritu? Du kommst doch gar nicht aus dem Südviertel!«

»Nein, meine Tochter«, antwortete Uritu. »Ich bin zu diesem Fest gekommen, um dich und deine Mutter zu sehen. Und um deinen Bruder einzuladen, mit mir nach Vitcos zu gehen.«

»Er hat gesagt, daß er weggehen würde«, berichtete Cahua, als hätte sie das schon immer geglaubt. »Falke hat es ihm gesagt.«

Sinchi lächelte seiner Mutter triumphierend zu, und Micay setzte sich auf die Bank und winkte ihn zu sich.

»Bist du bereit, mit deinem Onkel zu gehen, mein Sohn? Du warst noch sehr jung, als dein Vater und ich uns damit einverstanden erklärten. Es überrascht mich, daß du dich überhaupt an ihn erinnern kannst.«

»Ich kann mich schon erinnern«, erwiderte Sinchi ernst. »Er trägt Federn und hat eine Zeichnung im Gesicht, wie ich.«

»Er ist ein großer Krieger und ein Führer seines Volkes, und du mußt ihm gehorchen wie deinem Vater. Und er ist ein guter Mann; er wird sich sehr um dich kümmern.«

Sinchi nickte. »Wann besuchst du mich?« fragte er Micay.

»Ich muß hierbleiben und auf deinen Vater warten. Sobald er da ist, können wir dich vielleicht in Vitcos besuchen. Oder wir werden nach dir schicken. Du weißt, daß du jederzeit nach Cuzco zurückkommen kannst, wenn du das willst.«

Sinchi runzelte die Stirn und blickte unsicher zu Uritu auf. »Werde ich in Vitcos Freunde haben?«

»Jeder wird dein Freund sein«, versicherte ihm Uritu, »und der Wald dein Zuhause. Dort bist du nie allein.«

»Du könntest auch kommen«, wandte sich Sinchi plötzlich an seine Schwester, die im Verlauf des Gesprächs traurig geworden war. Doch sie schürzte die Lippen und schüttelte den Kopf.

»Ich gehöre zum Hof der Coya, und die Coya kann nicht im Regenwald leben«, sagte sie bestimmt.

»Nein«, gab Sinchi zu. Er legte ihr einen Arm um die Schulter und flüsterte ihr etwas ins Ohr, was ihre Traurigkeit sofort verschwinden ließ.

»Jetzt gleich?« fragte sie eifrig. Sinchi nickte vorsichtig und deutete mit dem Kinn auf Micay, woraufhin Cahua neben ihre Mutter auf die Bank kletterte.

»Er will mir Falke zeigen«, sagte sie leise.

Micay nickte. »Aber dann mußt du zu Onkel Amaru und Tante Parihuana gehen und ihnen sagen, daß du weggehst«, ermahnte sie Sinchi.

»Ich habe es ihnen schon gesagt, aber ich sage es nochmal«, antwortete Sinchi. Dann juchzte er Uritu zu und verschwand mit Cahua im Garten.

»Er zeigt ihr seinen Schutzgeist«, erklärte Micay Uritu. »Ich muß dir noch sagen, was ich darüber weiß, bevor ihr geht.«

»Ich werde dir gut zuhören«, erwiderte er. Dann sah er Rimachi an und lächelte. »Ein Campa-Zauberer, ein sehr alter und weiser Mann, sagte, daß viele Inka zu uns kommen und bei uns leben werden. Das hat er gesehen, und er glaubt, daß es bald eintreten wird.«

Rimachi brummte verächtlich. »Sagt er auch, daß das Huarachicoy dann in Vitcos stattfindet?«

»Warum seid Ihr so grob, Rimachi?« mischte Micay sich ein. »Wenn Ihr meinen Sohn kennt, dann wißt Ihr, daß er hier sehr unglücklich ist. Und wer kann schon sagen, wie lange irgend jemand hier noch glücklich sein kann? Huascar ist durch dieses eine Fest noch kein neuer Mensch geworden.«

»Wir können nicht alle unsere Kinder in den Wald schicken«, schimpfte Rimachi und leerte seinen Becher in einem Zug. »Bitte seid mir nicht böse. Aber Cusi hat immer etwas gehabt, das ihr beide besser verstehen konntet als ich: daß er irgendwo in seinem Herzen kein Inka sein wollte. Ich möchte, daß mein Sohn den Platz bekommt, den ich mir für ihn verdient habe, und das gleiche würde ich auch für meinen Neffen wollen. Und jetzt will ich noch etwas Akha…«

Damit machte er kehrt und ging. Micay und Uritu blickten ihm eine Weile schweigend nach.

»Den Cañari zeigt Huascar wohl ein anderes Gesicht«, bemerkte Uritu.

»Ja… Aber ich dachte, Rimachi wäre klug genug, ihm nicht zu trauen.«

»Das ist er auch. Eben deshalb ist es so schwierig für ihn. Nur wenn er vergessen könnte, wäre er in der Lage, hier glücklich zu sein.«

»Unwissenheit bedeutet für jene, die fühlen, keine Sicherheit«, erwiderte Micay und zitierte damit etwas, das Cusi vor langer Zeit einmal zu ihr gesagt hatte. Uritu nickte und gab ihr zu verstehen, daß er diesen Satz kannte.

»Ich werde deinem Sohn Wissen geben«, versprach er, »damit er sich schützen kann und sicher ist.«

Micay versuchte, die Tränen zurückzuhalten. »Ich bin überzeugt, daß du das wirst«, sagte sie mit erstickter Stimme. Dann stand sie auf und deutete mit dem Kinn auf die Menge um Chuqui. »Komm, ich stelle dich der Coya vor, solange der Zauber des Inti Raimi noch über uns liegt – solange wir noch fühlen dürfen…«

KAPITEL 20

Cachacona: Botschafter (1529)

Quito

Von der Paßhöhe führte ein steiler, kurvenreichen Pfad sie zur Hochebene hinab. Unten angekommen, blieben die drei stehen und ließen den Blick über das hügelige Land schweifen, auf dem nur kniehohes Gras wuchs, aber kein Baum, der den Himmel verbarg. Sie sahen sich an und lächelten.

Als erster brach Huaman Cachi das Schweigen, indem er mit dem Speer auf seinen Schild klopfte und einen Freudenschrei ausstieß, der eine Herde Lamas aufschreckte. Dann verfiel er in einen Laufschritt, so daß Cusi und Tarapaca rasch nach ihren Schilden und Waffen griffen und ihm nacheilten. Cusi fühlte die Sonne und den Wind auf seinem Gesicht, atmete die dünne, trockene Luft ein und freute sich, wieder über festen Boden zu laufen und nicht mehr gegen Morast und Schlingpflanzen ankämpfen zu müssen.

Bei der nächsten Erhebung verlangsamten sie ihr Tempo und lachten darüber, daß sie so ausgelassen gerannt waren. Cusi fühlte sich noch leicht und etwas schwach von der umfassenden rituellen Reinigung, der er sich unterzogen hatte, aber er konnte wieder scharf sehen, und es zuckten ihm auch keine Farbblitze mehr vor den Augen. Die körperlichen Auswirkungen des Ayahuasca – der Ranke des Todes – waren ebenfalls abgeklungen, doch die Erfahrungen, die er dabei gemacht hatte, waren ihm noch sehr lebendig. Er hatte ein derartiges Erlebnis gebraucht, selbst wenn er dabei keinen Blick in die Zukunft hatte werfen können. Gleichgültig, was er in dieser Welt – der Welt, die er kannte – noch alles durchstehen mußte – es würde niemals so fremd und furchteinflößend sein wie die Traumwelt des Ayahuasca.

»Und wir haben überlebt«, sagte er laut. Huaman und Tarapaca nickten beifällig, ohne weitere Fragen zu stellen. Dann klopfte Cusi mit seiner Streitaxt auf den Schild im Wissen, daß er seine Aufgabe bei dem, was ihnen bevorstand, erfüllen würde, was immer sie auch sein mochte.

Huallpa saß vor dem Haupttor der Stadt und befestigte Federn an Pfeilen. Sobald er sie kommen sah, sammelte er seine Sachen ein und lief ihnen entgegen, begrüßte sie aber zurückhaltend, als er ihre von Insekten zerstochenen Gesichter und die goldenen Federn um ihre Handgelenke sah.

»Seid gegrüßt, Herr«, sagte er zu Cusi. »Tomay Guanaco wartet auf Euch im Anwesen Eures Bruders. Wahrscheinlich ist Quilaco Yupanqui noch bei ihm. Sie warten schon seit zwei Tagen auf Euch.«

Cusi nickte und schritt durch das Tor. »Welche Nachrichten gibt es?«

»Die Huancavelica haben sich Quizquiz ergeben«, berichtete Huallpa, »und die Coya versucht zwischen Huascar und Atahualpa Frieden zu stiften.«

»Chuqui Huipa oder ihre Mutter?«

»Chuqui Huipa«, erwiderte der Junge. »Aber Rahua Ocllo unterstützt sie, ebenso wie die meisten Priester in Cuzco und die Hohepriesterin von Titicaca.«

»Tocto?« murmelte Cusi überrascht. Dann blickte er Huallpa forschend an.

»Die Aussicht auf Frieden verstört dich offenbar nicht. Wie kommt das?«

Huallpa errötete und zuckte die Achseln. »Quilaco wird als Botschafter Atahualpas nach Cuzco geschickt. Er möchte, daß Ihr ihn begleitet.«

Cusi blieb vor Amarus Anwesen stehen und warf seinen Kameraden einen bedeutungsvollen Blick zu. »Erinnert ihr euch, wie Kirupasa sagte, in einem meiner Träume hätte ich die Zukunft gesehen? Aber er wollte mir nicht sagen, in welchem ...«

»Der Mann, der dich töten will«, mutmaßte Tarapaca.

»Ja, der Mann mit dem Blasrohr«, bestätigte Huaman Cachi, und Cusi nickte. Allmählich begriff er einige der Dinge, die Kirupasa ihm gesagt hatte, als er träumte.

»Wir haben von den Shuara noch viel mehr erfahren als nur ihre Absichten«, erklärte er auf Huallpas fragendes Gesicht hin. »Vielleicht hätte ich dich doch nicht mit Tomay zurückschicken sollen.«

»Ich war froh, aus dem Dschungel fortzukommen«, antwortete Huallpa ohne Bedauern. »Ich fand es entsetzlich dort.«

»Wir auch«, pflichtete Huaman Cachi bei, und lachend betraten sie das Anwesen. Cusi betrachtete den Garten auf der ersten Terrasse, in dem neben Obstbüschen und Blumen auch Feldfrüchte wuchsen. Bevor er zu den Shuara aufgebrochen war, hatte er sie dort gepflanzt, und es freute ihn zu sehen, daß die Gefolgsleute die Beete gut gepflegt hatten. Auch die bestellten Felder vor der Stadt waren in gutem Zustand; das bedeutete, daß die Landarbeit nicht vernachlässigt worden war und sie sich bald selbst mit Lebensmitteln versorgen konnten.

Tomay und Quilaco warteten auf der zweiten Ebene in der Nähe der Fischbecken, die Cusi immer an Sinchi denken ließen.

»Ich bin froh, daß die Shuara euch nicht kopflos zu uns zurückgeschickt haben«, begrüßte Tomay sie befriedigt. »Aber vielleicht sollte ich euch sagen, daß Atahualpa meinte, ihr hättet den Kopf schon verloren, als ich ihm erklärte, warum ihr dort bleiben wolltet.«

»Wir haben von Kirupasa viel gelernt«, wandte Cusi ein. »Und obwohl er dem Vertrag zugestimmt hatte, hätte er ihm nicht getraut, wenn er mir nicht ins Herz hätte sehen dürfen, um meine Vertrauenswürdigkeit zu überprüfen.«

»Und das hast du zugelassen?« fragte Quilaco abrupt, unfähig, seine Ungeduld noch länger zu verbergen.

»Ich konnte ihn kaum daran hindern, nachdem ich das Ayahuasca getrunken hatte«, antwortete Cusi in nicht minder scharfem Ton. »Ich werde mich für meine verspätete Rückkehr nicht entschuldigen. Als ich zu den Shuara aufbrach, stand ein Frieden zwischen Atahualpa und Huascar noch nicht in Aussicht, und nichts hat dich gedrängt, schnell nach Cuzco zu gehen.«

»Dann hat der Junge euch also davon erzählt«, folgerte Quilaco und erhob sich. »Ja, ich bin ungeduldig. Wir dürfen diese Gelegenheit nicht ungenutzt verstreichen lassen. Chuqui Huipa hat bei den Feierlichkeiten zum Capac Raimi eine Versöhnung vorgeschlagen und wird darin von den Haushalten und den meisten Priestern unterstützt. Offenbar ist es ihnen gelungen, Huascar zum Zuhören zu bewegen.«

»Und was soll er sich anhören?«

»Einen feierlichen Treueschwur von Atahualpa. Im Gegenzug soll er Atahualpa als Regenten der Nordprovinzen anerkennen, der zwar dem Befehl des Sapa Inca untersteht, aber keine Arbeitssteuer an Cuzco entrichten muß.«

»Und du sollst diesen Treueschwur übermitteln?« fragte Cusi skeptisch. »Wird Huascar dich denn an Atahualpas Statt empfangen?«

»Das wurde uns nicht versprochen«, gestand Quilaco. »Aber Atahualpa schickt zusammen mit mir auch Inca Pasac und zwei weitere seiner Brüder nach Cuzco.«

»Huallpa sagte, ich soll dich begleiten. Wessen Idee war das?«

»Meine«, gab Quilaco unumwunden zu. »Aber Atahualpa meint

auch, daß du nützlich sein wirst. Er weiß, daß Micay Chuqui nahesteht und daß du früher schon mit Huascar gesprochen hast.«

»Und warum glaubst du, daß ich nützlich sein werde?«

»Aus den gleichen Gründen«, setzte Quilaco an, unterbrach sich dann aber ärgerlich. »Das stimmt nicht. Ich könnte zwar sagen, daß ich dich bei mir haben möchte, weil du mutig und vertrauenswürdig bist, aber das ist nicht der wahre Grund. Ich möchte dich dabeihaben, weil du Wissen und Kräfte besitzt, die uns retten könnten, wenn alles andere scheitert.«

Cusi konnte der Versuchung, Quilaco zu verspotten, nicht widerstehen. »Vielleicht die Art Wissen, die ein Shuara-Zauberer vermitteln kann?« fragte er grinsend.

»Was immer dich trotz all der mächtigen Feinde, die du dir gemacht hast, am Leben erhalten hat«, gab Quilaco brüsk zurück. »Einige Leute fürchten dich allein schon wegen deines Rufs.«

»Huascar allerdings nicht«, erwiderte Cusi und dachte an den Mann, der ihn im Traum verfolgt hatte. »Du willst mir also sagen, daß diese Mission gefährlich sein wird.«

»Wenn sie ungefährlich wäre, würde Atahualpa selbst gehen«, räumte Quilaco ein. »Aber Chuqui hat viel riskiert, um diesen Vorschlag zu machen. Und selbst wenn nur eine kleine Chance besteht, daß es dadurch zum Frieden kommt, bin ich bereit, mein Leben dafür zu riskieren. Bist du auch dazu bereit, Cusi Huaman?«

Bei dieser förmlichen Frage mußte Cusi unwillkürlich lächeln. »Ich glaube nicht, daß ein Versprechen von Huascar irgend ein Risiko wert ist, Quilaco Yupanqui«, erwiderte Cusi. »Aber ich begleite dich alleine schon wegen der Aussicht, meine Frau und Kinder wiederzusehen. Wann brechen wir auf?«

Quilaco brummte erleichtert. »Sobald die Geschenke fertig sind. Wir dürfen einige Männer als Begleitung mitnehmen, und Tomay hat sich angeboten, sie zu führen. Ich überlasse es euch beiden, diese Männer auszusuchen.«

Zum Abschied streckte er Cusi eine Hand hin, und Cusi drückte sie fest zum Zeichen, daß er sich Quilaco verpflichtet hatte, auch wenn er dessen Hoffnungen nicht teilte.

Als Quilaco verschwunden war, wandte sich Cusi an Tomay. »Du hast dich diesem Kommando also auch angeschlossen, mein Bruder.«

Tomay zuckte die Achseln. »Wir haben zuviel gemeinsam durchgestanden, als daß ich dich ein zweites Mal alleine nach Cuzco gehen lassen kann. Nupchu wußte Bescheid, noch bevor ich ihr etwas sagen konnte. Sie meinte, wir sollen Micay und Rimachi und alle Kinder mit uns zurückbringen.«

»Das sollten wir tun«, stimmte Cusi zu. »Vielleicht ist es unsere letzte Gelegenheit.«

Tarapaca räusperte sich höflich. »Wir haben auch einiges gemeinsam durchgestanden. Darf ich einer der Männer sein?«

»Aber sicher«, antwortete Tomay und lächelte Tarapaca verschmitzt zu. »Du magst zwar ein Lupaca sein, aber für mich bist du ein Falke.«

»Herr?« fragte Huaman Cachi bittend, und Cusi entsprach seinem Wunsch mit einem Nicken. Jetzt blieb nur noch Huallpa, und Tomay überließ Cusi diese Entscheidung mit einem skeptischen Achselzukken, das Huallpa entsetzt auffahren ließ.

»Ihr würdet mich doch nicht hierlassen?«

»Das kommt darauf an, ob ich mich auf dich verlassen kann«, gab Cusi zu bedenken. »In Cuzco wirst du vielleicht den Mördern deines Vaters gegenüberstehen, und wenn du ihnen auch nur andeutest, wer du bist oder was du gesehen hast ...«

»Ich werde ihnen gar nichts andeuten!« versprach Huallpa. »Ich möchte nur meine Mutter und Yutu von dort wegholen!«

»Vielleicht gelingt uns das nicht«, meinte Cusi abwägend. »Es könnte sein, daß man uns bedroht und mißhandelt und wir uns demütigen lassen müssen. Für Wut oder Rachegedanken ist dort kein Platz.«

»Ich werde Euer Vertrauen nicht enttäuschen«, gelobte der Junge. Cusi musterte ihn einen Augenblick, um sich von seiner Glaubwürdigkeit zu überzeugen.

»Gut. Dann bis du einer von uns. Unterwegs wirst du anfangen, den Umgang mit Waffen zu lernen. Huaman Cachi wird dich unterrichten.«

Zufrieden, aber verwirrt blickte Huallpa vom einen zum anderen.

»Erzähl ihm von deinem Traum«, forderte Cusi Huaman Cachi auf. »Du mußt ihn bereit, aber nicht waghalsig machen.«

»Bereit wofür?« fragte Huallpa. Als Antwort warf Huaman Cachi ihm einen kühlen, forschen Blick zu, als ob er dem Jungen sein geringes Alter und seine Unerfahrenheit beweisen wollte.

»Bereit, Titu Atauchi zu töten«, sagte er dann und lachte über den schockierten Ausdruck auf Huallpas Gesicht. »Schau, jetzt bist du schon weniger waghalsig.«

Cusi griff nach seinem Bündel und ging auf das Badehaus zu, gefolgt von Tomay. »Was hast du noch geträumt?«, fragte er.

»Vieles«, antwortete Cusi erschöpft. »Ich erzähle dir unterwegs davon. Ich muß mich auch bereit machen. Es gibt einen Mann, der mich töten will, und ich glaube, er ist in Cuzco ...«

Cuzco

Cahua konnte in dem Gedränge um die Sänfte der Coya nichts erkennen, aber die Frauen um sie herum brachen in Jammern und Klagen aus. Endlich gelang es ihr doch, einen kurzen Blick auf Chuquis Gesicht zu werfen: Es war geschwollen und blutüberströmt.

Entsetzt lief Cahua zum Eingang, durch den Chuqui getragen worden war, aber der Wachposten schickte sie freundlich fort. Als sie sich hilfesuchend an Machacuay wenden wollte, blinzelte er sie nur verwirrt an, als wisse er nicht, wer sie sei.

»Huascar hat sie geschlagen«, stieß er hervor. Dann begann sein Körper unkontrolliert zu zucken, und er fiel zu Boden. Cahua hüllte ihn vorsichtig in eine Decke, legte seinen Kopf in ihren Schoß und flüsterte ihm tröstende Worte zu. Als seine Augen sich schließlich einen Spalt öffneten, flößte sie ihm ein wenig Wasser ein und versicherte ihm, er sei außer Gefahr.

Doch diese Lüge konnte sie selbst nicht beruhigen; sie verstand nicht, was um sie herum vorging. Die klagenden Frauen erinnerten sie an die Trauer um Onkel Lloque und Yasca, und das bedeutete, daß Huascar etwas wirklich Böses gemacht haben mußte. Alles verwirrte sie zu sehr, und so dachte sie statt dessen an ihren Vater, der auf dem Weg nach Cuzco war. Und dieses Mal würde er die Stadt betreten! Beim letzten Mal war er umgekehrt wegen der Dinge, die die bösen Männer Onkel Lloque angetan hatten, aber jetzt kam er, um mit Huascar Frieden zu schließen. Dann würden sie endlich wieder alle zusammen sein, bis auf Sinchi; aber vielleicht würden sie ihn ja dann in Vitcos besuchen.

Plötzlich wurde es still um sie, und sie hob den Kopf und sah eine kleine Frau mit Gefolge den Hof betreten. Als die Sonne auf das Silber um die Handgelenke, den Hals und die Stirn dieser Frau fiel, schien sie in gleißendem Licht zu erstrahlen. Die anderen Frauen entboten ehrerbietig eine Mocha, aber Cahua starrte die Erscheinung nur an. Die Silberne Frau ging mit gemessenen Schritten auf sie zu und ließ ihren Blick rasch über den ganzen Hof schweifen, bevor er auf Cahua zu ruhen kam.

»Mamanchic«, murmelte Cahua, als ihr schließlich die Bedeutung der Silberscheibe bewußt wurde, und sie verbeugte sich. Die Frau lächelte und gab ihr ein Zeichen aufzustehen.

»Weißt du, wer ich bin, meine Tochter?« fragte sie mit tiefer Stimme.

»Die Hohepriesterin von Titicaca«, erwiderte Cahua vorsichtig, aber noch bevor die Frau nickte, wußte sie, daß sie recht hatte.

»Ich bin Tocto Oxica, die Schwester der Coya Chuqui Huipa. Kannst du mir sagen, wo ich sie finde?«

»Sie ist dort drinnen, Herrin«, erklärte Cahua und zeigte stirnrunzelnd mit dem Kinn auf die Tür. »Huascar hat sie geschlagen.«

Das Lächeln der Frau verschwand so schnell aus ihrem Gesicht, daß Cahua überzeugt war, etwas Falsches gesagt zu haben.

»Geschlagen!« wiederholte die Hohepriesterin ungläubig. »Weißt du, was du da sagst, Kind? Von wem weißt du das?«

»Von Machacuay«, antwortete Cahua zaghaft und deutete auf den Mann, der auf dem Boden neben ihr lag. »Er ist der Diener meiner Mutter.«

»Und warum schläft er hier?«

»Er ist in Ohnmacht gefallen. Das passiert manchmal, wenn er sich aufregt«, erklärte sie. »Als er das Fieber hatte, in Quito, ist er auch geschlagen worden.«

Tocto Oxica drehte sich zu den Mamacona um, die nicht minder zweifelnd dreinblickten als sie selbst. »Du bist noch sehr jung, um solche Dinge zu wissen, meine Tochter. Wer bist du?«

»Ich heiße Cahua, Herrin. Ich bin eine der Frauen der Coya und eine Heilerin, wie meine Mutter. Sie ist bei Chuqui.«

»Ich muß auch zu ihr«, erklärte die Frau entschlossen und streckte Cahua nach kurzem Zögern eine Hand hin. »Kannst du mich zu ihr führen?«

Cahua betrachtete Machacuay noch einmal und geleitete die Frau dann stolz zur Tür. Als sie den Vorhang beiseiteschoben, sahen sie Chuqui mit mehreren Frauen auf einem Lager aus Matten sitzen. Die Alte Coya stand im Raum und überragte damit alle anderen.

»Es ist viele Jahre her, Mutter«, sagte Tocto Oxica, ließ Cahua los und streckte Rahua Ocllo beide Hände entgegen.

»Ich bin erfreut und fühle mich geehrt, Mamanchic«, erwiderte Rahua Ocllo, ergriff die Hände ihrer Tochter und verbeugte sich. Dann führte sie Tocto zu Chuqui.

»Schwester«, murmelte Chuqui schwach, als Tocto sich vor ihr hinkniete. Chuquis Gesicht war nicht mehr blutig, aber völlig zerschunden; ein Auge war dick zugeschwollen und die Unterlippe aufgeplatzt.

»Ich bin gekommen, um dich zu unterstützen, Chuqui«, erklärte Tocto, »wie ich es dir versprochen hatte. Als ich ankam, sagte man mir, daß Huascar zu seinem Landsitz in Calca abgereist ist. Warum hat er dir das angetan?«

Mit einer schwachen Geste bedeutete Chuqui Micay, an ihrer Statt zu antworten.

»Er hat sie alleine zu sich in den Collcampata gerufen«, begann Micay. »Er wollte, daß sie mit ihm nach Calca reist, aber sie weigerte sich. Sie sagte, sie müsse hierbleiben, um Euch, Herrin, und die Botschafter Atahualpas zu begrüßen. Er hat sie bedroht und bestand darauf, daß die Botschafter zu ihm nach Calca kommen. Und als sie sich immer noch weigerte, hat er … das getan.«

»Sag ihr alles, Micay«, forderte Chuqui sie auf. »Er hat sich mir aufgezwungen!«

»Meine Schwester, hier sitzt ein Kind«, warnte Tocto, und zum ersten Mal hob Chuqui den Kopf, so daß sie Cahua sehen konnte.

»Cahua, mein Kind«, stieß sie weinend hervor. »Daß du mich so sehen mußt… Komm, sing für mich. Sing für mich, damit es mir wieder besser geht…«

Die Silberne Frau trat zurück, damit das Mädchen sich neben Chuqui setzen konnte, und dann begann Cahua zu singen. Sie wählte ein Lied an Mama Quilla, mit dem sie die Mamanchic noch mehr beeindrucken würde.

Die anderen Frauen standen leise auf und verließen den Raum, aber Micay und Tocto Oxica blieben auf Rahua Ocllos Bitte hin zurück.

»Das sind Chuquis engste Gefährtinnen«, erklärte sie Tocto, nachdem sie ihr die beiden vorgestellt hatte. Tocto gab ihnen die Hand und nahm ihre Verbeugungen entgegen. Dabei sah sie Micay ein wenig fragend an.

»Wir müssen beschließen, was wir jetzt tun«, fuhr Rahua Ocllo fort. »Wenn wir Quilaco Yupanqui und die anderen Botschafter nicht warnen, werden sie bald hier eintreffen. Vielleicht sollten wir ihnen einfach raten umzukehren.«

»Aber dann hätte es den Anschein, daß wir und Atahualpa – und nicht Huascar – diesen Versöhnungsversuch abbrechen«, wandte Tocto ein. »Wir müssen zumindest dafür sorgen, daß die Möglichkeit eines Friedens bestehen bleibt. Und wir müssen versuchen, die Botschafter am Leben zu erhalten.« Nach einem kurzen Augenblick des Nachdenkens sagte sie entschlossen: »Ich werde sie empfangen. Habt ihr Krieger, denen ihr vertrauen könnt?«

»Du stehst Rimachi am nächsten, Micay«, meinte Rahua Ocllo. »Können wir ihm noch vertrauen?«

Aus den Augenwinkeln sah Micay, daß Tocto allmählich begriff, wer vor ihr stand, aber sie antwortete Rahua Ocllo ohne zu zögern. »Wir können ihm vertrauen.«

»Er ist der Hauptmann von Chuquis Leibwache«, erklärte die Alte Coya. »Er ist ein Cañari, aber auch ein Inka nach Stand.«

»Ja, ich kenne ihn«, sagte Tocto und lächelte Micay zu. »Ich glaube, ich kenne auch dich, meine Tochter. Hanp'atu hat mir vor vielen Jahren deinen Namen genannt.«

»Ich lasse euch alleine, damit ihr miteinander reden könnt«, sagte Rahua Ocllo ungeduldig. »Ich muß mit Rimachi sprechen und herausfinden, wo die Botschafter jetzt sind und ob wir ihnen eine Nachricht zukommen lassen können.«

Mit einer knappen Verbeugung verließ sie den Raum, und Tocto wandte sich wieder Micay zu.

»Vielleicht kannst du mir mein Quartier zeigen«, schlug sie vor, und zu zweit verließen sie das Zimmer. Cori Cuillor und Cahua, die immer noch sang, blieben bei Chuqui zurück.

»Deine Tochter ist ein außergewöhnliches Kind«, sagte Tocto im Gehen. »Ich wußte nicht, warum ich mich so von ihr angezogen fühlte, bis meine Mutter erwähnte, daß du Rimachi kennst. Dann wurde mir klar, daß du ihre Mutter bist.«

Als Micay Tocto zum Hof hinausführte, schlossen die Mamacona sich ihnen an, und ein Bediensteter eilte voraus, um die Ankunft der Hohenpriesterin in ihrem Quartier zu melden.

»Wo ist Cusi jetzt?« wollte Tocto wissen, und Micay wurde bewußt, daß zum ersten Mal sein Name fiel, obwohl sie beide an ihn gedacht hatten.

»Er ist einer der Botschafter, Herrin«, erwiderte sie. »Ich warte seit zwei Monaten auf ihn.«

»Ach, das habe ich nicht gewußt«, sagte Tocto entschuldigend. »Ich habe nur die Namen Quilaco und Inca Pasac gehört. Hätten wir ihnen raten sollen umzukehren?«

Micay schüttelte den Kopf. »Nein, Herrin. Ich bin der gleichen Meinung wie Ihr. Und wenn wir dafür Sorge tragen können, daß er sicher in die Stadt kommt, dann wird er auch einen Weg finden, um Cuzco wieder zu verlassen.«

Tocto schnalzte anerkennend mit der Zunge. »Dann ist er noch der gleiche Cusi, den ich kannte.«

Sie waren im Quartier der Mamacona angekommen, und Micay wollte sich verabschieden, doch Tocto hielt sie zurück. »Bevor du gehst, mußt du mir noch den Rest erzählen. Warum hat Huascar sie geschlagen?«

Micay atmete tief aus. »Ich weiß nicht, ob er wirklich erwartete, daß sie mit ihm nach Calca gehen würde. Vielleicht wollte er ihr damit nur wieder einmal beweisen, daß sie keine Macht über ihn besitzt – zuerst läßt er sie flehen, daß sie ihrem Friedensvorschlag zustimmen, und dann verlacht er sie vor ihren Beratern. Aber damit wurde Chuqui noch ganz gut fertig. Doch sobald sie alleine waren, ging er auf sie los und zerrte an ihren Kleidern, und als sie sich wehrte, warf er sie zu Boden und band sie fest, und dann nahm er sie wie ein Tier. Er hat so fest wie möglich zugestoßen, um ihr wehzutun.«

Erschrocken wurde Micay bewußt, daß sie mit der Hohenpriesterin sprach, die nicht in der Welt von Männern und Frauen lebte. Aber Tocto nickte nur, und Micay erkannte, daß nicht die Tatsachen sie entsetzten, sondern ein innerer Kummer sie verstörte.

»Sogar das hat Chuqui überlebt«, fuhr Micay fort. »Aber als er fertig war und sie losband, grinste er sie an, stolz wie ein kleiner Junge, der erwartete, daß sie sich von seiner Kraft beeindruckt zeigte. Und in diesem Augenblick haßte Chuqui ihn so sehr, daß sie das eine sagte, von dem sie wußte, daß sie ihn treffen würde.« Micay seufzte. »Sie sagte: ›Du betrachtest dich als einen Mann, Kleiner Bruder. Aber Ninan Cuyochi mußte mich nie zwingen.‹ Da erst hat er sie zusammengeschlagen, Herrin.«

Toctos Gesicht wurde ausdruckslos. »Ich wußte, daß ich es nicht ertragen würde, mit ihm verheiratet zu sein«, erwiderte sie. »Deswegen habe ich mich für die Insel und die Gesellschaft der Pilger und Mamacona entschieden. Ich wußte, daß meine Erinnerungen schöner sein würden als alles, was ich mit Huascar erleben könnte.«

»Eure Erinnerungen mit Cusi«, vermutete Micay, und Tocto nickte.

»Ich wußte nie, ob ich den Gerüchten über Chuqui und Ninan Glauben schenken sollte, aber ich war immer davon überzeugt, daß Cusi um meine Hand gebeten hat. Das war schlecht von mir, Micay. Ich ließ ihn sein Leben riskieren, obwohl ich wußte, daß es unmöglich war. Aber trotzdem ... zu wissen, daß er mich so liebte, hat mir sehr geholfen.«

»Er hat wirklich um Eure Hand gebeten«, bestätigte Micay. »Das war das einzige, was er von Eurem Vater wollte, und als es ihm verwehrt wurde, hat er lange Zeit getrauert.«

Tocto lächelte gequält, aber dann schüttelte sie entschuldigend den Kopf. »Du bist sehr freundlich, Micay. Bitte verzeih mir meine Selbstsucht. Sie ist einer der vielen Gründe, weswegen ich meinen Titel nicht verdiene. Willst du mit mir kommen, um die Botschafter zu empfangen?«

»Es wäre mir eine Ehre, Herrin.«

»Wir müssen versuchen, Chuquis Plan zu retten«, erklärte Tocto überzeugt. »Das bin ich ihr schuldig.«

Micay verbeugte sich ehrerbietig, und Tocto hob die Hand, um sie zu segnen. »So vieles ist zerbrochen, Micay«, seufzte sie. »Ich werde

zu Mama Quilla beten, damit sie uns wieder ganz macht. Bevor die
Stücke in alle Winde verstreut werden...«

Apurimac

Das erste Kontingent von etwa zwanzig Kriegern schloß sich ihnen
hinter Vilcashuaman an und unternahm keinen Versuch, sie zu überholen. In Abancay gesellten sich weitere Zwanzig als Vorhut zu ihnen,
und am Rasthaus in Sahuite wartete eine dritte Abordnung, die sie zu
beiden Seiten flankierte. Bei den Kriegern handelte es sich vorwiegend um Cañari und Chachapoyas unter der Führung von Inka-
Hauptleuten, die zu jung waren, um Schlachterfahrung zu besitzen.
Sie hielten stets einen gebührenden Abstand zu den Botschaftern und
gaben ihnen dadurch das Gefühl, isoliert und zahlenmäßig unterlegen
zu sein.

Abgesehen von den zwei Trägern und dem Hirten bestand die
Gruppe der Botschafter aus neun Männern. Vier von ihnen – Quilaco,
Inca Pasac, Topa Poma und Yahuar Huacac – trugen nur zeremonielle
oder gar keine Waffen und reagierten mit verächtlicher Gleichgültigkeit auf die Krieger. Cusi und seine vier Kameraden hingegen waren
voll bewaffnet, und sie wollten die Anwesenheit der Truppen nicht
ignorieren. Cusi betrachtete sie als eine echte Bedrohung; deshalb
arbeiteten sie in ihren Marschpausen Pläne aus, wie sie sich im Falle
eines Angriffs freikämpfen würden. Daß sie keine Chance hatten,
wenn es zu einem offenem Kampf kommen sollte, war ihnen allen
bewußt, und deswegen wurde diese Möglichkeit gar nicht besprochen.

Als sie eine Bergkuppe überschritten, sahen sie eine weitere
Gruppe Bewaffneter in der Mitte der Straße auf sie warten. Cusi
erkannte ihren Führer als den Kriegshäuptling Atoc und warf Tomay
und Tarapaca einen warnenden Blick zu.

»Haltet euch kampfbereit«, forderte er sie auf.

»Bist du verrückt?« flüsterte Quilaco ungläubig.

»Wenn es sein muß, ja«, erwiderte Cusi brüsk und wandte seine
Aufmerksamkeit wieder dem gedrungenen Atoc zu, der eine Keule
mit gezähntem Kopf aus schwarzem Stein in den Händen hielt. Sogar
aus der Entfernung fühlte Cusi die Bedrohung, die von ihm ausging.
Schon vor längerer Zeit war ihm klargeworden, daß der Mann, der ihn
töten wollte, kein Shuara mit einem Blasrohr sein würde wie in
seinem Traum. Falls es Atoc war, wollte er gewappnet sein.

Doch bevor die Botschafter die wartenden Krieger erreichten, trat ein Bote auf Atoc zu, und seine Männer drehten sich um und blickten auf die Straße hinter sich. Tarapaca, der über Cusis Kopf hinwegsehen konnte, flüsterte ihm ins Ohr: »Da kommt noch jemand. Eine Prozession ... mit einer Sänfte.«

Die Botschafter hielten vor Atoc an, der wütend herumwirbelte. »Der Sapa Inca hat sich auf seinen Landsitz in Calca begeben«, stieß er hervor. »Er empfängt euch dort. Ich führe euch zu ihm, nachdem ihr in Cuzco eure Opfer dargebracht habt.«

»Wir hatten erwartet, unseren Treueschwur auf dem Haucaypata vor allen Inka abzugeben«, wandte Inca Pasac höflich ein.

»Er wird euren Schwur persönlich entgegennehmen«, beharrte Atoc. Dann mußte er beiseitetreten, um der Sänfte Platz zu machen, die direkt vor die Botschafter getragen wurde. Sie war offen und mit himmelblauem Tuch drapiert, in das silberne Fäden eingewoben waren, und die Frau, die darin saß, trug die silberne Mondsichel der Hohenpriesterin. Es war Tocto Oxica. Als die Sänfte abgestellt wurde, sanken die Krieger auf die Knie, und Cusi bemerkte, daß Atoc seine Keule beiseitelegte und mit beiden Händen eine Mocha entbot. Erst jetzt fühlte er sich sicher genug, dasselbe zu tun, und mit den Küssen, die er in Toctos Richtung blies, entlud sich die Spannung, die sich in ihm aufgestaut hatte.

Ihren langen blauen Umhang über den Boden schleifend, verließ Tocto die Sänfte und ging achtlos an Atoc vorüber; ihr heiteres Lächeln galt nur den Botschaftern. Der Klang ihrer vertrauten dunklen Stimme ließ Cusi erbeben.

»Seid gegrüßt, meine Söhne. Ich möchte euch in Cuzco willkommen heißen und euch zu dem Fest geleiten, das zu euren Ehren vorbereitet wurde.«

Cusi verbeugte sich gleichzeitig mit den anderen Männern. Toctos ruhige, kraftvolle Ausstrahlung beeindruckte ihn, auch wenn er in ihrem Gesicht kaum das junge Mädchen erkennen konnte, das er geliebt hatte. Vielleicht hatte auch er sich so stark verändert, denn sie hatte ihm nicht mehr Aufmerksamkeit geschenkt als den übrigen.

»Quilaco Yupanqui«, sagte sie, als die Männer sich wieder aufgerichtet hatten. »Meine Mutter denkt mit Zuneigung an dich und erwartet deine Ankunft mit Ungeduld, ebenso wie deine Töchter. Aber zuvor mußt du mir deine Gefährten vorstellen ...«

Als ersten nannte Quilaco Inca Pasac, den Bruder Atahualpas und Kommandeur eines Regiments in Quito. Topa Poma war ebenfalls ein Kommandeur, und Yahuar Huacac war der Micho von Tumbez gewesen; beide waren Söhne Huayna Capacs von rangniedrigeren Gemahlinnen und hatte ihre Kindheit zusammen mit Atahualpa verbracht.

Während Quilaco sprach, schlich Atoc zu Tocto und versuchte, ihre Aufmerksamkeit auf sich zu lenken.

»Verzeiht mir, Mamanchic«, sagte er flehend. Das Lächeln verschwand aus Toctos Gesicht, und sie drehte sich um und fuhr ihn mit scharfer Stimme an: »Was willst du? Was tust du hier mit deinen vielen Kriegern? Diese Männer sind in friedlicher Absicht gekommen und brauchen deinen Schutz nicht!«

»Herrin, der Sapa Inca hat mich geschickt...«

»Jetzt bin ich hier, und damit wirst du nicht mehr gebraucht«, entgegnete sie. Als Atoc etwas einwenden wollte, fuhr sie grimmig fort: »Und ich bin mir sicher, daß du mich nicht beleidigen möchtest, indem du mir widersprichst.«

»Nein, Herrin«, erwiderte Atoc rasch und trat einige Schritte zurück. Sie beobachtete, wie er seine Keule ergriff und seinen Hauptleuten einen Befehl erteilte, und dann wandte sie sich wieder den Botschaftern zu, die sich erneut vor ihr verbeugten. Als Cusi aufblickte, sah er ihre Augen auf sich ruhen und konnte nicht ein Lächeln zurückhalten, das die Grenzen des Anstands überschritt.

In gespielter Überraschung hob Tocto die Augenbrauen. »Freust du dich so sehr, mich zu sehen, Cusi Huaman?«

»Ja, Herrin«, gab Cusi kühn zurück. »Mir ist Euer Schutz weitaus lieber als der des Kriegshäuptlings.«

»Botschafter brauchen keinen Schutz« sagte sie mit einem Blick auf seine Streitaxt. »Du bist offenbar der einzige, der das nicht glaubt.«

»Ich habe gelernt, den Sitten nicht allzu sehr zu vertrauen, Herrin. Sie konnten die Männer nicht schützen, die mich beim letzten Mal hierher führten.«

»Das ist wahr«, pflichtete Tocto bei und blickte die Botschafter ernst an. »Wir sprechen später über die Aussichten eurer Mission. Jetzt möchte ich euch bitten, unseren Willkommensgruß mit offenem Herzen entgegenzunehmen und uns mit eurer Gesellschaft zu beehren.«

Die Männer verbeugten sich dankbar, und als Cusi sich dieses Mal aufrichtete, fiel sein Blick auf Micay, die mit den Mamacona hinter Tocto stand. Unwillkürlich stieß er einen Juchzer aus.

»Bedeutet das, daß du einwilligst?« fragte Tocto und führte Micay nach vorne. Micays Augen waren feucht, und ihr Lächeln wirkte betörend.

»Ich willige ein«, erwiderte Cusi überzeugt, trat über Schild und Streitaxt hinweg und drückte Micay fest an sich. Zumindest in diesem Augenblick wußte er, warum er den langen Weg nach Cuzco auf sich genommen hatte.

Quillarumi

Trotz der Anwesenheit Tocto Oxicas sowie der Krieger, die Rimachi um das Rasthaus postiert hatte, ließ Cusi sich nicht davon abbringen, daß er und seine Kameraden selbst einen der Wachposten hinter ihrem Quartier besetzten. Außerdem bestand er darauf, die letzte Nachtwache persönlich zu übernehmen. Micay wußte, daß dieser Wachdienst ihm ein großes Bedürfnis war, und erhob keine Einwände; sie tröstete sich damit, daß er den Großteil der Nacht mit ihr verbringen würde. Sie redeten viel und liebten sich, und Cusi wurde nicht müde, bis die Mitte der Nacht überschritten war. Als er sich schließlich von ihrem Lager fortschlich, bemerkte Micay es kaum.

Aber in der ersten Morgendämmerung wachte sie mit einem Ruck auf, und seine Abwesenheit versetzte ihr einen Stich. Das war merkwürdig, da sie so viele Monate getrennt gewesen waren. Deswegen schlüpfte sie hastig in ihr Kleid, warf sich einen Umhang um die Schultern und verließ den Hof. Im grauen Licht folgte sie dem Pfad, der an Quinoa- und Kartoffelfeldern vorbei zu dem Wachposten oben am Berg führte und scheinbar auf einem Felsvorsprung endete. Micay vermutete, daß Cusi etwas oberhalb von ihr stand, und wunderte sich, daß er sie noch nicht gesehen hatte. Sie ging weiter, doch mit einem Mal hörte sie Ächzen und gedämpfte Laute, als würde jemand schwer arbeiten, und dachte, Cusi sei wohl damit beschäftigt, sich aus Felsbrocken einen Schutz zu bauen. Allerdings hörte sie keinen Lärm, wie ihn große Steine verursacht hätten, und dadurch erschien das Ächzen seltsam unvermittelt, als würde jemand mit der Luft ringen. Dann vernahm sie ein dumpfes Grollen, das sie wie angewurzelt stehenbleiben ließ; ihr Magen krampfte sich vor Angst zusammen. Es war ein menschliches Geräusch, doch es klang so bedrohlich, daß sie erstarrte und keinen Fuß mehr vor den anderen setzen konnte.

Plötzlich hörte das Grollen auf; ein Husten und heftiges Atmen folgten ihm – Geräusche, die vergleichsweise harmlos wirkten. Sofort verschwand Micays Furcht, sie konnte sich wieder bewegen und verstand, daß nicht nur das Grollen sie hatte erstarren lassen. Sie ging um den Felsvorsprung herum und erblickte Cusi, der vornübergebeugt dastand und keuchte, als habe er soeben einen Wettlauf hinter sich. Schweiß lief ihm über das Gesicht, und er starrte sie einen Augenblick verständnislos an, bis er sie erkannte.

»Micay … hast du mich gesehen?«

Sie schüttelte den Kopf. »Ich hatte Angst weiterzugehen. Deine Ausstrahlung …

»Gut«, sagte er und lächelte wie zu sich selbst.

»Wolltest du mir Angst einjagen? Hast du gewußt, daß ich komme?«

»Nein – ich habe nur geübt. Das Gesicht aus dem Traum.« Vorsichtig wischte Micay ihm den Schweiß von der Stirn. »Das Gesicht, das du dem Mann zeigtest, der dich töten wollte?« fragte sie. »Du hast mir nicht erzählt, daß deine Kraft zurückgekehrt ist, obwohl – ich hätte es wissen sollen.«

Cusi atmete tief ein; er rang noch um Fassung. »Sie ist nicht zurückgekehrt, zumindest nicht mit der gleichen Gewalt. Ich muß sie heraufbeschwören, und sie macht mich nicht besessen wie früher. Mein Schutzgeist hält mich zurück.«

»Aber ich empfand sie so stark wie früher«, widersprach Micay. »Stark genug, daß ich wie wie angewurzelt stehenblieb.«

»Ich glaube, bei echter Gefahr wird sie noch stärker werden. Stark genug, um jeden fernzuhalten.«

»Stark genug, um dich besessen zu machen?«

»Das weiß ich nicht«, gestand er. »Vielleicht. Kirupasa machte mich auf das Gesicht aufmerksam, das ich im Traum trug, als ich mich dem Mann mit dem Blasrohr stellte. Es war ein wildes, wütendes Gesicht, das Gesicht eines Rebellen oder Ausgestoßenen, eines Mannes, der keinen Respekt vor der Macht hat, keine Angst vor Strafe oder Tod. Das Gesicht sagte: ›Du kannst mich töten, aber niemals demütigen.‹«

Zitternd hüllte er sich in seinen Umhang.

»Aber der Mann im Traum hat dich doch gedemütigt«, wandte Micay ein. »Du sagtest, nachdem du ihm das Gesicht gezeigt und ihn dazu gebracht hattest, seine Waffe zu senken, hast du dich vor ihn hingekniet und zugelassen, daß er dich in den Farben der Toten bemalt.«

»Und ich habe geweint«, erinnerte sich Cusi stirnrunzelnd. »Zuerst wußte ich nicht, was diese Farben bedeuten, aber Kirupasa hat es mir erklärt. Mehr wollte er mir nicht sagen, obwohl er behauptete, einer der Träume würde die Zukunft vorhersagen. Das konnte ich nicht glauben, bis ich nach Quito zurückkam und Quilaco mich aufforderte, mit ihm nach Cuzco zu gehen. Da war uns allen dreien sofort klar, welchen Traum Kirupasa gemeint hatte.«

»Trotzdem weiß ich nicht, wie du den Traum deutest«, sagte Micay. »Zuerst entwaffnest du den Mann mit deinem Gesicht, und dann läßt du dich von ihm demütigen?«

»Ja«, stimmte Cusi zu. »Tomay fand das auch schwer verständlich. Aber wenn dieser Mann Huascar ist oder jemand wie Titu Atauchi, könnte ich ihn nicht angreifen, selbst wenn er unbewaffnet wäre. Aber er würde auch nicht zulassen, daß ich einfach weggehe. Mittlerweile ist mir klargeworden, daß ich diesem Mann zeigen muß, daß eine Demütigung eine schlimmere Strafe ist als der Tod; nur dann wird er mich nicht töten.«

Ängstlich fragte Micay: »Woher wirst du wissen, wann du dich unterwerfen mußt? Und woher weißt du, daß du statt dessen nicht angreifen wirst, wie in Chan Chan?«

»Ich weiß nicht, wozu ich fähig sein könnte«, räumte Cusi ein. »Aber meine Kameraden und ich hatten zwei Monate Zeit, uns darauf vorzubereiten, und wir haben diese Zeit nicht vergeudet.«

»Und was ist, wenn nichts passiert?« wollte Micay wissen. »Was ist, wenn Huascar euch respektvoll behandelt und Atahualpas Schwur annimmt?«

»Dann werde ich erstaunt sein und mich freuen«, erklärte Cusi trocken. »Und dann können wir Cuzco in Frieden verlassen.«

Nachdenklich blickte Micay auf die bestellten Felder. »Ich habe keine Zeit gehabt, mich darauf vorzubereiten, und Chuqui auch nicht. Und wenn Huascar den Frieden zerstört, würde es ihr wie ein Schlag ins Gesicht vorkommen, wenn ich ausgerechnet dann fortgehe. Wie kann ich sie zu dem Zeitpunkt im Stich lassen?«

»Ich weiß«, murmelte Cusi und blickte ihr fest in die Augen. »Das ist vielleicht schmerzlicher als alles, was *ich* tun muß. Aber wir können sie nicht mitnehmen, und ich werde dich nicht hierlassen. Wenn es tatsächlich zum Krieg kommt, dürfen wir keine Trennung riskieren. Sonst kämen wir vielleicht nie mehr zusammen, meine Gemahlin, und das wäre der schlimmste Schmerz der Welt.«

Seine Augen glänzten feucht, als er sie fest an sich drückte.

»Das könnte ich nicht ertragen«, murmelte er, und Micay küßte ihm sanft den Hals.

»Das brauchst du auch nicht«, versprach sie ihm. Die Überzeugung, die aus diesen Worten sprach, ließ die schwierigen Aufgaben, die vor ihnen lagen, weniger schmerzhaft erscheinen.

Cuzco

Obwohl das Fest im Anwesen der Coya stattfand, erschien Chuqui Huipa nur kurz, um die Botschafter zu begrüßen. Ihr zerschundenes Gesicht war geschickt geschminkt, so daß man die Verletzungen nicht sah, aber an ihren ausdruckslosen Augen konnte man erkennen, was sie durchgemacht hatte. Flüsternd sprach sie einige ermutigende

Worte und zuckte zusammen, als Inca Pasac ihr unbedacht laut antwortete. Dann zog sie sich in ihre Gemächer zurück.

»Es geht ihr schlechter als gestern«, sagte Micay düster zu Cusi.

»Wir machen, daß es ihr besser geht«, versprach Cahua und ging mit ihrer Mutter Chuqui nach.

Anschließend war die Stimmung der Gäste ein wenig gedrückt, bis Rahua Ocllo die Musiker zu spielen aufforderte und den Dienern befahl, das Essen aufzutragen. Cusi verließ das Anwesen und ging zu Amaru und Parihuana, deren Bedienstete Matten zum Essen auf dem Boden ausbreiteten.

»Du mußt hierbleiben und mit uns essen«, forderte Amaru ihn auf. »Fempellec kocht etwas Besonderes zur Feier deiner Ankunft.«

»Und wann geht ihr?« fragte Cusi. »Ich war überrascht, daß ihr überhaupt noch hier seid. Aber wie hast du Huascar überhaupt dazu überredet, dich nach Machu Picchu gehen zu lassen? Soll das eine Strafe sein?«

Amaru und Parihuana lachten und bedeuteten Cusi, sich zu ihnen zu setzen. »Das habe ich der Hohenpriesterin Pachamamas zu verdanken«, erklärte Amaru. »Sie hat Huascar gedrängt, endlich Huayna Capacs Versprechen zu erfüllen. Vielleicht ahnt sie auch, daß uns schwierige Zeiten bevorstehen, und befürchtete, daß es bald keine Arbeiter mehr geben wird.«

»Ihr freut euch also, von hier wegzugehen«, folgerte Cusi und musterte Parihuana.

»Ja, sehr«, stimmte sie zu. »Du hast doch gesehen, was er mit Chuqui gemacht hat. Nur ihretwegen war Cuzco in den letzten Monaten noch zu ertragen. Was ist mit dir und Micay? Wollt ihr hierbleiben, wenn es Frieden gibt?«

»Nein, wir gehen auf jeden Fall zurück. Wir hoffen, daß Rimachi mit uns kommt.«

»Ich würde nicht damit rechnen, daß ein Cañari sich jetzt von Huascar abwendet«, warnte Amaru. »Er hat in Tumibamba gerade einen neuen Oberhäuptling ernannt, einen Mann, der ihm ergeben ist, und als nächstes soll angeblich unser Vater als Gouverneur abgesetzt werden.«

»Um so mehr Grund für Rimachi, mit uns zu gehen«, meinte Cusi. »Tumibamba ist zu nah an Quito und zu weit von Cuzco entfernt, um Atahualpa zum Feind zu haben.«

»Du wirst schon sehen«, erklärte Amaru achselzuckend. »Hier kommt er.«

Auf Rimachis Gesicht lag ein breites Grinsen, als er auf sie zutrat, aber Tomay, Tarapaca und Huaman Cachi, die ihn begleiteten, sahen weniger erfreut aus. Huallpa blickte nur starr zu Boden und setzte sich sofort neben Cusi.

Rimachi blieb stehen. »Ich möchte euch einladen, bei uns zu essen«, sagte er. »Ihr kennt Tusoc noch nicht, meine jüngste Frau.«

»Ich komme, sobald Micay und Cahua zurück sind«, versprach Cusi. »Bleib doch ein bißchen bei uns und koste, was Fempellec für uns gekocht hat. Tomay und ich müssen mit dir reden.«

Rimachi nickte Amaru und Parihuana freundlich zu, als er sich zu Cusi auf die Matte setzte, während eine Dienerin rasch vor jeden Gast eine zugedeckte Schüssel mit einem Holzlöffel stellte.

»Tomay hat mir schon erzählt, daß du mit allen nach Quito zurückgehen willst«, begann Rimachi. »Ich hätte gedacht, daß du dieser Route allmählich überdrüssig bist.«

»Das bin ich auch«, gestand Cusi. »Aber wie du weißt, lag die Entscheidung nicht bei mir, und ich werde auch kaum eine Wahl haben, wenn wir unsere Aufgabe hier erledigt haben. Es würde mir gefallen, wenn wir drei wieder gemeinsam nach Norden marschierten.«

»Wie damals als junge Krieger?« fragte Rimachi wehmütig und gleichzeitig skeptisch. »Als wir noch keine Frauen und Kinder hatten, um die wir uns kümmern mußten...«

»Micay und Cahua kommen natürlich mit«, erklärte Cusi. »Ich glaube nicht, daß wir bei den Dingen, die vor uns liegen, getrennt sein sollten.«

»Andererseits willst du, daß ich meine Frauen und Kinder von ihrem Zuhause wegnehme und mich von dem Rang trenne, den ich bekommen habe.«

»Aber Tumibamba ist doch auch dein Zuhause«, warf Tomay ein. »Atahualpa wird dir einen neuen Platz geben. Er wird dich wie uns zum Kriegshäuptling ernennen und dir Ländereien und Herden geben.«

Rimachi breitete die Hände aus. »Das habe ich hier auch. Außerdem habe ich euch noch nicht erzählt, daß Tusoc und Quespi schwanger sind.«

Huallpa stieß einen verblüfften Schrei aus.

»Meine Mutter?« fragte er ungläubig.

»Sie ist noch nicht alt, mein Sohn«, sagte Rimachi verständnisvoll.

Huallpa warf ihm einen finsteren Blick zu. »Ich bin nicht Euer Sohn.«

»Huallpa«, mahnte Cusi, aber Rimachi machte eine beschwichtigende Geste.

»Ich würde dich gerne meinen Sohn nennen«, erklärte er, »genauso wie ich Yutu mittlerweile als meine Tochter betrachte. Sie wird dir sagen, daß ich kein schlechter Vater bin.«

»Yutu ist zu jung, um zu verstehen, wer unseren wirklichen Vater getötet hat: Der Mann, dem Ihr dient.«

»Ich diene der Coya…«

»Das sagt Ihr jetzt«, höhnte der Junge. »Aber wo wart Ihr, als sie geschlagen wurde?«

Cusi wirbelte zu ihm herum, aber Huallpa war schon aufgesprungen und lief zum Tor hinaus. Huaman Cachi folgte ihm wortlos, aber Rimachi schüttelte nur den Kopf.

»Wenn er so zu seinen Lehrern spricht, wird er es im Haus des Lernens nicht leicht haben«, sagte er.

Cusi und Tomay sahen sich staunend an.

»Ich billige nicht, daß er unhöflich war«, meinte Cusi, »aber er könnte nie in Cuzco ins Haus des Lernens gehen.«

»Warum nicht?« wollte Rimachi wissen. »Er hat jetzt eine Familie hier. Wahrscheinlich braucht es einige Zeit, bis er sich an mich gewöhnt hat, aber er wird bei seiner Mutter und Schwester bleiben wollen.«

»Hast du vergessen, was in Limatambo passiert ist? Was er dort gesehen hat? Wie kann er seinen Lehrern davon erzählen?«

Rimachi starrte Cusi halsstarrig an. »Das müßte er für sich behalten. Sie würden ihn für meinen Sohn halten.«

»Und was würde er von sich selbst halten«, fragte Tomay, »wenn er ein solches Geheimnis für sich bewahren müßte? Die Inka haben *zwei* seiner Väter getötet.«

»Du bist nicht sein Vater«, erklärte Rimachi wütend, »und du auch nicht, Cusi. Diese Entscheidung treffen seine Mutter und ich.«

In dem Schweigen, das diesem Wortwechsel folgte, bemerkten sie, daß sie laut geworden waren und die Bediensteten sie verwundert ansahen. Cusi blickte zu Tomay und Tarapaca und stellte auf ihren Gesichtern die gleiche Entschlossenheit fest.

»Nein«, erklärte er. »Yasca hat ihn zu mir geschickt, und ich habe ihn nicht hierhergebracht, um sein Vertrauen zu mißbrauchen. Er gehört jetzt zu uns, und wenn er will, bleibt er bei uns.«

»›Bei uns‹?« fragte Rimachi spöttisch. »Bist du mehr als ein Botschafter? Ach, natürlich… ihr seid wohl alle Kameraden.«

Cusi sah ihm fest in die Augen. »Wir sollten nicht so tun, als wäre dies nur eine Auseinandersetzung wegen eines Jungen. Letztlich reden wir doch darüber, auf wessen Seite wir im kommenden Krieg kämpfen werden, und wir bitten dich, nicht unser Feind zu sein, Rimachi. Schließ dich uns an; darum bitte ich dich als dein Bruder.«

»Wobei soll ich mich euch anschließen? Atahualpa ist nicht Ninan Cuyochi; er hat kein Anrecht auf den Fransensaum. Was wäre das für ein Krieg, den er gegen den Rest der Vier Viertel führen würde? Das wäre doch wie damals, als wir wie Brandschatzer gegen die Carangui vorgingen, als wir Bauern und Lamas umbrachten und dann um unser Leben liefen. Zum Schluß würdet ihr wie gejagte Tiere in den Bergen enden.«

»Du vergißt, wieviele altgediente Kämpfer aus dem Krieg gegen die Carangui noch bei uns sind«, wandte Tomay ein. »Sie müssen nicht eigens zusammengetrommelt werden und das Marschieren erst noch lernen.«

»Jetzt ist es zu spät«, beharrte Rimachi. »Huascar hat seine Leute überall. Quito steht alleine da.«

»Leute, die Huascar dienen, wären alleine besser dran«, sagte Tomay verächtlich. »Loyalität kennt er nur sich selbst gegenüber. Wenn er die Coya schlägt, was wird er dann erst mit dem Hauptmann ihrer Leibwache tun?«

Rimachi brummte wütend und stand auf. »Kein Wunder, daß der Junge so unhöflich zu mir spricht. Verzeih mir, Amaru, aber ich kann nicht bleiben und mit dir essen. Meine Brüder träumen, und meine Anwesenheit könnte sie aus diesen Träumen reißen.«

»Bleib hier, Rimachi«, drängte Amaru. »Du weißt, daß sie recht haben, was Huascar betrifft. Die Leute, denen er heute seine Gunst erweist, werden morgen durch ihn sterben.«

»Und die Leute, die sich gegen ihn auflehnen, werden noch früher sterben«, gab Rimachi zurück. »Es ist zu spät«, wiederholte er dann und ging davon.

»Du hast recht gehabt«, sagte Cusi zu Amaru. »Aber bevor wir gehen, fragen wir ihn noch einmal.«

Tomay schüttelte traurig den Kopf. »Seine Privilegien und sein Besitz machen ihn blind. Du hättest ihn hören sollen, wie er prahlte, was ihm hier alles gehört – als hätte er das in Tumibamba nicht gehabt.«

»Vielleicht erinnert er sich nur an das, was er dort verloren hat«, mutmaßte Cusi und dachte dabei an Micay und Llampu.

»Er wird auch das verlieren, was er hier hat«, prophezeite Amaru düster und griff nach der Schüssel, die neben ihm stand.

»Aber ich möchte nicht derjenige sein, der es ihm wegnimmt«, erklärte Cusi.

Tomay nickte zustimmend. »Bevor wir Cuzco verlassen, fragen wir ihn noch einmal.«

Am Morgen, an dem Cusi nach Calca aufbrach, liebkoste Micay ihn, bis er aufwachte. Sein Schlaf war so tief, daß er bereits sehr erregt war, als er die Augen öffnete, und sie legte ihm einen Finger auf die Lippen, damit er nicht vor Überraschung aufstöhnte, während sie sich auf ihn senkte und in sich aufnahm. Sein verwirrter Gesichtsausdruck entspannte sich zu einem Lächeln, und er begann, sich drängend unter ihr zu bewegen. Als Antwort darauf schmiegte sie sich zärtlich an ihn, um ihn wissen zu lassen, daß sie keine Eile hatte. Er legte ihr eine Decke um die Schultern, hielt sie an den Hüften und wiegte sich unter ihr sanft hin und her. Kurz dachte sie daran, daß er sich jetzt vielleicht enthalten und seine Kräfte bewahren sollte für das, was vor ihm lag, aber dann ließ sie sich von dem wunderbaren Gefühl ihrer vereinten Körper ablenken. Vielleicht war es ja ebenso reinigend und heilig, nicht Enthaltsamkeit zu üben, denn sicher hatten die Götter an Lust ebensolche Freude wie an Opfer ...

Erst als Cusi leise »shht« machte, wurde ihr bewußt, daß sie laut murmelte. Sie stützte sich auf die Ellbogen, so daß kühle Luft zwischen ihre Körper strömte, und betrachtete sein Gesicht. Seine Augen waren halb geschlossen, und er lächelte schief, als sei er der Ekstase nahe. Micay unterdrückte ein Lachen und legte sich wieder auf ihn, küßte seine Lippen und ließ sich von ihren Empfindungen forttragen. Sie hatte das Gefühl, sorglos und verwegen zu sein, weil sie sich dem Vergnügen hingab, während große Gefahren bevorstanden. Sie sollte Angst um ihn haben, Angst davor, ihn zu verlieren, aber keine Verzweiflung wollte in ihr aufsteigen. Er war zu sehr und mit all seiner Kraft bei ihr, als daß er nicht zurückkehren würde, und sicher – ganz sicher – würden die Götter ihr diese Lust nicht gestatten, nur um ihn ihr dann zu entreißen ...

»Ja«, flüsterte sie keuchend, als er unter ihr zu erschaudern begann und sie gemeinsam dem Höhepunkt zustrebten.

Sie verließen Cuzco zu neunt, ohne eine Eskorte, auf der Straße ins Ostviertel. Keiner von ihnen hatte eine Waffe bei sich, nicht einmal eine zeremonielle, und auf dem Rücken trugen sie Atahualpas Geschenke. Tomay hatte seine Ohrpflöcke entfernt und die leeren Ohrläppchen unter seine Strickmütze gesteckt. Er und die drei anderen Kameraden hatten unauffällige Kleider angezogen und den pflichtbewußten Gesichtsausdruck von Trägern aufgesetzt. Cusi hingegen hatte seine Ohrpflöcke poliert und eine Tunika mit einem Muster aus Blitzen, dazu sein Iñaca-Stirnband und die Armbänder aus goldenen Federn von Kirupasa angelegt. *Damit du dich an deine Träume erinnerst,* hatte der Zauberer gesagt.

In Illamarca wurden sie vom Wachposten aufgehalten und ihr Gepäck gründlich kontrolliert, als seien sie Mörder und keine Botschafter. Außerdem gestattete die zeitraubende Untersuchung den Wachen, Huascar durch einen Boten von ihrem Kommen zu unterrichten. Obwohl es nur zwei Tagesreisen bis Calca waren, ging Cusi davon aus, daß bald eine Begleitung zu ihnen stoßen würde.

Sobald sie auf der Ebene außer Sichtweite der Wachposten waren, schloß er sich deswegen den »Trägern« an. Huaman Cachi und Huallpa hatten ihre Gabenbündel bereits Tomay und Tarapaca überreicht und trugen lediglich Wasserkürbisse und Nahrungsvorräte.

»Seid ihr bereit?« fragte Cusi die beiden. Sie nickten. »Ihr habt eine Landkarte, und ihr wißt, was ihr sagen müßt, wenn jemand euch aufhalten will. Marschiert nur nachts, und wartet in der Nähe der Brücke mit den drei Pfeilern auf uns. Wenn wir nicht innerhalb von drei Tagen bei euch sind, geht nach Cuzco und benachrichtigt Tocto Oxica.«

Die beiden nickten wieder, und Huaman lächelte Cusi sarkastisch zu. »Ich werde Alco herzliche Grüße von Euch ausrichten.«

»Tu das«, schnaubte Cusi. Dann sah er zu Huallpa, dessen ansonsten blasses Gesicht gerötet war und sehr entschlossen wirkte. »Paß auf deinen Kameraden auf, und höre auf das, was er dir sagt.«

»Das werde ich tun, Herr«, versprach der Junge.

»Wir sehen euch wieder«, sagte Tomay, und die fünf Kameraden drückten sich zum Abschied die Hände. Kaum hatten sich die beiden Jungen ein Stück entfernt, forderte eine ärgerliche Stimme sie auf stehenzubleiben. Cusi sah, daß die Botschafter angehalten hatten und Inca Pasac und Quilaco auf ihn zukamen.

»Geht«, befahl Cusi den Jungen und trat auf Inca Pasac zu, der Huaman Cachi und Huallpa mit zornigen Gesten bedeutete umzukehren.

»Was fällt dir ein?« rief Inca Pasac. »Ruf sie zurück! Huascar weiß doch, wieviele wir sind. Willst du ihm einen Grund geben, uns des Verrats zu bezichtigen?«

»Wenn man uns fragt«, erwiderte Cusi ruhig, »sagen wir, daß die Jungen der Mut verließ und sie zurückgeschickt werden mußten.«

»Nein! Das gestatte ich nicht!« schrie Inca Pasac. »Deine Angst vor Huascar gefährdet uns alle. Du solltest dich endlich wie der mutige Krieger benehmen, als der du bekannt bist!«

»Mutige Krieger gehen nicht unvorbereitet in einen Hinterhalt«, gab Cusi zurück. »Ihr wart derjenige, der den Schutz der Coya und der Hohenpriesterin abgelehnt hat.«

»Du hast die Gelegenheit bekommen, deine Meinung zu äußern«, antwortete Inca Pasac, »und du warst der einzige, der glaubte, wir bräuchten den Schutz von Frauen. Du warst der einzige, den diese Vorstellung nicht beschämte. Wenn du nicht den Mut hast, diese Mission durchzuführen, solltest du selbst zurückgehen.«

Diese Beleidigung wirkte auf Cusi wie ein Knüppelschlag und erfüllte ihn sofort mit dem Drang zu kämpfen, aber er beherrschte sich und blickte zurück zu dem Berggrat, über den Huaman und Huallpa gerade verschwanden. Dann sah er zu Quilaco, der ihn forschend musterte.

»Du hast mich gebeten mitzukommen«, sagte er. »Wenn du an meinem Mut zweifelst, solltest du ohne mich weitergehen.«

»Ohne *uns*«, warf Tomay ein.

»Wir finden auch andere Träger«, meinte Inca Pasac abschätzig, wartete aber Quilacos Antwort ab. Cusi betrachtete Quilaco herausfordernd und ließ ihn seine Ausstrahlung fühlen, bis Quilaco den Blick abwenden mußte.

»Die beiden anderen sind weg«, sagte Quilaco schließlich, »und wir sind wenige genug. Wir gehen zusammen weiter.«

»Zusammen!« murrte Inca Pasac. »Das werdet ihr Atahualpa erklären müssen!«

Quilaco wartete, bis er gegangen war, und wandte sich dann an Cusi. »Zuerst mußt du es mir erklären. Wohin gehen die beiden?«

»Zu Huaman Cachis Dorf, um Waffen zu holen«, sagte Cusi. »Sie warten auf uns bei der Brücke mit den drei Pfeilern.«

»Und was ist, wenn sie gefangen werden?«

»Dann geben sie sich als Söhne von Mitmacs aus, die sich in dieser Gegend noch nicht auskennen und sich bei der Vogeljagd verlaufen haben. Vielleicht können sie uns nicht vor Gefahr schützen, aber auf jeden Fall bringen sie uns keine neue.«

»Und du?« brummte Quilaco.

»Nichts, was ich tue, sollte dich überraschen«, antwortete Cusi knapp und setzte sich in Bewegung. »Sei nur bereit…«

Der Tag war warm, aber bedeckt gewesen, und jetzt leuchteten die Wolken rosa im Sonnenuntergang. Micay und Tocto saßen im blumengeschmückten Gästequartier und versuchten vergeblich, sich gegenseitig mit Geschichten von den bangen Gedanken an die Botschafter abzulenken, die am Abend in Calca eintreffen sollten. Als Chuqui unangekündigt das Anwesen betrat, rief Tocto ihr überrascht eine Begrüßung entgegen, aber sie ging ohne ein Wort der Erwiderung direkt auf die beiden Frauen zu. Ihr folgten in einiger Entfernung Cori Cuillor und mehrere andere Frauen, die alle bedrückt wirkten. Chuqui selbst sah mit den unachtsam hochgebundenen Haaren und dem ungeschminkten Gesicht etwas vernachlässigt aus und kaute entschlossen auf einem Kokaballen.

»Sei willkommen, meine Schwester«, sagte Tocto ruhig. »Es ist gut, dich außerhalb deines Zimmers zu sehen.«

»Wirklich?« fragte Chuqui düster und sah müde, aber mit wütendem Blick auf Micay. »Findest du es auch gut, Micay? Bevor ich hierherkam, war ich in deinem Zimmer und habe gesehen, daß dein Reisegepäck bereits fertig gebündelt ist. Zweifellos wolltest du fort sein, bevor ich überhaupt wußte, daß du gehst.«

»Das stimmt nicht«, antwortete Micay leise. »Ich habe mehrmals versucht, unter vier Augen mit dir zu reden, aber du hast mir keine Gelegenheit dazu gegeben.«

Chuqui schnaubte verächtlich. »Heute hast du es nicht versucht. Aber Quespi ist gekommen; ihr war es egal, daß ich nicht allein war. Sie hat mich angefleht, Cusi dazu zu überreden, ihr ihren Sohn zurückzugeben. Sie sagte, daß Cusi den Jungen mit sich nehmen will und daß er Rimachi davon überzeugen wollte, seine Stelle bei mir aufzugeben und ihn zu begleiten.«

Micays Wangen röteten sich, und sie senkte den Blick. »Das stimmt, Chuqui. Cusi und Huallpa können nicht in der Stadt bleiben, in der Cusis Onkel und Huallpas Vater ermordet wurden, selbst wenn es Frieden gibt. Und Cusi und Tomay baten Rimachi mitzukommen, weil er ihr Initiationsbruder ist.«

»Das heißt, das hast du schon lange geplant, gleichgültig, was aus meinem Vermittlungsversuch wird«, warf Chuqui ihr vor. »Du hast mich glauben lassen, daß du den Versuch wirklich unterstützt; dabei war es für dich nur ein Vorwand, damit Cusi nach Cuzco kommen und dich von hier wegholen kann.«

»Das ist nicht wahr!« protestierte Micay. »Ich habe nicht gewußt, daß Cusi hierhergeschickt würde, und ebensowenig, daß er darauf bestehen würde, mich mitzunehmen. Ich will dich nicht verlassen, Chuqui, aber Cusi hat recht: Wenn es zum Krieg kommt, dürfen wir nicht getrennt sein.«

»Ihr wart schon oft getrennt«, sagte Chuqui eisig, »und er ist immer zu dir zurückgekehrt. In Vilcashuaman hast du mir gesagt, du würdest mich nicht im Stich lassen, und noch einmal, als ich beschloß, Huascar zu heiraten. Aber jetzt, wo er alles ruiniert hat, wofür wir uns eingesetzt haben, läßt du mich im Stich.«

Tränen standen ihr in den Augen. Sie spuckte den Kokaballen in einen Blumentopf und wartete auf eine Antwort. Als Micay nichts erwidern konnte, schaltete Tocto sich ein. »Du bist selbstsüchtig, Chuqui«, sagte sie unverblümt. »Micay hat dir jahrelang treu gedient, und sie hat ein Recht darauf, bei ihrem Mann zu sein. Du hast noch andere Frauen.«

»Aber mit keiner habe ich soviel durchgestanden«, widersprach Chuqui. »Und wer bist du, mir einen Rat zu geben? Bald gehst du selbst fort. Und was immer aus mir wird, dich auf deiner Insel wird es nicht berühren.«

»Du könntest mit mir kommen«, schlug Tocto vor. »Auf Coati könnte Huascar auch dir nichts anhaben.«

Chuquis Augen funkelten wütend, und sie griff nach dem silbernen Kalkasche-Behälter unter ihrem Umhang. »Er wird mich nie wieder berühren, gleichgültig, wo ich bin. *Nie!*« Bei diesen Worten warf sie Micay ein beinahe wahnsinnig wirkendes Lächeln zu. »Wenigstens hast du mir eine Waffe gegeben, Micay. Dafür bin ich dir dankbar.«

»Was ist das?« fragte Tocto.

»Ein Gift«, erklärte Micay mit tränenerstickter Stimme.

»Ein letztes Mittel«, stellte Chuqui richtig. »Für die Zeit, wenn es in diesem Leben keine Rettung mehr gibt.« Sie blickte Micay herablassend an. »Leb wohl, Micay. Es ist wahr: Du hast mein Leiden lange genug mit mir geteilt. Also geh mit deinem Mann, und mach dir nie wieder Sorgen um mich.«

Micay verbeugte sich und streckte ihr dann die Hände entgegen, aber Chuqui schüttelte nur den Kopf und ging davon. Micay wollte ihr folgen, doch Tocto hielt sie zurück.

»Laß sie gehen«, sagte sie sanft. »Sie kann nicht großmütiger sein. Wir haben einen Trost, aber sie hat keinen.«

»Wir waren zusammen Weiße Frauen«, murmelte Micay benommen. Die Dinge, die Chuqui nicht ausgesprochen hatte, schmerzten sie ebenso wie das, was sie gesagt hatte. Sie hatten weit mehr geteilt als nur Leiden.

»Es ist bald dunkel«, wechselte Tocto das Thema. »Waschen wir uns, bevor wir für die Rückkehr deines Mannes beten. Er soll sich nicht nur auf seine eigene Huaca verlassen müssen.«

»Er hat seinen Traum und seine Kameraden«, sagte Micay, während sie sich von Tocto zum Badehaus führen ließ. Mit einem Blick zum wolkenverhangenen Himmel stellte sie fest, daß das Gesicht Mama Quillas heute Nacht verborgen bleiben würde.

»Sie wird unsere Gebete trotzdem hören«, versicherte Tocto, als habe sie Micays Gedanken erraten. »Selbst in der Dunkelheit wird sie über ihn wachen und ihm helfen, zu uns zurückzufinden...«

Das Yucay-Tal lag tiefer als Cuzco und war deshalb auch wärmer. Auf den Äckern gediehen üppige Feldfrüchte, die schon bald erntereif waren. Insekten schwirrten durch die stickige Luft, und Cusi hatte das Gefühl, sich unter Wasser gegen die Strömung zu bewegen. Die Nacht zuvor hatte er so fest geschlafen, daß Tomay und Tarapaca ihn morgens wachrütteln mußten, aber seine Traumwelt hatte er immer noch nicht verlassen. Beim Aufwachen hatte er seinen Schutzgeist umklammert gehalten, ohne sich erinnern zu können, daß er ihn aus seinem Hüftband entfernt hatte. In seinen Träumen hatte er wieder auf dem Felsvorsprung in Chachapoyas gestanden und gefühlt, wie ein Stück des Felsens unter seiner Hand abbrach, als er ins Leere sprang. Doch dieses Mal war er nicht vor Angst gelähmt gewesen; der Sprung hatte ihn vielmehr beflügelt.

Auch jetzt noch, als sie auf Calca zugingen, hielt er den Stein umklammert. Es war gut, wenigstens etwas in der Hand zu spüren, während er auf allen Seiten von Huascars Kriegern umringt war. Er bemühte sich, seine Benommenheit abzuschütteln und zu sich zu kommen. Eigentlich sollte er jetzt die Umgebung studieren für den Fall, daß sie fliehen mußten, und in Vorbereitung auf die Begegnung mit Huascar seine Kraft sammeln. Aber immer wieder schweifte sein Blick ab und fiel auf ein Polster leuchtender Blüten oder den rauschenden Urubamba zu ihrer Linken. Er fühlte sich schwerfällig und träge und überhaupt nicht bereit, sich einer Bedrohung zu stellen.

Zur Mittagszeit legten sie eine Rast ein, und Huascars Krieger bildeten eine Gasse, damit Quilaco seine Gruppe zum Fluß hinunterführen konnte. Ein Stück flußabwärts stand auch die Brücke mit den drei Pfeilern, die Cusi als Treffpunkt vereinbart hatte.

»Ist bei dir alles in Ordnung?« fragte Tomay, als sie sich zum Trinken über das Wasser beugten.

»Ich bin noch nicht wach«, erwiderte Cusi achselzuckend. »ich kann keinen klaren Gedanken fassen.«

»Wir passen schon auf«, versicherte Tomay ihm. »Bereite dich nur auf Huascar vor.«

Cusi nickte und steckte seinen Schutzgeist in eines der gefiederten Armbänder, damit er beide Hände frei hatte. Als sie das Flußufer wieder hinaufstiegen, standen einige der Krieger ihnen respektlos im Weg, und Cusi hörte, wie einer von ihnen auf Cañari »Fleisch für die Geier« murmelte; diesen Fluch hatte Rimachi ihm einmal übersetzt. Cusi wirbelte herum und täuschte blitzschnell einen Angriff auf den Mann vor, so daß dieser erschrocken zurücktaumelte und sich das Kinn an seinem Schild aufschlug. Cusi lachte.

»Such dir Fleisch, das du töten kannst«, höhnte er und sah den

Krieger herausfordernd an. Einen Augenblick schien es, als wollte der Cañari zurückschlagen, doch sein Hauptmann hielt ihn zurück. Cusi wandte sich ab und holte wieder seinen Schutzgeist aus dem Armband hervor. Die schimmernden goldenen Federn erinnerten ihn an seinen Traum, den er in der vorherigen Nacht erneut geträumt hatte. Wieder war es dem Mann mit dem Blasrohr nicht gelungen, ihn zu töten; die giftigen Pfeile kamen glühend auf Cusi zugeflogen, aber er war ihnen geschickt ausgewichen. Was als nächstes geschah, hatte er nicht gesehen, aber er hatte Kirupasas Worte gehört: *Dies ist das Gesicht, das du tragen mußt, wenn der Tod zu nahe kommt.*

Cusi wußte nicht, wie sein Gesicht jetzt aussah. Vielleicht lächelte er, froh darüber, endlich wach zu sein und sich mühelos bewegen zu können. Er ballte die Hand mit dem Stein zur Faust und schwang sie wie eine Keule, und so marschierte er auf Calca zu. Er konnte es nicht mehr erwarten, seinem Feind zu begegnen und das Ende seines Traums zu erfahren.

Calca

Erst lange nach Einbruch der Dunkelheit wurden die Botschafter auf die Terrasse geführt, wo Huascar und seine Begleiter saßen und tranken. Während des Wartens hatten sie die Männer lachen und prahlen gehört, und sogar Inca Pasacs unermüdliche Zuversicht war ins Wanken geraten. Die Gesellschaft, in die sie geführt wurden, wirkte keineswegs friedlich. Die meisten der Männer hielten in einer Hand einen Becher, in der anderen eine Waffe, und im flackernden Licht der Feuer machten ihre Gesichter einen betrunkenen und drohenden Eindruck. Cusi ging voran, dicht gefolgt von Quilaco. Noch bevor er Huascar ausmachen konnte, fühlte er die Präsenz Titu Atauchis; wie Krallen schien sie nach ihm zu greifen. Er sah den Zauberer aus den Augenwinkeln, wandte ihm aber nicht das Gesicht zu.

Die Botschafter hatten ihre Sandalen ausgezogen und trugen neben ihren Geschenkbündeln auf dem Rücken noch weitere Gaben in den Händen. Diese legten sie vor Huascar auf den Boden und entboten eine Mocha. Als sie sich wieder aufrichteten, betrachteten sie den Herrscher, der auf einem mit Jaguarpelzen bedeckten Schemel saß, die Beine von sich streckte, die Arme in die Seite stemmte und sie aggressiv unter dem Fransensaum hervor anstarrte. Cusis Schutzgeist lag heiß und naß in seiner Hand, als er an Huascar vorbei zu Titu Atauchi schaute und dessen haßerfüllten Blick sah. Das bronzene

Vilcarohr, das der Zauberer in der Hand hielt, bestätigte nur, was Cusis Instinkt ihm bereits gesagt hatte: Er hatte seinen Feind gefunden.

Nun richtete Inca Pasac feierlich und ehrerbietig das Wort an Huascar, sprach ihn mit all seinen Titeln an und lobte seine vermeintlichen Leistungen. Cusi nahm das Gesagte kaum wahr; er war ganz mit den Gefühlen beschäftigt, die in ihm aufwallten und sich kaum mehr beherrschen ließen. Er drückte den Stein in seiner Hand und zwang sich, von dem verhaßten Gesicht unter dem Kopfputz aus Pelz wegzusehen und die Terrasse in Augenschein zu nehmen. Huascar war von einer großen Anzahl Männer umgeben, die nicht weiter als fünf Fuß von ihm entfernt standen. Wenn der Angriff kam, würde er auf das Feuer zuspringen müssen; aber die offene Seite der Terrasse – der Fluchtweg – lag in der anderen Richtung, hinter den Kriegern.

Mittlerweile schwor Quilaco den Treueeid Atahualpas und aller Krieger unter dessen Kommando. Cusi sah, wie Titu Atauchi höhnisch grinste, als wüßte er, daß diese Worte sinnlos waren. Haß stieg in ihm auf und damit das Wissen, daß er sich niemals von diesem Mann würde demütigen lassen. Er würde ihn töten und dann selbst sterben müssen. Deswegen hatte er das Ende des Traums nicht gesehen. Kirupasa hatte unrecht gehabt – er würde dem Tod nicht ein weiteres Mal entkommen. Er würde wie ein Inka mit den Händen um den Hals seines Feindes sterben.

Quilaco beendete seine Rede, und Titu Atauchi blickte plötzlich erschrocken auf Cusi. Huascar schob die Unterlippe vor und fragte: »Wo ist Atahualpa?«

»In Quito, Oberster Herr«, erwiderte Inca Pasac, »wo er Euch als Regent dient. Er hat uns gesandt, damit wir Euch an seiner Statt Geschenke überreichen und den Treueschwur leisten. Wir bitten Euch, uns als seine Botschafter anzuerkennen, Herr.«

»Ihr seid wertlos!« stieß Huascar betrunken hervor. Er bedeutete einem der Krieger, ihm Inca Pasacs Geschenk zu reichen, einen dunkelblauen, mit Perlen und Türkisen besetzten Umhang. Huascar knüllte ihn zusammen und rülpste. »Das ist wertlos!« verkündete er laut und warf den Umhang ins Feuer. Eine schwarze Rauchwolke stieg auf, und diesen Moment nutzte Cusi, um sein Bündel vom Rücken gleiten zu lassen. Quilaco bemerkte es und nickte beifällig, doch bevor er Cusis Beispiel folgen konnte, stieß Huascar einen Befehl aus: »Bringt ihn um. Bringt sie alle um!«

»Nein!« schrie Inca Pasac entsetzt, als Krieger mit erhobenen Waffen auf ihn zutraten, aber schon stieß Cusi die Geschenke vor ihm in das Feuer, so daß ein Funkenschauer auf die Männer niederging.

Dann wirbelte er sein von vielen Schmucksteinen schweres Gaben-bündel herum und traf damit einen Chachapoyas, der ihm drohend einen Speer entgegenreckte; der Mann torkelte und riß im Fallen einen weiteren mit sich. Ein dritter Krieger holte mit seiner Keule nach Cusi aus, aber er sah sie so deutlich auf sich zukommen wie die Pfeile im Traum, duckte sich und ging mit der gezackten Seite seines Schutzgeistes auf das Gesicht des Mannes los. Als er wie tot zu Boden fiel, glitt Cusi der Stein aus der Hand; er packte die Keule des Gestürzten, schwang sie wild durch die Luft und schlug damit zwei weitere Angreifer in die Flucht. Quilaco war in die Knie gezwungen worden, wehrte sich aber heftig mit bloßen Händen. Cusi stieß einen Kriegsschrei aus und eilte ihm zur Hilfe, brachte dabei einen Angreifer zum Stolpern und versetzte einem zweiten einen krachenden Schlag in den Rücken. Sobald er bemerkte, daß niemand mehr ihn bedrängte, drehte er sich zu Quilaco um, drückte ihm eine Waffe in die Hand und wollte ihm auf die Beine helfen. Aber Quilaco starrte ihn nur verständnislos an, und da erst wurde Cusi bewußt, daß der Angriff vorüber war. Huascar sprach über die Köpfe der Krieger hinweg, die sich schützend vor ihn hockten.

»Aufhören, sagte ich!« wiederholte er gereizt. »Leg deine Waffe nieder, Cusi Huaman. Ihr zwei werdet Atahualpa meine Botschaft übermitteln. Sagt ihm...«

»Ich werde ihm gar nichts sagen«, fuhr Cusi dazwischen und schwang die Kriegskeule in Titu Atauchis Richtung. »Er will mich töten, gleichgültig, was Ihr sagt, und deswegen fordere ich ihn auf, es jetzt zu versuchen!«

»Hör auf, Cusi!« zischte Quilaco, aber die Keule lag zu gut in Cusis Hand, und er fühlte sich zu stark, um einem bloßen Versprechen zu vertrauen – nicht, solange Titu Atauchi am Leben war. Er wirbelte herum, um sicherzugehen, daß sich niemand von hinten an ihn herangeschlichen hatte, und seine gewalttätige Ausstrahlung ließ mehrere Männer erschrocken zurückweichen. Dann winkte er dem Zauberer mit seiner Waffe.

»Komm doch, Titu«, höhnte er. »Ich weiß, daß du lieber warten würdest, bis ich dir unbewaffnet den Rücken zeige, aber diesen Vorteil wirst du nicht haben.«

»Bist du verrückt?« herrschte Huascar ihn an. »Ich habe dich verschont, also leg jetzt...«

Als Cusi zu Huascar blickte und dessen arrogantes, selbstzufriedenes Gesicht sah, fletschte er wütend die Zähne. »Verschont jemanden, der sich Eurer Macht unterwirft«, knurrte er. »Ich habe keine Angst vor Euch und gehorche Euren Befehlen nicht... Ich bin bereit zu sterben, wenn jemand mich töten kann. Ah! Titu, da kommst du ja…«

Mit wutverzerrtem Gesicht trat Titu vor, das Vilcarohr wie eine Waffe umklammernd. Empört streckte Huascar einen Arm aus, um ihn aufzuhalten.

»Laßt ihn kommen!« schrie Cusi und warf die Keule ins Feuer, um den Herrscher abzulenken. »Den erledige ich mit bloßen Händen!«

Alle duckten sich, denn Funken stoben auf und flogen durch die Luft; aber Huascar hielt den Zauberer in seiner Gewalt, und im nächsten Augenblick wurde Titu Atauchi von einer Handvoll Wachen abgeführt. Huascar deutete mit dem Finger auf Cusi.

»Demütigt ihn«, befahl er. »Und zwar lebend!«

Die Krieger stürzten sich auf Cusi, und er schlug wild um sich, aber nach einem kurzen Kampf lag er am Boden, und von allen Seiten prasselten Schläge auf ihn nieder. Er wand sich im Versuch, Augen und Hoden zu schützen, und dabei kam er auf etwas Kleines, Hartes zu liegen. Seine Finger umklammerten den Gegenstand, und erst da erinnerte er sich, daß er seinen Schutzgeist verloren hatte. Rette mich, mein Bruder, flehte er, und rollte seinen ganzen Körper um den Stein in seiner Faust.

»Genug«, hörte er Huascar sagen. Die Männer ließen von ihm ab; einer versetzte ihm im Fortgehen noch einen Rippenstoß. Keuchend lag Cusi im Staub.

»Zieht sie beide aus – vollständig!« schrie Huascar, und während grobe Hände sich an Cusis Kleidung zu schaffen machten, fuhr er fort: »Jetzt werdet ihr sehen, warum ich euch verschont habe. Jetzt wirst du mir dienen, Cusi Huaman, denn du bist genau der Bote, den ich brauche…«

Cusi wehrte sich nicht einmal, als die Männer mit steifen Fingern seine Ohrpflöcke entfernten. Dann stellten sie ihn neben Quilaco, der ebenfalls nackt dastand. Lächelnd trat Huascar auf Cusi zu und hob sein Kinn mit zwei Fingern, so daß sein Kopf kraftlos in den Nacken fiel.

»Sag Atahualpa, daß er ein Feigling und ein Verräter ist, weil er sich nicht persönlich hierher wagt. Sag ihm, daß ich seine Brüder den Geiern zum Fraß vorgeworfen habe und mit ihm das gleiche tun werde. Sag ihm, daß seine gerühmten Krieger in meinen Augen Weiber sind!« Er winkte seinen Bediensteten, die mit einem Bündel Kleider und Schminktöpfen herbeieilten. »Zieht diese Frauen an«, befahl er knapp.

Erst als Cusi in ein langes Gewand gehüllt war und ihm ein breiter Gürtel umgelegt wurde, begriff er, was mit ihm passierte. Ihm wurde bewußt, daß er das Ende seines Traums erlebte, und er begann vor Erleichterung zu weinen. Huascar schnaubte verächtlich.

»Kein Wunder, daß du um deinen Tod gefleht hast. Aber du wirst statt dessen in Schande nach Quito zurückkehren!«

Die Bediensteten legten ihm einen Umhang über das Kleid, den sie mit einem langen Dorn befestigten, und steckten ihm mit Kämmen eine Kopfbedeckung im Haar fest. Dann schminkten sie seine Lippen rot, malten schwarze Kreise um seine Augen und rote Flecken auf die Wangen, wobei sie absichtlich ungeschickt vorgingen. Am Ende gaben sie ihm einen Spiegel und traten zurück. Alle Umstehenden brachen in höhnisches Gelächter aus, johlten und riefen anzügliche Bemerkungen. Huascar feuerte sie an, indem er Cusi und Quilaco langsam umkreiste und sie Mama Atahualpa nannte. Cusi weinte immer noch, aber was er dabei empfand, war nicht Scham, sondern etwas wie ehrfürchtige Dankbarkeit. Seine Finger umklammerten seinen Schutzgeist, den er in seinem Wahn hatte entgleiten lassen und der trotzdem zu ihm zurückgefunden hatte.

»Jetzt begleitet sie zur Straße«, forderte Huascar die Krieger auf, »und zeigt ihnen, in welcher Richtung Cuzco liegt.« Mit einem Grinsen warf er Cusi und Quilaco eine Kußhand zu. »Geht, Boten. Übermittelt meine Worte an Mama Atahualpa...«

Schließlich wurden die Krieger es leid, Cusi und Quilaco zu verspotten, und die beiden hinkten in den beengenden Kleidern schweigend die Straße entlang. Cusi hatte noch gesehen, daß Tomay und Tarapaca eilends geflohen waren, wie es verängstigten Trägern gebührte, und deswegen überraschte es ihn nicht, als Tarapaca aus dem Schatten auf ihn zutrat. In der Hand trug er eine Schleuder und mehrere Steine.

»Geht weiter«, flüsterte er. »Tomay bleibt zurück, um zu sehen, wer uns folgt. Bist du verletzt?«

»Überall«, ächzte Cusi. Schon das Sprechen bereitete ihm Schmerzen.

»Cusi hat am meisten abbekommen«, erklärte Quilaco. Dann spuckte er aus, warf den Spiegel zu Boden und zerrte an seiner Kopfbedeckung. »Hilf mir aus diesen Kleidern.«

Während sie in der Dunkelheit dahinstolperten, löste Tarapaca ihnen die Gürtel, und dann schlangen sie sich die Umhänge als Lendentücher um die Hüften und hingen sich die Kleider lose um die Schultern. Beide zitterten, obwohl die Nacht warm war.

Atemlos holte Tomay sie schließlich ein und bedeutete ihnen weiterzugehen.

»Titu Atauchi ist hinter uns«, erklärte er. »Er hat einen zweiten

Mann bei sich, einen Krieger, der so groß ist wie Rimachi. Jeder von ihnen hat einen Speer und eine Keule, und der Krieger außerdem noch einen Schild. Sie laufen nicht, aber sie sind trotzdem schneller als ihr.«

»Ich kann schneller gehen«, sagte Cusi mit schmerzverzerrtem Gesicht.

»Den ganzen Weg zur Brücke?« fragte Tomay zweifelnd. »Wir haben höchstens die halbe Strecke zurückgelegt.«

Um nicht noch mehr Kraft zu vergeuden, brummte Cusi nur zustimmend.

»Quilaco?« erkundigte sich Tomay. »Wenn die Jungen mit Waffen dort auf uns warten, können wir einen richtigen Hinterhalt legen.«

»Meine Beine sind nicht verletzt«, antwortete Quilaco knapp. »Geh uns voraus ... Ich kann es nicht erwarten, einige von *ihnen* sterben zu sehen ...«

Kurz vor der Brücke blieben Cusi und Quilaco wartend in der Mitte der Straße stehen. Die Erschöpfung, vor der sie in die Knie fielen, brauchten sie nicht vorzutäuschen. In dem fahlen Mondlicht, das durch die Wolkendecke drang, war Quilaco mit seinem bunt bemalten Gesicht, einer Schnittwunde über der Stirn und den leer herunterhängenden Ohrläppchen ein Bild des Jammers, und er wirkte absolut lächerlich, aber Cusi wußte, daß er selbst noch schlimmer aussah. Doch sein Körper schmerzte ihn zu sehr, als daß es ihn berührte, und er empfand im Gegensatz zu Quilaco keinen Zorn, der ihm Kraft verliehen hätte.

»Du hast mir zweimal das Leben gerettet«, flüsterte Quilaco ihm aus dem Mundwinkel zu. »Wenn ich nicht gesehen hätte, wie du dein Bündel abstreifst, wäre ich nicht darauf gefaßt gewesen, mich zu verteidigen. Und dann bist du mir zur Hilfe gekommen. Ich danke dir, Cusi.«

»Deswegen hast du mich gebeten mitzukommen«, erwiderte Cusi darauf nur.

»Ich hätte mich mit dir wehren sollen. Wenn ich gewußt hätte, warum er uns verschont ...«

»Zu dem Zeitpunkt hatte ich mich nicht mehr unter Kontrolle«, erklärte Cusi. »Ich hätte es mit allen aufgenommen, nur um an Titu Atauchi heranzukommen.«

»Er hat dich gerettet. Wenn er nicht vorgetreten wäre, um mit dir zu kämpfen, hätte Huascar dich töten lassen dafür, wie du zu ihm gesprochen hast. Dafür, wie du ihn *angeschaut* hast.«

»Das Gesicht«, murmelte Cusi und dachte zufrieden daran, wie er die Zähne gefletscht hatte. Vielleicht hatte er den verkehrten Mann für seinen Feind gehalten, aber er hatte das Gesicht dennoch dem Richtigen gezeigt. Eine Vorahnung ließ ihn abrupt aufblicken.

»Er kommt«, flüsterte er Quilaco warnend zu und griff nach dem Feuersteinmesser auf dem Boden. Quilaco hatte eine Keule unter seinem Kleid verborgen. Aus der Dunkelheit traten vorsichtig zwei Gestalten auf sie zu und blieben in etwa zwanzig Fuß Entfernung stehen. Während der große Krieger die Umgebung absuchte, näherte sich Titu den beiden, bewaffnet mit einem Speer und einer kurzen Streitaxt.

»Seht euch an«, höhnte er. »Es ist kaum der Mühe wert, euch zu töten. Dabei warst du vorhin so wild darauf, mit mir zu kämpfen. Wo ist deine Kampflust geblieben?«

»Du hast meinen Zweck erfüllt«, gab Cusi zurück. »Jetzt ist es mir gleichgültig, wer von uns dich tötet.«

»Damit hast du zum letzten Mal geprahlt. Quilaco, du kannst gehen. Ich brauche euch nicht beide zu töten.«

»Das wirst du aber müssen«, erwiderte Quilaco, stand auf und zeigte Titu drohend die Keule. Im selben Augenblick flog ein Stein auf den Schild des großen Kriegers, so daß er sich rasch duckte. Dann traten Tomay und Tarapaca mit Speeren bewaffnet auf die Straße.

»Das sind nur die Träger«, beruhigte Titu Atauchi seinen Begleiter. »Bring sie um.«

Der Krieger tat, als wolle er mit seinem Schild auf Tomay losgehen, sprang dann aber auf Tarapaca zu. Titu Atauchi setzte an, um seinen Speer zu schleudern, und Cusi wollte gerade ausweichen, als ein klapperndes Geräusch zu hören war und der Zauberer nach vorne stolperte, so daß sein Speer weit über die Köpfe der Kameraden hinwegflog. Dann tauchte Huaman Cachi aus der Dunkelheit auf und schlug mit einer Keule auf Titu Atauchi ein, der sich wild mit seiner Streitaxt wehrte und gleichzeitig mit seiner freien Hand eine Geste zu machen schien. Huaman schrie vor Schmerz auf, schlug sich mit einer Hand auf die Augen und fiel zu Boden. Titu Atauchi holte nach ihm aus, doch Huallpa warf sich dazwischen und reckte dem Zauberer seinen Speer entgegen.

»Deine Augen!« schrie Cusi warnend, und Huallpa duckte sich, als Titu Atauchi wieder etwas in die Luft schleuderte. Aber er verfehlte sein Ziel, und Huallpa konnte ihm seinen Speer ins Knie stoßen. Brüllend wirbelte der Zauberer seine Streitaxt durch die Luft und schlug Huallpa damit den Speer so kraftvoll aus der Hand, daß der Junge zu Boden fiel. Aber er rollte sofort zur Seite, und noch bevor Titu ihm nachsetzen konnte, griff Quilaco ihn an. Auch Cusi war aufgestanden; er umklammerte mit einer Hand das Messer und mit der anderen seinen Schutzgeist, doch er war unfähig, zu kämpfen oder auch nur zu fliehen. Er konnte lediglich feststellen, daß Tomay und Tarapaca den großen Krieger schon fast überwältigt hatten.

Auch Quilaco zeigte zwar deutliche Anzeichen von Erschöpfung, aber Titu Atauchi hinkte schwer wegen der Wunde am Knie, die Huallpa ihm beigebracht hatte, und zudem besaß er nicht die Kampferfahrung seines Gegners. Quilaco griff methodisch an und ließ Titu keine Gelegenheit, in den Beutel an seinem Handgelenk zu greifen; er konnte sich nicht einmal nach seinem Begleiter umsehen. »Mach sie fertig und komm!« rief der Zauberer verzweifelt dem großen Krieger zu, doch als Antwort war nur ein heiserer Schrei zu vernehmen – der Todesschrei des Mannes, als er mit einem dumpfen Geräusch zu Boden fiel. In Panik blickte Titu Atauchi über die Schulter, und in diesem Augenblick versetzte Quilaco ihm einen Keulenschlag an den Hals. Der Zauberer ließ seine Waffe fallen und taumelte auf Huallpa zu, der mit seinem Speer am Boden kauerte. Mit einem wilden Schrei sprang der Junge auf und stieß die Waffe in Titus Körper. Der Zauberer ächzte, krümmte sich zusammen und fiel vornüber auf das Gesicht. Sofort hockte sich Huallpa neben ihn, riß ein Messer aus seinem Hüftband und zerrte ihm den Kopfputz herunter, um den Pelz mit wilden Stichen zu zerfetzen, so daß Zähne und Amulette durch die Luft flogen. Als nur noch Fetzen davon übrig waren, hieb Huallpa keuchend mit dem Messer auf die Leiche ein.

Cusi stand auf, um einzugreifen, aber Tarapaca und Tomay kamen ihm zuvor und zogen den schluchzenden Huallpa von der Leiche weg. »Es ist vorbei, mein Sohn«, beschwichtigte Cusi ihn. »Du hast deine Rache bekommen.«

»Es ist nicht genug!« zischte der Junge. »Er soll viele Tode sterben!«

»Es gibt noch mehr, die du töten wirst«, versicherte Quilaco ihm grimmig. »Jetzt, wo der Krieg begonnen hat...«

Huaman Cachi wischte sich noch immer die Augen, als er zu ihnen trat. »Kannst du genug sehen, um die Leichen zu tragen? Wir müssen sie verstecken«, fragte Tomay ihn.

Huaman nickte und sammelte Titus Waffen ein, während Tomay und Tarapaca den Zauberer an den Beinen packten und ihn davonschleppten. Cusi legte Huallpa einen Arm um die Schulter. »Gehen wir zum Fluß, um uns zu waschen«, sagte er. »Wir waren heute nacht alle dem Tod viel zu nahe.«

»Aber wir sind am Leben«, murmelte Huallpa benommen und ließ sich zum Wasser führen.

»Wir sind am Leben«, stimmte Cusi zu. »Das zumindest ist kein Traum.«

Cuzco

Die Nachricht von den Ereignissen in Calca traf einen Tag vor den Botschaftern in Cuzco ein und wurde auf Huascars Befehl hin von Postläufern nach Quito übermittelt. Huascar behauptete darin, beleidigt und provoziert worden zu sein, aber der Großteil seiner Nachricht bestand aus den Beschimpfungen, mit denen er Atahualpas Stellvertreter überhäuft hatte. Diese Antwort war derart übertrieben, daß sie nur als Kriegserklärung gewertet werden konnte. Die Krieger in den Straßen Cuzcos brachen in Jubelschreie aus, doch die Inka-Haushalte waren entsetzt über die Verbrechen, die in ihrem Namen begangen worden waren, und zeigten sich über die Aussicht auf einen weiteren Krieg keineswegs erfreut.

Anhänger von Huascar empfingen Cusi und seine Freunde am Stadtrand und geleiteten sie unter Hohnrufen durch die Straßen. Man beschimpfte sie als Verräter, bespuckte sie und besprengte sie mit süßen Düften, und dazu erscholl immer wieder der Ruf: »Mama Atahualpa! Mama Atahualpa!« Erst am Haupttor zum Palast konnten Rimachi und seine Leibwache die Menge zurückdrängen.

Micay stand hinter dem Tor und sah zu, wie die sechs Männer den Hof betraten. Huallpa und Huaman Cachi gingen an der Spitze, gefolgt von Cusi und Tomay und dann Quilaco und Tarapaca. Sie trugen alle schäbige Kleider, und wegen der fehlenden Ohrpflöcke und Stirnbänder hatten sie sich Strickmützen tief ins Gesicht gezogen. Micay bemerkte, daß sie sich Cusis langsamem Tempo anpaßten; er hinkte und preßte eine Hand gegen seine alte Wunde in der Seite. Noch nie hatte sie ihn derart zerschunden gesehen, mit seinem geschwollenen Gesicht und den Verletzungen an Armen und Beinen, aber er hielt den Kopf hoch und wirkte nicht wie ein Mann, der geschlagen war – ebensowenig wie seine Gefährten.

Sobald Cusi durch das Tor trat, lief Cahua auf ihn zu, und er drückte sie vorsichtig an sich. Coca und Cisa rannten ebenfalls zu ihrem Vater, der sie wegen seiner verschmutzten Kleider in Armeslänge von sich hielt. Aber beide Männer lächelten, und sobald das Tor hinter ihnen zufiel, lachten sie auf und machten obszöne Gesten zu der Menge hinter den Mauern. Micay ging zu Cusi, nahm seine Hand von den Rippen und legte den Arm vorsichtig um ihre Schultern, um sich auf sie zu stützen.

»Bist du schwer verletzt?« flüsterte sie besorgt. »Hat sich deine Wunde wieder geöffnet?«

»Nein, aber die Rippen tun weh ... und jede andere Stelle, die sie treten konnten.«

»Hat Huascar dich auch geschlagen?« fragte Cahua.

»Er ließ mich von seinen Männern demütigen«, antwortete Cusi lispelnd; die Schläge ins Gesicht, die er erhalten hatten, bereiteten ihm beim Sprechen Mühe.

»Aber erst, nachdem er seine Waffe ins Feuer geworfen hatte«, fügte Quilaco hinzu. »Zuvor hat er eine ganze Schar von Mördern abgewehrt und mir das Leben gerettet.«

»Davon müßt ihr uns später erzählen«, sagte Micay. »Tocto Oxica und Rahua Ocllo warten darauf, euch zu begrüßen.«

Während sie auf das Anwesen der Coya zugingen, begrüßte Micay Tomay und die anderen und dankte ihnen, daß sie Cusi geholfen hatten zu entkommen. Beim Anblick von Huaman Cachis blutunterlaufenen, entzündeten Augen fuhr sie erschrocken zusammen, aber Tomay zog sie weiter.

»Wie ist das passiert, Huaman?« fragte sie. »Warst du auch dabei, als sie gedemütigt wurden?«

»Das kam erst später«, antwortete Tomay leise. »Wir wurden aus Calca hinaus verfolgt. Davon wirst du auch noch hören.«

Dann sah Micay zu Huallpa, der aufrecht schritt wie ein Krieger. Tomay bemerkte ihren prüfenden Blick und erklärte: »Er ist noch kein fertiger Krieger, aber sein Huarachicoy-Rennen hat er schon bestanden.«

»Dann sollten wir bald aufbrechen«, beschloß Micay, und Tomay nickte zustimmend.

»Wir haben unsere Spuren zwar verwischt, aber zu lange sollten wir uns hier nicht mehr aufhalten.«

»Unsere Sachen sind bereits gepackt, und Rahua Ocllo gibt uns Lamas«, erklärte Micay.

»Dann gehen wir«, sagte Tomay entschlossen. »Im Augenblick können wir hier nichts mehr tun.«

Micay erwachte im ersten Morgengrauen und sah Cusi, der schlafend neben ihr lag. Durch die kalten Kompressen, die sie am Abend vorher angelegt hatte, waren seine Schwellungen etwas zurückgegangen, aber ein Auge war völlig blau und die andere Augenbraue lila verfärbt. Sie erinnerte sich an den Schutzgeist, den er ihr gezeigt hatte, und dachte, daß Cusi ebenso aussah wie der Stein: Angeschlagen, aber noch ganz.

So leise wie möglich stand sie auf und zog sich an, aber Cahua hörte sie trotzdem.

»Ist Tocto Oxica schon hier?« fragte sie aufgeregt.

»Noch nicht«, antwortete Micay. »Wahrscheinlich kommt sie erst, wenn wir reisefertig sind.«

»Sie geht bald zum Titicaca-See zurück«, berichtete Cahua. »Sie sagte, das nächste Mal, wenn wir hierher kommen, könnten wir sie auf der Insel Coati besuchen.«

»Sie mag dich gern«, stimmte Micay zu. Am Abend zuvor war Cahua außer sich gewesen, als sie erfuhr, daß weder Chuqui noch Tocto sie begleiten würden. Für Micay war es unmöglich gewesen, ihre Tochter zu beruhigen; aber Tocto schaffte es.

»Jetzt sind wir nicht mehr die Frauen der Coya, oder?« fragte Cahua jetzt.

»Nein«, erwiderte Micay bestimmt. »Wir werden wohl nicht einmal einen Hof haben, zu dem wir gehören. Dafür werden wir bald als Heilerinnen gebraucht werden.«

»Das hat Tocto auch gesagt«, meinte Cahua zufrieden. Dann runzelte sie die Stirn. »Aber ich habe ihr nicht von der Huaca-Frau erzählt. Kann ich eine Heilerin für Mama Quilla sein, obwohl ich Pachamama geweiht bin?«

Micay lächelte, denn ihr wurde klar, was Tocto Cahua als Ersatz für den Hof in Aussicht gestellt hatte. »Tocto weiß über Macas Bescheid. Wenn sie sagt, daß du dich dem Kult Mama Quillas anschließen kannst, brauchst du keine andere Erlaubnis mehr.«

»Kann ich jetzt am Tor auf sie warten?«

»Ja. Aber laß dir vorher von der Köchin etwas zu essen geben«, willigte Micay ein. »Und wenn Machacuay am Tor ist, schick ihn zu mir.«

Damit war Cahua fort, und kurz darauf erschien Machacuay. Mit seiner Hilfe konnte Micay Cusi wecken und aufsetzen. Zuerst murmelte er zusammenhanglos, aber dann lächelte er sie an.

»Ist es schon Morgen?«

»Leider ja. Laß dich von Machacuay zum Badehaus führen; ich komme später und verbinde dir die Rippen.«

Cusi nickte, und sie half ihm auf; dabei verzog er schmerzhaft das Gesicht, jammerte aber nicht. Er hatte ihr gesagt, er habe kein Recht zu klagen – nicht, nachdem er den Tod auf sich genommen hatte und trotzdem lebend zurückgekehrt war. Deswegen ertrug er seine Schmerzen mit Gelassenheit, wie ein verspätetes Opfer oder eine Art notwendiger Buße.

Sie beobachtete, wie er auf Machacuay gestützt davonhinkte, dann holte sie ihren Medizinbeutel und ging in den Hof, wo Huaman Cachi Tomay und Tarapaca beim Beladen der Lamas half. Sie rief den Jungen zu sich und spülte seine Augen mit einer Lösung aus Tarapuder und warmem Wasser. Dabei erschien Huallpa und setzte sich zu ihnen. Als sie mit ihrer Aufgabe fertig war und die Kürbisschalen ausleerte, spürte sie Huallpas Blick auf sich ruhen, und ihr wurde klar, daß er gekommen war, um mit ihr zu sprechen, nicht mit Huaman.

»Willst du deine Mutter nicht besuchen, bevor wir aufbrechen?« fragte sie ihn.

»Ich habe schon mit ihr gesprochen. Gestern nacht.«

»Wo?« stieß Micay überrascht hervor. »War sie hier?«

»Rimachi hat sie zum Palast gebracht, aber sie wollte nicht hereinkommen. Ich sprach mit ihr im Garten beim Tor. Sie weiß jetzt, warum ich weggehe, und daß ich nicht mit Gewalt von ihr weggenommen werde.«

Ein Stich durchfuhr Micay, so daß sie Huallpa nicht einmal für sein verantwortungsbewußtes Handeln loben konnte. Quespi war so nah bei mir, dachte sie, und wollte sich doch nicht von mir verabschieden. Wehmütig fuhr Huallpa fort: »Sie hat lange mit mir gesprochen, aber ich verstehe immer noch nicht, wie sie hierbleiben kann. Sie *haßt* Huascar, und sie weiß, daß er abgesetzt werden sollte. Aber sie sagt, sie könne deswegen nicht ihr ganzes Leben hier aufgeben. Sie hofft, ruhig unter den Cañari leben zu können, während sich die Inka gegenseitig bekriegen…«

Micay hatte sich wieder gefaßt, aber ihre Enttäuschung schwang in ihrer Stimme mit. »Du kannst es ihr nicht verübeln, daß sie sich ein friedliches Leben wünscht, mein Sohn. Das hat sie bislang kaum gehabt.«

Huallpa nickte, allerdings mehr aus Ungeduld als aus Zustimmung. »Sie sagte, daß Ihr sie verstehen würdet. Sie hat mir erzählt, wie Ihr sie gerettet habt, als sie nach Tumibamba kam und Yasca gegeben wurde… wie Ihr ihn dazu gebracht habt, mich als seinen Sohn anzuerkennen. Sie hat geweint, als sie von Euch sprach, Herrin… Deswegen wollte sie sich nicht persönlich von Euch verabschieden. Sie wußte, daß Ihr sie dazu überreden würdet, das Richtige zu tun und mit uns zu kommen.«

Tränen stiegen Micay in die Augen, und sie hatte nicht die Kraft, sie zurückzudrängen. Zuerst Chuqui, jetzt Quespi. Der Krieg hatte noch nicht einmal begonnen, und schon trennte er sie von den Menschen, die sie liebte. Auch Huallpa weinte, und Micay bemerkte, daß Huaman Cachi sie bestürzt ansah.

»Jetzt haben wir alle rote Augen«, meinte sie, und Huaman Cachi lächelte erleichtert auf. »Vielleicht ist das auch gut«, fuhr sie fort und nahm ihren Medizinbeutel an sich. »Die Aussicht auf einen Krieg zwischen den Inka sollte uns jedenfalls nicht freuen.« Dabei warf sie Huaman einen bedeutungsvollen Blick zu. »Nicht einmal junge Krieger, die es kaum erwarten können, sich zu beweisen, und dabei ihren Gegner unterschätzen.«

»Bereit, aber nicht waghalsig«, murmelte Huaman Cachi und senkte peinlich berührt den Kopf. Huallpa breitete kläglich die Hände aus.

»Glaubt Ihr, daß meine Mutter und Yutu hier in Sicherheit sind, bis wir wiederkommen?« fragte er.

»Sie sind wahrscheinlich sicherer als wir«, erwiderte Micay unumwunden. Dann deutete sie mit dem Kinn auf die Packlamas. »Ich muß mich um Cusi kümmern. Helft den anderen beim Beladen, sonst werden die Lamas noch ungeduldig.«

Cusi beobachtete, wie Tomay seinen Falkenschild in eine der Packtaschen an der Seite des Lamas steckte.

»Was ist mit deiner Streitaxt?« fragte Tomay.

»Die trägt Huaman Cachi«, erklärte Cusi, und Tomay machte sich daran, die Tasche zu schließen. Dabei murmelte er dem Lama beruhigend zu, und es starrte Cusi neugierig und gleichzeitig mißtrauisch an. In diesem Augenblick betrat eine große Gestalt den Hof, und die Ungeduld, die der Mann ausstrahlte, ließ das Lama scheuen.

»Rimachi kommt«, sagte Cusi, und Tomay führte das Tier sofort aus dem Weg. Rimachi trug einen Speer, und sein kantiges Gesicht war zu einer Grimasse verzogen, als ob er diesen Besuch so kurz wie möglich gestalten wollte. Aber als er Cusis geschwollenes, zerschundenes Gesicht sah, zögerte er und holte tief Luft.

»Ich bin froh, daß du zurück bist«, sagte er schließlich. »Ich wußte, daß du nicht daran sterben würdest, verspottet zu werden.«

»Ich bin auch froh, dich zu sehen, Bruder«, erwiderte Cusi. »Wir wollten noch mit dir sprechen, bevor wir aufbrechen.«

»Ihr solltet gehen, solange ihr noch könnt«, meinte Rimachi. »Ich bin gekommen, um euch zu sagen, daß eine seltsame Nachricht aus Calca eingetroffen ist. Titu Atauchi und ein zweiter Mann sind verschwunden.«

»Warum erzählst du uns das?« fragte Tomay achselzuckend. »Wie jeder weiß, wurden wir wie Weiber aus Calca hinausgejagt.«

»Es ist schon öfter vorgekommen, daß Zauberer auf geheimnisvolle Art und Weise verschwanden«, fügte Cusi hinzu. »Vor allem, wenn sie den Herrscher verärgert haben.«

Rimachi blickte die beiden nachdenklich an. »Bislang bin ich der einzige, der euch gut genug kennt, um euch zu verdächtigen. Aber bald wird auch Huascar auf diesen Gedanken kommen.«

»Wir brechen auf, sobald Tocto Oxica uns verabschiedet hat«, versicherte Cusi und fuhr rasch fort: »Ich weiß, daß du jetzt nicht mit uns kommen willst, Rimachi, aber vielleicht ergibt sich eine andere Gelegenheit für dich, nach Tumibamba zu kommen, bevor der Krieg ausbricht. Möglicherweise erscheint dir Cuzco in einiger Zeit nicht mehr so reizvoll. Wenn es so weit ist, sei nicht zu stolz, dich uns anzuschließen.«

»Auch nach Kriegsausbruch«, ergänzte Tomay. »Wir würden dich als Überläufer jederzeit willkommen heißen.«

Rimachi lachte heiser. »Ihr seid großzügig, Brüder. Ihr fordert mich zur Untreue auf und bietet mir an, an eurer Rebellion teilzunehmen.«

»Wir bieten dir vertrauenswürdige Kameraden an«, widersprach Tomay. »Und einen Führer, der ein wirklicher Kriegsherr ist.«

»Die Möglichkeit, in guter Gesellschaft zu sterben«, folgerte Rimachi trocken. Tomay schüttelte resigniert den Kopf.

»Es gibt einen weiteren Grund, warum du dich uns anschließen solltest«, erklärte Cusi sachlich. »Unsere Krieger sind zum Kampf gerüstet, und sie wissen, daß sie um ihr Leben kämpfen müssen und daß es keine Gnade für sie gibt, wenn sie sich ergeben. Also werden sie auch gegenüber ihren Gegnern keine Gnade walten lassen. Und das sind als erste wahrscheinlich die Cañari.«

Rimachi richtete sich auf. »Und auf welche Seite sollte ich mich dann deiner Meinung nach stellen?«

»Du wärst beiden Seiten bekannt«, erwiderte Cusi. »Wenn ein Waffenstillstand vereinbart werden sollte, wärst du sehr wertvoll.«

»Ich habe gesehen, was mit Botschaftern passiert«, antwortete Rimachi knapp. »Nein, ihr müßt ohne mich in euren Krieg ziehen. Und zwar bald. Ich möchte, daß ihr aus der Stadt verschwindet, bevor man mir befiehlt, euch aufzuhalten.«

»Wir kommen zurück«, versprach Tomay. Rimachi hob zum Abschied seinen Speer und wandte sich zum Gehen, hielt dann aber abrupt inne.

»Ich werde euch nie vergessen«, stieß er hervor und ging schnell davon.

Sie waren schon abmarschbereit, als Tocto Oxica schließlich mit zwei Mamacona im Hof erschien. Doch die Ungeduld, mit der sie alle gewartet hatten, legte sich sofort, als sie sahen, wie schön die Hohepriesterin sich zu diesem Anlaß gemacht hatte. Ihr Gesicht war makellos geschminkt, und das lange Haar glänzte blauschwarz unter der schwarzen Kopfbedeckung. Sie trug ein Kleid und einen Umhang aus blauem Tuch mit einem auffälligen schwarzen Muster, und ihr Silberschmuck glitzerte wie Spiegel im Sonnenlicht. Ehrerbietig entboten alle eine Mocha, und als sie wieder aufblickten, hielt die Hohepriesterin einen Quipu in den Händen. Die beiden Mamacona trugen jeweils ein Geschenkbündel, und auf ein Nicken Toctos hin überreichten sie die Gaben Cusi und Quilaco.

»Das sind Geschenke von euren Haushalten«, erklärte die Hohepriesterin, »von Pachacuti und Inca Roca persönlich. Sie möchten, daß diese Dinge mutigen Männern gehören, und befürchten, daß Huascar sie an sich reißen wird, sobald der Krieg ihm einen Vorwand dazu gibt.«

In jedem Bündel befanden sie ein Paar goldene Ohrpflöcke und ein gewebtes Stirnband in den Farben des Haushalts. Mit Micays Hilfe steckte Cusi die schweren goldenen Scheiben in die Ohrläppchen und legte das Stirnband mit dem silbernen Abzeichen in der Mitte an.

»Jetzt fühle ich mich wieder ganz, Herrin«, sagte Quilaco dankbar. Tocto nahm die Verbeugungen der beiden Männer entgegen und hielt dann die Knotenschnur hoch. Sie war mit einem silbernen Faden zu einem Bündel geschnürt und mit einem silbernen Abzeichen versehen, einer Kopie des Mondschilds auf Toctos Brust.

»Dieser Quipu macht euch zu meinen Stellvertretern, denen die gleiche Behandlung zusteht wie mir selbst. Ihr braucht ihn nur der Hohenpriesterin in Tumibamba zu übergeben; und sagt ihr, daß ich ihr für ihre Zählung danke.«

Mit einem zustimmenden Nicken von Cusi nahm Quilaco die Schnur an sich. Dann winkte Tocto Cahua heran. Sie trat eifrig vor, und Tocto streifte einen ihrer silbernen Armreifen vom Handgelenk und hielt ihn dem Mädchen entgegen.

»Cahua, meine Tochter ... damit sollst du immer daran denken, daß du für Mama Quilla ein besonderer Mensch bist – und für mich.«

Cahua verbeugte sich kurz, aber dann konnte sie sich nicht zurückhalten, den Reifen sofort anzulegen und zu bewundern, wie sich das Licht darin brach.

»Mein Bruder hat einen Schutzgeist, aber er ist nicht so schön wie das hier. Muß ich es vor den anderen Leuten verbergen?«

Tocto schüttelte lächelnd den Kopf. Dann nahm sie sich einen weiteren Reifen vom Arm und ging damit zu Micay, die die Hand nach dem Schmuckstück ausstreckte; aber Tocto ließ es nicht los.

»Dafür, weil auch du für Mama Quilla ein besonderer Mensch bist. Und weil du mit mir gewartet hast und mir deine Geschichten von Chimpu Ocllo, Macas und den Weißen Frauen erzählt hast. Ich bin dankbar, daß ich dich kennenlernen durfte.«

»Es war eine Ehre für mich, Mamanchic«, erwiderte Micay respektvoll, aber ihre Augen leuchteten und bezeugten die Freundschaft, die in diesen wenigen Tagen zwischen ihnen entstanden war. Tocto erwiderte ihren Blick und drückte ihr kurz die Hände, bevor sie den Armreif losließ.

Dann ging Tocto zu Coca und Cisa, denen sie ebenso ihren Segen erteilte wie den vier Kriegern. Vor Huaman Cachi und Huallpa blieb sie stehen; sie berührte die Streitaxt in Huamans Händen, und er blickte auf.

»Seid tapfer, meine Söhne«, beschwor sie die beiden, »aber findet nicht zu große Freude am Töten. Verschont jene, die euch nicht schaden können, und zerstört nichts mutwillig.«

Verwirrt verbeugten sich die beiden jungen Männer über ihren Waffen. Schließlich kam Tocto vor Tomay zu stehen, wobei sie den Kopf in Cusis Richtung neigte, ohne diesen jedoch anzublicken.

»Nun, Tomay Guanaco«, fragte sie mit ihrer dunklen Stimme. »Bist du immer noch schneller als dein Bruder?«

Mit einem Blick auf Cusi lachte Tomay auf. »Im Augenblick sicher, Herrin.«

»Und du siehst auch besser aus«, fügte sie hinzu und wandte sich an Cusi, der sich die Rippen hielt und Mühe gab, nicht zu lachen. »Deine Huaca schützt dich immer noch, Cusi Huaman, aber vielleicht nicht mehr so gut wie früher.«

»Vielleicht mußte sie mich zu oft retten, Herrin«, meinte Cusi mit einem schiefen Lächeln. »Deswegen umgebe ich mich mit guten Kameraden.«

»Ja ... in dieser Hinsicht hast du immer Glück gehabt«, pflichtete Tocto ihm bei, und dabei blickte sie lächelnd auf Micay und Cahua und nickte den anderen zu. Dann wich das Lächeln von ihrem Gesicht, und sie wurde ernst. »Du hast mir einmal gesagt, es sei die Pflicht eines Inka, das Unmögliche zu versuchen. Glaubst du das immer noch?«

»Das hat Otoronco Achachi mir einmal gesagt«, antwortete Cusi bedächtig. »Und er hat es von Pachacuti selbst gehört.« Er faßte sich an die Ohrläppchen. »Jetzt gibt Pachacuti mir seine Ohrpflöcke, weil er befürchtet, sein Urenkel könnte sie ihm stehlen.«

»Heißt das, daß die Pflicht eines Inka nun eine andere ist?«

»Kann sein«, erwiderte Cusi. »Früher wußten wir immer,

wem ein Inka seinen Dienst schuldet. Aber diese Gewißheit haben wir verloren, und vielleicht finden wir sie nie wieder.«

»Aber glaubst du, daß dieser Dienst noch immer *deine* Pflicht ist?« beharrte Tocto. Cusi sah sie lange an. Dann merkte er, daß alle auf seine Antwort warteten, und sagte mit einem wehmütigen Lächeln: »Nein, Herrin, nicht mehr. Ich bin einem Kriegsherrn verpflichtet, und die einzige Pflicht eines Kriegsherrn besteht darin, seine Männer im Krieg zu führen. Und das werde ich auch tun, solange ich muß.«

»Nur das? Dienst du deinem Volk nicht auch auf eine größere Art und Weise?«

»Ich diene den Menschen, die meine Liebe und mein Vertrauen erwidern«, gab Cusi tonlos zurück. »Mehr schulde ich niemandem, Herrin, auch Euch nicht. Bittet mich nicht darum, die Last Eurer Hoffnungen auf mich zu nehmen.«

Tocto blickte auf ihre gefalteten Hände und atmete heftig aus. »Nein, ich habe nicht das Recht, dich darum zu bitten«, beschloß sie. »Nicht noch einmal. Verzeih mir, Cusi. Ich bitte dich nur darum, mich zu denen zu zählen, die deine Liebe und dein Vertrauen erwidern.«

»Das tue ich, Herrin, ohne jeden Zweifel«, erwiderte Cusi und verschränkte die Arme, um sich zu verbeugen. Tocto richtete sich auf, wandte sich an die versammelte Gruppe und hob die Hände.

»Empfangt nun meinen Segen, und laßt euch von mir zum Palast hinausführen. Erst wenn ihr sicher auf der Straße ins Nordviertel seid, werden wir uns voneinander verabschieden.«

KAPITEL 21

Sinchicona Pacha:
Die Zeit der Kriegsherren (1530)

Tumibamba

Zwei Neuigkeiten waren in Quito eingetroffen, noch bevor Cusi aufgebrochen war. Die erste besagte, Huascar habe einen Königlichen Inspekteur nach Tumibamba gesandt, um untersuchen zu lassen, was mit den Besitztümern des Sapa Inca, insbesondere jenen seines verstorbenen Vaters, geschehen war. Dieser Inspekteur wurde von tausend Kriegern, zumeist Inka, begleitet, und es hieß, sie seien im Eilmarsch nach Norden unterwegs.

Die zweite Neuigkeit war, daß Atahualpa endlich den Feldzug gegen die Inselstadt Puna abgebrochen und Challcochima und Quizquiz befohlen hatte, mit ihren Männern – dem Großteil seiner erfahrenen Krieger – von der Küste nach Quito zurückzumarschieren. Da sich der Feldzug über Monate hingezogen hatte, war dieser Befehl überfällig gewesen, aber nichtsdestotrotz wurde er allgemein als Vorbereitung auf eine unmittelbar bevorstehende Abrechnung mit Huascar interpretiert.

Atahualpa selbst blieb jedoch in Tumibamba. Als Cusi ihm dort über seine Rekrutierung Bericht erstatten sollte, nahm er zweihundert der jüngsten und unerfahrensten seiner Krieger mit nach Süden. Zusammen mit Tarapaca und einigen altgedienten Kämpfern hatte er alle Hände voll zu tun, um ihnen die Grundlagen wie das Marschieren in einer Formation und den effektiven Einsatz von Waffen beizubringen. Aber schon als sie die Kontrollpunkte in den Außenbezirken der Stadt erreichten, hatten sich die Neulinge genügend Disziplin angeeignet, um die Cañari-Wachen zu beunruhigen, wie Cusi zufrieden registrierte. Atahualpa hatte bereits ein Regiment bei sich in der Stadt, und angesichts der augenblicklichen Situation konnten die Cañari diese zweihundert Rekruten nur als Verstärkung betrachten.

Cusi ließ sie auf einem brachliegenden Feld abseits der Königsstraße lagern, übertrug Tarapaca das Kommando und ging nur in Begleitung von Huallpa, Huaman Cachi und zwei Buchhaltern weiter. Als sie den Fluß überquerten und die Stadt betraten, bemerkte Cusi die mißtrauischen Blicke der Cañari – zweifellos argwöhnten sie, welche Neuigkeit *er* wohl brachte. Cusi seinerseits fragte sich, weshalb Atahualpa nicht einigen seiner Krieger befohlen hatte, von der Küste nach Tumibamba zurückzukehren, wenn er selbst entschlossen war, ebenfalls hier zu bleiben. Tumibamba gehörte den Vier Vierteln an, nicht der Regentschaft der Nordprovinzen, und Atahualpa war es nur gegen starken Widerstand des Cañari-Oberhäuptlings Urco Colla gelungen, sich in der Stadt gut zu behaupten. Durch das Erscheinen eines Inspekteurs mit tausend Kriegern konnte der unsichere Frieden jedoch leicht enden, was für sie einen langen und gefährlichen Rückzug durch Cañari-Territorium nach Quito bedeuten würde.

Sobald sie im Mollecancha waren, führte Cusi seine Gefährten einige Treppen hinauf zu dem Bereich, wo einst Ninan Cuyochi und Atahualpa ihre Wohnungen gehabt hatten. Atahualpa ließ sie gerade in ein zusammenhängendes Anwesen umbauen – Grund genug für Huascar, einen Inspekteur zu schicken. Cusi nahm sich vor, später seinen Vater zu besuchen, denn er wußte, daß Apu Pomas Tage als Gouverneur gezählt waren – er hatte Atahualpas Bemühungen unterstützt, den Frieden zwischen den Inka und Cañari zu erhalten.

Im Eingangshof des noch nicht fertiggestellten Anwesens spendete ein einfacher Anbau Schatten für Quilaco Yupanqui, Ucumari und Rumiñaui, die drei Kriegshäuptlinge, die neben Challcochima und Quizquiz Atahualpas engste Berater auf dem Schlachtfeld waren. Rumiñaui war außerdem Atahualpas oberster Verwaltungsbeamter, ein Posten, der ihm großen Einfluß gewährte, und Quilaco und Ucumari teilten sich das Kommando über das persönliche Regiment des Regenten. Diese Hierarchie hatte sich in der Zeit, als die Botschafter in Cuzco waren, gefestigt, und während Quilaco wieder einen hochrangigen Posten bekommen hatte, waren Cusi und Tomay ausgesandt worden, um ein Reserveregiment zu rekrutieren. Da Cusi wußte, daß Atahualpa ihm nur als Kriegshäuptling Vertrauen entgegenbrachte, hatte er diese Aufgabe klaglos übernommen; er war zufrieden damit, Männer zu bekommen, die er nach seinen eigenen Vorstellungen ausbilden konnte.

Nach der Begrüßung überreichte er Rumiñaui den Quipu. »Das hat ja lange genug gedauert«, murrte dieser und musterte Cusi aus seinem einzigen Auge, »noch dazu, wo es so wenige sind.«

»Jeweils zweitausend«, erwiderte Cusi knapp, »und darunter nur hundert erfahrene Krieger. Aber wir wollten uns lieber Zeit lassen und wirklich kampfwillige Leute rekrutieren, keine, die wir später wieder nach Hause schicken müssen.«

Rumiñaui studierte den Quipu und blickte dann plötzlich auf. »Was bedeuten denn diese Knoten?« fragte er und hielt eine einzelne schwarze Schnur hoch. »Ihr wart nicht befugt, Gefolgsleute zu rekrutieren.«

Cusi zuckte die Achseln. »Sie meldeten sich freiwillig, nachdem sie uns angehört hatten. Es sind alles gute, kräftige Männer, die für uns kämpfen wollen, deshalb haben wir sie genommen. Haben wir denn so viele Krieger, daß Ihr sie wieder nach Hause senden wollt?«

Rumiñaui schüttelte widerwillig den Kopf. »Wo sind diese Rekruten jetzt?«

»Zweihundert junge Männer sind bei mir, und Tomay hat etwa dreimal so viele bei sich in Quito. Sie müssen unverzüglich ausgebildet werden. Die restlichen kommen nach dem zweiten Jäten der Felder.«

»Vielleicht brauchen wir sie schon früher«, erklärte Quilaco leise.

»Dann können wir sie auch schon vorher einziehen«, versicherte Cusi ihm. »Aber weshalb? Was hat Atahualpa mit dem Königlichen Inspekteur vor?«

»Er hat beschlossen, ihm wie ein Kriegsherr entgegenzutreten«, antwortete Quilaco. »Einige von uns rieten ihm, sich nach Quito zurückzuziehen, aber er will sein Recht, sich hier aufzuhalten, um jeden Preis durchsetzen. Dazu mußt du wissen, daß der Königliche Inspekteur unser alter Freund Atoc ist.«

»Dann sollten wir ihn abfangen, bevor er hier eintrifft. Wenn er und Urco Colla sich zusammentun, wird es in dieser Stadt für uns alle gefährlich.«

»Ein Kriegsherr schreckt vor keiner Gefahr zurück!« brauste Quilaco auf, womit er offenbar Atahualpa selbst zitierte. »Du warst es, der ihm sagte, er würde nicht zum Erfolg gelangen, wenn er nur Vorsicht walten ließe, Cusi!«

»Das stimmt, aber ich habe ihm kühnes Vorgehen geraten, nicht Leichtsinn. Wenn Atoc wirklich nur tausend Männer dabeihat, sollten wir ihn unterwegs angreifen und gefangennehmen. Dadurch wären die Cañari bis zum Eintreffen unser Hauptstreitmacht von der Küste handlungsunfähig. Und dann hätten sie keine andere Wahl mehr, als sich auf unsere Seite zu stellen.«

»Atahualpa fürchtet auch die Cañari nicht«, schaltete Rumiñaui sich wieder ein. »Viele von ihnen haben sich ihm bereits heimlich angeschlossen, und die restlichen haben Angst vor ihm. Sogar Urco Colla hat vor unserer Macht Respekt.«

»Dann sollten wir ihm zeigen, daß wir sie auch einzusetzen wissen«, entgegnete Cusi. »Gebt mir tausend Männer, und ich werde Atoc selbst entgegenmarschieren und ihn als Gefangenen in die Stadt bringen.«

»Das kommt nicht in Frage!« protestierte Rumiñaui. »Es ist Atahualpas Entscheidung, wann und wo wir angreifen. Wenn du deinen Haß nicht zügeln kannst, solltest du nach Quito zurückgehen.«

»Nimm deine Rekruten doch mit zum Regenbogen-Haus, Cusi«, schlug Quilaco vor. »Da kannst du sie gut ausbilden und gleichzeitig mit Micay und den Kindern zusammensein. Wir schicken nach dir, sobald du gebraucht wirst.«

Cusi hatte diesen Gedanken schon selbst erwogen; deshalb erklärte er sich einverstanden. »Aber steht meinem Vater bei, falls er bestraft werden soll«, bat er. »Er hat sich unseren Schutz verdient.«

»Das hat er«, pflichtete ihm Quilaco bei. »Ich werde auf ihn aufpassen.«

»Behalte auch deinen Kriegsherrn im Auge«, riet Cusi ihm im Gehen. »Paß auf, daß er nicht den Verlockungen der Gefahr erliegt.«

Das Regenbogen-Haus

Am Pfad oberhalb des Wasserfalls gediehen viele Pflanzen, von denen manche wild wuchsen, andere von Micay gesät worden waren. Cahua und Cisa sammelten Minze am Bach, während Micay Coca beibrachte, einige der schwieriger erkennbaren Heilpflanzen voneinander zu unterscheiden.

Doch die Aufmerksamkeit des Mädchens wanderte immer wieder zu der Gruppe junger Rekruten, die Cusi in der Nähe um sich versammelt hatte. »Hören sie Cusi immer noch zu?« fragte Micay, nachdem sie Coca eine Weile beobachtet hatte. »Oder werden ihnen seine Geschichten allmählich langweilig?«

Coca wandte sich verlegen zu ihr um. »Aber nein. Huallpa erzählt sie mir alle weiter.«

»Und findest du sie interessant?«

»Manche«, räumte Coca ein. »Huallpa mag am liebsten die von den Falkenmännern. Er will unbedingt selbst einer werden, denn dann ist es egal, ob er ein Inka oder ein Chachapoyas ist.«

»Er ist beides, genau wie ich. Warum macht er sich darüber Gedanken?«

Coca blickte betreten zu Boden. »Er weiß nicht, was mein Vater von ihm halten wird.«

Erst nach kurzem Überlegen wurde Micay bewußt, worauf Coca anspielte.

»Ach, du meinst als möglichen Schwiegersohn? Aber ihr seid doch noch viel zu jung, um über solche Dinge nachzudenken.«

»So jung sind wir auch nicht mehr«, entgegnete Coca. »Meine Blutung hat schon angefangen. Und Huallpa ist bereits einem Feind entgegengetreten.«

»Im Krieg wirst du noch schneller älter werden«, sagte Micay. »Aber du bist noch ein Mädchen, Coca, und mußt erst eine Frau werden, bevor du eine Gemahlin wirst. Du bist auch noch viel zu jung, um Mutter zu sein – das sage ich dir als Hebamme, nicht als mißbilligende Tante. Versprich mir, daß du dieses Risiko nicht eingehst.«

Cocas Lippen zitterten. »Sag mir nicht, ich wäre zu jung, um ihn zu lieben. Vielleicht werden wir gar nicht viel älter.«

»So etwas würde ich dir nie sagen, meine Tochter«, versicherte Micay ihr. »Wenn deine Liebe zu ihm weise ist, hilfst du ihm, zu dir zurückzukommen. Deshalb bitte ich dich, mir das zu versprechen. Wir müssen den Kriegern überallhin folgen, aber wenn du schwanger wärst, könntest du das gar nicht. Dann wärst du mehr von ihm getrennt als durch den Krieg.«

Micays Offenheit schien Coca zu verwirren; sie murmelte verlegen, daß sie und Huallpa nichts getan hätten, was zu Besorgnis Anlaß geben könnte. »Wir haben uns doch noch kaum berührt«, jammerte sie.

Micay legte ihr beruhigend eine Hand auf die Schulter. »Dann wird dir dieses Versprechen um so leichter fallen, und ihr braucht keine Angst mehr haben, wenn ihr zusammen seid. Aber bis der Krieg vorüber ist, dürft ihr einfach nichts riskieren.«

Tränen stiegen in Cocas Augen. »Aber wie können wir sichergehen?« fragte sie mit erstickter Stimme.

»Ich werde euch helfen; ich bin seit vielen Jahren die Frau eines Kriegers.«

Coca warf sich in Micays Arme und weinte leise. »Und ich bin schon mein ganzes Leben lang die Tochter eines Kriegers...«

Fünf Tage hintereinander mußten Cusis Rekruten sich harte Scheingefechte liefern, dann gab er ihnen zwei Tage frei und ließ sie ein Fest veranstalten. Nach nur einem Monat gemeinsamer Arbeit kannte er sie nun bereits alle namentlich, wie Micay bei dieser Gelegenheit erstaunt feststellte.

»Ich spüre, daß du mich beobachtest«, sagte er mit einem neugierigen Lächeln zu ihr, als sie mit einigen der jungen Männer beim Essen an einem Feuer saßen. »Verhalte ich mich ihnen gegenüber so eigenartig?«

»Nicht so, daß es jemand anderem auffallen würde«, versicherte sie ihm. »Aber es wäre leichter, wenn du sie einfach durch die Türöffnung in Tiahuanaco gehen lassen könntest, oder nicht?«

»Sicher«, stimmte er ihr lachend zu. »Natürlich ist es etwas ganz anderes, sie hier zusammenzuschweißen. Aber wir können keine Zeit vergeuden.« Plötzlich blickte er auf und deutete mit dem Kinn in die Ferne. »Vielleicht haben wir überhaupt keine Zeit mehr. Ein Bote...« Er stand auf und ging dem Mann entgegen. Die Krieger waren mit dem Ausschenken von Akha beschäftigt und schienen den Ankömmling noch nicht bemerkt zu haben. Micay bat einen Bediensteten, Cusis Luchskopf-Becher und einen für sie selbst zu bringen.

»Nachricht aus Tumibamba, Herrin?« fragte er neugierig. »Ist der Königliche Inspekteur eingetroffen?«

»Er hätte schon vor Tagen kommen sollen«, antwortete Micay. »Vielleicht ist er schon dabei, sein Urteil abzugeben...«

Cusi kam zurück und nahm ihr den Becher ab; dabei sah er sie nicht an, sondern ließ den Blick über das ganze Tal schweifen. »Hol die Mädchen und mach dich fertig zum Gehen«, sagte er schließlich. »Ich habe eine Neuigkeit, die dieses Fest beenden wird.«

Trotz seines barschen Tons widersprach Micay nicht, sondern ging sofort zu Tarapacas Schwadron, um Coca zu holen, die mit Huallpa zusammen war. Cusi erhob eine Hand und bat um Aufmerksamkeit.

»Ich habe eine Nachricht vom Kriegshäuptling Quilaco Yupanqui erhalten«, begann er, sobald sich die Männer um ihn versammelt hatten. »Er berichtet, daß Atahualpa mit der Hilfe Urco Collas und der Cañari von Huascars Inspekteur gefangengenommen wurde. Die anderen Kriegshäuptlinge konnten ihn nicht befreien; sie wurden gezwungen, sich mit ihren Truppen nach Norden zurückzuziehen. Wir haben Befehl, auf dem Pfad über das Gebirge nach Quito zu marschieren und uns ihnen dort anzuschließen.«

Cusi machte eine Pause, um die Männer über das Gehörte nachdenken zu lassen. Sie saßen mit ungläubigen Gesichtern da und starrten ihn an. Micay mußte plötzlich an Rimachis Worte denken, sie würden ihre letzten Tage wie gehetzte Tiere in den Bergen verbringen müssen, und dabei lief ihr ein kalter Angstschauer über den Rücken. Ohne Atahualpa waren sie führerlos – nur mehr Rebellen, die Huascar zu seinem Vergnügen jagen konnte, wenn es ihm beliebte. Dann fuhr Cusi mit düsterer Stimme fort.

»Jetzt wird es sich zeigen, ob Atahualpa die Huaca eines Kriegsherrn besitzt, oder ob es ihm bestimmt ist, vergessen zu werden. Denn nun kommt die Zeit der Kriegsherren, und wenn Atahualpa uns im Krieg kein Führer sein kann, ist er für uns nutzlos. Dann müssen wir uns alle versammeln und einen neuen Kriegsherrn wählen, wie es in den Tagen der Brauch war, als es noch keinen Alleinherrscher gab.«

Daß Cusi so schonungslos von Atahualpas möglicher Bedeutungslosigkeit sprach, schien die Männer nicht weniger zu erschrecken als die eingetroffene Nachricht selbst, doch er unternahm keinen Versuch, sie zu beschwichtigen.

»Ihr müßt begreifen, daß dieser Krieg unvermeidlich ist. Huascar hat alle, die sich friedlich mit ihm einigen wollten, gedemütigt oder ermordet, und ebenso bedenkenlos würde er auch jeden von euch töten. Er ist ein ruchloser Mensch, ein Mann ohne die Kraft von Visionen und ohne Huaca, dessen Hände besudelt sind mit dem Blut jener, die ihm vertrauten. Mit ihm ist keine gütliche Einigung möglich.«

Cusi unterbrach sich, um einen Schluck Akha zu trinken.

»Ihr kennt alle meine Geschichten«, begann er dann erneut. »Ihr wißt, wie oft ich dem Tod ins Auge gesehen und ihm getrotzt habe. Das ist meine Huaca, und ich bin nicht so oft verschont worden, um nun einfach tatenlos zu kapitulieren. Ich werde übermorgen nach Quito aufbrechen. Ihr habt also zwei Tage Zeit, um zu euren Göttern zu beten und euch zu überlegen, ob ihr mich begleiten wollt. Ich werde niemanden aufhalten, der sich dafür entscheidet, nach Hause oder nach Tumibamba zurückzukehren. Aber wer sich entschließt, mit mir zu marschieren, von dem erwarte ich, daß er bleibt und bis zum Sieg kämpft. Dafür verspreche ich euch feierlich, daß ich euch nie verraten oder im Stich lassen werde.«

Mit diesen Worten leerte er seinen Becher und ging zum Eingang des nächsthöheren Hofes hinauf. Micay folgte ihm mit Cahua und ihren beiden Nichten. Ich wüßte, wie ich mich zu entscheiden hätte, dachte sie, und es überraschte sie nicht, als plötzlich von allen Cusis Name gebrüllt wurde und ein Chor von Kriegsrufen als Antwort erschallte. Das Fest eines Kriegsherrn, dachte Micay, an dem der Kriegsherr nicht teilnimmt. Sie nahm Cahua bei der Hand und ging Cusi nach, um ein letztes Mal mit ihm im Regenbogen-Haus zusammenzusein.

Gegen Abend des nächsten Tages, als Cusi gerade das letzte seiner Lagerhäuser ausräumte, gaben die Wachen am entfernten Ende des Tals ein Rauchzeichen. Zwei Männer kamen; bedeutende Männer. Mein Vater, dachte Cusi erleichtert. Zusammen mit Tarapaca und einigen Rekruten ging er hinunter, um den Nachrichtenläufer zu empfangen.

»Atahualpa ist geflohen! Er kommt!« rief der Bote schon von weitem.

Cusi und Tarapaca sahen sich mit großen Augen an, und die anderen Männer brachen in triumphierendes Kriegsgeheul aus.

Dann berichtete der Läufer, der zweite Mann sei tatsächlich Cusis Vater. Doch das überraschte Cusi nicht; Apu Poma war der einzige Mann in Tumibamba, der helfen konnte, nachdem die anderen Inka alle nach Norden hatten fliehen müssen.

Cusi ließ Micay und seinen Rekruten Bescheid geben und ging sofort mit Schild und Streitaxt zum Begrüßungsplatz, um die Ankömmlinge zu erwarten. Als schließlich sein Vater und Atahualpa dort erschienen, hatten sich bereits viele seiner jungen Krieger eingefunden. Apu Poma war mit einem Speer bewaffnet, doch Atahualpa trug lediglich eine bronzene Stange in der einen Hand und ein aus Weidenruten geflochtenes Stirnband in der anderen. Er schwang die Stange über dem Kopf wie eine Waffe, begrüßte die Männer kurz und begann dann sofort mit einer Rede.

»Die Zelle, in die Atoc und Urco Colla mich warfen, hatte nur ein kleines, mit Stangen vergittertes Fenster. Ich schlief ein und hatte einen Traum, und in diesem Traum kam Inti als ein starker Lichtstrahl durch das Fenster zu mir – so stark und blendend, daß ich nichts sehen konnte. Er sprach zu mir und nannte mich seinen Sohn. Er sagte, ich solle herrschen und nicht durch die Hand von Feiglingen zugrunde gehen. Weiter sagte er, meine Macht würde von Ticci Capac kommen, dem Schutzgeist, den mein Vater mir gegeben hat; mit ihm könne ich Huascar besiegen und eine neue Linie von Inka-Herrschern begründen. Dann, bevor das Licht verschwand, verwandelte er mich in eine Schlange, eine große Amaru, und so konnte ich durch die Stangen schlüpfen und entkommen.«

Atahualpa machte eine Pause und blickte auf die Männer, die ihn dicht gedrängt umringten. Dann lächelte er triumphierend und hielt die Bronzestange hoch; sie war zerkratzt und an ihrem geschwungenen Ende verfärbt.

»Als ich aufwachte«, fuhr er fort, »war ich immer noch in der Zelle. Aber neben mir auf dem Boden lag dieser Schlangenmacher. Jetzt konnten die Stangen vor dem Fenster mich nicht mehr aufhalten – ich entkam und floh zu meinem Freund Apu Poma, der mir dieses Stirnband gab. Damit hielten die Cañari mich für einen der ihren, und so konnte ich Tumibamba lebend verlassen, ohne ein zweites Mal von ihnen verraten zu werden.« Er warf das Stirnband abrupt zu Boden und zertrampelte es. »Das wird *ihnen* nicht gelingen, wenn ich die Stadt wieder betrete!« schrie er.

Die jungen Krieger summten anerkennend. Atahualpa schlug mit der Stange gegen seine freie Hand und sah Cusi herausfordernd an.

»Du bist in solchen Dingen bewandert, Cusi Huaman«, rief er. »War das nicht ein Zeichen von großer Kraft?«

»Von außerordentlicher Kraft, Herr«, stimmte Cusi zu.

»Würdest du sagen, daß ich damit Anspruch auf den Fransensaum habe?«

»Seine Bedeutung scheint klar zu sein. Ihr müßt den Fransensaum nur von Huascars Stirn nehmen.«

Atahualpa grinste und schwang die Stange über dem Kopf. »Damit werde ich ihn aus Cuzco herausholen, und wenn ich mit ihm fertig bin, werde ich seinen Schädel als Trinkgefäß verwenden. Jetzt zeigt mir, wo ich mich ausruhen kann. Morgen ziehen wir in den Krieg!«

Die Männer erhoben ihre Waffen und brüllten Atahualpas Namen, während Cusi und Apu Poma dem Kriegsherrn zum Anwesen folgte.

»Ich habe deinem Vater einen Platz im Kreis meiner Berater angeboten«, berichtete ihm Atahualpa über die Schulter hinweg. »Er hat mir aber noch keine Antwort gegeben.« Im nächsten Augenblick drängten sich einige begeisterte Rekruten hinter den Regenten, so daß Apu Poma und Cusi für sich waren.

»Nun?« Er sah seinen Vater fragend an. »Wir sind noch nie zusammen in den Krieg gezogen.«

Apu Poma lächelte wehmütig. »Mit Sicherheit nicht als Rebellen«, antwortete er und wartete, bis die restlichen Krieger an ihnen vorbeigegangen waren. »Ich bin bereit, gegen Huascar zu kämpfen«, fuhr er dann fort, »aber ich möchte nicht, daß die Cañari vernichtet werden. Es war einer von ihnen, der die Stange in der Zelle liegenließ.«

»Ihr seid der einzige, der ihm das sagen kann«, erwiderte Cusi, aber Apu Poma schüttelte den Kopf.

»Er kann Rat ebensowenig annehmen wie sein Vater. Ich habe schon vier andere Versionen dieses Traums gehört, und jedesmal erinnert er sich an ein wenig mehr. Er ist mir zwar dankbar, aber meinen Rat braucht er nicht.«

»Nein«, räumte Cusi ein, während sie auf das Regenbogen-Haus zugingen. »Jetzt ist er der Kriegsherr. Er muß auf niemanden hören.«

Ambato

Drei Monate lang führten Cusi und Tomay gegen Atocs Truppen Überraschungsangriffe aus, die dem Gegner zwar zu schaffen machten, seine Kampfkraft aber nicht schwächten, zumal Atahualpa sich mit seinem Regiment nach Lacatunga zurückgezogen hatte. Erst als Quizquiz und Challcochima mit ihrem Heer von Quito zu Cusi und Tomay stießen, bestand für Atahualpas Krieger eine Aussicht auf Sieg. Nachdem Atahualpa die Freunde persönlich beglückwünscht hatte, wurden sie mit ihren Männern Challcochima als Reserveregiment zugeteilt und östlich der Ambato-Ebene auf einem Hügel postiert, wo keine Feindberührung gegeben war. Die Schlacht begann zwei Tage später im Morgengrauen, als Atocs Armee aus Cañari, Palta und Mitmacs über den Sattel zwischen den Hügeln vorrückte. Sie wurde angeführt von tausend Cuzco-Inka, die weiße Helme und Armbänder trugen, um sich von ihren Brüdern aus dem Quito-Lager zu unterscheiden. Atahualpa hatte die Pontonbrücke über den Ambato intakt gelassen und seine Krieger bis zur Mitte der Ebene zurückgezogen, um Atoc dazu zu bringen, den Fluß zu überqueren und sich zum Kampf zu stellen. Dieser kam der Aufforderung auch ohne zu zögern nach; seine Männer brachten sogar noch zwei weitere Brücken zum Fluß, um das Übersetzen zu beschleunigen. Als die beiden Heere schließlich mit großem Getöse aufeinandertrafen, setzte ein leichter Regen ein.

Cusi beobachtete den Schlachtbeginn mit Tarapaca von einigen Felsen auf dem Gipfel der Anhöhe aus. Seine Krieger lagerten auf dem Abhang hinter ihm, so daß sie das Kampfgeschehen zwar hören, aber nicht sehen konnten; deshalb holte er eine Schwadron nach der anderen zu sich, damit die Männer das Gefecht eine Zeitlang verfolgen konnten. In solch kleinen Gruppen hatten sie in den Bergen gekämpft und dabei gelernt, sich aufeinander zu verlassen und ihre eigenen Entscheidungen mit dem übergeordneten Kommando abzustimmen. Ihre Erfahrung als Teil einer größeren Kampfeinheit war jedoch noch begrenzt, und Cusi nutzte die Gelegenheit, um ihnen taktische Manöver zu erklären, die von hier oben gut zu beobachten waren.

Es war Mittag, als die letzte Schwadron auf die nassen Felsen kam. Dies war Tarapacas Gruppe, der auch Huaman Cachi und Huallpa angehörten. Ihr Hauptmann war einer der Gefolgsleute, die sich freiwillig gemeldet hatten, ein großer, ausdrucksloser Mann namens Piqui, der ganz in Schwarz gekleidet war, als wollte er sich damit an seinen früheren Status erinnern – oder sich darüber lustig machen.

Mittlerweile ließ sich ein Schlachtverlauf zugunsten der Quito-Seite erkennen; sie hatte den Gegner bis zum Fluß zurückgedrängt. »Die Palta sind an diesem Ende«, erklärte Tarapaca seinen Leuten. »Seht ... dort bei der dritten Brücke ... dort schickt Atoc einige Cañari zu ihrer Unterstützung. Das sind seine besten Kämpfer; gegen sie solltet ihr keine Risiken eingehen.«

»Sie wissen, daß ihre Hauptstadt Tumibamba fallen wird, wenn sie hier verlieren«, fügte Cusi hinzu, »darum kämpfen sie jetzt besonders erbittert.« Dann zeigte er auf die Krieger, die dicht gedrängt direkt unterhalb ihres Beobachtungspostens fochten, und wandte sich an Piqui. »Du siehst Challcochimas Situation: Er ist fast nur mit Cañari konfrontiert, und er ist den Brücken am nächsten, wo ständig noch mehr Cañari über den Fluß kommen. Wo würdest du angreifen, wenn du an seiner Stelle wärst?«

Piqui blickte auf das Schlachtgetümmel hinab und antwortete Cusi, ohne ihn anzusehen. »Die erste Brücke ist nicht bewacht, und sie wäre nicht weit für uns, wenn wir den Hügel auf der anderen Seite umgehen würden. Die Männer am Fluß dort sind Mitmacs, keine Cañari. Und wenn die anderen denken würden, die Brücken seien bedroht, könnten sie in Panik geraten.«

Zufrieden bemerkte Cusi den Respekt, den Piquis Krieger ihrem Hauptmann entgegenbrachten. »Du hast ein scharfes Auge«, lobte er ihn, »und ich habe gehört, daß du auch ein furchtloser Kämpfer bist. Warum also sprichst du mit mir wie ein Diener und nicht wie ein Hauptmann?«

Piqui verstand diese Kritik sofort; zum erstenmal, wenn auch verblüfft, sah er Cusi direkt in die Augen.

»Cusi…«, versuchte Tarapaca sich einzumischen, doch dieser brachte ihn mit einer schnellen Geste zum Schweigen, ohne Piqui aus den Augen zu lassen.

»Er ist ein Mann; er kann für sich selbst sprechen. Komm, Piqui, bald werden wir dort hinuntergehen und kämpfen, und der Tod wird überall um uns sein. Du mußt ihm mit deinem ganzen Wesen ins Gesicht sehen, sonst wirst du nicht überleben. Wenn du einem Inka auf dem Schlachtfeld begegnest, kannst du nicht wegschauen.«

»Ich werde gegen jeden kämpfen, der mir gegenübertritt«, erwiderte Piqui knapp.

»Aber du mußt auch diese Männer führen, und das kannst du nicht schweigend tun, nicht in einer solchen Schlacht.«

»Wir hören ihn!« warf einer der Männer ein. Cusi nickte.

»Aber auch die anderen Hauptleute müssen ihn hören, ebenso wie sein Kommandeur und die Kriegshäuptlinge. Darin unterscheiden sich die Falkenmänner von anderen Truppen: Keiner ist durch seinen Rang zum Schweigen verurteilt. Das Blut, das wir vergießen, ist das gleiche.«

In Piquis Blick zeigte sich Zweifel. »Aber nur einigen wenigen wurde das Recht zuerkannt, einen Falkenschild zu tragen«, wandte er ein.

»Nur wenige haben ihn sich verdient. Aber jetzt bekommen auch alle anderen dazu Gelegenheit. Wenn wir heute siegen, werden wir morgen nicht mehr dieselben sein – denn dann sind wir Eroberer, keine Rebellen mehr. Jeder, der heute überlebt, weiß, daß er sich morgen seinen Schild bemalen kann. Sagt das auch den anderen, wenn ihr jetzt an eure Plätze zurückgeht.«

»Ich werde überleben«, erwiderte Piqui entschlossen. »Bin ich immer noch Hauptmann?«

»Wenn diese Männer dir folgen, ja.«

»Kommt!«, forderte er daraufhin seine Krieger auf. Sie folgten ihm geschlossen den Hügel hinab. Tarapaca beobachtete sie und lachte.

»Verzeih mir, Cusi. Ich dachte, du würdest ihn vor seinen Leuten demütigen. Er ist beim Reden nicht so geschickt wie mit seiner Waffe.«

»Wir brauchen jede Waffe, sogar Worte«, entgegnete Cusi. »Geh und sag Tomay wegen der Brücke Bescheid; aber wahrscheinlich hat er es selbst schon gesehen. Wenn er selbst auch damit einverstanden ist, soll er einen Boten zu Challcochima schicken.«

Dann war er allein mit dem Kampflärm und dem leisen Prasseln des Regens auf seinem Helm. Er legte eine Hand auf seine Streitaxt, die andere auf den Stein in seinem Hüftband und fühlte, wie Erregung und Furcht ihn erfaßten. Er begann, zu Illapa und Huanacauri zu beten, seinen Beschützern im Krieg, und dann zu dem alten Himmelsgott Thunupa, dem Patron der Falkenmänner. In eurem Namen, betete er, wurden wir aus dem Nichts geschaffen. Laßt uns nicht zu dem Staub zurückkehren, aus dem wir geformt wurden…

Mit der kühlen Berechnung und Geduld eines Kriegshäuptlings wartete Challcochima bis zum Nachmittag, bevor er Cusi und Tomay das Signal zum Angriff gab. Zuerst zog er sich mit seinen Kriegern etwas zurück, um die Cañari von der Brücke wegzulocken; dann forcierte er seine Attacke und hielt den Gegner so an Ort und Stelle.

Durch das lange Warten hatte sich so viel Spannung und Ungeduld in den Männern aufgebaut, daß sie mit unaufhaltsamer Gewalt losstürmten, als Cusi und Tomay das Zeichen gaben. Die beiden rannten mitten in der Menge, Tarapaca und der andere Kommandant an den Flanken, und so versuchten sie, die Krieger beisammenzuhalten, ohne die Wucht ihrer Offensive zu bremsen. Die Cuzco-Truppen entlang des Flusses bestanden größtenteils aus Männern, die zum Rasten von der Front nach hinten geschickt worden waren, und ihre Reaktion auf diesen unerwarteten Angriff war wirr und panisch, so daß die Falken bereits über sie herfielen, noch bevor sie Alarm geben konnten.

Die ersten Reihen des Gegners fielen bereits auseinander, als die Vorhut attackierte, doch die Krieger hinter ihnen sammelten und formierten sich zu einer lückenlosen Wand. Mit vereinten Kräften gelang es Cusi und Tomay, eine Bresche hineinzuschlagen, die die Männer neben ihnen noch verbreitern konnten. Obwohl er selbst um sein Leben kämpfte, bemerkte Cusi bewundernd, wie tapfer und überlegt seine Falken sich schlugen, wie sie immer wieder geschickt vorstießen, um dann zum Schutz ihrer Flanken etwas zurückzuweichen.

Schließlich zerbröckelte die Mauer des Feindes vor ihren Augen, und sie sahen, wie die Männer in den hinteren Reihen sich umwandten und auf die Brücke zurannten.

»Lauft, ihr Feiglinge!« brüllte Tomay voller Spott und schlug mit seinem Schild einen Mann zu Boden. Diejenigen, die sich noch wehrten, bemerkten plötzlich, daß sie im Stich gelassen wurden, und waren vor Entsetzen wie gelähmt, so daß die meisten von ihnen niedergemäht wurden, bevor sie fliehen konnten.

»Bleibt zusammen!« brüllte Cusi, als sie die Verfolgung der auf die Brücke zu Flüchtenden aufnahmen. Ein schriller Pfiff von Tarapaca ließ ihn nach rechts blicken; von dort stürmte eine Gruppe Cañari auf die Falken zu.

»Und von vorne!« rief Tomay und deutete über den Fluß, wo eine Kolonne feindlicher Krieger auf die Brücke zugerannt kam. Cusi und Tomay feuerten ihre Männer an, noch schneller zu laufen, bis sie ihre eigene Vorhut überholten und die Brücke auf den Fersen der fliehenden Mitmacs erreichten. Diese rannten weiter und bekämpften sich zum Teil gegenseitig, weil jeder als erster auf die Brücke gelangen wollte, doch Tomay machte halt und plazierte seine Männer planmäßig am Ufer. Dann kommandierte er einige ab, um die dicken Seile durchzuschneiden, die das Bauwerk hielten, während der Rest Aufstellung nahm, um einen eventuellen Angriff von der anderen Seite abzuwehren. Auf der Brücke drängten sich so viele Mitmacs, daß ein großer Teil trotz der Halteseile in den Fluß stürzte.

Cusi wandte sich um und befahl seinen Männern, eine Front gegen die herannahenden Cañari zu bilden. Die größten seiner Krieger ließ er vorne Aufstellung nehmen, den Rest wies er an, Schilde und Keulen niederzulegen und die Schleudern und Speere bereitzuhalten.

»Zielt tief!« rief er ihnen zu, während er seine Schleuder über dem Kopf schwang. »Jetzt!«

Ein Hagel aus Steinen und Wurfspeeren ging auf die Feinde nieder und streckte viele in den vorderen Reihen zu Boden; die übrigen begannen zu zaudern und verlangsamten ihr Tempo. Als Cusi sich nach Schild und Streitaxt bückte, erscholl hinter ihm plötzlich lautes Gejohle und Freudengeheul. Er wandte sich um und sah, wie die Brücke abdrehte, zerbrach und ihre einzelnen Teile von der Strömung fortgerissen wurden. Im nächsten Augenblick erkannte er, daß auch die Cañari dies bemerkt hatten; sie blieben wie angewurzelt stehen und rührten sich nicht mehr vom Fleck, obwohl ihre Kommandanten frenetisch brüllten und gestikulierten.

Dann tauchte Tomay mit seiner Truppe auf. »Challcochima hat nichts davon gesagt, daß wir an der Brücke aufhören sollten!« meinte er grinsend und deutete mit dem Kinn auf die unentschlossenen Cañari.

»Also los, bevor sie sich von ihrem Schrecken erholen!« rief Cusi ihm zu. Sie erhoben ihre Waffen zum Signal für den Angriff, und die Falken stürmten schreiend vorwärts. Einige der feindlichen Krieger stellten sich ihnen entgegen, andere zögerten, und am entfernten Ende der Cañari-Linie bemerkte Cusi, wie sich eine ganze Schwadron loslöste und auf die zweite Brücke zuzulaufen begann. Mit ihnen schwand auch seine Befürchtung, auf der Ebene eingekesselt zu werden, und er lief mit einer wilden Begeisterung los, die seine Männer mitriß. Sie überrannten die ersten Reihen vollständig und ließen den restlichen keine Gelegenheit mehr, sich neu zu einer Kampflinie zu formieren.

Nach einer Weile löste sich Cusi aus dem Zentrum des Kampfgeschehens, um seine jungen Krieger anzufeuern und neue Befehle ausgeben zu können. Die Cañari wurden immer weiter zurückgedrängt, und schließlich floh der Großteil von ihnen in Richtung auf die zweite Brücke. Erstaunt stellten Cusi und Tomay fest, daß sie sich mit ihren Falken ziemlich weit vom Fluß entfernt und auf die große Frontlinie zubewegt hatten, und erteilten den Hauptleuten Anweisungen, ihre Männer neu aufzustellen.

»Laßt sie laufen!« rief Cusi den Kriegern zu, die sich an die Verfolgung der fliehenden Cañari gemacht hatten. Doch einer rannte unbeirrt weiter; an der schwarzen Tunika erkannte Cusi, daß es Piqui war, und setzte ihm nach.

»Piqui! Laß sie laufen!« schrie er wütend, doch anstatt stehenzubleiben, ließ dieser nur Schild und Keule fallen, warf sich dann aus vollem Lauf auf den Mann, dem er auf den Fersen war, und zwang ihn zu Boden. Als Cusi ihn eingeholt hatte, kniete Piqui bereits auf dem Rücken des Cañari.

»Hast du nicht gehört?« polterte Cusi voller Zorn. »Ich habe gesagt, du sollst ihn laufenlassen. Wir brauchen keine Gefangenen!«

Piqui blickte verwirrt zu ihm auf und rang nach Atem. »Das ist ... ihr Oberhäuptling«, stieß er hervor und deutete mit dem Kinn auf einen federgeschmückten Speer neben ihm.

Als Cusi die Waffe aufhob, drehte Piqui den Kopf des Mannes an den Haaren zur Seite, so daß Cusi sein Gesicht sehen konnte. Obwohl er sich mit roter Erde bemalt hatte, erkannte Cusi ihn sofort – es war Urco Colla.

»Tötet mich!« ächzte der Cañari.

»Aber erst wenn wir dich deinen Leuten gezeigt haben«, entgegnete Cusi ihm kalt. »Und dann übergeben wir dich Atahualpa, damit er dir deinen Verrat heimzahlen kann. Fesselt ihm die Hände«, wies er einige Krieger an. »Dann wascht ihm das Gesicht und sucht nach seinem Kopfputz. Seine Leute sollen ihn erkennen!«

Piqui stand auf und überließ den Gefangenen den anderen. Er nahm von Huallpa seinen Schild und seine Keule in Empfang; dann starrte er eine Zeitlang wie abwesend zu Boden und schließlich auf Cusi.

»Nur einem Bediensteten war es möglich, in einer solch wilden Schlacht die Amtsinsignien des Mannes zu erkennen«, sagte dieser anerkennend. »Aber im richtigen Augenblick klug den Gehorsam zu verweigern und damit die Schlacht zu beenden – das kann nur ein Falkenmann. Komm, zeigen wir Urco Colla unseren Feinden, um ihren Kampfgeist zu brechen. Danach kannst du ihn als dein Geschenk Atahualpa präsentieren.«

Unter Freudengeschrei transportierten die Männer den Gefangenen ab, um ihn den Cañari vorzuführen, die noch immer mit Challcochimas Truppen kämpften. Nun wußten sie, daß ihnen der Sieg sicher war und sie bald ihre Schilde mit dem Falken bemalen konnten.

Riobamba

Micay war mit einer langen Karawane aus Frauen, Kindern, Bediensteten, Trägern, Hirten und über tausend Lamas nach Süden unterwegs. Die Träger und Lamas transportierten sämtliche Vorräte und zusätzlichen Waffen, die Atahualpa in Quito hatte anhäufen lassen für den Fall, daß er dort Zuflucht suchte. Auch seine Gemahlinnen und sein ganzer Hofstaat waren zunächst in Quito geblieben, und nun marschierten sie an der Spitze der riesigen Kolonne hinter der Sänfte seiner ersten Gemahlin, Mama Amancay, einer jungen Tochter Huayna Capacs mit dessen zweiter Gemahlin. Micay besaß zwar Freundinnen in Amancays Hofstaat, hatte es jedoch höflich abgelehnt, sich ihnen anzuschließen. Statt dessen marschierte sie mit Nupchu, den Kindern und etwa vierzig weiteren Gemahlinnen und Töchtern altgedienter Krieger aus dem Regiment von Cusi und Tomay. Während der Monate des Wartens in Quito hatten sie und ein paar andere Heilerinnen den restlichen Frauen beigebracht, Verwundete zu pflegen, die von der Küste zu ihnen gebracht wurden.

Auch bei ihrem kurzen Aufenthalt in Latacunga waren die Frauen ständig im Einsatz, um die Verletzten der Schlacht von Ambato zu versorgen. Für die neuen Heilerinnen war diese Erfahrung äußerst ernüchternd, denn viele der Patienten waren derart übel zugerichtet, daß man ihnen nur noch beim Sterben Trost spenden konnte.

Von Latacunga ging es weiter nach Ambato. Der Weg führte die Karawane mitten durch das Schlachtfeld, das aussah wie eine Landschaft aus der Unterwelt. Zu beiden Seiten der Königsstraße türmten sich verwesende Leichen, über denen riesige Fliegenschwärme summten, und auf den Kadavern hockten überall Aasgeier, die die Toten mit ihren scharfen Schnäbeln zerfetzten und hier und da kreischend aufflatterten. Selbst die parfümierten Gazemasken, die die Frauen über Mund und Nase trugen, machten den schrecklichen Verwesungsgeruch kaum erträglicher. Zwanzigtausend Männer seien hier gefallen, hieß es, und es schien ewig zu dauern, bis sie das Leichenfeld endlich hinter sich gelassen hatten. Niemand zweifelte diese hohe Zahl an, doch auch ein noch so leises Siegesgefühl mochte sich bei keinem einstellen.

Am späten Nachmittag kam die Stadt Riobamba in Sicht, die bereits im Schatten des Chimborazo lag; jenes großen Berges, der früher einmal geraucht und Feuer gespuckt hatte, während nun sein Gipfel schneegekrönt in den Himmel ragte. Kurze Zeit später trafen sie auf den ersten Außenposten von Atahualpas Truppen. Etwa die Hälfte der bebauten Felder waren vor kurzem abgeerntet worden, und auf diesen Flächen lagerten nun Tausende von Kriegern. Die Männer starrten stumm auf die vorbeiziehende Karawane, bis Amancay ihnen von ihrer Sänfte aus einen Gruß zurief. Daraufhin hellten sich die düsteren Gesichter auf, und sie erwiderten Amancays Worte mit einer Herzlichkeit, die einer Coya gegenüber wohl Mißachtung bedeutet hätte, aber der Gemahlin eines Kriegsherrn durchaus anstand.

Das Heerlager kam Micay gigantisch vor; es erinnerte sie an die riesige Armee, die Huayna Capac vor vielen Jahren aus Tumibamba hinausgeführt hatte. Sie gehen dahin zurück, woher sie kamen, dachte Micay, nur werden sie dieses Mal Tumibamba, und womöglich auch Cuzco, in Schutt und Asche legen …

An einer abzweigenden Straße trafen sie Huaman Cachi und Huallpa, beide mit dem rot-schwarzen Falkenschild bewaffnet. Die jungen Männer erzählten ihnen überschwenglich von ihrem Angriff bei der Brücke und der Ergreifung Urco Collas. Micay freute sich über ihren Erfolg und die geringe Zahl von Verwundeten, die zu beklagen waren, aber es bestürzte sie, wie gleichgültig sie von dem Gemetzel unter ihren Gegnern berichteten. Offenbar hatten sie das leichenübersäte Schlachtfeld hinter sich gelassen, ohne einen Blick zurück zu werfen; für sie gab es lediglich das erhebende Gefühl des Sieges.

»Wie schnell sich alles verändert hat«, wunderte sich Micay. »Während der letzten Monate hörten wir in Quito nur von Desertionen und Überläufern und von Truppen, die versprochen, aber nie geschickt wurden. Das war nicht gerade ermutigend.«

»Wir hatten selbst schon angefangen, uns zu fragen, wie es weitergehen soll«, gestand Huaman Cachi. »Aber sobald wir alle zusammen waren, hatte Atoc keine echte Chance mehr. Auch er wurde gefangengenommen, und die Inka, die mit ihm marschierten, fanden alle den Tod.«

Micay schauderte. »Es ist nicht richtig, so stolz vom Tod vieler Inka zu berichten.«

»Verzeiht, Herrin«, antwortete Huaman Cachi schnell. »Ich sollte sie Cuzcos nennen, denn die wahren Inka stehen auf unserer Seite.«

Cusi und Tomay erwarteten ihre Frauen mit ausgestreckten Armen auf der Terrasse des Anwesens, das sie requiriert hatten. Als erste war Cahua bei ihrem Vater; er drückte sie an sich und umarmte dann Cisa.

»Euer Vater hat mir aufgetragen, euch Grüße zu bestellen«, wandte er sich an sie und ihre Schwester Coca. »Er ist mit Atahualpa in der Stadt.«

»Und dich lassen sie hier draußen mit den Falken sitzen«, kommentierte Micay trocken, als sie ihre Arme um ihn schlang. »Dabei habt doch ihr die Schlacht zu unseren Gunsten entschieden.«

»Das stimmt«, räumte Cusi ein, »und dafür hat Atahualpa uns auch geehrt. Aber wir haben ihn und Challcochima davon überzeugt, daß wir als Reserveregiment am effektivsten sind.«

»Und als Nahkampfspezialisten im unwegsamen Gelände«, fügte Tomay hinzu, seine schläfrige Tochter im einen und Nupchu im anderen Arm.

Cusi deutete auf das Anwesen, in das die meisten der anderen Frauen mit ihren Männern bereits verschwunden waren.

»Auf den Höfen ist überall Mais zum Trocknen ausgebreitet, aber wir haben die Häuser für euch reserviert. Es gibt sogar ein Badehaus.«

»Nach Ambato habe ich das dringende Bedürfnis, mich zu waschen«, sagte Micay seufzend.

Cusi legte ihr einen Arm um die Hüfte. »Ich hätte auch nicht nach uns über das Schlachtfeld gehen mögen«, pflichtete er ihr bei.

»Hast du Inka getötet?« fragte sie.

»Nein, aber zu viele Cañari. Wenn Rimachi ... nein, es wäre nicht zu verhindern gewesen, ebensowenig wie Tumibamba jetzt noch zu retten ist. Atahualpa muß an seinen Verrätern ein Exempel statuieren.«

»Auch wenn sie sich ergeben?«

»Huascar hat bereits einen weiteren Bruder mit zwölftausend Mann losgeschickt, um das zu unterbinden.« Er blieb im Eingang stehen und sah ihr in die Augen. »Ambato war erst der Anfang, Micay. Huascar wird noch viele Truppen gegen uns aufmarschieren lassen, und wir werden ihnen allen auf diese Art und Weise begegnen müssen.«

»Ich weiß«, erwiderte Micay und seufzte tief. »Ich weiß. Ich hoffe nur, daß wir nie mehr drei Tagesmärsche hinter euch hergehen müssen.«

»Ich werde versuchen, den Abstand zu verringern«, versprach Cusi und drückte sie an sich. »Das haben wir Challcochima nicht gesagt – aber in eurer Nähe zu bleiben, war ein weiterer Grund, weshalb wir bei der Nachhut des Heeres sein wollten. Vielleicht ist es sogar der beste Grund, den wir haben ...«

Das Luchs-Haus

In Begleitung von acht Kriegern überquerten Micay und Cahua den Fluß und stiegen im Licht des Mondes den gezackten Pfad zum Luchs-Haus hinauf. Bei einer Gruppe verkrüppelter Weiden am Ufer eines Baches signalisierte Micay dem Hauptmann anzuhalten; von hier führte der Weg direkt zum Heiligtum.

»Es ist nicht mehr weit. Wartet hier auf uns.«

»Laßt mich einen Mann vorausschicken, Herrin«, schlug der Hauptmann vor. »Nur um sicherzugehen, daß niemand dort ist.«

»Nein«, erwiderte Micay unmißverständlich. »Hier brauchen wir keinen Schutz.«

»Aber es sind Cañari im Anwesen einquartiert ...«

»Das sind Freunde des Gouverneurs.«

»Trotzdem, Herrin, Cusi hat gesagt ...«

»*Nein*«, wiederholte Micay. »Und schicke auch niemanden hinter uns her. Das wäre eine Verletzung heiligen Bodens.«

Der Hauptmann ließ sie und Cahua passieren, und mit ihren Gabenbündeln auf dem Rücken setzten sie ihren Weg fort. Micay hatte keine Krieger als Begleitung gewollt, doch Cusi bestand darauf mit dem Hinweis, daß die Gebirgsbewohner nach wie vor Tumibamba die Treue hielten und man ihnen nicht trauen könne. In der Tat hatte sogar die Leiterin des Luchs-Hauses sich geweigert, Micay willkommen zu heißen – mit der Begründung, sie sehe sich nicht imstande, Rebellen ihr Heiligtum zu öffnen.

Rebellen. Das Wort hallte in Micays Ohren wider, als sie mit Cahua den Schrein betrat. Hier hatte Chimpu Ocllo am liebsten gebetet; ihr mumifizierter Leichnam war irgendwo in der Nähe in einer Felsspalte verborgen. Sie verneigten sich, murmelten die rituelle Begrüßung und stellten ihre Gaben in eine der Wandnischen, bevor sie sich zum Gebet niederließen.

Doch als Micay versuchte, sich dem Geist Chimpu Ocllos zu öffnen, hinderte ihr Gefühl sie daran – das Gefühl, etwas Unrechtmäßiges getan zu haben und mitverantwortlich zu sein für die Taten jener, auf deren Seite sie nun stand. Nie zuvor war sie über ein Schlachtfeld gegangen, und noch nie hatte sie die Folgen eines Gemetzels so nahe erlebt – den Schaden, den kein Heiler wiedergutmachen konnte. Dann hatte sie gehört, daß Atoc und Urco Colla getötet, aus ihren Körpern Trommeln und aus ihren Schädeln Trinkgefäße gemacht worden waren, und diese entsetzliche Vorstellung ging ihr nicht mehr aus dem Kopf. Beim Gedanken an diese Trophäen empfand Micay Schuld, daß sie einen Beitrag zu diesem Sieg geleistet hatte und ebenso zu Atahualpas Armee gehörte wie jeder seiner Krieger – oder gar noch mehr, denn schließlich konnten durch ihre Heilkunst viele der Männer sogar mehrmals in den Kampf ziehen.

Ich diene dir noch immer, Mama Quilla, dachte sie und suchte dabei in ihrem Herzen verzweifelt nach Wahrheit und Überzeugung. In der Ferne, vom Regenbogen-Haus herüber, hörte sie Trommeln schlagen; dort bereiteten Cusi und Tomay ihre Falken auf die Schlacht vor. Morgen würden sie auf Tumibamba marschieren, und Micay würde mit ihnen gehen, ihre Wunden heilen und für ihren Erfolg beten. Wie konnte sie von Chimpu Ocllo erwarten, ihr zu vergeben, wenn sie mithalf, den Cañari und ihrer Stadt den Untergang zu bringen?

»Wie ist es nur so weit gekommen, meine Mutter?« stöhnte sie laut. »Inka gegen Inka ... Inka gegen Cañari. Und niemand kann sich zwischen sie stellen, wie Ihr es einst getan habt.«

»Das ist aber kein Gebet, Mama«, meldete sich Cahua entrüstet zu Wort.

»Nein ... aber manchmal muß man sein Herz so sprechen lassen, wie es will. Manchmal muß es einfach nur um Hilfe flehen.«

»Warum brauchen wir Hilfe?« wollte Cahua wissen. »Wir gewinnen den Krieg doch.«

»Aber wir verlieren womöglich weit mehr«, erwiderte Micay leise. »Wenn Chimpu Ocllo noch am Leben wäre, gäbe es noch Hoffnung auf Gnade und Versöhnung. Sie hatte die Kraft, die Herzen der Krieger zu rühren, damit sie ihren Zorn fahren ließen. Jetzt ist diese Kraft verloren; nur Zorn bewegt noch unsere Herzen.«

Cahua blickte sie zweifelnd an. »Bist du noch zornig auf den Hauptmann?«

Micay schüttelte den Kopf. »Nein, meine Tochter. Aber ich bin traurig, ich hätte gerne einen Trost.«

»Sei nicht traurig«, bat Cahua, und dieses Mitgefühl rührte Micay zu Tränen. Dann begann Cahua das Lied der jungen Heilerinnen zu singen, mit dem sie Mama Quilla baten, sie das Rechte tun und Weisheit in ihre Herzen strömen zu lassen, und Micay verneigte sich und ließ ihre Tränen auf den heiligen Boden fallen. Hinter der hoffnungsfrohen Stimme ihrer Tochter dröhnten die Trommeln der Krieger, und Micay betete zu Mama Quilla, sie möge nicht nur Mut, sondern auch Gnade in die Herzen ihrer Söhne legen; und sie bat Chimpu Ocllo, ihr zu verzeihen, daß sie auf der anderen Seite stand in einer Welt, in der gegensätzliche Seiten sich nur mit Gewalt begegnen konnten.

Tumibamba

Auf ein unhörbares Signal hin setzten sich die Krieger um Micay leise in Bewegung. Neben ihr schritten Cahua und Apu Poma, der nur mit einer Keule bewaffnet war.

Im Licht des Mondes und der heraufziehenden Dämmerung marschierte der ganze Troß einen Hügel hinauf. Die vorausgeschickten Späher und Vorposten, die sichergestellt hatten, daß sich keine Cañari in den Bergen aufhielten, schlossen sich ihnen nacheinander an. Der Weg führte über den Hügelkamm hinweg in eine Senke und dann wieder bis auf halbe Höhe den nächsten Abhang hinauf. Dort machten die Männer halt und lagerten im Gras. Cusi kam nach hinten zu den Frauen und bedeutete ihnen schweigend, sich auf einem ebenen, etwas von Gebüsch verdeckten Flecken bei einer Quelle niederzulassen.

»Jetzt müssen wir warten, bis wir gerufen werden«, flüsterte er einigen der Frauen zu und winkte dann Micay, Cahua und Apu Poma zu sich.

»Kommt, ich zeige euch das Schlachtfeld«, sagte er leise und führte sie zwischen den Kriegern hindurch den Hang hinauf. Oben angekommen trafen sie Tomay und Tarapaca, die mit ihren Waffen und Falkenschilden im hohen, vertrockneten Gras kauerten.

»Siehst du den Wall und den Graben, den sie gebaut haben?« flüsterte Tomay Micay zu. Wie ein breites, schwarzes Band schlängelte sich die Verteidigungsanlage in einem ungefähren Halbkreis vom Fluß weg und auf der anderen Seite wieder zum Ufer zurück. Innerhalb der umschlossenen Fläche waren viele dunkle Gestalten zu erkennen, der Großteil davon im nördlichen Teil zusammengedrängt.

»Sie verteidigen die Brücken in die Stadt«, erklärte Tomay. »Siehst du, wie viele im nördlichen Teil sind und wie wenige hier drüben?«

»Aber sie wissen doch sicher, daß ihr hier seid«, meinte Micay. Tomay zuckte die Achseln.

»Wir sind ein offenes Geheimnis für sie. Sie wissen zwar, daß wir hier sind, weil wir alle Späher getötet haben, die sie in die Berge sandten. Aber aus eben diesem Grund wissen sie nicht, wie viele wir sind.«

In diesem Augenblick kam Quilaco und setzte sich zu ihnen; er war bereits am Vortag mit zweitausend Mann hier eingetroffen.

»Wir könnten sie sogar schon jetzt überrennen«, flüsterte er Cusi und Tomay zu.

»Aber wir warten trotzdem, bis sie auf den Druck aus dem Norden reagieren«, entgegnete Cusi.

»Habt ihr Befehl, die Brücken zu zerstören oder sie zu überqueren?« fragte Apu Poma. Cusi und Tomay blickten erwartungsvoll auf Quilaco, der sich soeben mit den Kriegshäuptlingen beraten hatte.

»Das obliegt unserer Entscheidung – wenn wir an sie herankommen«, antwortete er. »Wenn die Cañari uns angreifen, müssen wir uns schützen.«

»Zerstört sie«, drängte Apu Poma. »Laßt sie nach Süden fliehen, an euch vorbei und weg von der Stadt.«

Quilaco warf Cusi einen Blick zu. »Wir werden tun, was wir tun müssen, Vater«, sagte er ausweichend. »Atahualpa wird seine Rache bekommen, aber ich glaube nicht, daß er die Stadt zerstören will. Er plant nicht nur, sich den Fransensaum zu holen, sondern auch den Titel ›Apu Inca‹ anzunehmen, und dazu will er wahrscheinlich auch den Mollecancha.«

»Sicher hat er es so in einem Traum gesehen«, meinte Apu Poma trocken. Quilaco antwortete ihm im selben Tonfall.

»Er hat seinen Schutzgeist auf einer Sänfte mit in die Schlacht gebracht. Er selbst geht zwar noch zu Fuß, aber bald ...«

»Solange er uns aus dem Weg bleibt«, brummte Tomay.

»Die Falken schätzt er am meisten, das habe ich euch schon gesagt«, erwiderte Quilaco. »Er nennt euch die Kriegsherren der Berge. Außerdem leiten Quizquiz und Challcochima die Schlacht, und sie würden keine Einmischung dulden.«

»Es ist schon fast hell«, meldete sich Cusi jetzt zu Wort. Er küßte Cahua auf die Stirn und übergab sie Micay.

»Bleibt in den Bergen, bis wir euch holen«, riet er ihnen.

»Können wir dann nach Tumibamba?« fragte Cahua. Cusi sah zu seinem Vater.

»Vielleicht. Ich hoffe es.«

»Zerstört die Brücken«, drängte Apu Poma noch einmal. Dann hob er seine Keule auf und schritt Micay und Cahua voraus, zurück zum Lagerplatz.

Bei Tagesanbruch griffen Quizquiz' und Challcochimas Krieger den nördlichen Teil des Walls an. Die aus Cuzco und Cañari bestehenden Truppen unter dem Kommando des Inka-Kriegshäuptlings Huanca Auqui verteidigten sich heldenhaft und füllten den Doppelgraben vor ihrem Wall mit zahllosen Toten. Doch im Laufe des Vormittags entstanden an mehreren Stellen der Verteidigungsanlage Breschen, so daß einige der am Fluß lagernden Reservetruppen nach vorne geschickt wurden. Etwas später wurde auch das Reserveregiment hinter dem östlichen Teil der Anlage zum Einsatz gerufen, und dadurch bildete sich hinter den zwei Reihen, die unmittelbar am Wall kämpften, ein freier Raum.

Die Falken stießen als erste von den Hügeln herab und richteten ihren Angriff voll ins Zentrum, so daß der Gegner gezwungen wurde, Krieger von den Flanken abzuziehen. Dies nutzten Quilacos Männer, um den Wall im südlichen Teil zu stürmen, und während die Falken den Feind von der Verteidigungsanlage zurückdrängten, fiel Quilacos Regiment ihm in den Rücken.

Vom Gipfel des Hügels beobachteten Micay und Apu Poma, wie die drei Quito-Kriegshäuptlinge ihre Truppen auf der entfernten Seite des Walls neu formierten und dann wieder zum Angriff in Richtung auf den Fluß übergingen. Sie stürmten durch das feindliche Lager in der Mitte der Ebene und steckten dabei die Zelte und Unterstände in Brand zum Zeichen, daß sie die Verteidigungslinie der Cañari durchbrochen hatten. Doch dann trat ihnen vom Ufer eine Streitmacht entgegen, die sich nicht so leicht bezwingen ließ; es entstand ein großer Tumult, in dem keine eindeutige Frontlinie auszumachen war.

»Was ist dort los?« schrie Micay entsetzt. Als der Wind den Rauch wegblies, wurden in dem Halbkreis zwischen Wall und Fluß größere Truppenbewegungen erkennbar. Die Reserven am Fluß stießen vor, während die Krieger am nördlichen Teil des Walls sich zurückzogen.

»Ein geplanter Rückzug«, kommentierte Apu Poma. »Die Cañari übernehmen die Stellungen von Huanca Auquis Leuten. Es sei denn, das ist eine Falle...«

»Dann sitzt Cusi mittendrin!«

»Ja, das tut er bereits«, antwortete Apu Poma grimmig. »Wenn sie zum Gegenangriff übergehen, ist er erledigt. Wenn sie es nicht tun, sind die Cañari erledigt – sofern sie nicht geplant haben, sich in die Stadt zurückzuziehen...«

Für einen Moment, der Micay unendlich lang erschien, konnte sie überhaupt nichts erkennen. Männer schienen in alle Richtungen gleichzeitig zu laufen, überall stiegen Wolken aus Rauch und Staub auf. Dann lenkte Apu Poma ihre Aufmerksamkeit auf eine Gruppe Inka mit weißen Helmen.

»Das muß Huanca Auqui sein... unterhalb der Falkenmänner. Dort! Wo die roten Schilde sind. Sie haben einen Kreis gebildet, um sich zu verteidigen.« Er blickte in die entgegengesetzte Richtung. »Die Cañari scheinen die Quito zurückzuhalten«, fuhr er fort. »Wenn es wirklich eine Falle ist, sollte er bald kehrtmachen...«

Micay konzentrierte sich voller Verzweiflung auf die roten Schilde. Laß dich nicht abdrängen, betete sie und stellte sich Cusi und Tomay vor, wie sie Schulter an Schulter mit ihren Kameraden jede Attacke abwehrten. Dann seufzte Apu Poma laut auf und setzte sich zurück.

»Er weicht nach Süden aus. Er läßt von den Cañari ab.«

Micay bemerkte, wie es um den roten Kreis herum allmählich lichter wurde. Die Cañari zogen sich langsam, mit jedem Schritt kämpfend, zum Fluß hin zurück, wo sie sich vor den Brücken ein letztes Mal zu formieren versuchten. Die Truppen der Quito umringten sie mit triumphierendem Geschrei und veranstalteten ein Blutbad unter ihren Gegnern, doch die Falken schlossen sich dem Morden nicht an. Einige Cañari konnten dem Gemetzel über die Brücken entkommen, aber die meisten wurden am Ufer getötet oder in den Fluß getrieben, wo sie ertranken.

Schließlich hielten die Quito inne; zum ersten Mal an diesem Tag trat Stille ein. Dann wurde eine Sänfte nach vorn getragen, die Krieger brachen in Freudengeschrei aus und schwangen ihre Waffen über den Köpfen.

»Atahualpa«, sagte Apu Poma. Er blickte zu den Falken, bei denen keine Bewegung mehr zu erkennen war. »Komm, laß uns zu ihnen hinuntergehen«, schlug er Micay vor. »Wenn sie nicht einmal mehr die Kraft haben, den Sieg zu feiern, haben sie auch keine Kraft, zu uns zurückzukommen.«

»Sie haben sich behauptet«, seufzte Micay und schwang im Aufstehen ihren Medizinbeutel über die Schulter. »Das ist das einzige, was zählt.«

Keiner der Falkenmänner konnte es glauben, als die heftige Belagerung plötzlich aufhörte. Wie erstarrt standen sie gedrängt innerhalb der niedrigen Steinmauer um das Maisfeld, hinter der sie Schutz gesucht hatten. Alle waren verwundet und nahe daran, vor Durst und Erschöpfung umzufallen, aber keiner senkte seine Waffe, als sich die Feinde zurückzogen – die Cuzco-Inka auf die eine, die Cañari auf die andere Seite. Für einige Zeit machten sie sich noch auf eine neue Angriffswelle gefaßt. Aber sie blieb aus, und schließlich waren sie mit ihren Toten allein; das Kampfgeschehen verlagerte sich westwärts, zum Fluß hin, ohne sie noch einmal zu erfassen.

Es wurde kein Kommando gegeben, doch einer nach dem andern ließen die Männer nun ihre Waffen fallen und sanken zu Boden, zu verwirrt und erschöpft, um zu sprechen. Entlang der Mauer türmten sich Leichenhaufen, und die Verwundeten, die sie hatten retten können, lagen stöhnend in der Mitte des Feldes. Cusi stand da, hielt noch immer nach Verletzten Ausschau und versuchte sich daran zu erinnern, wo er Tomay verloren hatte. Er sah noch genau vor sich, wie der Freund gefallen war, doch diese Erinnerung war nur eine aus einem Wirrwarr an schrecklichen Bildern, die sich unentwegt vor seinem inneren Auge abspulten.

Quilaco kam auf ihn zu, und Cusi hinkte ihm entgegen. Schild und Helm waren ihm abhanden gekommen, nur seine Streitaxt schleifte er hinter sich her durch den Schmutz. Beim Gehen bemerkte er, daß Blut durch das Tuch sickerte, das er um die tiefe Fleischwunde in seinem Unterarm gewickelt hatte. Er konnte sich nicht daran erinnern, einen Stich abbekommen zu haben, und fühlte auch noch keinen Schmerz – weder im Arm noch von dem Schlag an die Hüfte, von dem er hinkte. Doch er registrierte die Mienen der Männer, die ihn anstarrten, als er sie passierte; ein empfindungsloses, taubes Zweifeln stand in ihren Gesichtern, das seine eigenen Gefühle so genau widerspiegelte, daß er nur stumm die ihm entgegengereckten Hände drücken und dazu nicken konnte. Nun wußten sie alle, was es hieß, dem sicheren Tod ins Auge zu sehen und dann doch am Leben zu bleiben …

Er entdeckte Tomay, ging zu ihm und bedeutete Quilaco, ebenfalls dorthin zu kommen. Der Freund lag bewußtlos auf einer Decke; Tarapaca und ein zweiter Mann hielten ihn, während ein junger Heiler mit Tomays blutender Kopfwunde beschäftigt war. Nicht weit davon saß mit schmerzverzerrtem Gesicht Huallpa und streckte sein blutendes Bein von sich, in dem ein gefiederter Wurfspeer steckte.

Quilaco legte eine Hand auf Cusis Schulter, und für einen Augenblick lehnten sie sich aneinander und stützten sich gegenseitig. Die zerfetzten Überreste seines Baumwollpanzers hingen wie ein rotes Halstuch vor seiner Brust, und mit einer Hand drückte er sich einen Verband gegen die Seite.

»Wie ist das passiert?« fragte er Cusi heiser und deutete mit dem Kinn auf Tomay.

»Es war ein Inka«, antwortete Cusi, »ein Ohrpflockmann. Er traf ihn von der Seite; Tomay hat den Mann nicht einmal zu Gesicht bekommen. Piqui und Tarapaca töteten ihn.«

»Ich habe auch zwei von den Weißhelmen erledigt«, krächzte Quilaco. Er schüttelte müde den Kopf. »Wo sind sie auf einmal alle hergekommen, Cusi? Es war wie ein Hinterhalt. Und sie schienen alle wie ... versessen, uns zu töten.«

»Wie die Chiriguano«, murmelte Cusi und schauderte. Plötzlich stießen die Männer hinter ihnen einen heiseren Schrei aus, und als Cusi und Quilaco sich umdrehten, sahen sie Apu Poma mit großen Schritten auf sie zukommen, gefolgt von Micay, Nupchu und anderen Frauen, die sich mit ihren Medizinbeuteln und Kürbisflaschen über das Feld verteilten. Im ersten Augenblick, als Cusi seinen Vater und Micay mit den Kindern erkannte, glaubte er zu träumen; er empfand den Anblick als zu unwirklich.

Dann fiel Nupchu offenbar auf, daß Tomay nicht bei Cusi und Quilaco stand, und als sie ihn schließlich reglos am Boden liegen sah, rannte sie mit einem entsetzten Schrei zu ihm. Cusi fuhr vor Schreck zusammen, aber gleichzeitig wurde er dadurch aus seiner Betäubung gerissen, die ihn aller Gefühle beraubt hatte. Als Micay ihm ihre Hand auf den Arm legte und ihn anblickte, zuckte er unwillkürlich noch einmal zusammen. Ich bin noch nicht wieder da, wollte er ihr sagen, aber er brachte keinen Ton heraus. Doch sie schien ihn zu verstehen, denn sie nickte nur und streichelte beschwichtigend seinen Arm.

Plötzlich stürzte Coca mit einem Aufschrei zu Huallpa, ohne die Begrüßung ihres Vaters zu beachten, und Micay folgte ihr mit einem entschuldigenden Blick. Somit stand Cusi auf einmal allein Apu Poma gegenüber, der seine unbenutzte Kriegskeule mit sichtlicher Verlegenheit in den Händen hielt.

»Ich muß weiter«, sagte er. »Offenbar hat Atahualpa vor der Stadt angehalten. Vielleicht hole ich ihn ein, bevor er beschließt, sie zu zerstören.«

Cusi blickte über die Schulter zum Fluß; jetzt erst wurde ihm bewußt, daß die Schlacht wirklich vorüber war. Die Schreie, die er gehört hatte, stammten von Kriegern, die ihren Sieg feierten.

»Was ist passiert?« fragte Quilaco. »Wie sind wir auf einmal zur Vorhut geworden?«

»Es sah aus wie ein geplantes Manöver«, erklärte Apu Poma. »Huanca Auqui zog seine Leute vom Wall ab, als die Cañari vom Fluß anrückten. Ich vermute, die Inka sollten entweder zum Gegenangriff übergehen oder sich auf das jenseitige Flußufer zurückziehen. Aber statt dessen flohen sie nach Süden.«

»Dann geht schnell«, drängte ihn Quilaco, »und sprecht auch in meinem Namen für Gnade. Wir haben mehr als genug Cañari umgebracht.«

»Dem schließe ich mich an«, fügte Cusi hinzu. Apu Poma hob zum Gruß seine Keule.

»Ich werde veranlassen, daß er noch einige Heiler und Träger mit Bahren zu euch schickt«, versprach er und ging davon.

»Vater! Mama sagt, ich soll dich pflegen«, meldete sich plötzlich Cahua zu Wort.

Wieder hatte Cusi das Gefühl zu träumen, als er auf seine Tochter hinabblickte und sich von Cisa eine Kürbisflasche reichen ließ. Er setzte sich und trank in langen Zügen, während Cahua den durchgebluteten Verband von seinem Arm entfernte. Nachdem er die Flasche geleert hatte, blickte er um sich und bemerkte Micay, die neben Huallpa kniete. Huaman Cachi, Piqui und ein dritter Mann stützten ihn.

»Kann es sein, daß die Spitze einen Widerhaken hat?« fragte sie die beiden. Sie sahen sich an und schüttelten den Kopf. »Dann muß er herausgehen ... am besten mit einem einzigen, kräftigen Ruck. Wer ist dafür stark genug?«

Mehrere der jungen Männer wandten sich ab, und Huaman Cachi hielt bedauernd die gebrochenen Finger seiner linken Hand hoch. Wer hat den Mut? dachte Cusi. Dann trat Quilaco auf Micay zu, doch Piqui war noch schneller.

»Ich werde es tun, Herrin«, bot er sich an und kniete neben Huallpa nieder. Als er vorsichtig den Schaft umfaßte, stöhnte Huallpa auf und versuchte, das Bein zurückzuziehen, doch die beiden Männer, die ihn hielten, packten fester zu, und Quilaco hockte sich neben Piqui und drückte das verwundete Bein auf die Erde.

»Sei so tapfer wie du auf der Straße von Calca warst, mein Sohn«, redete er Huallpa ruhig zu. Piqui wartete geduldig, bis Huallpa völlig passiv und unbeweglich dasaß. Dann riß er mit einer plötzlichen Bewegung und einem unterdrückten Schrei so heftig die Arme nach oben, daß er Huallpa mit hochzuziehen schien; doch dieser schrie nur auf und sank im nächsten Moment bewußtlos in sich zusammen.

»Die Spitze ist noch dran«, stellte Piqui befriedigt fest, während Micay versuchte, die Blutung zu stoppen. Als sie damit fertig war, beauftragte sie einen jungen Heiler, die Wunde zu verbinden.

»Ihr seid ein tapferer Mann, Hauptmann«, lobte sie Piqui, der mit dem blutverschmierten Wurfspeer in den Händen dakniete. »Ein Glück für Huallpa, solch einen Kameraden zu haben.«

Damit wandte sie sich Tomay zu, doch dessen Behandlung konnte Cusi nicht mehr beobachten, denn plötzlich jagte ein solch rasender Schmerz durch seinen Arm, daß er am ganzen Körper in Schweiß ausbrach. Die Ursache dafür war eine gelbe Paste, die Cahua auf seine Wunde strich.

»Halt still«, ermahnte sie ihn. »Das ist eine Medizin gegen Pfeilwunden. Sobald ich dich verbunden habe, hört das Brennen auf.«

»Woher weißt du das?« preßte Cusi durch die Zähne in dem Bemühen, seinen Arm ruhig zu halten.

»Weil Mama es mir erzählt hat«, antwortete Cahua lakonisch. Um sich abzulenken, sah Cusi wieder zu Micay hinüber, die ein blutdurchtränktes Tuch und eine bronzene Pinzette in den Händen hielt. Nupchu hatte Tomays Kopf in ihren Schoß gelegt; ihre breiten Wangen zeigten noch Spuren von Tränen, doch ihre Augen und ihre ganze Aufmerksamkeit waren auf Micay gerichtet.

»Ich kann keinen Schädelbruch feststellen«, nickte diese ihr ermutigend zu, »nur Splitter vom Helm. Aber als er seinen Ohrpflock verlor, ist das Ohrläppchen gerissen.« Sie sah Tarapaca fragend an. »Ist er schon einmal zu Bewußtsein gekommen?«

»Zweimal«, antwortete er. »Einmal hat er nach Wasser gefragt; das zweite Mal sagte er, ich sollte ihm nicht mehr ins Ohr schreien.«

»Konnte er trinken?«

»Solange er wach war schon«, erwiderte Tarapaca. Micay nickte Nupchu noch einmal aufmunternd zu.

»Wir säubern die Wunde und nähen die Kopfhaut wieder an. Du solltest dabei viel mit ihm sprechen … damit er weiß, daß wir da sind und auf seine Rückkehr warten.«

Cusi spürte, daß der Schmerz in seinem Arm merklich nachließ. Cahua war gerade mit dem Anlegen des Verbandes fertig und sah erwartungsvoll zu ihm auf.

»Du bist eine hervorragende Heilerin, meine Tochter«, lobte er sie, und dabei brachte er sogar ein Lächeln zustande. »Du hast mich zurückgebracht.«

Sie blinzelte ihn fragend an. »Wo warst du denn?«

»In einer Art Traum... einem schrecklichen, furchterregenden Traum.«

In diesem Augenblick glitt ein Schatten über sie hinweg, und als sie zum Himmel aufschauten, sahen sie Geier und Kondore ihre Kreise ziehen. Cusi erkannte, daß sie hier nicht bleiben konnten, und stand auf, obwohl er bei jeder Bewegung heftige Schmerzen verspürte. Er nahm seine Streitaxt in eine Hand und bot die andere Cahua.

»Komm, kleine Heilerin, laß uns nachsehen, wer noch lebt, und die Männer auf den Aufbruch vorbereiten«, sagte er.

Cahua schlang ihren Medizinbeutel über die Schulter. »Gehen wir nach Tumibamba?« fragte sie.

»Wenn es noch da ist«, antwortete Cusi. Dann machte er sich auf, um nachzusehen, welche Verluste seine Falken erlitten hatten.

Apu Poma kam noch vor Einbruch der Dunkelheit zurück, begleitet von einer großen Gruppe Heiler und von Kriegern mit Bahren, die auch einen ersten Salut Atahualpas an die Falken überbrachten. Davor hatten sie beobachtet, wie die siegreichen Krieger in die Stadt einmarschierten, und etwas später waren einzelne Rauchwolken aufgestiegen. Als die Verwundeten transportbereit waren, trafen sich Cusi und Quilaco mit Apu Poma außerhalb der Steinmauer, die das Feld umgab. Der alte Mann war sehr niedergeschlagen, und seine Stimme verriet große Verzweiflung.

»Ich überbringe euch die Grüße des Apu Inca Atahualpa und des obersten Kriegshäuptlings Challcochima«, begann er. »Sie sind sich eures Anteils an diesem Sieg bewußt und erwarten euch zur Ehrung im Mollecancha.«

Cusi blickte verwirrt zu Quilaco. »Was ist geschehen, Vater?« fragte er dann besorgt. »Ist die Stadt verschont worden?«

»Zum größten Teil. Nur die Häuser der Häuptlinge wurden niedergebrannt.«

»Und was ist mit den Cañari?«

»Die, die in der Stadt blieben, wurden verschont«, antwortete Apu Poma bedrückt. »Aber alle, die aus Tumibamba herauskamen und um Gnade flehten...« Er unterbrach sich und seufzte verzweifelt. »Es waren die letzten der adeligen Familien von Tumibamba, Priester und Mamacona und die Klanältesten mit ihren Frauen und Kindern. Choque Chinchay und seine Frau waren dabei und viele andere, die ich jahrelang kannte. Sie kamen mit frischen, grünen Ästen, erniedrigten sich vor Atahualpa, entboten die Mocha und baten um Verschonung.

Und Atahualpa... er saß auf einem Hocker mit einem Jaguarfell, sein Schutzgeist auf einem schwarzen Tuch neben ihm. Er hörte sich die Gesuche schweigend an, wie ein Herrscher es sollte, und er erlaubte auch mir, mich in meinem und eurem Namen für die Leute einzusetzen. Dann wandte er sich seinem Schutzgeist zu, als würde er auch dessen Gesuch lauschen. Und schließlich erhob er sich und befahl den Mamacona, aufzustehen, die Kinder zu versammeln und in die Stadt zurückzuführen. Als das geschehen war, verkündete er, niemandem in der Stadt würde ein Leid widerfahren, nur die Häuser der Häuptlinge sollten zerstört werden.«

Apu Poma machte eine Pause und schöpfte Atem; er sah abgehärmt aus, und Schweiß stand auf seiner Stirn. »Dann wandte er sich zu mir und sagte: ›*Da* hast du deine Gnade. Und jetzt kommt meine Rache, damit alle die Strafe kennen, die auf den Verrat des Apu Inca steht.‹ Damit nickte er Quizquiz zu, dessen Krieger die Cañari umstellt hatten. Sie wurden alle getötet, schnell und beinahe lautlos, denn keiner wehrte sich...«

Er verstummte, und auch Cusi und Quilaco fanden keine Worte. Nach einer Weile kam Tarapaca, um etwas zu melden, doch er wartete betroffen, bis Cusi ihm bedeutete zu reden.

»Wir sind bereit zum Aufbruch«, berichtete er. Apu Poma blickte auf.

»Nehmt nicht die Hauptstraße«, sagte er. »Sie haben die Leichen zur Abschreckung liegengelassen. Nehmt die zweite Brücke.«

Cusi nickte Tarapaca zu und wies ihn an, die Kolonne zu führen. Dann legte er seinem Vater eine Hand auf die Schulter.

»Ihr kommt wohl nicht mit«, murmelte er. Apu Poma schüttelte den Kopf.

»Nein, ich gehe zurück zum Regenbogen-Haus. Ich bin es müde, verstehen zu wollen, weshalb wir uns das alles antun. Die Vier Viertel gehören euch, meine Söhne; rettet davon, was ihr noch retten könnt. Ich werde für eure sichere Rückkehr beten und auf euch warten.«

Bevor er sich auf den Weg machte, umarmte Cusi ihn. Quilaco verabschiedete sich mit einem Händedruck, und dann schritt Apu Poma über das Schlachtfeld davon, auf die Hügel zu, aus denen sie gekommen waren. Er ging gebückt wie ein Greis, und Cusi fragte sich, ob sie sich noch einmal wiedersehen würden.

»Lebt wohl, mein Vater«, sagte er leise zu sich. Dann hinkte er mit Quilaco in die entgegengesetzte Richtung, um sich der Kolonne anzuschließen, die sich langsam auf Tumibamba zubewegte.

Huancabamba

Die Regenzeit war schon weit fortgeschritten, als Atahualpas Streitmacht aus vierzigtausend Kriegern von Tumibamba nach Süden aufbrach. Zweimal war das riesige Heer aufgehalten worden: Zuerst
durch einen weiteren erfolglosen Versuch, die nördliche Küste gegen
Raubzüge der Bewohner von Puna zu sichern; danach durch einen
überraschenden Gegenangriff der Cuzco-Inka, dem die Quito-Seite
beinahe unterlag. Doch der Cuzco-Kriegshäuptling Huanca Auqui
war zu zögerlich; er brach den Kampf ab und wich nach Süden zurück
bis Cusipampa, einer Verwaltungsstadt der Inka.

Zwei Tage nach dem Aufbruch des Heeres verließ ein zweiter Troß
Tumibamba, angeführt von einer Ehrengarde aus Ohrpflockmännern
und gefolgt von einer großen Herde Packlamas. In dieser Karawane
reisten nun Atahualpa und Mama Amancay in einer reich geschmückten Sänfte, die früher seinem Vater gehört hatte. Sein Gefolge hatte
sich beträchtlich vergrößert, seit es zum Hofstaat des Apu Inca geworden war. Micay und ihre Heilerinnen befanden sich am Rande dieser
Gruppe in Begleitung einiger Krieger, die sich noch von ihren Verletzungen erholten. Der Rest der Falkenmänner war als Kundschafter
und Stoßtrupp dem Heer vorausgeschickt worden.

Der Troß befand sich vier Tagesmärsche hinter den Kriegern, als auf
der Ebene vor Cusipampa die erste Schlacht stattfand. Die Postläufer,
die ihre Stationen trotz der beiden Heere, die an ihnen vorbeigezogen
waren, nicht verlassen hatten, übermittelten Atahualpa die Nachricht
vom Sieg seiner Truppen. Die Cuzco-Seite war zwar zahlenmäßig
kaum unterlegen gewesen, aber sie hatte wieder zögerlich gekämpft
und sich schließlich gegen Tagesende zurückgezogen. Quizquiz hatte
die Verfolgung aufgenommen und ein ganzes Regiment niedergemetzelt; der Rest war im Schutz eines Regengusses entkommen.

Als der Hofstaat Cusipampa erreichte, waren die Leichen bereits
von der Ebene fortgeschafft worden. Eine große Menschenmenge
erwartete Atahualpa auf dem zentralen Platz der Stadt, und er bestieg
die steinerne Empore, um sie von der Stelle aus zu begrüßen, die
bisher nur der Sapa Inca eingenommen hatte. Dort stand er ganz
allein, ohne einen einzigen Priester oder Adeligen, und verkündete
den Menschen, daß sie nun unter seinem Schutz stünden und ihm
dafür ihre Loyalität und Arbeitskraft schuldeten. Er sei der Apu Inti,
der wahre Sohn der Sonne, und sein Vater habe ihm erzählt, er würde
eine neue Linie von Herrschern gründen, deren Ruhm den der
vorhergegangenen noch übertreffen werde. Nun sollten sie zu ihm
aufschauen und ihm glauben – und gehorchen.

Da Micay sich um die in der Schlacht verwundeten Männer kümmerte, hatte sie nur wenig Gelegenheit, an dem großen Siegesfest teilzunehmen, das Atahualpa feiern ließ. Zu ihrem Erstaunen erfuhr sie, daß die Lagerhäuser in den Bergen oberhalb der Stadt nicht von den fliehenden Cuzco-Inka in Brand gesteckt worden waren; offenbar hatte Huascar seinem Bruder Huanca Auqui nicht erlaubt, sie zu zerstören, selbst auf die Gefahr hin, daß sie in Feindeshand fallen würden. Sein Halbbruder Atahualpa zeigte bezüglich Eigentumsfragen keine derartigen Skrupel; er beschenkte seine neuen Untertanen großzügig und belohnte sie damit für die Treue, die sie ihm aus Furcht ohnehin schon geschworen hatten. Allerdings wurde die Verteilung der Geschenke unter völliger Mißachtung von Protokoll und Verhältnismäßigkeit vollzogen, so daß ein Häuptling mit lediglich einem Sack Kartoffeln bedacht wurde, während einfache Männer mit federgeschmückten Umhängen, silbernen Spateln und anderen für sie unnützen Kostbarkeiten nach Hause gingen.

Der Hofstaat zog weiter nach Huancabamba; unterwegs entdeckten sie zwar überall Anzeichen vom Durchzug der beiden Heere, aber nichts deutete auf eine Schlacht hin. Es hieß, Huanca Auqui habe seine Streitmacht bis nach Caxamarca zurückgezogen, wo Verstärkung aus Cuzco auf ihn warte. Von den Quitos war zu hören, daß sie vorsichtig zu ihm vordrangen und bei ihrem Vormarsch die ganze Gegend absicherten. In Huancabamba machte Atahualpa halt; er versammelte die dort ansässigen Huanca, um ihnen seine Macht und Großmut zu demonstrieren, und öffnete dazu weitere von Huascars Lagerhäusern. Am zweiten Tag der Festivitäten jedoch überbrachte ein Priester ihm eine Nachricht, woraufhin er seine Gäste verließ, um sich mit seinen Kommandeuren zu beraten. Dann zog er sich für mehrere Tage vollständig aus der Öffentlichkeit zurück; es hieß, er verbringe die meiste Zeit allein mit seinem Schutzgeist und habe selbst Mama Amancay nur einmal empfangen, ohne ihr zu gestatten, bei ihm zu schlafen.

Das Eintreffen einer Kolonne von zweitausend Chachapoyas-Kriegern, Überläufern unter dem Kommando des früheren Provinzgouverneurs Acapana Inca, lockte ihn schließlich aus seiner Abgeschiedenheit. Huaman Cachi hatte die Kolonne durch die Reihen der Quitos zum Hofstaat geführt; dafür wurde ihm zusammen mit Acapana die Ehre zuteil, neben Atahualpa auf der Empore zu stehen. Dieser hielt eine Rede, die sich erheblich von seinen bisherigen unterschied; zum einen versuchte er immer wieder, sich zu rechtfertigen, andererseits wies er wiederholt Prophezeiungen als falsch zurück und verfiel dabei oft in zusammenhanglose Äußerungen. Er bezeichnete Acapana als »Inka-Gouverneur« und behauptete an einer Stelle, ebenfalls Zeichen erhalten zu haben. Dazu ergriff er Huaman Cachis Falkenschild, hielt ihn vor die Brust und schlug zur Bekräftigung seiner Worte mit der Faust darauf ein.

Dieser Rede folgte ein Fest mit den Überläufern als Ehrengästen. Huaman Cachi verzichtete jedoch bald auf seinen Platz neben Atahualpa und suchte lieber Micay und Nupchu auf.

»Er spricht noch nicht sehr viel«, antwortete er auf Nupchus Frage nach Tomays Befinden, »und er mag es nicht, wenn jemand auf der Seite neben ihm steht, auf der er keinen Ohrpflock tragen kann. Aber sein Gehör ist in Ordnung, und er kann schon wieder einen ganzen Tag marschieren, ohne zu ermüden. Auch Cusi geht es gut, Herrin«, fügte er an Micay gewandt hinzu.

»Wie hat Acapana euch gefunden?« wollte sie wissen.

»Wir haben ihn gefunden. Er war gerade im Begriff, in einen Hinterhalt zu marschieren. Jeder andere Hauptmann hätte sofort angegriffen, weil die übrigen Chachapoyas gezwungen wurden, sich den Cuzco-Inka anzuschließen, aber Tarapaca erkannte ihn.«

»Aber weshalb bedeutet dieses Überlaufen Atahualpa so viel?« fragte Micay verwundert.

»Ich weiß es nicht, Herrin. Wir haben überhaupt nicht damit gerechnet, hier wie Helden empfangen zu werden – oder wie ein Zeichen der Götter. Ich habe das meiste, was er in seiner Rede sagte, gar nicht verstanden.«

»Ich denke, so erging es uns allen«, antwortete Micay. »Ist auf dem Schlachtfeld irgend etwas geschehen, das ihn vielleicht verärgert hat?«

»Nicht, daß ich wüßte. Wir rücken auf Caxamarca vor und sind bisher nicht auf viel Widerstand gestoßen.«

»Der Bote war ein Priester«, erinnerte Nupchu sie. Micay nickte resigniert und verstummte. Sie würden wohl erst dann Näheres erfahren, wenn es Atahualpa beliebte, sich mitzuteilen.

Huallpa brach das eingetretene Schweigen. »Wo ist Coca hingegangen, Herrin?« fragte er Micay.

»Sie sah, wie du vorhin stolz Huaman Cachis Falkenschild entgegennahmst und begriff, was das bedeutet. Anscheinend hast du sie nicht darauf vorbereitet, daß du sie verlassen wirst.«

»Ich gehe sie suchen«, murmelte Huallpa und gab den Schild an Huaman Cachi zurück, bevor er sich auf den Weg machte.

»Du könntest mir helfen, meinen alten Freund Acapana zu finden«, schlug Micay Huaman Cachi vor. »Vielleicht können wir ihn vor Atahualpas überschwenglicher Gastfreundschaft retten.«

»Ich glaube, er wäre dankbar dafür«, pflichtete Huaman ihr bei.
»Er weiß ebensowenig wie ich, warum er ein Held ist...«

»Er war gerade – wieder einmal – dabei, mir zu sagen, daß er mich
zum Gouverneur von Caxamarca ernennen würde«, erzählte Acapana, »aber plötzlich hörte er auf zu sprechen und lauschte, als ob
jemand ihn gerufen hätte. Natürlich hatte kein Mensch gerufen, aber
alle um ihn herum verstummten ebenfalls. Dann stand er einfach auf
und ging, ohne daß jemand ihn begleitete. Er scheint keine Berater zu
haben.«

»Nur Ticci Capac«, erwiderte Micay. »Ihr wißt also nicht, welche
Nachricht er erhielt?«

»Ich vermute, es war eine Prophezeiung, aber er wollte sie mir
nicht mitteilen – er sagte lediglich, sie sei falsch, und er würde sie
vereiteln.«

»Ohne jegliche Hilfe«, seufzte Micay und blickte auf, als Huallpa
und Coca auf sie zukamen. Sie stellte die beiden Acapana vor, der
Coca freundlich zulächelte.

»Du bist so schön wie deine Mutter, meine Tochter«, sagte er. »Ich
freue mich, dich kennenzulernen. Huallpa bin ich bereits vor zwei
Jahren begegnet, als er und seine Kameraden aus Caxamarca verjagt
wurden.«

»Dieses Mal werden sie uns nicht verjagen«, versprach Huallpa.

»Hoffen wir es«, stimmte Acapana zu. »Aber bevor du in die
Schlacht gehst, solltest du wissen, daß mehrere tausend Chachapoyas
mithelfen werden, Caxamarca zu verteidigen. Viele von ihnen sind
noch nicht älter als du, und die meisten wurden gegen ihren Willen
eingezogen.«

»Weshalb sind sie dann nicht mit Euch übergelaufen?«

»Huascar schickte sehr viele Werber, und sie kamen ohne jede
Vorwarnung. Ich hatte schon Glück, daß ich so viele Leute mitnehmen konnte. Meine Männer sind tapfer und bereit, gegen Huascar zu
kämpfen – aber nicht gegen ihre eigenen Leute, ihre Onkel und
Vettern und Neffen. Cusi hat das verstanden, und deshalb schickte er
uns hierher.«

»Ich bin lange genug hier hinten«, protestierte Huallpa. »Außerdem bin ich zuallererst ein Falkenmann und erst dann ein Chachapoyas oder sonst irgend etwas. Ich werde jeden bekämpfen, der sich
gegen uns stellt!«

»Ein Schild verändert weder deine Hautfarbe noch deine Herkunft. Stell dir vor, wie es wäre, in der Schlacht einem anderen
Chachapoyas gegenüberzustehen«, gab Acapana ihm zu bedenken.

»Ich bin auch ein Inka«, entgegnete Huallpa barsch, »und trotzdem habe ich Inka getötet. Und Huascar hat auch nicht gezögert, meinen Vater zu ermorden.«

Erschrocken wich Acapana zurück. »Also sind wir um keinen Deut besser als Huascar?« murmelte er enttäuscht.

Huallpa blickte zur Seite auf Coca, die ihn mit kühler Erwartung ansah.

»Bist du besser?« fragte sie ihn leise, aber bestimmt. Seine sture Haltung wich allmählich einem Ausdruck von Nachdenklichkeit.

»Ja«, sagte er. »Zumindest weiß ich, wann es an der Zeit ist, einen guten Rat zu befolgen.« Er drehte sich zu Micay und Acapana um und verbeugte sich vor ihnen.

»Verzeiht mir, Herr. Ihr habt recht; ich werde mich darum bemühen, an keiner Schlacht gegen Chachapoyas teilnehmen zu müssen. Ich werde darum bitten, daß man mich statt dessen als Boten einsetzt.« Acapana nickte erleichtert.

»Eigentlich kamen wir, um zu bitten, ob wir am Paartanz teilnehmen dürfen«, wandte sich Coca jetzt an Micay und ergriff dabei Huallpas Arm.

»Sicher«, antwortete diese ohne zu zögern. »Vielleicht gibt euch die Erinnerung daran später Kraft, wenn ihr getrennt seid.«

Die beiden murmelten einen Dank und gingen Hand in Hand davon.

Acapana schüttelte erbittert den Kopf. »Einen Moment reden wir davon, Inka zu töten, und im nächsten vom Tanzen«, murmelte er. »Aber Ihr scheint das nicht einmal eigenartig zu finden.«

Micay lächelte. »Wir leben nun schon seit Monaten mit dem Krieg, da wird vieles Eigenartige alltäglich. Man muß sich damit abfinden.«

»Es freut mich zu hören, daß Ihr noch immer stark seid«, antwortete er lächelnd. »Aber da wir nun schon einmal beisammen sind, darf ich Euch nach Eurem Leben vor dem Krieg fragen – nach Euren Kindern und nach Apu Poma und seiner Familie?«

»Aber ja, und ich würde auch gerne etwas über Euer Leben in Chachapoyas erfahren«, stimmte Micay zu. »Ihr habt sicher eine Frau und Kinder.«

»*Zwei* Frauen, beide Chachapoyas. Und sechs Kinder.«

»Ich glaube, dann haben wir uns wirklich einiges zu erzählen«, sagte sie erfreut und machte es sich auf der Bank bequem. »Halten wir die Vergangenheit noch eine Weile fest...«

Cochahuaylas

Teile der Quito-Vorhut zogen sich zu langsam zurück, als Huanca Auqui sein Heer plötzlich von Caxamarca nach Norden vorstoßen ließ, und mußten ihre Unachtsamkeit mit dem Leben bezahlen. Offensichtlich war die bisher zögerliche Haltung des Feindes schlagartig einer impulsiven Angriffslust gewichen. Doch durch Überfälle aus dem Hinterhalt und ähnliche Scharmützel in den letzten Tagen vor der Schlacht erfuhren Cusi und Tomay den Grund für diese neue Aggressivität. Sie wurden in diesen Zusammenstößen auf einmal als »gottlose Rebellen« beschimpft, denen bestimmt sei, einen schrecklichen Tod zu sterben. Dies hätten die beiden berühmtesten Huacas des Reichs, Catiquilla und Pachacamac, prophezeit.

Genaueres erzählte ihnen schließlich ein Huamachuco-Kundschafter, der schwer verwundet gefangengenommen wurde, nachdem er einen Wachposten getötet hatte. Er blutete langsam und qualvoll zu Tode, lehnte aber Cusis Angebot, im Austausch für Informationen von einem Heiler behandelt zu werden, trotzig ab. Auch die Drohung, am Leben erhalten und durch Folter zum Reden gezwungen zu werden, quittierte er mit blankem Hohn.

»Sag mir etwas über Catiquilla«, forderte Cusi etwas später den Mann spontan auf, und diesmal erzählte er ihm sowie Tomay und Tarapaca voller Stolz von der Huaca, deren Heiligtum sich in seiner Heimatstadt Huamachuco befand, etwas südlich von Caxamarca. Huascar habe in Cuzco ein großes Buß- und Sühnezeremoniell begangen und anschließend Emissäre mit reichen Gaben nach Catiquilla, Pachacamac und zu allen anderen bedeutenden Huacas gesandt mit der Bitte um Vergebung und ein Siegeszeichen. Sowohl Catiquilla als auch Pachacamac hätten erklärt, die Götter seien zornig auf Atahualpa und wollten ihn bestrafen, indem sie seinen Kriegern den Siegeswillen rauben und die Quito-Inka damit der Niederlage preisgeben würden.

»Die Thronräuber werden sterben!« keuchte der Gefangene zum Schluß, wobei er Blut spuckte. Cusi blickte zu Tarapaca und las in dessen Ausdruck großes Entsetzen. Catiquilla war sehr mächtig, und Pachacamac, die am meisten verehrte Huaca des ganzen Reiches, hatte das Omen von Catiquilla noch bestätigt. Cusi beugte sich über den Kundschafter, dessen Augen nur mehr unstet flackerten.

»Huascars Verbrechen können niemals gesühnt werden«, begann er, doch im selben Moment verdrehten sich die Augen des Mannes, und er war tot. Tomay betrachtete Cusi mit einem eigenartig leeren Ausdruck.

»Wer weiß, ob Huascar überhaupt von Bedeutung ist?« meinte er. »Entweder hat Catiquilla recht, oder es hat seine letzte Prophezeiung getan.« Er nahm Schild und Speer zur Hand und stand auf. »Dieser hier hat daran geglaubt, aber er ist trotzdem gestorben.« Damit ließ er Cusi und Tarapaca einfach stehen und ging zu seinen Männern zurück.

Die Schlacht begann einige Tage später. Der erste Tag endete für beide Seiten verlustreich, ohne einer der Parteien einen Vorteil zu bringen. Die Falken waren auf der östlichen Flanke des Heeres als Reserveeinheit eingesetzt und stießen zum erstenmal auf einen Gegner, der ihnen an Zahl und Siegeswillen nicht nachstand; in zähem Ringen um jede Handbreit an Boden wurden Entschlossenheit, Ausdauer und Mut der Krieger getestet. Doch in der folgenden Nacht war zu hören, wie die Cuzco-Truppen feierten, als hätten sie einen großen Sieg errungen.

Cusi saß mit einigen seiner Männer auf einer kleinen Anhöhe und lauschte den Geräuschen und Gesängen aus dem feindlichen Lager. Aufgrund ihrer harten Erfahrungen in Tumibamba waren die Falken trotz des schweren Tages noch guten Mutes, das hatte auch Tarapaca ihm bestätigt; doch Huallpa und die anderen Boten berichteten von einer fast greifbaren Unruhe bei den anderen Regimentern, von denen sich die meisten an leichte Siege gewöhnt hatten. Anscheinend wußten sämtliche Krieger von den Prophezeiungen und betrachteten den plötzlichen Widerstand der Cuzco-Truppen deshalb weniger als eine Herausforderung, sondern vielmehr als ein ominöses, verunsicherndes Zeichen.

»Wie sieht es bei deinen Leuten aus?« fragte Cusi, als Tomay zu ihnen stieß.

»Sie sind kampfbereit«, erklärte der Freund. »Aber die Männer um uns herum sind sehr schweigsam und zucken schon bei plötzlichen Geräuschen zusammen.«

»Von Challcochima kam ein Bote«, berichtete Cusi. »Er fragt nach unseren Beobachtungen und nach Vorschlägen.«

»Ich schätze, Challcochima weiß selbst, daß die Männer nervös sind. Sicher möchte er, daß du ihm mitteilst, wie man Catiquilla und Pachacamac zum Schweigen bringt.«

»Indem wir die Schlacht gewinnen. Aber ich denke, wir müssen ihm etwas über die Chachapoyas sagen«, meinte Cusi.

»Was denn? So weit ich es sehen konnte, waren sie heute noch gar nicht im Einsatz.«

»Bei den Verlusten, die Huanca Auqui heute hinnehmen mußte, wird er früher oder später nicht mehr umhin können, auf sie zurückzugreifen. Wir müssen Challcochima sagen, daß er den Angriff gegen sie richten muß, egal, wo sie zum Einsatz kommen.«

»Wahrscheinlich wird er das ohnehin tun«, meinte Tomay. »Aber dann hätte er etwas, was er seinen Männern erzählen kann.«

Cusi brummte ärgerlich und blickte sich nach einem Boten um. »Huallpa, folgende Mitteilung an Challcochima: Huanca Auqui hat mehrere Tausend Chachapoyas, von denen die meisten zum Kampf gezwungen werden. Sag ihm, sie sind jung und unerfahren und wahrscheinlich nicht sehr darauf erpicht, sich von den Worten Catiquillas inspirieren zu lassen. Sie sollten angegriffen werden, sobald sie zum Einsatz kommen.«

Doch zu Cusis Überraschung starrte der Junge ihn nur an. Huaman Cachi antwortete an seiner Statt.

»Ich werde die Nachricht überbringen, Herr«, erbot er sich.

»Was ist los mit dir, Huallpa?« fragte Cusi. »Du wolltest doch als Bote eingesetzt werden.«

»Ich habe Eure Worte vernommen, Herr«, platzte Huallpa plötzlich heraus und verschwand in der Dunkelheit.

In der Hoffnung auf eine Erklärung blickte Cusi zu Huaman Cachi.

»Er bat darum, als Bote eingesetzt zu werden, damit er nicht gegen die Chachapoyas kämpfen muß, Herr. Der Gouverneur sprach darüber mit ihm in Huancabamba.«

»Acapana wünschte sich, daß wir sie retten könnten«, warf Tomay ein, als Cusi nicht antwortete. »Er glaubte wohl, wir würden genauso denken wie er.«

»Das tue ich auch!« stieß Cusi unwirsch hervor. »Ich hatte gehofft, mehr von ihnen würden überlaufen. Aber jetzt müssen wir zusehen, daß wir unsere eigene Haut retten, oder Acapana und all die anderen sterben mit uns!«

Von plötzlicher Wut ergriffen stand Cusi auf, stieg den Hügel bis zum Gipfel hinauf und schickte den dort stehenden Wachposten weg mit der Bemerkung, er wolle seinen Dienst übernehmen. Als Tomay ihn erreichte, starrte er zum feindlichen Lager hinüber und atmete schwer, um sich zu beruhigen.

»Was ich über Acapana gesagt habe, tut mir leid«, begann Tomay, »und auch, daß du dich meinetwegen vor den Männern rechtfertigen mußtest.«

»Ich kann nicht rechtfertigen, was ich Huallpa angetan habe«, murrte Cusi. »Ich dachte nur an die Botschaft, aber nicht an den Boten.«

»Du hast es besser gesagt, als ich es gekonnt hätte«, erwiderte Tomay beschwichtigend. »Es wird Challcochima sicher beruhigen.«

»Warum machst du dich darüber lustig? Du hast doch gesehen, wie schlecht die Moral beim Rest der Truppe ist; die Leute brauchen Beruhigung und Bestätigung mehr als alles andere.«

»Aber ich mache mich nicht lustig...«

»Natürlich!« schimpfte Cusi. »Du machst dich schon seit geraumer Zeit über alles lustig, als ob alles, was wir tun, vollkommen belanglos wäre. Als ob wir nur darauf warten sollten, ob diese Prophezeiungen sich bewahrheiten.«

»*Du* bist doch derjenige, der über diese Dinge Bescheid weiß«, beschuldigte Tomay ihn jetzt, »aber was kannst du gegen Catiquilla ins Feld führen? Was haben wir denn schon? Huanacauri ist in Cuzco, bei Huascar und Inti... wer kann sagen, auf welche Seite Inti sich stellen wird? Atahualpas Traum inspiriert nur ihn selbst – und wo ist er? Wo ist der Kriegsherr, für den zu kämpfen wir gelobt haben? Er sitzt in Huancabamba, berät sich mit seinem Schutzgeist und erfindet Titel für sich...«

Beeindruckt von der Leidenschaft, mit der Tomay gesprochen hatte, schwieg Cusi einen Moment. »Du machst dich also nicht lustig«, räumte er ein. »Dann betrachtest du dich wohl als einen gottlosen Rebellen.«

Tomay stöhnte laut. »Ich bin kein Bruder des Blitzes oder sonst etwas Ähnliches! Ich habe auch keine Träume und Visionen, die mir sagen, was ich zu tun habe. Und deshalb frage ich mich einfach, wo *wir* unsere Stärke hernehmen sollen, wenn ich sehe, wie der Feind auf einmal Kraft aus seinen Huacas schöpft und kämpft, als ob sämtliche Männer frisch ausgewechselt wären.«

»Aber heute war es das erstemal, daß sie ebenso stark waren wie wir!« wandte Cusi ein, »und zwar, *weil* sie frisch und frohen Mutes waren und wir müde und allzu zuversichtlich. Morgen und in den nächsten Tagen wird es anders aussehen.«

»Es fragt sich, ob das genügt«, meinte Tomay. »Schließlich haben unsere Männer das Gefühl, gegen mehr zu kämpfen als nur gegen eine Armee.«

»Wir kämpfen gegen Huascars Armee«, betonte Cusi. »Du weißt, was er für ein Mensch ist. Kannst du wirklich glauben, daß *er* auf einmal die Gunst der Götter errungen hat? Ich nicht, ganz egal was Catiquilla und Pachacamac sagen.«

»Sie sprachen nur von den Strafen, die Atahualpa sich verdient hat.«

»Sie haben lediglich auf Huascars Bitten geantwortet«, beharrte Cusi. »Außerdem ist er nicht gerade als gnädig bekannt.«

Tomay lächelte gequält. »Ich habe nie daran gezweifelt, daß du es schaffen würdest, dich über diese Prophezeiungen hinwegzusetzen. Ich habe es selbst versucht, seit ich in Tumibamba aufwachte und mein halbes Ohr weg war und mein Kopf lediglich von einem Faden zusammengehalten wurde. Es hat mir nicht geholfen zu wissen, daß ein Inka mir das zugefügt hat, und ebensowenig hat mir geholfen, was Atahualpa mit den Cañari gemacht hat. Ich bin froh, daß ich lebe, aber ich habe mehr verloren als nur einen Ohrpflock und ein Stück Kopfhaut.«

Wieder schwieg Cusi; er mußte daran denken, wie er selbst wegen der Krankheit keine Ohrpflöcke mehr gehabt hatte, und wie er sie damals auch nicht mehr zurückhaben wollte.

»Wir sollten schlafen und uns auf morgen vorbereiten«, sagte er schließlich. »Die Schlacht wird auf dem Feld gewonnen, nicht in einem fernen Heiligtum. Und wenn wir allein sind, wie du befürchtest, dann müssen wir um so mehr mit unserem ganzen Sein kämpfen.«

»Ich werde kämpfen mit allem, was mir geblieben ist«, erwiderte Tomay niedergeschlagen. Dann verschwand er in der Dunkelheit. Cusi kauerte sich auf den Boden, lauschte in die Nacht hinaus und begann, sich innerlich für den Kampf zu rüsten. Doch bevor er anfing zu beten, dachte er noch einmal an Tomays Worte und die Antwort, die er dem Freund darauf gegeben hatte: *Wenn wir allein sind...*

Dicke graue Wolken verzögerten die Morgendämmerung, und als die Cuzco angriffen, lagen noch immer Nebelschwaden über dem Schlachtfeld. Eine Zeitlang tobte der Kampf im wilden Bemühen beider Seiten um einen schnellen Sieg, doch schon bald wurden erste Zeichen von Erschöpfung deutlich, und im Lauf des Vormittags drängte der Feind die Quito hartnäckig Schritt um Schritt zurück.

Cusi stieg den Hügel hinauf, auf dem er in der Nacht zuvor gewacht hatte; unten auf der anderen Seite verteidigten sich die Falkenmänner gegen ein Regiment Huamachuco, die mit Catiquilla-Rufen gegen sie anstürmten. Oben angekommen, traf er auf Huallpa, der Piqui gerade mit einem Stück Stoff den Knöchel verband. Cusi reichte dem Hauptmann einen Flaschenkürbis mit Wasser.

»Gebrochen?« fragte er.

Piqui schüttelte den Kopf. »Ich bin nur in ein Loch getreten«, erklärte er. Cusi blickte über das Schlachtfeld am Fuß des Hügels. Es gelang den Falken trotz ihrer Erschöpfung, den Feind abzuwehren, aber in die Regimenter, die an ihren Flanken kämpften, hatte Cusi kein volles Vertrauen. Er befürchtete, seine Männer könnten erneut abgeschnitten und umzingelt werden wie damals in Tumibamba. Wo bleiben die Reservetruppen? fragte er sich, während er beobachtete, wie die Frontlinie der Quito in der Mitte immer mehr nach hinten gedrückt wurde und der Feind ausgeruhte Krieger nach vorne schickte.

Im selben Augenblick, als es donnerte, erkannte er die frischen, vorwärts stürmenden Kämpfer der Gegenseite – die Kondorbanner und die bunt bemalten Helme ließen keinen Zweifel daran, daß dies die Chachapoyas waren. Huanca Auqui hatte sie anscheinend so lange zurückgehalten, bis er eindeutig im Vorteil war, und er setzte sie so ein, daß ihnen keine Möglichkeit blieb, zu desertieren oder überzulaufen: Er schickte sie ins Zentrum des Kampfgeschehens.

Zusammen mit Piqui und Huallpa beobachtete Cusi, wie sich die Chachapoyas entlang der Front verteilten. Die Linie der Quito schien sogar noch weiter einzusacken und die Kondor-Kämpfer mit sich zu reißen, und dann sah Cusi plötzlich, wie die Falle zuschnappte – kurze Zeit später schlossen sich hinter den Chachapoyas zwei Reihen von Quito-Kriegern, und damit waren sie umzingelt.

»Dort!« rief Huallpa. »Quizquiz selbst führt sie an.«

Die Chachapoyas wurden gnadenlos niedergemetzelt, und als die restlichen Cuzco die Falle erkannten, verfielen sie in Panik; ihre Frontlinie kam zusehends ins Wanken und brach schließlich auseinander. Auch die Huamachuco am Fuß des Hügels mußten sich zurückziehen, um nicht abgeschnitten zu werden.

Piqui sah zu Huallpa. »Nimm deinen Schild und die Waffe«, drängte er ihn. »Laß dir den Sieg nicht entgehen, ich kann auch alleine humpeln.«

Huallpa nickte und blickte grimmig auf Cusi.

»Du warst nur der Bote«, sagte er zu dem Jungen. »Die Verantwortung – die Schuld – liegt bei mir.«

Huallpa schüttelte entschieden den Kopf und sah dann in Erwartung von Cusis Kommando den Hügel hinab. Cusi hob seine Streitaxt hoch und schwenkte sie als Zeichen für die restlichen Männer auf dem Hügel.

»Dies für Catiquilla!« rief er und rannte hinter Huallpa den Abhang hinunter. Der Donner, der im selben Augenblick erdröhnte, klang in seinen Ohren wie Zustimmung.

Caxamarca

Cusi hatte die Stadt bereits beim Morgengrauen mit Atahualpa verlassen und war mit ihm in südlicher Richtung nach Huamachuco aufgebrochen im Glauben, dies sei eine Rachemission. Micay und Cahua waren aufgestanden, um ihn zu verabschieden; dann badeten sie, zogen ihre schönsten Kleider an, und Micay schminkte sich sorgfältig. Cahua war selbst zu aufgeregt, um die Nervosität ihrer Mutter zu registrieren, als sie sich mit den anderen Gemahlinnen und deren Töchtern vor dem Haus der Erwählten Frauen einfanden. Bei einem früheren Aufenthalt in Caxamarca hatte Micay schon einmal erwogen, ihre Freundin Cahua zu besuchen, aber die Vorstellung, wieder von diesen hohen, unüberwindlichen Steinmauern umgeben zu sein, hatte sie abgeschreckt. Sag dir, daß du jemanden damit rettest, murmelte sie in Erinnerung an Cusis Rat. Mit Sicherheit war dies besser als eine zweite Gemahlin zu akzeptieren, wie es Atahualpa als Geschenk für Cusi beabsichtigt hatte.

Mama Amancay diskutierte lange mit den Wachen am Eingang und befahl schließlich zwei Frauen aus ihrem Gefolge, das Tor zu öffnen. Offenbar war den Bewohnern nicht bekannt, daß sie Besuch bekamen, und die Wachen wollten wohl nicht mit Gewalt in ein Anwesen eindringen, das Männern untersagt war.

Als Mama Amancay und ihr Gefolge in den Hof traten, stellten sich die Erwählten Frauen hastig in einer Gruppe auf, und dann entstand noch eine Verzögerung, bis die Mamanchic erschien. Micay sah zum Himmel auf in dem Versuch, die drohend aufragenden Wände aus ihrem Blickfeld zu verbannen und die Erinnerungen der kleinen Misa von damals nicht lebendig werden zu lassen. Cahua beobachtete sie genau, und deshalb nahm sie sich zusammen, so gut es ging. *Sag dir, daß du jemanden damit rettest...*

Als die Mamanchic endlich kam, war es nicht mehr die Frau, die Micay gekannt hatte. Sie begrüßte Mama Amancay aufgelöst und sehr verängstigt, und auch diese schien sich in ihrer Rolle äußerst unwohl zu fühlen. Immer wieder schüttelte die Mamanchic hilflos den Kopf und wandte sich zu den hinter ihr stehenden Mamacona um, bis eine von ihnen vortrat und ihr etwas ins Ohr flüsterte. Dabei hielt sie sich eine Hand vor das Gesicht, doch Micay erkannte die entstellten Züge.

»Was?« fragte Cahua überrascht, und erst jetzt merkte Micay, daß sie den Namen ihrer alten Freundin ausgesprochen hatte. Plötzlich fühlte sie sich immens erleichtert; sie konnte wieder durchatmen, und gleichzeitig wurde sie sich der Unsicherheit und Verlegenheit der Frauen um sie herum bewußt.

»Komm«, sagte sie zu Cahua und ergriff ihre Hand, »laß uns deine Namensschwester begrüßen.«

Alle Blicke richteten sich auf sie, als sie ihre Tochter nach vorne führte und sich vor Mama Amancay verbeugte. Doch die junge Frau war so aufgeregt, daß sie für die Unterbrechung dankbar schien.

»Ich war schon einmal hier, Herrin«, erklärte Micay. »Vielleicht kann ich helfen.«

»Sie begreift nicht, wer ich bin«, erwiderte Mama Amancay verzweifelt, »und sie fragt andauernd nach einem Quipu. Ich habe aber keinen.«

»Ehrwürdige Mutter«, wandte sich Micay jetzt mit einer tiefen Verbeugung an die Mamanchic. »Ich bin Mama Micay, und dies ist Mama Amancay, die Gemahlin des Apu Inca Atahualpa.«

Die Mamanchic starrte sie verständnislos an. »Wer ... was ist der Apu Inca?« stieß sie hervor.

»Er ist der Herr der Inka aus Quito, die sich gegen Huascar erheben. Sie haben Huascars Krieger aus Caxamarca vertrieben.«

»Wir haben den Lärm gehört«, antwortete die Mamanchic verwirrt. »Aber die Huacas hatten einen Sieg vorausgesagt ...«

»Sie haben sich geirrt«, erklärte Micay ruhig, aber bestimmt. »Jetzt regiert Atahualpa hier. Er hat seine Gemahlin geschickt, um einige Eurer Erwählten Frauen einzufordern.«

»Wie viele?«

Micay verwies die Frage an Mama Amancay. »Zwölf der ältesten sollen Gemahlinnen werden und weitere dreißig Gefährtinnen und Dienerinnen«, antwortete sie.

Die Mamanchic schluckte. »Was ist, wenn ich mich weigere?«

»Wir alle sind Gemahlinnen, Herrin«, erklärte Micay, bevor Mama Amancay zu Wort kam, »und wir werden die Mädchen mit Achtung und Fürsorge behandeln. Die anderen werden mit Atahualpas Kommandeuren und Hauptleuten verheiratet, Männern von hoher Geburt. Ihr würdet ihnen mehr schaden, wenn Ihr sie hierbehalten wolltet in der Hoffnung, daß Huascar wieder an die Macht kommt.«

Noch einmal flüsterte Cahua der Mamanchic ins Ohr, und daraufhin nickte sie seufzend. Dann wandte sie sich wieder Mama Amancay zu und verbeugte sich ergeben.

»Ich werde Euch die Mädchen vorstellen«, sagte sie, »und Euch etwas über jene erzählen, die Ihr auswählt ...«

Mama Amancay nickte zufrieden und folgte ihr mit den anderen Frauen über den Hof. Micay führte Cahua zu der in Grau gekleideten Mama, die mit abgewandtem Gesicht stehengeblieben war, und legte ihr eine Hand auf die Schulter.

»Cahua, meine Freundin«, sagte sie leise. Sie brauchte einen Augenblick, bis sie die Antwort verstand.

»Ich bin jetzt Mama Cahua, Mama Micay. Wer ist das Kind, das du mitgebracht hast?«

Sie drehte sich um und zeigte ihr entstelltes Gesicht, in dem ein scheues Lächeln angedeutet war. Micay blickte zu ihrer Tochter hinab und bemerkte, daß diese die verwachsenen Züge Mama Cahuas neugierig studierte, ohne jegliche Scheu zu zeigen; Cahua hatte schon schlimmer entstellte Menschen gesehen.

»Das ist meine Tochter, sie heißt auch Cahua. Wir sind gekommen, um eine Gefährtin für sie auszusuchen.«

Für kurze Zeit schien Mama Cahua betroffen von dieser Auskunft, doch sie faßte sich schnell und blickte Cahua an. Dann redete sie langsam und so deutlich sie konnte. »Wie alt bist du, Cahua?«

»Ich bin acht, Herrin.«

»Möchtest du eine gleichaltrige Gefährtin oder eine ältere?«

»Gleichaltrig.«

»Und was soll deine Gefährtin für dich tun?«

»Sie wird meine Freundin sein und mich überallhin begleiten. Und ich werde sie lehren, wie man eine Heilerin wird, so wie meine Mutter es mir beigebracht hat.«

Mama Cahua deutete mit dem Kinn über den Hof. »Die Mädchen deines Alters sind dort drüben, siehst du? Willst du, daß ich sie dir vorstelle?«

»Kann ich selbst mit ihnen reden?« fragte Cahua zurück.

»Natürlich«, antwortete Mama Cahua. »Geh voraus, wir kommen dann.«

Cahua lächelte und lief ohne ein weiteres Wort zu den grau gekleideten Mädchen, als hätte sie diese Situation schon oft erlebt. Mama Cahua schnalzte anerkennend mit der Zunge.

»Es kann sein, daß sie für ein Mädchen ihres Alters schon zu erwachsen ist. Ist sie dein einziges Kind?«

»Sie hat einen Zwillingsbruder bei einem Onkel in Vitcos. Die beiden sind ein Geschenk von Pachamama.«

»Und wer ist der Inka, der dich zu seiner ersten Gemahlin gemacht hat?« fragte Mama Cahua mit einem wissenden Lächeln und berührte die goldene Fibel an Micays Umhang.

»Der Kriegshäuptling Cusi Huaman. Er ist der jüngste Sohn der Frau, die mich von hier mitnahm.«

»Ich habe seinen Namen in Lobeshymnen gehört«, bekannte Mama Cahua, und ihr Lächeln verschwand. »Ist er jetzt bei den Aufständischen?«

»Huascar hat seinen Onkel ermordet und versuchte später, auch ihn selbst zu töten, während er als Atahualpas Botschafter in Cuzco war. Die Inka im Norden hatten keine andere Möglichkeit als sich aufzulehnen.«

»Und du sagtest, sie haben hier gesiegt, obwohl die Huacas das Gegenteil prophezeiten. Offenbar wird Huascar für seine Verbrechen bestraft.« Mama Cahua schüttelte traurig den Kopf. »Ich kann das niemandem sonst sagen, aber ich habe es gefühlt, Micay. Wir mußten so viele besondere Gebete verrichten, daß die Worte schal geworden sind und unsere Stimmen keinen Widerhall mehr finden. Ich frage mich, ob Inti unserer unaufhörlichen Bitten müde geworden ist.«

»Ich habe für Huascar nichts übrig«, sagte Micay nach einer Weile, »aber was du sagst, bereitet mir trotzdem Sorge. Vor kurzem haben wir nämlich gehört, daß die Bärtigen wieder im Norden aufgetaucht sind.«

»Ah ... wer wird die Inka ihnen gegenüber vertreten?«

»Mein Mann denkt, sie sollten gefangengenommen oder gleich getötet werden«, erwiderte Micay ohne Umschweife. Mama Cahua starrte sie entsetzt an.

»Aber was ist, wenn sie die Viracochas sind, wie manche Priester glauben?«

»Mein Mann hat gegen einen von ihnen gekämpft, und seither ist er überzeugt, daß sie Menschen sind – und zwar sehr gefährliche. Als sie auftauchten, kam auch die Krankheit, und es gibt Vermutungen, daß sie uns das Fieber als bösen Zauber auferlegten.«

Mama Cahua starrte betroffen zu Boden. Als sie wieder aufsah, waren ihre Augen mit Tränen gefüllt. »Auf ein solches Leben konnten wir niemanden vorbereiten«, murmelte sie mit gebrochener Stimme.

Micay nickte. »Auch draußen ist niemand darauf vorbereitet. Wir leben alle, ohne zu wissen, wie die Welt am Ende unserer Tage aussehen wird.«

Mama Cahua breitete die Arme aus, und endlich umfaßten und drückten sich die beiden Frauen, wie sie es vor zwanzig Jahren getan hatten; nur war es dieses Mal Cahua, die verloren wirkte. »Wenigstens werde ich jetzt immer wissen, daß du unsere Freundschaft nicht vergessen hast«, sagte sie erleichtert. »Das ist *mein* Geschenk von Mama Quilla. Komm, suchen wir deine Tochter, die du nach mir benannt hast ...«

Die Mamanchic und die Frauen waren noch dabei, die älteren Mädchen zu inspizieren, und die jüngeren stellten sich schnell wieder in Reihen auf, als sie Micay und Mama Cahua kommen sahen. Doch sie konnten ihre neugierigen Blicke nicht ganz von Cahua abwenden, die ihnen stolz das silberne Armband zeigte, welches sie von Tocto Oxica bekommen hatte.

»Mama, ich habe meine Gefährtin gefunden!« rief Cahua mit einem zufriedenen Lächeln. »Sie heißt Ococo und ist eine Campa.«

»Ein Campa-Mädchen hier?« fragte Micay verwundert Mama Cahua, die von dieser Wahl angenehm überrascht zu sein schien.

»Ihre Eltern kamen als Mitmacs nach Chachapoyas«, erklärte sie, »und dort hat der Frauenerwähler sie gefunden.«

Cahua bat ein Mädchen vorzutreten, das sehr schlank und etwas größer war als sie selbst, mit weichen Gesichtszügen und glänzenden schwarzen Augen. Es wirkte sanft und zurückhaltend, ganz anders als Cahua, und Micay hätte am liebsten einen lauten Campa-Juchzer ausgestoßen, um ihre Freude und ihr Staunen über die Entscheidung ihrer Tochter zum Ausdruck zu bringen.

»Sie hat von Vitcos gehört, aber sie hat es noch nie gesehen«, berichtete Cahua. »Und sie glaubt nicht, daß mein Onkel dort der Oberhäuptling ist.«

Ococo zuckte die Achseln. »Seid Ihr nicht Inka, Herrin?« fragte sie ganz unbefangen. Micay mußte wegen dieser treffenden Frage lächeln.

»Doch, aber der Onkel, von dem sie spricht, ist ein Campa. Cahua, du hättest ihr erklären sollen, daß Uritu nicht wirklich dein Onkel ist, sondern ein Initiationsbruder deines Vaters.«

Cahua nickte ungeduldig. »Jedenfalls werden wir einen Besuch in Vitcos machen, wenn wir Sinchi abholen«, erklärte sie. Jetzt verstand auch Ococo und blickte gespannt auf Mama Cahua, die sich nun an Micay wandte.

»Sie spricht Campa, Chacha und Quechua und erweist sich bei allem als sehr gelehrig. Ich denke, keines unserer Mädchen ist so gut für das Leben mit euch geeignet wie sie.«

»Mama?« fragte Cahua, aber Micay starrte immer noch gebannt auf das Mädchen und hörte ihre Tochter nicht. Ein besseres Mädchen konnten wir gar nicht finden, dachte sie, ein Mädchen aus Chachapoyas und außerdem eine Campa. In der Tat schien diese Wahl so passend, daß sie unwillkürlich an Uritus Worte dachte, in der Zukunft würden viele Inka bei den Campa leben, und sie fragte sich, ob es nicht auch noch andere Zeichen gab als nur die aufsehenerregenden und doch leicht trügerischen Omen der Huacas.

»*Mama*«, wiederholte Cahua mit Nachdruck und riß Micay damit aus ihren Gedanken. Sie entschuldigte sich mit einer Geste und wandte sich dann an Ococo.

»Willkommen in unserer Familie, Ococo«, sagte sie herzlich. »Wo wir auch leben werden, meine Tochter, ich verspreche dir, daß du immer einen Platz in unserer Mitte haben wirst.«

In den Augen des Mädchens standen Überraschung und Dank, als hätte Micay damit eine Frage beantwortet, die Ococo nicht zu stellen gewagt hatte. Sie verbeugte sich tief, und dann schickte Mama Cahua sie mit Cahua auf ihr Zimmer, um ihre Habseligkeiten zu holen.

Micay und Mama Cahua folgten den beiden Mädchen langsam Arm in Arm. »Wie lange bleibst du in Caxamarca?« fragte Mama Cahua.

»Ich weiß es noch nicht. Das hängt davon ab, ob wir mit den Kriegern reisen oder mit dem Hofstaat des Apu Inca.«

Am Anfang des dunklen Korridors, in den die Mädchen verschwunden waren, blieb Mama Cahua stehen. Micay erhaschte einen Blick auf die dunklen Zimmereingänge und stellte sich die kahlen Räume dahinter vor – ein Bild, das sie erschaudern ließ.

»Du kannst mich besuchen«, schlug Mama Cahua leise vor, »wenn du es aushältst, hierher zurückzukommen. Aber bring Ococo nicht mit, es würde sie nur verwirren.«

»Ich versuche es«, versprach Micay, »und ich werde mich nicht von meiner Angst vor diesen Mauern abhalten lassen. Aber es war wirklich schwer für mich, Cahua, bis ich dich sah.«

Mama Cahua lächelte schief. »Für die meisten Menschen ist genau das schwer. Ich muß jetzt gehen und den Mädchen helfen, die uns verlassen. Komm wieder, wenn du kannst. Du warst immer in meine Gebete eingeschlossen, Micay, aber jetzt kann ich dich richtig vor mir sehen, wenn ich Mama Quilla um ihren Segen bitte. Das ist für mich der Beweis, daß sie mich erhört hat.«

Sie umarmten sich noch einmal, bis Cahuas Stimme im Korridor zu hören war. Dann begleitete Mama Cahua Micay und die Kinder zum Hoftor.

»Sei Ococo eine ebenso gute Freundin, wie es deine Mutter für mich ist«, ermahnte sie Cahua. »Bewahrt einander im Herzen.«

»Wir werden wie Schwestern sein«, erwiderte Cahua. Micay öffnete das Tor und warf dabei einen letzten Blick auf Mama Cahua. Dann gingen die Mädchen hinaus, und sie schloß die große Tür hinter sich und verließ das Haus der Erwählten Frauen mit einem Herzen, das zu voll war, um Erleichterung und Bedauern voneinander unterscheiden zu können.

Huamachuco

Ticci Capac, dachte Cusi und grübelte zum tausendsten Mal über den Namen nach: der Gründungsprinz. Seit drei Tagen marschierte er neben der Sänfte mit dem Schutzgeist und studierte den dicken grauen Steinbrocken mit seinen Streifen und Einlegearbeiten aus purem Gold. Er hatte etwa die Größe eines Marksteins und sah auf den ersten Blick aus wie das Modell eines Architekten für eine Festung oder eine sorgfältig gearbeitete Empore; doch bei näherem Hinsehen konnte man erkennen, daß die gesamte Oberfläche verschiedenartig geschliffen und äußerst kunstvoll bearbeitet und mit mysteriösen Reliefs verziert war. Wenn dieses Objekt ein Modell war, dann stellte es mit Sicherheit nichts Irdisches oder Menschliches dar.

Cusi sah auf die Straße, die im gleißenden Sonnenlicht vor ihm lag, und versuchte, sich die Träger und die anderen Mitglieder der Ehrengarde wegzudenken. Er mußte innerlich vollkommen zur Ruhe kommen, wenn er die Ausstrahlung Ticci Capacs fühlen wollte, die nicht minder vieldeutig war als seine äußere Erscheinung – so ganz anders als das Karge, Aufrichtige, Eindeutige seines eigenen Schutzgeistes. Trotzdem hatte Cusi Jahre gebraucht, um mit seinem Stein vertraut zu werden; dieser hier war jedoch noch um vieles subtiler und schwerer faßbar, wie eine Stimme, die in einem Labyrinth von Tunnels flüsterte. Atahualpa verbrachte zwar viel Zeit in Abgeschiedenheit mit ihm, aber er besaß ihn erst seit einigen Monaten, und so weit Cusi wußte, hatte niemand ihn in die Geheimnisse des Steins eingeweiht. Außerdem war es schwer zu glauben, daß dieser Kriegsherr dafür gerüstet sein sollte, solche Geheimnisse durch eigene Kraft entdecken zu können, selbst wenn er sich noch so sehr darum bemühte.

Während seine Gedanken allmählich zu Atahualpa wanderten, wurde Cusi gewahr, daß Quilaco ihn von der anderen Seite der Sänfte zornig anstarrte. Zorn und Unmut waren Quilacos häufigste Gefühlsäußerungen, seit offenkundig geworden war, daß Atahualpa ihn und Cusi nur mehr in der Ehrengarde dienen ließ und keinerlei Absicht zeigte, sie in irgend einer Weise zu Rate zu ziehen: weder über den Krieg noch über die Rückkehr der Bärtigen und noch nicht einmal darüber, was sie in Huamachuco tun würden.

Der Hauptmann der Träger gab ein Signal mit seinem Muschelhorn; die Kolonne kam zum Stillstand, die Träger wurden ausgewechselt, und Atahualpa trat an den Straßenrand. Schnell errichteten seine Diener ein Zelt und hoben ein Erdloch aus für den Fall, daß er sich erleichtern wollte. Quilaco blieb auf der anderen Straßenseite stehen, und Cusi ging zu ihm hinüber, wobei er bemerkte, daß sie bereits in

Sichtweite von Huamachuco waren. Anstelle der Lama- und Alpakaherden, die hier normalerweise weideten, war das Grasland um den Ort mit den Zelten der Krieger übersät, die Atahualpa vorausgeschickt hatte.

»Wir sind ja schon fast da«, begann Cusi, und Quilacos grimmige Miene bekam einen Zug von Sarkasmus.

»Ich habe mich schon gefragt, ob du mit geschlossenen Augen ankommen wolltest«, bemerkte er. »Oder hat Ticci Capac deine Schritte gelenkt?«

»Nachdem er Atahualpas einziger Berater ist, kann es gut sein, daß er unser aller Schritte lenkt«, konterte Cusi.

Quilaco brummte. »Hat er dir auch gesagt, wohin? Oder wozu?«

»Ich denke, das weißt du ebensogut wie ich.«

»Also muß er sich an Catiquilla rächen«, meinte Quilaco. »Wieso braucht er dazu mich? Ich weiß von derlei Dingen nichts.«

»Vielleicht möchte er dir zeigen, was *er* weiß«, sagte Cusi. »Damit du den Unterschied zwischen einem Kriegsherrn und dem Apu Inca kennenlernst.«

Quilaco runzelte unwirsch die Stirn. »Du meinst, über die Tatsache hinaus, daß er sich mit keinem von uns mehr berät und wir ihn auch nicht mehr beim Pinkeln sehen dürfen?«

»Weit darüber hinaus«, erwiderte Cusi mit einem vergrämten Lächeln. »Wir haben ihn als unseren Kriegsherrn erwählt und gaben ihm die Macht, uns im Krieg zu leiten. Aber ich vermute, er will uns zeigen, daß er noch viel größere Macht besitzt, die er niemand anderem verdankt.«

Wieder ertönte das Muschelhorn, und sie gingen an ihre Plätze zurück. »Hat Ticci Capac dir gesagt, wie er Rache üben will?« fragte Quilaco fast verlegen.

»Ticci Capac sagt mir nichts, was ich verstehen könnte«, gab Cusi zu. »Aber wir wissen beide, daß Atahualpa noch nie einen Rat gebraucht hat, wenn es um Rache ging...«

Vor dem zentralen Platz hielt die Kolonne noch einmal, damit die Träger gewechselt werden konnten, und marschierte dann an den jubelnden Kriegern vorbei die Anhöhe zum Heiligtum von Catiquilla hinauf. Wegen der vielen Priester und Pilger, die sich hier immer aufhielten, und der langen Fastenperiode, die einzuhalten war, um sich ihm zu nähern, hatte Cusi es bisher nur von ferne gesehen. Doch nun war der Pfad von zahllosen Kriegern gesäumt, die die einheimische Bevölkerung mit Speeren in Schach hielten. Viele der Menschen weinten und baten darum, sie und ihr Heiligtum zu verschonen.

Am Fuß der breiten Treppe, die zum Heiligtum hinaufführte, wartete Quizquiz; er begrüßte Cusi und Quilaco mit einem breiten Grinsen und klopfte mit seiner Keule freundschaftlich gegen ihre Schilde. Dann verbeugten sich alle Anwesenden, als Atahualpa aus seiner Sänfte stieg, in der Hand eine bronzene Stange – seinen »Schlangenmacher« aus Tumibamba.

»Legt eure Schilde weg«, befahl er Cusi und Quilaco barsch und drückte Cusi eine brennende Fackel, Quilaco eine lange Keule aus Chontaholz mit scharfen, gezackten Kanten in die Hand. Er bedeutete ihnen, ihm die Treppe hinauf zu folgen, und mit der eintretenden Stille spürte Cusi zum erstenmal die Huaca des Heiligtums. Noch deutlicher wurde sie, als sie oben vor dem verhängten Eingang stehenblieben. Er führte in ein kleines Anwesen aus grob behauenem, rotbraunem Stein, der so alt war, daß sich in den Fugen graugrünes Moos angesetzt hatte. Die Schnitzereien an den Pfosten waren schon stark verwittert und ließen nur mehr schwer die Pranken einer großen Katze erkennen, die auch im Muster des verblichenen Vorhangs zu sehen war.

Atahualpa riß den Vorhang herunter und trampelte wutentbrannt darauf herum. »Verbrenne ihn!« herrschte er Cusi an. Cusi mußte sich mit aller Kraft dazu zwingen, die Fackel an den Stoff zu halten. Als die Flamme hochschlug, stöhnten die versammelten Huamachuco entsetzt auf. Doch Atahualpa drehte sich achtlos um und stapfte durch den Eingang.

Weil es heilig ist, dachte Cusi, als er ihm folgte, gebannt von der Atmosphäre der Huaca. Sie ließ nichts von der Bedrohlichkeit und Strenge spüren, die er erwartet hatte. Vielmehr erinnerte sie ihn an seine eigene Huaca sowie an Altes, Beständiges, an Dinge, die der vergängliche Zorn des Menschen nicht berühren konnte. Am liebsten hätte er sich niedergekauert und wäre in Demut verharrt, aber er mußte mit hoch erhobener Fackel hinter den anderen hergehen.

Nur der rückwärtige Teil des Gebäudes war überdacht, und aus dem tiefen Schatten trat ein Mann auf sie zu, der so alt zu sein schien wie das Heiligtum selbst. Sein weißes Haar umrahmte ein Gesicht, das nur mehr aus Runzeln und Falten bestand, und vor seine wäßrigen Augen hielt er zum Schutz gegen das gleißende Sonnenlicht eine knorrige, gefleckte Hand. Bei jedem seiner Schritte klimperten die roten Mullumuscheln und schillernden Abaloneschalen, mit denen sein langes Gewand verziert war.

»Was willst du, Atahualpa?« fragte der Alte. »Weshalb verletzt du die Heiligkeit dieses Ortes mit deinem Zorn?«

Einen Augenblick lang ließ die Direktheit des Priesters Atahualpa

zögern, doch dann antwortete er ihm mit wütender Entschlossenheit.
»Das weißt du genau, Priester. Du hast mich hintergangen. Deine
erlogene Prophezeiung gab Huascars Heer Kraft!«

»Ich habe nichts auf Huascars Verlangen hin getan«, erwiderte der
Priester unerschütterlich. »Ich habe lediglich die Botschaft von Catiquilla wiederholt: daß du eines Tages bestraft werden wirst für das,
was du den Cañari angetan hast. Und du *wirst* bestraft werden, sofern
du nicht große Taten der Reue vollbringst.«

Atahualpa gab die Stange Quizquiz mit einem wütenden Knurren.
Dann riß er mit einer plötzlichen Bewegung Quilaco die Keule aus
der Hand.

»Ich habe den Cañari gegeben, was sie verdienten«, fauchte er,
»und jetzt wirst du bekommen, was du verdienst!«

Der Priester ließ die Hände sinken, aber er floh nicht. »Du kannst
die Wahrheit nicht töten«, sagte er ungerührt, als Atahualpa auf ihn
zutrat. Er konnte nur noch ein letztes kurzes Gebet murmeln, denn
im nächsten Augenblick traf ihn Atahualpa mit der Keule und trennte
ihm mit einem einzigen Schlag den Kopf ab. Blut spritzte auf, der
Körper des Priesters tat mit zuckenden Armen noch einen Schritt
vorwärts und stürzte dann zu Boden. Aus dem rückwärtigen Teil des
Anwesens wurden Schreie des Entsetzens laut und hallten gellend an
den Wänden wider, und Cusi machte in Panik einen Satz zurück, als
der Kopf des Priesters an ihm vorbei zu Boden fiel.

Atahualpa drückte Quilaco die blutverschmierte Keule in die
Hand, doch dieser ließ sie fallen, weil er sich übergeben mußte. Mit
einem verächtlichen Schnauben ergriff Atahualpa wieder die Stange,
die Quizquiz ihm hinhielt.

»Gib mir die Fackel!« fuhr er Cusi an, doch dieser verneinte.
Atahualpa hielt inne und starrte ihn haßerfüllt an, aber Cusi weigerte
sich standhaft.

»Nein, Herr, tut das nicht. Dieser Ort ist heilig«, erklärte er fest.

»Kein Ort, der meinen Feind unterstützt, ist heilig!« brüllte Atahualpa, und die Stange hoch über dem Kopf schwingend, rannte er in
den hinteren Teil des Anwesens. Ein zweiter Priester trat ihm entgegen und flehte ihn an, doch Atahualpa schlug ihn einfach nieder.
Quizquiz nahm Cusi die Fackel aus der Hand.

»Einem Kriegsherrn ist nichts heilig«, sagte er grinsend und ging
mit seiner Keule und der Fackel weiter. Cusi hörte den Klang von
Metall gegen Stein und erneute Schreie; dann zerschmetterten Steine
krachend an den Wänden. Im schattigen Teil des Gebäudes sah er
Atahualpa, der Bilder und Wandgehänge von den Mauern riß und
wild mit der Stange um sich schlug, ohne hinzusehen, ob er auf

Menschen, Steine oder Holz eindrosch. Cusis Kopf dröhnte, und ihm war so übel, daß er fürchtete, ohnmächtig zu werden. Er stolperte zu Quilaco hinüber, der wie gelähmt und aschfahl im Gesicht dastand, und schob ihn vor sich her zum Ausgang. Sobald sie das Gebäude verlassen hatten, verschwanden Cusis Kopfschmerzen und seine Übelkeit, und er spürte, daß er den Todeskampf der Huaca erlebt hatte. Während er hinter Quilaco die Treppe hinabging, um Schild und Streitaxt wieder an sich zu nehmen, wurde ihm klar, daß er sich Atahualpa direkt widersetzt hatte, und dieser Gedanke ernüchterte ihn endgültig. Allmählich stieg auch Zorn in ihm auf über das, was er so hilflos hatte mitansehen müssen, und er nahm sich vor, Atahualpa kein leichtes Spiel zu liefern, falls dieser seinen Tod befahl.

Als er zurückblickte, quoll schwarzer Rauch aus dem Heiligtum auf, und kurz darauf erschien Quizquiz am Eingang und schleppte den Leichnam des enthaupteten Priesters heraus. Einige Krieger jubelten anerkennend, aber die meisten wandten sich wie Cusi und Quilaco von Ekel erfüllt ab. Nach Quizquiz trat Atahualpa in den Eingang, in einer Hand seine Stange, in der anderen einen schwarzen Stein von der Größe einer Melone. Der bunte Fransensaum auf seiner Stirn war verrutscht, und Schweiß rann ihm über das Gesicht, als er den Felsbrocken mit triumphierender Miene hochhielt.

»Catiquilla stellte sich gegen mich«, brüllte er den niedergeschlagenen Huamachuco und den gaffenden Kriegern zu. »Seht, was von Catiquilla übrigbleibt!«

Mit diesen Worten schleuderte er den schwarzen Stein zu Boden, daß er in tausend Stücke zersprang. Dann zeigte er mit der Bronzestange auf das Heiligtum.

»Zerstört es... macht es dem Erdboden gleich!« befahl er, und etliche mit Pickeln, Stangen und Hämmern bewaffnete Krieger stürmten an Cusi vorbei die Treppe hinauf. Gleichzeitig kam Atahualpa herunter.

»Geht nach Hause!« schrie er den Huamachuco entgegen. »Vergeßt, daß es Catiquilla jemals gegeben hat!«

Cusi hörte Geräusche und Bewegungen vieler Menschen hinter sich aufwallen, doch er drehte sich nicht um. Statt dessen beobachtete er aus den Augenwinkeln die Krieger um ihn und stellte befriedigt fest, daß Quilaco sie bewaffnet hatte. Dann fixierte er Atahualpa, entschlossen, sich von ihm nicht überraschen zu lassen. Er fühlte, wie ein bitterer, gerechter Zorn ihn erfaßte, der seine Ausstrahlung veränderte, aber wie schon im Heiligtum schien Atahualpa auch jetzt nichts zu bemerken; er kam direkt auf Cusi und Quilaco zu. Quizquiz jedoch hielt sich unmittelbar neben ihm und musterte Cusi mit unverhüllter Aufmerksamkeit.

»Ihr habt mich beide im Stich gelassen«, sagte Atahualpa, »und du hast sogar meinen Befehl verweigert!« brauste er an Cusi gewandt auf.

Cusi antwortete nicht; seine Miene war wie versteinert, während er zu entscheiden versuchte, wen er zuerst angreifen sollte, Atahualpa oder Quizquiz. Aber in diesem Augenblick trat Quilaco empört vor.

»Ihr habt uns nie gesagt, was wir hier zu erwarten hatten«, verteidigte er sich wutentbrannt. »Wir gelobten, für Euch zu kämpfen, Herr, nicht, Euch beim Morden von Priestern zu helfen!«

»Du hast gezeigt, wieviel Mumm du in den Knochen hast«, erwiderte Atahualpa verächtlich. »Und du, Cusi Huaman... Wo waren sie heute, deine berühmten Kräfte? Deine *Huaca*. Du hast zu mir gesprochen wie eine Frau, wie jemand, der den Spiegel und die Schminke verdient, die Huascar dir gab!«

Quilaco wirbelte so abrupt nach vorn, daß alle instinktiv in Verteidigungshaltung gingen; Cusi und Quizquiz fixierten sich kampfbereit, und Atahualpa hielt seine Bronzestange vor sich. Doch Quilaco richtete seinen Speer nicht auf Atahualpa, aber er zitterte vor Wut, und es schien, als würde er sich im nächsten Augenblick auf ihn stürzen.

»Würdet Ihr es wagen, uns zu verhöhnen, wie es Huascar getan hat?« fragte er aufgebracht. »In Calca haben wir unser Leben für Euch riskiert, und Euretwegen sind wir geschlagen und gedemütigt worden. Nur wegen Cusis Kräften haben wir überlebt. Wenn Ihr ihn jetzt anspuckt, dann spuckt Ihr auf uns alle und verdient niemandes Treue!«

Atahualpa versuchte, ihn mit einem drohenden Blick in die Schranken zu verweisen, doch Quilaco ließ sich nicht einschüchtern. Daraufhin senkte Atahualpa die Stange und rollte sie in seinen großen Händen hin und her, wobei er kurz auf Cusi blickte, der noch immer kampfbereit dastand. »Ich habe euch für euren Mut in Calca gelobt«, sagte er schließlich, schien dieses Zugeständnis aber sofort zu bedauern. »Doch heute habt ihr mich enttäuscht. Ich hatte gedacht, Cusi, daß ich dich zu den Bärtigen senden würde, um sie zu mir zu bringen. Aber du könntest wieder den Mut verlieren und versuchen, mir zu erzählen, daß auch *sie* heilig sind.«

»Ich habe versucht, den einzigen, den ich je gesehen habe, zu töten!« fauchte Cusi. »Und dasselbe würde ich mit den anderen tun.«

»Dann bist du offensichtlich für diese Aufgabe nicht geeignet«, entgegnete Atahualpa entschieden. »Ich will sehen, was für Menschen sie sind, bevor ich sie töte. Wenn du so viel Angst vor ihnen hast, ist es besser, daß du nach Cuzco gehst.«

Cusi hörte die Beleidigung in diesen Worten, ignorierte sie jedoch, da sie auch ein Verzeihen enthielt. Er entspannte sich langsam, und auch Quizquiz gab seine kämpferische Haltung auf.

»Haben wir Eure Erlaubnis, unsere Männer aus Caxamarca zu uns zu rufen?« fragte Quilaco steif.

Atahualpa erklärte sich mit einem achtlosen Nicken einverstanden. Dann ließ er ihn und Cusi ohne ein weiteres Wort stehen und entfernte sich. Quizquiz trat einen Schritt auf sie zu und klopfte vorsichtig mit seiner Keule gegen die Schilde der beiden.

»Oben hat er noch lautstark nach euren Köpfen verlangt«, sagte er mit einem Grinsen. »Aber ich dachte mir schon, daß ihr sie nicht freiwillig hergeben würdet.«

»Wer würde es für ihn tun?« fragte Quilaco. »Du etwa?«

Quizquiz zuckte die Achseln. »Cusi war die ganze Zeit über bereit, mich anzugreifen. Du etwa nicht?«

»Ich wäre zuerst auf *ihn* losgegangen«, sagte Cusi knapp, und Quizquiz lachte.

»Challcochima wird sich jedenfalls freuen, daß wir euch nicht verloren haben. Wir marschieren morgen nach Süden, aber ihr werdet Zeit haben, uns einzuholen, bevor wir Xauxa erreichen; dort sind die Cuzco.«

Damit machte er sich auf den Weg zu Atahualpas Sänfte, die sich bereits den Hügel hinabbewegte. Kein Mensch war mehr auf dem Abhang zu sehen, außer einigen Huamachuco, die in der allgemeinen Panik verletzt worden waren, als die Menge sich aufgelöst hatte. Auf dem Gipfel vollendeten einige Krieger die Zerstörung des Heiligtums, während die Flammen ein übriges taten. Cusi senkte Schild und Waffe und sah zu Quilaco.

»Dieses Mal hast du uns gerettet. Ich hätte kein Wort mit ihm wechseln können.«

»Er ist ebenso verrückt wie Huascar! Das ist der Unterschied zwischen einem Kriegsherrn und dem Apu Inca: Der eine bezieht seine Stärke von seinen Kriegshäuptlingen, und der andere denkt, er könnte sie umbringen.«

»Er denkt auch, er könnte die Bärtigen umbringen«, fügte Cusi leise hinzu. »Aber sie könnten ebenso etwas dagegen haben.«

»Soll er doch seinen eigenen Gesandten spielen«, meinte Quilaco. Er spuckte zu Boden, und dann stiegen sie den Hügel hinab, weg von dem Ort, der einst das Heiligtum von Catiquilla gewesen war.

KAPITEL 22

Pachacuti: Die Umkehr der Welt (1532)

Abancay

Micay hatte gerade an Cusi gedacht, als er mit einem Trupp Falken in den Hof des Rasthauses einmarschierte. Sie hatte nicht erwartet, ihn vor der Schlacht noch einmal zu sehen, und war über sein Erscheinen so verblüfft, daß sie erst etwas später die Quipus in seiner Hand bemerkte, die ihr den Grund für sein Zurückkommen verrieten. Dann verwandelte sich ihre Überraschung in Freude und Lust, denn sie hatte daran gedacht, wie sie sich das letzte Mal geliebt hatten, in einem überfüllten Zimmer in Vilcashuaman. Sie stand auf und winkte Machacuay zu sich.

»Erinnerst du dich noch an den leeren Lagerraum?« fragte sie ihn, und er nickte. »Würdest du ihn für meinen Mann und mich herrichten?«

Ein wissendes Lächeln huschte über Machacuays Gesicht, und er machte sich unverzüglich auf den Weg. Micay beobachtete, wie Cusi zwei mit weißen Federn geschmückten Postläufern die Quipus und die dazugehörigen Botschaften erklärte, und ging dann zu Nupchu, Piqui und Huaman Cachi hinüber. Die Krieger hatten es sich bequem gemacht und tranken Wasser aus Flaschenkürbissen, die von Dienerinnen gereicht wurden; nur Huallpa stand noch da und hielt Cusis Streitaxt. Coca flüsterte ihm soeben etwas ins Ohr, doch als Micay näherkam, unterbrach sie sich und machte ein betont unschuldiges Gesicht. Heute abend bricht sie ihr Versprechen, dachte Micay, merkte aber gleichzeitig, daß sie gar nichts dagegen einwenden wollte.

»Ihr seid wohl mit der letzten Zählung zurückgeschickt worden«, wandte sie sich an Huallpa. »Ist sie gut ausgefallen?«

»Nicht so gut wie erhofft, Herrin«, räumte er ein. »Aber Zahlen sind nicht immer mit Stärke gleichzusetzen.«

»Wieviele haben Quizquiz und Challcochima?« fragte Micay.

»Weniger als fünfundzwanzigtausend. Aber wir haben unsere Verluste in Yanamarca und Ancayaco noch nicht ersetzt.«

»Und Huascar?«

»Vielleicht doppelt so viele«, antwortete Huallpa. »Aber seine

Leute kommen aus allen Gegenden der Vier Viertel; manche seiner Regimenter sind so gemischt, daß wir nicht wissen, wie wir sie nennen sollen...«

Die Quito hatten seit Caxamarca fünf Siege errungen und weit mehr Krieger getötet, als sie selbst verloren. Micay hatte das Schlachtfeld in Yanamarca gesehen, wo Quilaco verwundet worden war; das Blutbad dort war noch entsetzlicher gewesen als in Ambato. Es schien unmöglich, daß sie plötzlich wieder in der Minderzahl sein sollten.

»Ich habe gehört, Huascar -« begann sie, doch die jungen Krieger blickten plötzlich an ihr vorbei und verbeugten sich achtungsvoll, was Micay sehr erstaunte, denn sie wußte, daß diese Ehrenbezeigung nur Cusi gelten konnte.

»Wir sind mit der letzten Zählung zurückgekommen«, erklärte er, »und weil wir hofften, Atahualpa würde uns einige seiner Krieger schicken. Aber es sind keine Nachrichten da.«

In diesem Augenblick kamen Cahua und Ococo über den Hof gelaufen. »Wie lange kannst du bleiben, Vater?« fragte Cahua sofort und ergriff Cusis Hand. Micay wunderte sich, daß er seine Tochter nicht einmal richtig ansah und statt dessen nach den Regenwolken blickte, die sich am Horizont auftürmten.

»Wenigstens für eine Nacht«, sagte sie gereizt in der Hoffnung, ihn aus seinen Gedanken zu reißen.

»Es sieht nach Regen aus«, meinte Cusi, »also können wir ebensogut auch hierbleiben. Ist für die Männer etwas zu essen da?«

»Das Essen kommt schon«, erwiderte Micay. »Die Bediensteten wissen, wie man Krieger versorgt.«

»Natürlich«, antwortete er geistesabwesend, doch schließlich schien er ihren Ärger wahrzunehmen. »Ich muß mit dir reden, Micay...«, murmelte er.

»Sag deinem Hauptmann, er soll das Kommando übernehmen«, befahl Micay Huallpa und zog Cusi ohne ein weiteres Wort einfach am Arm davon.

»Wohin willst du?« fragte er protestierend. »Ich muß noch eine Karte für dich machen.«

Micay schüttelte ungeduldig den Kopf. »Eine Karte wovon?«

»Von den Wegen nach Machu Picchu und Vitcos. Für den Fall, daß wir vom Fluß zurückgedrängt werden.«

»Warum sollte das passieren? Weil ihr nur halb so viele seid wie die anderen? Oder weil Huanacauri Huascar einen Sieg versprochen hat, wenn er seine Truppen persönlich anführt?«

»Du hast diese Lüge also auch schon gehört«, erwiderte Cusi, doch Micay ging nicht darauf ein.

Machacuay hatte den Lagerraum gesäubert, Decken und Lama-felle auf dem Boden ausgebreitet, dazu eine Schale mit Blumen dekoriert und eine Mahlzeit bereitgestellt. »Soll ich aufpassen, daß niemand stört?« fragte er Micay. Sie lächelte dankbar und nickte. Dann nahm sie Cusi den Schild und die Streitaxt ab, entfernte die Fibel von ihrem Umhang und öffnete ihr Haar.

»Du konntest doch gar nicht wissen, daß ich kommen würde«, sagte Cusi. Er wirkte immer noch verwirrt und in Gedanken. »Eigentlich wäre Tomay an der Reihe gewesen, aber er wollte den Marsch wegen seiner Fußverletzung nicht auf sich nehmen.«

»Ich wußte zwar nicht, daß du kommst«, gab Micay zu, »aber mir war sofort klar, was ich mit dem plötzlichen Geschenk der Gesell-schaft meines Mannes machen würde.«

Cusis Miene verriet Schmerz; er breitete in einer hilflosen Geste die Arme aus. »Micay, ich habe nicht erwartet, so bald wieder hier zu sein. Ich hatte angefangen, mich auf die Schlacht vorzubereiten...«

»Nein«, entgegnete Micay entschieden. »Nein, ich habe gesehen, wie du deine Kräfte gesammelt hast, um Huascar gegenüberzutreten, und das war ganz anders als das, was du jetzt tust. Jetzt entfernst du dich einfach nur, und das machst du schon seit der Zerstörung von Catiquilla.«

Bei der Erwähnung dieses Namens wurde Cusi verschlossen und seine Stimme eisig. »Vielleicht konnnte ich gar nichts anderes tun. Ich hatte keine Zeit, Kraft zu sammeln, aber es gab zu vieles, was mir meine Energie nahm. Ich kann den Rest, den ich noch habe, nicht vergeuden.«

»Vielleicht hast du das schon getan«, beharrte Micay schonungslos. »Du bist kalt geworden, und die Kinder verbeugen sich vor dir nur mehr aus Furcht, nicht, weil sie dich lieben. Du scheinst sie nicht einmal zu sehen.«

»Ich kann mitten im Krieg nicht an Kinder denken!« platzte er heraus.

Micay drehte sich um und öffnete ihren Gürtel. »Trifft das auch auf deine Frau zu?« fragte sie ihn über die Schulter hinweg.

Ihr herausfordernder Ton schien ihn zu verletzen. »Warum sagst du das?« fragte er traurig und kauerte sich auf den Boden nieder. Micay zog ihre Sandalen aus und setzte sich neben ihn auf die Decken.

»Weil ich jetzt dazu Gelegenheit habe«, antwortete sie in versöhnli-chem Ton. »Als ich dich heute sah, wollte ich dich einfach. Der Krieg hat dich für eine Nacht zu mir geschickt, und ich wußte sofort, wie wir sie nützen sollten. Aber dann fingst du an, von einer Karte zu reden, ohne mir von deiner Angst zu erzählen und weswegen diese Karte wichtig sein könnte. Und dadurch bemerkte ich, wie distanziert du geworden bist. Deshalb beschloß ich, dich zurückzuholen.«

»Für eine Nacht?« murmelte Cusi ungläubig. »Und dann schickst du mich wieder in die Schlacht?«

»Ich schicke dich gestärkt zurück«, insistierte Micay. »Weißt du noch, wie wir uns vor Calca liebten? Hat dich das etwa geschwächt? Oder hat deine Leidenschaft dich nicht besser kämpfen lassen? Du hast vergessen, auf wieviele Arten man Kraft schöpfen kann.«

Sie begann, sein Hüftband zu öffnen. Cusi sah ihr gedankenverloren zu. Dann nahm sie seinen Schutzgeist aus der verborgenen Tasche und legte ihn in Cusis Hand.

»Hier, dies ist eine Art«, murmelte sie. »Er ist nur etwas mitgenommen, weil du ihn als Waffe gebraucht hast.« Dann entfernte sie vorsichtig seine goldenen Ohrpflöcke und das Iñaca-Stirnband und legte auch sie in seine Hände. »Diese gehörten Pachacuti, dem größten aller Inka. Sie kamen von ihm zu dir, aber auch von Tocto Oxica, die nie aufgehört hat, dich zu lieben. Und deine Streitaxt«, fügte sie hinzu und deutete mit dem Kinn auf die Waffe an der Wand, »das Geschenk von Otoronco Achachi, der dich mehr liebte als jeden anderen Inka. Wie lange ist es her, Cusi, daß du ihre Kraft nicht mehr fühlst?«

Er starrte auf die Dinge in seinen Händen, dann auf seinen Schild und die Streitaxt an der Wand und schließlich auf Micay. Tränen quollen ihm aus den Augen, und seine Stimme bebte.

»Micay ... wenn du mich wieder fühlen läßt, muß ich den ganzen Schmerz und das Leiden fühlen, und den Verlust all jener, die zu Tode kommen werden.«

»Aber wenn du von alledem nichts fühlst«, wandte Micay ruhig ein, »wie kannst da dann glauben, daß du dem Tod mit deinem ganzen Sein ins Auge siehst? Wie kannst du kämpfen, wenn dein Zorn und dein fester Wille erschöpft sind?«

»Sie *sind* erschöpft«, stöhnte Cusi und versuchte vergeblich, die Tränen zurückzuhalten. Micay zog ihn zu sich auf die Decke und legte die Arme um ihn.

»Dann mußt du dich auf deine Kameraden verlassen«, flüsterte sie. »Dann mußt du deine Kraft aus dem Füreinander-da-sein schöpfen, das uns alle verbindet. Das ist das einzige, womit wir all das aushalten können.«

Er legte die Gegenstände in seinen Händen weg und kehrte in ihre Umarmung zurück. Micay schmiegte sich an ihn, streifte ihr Kleid über die Schultern und zog es langsam aus, und dann half sie ihm, Tunika und Lendenschurz abzulegen. Vorsichtig berührte sie mit den Fingerspitzen seine nassen Wangen, wanderte langsam an seinem

Körper abwärts und preßte ihre Lippen immer wieder auf seine zahlreich gewordenen Narben, bis sie zwischen seinen Beinen angekommen war. Er war erst halb erigiert, als sie ihn in den Mund nahm, aber mit Hilfe der Technik, in die Fempellec sie eingeweiht hatte, schob sie seine Vorhaut zurück, und er schwoll schnell an. Cusi flüsterte ihren Namen und strich ihr mit zitternden Händen über das Haar, und als sie sich schließlich wieder aufrichtete, zog er sie an sich und küßte ihr Gesicht, Hals und Brüste.

»Denk nicht mehr an Landkarten«, murmelte sie. »Wir gehen alle zusammen nach Vitcos, sobald du kannst. Denk daran, wie sehr wir uns wünschen, daß du mit uns gehst, und zieh daraus die Kraft, um zurückzukommen.«

»Ich werde zurückkommen«, versprach er mit erstickter Stimme und versuchte, sie über sich zu ziehen. Doch Micay schlüpfte zur Seite und stemmte sich auf Knie und Hände.

»Ich möchte dich hinter mir haben, Kamerad«, murmelte sie ihm über die Schulter zu, und als er sich ihr näherte, faßte sie mit einer Hand zwischen ihren Beinen nach hinten. »Aber ganz nah, und ganz tief...«

Cotapampa

Da es von Anfang an unwahrscheinlich gewesen war, daß Atahualpa ihnen einen Teil seiner Krieger in Caxamarca zur Verfügung stellen würde, hatten Quizquiz und Challcochima ihre Strategie bereits erstellt, als Cusi wieder ins Feld kam. In der Tat ließ ihnen Huascar praktisch keine Wahl. Er hatte in der Gegend, die die Quito besetzt hielten, die Lagerhäuser räumen und die Herden wegtreiben lassen, so daß die Vorräte sehr begrenzt waren. Dazu stationierte er seine Truppen am westlichen Hochufer des Apurimac, konzentrierte sie auf die einzigen beiden Brücken und vermied eine offene Schlacht. Die Quito aber waren wegen ihrer knappen Vorräte gezwungen, eine Entscheidung herbeizuführen.

Die erste Brücke war eine Huaca, ein heiliges Bauwerk, das bei Corahuasi über den Fluß führte und sowohl wegen seiner Lage als auch seiner geringen Größe und Tragfähigkeit strategisch keine Bedeutung hatte. Die zweite bei Cotapampa war leichter anzugreifen, und hier hatte Huascar auf beiden Ufern den Großteil seiner neu rekrutierten Krieger zusammengezogen. Dem Plan der Quito zufolge sollte Ucumari bei Corahuasi mit möglichst wenigen Männern Druck ausüben, während Quizquiz und Rumiñaui mit der Hauptstreitmacht bei Cotapampa angriffen. Als einziges Überraschungsmoment sollte Challcochima mit fünftausend Kriegern südlich nach Huanacopampa marschieren und von dort aus die linke Flanke von Huascars Streitmacht angreifen.

Die Falkenmänner waren zur Vorhut von Challcochimas Kolonne bestimmt worden und marschierten beim ersten Tageslicht los. Cusi hatte versucht, seinem Freund die Verwandlung zu erklären, die Micay in Abancay bei ihm bewirkt hatte, doch Tomay war zu sehr mit seinem verletzten Fuß beschäftigt und sperrte sich auch sonst gegen jegliche Anregung. Seine Männer legten eine ähnlich mürrische und abweisende Haltung an den Tag, aber gerade als Cusi ihn darauf aufmerksam machen wollte, daß diese Einstellung nicht ungefährlich sei, entschloß sich Tomay plötzlich zu sprechen.

»Ich habe geträumt, wir würden Rimachi in der Schlacht treffen«, begann er und beugte sich dabei nah zu Cusi, um nicht von anderen gehört zu werden.

Cusi seufzte. »Ich habe zwar nicht von ihm geträumt, aber an ihn gedacht. Wie war dein Traum?«

»Wir kämpften wütend gegeneinander, doch wir konnten uns nichts tun. Aber ich haßte ihn; ich wollte ihn töten«, sagte Tomay und schluckte. »Plötzlich erschrak er vor irgend etwas und lief weg, und dann geschahen andere Dinge. Als ich ihn wiedersah, saßen wir auf dem Bestrafungshügel, und wir waren wieder Jungen. Wir warteten auf dich und lachten, weil Sumac Mallqui dich wieder einmal zur Strafe den Hügel hinaufrennen ließ. Hinunter wollten wir mit dir zusammen laufen, aber der Traum war zu Ende, bevor du kamst.«

Cusi schüttelte verwundert den Kopf. »Das könnte ein gutes Omen sein«, meinte er.

Tomay zuckte die Achseln. »Keiner von uns ist gestorben, aber wir waren verfeindet. Und ich erwarte nicht, daß wir wieder Jungen sind, wenn wir aufeinanderstoßen.«

»Vielleicht ist es ein Zeichen, daß du ihn daran erinnern mußt, wenn ihr euch wirklich begegnet. Ich glaube nicht, daß ich gegen ihn kämpfen könnte, selbst wenn er mich zuerst angriffe. Wenn ich ihn töten müßte, hätte ich kein Herz mehr.«

»Dazu müßtest du ihn erst einmal töten können«, hielt ihm Tomay entgegen. »Denk doch nur daran, wie groß er ist. Aber wenn du müßtest, dann würdest du es auch versuchen. Wer sonst hätte gegen ihn eine Chance?«

»Nein«, erwiderte Cusi und löste sich aus der Marschordnung. »Ich werde nicht derjenige sein. Und du darfst es auch nicht sein.«

»Wir werden alle tun, was wir tun müssen«, antwortete Tomay im

Weitergehen. »Du mußt nur sicherstellen, daß du am Leben bleibst...«

Am späten Nachmittag kamen sie in Sichtweite der Stelle, an der sie sich nach Norden wenden und der Attacke anschließen sollten. Die Talsohle zwischen den steil aufragenden Bergen verengte sich immer mehr, und deshalb hatten Cusi und Tomay ihre Regimenter schon vor einiger Zeit getrennt und führten sie rechts und links des Flusses in stetem Anstieg den Hang hinauf. Jetzt machte es sich bemerkbar, daß sie nicht genügend Zeit gehabt hatten, die Gegend besser auszukundschaften, um gangbarere und geschütztere Pfade zu finden.

Gerade als Tarapaca ausrutschte und die Stille durch das losgetretene Geröll unterbrochen wurde, ertönte vom gegenüberliegenden Hügelkamm wildes Geschrei. Ein großer Schwarm feindlicher Krieger stürzte sich auf Tomays Regiment, schickte einen Hagel von Speeren, Steinen und Pfeilen auf die in einer Reihe marschierenden, völlig überraschten Männer hinab und begrub sie dann unter sich. Cusi zwang sich, nicht zu der Stelle zu blicken, wo er noch vor wenigen Augenblicken Tomay gesehen hatte.

»Hinauf zum Kamm!« brüllte er seinen Leuten zu, und im selben Augenblick bohrte sich ein Wurfspeer neben ihm in die Erde. Der Feind folgte ihnen so schnell, daß sie es gerade noch schafften, sich oben angekommen in Schlachtordnung aufzustellen. Jetzt erst sah Cusi, daß die meisten ihrer Verfolger Colla waren. Für einen kurzen Moment quollen ihm Tränen der Wut aus den Augenwinkeln, doch er nahm entschlossen seine Streitaxt in beide Hände und traf den ersten Mann, der auf ihn zukam, mit voller Wucht, so daß er schwer getroffen zu Boden sackte und den Hang hinunterrollte.

»Tomay!« brüllte er außer sich und kämpfte mit einem wilden Zorn, der seinen Männern Mut machte, obwohl er selbst es nicht einmal bemerkte.

Abancay

Der Mann war mit einer Karawane aus dem Norden gekommen, die Waffen lieferte – Atahualpas verspäteter Beitrag zum Krieg. Er trug die großen Ohrpflöcke eines Kriegers, hatte aber nur mehr einen Arm. Ein Bote, dachte Micay, als sie ihn beobachtete, wie er mit dem Hauptmann der im Rasthaus einquartierten Krieger sprach. Dann ging sie in das Zelthaus, in dem sie mit anderen Frauen Verbände und Schienen verpackte.

Etwas später trat er unter das Dach. »Man hat mir gesagt, die Gemahlin des Kriegshäuptlings Cusi Huaman sei hier«, sagte er etwas verlegen und verneigte sich zum Gruß.

»Ich bin Mama Micay, die Frau von Cusi Huaman«, erwiderte Micay und trat vor. »Dies ist Nupchu, die Gemahlin des Kriegshäuptlings Tomay Guanaco.«

»Ich habe mit beiden gegen die Carangui gekämpft«, erklärte der Mann erleichtert. »Mein Name ist Poma Mallqui. Ich komme aus Caxamarca mit einer Nachricht für die Kriegshäuptlinge, aber wie ich höre, ist es bereits zu spät, sie auf dem Schlachtfeld aufzusuchen.«

»Die Schlacht hat schon begonnen«, versicherte ihm Micay. »Wir warten auf Nachrichten von dort.«

Poma Mallqui rieb sich das Kinn. »Dann werde ich wohl mit Euch warten müssen, obwohl ich gehofft hatte, bald wieder aufbrechen zu können. Meine Familie ist in Tumbez, und ich habe sie seit Monaten nicht gesehen.«

»Vielleicht kann ich die Nachricht für Euch weiterleiten«, schlug Micay vor. »Die Kriegshäuptlinge kennen mich und vertrauen mir.«

»Es ist leider nichts Erfreuliches«, warnte der Mann sie. »Es betrifft die Bärtigen. Die Viracochas.«

Micay lud ihn ein, Platz zu nehmen, und Nupchu bot ihm Wasser aus einem Flaschenkürbis an.

»Das letzte, was wir von ihnen gehört haben, war, daß sie mit ihren schwimmenden Häusern bei Coaque aufgetaucht sind, nördlich von Manta«, berichtete Micay.

»Sie sind in Tumbez«, berichtigte Poma Mallqui. »Besser gesagt, dort habe ich sie zuletzt gesehen.«

»Kamen sie in Frieden?« erkundigte sich Micay. Poma Mallqui neigte den Kopf, als sei diese Frage nicht leicht zu beantworten.

»Niemand hat sich ihnen entgegengestellt«, meinte er mit einem Achselzucken. »Sobald Atahualpa nach Süden gezogen war, griffen die Puna uns wieder an und brachten uns eine schwere Niederlage bei. Wir waren also sehr geschwächt. Die Bärtigen hatten die Puna aber ihrerseits schon geschlagen und die Insel unter ihre Kontrolle gebracht.«

»Sie haben ganz Puna eingenommen?« stieß Nupchu hervor. »Wieviele sind es denn?«

»Nur etwa zweihundert.«

»Ihr macht Euch wohl über uns lustig«, meinte Micay. »Wer kämpft mit ihnen?«

»Sie haben einige Träger und ein paar Männer, denen sie ihre

Sprache beigebracht haben, aber keine Krieger. Sie brauchen keine. Sie haben diese Waffen – etwa wie ein flaches Blasrohr, aber aus Metall, und sie spucken Blitze und Donner. Damit können sie eine Mauer und alles zerstören, was ihnen im Weg steht. Und die Bärtigen tragen Helme und Panzer aus demselben Metall; kein Speer und kein Stein kann es durchdringen. Ihre Keulen und Speere sind so scharf wie Obsidian, aber härter als Stein.«

Micay meinte etwas wie Befriedigung aus seiner Stimme herauszuhören. Obwohl sie die meisten dieser Dinge schon wußte, starrte sie ihn neugierig an.

»Wie ich schon sagte«, fuhr Poma Mallqui fort, »es sind nur ungefähr zweihundert Mann, aber sie haben auch einige... *Tiere*, die furchterregender sind als jeder Krieger. Sie sind doppelt so groß wie Lamas und äußerst wild: Sie können rennen wie der Wind und mit ihren Füßen und Zähnen töten. Aber die Bärtigen setzen sich auf ihren Rücken und lassen sich von ihnen tragen, wohin sie wollen.«

Micay versuchte, sich ein riesiges Lama mit Klauen und Reißzähnen und einem Mann auf dem Rücken vorzustellen, aber der Gedanke war einfach zu phantastisch. »Was hat Atahualpa zu all dem gesagt?« fragte sie.

Poma Mallquis zufriedene Miene verschwand augenblicklich. »Nichts«, antwortete er düster. »Er hat nur zugehört und mir dann aufgetragen, hierherzukommen und den Kriegshäuptlingen davon zu berichten.«

»Ich werde es ihnen sagen«, versprach Micay. »Und ich bin sicher, daß sie davon mehr beeindruckt sein werden als Atahualpa.«

Poma Mallqui lächelte verlegen, aber auch dankbar. »Ich habe einen langen Weg hinter mich gebracht, um zu berichten, was ich sah, Herrin. Ich sah die Bärtigen nicht selbst kämpfen, aber ich habe genug von ihnen gesehen und gehört, um sie zu fürchten.«

Micay nickte respektvoll und sah plötzlich, daß einige Frauen hinausgegangen waren. Dann bemerkte sie den Brandgeruch, der in der Luft lag, und rümpfte die Nase.

»Grasfeuer«, pflichtete Poma Mallqui ihr bei. Erschreckt standen sie auf und liefen auf den Hof hinaus. Der Himmel war orangerot von der untergehenden Sonne, doch im Süden stiegen dicke schwarze Rauchwolken auf.

»Ein Trick, den Cusi und Tomay oft angewandt haben«, murmelte Nupchu hoffnungsvoll. Doch Micay schien der Rauch wie ein böses Omen in der Luft zu hängen; sie mußte den Blick abwenden.

»Ich denke, meine Nachricht kann warten«, sagte Poma Mallqui etwas kleinlaut.

Micay nickte. »Wir haben schon genug Feinde. Im Augenblick sollten wir uns um jene kümmern, die vor uns stehen…«

Huanacopampa

Die Kriegshäuptlinge hielten ihre Beratung in einem kleinen, einfach gebauten Anwesen ab, das einem der königlichen Hirten gehört hatte. Cusi hockte bei Challcochima, Quizquiz saß allein und Rumiñaui hatte neben Ticci Capac Platz genommen; Atahualpa hatte ihnen seinen Schutzgeist gesandt, damit er ihnen Inspiration gebe. Für Cusi war der Stein falsch und undurchschaubar – und nutzlos in einer Zeit, in der Tricks ihnen nicht mehr helfen konnten.

Ohne große Diskussionen entschieden die vier Männer rasch das Wenige, das zu entscheiden noch in ihrer Macht stand. Bis auf Ucumaris Streitmacht, die auf der Königsstraße unterwegs war, hatten sie sämtliche überlebenden Krieger um sich geschart. Sich weiter in die Berge zurückzuziehen oder Stellungen zu errichten, war zwecklos, da sie weder über genügend Nachschub verfügten noch zahlenmäßig stark genug waren; sie hatten keine Wahl, als sich Huascars Heer zu stellen. Niemand wußte, weshalb er ihnen bereits zwei Tage Zeit gegeben hatte, in denen sie sich halbwegs von ihrer Niederlage erholen konnten, obwohl seine Kundschafter ihm zweifellos berichtet hatten, wie wenige die Quito nur mehr waren.

Sobald die Schlachtordnung beschlossen war, gingen die meisten der rangniederen Kriegshäuptlinge zu ihren Regimentern zurück, und auch Cusi machte sich auf den Weg zu seinen Falken. In diesem Augenblick empfand er schmerzlich den Verlust von Tomay und Quilaco, der wegen seiner schweren Verwundung in Yanamarca hatte zurückbleiben müssen. Von den Falken waren nicht einmal tausend übriggeblieben, einschließlich der Handvoll Überlebender von Tomays Regiment. Was sie vor zwei Tagen erlebt hatten, war kein bloßer Hinterhalt gewesen; vielmehr hatte Huascar eine ganze Flanke seines Heeres, mehrere tausend Männer, verlegt. Quizquiz hatte den Vorgang verfolgt, in Cotapampa vom Feind abgelassen und war mit seinen Kriegern an die Südflanke geeilt, um Challcochima und Cusi zu unterstützen – gerade noch rechtzeitig, um zu verhindern, daß sie völlig überrannt wurden. Er startete einen Gegenangriff und trieb Huascars Truppen zurück bis auf die Ebene bei Huanacopampa. Die Quito hatten sich kaum neu formiert, um die Verfolgung des Feindes aufzunehmen, als sie die Feuerwand auf sich zukommen sahen, getrieben von einem Wind, der das hohe Gras bereits ausgetrocknet hatte. Zu diesem Zeitpunkt befanden sich die Falken an den hinteren Linien, aber dennoch verloren sie mehrere Krieger in den Flammen und dem Rauch; einige ertranken beim Versuch, den Cotapampa zu überqueren. Angesichts der Art und Weise dieser Niederlage fragten sich alle, ob Huascar nicht doch von Huanacauri inspiriert sei, dem Kriegsgott aller Inka und Schutzherrn der Krieger Cuzcos.

Natürlich blieb Cusi keine Gelegenheit, um Tomay zu trauern, obwohl ein hohler Schmerz unter seinem Herzen ihn den Verlust des Freundes in jedem Augenblick fühlen ließ. Am meisten tat ihm weh, daß er nahe genug gewesen war, um zu sehen, wie Tomay getötet wurde, aber zu weit entfernt, um ihm zu Hilfe zu kommen. Mit dem Rückzug den Hügel hinauf hatte Cusi getan, was er tun mußte, ganz wie Tomay es gesagt hatte, aber trotzdem wurde er das Gefühl nicht los, als Kamerad versagt zu haben.

Sobald er das Lager seiner Männer erreichte, hielt Huallpa ihn an. Cusi deutete es als ein gutes Zeichen, daß Huallpa schon wieder Wache stehen konnte; noch vor zwei Tagen hatte er nicht ohne Hilfe gehen können, weil er beim Versuch, über den Fluß zu fliehen, fast ertrunken wäre.

»Es ist schön, dich wieder auf den Beinen zu sehen«, sagte Cusi. »Huascars Zögern ist unser Gewinn.«

Huallpa hustete. »Ich könnte gut noch einen Tag Rast gebrauchen«, meinte er.

Plötzlich erscholl aus dem Halbdunkel zu ihrer Linken der hohe Pfiff eines Falken. Sie kauerten sich hinter ihre Schilde und suchten den Pfad ab, der sich im Zickzack den Abhang heraufwand. Wenigstens zehn Krieger stiegen dicht gedrängt auf das Lager zu, und als sie aus dem Schatten des Berges ins Mondlicht kamen, erkannten Cusi und Huallpa, daß die Gruppe einen Gefangenen mit sich führte. Sein knochiges Gesicht ragte unverkennbar über den Köpfen der anderen Männer auf.

»Also kommt er endlich doch noch zu uns«, murmelte Cusi.

»Herr«, begann der Hauptmann, der die Gruppe anführte, »dieser Mann sagte, wir sollten ihn zu Euch bringen. Er führte ein Überfallkommando in unseren Hinterhalt und hielt uns so lange hin, bis seine Männer entkommen waren. Dann rief er Euren Namen und ergab sich.«

»Sie sind gut ausgebildet, Cusi«, rief Rimachi ihm zu. »Sie haben mich kaum geschlagen.«

»Er hat vier unserer Leute verwundet«, protestierte der Hauptmann, doch Cusi nickte nur und bedeutete den Kriegern, Rimachi loszubinden.

»Laßt ihn frei. Er ist mein Bruder. Warum gerade jetzt, Rimachi?« wandte er sich an diesen, sobald ihm die Fesseln abgenommen waren.

»Ich habe Tomay gesehen«, antwortete Rimachi brüsk.

»Lebend?«

»Nein. Nur seinen Kopf ... aufgespießt auf einen Speer. Ich habe ihn selbst eine Zeitlang getragen – bis ich erfuhr, wer es war. Er hatte nur mehr einen Ohrpflock, von seiner Kopfhaut fehlte die Hälfte, und sein Gesicht war blutverschmiert, aber die Colla, die ihn töteten, wußten, daß er es war. Als ich dann genauer hinsah, erkannte ich ihn auch. Huascar hat seinen Kopf nach Cuzco geschickt; er läßt einen Becher daraus machen.«

Als Cusi endlich sprechen konnte, klang seine Stimme sehr scharf. »Deshalb also bist du übergelaufen. Er würde sich freuen, wenn er wüßte, daß sein Tod so viel bewirkt hat.«

»Ich erwarte nicht, an seine Stelle treten zu dürfen«, erwiderte Rimachi nicht weniger hart. »Aber ich kenne Huascars Pläne. Ich kann ihn euch ans Messer liefern.«

Cusi schluckte und räusperte sich; er wußte nicht, ob er im nächsten Augenblick lachen oder weinen mußte, wollte aber weder das eine noch das andere. »Nichts könnte uns mehr bedeuten«, brachte er schließlich heraus. »Ich werde dich zu Quizquiz und Challcochima bringen.«

»Du kommst auch mit«, wandte Rimachi sich an Huallpa, der die ganze Zeit ungerührt und mit finsterer Miene dagestanden hatte und den Ankömmling mit unverhohlenem Argwohn anstarrte. Cusi bedeutete einem der anderen Krieger, Huallpas Wache zu übernehmen, und dann führte er die beiden den Weg zurück, den er gekommen war. Dabei fragte er sich, ob es Hoffnung war, was sich in dem hohlen Schmerz unter seinem Herzen regte.

Als der erste feindliche Späher unten in der nebelverhangenen Talsohle erschien, hätte Cusi vor Freude am liebsten einen Campa-Juchzer ausgestoßen. Er wandte sich Rimachi zu, der neben ihm auf dem Bauch lag, und erhielt von diesem ein verächtliches Lächeln dafür, daß er ihm nicht schon früher geglaubt hatte. Dann gab er Huaman Cachi mit einem Nicken zu verstehen, er solle über den Hügelkamm zurückschleichen und Quizquiz und Challcochima Bescheid geben.

Cusi zählte dreißig Mann, die das enge Tal hereinmarschiert kamen. Als der letzte an ihnen vorbei war, pfiff er einmal, und die Falken stürzten sich von beiden Seiten fast lautlos auf die Späher. Nur ein paar Todesschreie zerrissen die Stille des Tals; danach zogen sich die Falkenmänner sofort wieder zurück, ließen die Opfer liegen und kletterten auf beiden Seiten den Hügel hinauf.

»Gut ausgebildet«, murmelte Rimachi anerkennend, als er und Cusi den Kamm erreichten und die Richtung einschlugen, aus der die feindlichen Späher gekommen waren. Dem Plan zufolge, den Rimachi ihnen in der Nacht zuvor mitgeteilt hatte, sollten den dreißig Männern in einigem Abstand fünftausend von Huascars besten Kriegern folgen, befehligt von ihm persönlich. Sie würden am Ende des Tals hinter dem Hauptlager der Quito herauskommen und von dort aus angreifen mit der Absicht, Quizquiz oder Challcochima zu töten oder gefangenzunehmen und den Krieg damit schnell und glorreich zu beenden – ein Plan, der durchaus eines Kriegsherrn würdig war. Aber genau deshalb waren die Kriegshäuptlinge der Quito skeptisch gewesen; sie hatten einen Beweis verlangt, weil sie nicht glauben konnten, daß Huascar in der Lage war, einen solchen Plan zu ersinnen. Und diesen Beweis hatten die Späher nun geliefert.

»Aber geht er wirklich das Risiko ein, selbst das Kommando zu übernehmen?« fragte Cusi immer noch ungläubig.

Rimachi reagierte ungeduldig. »Ich habe es euch doch gesagt: Er glaubt, daß Huanacauri ihm zu einem sicheren Sieg verhilft, und er will den Ruhm mit niemandem teilen. So wie er daherredete, hätte man glauben können, er selbst habe Tomay getötet. Er kommt garantiert!«

Mit einem Blick auf seine Männer stellte Cusi fest, daß Challcochimas Krieger sich beeilten, den Hang heraufzukommen, um die Falken einzuholen. »Sein Sieg schien gewiß«, sagte er und wandte sich zu Rimachi um. »Bis du kamst. Vielleicht hat Huanacauri euch beide geleitet...«

Rimachi schnaubte höhnisch. »Ich hatte das Gefühl, nicht mehr leben zu können vor Ekel, und das kam von keinem Gott. Das muß ich mir schon selbst zuschreiben. Jetzt habe ich alle verraten, einschließlich meine Frauen und Kinder.«

»Wie meinst du das?« fragte Cusi, doch Rimachi zog es vor, eine Antwort schuldig zu bleiben. Mittlerweile waren sie an der Stelle angekommen, die sie zuvor ausgekundschaftet hatten, und Cusi wies seine Männer an, sich zu verteilen und so lange versteckt zu halten, bis Huascar an ihnen vorbei in die Falle gelaufen war. Zum erstenmal seit Monaten gehorchten sie mit sichtlicher Begeisterung und grinsten sich zu, während sie ihre Schleudern einsatzbereit machten und anfingen, Steine zu sammeln.

Nachdem auch Challcochima seinen Kriegern mit Huaman Cachis Unterstützung ihre Plätze angewiesen hatte, gesellte er sich zu Cusi und Rimachi.

»Ich kann es noch immer nicht glauben«, sagte er nur kopfschüttelnd.

Rimachi untersuchte seine Speerschleuder und musterte dann Cusi. »Als mich deine Leute zu dir brachten, nanntest du mich deinen Bruder. Habe ich noch immer das Recht, dich um einen Gefallen zu bitten?«

»Natürlich. Was willst du?«

»Wenn du nach Cuzco kommst, suche Quespi und Tusoc und meine Kinder. Hole sie aus dem Cañari-Viertel heraus, bevor ihnen etwas zustößt.«

»Das kannst du doch selbst tun«, wandte Cusi ein. »Zusammen können wir vielleicht das ganze Viertel beschützen.«

»Ich kann nicht nach Cuzco zurück«, erwiderte Rimachi entschieden. »Versprich mir einfach, daß du dich um meine Familie kümmerst.«

»Ich habe schon einen Bruder verloren«, protestierte Cusi, doch Rimachi unterbrach ihn mit erhobener Hand.

»Versprich es mir, Cusi. Ich verdiene, sie zu verlieren, aber sie verdienen nicht, verloren zu sein.«

Cusi bemerkte, daß die Männer um sie herum verstummt waren und daß Huallpa Rimachi mit zusammengekniffenen Augen anstarrte. Er ermunterte ihn zu reden, doch Huallpa blickte wortlos zu Boden.

»Ich verspreche es«, sagte Cusi schließlich mit einem tiefen Seufzer.

»Gut. Dann laß uns jetzt ausruhen, bis es Zeit ist, Tomays Tod zu rächen«, antwortete Rimachi, und sie setzten sich schweigend ins Gras, um auf Huascar zu warten.

Sie hatten sich in einer Biegung der Schlucht postiert, und deshalb hörte Cusi den Feind bereits, bevor er in Sicht kam. Die Vorhut bestand größtenteils aus Inka nach Stand, die in Viererreihen schnell vorbeimarschierten. Dann kam die erste Sänfte mit Huanacauri und danach eine größere mit einem hölzernen Verdeck, unter dem auf einem Thron Huascar saß, eine Streitaxt mit goldenem Kopf auf dem Schoß. Er war umgeben von Cañari, Chachapoyas und Inka, danach schloß sich ein Regiment Mitmacs aus verschiedenen Stämmen an, weitere Inka und schließlich ein Kontingent Colla.

Das hohe Marschtempo des Feindes zeugte von einer blinden Zuversicht, die an Arroganz grenzte. Schon bald spürte Cusi ein

Klopfen an seinem Fuß – das Signal, daß die ganze Kolonne sie passiert hatte. Er stand schnell auf, und die Falken folgten seinem Beispiel. In Kürze würde die Vorhut des Feindes die Stelle erreichen, wo die toten Späher lagen. Sollten sie töricht genug sein und weitermarschieren, so erwartete Quizquiz sie mit seinen Truppen; wahrscheinlicher war allerdings, daß sie den Rückzug antreten würden.

Die Falkenmänner begannen, ihre Stein- und Speerschleudern in Bereitschaft zu bringen, und gingen wieder in Stellung. Weiter östlich hinter der Biegung, wo sie nicht gesehen werden konnten, führte Challcochima seine Krieger rasch zur Talsohle hinunter. Plötzlich, gerade als sich Cusi neben Rimachi ins Gras geduckt hatte, erschollen Schreie und Lärm. Etwas später kam erneut die Nachhut der Colla in Sicht; im Laufschritt und die Bergkämme absuchend hasteten die Männer an ihnen vorbei. Cusi wartete, bis sie fast die Biegung erreicht hatten und Huascars Sänfte wieder auftauchte.

»Tomay Guanaco!« brüllte er dann und schleuderte im Aufspringen den ersten Stein. Überall um ihn herum erhoben sich schreiend die Falkenmänner und ließen einen Hagel von Steinen und Wurfspeeren auf die Colla niederprasseln, der sie in wilder Panik auseinanderstieben ließ und ihre Reihen erheblich dezimierte. Jene, die versuchten, den Hang hinauf zu fliehen, wurden von den Falken erwartet; die anderen, die sich die Schlucht entlang retten wollten, rannten Challcochimas Männern in die Arme, die soeben hinter der Talbiegung hervorstürmten. Huascars Sänfte machte kehrt und bewegte sich in die entgegengesetzte Richtung; ihre Nachhut wurde in kürzester Zeit von Challcochimas Kriegern überrannt, die sofort Huascars Verfolgung aufnahmen, während die Falken von ihren erhöhten Positionen Wurfspeere und Steine regnen ließen und jeglichen Fluchtversuch verhinderten.

Als Cusi auf Höhe der toten Späher kam, sah er, wie unten in der Talsohle Huascars Leibgarde versuchte, einen Ring um die Sänfte zu bilden. Vom Ende der Schlucht drang Lärm herauf: Die Cuzco-Vorhut war voll in den Hinterhalt gelaufen, den Quizquiz vorbereitet hatte. Nun beeilten sich die Falken, in die Schlucht hinabzusteigen und sich am Kampf zu beteiligen; Cusi schlang seine Schleuder um die Stirn, band seine Streitaxt vom Hüftband los und ging voran. Neben ihm warf Rimachi seinen letzten Speer, und dann holte auch er seine Keule hervor, die er am Schild festgezurrt hatte. Er warf Cusi einen wilden, verwegenen Blick zu.

»Lebe wohl, Cusi Huaman. Und lebe lange, mein Bruder!« rief er lachend, aber noch ehe Cusi überlegt hatte, ob er Rimachi aufhalten sollte, trat Huallpa seinem Stiefvater entgegen und hielt ihm einen Speer an die Brust.

»Meine Mutter möchte, daß Ihr am Leben bleibt und zu ihr zurückkehrt«, sagte der Junge. Rimachi senkte seine Waffe und starrte ihn verblüfft an. Cusi bedeutete Tarapaca, die Krieger den Hang hinabzuführen, und blieb mit Piqui, Huaman Cachi und dem Rest von Huallpas Schwadron zurück.

»Ich kann nicht wieder nach Cuzco gehen«, erwiderte Rimachi. »Ich habe mein eigenes Volk dem Feind ausgeliefert.«

»Das habe ich auch getan«, stieß Huallpa wütend hervor. »Ihr könnt ebenso den Mut aufbringen, das zu ertragen.«

Rimachi warf Cusi einen scheinbar hilflosen Blick zu, aber im nächsten Moment versuchte er, mit einem plötzlichen Schwung seiner Keule Huallpa den Speer aus der Hand zu schlagen. Dieser reagierte jedoch augenblicklich, wich Rimachis Hieb aus und setzte die Spitze seiner Waffe blitzschnell an dessen Kehle.

»Ihr sollt mit uns zurückkehren!« herrschte er Rimachi an. »Ich kann nicht damit rechnen, einen anderen Vater zu bekommen.«

Wieder blickte Rimachi zu Cusi; er war sichtlich verwirrt.

»Entscheide dich«, forderte Cusi ihn auf. »Wir verlieren sonst unsere Chance, als erste bei Huascar zu sein.«

Rimachi warf sich in die Brust. »Würdest du mich eigenhändig umbringen?« fragte er Huallpa, und dieser zauderte und senkte den Speer auf Rimachis Magengrube.

»Nein«, gab er zu. »Aber ich würde Euch verletzen, damit Ihr nicht vorsätzlich in Euren Tod rennt.«

Noch einmal starrte Rimachi den Jungen verblüfft an, dann warf er den Kopf zurück und lachte. »Das kannst du mir ersparen. Komm, mein Sohn«, forderte er Huallpa auf, »gehen wir zusammen hinunter und bereiten wir dem Mann das Ende, dem wir all dies verdanken ...«

Challcochima erreichte Huascar als erster; er sprang aus dem wogenden Kampfgemenge hoch, zog den Herrscher von seiner Sänfte und schleuderte ihn in den Staub. Die übriggebliebenen Mitglieder von Huascars Leibwache wollten sich daraufhin ergeben, doch sie wurden sofort getötet; nur die Träger und ein Inka-Kommandeur blieben verschont. Huascar wurde gefesselt und an Quizquiz übergeben, und dann bestieg Challcochima mit der goldenen Streitaxt in der einen und dem bunten Fransensaum in der anderen Hand die Sänfte. Cusi, Rimachi und die restlichen goldenen Ohrpflöcke setzten die weißen Helme auf und legten die Armbänder an, die Huascars Krieger getragen hatten. Dann stellten sie sich in derselben Formation auf, in der zuvor die Cuzco-Vorhut marschiert war, und nahmen Huanacauri wie eine Trophäe in ihre Mitte. Die Falken und die übrigen Krieger

Challcochimas postierten sich neben und hinter der königlichen Sänfte, Challcochima zog die Vorhänge herunter, und dann marschierte die Kolonne über die Leichen von Huascars Fünftausend hinweg aus der Schlucht hinaus.

Obwohl die Krieger der Quito Befehl erhalten hatten, keine Freudenschreie oder sonstigen Triumph zu äußern, erhoben sie beifällig die Waffen, als sich der Zug von hinten durch ihre Linien bewegte. Cusi schritt neben Huanacauri und fühlte sich an Tumibamba erinnert, wo sie diese Sänfte auf den Platz getragen hatten. Er fragte sich, ob dieser Krieg nicht schon damals begonnen hatte, an jenem Tag, als der Sapa Inca und seine Krieger zum erstenmal auf verschiedenen Seiten gestanden hatten. Huascar hätte wissen müssen, daß es falsch war, auf eine Kriegshuaca zu vertrauen, der er noch in keiner Schlacht gedient hatte.

Sie ließen die Hügel hinter sich und marschierten über die verbrannte Ebene von Huanacopampa, wo sie erst vor wenigen Tagen um ihr Leben gerannt waren. Die Asche, die sie aufwühlten, hüllte sie in eine dunkle Wolke ein, verfärbte die Haut grau und erschwerte das Atmen; auch lagen zahllose verkohlte Reste von Waffen und Schilden umher. Als sie die verbrannte Erde hinter sich gelassen hatten, befahl Challcochima anzuhalten.

Überall auf den Hängen vor ihnen lagerten Krieger Huascars, die in Beifallsrufe ausbrachen, sobald sie die königliche Sänfte erblickten, und triumphierend ihre Waffen und Banner schwangen. Challcochima zog die Vorhänge zurück und hielt die goldene Streitaxt über den Kopf, und nun johlten die Krieger auf den Hügeln vor Freude; einige kamen sogar den Abhang heruntergerannt, um ihren Herrscher zu begrüßen. Challcochima lachte höhnisch, ließ den gefangenen Inka-Kommandeur zur Sänfte kommen und warf ihm Huascars besudelten Fransensaum vor die Füße.

»Hier, zeig das deinen Leuten und erzähle ihnen, was passiert ist«, befahl er. »Und sag ihnen, sie sind die nächsten, die sterben müssen!«

Während der Mann auf die Cuzco-Linien zuging, führten Quizquiz und Rumiñaui die restlichen Quito-Truppen von den Bergen herab. Kaum hatte der Cuzco-Kommandeur seine Krieger erreicht, da verstummten sie fast augenblicklich, und nun erhoben die Quito ein großes Triumphgeschrei. Challcochima verließ die Sänfte, die Träger kippten sie seitüber, und dann zog sich die Kolonne auseinander und bildete eine Frontlinie, die mit Ticci Capac und Huanacauri in ihrer Mitte langsam vorrückte. Jetzt ergriffen die Krieger auf den Hügeln panisch die Flucht; die einen in Richtung Cotapampa, die anderen nach Süden, weg von der Route, die die Quito vermutlich nehmen würden.

»Nach Cuzco!« rief Challcochima und schwenkte die goldene Streitaxt, und Atahualpas Krieger setzten sich über die Ebene in Bewegung, um ihren Endsieg einzufordern.

Limatambo

Als ihn die völlig überraschende Nachricht von Huascars Gefangennahme erreichte, führte Ucumari seine Streitmacht von Abancay, wo sie für die erwartete Flucht nach Norden bereitgestanden hatte, auf der Nördlichen Königsstraße in Richtung Cuzco. Doch in Limatambo blockierte ein Regiment Huascars den engen Eingang ins Tal, und es kam zu mehrtägigen, zähen Kämpfen. Schließlich gelang es den Quitos jedoch, in das Tal einzudringen, wenngleich die Cuzco den Straßenverlauf nach wie vor kontrollierten.

Überraschende Hilfe kam wenig später von den Falken, die auf der weiter südlich verlaufenden Westlichen Königsstraße auf Cuzco vorrückten. Niemand sah sie, bis sie angriffen, doch dann schienen sie plötzlich überall zu sein, so daß das feindliche Regiment bald umzingelt war und kapitulieren mußte. Zum Erstaunen aller, die es sahen, trieben die Falkenmänner die entwaffneten Gegner lediglich unter scharfer Bewachung auf offenem Gelände zusammen, jedoch ohne sie zu schlagen und zu demütigen, wie es mit Gefangenen in der Regel geschah.

Micay konnte nicht ausmachen, wer davon mehr schockiert war – die Cuzco selbst oder Ucumari und seine Männer, aber schließlich erteilte auch er den Befehl, die Feinde lediglich zu entwaffnen und gefangenzunehmen. Einmal kam Micay der Gedanke, die Cuzco würden nur zusammengetrieben werden, um dann eines um so entsetzlicheren Todes sterben zu müssen. Doch als sie erfuhr, daß Tarapaca die Gefangenen in kleine Kolonnen aufteilte, die von bewaffneten Quito nach Cuzco eskortiert wurden, zerstreute sich diese Befürchtung.

Cusi sah sie erst, als er am Rasthaus mit Ucumari zusammentraf. »Willkommen, Cusi Huaman«, begrüßte dieser ihn. »Ich freue mich über eure Hilfe. Aber seit wann machen wir Gefangene? Oder ist das deine eigene Politik?«

Cusi lachte. »Ich habe dafür gestimmt«, erklärte er. »Aber Quizquiz und Challcochima sagten den in Cuzco gebliebenen Inka, es würde ihnen nichts geschehen, wenn sie sich ergeben und Atahualpa Treue schwören. Sie baten sich drei Tage Bedenkzeit aus. In der Zwischenzeit schicken wir alle Gefangenen zu ihnen, weil wir wissen, daß sie für die Kapitulation stimmen.«

»Ihr seid also noch nicht in der Stadt?«

»Wir lagern gleich oberhalb, bei Quihuipay. Die Cuzco lassen uns ihre Antwort übermorgen zukommen.«

»Dann sollten wir aufbrechen«, meinte Ucumari. Er winkte Micay und Nupchu heran. »Wie du siehst, habe ich deine Frau und deine Kinder und die Frau von Tomay Guanaco mitgebracht.«

Micay trat mit Nupchu vor, gefolgt von den Frauen und Töchtern der Männer von Tomays Regiment. Sie rieben sich zwar keine Asche mehr ins Gesicht, aber zum Zeichen der Trauer hing ihnen das Haar immer noch lose auf die Schultern.

»Es tut mir leid, Nupchu«, murmelte Cusi, und Tränen traten ihm in die Augen. »Wir wurden überfallen, und ich konnte ihm nicht helfen. Er starb tapfer, wie es einem Krieger gebührt.« Cusi unterbrach sich, um die Tränen zurückzuhalten, bevor er sich an die anderen Frauen wandte. »Alle eure Männer starben tapfer, wie Falkenmänner. Ich bin jetzt für euer Wohlergehen verantwortlich und werde alles tun, damit es euch und euren Kindern an nichts fehlt.«

Während Cusi redete, hatte sich Huaman Cachi zu Nupchu gesellt, um sie zu trösten, und jetzt tauchte zu Micays großem Erstaunen plötzlich Rimachi auf.

»Wir haben seinen Tod gerächt, Herrin«, sagte er zu Nupchu, »indem wir Huascar gefangennahmen.«

Nupchu nickte und verbeugte sich dankbar, doch sie weinte zu sehr, um sprechen zu können. Einige Augenblicke standen die Männer betreten da, bis Huaman Cachi drängte, sich den Kriegern anzuschließen, die die Straße hinuntergingen. Cusi nahm Micay eines ihrer Bündel ab und winkte Cahua und Ococo, mit ihm zu gehen, doch Micay holte ein zusammengerolltes Stück Leder hervor und hielt es Cusi entgegen.

»Was ist das?« wollte er wissen.

»Eine Karte für Vitcos«, antwortete sie. »Ucumari hat sie in Abancay für mich gemacht.«

Ucumari zuckte als Antwort auf Cusis fragenden Blick zunächst nur die Schultern. »Ich hatte euch nach der Niederlage in Huanacopampa keine Überlebenschance mehr gegeben und rechnete mit einem schwierigen Rückzug nach Caxamarca«, erklärte er dann. »Ich drängte Micay, sofort dorthin aufzubrechen, aber sie wollte nicht, solange du im Feld warst. Sie hat nie aufgehört zu glauben, daß du zurückkommen würdest.«

»Ich auch nicht«, mischte sich Cahua ein. Hinter ihr und Ococo kamen Coca und Huallpa, der Micay mit einem frohen Lächeln begrüßte.

»Onkel Rimachi!« platzte Cahua erstaunt heraus. »Bist du jetzt wieder auf unserer Seite?«

Rimachi blickte mit einem gequälten Lächeln zu ihr zurück, aber noch bevor er antworten konnte, schaltete sich Huallpa ein.

»Ja!« erklärte er stolz. »Er ist sogar ein Falkenmann geworden.«

Micay sah überrascht zu ihm und dann wieder auf Rimachi, der nickte und seinen schwarzroten Schild zeigte. Cusi grinste nur, sichtlich erfreut über die Verwirrung, die diese neue Verbrüderung auslöste.

»Warst du es, der uns über Huascars Pläne unterrichtete?« wandte sich Ucumari an Rimachi.

»Ich war der Bote«, meinte dieser achselzuckend. »Aber Cusi sagt, Huanacauri sei dafür verantwortlich, und in solchen Dingen beuge ich mich der Weisheit meines Bruders.«

Cusi unterdrückte ein Lachen. »Wir haben Huanacauri zusammen mit Huascar gefangengenommen«, erklärte er Ucumari. »Offenbar wollte er es so.«

»Heißt das, es ist alles vorüber?« fragte Ucumari. »Oder gibt es noch jemanden, gegen den wir kämpfen müssen?«

Micay schreckte zusammen, so daß Cusi ihr einen schnellen Blick zuwarf. Doch dann dachte sie, dies sei nicht der richtige Zeitpunkt, um von den Bärtigen zu berichten. Sie schüttelte den Kopf, und Cusi wandte sich wieder Ucumari zu.

»Nur wenn sich die Cuzco dafür entscheiden zu sterben, statt sich zu ergeben«, sagte er. »Sie werden uns ihre Antwort sehr bald wissen lassen. Gehen wir also etwas schneller, damit wir sie aus erster Hand hören…«

Quihuipay

Es hatte nachts geregnet und war empfindlich kühler geworden, und die dicke Wolkendecke verhinderte auch nach Tagesanbruch eine spürbare Erwärmung. Schon bald, nachdem es hell geworden war, kam ein Nachrichtenläufer aus Cuzco im Lager der Quito an und berichtete, eine lange Schlange Männer und Frauen habe sich auf den beschwerlichen Weg nach Quihuipay herauf gemacht. Sie seien unbewaffnet und würden gebeugt gehen wie Trauernde.

Die Quito-Krieger stellten sich bewaffnet in Viererreihen um das

Feld auf, in dem sie die Nacht verbracht hatten. Ticci Capac und Huanacauri wurden am entfernten Ende postiert, und dort warteten auch Quizquiz, Challcochima und die anderen Kriegshäuptlinge. Die Frauen hielten sich in ihrer Nähe auf, und auch der gefangene und schwer bewachte Huascar wurde dorthin gebracht.

Micay fror; Inti schien dieses Ereignis nicht mit seiner Wärme und seinen Strahlen segnen zu wollen, aber zumindest würde es wohl kein Massaker geben. Rumiñaui und Quizquiz behaupteten, sie hätten von Atahualpa persönlich Anweisungen erhalten: Rumiñaui sollte Huascar diskreditieren und dessen Recht auf den Fransensaum in Abrede stellen, während Quizquiz Atahualpa vertreten und mit der Stimme des Apu Inca sprechen sollte, um die Herzen seiner Untergebenen mit Furcht und Gehorsam zu erfüllen. Challcochima war in erster Linie daran interessiert, in Cuzco und den umgebenden Provinzen Ruhe und Ordnung zu etablieren, und diesem Gedanken hatte sich auch Cusi angeschlossen mit dem Hinweis, es seien genug Kräfte durch sinnloses Töten vergeudet worden. Um seinen Standpunkt zu bekräftigen, hatte er Micay aufgefordert, den Kriegshäuptlingen Poma Mallquis Informationen über die Bärtigen zu vermitteln, die sich davon allerdings nicht sonderlich beeindruckt zeigten.

Etwas später brachte eine Schwadron von Challcochimas Männern eine kleine Gruppe Frauen und Kinder zu den Kriegshäuptlingen. Sie gehörten alle zu Chuqui Huipas Hofstaat und wurden angeführt von Cori Cuillor, Challcochimas Gemahlin. Cori sah mitgenommen aus und schien sehr gealtert, seit Micay sie zum letztenmal gesehen hatte.

»Wird er uns aufnehmen, Micay?« fragte sie stöhnend, als die beiden sich zur Begrüßung umarmten.

»Er muß«, versicherte ihr Micay. »Warum würde er euch sonst vor den anderen hierher bringen?«

»Chuqui muß auch verschont werden«, sagte Cori verzweifelt. »Sie hat unter Huascar mehr gelitten als alle anderen.«

Einer der Krieger kam mit Challcochima zurück, der die beiden Frauen finster anstarrte.

»Dir ist nichts angetan worden?« fragte er Cori. Micay war klar, daß er damit eigentlich fragte, ob sie vergewaltigt worden sei. Cori schüttelte den Kopf.

»Nur seelisch. Am meisten habe ich darunter gelitten, daß mein Gemahl nicht bei mir war.«

»Warum bist du dann nicht mit Micay gegangen?«

Cori blickte Micay hilfesuchend an, und diese mußte erst ein aufwallendes Schuldgefühl unterdrücken, bevor sie antworten konnte. »Wir konnten nicht beide Chuqui verlassen, Herr. Cusi bestand darauf, mich mitzunehmen. Wenn Ihr an seiner Stelle gekommen wärt, dann hätte mit Sicherheit ich mich gezwungen gefühlt, in Cuzco zu bleiben.«

»Ich habe dich sehr vermißt«, gestand Challcochima Cori. »Warte hier, ich komme, sobald dies vorüber ist.«

»Ich habe nie aufgehört, auf dich zu warten«, erwiderte Cori. Dann streckte sie ihm bittend ihre Hände entgegen. »Und wenn es dir möglich ist, mein Gemahl«, fuhr sie fort, »setze dich dafür ein, daß Chuqui gut behandelt wird. Sie ist unschuldig, und es geht ihr nicht gut.«

»Wir werden ihr nichts tun«, entgegnete Challcochima schroff, »aber wir können auch nichts für sie tun. Atahualpa entscheidet, was mit ihr geschieht.«

Damit ging er hinter die beiden Sänften zurück. Cori zitterte.

»Hat Chuqui noch ihre Waffe?« fragte Micay und legte ihr beruhigend einen Arm um die Hüfte.

Coris Augen weiteten sich fragend, doch dann schüttelte sie den Kopf. »Ihre Mutter hat sie ihr gestohlen. Rahua Ocllo hatte Angst, daß Chuqui sich töten und sie dann allein gegen Huascar stehen würde.«

Plötzlich begannen die Krieger laut zu summen; die Cuzco-Inka erschienen. Sie waren in feines Tumbi-Tuch gekleidet und trugen reichlich glänzenden Goldschmuck, doch sie schlugen die Augen nieder und hoben den Blick nicht vom Boden. In Haushalte und Klans geordnet verteilten sie sich auf dem Feld.

Als sie sich alle niedergekauert hatten, gab Quizquiz ein Zeichen, und einige Krieger schwärmten zwischen die Gruppen aus, selektierten einzelne Personen aus und trieben sie nach vorn, wo sie sich mit dem Gesicht auf die Erde werfen mußten. Bei den meisten von ihnen handelte es sich um hochrangige Krieger, aber auch einige Priester und der Hohepriester Challco Yupanqui waren unter ihnen.

»Ihr habt einen falschen Herrscher anerkannt und die Waffen gegen den Apu Inca erhoben«, begann Quizquiz mit einem verächtlichen und messerscharfen Ton, »und dafür solltet ihr sterben und den Geiern zum Fraß vorgeworfen werden. Aber im Namen Atahualpas verzeihe ich euch eure Verbrechen und lasse euch am Leben. Doch ihr müßt euch vor eurem Herrscher in Caxamarca und vor seinem Schutzgeist, Ticci Capac, dem Gründungsprinzen und Herrn der Welt, verbeugen und die Mocha entbieten. Zeigt mir, daß ihr euch schämt für euren Verrat und daß ihr dankbar seid, am Leben bleiben zu dürfen!«

Während sich die Cuzco demütigten und sich Augenbrauen ausrissen, die sie Ticci Capac zubliesen, gab Quizquiz ein zweites Zeichen. Daraufhin traten Männer mit großen Steinen auf einige der am Boden Liegenden zu und ließen die Felsen auf deren Rücken fallen. Einige der umstehenden Gefangenen stöhnten auf und hoben den Blick von der Erde, doch Quizquiz' Männer traten sofort zu ihnen und schlugen sie zu Boden.

»Das reicht«, entschied er endlich. »Bringt ihn heraus.«

Huascar wurde auf das Feld getragen, gefesselt an einen Rahmen aus Balken und Strohbündeln ähnlich denen, die zum Dehnen und Trocknen von Häuten verwendet wurden. Die Wachen stellten ihn so neben Quizquiz auf, daß er auf die versammelten Cuzco blickte.

»Hier ist er!« rief Quizquiz und zeigte rüde mit dem Finger auf Huascar. »Der, der sich selbst Sapa Inca nannte, und der euch all diese Probleme bereitet hat. Der vorgab, der Sohn Intis und der Liebling Huanacauris zu sein. Huanacauri hat ihn aus Abscheu über diese Anmaßung an uns ausgeliefert!«

Quizquiz erhob die Hände, und die Krieger fingen an zu spotten und Beleidigungen zu rufen, bis der Kriegshäuptling ihnen Einhalt gebot.

»Dies ist der Mann, der Huayana Capacs engste Verwandte ermordete«, fuhr Quizquiz fort und schritt zwischen die am Boden kauernden Gefangenen, »und die Brüder, die Atahualpa als Botschafter zu ihm schickte. Wer verlieh diesem ruchlosen Menschen den Titel Sapa Inca? Wer setzte ihm den Fransensaum auf die Stirn?«

Er gab seinen Männern ein Zeichen, und daraufhin wurden zwei der Gefangenen grob in die Höhe gezerrt. Beide waren Sonnenpriester, in dem einen erkannte Micay Challco Yupanqui, den Hohenpriester. Die beiden Männer mußten sich vor Huascar hinstellen, und Quizquiz bohrte seinen Zeigefinger in die Brust des Hohenpriesters.

»Warst du es, Challco Yupanqui?« fragte er streng. »Du, der schwiegst, als Topa Yupanqui, der wahre Hohepriester, ermordet wurde! Sprich – sag uns, mit welchem Recht du einem Mörder den Fransensaum gabst!«

Challquo Yupanqui zuckte zusammen und versuchte, Quizquiz' Finger auszuweichen, doch die Wachen hielten ihn eisern fest. Quizquiz ballte die Faust und wollte ihn gerade schlagen, als plötzlich jemand anderes zu sprechen anfing – es war Huascar.

»Sag es ihm«, befahl er. »Sag ihm, daß ich der rechtmäßige Sapa Inca bin!«

Mit bebender Stimme verkündete Challco Yupanqui, Inti selbst habe ihm aufgetragen, Huascar den Fransensaum anzulegen. »Er ist der Sohn der Coya und der von seinem Vater ernannte Thronerbe«, schloß er, doch Quizquiz' höhnisches Lachen darauf löste nur weitere

Spottrufe und Beleidigungen von seiten der Krieger aus. Jetzt kam Rumiñaui auf den Priester zugeschritten; im Vorbeigehen spuckte er verächtlich vor Huascar zu Boden.

»Du bist ein nichtswürdiger Lügner!« fuhr er Challco Yupanqui an. »Mama Cusi Rimay war die Coya, als Huascar geboren wurde – seine Mutter war ein Nichts! Sie ist eine treulose Hure, die Huayna Capacs Wünsche hinterging, um ihrem mißratenen Sohn zu helfen. Niemand hat in ihr je die wahre Coya gesehen, und in Tumibamba wird sie verachtet. Wer kann behaupten, Huayna Capac sei Huascars Vater, wenn es ebensogut viele andere sein könnten?«

Wieder wurden verächtliche Rufe laut, und dann sah Micay plötzlich Rahua Ocllo energisch, mit geballten Fäusten und haßverzerrtem Gesicht, nach vorne schreiten. Während sie auf Huascar zuging, ohne Quizquiz und Rumiñaui auch nur eines Blickes zu würdigen, verstummten die Krieger.

»*Du!*« schrie sie außer sich und gab ihm eine schallende Ohrfeige. »Du hast nie auf jemanden gehört, und du warst unfähig, die Schande zu fühlen, die dein Tun hervorrief. Die Brüder und Vettern deines Vaters hast du getötet und mich dann eingeladen, ein Fest mit dir zu feiern! Du bist ein Ungeheuer, und du hast die Götter gegen dich aufgebracht. Deine Bestrafung hast du dir selbst zuzuschreiben, aber wir müssen nun mit dir leiden für das, was du allein verbrochen hast. Ich hätte dich eigenhändig töten sollen, noch bevor du geboren wurdest!« Schwer atmend und zitternd vor Wut trat sie zurück.

Quizquiz und Rumiñaui grinsten, und nun meldete sich Huascar wieder zu Wort. »Niemand hat dich um deine Meinung gebeten, altes Weib«, begann er, und seine Stimme klang völlig ungerührt und emotionslos. »Und diese Rebellen verdienen auch gar keine Antwort. Das ist eine Sache zwischen mir und Atahualpa, und nur wir können sie entscheiden. Ihr anderen solltet alle schweigen.«

Jetzt trat Challcochima nach vorn. »Wir haben sie bereits entschieden!« rief er zornig. »Das einzige, was noch zu entscheiden bleibt, ist die Art deines Todes, auf den du am Ort des Abgrunds warten wirst. Das wird dich lehren, daß du niemandem mehr etwas zu sagen hast!«

»Ich habe alles gesagt, was ich wollte«, entgegnete Huascar im selben unerschütterlichen Tonfall. Wutentbrannt stürmte Quizquiz auf ihn zu, doch Rumiñaui hielt ihn zurück, und so wandte er sich statt dessen den beiden Priestern zu und bearbeitete sie so lange mit den Fäusten, bis sie bewußtlos und blutüberströmt in den Armen der Wachen hingen. Auf einmal schien er zu bemerken, daß er die Kontrolle über sich verloren hatte, und bedeutete Challcochima, die Versammlung für ihn aufzulösen.

»Ihr anderen könnt nach Hause gehen«, rief Challcochima den auf der Erde verharrenden Cuzco zu. »Seid dankbar dafür, daß wir euer Leben verschonten, und haltet euch bereit, unsere Befehle entgegenzunehmen. Im Namen des Apu Inca Atahualpa, ich habe gesprochen.«

Er gab ein Zeichen, und die Cuzco-Inka erhoben sich langsam und verließen mit gebeugten Häuptern das Feld. Quizquiz' Männer fesselten die am Boden liegenden und unter der Last der großen Steine stöhnenden Gefangenen, und Cusi ging zu Micay und Cori Cuillor, die er mit einem Nicken begrüßte.

»Wir werden bald in die Stadt hinuntergehen«, sagte er zu Micay. »Ich muß Rimachi suchen und sicherstellen, daß wir als erste ins Cañari-Viertel kommen.«

»Dann treffen wir uns dort«, schlug Micay vor. »Hast du gesehen, was mit Chuqui geschehen ist?«

»Soweit ich weiß, wurde sie mit ihrer Mutter hierhergebracht. Sie sah sehr krank aus und ging wie eine alte Frau. Ich vermute, man wird sie in Huascars Nähe einkerkern.«

»Könnt Ihr irgend etwas tun, um ihr zu helfen?« fragte Cori Cuillor.

Cusi zuckte die Achseln. »Wir müssen sie am Leben halten, bis wir von Atahualpa hören. Das könnte die Dienste einer Heilerin erfordern.«

»Du weißt, nach wem du schicken mußt«, meinte Micay. »Suche Rimachi und Huallpa und bringe sie zu Quespi. Jetzt, da sie sich gefunden haben, sollten sie auch zusammensein.«

»Ja«, antwortete Cusi und deutete mit dem Kinn auf das Feld. »Wir haben bessere Mittel, um unsere Macht zu demonstrieren, und noch *viel* bessere, um zu zeigen, daß wir bereit sind zu vergeben...«

Cuzco

Cusi trat aus der großen Halle neben dem Amarucancha und fand Tarapacas und Piquis Schwadron an der Ecke zum Haucaypata warten. Sie hatten wegen der Streitigkeiten mit Quizquiz' Männern, die sich dagegen sträubten, daß Cusi die Cañari in Schutz nahm, darauf bestanden, ihn zum Palast zu begleiten. Aber wie alle anderen warteten auch sie seit einem Monat darauf, die Nachricht von Atahualpas Boten zu erfahren. Deshalb fühlte sich Cusi verpflichtet, ihnen eine Erklärung abzugeben, wenngleich er nicht in der Stimmung war, mit irgend jemandem zu reden.

»Atahualpa kommt nicht nach Cuzco«, teilte er den Männern ohne

Umschweife mit. »Wenigstens nicht sofort. Die Bärtigen sind immer noch an der Küste, in Tangarara bei Piura, und er will ihre Bewegungen von Caxamarca aus verfolgen. Er sendet seinen Onkel Cusi Topa Yupanqui als Inspekteur.«

»Schickt er nicht jemanden an die Küste?« fragte Tarapaca, als Cusi sie um den Platz herum führte.

»Falls du Krieger meinst – nein«, antwortete er. »Es gibt noch mehr Neuigkeiten«, fuhr er dann fort, »und ihr werdet sie alle bald erfahren. Ihr wißt, daß ich euch nichts vorenthalte, aber ich muß erst noch ein bißchen nachdenken.«

Sie waren an der Stelle angekommen, wo die Chinchaysuyo-Straße vom Platz abging und am Cañari-Viertel vorbei nach Quihuipay anstieg. Aus alter Gewohnheit blickte Cusi nach links, zu der Straße, die sich die Patallacta hinaufwand, und plötzlich wußte er, wo und mit wem er nachdenken sollte. Er hielt an, trennte die Schwadron in zwei Teile und befahl Piqui, seine Männer zurückzuführen.

»Sag Micay und den anderen, daß ich bald komme«, trug er ihm auf. »Sag ihnen, ich bin zu Pachacuti gegangen.«

Die Bediensteten am Tor zur Patallacta reagierten mit Panik, als sie zwölf Bewaffnete auf sich zukommen sahen, und auch der Anblick von Cusis Iñaca-Stirnband vermochte sie kaum zu beruhigen. In Anspielung auf das Verhalten einiger von Quizquiz' Männern erklärten sie, keine Geschenke mehr zu haben – Quizquiz hatte Plünderungen offiziell untersagt, doch er duldete, daß seine Leute die Stadtbevölkerung mit mehr oder weniger zurückhaltenden Methoden aufforderten, ihnen »Geschenke« zu geben.

»Ich *bringe* ein Geschenk«, erklärte Cusi und zeigte den Beutel mit Kokablättern, den er im Palast bekommen hatte. »Es ist für Pachacuti.«

Er ließ Tarapaca bei seinen Männern zurück und stieg den terrassierten Hügel hinauf. Im Hof des Anwesens, das einst Otoronco Achachi gehört hatte, blieb er stehen und dachte daran, wie ihm sein Großvater die Geschichte von Pachacutis Vision erzählt hatte. Dann sah er hinüber zu dem Haus, in dem er während seiner Vorbereitung zum Eintritt ins Mannesalter gewohnt und wo er während seiner letzten Nacht in Cuzco Tocto Oxica geliebt hatte. Er sagte sich, daß er über die Zukunft nachdenken müsse, doch die Vergangenheit hielt ihn fest und erfüllte ihn mit einer unbeschreiblichen, namenlosen Sehnsucht. Als schließlich Titu Amaru, der oberste Bedienstete des Anwesens, auftauchte, fühlte Cusi sich erleichtert.

»Cusi Huaman … willkommen, Herr. Die Haushaltsältesten haben mich gesandt, um nach Euch zu sehen, Herr – und um Euch zu bitten, den Illapa Cancha nicht zu betreten.«

»Warum nicht?« fragte Cusi.

Titu Amaru verbeugte sich ehrerbietig. »Pachacuti ist bekümmert und darf nicht gestört werden. Verzeiht mir, Herr, aber das ist alles, was ich Euch sagen kann.«

»Ist schon gut«, beruhigte Cusi ihn. »Ich werde ihn aber trotzdem besuchen. Du kannst den Ältesten versichern, daß ich nicht stören und nichts wegnehmen werde, falls ihnen das Sorgen bereiten sollte.«

»Ich bitte Euch, Herr…«

»Geh jetzt, Titu Amaru. Die Ältesten kennen mich. Wenn sie glauben, die Autorität zu besitzen, mir etwas zu verwehren, hätten sie selbst kommen sollen. Du kannst das nicht.«

Ohne ein weiteres Wort abzuwarten, stieg Cusi die enge, steile Treppe zum Illapa Cancha hinauf. Die Nachmittagssonne tauchte die glatten Mauern in ein warmes, goldenes Licht; Cusi mußte sich zwingen, den Blick nicht über die Stadt schweifen zu lassen und dadurch wieder in Gedanken an Vergangenes zu versinken. Ohne sich umzusehen, ging er auf den offenen Eingang zu, immer gefaßt darauf, daß ein Priester ihm in den Weg treten würde. Doch er erreichte den schattigen Innenhof ungehindert; allerdings fühlte er eine immense Trauer um sich aufwallen, die mit jedem Schritt schwerer auf ihm lastete.

Als er nahe genug war, um in das Gebäude sehen zu können, blieb er stehen. Drinnen saß neben Pachacutis Mumie eine Frau mit einer goldenen Maske vor dem Gesicht. Cusi kauerte nieder und legte seine Streitaxt und den Beutel mit den Kokablättern vor sich hin. Das lange, schwarze Haar der Frau hing aufgelöst über ihre Schultern, und die goldenen Scheiben in Pachacutis Augenhöhlen glitzerten unerklärlich naß. Cusi wartete; er wußte nicht, wen er ansprechen sollte, aber die goldene Maske blieb stumm und bot ihm keine Hilfe.

»Verzeiht mein Eindringen, Großvater«, begann er schließlich und entbot eine Mocha. »Ich bin Cusi Huaman, der Enkel von Otoronco Achachi. Er brachte mich vor ungefähr zwanzig Jahren hierher, um Euch zu besuchen. Ihr habt diese Streitaxt gesegnet und mich in die Welt gesandt, um damit Ruhm zu erwerben. Und als ich das letztemal in Cuzco war, sandtet Ihr mir durch die Hand der Hohenpriesterin Tocto Oxica diese Ohrpflöcke und dieses Stirnband. Ich bin gekommen, um meinen Dank auszusprechen und Euch diese Kokablätter zu bringen.«

Es entstand eine lange Pause, und dann sprach eine leise Stimme hinter der goldenen Maske hervor; sie klang gedämpft, aber es war unverkennbar die Stimme einer Frau. »Ich weiß, wer du bist, Cusi Huaman. Zwanzig Jahre lang hat dein Dank dich nicht zurückgebracht. Weshalb störst du unsere Trauer gerade jetzt?«

Cusi senkte den Blick, beschämt und betroffen von dem vorwurfsvollen Ton. »Es tut mir leid, aber die meiste Zeit während all dieser Jahre war ich weg, um dem Sapa Inca auf dem Schlachtfeld zu dienen. Und als ich nach Cuzco zurückkehrte, wurde ich mit der Feindseligkeit empfangen, die zu diesem Krieg führte.«

»Dafür hast du deine Rache bekommen«, sagte die Stimme im selben Ton. »Bist du nun hier, um dich an Huascars Scheitern zu weiden?«

»Nein!« entgegnete Cusi entsetzt. »Trauert Ihr etwa um Huascar?«

»Nicht um Huascar!« platzte die Stimme heraus. »Um den Verlust der Vier Viertel; um die Welt, die Pachacuti schuf und seinen Kindern hinterließ. Sie haben sein Erbe mitsamt ihrer Ehre vergeudet. Sie nennen sich Inka, aber sie haben nicht einmal für Cuzco gekämpft!«

»Wir sind Inka, und wir haben für Cuzco gekämpft«, erwiderte Cusi. »Ich muß Euch fragen, für wen *Ihr* sprecht, Herrin.«

Die goldene Maske wurde abgenommen, und Cusi war entsetzt über das offensichtliche Alter des welken Gesichts dahinter. Das kräftige schwarze Haar hatte ihn eine wesentlich jüngere Frau vermuten lassen, und er wußte auch jetzt, nach zwanzig Jahren, noch, wie energisch ihm damals die Streitaxt aus der Hand genommen worden war. Diese Frau aber mußte schon zu jener Zeit alt gewesen sein.

»Pachacuti schweigt«, räumte sie ein, »aber ich weiß, was er im Herzen trägt. Er erinnert sich an die Prophezeiung, daß der zwölfte Sapa Inca der letzte sein würde, und er hat gesehen, wie sie sich bewahrheitet. Die Inka werden nie mehr regieren wie früher.« Sie musterte Cusi einen Augenblick lang und fuhr dann mit milderer Stimme fort. »Du erhebst keine Einwände. Vielleicht habe ich dir gesagt, was du hören wolltest.«

Mit einem plötzlichen inneren Widerstreben erkannte Cusi, daß sie recht hatte, und gleichzeitig drang die Trauer, die ihn umgab, bis tief in sein Herz ein. Er mußte sich räuspern, um überhaupt sprechen zu können.

»Atahualpa kommt nicht selbst; er schickt einen Inspekteur nach Cuzco. Es wird noch mehr Racheakte geben, und noch mehr Menschen werden gewaltsam sterben. Ich werde daran zwar nicht teilnehmen müssen, aber ich werde es auch nicht verhindern können. Sie schicken mich aus der Stadt, und ein Teil von mir ist froh, gehen zu können.«

»Und der andere Teil?« fragte die Frau nach.

»Der andere Teil… fühlt sich wie ein Deserteur, wie ein Mann ohne Loyalität und ohne Führer. Vor langer Zeit wurde mir gesagt, wir hätten nur einen Feind – den, der das Pacha Puchucay bringt, das Ende unserer Welt. Ich glaubte, Huascar sei dieser Feind, aber es könnte ebensogut Atahualpa sein, oder die Bärtigen. Und die Welt, in die ich geboren wurde, ist bereits vergangen; vergeudet, wie Ihr sagt.«

»Ich denke, du hast deine Wahl getroffen«, sagte die Frau. »Ich kann dich von deinem Pflichtgefühl nicht befreien; du wirst es tragen, solange du die Ohrpflöcke eines Inka trägst. Aber Pachacuti hat die Hoffnung aufgegeben; er glaubt nicht mehr daran, daß die Inka wieder zu sich finden werden. Deshalb trauert er schweigend. Gehe, wohin du gehen mußt, Cusi Huaman. Es gibt niemanden mehr, der dir deswegen Vorhaltungen machen wird.«

Tränen strömten über ihre faltigen Wangen, und Cusi spürte, daß er nicht sprechen konnte, ohne selbst weinen zu müssen. Er verbeugte sich schweigend, entbot eine Mocha und legte die Kokablätter zu Füßen der Mumie. Dann nahm er seine Streitaxt an sich und entfernte sich rückwärts und gebückt aus Pachacutis sorgenschwerer Umgebung, um seiner Frau und seinen Kameraden zu sagen, wohin sie gehen würden.

Nachdem Cahua Chuquis langes Haar ausgekämmt hatte, knüpfte sie ihr noch das Kopftuch fest. »Fertig«, sagte sie dann zufrieden und kauerte vor ihr nieder. Chuquis stumpfer Blick streifte sie jedoch nur kurz und verlor sich dann wieder im Nichts, und nun wurde Cahua ärgerlich. Dies war das dritte Mal, daß sie, ihre Mutter und Cori Cuillor den ganzen Weg hierher gekommen waren, vorbei an all den unfreundlichen Wachen und dem Gefängnis, wo die Geier auf den Mauern saßen und die Luft nach Tod roch. Das dritte Mal hatte sie Chuqui nun gewaschen, gekämmt und ihr Lieder vorgesungen, aber nichts schien zu ihr vorzudringen.

Cahua blickte über die Schulter zu ihrer Mutter, die mit Cori Cuillor bei der Alten Coya saß und deren ständige Fragen beantwortete. Micay hatte ihrer Tochter aufgetragen, nett zu Chuqui zu sein, auch wenn diese nichts sagte. Chuqui hatte mehr leiden müssen, als sie verkraften konnte, und es war nicht ihre Schuld, daß sie ebenso wie Huascar bestraft wurde, hatte Micay ihr erklärt. Aber trotzdem konnte Cahua keinen Grund erkennen, weshalb Chuqui nicht mit ihr reden wollte.

»Jetzt soll ich dafür sorgen, daß du etwas ißt«, sagte sie, »auch wenn das Essen hier schrecklich ist und du nichts willst. Aber wie soll ich dir helfen, wenn du dir nicht selbst helfen willst? Wir haben versucht, dir besseres Essen zu bringen, aber die Wachen nahmen es uns weg. Sie sagten, wir könnten dich vergiften, obwohl wir ihnen erklärten, daß wir dich gesund machen wollen.«

Chuquis ausgemergeltes Gesicht zitterte, aber ihr Blick blieb ausdruckslos. Cahua schüttelte Chuquis schlaffe Hände.

»Das ist das letztemal, daß wir dich besuchen«, fuhr sie fort. »Wir gehen alle aus Cuzco weg. Cori Cuillor geht mit Challcochima ins Collasuyo und wir mit den Falkenmännern nach Ollantaytambo. Und danach wahrscheinlich nach Vitcos, um Sinchi zu besuchen. Es könnte *sehr* lange dauern, bis wir wieder nach Cuzco kommen.«

Das letzte sprach sie aus wie eine Drohung, und dazu drückte sie fest Chuquis Hände. »Du bist schlimmer als Paucar Rimay!« fuhr sie fort, nachdem Chuqui noch immer keine Reaktion zeigte. »Schäme dich, Chuqui Huipa! Du solltest deinen Freundinnen wenigstens auf Wiedersehen sagen.« Damit ließ sie Chuquis Hände abrupt fallen.

»Was tust du? Habe ich dir nicht gesagt, du sollst nett zu ihr sein?« fragte Micay tadelnd und kam zu ihrer Tochter.

»Ich habe versucht, sie aus ihrem Traum zurückzuholen«, verteidigte sich Cahua. »Wie ich es mit Vater gemacht habe.«

Nun gesellten sich auch Cori Cuillor und die Alte Coya zu ihnen.

»Was macht das schon!« bemerkte Rahua Ocllo mit schneidendem Ton. »Sie hört ohnehin nichts. Sie hat sich aufgegeben und überläßt es mir allein, für unsere Befreiung zu kämpfen.«

»Sie hört mehr als Ihr glaubt, Herrin«, warf Cori Cuillor ein. »Und sie ist nach wie vor verletzbar.«

»Euer Besuch ist noch nicht vorüber«, überging die Alte Coya den Einwand. »Ihr habt mir noch nicht alles über Atahualpas Botschaft berichtet. Ihr habt auch noch nicht erzählt, was er mit uns vorhat.«

»Atahualpa hat den Kriegshäuptlingen seine Pläne nicht mitgeteilt, Herrin«, erklärte Micay. »Er hat lediglich versprochen, Huascar und den Mitgliedern seiner Familie nichts anzutun.«

»Mit Sicherheit hat er mehr als das gesagt«, beharrte Rahua Ocllo. »Er muß doch gehört haben, wie ich mit Huascar gesprochen habe. Das hat ihn sicher umgestimmt.«

»Ich nehme an, daß es ihm mitgeteilt wurde«, erwiderte Micay, aber plötzlich richtete sich Chuqui auf und warf den Kopf in den Nacken. Dann blinzelte sie und blickte zu Cahua.

»Ist er tot?« fragte sie heiser.

»Wer denn?« fragte Cahua zurück.

»Huascar. Ist er tot?«

»Nein«, antwortete Cahua. »Er ist in einem anderen Teil dieses Anwesens, umgeben von vielen Wachen.«

Wieder blinzelte Chuqui und sah die Frauen an. Schließlich schien sie die Alte Coya zu erkennen.

»Er sollte tot sein. Wir sollten alle tot sein«, sagte sie tonlos.

»Nein, meine Tochter«, erwiderte Rahua Ocllo tröstend. »Atahualpa hat befohlen, uns nichts zu tun. Er weiß, daß wir unschuldig sind.«

Chuqui schüttelte den Kopf. »Sie kommen bald. Micay ... Cori ... ihr müßt fliehen, bevor sie euch auch noch holen.«

»Wir sind alle in Sicherheit«, sagte Rahua Ocllo wieder in schärferem Ton. »Diese beiden ganz besonders. Du solltest sie bitten zu bleiben und sich für unsere Freilassung einzusetzen.«

»Ich habe dafür gebetet«, murmelte Chuqui, »aber das wird nicht geschehen.« Sie beugte sich vor zu Cahua. »Geh mit deinen Eltern zurück nach Tumibamba, Cahua. Kommt nicht wieder nach Cuzco, bis wir alle tot sind.«

»Wir gehen nach Ollantaytambo, nicht nach Tumibamba«, erklärte Cahua, aber Chuqui lächelte nur und nickte.

»Ja, und nach Quito auch ...«

Cahua starrte sie entsetzt an. »Du darfst nicht darüber reden, tot zu sein«, bat sie Chuqui. »Du mußt doch wieder gesund werden!«

»Dazu ist keine Zeit mehr«, antwortete Chuqui, und ihre Stimme wurde zu einem Flüstern. »Sie werden uns bald holen. Sehr bald.«

»Sie weiß nicht, was sie sagt«, kommentierte Rahua Ocllo trocken. Cahua wandte sich zu ihrer Mutter, doch Micay warf sich auf die Knie, ergriff Chuquis Hände und drückte sie an ihre Lippen.

»Chuqui, meine Schwester«, weinte sie. »Wir sind gekommen, um uns zu verabschieden und dir für deine Freundschaft zu danken. Ich werde unsere gemeinsame Zeit in Tumibamba und Quito nie vergessen.«

Auch Cori Cuillor nahm Chuquis Hände. »Ich werde immer daran denken, wie tapfer du während der Krankheit warst und wie freundlich du immer zu mir gewesen bist«, sagte sie flehentlich.

Cahua wußte nichts zu sagen und legte einfach ihre Hände auf die der anderen Frauen in Chuquis Schoß. Chuqui erschauderte; langsam öffneten sich ihre Augen.

»Ja ... natürlich müßt ihr gehen«, murmelte sie wie betäubt. »Man wird euch am Hof vermissen, aber die Weißen Frauen werden immer gebraucht. Wir sehen uns, wenn es Zeit ist, wieder von vorne anzufangen ...«

Langsam schlossen sich ihre Lider, und sie sank vornüber. Micay und Cori Cuillor stützten sie und legten sie auf eine Decke, die Rahua Ocllo schnell ausbreitete. Wenige Augenblicke später schlief sie fest.

Die Frauen standen auf, und als Cahua sich an Micay schmiegte und sah, daß ihre Mutter und Cori Cuillor weinten, begannen auch ihre Tränen zu fließen. Nur Rahua Ocllo schien völlig ungerührt. »Nun… ihr habt euren Abschied bekommen«, stellte sie trocken fest. »Sagt mir jetzt, was ihr wißt, und versucht nicht, mich zu schonen. Es ist besser, auf das Schlimmste gefaßt zu sein.«

»Wir wissen wirklich nicht, was Atahualpa mit Euch und Huascar vorhat, Herrin«, wiederholte Micay, »aber viele Leute stehen unter Bewachung, bis der Inspekteur kommt. Alle Frauen und Kinder Huascars wurden hierhergebracht, und seine Verwalter, Ratgeber und Buchhalter werden im Collcampata gefangengehalten. Die Mitglieder der Haushalte, die ihn unterstützten, sind in ihren Anwesen unter Hausarrest gestellt, und an allen seinen bevorzugten Heiligtümern und Huacas und in den Königlichen Archiven in Puquin sind Krieger stationiert. Es sieht so aus, als würde jeder, der Huascar gedient hat, irgendwie dafür zur Rechenschaft gezogen.«

Die Alte Coya sackte in sich zusammen, wehrte jedoch die Hand ab, die Micay ihr anbot.

»Welche Kriegshäuptlinge außer euren Männern verlassen Cuzco noch?« erkundigte sie sich.

»Rumiñaui wurde nach Caxamarca zurückbeordert«, antwortete Micay, »und Ucumari führt ein Regiment ins Westviertel.«

»Das heißt, Quizquiz wird Cuzco allein regieren«, schloß Rahua Ocllo bedrückt. »Quizquiz und Cusi Topa Yupanqui. Ich kenne ihn kaum, aber vielleicht reicht es.« Sie versank in Schweigen, doch dann fiel ihr eine letzte Frage ein. »Sagt mir noch eines: Sind die Viracochas noch immer frei?«

»Ich glaube ja«, sagte Micay. »Sie haben bei Tangarara an der Küste eine Siedlung gegründet. Das ist alles, was ich an Neuem über sie weiß.«

»Ja, und ich bin dankbar dafür. So wenige sie sind, geben sie mir doch Hoffnung. Vielleicht bleibt Atahualpa ihretwegen in Caxamarca und vergißt seine Rachepläne.«

»Vielleicht«, pflichtete Micay ihr bei und räusperte sich höflich. »Wir müssen jetzt gehen, Herrin. Es tut mir leid, daß wir für Euch und Chuqui nicht mehr tun können.«

Die Alte Coya blickte zu Chuqui zurück, und jetzt traten ihr Tränen in die Augen. »Ich hätte mir nicht träumen lassen, daß ich einmal um Hilfe bitten müßte – noch dazu als Gefangene in meiner eigenen Stadt. Aber geht jetzt… mit meinem Segen. Geht schnell und spart euch Mitleid oder Gewissensbisse.«

Sie verbeugten sich und schritten durch das Tor, doch im letzten

Moment blickte Cahua noch einmal über die Schulter zurück. Sie sah, wie die Alte Coya mit gefalteten Händen über Chuqui gebeugt dastand, und plötzlich begriff sie mit erschreckender Gewißheit, daß man manche Menschen, obwohl sie weder Wunden hatten noch sonst Anzeichen einer Krankheit zeigten, nie mehr zu den Lebenden zurückbringen konnte.

Das Yucay-Tal

Vom Paß aus bot die Straße ins Ostviertel eine wundervolle Aussicht über das grüne Tal mit seinem mäandernden Fluß und den dunklen, rotbraunen Bergen, die auf der anderen Seite schroff in den Himmel ragten. Ein Land, das der Krieg nicht berührt hat, dachte Cusi, als er auf die bald erntereifen Felder hinuntersah, die sich vom Talgrund in Terrassen die Hänge hinaufzogen. Er nahm Rimachi mit sich an den Rand der Straße und winkte die restliche Vorhut vorbei. Schon gestern hatte er Tarapaca mit fünfhundert Kriegern vorausgeschickt, um eventuellen Angriffen vorzubeugen, aber trotzdem hielt er auch jetzt wieder nach möglichen Feinden Ausschau, bevor sie weitergingen.

Etwas später kam ihnen Huaman Cachi entgegen. »Herr«, begann er lächelnd, »Tarapaca schickt mich, um Euch zu sagen, daß wir auf keinerlei Widerstand gestoßen sind. Die Festung in Pisac ist verlassen, und wir haben gehört, jene in Ollantaytambo ebenfalls.«

»Woher wißt ihr das?« fragte Cusi.

Wieder lächelte Huaman Cachi. »Die Leute in Pisac begrüßten uns mit Essen und Akha. Sie sagten alle, daß sie nie mit Huascar sympathisiert hätten, und zum Beweis führten sie uns dahin, wo die Garnison aus Pisac sich versteckt hielt. Wir haben sie komplett gefangengenommen.«

»Und was ist mit diesem Manco Inca, dem Bruder von Huascar? War er hier?«

»Vor einiger Zeit«, bestätigte Huaman Cachi. »Sie sagen, er ist noch sehr jung und hat nur eine kleine Schar Krieger und Frauen bei sich. Angeblich ist er über die Anden in den Dschungel geflüchtet. Tarapaca hat die Späher ausgeschickt in der Hoffnung, noch mehr zu erfahren.«

Cusi nickte zufrieden; er verspürte kein Verlangen, hinter diesem ziemlich unbekannten kleinen Bruder herzujagen. Später mochte es sich als notwendig erweisen, aber bis dahin reichte der Dschungel als Gefängnis aus.

»Versucht, unten im Tal etwas Schatten und Wasser zu finden«, wandte er sich an den Hauptmann der Vorhut. »Und wenn euch jemand Akha bringt, hebt ein bißchen davon für uns auf.«

Der Hauptmann lachte und ging mit seinen Männern weiter. Cusi und seine Gefährten blickten schweigend über das Tal. Er konnte sich nicht mehr erinnern, wann er zum letztenmal gut bestellte Äcker gesehen hatte; Felder, die nicht verbrannt, zertrampelt oder einfach aufgegeben worden waren.

»Wunderschön«, murmelte Rimachi, und Huaman Cachi nickte bestätigend. »Und alles steht zur Verfügung des Kriegsherrn des Ostviertels.«

Cusi brummte unwirsch; den Titel hatte ihm Quizquiz verliehen als eine Art sarkastische Aufforderung, Cuzco zu verlassen, und gleichzeitig hatte er ihm damit zu verstehen gegeben, daß er tun könne, was er wolle, solange er sich nicht in die Arbeit von Atahualpas Inspekteur einmischte.

»Meine Verfügungsgewalt beschränkt sich auf das Zählen«, bemerkte er trocken.

»Und wenn du alles gezählt hast, was durch den Krieg herrenlos geworden ist«, fuhr Rimachi zweideutig fort, »mußt du dich dann nicht um die Verwaltung dieser Dinge kümmern? Ich meine, hier steht doch vieles leer, und die Krieger müssen irgendwo unterkommen...«

»Das ist ein bißchen voreilig«, erwiderte Cusi. »Zuerst müssen wir uns hier im Tal etablieren und sicherstellen, daß die Stämme jenseits der Berge uns ergeben sind. Dann führen wir die Zählung durch, helfen bei der Ernte und schicken einen großzügigen Anteil davon nach Cuzco. Die Antwort darauf wird uns sagen, ob wir hier eine Zukunft haben oder nicht.«

Rimachi und Huaman Cachi sahen sich an und nickten. »Das klingt gut«, meinte Rimachi. »Solange können die Krieger auch noch warten.«

»Wie nett von euch«, erwiderte Cusi sarkastisch. »Während des Wartens könnt ihr euch dann überlegen, daß Atahualpa zwar sicherlich froh ist, wenn ich aus seiner Nähe verschwinde, aber daß er wohl auch argwöhnen wird, was ich treibe. Und falls er je Verdacht schöpft, daß ich mehr in meinem als in seinem Namen regiere, wird er nicht zögern, mir den Titel abzuerkennen. Vergeßt das nicht, wenn ihr versucht seid, das Tal zwischen euch und euren Kriegern aufzuteilen.«

»Wir werden daran denken«, versprach Huaman Cachi, aber er lächelte dabei.

»Und ich werde dich nicht mehr Kriegsherr des Ostviertels nennen«, fügte Rimachi hinzu und grinste ebenfalls. »Wenigstens solange nicht, bis du bereit bist, den Titel zu beanspruchen…«

Ollantaytambo

Die Wand war fünfzehn Fuß hoch und in sechs Reihen mit riesigen Steinplatten verkleidet. Senkrecht zwischen den Platten verliefen dünne Zierstreifen aus demselben Stein. Aus der glatten Oberfläche ragten viele runde Ornamente und Leisten hervor, und drei der Platten waren mit einem Flachrelief verziert, das Pumaköpfe und ein Stufenmuster darstellte. Die Mauer war ein Meisterwerk der Inka-Steinmetzkunst, und sie wirkte noch beeindruckender durch die Tatsache, daß sie auf einem Grat hoch über dem Zusammenfluß der Flüsse Patakancha und Urubamba errichtet war.

Nachdem Cusi den Machiguenga-Häuptlingen Zeit gelassen hatte, das Bauwerk gebührend zu bewundern, führte er sie zu dem kleinen, alten Heiligtum, das dahinter lag. Micay blieb mit Quespi und Rimachi zurück; sie hatte es schon einmal gesehen, und da es Männern vorbehalten war, besuchte sie es nicht gerne. Statt dessen verließ sie mit den beiden den rituellen Bereich durch das riesige steinerne Tor und schritt um eine der großen Steinplatten herum, die hier heraufgeschleppt, zugehauen und geglättet worden und nun achtlos liegengelassen waren.

»Der Priester hat mir erzählt, daß die neuen Arbeiten hier von Topa Inca begonnen wurden«, erklärte Rimachi. »Huayna Capac ließ sie sogar nach seiner Übersiedlung nach Norden noch weiterführen, sagte er. Er wollte wissen, ob Atahualpa sie beenden lassen wollte, aber ich sagte ihm, dessen Stellvertreter sei mehr an der Reparatur von Terrassenwänden und Bewässerungsgräben gelegen.«

Von dieser Höhe betrachtet formten die an den Hang geschmiegten Terrassen und der Komplex aus Plätzen, Anwesen und strohgedeckten Gebäuden ein Muster verschiedenster ineinandergreifender Flächen, durch die sich auf der Talsohle wie ein silbriges Band der Patakancha schlängelte.

»Von hier oben könnten wir eine ganze Armee aufhalten«, sagte Rimachi, während er staunend auf das Tal blickte.

»Welche Armee meint Ihr?« fragte Micay scharf.

Rimachi zuckte die Achseln. »Bestimmten Leuten könnte es ja mißfallen, daß wir hier sind. Ich habe nur ein bißchen vorausgedacht. Hat Cusi immer noch vor, nach Machu Picchu und Vitcos weiterzugehen?«

Micay nickte vorsichtig. »Sobald er sich mit den Leuten aus dem Dschungel besprochen und Nachricht aus Cuzco erhalten hat. Warum fragt Ihr?«

»Ich habe daran gedacht, wie wir Uritu in Cuzco trafen – als Ihr ihm Euren Sohn übergeben habt. Damals erzählte er uns von einer Prophezeiung, daß viele Inka bei den Campa leben würden.«

»Ich weiß es noch sehr gut. Ihr habt Euch damals darüber lustig gemacht.«

»Ja«, gab Rimachi zu. »Damals wollte ich glauben können, daß ich in Cuzco eine Heimat gefunden hatte. Ich habe für diesen Glauben gelitten, und viele andere ebenfalls. Deshalb versuche ich jetzt vorauszuschauen und eine Heimat zu finden, die wir verteidigen können.«

»Es kommt jemand«, unterbrach Quespi. »Ich glaube, es ist Tarapaca.«

Vier Männer stiegen die steile Treppe über die Terrassen herauf. Der Krieger mit dem schwarzen Umhang konnte nur Piqui sein und der zweite mit seiner gestrickten Mütze Tarapaca. Bei den beiden anderen handelte es sich wahrscheinlich um Huaman Cachi und Huallpa, die ebenfalls der Ehrengarde angehört hatten, welche die Quipus und die Abgaben nach Cuzco eskortiert hatte. Micay betrachtete es als ein gutes Zeichen, daß niemand – etwa ein Inspekteur – mit ihnen zurückgesandt worden war. Sie ging mit Quespi und Rimachi an das Ende der Treppe, um Tarapaca zu empfangen, und während sie warteten, führte Cusi die Machiguenga-Häuptlinge durch das Steintor. Auf seinem goldenen Sonnenschild prangte ein Kranz aus grünen und blauen Papageienfedern, und er schritt mit einer Würde, die ihn sehr gewichtig erscheinen ließ. Den Menschen aus dem Dschungel bedeutete es weitaus mehr, daß er der Enkel Otoronco Achachis war als der Repräsentant Atahualpas – eine Tatsache, die Cusi vorbehaltlos akzeptieren konnte.

Tarapaca und seine Begleiter warteten, bis die Machiguenga-Delegation sie passiert hatte, und stiegen dann zu den anderen hinauf. Cusi winkte allen, ihm zu folgen, und führte sie durch das Steintor in einen kleinen Hof. Micay bemerkte, daß er einen kleinen Beutel in der Hand hielt.

»Ihr habt euch nicht lange in Cuzco aufgehalten«, sagte Cusi zu Tarapaca. »Wie seid ihr aufgenommen worden?«

»Keiner der Quipus wurde angezweifelt«, berichtete Tarapaca. »Und als sie sahen, wieviele Lebensmittel wir brachten, behandelten sie uns wie Helden. Offenbar haben das Süd- und das Westviertel so karge Ernten eingebracht, daß Challcochima und Ucumari in Cuzco um Vorräte baten. Deshalb möchten Quizquiz und Cusi Topa Yupanqui unbedingt, daß wir hier im Tal bleiben und noch mehr Felder bestellen. Der einzige Punkt, über den sie sich beklagten, war, daß wir Manco Inca nicht nach Cuzco gebracht haben.«

»Was ist dort noch passiert während unserer Abwesenheit?« fragte Cusi weiter.

Tarapaca zögerte. »Quizquiz trug uns auf, dir zu sagen, daß Huascars Anhängern die gleiche Behandlung zuteil wurde wie Catiquilla.«

Cusi blickte ihn teilnahmslos an, doch seine Stimme verriet Betroffenheit. »Wieviele haben sie umgebracht?« fragte er.

»Alle, die unter Bewachung standen, als wir uns noch in der Stadt aufhielten – über tausend Menschen. Huascar selbst, die beiden Coyas und ein paar weitere wurden verschont, aber sie mußten der Ermordung der anderen auf dem Haucaypata beiwohnen. Die Leichen wurden gepfählt und an der Straße ins Nordviertel zum Verwesen aufgestellt.«

»Auf dem Haucaypata«, wiederholte Cusi, als habe er nicht richtig gehört. »Was ist mit den Haushalten?«

»Die Vorstände der Haushalte aus Unter-Cuzco wurden gehängt; ihre Heiligtümer ließ Quizquiz von seinen Männern brandschatzen, dann plünderten sie die Vorratshäuser und mißbrauchten die Frauen.« Tarapaca fuhr sich mit der Zunge über die Lippen. »Aber die größte Strafe erhielt der Capac Ayllu-Haushalt, da er als einziger aus Ober-Cuzco Huascar unterstützte. Quizquiz brüstete sich damit, daß er die Mumie von Topa Inca an einem Seil durch die Straßen schleifen und danach verbrennen ließ. Die Asche wurde in den Wind gestreut.«

»Der Inspekteur hat diese Schändung befürwortet«, sagte Cusi, unfähig, daraus eine Frage zu formulieren.

Tarapaca nickte müde. »*Er* prahlte damit, daß er persönlich zum Puquin-Hügel gegangen ist, um die Königlichen Archive zu verbrennen und Huascars Erinnerer foltern und töten zu lassen. All das geschah aber auch auf Atahualpas Befehl.«

Während des langen Schweigens, das Tarapacas Bericht folgte, ließ sich Cusi gegen eine Steinplatte zurücksinken und schüttelte immer wieder ungläubig den Kopf. Ab und zu blickte er auf den Beutel in seiner Hand. Nach einiger Zeit wandte er sich schließlich an Rimachi.

»Was denkst du, mein Freund?« fragte er matt. Rimachi zitterte vor Zorn; seine Stimme bebte.

»Erst hat er meine Leute in Tumibamba umgebracht, und jetzt schlachtet er Inka auf dem Haucaypata ab. Wir sollten uns hier niederlassen und nie mehr nach Cuzco zurückgehen.«

Cusi sah reihum die anderen an, und alle nickten. Dann ließ er den Blick auf Tarapaca ruhen.

»Du weißt, wie nahe wir an Cuzco sind und wieviele Krieger Quizquiz hat. Könnten wir uns einem direkten Befehl zur Rückkehr widersetzen?«

»Er könnte nicht alle seine Krieger aus Cuzco abziehen«, erwiderte Tarapaca. »Nicht einmal die Hälfte. Wir könnten ihn ewig abwehren, hier und bei Pisac.«

»Was wäre, wenn er Challcochima und Ucumari zu seiner Unterstützung abkommandieren würde?«

Als Tarapaca nicht sofort antwortete, meldete sich Rimachi zu Wort. »Dann ziehen wir uns nach Vitcos zurück. Sollen sie versuchen, uns dorthin zu verfolgen.«

Cusi richtete sich auf. »Was weißt du von Vitcos, abgesehen von den Geschichten, die Uritu uns erzählt hat?« fragte er.

»Nichts«, räumte Rimachi ein. »Wenngleich ich mich auch an Otoronco Achachis Erzählungen erinnern kann, wie schwierig es war, dorthin zu kommen, und wie lange die Campa ihn aufhielten. Ebenso könnten sich die Falkenmänner gegen jeden behaupten, den Atahualpa gegen uns einsetzt.«

Die anderen Krieger summten zustimmend. »Angenommen, wir könnten Vitcos verteidigen«, fuhr Cusi fort, »ist es ein Ort, an dem wir leben können? Seid ihr bereit, im Dschungel zu leben?«

»Mir wäre Pisac lieber«, gab Tarapaca zu. »Aber wenn wir nur die Wahl haben zwischen dem Dschungel oder Cuzco …«

»Dschungel!« sagte Huaman Cachi entschieden.

»Dschungel«, schloß sich Huallpa an. »Ich lebe lieber mit den Shuara im Urwald als mit den Mördern in Cuzco.«

Cusi blickte zu Piqui, der sich noch nicht geäußert hatte. Der Hauptmann räusperte sich. »Ihr wart uns immer ein kluger Führer, Herr«, sagte er. »Ich würde Euch niemals sagen, was Ihr tun sollt.«

»Deine Kameraden tun es«, ermutigte Cusi ihn.

»Das ist ihre Sache«, erwiderte Piqui mit einem Achselzucken. »Wir sind alle Krieger, aber was wir in Cuzco sahen und hörten, hat uns angeekelt. Und die Krieger, die diese Verbrechen begingen, empfanden ebenso große Abscheu, auch wenn sie vorgaben, nichts zu fühlen. Ihre Hände sind ebenso befleckt wie die Atahualpas.«

Cusi betrachtete seine Hände, und Micay wußte, daß er dabei an Catiquilla dachte. Dann wandte er sich an sie. »Was denkst du, meine Gemahlin? Bist du bereit, mit unserem Sohn im Urwald zu leben?«

»Ich denke, wir sollten nach Vitcos gehen, um zu sehen, wie es dort für uns ist«, sagte sie. »Selbst wenn wir nie dorthin fliehen müssen.«

Cusi nickte. »Dann werden wir das tun. Während meiner Abwesenheit, Tarapaca, bitte ich dich und Rimachi, euch das Kommando zu teilen – du in Pisac und Rimachi hier. Siedelt die Leute nach eurem Gutdünken an, aber kümmert euch auch darum, daß die Felder bestellt werden.«

»Die meisten haben sich ihren Platz schon ausgesucht«, sagte Tarapaca mit einem Blick auf Rimachi. »Die anderen schicken wir dahin, wo sie am meisten gebraucht werden.«

»Was ist mit den Frauen?« fragte Rimachi. »Ihre Trauer ist beendet.«

Cusi blickte auf Tarapaca und Huallpa und dann auf Huaman Cachi, der um eine der Cañari-Nustas gebeten hatte. »Jeder, der heiraten will, kann das tun. Was sie für ihren Haushalt brauchen, können sie sich aus den konfiszierten Vorratsbeständen nehmen.«

Huallpa und Huaman Cachi grinsten und schlugen sich mit ihren Waffen gegenseitig auf die Schilde. Tarapaca fragte Cusi, ob er seine Vermählung mit Nupchu leiten wolle.

»Noch bevor ich aufbreche«, versprach Cusi. Dann zeigte er den Beutel in seiner Hand. »Einer der Machiguenga-Zauberer gab mir dieses Geschenk. Er sagte, es ist eine Jaguar-Medizin, mit der ich in der Dunkelheit sehen kann und mich im Dschungel nicht verirre.«

»Trotzdem solltest du Uritu kommen lassen, damit er dich führt«, empfahl ihm Rimachi, und Cusi blickte zu Micay und lächelte zum ersten Mal.

»Das kann ich tun, auch wenn es nur darum ist, daß ich ihn und Sinchi ein wenig früher wiedersehe.« Er stand auf und bedeutete ihnen, ihm zum Steintor zu folgen. Im Gehen klopfte er Tarapaca auf die Schulter. »Und falls Cuzco nach mir fragen sollte, wenn ich weg bin, kannst du ihnen ja sagen, ich würde Manco Inca jagen...«

Der Inka-Pfad

Ein Stück flußabwärts von Ollantaytambo öffnete sich ein weiteres Tal nach Norden hin mit einem Pfad, der sich den hohen Panticalla-Paß hinaufzog und auf der anderen Seite ins Tal von Vilcabamba abfiel. Dies war die direkteste Route nach Vitcos, und diesen Weg schlug die Schwadron Kundschafter ein, die mit Cusis Schar unterwegs war, um Uritu Cusis Nachricht zu überbringen. Cusi selbst ging weiter den Fluß entlang, vorbei an dem Wachposten, an dem man früher anhalten und die Genehmigung des Sapa Inca zur Weiterreise hatte vorzeigen müssen. Das gesamte Gebiet von hier bis Machu Picchu war die ausschließliche Domäne der königlichen Familie gewesen, die allerdings auch die Haushalte der vormaligen Sapa Incas umfaßte.

In regelmäßigen Abständen waren nun oberhalb des Weges palastartige Anwesen mit gegiebelten Steinhäusern zu sehen, die sich auf Terrassen eng an die Bergflanken schmiegten – die ersten königlichen Rasthäuser. Cusis Kundschafter hatten sie schon vor längerer Zeit aufgesucht, um die Bewohner von seinen friedlichen Absichten zu überzeugen. Je weiter Cusis Reisegruppe mit einer Schar von Kriegern und einigen Frauen und Kindern nach Westen kam, desto mehr erwärmte sich die Luft, das Laub der Bäume wurde dichter, und die Berge drängten immer näher an den Fluß heran. Als sich zu ihrer Linken ein weiteres Tal öffnete, überquerten sie den Fluß auf einer Hängebrücke und folgten dem Pfad am Ufer des Cusichaca nach Süden. Das Terrain war wild und zerklüftet und stieg steil an, obgleich die Inka-Straßenbauer große Anstrengungen unternommen hatten, den Pfad auch für Sänftenträger begehbar zu machen.

Bald erreichten sie eine Wohnanlage auf einem Berg, die Cusis Kundschafter als das Verwaltungszentrum für die königlichen Rasthäuser ausgemacht hatten. Sie hieß Patallacta, Terrassenstadt, wegen der zwölf Terrassen, die sich unterhalb der Anlage bis zum Fluß hinunter um den Abhang zogen. Die Vorhut hatte bei ihrem Eintreffen lediglich eine Handvoll Mamacona angetroffen, und als Cusi und seine Begleiter ankamen, schien überhaupt niemand mehr da zu sein. Allerdings ließen die schon zur Hälfte abgeernteten Felder erkennen, daß die Stadt erst vor kurzem verlassen worden war. Oben war der Weg eben und führte mitten durch die Anlage hindurch; sie war überraschend groß und umfaßte über hundert Gebäude.

Als Cusi auf den Platz trat, sah er plötzlich linker Hand eine Menschenmenge schweigend dastehen. Er erschrak und hielt seinen Schild und die Streitaxt eng an den Körper, doch die Leute knieten demütig vor ihm nieder. Es mußten an die dreihundert Personen sein, aber trotz ihrer unterwürfigen Haltung dachte Cusi mit Schrecken daran, daß er nicht mehr als zehn Krieger bei sich hatte. Piqui stellte sich neben ihn, und die restlichen Männer reihten sich vor den Frauen und Kindern auf. Für einen langen Augenblick bewegte sich niemand. Dann trat ein alter Mann in der Robe eines Priesters aus der Menge vor, verneigte sich und gestikulierte mit überschwenglicher Ehrerbietung.

»Ich begrüße Euch im Namen aller, die hier dienen, Hauptmann«, begann er in sorgenvollem Ton. »Wir haben uns versammelt, um Atahualpas Urteilsspruch entgegenzunehmen.«

»Ich bin nicht gekommen, um ein Urteil zu verkünden«, erwiderte

Cusi verblüfft. »Ist euch nicht gesagt worden, daß ihr hier in Frieden leben könnt?«

»Oh, doch«, nickte der Priester hastig. »Es kamen Männer hierher im Namen des Kriegshäuptlings Cusi Huaman, dem Herrn des Ostviertels. Aber das ist schon Monate her, und in der Zwischenzeit haben wir gehört, was in Cuzco geschehen ist. Wir wußten, daß der Inspekteur bald hier eintreffen würde.«

»Ich bin auch kein Repräsentant des Inspekteurs«, klärte Cusi den Alten auf. »Und das, was in Cuzco geschah, wird euch hier nicht berühren.«

Der Priester starrte ihn ungläubig an, doch er schien seinem Zweifel nur widerstrebend Ausdruck verleihen zu wollen. »Aber Hauptmann... wir sind Diener des Sapa Inca; Diener Huascars. Wir gehören ebensosehr zu seiner Familie wie jene, die getötet wurden.«

Cusi war versucht, sich zu Micay umzudrehen, nur um sicherzugehen, daß er richtig gehört hatte. Bat der Mann wirklich darum, getötet zu werden?

»Huascar hat keine Familie mehr und niemanden, der ihm dient«, sagte er ohne Umschweife. »Außerdem bin ich kein Hauptmann. Ich bin Cusi Huaman, und ich sage dir noch einmal, daß ihr nichts zu befürchten habt.«

Der Priester verneigte sich tief, aber als er Cusi wieder ansah, verriet seine Miene noch immer Ungewißheit und Zweifel. Cusi fühlte, wie er allmählich die Geduld verlor.

»Willst du bestraft werden?« fragte er den Mann.

»Nein, Herr. Aber wir können unsere Pflicht gegenüber dem Sapa Inca nicht einfach vergessen. Seinetwegen sind wir hier und weihen unser ganzes Leben der Pflege und Erhaltung der Heiligtümer. Huascar war der letzte, der zu uns kam, und wir werden das Geschenk seines Besuches immer wertschätzen. Das Andenken an seine Weisheit und seine heilige Macht lebt in unseren Herzen, und wir könnten unserer Liebe für ihn niemals entsagen, wie tief er auch gefallen sein mag. Selbst dann nicht, wenn es unseren Tod bedeuten würde.«

Nur Erstaunen hielt Cusi davon ab auszusprechen, was ihm auf der Zunge lag. Doch wenn dieser Mann mit solcher Überzeugung von Huascars Weisheit und Heiligkeit reden konnte, dann bestand kaum eine Chance, daß er Berichten über Huascars Dummheit und Bösartigkeit glauben würde.

»Wenn ich der Repräsentant des Inspekteurs *wäre*«, sagte Cusi statt dessen, »würde das, was du sagst, tatsächlich euren Tod bedeuten. Das sage ich dir, um euch den Schmerz zu ersparen, diese Erfahrung tatsächlich machen zu müssen.«

Der Priester neigte den Kopf zur Seite. »Was wollt Ihr damit sagen, Herr?« fragte er.

»Damit sage ich euch, daß Atahualpa nicht nach Cuzco gekommen ist, und wahrscheinlich wird weder er selbst noch sein Inspekteur bald hierherkommen. Zwischenzeitlich wurde mir das Kommando übertragen, und ich habe kein Verlangen, euch eurer Erinnerungen zu berauben oder jemanden für seine Treue zum Sapa Inca zu bestrafen. Behaltet den Glauben, der euren Mut und euer Ehrgefühl bestärkt, und haltet euch und diesen Ort am Leben. Ich bin Atahualpas Stellvertreter, aber ich bin auch ein Inka, der nie vergessen hat, wie wenige wir eigentlich sind.«

Enttäuscht von seinem Unvermögen, sich diesen abgeschieden und isoliert lebenden Leuten verständlich machen zu können, schöpfte Cusi Atem. Doch nach einer lange Pause schien ihm der Alte mit neu gefaßtem Mut zu begegnen; er sah erst neugierig auf Cusis Stirnband und dann auf den Schild mit dem Falken-Abzeichen.

»Darf ich fragen, Herr … was Euch hierher gebracht hat?«

»Wir sind unterwegs nach Machu Picchu.«

Die Augenbrauen des alten Mannes hoben sich. »Darf ich fragen weshalb?«

»Weil es ein heiliger Ort ist.«

»Ah!« rief der Priester leise und lächelte. »In der Vergangenheit war es der Brauch, daß die Inka ihr Fasten und ihre Reinigungsrituale hier begannen. Würdet Ihr mir erlauben, Euch dabei zu helfen, Herr?«

Der Gedanke verlockte Cusi, doch er zögerte wegen seiner Gefährten. Huallpa und Huaman Cachi, die jung Verheirateten, hatten ihre Frauen mitgebracht; für sie würde die vorgeschriebene Abstinenz sicher sehr schwierig sein. Und Piqui – der Gedanke daran, daß Piqui ein Inka-Heiligtum betreten würde, ließ Cusis Unmut über den Priester erneut aufwallen, und mit einem herausfordernden Lächeln wandte er sich dem alten Mann wieder zu.

»Du kannst uns allen dabei helfen«, sagte er und beobachtete, wie der Blick des Alten sofort zu seinen Begleitern schweifte.

»Aber diese sind nicht alle Inka, Herr.«

»Das weiß ich. Aber wir kamen gemeinsam von Quito hierher, wir haben gemeinsam den Krieg überstanden, und wir werden auch gemeinsam nach Machu Picchu gehen.«

»Aber Ihr müßt wissen, Herr, daß die Heiligtümer nur für Inka zugänglich sind. Anderen kann ich den Zutritt nicht gewähren, nicht einmal dann, wenn Ihr es von mir verlangt.«

»Ich werde nicht darauf bestehen«, versicherte ihm Cusi. »Aber ich werde die Heiligtümer auch nicht allein betreten.« Er sah zu seinen Begleitern zurück. »Dann marschieren wir eben weiter.«

»Aber Ihr müßt uns erlauben, Euch Verpflegung und Übernachtung zu gewähren, Herr«, bat der Priester. »Das ist unsere Aufgabe, und wir würden uns pflichtvergessen fühlen, wenn Ihr unsere Gastfreundschaft nicht annehmen würdet.«

»Du hast es dir zur Aufgabe gemacht, darüber zu urteilen, ob wir wert sind, Machu Picchu überhaupt zu betreten«, entgegnete Cusi unwirsch. »Und darin erweist du dich als äußerst pflichtvergessen. Du solltest wissen, daß sich die Welt jenseits dieses Tals verändert hat. Das Blut vieler Inka wurde im Zorn von anderen Inka vergossen; das Blut ist nicht mehr der alleinige Wertmaßstab. Du wirst lernen müssen, das zu akzeptieren, oder dein Leben hier wird irrelevant und sinnlos.«

Mit einer Mischung aus Empörung und Verwunderung starrte der Priester auf ihn, doch Cusi verneigte sich einfach und schritt dann über den Platz davon. Seine Begleiter folgten ihm, und Micay kam an seine Seite.

»Du erweist deinen Kameraden große Achtung«, murmelte sie und sah ihn forschend an. Er zuckte die Achseln, um ihr zu zeigen, daß das gar nicht seine Absicht gewesen war, doch dann nickte er zur Bekräftigung.

»Diese Leute haben Huascar Ehre erwiesen«, erklärte er. »Dann sollten sie die Falkenmänner zumindest nicht weniger achten.«

Huiñay Huayna

Als Cusi und Piqui die Reisegruppe auf die Terrasse zum Pfad nach Machu Picchu hinunterführten, stellten sich die Bewohner des Rasthauses am Wegrand auf und verabschiedeten sie mit Blumen. Aber schon bald hatte die Gruppe die hübschen Steinmauern und gegiebelten Häuser hinter sich gelassen und traf nur noch gelegentlich auf Bauern, die die terrassierten Felder bestellten und sich ehrerbietig vor den Reisenden verneigten. Schließlich mündete der Pfad in den grünen, kühlen Schatten des Waldes ein. Sie waren nun nicht mehr weit von Machu Picchu entfernt; noch vor Sonnenuntergang würden sie dort eintreffen und den Tag mit dem Ritual der Reinigung und der Beendigung des Fastens beschließen. Dann würde Micay endlich Mama Inquil kennenlernen, die den Betreibern des Rasthauses aufgetragen hatte, die Heiligtümer und ihre Herzen den Reisenden zu öffnen.

»Ich bin froh, daß sich die Mamanchic für uns eingesetzt hat«, sagte sie zu Machacuay, der neben ihr ging.

Er nickte. »Ich hatte Angst, daß das Fasten und die Reinigung zu schwierig für mich sein würden – daß ich in Ohnmacht fallen würde. Aber es ist überhaupt nichts passiert.«

»Es macht einen stärker, wenn man sich voll und ganz darauf einläßt«, erklärte Micay.

Plötzlich kamen sie wieder ins Sonnenlicht, und zu ihrer Rechten sahen sie jenseits einer tiefen, bewaldeten Schlucht einen Wasserfall, der viele hundert Fuß in den Abgrund stürzte. Sie blieben stehen, und Micay beobachtete, wie Piqui Cusi anstupste und mit dem Kinn auf den Regenbogen deutete, der sich aus dem feinen Sprühregen heraus nach oben schwang.

»Huanacauri«, sagte er ehrerbietig und lächelte. »Ich kann verstehen, warum der Inca dieses Land für sich beanspruchte.«

Micay war über diese erste unaufgeforderte Äußerung des Hauptmanns überrascht. Cusi sah ihn nachdenklich an; langsam verzog sich sein Mund zu einem Lächeln, und er klopfte mit der Streitaxt gegen Piquis Schild.

»Es schadet ihm sicher nicht, daß er es jetzt mit uns teilt«, meinte er trocken, und nach einem letzten Blick auf den Wasserfall führte er sie weiter, wieder zurück in den Wald.

Das letzte Reinigungsritual wurde in einer kleinen Ansammlung von Gebäuden vor den Stadttoren abgehalten und erwies sich als das rigoroseste. Die fünf Frauen – Micay, Coca, Huaman Cachis Frau Chuqui Llantu, Cahua und Ococo – mußten sich in ein winziges Badehaus drängen, in dem so heiße Dämpfe aufstiegen, daß schon jeder Atemzug zu einem Gebet wurde. Danach halfen ihnen Mamacona, sich die Haare zu waschen, abzutrocknen und frische Kleider anzuziehen.

»Wir wissen alles über Euch, Herrin«, sagte die alte Frau, die sich um Micay kümmerte. »Die Mamanchic erwartet Euch bereits auf dem Platz.«

»Mama Inquil?« fragte Micay verblüfft. Die Mama nickte nur und führte sie zum nächsten Abschnitt des Rituals, einer langen Abfolge von Gebeten und Liedern an Pachamama und Mama Quilla.

Schließlich wurden sie zu den wartenden Männern hinausgeführt. Ein starker Wind trieb dunkle Wolken über die Berge hinweg, aber gleichzeitig warf die Sonne ein goldenes Licht auf die Wipfel der Bäume, die den Weg säumten. Nach einiger Zeit tauchte eine Steinmauer vor ihnen auf, hinter der ein Berggipfel schroff in den offenen

Himmel ragte. Ein Tor in der Mauer gewährte Einlaß, und durch diese Öffnung sah Micay zum erstenmal die heilige Stadt Machu Picchu.

Vom Fuß des Hügels, auf dem sie stand, erstreckte sich ein schmaler, durch Terrassen abgeflachter Bergrücken auf den hohen Gipfel zu. Darauf standen zahllose ummauerte Anwesen und strohgedeckte Gebäude, die sich in Reihen von verschiedener Höhe beiderseits eines Mittelstreifens aus aneinandergrenzenden breiten Plätzen drängten. Grünflächen, wohl einstige Gärten, lagen verstreut zwischen den Häusern und Heiligtümern, von denen viele aus leuchtend weißem Stein erbaut waren. Der Bergrücken fiel an beiden Seiten jäh ab und gab den Blick auf Terrassenfelder frei, die in der Luft zu hängen schienen; die Sohle des Urubambatals lag mehrere tausend Fuß unter ihnen. Jenseits der Schlucht, die diese Insel im Himmel umgab, ragten auf allen Seiten steil grüne, nebelüberzogene Berge in die Höhe. Eine Mama in einem der Rasthäuser am Weg hatte zu Micay gesagt, die heilige Stadt würde »auf der Kuppe von Pachamama« stehen; jetzt wußte sie genau, was die Frau gemeint hatte.

Ehrfürchtig gebannt von diesem Anblick hatte Micay sowohl ihre Erschöpfung als auch die schwere Last auf ihrem Rücken vergessen. Doch als sie mit Cusi den Mamacona eine lange Treppe den Hügel hinunter folgte, kam die Erinnerung daran schnell wieder zurück. Zu ihrer großen Erleichterung mußten sie nicht ganz hinabsteigen, sondern schwenkten auf halber Höhe nach links in einen ebenen Pfad ein, der zwischen zwei Reihen hoher, gegiebelter Gebäude hindurchführte. Nach einiger Zeit überquerten sie einen Platz und gingen eine Treppe hinauf, die zu einem weiteren Platz führte. Dort wurden sie von einigen Mamacona erwartet, die sie schließlich noch eine Treppe hinauf zu einem dritten Platz geleiteten.

Hier herrschte absolute Stille; selbst das ewige Rauschen des Flusses wurde von den Terrassen und Gebäuden abgeschirmt, die sich an drei Seiten erhoben. Micay versuchte immer noch, sich an die verwirrende Vorstellung zu gewöhnen, daß sie in der Luft schwebte, aber plötzlich war sie gefaßt und fühlte sich in festem Kontakt mit dem Boden; als seien ihre nackten Füße im Zentrum der Erde verankert. Diese Wahrnehmung war so verblüffend, daß sie erst allmählich die Menschen auf den Terrassen bemerkte, die den Platz umgaben. Ihre Führerinnen verschwanden, und zusammen mit Cusi trat Micay nun vor eine große, grauhaarige Frau – die Mamanchic. Über einem Kleid und einem Umhang aus feiner, braungelber Vikunjawolle trug Mama Inquil silberne Armreifen und Ketten aus Gold, Smaragden und roten Perlen. Unter den Frauen hinter ihr befanden sich noch weitere

Priesterinnen, doch keine von ihnen hatte die stattliche und würde-
volle Ausstrahlung der Mamanchic.

Cusis Beispiel folgend, hockten sich die Ankömmlinge nieder und
entboten eine Mocha. Mama Inquil segnete die Gruppe; ihre Stimme
klang warm und voll und war erfüllt von einer Selbstsicherheit, die
über jede Herausforderung, jegliches Infragestellen erhaben war.

»Ich begrüße euch, meine Kinder. Ihr wurdet nicht hierherbestellt,
wie es üblich ist, aber ihr seid mit Ehrfurcht im Herzen gekommen
und habt die dazu erforderlichen Beschwernisse mit Mut und Würde
ertragen. Erhebt euch nun, damit ich euch ansehen kann.«

Micay bemerkte, daß die Mamanchic sie mit geduldigem Wohlwollen betrachtete und ihr mitfühlend zunickte, bevor sie den Blick auf
Cusi lenkte und ihn nachdenklich musterte.

»Verzeih mir, daß ich so forsch bin, Cusi Huaman«, sagte sie nach
langem Schweigen. »Ich habe viel von dir gehört, aber von dem
Kriegshäuptling, der uns veranlaßt, unsere Heiligtümer für Nicht-
Inka und Gefolgsleute zu öffnen, muß ich mir ein eigenes Bild
machen. Dafür, daß du darüber befindest, wer wert ist, sie zu betreten, bist du noch sehr jung.«

»Ich wollte nicht respektlos sein, Mamanchic«, erwiderte Cusi
höflich. »Aber nur wenige der Alten können uns heute noch Leitbil-
der sein; deshalb mußten wir uns über viele Dinge ein eigenes Urteil
bilden. Ich habe gesehen, was meine Kameraden im Herzen tragen,
und es ist nicht weniger wert als die Dinge in meinem.«

Mama Inquil lächelte gedankenvoll. »Jetzt verstehe ich, weshalb
unsere Priester von dir so verwirrt waren. Du redest wie einer der
Alten – wie dein Großvater Ayar Inca oder dein Onkel Lloque Yupanqui. Die aber würden das, was du sagst, schockierend und unerhört
finden.«

Cusi hob entschuldigend die Hände. »Sie haben mich geformt,
Herrin, doch die Welt, die sie mir hinterließen, unterscheidet sich
sehr von jener, in der sie selbst gelebt haben. Mein Onkel hat das noch
erkannt, aber leider zu spät – er konnte sich seines erschreckenden
und unerhörten Todes nicht mehr erwehren.«

Die Züge der Mamanchic verhärteten sich, und einen Moment
lang dachte Micay, Cusi sei zu weit gegangen. Er schien sich der
Tatsache, daß er arrogant klang, nicht bewußt zu sein, und sie befürchtete schon, Mama Inquil würde ihre warmherzige Begrüßung
zurückziehen und ihnen die Aufnahme verweigern.

»Ich habe Lloque Yupanqui gekannt und sehr um ihn getrauert«,
erwiderte Mama Inquil kühl und wandte sich dann Micay zu. »Ebenso
habe ich um Chimpu Ocllo getrauert, die meine Halbschwester war.

Der Tod jener, die wir lieben, erscheint uns immer ungerecht. Ist es nicht so, Micay?«

»So ist es, meine Mutter«, stimmte Micay zu. »Aber wir haben zu viele zu früh sterben gesehen, Herrin; vielleicht hat uns das hart gemacht.«

Mama Inquil neigte verständnisvoll den Kopf. »Sicher entsteht dadurch leicht der Eindruck, die Welt kenne keine Güte mehr«, räumte sie ein. »Aber kommt, wir wollen eure Herzen füllen mit der Liebe, die die Götter uns gaben. Hier halten wir diese Liebe so lebendig, wie es die Alten taten. Vielleicht finden wir sogar die Kraft, das zornige Herz von Cusi Huaman zu berühren und ihn so verdienstvoll werden zu lassen, wie er zu sein glaubt.«

Micay bemerkte Cusis Überraschung über diese Rüge, doch anstatt darauf zu antworten, verbeugte er sich nur ehrerbietig. Die Mamanchic betrachtete ihn schweigend; dann bedeutete sie ihnen, ihr zu folgen, und ging voraus zu einem der schönen Gebäude aus weißem Stein. Die Mamacona begannen zu singen, und Micay folgte Mama Inquil mit großer Erleichterung, dankbar dafür, daß sie für wert befunden wurde und beseelt von dem Wunsch, wieder zu gesunden und ganz zu werden.

Die Treppe wand sich hinunter zum Fuß eines großen, hervorstehenden weißen Felsens, der das Fundament für zahllose aneinandergedrängte Gebäude bildete. Unten befand sich ein asymmetrisch angelegtes Anwesen, dessen Umriß von Terrassenwänden und weiteren Felsvorsprüngen bestimmt wurde. Nach einer Seite hin war es offen; an den anderen formte der teilweise überhängende Fels tiefe, schattige Winkel und Ecken. Das seltsame Aussehen des Ortes ließ Cusi vorsichtig werden, vor allem, weil auch niemand hier zu sein schien; sogar die sonst allgegenwärtigen Pförtner fehlten. Dann fiel sein Blick auf den offenen Platz in der Mitte; dort war eine Skulptur aus dem weißen Grundgestein gemeißelt worden – ein großes, leicht gerundetes Dreieck, das an der Spitze einen länglichen Kopf mit einem Hakenschnabel aufwies. Ein Kondor, erkannte Cusi und erinnerte sich an die Kondore in Raurau Illas Lied und in Micays Traum und an jenen, den sie auf dem Weg zu Macas' Höhle gesehen hatten. Dann fielen ihm auch noch die Kondorbanner ein, die die Chachapoyas bei Cochahuaylas mitgeführt hatten, als sie in die Falle marschierten, bei deren Vorbereitung er mitgeholfen hatte. Mit einem Gefühl des Unbehagens wandte er sich zu Amaru um, der ihn begleitete.

»Was ist das für ein Ort?« fragte er schließlich.

»Das ist der Platz des Kondors, ein Ort der Buße. Hier werden Leute hergeschickt, um über ihre Fehler und Missetaten nachzusinnen.«

Cusi brummte. »Es hat den Eindruck, als würde Mama Inquil eine Entschuldigung von mir erwarten. Oder gar noch mehr.«

In diesem Moment erschien die Mamanchic; sie war allein und trug ein schlichtes, graues Kleid und keinen Schmuck.

»Ich danke dir, mein Sohn«, sagte sie zu Amaru, der sich daraufhin verbeugte und zurückging. Cusi betrachtete den Kondor und spürte dabei Mama Inquils Blick auf sich ruhen.

»Herrin?« fragte er sie und blickte erwartungsvoll auf.

Mama Inquil seufzte laut. »Ich habe gebetet und mich dabei gefragt, wie du mich wohl begrüßen würdest – mit Reue oder mit dem sturen Trotz verletzten Stolzes. Statt dessen trittst du mir ruhig und überzeugt gegenüber, mit der Haltung, die ich am meisten befürchtete. Es war nicht nur, daß ich dich tadelte, nicht wahr? Ich habe dir etwas bewiesen.«

Ihre Offenheit beeindruckte Cusi. »Vielleicht«, räumte er ein. »Auf dem Weg hierher beschlichen mich düstere Ahnungen, und Eure Worte schienen sie zu bestätigen. Es war nicht meine Absicht, Euch unhöflich zu begegnen, Herrin, wenngleich Micay mir versichert, daß ich das getan hätte.«

»Ich bin es nicht gewöhnt, daß man meine eigenen Worte gegen mich verwendet«, erklärte Mama Inquil trocken. »Aber das ist es nicht, was ich unhöflich fand. Es war dein Blick, nachdem ich dich für deinen Zorn zurechtgewiesen hatte – ein Blick, wie man ihn nur jemandem zuwirft, den man für einen Dummkopf hält, obwohl er im Rang über einem steht. Er besagte, ich würde es gar nicht verdienen, dich zu verstehen.«

»Das habe ich tatsächlich gefühlt«, gab Cusi zu. »Ihr habt mir meinen Onkel als Vorbild hingestellt, aber Ihr wolltet nicht hören, was für eine Art von Vorbild er wirklich gewesen ist. Und vor allem wolltet Ihr nicht daran erinnert werden, wie er starb. Ihr habt seinen Tod mit dem Chimpu Occlos verglichen.«

»Das ist richtig.«

»Aber Ihr wißt, daß Chimpu Ocllo an der Krankheit starb. Sie wurde nicht von Huascars Mördern gefoltert, verstümmelt und anschließend einen Felsen hinuntergeworfen.«

Die Mamanchic zuckte zusammen. »Nein, das wurde sie nicht. Ich wollte lediglich sagen, daß wir alle schmerzliche Verluste hinnehmen mußten...«

»Und ich wollte erklären, daß wir mehr verloren haben, als Ihr überhaupt wissen könnt, nachdem Ihr diesen Ort nie verlassen habt.« Cusi spreizte die Hände. »Sicherlich klingt das arrogant, selbst in meinen eigenen Ohren. Aber vielleicht ist es wahr, Herrin.«

»Vielleicht«, räumte Mama Inquil ein. »Du hast gesagt, du seist mit düsteren Ahnungen hierhergekommen, mein Sohn, obwohl du an allen Reinigungsritualen teilgenommen hast. Konnten sie dir keinen Trost spenden?«

»Nein«, antwortete Cusi so laut, daß er sich gewahr wurde, wie sehr er dieses Eingeständnis bisher vor sich selbst zurückgehalten hatte. »Wie wäre das auch möglich gewesen, wenn die Priester, die sie durchführten, nach wie vor Huascar anhängen? Sie erinnerten mich immer wieder an den Grund meines Zorns und meiner Zweifel. Immer wieder mußte ich daran denken, daß sie dieselben Rituale auch mit Huascar vollzogen und auch ihn für gereinigt erklärten.«

»Kein Priester hat diese Macht«, erklärte Mama Inquil. »Der Sapa Inca gesteht seine Vergehen nur Inti.«

»Huascar weidete sich an seinen Verbrechen!« gab Cusi zurück. »Als er das letztemal hier war, Herrin, hatte er gerade in Calca drei von Atahualpas Botschaftern getötet und damit diesen Krieg unvermeidlich gemacht. Ich war dabei, Herrin, und ich habe nur deshalb überlebt, weil er meinte, es sei grausamer, mich zu demütigen, als mich umzubringen.«

Cusi machte eine Pause, um Atem zu schöpfen, doch er konnte sich nicht bremsen. »Aber als er hierherkam, sahen die Priester nichts als seine Weisheit und seine Heiligkeit. Sie ehrten das Blut in seinen Adern und ignorierten das Blut an seinen Händen. Schon auf dem Platz wollte ich Euch fragen, ob auch Ihr das getan habt. Ob Ihr auch *seinen* Wert und *seine* Würde in Frage gestellt und auch ihn für den Zorn in seinem Herzen getadelt habt.«

Keuchend, übermannt von der Gewalt seiner Gefühle, ließ sich Cusi auf die Knie fallen. Als die Mamanchic nichts erwiderte, legte er die Hände auf den Kondor am Boden und sprach weiter, redete sich all die häßlichen und blasphemischen Gedanken von der Seele, die er mit sich herumtrug.

»Als die Priester Intis Segen erflehten, konnte ich seine göttliche Güte nicht fühlen, ja nicht einmal seine Sorge um uns. Ich konnte mich nur fragen, weshalb er zugelassen hat, daß den Inka dieses Schicksal widerfährt. Wenn wir sein auserwähltes Volk sind, warum hat er dann Ninan Cuyochi zu sich genommen und uns Huascar und Atahualpa gelassen? Warum hat er seinen Söhnen erlaubt, frevelhafte Taten zu begehen?«

»Sprich weiter«, drängte Mama Inquil leise. »Sprich dich aus. Reinige dich.«

»Davon kann man nicht gereinigt werden! Der Frevel lastet auf uns allen, und er ist unwiderruflich. Ich habe gesehen, wie die Inka ihre Brüder und ihre Freunde niedermetzelten ... Ich war dabei, wie sie Heiligtümer entweihten und Huacas zerstörten. Und es waren die Alten, die uns so weit gebracht haben, Herrin. Ihr Andenken kann uns heute nicht mehr retten. Wir sind allein, und in meinen Träumen habe ich gesehen, wie die bärtigen Fremden uns vor sich hertreiben und zerstreuen ...«

Eine tröstende Hand legte sich auf seine Schulter und ließ ihn erschaudern; dann sank er vornüber auf Hände und Knie und erbrach sich auf den Kondorstein. Er spuckte und würgte, bis sich sein Magen geleert hatte, und Tränen rannen ihm über das ganze Gesicht.

»Jetzt habe ich auch noch diesen Ort entweiht« keuchte er und hockte sich auf die Fersen zurück.

»Der Kondor frißt alles«, erwiderte Mama Inquil und half ihm mit überraschender Kraft auf die Füße. Er sah sie benommen an und spürte, wie Scham in ihm aufstieg, weil er die Kontrolle über sich verloren hatte.

»Du bist kein gottloser Mensch, Cusi Huaman«, sagte sie. »Das weiß ich von dem, was ich fühle, ebenso wie von dem, was Micay mir über dich erzählt hat.«

»Aber jetzt habt Ihr gehört, was *ich* fühle ...«

»Ich habe deinen Schmerz und deinen Zweifel gehört. Darauf hast du ein Recht, ebenso wie auf deinen Zorn. Mein Sohn – du mußt mir vergeben, daß ich mir angemaßt habe, über das, was du im Herzen trägst, ein Urteil zu fällen.«

Cusi blickte auf sein Erbrochenes und schüttelte langsam den Kopf; er leugnete sein Recht, irgend jemandem zu vergeben.

»Ich möchte dich nun bitten, mich allein zu lassen«, fuhr Mama Inquil fort. »Ich muß über deine Worte und das, was sie für unsere Zukunft hier bedeuten, nachdenken. Wann wirst du nach Vitcos aufbrechen?«

»Sobald ich von meinem Initiationsbruder Nachricht bekomme, der dort der Oberhäuptling ist. Ich hoffe, er kommt hierher, um uns zu führen.«

»Dann werden wir noch miteinander sprechen können. Du hast hier dein Herz geöffnet, Cusi Huaman. Verschließe es nicht wieder. Inti ist nicht unser einziger Gott, und auch nicht der verehrungswürdigste.«

»Ich habe Eure Worte vernommen, Mutter«, antwortete Cusi und zog sich mit einer Verbeugung zurück. Als er die Treppe hinaufstieg, fühlte er Regen auf seinen Kopf fallen und bemerkte, daß sich bereits Nebel über die Stadt legte, wie es fast jeden Abend geschah. Er streckte das Gesicht den Tropfen entgegen und hieß die weißen Schwaden willkommen; sie würden alles zudecken, was der Regen nicht fortwaschen konnte.

Ein Kolibri, dachte Cahua, als der erste Pfeil an ihr vorbeiflog, und Ococo, die unter einem Papayabaum döste, rührte sich nicht einmal. Doch beim zweiten erkannte Cahua, was es war, und begann, das gegenüberliegende Buschwerk abzusuchen. Nach einer Weile sah sie, wie sich langsam der Schaft eines Blasrohrs durch das Laub schob und auf sie richtete.

»Sinchi!« rief sie. Ein Juchzer kam als Antwort, der Ococo erschreckt auffahren ließ. Dann erschien Sinchi mit dem Blasrohr in der Hand und winkte seiner Schwester mit einem breiten Grinsen zu. Er trug ein Baumwollgewand, das ihm fast bis an die Knöchel reichte, und in sein schulterlanges Haar waren Federn eingeflochten. Abgesehen von seiner hellen Haut hätte man ihn leicht für einen der Chuncho aus den Wäldern halten können, die ihren Vater in Ollantaytambo besucht hatten.

Ohne den Pfad zu beachten, setzte er behende durch die Büsche, übersprang Blumenbeete und schloß dann Cahua stürmisch in seine Arme. Sie bemerkte, daß er größer als sie geworden war und viel stärker, als sie ihn in Erinnerung hatte. Er drückte sie so fest an sich, daß sie seinen unter der groben Tunika verborgenen Schutzgeist an ihrer Brust fühlen konnte. Aber was sie noch stärker spürte, war, wie sehr er sie vermißt hatte, und das war wichtiger als alles andere. Dies war ihr Zwillingsbruder...

Schließlich ließ er sie los, ohne jedoch den Blick von ihr abzuwenden. Er strahlte vor Freude, und jetzt erst bemerkte er Ococo und trat erstaunt einen Schritt zurück. Aber noch bevor Cahua ihn vorstellen konnte, begann er auf Campa mit Ococo zu reden.

»Sprecht die Hochsprache!« forderte Cahua nach einer Weile ungeduldig, und die beiden fuhren zusammen und sahen sich mit plötzlicher Befangenheit an.

»Ich habe Ococo gefragt, ob sie schon einmal in Vitcos war«, erklärte Sinchi. »Ich habe ihr gesagt, daß es ihr bestimmt gefallen würde.«

»Ist es dort so wie hier?« wollte Cahua wissen. Sinchi sah sich um, rümpfte die Nase und schwenkte in einer vagen Geste der Übereinstimmung sein Blasrohr.

»Auf dem Berg, wo die Inka ihre Anwesen gebaut haben, ist es so wie hier. Aber die Campa leben im Wald, mit den anderen Lebewesen des Dschungels und den Geistern der Ahnen, und sie haben ihre Häuser nicht immer an einer Stelle. Dies ist der schönste Garten, den ich hier gesehen habe, aber er ist sehr klein, und es gibt nichts zu jagen.«

»Bis auf deine Schwester«, bemerkte Cahua trocken, um ihn wieder zum Grinsen zu bringen. »Wer hat dir gesagt, wo du uns finden würdest?« fragte sie dann. Sinchi deutete mit dem Kinn auf die Bäume, die entlang des oberen Grats einen Windschutz bildeten.

»Vater ist oben mit Onkel Amaru und Onkel Uritu. Mutter ist bei der Mamanchic, sie hat uns noch nicht begrüßt.«

»Wir haben den ganzen Vormittag mit ihnen die heiligen Orte von Pachamama besucht«, erklärte Cahua und hängte sich bei ihm ein. »Komm, gehen wir sie suchen. Sie wird nicht glauben können, wie groß und stark du geworden bist.«

»Im Dschungel gibt es Fleisch genug, wenn man weiß, wie man es findet«, sagte Sinchi bescheiden. Dann blieb er unvermittelt für einen Augenblick stehen. »Ist es wahr, Cahua? Ist Huallpa wirklich mit unserer Base Coca verheiratet, oder hat er mich nur zum Narren gehalten?«

Cahua lachte. »Es stimmt. Du warst lange weg, lieber Bruder. Huaman Cachi hat auch eine Frau, und Tarapaca hat Nupchu geheiratet. Der Krieg hat alles verändert.«

Sinchi schüttelte verwundert den Kopf. »Vater hat sich auch verändert...«

»Wie meinst du das?« fragte Cahua, während sie, gefolgt von Ococo, die Treppe hinaufgingen. Sinchi runzelte die Stirn. »Er ist älter... und er scheint einsam zu sein. Er erzählte uns, daß er Onkel Tomay vermißt, aber ich glaube, ihm fehlt noch mehr.«

»Was sollte ihm denn fehlen? Wir sind doch alle bei ihm.«

»Vielleicht ist es nicht ein Mensch«, murmelte Sinchi halblaut. Cahua wußte, wenn er so redete, sprach er von den Geistern der Ahnen oder etwas ähnlich Mysteriösem. Das ärgerte sie zwar irgendwie, aber gleichzeitig erinnerte es sie daran, wie er als kleiner Junge oft darauf bestanden hatte, daß Leute, die gestorben waren, nur weggegangen seien und vielleicht bald wiederkämen.

»Du siehst zwar wie ein Campa aus«, sagte sie lächelnd, »aber ich bin froh, daß du noch immer der Bruder bist, den ich von früher kenne...«

Wieder hatte er im Traum mit den Bärtigen gekämpft und sie zusammen mit Tomay in die Flucht geschlagen. Die Silberhemden fielen zu Boden, und sie trampelten ausgelassen darauf herum und wichen den Feuerpfeilen aus, die aus den krachenden, metallenen Blasrohren der Fremden flogen. Doch dann erschienen die großen Tiere, dunkle Gestalten, die sich schnell in riesige, zottelige Körper verwandelten; er konnte sehen, wie sie mit ihren klauenbewehrten Füßen die Erde aufrissen, als sie auf ihn zugerannt kamen. Sie hatten die kahlen, häßlichen Köpfe und die bösen Augen von Geiern, und das Donnern der metallenen Blasrohre schien sie verrückt zu machen. Trotzdem warfen sie die Bärtigen nicht ab, die mit Hockern auf den Rücken der Tiere saßen und mit metallenen Speeren und Keulen auf Cusis Männer einhieben. Tomay war verschwunden, alle stoben in Terror auseinander, und auch Cusi wurde von Panik ergriffen und floh; er rannte so schnell wie nie zuvor und schaffte es doch kaum, sich die Tiere vom Leib zu halten, und er betete darum, noch bis zur Sicherheit des Dschungels durchhalten zu können…

Als er sah, wie Micay sich über ihn beugte, und er gewahr wurde, daß er wach und in Sicherheit war, überfiel ihn eine grenzenlose Erleichterung.

»Bist du wach?« flüsterte sie, und er nickte und fragte sich, ob er im Schlaf geschrien und sie aufgeweckt hatte. Aber sie sprach weiter mit einer Dringlichkeit, die nichts mit Träumen zu tun hatte. »Sinchi ist weg. Und ein Gewitter zieht auf.«

Cusi hob den Kopf und hörte Donnergrollen, ein beruhigendes Geräusch, da es das Krachen in seinem Traum erklärte. Er stand auf und zog sich an.

»Ich gehe ihn suchen«, sagte er und ging hinaus. Ein feuchter, aber überraschend milder Wind schlug ihm ins Gesicht. Blitze erleuchteten die dunklen Regenwolken, die über den Himmel jagten, und dann schlug ein blauweißer, gezackter Strahl mit gewaltigem Krachen in eine nahe Bergspitze ein. Cusi zuckte zusammen, aber er fühlte die Heiterkeit wieder, die er am Beginn seines Traums gespürt hatte, bevor sich ihr Kampfglück gewendet hatte.

Er vermutete, Sinchi habe sich mit den anderen Campa im Gästehaus schlafen gelegt, und nahm den schmalen Pfad vor dem Haus, der dort hinauf führte. Doch als er um die Ecke bog, fand er seinen Sohn in einen Umhang gewickelt am Fuß einer Wendeltreppe liegen. Sinchi war hellwach und bemerkte ihn sofort.

»Deine Mutter war besorgt, weil du nicht im Haus bist«, erklärte Cusi und kauerte sich neben ihm nieder.

»Ich bin es nicht gewöhnt, in Steinhäusern zu schlafen«, erwiderte

Sinchi, und Cusi mußte lächeln, denn ihm fiel ein, daß Uritu dasselbe Gefühl hatte, als er zum erstenmal in Cuzco war.

»Was machen die anderen Campa?« fragte er.

»Sie bauen sich Zelte aus Decken, drinnen.«

»Das hättest du doch auch tun können«, meinte Cusi, doch der Junge schüttelte den Kopf.

»Das wäre Mutter nicht recht gewesen«, erwiderte er.

»Sie ist nicht daran gewöhnt, daß ihr Sohn wie ein Campa aussieht«, sagte Cusi und sah im Licht der vielen Blitze zum Huayna Picchu hinüber, dem Gipfel, der sich am anderen Ende der Stadt erhob.

»Illapa«, murmelte er ehrfürchtig. »Wir haben schon lange kein Gewitter mehr zusammen erlebt.«

»Die Campa mögen Gewitter nicht«, antwortete Sinchi bedauernd. »Sie tuscheln über mich, weil ich hinausgehe und Blitze allein beobachte.«

»Jetzt bist du nicht allein«, versicherte ihm Cusi und stand auf, um wieder hinaufzugehen. Oben angekommen, traten sie aus dem Schutz der Mauer in einen starken Wind, der ihnen den Regen fast waagrecht ins Gesicht peitschte. Rasend schnell trieben die Wolken über sie hinweg, und die Blitze erleuchteten Teile der Stadt unterhalb. Sinchi stieß einen Juchzer aus, den Cusi gerade noch hörte, bevor er im Krachen und Poltern eines Donners unterging, und dann juchzte auch er, fügte sich selbst, sein innerstes Wesen, dem Gewitter hinzu, indem er mit ihm um die Wette brüllte. Mit einem durchdringenden Krachen erhellte sich alles um sie herum, und sie tanzten beide; Sinchis langes Haar flatterte im Wind, seine Augen waren weit aufgerissen, und aus seinem offenen Mund drang ein Geheul aus Entsetzen und Entzücken. In dem grellen Licht sah sein Geburtsmal aus wie eine Kriegsbemalung, und Cusi warf den Kopf zurück und schrie den Gruß eines Kriegers an Illapa und Thunupa hinaus, ein Kriegsgeschrei, das auch eine Art von Gebet war.

Mit einem Mal schienen die Wolken unter ihrem schweren Gewicht zusammenzubrechen und entluden sich so schlagartig, daß Cusi und Sinchi sofort durchnäßt waren. Für einen Moment war Cusi blind; er hustete und spuckte Wasser, und plötzlich fiel ihm ein, daß Raurau Illa sein Augenlicht an einen Blitz verloren hatte. Er nahm Sinchi am Arm, zog ihn zur Treppe und schob ihn schließlich ins Haus.

In einer Wandnische brannte ein Docht; darunter saßen Cahua und Ococo, und Micay stand schnell auf und brachte ihnen Tücher zum Trocknen.

»Wo wart ihr?« fragte sie, doch sie atmeten beide so schwer, daß sie nicht antworten konnten. Also legte sie die Tücher einfach neben ihnen auf den Boden, und die beiden kehrten Cahua und Ococo den Rücken zu und zogen ihre nassen Kleider aus. Sie zitterten heftig und mußten darüber lachen, während sie sich mit den Tüchern abrubbelten. Dann wickelten sie sich in Decken ein und drehten sich zu Micay und den Mädchen um. Micay betrachtete sie mit einer Mischung aus Bedauern und Ärger, während Cahua und Ococo hinter vorgehaltener Hand grinsten.

»So ... ihr mußtet euch wohl in einem Unwetter beweisen«, meinte Micay schließlich und blickte mißmutig vom einen zum anderen. »Ich hoffe, es war wenigstens das Risiko wert.«

»Und ob«, erwiderte Cusi ohne Zögern und lächelte, als Sinchi zur Bekräftigung leise juchzte.

»Aber wo bist du denn gewesen?« fragte sie Sinchi. »Ich habe lange gewartet, bevor ich deinen Vater aufweckte.«

»Einfach nur draußen«, antwortete Sinchi. »Die Campa wohnen nicht in Steinhäusern.«

»Aber du bist ein Inka«, mischte sich Cahua mit einem ungläubigen Lachen ein. »Wir leben doch schon immer in Steinhäusern!«

»Setzen wir uns zusammen«, schlug Cusi vor und stieß Sinchi freundschaftlich in die Seite. »Ich glaube, es ist an der Zeit, daß wir einmal darüber reden, wer wir sind und wer wir sein wollen.«

»Ich schäme mich nicht, eine Inka zu sein«, warf Cahua ein, ärgerlich darüber, von ihrem Bruder keine Antwort erhalten zu haben. »Und ich will auch nicht barfuß gehen und in den Bäumen leben!«

Cusi setzte sich und erwiderte ihren Blick. »Dein Bruder wollte dich nicht beleidigen«, erklärte er. »Ebensowenig, wie du wußtest, daß du ihn mit dieser Bemerkung verletzt hast.«

»Aber es stimmt, was ich sage! Er wurde als Inka geboren, genau wie ich.«

»Dein Onkel Uritu wurde als Campa geboren und wurde ein Inka nach Stand«, gab er ihr zu bedenken. »Und er hat deinem Bruder das Privileg verliehen, ein Campa zu werden.«

»Ich muß es mir erst verdienen«, korrigierte Sinchi. »Bei den Initiationsriten.«

»Natürlich. Aber es sollte nicht nötig sein, daß du dafür erst unser Verständnis verdienen mußt.« Er sah zu Micay hinüber. »Das sollten wir ihm freiwillig geben.«

Micay seufzte und nickte resigniert. »Ich weiß, daß ich die Veränderung in dir nur widerstrebend akzeptiere, Sinchi. Mir kommt es nicht so vor, als seist du sehr lange von mir weg gewesen; ich sehe meinen Inka-Sohn immer noch nur als Campa verkleidet.«

Sinchi runzelte die Stirn. »Das denken auch einige der Campa«, gab er zu. »Sie korrigieren mich immer, wenn ich spreche, und machen Bemerkungen über meine helle Haut und die Zeichnung um mein Auge. Sie lassen mich nie vergessen, daß ich anders bin als sie.«

»Dagegen ist auch gar nichts einzuwenden«, meinte Cusi. »Du bist ja auch anders. Du bist der Sohn des Blitzes, das hast du erst heute nacht wieder erfahren. Und das ändert sich nie, auch wenn du nicht mit Inka lebst, die dich daran erinnern. Nicht einmal dann, wenn du die Götter des Himmels unter anderen Namen kennenlernst. Das ist ein Teil deiner selbst, den du nicht ablegen solltest, gleichgültig, welche Lebensweise du wählst. Die Tatsache, daß du nach wie vor deinen Schutzgeist trägst, zeigt, daß du das auch weißt.«

Sinchi nickte zustimmend, und Cahua hielt ihr silbernes Armband hoch, um Cusis Aufmerksamkeit auf sich zu lenken.

»Ich habe auch noch immer das, was die Hohepriesterin mir gegeben hat. Und den Stein von Pachamama. Aber Sinchi hat gesagt, die Heiligtümer von Mama Quilla und Pachamama in Vitcos sind leer. Die Mamacona sind mit den anderen Inka weggegangen, als Huascar geschlagen wurde.«

»Das ist richtig«, pflichtete Cusi ihr bei und sah sie auffordernd an. »Aber nichts kann dich davon abhalten, sie mit deiner eigenen Heiligkeit zu erfüllen. Die Mamanchic würde dir wahrscheinlich eine Führerin geben, falls du das möchtest. Und wenn du willst, könntest du vielleicht sogar die Campa-Frauen einladen, den Kulten beizutreten…«

Cahua hörte ihrem Vater interessiert zu und tauschte einen eifrigen Blick mit Ococo aus, doch Micay hob eine Hand, als wolle sie Cusi bremsen.

»Wir haben Vitcos noch nicht einmal gesehen, und du bist schon dabei, Frauen für die Kulte zu rekrutieren. Was ist, wenn wir dort nicht bleiben wollen?«

Cusi zuckte die Achseln. »Es kann noch eine Weile dauern, bis wir wissen, wo wir uns niederlassen wollen. Aber wo auch immer das sein wird, wir dürfen uns dabei nur auf uns selbst verlassen. Wir können nur nach bestem Wissen und Gewissen vorgehen, wenn wir wieder von vorne anfangen.«

»Wenn wir wieder von vorne anfangen«, wiederholte Micay. »Wir haben lange darauf gewartet.«

»Bisher waren wir nicht frei, und wirklich frei sind wir auch jetzt noch nicht. Aber in Vitcos können wir tun, als ob wir frei wären. Dort kann uns niemand das Aufenthaltsrecht streitig machen.«

»Werden wir uns dort immer noch Inka nennen?« fragte Cahua nach einer Pause.

»Die, die es wollen, können es tun«, versicherte Cusi ihr. »Manche wollen sich vielleicht anders nennen«, fuhr er mit einem Seitenblick auf Sinchi fort. »Bei den Falkenmännern sind viele verschiedene Völker vertreten. Wir dürfen Dinge wie Herkunft und Abstammung nicht mehr als etwas Trennendes oder Verbindendes betrachten, wie es früher der Fall war. In Zukunft muß unsere Achtung füreinander uns verbinden.«

»Wirst du dich Inka nennen?« beharrte Cahua, allerdings mehr neugierig als ablehnend. Cusi berührte einen seiner Ohrpflöcke und grinste wehmütig.

»Solange ich diese hier trage, habe ich keine andere Wahl. Aber ich weiß wirklich nicht, was aus einem Inka wird, der sich von Cuzco abwendet und seine Achtung vor Inti verliert. Wir werden uns alle neu finden müssen...«

Vitcos

Sinchi hatte einem seiner Adoptivonkel versprochen, ihm beim Schneiden von Palmblättern für sein Dach zu helfen, deshalb begann er den langen Aufstieg zur Siedlung der Inka erst gegen Mittag. Bei mehreren der Serpentinen fielen ihm die Markierungen auf, die sein Vater und Amaru an Stellen angebracht hatten, an denen nötigenfalls Wachposten aufgestellt werden konnten. Auf halber Höhe bog er auf einen Wildwechsel ein, der zwar schwer zu gehen war, aber eine Abkürzung bedeutete. Während er mit seinem Bogen das Laub teilte, kam ihm der Gedanke, daß ein normaler Inka diesen Pfad gar nicht erkennen würde. Die Inka konnten kaum die verschiedenen Arten von Bäumen voneinander unterscheiden, und zwei Bäume derselben Art sahen für sie einfach gleich aus. Sein Vater mit dem geschulten Auge eines Kundschafters und seinem genauen Gedächtnis für Details war in dieser Hinsicht etwas besser, aber auch er blickte zur Orientierung eher nach oben und nach vorn, als sich in seiner Umgebung umzusehen und auf den Boden zu achten.

Obwohl sein Atem schwer ging, hörte Sinchi, daß sich vor ihm etwas bewegte. Er blieb stehen und löste instinktiv die um seinen Bogen gewickelte Sehne. Doch dann erschollen Lachen und andere Geräusche, die nur Menschen verursachten. Er wickelte die Sehne wieder um den Bogen und kroch lautlos vorwärts, auf eine kleine Lichtung zu, die er vom Jagen kannte. Die Tiere schienen zu wissen, daß sie in der Nähe der Inka sicherer waren, die zwar alles Wild auf diesem Berg für sich beanspruchten, aber selten zur Jagd gingen. Die

Geräusche kamen eindeutig von dieser Lichtung, die vom Pfad zur Inka-Siedlung aus nicht sichtbar war.

Auf Händen und Knien schlich er weiter, bis eine kleine Lücke im Unterholz den Blick nach oben freigab. Als erstes sah er Fempellecs Gesicht, und dann erschien daneben Machacuays, der seine Lippen auf Fempellecs Wange preßte. Sie lächelten beide und schienen nichts um sich herum wahrzunehmen, und auch Sinchi mußte lächeln, berührt von der Zuneigung, die er zwischen den beiden spürte. Machacuay hatte er schon immer gemocht, aber er konnte sich nicht erinnern, Fempellec schon einmal so zärtlich gesehen zu haben.

Dann ließen sie sich ins Gras fallen, und er sah, daß sie beide nackt waren und sich streichelten und berührten. Plötzlich fühlte sich Sinchi am ganzen Körper warm, und er wußte nicht mehr, was er denken sollte. Die Inka sagten, daß dies falsch und ein Verbrechen war; die Campa dagegen zuckten nur die Achseln und lächelten hinter vorgehaltener Hand, falls jemand darauf anspielte, was die Männer taten, wenn sie lange auf einer Jagd weg waren. Diese Männer hatten Körper, die so weich und geschmeidig waren wie bei Mädchen, außer an den Stellen, an denen sie unleugbar Männer waren – da, wo Fempellec nun seine Lippen hatte, seine Zunge, seine Finger, die sanft zwischen Machacuays Schenkeln entlangglitten. Sinchi sah zwischen seine Beine und bemerkte, daß seine Tunika wie eine gespannte Zeltwand vorstand, und er fühlte ein Sehnen, das er bisher nur aus den Erzählungen der älteren Jungen gekannt hatte. Er wollte auch so berührt werden. Er spürte es unter der Haut, ein Gefühl, das mit dem Blutstrom in ihm aufwallte.

Unwillkürlich mußte er an Ococo denken, daran, wie sich jedesmal, wenn sie ihn erblickte, ihr Gesicht aufhellte und sie sich dann scheu abwandte und wartete, bis niemand mehr aufpaßte, und ihm erst dann einen Gruß auf Campa zumurmelte. Bald würde er für die Riten zum Eintritt ins Mannesalter bereit sein, und sein früherer Spielkamerad Huallpa war sogar schon verheiratet. Ob Coca ihn wohl so berührte? Vor ihm stiegen Bilder auf, die ihn ebenso faszinierten wie das, was sich vor seinen Augen abspielte, und beide Eindrücke zusammen verwirrten ihn so sehr, daß er beinahe vornüber gefallen wäre. Er befürchtete, sich durch Lärm verraten zu haben, doch die beiden Liebenden ließen sich in ihren langsamen, rhythmischen Bewegungen nicht stören. Sinchi seufzte leise und ließ sich zu Boden sinken, um ihnen zuzusehen, und er stellte fest, daß diese Männer aus der Stadt ihm am Ende doch etwas beibringen konnten.

»Wir könnten hier ein zweites Quito aufbauen«, sagte Parihuana, als sie im Eingang des Zimmers am östlichen Ende der großen Halle stehenblieben. »Viel kleiner natürlich, aber die Wahrscheinlichkeit, daß jemand von außerhalb es verdirbt, wäre wesentlich geringer.«

»›Klein-Quito‹«, grübelte Micay laut beim Gedanken an Amarus Modell der Stadt. Sie beugte sich in das Zimmer hinein, schätzte, wieviele Menschen hier und in der großen, in zehn einzelne Räume aufgeteilten Halle im Notfall untergebracht werden konnten, und knüpfte den erforderlichen Knoten in den Quipu. Sollten die Bewohner des Yucay-Tals einmal evakuiert werden müssen, so würden sich diese Räumlichkeiten gut als vorübergehende Behausung eignen.

»Du bist sehr zurückhaltend, Micay«, stellte Parihuana vorsichtig fest. »Ich meine, du hast noch gar nicht gesagt, ob dir Vitcos gefällt...«

Micay trat zurück und blickte über die Wiese an der Südseite des Gebäudes, wo ein junger Hirte eine Herde Lamas und Alpakas weidete. Das Gras reichte bis zu der Schlucht, wo der Berg jäh abfiel und ein weites Panorama mit bewaldeten Abhängen und Tälern und die schneegekrönten Gipfel in der Ferne freigab. Vitcos lag ebenso hoch wie Machu Picchu, doch es erweckte viel weniger den Eindruck einer Insel im Himmel – der alles überziehende grüne Baldachin des Nebelwaldes ließ das schroffe Abfallen der umgebenden Täler weicher wirken.

»Ococo hat mich daran erinnert, daß es in Chachapoyas ähnlich aussieht«, antwortete sie Parihuana. »Ihr gefällt es hier, und ich glaube Cahua auch. Und du kannst dir offenbar auch gut vorstellen, mit Amaru hier zu leben.«

»Wir müssen noch sehen, wie es während der Regenzeit ist«, entgegnete Parihuana, »aber es ist jetzt schon wärmer und nicht so neblig wie Machu Picchu. Und wie wir gesehen haben, könnten wir unerwünschte Eindringlinge leicht abwehren.«

Micay nickte im Gedanken an den beschwerlichen viertägigen Marsch von Machu Picchu nach Vitcos und die vielen Stellen, an denen eine Handvoll Krieger einer ganzen Armee den Weg versperren konnte. Sie hatten ihren Zufluchtsort gefunden – wenn sie bereit waren, sich aus den Vier Vierteln zurückzuziehen.

Plötzlich sprengten die Lamas und Alpakas über die Weide davon, und der Hirtenjnge kam auf die Halle zugerannt und deutete aufgeregt auf die Menschen, die soeben hinter ihm aus dem hohen Gras am Rand der Wiese auftauchten. An ihrer Spitze hinkte Amaru, begleitet von dem alten Colla-Steinmetz, den er aus Machu Picchu mitgebracht hatte; aber Männer mit Ohrpflöcken und Speeren trieben die beiden vor sich her. Es waren an die zehn Krieger, denen eine etwa ebenso große Anzahl Frauen folgte.

Einen Augenblick später tauchten Piqui und Huaman Cachi neben Micay auf, bewaffnet mit Keulen, und vom anderen Ende der Halle kamen drei weitere Falkenmänner angelaufen.

»Sind das alle Männer, die hier sind?« fragte Micay.

Piqui nickte grimmig. »Die anderen sind mit Cusi gegangen«, sagte er und wandte sich dann an den ankommenden Hirten. »Cusi Huaman und Uritu sind wahrscheinlich auf dem Rückweg vom Weißen Felsen. Sag ihnen, sie sollen so schnell wie möglich die Krieger herschicken. Lauf!«

Die Männer stellten sich vor den Frauen auf, um die Fremden zu erwarten. Je näher sie kamen, desto klarer erkannte Micay, wie krank, zerlumpt und verzweifelt sie aussahen. Als sie vor ihnen standen, trat ein junger Mann mit einem Speer vor. Seine Ähnlichkeit mit Chuqui Huipa und Huascar fiel Micay trotz der vielen angeschwollenen Insektenstiche und des Schmutzes in seinem Gesicht sofort auf.

»Wir wollen etwas zu essen und Kleidung!« stieß er hervor und fuchtelte mit dem Speer vor Amarus Brust herum. »Schnell, oder wir bringen ihn um!«

»Und was hält uns davon ab, euch zu töten?« fuhr Piqui ihn an und schwang drohend seine Keule. Micay merkte, daß er es ernst meinte, und erhob eine Hand, um ihn zurückzuhalten; doch in der anderen hielt sie selbst ihre goldene Fibel wie eine Waffe bereit.

»Ich grüße Euch, Manco Inca«, sagte sie mit ruhiger Stimme. Die Überraschung des jungen Mannes bestätigte ihr, daß sie richtig vermutet hatte. »Ich bin Mama Micay, die Gemahlin von Cusi Huaman, dem Statthalter des Ostviertels. Wir werden Euch Essen und Kleidung geben und Eure Kranken versorgen. Ihr braucht uns deshalb nicht zu drohen.«

»Bringt uns die Sachen«, forderte der Mann, als hätte er ihr Angebot gar nicht gehört. »Wenn wir in sicherer Entfernung sind, lassen wir ihn frei.«

Micay zuckte gleichgültig die Achseln. »Ihr könnt ihn freilassen, wann Ihr wollt. Er ist einer von Huascars Leuten, und mein Gemahl hat ihn nur am Leben gelassen, weil er sehr geschickt ist. Ihr seht, Eure Drohung ist nicht nur unnötig, sondern nutzlos und leer.«

»Vielleicht würdet Ihr einen besseren Gefangenen abgeben«, erwiderte der junge Mann gereizt. Micay blickte ihn herausfordernd an und deutete dann mit dem Kinn auf die Falkenmänner.

»Ihr seid noch sehr jung, Manco Inca«, entgegnete sie kühl, »und ich bezweifle, daß Ihr Euch schon mit Männern wie diesen gemessen habt. Sie haben den ganzen Weg von Quito bis hierher gekämpft und die besten Krieger besiegt, die Euer Bruder hatte. Ich kann Euch versichern, daß Ihr für sie kein ernstzunehmender Gegner wäret.«

»Ich bin nicht wie mein Bruder!« fauchte er und machte einen Schritt auf sie zu. Doch Piqui und Huaman Cachi traten ihm sofort entgegen, und im selben Moment entriß Amaru einem seiner beiden Bewacher eine Keule und stürmte vor.

»Amaru!« schrie Parihuana erschreckt, als einige der anderen Männer auf ihn losgingen. Er streckte zwei von ihnen nieder, doch dann verlor er das Gleichgewicht. Ein dritter Krieger wollte sich mit dem Speer auf ihn stürzen, aber plötzlich bohrte sich ein Pfeil in seine Schulter. Mit einem Schrei, der alle erstarren ließ, fiel er vornüber; nur Piqui blieb gefaßt und schlug Manco Inca so hart mit der Faust ins Gesicht, daß er bewußtlos zu Boden sank. Im nächsten Augenblick sprang Huaman Cachi an Amarus Seite und trieb die verbleibenden Angreifer zurück, und jetzt sah Micay Sinchi durch das Gras kommen, einen weiteren Pfeil schußbereit an der Sehne seines Bogens.

»Ich habe euch gesagt, daß Drohungen zwecklos sind«, herrschte sie die Angreifer an. »Nun streckt die Waffen!«

Nach kurzem Zögern kamen sie der Aufforderung nach; Piqui nahm Manco Incas Speer an sich und bedeutete seinen Männern, die restlichen Waffen einzusammeln.

»Willkommen in Vitcos«, sagte Micay trocken und steckte sich ihre Fibel wieder an.

Als Cusi und Uritu eintrafen, waren die Gefangenen bereits in einem Hof untergebracht, wo sie von den Falken bewacht und von Micay, Parihuana und einigen Helferinnen verpflegt wurden. Sinchi saß bei dem jungen, etwa sechzehnjährigen Inka, den er verwundet hatte, und sprach mit ihm.

»Ich bin Cusi Huaman«, stellte Cusi sich Manco Inca vor. »Ihr hättet die Gastfreundschaft meiner Gemahlin annehmen sollen. Ist Euch nicht gesagt worden, daß ich gegenüber jenen, die Huascar dienten, nachsichtig bin?«

»Ich habe Huascar nie gedient«, murrte Manco und verzog dabei vor Schmerzen das Gesicht, das von Piquis Fausthieb noch mehr angeschwollen war. »Mir ist auch gesagt worden, daß Quizquiz Euch befohlen hat, mich zu jagen. Warum solltet Ihr mir also Gastfreundschaft erweisen?«

»Warum nicht?« fragte Cusi zurück. »Die Brüder Huascars, die ihm nahestanden, kenne ich, aber dazu habt Ihr nie gezählt.«

»Ihr wollt mir also Essen und Kleidung geben«, meinte Manco verbittert, »und mich dann nach Cuzco schicken, damit sie mir dort auf dem Haucaypata die Kehle durchschneiden. Da ist es doch besser, ich versuche mir zu nehmen, was ich brauche, auch wenn ich irgendwann dabei umkomme.«

»Dazu hattet Ihr bereits Gelegenheit«, hielt Cusi ihm entgegen, »aber eine zweite werdet Ihr nicht mehr bekommen. Mir liegt wenig daran, Euch nach Cuzco zu schicken, aber ich habe auch nicht viel Grund, Euch hier am Leben zu lassen.«

Ein Hoffnungsschimmer erschien in den Augen des jungen Mannes, und er stand auf. »Meine Mutter war eine Vollschwester Huayna Capacs«, sagte er ernst. »Eines Tages…«

»Versprecht mir nicht Eure Gunst«, winkte Cusi ab. »Sie ist später ebenso wertlos wie jetzt.«

»Dann kämpfe ich für Euch«, erbot sich Manco, doch Cusi sah ihn nur an und lachte.

»Unbewaffnete Männer gefangenzunehmen hat nichts mit kämpfen zu tun. Außerdem habe ich Hunderte von gut ausgebildeten Männern, die für mich kämpfen.«

Manco schnaubte frustriert. »Ihr macht Euch nur über mich lustig. Ihr wollt mich doch gar nicht am Leben lassen!«

»Nicht, wenn ich Euch nicht vertrauen kann«, antwortete Cusi. »Und ein solches Angebot habt Ihr mir noch nicht gemacht.«

Verwirrt und ungläubig starrte Manco ihn an. Cusi erwiderte seinen Blick ruhig und ließ ihm Zeit zu verstehen, was er ihm vorgeschlagen hatte.

»Was muß ich tun, Herr, damit Ihr mir vertrauen könnt?« fragte er schließlich.

Cusi nickte. »Diese Frage ist schon ein erster Schritt in die richtige Richtung. Sobald Eure Leute genesen und reisefähig sind, führt Ihr sie nach Machu Picchu. Dort bleibt Ihr, macht Euch nützlich für die Mamanchic und unternehmt nichts, was die Aufmerksamkeit Cuzcos erregen könnte. Könnt Ihr das tun?«

»Ja«, sagte Manco, ohne zu zögern.

»Ihr seid noch jung, und Machu Picchu ist ein heiliger, würdevoller Ort«, warnte Cusi ihn eindringlich. »Ihr müßt begreifen, daß es Jahre dauern kann, bis Ihr Euch wieder gefahrlos im Reich bewegen könnt, ausgenommen vielleicht, daß Ihr hierherkommt.«

»Ich verstehe«, erwiderte Manco. »Ich bin jung, Herr, aber ich möchte älter werden.«

Cusi hob erstaunt die Augenbrauen. »Davon habt Ihr bisher nichts erkennen lassen«, meinte er. »Eßt jetzt und gebt Euren Begleitern

Bescheid, daß sie nicht in Gefahr sind; wir unterhalten uns später noch einmal.«

»Ich danke Euch, Cusi Huaman«, murmelte Manco, verbeugte sich und ging zu seinen Kameraden.

»Wir sollten ihn zu einem von uns machen«, schlug Piqui vor.

»Zu einem Falkenmann?« fragte Cusi.

»Wir haben schon Leute von geringerer Herkunft aufgenommen«, meinte der Hauptmann achselzuckend. Überrascht über den Scherz, lachte Cusi laut auf.

»Aber dann müßte er natürlich hier ausgebildet werden. Wärst du bereit, das zu tun, wenn du hier das Kommando hättest?«

Piquis Mund verzog sich zur Andeutung eines Lächelns. »Ich würde allen meinen Pflichten nachkommen, wenn ich das Kommando hätte.«

»Dann hast du es hiermit«, erklärte Cusi, »und dazu den Titel und die Wohnung des Kommandeurs. Bevor ich nach Ollantaytambo aufbreche, werden wir noch ein Fest machen. Aber jetzt muß ich mit meiner Frau und meinem Sohn reden. Ich bezweifle, daß sie damit rechneten, heute Helden zu werden.«

»Mama Micay wollte nicht weggehen, als ich sie darum bat«, erklärte Piqui.

»Und Sinchi griff unaufgefordert in das Kampfgeschehen ein«, fügte Amaru anerkennend hinzu. »Wir wußten nicht einmal, daß er beobachtete, was vor sich ging.«

»Er hat das Auge eines Campa«, sagte Cusi mit einem stolzen Lächeln. »Er sieht alles im Dschungel und verirrt sich nie ...«

Dankbar und mit wiederholten Versicherungen ihrer Loyalität sowie dem Versprechen, zur Ausbildung zurückzukehren, brachen Manco Inca und seine Begleiter am Tag nach dem Fest nach Machu Picchu auf. Am nächsten Morgen versammelte sich die kleine Gruppe, die nach Ollantaytambo marschieren würde, im selben Hof, in dem das Fest stattgefunden hatte. Sie bestand aus Micay und Cusi, Amaru und dem Colla-Steinmetz sowie einigen der Kundschafter, für die bereits Land im Tal reserviert worden war. Uritu wollte mitkommen, um Rimachi zu besuchen, doch er plante, sich der Gruppe erst unten am Fuß des Berges anzuschließen.

Coca, Huallpa und Huaman Cachi waren sehr traurig über den Weggang ihrer älteren Freunde. »Kommt bald zurück«, drängte Huallpa Cusi, »und bringt noch mehr Falken mit.« Bei Parihuana fiel der Abschied fröhlicher aus, denn sie hatte Micay das Versprechen abgerungen, zur Geburt ihres zweiten Kindes in fünf Monaten wieder hier zu sein. Micay war dafür dankbar, weil sie gelegentlich immer noch Angst hatte, zu lange von ihren Kindern getrennt zu werden.

»Komm rechtzeitig zurück, Mama«, drängte Cahua sie mit einem Stirnrunzeln. »Du hast uns noch nicht beigebracht, was eine Wehmutter tun muß!«

»Ich werde deinen Mann nicht länger als notwendig von dir fernhalten«, versprach Cusi augenzwinkernd Parihuana.

Diese lachte. »Er weiß schon, daß wir hier ein Badehaus brauchen«, antwortete sie.

»Und ein paar Musiker«, fügte Fempellec hinzu. »Die Campa haben sich ja alle Mühe gegeben, aber…«

»Es war ein schönes und denkwürdiges Fest, Fempellec«, unterbrach ihn Micay, »ein wunderbarer Anfang für die neuen Bewohner von Vitcos.«

Langsam begann sich die ganze Gesellschaft auf das Hoftor zuzubewegen, wo die Kundschafter, der Steinmetz und Piqui warteten. Micay ging neben Machacuay und versuchte, ihm zu erklären, daß er wegen seines Hierbleibens kein schlechtes Gewissen zu haben brauche. »Du hast dein eigenes Leben, mein Freund«, erklärte sie ihm. »Schließlich bist du jetzt die rechte Hand von Fempellec und kein Bediensteter mehr.«

»Das ist ein großes Geschenk«, murmelte Machacuay dankbar.

»Du hast es dir verdient«, versicherte ihm Micay.

»Ich übergebe Vitcos in deine Hände, Kommandant«, sagte Cusi zu Piqui, als sie am Tor angekommen waren. »Sobald ich kann, werde ich dir noch mehr Männer schicken.«

»In der Zwischenzeit helfen uns Uritus Leute aus«, erklärte Piqui. »Ich habe mit Amaru Inca besprochen, was als erstes gebaut werden soll. Und falls Cuzco zuviel von Euch verlangt, verabschiedet Euch und bringt die Falken hierher«, fügte er hinzu.

Cusi schlug als Antwort lächelnd mit seiner Streitaxt gegen seinen Schild und führte die Gruppe zum Tor hinaus. Micay winkte Cahua und Ococo noch einmal zu, und dann bogen sie um die Ecke des Anwesens und begannen den Abstieg. Sie bemerkte, daß Sinchi an ihr vorbeigeschlüpft war und mit seinem langen, schwarzen Bogen und einem Köcher mit Pfeilen vor ihr und Cusi lief.

»Die Campa glauben nicht an Abschied«, sagte sie, als er zu ihr zurückblickte. Er schüttelte den Kopf. »Etwas von deinem Geist könnte mit dem Reisenden weggehen«, erklärte er.

»Kannst du denn nicht ein wenig davon erübrigen? Nicht einmal für deine Mutter?«

Sinchi verlangsamte seinen Schritt; die Frage bestürzte ihn sichtlich. Micay wollte ihm sagen, daß sie es nicht ganz ernst gemeint hatte, doch er schien sehr in Gedanken vertieft. Plötzlich lief er voraus, verschwand im Wald und tauchte etwas später ebenso plötzlich wieder auf. Er hatte den Bogen gegen einen Baum gelehnt und wartete wortlos, bis Micay vor ihm stand. Dann streifte er ihr mit einer raschen Bewegung die Kette mit seinem Schutzgeist über den Kopf und ließ ihn unter ihrem Kleid verschwinden. Obwohl Micay ihn gar nicht zu sehen bekam, wußte sie sofort Bescheid. Sie war sprachlos vor Staunen.

»Falke«, sagte er schließlich leise und grinste.

»Bist du dir sicher, daß du das willst?« fragte Cusi ihn verwundert. Sinchi nickte heftig.

»Noch bevor ihr zurückkommt, beginne ich mit den Vorbereitungen für die Riten zum Eintritt ins Mannesalter. Der Zauberer sagte, während der Riten müsse ich Falke weggeben. Er meinte, am besten wäre es, wenn ich ihn gar nicht hätte und bot mir an, ihn für diese Zeit zu vergraben. Ich sagte ihm, ich würde Falke dir geben, aber ich wollte ihn irgendwo versteckt bei mir behalten.«

Cusi lachte. »Für so etwas mußte ich als Strafe zum Grasmann gehen«, erklärte er.

Micay legte eine Hand auf die Scheibe unter ihrem Kleid. »Mein Sohn...«

»Bitte Mama, bewahre ihn für mich auf«, unterbrach Sinchi sie. »Dann kann ich dem Zauberer mit einem reinen Herzen gegenübertreten, und du wirst dich überall an mich erinnern.«

»Das würde ich ohnehin tun«, erwiderte Micay, doch dann gab sie nach und nickte. »Ich werde ihn sicher für dich aufbewahren. Er wird mein Geschenk für dich sein, wenn du ein Mann geworden bist.«

Sinchi grinste und umarmte sie fest. Dann holte er seinen Bogen, strich sich das lange Haar mit den eingeflochtenen Federn nach hinten und schritt vor ihr den Pfad hinab.

»Kommt«, rief er und ließ einen freudigen Juchzer vernehmen. »Je eher ihr geht, desto früher seid ihr wieder zurück...«

Ollantaytambo

Vom Ufer des Flusses aus beobachteten Micay, Quespi und einige andere, wie Uritu Rimachis Sohn Topa beibrachte, mit einem Netz Fische zu fangen. Als Cusi über das Wasser blickte, sah er auf der anderen Seite Rimachi, Amaru und den Colla-Steinmetz durch die frisch bepflanzten Felder kommen und ging ihnen auf der Brücke entgegen. Von der Mitte des Flußbetts aus bemerkte er jedoch Rauchzeichen, die von einem nahen Berggrat aufstiegen, und blieb stehen. Die ersten Signale besagten, eine Nachricht aus Cuzco sei unterwegs, doch die folgenden konnte er nicht entziffern; sicher waren sie verschlüsselt, damit nur Rimachi und Tarapaca sie verstehen konnten.

Cusi hatte schon länger befürchtet, daß Cuzco sich melden würde. In den Monaten, seit er wieder in Ollantaytambo war, hatte er pflichtbewußt die Aufgaben des Statthalters wahrgenommen und Quipus und Berichte über Anbauerträge, neue Anpflanzungen und Bauvorhaben geschickt. Auch einen großzügigen Anteil der eingebrachten Ernte hatte er nach Cuzco gesandt, und dazu viele Geschenke von Häuptlingen der Dschungelvölker. Von Quizquiz hatte er bisher außer Bekundungen seiner Zufriedenheit lediglich einen Bericht erhalten, demzufolge die bärtigen Fremden ihr Lager in Tangarara verlassen hatten und entlang der Küste nach Süden marschierten, offenbar, um in Caxamarca mit Atahualpa zusammenzutreffen.

Zwei Monate waren vergangen, seit diese Nachricht ihn erreicht hatte. Konnten die Bärtigen jetzt schon in Caxamarca sein? Oder hatte Atahualpa sie unterwegs überfallen? Einer von Cusis Gesandten hatte Gerüchte gehört, daß Atahualpa plane, sie gefangenzunehmen und zusammen mit Huascar und dessen noch verbliebenen Verwandten in einer triumphalen Demonstration seiner Macht den Göttern zu opfern. Cusi befürchtete, Atahualpa werde alle Kriegshäuptlinge auffordern, daran teilzunehmen. Eine Weigerung würde er womöglich schwer ahnden und dann vielleicht sogar eine ganze Armee gegen Vitcos schicken; dagegen aber konnte die Stadt nicht Widerstand leisten – noch nicht.

Die Brücke begann zu schwanken; Rimachi, Amaru und der Colla kamen Cusi entgegen.

»Eine Nachricht aus Cuzco«, begann er. »Was besagte der zweite Teil?«

»Daß Tarapaca sie persönlich überbringt«, erklärte Rimachi. »Es muß etwas Wichtiges sein.«

»Sicher wurden die Bärtigen getötet oder gefangengenommen«, meinte Amaru. »Oder sie sind wieder über das große Wasser verschwunden.«

»Oder sie verbreiten eine neue Krankheit«, bemerkte Rimachi düster. Cusi erschauderte bei dem Gedanken.

»An diese Möglichkeit habe ich noch gar nicht gedacht«, gestand er.

»Unsichtbare Krieger«, meinte Rimachi achselzuckend, während sie zu den anderen ans Ufer zurückgingen.

Uritu hatte soeben einen großen Fisch mit Pfeil und Bogen erlegt; das seichte Wasser um das durchbohrte und noch zuckende Tier war blutrot verfärbt. Amaru seufzte. »Das erinnert mich an das Ende der Carangui...«

»Der See aus Blut«, murmelte Cusi zustimmend.

»Es ist doch nur ein Fisch«, erwiderte Rimachi ungeduldig. »Spart euch eure Erinnerungen und Prophezeiungen. Hören wir uns lieber an, was Tarapaca zu sagen hat.«

Sie warteten auf der Straße, bis Tarapaca mit seiner kleinen Schar Krieger eintraf. Er begrüßte Cusi mit erhobenem Speer, doch dann zögerte er und schluckte ein paarmal, als könne er nicht mehr sprechen.

»Nun«, begann er endlich mit tonloser Stimme, »Quizquiz schickt diese Nachricht: Die Bärtigen sind in Caxamarca. Sie marschierten an einem Tag in die Stadt ein... und am darauffolgenden nahmen sie Atahualpa gefangen.«

»Zum zweitenmal«, hörte Cusi sich inmitten der entsetzten, verwunderten Aufschreie sagen. Micay lehnte sich kraftlos an ihn, und er legte einen Arm um sie.

»Wie ist das passiert?« fragte Rimachi.

Tarapaca zuckte die Achseln. »Der Bote wußte nicht viel zu sagen. Offenbar hatten sich die Bärtigen in den Gebäuden um den Hauptplatz versteckt und griffen ohne Vorwarnung an. Hunderte von Atahualpas besten Kriegern fanden auf dem Platz den Tod. Quizquiz hat einen Rat der Kriegshäuptlinge in Cuzco einberufen.«

»Hat er den Verstand verloren?« fragte sich Amaru laut. »Erst läßt er zu, daß sie ihm in seiner eigenen Stadt auflauern, und dann läuft er auch noch voll in die Falle...«

»Dasselbe hat er in Tumibamba gemacht«, erinnerte Cusi ihn. »Er mußte beweisen, daß er niemanden fürchtet.«

»Nur hatte er dieses Mal niemandem, der ihm zur Flucht verhalf«, meinte Tarapaca. »Alle warteten darauf, daß er wieder fliehen würde. Aber als ihm erlaubt wurde, einen Boten zu seinen Kriegern zu schicken, ließ er ihnen mitteilen, sie sollten keinen Rettungsversuch unternehmen, weil ihn die Bärtigen sonst töten würden.«

Micay richtete sich plötzlich auf und betrachtete die Männer der Reihe nach. »Dann sind wir frei«, stieß sie hervor. »Aus der Gefangenschaft kann er uns keine Befehle erteilen, und solange er lebt, kann niemand sonst regieren.«

Die Männer sahen sich an und nickten dann einer nach dem andern; Rimachi und Amaru begannen zu grinsen. Cusi musterte

Tarapaca und Uritu; der eine machte eine besorgte Miene, der andere erwiderte seinen Blick unbewegt.

»Das ist richtig«, sagte er schließlich zu Micay. »Aber ich muß trotzdem zu diesem Rat der Kriegshäuptlinge nach Cuzco.«

»Weshalb?« fragte sie erschrocken.

»Weil es gefährlich wäre, jetzt schon zu erklären, daß wir von Cuzco unabhängig sein wollen.«

»Warum mußt du überhaupt etwas erklären?« fragte Rimachi. »Ignoriere die Aufforderung doch einfach. Quizquiz wird dich nicht so sehr vermissen, daß er dich holen läßt.«

»Wenn ich der einzige bin, der fehlt, könnte er das durchaus tun. Er ist ein rachsüchtiger Mann, und wenn er die Bärtigen nicht schlagen kann, sucht er sich vielleicht jemand anderen. Ich möchte nicht, daß wir das sind.«

»Ich verstehe, was du meinst«, gab Micay widerstrebend zu. »Aber was ist, wenn er und Challcochima dich nach Caxamarca schicken?«

»Sie können mich dazu auffordern, aber überreden lasse ich mich nicht. Quizquiz hat gehört, was Atahualpa in Catiquilla zu mir sagte, also weiß er, daß ich ihm nichts mehr schulde.«

»Dann habe ich nur noch eine Frage«, erwiderte Micay. »Bist du dir sicher, daß du nicht selbst gegen die Bärtigen kämpfen willst?«

Cusi dachte an seine Vision, an den einen Gegner, der das Leben der Inka zerstören würde. Aber diese Schlacht hatten sie schon vor langer Zeit verloren, damals, als sie begannen, sich gegenseitig zu bekämpfen. »Ganz sicher«, antwortete er. »Ich habe in meinen Träumen gegen sie gekämpft – mehrere Male – und ich habe immer verloren.«

Micay seufzte resigniert. »Dann geh. Aber nimm ein paar gute Krieger mit.«

»Du hast unsere anderen Kameraden in Vitcos gelassen«, sagte Tarapaca schnell, »aber ich würde mich sofort zur Verfügung stellen.«

»Ich auch«, erklärte Amaru. »Ich möchte hören, wie das wirklich passiert ist.«

Rimachi schüttelte den Kopf. »Mich zieht es nicht nach Cuzco, und was mit Atahualpa geschieht, ist mir gleichgültig. Ich werde das Tal bewachen, bis ihr zurückkommmt.«

Cusi blickte zu Uritu, und dieser nickte sofort.

»Du brauchst mich gar nicht zu fragen, Bruder. Ich habe lange darauf gewartet, dir zurückgeben zu können, was du mir in Cuzco gabst. Du hast mir dein Zuhause geöffnet, jetzt möchte ich dir ein Zuhause in Vitcos anbieten. Ich werde aufpassen, daß Cusi seine Versprechen nicht vergißt, Micay, und ihn bald zurückbringen.«

»Dann habe ich meine guten Männer«, sagte Cusi. Er legte seine Hände auf Micays Schultern. »Dies ist das letzte Mal, daß ich dich bitte, auf mich zu warten, meine Gemahlin. Nichts wird mich davon abhalten zurückzukommen, das verspreche ich dir.«

»Dann werde ich mich nicht verabschieden«, beschloß Micay, und Uritu ließ dazu einen anerkennenden Juchzer vernehmen.

»Laßt uns noch etwas Fisch essen, bevor ihr aufbrecht«, schlug Rimachi vor, und damit machten sie sich alle auf den Rückweg nach Ollantaytambo.

Cuzco

Sie erreichten die Stadt am späten Nachmittag unter einem bedrohlich wirkenden Himmel, der den Sonnenuntergang verhüllte. Unterwegs waren sie immer wieder von Wachposten aufgehalten und kontrolliert worden, und als sie in die Stadt kamen, verstanden sie weshalb: Die Bewohner von Cuzco hielten sich nicht mehr in ihren Häusern versteckt, sondern machten ihre Anwesenheit sehr deutlich bemerkbar. Vordem geschlossene oder beschädigte Heiligtümer waren wieder geöffnet, dienten aber nun als Versammlungsorte für Gruppen von Männern und Frauen, die Cusis vorbeiziehende kleine Kolonne mit schweigender Ablehnung musterten und nicht im mindesten bereit waren, Cusis goldenem Sonnenschild Respekt zu zollen. Jugendliche lungerten auf den Straßen herum, viele von ihnen mit Stöcken, Hacken und Steinhämmern ausgerüstet, die sie eher als Waffen denn als Werkzeuge mit sich trugen. Sie betrachteten die Männer mit offener Feindseligkeit, und Cusi war froh, daß er noch weitere zehn Krieger als Ehrengarde mitgenommen hatte.

Als sie den heiligen Bezirk um den Haucaypata erreichten, hörten sie überall Stimmen und Geräusche. Es schien, als würden in sämtlichen Anwesen Lieder zu Ehren Viracochas gesungen; offenbar wurden die Bärtigen jetzt wieder als die irdische Verkörperung dieses Gottes betrachtet – zumindest von jenen, die unter der Herrschaft Atahualpas sehr zu leiden hatten.

Während Cusi seine Männer zum Haupttor des Amarucancha hinaufführte, begann es zu regnen. Abgesehen von der Wache schien der Palast verlassen, und der Hauptmann teilte ihnen mit, Quizquiz sei in Huascars Palast auf dem Collcampata umgezogen.

»Wo finden wir Ucumari und Challcochima?« fragte Cusi. Der Hauptmann schüttelte den Kopf.

»Challcochima ist in Andamarca mit Huascar und den anderen

Gefangenen. Atahualpa hatte nach ihnen geschickt, bevor er den Bärtigen in die Hände fiel. Und Ucumari mußte in Chincha bleiben, um einen Aufstand niederzuschlagen.«

»Das heißt, ich bin der einzige, der *nicht* fehlt«, bemerkte Cusi bitter, als er und seine Gefährten wieder draußen im Regen standen. Da sie von Quizquiz keine Anweisungen bezüglich einer Unterkunft bekommen hatten, beschloß er, zu den Anwesen seines Haushalts in der Patallacta zu gehen. Er erklärte dem Türsteher durch einen Spalt im Eingangstor, wer er sei, doch der Mann sagte nur, er müsse nachfragen, und verschwand sofort wieder. Nach längerem Warten bemerkte Cusi, daß sich hinter dem Tor Menschen versammelten, doch niemand reagierte auf sein Klopfen. Erst als er mit der Streitaxt dagegen schlug, wurde geöffnet, und vor ihnen standen fünf Älteste des Iñaca-Haushalts, umgeben von einer kleinen Schar mit Stöcken und Waffen ausgerüsteter Bediensteter.

Cusi ignorierte die zornerfüllten Mienen der Alten. »Meine Herren«, begann er höflich, »dürfen wir eintreten?«

»Nein!« rief einer der Männer sofort. »Das letzte Mal, als du hier warst, hast du dir mit Gewalt und gegen unseren erklärten Willen Eintritt in den Illapa Cancha verschafft. Wir werden das nicht noch einmal dulden!«

»Ich bin ein Mitglied dieses Haushalts«, erwiderte Cusi, »und ein Großenkel Pachacutis. Ich habe damals lediglich die Vorrechte meiner Herkunft und meines Rangs in Anspruch genommen.«

»Und ich sage dir, daß du gehen sollst!« beharrte der Alte. »Du wirst dich uns nicht noch einmal widersetzen!«

»Ich habe mich Euch nie widersetzt«, warf Amaru jetzt ein und klopfte mit dem Ende seines Speers auf den Boden. »Aber Ihr reizt mich sehr dazu. Ich möchte sehen, wie ihr uns mit Euren Stöcken verjagt.«

»Nein, wir gehen«, sagte Cusi. »Wenn die Iñaca ihre eigenen Krieger abweisen, haben sie nichts besseres verdient als Bedienstete mit Stöcken.«

Damit machte er kehrt und ging. Amaru spuckte vor den Alten aus und folgte ihm.

»Meine Leute haben noch ein Anwesen hier, im Ostviertel«, schlug Uritu leise vor. »Dort sind wir sicher willkommen.«

»Sogar hier mußt du mir jetzt ein Zuhause anbieten«, antwortete Cusi bedrückt und wischte sich rasch ein paar Tränen aus den Augen. »Gehen wir schnell, bevor ich vergesse, daß ich kein Feind derer mehr bin, die hier leben...«

888

Früh am nächsten Morgen gingen sie zum Collcampata hinauf. Es überraschte Cusi nicht mehr, daß die Palastwache nichts von seinem Kommen wußte und noch argwöhnischer war als die Wachposten außerhalb der Stadt. Seiner Ehrengarde wurde der Eintritt verweigert, und er selbst, Amaru, Tarapaca und Uritu mußten ihre Waffen in einem Vorhof abgeben.

Nach langem Warten erklärte ihnen ein Mann, der sich als Hauptmann von Quizquiz' Leibwache vorstellte, Quizquiz sei bei seinen Frauen und könne nicht gestört werden. Ohne ein Wort der Entschuldigung schlug er Cusi vor, am Nachmittag wiederzukommen.

Cusi fühlte Zorn in sich aufsteigen. »Überbringe ihm folgende Nachricht«, befahl er dem Hauptmann, doch dieser winkte sofort ab.

»Herr, *niemand* darf ihn jetzt stören!«

»Dann sag ihm später, sobald du den Mut findest, daß Cusi Huaman wegen des Rats der Kriegshäuptlinge nach Cuzco kam und die Stadt wieder verließ, nachdem niemand ihn empfangen wollte. Das ist meine Nachricht, Hauptmann, und du kannst sie überbringen, wann immer du willst!«

Amaru brummte zustimmend, und dann gingen die vier zurück zum Ausgang, ohne die umstehenden Wachen zu beachten. Doch nun kam der Hauptmann ihnen nachgerannt.

»Wartet, Herr«, bat er. »Ich werde ihm sagen, daß Ihr hier seid...«

Selbst jetzt erschien Quizquiz nicht persönlich, sondern schickte statt dessen einen jungen Inka-Krieger namens Yucra, der sich als ein Neffe Atahualpas vorstellte. Er war hohläugig und wirkte gebrechlich, als habe er gerade eine schwere Krankheit überstanden. Als Cusi ihn ansah, fuhr er erschreckt zusammen; deshalb wartete Cusi, bis sich sein Ärger gelegt hatte, bevor er den jungen Mann ansprach.

»Hast du uns etwas zu sagen, mein Sohn?«

Yucra nickte. »Ich war in Caxamarca, Herr«, begann er. »Als die Viracochas kamen...«

»Die Bärtigen«, korrigierte Cusi. Er nahm ihn am Arm und führte ihn in einen schattigen Teil des Hofes. »Komm, erzähle uns alles, was du weißt.«

Sie setzten sich im Kreis auf den Boden, und Cusi winkte die Wachen fort. Yucra schien nicht zu wissen, wie er beginnen sollte; sein Zaudern machte Amaru ungeduldig.

»Sag uns als erstes, was Atahualpas Plan war«, drängte er.

»Sein Plan?« wiederholte der junge Mann verständnislos.

»Ja. Warum ließ er sie in die Stadt hinein? Was dachte er, daß sie tun würden?«

»Ich weiß es nicht, Herr. Er hat seine Pläne niemandem mitgeteilt.

Er sagte uns nur, wir sollten uns benehmen wie Inka... wie Männer, die keine Angst kennen. Diejenigen, die ihre Furcht zeigten, wurden getötet.«

Cusi bedeutete Amaru, nicht zu drängen. »Wer waren sie, mein Sohn? Und wann ist das passiert?«

»Es war an dem Tag, als die Viracochas kamen. Atahualpa war in den Bädern von Cunu, und einige von ihnen gingen auf den Rücken ihrer Kriegstiere dorthin, um ihn zu treffen. Sie waren zu schnell, als daß die Wachen Warnungen ausgeben konnten. Ihr Hauptmann hatte einen Mann von der Küste als Dolmetscher dabei, und dieser Mann sagte zu Atahualpa, der Anführer der Viracochas wolle ihn sprechen und ihn zu seinem Freund machen. Atahualpa antwortete, er werde sich am nächsten Tag auf dem Hauptplatz mit ihm treffen.«

Yucra legte eine Pause ein, und seine Augen weiteten sich. »Dann, anstatt Atahualpas Antwort ihrem Anführer zu überbringen, wendete der Hauptmann sein Kriegstier und ließ es in Kreisen um den Hof rennen. Es wirbelte große Staubwolken auf und machte mit seinen metallenen Füßen einen schrecklichen Lärm. Ich konnte es nicht ertragen, dabei zuzusehen, aber andererseits mußte ich einfach hinsehen. Dann rannte das Tier geradewegs auf Atahualpa zu, als wollte es ihn verschlingen, und blieb nur einen Fuß vor ihm stehen, so nahe, daß sein Atem den Fransensaum aufwirbelte.«

Wieder unterbrach sich Yucra; er zitterte vor Angst. »Atahualpa bewegte sich nicht«, fuhr er endlich mit erstickter Stimme fort. »Er blinzelte nicht einmal. Ich konnte mich vor Angst nicht bewegen, obwohl ich am liebsten um mein Leben gerannt wäre. Einige fürchteten sich so sehr, daß sie aufschrien oder zurückschreckten; sie alle starben später. Es waren alles Blutsverwandte von Atahualpa, aber er verschonte keinen einzigen.«

Cusi tauschte Blicke mit seinen Freunden aus und ließ Yucra Zeit, sich wieder etwas zu sammeln.

»Und am nächsten Tag?« fragte er dann. »Seid ihr zum Platz gegangen?«

»Wir gingen zum Platz«, wiederholte Yucra und nickte. »Wir brachen zu früh von Cunu auf und mußten eine Weile auf der Straße warten. Die Viracochas hatten uns wohl beobachtet, denn sie sandten einen Boten, der uns mitteilte, wie sehr sie sich freuten, Atahualpa zu treffen, und sie baten ihn, vorauszukommen. Sie wußten nicht, daß wir nur warteten, weil wir erst bei Sonnenuntergang eintreffen wollten.«

»Weshalb?« fragte Cusi. »Weshalb wollte Atahualpa erst bei Sonnenuntergang eintreffen?«

»Ich vermute … jedenfalls, alle wußten, daß die Kriegstiere in der Dunkelheit nutzlos sind. Sie verlieren dann ihre Wildheit und stehen nur da, oder sie legen sich hin.« Yucra runzelte die Stirn. »Allerdings bin ich mir nicht mehr sicher, ob das wirklich stimmt.«

»Wieviele gingen zum Platz?«

»Mehrere Tausend. Bedienstete, die den Boden vor der Sänfte kehrten, dazu Diener und zusätzliche Träger, und alle Priester sowie Männer und Frauen des Hofes. Alle Ohrpflöcke und die Kommandanten der Fremdtruppen ebenfalls.«

»Waren die Krieger bewaffnet?« fragte Tarapaca.

Yucra reagierte überrascht. »Jene, die in der Prozession marschierten, nicht. Aber Rumiñaui hatte Tausende von Männern außerhalb des Platzes und um die ganze Stadt herum aufgestellt, die alle bewaffnet waren. Die Viracochas wußten das auch, denn die Truppen waren nicht versteckt.«

»Aber die *Bärtigen* hatten sich versteckt«, stellte Cusi fest, »als ihr auf dem Platz eintraft«?

»Er war vollkommen leer«, stimmte der junge Mann zu, »bis wir kamen. Ich dachte, sie hatten wohl den Mut verloren, als sie sahen, wie viele wir waren. Nur einer von ihnen zeigte sich, mit dem Dolmetscher, nämlich der, der ihr Priester ist und eine lange Tunika trägt wie die Chuncho«, fügte Yucra mit einem Blick auf Uritu hinzu. »Dieser Priester hielt eine lange Rede an Atahualpa, der in seiner Sänfte saß und von den Trägern hochgehoben wurde. Ich war nicht nahe genug, um alles zu verstehen, was der Dolmetscher sagte, aber der Priester erzählte von seinem Herrscher und dem Hohenpriester ihrer Götter, die weit weg auf der anderen Seite von Mama Cocha wohnen. Sie haben drei hohe Götter und einen, der über allen steht, aber es wurde nicht klar, ob dieser zu den dreien gehört. Auch der Dolmetscher schien das nicht zu verstehen, aber danach fing er an zu zögern, immer wenn er die Worte übersetzte, die der Priester an Atahualpa richtete.«

Yucra legte eine Pause ein, um Atem zu schöpfen. »Der Priester sagte«, fuhr er dann fort, »ihr Gott habe sie gesandt, um über die Völker der Vier Viertel zu herrschen und sie die Lebensweise der Viracochas zu lehren. Er forderte von Atahualpa, sich zu unterwerfen und die Götter der Inka aufzugeben, weil sie falsch seien.« Er sah Cusi eindringlich an. »Könnt Ihr so etwas Verrücktes glauben? So etwas zu Atahualpa zu sagen, vor Tausenden seiner Untergebenen!«

»Was hat Atahualpa geantwortet?«

»Er wurde sehr zornig und versuchte auch gar nicht, es zu verbergen. Er fragte den Priester, woher er diese lächerlichen Vorstellungen habe. Die Antwort des Priesters bestand darin, ihm eine ihrer Huacas zu zeigen. Ich sah sie; sie war klein und schwarz und schien an den Rändern auseinanderzufallen. Atahualpa drehte sie hin und her und hielt sie ans Ohr, und dann warf er sie wütend auf die Erde und rief, sie sei schwach und leer. Der Priester wurde daraufhin regelrecht verrückt; er hob sie auf und schüttelte sie drohend vor Atahualpa, und dann rannte er brüllend und schreiend zurück zu der großen Halle, aus der er gekommen war. Viele Leute um mich herum mußten grinsen, und wir hätten am liebsten laut gelacht, aber wir fürchteten Atahualpas Zorn.«

Einen Augenblick lächelte Yucra versonnen und sah zu Cusi auf. Bevor er weitersprechen konnte, schluckte er schwer. »In diesem Augenblick griffen die Viracochas an. Zuerst gab es einen lauten Donner, und Feuerbälle flogen aus dem Turm am einen Ende des Platzes auf uns nieder und rissen Löcher in die Menge. Dann kamen die Viracochas aus allen Gebäuden hervor; sie schossen mit ihren Blasrohren und streckten die Menschen mit ihren metallenen Keulen nieder. Die Kriegstiere trampelten jeden tot, der sich ihnen in den Weg stellte, und die Menschen konnten nirgendwo hin fliehen.« Er breitete in einer panischen Geste die Hände aus. »Wir wußten nicht, was wir tun sollten! Die Krieger waren mit den anderen Leuten vermischt, und wir hatten keine Waffen und niemanden, der uns Befehle geben konnte. Wir standen da, wie am Tag zuvor Atahualpa im Badehaus vor dem Kriegstier gesessen hatte, nur daß die Viracochas nicht aufhörten, sie töteten und töteten …«

Die Augen des jungen Mannes wurden glasig, und er hielt sich die Ohren zu, als könne er noch jetzt die Schreie der Sterbenden hören. Tarapaca legte ihm beruhigend eine Hand auf den Arm.

»Hast du gesehen, wie sie Atahualpa gefangennahmen?« fragte Cusi leise.

Ohne aufzusehen schüttelte Yucra den Kopf. »Ich habe nur gesehen, wie seine Sänfte zur Seite kippte, als die Träger darunter abgeschlachtet wurden. Dann fing die Menge an, sich in Bewegung zu setzen, und ich lief mit, obwohl es viel zu viele waren und man gar nicht wirklich rennen konnte. Die Viracochas hatten den Ausgang blockiert, und sie trieben uns gegen die hohe Wand an einer Seite des Platzes. Viele wurden erdrückt, und wir stiegen über die Toten hinweg und kämpften gegeneinander, damit wir die Wand hinaufklettern und fliehen konnten. Aber schließlich drängten sich so viele auf der Mauer, daß die Adobes zerbarsten. Sie brach zusammen; wir rannten um unser Leben, und die Kriegstiere setzten uns nach.«

Auf Yucras Bericht folgte eine Totenstille, die erst endete, als eine andere Stimme hörbar wurde. Cusi fuhr auf; vor ihnen stand Quizquiz mit einem Becher in der Hand.

»Habt ihr genug gehört?« herrschte er sie an.

»Nein«, erwiderte Amaru unumwunden. »Was war mit Rumiñaui und den Kriegern außerhalb des Platzes? Was haben sie gemacht?«

»Nichts«, gab Quizquiz zur Antwort. »Als sie hörten, daß Atahualpa gefangen war, flohen sie. Dem letzten Bericht zufolge führt Rumiñaui sie nach Norden, nach Quito.«

»Das ist die Prophezeiung von Catiquilla«, murmelte Cusi. »Genau wie es der alte Priester gesagt hat… bevor Atahualpa ihn köpfte.«

»Dann bin ich froh, daß er nicht mehr am Leben ist, um sich an seiner Schadenfreude zu ergötzen«, höhnte Quizquiz. »Wollt ihr hereinkommen, oder sollen wir unseren Kriegsrat hier abhalten?«

»Hier«, beschloß Cusi, und Yucra stand daraufhin wortlos auf und ging. Quizquiz hockte sich an seiner Stelle nieder und bedeutete den Frauen hinter ihm, Akha auszuschenken. Als sie sich zurückgezogen hatten, warteten Cusi und seine Gefährten, daß Quizquiz den üblichen Trinkspruch auf Inti ausbrachte, doch der Kriegshäuptling setzte wortlos seinen Becher an und trank in vollen Zügen.

»Ich habe euch beide eine ganze Weile nicht mehr gesehen«, sagte er dann zu Amaru und Uritu. »Das kann nur heißen, daß es wenigstens im Osten keine Aufstände gibt. Habt ihr Manco Inca noch immer nicht gefangen?«

»Er muß im Dschungel verschwunden sein«, antwortete Cusi. »Aber es gibt ohnehin niemanden, der ihn unterstützen würde. Niemand vermißt Huascar, höchstens ein paar weltabgewandte Priester.«

»Hier vermissen ihn viele, wie ihr mit Sicherheit bemerkt habt. Ich habe Challcochima gesagt, er soll ihn erledigen, aber er meint, dazu müsse er Atahualpas Befehl abwarten.«

»Seid Ihr sicher, daß Atahualpa noch am Leben ist?« fragte Amaru. Quizquiz schnaubte verächtlich.

»Er hat mit den Bärtigen einen Pakt geschlossen, um sich freizukaufen. Er versprach ihnen, ein Zimmer in Caxamarca mit Gold und ein zweites mit Silber zu füllen, wenn sie ihn dafür freiließen. Die Bärtigen tun für Gold alles, deshalb werden sie ihn nicht töten.«

»Woher will er dieses Gold bekommen?« fragte Cusi.

»Es wird aus allen Vier Vierteln nach Caxamarca gesandt. Von euch habe ich nichts angefordert, weil ihr schon den Goldstaub geschickt habt, den euch die Chuncho gaben.«

»Warum Gold und keine Krieger?« meinte Amaru. »Sie können ihn jederzeit umbringen, und wahrscheinlich werden sie das auch tun, sobald sie das Gold haben. Es wäre besser, wenn sie bei seiner Verteidigung umkämen.«

Quizquiz sah ihn finster an. »Das habe ich Challcochima auch vorgeschlagen. Er sagte, er wolle Huascar nicht aus Andamarca herausholen, ihn aber auch nicht dort lassen, und er erinnerte mich an Atahualpas Befehl, keinen Rettungsversuch zu unternehmen und daran, daß alle Krieger diese Order kennen würden. Er meinte, was wir aufgeben, sei nur Gold, und je länger Atahualpa gefangen ist, desto größer sei die Chance, daß er fliehen oder befreit werden kann.«

»Dann sind wir also alle zusammen mit ihm gefangen«, folgerte Cusi. Quizquiz leerte seinen Becher und setzte ihn hart auf den Boden auf.

»Ich habe nicht genügend Leute, um selbst zu gehen – es sei denn, du glaubst, daß du Cuzco halten könntest, solange ich weg bin.«

Dieses Angebot war halbherzig, aber Cusi tat, als würde er darüber nachdenken, und schüttelte erst dann den Kopf. »Ich habe auch nicht genügend Leute. Und Cuzco war zu lange in Eurer Hand, als daß jetzt jemand Euren Platz hier einnehmen könnte.«

»Du meinst, du möchtest nicht den Haß spüren, den sie mir entgegenbringen!« entgegnete Quizquiz in scharfem Ton; der versteckte Hohn in Cusis Ablehnung war ihm nicht entgangen.

»So könnte man es auch sagen. Ich will jedenfalls nichts, was ich mir nicht verdient habe.«

Quizquiz starrte ihn wütend an, aber auch seine Empörung war halbherzig, und da Cusi seinem Blick ruhig begegnete, verrauchte sie schnell.

»Nun gut, Kriegsherr ... dann geh zurück zu deinen Falken. Wir können jetzt nichts mehr tun, als unsere Stellungen zu halten. Wenn die Bärtigen zuerst hierher gekommen wären, wäre alles anders verlaufen.«

Sie setzten ihre Becher ab und standen auf. Cusi war überrascht, als Quizquiz ihm die Hand bot, aber er nahm sie und sah zu, wie der Kriegshäuptling auch Amaru, Uritu und Tarapaca die Hand gab.

»Ganz anders«, murmelte Quizquiz. Dann brummte er vor sich hin und ging und überließ es ihnen, ihren Weg aus der Stadt hinaus zu finden.

Die Hirtenjungen hatten sie längst entdeckt. Cusi war sich nicht sicher, wie feindselig Alco sein würde, deshalb führte er seine Gefährten zum Grat hinauf, der die Huaca überblickte. Die Sonne strahlte aus einem klaren, blauen Himmel, und ein sanfter, kühler Wind, in dem der Geruch von Rauch mitschwang, wehte ihnen ins Gesicht.

Oben angekommen, blieb Cusi stehen, ließ den Blick über die Senke unter ihnen schweifen und sah nach kurzer Zeit die Gestalt, die am Fuß des gezackten Steins kauerte und ihnen den Rücken zukehrte.

»Alco«, murmelte Tarapaca, als er den Umhang aus Pumafell erkannte, den die Gestalt trug. Er legte Speer und Schild weg und zog das Gabenbündel heraus, das in seinem Hüftband steckte; auch Cusi legte den Schild nieder, behielt jedoch seine Streitaxt und den Kokabeutel unter dem Arm.

»Wartet hier auf uns«, sagte er zu den anderen und machte sich mit Tarapaca auf den Weg. Als sie der Huaca näherkamen, sahen sie, daß davor ein kleines Opferfeuer brannte. Dann fühlte Cusi, wie ihn die Stille umfing, wie sie ihn zugleich besänftigte und an allen seinen Sinnen zerrte, so daß eine unbestimmbare Erregung in seiner Magengrube spürbar wurde. Die kauernde Gestalt erhob sich, als sie die Huaca erreicht hatten, drehte sich jedoch nicht zu ihnen um. Sie blieben einige Fuß hinter dem Mann stehen, der die Arme beschwörend zum Himmel hob.

»Welche Botschaft bringst du, Cusi Huaman?« fragte Alco.

»Es ist vorüber«, antwortete Cusi ohne nachzudenken.

»Was ist vorüber?«

»Die Herrschaft der Inka. Das Leben, das es noch gab, als meine Mutter mich zum erstenmal hierherbrachte.«

Alco brummte und senkte für einen Augenblick die Arme. »Und was ist deine Botschaft, Tarapaca?« fragte er als nächstes. Der Krieger blickte verblüfft auf Cusi. Dann konzentrierte er sich auf die Frage und runzelte gedankenvoll die Stirn, bevor er antwortete.

»Es gibt niemanden mehr, dem man dienen kann, außer jenen, die wir persönlich kennen und denen wir vertrauen können. Männern, die in weit entfernten Palästen wohnen, schulden wir nichts.«

Langsam ließ Alco die Arme sinken und wandte sich ihnen zu. Sein Gesicht war mit zwei breiten, vertikalen Streifen bemalt, der eine schwarz, der andere weiß. Doch seine Augen leuchteten hell und durchdringend, und Cusi spürte die Kraft seiner Persönlichkeit so stark, daß er sie als Bedrohung empfand. Alco blickte auf die Streitaxt in Cusis Händen und den goldenen Sonnenschild auf seiner Brust und schürzte verächtlich die Lippen.

»Illapa hat dich also am Leben erhalten, damit du das Ende sehen würdest.«

»Und... den... Beginn«, stieß Cusi mühsam hervor; seine Kehle war plötzlich wie zugeschnürt.

»Das Ende«, beharrte Alco barsch. »Das Pacha Puchucay. Also rennt der Kleine Läufer natürlich weg aus Cuzco.«

Nun konnte Cusi überhaupt nicht mehr sprechen, aber er erkannte, daß Alco dies bewerkstelligte. Furchtsam umklammerte er den Griff seiner Streitaxt; Alco bemerkte es sofort und nickte zufrieden.

»Hast du dieses Mal eine Opfergabe mitgebracht?« fragte er, und Cusi ließ die Streitaxt mit einer Hand los, um den Kokabeutel von seiner Schulter zu nehmen. Tarapaca hielt Alco sein Geschenkbündel hin.

»Legt sie auf das Feuer«, befahl Alco ihnen und trat zur Seite. Cusi und Tarapaca knieten vor der Huaca nieder und entboten eine Mocha. Als Cusi sich wieder aufrichtete, sah er vor dem Feuer einen Quipu am Boden liegen, doch er beachtete ihn nicht und legte seinen Kokabeutel auf die glühenden Kohlen. Er sah zu, wie der Beutel zu schwelen anfing, dann nahm er seine Streitaxt wieder an sich und stand auf. Mit einem Mal stand Alco hinter ihm.

»*Gib mir deine Waffe!*« flüsterte er Cusi ins Ohr.

Wie ein schweres Netz schien sich die Aufforderung um ihn zu legen; seine Arme hingen unbeweglich an beiden Seiten herab, und sein instinktiver Drang, herumzuwirbeln und die Waffe zu schwingen, war erstickt, überwältigt. Plötzlich jagte die Gewißheit, daß Alco ihn töten wollte, durch seinen ganzen Körper, und er versteifte sich und versuchte, sich zu wehren und mit aller Willenskraft dagegen anzukämpfen. Doch seine Hände schienen sich wie von selbst zu öffnen; er fühlte, wie ihm die Waffe abgenommen wurde. Tarapaca neben ihm ließ einen erstickten Schrei vernehmen und fiel zu Boden. Als nächstes war vom Grat ein wildes Brüllen zu hören, aber es klang sehr weit entfernt, während Alcos Stimme in seinem Kopf dröhnte.

»Einst habe ich euch beide gerettet. Euer Leben gehört mir!«

Eiskalter Schweiß trat Cusi aus allen Poren, und Tränen der Verzweiflung quollen ihm in die Augen. Er mochte einfach nicht glauben, daß er so sterben sollte, aber er konnte nichts tun, um sich zu retten. Er hörte laute, schnelle Schritte und Amarus wüste Drohung.

»Wenn du ihn anrührst, bist du tot!«

»Bleib wo du bist!« schrie Alco zurück und schwang drohend die Streitaxt über Cusis Kopf. Dann flüsterte er wieder in Cusis Ohr.

»*Verbrenne den Quipu. Befreie uns, beide!*«

Dann war er plötzlich frei, so daß er vorwärts stolperte, und für einen Augenblick fühlte er nichts als den Wunsch zu fliehen, über das Feuer zu springen und Alco den Kriegern zu überlassen. Aber gleichzeitig erkannte er, weshalb Alco ihn hatte festhalten können und warum er ihn laufen ließ. Er hob den über die Jahre trocken und brüchig gewordenen Quipu auf und warf ihn in die Flammen, die um den Kokabeutel herum hochzüngelten. Die Schnüre brannten wie Zunder und verursachten ein lautes Knacken. Als sie zu Asche geworden waren, drehte er sich um und blickte Alco an, der die Streitaxt vor seiner Brust hielt und den Kriegern den Rücken zukehrte. Ein Stück weiter hinten stand Uritu und hielt Amaru fest.

»Verstehst du jetzt?« fragte Alco ruhig. Cusi starrte ihn an, krümmte dabei jeden einzelnen Finger und prüfte seine Muskeln.

»Ich habe dich nie gehaßt«, sagte er.

»Nein, das brauchtest du gar nicht. Ich war dir vollkommen gleichgültig, aber trotzdem hattest du die Macht, mein Leben zu ruinieren.«

»Ebenso wie du jetzt diese Macht über mich hattest. Aber ich glaube, du warst schon frei, bevor ich den Quipu verbrannte.«

Es war das erste Mal, daß Cusi Alco lächeln sah, und sein bemaltes Gesicht wirkte dadurch noch grotesker. Er gab die Streitaxt mit einer leichten Verbeugung an Cusi zurück, half dann Tarapaca auf die Beine und entschuldigte sich bei ihm für die Gewalt, die er ihm angetan hatte. Es war auch das erste Mal, daß Cusi hörte, wie Alco sich für etwas entschuldigte.

»Diese Lektion war für mich«, sagte Cusi zu Tarapaca. »Ich werde dir später davon erzählen. Führe die anderen zur Straße zurück, ich komme dann nach.«

Bevor Amaru sich zu gehen bereit erklärte, mußten sie ihm noch einmal versichern, daß für Cusi keine Gefahr mehr bestand. Dann verschwand er mit den anderen über den Grat, und Cusi war mit Alco allein bei der Huaca. Schwarzer Rauch stieg jetzt vom Opferfeuer auf, und sie traten ein paar Schritte zurück.

»Wir kennen uns schon lange«, begann Cusi vorsichtig, »aber wir sind uns immer noch fremd.«

»Raurau Illa wollte nie, daß wir Freunde werden. Er benutzte dich, um mich zu prüfen, und damit ich Kraft sammelte. Und er benutzte mich, um dich wieder in die Welt hinauszuschicken, als du dich von ihr abkehren wolltest. Er war kein Mensch, der dem Zorn erlag, deshalb konnte er nicht verstehen, daß das, was wir uns gegenseitig antaten, zwischen uns treten könnte.«

Cusi nickte; er fand diese Feststellung überzeugend, und sie beeindruckte ihn, weil sie keinen nachklingenden Ärger erkennen ließ. »Muß es jetzt noch immer zwischen uns treten?« fragte er.

Alco musterte ihn lange. »Was kann nun überhaupt noch zwischen uns sein? Du gehst weg, und wahrscheinlich wirst du nie mehr wiederkommen. Ich muß hierbleiben und mein Volk auf die Herrschaft der Bärtigen vorbereiten.«

»Was weißt du über sie?«

»Ich weiß, daß immer mehr von ihnen kommen und daß sie uns alle wie Bedienstete behandeln werden. Und sie werden unsere Huacas zerstören.«

»Diese hier auch?« fragte Cusi mit einem Blick auf den gezackten Stein.

»Jede, die ihnen nicht verborgen bleibt.«

»Und du kannst es nicht verhindern?«

»Nein«, antwortete Alco entschieden. »Niemand kann sie aufhalten.«

»Du solltest von hier weggehen, bevor sie auch dich zerstören. Komm mit nach Vitcos. Huaman Cachi hat sich schon dort niedergelassen, und es gibt noch viel Land – Land, das durch die Berge und den Dschungel gut geschützt ist. Niemand behauptet, die Bärtigen könnten fliegen, und jenen, die zu Fuß gehen müssen, können wir die Wege versperren.«

Alco verzog den Mund zu einem freudlosen Lächeln. »Das ist wirklich ein großes Glück. Aber du hast ja immer Glück gehabt.«

Cusi neigte den Kopf zur Seite und blickte ihn skeptisch an. »Das klingt wie der Alco, der von Haß und Neid beherrscht war, aber du hast bereits gezeigt, daß du davon nun frei bist. Warum also solltest du mein Angebot ablehnen?«

»Warum solltest du mir eines machen?« konterte Alco. »Du schuldest mir nichts. Ich habe dich eben nicht verschont; ich hätte dich an diesem Ort gar nicht töten können, das solltest du wissen.«

»Du hast mich vor der Krankheit gerettet«, hielt Cusi ihm entgegen. »Und du hast die Waffen zur Verfügung gestellt, die wir brauchten, um aus Calca zu fliehen.«

»Das erste war meine Pflicht. Das zweite tat ich für Huaman Cachi.«

Cusi brummte; Alcos Sturheit ärgerte ihn. Hilfesuchend blickte er zu der Huaca, aber vor seinem inneren Auge sah er lediglich, wie der Stein zerstört wurde und am Ende nicht mehr da war. Das quälende Gefühl des Verlustes, das ihn dabei überfiel, ließ ihn erkennen, wie leichtfertig sein Vorschlag an Alco gewesen war, von hier wegzugehen. Nun habe ich die Macht, sein Leben zu beschützen, dachte er kläglich, aber ich interessiere mich noch immer nicht dafür, was er darüber denkt.

»Ich möchte nicht, daß ihr erst dann nach Vitcos geht, wenn schon viele umgekommen sind und dein Volk im Elend ist«, sagte er. »Ich möchte, daß du kommst, solange du deine Kraft noch spürst und dein Volk sich seinen Geist noch bewahrt hat. Bringt auch eure Herden mit, und die von Inti und dem Sapa Inca ebenfalls. Ich möchte nicht, daß noch mehr von dem vergeudet wird, was uns von Nutzen sein kann.«

Alco starrte ihn ungerührt an und legte dann eine Faust an die Brust. »Ich habe deine Worte vernommen, Cusi Huaman. Ich werde mir überlegen, was für mein Volk und mich möglich ist.«

»Ja«, sagte Cusi. »Denke darüber nach.«

Sie verbeugten sich voreinander, und dann drehte Cusi sich um und setzte sich vor der Huaca nieder; die Streitaxt legte er auf den Boden und hielt seine Hände darauf. Er ließ die Kraft des Steins auf sich wirken, seine ewige, schützende und doch ferne Stille. Noch einmal weihte er sein Leben, sein neues Leben, Illapa, und gelobte, alles, was ihm gegeben würde, mit dankbarem Herzen anzunehmen. Dann entbot er, ohne einen Abschied zu murmeln, eine letzte Mocha.

Schließlich griff er nach seiner Streitaxt, erhob sich, nickte Alco noch einmal zu und entfernte sich rückwärts von der Huaca, den Blick auf ihre aufragende, gezackte Gestalt gerichtet, bis er merkte, daß der ebene Grund aufhörte und die Steigung begann. Dann wandte er sich um und ging zum Grat hinauf, ohne einen Blick zurückzuwerfen, nach Nordosten auf das Yucay-Tal und Vitcos zu, hin zu Micay und den Kindern und ihren Freunden und Kameraden. Auf das Leben zu, das wir in unsere eigenen Hände nehmen müssen, dachte Cusi und begann zu laufen, und er besann sich dabei der Schnelligkeit eines Jungen und rannte mit der Ausdauer eines Mannes.

EPILOG

Soviel ist uns vom Untergang der Inka überliefert:

Dem Sapa Inca Huascar gelang es, aus seiner Gefangenschaft in Andamarca heraus Francisco Pizarro, dem Anführer der spanischen Invasoren, Avancen zu machen. Als Atahualpa davon erfuhr, ließ er seinen Leuten in Andamarca heimlich eine Botschaft zukommen, und daraufhin wurden Huascar, die Coya Chuqui Huipa und Rahua Ocllo getötet. Angeblich wurden ihre Leichname zerstückelt und in einen Fluß geworfen.

Die Spanier teilten das Lösegeld, das sie von Atahualpa erpreßt hatten, unter sich auf, hielten ihn jedoch weiterhin gefangen. Mittlerweile hatte sich ihre Anzahl durch die Ankunft von Diego de Almagro und seinen Männern verdoppelt, und sie beschuldigten Atahualpa nun, unter seinem Volk einen Aufstand zu schüren. Obwohl er seine Unschuld beteuerte und versprach, mehr Gold aufzubringen, verurteilten sie ihn nach einem Verhör zum Tode. Da er sich vor der Hinrichtung noch zum christlichen Glauben bekehrt hatte, wurde er als Don Francisco Atahualpa auf dem zentralen Platz von Caxamarca erdrosselt und nicht wie ein Ungläubiger auf dem Scheiterhaufen verbrannt. Es heißt, seine Leiche sei später aus dem Grab gestohlen und nach Quito gebracht worden.

Der Kriegshäuptling Challcochima hatte sich schon früher Hernan de Soto ergeben, im Glauben, Atahualpa habe ihn nach Caxamarca beordert. Als die Spanier Ende 1533 nach Cuczo marschierten, führten sie ihn als Gefangenen in ihrem Troß mit, ebenso wie den Nachfolger, den sie für Atahualpa wählten, nämlich einen seiner unbekannteren Halbbrüder namens Topa Huallpa Inca. Dieser junge Mann starb während des Marsches unter rätselhaften Umständen, und man beschuldigte Challcochima, seine Vergiftung angeordnet zu haben. Später wurde er dieses Verbrechens angeklagt und in der Festung Sacsahuaman auf dem Scheiterhaufen verbrannt.

Der Kriegshäuptling Rumiñaui hatte sich – angeblich im Namen des gefangenen Atahualpa – zum Herrscher von Quito und der umgebenden Gebiete ernannt. Doch nach dessen Hinrichtung erklärte er sich vom Apu Inca unabhängig und ließ alle von Atahualpas Verwandten und Anhängern ermorden. Seine Grausamkeit gegenüber den

Quito nahm so sehr überhand, daß sie sich schließlich hilfesuchend an die Spanier wandten. Während seiner Verfolgung durch Sebastian de Benalcazar legte Rumiñaui die Stadt Quito in Schutt und Asche und floh dann in den Dschungel im Osten, wo er vermutlich bald darauf ums Leben kam.

Der Kriegshäuptling Quizquiz konnte kurzzeitig den Vormarsch der Spanier auf Cuzco aufhalten und floh dann in Begleitung der Krieger, die ihm die Treue hielten, nach Norden. Später wurde er von Almagro und dem kurz zuvor in Südamerika angekommenen Pedro de Alvarado verfolgt, doch er und seine Männer konnten den Spaniern eine empfindliche Niederlage beibringen und in die Berge entkommen. Aber seine unbeugsame Entschlossenheit, den Kampf bis zum bitteren Ende durchzustehen, führte zu einem Aufstand unter seinen Leuten, und er wurde von einem seiner eigenen Hauptleute ermordet.

Huascars jüngerer Bruder Manco Inca verließ sein Versteck, als die Spanier Cuzco erreichten. Er gab sich als rechtmäßiger Thronerbe aus und begab sich unter den Schutz der Eroberer. Im Glauben, daß ihm das Reich seines Vaters zurückgegeben würde, wenn er den Spaniern half, in den Vier Vierteln wieder Recht und Ordnung herzustellen, stellte er sich auf ihre Seite. Doch als seine Loyalität mit Beleidigungen und Mißhandlungen belohnt wurde, begann er heimlich einen Aufstand zu organisieren. Als sich Pizarro im Mai 1536 in Lima aufhielt, erhoben sich Manco und seine Anhänger in allen Teilen des Landes gegen die Besatzer, wobei sie ihre Angriffe auf Lima und Cuzco konzentrierten. Cuzco wurde acht Monate lang belagert; in dieser Zeit wurden die Strohdächer der Gebäude in Brand gesetzt und die Straßen und Terrassen aufgerissen, um sie für die Pferde der Spanier unpassierbar zu machen. Obwohl Hernando Pizarro und sein kleiner Trupp spanischer Soldaten mitsamt ihren indianischen Verbündeten in der Minderheit und ständigen Angriffen ausgesetzt waren, verbarrikadierten sie sich auf dem Haucaypata und überfielen in letzter Verzweiflung schließlich die Festung Sacsahuaman; dabei gelang es ihnen, die Inka-Kräfte aus ihren Stellungen zu vertreiben und ihren Widerstandswillen zu brechen. Als vom Süden Einheiten zur Verstärkung der Spanier anrückten und Manco von seinen Männern verlassen wurde, weil sie ihre brachliegenden Felder bestellen wollten, zog er sich geschlagen ins Yucay-Tal zurück. Doch er gab seinen Kampf gegen die spanische Herrschaft nicht auf und konnte Ollantaytambo mehrere Jahre gegen sie behaupten, bis er sich schließlich in die Sicherheit der Urwaldsiedlungen Vitcos und Vilcabamba zurückzog. Aber auch von dort führte er noch mehrere Jahre lang immer wieder Überfälle in das spanisch besetzte Gebiet durch; dabei verwendete er ein Schwert aus spanischem Stahl und war beritten. Bei einem Streit über ein Spiel auf dem Anger von Vitcos wurde er 1545 von einigen übergelaufenen Spaniern ermordet, denen er Zuflucht gewährt hatte.

Manco Inca hatte drei Söhne, die nacheinander als Herrscher über Vilcabamba regierten. Der erste, Sayri Topa Yupanqui, verbündete sich mit den Spaniern und erhielt dafür ein Landgut im Yucay-Tal, wo er 1560 friedlich starb. Der zweite, Titu Cusi Yupanqui, zog sich in den sicheren Urwald zurück, wo er nur von spanischen Priestern besucht wurde. Er starb unerwartet an einer geheimnisvollen Krankheit, und daraufhin wurden Verdächtigungen gegen die Missionare laut, was zum Martyrium eines der spanischen Priester und zur Ermordung einer Gruppe von Botschaftern führte, die der neue spanische Vizekönig Francisco de Toledo ausgesandt hatte. Der Vizekönig rächte sich, indem er Soldaten in den Dschungel nach Vitcos und Vilcabamba schickte. Mancos dritter Sohn Tupac Amaru leitete sechs Monate lang den Widerstand der Inka gegen die Eroberer, bis er geschlagen wurde und in den Dschungel fliehen mußte. Doch ein spanischer Hauptmann nahm ihn schließlich gefangen und brachte ihn nach Cuzco zurück; der Vizekönig wies alle Bitten um Gnade ab und verurteilte ihn als Rebellen gegen die spanische Krone zum Tode.

Am Tag von Tupac Amarus Hinrichtung strömten viele tausend Menschen nach Cuzco; einige von ihnen weinten und sangen bereits Klagelieder. Als der Gefangene auf ein eigens errichtetes Podest vor der Kathedrale auf der Plaza de Armes geführt wurde, schwoll das Jammern und Klagen der Menge so laut an, daß man ihm die schwarze Kappe vom Kopf nehmen mußte, damit er die Menschen beruhigen konnte. Tupac Amaru hatte sich zur Religion der Eroberer bekehrt und als Don Pablo Tupac Amaru taufen lassen. In seiner letzten Ansprache an sein Volk sagte er sich vom Glauben seiner Väter und Brüder völlig los. Trotzdem wurde das Zeichen zur Vollstreckung des Urteils gegeben. Der Gefangene kniete nieder, und mit einem einzigen Axtstreich von der Hand des Scharfrichters wurde der letzte Inca, der den Fransensaum getragen hatte, auf dem einst als Haucaypata bekannten Platz hingerichtet. Das war im Jahr 1572.

Dank

Der Autor möchte folgenden Personen und Institutionen seinen aufrichtigen Dank aussprechen:

Seinen Ratgebern von wissenschaftlicher Seite:
Robert und Marcia Ascher, Louis Baudin, Garland Bills, Hiram Bingham, Pedro de Cieza de Leon, Bernabe Cobo, Kent Day, Raoul D'Harcourt, Graziano Gasparini, Victor W. von Hagen, Michael Harner, John Hemmings, Gonzalez Holguin, Edward Hyams, John Hyslop, Frederico Kauffmann-Doig, Richard Keatinge, Paul Kosok, Gareilaso de La Vega, A. R. Luria, Luise Margolies, J. Alden Mason, Craig Morris, Richard Mosely, George Ordish, Huaman Poma de Ayala, John H. Rowe, Irene Silverblatt, Donald Thompson, Margaret Towle, Rudy Troike, Gary Urton, Nathan Wachtel, Andrew Weil, Ronald Wright, R. T. Zuidema.

Seinen Beratern in Bolivien und Peru:
Angel, Guido, Maarten Van de Guchte, Guillermo Beverter, Jorge Jesus Romero, Alberto Vasquez.

Jenen, die einen Amateur großzügig in ihr Fachwissen einweihten:
Robert Ascher, Burr Cartwright Brundage, Geoffrey Conrad, Arthur Demarest, John Murra, Joseph Stirt.

Die Bibliotheken der University of Maryland, College Park, Rensselaer Polytechnik Institute, University of Arizona.

Meiner Agentin Susan Lescher für ihre Geduld und guten Ratschläge.

Meinen Freunden und Lesern:
Linda Alster, David Gregory, Judy Lindberg und Blackburn Peters.

Meiner ersten und einzigen Frau, Annette Kolodny, die sich auf unseren Reisen in den Anden als überaus tapfer erwies und alle Mühen in ihrer gewohnt umsichtigen und liebevollen Art ertrug. Laß es uns im nächsten Leben noch einmal wagen!

GLOSSARE

Begriffe in Quechua

Akha: fermentiertes Getränk aus Mais und Wasser. Durch Kauen des Maises wird der Zuckergehalt freigesetzt (auch als »Chicha« bekannt).

Amaru: große Schlange, insbesondere die Anakonda.

Amarucancha: Palastanlage Huayna Capacs in Cuzco.

Ayahuasca: halluzinogene Droge, die aus der Dschungelliane *Banisteriopsis caapi* gewonnen wird; auch als »Yage« bekannt.

Aymara: Sprache der Stämme rund um den Titicaca-See sowie zahlreicher indianischer Bewohner des heutigen Bolivien.

Bola: eine Waffe aus zwei oder mehr schweren Kugeln, die an den Enden starker Schnüre befestigt sind.

Charqui: gefriergetrocknetes Fleisch.

Chonta: dunkles Holz der Chonta-Palme, das für Bögen und Keulen verwendet wird.

Chuncho: etwas abschätziger Sammelbegriff für die Dschungelstämme östlich der Anden.

Chuño: gefriergetrocknete Kartoffeln, meist in pulverisierter Form als Mehl.

Conopa: kleine Steinfigur, die als Glücksbringer im Haushalt aufbewahrt wird.

Coya: Schwester und Gemahlin des Sapa Inca.

Cumbi: feines webteppichartiges Tuch, das im Haus der Erwählten Frauen hergestellt und von adeligen Inka getragen wurde.

Guanako: kleine wildlebende Art des Lamas.

Huaca: Gegenstand, Ort oder Person mit überirdischen Kräften, meist in Verbindung mit Zurückgezogenheit oder Heiligkeit gesehen.

Huacacachu: aus der Datura gewonnene psychotrope Droge.

Huarachicoy: Zeremonie des Lendentuchs; das Initiationsritual der Inka für junge Männer.

Huatac: Inka-Beamter, ausgestattet mit der Strafbefugnis des Sapa Inca.

Inti Raimi: »Das hohe Fest der Sonne«, Fest der Inka zur Wintersonnenwende.

Koka: Blätter des Strauchs *Erythroxylon coca;* hat eine leicht stimulierende Wirkung, wenn sie zusammen mit Kalkasche gekaut wird.

Mamacona: in ordensähnlichen Gemeinschaften lebende Frauen, die eine Vielzahl religiöser und praktischer Aufgaben wahrnahmen.

Micho: Verwalter einer Inka-Provinz.

Mitmac: wörtlich »Fremder« oder »Außenseiter«; Stammesgruppen, die von den Inka im Zuge der Staatspolitik umgesiedelt wurden. Sie behielten die Trachten und Sitten ihrer Heimat bei und heirateten nicht in die Stämme ihrer neuen Nachbarn ein; dienten als Spione und Hilfstruppen für die Inka-Provinzbeamten.

Mocha: höchste Form der Ehrbezeugung; dazu gehörte, Kußhände zu werfen und sich Augenbrauen auszureißen; wurde nur Huacas, Abbildern von Gottheiten, hochgestellten religiösen Persönlichkeiten und dem Sapa Inca zuteil.

Mollecancha: Palastanlage Huayna Capacs in Tumibamba.

Napa: makellos weißes Lama, Symbol des Obersten Lamas.

Nusta: unverheiratete Tochter aus der Adelsschicht, die bereits menstruierte; nicht gleichbedeutend mit Keuschheit.

Palla: Inka-Frau oder Hauptfrau eines Inka.

Quechua: Sprache der Inka, die von vielen indianischen Bewohnern des heutigen Peru und Bolivien gesprochen wird.

Quicuchicoy: das Initiationsritual der Inka für junge Frauen.

Quinoa: Getreideart der Anden, die in großen Höhen gedeiht.

Tocapu: feine Webart; zeichnet sich aus durch Quadrate mit Symbolen, die ein persönliches Merkmal des Trägers sind.

Uta: eine Krankheit ähnlich der Lepra, die die Schleimhäute des Gesichts befällt.

Verruga: eine von Insekten übertragene Krankheit, die sowohl Menschen als auch Lamas in Tälern über 2000 m Höhe befällt.

Vikunja: kleinere wildlebende Lamaart, begehrt wegen seiner feinen, seidigen Wolle.

Vilca: psychotrope Droge aus dem Samen des Vilca-Baums.

Vizcacha: ein dem Kaninchen ähnliches Nagetier der Anden.

Yacarca: Wahrsager, der die Zukunft aus dem Feuer liest.

Yanacona: wörtlich »die Schwarzen« als Ausdruck ihrer ungewissen Herkunft. Menschen, die aus nicht genau bekannten Gründen ihr Leben als Diener verbringen mußten; sie waren keine Sklaven und hatten oft bedeutende Stellungen inne. Ihren Status bezogen sie aus dem Ansehen des jeweiligen Herrn, dem sie dienten.

Personen der Handlung

(° = historische Gestalt)

Acapana (Schnellfliegende Wolkenbank): Inka-Beamter; Micho und Gouverneur der Provinz Chachapoyas.

Acari: Nazca-Kommandeur.

Acunta: Chimu-Führer und späterer Häuptling von Chan Chan.

Alco (Hund): Zauberer und Medizinmann; Bruder Urcons; Nachfolger Raurau Illas.

Amancay (Lilie): Inka-Nusta, Gefährtin von Chuqui Huipa.

Amaru (Anakonda): Inka-Krieger und Architekt; Bruder von Cusi und Quinti Ocllo; Ehemann Parihuanas und Vater von Roca.

Ancoayllu (Harte Bolas): Colla-Häuptling von Hatuncolla; Vater Tomays.

Ancocoyuch: Sohn von Huaman Chumu, dem Groß-Chimu in Chiquitoy.

Apu Poma (Herr Puma): Inka-Beamter; Micho und Gouverneur der Provinz Cañar; Ehemann Mama Coris und Vater von Amaru, Quinti Ocllo und Cusi Huaman.

Aranyac (Der mit einer Maske tanzt): Inka-Lehrer im Haus des Lernens in Cuzco; Statthalter des Ostviertels.

°Atahualpa (Königlicher und Siegreicher Truthahn): Sohn Huayna Capacs mit einer rangniedrigen Gemahlin; Kriegshäuptling und Regent der Nordprovinzen; letzter eingeborener Herrscher des Inka-Reichs.

°Atoc (Fuchs): Inka-Kriegshäuptling, Halbbruder Huascars.

°Auqui Toma (Prinz der Einkreisung): Inka-Kriegshäuptling, Halbbruder Huayna Capacs.

Auqui Topa Inca: Regent von Cuzco in Huayna Capacs Abwesenheit.

Ayar Inca (Quinoa-Inka): Vater von Lloque Yupanqui und Mama Cori; Großvater von Cusi, Amaru und Quinti.

Cahua (Vorsichtige) (**1**): Erwählte Frau und Frau der Sonne in Caxamarca; später Mama Cahua genannt.

Cahua (**2**): Tochter Cusis und Micays, Zwillingsschwester von Sinchi.

Casca: Häuptling der aufständischen Chachapoyas; Vater von Misa/Micay.

°Challcochima: Inka-Kriegshäuptling.

°Challco Yupanqui: Halbbruder Huascars; während Huascars Herrschaft Hohepriester in Cuzco.

Chimpu Ocllo (Reiner Heiligenschein): Hohepriesterin in Tumibamba; auch bekannt als Mamanchic (»unsere Mutter«).

Choque Chinchay (Goldener Luchs): Cañari-Häuptling der Königlichen Leibwache; Vater von Rimachi.

°Chuqui Huipa (Goldene ekstatische Freude): ältere Tochter Huayna Capacs und Rahua Ocllos; leibliche Schwester und Gemahlin/Coya Huascars.

Chuqui Llantu (Flüchtiger Schatten): Cañari-Nusta; Ehefrau Huaman Cachis.

Cisa: jüngere Tochter von Quinti Ocllo und Quilaco Yupanqui.

Coca: ältere Tochter von Quinti Ocllo und Quilaco Yupanqui; Gemahlin Huallpas.

Condor Tupac (Königlicher Kondor): Inka-Micho der Provinz Chachapoyas.

Cori Cuillor (Goldener Stern): Inka-Nusta; Gemahlin Challcochimas; Gefährtin von Chuqui Huipa.

Cumpi Illya (Gewebter Schatz): Cañari-Verwandte von Rimachi.

Cusi Huaman (Fröhlicher Falke): als Junge Cusi Auqui (Fröhlicher Prinz) genannt; Inka-Krieger und Kundschafter; Sohn Apu Pomas und Mama Coris; Bruder von Amaru und Quinti Ocllo; Ehemann Micays und Vater von Cahua und Sinchi; unter Atahualpa Kriegshäuptling und Statthalter des Ostviertels.

°Cusi Rimay (Fröhlicher Sprecher): leibliche Schwester und erste Coya Huayna Capacs; Mutter von Ninan Cuyochi.

Fempellec: männliche Chimu-Kurtisane; Küchenchef von Apu Poma, Mama Huarcay und Chuqui Huipa.

Hanp'atu (Kröte): Callawaya-Heiler und Medizinmann.

Huallpa (Truthahn): Chachapoyas-Sohn von Quespi und Adoptivsohn von Yasca und Rimachi; Bruder von Yutu; Ehemann Cocas.

Huaman Cachi (Salzfalke): Schützling und Krieger unter Cusi; Ehemann von Chuqui Llantu.

°Huaman Chumu: Groß-Chimu der Provinz Chimor unter der Inka-Herrschaft während der Regierungszeit Huayna Capacs.

°Huanca Auqui (Feldwachenprinz): Halbbruder Huascars und Kriegshäuptling unter ihm.

Huañu (Mondsichel): Colla-Krieger und Kundschafter von Hatuncolla.

°Huascar (Kolibri): Sohn Huayna Capacs und Rahua Ocllos; Bruder von Chuqui Huipa und Tocto Oxica; zwölfter Sapa Inca; Ehemann von Chuqui Huipa.

°Huayna Capac (Jugendlicher Prinz): Sohn von Topa Inca; elfter Sapa Inca; Ehemann von (unter anderem) Cusi Rimay und Rahua Ocllo; Vater von (unter anderem) Ninan Cuyochi, Huascar, Chuqui Huipa, Tocto Oxica, Atahualpa und Manco Inca.

Inca Pasac: Halbbruder Atahualpas und einer der Botschafter, die er zu Huascar sandte.

Inca Roca: Halbbruder und Berater Huascars.

Inquil (Blaue Blume): Erwählte Frau in Caxamarca.

Kirupasa (Großer Frosch): Shuara-Zauberer und -Häuptling.

Llampu (Sanft): Cañari-Ehefrau Rimachis und Mutter von Topa.

Lloque Yupanqui (Geschätzte Lanze): Königlicher Erinnerer und Ratgeber Huayna Capacs; Zwillingsbruder von Mama Cori; Onkel von Cusi, Amaru und Quinti Ocllo.

Macas: heilige Frau und Hüterin einer Huaca in den Bergen östlich von Tumibamba; auch Pachamama und Huaca-Frau genannt.

Machacuoy (Schlange): Gefolgsmann im Dienste Micays; zweiter Küchenchef in Vitcos.

Mama Amancay (Herrin Lilie): Tochter Huayna Capacs; erste Gemahlin Atahualpas.

Mama Chiclla: Inka-Gemahlin in Tumibamba.

Mama Cisa: Hebamme in Quito.

Mama Cori (Goldene Herrin): Zwillingsschwester Lloque Yupanquis; Inka-Gemahlin Apu Pomas und Mutter von Cusi, Amaru und Quinti Ocllo; zum Gefolge der Coya Rahua Ocllo gehörend.

Mama Huarcay: vierte Gemahlin Huayna Capas; eine seiner Halbschwestern.

Mama Inquil (Herrin der Blauen Blume): Hohepriesterin von Machu Picchu; auch Mamanchic (»unsere Mutter«) genannt.

Mama Pura: Gemahlin Ninan Cuyochis aus Quito.

Mama Ticlla: Cousine Chimpu Ocllos und deren erwählte Nachfolgerin als Hohepriesterin in Tumibamba.

°Manco Inca: Sohn Huayna Capacs und jüngerer Bruder Huascars; Marionettenherrscher unter den Spaniern und Anführer der Inka-Rebellen in Vilcabamba.

Mayca: Inka-Krieger; Cousin von Sutic; Initiationsbruder von Cusi.

Mayta Yupanqui: Inka-Gouverneur der Provinz Chimor unter Huayna Capac.

Micay (Rundgesicht): als Mädchen Misa genannt; Erwählte Frau und Chachapoyas-Nusta; Ehefrau von Cusi Huaman und Mutter von Cahua und Sinchi; Heilerin und Gefährtin der Coya Chuqui Huipa.

°Michi (Hirte): Inka-Kriegshäuptling unter Huayna Capac.

°Minchancaman: Groß-Chimu der Provinz Chimor vor der Herrschaft der Inka.

Naymlap: Chimu-Zauberer und Hohepriester von Chan Chan.

°Ninan Cuyochi (Der mit dem Feuer protzt): Sohn Huayna Capacs und dessen erster Coya Cusi Rimay; Inka-Kriegshäuptling und Regent der Nordviertel; Gemahl von Mama Pura.

Nofan-Nech: Chimu-Hohepriester in Huaca Urcco (El Purgatorio)

Nupchu (Rote Blume): Colla-Gemahlin Tomay Guanacos und Mutter von Suchi; später mit Tarapaca verheiratet.

Ococo (Frosch): Erwählte Campa-Frau aus Chachapoyas und Gefährtin von Cahua (2).

°Otoronco Achachi (Großvater Jaguar): Sohn Pachacutis und Bruder Topa Incas; Inka-Kriegshäuptling, Königlicher Inspekteur, Statthalter des Ostviertels, Gouverneur der Provinz Chachapoyas; Cusis Großonkel und sein Vormund in Cuzco.

Ozcollo (Wildkatze): Campa-Häuptling von Vitcos; Vater von Uritu.

°Pachacuti (Die Umkehr der Welt): neunter Sapa Inca und Begründer der Vier Viertel; Vater von (unter anderem) Topa Inca und Otoronco Achachi; Vorstand des Iñaca-Haushalts.

Parihuana (Flamingo): Erwählte Quito-Frau; Gemahlin Amarus und Mutter von Roca.

Paucar (Der Glänzende): Inka-Krieger und Kundschafter.

Paucar Rimay (Glänzender Sprecher): Inka nach Stand aus Cuzco; Krieger, der in Piura verletzt wurde.

Pias: Chachapoyas-Häuptling des Dorfs Suta.

°Pinta: Carangui-Kriegsherr.

Piqui (Floh): Gefolgsmann aus der Gegend von Quito; Hauptmann unter Cusi und Kommandeur von Vitcos.

Poma Mallqui (Sproß des Puma): Inka-Krieger und Bote aus Tumbez.

Pongmassa: Chimu-Führer in Chan Chan.

Quespi (Kristall): Chachapoyas-Gemahlin von Yasca und Mutter Huallpas und Yutus; später mit Rimachi verheiratet; Heilerin.

°Quilaco Yupanqui: Inka-Kriegshäuptling; Ehemann von Quinti Ocllo und Vater von Coca und Cisa; verwundet in Yanamarca.

Quinti Ocllo (Reiner Kolibri): Tochter von Apu Poma und Mama Cori; Schwester Cusis und Amarus; Gemahlin von Quilaco Yupanqui und Mutter von Coca und Cisa.

°Quizquiz (Kleiner Vogel): Inka-Kriegshäuptling; letzter Herrscher in Cuzco vor der spanischen Besetzung.

°Rahua Ocllo: leibliche Schwester und zweite Gemahlin/Coya von Huayna Capac; Mutter von Chuqui Huipa, Huascar und Tocto Oxica.

Raurau Illa (Flammende Lanze): blinder Zauberer und Häuptling eines Dorfes in der Nähe von Cuzco.

Rimachi (Sprecher): Sohn von Choque Chinchay; Cañari-Inka nach Stand; Krieger und Kommandeur der Königlichen Leibwache; Ehemann von Llampu, Tusoc und Quespi sowie Vater von Topa.

Roca: Sohn von Amaru und Parihuana.

°Rumiñaui (Steinauge): Inka-Kriegshäuptling unter Huayna Capac und Atahualpa.

Sinchi (Kriegsherr): Sohn Cusis und Micays und Zwillingsbruder von Cahua (2).

Sinchi Huaman (Falken-Kriegsherr): Vater Apu Pomas und Großvater von Cusi, Amaru und Quinti Ocllo.

°Sinchi Roca: Halbbruder Huayna Capacs; berühmter Inka-Architekt und Lehrmeister Amarus.

Suchi (Dicker Fisch): Tochter von Tomay Guanaco und Nupchu.

Sumac Mallqui (Gutaussehender Sprößling): Lehrer der jungen Krieger in Cuzco und Inka-Kriegshäuptling.

Sutic: Inka-Krieger; Initiationsbruder Cusis; Cousin von Mayca.

Tarapaca (Adler): Lupaca-Krieger aus Cuzco; Hauptmann und Kommandant von Pisac unter Cusi; Ehemann Nupchus.

Titu: Inka-Krieger; Initiationsbruder Cusis.

Titu Amaru: Oberster Gefolgsmann des Iñaca-Haushalts in Cuzco.

Titu Atauchi: Zauberer und Ratgeber Huayna Capacs.

°Tocto Oxica (Maisblüten-Sandale): Tochter Huayna Capacs mit Rahua Ocllo und leibliche Schwester Huascars und Chuqui Huipas; Hohepriesterin des Mondes auf der Insel Coati; später mit Paullu Inca verheiratet und Doña Catalina getauft.

Tomay Guanaco (Kreisendes Guanako): auch Tomay Huaraca genannt; Colla aus Hatuncolla und Inka nach Stand; Kundschafter, Kommandeur und Kriegshäuptling unter den Inka; Ehemann von Nupchu und Vater Suchis.

Topa (Königlich): Cañari-Sohn von Rimachi und Llampu.

°Topa Colla: Inka-Kriegshäuptling unter Huayna Capac.

Topa Poma (Königlicher Puma): Halbbruder Atahualpas und einer der Botschafter, die er zu Huascar sandte.

Topa Roca: Inka-Micho der Provinz Chimor.

°Topa Yupanqui (Geschätzter Adeliger): Hohepriester der Sonne unter Huayna Capac.

Tusoc (Tänzerin): Erwählte Chumpivilca-Frau und Gemahlin Rimachis.

°**Ucumari** (Bär): Inka-Kriegshäuptling unter Huayna Capac und Atahualpa.
°**Urco Colla:** Cañari-Oberhäuptling von Tumibamba unter Huascar.
Urcon (Lamahengst): Hirte aus Raurau Illas Dorf in der Nähe von Cuzco; Bruder von Alco und Kamerad Cusis.
Uritu (Papagei): Campa aus Vitcos und Inka nach Stand; Kommandeur von Kriegern und Oberhäuptling von Vitcos.
Yahuar Huacac (Der Blut weint): Halbbruder Atahualpas und einer der Botschafter, die er zu Huascar sandte.
°**Yasca:** Inka-Kriegshäuptling unter Huayna Capac; Ehemann von Quespi und Vater von Huallpa und Yutu.
Yucra: Neffe Atahualpas und Zeuge seiner Gefangennahme.
Yutu (Steißhuhn) (**1**): Erwählte Frau in Caxamarca.
Yutu (**2**): Tochter Quespis und Yascas; Schwester Huallpas.

Gottheiten

Apu Inti (»Hoher Herr Sonne«): der gereifte, ausgebildete Aspekt des Sonnengottes, assoziiert mit der Sommersonnenwende und dem Fest Capac Raimi.
Axomama (Kartoffelmutter): Göttin des Kartoffelanbaus; von den Inka-Frauen verehrt.
Chuqui Illa (Brennender Speer): Himmelsgott, der Aspekte Intis und Illapas in sich vereint.
Churi Inti (Kind-Sonne): ein unausgereifter Aspekt des Sonnengottes, assoziiert mit der Wintersonnenwende und dem Fest Inti Raimi.
Collca (Kornspeicher): die Plejaden, das Siebengestirn.
Huanacauri (Regenbogen): Inka-Kriegsgott und Schutzgott der Krieger Cuzcos.
Huayna Punchao (Junges Tageslicht): ein unausgereifter Aspekt des Sonnengottes, assoziiert mit der Wintersonnenwende und dem Fest Inti Raimi.
Illapa (Blitz): Himmelsgott des Blitzes, Donners und Regens; mit Inti und Viracocha einer der drei höchsten Götter der Inka.
Inti (Sonne): Sonnengottheit; Gemahl von Mama Quilla und Vater der Inka; Schutzgott der Inka als gesellschaftliche Klasse.
Inti Illapa (Sonnenblitz): Himmelsgott, der in sich Aspekte von Inti und Illapa vereint.
Mama Cocha (Mutter Wasser): der Pazifik.
Mama Ocllo (Reine Frau): erste Mutter der Inka in den Legenden über die Gründung Cuzcos; Aspekt von Pachamama.
Mama Quilla (Mutter oder Frau Mond): Mondgöttin und Gemahlin Intis; Mutter der Inka und Schutzgöttin der Inka-Frauen.
Pachamama (Erdmutter): alte Erd- und Fruchtbarkeitsgöttin; in der Erde selbst manifestiert; von Frauen verehrt.

Saramama (Maismutter): Göttin des Maisanbaus; von den Inka-Frauen verehrt.

Si: Chimu-Mondgöttin, von Männern und Frauen als hoher Gott verehrt; Beschützerin vor Dieben.

Thunupa (Donner): alter Aymara-Himmelsgott im Gebiet des Titicaca-Sees; möglicherweise ein hoher Gott der Tiahuanaco-Kultur.

Viracocha (Schäumendes Wasser): Inka-Schöpfergott; mit Inti und Viracocha einer der drei höchsten Götter der Inka.

Orte

(Alle Entfernungsangaben beruhen auf sehr groben Schätzungen)

Abancay: Inka-Rasthaus an der Königsstraße nach Norden an der Stelle der heutigen gleichnamigen Stadt, 190 km westlich von Cuzco.

Ambato: Schauplatz einer berühmten Schlacht zwischen den Heeren Atahualpas und Huascars; die heutige Stadt Ambato liegt 120 km südlich von Quito im Norden Ecuadors.

Ancayaco: Schauplatz einer Schlacht zwischen den Heeren Atahualpas und Huascars; nördlich des heutigen Ayacucho im südlichen Zentral-Peru gelegen.

Andamarca: Inka-Rasthaus, in dem Huascar gefangengehalten wurde; südlich der heutigen Stadt Jauja im südlichen Zentral-Peru.

Atacama-Wüste: große Wüste im äußersten südlichen Teil des Südviertels; heute Nord-Chile.

Apurle: Mochica/Chimu-Ort im Lambayeque-Tal an der Nordküste Perus nahe der heutigen Stadt Motupe.

Ayaviri: Hauptstadt des Stammes der Cana nördlich des Titicaca-Sees; die heutige Stadt gleichen Namens liegt etwa 250 km südlich von Cuzco.

Calca: Villenort, den die Inka zur Erholung aufsuchten; die moderne Stadt gleichen Namens liegt etwa 200 km südlich von Cuzco.

Caxamarca: Stadt im zentralen Hochland von Peru, heutiger Name Cajamarca; etwa 1300 km nördlich von Cuzco.

Caxamarquilla: Hauptstadt der Provinz Chachapoyas in dem gebirgigen Waldgebiet östlich des Marañon-Flusses; vielleicht an der Stelle des heutigen Chachapoyas, 280 km nordöstlich von Cajamarca.

Chan Chan: vor der Eroberung durch die Inka Hauptstadt des Chimu-Reiches; nahe der heutigen Stadt Trujillo an der peruanischen Pazifikküste, knapp 1000 km nördlich von Lima.

Charcas, **Provinz Charcas:** von den Inka beherrschtes Gebiet südlich des Titicaca-Sees; heute zu Bolivien gehörend, nahe der Stadt Cochabamba.

Chincha: Tal an der Küste Zentral-Perus; die heutige Stadt Chincha Alta liegt 200 km südlich von Lima.

Chiquitoy: Inka-Hauptstadt der Provinz Chimor, etwa 25 km nördlich von Chan Chan an der peruanischen Nordküste gelegen; auch bekannt unter dem Namen Chiquitoy Viejo.

Chucuito: Hauptstadt des Stammes der Lupaca am Westufer des Titicaca-Sees; die heutige Stadt gleichen Namens liegt 370 km südlich von Cuzco.

Chuquiabo: Die bolivianische Stadt La Paz südlich des Titicaca-Sees.

Chuquisaca: Hauptstadt des Stammes der Quillaca in der Provinz Charcas südlich des Titicaca-Sees; nahe der heutigen bolivianischen Hauptstadt Sucre.

Cinto: Tal an der peruanischen Nordküste südlich von Motupe; vor der Eroberung durch die Inka von den Chimu regiert.

Coaque: Stätte an der Nordküste Ecuadors nördlich von Manta und Guayaquil, wo Francisco Pizarros Expedition landete.

Coati: Mond-Insel im Titicaca-See; ein Inka-Heiligtum.

Cochabamba: Fruchtbares Hochlandtal südlich des Titicaca-Sees nahe der heutigen Stadt Cochabamba in Bolivien.

Cochahuaylas: Schauplatz einer Schlacht zwischen den Heeren Atahualpas und Huascars im zentralen Hochland von Peru, nördlich von Caxamarca.

Cochisque: Stätte einer Carangui-Festung nördlich von Quito; im nördlichen Hochland von Ecuador.

Collique: Tal an der peruanischen Nordküste südlich von Motupe; vor der Eroberung durch die Inka von den Chimu regiert.

Combapata: Ort an der Straße zwischen Cuzco und dem Titicaca-See; nördlich von Sicuani.

Copacabana: Wallfahrtsort am südwestlichen Ufer des Titicaca-Sees; heute in Bolivien.

Copiapo: Inka-Stützpunkt im äußersten Süden des Südviertels nahe der Atacama-Wüste; heute in Chile.

Cotapachi: Inka-Ort im Cochabamba-Tal südlich des Titicaca-Sees; heute in Bolivien.

Cotapampa: Schauplatz einer Schlacht zwischen den Heeren Atahualpas und Huascars westlich von Cuzco; jenseits des Apurimac.

Cusipampa: Inka-Verwaltungszentrum an der Königsstraße zwischen Caxamarca und Tumibamba.

Cuzco: Hauptstadt der Inka im südlichen Hochland von Peru und Zentrum der Vier Viertel; 2000 km südlich von Quito und etwa 3500 km nördlich der Grenze des Südviertels.

Farfan: Inka-Verwaltungszentrum im Jequetepeque-Tal an der peruanischen Nordküste; 50 km nördlich von Chan Chan.

Hatuncolla: Hauptstadt des Stammes der Colla westlich des Titicaca-Sees; etwa 350 km südlich von Cuzco.

Huaca Urcco: Mochica-Ruine an der peruanischen Nordküste, als El Purgatorio bekannt; nahe der heutigen Stadt Motupe.

Huachala: Stätte einer Carangui-Festung nördlich von Quito im nördlichen Hochland von Ecuador.

Huamachuco: Hauptstadt des gleichnamigen Stammes im zentralen Hochland von Peru; etwa 50 km südlich von Caxamarca.

Huanacopampa: Schauplatz einer Schlacht zwischen den Heeren Atahualpas und Huascars südwestlich von Cuzco, jenseits des Apurimac.

Huancabamba: Inka-Verwaltungszentrum an der Königsstraße, 240 km nördlich von Cajamarca; nahe der heutigen Stadt Cajas.

Huiñay Huayna: Inka-Rasthaus zwischen Ollantaytambo und Machu Picchu im Urubamba-Tal, nordöstlich von Cuzco.

Incallacta: Inka-Stätte im Cochabamba-Tal südlich des Titicaca-Sees; heute in Bolivien.

Lambayeque-Tal: breites Flußtal an der peruanischen Nordküste nördlich von Chan Chan; während der Inka-Herrschaft möglicherweise eine Baumwollplantage.

Latacunga: im Hochland etwa 65 km südlich von Quito im Norden Ecuadors gelegene Stadt; heutiger Name La Tacunga.

Leche-Tal: Flußtal an der peruanischen Nordküste nördlich des Lambayeque-Tals.

Limatambo: Inka-Rasthaus an der Königsstraße nach Norden, etwa 50 km von Cuzco entfernt.

Luchs-Haus: dem Kult Mama Quillas gehörendes Anwesen in den Bergen östlich von Tumibamba.

Machu Picchu: religiöses Zentrum der Inka im Urubamba-Tal nordöstlich von Cuzco.

Manta: an der ecuadorianischen Nordküste nördlich von Guayaquil gelegen; der Legende nach der Ort, an dem Viracocha nach der Erschaffung der Welt über das Meer verschwand.

Mira-Tal: Bastion der Carangui nördlich von Quito im Hochland von Ecuador; nahe der heutigen Stadt Ibarra.

Motupe: Ort an der Königsstraße zwischen Piura und Chan Chan an der peruanischen Nordküste; die heutige Stadt trägt denselben Namen.

Nasakara: hochgelegener Punkt an der Straße ins Cochabamba-Tal südlich des Titicaca-Sees; heute in Bolivien.

Ollantaytambo: religiöses und Verwaltungszentrum der Inka im Yucay-Tal am Zusammenfluß von Urubamba und Patakancha; heute eine Stadt und eine Attraktion für Touristen auf dem Weg nach Machu Picchu.

Pacatnamu: Mochica/Chimu-Heiligtum unweit des Jequetepeque-Tals an der peruanischne Nordküste, 50 km nördlich von Chan Chan; im Inka-Reich berühmt als Orakel.

Pachacamac: altes Heiligtum an der Küste unweit der heutigen Stadt Lima; das am meisten verehrte Orakel der Vier Viertel.

Pisac: Inka-Festung und -Verwaltungszentrum im Yucay-Tal, östlich von Cuzco.

Piura: Ort im gleichnamigen Flußtal an der peruanischen Nordküste, südlich von Tumbez; vor der Inka-Eroberung von den Chimu regiert; die heutige Stadt trägt denselben Namen.

Pomata: Stadt am Südwestufer des Titicaca-Sees in Peru.

Puna: Inselstadt vor der Mündung des Guayas-Flusses im südwestlichen Ecuador zwischen Tumbez und Guayaquil.

Quihuipay: nördlich von Cuzco; hier ergaben sich die Cuzco-Inka den Streitkräften Atahualpas.

Quiquijana: an der Königsstraße, südlich von Cuzco gelegen.

Quito: Stadt im nördlichen Hochland von Ecuador; 2000 km nördlich von Cuzco und etwa 250 km nördlich von Tumibamba; die nördlichste bedeutende Stadt der Vier Viertel und Hauptstadt des heutigen Ecuador.

Regenbogen-Haus: Anwesen in den Bergen östlich von Tumibamba, das Cusi von Huayna Capac erhielt.

Rimac: berühmtes Orakelheiligtum an der Küste Zentralperus; heute innerhalb des Stadtgebiets von Lima.

Riobamba: an der Königsstraße zwischen Quito und Tumibamba gelegen; Hauptstadt des Stammes der Puruhua; die heutige ecuadorianische Stadt etwa 60 km südlich von Quito trägt denselben Namen.

Savapata: Inka-Festung in der Provinz Charcas südlich des Titicaca-Sees.

Sechura-Wüste: große Wüste an der peruanischen Nordküste, südlich des Piura-Tals.

Sican: Mochica/Chimu-Stätte an der peruanischen Nordküste nahe dem heutigen Motupe.

Sicuani: an der Königsstraße, etwa 100 km südlich von Cuzco gelegen; die heutige Stadt trägt denselben Namen.

Sullana: erstes Flußtal südlich von Tumbez an der peruanischen Nordküste.

Suta: Dorf im Osten der Provinz Chachapoyas; Heimat von Casca und seiner Tochter Misa.

Tangarara: Ort an der peruanischen Nordküste nördlich von Piura gelegen; von den Spaniern unter Francisco Pizarro besetzt, bevor sie nach Caxamarca marschierten.

Tarabuco: Inka-Stätte in der Provinz Charcas, südlich des Titicaca-Sees; heute in Bolivien.

Tiahuanaco: Hauptstadt der präinkaischen Tiahuanaco-Kultur (1000-1300); die teilweise restaurierten Ruinen liegen 20 km südlich des Titicaca-Sees und 50 km westlich von La Paz in Bolivien.

Tipycala: Aymara-Bezeichnung für Tiahuanaco; die dort ansässigen Colla und Lupaca behaupteten, Nachkommen der Erbauer Tipycalas zu sein.

Titicaca: großer, 130 km langer Hochlandsee etwa 350 km südlich von Cuzco; von den Inka und den Aymara sprechenden Bewohnern der Region als heilig betrachtet; die Inka besaßen der Sonne und dem Mond geweihte Tempel auf Inseln im See.

Tumbez: Hafenstadt an der äußersten Nordküste Perus; Hauptstadt der Tallenes, doch vor der Eroberung durch die Inka unter Chimu-Herrschaft.

Tumibamba: Hauptstadt der Cañari im zentralen Hochland von Ecuador; Geburtsort von Huayna Capac und Ausgangspunkt seines Feldzuges im Norden; heutiger Name Cuenca.

Urcos: Inka-Stätte an der Königsstraße, etwa 35 km südlich von Cuzco.

Vilcabamba: bewaldete Gebirgsregion nordöstlich von Cuzco, in der Manco Inca und seine Nachfolger nach dem Aufstand gegen die Spanier Zuflucht fanden.

Vilcashuaman: Inka-Verwaltungszentrum an der Königsstraße, 240 km nordwestlich von Cuzco; nahe der heutigen Stadt Andahuaylas.

Vitcos: Hauptstadt des Stammes der Campa in der bewaldeten Gebirgsregion nordöstlich von Cuzco.

Xauxa: Hauptstadt des Stammes der Huanca im zentralen Hochland von Peru 640 km südlich von Caxamarca; heutiger Name Jauja.

Yanamarca: Schauplatz einer Schlacht zwischen den Heeren Atahualpas und Huascars nördlich von Xauxa (Jauja).

Yucay-Tal: Flußtal östlich von Cuzco mit den Städten Pisac und Ollantaytambo, in dem die königliche Inka-Familie Anwesen und Villen besaß und wo sie sich zur Erholung aufhielt.

Zaña-Tal: Flußtal an der peruanischen Nordküste nördlich von Chan Chan; heutiger Name Sana.

Stämme

Callawaya: Stamm in den Bergen nordöstlich des Titicaca-Sees; berühmt wegen seiner umherziehenden Heiler und Medizinmänner.

Campa: Stamm in der bewaldeten Gebirgsregion nordöstlich von Cuzco mit der Hauptstadt Vitcos; berühmte Bogenschützen.

Cana: Aymara sprechender Stamm mit der Hauptstadt Sicuani.

Cañari: Stamm im südlichen Hochland von Ecuador mit der Hauptstadt Tumibamba; von den Cuzco-Inka bevorzugte Untertanen/Verbündete.

Carangui: Stamm im Hochland nördlich von Quito mit Hauptstadt im Mira-Tal; führte elf Jahre lang Krieg gegen die Inka.

Caxamarca: Hochlandstamm, der im Gebiet um die gleichnamige Stadt siedelte; vor der Eroberung durch die Inka mit den Chimu verbündet.

Chachapoyas: Stamm im Gebiet der bewaldeten Gebirgsregion östlich des Marañon-Flusses im nordöstlichen Peru mit der Hauptstadt Caxamarquilla; rebellische Untertanen der Inka.

Chanca: Hochlandstamm in der Region nordwestlich von Cuzco; Feinde der Inka, die Cuzco fast eingenommen hätten, bevor Pachacuti sie im Jahre 1437 unterwarf.

Charca: Aymara sprechender Stamm südlich des Titicaca-Sees mit Hauptstadt nahe Potosi; Untertanen der Inka.

Chimu: Stamm mit der Hauptstadt Chan Chan, der vor der Niederwerfung durch die Inka im Jahre 1460 die Pazifikküste von Tumbez im Norden bis Rimac (Lima) im Süden regierte.

Chincha: Stamm im gleichnamigen Tal südlich von Lima an der Pazifikküste.

Chiriguano oder **Guarani:** nicht seßhafter Stamm in der Dschungelregion am Pilcomayo-Fluß in Paraguay; überfiel 1524 Inka-Stützpunkte im Cochabamba-Tal unter Führung des Spaniers Aléjo García.

Colla: Aymara sprechender Stamm im Hochland westlich des Titicaca-Sees mit der Hauptstadt Hatuncolla; bekannt als Hirten und Steinmetze und wegen ihrer rebellischen Haltung gegenüber den Inka.

Huamachuco: Stamm im zentralperuanischen Hochland mit gleichnamiger Hauptstadt, südlich von Caxamarca.

Huanca: Stamm im zentralperuanischen Hochland mit den Hauptstädten Huancabamba und Xauxa.

Huancavelica: Stamm im Tiefland bei Guayaquil im Südwesten Ecuadors.

Ica: Stamm im gleichnamigen Tal an der Küste südlich von Lima; zur Ica-Nazca-Kultur (400-1000 n.Chr.) gehörend.

Inka: Quechua sprechender Hochlandstamm, der die Vier Viertel regierte; das Reich erstreckte sich im Süden vom Fluß Maule in Chile bis zum Fluß Angasmayo in Kolumbien im Norden und von der Pazifikküste im Westen bis zum Amazonasbecken im Osten; Hauptstadt war Cuzco.

Lupaca: Aymara sprechender Hochlandstamm auf den Hochebenen westlich des Titicaca-Sees mit der Hauptstadt Chucuito; bis zur Eroberung durch die Inka traditionell Feinde der benachbarten Colla.

Machiguenga: in den Nebelwäldern nordöstlich von Cuzco lebender Stamm.

Masco: in den Nebelwäldern nordöstlich von Cuzco lebender Stamm.

Mochica: Stamm, der von 400-800 n.Chr. ein großes Gebiet an der Pazifikküste unter seiner Gewalt hatte; Vorläufer des Chimu-Reichs; errichteten im Moche-(Chimor-) Tal und an weiteren Orten monumentale Gebäude (Huacas) aus Adobe-Ziegeln.

Moxos (Mojos): Dschungelstamm östlich der bolivianischen Anden.

Nazca: Küstenstamm im gleichnamigen Tal südlich von Lima; zur Ica-Nazca-Kultur (400-1000 n.Chr.) gehörend; berühmt für ihre Scharrbilder, die angeblich für extraterrestrische Lebewesen angefertigt wurden.

Palta: Hochlandstamm des südlichen Zentralecuador mit Hauptstadt nahe Loja.

Piro: in den Nebelwäldern östlich von Cuzco lebender Stamm.

Puna: Küstenstamm auf der gleichnamigen Insel vor der Mündung des Flusses Guayas im südwestlichen Ecuador; berühmt wegen seines Widerstands gegen die Inka-Herrschaft.

Quillaca: Hochlandstamm im Gebiet südlich von Cochabamba in Bolivien mit der Hauptstadt Chuquisaca (Sucre).

Quito: Stamm im zentralen Hochland von Ecuador mit der gleichnamigen Hauptstadt.

Rucana: Hochlandstamm südwestlich von Cuzco; berühmt als Sänftenträger.

Shuara: auch als **Jivaro** bekannt; Stamm in den Dschungeln des östlichen Peru und Ecuador; berühmt als Hersteller von Schrumpfköpfen.

Sora: Hochlandstamm südwestlich von Cuzco; berühmt als Sänftenträger.

Uru: Hochlandstamm am Südende des Titicaca-Sees.

Yarovilca: Hochlandstamm in Zentralperu, am Oberlauf des Marañon bei Huanuco.

HISTORISCHE ROMANE
IM EUGEN DIEDERICHS VERLAG

Tariq Ali
Im Schatten des Granatapfelbaums
Aus dem Englischen von Margarete Längsfeld
324 Seiten, Leinen

Dezember 1499, auf dem Seidenmarkt von Granada: In einem gewaltigen Autodafé, das Bischof Jimenez de Cisneros, der ehemalige Beichtvater Isabellas von Kastilien, zu Füßen der Alhambra entfachen läßt, gehen Tausende von arabischen Manuskripten zugrunde. Doch die Vernichtung des aus der Antike überlieferten Wissens ist nur ein Anfang…
In seinem fesselnden Roman beschwört Tariq Ali die Tragödie der andalusischen Mauren und setzt den Opfern der Reconquista ein großartiges literarisches Denkmal.

Der Verfasser erzählt anschaulich, humorvoll und fern jeglicher Ideologie. Der Leser folgt der spannenden Handlung gern und bekommt auf fast jeder Seite Informationen über die arabische Kultur vermittelt, ohne sich dabei aufdringlich belehrt zu fühlen. Frankfurter Allgemeine Zeitung

Eine poetische Fabel aus Wundern, Romantik und Abenteuern, zugleich der faktenreiche Bericht vom Untergang einer großen Kultur. Brigitte

Tariq Ali ist ein Meister der leisen Töne, ganz und gar unaufdringlich und obendrein noch ein spannender Erzähler. Die Geschichte des Familien-Clans mit seinen bunten Haupt- und Nebenfiguren entwickelt sich wie ein fein gesponnenes Netz, jeder Faden ein Kunstwerk für sich […] Süddeutscher Rundfunk

EUGEN DIEDERICHS VERLAG

Piers Anthony
Tatham Mound
Aus dem Amerikanischen von Werner Peterich
576 Seiten, Leinen

Eine Saga voll Lebenslust und eine Chronik zugleich, welche die verwehten Spuren der Ureinwohner Amerikas freilegt. Der alte »Geschichtenerzähler« berichtet aus seinem Leben – bevor die ersten Weißen nach Nordamerika kamen. Er erzählt von seinen Reisen durch das Indianerland, von den Stämmen, die er traf, von ihrem Leben, ihren Mythen, ihren Träumen und von den Frauen seines Lebens.

In seiner faszinierenden historischen Fiktion läßt Piers Anthony den Tocabaga-Indianer »Geschichtenerzähler« auf ausgedehnten Reisen Stämme im Südosten der heutigen USA besuchen und spannend und scheinbar so authentisch über deren Sitten und Gebräuche berichten, über Krieg und Alltag, Sex, Krankheit und Tod, daß man den Archäologen auf seiner Zeitreise zu begleiten glaubt. Darmstädter Echo

Wie Kehlschuß sich vom jungen Krieger zum weisen, alten Mann entwikkelt, so hat sich auch der Schriftsteller Piers Anthony verändert. Mit »Tatham Mound« ist ihm endgültig der Sprung [...] zum großen Geschichtsepos geglückt. Anthony ist der Geschichtenerzähler, mit dem die Leser zu einer alten, fernen Kultur segeln, zu den Ureinwohnern Amerikas, die von May und Hollywood schon zu oft verfälscht wurden.
Leipziger Volkszeitung

EUGEN DIEDERICHS VERLAG

Pachacuti
|
Topa Inca
|
Huayna Capac
|
Huascar
|
Atahualpa
|
(Manco - Capac)

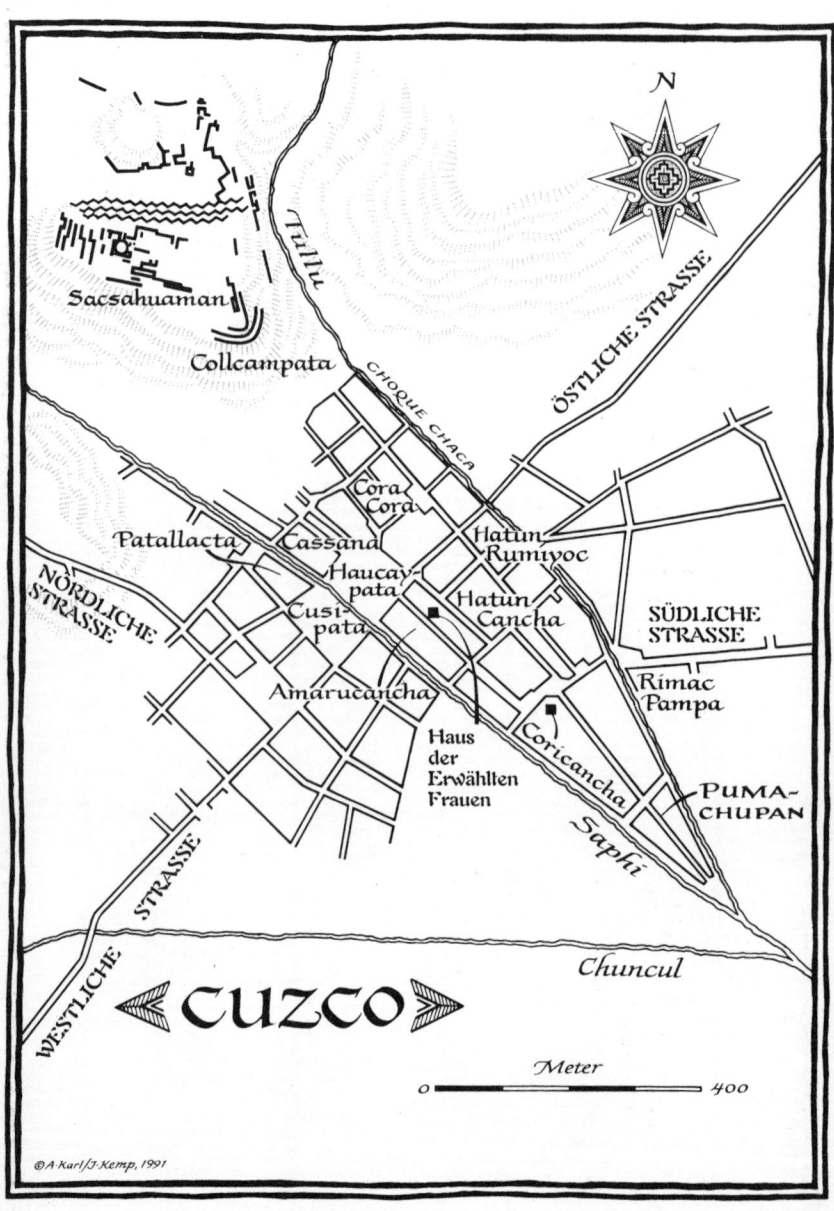

Sacsahuaman

Collcampata

Tullu

CHOQUE CHACA

ÖSTLICHE STRASSE

N

Cora Cora

Patallacta

Cassana

Hatun Rumiyoc

Haucay-pata

Cusi-pata

Hatun Cancha

NÖRDLICHE STRASSE

SÜDLICHE STRASSE

Amarucancha

Rimac Pampa

Haus der Erwählten Frauen

Coricancha

Saphi

PUMA-CHUPAN

WESTLICHE STRASSE

Chuncul

≪ CUZCO ≫

Meter

0   400